한국
아동문학비평사
자료집

7

1945년 이후

한국
아동문학비평사
자료집

7

1945년 이후

류덕제 엮음

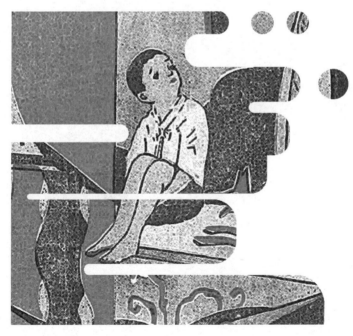

보고사
BOGOSA

아동문학 연구의 토대 구축을 위하여

『한국 아동문학비평사 자료집』은 이십세기 초부터 한국전쟁 직전까지의 아동문학 관련 비평문을 모아 전사(轉寫)한 것이다. 주로 일제강점기와 해방기의 비평문이다. 한국전쟁 이후의 비평문도 일부 포함되어 있는데, 대체로 사적(史的)인 정리나 회고 성격의 글이라 아동문학을 이해하는데 도움이 되는 것들이다. '아동문학 관련 비평문'이라 한 것은 이론비평과 실제 비평, 서평(書評), 서발비평(序跋批評) 등 아동문학 비평뿐만 아니라 소년운동과 관련된 비평문들도 다수 포함하였기 때문이다.

문학 연구는 문학사로 귀결된다. 사적 연구(史的研究)는 일차 자료 확보가 무엇보다 중요하다. 그중에서도 비평 자료는 작가와 작품에 대한 이해를 위해 반드시 필요하다. 이것이 『한국 아동문학비평사 자료집』을 편찬하는 이유다. 지금까지 아동문학에 관한 비평 자료는 방치되었거나 매우 제한된 범위 내에서 소수의 연구자들이 관심을 가졌을 뿐이다. 최근까지 아동문학에 대한 연구는 현대문학 연구자들의 관심분야가 아니었다. 아동문학과 가장 친연성이 강한 교육대학에서는 작품을 활용하는 실천적인 교육 방법에는 관심이 많았지만 학문적 접근은 대체로 소홀했었다.

원종찬이 '한국아동문학 비평자료 목록'(『아동문학과 비평정신』)을 올려놓은 지도 벌써 20여 년이 가까워 오지만, 아동문학 비평에 대한 연구는 여전히 미흡하다. 아동문학 작가나 작품에 대한 서지(書誌)는 오류가 많고, 작가연보(作家年譜)와 작품연보(作品年譜)가 제대로 작성되어 있지 못한 경우가 태반이다.

최근 현대문학 연구자들이 대거 아동문학 연구로 눈을 돌리면서 일정한 성과가 있었다. 하지만 연구 토대가 불비하다 보니 한계가 많다. 토대가 불비한 아동문학 연구의 현황을 타개하자면 누가, 언제, 무엇을 썼는지에 대한 자료의 정리가 필수적이다. 정리된 자료는 목록화하고 찾아보기 쉽게 검색 기능을 제공해야 할 것이다.

이 자료집은 일차적으로 아동문학 비평문을 찾아 전사하여 모아 놓은 것이다. 언뜻 보면 찾아서 옮겨 적는 단순한 일이라, 다소 품이 들긴 하겠지만 별반 어려울 게 없을 것이라 생각하기 쉽다. 그러나 실제 작업을 진행해 보면 난관이 한둘이 아니라는 것을 알게 된다. 먼저 아동문학 비평 자료의 목록화 작업이 녹록하지 않았다. 원종찬의 선행업적이 큰 도움이 되었지만 보완해야 할 것이 많았기 때문이다. 게다가 일제강점기의 통일되지 못한 맞춤법과 편집 상태는 수없는 비정(批正)과 각주(脚註) 달기를 요구하였다.

자료의 소장처를 확인하는 것도 지루한 싸움이었다. 소장처를 안다 하더라도 입수하는 것은 생각만큼 용이하지 않았다. 자료를 선뜻 제공하지도 않지만, 제공한다 하더라도 까다로운 규정 때문에 어려움이 많았다. 1920년대 잡지 대여섯 권을 복사하는데 10여 차례 같은 도서관을 찾아야 했다. 지방에 있는 편자로서는 시간과 비용과 노력이 여간 아니었다.

자료를 입수했다 하더라도 문제는 또 있었다. 원자료(原資料)의 가독성을 높이기 위해 영인(影印)이 아니라 전사를 하고자 한 데서 비롯된 것이다. 암호 판독 수준의 읽기 작업이 필요했다. 1회분 신문 자료를 읽어내는 데 하루 종일 걸린 적이 한두 번이 아니었다. 마이크로필름 자료의 경우 한글도 그렇지만 한자(漢字)의 경우 그저 하나의 점(點)에 다름없는 것들이 허다했다.

10여 년 동안 이 작업을 진행해 오면서 공동작업의 필요성이 간절했지만 현실적인 여건이 따르지 못해 여러모로 아쉬웠다. 전적으로 홀로 전사 작업을 수행하느라 십여 년이나 작업이 천연(遷延)될 수밖에 없었다.

그러나 나선 길을 성과 없이 중동무이할 수는 없었다. 매일 늦은 밤까지 수업을 제외한 대부분의 시간을 신문 자료와 복사물 그리고 영인본들을 뒤져서 자료를 가려내고 옮겨 적는 작업에 매달렸다. 시간이 갈수록 자료의 양이 늘어가고 욕심 또한 커졌다. 새로운 자료를 하나둘씩 발견하다 보니 좀 더 완벽을 기하고 싶었던 것이다. 자료 발굴에 대한 강박증이 돋아났다. 그러다 보니 범위가 넓어지고 작업량이 대폭 늘었다. 석사과정 당시 자료의 중요성을 강조하던 선생님들 덕분에 수많은 영인본을 거의 무분별하게 구입해 두었는데, 새삼 많은 도움이 되었다.

일제강점기의 아동문학은 소년운동과 분리되지 않는다. 소년운동은 사회운동의 일 부문 운동이었다. 이 자료집에 '소년회순방기(少年會巡訪記)'를 포함한 소년운동 관련 자료들이 많은 이유다. 소년운동이나 소년문예운동에 관한 기사 형태의 자료들이 아동문학을 이해하는 데 요긴하지만, 이 자료집에서는 갈무리하지 못했다. 따로 정리할 기회가 있을 것으로 생각한다.

자료를 전사하면서 누군지도 모르는 수많은 필자들을 만났다. 각종 사전을 두루 찾아도 그 신원을 알 수가 없었다. 잡지의 독자란과 신문 기사를 통해 필자들의 신원을 추적하였다. 아직 부족한 점이 많지만, 대강은 가늠할 수 있는 정도가 되어 자료집의 말미에 '필자 소개'를 덧붙일 수 있게 되었다. 하지만 분량 때문에 '작품연보'는 뺄 수밖에 없었다. 일제강점기 다수의 필자들은 본명 이외에 다양한 필명(호, 이명)으로 작품 활동을 하였다. 이들의 신원을 밝혀 '아동문학가 일람'을 덧붙였는데, 연구자들에게 많은 도움이 될 것으로 생각한다.

이 자료집을 엮는데 여러 기관과 사람의 도움을 받았다.

신문 자료는 국사편찬위원회의 '한국사데이터베이스'와 한국언론진흥재단의 '미디어가온', 국립중앙도서관의 원문 자료 서비스와 네이버(NAVER)의 '뉴스 라이브러리', '조선일보 아카이브' 등의 도움이 컸다. 인터넷을 통해 확인할 수 있고, 검색 기능까지 제공되기 때문에 무척 편리했다. 그러나 다 좋을 수는 없듯이 결락된 지면과 부실한 검색 기능 때문에 아쉬움 또한 컸다. 결락된 부분은 『조선일보』, 『동아일보』, 『시대일보』, 『중외일보』, 『중앙일보』, 『조선중앙일보』, 『매일신보』 등의 영인 자료를 찾아 보완할 수 있었다. 부실한 검색 기능을 보완하기 위해 지루하기 이를 데 없는 신문 지면의 목록화 작업을 오랜 시간 동안 수행해야만 했다.『조선일보 학예기사 색인(朝鮮日報學藝記事索引)』은 부실한 검색 기능을 보완하는데 큰 도움이 되었다. '조선일보 아카이브'가 제공되기 전 마이크로필름 자료를 수시로 열람할 수 있게 해 준 경북대학교 도서관의 도움도 잊을 수 없다.

잡지 자료는『한국아동문학 총서』의 도움이 컸다. 경희대학교 한국아동문학연구센터에 소장되어 있는 이재철(李在徹) 선생 기증 자료와 연세대학교 학술정보원 국학자료실의 이기열(李基烈) 선생 기증 자료, 서울대학교, 고려대학교, 서강대학교, 이화여자대학교 도서관의 여러 자료들에 힘입은 바가 크다. 이주홍문학관(李周洪文學館)에서도『별나라』와『신소년』의 일부를 구할 수 있었다. 아단문고(雅丹文庫)에서 백순재(白淳在) 선생 기증 자료를 통해 희귀 자료를 많이 찾을 수 있었다.

자료를 수집하는데 많은 분들의 도움을 받았다. 부산외국어대학교의 류종렬 교수는 애써 모은『별나라』와『신소년』복사본을 아무런 조건 없이 하나도 빼지 않고 전량 건네주었다. 이 작업을 시작할 수 있게 밑돌을 놓아주어 고맙기 이를 데 없다. 신현득 선생으로부터『별나라』,『신소년』,『새벗』등의 자료를 보완할 수 있었던 것도 생광스러웠다. 한국아동문학연구센터의 자료를 마음대로 이용할 수 있도록 도와주었을 뿐 아니라, 빠진 자료를 찾아달라는 무례한 부탁조차 너그럽게 받아 준 김용희 선생의 고마움을 잊을 수 없다. 희귀 자료의 소장처를 알려주거나 제공해 준 근대서지학회의 오영식 선생과 아단문고의 박천홍 실장에게도 고맙다는 말을 전해야 한다.

막판에『가톨릭少年』을 찾느라 애를 썼다. 성 베네딕트(St. Benedict) 수도원 독일 오틸리엔(St. Ottilien) 본원이 한국 진출 100주년을 맞아 소장 자료를 공개하였다. 베네딕트 수도원의 선 신부님과 서강대 최기영 교수를 거쳐 박금숙, 장정희 선생으로부터 자료를 입수할 수 있었다. 자신들의 연구가 끝나지 않았음에도 흔쾌히 자료를 제공해 주어 귀중한 비평문을 수습할 수 있었다.

자료 입력이 끝나갈 즈음, 마무리 확인을 하는데 수시로 새로운 자료가 불쑥불쑥 나타났다. 많이 지쳐 있던 터라 타이핑 자체가 싫었다. 이때 장성훈 선생의 도움이 없었으면 마무리 작업이 훨씬 더뎠을 것이다. 학교 일이랑 공부랑 겹쳐 힘들었을 텐데 무시로 하는 부탁에 한 번도 싫은 내색을 하지 않고 도와주었다. 자료를 찾기 위해 무작정 동행하자는 요구에 흔쾌히 따라주었고, 수많은 자료를 사진으로 찍어 주었던 김종헌 선생의 고마움도 밝혀 두어야 한다.

수민, 채연, 그리고 권우는 나의 자료 복사 요구를 수행하느라 자기 대학 도서관뿐만 아니라 이웃 대학의 도서관을 찾아다녀야 했고, 심지어 다른 대학 친구들을 동원해 자료를 복사해야 했다. 언제 벚꽃이 피고 지는지도 모르고 산다며 푸념을 하면서도, 주말과 휴일마다 도시락을 싸고 일상의 번다한 일을 대신한 집사람에게도 고마운 인사를 해야겠다.

10년이 넘는 시간을 이 일에 매달렸는데, 이제 벗어난다고 생각하니 한편 홀가분하면서도 아쉬운 점이 없지 않다. 자료 소장처를 몰라서, 더러는 알면서도 이런저런 어려움 때문에 수습하지 못한 자료가 적지 않기 때문이다. 눈 밝은 연구자가 뒤이어 깁고 보태기를 바란다. 학문의 마당에서 '나를 밟고 넘어서라'는 자세는 선학과 후학 모두에게 꼭 필요하다고 생각한다.

끝으로 이 자료집은 1920년대까지 다른 출판사에서 첫째 권이 간행된 후 여러 사정으로 중단되었다. 새로 보고사에서 완간하게 되었다. 많은 자료를 보완했고, 아동문학과 소년운동을 나누어 편집했다. 자료집의 발간을 흔쾌히 맡아준 보고사 김흥국 사장과 박현정 편집장, 부실한 교정(校正)과 번거로운 자료 추가 요구를 빈틈없이 처리해 준 황효은 씨에게 감사를 드린다.

2019년 정월
대명동 연구실에서 류덕제

일러두기

1. 이 자료집에 수록된 모든 글은 원문(原文)을 따랐다. 의미 분간이 어려운 경우는 각주(脚註)로 밝혔다. 다만 다음과 같은 경우에는 각주를 통해 따로 밝히지 않고 바로잡았다.

   가) 편집상 오류의 교정: 문맥상 '文明'을 '明文'으로 하거나, '꼿꼿하게 直立하여 잇지 아니며/고 卷髮로써 他物에다 감어가하/'와 같이 세로조판에서 행별로 활자가 잘못 놓인 경우, '꼿꼿하게 直立하여 잇지 아니하고 卷髮로써 他物에다 감어가며'로 바로잡았다.

   나) 괄호와 약물(約物)의 위치, 종류, 층위 오류의 교정: '(a), (B), (C), (D)'나 '(가), (2), (3), (4)'와 같은 경우, '(A), (B), (C), (D)'나 '(1), (2), (3), (4)'로 바로잡았다. 같은 층위이지만 '◀'이나 '◎' 등과 같이 약물이 뒤섞여 있거나, 사용해야 할 곳이 빠져 있는 경우, 일관되게 바로잡았다.

2. 띄어쓰기는 의미 분간을 위해 원문과 달리 현재의 국어표기법을 따랐다. 다만 동요(童謠), 동시(童詩) 등 작품을 인용하는 경우 원문대로 두었다.

3. 문장부호는 원문을 따르되, 일관성과 통일성을 위해 추가하거나 교체하였다.

   가) 마침표와 쉼표: 문장이 끝났으나 마침표가 없는 경우 마침표를 부여하고, 쉼표는 의미 분간이나 일관성을 위해 필요한 경우 추가하였다.

   나) 낫표(「 」), 겹낫표(『 』): 원문에 없지만 작품에는 낫표, 신문과 잡지와 같은 매체, 단행본 등에는 겹낫표를 부여하였다.(『별나라』, 『동아일보』, 「반달」, 『어깨동무』 등)

   다) 꺾쇠(〈 〉): 단체명에는 꺾쇠를 부여하였다.

라) 큰따옴표(" ")와 작은따옴표(' '): 원문에 외국 인명, 지명 등에 낫표나 겹낫표를 사용한 경우가 있어 작은따옴표로 통일하였다. 한글 인명이나 지명, 강조나 인용 등의 경우에 사용된 낫표와 겹낫표는 모두 큰따옴표로 구분하였다. 다만 본문을 각주에서 인용하는 경우에는 한글이라 하더라도 작은따옴표를 사용하였다.

4. 오식(誤植)이 분명한 경우 본문은 원문대로 하되 각주를 통해 오식임을 밝혔다. 이 자료집의 모든 각주는 편자 주(編者註)이다.

5. 원문에서 판독할 수 없는 글자는 대략 글자의 개수(個數)만큼 '□'로 표기하였다. 원문 자료의 훼손이나 상태불량으로 판독이 불가능한 글자의 개수를 헤아리기 어려운 경우에는 '한 줄 가량 해독불가' 식으로 표시해 두었다. '×××'나 '○○○'와 같은 복자(伏字)의 표시는 원문대로 두었다.

6. 인용문이 분명하고 장문인 경우, 본문 아래위를 한 줄씩 비우고 활자의 크기를 한 포인트 줄여 인용문임을 쉽게 알아보도록 하였다.

7. 잡지나 책에서 가져온 자료일 경우 해당 쪽수를 밝혔고(예: '이상 5쪽'), 신문의 경우 수록 연월일을 밝혀놓았다. 단, 원문에 연재 횟수의 착오가 있는 경우 각주로 밝혔으나, 오해의 소지가 없을 경우에는 그대로 두었다.

8. 외국 아동문학가들의 성명 표기는 필자와 매체에 따라 뒤죽박죽이다. 일본어 가타카나[片仮名]를 한글로 표기하는 데서 비롯된 것으로 보인다. 이해의 편의를 위해 원문 아래 각주로 간단하게 밝혔다. 자세한 것은 자료집의 말미에 실은 '외국 아동문학가 일람'을 참조하기 바란다.

차례

아동문학

소년운동

한국 아동문학비평사 참고자료

한국 아동문학비평사 보유자료

아동문학

朝鮮兒童文化協會, "朝鮮兒童文化協會 趣旨書", 1945년 9월.[1]

八月 十五日, 日本이 손을 들자, 불개미 같은 日獨伊의 파시슴은 쓸어지고, 聯合國의 進步的 民主主義가 勝利를 얻었다. 그것은 侵略戰에 대한 解放戰의 勝利였다.

最後의 發惡으로 우리들의 이름을 빼앗고, 심지어 밥 먹는 수까락까지 걷어간 강도의 나라 日本帝國主義의 무거운 쇠사슬에 꽁꽁 묶였던 우리 朝鮮은, 聯合軍 德으로 숨을 돌렸고, 눈 뜬 장님, 말하는 벙어리, 듣는 귀먹어리의 生地獄에서, 설흔여섯 해만에 解放이 되었다. 그러나 解放의 뒤를 대 선 것은 "獨立"이 아니요 "混亂"이었다. 그러면 우리 文化人은 어찌해야 할 것인가.

흙탕물에서 피어나는 연꽃을 보라. 우리는 이 混亂 가운데서도 우리 文化의 發掘과 新文化의 創造를 위하야 굽힘없이 前進해야 할 것이다.

한 나라 文化의 주추는 兒童文化다. 兒童文化야말로 모든 文化의 貯水池요 源泉인 것이다. 그러하거늘, 노래 한마디, 그림 한 폭, 장난깜 한 개, 물려줄 것이 없는, 거덜 난 朝鮮에 태여난 어린이야말로 어버이 없는 상제 애보다도 가엾지 아니한가. 朝鮮의 어린이는 어른의 노리개로 溫室 속 植物처럼 자라지를 안흐면, 거치장스러운 짐처럼 천대를 받으며 크고 있지 아니한가.

解放의 기쁨을 어린이에게도! 우리는 웨치고 나섰다. 서리 맞은 풀밖에 안 되는 우리는, 朝鮮의 새싹인 우리 어린이를 위하야, 스스로 썩어 한 줌 거름이 되려 한다. 뜻있는 이여, 共鳴하라. 그리고 이 일을 도으라. 朝鮮 어린이도 萬國 어린이와 더부러, 어깨동무를 하고, 歷史의 바른길을 힘차게 달리게 하라.

一九四五年 九月　　日

---

[1] 이것은 비평문은 아니지만 해방 직후 〈조선아동문화협회〉가 조직된 취지와 사업도를 확인할 수 있는 자료라 수록하였다.

朝鮮兒童文化協會

서울 鍾路・永保삘딩

電話 光化門 ③ 三九七〇番

兒協事業圖

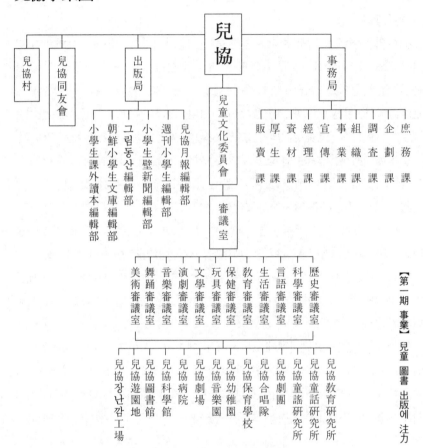

兒協主催・一九四六年度　三大　行事

★ 第一回 서울小學生聯合學藝會 (五月 上旬)

★ 第一回 全國小學生作品展覽會 (八月 中旬)

★ 聯合國小學生親善作品展覽會 (十一月 中旬)

尹福鎭, "民族文化再建의 核心－兒童文學의 當面任務(上)",
『조선일보』, 1945.11.27.

朝鮮의 모든 藝術文化가 野蠻스런 日本帝國主義의 暴惡한 軍靴에 짓밟어
桎梏한 迫害를 밧엇섯다 그中에서도 "言語"를 더부러 創造되는 朝鮮文學은
한層 더 甚한 迫害를 밧어섯다. 더구나 男女小中學校 學課에서 朝鮮語를 驅
逐하고 朝鮮語로서 된 新聞 雜誌를 一掃식혀 버린 뒤 우리 兒童文學은 完全
히 對象(讀者)을 일허버리고 發表機關을 喪失햇던 것이다. 그리하여 우리
兒童文學은 所謂 大東亞戰爭의 始作과 더부러 完全히 窒息되고 停滯되엿던
것이다.

그러나 지금은 人類發達史上에 前無後無한 日本帝國主義! 暴惡하기 싹이
업던 日本帝國主義는 弱小民族 被壓迫民族의 解放을 부르짓는 聯合軍의 正
義의 칼날에 餘地업시 崩壞되고 三十六個 星霜을 日本帝國主義 아래 奴隷와
가치 짓눌니던 우리 朝鮮民族은 聯合軍의 無限한 助力과 우리의 革命志士들
의 피 흘린 보람으로써 꿈에도 잇지 안튼 光明한 解放의 門이 활짝 열녓다.

지금 三千里江山에는 光榮스러운 建國工事와 함께 朝鮮의 모든 藝術과
文化는 새 時代에 새 나라에 適應한 藝術과 文化를 創造키 위해 그 再建工事
에 忙殺하고 잇나니 그 모다가 時急한 工事이요 그 모다가 緊要한 工事일
것이다. 그中에서도 가장 時急하고 緊要한 것은 兒童文學의 再建工事일 것
이니 이는 決코 筆者가 兒童文學에 關心을 가진 사람이기 째문에서 그러한
主唱을 웨치는 것은 안이다. 한 民族에 잇서서 한 國家에 잇서서 "兒童"이
어떠한 자리를 차지하고 將來에 어쩌한 役割을 한다는 良識을 가진 분은 누
구나 다 共鳴할 것이다. 더구나 한 民族의 始初이요 한 國家의 核心으로 看做
되는 兒童이 지금에 母國의 글을 쓸 줄 모르고 母國의 말을 모르고 母國의
鄕土美와 人民의 歷史를 모르는 가슴 아픈 이 現象을 바라다볼진대 이날에
兒童文學은 高貴한 役割과 使命을 쯰엿고 쌸라서 이날에 兒童文學家는 眞實
로 무겁고 聖스러운 짐을 두 어깨에 잔득 언젓다! 다시 생각해 보면 새 날의
兒童文學 再建의 設計와 工事 오로지 兒童文學家에만 賦與된 使命이 아닌

것갓다. 兒童文學은 成人文學과도 달러 人間으로써 純粹한 白紙인 兒童에게 高潔한 人格的 薰陶와 더부러 高尙한 情緖敎育에 크다란 役割을 가진 兒童文學은 지금 創造 途中에 잇는 새 時代 새 國家의 性格을 잘 把握하고 지금 人民이 생각하고 人民이 부르짓는 소리를 쏙바로 들녀야 하겟고 나아가서는 압날에 朝鮮이 世界兒童으로써 큰 役割을 가저야 하겟스니 人文, 地理, 歷史, 科學的 方面에도 豊富한 良識을 具備케 해야 할 것이다. 그럼으로 兒童文學이 成人文學의 겹房사리로써 恰足치 말고 兒童文學을 文學을 修業하는 데 必然的으로 발버 가는 初步的 過渡期의 幼稚한 文學이란 망녕된 兒童文學觀을 깨끗이 淸算하고 兒童文學家는 文學뿐만 아니라 모든 藝術, 文化, 政治 全域에 健全한 良識을 具備하여야 하겟다. 위에서도 말햇지만 새 時代에 兒童文學 再建工事에는 누구보다 成人文學家들이 積極的으로 協力해야 하겟고 言語學者, 歷史家, 自然科學者도 여러분도 積極的으로 助力하여 하겟고 지금 우리의 兒童이 조선글을 잘 모르고 조선말을 잘 모르는 現象에 處해서는 兒童文學은 兒童이 스사로 讀破하고 鑑賞하게 되는 時期까지는 뜻 잇고 良識을 가진 父兄들이 代讀하고 鑑賞해 주어야 할 것이다. (게속)

尹福鎭, "民族文化再建의 核心 - 兒童文學의 當面任務(下)", 『조선일보』, 1945.11.28.

그러면 兒童文學 再建工事는 무엇보다 먼저 桎梏되엇고 迫害 밧던 낫선 異鄕에서 그립든 故鄕으로 돌아가게 하는 歸鄕運動이 急務일 것이다. 먼저 兒童에게 옹색한 封建的 殘滓를 一掃케 하고 野蠻的인 日本帝國主義와 軍國主義의 餘喘를 淸算케 하자! 朝鮮의 아름답고 健全한 古典으로! 古典을 알니자! 弱小民族과 被壓迫民族이 가젓던 安價의 센치멘탈리즘을 한시바쎄 씻처 버리자! 自己의 故鄕으로 돌아간다고 해서 지금의 人民이 要求하는 歷史와 등진 옹색한 民族主義의 좁은 陷穽에 쌔트리지 마러야 한다. 自由스러운 世界로! 進步的 民主主義的 方向으로 領導해 나가자! 朝鮮의 兒童인 同時에

世界의 兒童이란 것을 恒常 認識케 하자! 兒童은 純粹한 것이니 神聖한 것이니 해서 넘우 偶像視해서 "現實"을 써난 生活에 遊離케 하지 말자! 이러한 健實한 兒童生活에 立脚하여 그 우에 兒童文學을 再建하자! 童心! 童心! 童心이라고 빙자하고 허무맹랑한 邪路로 彷徨치 말자! 非科學的인 人造童心을 濫造치 말자! 健實한 兒童生活 우에 科學的 土臺 우에 文化 全域 우에 進步的인 兒童文學을 再建하자! 文學은 創造의 藝術이다. 짜라서 兒童文學도 創造의 藝術이여야 할 것이다. 우에서 새 時代의 再建되는 兒童文學 建設 工事에 成人文學家에게 적지 안은 協力을 期待햇다고 새 時代에 活動을 兒童文學家는 依他心을 가지고 自主的이 아니여서는 안 된다. 우리는 우리 손으로 進步的인 새로운 兒童生活을 創造하여야 하고 健全하고 아름다운 童心을 發見하고 새로운 童心語를 創造하여야 하겟다. 넘우나 法規的인 文法을 主張하는 一部의 言語學者 옹색한 國粹主義를 主唱하는 一部의 言語學者에게 귀를 기우리지 말어야 한다. 文學家는 새로운 言語를 創造한다는 嚴然한 事實을 恒常 念頭에 두자! 兒童文學家는 特히 三十六年이란 決코 적지 안은 歲月에 朝鮮 사람 生活 속에 "日本的"이란 것이 기피 숨어 잇고 더구나 철모른 兒童의 生活에 "日本的" "日本色"이란 것이 全面的으로 저저 든 此際에 될 수 잇는 대로 쌜니 이 우습광스럽고 얄미운 "日本的" "日本色"이란 것을 우리의 感情에서 우리의 言語에서 追放하자! 이 나라에 兒童으로 하여금 本來의 面貌로 돌리자! 새 時代와 새로운 世界의 兒童으로써 가질 바의 모습을 갓게 하자! 그리하여 眞正한 朝鮮 兒童文學을 再建하자! 참된 世界文學으로써 一翼이 되는 朝鮮 兒童文學을 樹立해야 한다.

一九四五. 一一. 二五

宋完淳, "(家庭과 文化)兒童文學의 基本課題(上)", 『조선일보』, 1945.12.5.

史上 無類의 欺瞞과 殘虐을 恣行한 日本帝國主義는 親日派 及 民族 反逆者의 破廉恥한 人皮獸的 協同을 어느 一面에 잇서서 짓구진 同和政策을 强制하엿기 째문에 朝鮮 것이란 人文習俗은 말할 나위도 업고 至於 自然까지도 純粹性을 일헛다고 할 만치 치어버럿다. 그럼으로 解放 朝鮮의

當面課題는 무엇보다도 먼저 "朝鮮 것"을 찻고 맨드는 데 잇지 안으면 안 된다. 다시 말하면 일헛던 것을 도로 차저서 그것을 基盤으로 하여 새로운 것을 創造하는 것이 아니면 안 된다.

그러기 爲하여서는 進步的인 民主々義에 依한 "日本的인 것"의 撲滅과 封建殘在의 掃蕩에서부터 始作해야 한다. 八·一五 以前의 것을 째우거나 改裝하는 式의 方便主義를 써서는 到底히 效果를 엇지 못할 것이다. 도로혀 새로운

擬態下에 增大 發展케 하는 逆效果를 齎來할 것이다. 根滯로부터 覆滅하는 非常手段을 쓰지 안으면 안 된다.

八·一五 事件이 우리에게 잇서서 單純히 民族解放만을 意味하지 안코 民族革命을 要請하는 所以도 實로 이에 잇는 것이다. 兒童에 잇서서는 이 革命的 要請이 一層 緊要하다. 웨 그러냐 하면 오늘날의 朝鮮 兒童은 擧皆가 酷似 日本人이 되여 버럿고 封建殘滓는 그들의 日常生活 속에 깁히 뿌리를 박고 잇기 째문이다. 그들을 朝鮮의 참스런 제네레숀이 되게 하려면 創氏名을 버리고 朝鮮 語文을 가르치고 歷史를 알려주고

民主主義를 □□하는 것쯤으로는 徒勞無切일 것이다. 生活과 心性의 一切에 亘하여 □□에 徹하는 根本 改革이 絶對로 必要한 것이다.

革命이라면 大槪 □□□한 □壞만을 意味하는 것으로 넉이는 모양이다. 그러나 새로운 建設을 前提 안는 것은 革命이 안이라

虛無主義의 反動에 不過하는 것이라는 것을 안다면 朝鮮 兒童의 革命의 必要性을 拒否하는 사람은 업슬 것이다.

兒童을 爲한 文學도 同一해야 할 것은 勿論이다.

尹福鎭 氏의「兒童文學의 當面 任務」(『朝鮮日報』一九四五・一一・二七~二八)라는 論文은 示唆한 바 적지 안홈에도 不拘하고 이러한 革命的인 意味에 잇서서의 基本 □□를 設定함이 업시 스로-간 가튼 文句의 羅列에만 끚친 것은 매우 遺憾이엇다. (게속)

宋完淳, "(家庭과 文化)兒童文學의 基本課題(中)",『조선일보』, 1945.12.6.

朝鮮의 兒童文學은 이미 三十餘年의 歷史를 가젓다. 그리고 그 根底를 貫流한 基本精神은 植民地的 支配를 解脫하기 爲한 反抗과 否定이엇다.

그러나 이제로부터의 兒童文學의 基本精神은

新國家를 建設하기 爲한 否定的인 同時에 肯定的인 것이야[2] 할 것이다.

"日本的인 것" 及 封建殘滓의 掃蕩과 現實에 對하여 盲從이어서는 안 되는 點에 잇서서 否定的이며 解放 獨立을 進步的 民主主義에 依하여 絶對로 完遂하지 안어서는 안이 되는 點에 잇서서 肯定的이어야 한다. 이 否定과 肯定의 辨證法的 交互作用의 連鎖에 依해서만 朝鮮의 新兒童文學은 世代的 要請에 適應하는 것이 될 것이다.

否定과 肯定의 二重性은 第二次世界大戰이 結果한 世界史上의 普遍的 特質이다.

그 現實的 內容은 西洋과 東洋이 各異하며 나라에 짜라서 쏘 달르다. 西洋의 二重性은 一般으로 發達한 資本主義의 陳腐性과 팟시즘의 除去라는 點에 잇서서 否定的이고 소시앨・데크라시-의[3] 現實이라는 點에 잇서서 肯定的이며 東洋의 그것은 植民地的인 것과 封建殘滓의 除去라는 點에 잇서서

---

2 '것이어야'의 오식이다.
3 '소시앨・데모크라시-의'의 오식이다.

否定的이고 부르죠아·데모크라시—의 遂行이라는 點에 잇서서 肯定的인데 朝鮮의 그것은 旣述한 바와 가치 "日本的인 것" 때문에 地域的으로 또 좀 特殊한 것이다.

日本의 政治와 經濟의 支配權이 壞滅하엿다고 "日本的인 것"이 滅亡한 것은 아니며 美蘇의

進步主義의 影響을 입엇다고 封建殘滓가 갑작이 消滅하는 것도 아니다. 우리들의 生活의 微細部에까지 滲浸한 "日本的인 것"과 長久한 歲月을 通하여 遺傳되여 온 封建殘滓는 도로혀 그 偏狹하고 옹색한 保守的 國粹的인 點에 잇서서 無意識中에 聯合 反動을 相當히 長期間 繼續할 것이다. 그럼으로 當分間의 朝鮮의 一切 問題는 이 두 가지를 中心으로 開展되여야 할 것이다. 朝鮮의

完全 獨立의 民主主義的 實現을 이 두 가지의 撲滅의 進捗度에 比例할 것이다.

兒童은 "日本的인 것"과 封建殘滓가 구석구석에 싸여 잇는 大人生活에 依託한 感性的 無意識 易信者인만치 그 掃蕩工作이 至極히 困難할 것이나 그런 까닭에 더욱 切實히 必要한 것이다. 따라서 兒童文學은 그것을 爲한 가장 有力한 武器가 되지 안흐면 안 된다. (게속)

宋完淳, "(家庭과 文化)兒童文學의 基本課題(下)", 『조선일보』, 1945.12.7.

그런데 兒童文學은 兒童文學으로서의 獨自의 困難이 한 가지 잇다. 그것은 傳統이 거의 白紙라는 것이다.

八·一五 以前의 兒童文學은 立脚 精神이 달름으로 그 繼承은 形式的인 程度를 넘어서는 안 된다. 그것도 嚴密한 批判的 止揚을 것처 攝取해야 한다.

그러나 이미 基本方向이 分明하니 悲觀할 것은 업다. 迂餘曲折은 엇겟지만4 새로운 創造的 決意로써 眞摯히 努力만 하면 반듯이 所期의 成果를 거둘

수 잇슬 것을 미더야 한다.

그럼으로 兒童文學者는 새로운 것의 創造者라는 자랑을 가지고 透徹한 革命精神으로써 科學的이며 進步的인 嶄新健康한 兒童文學을 建設하여 새 朝鮮의 主人이 될 兒童을 育成시키는데 큰 이바지를 하지 안흐면 안 된다.

一般 社會人士도 從前처럼 消極的이어서는 안 된다. 兒童文學은 決코 餘技가 아니다. 兒童으로 하여금 將來의 朝鮮을 完全한 自主力으로 死守 發展시킬 수 잇는 사람이 되게 하고 못 되게 하는 바 잇서서 兒童文學도 兒童教育못지 안케 큰 힘을 가진 것을 알지 안으면 안 된다. 그럼으로 兒童文學을 이제부터는 社會 諸 文化와 同類의 것으로 積極的인 取扱을 해야 한다.

나는 特히 兒童文學의 發展의 捷徑으로서 教育과의 緊密한 結合을 提唱하고 십다. 그것은 教育自體를 爲해서도 가장 有利한 手段의 것이다.

昨今에 民主主義的인 教育이 云謂되는 것은 時宜한 일인데 그러자면 무엇보다도 그 方法에 잇서서 文學的 藝術的이어야 할 것이다. 科學을 基盤으로 삼고 文學化 藝術化한 教育이어야만 그 使命인 民主主義的 任務를 正常 且 確實히 다할 수 잇슬 것이다.

그리고 이러케 되어야만 兒童文學도 그 目的하는 바인 "日本的인 것"과 封建殘滓의 掃蕩을 完遂할 수 잇슬 것이다.

再三 깁흔 省察과 注意가 잇기를 强調해 둔다. (十二月 一日)

---

4 '잇겟지만'의 오식이다.

洪九, "(隨筆)珠汕 先生", 『신건설』, 제1권 제2호(12-1월호), 1945.12.30.

— 한글 學者 申明均 先生의 號는 珠汕이시다 —

지금부터 다섯 해 전 눈보래 치는 섯달 어느 날 아츰 나는 先生이 도라가시엿다는 부고의 전화를 받었다. 참인지 거짓인지 나의 귀를 의심할 만큼 나는 놀라고 고지 들리지를 않었다. 나는 허둥허둥 大學病院으로 달녀갔다. 事實이였다. 그러나 나는 이 事實을 감추고 있는 무슨 秘密이 있기를 바라고 또 있어야 되겠다고 가슴에 固執하았다. 그여히 알고 보니 珠汕 先生은 自決을 하시였다. 五十이 넘으신 先生이 무엇 때문에 自手로 自己의 生命을 끊으시지 않으면 않 될 理由가 어디에 있느냐?

나는 바로 하루 전날 先生이 나를 찾어 주신 일을 생각하였다. 다른 때와 다름없이 家計와 健康을 물으시며 讀書에 對한 指示를 말슴하시고 朝鮮語辭典 編纂을 速히 해야겟다는 말슴 끝에 先生의 親友며 協助者인 그때 故人이 되신 白軒 先生을 슬퍼하시고 나로서는 잘 알지는 못하나 先生이 親히 하시든 그때 地下서 活潑한 運動을 하시든 지금 共産黨 某氏 같은 그분의 同志며 先生의 弟子이든 某々 氏들이 한번 보고 싶다고 하시는 말슴 속에 어디인지 다른 때와 다른 쓸쓸하고 허젓해 하시는 先生을 直覺을 하고 그날은 헤여지는 것이 유난이 서운했었다.

"몸 조섭을 잘하고 공부를 하소." 그 수멀수멀한 눈으로 나를 바라보시며 하시든 말 作故한 友人을 回想하시며 옛 벗을 그리워하시고 가르키시든 弟子를 생각하신 건 참으로 피눈물나는 自決을 決心한 先生의 最後의 德이였고 仁이였다고 본다.

先生이 關係하시든 中央印書館이란 印刷所 兼 書店은 우리들이 자라나든 溫床이라고 해도 좋았다. 무슨 론의가 있을 때나 무슨 열락이 있을 때 그곧이 우리의 지정된 장소가 되는 수가 많다. 그 어둠컴컴한 습기 찬 방(이상 47쪽)에 先生이 우드머니 무엇을 명상을 하시다가도 우리가 가면 자리를 내 주시고 나가신다. 별다른 특별한 이야기가 없을 때는 나가시지 말내도 한사코 자리를 비여 주시고 집 주위를 한번 휘도라 보아 주시였다. 처음에는 그 리유를 몰랐으나 차츰 先生의 참뜻과 자세함과 주밀함을 알게 되였다.

先生은 우리와 主義나 思想이 같지는 않았다. 그러나 젊은 사람이 품은 思想에는 反對를 않한다는 것보다도 當然히 갖어야 된다고 하시며 갖인 사람이 똑바른 사람이며 이 세대에 맞인 사람이며 그 思想을 버리고 무슨 思想을 갖을 것이 있겠느냐고까지 말씀하시는 것을 본 적이 있다.

그만큼 先生은 젊은 世代를 사랑할 줄 아시였다. 또한 나아가 옳고 그른 것을 판단하실 줄 도 아시였다. 우리는 사부같이 대하며 동무같이 대하였다. 先生의 潔白과 質素함과 强한 意志에 우리는 배움도 많았다. 先生의 剛直함은 날로날로 貧寒만 갖다 드리였으나 조금도 屈함이 없었다. 日本帝國主義 野蠻的 政治는 朝鮮으로 하야금 永遠한 奴隷化를 目的으로 言語와 姓名을 剝奪하였다. 그때 先生의 悲憤이란 말할 수 없었다.

새하얗게 개인 어느 가을날 先生은 白軒 先生의 墓를 찾어 墓를 앞에서 切痛해 痛哭하심을 보았다. 하소하실 곳이 없어 故人의 墓 앞에 눈물의 하소를 하실 때 지향 없는 눈물을 흘리며 목 노아 나도 울어 보았다.

본시 無言이며 沈鬱한 先生은 더욱더 沈鬱하시기 始作하였다. 이것이 先生이 自決하시든 直前의 社會的 事件이였다.

"승홍수[5]를 좀 얻어 다오." 先生은 어느 病院에 있는 弟子에게 消毒藥으로 그것을 얻으시였다. 그 弟子는 用途를 별로 의심치도 않고 믿는 先生의 命令대로 했다.

先生은 새 世代를 사랑하면 사랑할수록 더 苦憫이 많으셨다. 先生의 周圍는 모두가 情熱的인 젊은이만이 보히였으리라. 사랑하는 "아우" 귀여운 딸 친한 벗 가리키든 弟子 모두가 다 새로운 信念 밑에 움직이고 있으나 先生을 악수하며 그곧으로 받어드릴 사람은 하나도 없이 보이셨으리라. "외토리다." 先生은 서운하고 적막하나 손을 드러 그곧으로 뛰여 드러오실 勇氣와 熱이 不足하시고 憧憬만이 가슴에 꽉 차시였었다.

---

5 승홍수(昇汞水)의 오식이다. 승홍 곧 염화수은(鹽化水銀)을 녹여서 푼 소독물인데 강력한 살균력을 지녀 기물의 살균이나 피부 소독에는 0 · 1%의 용액을 사용하고, 점막이나 금속 기구를 소독하는 데는 적당하지 않다.

現實은 洞察하시여도 現實을 밀고 나가시는 推進力이 너무도 微弱하시였었다.

그리하야 우리가 尊敬하든 珠汕 先生 우리를 북도다 주든 珠汕 先生은 가시고 말었다.

아버지도 될 수 있고 형님도 오빠도 동무도 될 수 있든 珠汕 先生. 옛 벗이 아우님이 따님이 弟子들이 朝鮮 建國의 礎石으로 지금 이바지할 때 우리는 새삼스럽게 先生이 그리워지며 가슴 깊이 사모침을 느끼였다.

十一月 廿五日 (이상 48쪽)

宋影, "(별나라 續刊辭)적은 별들이여 붉근 별들이여 -『별나라』를 다시 내노면서", 『별나라』, 해방 속간 제1호, 1945년 12월호.

조선의 어린 동무들아! 귀여운 동무들아! 모두들 모혀 들자, 호미를 들고 함마를 들고 새로 쌋근 연필을 귀에 꼿고, 감초와 두었든 붉은 긔를 높이 들고, 힘 있게 모혀 들자. 여긔는 적은 별들이 모힌 우리들의 나라다. 우리들의 별나라다.

검은 구름을 헷처 버리고 뼈젓하게 빛나는 적은 별, 적은 별들의 눈물 석긴 웃음이 그리고 아우성 소리가 가득 차서 잇는 우리들의 별나라다.

그동안 이약이야 해서 무엇 하랴. 말을 하자니 목이 미고, 글로 쓰자니 눌물만 어리는고나. 강남으로 가려든 제비들까지 늣기며 재절거리며, 떠나가기를 실혀하는 이 강산(江山) 이 나라가 아니냐. 아모리 우리들은 쇠 같은 마음 불 같은 혈긔(血氣)를 가진 조선의 어린이로서니 적은 제비만도 못할 듯십흐냐. 울자 소리처서 울자 주먹을 휘둘러서 서로 갈기면서 울자.

생각하니 모두가 꿈 같구나. 왜놈들의 제국의(帝國主義)에 짓눌니여서 입 잇는 벙어리가 되고, 귀 있는 귀먹어리도 되고 집 없는 행낭아이가 되여 잇든 우리들이!

손구락들이 양초가락 같이 되고 얼골에 개나리꽃이 피여서 빗슬〜 몰녀 단기든 우리들이 - 학교도 못 들어가고! 그리고 가진 천대를 마저 가며 겨우 학교라고 들어가도 우리말도 못하고 지내가든 우리들이! 이러한 우리들도 인제는 그만 해방(解放)이 되엿고나. 자유(自由)가 되엿고나. 우리들의 힘으로 우리들이 넉넉히 살어갈 수 잇는 (이상 6쪽) 독립(獨立)이 되고 말엇고나.

그렇나 오늘의 이 기쁨이 이 자유가 하늘에서 떠러진 우연한 것은 아니엿다. 그동안 기나긴- 동안, 우리들의 할아버지, 아버지, 그리고 옵바, 누나들까지 우리들의 해방을 위해서 싸호고 싸흐시다가 수없이 많이 피를 흘리시엿든 것이다. 멀리 해외의 섯투른 짠 나라에 나가세서 도라가신 분도 게시고 갓거히 우리나라 안에서 왜놈들의 눈을 속혀 가시면서 싸흐시다가 감옥의 귀신들도 되시엿든 것이다. 이러한 피, 거룩한 피와 이러한 죽엄 훌용한 죽엄들이 오늘이란 오늘이 된 것이니 이 엇지 우연한 노릇이라 하랴.

그렇나 아즉까지도 우리들 앞뒤에는 나라도 몰느고 평화도 몰느고 오즉 저 혼자만이 잘 살려 드는 배불뚝이 욕심쟁이들이 같은 나라의 같은 동포(同胞)라는 아름다운 탈을 쓰고 우리들을 새롭게 못 살게 굴여고 음흉한 눈을 끔벅어리고 있다. 적은 동무들아! 사랑하는 어린동무들아! 우리들은 이렇한 욕심쟁이 평화를 휘정거리려 드는 낫분 놈들을 없애버리고 쪼처버리기 위해서 세로 맨든 비들을 들자. 멀리 ⌒ 지구 밖으로 내쫓차 버리고 말잣구나. 그래서 우리들의 나라 적은 별들의 나라를 깨끗하게 맨들자. 적은 새와 붉은 꽃들이 노래하고 춤추는 사시장철의 봄 동산을 맨들자.

우리들은 적은 별들은 비록 적으나 그래도 당々한 적은 영웅들이다.

호미를 들면 넓은 덜이 누른 물결이 되고 괭이를 휘둘르면 금(金)과 (玉)이 쏘다저 나온다.

함마를 휘들느자. 용광로의 불길은 아츰 해보다 더ㅡ 빛난다. 모터ㅡ 소리와 같이 글 읽는 소리가 낭々하게 들닌다.

겔놈뱅이가 없고 욕심쟁이가 없는 우리들의 나라 三千里 조선 나라는 오즉 우리들! 적은 영웅!! 어린 별들의 손에, 이룩하여질 것이다.

별나라 만세.

어린 동무 만세

전세게 무산아동 만세.(이상 7쪽)

嚴興燮, "별나라의 거러온 길 — 별나라 略史", 『별나라』, 해방 속간 제1호, 1945년 12월호.

『별나라』는 십년 동안이나 짓눌이여 빛을 못 보고 억울하게도 여러분과 맛나지도 못하엿습니다. 여러분은 어느새 수염이 나고 목소리도 굵어 이 나라의 씩々한 청장년(靑壯年)이 되엿고, 쏘 엄마도 되엿겟습니다. 그러나 『별나라』 다시 살아난 『별나라』는 언제니 씩々한 소년입니다.

보십시요. 저 간악한 일본제국주의의 탄압이 허구헌 날 우리 『별나라』를 억눌느고 죽이려고까지 햇으나 『별나라』는 영々 죽지도 않고 없어지지도 안습니다. 다시 사라난 『별나라』는 새벽을 맛난 별이겟지요. 영원히 이 나라 어린이의 동무요 쏘 길잽이겟지요. 그러면 이제부터 여러분에게 『별나라』가 걸어온 쓰라린 이야기를 들여 드리겠습니다.

『별나라』는 一九二六년 六月에 비로서 창간호를 발행햇으니 그때의 동인(同人)은 지금은 네 분이나 작고(作故)한 분도 잇으나 모다 열한 분인 듯합니다.[6] 즉 최병화(崔秉和), 안준식(安俊植), 양고봉(梁孤峯) 씨의 대여섯 분이요 사장에는 안준식(安俊植) 씨엿읍니다.

이분들은 조선의 소년운동(少年運動)에 이바지하고자 그야말로 모든 힘을 다 — 내여 활동하엿든 것입니다. 그 작품 내용에 잇어서도 주로 소년소설, 동화, 동요, 그 밧게 과학(科學), 취미(趣味) 역사, 지리 등々을 실엿든 것입니다.

즉 一九二六년부터 一九二七년 七月까지는 게(이상 8쪽)몽긔(啓蒙期)라고 할 수 있었습니다. 『별나라』는 즉 이 게몽긔를 위시(爲始)하야 아옵 해(九年) 동안을 세 기(三期)로 난홀 수 잇으나 다음 一九二七年부터 一九三二년 六月 까지는 목적의식긔(目的意識期)요 一九三二년 七月부터 그 다음은 투쟁긔

---

6 「本社에 執筆하실 先生님(가나다順)」(『별나라』, 1927년 10월호)에 19명의 동인(同人)을 밝혀 놓은 바 있다. 명단은 다음과 같다. 金道仁, 金永喜, 李定鎬, 李學仁, 李康洽, 廉根守, 方定煥, 朴淚月, 朴芽枝, 宋影, 劉道順, 梁在應, 安俊植, 延星欽, 秦宗爀, 韓晶東, 崔奎善, 崔秉和, 崔喜明.

(鬪爭期)라고 할 수 잇있겠읍니다.[7]

『별나라』는 이 목적의식긔에 드러가자 실로 조선의 무산아동을 위하야 잇는 힘을 다− 쏘닷든 것입니다. 육십여 페이지나 되는 잡지를 정가(定價) 五 전에 내노흔 것도 그 때문이요 제본(製本)할 때는 동인 자신(同人自身)들이 서슴지 않고 도와주기까지 했든 것입니다. 이것이 전조선 방〃곡〃 심지어는 대서양에 잇는 큐−바에까지 건녀갓든 것입니다.

이때에는 송영(宋影) 씨가 편즙을 맛타 보앗고 다음 一九二七년 十二月號부터는 박세영(朴世永) 씨가 그 편즙에 당하엿읍니다. 이리하야 『별나라』는 차츰〳〵 무산아동의 튼〃한 진영(陣營) 속으로 드러가게 되엿읍니다. 쑨만 안니라 어리이날[8](五月 첫재 공일날)에는 전선 지사를 통하야 이를 선전(宣傳)햇고 지도(指導)했엇든 것입니다.

그리고 一九三○년 十月에는 천도교긔념관(天道教記念館)에서 "音樂, 童話, 童劇의 밤"을 열어 대성황(大盛況)을 이루엇고, 一九三二年 七月 즉 『별나라』가 비로서 투쟁긔(鬪爭期)로 드러가자 그 첫 사업(事業)으로 전선야학강습소사립학교연합대학예회(全鮮夜學講習所私立學校聯合大學藝會)를 대평통 내청각(來靑閣)에서 열엇으니 낫에는 작품 전람회를 열엇고 밤에는 그 자리에서 학예회를 열기 위하야 불이나케 작품을 거더치우고 하든 생각만 해도 머리가 앞은 일이엇만 조금도 힘이 드는 줄도 모르고 모두가 활발히 일들을 햇읍니다.

이째에 전선에서 참가한 학교만도 七十여 곳이엿고 동원된 아동이 수만 명(數萬名)에 각가왓든 것입니다.

다음 一九三三年 六月에는 『별나라』 七주년 긔념행사(行事)로 역시 이상과 가튼 모임을 배재중학교 강당에서 거행하야 우리 조선 아동의 기세를 도두어 주엇읍니다. 이 동안에 『별나라』는 일시 임화(林和) 씨가 편즙을 담당하엿고 다음에 필자가 책임을 진 째도 잇엇습니다. 이째에는 과학물을 많이 실엿고 소련의 피오널이 생〃이 당시 소년소녀의 머리속에 실이[9] 잇엇을 것

---

7 '있겠읍니다.'에 '잇'이 잘못 들어간 오식이다.
8 '쑨만 아니라 어린이날'의 오식이다.

임니다.

이가티 『별나라』가 아홉 해 동안이나 거러오는 동안에 평균(平均) 일 년에 두세 호식은 내용이 불온(不穩)하다고 압수를 당하엿으니 짜져 보면 二十회나 압수(押收)를 당햇읍니다. 다만 압수를 햇을 쑨만 아니라 세 번식이나 잡아 가두고 우리들의 활동을 여지없이 방해햇읍니다. 그러나 우(이상 9쪽)리들은 조곰도 굴복(屈服)하지 않고[10] 최후까지 싸와 나갓읍니다.

그러나 『별나라』는 一九三四년 十二月호로써 일본 관헌의 최후의 발악으로 말마아마 허는 수 없이 제구년째 七十九호로써[11] 페간하지 아니치 못할 운면(運命)에[12] 싸젓엇읍니다.

삼심륙년이나[13] 우리는 참된 벗을 못 보고 말도 못하고 듯도 못하고 또는 보는 것까지도 못하게 할 만큼 세게에서는 가장 악착스러운 일본제국주의는 비참하게도 그 죄의 값으로 문어지고 말엇으니[14] 바로 일본이 무조건 황복을[15] 발표하든 그날 『별나라』는 속간(續刊)을 약속하고 이제 자유스런 천지에서 여러분과 더브러 힘 잇게 나가게 된 것입니다.

전조선 무산아동은 모다 『별나라』로 못헤야[16] 되겟읍니다. 우리는 조선 독입과[17] 아울러 불상하신 우리 부모, 그리고 우리 형제, 우리 동무들의 참된 무산계급의 해방을 가저와야 되겟읍니다. 이것이 없이는 탈 쓴 자유일 것이요 역시 그짓[18] 해방이란 것을 잘 알어야 되겟읍니다.

---

9 '실여'(실려)의 오식이다.

10 '않고'의 오식이다.

11 『별나라』는 통권80호(1935년 1-2월 합호, 1935년 2월 15일 발행)가 남아 있다. 그런데 박세영(朴世永)도 1946년 〈조선문학가동맹〉 주최 "全國文學者大會"의 보고문인 「朝鮮 兒童文學의 現狀과 今後 方向」(朝鮮文學家同盟中央執行委員會書記局 編, 『建設期의 朝鮮文學』, 1946년 6월)에서 "一九三四年 十二月로서 廢刊의 運命"(98쪽)이라 하고 있다.

12 '운명(運命)에'의 오식이다.

13 '삼십륙년이나'의 오식이다.

14 '말엇으니'(말았으니)의 오식이다.

15 '항복을'의 오식이다.

16 '모혀야'(모여야)의 오식이다.

17 '독립과'의 오식이다.

18 '거짓'의 오식이다.

전조선의 무산아동 만세.
노동자 농민 만세.
완전독립조선 만세.

　　　　　　　　— 一九四五. 一〇 —

朝鮮文化建設中央協議會 朝鮮文學建設本部 兒童文學委員會,
"宣言",『아동문학』, 창간호, 1945.12.

宣　言

　　　　어린 벗을 사랑하는 同志들에게!

　오늘의 이 燦爛한 아침을 마지하여 이 큰 感激과 기쁨은 먼저 우리의 사랑하는 어린 벗 朝鮮의 兒童에게 있어 더욱 빛날 것이다.

　荒涼한 이 땅의 어린 꽃인 이들 兒童은 오랫동안 帝國主義의 日本의 野蠻된 壓制와 辱된 敎育의 발길 아래 짓밟힌 바 되어 自己 나라의 勇敢한 人民의 歷史와 빛나는 文化와 아름다운 言語가 있으되 그 貴한 줄을 몰랐으며 저들의 종이 되고 말아 사람의 옳은 사랑을 잃었고 그 面貌까지 外人의 表情을 하였다. 그러나 우리 家庭의 어버이들은 이들에게 또한 무엇을 하였던가. 封建主義의 낡은 慣習과 小市民의 俗된 打算과 蒙昧한 迷信으로 어둡게 하였고 옹색한 個人의 利益이나 賤한 市井의 榮達을 본받게 하였을 뿐, 어디 人類의 福地를 위한 좋은 뜻과 人間의 高貴한 精神에 對하여 또는 勞働하는 人民의 높은 땀과 그 生의 尊보에 對해서 떠떳이 말해 드릴 수 있었는가?

　그러나 마침내 이를 어린 벗들에게도 이 모-든 成長을 阻害하던 쇠사슬은 끊어지고 自由와 解放의 날은 왔다. 이제야말로 새로운 歷史와 새로운 人間이 創造되어야 하는 거룩한 이날을 마지하여 우리의 兒童文學 同志와 文化人에게 지워진 任務는 자못 클 것이다. 먼저 힘을 모아 우리의 어린 벗들로 하여금 이들의 成長을 阻害하던 모-든 旣成 權力에서 解放함과 더불어 封建主義와 蒙昧한 迷信에서 버서나 光明과 向上의 길을 열라!

　빛나는 人民의 歷史, 高貴한 藝術과 言語, 그리고 이 땅의 人民된 자랑을 갖게 하라!

　世界史의 바르고 옳은 길 위에서 자라 가는 萬國 兒童의 一員이로써 씩씩하게 자라나는 兒童이 되게 하라!

　眞正한 科學의 知識에 눈 뜨게 하여 다음날 建設 朝鮮의 힘찬 役軍이 되게 하라!

이것을 우리 兒童文學 同志, 文化人은 하나의 課題요 指標로 하고 힘차게
出陣한다.

一九四五年 八月 十八日

朝鮮文化建設中央協議會
　　　朝 鮮 文 學 建 設 本 部
　　　兒 童 文 學 委 員 會 (이상 1쪽)

林和, "兒童文學 압헤는 未曾有의 任務가 잇다", 『아동문학』, 창간호, 1945.12.

日本이 우리 民族의 피와 땀을 짜서 기울어져 가는 戰勢를 도리켜 보려고 最後의 惡을 하던 몇 해 동안 우리의 마음을 그中 쓰라리고 어둡게 한 것은 우리 兒童들의 運命이었다.

姓命을[19] 갈고 母國語를 못 쓰게 하고 自己 나라와 民族의 歷史를 배우지 못하게 하고 衣服과 飮食까지를 日本化시켜서 아주 日本 사람으로 우리 어린이들을 가르치고 길러 내자는 心算이었다. 어른들은 革命的 民族主義者나 共産主義者처럼 公公然하게 日本에 反抗하는 사람이 아니라고 하드래도 힘써 머릿속에 배어 있는 民族觀念과 從來 生活의 習慣이 있음으로 簡單히 日本化될 수가 없다.

그러나 어린이들은 글씨를 쓰지 아니한 白紙처럼 머리가 單純하고 또 純潔해서 가르치는 대로 될 수가 있다. 이렇게 달큼하고 어리석은 생각으로 日本의 帝國主義者들은 朝鮮 民族을 아주 없애고 朝鮮 사람을 고시란히 日本의 奴隷를 만들어 갔는데 第一 重要한 對象物로써 우리 어린이를 골라 잡었던 것이다.

그래서 最近 몇 해 동안 어린이들은 姓名도 日本 姓名을 따르고 말도 日本말을 쓰고 옷과 飮食까지 日本 것을 입고 먹도록 强制되었으며 옛날부터 朝鮮 사람은 日本族의 한 가닭이 뻗어 내려온 데 不過하여 朝鮮 民族이란 것은 本來 獨立해서 있는 것이 아니라고 배워 왔다. 우리 어린이들을 순전히 日本의 奴隷를 만들어 가는 이러한 帝國主義 政策에 反對하거나 조금이라도 非難을 하면 곧 日本의 憲兵과 警察은 우리를 잡어다 監獄에 가두고 죽이고 하였다. 그래서 생각이 있어도 말을 못하고 어굴해도 호소도 못하던 우리의 마음은 日本의 奴隷로 만들어저 가고 있는 불상한 어린이들을 볼 때 마음이 아프고 어둡기 짝이 없었다. 하물며면 우리의 사랑스런 어린이들이 아주 日本의 奴隷

---

19 '姓名을'의 오식이다.

가 될 번 하던 차 八月 十五日이 와서 日本帝國主義는 드디어 敗北하고 우리의 奴隸化를 强制하던 모든 政策은 깨틀어지고 말았다. 그러나 여러 해 동안 日本帝國主義의 政治와 敎育이 우리 어린이들에게 加한 壓迫 政治와 奴隸敎育의 影響은 하루아침에 씻어지지는 않았다. 비록 그들의 姓名은 쉽사리 朝鮮 姓名으로 고칠 수 있으나 그들은 如前히 노래를 불러도 日本 노래를 부르고 日常生活에도 日本말을 쓰고 있다. 뿐만 아니라 우리 民族이 어떤 것인지 우리 國家가 있었던 것인지를 아지 못하여 學校나 洞里에서 日本人이 다 가고 日本말이 없어지고 日本 官吏와 軍警이 없어진 것이 웬일인지 學校나 洞里나 朝鮮에 새로 세워지는 세상이 어떠한 것인지 아직 분간하지 못하고 있다. 이 事實은 八月 十五日 以前에 못지않게 우리의 마음을 어둡게 한다. 온 民族이 다 같이 解放과 自由의 기쁨을 맛보고 새로운 民族生活과 國家建設에 힘차게 일어나고 있을 때 우리의 希望이요 將來인 어린이들은 이 기쁨과 질거움의 참뜻과 맛을 아지 못하고 어리둥절 唐荒하고 있음은 얼마나 마음 아픈 일인가?

우리가 政治나 文化에서 日本 帝國主義가 朝鮮을 支配하던 殘滓를 깡그리 씰어버리자고 웨칠 때 누구나 그런 것은 벌써 다 없어젓고 또 남어 있다고 해야 제절로 消滅될 것이라고 생각하고 있다. 누구가 解放된 지금에 日本것 찌꺼기에 억매여 있겠는가? 설사 어느 구석에 남어 있다고 한 대도 그런 것을 집어내기가 쌀에서 돌을 이러 내기보다 쉬운 것처럼 생각한다. 그러나 우리가 日本帝國主義的 殘滓 또 文化支配의 殘滓라는 것을 어린이들을 놓고 생각할 때 몸서리치지 아니 할 수 없을 것이다. 그들이 日本사람을 對할 때 또 그들이 어린애들을 對할 때 劣等感 없이 恐怖感 없이 自由롭고 平等하게 對할 것이며 더구나 새로 들어온 外國人을 對할 때 對等한 民族으로 또는 自由로운 世界人의 感情을 對하고 있는 것을 자세히 살펴보라! 슬픈 일이나 그들은 아직도 마음속으로 戰戰兢兢하고 두려워하고 警戒하고 있음을 發見할 수가 있다. 우리의 希望이요 將來인 이 어린이들의 心理 가운데 깊이 뿌리박힌 劣等感 恐怖心 警戒心 等이 帝國主義的 壓迫에서 받은 遺物이 아니고 무엇이랴! 우리는 먼저 무었보다 먼저 그들이 自由人이라는 것을 깨닫게 해야 한다. 모든 사람과 平等한 人間이란 데 눈뜨게 해야 한다. 民族의 자랑과 國家의 獨立을 알려야 한다.

우리 民族의 이러한 解放과 自由를 어린이들의 마음 가운대 깨우쳐 주고 그들의 머리 가운데서 帝國主義的 支配의 殘滓를 깨끗이 싰어내는 데 敎育과 文化는 크나큰 使命을 가졌다. 더구나 日本 帝國主義的인 文化 支配의 殘滓를 掃蕩함으로 基本 課題의 하나로 삼고 있는 文化運動이 그 課題의 遂行을 가장 集中的으로 注力할 곳은 兒童文學의 領域이다. 音樂 繪畵 演劇 映畵 等이 어느 하나 이러한 任務 遂行에 重要하지 아니한 것이 없으나 그中에도 兒童은 그 强한 精神 內容으로 보아 또 敎育과 맺고 있는 깊은 關係로 보아 또 다른 藝術文化 領域에 對한 指導的 役割(唱歌와 遊戱의 歌詞 映畵 漫畵의 줄거리와 說明 演劇의 戱曲 等)로 보아 한層 더 무거운 使命을 띠고 있다고 아니 할 수 없다.

그런 意味에서 兒童文學은 成人文學의 習作 過程이라고 생각하는 것과 같은 從來의 觀念을 一掃할 必要가 있고 또 兒童文學을 成人作家의 餘技로 보아서는 絶對로 아니 된다. 훌륭한 專門作家 專門詩人을 가저야 하고 모든 作家들이 兒童文學의 時急한 再建을 爲하여 努力하고 協助하지 아니하면 안 될 것이다.

여기에 兒童文學에 關하여 特別委員會를 設置한 重大 理由가 있다고 생각한다. 이러한 再建의 過渡期를 通하여 兒童文學委員會는 將來할 朝鮮 兒童文學의 基礎를 놓아 가야 한다.

이 基礎的인 任務 가운데는 어린이들로 하여금 日本帝國主義 文化支配의 殘滓로부터 解放하는 事業과 더부러 그들을 새로운 民族的 偏見 가운대 몰 아넣으랴는 封建的 國粹的 文學에 對한 새로운 鬪爭 任務를 세워야 한다. 일찌기 그들을 日本의 그들을 自由로운 世界 精神으로 敎育하므로서만 우리의 民族的 國家的 進駐性은 急速히 恢復되고 우리 民族의 將來를 排外主義的 偏見에서 救할 수 있는 것이다. 同時에 日本帝國主義와 合力하여 그들을 日本의 奴隷가 되도록 全力을 다한 모-든 特權階級에 反民族的 本質을 깨닫게 하고 그들로 하여금 眞正한 人間의 權利에 눈뜨도록 指導할 任務가 竝行할 것을 잊지 말아야 할 것이다. 이러한 큰 任務를 爲하여 兒童文學은 創作活動과 더부러 여러 가지 任務에 對한 理論的 批判的 活動을 展開하지 아니하면 아니 된다. 實로 未曾有의 큰 任務라 아니 할 수 없다. (이상 1쪽)

李泰俊, "兒童文學에 있어서 成人文學家의 任務", 『아동문학』, 창간호, 1945.12.

어린이들은 그래도 철모르는 德으로 구김살 없는 얼굴이 많았었다. 그 天眞한 얼굴을 보고 그의 將來를 측은히 여기던 父兄의 그 가심 아프던 時代는 지났다. 어린이 自身들도 뜻 모르는 말에 생벙어리가 되어 教師의 눈치만 쳐다보던 그 답답하고 不自然하던 時代는 지나갔다. 이제 父兄은 내 子弟를 마음대로 祝福할 수 있고 어린이들은 내 엄마의 가슴에서 젓을 빨 듯 가장 天然스러운 저 母語로서 제 意識世界를 그려 나갈 수가 있게 되었다. 日本帝國主義가 우리 朝鮮 民族에게 强制한 것 中에 그 가장 殘忍性을 發揮한 것으로는 무엇보다도 어린이에게 言語의 自由를 빼앗은 것일 것이요 우리 父兄들로도 여러 가지 卑屈했던 것 中에 가장 甚했던 것은 아들이면 '마사오'니 딸이면 무슨 '꼬' 무슨 '짱' 하고 시키는 者보다 한거름씩 더 내다르며 덤비던 그 꼬락신일 것이다. 우리 民族의 피에서 이 卑屈의 要素부터 清掃하자. 이 卑屈性이 根絶되지 않는 限 封建的인 帝國主義的인 陰謀는 어느 구석에서나 그 發育할 溫床을 가질 것이다.

　　　　○

나는 얼른 생각하기에 過去 朝鮮에서의 어린이 教化運動이란 다른 文化와 똑같이 日本의 그것을 고대로 影響 받았음과(教會를 通하여 若干의 歐米 風도 있었으나) 또는 朝鮮文學 自體가 貧弱했고 受難으로 一貫되었던 것 等에 비치어 다음의 몇 가지 修正혀야 될 缺點을 指摘하고 싶다.

一. 實力은 없이 商業主義를 追隨하던 것
二. 教會를 通해 나온 歐米 風으로 童心을 지나치게 神聖視한 것
三. 哀調가 많던 것
四. 成人文學人들이 兒童讀物에 無關心하던 것
五. 關心하는 作家 中에도 殆半이 공드리지 않은 文章이여서 生硬하던 것
專門家의 눈으로 따질 때는 이 外에도 채비를 달리 해야 할 것이 一二가 아닐 줄 안다.

아무렇든 이제 우리는 우리 民族의 繼承者인 우리들의 어린이의 將來를 全幅的으로 祝福할 自由가 있다면 그들의 將來를 가장 正當하게 指導할 義務부터가 앞서는 것이다. 더욱 中間敎育은 次置하고 于先 全國的으로 改編된 幼稚園 敎材에 있어서도 全여 準備가 없다 해도 過言이 아니다. 더욱 根本的인 指導理念에 있어서는 어느 文化面에서보다 緊急을 要하는 全國的인 討議여야 할 것이다. 五六人의 兒童文學人에게만 믿고 있을 것이 아니라 우리 文學人은 全 文壇을 들어 兒童敎材 兒童文學에 協力할 用意를 갖지 않으면 안 될 것이다. (이상 1쪽)

李源朝, "兒童文學의 樹立과 普及", 『아동문학』, 창간호, 1945.12.

우리의 모든 文化가 近代的 段階에서 自由스러운 發達을 못한 채 日本帝國
主義 侵略으로 말미암아 서리를 맞았지마는 特히 兒童文學에 있어서는 더욱
慘酷한 被害를 입은 것이 事實이다. 文學이란 말로 쓰혀지는 것이고 말이란
民族意識의 表現道具인 것인데 小學校 中學校의 敎科書에서 朝鮮語를 放逐
하면서부터 兒童文學은 存在할 道理가 없었으며 學校에서 朝鮮말을 쓰면
罰을 세우고 街頭나 심지어는 집에 돌아가 父母兄弟끼리도 朝鮮말을 쓰지
못하게 하는 所謂 "國語常用" 政策이란 실로 우리 民族意識 抹殺의 最後的
段階인 野蠻政策이었다.

그래서 아버지와 어머니를 부를 때도 우리말로 못하고 先生님을 아직도
'센세이'라고 하는 것을 볼 때 兒童文學은 실상 來日의 課題이고 우선 兒童
에게 말을 주어야 하겠다. 지금은 아직도 '神棚'[20]를 채려 놓은 집이야 설마
없겠지마는 兒童들이 제 동무를 부를 때 '무슨 짱' '무슨 꼬' 하는 것은 간
곳마다 듣는 소리이다. 이러한 悲慘한 事實을 볼 때 실로 日本帝國主義의
惡政이 얼마나 심했던가. 아직도 소름이 끼치는 일이지마는 이러한 意味에
서 볼 때 일찍이 우리를 잡아다 拷問하고 投獄하던 官犬보다도 "國語常用"을
큰 자랑삼아서 귀여운 제 어린 자식을 품안에 안고 앉아서 熱心으로 日本말
을 가르치던 者 그리고 제 집에서는 모두 "國語를 常用"한다고 자랑하고 돌
아다니던 者 이것이야말로 反族[21] 叛逆者가 아니라 民族 滅亡漢이 아니고
무엇이랴! 成人의 입에서 間或 日本말이 튀어나온다 하더라도 그것은 오히
려 입에 익은 탓이라고 하자. 또 成人文學이 言語的 淨化가 못 되었다고 하
더래도 그것은 文學的 不備라고 하자. 그러나 어린이의 입에서 나오는 日本
말은 決코 그런 것이 아니여서 成人은 修正하면 될 것이지마는 兒童은 다른
民族에서 빼앗어다 우리 民族으로 돌아오게 하는 것인 때문이다.

---

20 일본어 '가미다나(かみだな〔神棚〕)'로 "집안에 신을 모셔 놓은 감실(龕室)"을 뜻한다.
21 '民族'의 오식이다.

그러나 當面한 課題는 文學이 아니란 말인 것이다. 이 課題는 學校와 家庭 나아가서는 우리 民族 全體가 제일 짧은 期間 안에 가장 時急히 達成하지 아니하면 안 될 것이라. 그러므로 우선 말에서 우리 兒童을 찾어옴으로 말미암아 兒童世界에 좀먹어 들어갔던 모든 日本的 要素 ― 모든 儀式 風習 遊戲 中에서도 가장 그 惡例로써 '사무라이곡고' 같은 것을 빼고 淸新 潑溂한 새 朝鮮 兒童의 世界를 建設할 수 있는 것이며 이와 倂行해 兒童文學 樹立의 根本 對策이 세워지는 것이다.

그러므로 먼저 말에서의 奪還을 前提로 하고 兒童文學의 出發은 첫째 身分 制인 封建主義 殘滓의 特色인 "男尊女卑""長幼有序"的 思想으로 말미암아 같은 兄弟姉妹 中에서도 사나이를 계집아이보다 더 귀여워하고 家長보다 어린이를 항상 얕잡아 보는 習慣 그리고 화가 나면 애들을 야단치는 兒童賤待 思想을 하로바삐 淸算해서 兒童의 참다운 價値가 무엇이란 것을 말로만 아니라 日常生活에서 具現해 나가지 않으면 안 될 것이므로 兒童文學의 根本的 目標를 封建殘滓 淸算의 全面的 鬪爭 속에 두어서 特히 廣汎한 農村啓蒙運動 가운데 그 重點을 두지 않으면 안 될 것이다.

그러나 이러한 封建殘滓 鬪爭의 啓蒙運動 속에 重點을 둔 兒童文學이란 어디까지나 現實的이요 具體的이어야 하지 決코 從來 改良主義者들이 試驗한 바와 마찬가지로 그저 華奢하고 綺麗한 世界만 보혀서 純眞한 어린이로 하여금 觀念的인 人形을 만든다거나 헛되이 安逸과 享樂에 好奇心만 몰리도록 해서는 안 될 것이다. 다시 말하면 從來의 兒童文學이란 兒童까지도 文學을 享受할 수 있으리만치 裕足한 一部 特權層의 어린이를 對象으로 쓴 것이 太半이었던 만큼 義務敎育도 實施되지 못한 우리로써 絕對多數의 兒童들은 그 兒童文學의 惠澤을 받지도 못했으며 間或 얻어 듣고 빌려 보았다고 하더래도 그것은 꿈의 世界가 아니면 다만 부럽기는 하여도 絕望의 世界이였던 것이다.

그러므로 이러한 兒童文學이란 自然히 溫床的이요 保守的이요 人形的일 수밖에 없는 것이요 決코 健全하고 淸新하고 快活한 人生의 꽃망우리로써 어린이의 世界와는 멀었던 것이다. 그러므로 앞으로의 兒童文學은 一部 特權層의 玩具物에 갓까운 이러한 글로 만든 人形을 만들 것이 아니라 人生의 가장 아름다운 보배로써의 어린이가 항상 現實 가운던서 씩씩하고 快活하고 健全하고 希望에 넘치는 제 自身을 發見하고 또한 그러한 제 自身을 소중히 여기도록 하지 아니하면 안 될 것이다. 흔히들 말하기를 童心은 天眞한 것이라고 한다. 그러니 童心이란 天眞한 것인 때문에 그 물들지 않은 天眞한 童心에다가 壓迫과 搾取로 자랑해 가는 安逸과 享樂과 奢侈에 對한 憧憬의 재를 뿌려 주는 것보다는 도리혀 人類社會의 이 不正한 眞相을 알려 주고 지금은 비록 壓迫과 搾取와 賤待의 구렁이 속에 있지마는 사람은 항상 모든 不正한 制度를 改革할 수 있다는 勇敢한 信念과 거룩한 希望을 품게 하는 것이 兒童文學의 基本的 任務가 아니여서는 안 될 것이다.

다음으로는 童心의 世界는 空想의 世界란 말을 흔히들 한다. 그러나 兒童들에게 있어 空想力이란 創造力과 感受力의 基盤으로써의 空想의 世界이지 決코 空想的인 空想의 世界는 아닌 것이다. 그럼에도 不拘하고 過去에 있어 이 兒童의 空想의 世界는 무엇으로 滿足시켜 주었느냐 하면 極히 非科學的인 寓話가 아니면 迷信的이오 宗敎的인 傳說 假話로써 일껏 創造의 싹이 기르려는 空想力도 이러한 非科學的이요 迷信的인 것으로 痲痺시키고 抹殺시킨 것이 事實이다. 이 點에 있어서는 위에서 말한 封建殘滓 淸算을 위한 廣汎한 啓蒙運動에 兒童文學의 重點을 두어야 하겠다고 言及하였지마는 우리는 廣汎한 啓蒙運動에 있어 迷信打破 科學思想 普及이 中心이 되는 것과 마찬가지로 兒童文學에 있어서도 兒童의 空想力을 滿足시키던 迷信的이요 宗敎的이요 非科學的인 荒唐無稽한 寓話나 傳說 대신에 科學的 創造力과 歷史的 敎訓으로 그 空想의 世界를 훨신 더 擴大시키고 現實的 共感을 갖게 할 것이니 現代科學―博物學과 理化學 等의 驚異的 現象과 歷史的으로 偉人 英雄들의 傳記 같은 것은 새로운 兒童文學의 훌륭한 題材가 아닐 수 없는 것이다.

이러한 意味에서 본다면 從來의 兒童文學 專門家란 될 수 있는 대로 現實을 美化해서 童心을 溫床的이오 人形인 것으로 만들고 또 神秘스럽고 非科學的인 것으로 兒童의 空想力을 滿足시키는 것이라고 생각해 왔음으로 兒童文學 專門家는 技術的 專門家였으나 지금부터 우리 兒童文學 專門家들은 이러한 舊殼을 하로바삐 벗어 버리는 同時에 從來에 兒童文學을 專門으로 하지 않던 文學者들도 이러한 用意와 準備로써 成人文學의 土臺요 源泉이 될 兒童文學으로 하여금 가장 正當하고 健全한 出發을 하도록 하지 아니하면 안 될 것이다. 그리고 한거름 더 나아가 이 일은 兒童文學이나 成人文學이나 반듯이 文學 專門家만의 할 일이 아니라 小學校 敎員 보姆 保育學校 生徒 其他 一般的으로 兒童文學 또는 敎育에 關心을 가진 廣汎한 範圍의 總關心 總協力으로 遂行되어야 할 일일 줄 아는 바이다. (계속) (이상 2쪽)

安懷南, "兒童文學과 現實", 『아동문학』, 창간호, 1945.12.

文學은 두말할 것 없이 現實의 거울이다. 그러니까 兒童文學도 勿論 그렇다. 그런데 從來 兒童文學 하면 그것들은 거이 例外 없이 現實逃避를 일을 삼았고 純全히 空想의 世界에서만 배회하였는데 그것은 무슨 까닭일가 모를 일이다.

나는 昨年에 日本 北九州 地方으로 所謂 徵用을 당해 갔었는데[22] 거기서 집에 있는 아이들을 위해 兒童文庫 그림책 等을 無心코 사 보내 주었다가 크게 後悔한 일이 있다. 帝國主義 戰爭을 遂行하기 위한 모든 野蠻的 政策 그 아래에서의 그때 우리 食糧 事情은 다 서로 잘 아는 것처럼 말이 아니었다. 農民들이 지은 穀食은 모다 供出(强奪)을 당하고 農村에는 쌀 한 톨 남지 않았었다. 이것은 日本 農村의 貧農階級에도 大同小異하였다. 가난한 大多數의 國民은 그야말로 飢餓線上에서 헤메이고 있었다. 내가 九州로 出發할 때에도 農村 婦女들이 아카시아꽃을 따 말리는 것과 兒童들이 모두 배를 주려서 똑 黃疸에 걸린 것처럼 顔色이 누런 것을 봤다.

그런데 童話와 少年小說 等 속에 배고픈 아이들과는 상관없이 모두 活潑하고 顔色이 능금빛 같고 먹는 것이 아니라 高貴한 世界에서만 노니는 것이 나오고 그림책에는 가진 山海의 珍味와 침이 넘어가는 料理 菓子 果物 等이 그려저 있는 것은 무엇 때문이랴 말이다.

이것은 分明히 詐欺다. 그것이 精神的 文化의 産物도 文學도 藝術도 아닌 것은 勿論 極惡한 非人道的 欺瞞이요 宣傳이다. 착하고 天眞하고 單純한 兒童들의 눈에서 똑바로의 現實을 가리고 掩蔽하기 위함이다.

그때 내가 보내준 그림책을 보고서 배고퍼 하는 아이들이 늘 虛妄하게 먹

---

22 안회남(安懷南, 安必承)은 신소설 『禽獸會議錄』을 지은 안국선(安國善)의 아들인데 휘문고보(徽文高普) 재학 시 아버지의 사망으로 불우한 청년기를 보냈다. 1944년 9월 26일 일본 기타큐슈(北九州) 사가현(佐賀縣) 다테카와(立川) 탄광으로 강제 징용되었다가 1945년 9월 25일 귀향하였다.(安懷南, 「北九州 往來」, 『조선주보』, 45.11.19, 10~12쪽) 1945년 10월 상순에 상경하여 〈조선문화건설중앙협의회〉에 합류한 것으로 확인된다.(安懷南, 「文學運動의 過去 一年」, 『백제』, 1947년 2월호, 6~11쪽)

는 타령을 한다는 것과 甚至於 소 말 도야지 닭 토끼 개 等等의 動物 그림을 보고도 저이들 兄弟가 앉아서 오늘은 소를 잡아먹고 來日에는 도야지 모레는 맛있는 닭을 잡아먹자고 헛空論만 한다는 안해의 편지를 받고 나는 實로 戰慄하여 마지않았었다.

이야기책의 그 앙큼스럽고 갈량스러운 거짓말 그림책의 덮어놓고 華麗하게만 꿈이기 위한 그 毒한 色彩 그것이 얼마나 많이 現實 속에서 참된 體驗을 하고 있는 兒童들에게 슬픔과 虛妄함을 주었을 것이랴. 現實에서 遊離하였을 뿐만 아니라 그것을 가리고 숨기기 위한 空想 世界에의 逃避 다시 그것의 甚한 誇張 이것이 우리 兒童讀者에게 주는 슬픔과 虛妄을 우리는 똑똑히 알아야 한다.

가령 비오는 날 長靴를 신고 다니는 幸福과 積雪을 꼭 銀世界로만 美化하는 童謠를 읽을 때 그 노래라는 것이 헐벗어 떠는 겨울날에도 맨발로 고생하는 兒童들에게는 그 얼마나 덧없는 것이랴.

成人文學에서와 마찬가지로 兒童文學에 있어서도 이 現實 把握이 첫째의 玉條가 되기를 나는 希望한다. 아니 꼭 그렇기를 主張한다. 童心을 通한 現實과 現實에의 童心的 反映 이것의 完安한 把握이야말로 또한 文學에 있어서의 特異한 장르가 아니고 무엇일가부냐. 兒童文學이 그냥 童心的 反映이라고 해서 오늘날까지 犯誤해 왔던 얼토당토않은 꿈과 脫線的 誇張 童心의 現實에서의 遊離를 完全히 抛棄하고 어데까지든지 現實을 파내고 戰取하는 데서 兒童文學을 비로소 한 개 훌륭한 文學으로 成立할 것이라고 믿는다. (이상 2쪽)

楊美林, "라디오 어린이時間에 對하여", 『아동문학』, 창간호, 1945.12.

日本帝國主義의 重壓下에서 畸型的으로나마 比較的 最近까지 延命 活動해 온 解放 前 우리 兒童文化運動의 하나로 우리는 "라디오 어린이時間" 放送을 들 수 있다.

그러나 日本의 敗亡이 決定的으로 기울어지기 시작한 帝國主義 末期에 이르러서는 이것마저 無慘하게도 全面的으로 抹殺되고 말었었다.

私事를 挿入함이 本意는 아니나 筆者는 過去 約 十年間 그 "어린이時間"의 '프로그람'을 擔當 編成해 오다 年前에 그와 運命을 같이 하여 放送에서 退陣한 지금은 一 局外者다.

解放의 종소리가 울리자 '라디오'에서 다시 "어린이 新聞"의 放送이 復活되어 우리 귀여운 어린 벗들의 질거운 우리말 노래 소리가 들려올 때 이 退役者의 가슴 속에는 남달리 感慨無量한 바가 있었다.

나는 잊지 못한다. 그 "어린이 時間" 最後의 '프로그람'을 編成하여 내 自身의 입으로 告別放送을 하던 그날 눈물에 어리어 原稿가 보이지 않고 목이 메어 音聲이 '마이크'를 通하지 않었다.

그러나 이제 우리는 自由로 取材하고 마음대로 編成할 수 있는 새 "어린이 時間"의 放送을 들을 수 있게 되었으니 이 얼마나 幸福스러운 일이랴.

一 退役에 不過하는 筆者가 이제 무엇을 現役 諸賢에게 進言하리요만은 善意의 老婆心에서 解放 前의 쓰라린 體驗을 土臺 삼아 將來 우리 "어린이 時間"이 나아갈 方途에 對하여 斷片的으로 몇 마디 적어 보려고 한다.

解放 前의 "어린이 時間"이 犯한 過誤는 그것이 日本의 軍國主義 文化政策에서 强要된 것이든 擔當 責任者의 人格과 能力不足에서 齎來되었던 것이든 지금 그것을 問題 삼고 싶지 않다.

우리가 이제 "어린이 時間"에 對해서 考究해 보고저 하는 것은 오로지 今後의 問題다.

오늘의 "어린이 時間"은 決코 解放 前 그것의 復活이 되어서는 안 된다.

斷然코 新生 乃至 再建되어야 할 것을 前任者의 立場에서 먼저 웨처고[23] 싶다.

時間의 配定은 勿論 放送者의 範圍 取材方法 編成方針 放送形式 等 그 어것이나[24] 從前의 舊套에서 벗어나 淸新하고 自由로운 것으로 참말 新時代 新國家의 面目과 精神을 가춘 것이 되어야 한다.

이 課題는 現下 兒童文化運動 中에서 가장 緊急하고 重大한 것의 하나이다. "어린이 時間"이 今後로 從來와 같이 一般 放送의 附隨的 存在로 取扱되어서는 到底히 그 使命을 다할 수 없다.

"어린이 時間" 放送의 重要性을 이제 새삼스럽게 力說할 必要도 없을 만큼 이미 周知의 事實이며 感受性 많은 어린이들이 相對인 만큼 그 傳播性과 普及力은 참으로 驚異的이다.

라디오에서 放送되는 一夕의 '푸로그람'은 곧 그 다음날 全國 어린이들의 精神的 榮養이 되기도 하고 害毒이 되기도 한다.

特히 오늘과 같은 政治的 文化的 思想的 一大 變革期를 當하여 이 "어린이 時間"의 使命과 任務는 참으로 重大하다고 아니 할 수 없다.

現在 家庭에서나 學校에서 아직 손을 대지 못한 分野를 "어린이 時間" 放送으로 開拓 指導할 수 있는 것이 決코 적지 않다.

이처럼 重大한 "어린이 時間" 放送을 一貫한 理念과 計畫下에서 運營해 가기는 決코 容易한 일이 아니다.

當路 諸位의 苦心과 努力이 많은 것으로 믿으나 專任者 一, 二名의 配置로는 萬全을 期하기 어려울 것이며 文敎 當局을 비롯하여 學術文化團體로부터 權威 있는 委員을 委囑하여 强力한 諮問 及 補助機關을 가짐이 必要할 것이다.

이것은 巷間에서 흔히 만들 수 있는 것과 달라서 敎育 關係者나 其他 兒童 文化 關係者 要路에 있는 사람으로서는 犧牲的으로 參加하여 全面的으로 하여야 되겠다.

---

23 '웨치고'(외치고)의 오식이다.
24 '어느 것이나'의 오식이다.

그런 諮問 乃至 協力機關의 委員會 같은 것이 構成되면 一, 二人의 能力으로서 미치지 못하는 큰 힘과 넓은 新開地를 가질 수 있을 것이다.

어린이의 世界는 決코 좁고 작은 것이 아니다.

새로운 兒童觀에 立脚하여 넓고 높은 世界를 새 나라의 우리 어린들에게[25] 啓示해 주고 發見케 해야 할 것이다.

"어린이 新聞"의 放送이 當面한 緊急課題로 나는 新兒童觀의 具現을 들고저 한다.

옛날의 지나친 童心主義 그것도 再檢討를 要하거니와 近年의 日本帝國主義에서 받은 不知不識의 不純한 兒童觀은 이 機會에 徹底히 씻어 버리게 해야만 될 것이다.

너무 論旨가 抽象的으로 흐른 듯하여 남은 紙面에 오는 "어린이 時間"이 負荷된 急任務 몇 가지를 列擧해 보기로 하겠다.

아름다운 우리말과 우리글을 速히 알게 할 것

우리나라의 人事法과 習慣을!

勤勞를 사랑하고 各自의 家庭生活을 어린이 本位로 明朗하게 만들 것

以上 몇 가지만 생각해 보아도 말로 쉬운 일이지 放送의 形態로 具現하기는 決코 容易한 일이 아니다.

노래로 이야기로 劇으로 어린이들이 自己들의 차지로 날마다 가질 수 있는 時間을 훨씬 現在보다도 豊富히 넣어 文學 音樂 科學 敎育 各界 權威 있는 어른들의 協力을 빌면 이 나라의 어린이들은 참으로 幸福할 것이다.

…… 끝 ……

---

25 '어린이들에게'의 오식이다.

尹福鎭, "談話室", 『아동문학』, 창간호, 1945.12.

本欄은 讀者 여러분과의 唯一한 社交室입니다. 兒童文學, 兒童藝術, 또는 兒童文化 全般에 關하여 各其의 意見을 忌憚없이 交換코저 합니다. 무엇보다 새 時代를 맞아 새로운 時代에 適應한 새로운 兒童文學을 樹立하는데 여러 가지 方法이 있을 줄 압니다만 누구보다도 兒童文學, 또는 兒童文化의 關心을 가진 男女 小中學校 敎員, 男女 師範學校生, 保育學校生, 男女專門學校 文科生 여러분들에게 큰 期待를 가지고 있습니다.

野蠻된 日本帝國主義가 朝鮮文學과 朝鮮의 文化를 송두리째 없새 버리고 저 惡毒한 法律과 暴力으로써 가진 發狂을 다했습니다만 眞理를 품은 生命이란 그리 쉽사리 絶種되지 않는 것이 眞正한 歷史의 法則인가 봅니다. 이제 — 過去의 誤謬된 — 兒童文學이란 文學을 修業하는 데 하나의 路程 또는 幼稚한 過程으로써의 兒童文學觀을 淸算하고 現下 우리나라에 있어서 가장 基盤的이며 核心的인 文學이 兒童文學이라는 事實을…

이러한 植民地 民族만이 갖는 誤謬된 兒童文學觀은 한시바삐 淸算해 버려야 하겠습니다.

바라다보건대 지금 우리 앞에는 兒童文學家는 實로 적은 數이고 그나마 얼마 안 되는 數효에서 새 時代에서 活躍하실 분이 또한 極히 적은 數이란 것을 告白치 않을 수 없습니다. 이렇게 답답하고 섭섭한 現象을 생각하면 생각할수록 위에서 말씀드린 여러분들에 對한 期待와 囑望이 커지게 됩니다. 여러분들이 各 學年別로 또는 學校別로 兒童文學에 關心을 가진 분이 모여서 兒童文學(文化)硏究會를 組織하여 不絶히 硏鑽하시고 될 수 있으면 우리 兒童文學委員會와도 有機的 連絡을 가지고 서로 硏究하고 서로 意見을 交換했으면 합니다. 누구보다 將來에는 여러분이 榮光스러운 兒童文學을 두 어깨에 질머지실 분이요 兒童文學을 全國的으로 普及 發展시킬 분도 여러분들이요 우리나라의 兒童을 自由스러운 世界에서 正確한 科學的 敎養과 高尙한 情緖的 薰陶를 받게 하여 將次 朝鮮의 國民으로써 또는 世界의 한 文化人으로써 進出케 하실 분도 오로지 여러분밖에 없다고 생각됩니다. (尹福鎭)

劉斗應, "(家庭과 文化)少年小說의 指導性－少年文學의 再建을 위하야①", 『조선일보』, 1946.1.8.

나에게 주어진 題目은 少年文學의 今後 進路라는 것이다.

나는 特別히 小說을 읽고 잇섯든 것도 아니요 더구나 硏究家도 아닌 同時에 一九三○年代의 일도 자세히 모르지만 단지 少年時代에 少年小說을 愛讀하엿고 쏘 내가 읽어 온 童話 가운데에 少年小說과 區別하기 힘든 作品도 업지 안헛다는 것 뿐이기 째문에 내 짜위는 글ㅅ자 그대로 失格者지만 내 짠은 漠然하나마 平素 느껴 온 것을 잠간 적어 보기로 하는 것이다.

이것이 少年文學에 한 개의 寄與되는 데 잇다면 幸甚이다.

우리 年輩의 少年時代라 하면 一九二五年 前後인데 그째는 少年詩와 少年小說이 퍽 만헛섯다. 지금 暫間 생각하여도 方定煥 丁洪敎 高長煥 諸氏가 나의 記憶에 써오른다. 그 殷盛하든 少年文學이 제대로 發達되지 못하고 그들을 日本帝國主義 彈壓에 못 견듸여 그 後 얼마 안 되여 少年小說이라는 것은 자최를 감추고 말엇다. 그 當時 日本으로부터 輸入된 '센티멘탈이즘'을 代身해서 '아메리카 모단이즘的'인 享樂的 刹那的인 愉快의 風潮가 彌滿하엿든 째라고 記憶된다. 勿論 少年文學이 그림자를 감춘 것은 帝國主義 째문이지만 아직까지 極少數의 人士들로 말미암아 傳統의 불은 꺼지 안엇고 童話文學이 그것을 繼承해 왓는지도 몰은다. 이것은 硏究家의 宗敎를 期待해 마지 않으나 엇쨋든 筆者는 그 當時와 갓치 少年文學 全盛時代의 再現을 希求하는 사람 中의 하나이다. 그만큼 少年들에게 影響을 끼친 少年文學의 "힘"을 只今은 作家 自身과 指導者들이 過少評價하고 잇지 안흔가?

어쨋든 文學을 享樂的으로 생각하기 쉬운 것은 아직도 새로운 世紀의 文學觀을 把握치 못한 사람의 自己主觀에 不過하다고 생각된다. 現在만큼 少年들에게 조흔 文學을 주지 안흐면 안될 째는 다시 업슬 것이고 作家에게 잇서서도 現在만큼 쓸 것이 豊富한 째는 업슬 것이다. 더구나 少年文學의 使命을 내 짜위 사람이 云云할 것까지도 업슬 것이다. 그런데 普通 少年文學 評論家의 입을 빌어 말하면 最近 所謂 文學이라고 할 만한 少年小說이 全然 업다고 해도 過言이 아니라 한다. 最近만큼 文學者가 換言하면 小說家나 詩人이 少年을 相對해서 글을 써내는 째는 업슬 것이라면서 이것은 어찌 된 現象일가?

小說家가 少年을 相對해서 글을 쓰는 境遇에는 意識的이든 無意識的이든間에 自己 水準을 나추어서 쓰기 째문이라 하지만 나로서는 全部가 그러타고 밋기는 매우 힘든다. 小說家가 少年文學을 쓰는 경우에는 少年小說 專門家가 쓰는 것보다 더한層 애를 쓰는 것 갓다. 무슨 秘訣이라든가 技術이라든가를 모르는 만큼 오히려 힘드려 쓰는 것이라고 생각되는데 그 結果가 文學的인 少年小說이 업다는 非難을 免치 못하는 作品이 되고 마는 것은 哀惜한일임에 틀임업다. (게속)

劉斗應, "(家庭과 文化)少年小說의 指導性−少年文學의 再建을 위하야②", 『조선일보』, 1946. 1. 9.

過去 半世紀 自由라든가 愛國心이라든가 하는 가장 高貴한 感情까지를 罪惡이라고 打罵하여 오든 日本의 暴政이 물러가고 世紀의 수레박퀴는 이 쌍의 少年少女에게도 解放의 喜悅을 맛보게 하엿다.

이러게 世紀가 밧고인 現在에 잇서서는 成人文學과 少年文學의 區別이 必要치 안흘 것이다. 結論的으로 말하면 그 어느 便이든지 國民文學(眞正한 意味로의)이 안인 배 아니고 가튼 文學者요 作家인 以上 어쌧든 少年文學을 二義的으로 區別해 온 오늘날까지의 解釋을 除却하지 안흐면 안 될 것이다. 그러나 少年小說家들에 如斯한 要求를 하자면 그것을 要求하기 前에 할일이 너무나 만타. 웨냐하면 이 쌍에 잇서서 제법 내로라고 할 만한 文學者로서의 修練을 싸하 온 少年小說家가 퍽 드믈기 째문이다.

그다음으로 少年文學에 純文學과 大衆的인 것의 區別이 잇서서는 안 된다는 理想論을 나 亦是 贊成하는 사람 中의 하나지만(이것은 少年文學者는 大作家가 아니면 안 된다는 見解와 連結되여 잇지만) 少年文學에 잇서서는 成人文學의 境遇와 달러서 어듸까지가 純文學이고 어듸서부터가 大衆的이냐 하는 데 이르러서는 몹시 漠然한 것이다. 極端으로 말하면 純文學이란 하나도 업지 안흐냐는 見解까지 生기게 되지만 實際로는 純文學과 大衆的인 것이 依然히 存在해 왓다. 이 階段을 업새고 人爲的으로 混同해 버리자는 論은 여기서 '그레샴'의 法則을 引用치 안트라도 一切가 大衆的으로 低下될 危懼가 잇지 안흘가? 區別을 업샌다는 것은 結局 高尙한 作品이 低劣한 作品을 한자리로 쓸어 올린다는 것을 意味한다. 그러기 때문에 少年文學에 잇서서 特히 作家의 놉은 精神이 要請되는 것이다. 여기서 大衆的이라는 것은 低劣한 作品의 意味로서의 形容詞的으로 使用한 데 不過하지만 原則的으로 少年文學은 놉은 意味로의 大衆的이어야 한다.

그리고 少年小說이라고 하면 明日의 朝鮮을 등에 지고 나설 少年들의 머리ㅅ속에 깁은 影響을 주는 文學이라고 規定해서 그런지는 모르지만 私小說的인 것이 暗暗裡에 否定되는 것은 妙의 일이다. 私小說的인 스타일의 作品이라도 오늘날의 少年들에게 새로운 時代의 倫理性을 북도다 줄 수 잇슬 것이고 참된 時代精神을 把握식히기도 可能할 것이다. 훌륭한 作品이라면 아모리 私小說的이라 할지라도 거즛말 天地인 客觀小說보다 越等하게 조흘 것은 勿論이다. 少年文學인 以上 스케-르이 큰 것도 조코 細密하게 調査해서 쓰는 것도 조흐나 要는 우리가 다ー 알고 잇는 것이지만 作家의 眞實性이 缺如되지 안허야 될 것이다. 이런 精神이 缺如된 作品이 잇기 때문에 文學으로서의 少年小說이 全無하다는 非難을 밧게 되는 것이다.

少年文學 自體가 內包하고 잇는 重大한 使命을 深思熟考하면 그 가운데에 한 개의 不發彈이라도 석기면 안 될 것이다. 少年文學은 그 全部가 꼭 쓰지 안흐면 안 될 作品으로서 充滿해야 된다는 말을 否定할 사람은 업슬 것이다. (게속)

劉斗應, "(家庭과 文化)少年小說의 指導性 - 少年文學의 再建을 위하야③", 『조선일보』, 1946.1.10.

그런데 少年小說의 指導性에 關하야는 少年小說만이 아니라 少年文學文

化 乃至 汎文學文化에 共通되는 問題이고 重要한 現實的 課題이다. 지금 少年文學의 共同的 課題로서 提示할 問題의 所在만을 筆者流로 記錄하는 것에 지나지 안흐나 지난날 "藝術을 爲한 藝術"과 "生活을 爲한 藝術"이 論議되고 "藝術에 依한 敎育"과 "敎育을 爲한 藝術"이 唱導되여 온 것이 藝術敎育 文藝敎育의 主張으로 展開되고 商業主義 미테서 "滋味잇고도 敎育的인 책"이라는 말짜지 나허 노앗다. 敎訓的일 것이 아니라 敎育的일 것이야말로 □□이 最近의 記憶 가운데 새롭거니와 이런 말은 敎育과 文學의 密接한 關聯性을 標語的으로 쏘는 □□的으로 그때그때의 時代를 背景으로 해서 端的으로 表現하고 잇다. 이 敎育과 文學과의 竝列的인 關係 우에 少年文學 自體의 內面에 잇서서 指導性과 文學性이 獨立되여 잇기 때문에 指導的이고 敎育的이라는 功利的 考慮는 文學의 純粹性을 混濁케 하는 것이라는 見解가 相當히 勢力을 쩌친 時代가 업섯든 것쑌 아니라 오늘날까지 그 功利的 考慮가 一路 文學性을 追求해 마지안는다. 그러니 少年文學에 잇서서는 한 篇의 少年小說이 아모리 文學的으로 高尙하다 할지라도 感動이 업고서는 敎育性이나 藝術性을 가질 수 업는 것이다.

少年期는 感激性이 强한 心理的 時期임에는 틀림업스나 □□□□□的인 說敎나 □□러면 못쓴다. □的인 訓戒로서는 쏫쏫내 少年의 頭腦에 아모런 影響도 주지 못하고 마는 것이다. 少年의 生活 ─ 物體에 對한 觀察力 思考力 感想力은 感動을 通해서만 昻揚된다. 그리고 感想 想像의 날개를 自由로 펄처 冒險을 조와해서 心情의 起伏이 어느 程度 過激하나 正義感 責任感 乃至 友情에 몹시 敏感하기 때문에 때로는 反抗心을 □□□□ 所謂 주제념은 樣相을 낫타내기도 한다. 如斯한 心情의 特性에 쑤리를 박은 것에 依해서만 그들의 共感을 잡아낼 수 잇다.

그러기 때문에 少年의 身邊에 이러나는 現實을 文學的으로 描寫해 본댓자 그들에게 아모런 感動도 주지 못하고 마는 것이다. 그러한 少年의 現實生活을 縱으로 □□□□는 眞實이 表現된 때에 그들의 共感이 感動으로 形成된다. 自己生活에 抵觸된 文學에 依해서 비로소 作中人物의 感情을 移入하야 함께 怒하고 함께 슯어하고 함께 기뻐해서 作者의 愛情을 느끼게 되는 것이다. 作者가 作品을 通해서 槪念을 뒤집어 씨우거나 가르치려고 하는 데는

反抗하지마는 作者가 少年과 함께 생각하려 하며 함께 슯어하고 함께 기뻐하려고 한 表現方法 그런 態度에 少年은 魅力을 느끼는데 이것은 作者가 참으로 少年에게 愛情을 가지고 잇느냐 아니냐에 달여 있다. (계속)

劉斗應, "(家庭과 文化)少年小說의 指導性－少年文學의 再建을 위하야④", 『조선일보』, 1946. 1. 11.

作者 自己에게 少年의 成長을 참으로 念願하고 그 發展을 보아 주려는 愛情이 업고서는 感動을 주기 어렵고 感動이 업고서는 作品의 指導性이 잇슬 수 업다. 作中人物의 生活 思考 感興에 共鳴하는 것은 그 直時로 그것을 自己 生活 가운데에서 차저내거나 再考하거나 하게 되는 것이다. 짜라서 少年小說이 主體的으로 取扱하여야 할 것은 朝鮮 少年으로서의 쪽바른 生活— 또 그것의 視察 思考 乃至 感興이 아니면 안 된다. 이것은 典型的인 少年의 模範的인 生活을 描寫하는 것을 意味하는 것이 아니라 그 反對로 理念을 形成의 課程으로서 表現하는 것에 依하야 可能하게 될 것이다.

少年의 生活的 現實에 立脚해서 朝鮮 少年으로서의 生活의 眞實로 向하야 나아가게 할 째 먼저 作者 自身이 그와 갓튼 感興 思考 視察 回想 乃至 人生觀 世界觀을 몸에 지니는 것이 前提條件이다. 어느 境遇를 勿論하고 作家 自身의 것이 되여 버린 것쑨이 消化된 形態로서 作品에 內在할 수 잇다. 作者의 立場에서 이러케 생각하면 讀者에의 愛情 가운데서 作者의 몸에 지니고 잇는 指導性만이 讀者를 움즈기는 "힘"이 될 것이다. 곳트로 새로운 時代의 要求를 짜라 再出發하여야 할 少年文學은 아직 젊은 文學이다. 짜라서 新人이든 舊人이든 成人作家든 少年作家든 또는 文壇의 大家든 間에 少年文學에 잇서서는 다— 함께 新人이 되어야 할 것이고 少年文學이야말로 이제부터 우리가 再建하여야 할 새로운 文學이다. (꼿)

尹福鎭, "(文藝)兒童文學의 進路", 『영남일보』, 1946.1.8.

어둡고 답답하던 屈辱의 밤 壓迫과 搾取의 긴 밤은 끝나고 自由와 解放의 光明한 아침은 찾저왔다. 우리의 거룩한 祖國에 아름다운 江山에 찬란한 四千年의 긴 歷史를 자랑하는 우리 民族의 머리 위에 光明한 아츰빛은 빛나고 있다. 三十六個 星霜이란 長久한 歲月을 野蠻된 日本帝國主義의 奴隷的 支配 아래 있던 우리 朝鮮의 兒童文學(藝術)도 그 무거운 쇠사슬을 끊어 놋앗다.[26] 빛나는 歷史와 아름다운 言語 高尙한 藝術의 傳統과 더부러 血汗의 鬪爭 속에[27] 자라나던 우리 兒童文學도 이제야 解放의 大平原에서 一路前進할 光明의 아츰을 맞이하였다.

돌아다보건데 朝鮮의 兒童文學이 所謂 男尊女卑 長幼有序를 부르짖던 封建主義에게 反旗을 들고 出發한 지 얼마 몯 되여 人類史上의 前無後無와 또 질곡한 日本帝國主義의 軍靴에 짓밟어 이제 겨우 發芽하려던 우리나라의 兒童文學을 餘地없이 짓밟어 놓았다. 우리말 우리들을 學園에서 몰아내고 찰란한 우리의 歷史를 뒤에 감추어두고 얼토당토않은 同根同祖說을 내세워 石器時代의 神話에서 버서나지 못하던 虛無猛狼한 왜놈의 歷史를 우리의 歷史처럼 꾸며 가라치고 나종에는 純粹한 우리의 兒童에게 姓까지 이름까지 같게 하고 生活樣式에서까지도 日本式으로 바꾸어 놓고 보니 事實에 있어 朝鮮의 兒童文學은 그 地盤을 完全히 喪失되여 하마트며 絶種될번 했었다.

그러나 眞正한 歷史는 맷 사람의 暴力과 人爲的 手段으로 그 바른 進路를 굽힐 수 없나니 이날에 野蠻的인 日本帝國主義는 聯合軍의 正義의 칼날에 산산쪼각으로 崩壞되고 말었다. 지금 三千里江山에 모-든 文化의 再建工事가 앞뒤를 어여[28] 일어나고 있나니 그 가운데서도 가장 時間을 닷트며 한時

---

26 '끊어 놋앗다.'(끊어 놓았다.)의 오식이다.

27 '속에'의 오식이다.

28 '이여'(이어)의 오식이다.

바삐 再建하여야 할 工事는 兒童文學(藝術)의 再建工事일 것으로 믿는다.
(계속)

尹福鎭, "(文藝)兒童文學의 進路", 『영남일보』, 1946.1.9.

筆者가 前述과 가치 兒童文學에 奧心을 가젓다고 그럿게 웨침이 안나라 한 나라 한 民族에 있어서 "兒童"이 어떠한 자리를 찾이하고 將來에 어떠한 자리를 찾이할 사람인가를 생각하시는 분은 나의 이 主唱에 雷同할 것을 굳게 믿는다. 眞實로 兒童은 한 民族의 始祖요 柱礎이다. 딿아서 兒童文學은 兒童文化은 民族文化의 核○인[29] 것으로 생각된다. 그러므로 過去의 兒童文學을 成人文學으로 向해 가는 하나의 初步的 過程으로써 생각하던 兒童文學觀을 개끗이 淸算해 바리고 兒童文學은 어떤 意味에서 본다며 더구나 오늘과 같은 現象에 處해서는 成人文學보다 더 所重히 생각해야 하겠고 取扱해야 옳을 것 같다. 그러면 새날에 兒童文學은 어떻안 方向으로 어떻안 路線으로 밟어 나갈 것인가 對해서 그 主要한 대목을 적어 보기로 하자.

一. 몬저 日本말을 驅逐케 하고 日本的의 生活樣式에서 벗어서 우리 民族
　　의 옛 故鄕으로 옛 모습으로 돌니도록 하자!!
一. 日本的인 것을 除去한다고 해서 넘우나 過分한 感激 끝에 자칫하면
　　옹생한 民族主義의 쫍은 陷井에 또는 古色蒼然한 國粹主義에 더러트
　　리지 않도록 留意하자!!
一. 朝鮮의 兒童은 朝鮮의 兒童인 同時에 世界의 兒童으로써 생각하자.
一. 非科學的인 迷信에서 벗어나게 하자! 그리고 原始的인 宗敎的인 데서
　　도 벗어나게 하자!! 自由스럽고 健全한 科學的인 土臺 우에 創造的인
　　兒童文學을 再建하자.
一. 兒童은 純粹하다 兒童은 人間으로써의 白紙이다는 思想에서 前進하여

---

29 '核心인'의 오식으로 보인다.

兒童도 밥을 먹고 옷을 입고 사는 人間인 바에야 "現實"이 무었인가를 알라켜야 하겠고 바른 人民의 思想과 社會로 誘導하여야 하겠다. 兒童文學도 現代의 人民에 要求하는 똑바른 政治思想 우에 兒童文學을 再建하자!!

一. 植民地 民族의 特有한 安價의 센치멘탈니즘을 한시바삐 淸算하고 健全하고 明朗한 希望을 갓게 하자!!

一. 兒童文學도 지금에 胎動하고 잇는 建國에 直接的으로 또는 間接的으로 이바지하게 하자!!

朴泳鍾, "동요 짓는 법(童謠作法 1)", 『주간소학생』, 제1호,
조선아동문화협회, 1946.2.11.

　　누가 먼저 자아니,
　　내가 먼저 자안다.

　　누가 먼저 자아니,
　　내가 먼저 자안다.

　이것은 「잠」이라는 동요입니다. 여러분은 간밤에 동생과 잠들기 내기를
하지 않았습니까. 여러분이 잠들기 내기를 하는 동안에 처마에 드는 참새
형제들도,
　"누가 먼저 자아니,"
　"내가 먼저 자안다."
하며 잠들기 내기를 하는 것입니다. 그뿐이겠습니까. 하늘에 있는 초록별
열두 형제들도 누가 먼저 자아니 하며 잠들기 내기를 하는 것입니다.
　다음날 자고 나서 "어머니 누가 먼저 잠이 들었어?" 물어보면

　　아기는 엄마 바른 팔을 베고,
　　나는 엄마 왼편 팔을 베고,
　　누가 먼저 잠 드나,
　　내기 했지.
　　아침에 일어나서 엄마더러
　　누가 먼저 들었나 물어 봤더니
　　둘이 똑가치 들더래요.

　어머니 대답입니다. 우리 우리 어머니의 말씀입니다.

　　토끼 귀 소록소록
　　잠이 들고서
　　엄마 토끼 꼬오박

잠이 들고서
애기 토끼 소오록
잠이 들지오.

역시 「잠」이라는 동요입니다.

우리는 우리가 잠들 듯이 토끼들의 자는 모양을 생각해 봅시다. 토끼는 귀가 그중 길다란 짐승입니다. 그러니, 토끼는 길다란 귀가 잠이 들어야 자게 되지 않을가요. 그담은 여러분은 엄마 옆에 잘 때, 엄마가 주무시지 않으면 어쩐지 맘이 놓이지 않으시죠. 그래요. 어머니께서 굵은 두 개 젖을 마구 내 놓으시고 주무시어야 여러분도 맘을 턱 놓고 잘 수 있지오. 이처럼, 동요란 뭐일가, 여러분은 생각해보십시오. (다음 호에 계속) (이상 9쪽)

朴泳鍾, "동요 짓는 법(童謠作法 2)", 『주간소학생』, 제2호, 조선아동문화협회, 1946.2.18.

저번 주일에 예를 든 노래 외에,

새야 새야 파랑새야,
녹두 낡에 앉지 마라.

도 있고,

바람아 바람아 불어라,
대추야 대추야……

도 있는 것입니다. 이런 것은 모두 옛날부터 내려오는 우리나라 동요이며, 여러분의 아버지가 여러분만 할 때에 불러 오던 노래입니다.

그러면, 동요란 무엇이겠습니까.

이미 예를 든 바처럼 달, 별, 구름, 하늘, 바람, 새, 개, 토끼, 혹은 아버지,

어머니, 누나, 또는 잠과 놀음…… 어떤 것에든지 여러분이 느낀 것을 그것을 솔직한 맘으로 솔직하게 노래한 것이 곧 동요입니다.

파랑새를 보고,

파랑새야 파랑새야

불러 보고 싶은 생각, 그 생각을 솔직하게 여러분의 말로 파랑새야 파랑새야 불러 보는 것, 그것이 동요입니다.

파랑새야 파랑새야
네 이름이 뭐냐.

이름을 물어보는 것, 그것이 동요입니다. 오늘 참 날씨 좋다. 어디 가서 놀가,

어디 가서 놀가,
오늘 오늘 좋은 날,
들에 가자 가자,
시내로 가자 가자.

그렇습니다. 이것이 동요입니다.

그렇다 해서 다 동요가 된다면 얼마나 재미없는 동요만 수두룩하게 많겠습니까. 그러니 다른 사람이 못 느낀 것, 혹은 느껴도 노래로 이루어지지 못하고 머리에 뱅뱅 돌며 안타까웁게 생각하는 것을 여러분이 냉큼 나비 잡듯이 묘하게 아름답게 똑 따내는 것이 아름다운 동요며, 좋은 동요며, 재미나는 동요입니다. 그래서 그 동요는 여러분이 느끼듯이 읽는 사람이 느껴져야 하며, 여러분이 감동하듯이 다른 사람도 감동하여야 하는 것입니다.

눈 감기고 팔 벌려
이리 저리 찾는다.
라라라라 라라라
이리 저리 찾는다.
(「까막잡기」)

책상 위에 오뚜기
우습구나야.
검은 눈은 성내어
뒤룩거리고,
배는 불룩 내민 꼴
우습구나야.
　　　　(「오뚜기」)

내가 살던 고향은
　꽃 피는 산골
복숭아꽃 살구꽃
　애기 진달래
그 속에서 놀던 때가
　그립습니다.
　　　　(「내 고향」)

첨 것은 까막잡기가 재미가 나서 하는 노래입니다. 라라라라는 노는 꼴이 눈에 보이는 듯하나, 그러나 여러분은 이런 라라라 대신에 말을 넣어 보십시오. (이상 9쪽)

朴泳鍾, "동요 짓는 법(童謠作法 3)", 『주간소학생』, 제3호,
조선아동문화협회, 1946.2.25.

지난번 「오뚜기」는 오뚜기의 꼴이 우수워하는 노래입니다. 뒤룩거리는 눈이 보이는 듯합니다. 세째ㅅ 것은 고향이 그리워 고향의 아름다움을 그리며 노래한 애달픈 노래입니다. 어느 것이나 다 얼마나 여러분의 가슴을 울려주는 노래입니까.

그러면 여러분은 어떻게 하면 이렇게 쓰게 될가요.

　머이머이 둥그냐,

보름달이 둥글지.
머이머이 둥그냐.
누나얼굴이 둥글지.　(尹石重)

이것은 어떻게 해서 노래가 되었나 살펴봅시다.
"우리 누나 얼굴은 보름달처럼 둥그스름 합니다. 보름달은 우리 누나 얼굴
처럼 둥그스름 합니다."
이것입니다. 이것을

우리누나 얼굴은
보름달처럼 둥글다

하면 얼마나 멋없는 노래입니까. 이것을 슬쩍 바꿔 생각해 봅니다.

누나 머이머이 둥구?

누나께 물었습니다.

누나는 몰랐습니다. "난 몰라"
에이 누나두
보름달이 둥글지

그리고 다시 누나께 이죽거려 봅니다.

누나 머이머이 둥구?

요번에는 누나가 얼른 대답했습니다.

보름달이 둥글지,
에이 누나두
누나 얼굴이 둥글지

어떻습니까.

그럼 내가 한번 동요 쓸 재료를 드리겠습니다.

하로는 아기가 문득 보니 새파란 하늘에 낮달이 하얀 배처럼 한쪽이 이즈러진 채 흐르고 있었습니다. 저 맑고 아름다운 하얀 반달은 무엇일가요. 해님이 쓰다 버린 쪽박일가요, 나막신일가요, 민 빗일가요. 그렇습니다. 쪽박일지도, 나막신이나 민 빗일지도 모릅니다. 자아 한번 지어보십시오. 맨 첨으로 반달을 보았으니

　　낮에 나온 반달은 하얀 반달은

한절 지었습니다. 그담엔 쪽박인가,

　　해ㅅ님이 쓰다버린 쪽박인가요

자기가 자기더러 물어보고, 만일 쪽박이라면 무엇에 쓸가요.

　　꼬부랑 할머니가 물길러 갈때
　　치마끈에 달랑달랑 채워졌으면,

꼬부랑 할머니 치마끈에 채워 드릴가. 엉뚱한 생각을…… 여러분은 생각합니까. 아닙니다. 이것이 동요 쓰는 가장 중요한 것입니다. (이상 9쪽)

朴泳鍾, "동요 짓는 법(童謠作法 4)", 『주간소학생』, 제4호, 조선아동문화협회, 1946.3.4.

다시 한 번 더 해 봅시다. 해저문 하늘에 별 세 개가 깜박이고 있습니다. 한 개가 안 보이었다가 다시 보이고. 해 저물 때니 동무들은 다 제 집으로 가 버리고 아기가 혼자, 담 모퉁이에서 별을 봅니다. 또 별 한 개가 보이지 않습니다.

"엄마 별 한 개 없어졌어 어디 갔을가."

해도, 엄마는 물 길러 갔나요. 안 계시고, 산산한 가을날 해 저물 때입니다.
—— 지어 보십시오.

　　날 저무는 하늘에
　　　　별이 삼형제
　　반짝반짝 정답게
　　　　지내더니만
　　웬 일인지 별하나
　　　　보이지 않고
　　남은 별이 둘이서
　　　　눈물 흘린다.　(方定煥)

　여러분은 어떻게 지었습니까. 방정환 선생님은 별 세 개를 삼형제 별로 보았으며 보이지 않는 별을 형제 한 분이 없어진 듯이 노래했습니다. 그래서 삼형제가 반짝이다가 한 분이 안 보이니 슬프게 노래했습니다. 여러분도 동요를 지을 때 무엇을 어떻게 쓰나, 생각해 볼 문제입니다.
　이제까지는 동요는 무엇인가, 어떻게 쓰나를 말씀드렸습니다. 그러면 지금까지 어떻게 써 왔나를 캐어 봅시다.

　　새야 새야 파랑새야
　　녹두 낡에 앉지 마라.
　　　　　　(「파랑새」)
　　제비 제비 저 제비야
　　강남 갔던 저 제비야.
　　　　　　(「제비야」)

　무두[30] 옛날부터 내려오는 노래입니다. 그 노래를 자세히 보면 글짜가 모두 네 개씩 되어 있습니다. 이것을 사사조(四四調)라 합니다.

　　겨울에도 치운 날 오온 밤중에

---

30 ‘모두’의 오식으로 보인다.

수 많은 쥐들이 삥 둘러 앉아,
남몰래 조용히 소근거리며
살아나갈 궁리에 회를 모았네

　사사조는 아니나 역시 글짜를 맞쳐 넣은 노래입니다. 옛날에는 거의 四四
조나 三四조나 五七조나, 이런 노래가 많았을 뿐 아니라 무리하게 글짜 수를
맞쳐 넣어야만 동요라는 생각을 가졌던 것입니다. 그것은 큰 잘못입니다.

달밤에 기러기가
글시 공부 하지오.

아까 쓴건 시옷짜
시방 쓴건 한일짜

기럭아 기럭아
내 이름짜두 써봐아라.
　　　　　(「기러기」)

（다음 호에 계속） (이상 9쪽)

朴泳鍾, "동요 짓는 법(童謠作法 5)", 『주간소학생』, 제5호,
조선아동문화협회, 1946.3.11.

　지난번 노래는 얼마나 여러분의 맘에 쏘옥 드는 노래입니까. 쉽게 여러분
이 생각하고 느끼는 것을 숨 쉬듯 아무 무리 없이 하는 노래, 그것이 귀한
노래입니다. 나는 이것을 "산 노래"라 생각합니다. 일부러 四四調니 三四調니
해서 글짜를 다듬어 넣지 않더라도 저절로 느낌이 세면 그런 말의 다듬질을
떠나서 우리의 걸음걸이에서 혹은 숨 쉬는 데서 박자(拍子)가 자유스럽게
자연스럽게 울려 오는 것입니다.

달달 달팽이 바지랑ㅅ대 두 눈은

달달 말렸다 달달 풀린다.
　　　　　　　(「달팽이」)

　이 노래는 지금 다 외일 수는 없으나, 그러나 썩 좋은 강승한 선생님 노래며,

　　호박꽃을 따서
　　무얼 만드나,
　　무얼 만드나.
　　우리애기 조고만
　　초롱 만들지,
　　초롱 만들지.
　　　　　(「호박꽃초롱」 일절)

　강소천 선생님 노래입니다. 모두 말의 글짜 그런 것에 전혀 구속 없이 이루어진 노래입니다. 그렇다 해서 무리하게 四四調나 三四調를 버릴 것도 아닙니다.

　　우리 동리 차돌이
　　　　의원이라오.
　　동리 안에 이름난
　　　　의원이라오.
　　앞담 밑에 흙 파서
　　　　가루약 지어
　　풀이파리 따다가
　　　　써서 주어요.
　　동리 애들 병나면
　　　　솔잎 침놓고
　　약 한봉지 써주면
　　　　당장 나어요. (尹福鎭)

　글짜 수가 마지면서 좋은 노래입니다. 　(다음호에 계속) (이상 9쪽)

朴泳鍾, "동요 짓는 법(童謠作法 6)", 『주간소학생』, 제6호,
조선아동문화협회, 1946.3.18.

동요란 무리하게 써서는 안 됩니다.

"여보오 미나리 장수"
"여보오 되미장수"
엄마가 엄마가 장사 부르는 소리,
그소리도 듣기 좋구요.

처럼 주고받는 말을 동요에 넣어도 좋습니다. 이것을 회화라는데 너무 길게
넣으면 동요가 늘어져 힘이 빠져 버리는 수가 있습니다.

여러분께서는 여러분의 생각하는 것을 혹은 느낀 것을 묘하게 그려내며,
또는 그것을 여러분의 목청에 맞게 똑 따내면 동요가 된다고 생각하실 분
이 계실지 모르겠습니다. 그렇습니다. 좋은 동요는 여러분의 가장 깊이 느
낀 것이며 여러분의 목청에 맞도록 하는 것에는 틀림없으나, 그러나 그렇
다 해서 모두 다 좋은 동요가 된다는 것은 잘못입니다. 왜 그러냐 하면 설
사 좋은 노래의 재료(材料)가 갖추어 있더라도 느낀 것의 또는 노래할 것의
중심을 뚜렷하게 잡지 못하면 그것은 다른 사람에게 큰 감동을 줄 수가 없
는 것입니다.

삼동에 얼었다 나온 나를
종달새 지리지리 지리리

웨 저리 놀려대누,

어머니 없이 자란 나를
종달새 지리지리 지리리,

웨 저리 놀려대누,

해바른 봄날 한종일 두고
모래톱에서 나홀로 놀자.

　이것은 정지용(鄭芝溶) 선생님의 노래입니다. 여러분은 이 노래의 제목을
어떻게 붙이실 것입니까.
　엄마 없이 자라나는 소년은 따뜻한 품을 못 가진 외로운 불쌍한 소년입
니다.
　한겨울 동안 늘 맘과 몸이 얼었다가 봄이라 따뜻한 해ㅅ빛이 쪼이는 들로
나오니 하늘에 뜬 종달이도 지리리 지리리 놀려대는구나. 혼자 외롭게 생각
하는 것입니다.(이상 9쪽)

박영종, "동요 짓는 법(童謠作法 7)", 『주간소학생』, 제7호, 조선아동문화협회, 1946.3.25.

　그 제목을 「엄마 없는 아이」라면 너무 제목(題目)이 앞을 서서 은근한 맛이
없어집니다. 사실 동시를 지은 선생님은 엄마가 계시는 분일지 모릅니다.
그저 종달새의 지리지리 지저귀는 노래 소리가 어쩐지 엄마 없는 아이를 놀려
대듯 하는 느낌을 가졌었는지 모릅니다. 그러니 「종달새」라 제목을 걸고 엄
마 없는 아이의 외로운 모습을 은근히 종달새 우는 들길 위에 띄워 주는 것도
좋습니다. 그러나 이 동요에서 엄마 없는 아이의 외로운 생각을 끝까지 잡아
서 놓지지 않았습니다. 그런 의미에서 『주간소학생』 첫 호에 실린 「들창」도
좋은 예로서 첫 절부터 끝 절까지 들창의 느낌을 꼭 잡아 있는 것입니다.
　또다시 예를 든다면 가령 느림보가 있었습니다. 어쩌면 느림보를 슬쩍 골
려 주면 다시 느리지 않게 가르칠 수 있을가요. 이것이 노래의 중심이 되는
동요를 지어 봅시다.

옛날 옛적에
느림보가 있었다.

느릿느릿 느림보
　　느릿느릿 느림보.

　사실은 옛날에 있었는 게 아니라 바로 느림보를 눈앞에 두고 옛날이야기처럼 처억 돌려봅니다. 이것이 동요의 묘한 데입니다.

　　엄마 심부름도 느릿느릿
　　아버지 심부름도 느릿느릿

　옛날에서 바로 눈앞에 있는 느림보의 하는 꼴을 일러주고,

　　하도하도 느려서
　　엄마도 아버지도
　　소나 되거라 하셨다.
　　소나 되거라 하셨다.
　　　느릿 느릿 느림보
　　　느릿 느릿 느림보

　이것은 바로 아까 아버지나 어머니가 하시던 말씀을 그대로 노래하여 느림보의 가슴을 꾸욱 찌릅니다.

　　하로 아침 느림보.
　　늦게 일어나보니
　　이마 이쪽에 뿔 한개.
　　이마 저쪽에 뿔 한개.

　어머니나 아버지의 하시던 이야기를 참말로 소가 된 듯이 노래합니다. 느림보는 은근히 두려웁겠습니다.

　　느림보 느림보는
　　소가 되었다.
　　느릿느릿 느림보.
　　느릿느릿 느림보.

끝에서 소가 되었다. 단정해 버립니다. 느림보는 울 듯 울 듯 다시는 느리지 말아야지 생각습니다.

느낀 것의 중심(中心)을 잡아야 한다 하였습니다. 느낀 것의 중심을 잡는다는 것은 두말없이 생각을 가다듬는 것과 함께 그 느낌에 꼬옥 알맞는 말을 잡아 오는 것입니다. 어떻게 하면 살아 있는 새를 사로잡듯이 잡을가요. 렌즈로서 해ㅅ빛을 한군데 모우면 종이라도 태울 수 있습니다. (이상 9쪽)

박영종, "동요 짓는 법(童謠作法 8)", 『주간소학생』, 제8호, 조선아동문화협회, 1946.4.1.

동요에서도 여러분이 느낀 것 가운데 그중 눈에 뚜렷한 것을 또옥 잡으면 그만입니다.

가령, 동생 얼굴 가온데 눈이 그중 서글서글하니 굵은 것이 특징일 때에는, 입이며 귀며 눈섭이며 볼이며 그런 것은 그만두고,

우리 동생은
두눈이 서글서글하다.

이렇게 씁니다. 두 눈이 서글서글하니 크면 벌써 성질도, 괄괄하다는 것도 말하고 있습니다. 다시 예를 들면,

우리 동생은 복스럽고, 순하고, 어질고, 볼이 퉁퉁하고, 이마가 넓고, 눈이 곱고, 입이 벌숨하니 크고…… 이런 이야기를 아무리 하여도 여러분의 동생 모습은 또옥 또옥 종잡을 수 없는 것입니다. 그중에 가장 눈에 띄는 것,

우리 동생 귀염보,
두 귀가 넓다란 귀염보.

두 줄만 하면 넉넉합니다. 귀가 넓다면 스스로 복스럽게 생긴 모양이 떠오릅니다. 그러면 그만입니다. 다시 참외를 두고, 참외를 먹는 소리만 들어도

굵고 작은 것을 압니다.

　사글사글 쥐참외,
　서글서글 굵은 참외.

　사글사글 먹는 것은 역시 더 연하고 작은 것이며, 서글서글하면 굵어지는 느낌이 됩니다.

　건너 갑니다 외나무다리,
　　달밤에 도련님이 천자책 끼고.
　건너 갑니다 외나무다리,
　　달 밤에 아가씨가 물ㅅ동이 이고.
　건너 갑니다 외나무다리,
　　달밤에 다람쥐가 밤 한톨 물고,

　이 노래는 尹石重 선생의 「외나무다리」입니다.
　촌에 있는 마을 가까운 외나무다리에 달이 밝습니다. (계속) (이상 9쪽)

**박영종, "동요 짓는 법(童謠作法 9)", 『주간소학생』, 제9호,
조선아동문화협회, 1946.4.8.**

　겨우 찾어오는 송아지도 이 다리를 건너가겠으나, 그러나 밤ㅅ글 읽으러 천자책 끼고 건너가는 도련님과, 안 길어도 될 물을 달이 밝으니 괜히 긷는 아가씨와, 밤 한 톨 훔쳐 물고 건너가는 다람쥐만으로 얼마나 여러분 앞에 외나무다리의 고요하고 정다운 모습이 서언합니까.

　다시 말씀 드리면 모두 하나 빼지 않고 다 나타내려 하면 하나도 나타나지 않습니다.

　굴렁쇠 목소리는

쓰르라미와 같다.

숫, 숫, 숫, 숫, 숫.

자기 느낌을 다른 사람에게도 같은 느낌을 줄려면 내가 느끼는 느낌에 꼭 알맞는 단 하나의 말을 찾어낼 것입니다. 이 외에는 다른 말로서는 나타낼 수 없으리라는 그중 들어맞는 말을 잡을 것입니다. 굴렁쇠 구우는 쇠ㅅ소리가 앵앵앵 이겠습니까. 샷샷 이겠습니까. 숫숫숫 이겠습니까. 숫숫 구우는 굴렁쇠는 숫, 숫, 숫이 어떻습니까. 다시 병아리들이 개나리꽃을 주어 물고 좀 바쁘게 걸어갑니다.

나리 나리 개나리
입에 따다 물고요
병아리떼 홀짝홀짝
봄나드리 갑니다.

"홀짝홀짝" 하니 병아리 떼가 한쪽 발을 치켜들고 뛰어가는 것 같습니다. 그럼 어떻게 하면 귀엽게 그러나 바쁘게 걸어가는 꼴을 발로 똑 따 낼가요.

병아리떼 깡충깡충
봄나드리 갑니다.

"깡충 깡충" 하면 두 발을 모아 뛰는 꼴이 생각납니다.(이상 10쪽)

박영종, "동요 짓는 법(童謠作法 10)", 『주간소학생』, 제11호, 조선아동문화협회, 1946.4.22.

병아리떼 훨 훨 훨
봄나드리 갑니다.

"훨 훨 훨"은, 나비처럼 멀리, 그러나 시원스럽게 날라가는 모양입니다. 그

럼 뭐랄가요. 윤석중 선생님은,

> 병아리떼 종종종
> 봄나드리 갑니다.

종종종, 했습니다. 잰걸음 치는 병아리 떼가 귀엽게 나타나지 않습니까.
다시 예를 들겠습니다. 불붙듯 타는 저녁놀을

> 꽃보다 곱다.

더 적절한 말은 없습니까.
다시 종달새 울음을

> 짹짹 운다.

짹짹은 참새 울음입니다.

> 비비 배배 운다.

비비 배배는 제비 울음소리입니다.
정지용(鄭芝溶) 선생님은

> 비리 비리 비리리

라 했고 윤극영(尹克榮) 선생님은

> 비리 비리 종종종 비리 비리 종종종

했습니다.
그러나 남이 비리 했다고 반드시 그게 꼭 알맞는 게 아닙니다. 자기 느낌에
그중 쏘옥 드는 말이 그중 꼭 알맞는 말입니다.

정거장 마당에
해바라기 폈다.
정거장 시계는
낮잠 자는데,
서울가는 기차는
정 한시,
서울가는 손님은
面長님 한분,
불룩배 대뚝대뚝
달려 와서,
방울눈 대룩대룩
해바라기 보고,
시간 시간 멀었나
기두를거나,
담배 한대 피우며
기두를거나.

이 동요에서 면장님의 불룩배와 대뚝대뚝, 방울눈과 대룩대룩 들은 여러 분 아시는 面長님의 점잖으신 모습과 아울러 생각해 보십시오. 그리고 면 장님을 面長님이라 쓰는 것은 한짜 面長이 더 점잖어 보이기 때문입니다.

(이상 10쪽)

박영종, "동요 짓는 법(童謠作法 11)", 『주간소학생』, 제12호, 조선아 동문화협회, 1946.4.29.

요전에 어느 학교에서 "우리 집"이라는 문제를 걸고 열다섯 가지씩을 쓰라 했습니다.

하나, 우리 집에는 어머니와 아버지가 계십니다.

둘, 우리 집에는 감나무와 대추나무가 있습니다.

이렇게 쓰면 됩니다. 그러나 중학교 1학년들은 열 가지가 채 넘어가기도 전에 벌써 고개를 갸웃거리었습니다.

실로 우리 집이라면 늘 보고 다니기 때문에 뜻있게 보지를 않아서 한 가지씩 차곡차곡 쓰려면 그만 고개만 갸웃거리고 맙니다. 틈 있는 대로 머리ㅅ가운데 늘 보는 것도 모주리 말로 소리(發音)로 뽑아 보는 것을 여러 번 되푸리하여서 똑똑히 자기 것을 만들어 두십시다.

다시 여러분,

파란 것이 뭐겠습니까.

여러분 대답이 여러 가지입니다.

바다, 물, 바람, 하늘, 기, 파란 구름, 얼마나 아름답습니까.

여러분이 예사로 하는 말 가운데도 다른 분이 보아 탄복하고 동곳을 빼는 좋은 말이 수두룩합니다. 가만이 생각해서 어느 말이 아름답나, 그것을 붙잡는 것이 동요가 되는 길입니다.

바람이 파랗다.

파란 바람이 기ㅅ처럼 불어오는 것을 여러분 고개를 숙이고 생각해 봅시다.

또 종소리가 어떻게 우나.

땡, 땡, 땡,

의례히 그렇게 대답하실 것입니다. 그렇지 않습니다.

냉, 냉, 냉, 상학종 쳤다.
계림학교 일이학년
체조ㅅ 시간이다.
나라니 했다.

땡, 땡, 땡, 의 무겁고 딱딱한 소리보다 냉냉냉의 맑고 가벼운 소리가 얼마나 여러분의 맘을 곱게 울립니까.

이제 동요에서 어떤 것이 그중 여러분의 귀여움을 두텁게 받나 찾아보기로 합시다. 엄지손가락 꼽을 게 꽃입니다. 이른 봄 귀여운 오랑캐, 씀바귀, 살구꽃, 우리 집 뒤란의 오동나무꽃, 꽃씨 봉지 달고 있는 봉선화, 모두 여러분의 귀여움을 받는 아가씨들입니다. (이상 10쪽)

宋完淳, "兒童文化의 新出發", 『人民』, 제2권 제1호, 1946년 1-2월 합호.

一九四五年 八月 十五日!

이날은 世界的으로나 朝鮮的으로나 가장 잊지 못할 歷史日이다. 이날을 轉機로 世界의 反動勢力은 決定的으로 敗北하고 우리 朝鮮은 殘虐한 日本帝國主義의 鐵鎖를 벗어난 것이다.

우리의 歷史는 開始되였다. 우리의 새날은 始作되였다. 如何한 困難에 逢着하더래도 우리는 鋼鐵 같은 不屈의 意志로써 凜然히 斷乎히 이 나라를 직혀가지 않으면 않 된다. 名實相符하게 一切을 들어 最後의 一人에 이르기까지 새로운 歷史를 創造해 감에 있어서 조곰이라도 弱하고 게을러서는 않 된다.

어제날까지 日本帝國主義의 强盜的 植民政策의 犧牲이 되여 온 朝鮮은 正常的인 發展을 못하고 하나의 畸形的 社會狀態를 일우고 있었다. 植民政策의 基本原理는 勿論 資本主義에 있었으나 그 搾取方法은 多分히 封建的이었으며 한편으로 그것에 隸屬 延命을 한 朝鮮 土着資本의 保有하는 封建殘滓는 掃蕩되기는스러 逆用에 依하여 또는 民族感情의 反撥 固執 때문에 도로혀 强化됨으로 말미암아 資本主義의 亞細亞的 形態 中에도 가장 奇妙한 部類에 屬하는 것이었다.

이러한 最中에 八月革命을 맞게 된 것이다. 至今까지도 資本主義的인 過程을 걸어왔지만 政治的으로는 非民主主義的이었음으로 前記와 같(이상 93쪽)은 特殊相을 띄었으나 인제야말로 政治 經濟 文化 할 것 없이 一切에 있어서 眞實로 資本主義的 民主主義 革命에 突入하게 되엿다.

北緯 三十八度를 境界로 民主主義와 共産主義의 領導的 影響이 各異하여 民主主義 革命이 어떻한 政治 體制下에 어떻한 方式으로 遂行되겠는가가 重大問題이나 如何間 우리는 賦與된 새로운 任務를 가장 效果 있게 實現식힘으로써 한때라도 우리 朝鮮을 隱遁的 退嬰的인 亞細亞的 暗黑으로부터 救出하지 않으면 않 된다.

이번의 革命을 革命 않인 改替에만 끝이게 한다면 朝鮮은 完全히 自主獨立하지 못할 것이며 딿아서 世界의 進步 發展에 뒤지기는 日本의 支配下에 있어서와 別로 큰 달음이 없을 것이다.

革命! 그렇다 日本의 植民地이던 朝鮮은 全面에 있어서 革命을 要請한다.

兒童文化도 例外이지는 못한다. 않이 兒童文化이기 때문에 더욱 革命이 必要하다.

陳腐한 文句 같지만 —— 어린이는 人生의 꽃이며 未來의 主人公이라는 말은 永遠의 眞理다.

兒童의 養育 如何에 적게는 一家 크게는 國家社會의 運命의 興亡盛衰가 달려 있다는 것은 하나의 常識이다.

이렇한 兒童을 日本帝國主義는 우리 손에서 奪去해다가 저의들 멋대로 敎養한 것이다. 그럼으로 그 빗나간 精神을 바로 잡자면 尋常의 改訂으로는 成功치 못할 것이다.

八月 十五日 以前의 兒童文化는 어떻한 狀態에 있었던가?

본듸 兒童文化는 兒童敎育의 多角的으로 擴張된 方法이다. 兒童敎育이라고 通稱하는 學校敎育도 그럼으로 兒童文化를 絶對로 떠나 있을 수 없는 것이다. 兒童文化는 學校敎育을 中心으로 開展되어야 하고 學校敎育은 兒童文化를 通하여 不斷히 社會의 움직임에 關聯하여야 하는 것이다. 그렇지 않으면 兒童文化와 學校敎育은 함께 不具化하지 않을 수 없는 것이다.

그럼에도 不拘하고 오늘날까지의 朝鮮의 兒童文化와 學校敎育은 當然한 程度에서 逸脫해 있었다.

世界 無類히 小心鄙陋한 帝國主義 日本의 植民政(이상 94쪽)治는 兒童의 生活道場이어야 할 學院에 높은 障壁을 맨들어 社會와 隔絶시키고 固陋卑屈한 敎育者들은 意識 無意識間에 그것에 追從하였음으로 兒童은 文化的 享受를 別로 하지 못하였을 뿐만이 않이라 學校라는 조고만 우리 속의 機械敎育에 依한 修道院的 苦行의 强制는 生理에까지 響及해서 肉體의 發育조차 萬全치 못하게 하였다.

그리하야 兒童文化는 學校敎育과는 關係없는 別個의 存在로서 微弱한 民間運動에 始終하였다. 그것이나마 文化라는 일홈을 붙이는 것이 過分하다고 할 만치 주로 文學的에 치우친 건이었다.[31] 卽 兒童文學이 兒童文化의 全般的 代役을 하였던 것이다. 그것은 文學에는 볼 만한 것이 더러 있었으나 兒童을 爲한 文化施設은 學校 것 以外에는 全無狀態에 있었던 것만으로도 넉々히 알 수 있는 일이다.

그럼으로 過去한 兒童文化로부터 繼承할 만한 것이 있다면 그것은 主로 兒童文學밖에 殆無하다. 그렇다. 그것도 無條件的이어서는 않 된다.

『아이들보이』『少年』에 據한 崔南善 氏 等의 復舊的 民族主義 『어린이』에 據한 方定煥 氏 等의 感傷的 天使主義 『新少年』(前期)에 據한 申明均 氏 等의 純民族主義 『아히생활』에 據한 基督敎徒 等의 宗敎的 兒童主義 그리고 『새벗』『少年朝鮮』其他를 中心으로 하는 傾向主義 『별나라』『新少年』(後期)을 中心으로 하는 階級主義 —— 兒童文學은 이렇한 徑路를 걸어왔다. 一般 少年運動과 兒童文化로 이렇한 過程을 걷혀온 것은 勿論이다.

그런데 注意하지 않으면 않 될 것은 그 各自의 相異한 主義 主張이 오직 한 가지 點에 있어서는 共通性을 갖었었다는 것이다. 그것은 日本帝國主義에 對한 反撥이다.

各 主義 主張의 最終 目的은 不同하였다. 그렇다. 日本帝國主義로부터 解放되려는 欲望은 同一하였다. 그럼으로 그 여러 主義 主張을 貫流하는 精神은 主로 否定的인 것이었다.

맑아서 八月 十五日 以前과는 딴판의 世上이 된 오늘날에 있어서 우리는 植民地時代의 否定的 精神에 料理된 兒童文化를 고대로 引繼해서는 않 된다. 學校 中心의 官製 兒童文化는 肯定的 精神(이상 95쪽)에 支配되어 있었으나 그것은 盲目的 屈從的 意味의 肯定이었음으로 그대로 引繼해서는 더욱더 않 된다. 둘 다 徹底 嚴正히 批判 止揚한 參考 程度의 繼承을 지내지 않어야 한다.

今後의 朝鮮은 이미 植民地가 않이다. 朝鮮의 昨日과 今日은 普通의 意味의 그런 更生은 않이다. 죽었다가 다시 살어난 것이 않이라 죽은 것은 그대로 永遠히 죽어 없어지고 그 자리에 딴 生命이 새로 생겨난 것이라 그렇게 되도

---

31 '것이었다.'의 오식이다.

록 하지 앓어서는[32] 않 된다.

그럼으로 兒童文化도 全然 새로운 構想과 意圖로써 再出發이 않인 新出發을 해야 한다.

그러면 새로운 兒童文化의 當面의 基本課題는 무엇인가?

첫재는 日本的인 것의 根滅이며 둘재는 封建殘滓의 掃蕩이며 셋재는 進步的 民主主義에 依한 肯定的 建設的 精神의 涵養이다.

이것들은 따로따로 떨어진 問題가 않이라 互相錯綜한 問題여서 처음에는 破壞와 建設의 相伴混交로 多少의 紛亂은 免치 못할 것이다. 그러더래도 餘他의 것에 앞서 반듯이 實行하지 않어서는 않이 될 最重 最緊事다. 이것을 제처 놓고 다른 것부터 行하다가는 失敗만 거듭할 것이다. 웨 그러냐 하면 이것 以外의 모든 問題는 枝葉事인 때문이다. 一切의 모든 問題는 이것을 中心으로 展開되어야 하는 것이다.

이 課題에 있어서 完全히 成功을 하지 못하는 限 朝鮮의 兒童文化는 自主性과 獨創性을 獲得치 못할 것이다.

實로 日本的인 것은 우리에게 있어서의 最大 最惡의 廢物이었다. 그것은 박테리아的 侵透性을 갖이고 우리들의 一切을 微小한 部分까지 남김없이 潛蝕하였다.[33] 日本的인 것이 優秀했기 때문은 決코 않이다. 좋지 못한 것 나쁜 것은 익히기 쉽다는 單純한 理由에 依하야 우리들의 規模 짜이지 못한 民族性에 容易히 滲入한 때문이었다.

우리가 日本的인 것으로 말미암어 얼마나 많이 害毒되였는가는 남을 볼 것 없이 제 自身을 살펴보면 잘 알 수 있을 것이다. 知覺 있는 어른도 그(이상 96쪽)러하거늘 어린이는 더욱 말할 것도 없지 않은가?

學校에서 敎授를 조선말로 하고 일홈도 朝鮮式으로 부르고 日章旗 대신 太極旗를 달고 우리들은 日本의 皇國臣民이 않이라 獨立한 朝鮮의 民主國民이라고 하는 것도 效果가 없지는 않을 것이다.

그렇다. 열 마듸의 말보다도 한 가지의 實踐이 훨신 效果的인 것이다. 말로

---

32 '않어서는'의 오식이다.

33 '蠶食하였다.'의 오식이다.

일으고 가르치는 것도 좋지만 그에 딸아서 實踐이 반듯이 있어야 한다. 않이 차라리 말보다 實踐을 먼저 해야 한다.

至於 허접쓰레기까지 日本化 되다싶이 한 現實을 고대로 두고 아모리 말로만 非日本的 反日本的인 說敎를 한댔자 되지 않을 것이다.

가장 細心綿密히 가장 徹底 無慈悲하게 日本的인 것이란 털끝만치도 남겨 두지 않는 實踐이 있어야 說敎의 效果도 나타날 것이다.

우리는 우리 兒童을 사랑하기 때문에 日本的인 것의 拂拭掃淸을 어른에 있어서보다 一層 强力果敢히 實行하지 않어서는 않 되는 것이다. 疑懼해도 않 된다. 杞憂해서는 않 된다.

島國 小人의 輕燥惡毒한 女性的 狡智와 模倣의 産物인 日本的인 것을 깨끗이 根滅시키지 않는다면 우리는 언제까지던지 떳떳이 獨立한 族屬 노릇을 하지 못할 것이다.

이에 兒童文化의 負荷한 責務가 重且大함을 깊이 깨닷지 않으면 않 된다.

다음으로 封建殘滓의 掃蕩問題인데 日本的인 것의 根滅 問題와 伯仲하는 重要한 것일 뿐 않이라 實踐 工作에 있어서는 훨신 더 困難한 課題다. 웨 그러냐 하면 日本的인 것은 日淺한 外來事이지만은 封建殘滓는 長久한 歲月을 내려오며 遺傳되여 慣習化한 自由事인 때문이다.

日本的인 것이 皮膚病이라면 이 封建殘滓는 內腫이라고 할 수 있다. 그런만치 治療도 極히 힘이 들지 않을 수 없을 것이다. 그렇나 어떻한 難艱이 있더래도 絶對로 遂行치 않어서는 않이 될 歷史(이상 97쪽)的 要請이다.

우리는 이미 四十年에 所謂 開明을 하였다. 그리하야 머리 깎고 洋服 입고 여러 나라와 交驩하여 先進文明을 배우고 行해 왔다. 그러나 植民地로서의 不利한 條件과 隱遁的 退嬰的인 封建的 遺傳은 모든 境遇를 通하여 發展을 毁妨하였다. 인제 植民地的 惡用은 없어지게 되였으나 그 代身 弱小民族으로서의 强해지려는 意欲은 獨善的 排他的인 自己 虛榮에 흘러서 自民族의 絶對性을 主張하는 남이에 及其也에는 封建殘滓를 핏쇼的으로 固執하여 더 强化할 念慮가 많다. 벌서 그렇한 傾向이 여기저기에 엿보이는 것도 있다.

우리는 嚴正한 科學的 立場에서 兒童을 敎養함으로써 封建殘滓의 이 以上의 遺傳을 防止하지 않으면 않 된다. 딿아서 兒童文化는 徹底히 科學化하여야 한다. 科學은[34] 遊離한 兒童文化는 兒童을 中世紀的 暗黑으로 退步시키는 役割밖에는 못할 것이다. 兒童을 神話世界에 夢遊시키는 것은 이미 지난 時代 지낸 幻想이다.

神話는 消滅하고 科學은 前進 發展한다. 兒童도 사람인 以上 科學을 떠나서 生活하지 못한다. ── 이것은 民主々義 社會가 要求하는 冷嚴한 現實이다.

이제로부터의 朝鮮은 民主主義에 社會를 過程하지 않으면 않 되게 되었다. 그리고 그 民主主義는 가장 進步的 性格을 갖인 것이어야 한다. 世界的 進運과 國內的 現實이 要請하는 歷史的 必然이 그렇한 것이다.

無意識한 兒童을 갑작이 民主主義的으로 教化함에 있어서는 極히 手苦가 들을 것이다. 分數에 愼重을 잃지 않어야 한다.

그렇나 그 困難은 主로 指導者 自身의 民主主義的 訓練의 缺如로부터 由因된 것이다. 勿論 兒童이 非民主主義的 雰圍氣 속에서 生活하고 教化되어 온 것에도 一因은 있겠지만은 그것은 無意識하고 感受한 것이니만치 方法 如何에 많아서는 比較的으로 容易히 除去될 수 있는 性質의 것임으로 困難의 根因은 않이다. 그러면서도 兒童에 있어서야말로 革命이 必要한 것은 감수해 온 것이 意(이상 98쪽)識化하기 前에 掃滅시키지 않으면 않 될 것이기 때문이다.

그럼으로 當面의 緊急事는 指導者의 民主主義的 再教育이다. 民主主義의 ABC도 몰으면서 앞으로의 朝鮮 兒童의 指導者가 되려는 것은 큰 妄發이다.

日本人이 日本的인 것만 强調함으로써 兒童教化의 根本을 삼던 그 따위 式으로 朝鮮 것만 덮어놓고 讚揚하는 教化 方式을 쓴다고 民主主義的인 것은 決코 않이다. 도로혀 非科學的인 그런 것은 俗惡한 反民主主義다.

兒童의 指導者는 참으로 民主主義的으로 兒童을 指導하려면 첫재로 學校 教育의 門戶를 開放하고 둘재로 兒童文化의 一般的 動向에 積極的으로 參加하며 셋재로 兒童問題를 社會問題化시키지 않으면 않 된다. 所謂 教育의 神聖이라는 것을 學園의 社會的 孤立에 있어서만 可能視하는 流의 묵은 觀念은 斷然 버리어야 한다. 그리하야 兒童의 教化 一切을 兒童文化의 民主主義的

---

34 맥락상으로 볼 때, '科學을'의 오식이다.

社會化 속에서만 찾고 지니지 않어서는 않 된다.

생각하면 新朝鮮의 兒童文化는 處女地다. 이렇다 할 만한 傳統도 거의 없는 荒無地다. 그럼으로 그의 開拓에는 多大한 努力과 時間이 所要될 것이다. 그렇나 新朝鮮의 젊고 굳센 進取的 意氣는 반듯이 훌융한 沃土를 맨들어 온갓 寶果가 보기도 흐뭇하게 結實되도록 하고야 말을 것을 믿는다.

이미 數個의 兒童文化 團體가 新發足해서 活動을 開始하고 있다. 少年運動 團體도 생기었다. 祥瑞로운 일이나 活動이 積極的으로 展開되지 못하고 있는 것은 甚히 遺憾스럽다. 現實의 混沌 때문일 것이다. 하나 主體的으로도 어느 程度로 튼튼한지 擬心스러운 點이 없지 않다. 다른 일과도 달러서 여러 가지 理由로 나는 兒童文化 團體의 分立은 不可하다고 생각한다.

이미 우리들의 가야할 方向은 提示되었으며 進步的 知識人은 누구나 그것을 承認하고 있다. 그렇면 弱小한 兒童文化 運動의 力量을 分散하는 것은 어느 모로 보아도 損害다. 斯界人의 깊은 反省을 바라 마지않는다.

(十一月 十五日) (이상 99쪽)

윤효봉, "해방 후 첫 번 동요 동화대회를 보고", 『별나라』, 속간 제2호, 1946년 2월호.[35]

십이월 이심삼일!

이날은 별나라사 주최로 해방 이후 첫 사업인 "동요 동화 대회"의 날이다.[36]

글자조차 마음대로 쓸 자유를 잃어 버렸든 우리들은 십여 년 만에 어린이들에게 가장 친하였든 『별나라』를 해방된 조선 땅 방방곡곡에 다시 내어놓게 되었다. 그리고 어린이들이 진정으로 불을 노래조차 마음 놓고 못 불으든 빼았겼든 노래를 다시 차저 십여 년 만에 동요회를 갖게 된 오늘 나는 비할 데 없이 기쁘면서 여러 가지 감회에 잠겨 마음이 설늬였다.

회장을 바라보니 벌서 참새들이 재절거린다.

얼마나 반가운 소리냐!

이리 물리고[37] 저리 몰리는 참새 떼를 얼핏 보고 싶어 거름을 재우쳤다.

아나나 달을까 벌서 장내는 완전히 참새의 나라가 되고 말었다.

수난로 김과 먼지의 자옥해진 그 사이를 울긋불긋 치마저고리를 입은 소녀들과 검은 옷 입은 소년들이 제 세상 맛난 듯이 마음껏 떠들며 이리 갔다 저리 갔(이상 31쪽)다 한다.

얼마나 오랜동안 기대리고 보고 싶었든 이 정경이드냐. 나는 고만 눈물이 어릴 만치 감격에 잠겨 한참 동안 멍하니 서서 갈팡질팡하는 참새 떼들을 바라보고 있었다.

시간이 되어 막이 열이자 여러 선생님들의 의미 깊은 인사의 말이 끝나자 순서에 따라 노래와 춤은 시작되었다.

우리말로 된 우리의 노래!

제각기 고흔 목소리로 경쟁하다싶이 부르는 노래에 그처럼 떠들든 참새들

---

35 '효봉'(曉峯)은 윤기정(尹基鼎)의 필명이다.

36 『별나라』의 속간 기념으로 "해방기념동요동화회"를 1945년 12월 23일 오후 1시 배재중학(培材中學) 강당에서 개최한 것을 가리킨다.(「解放記念 童謠童話會」,『自由新聞』, 1945.12.22)

37 '몰리고'의 오식이다.

도 쥐 죽은 듯이 고요해지고 군데군데 석겨 앉은 형님·누나·엄마·압바는 얼빠진 사람들처럼 미소를 띄우며 자미있게 바라보고만 있을 뿐 이처럼 감격에 잠간 시간이 순서가 박퀼 적마다 점점 그윽한 정이 과연 동화의 세게로 이끌어 드러가는 듯싶다.

고흔 목소리로 마음껏 부르는 노래와 제법 흥겨워 춤추는! 앞으로앞으로 무한히 버더 나갈 것 같다.

어린이들의 정서교육에 조금만 힘쓰면 세게 어느 나라 어린이들보다도 홀융해질 소질을 얼마든지 타고 났다.

십여 년 만에 처음으로 갔는 이 모힘이 이처럼 흥겨웁게 하고 감격에 잠겨 무아경(無我境)에까지 이끌 줄은 과연 몰랐다.

생각하면 생각할사록 참으로 아슬아슬하다. 이처럼 친분이 있는 어린이들을 송두리째 빠아서[38] 가려고 가진 흉게와 온갖 모략을 다하든 왜적이 새삼스럽게 더 미(이상 32쪽)워진다.

글씨를 빼았고, 말을 빼았고, 노래조차 억눌러 조선 정신을 왜 정신으로 박구어 바리려고 애쓰든 희비극이 옳은 리치와 바른 길로 판단 난 오늘, 이 마당에서 새삼스럽게 분노를 느끼고 새로운 큰 희망을 갖게 한다.

모든 것을 잃어바렸든 조선의 어린이들은 내 말과 내 글을 다시금 차젔고 우리들의 노래를 아무 거릿김없이 자유로 부르게 되었으니 이런 모힘, 행복스럽고 아름답고 기쁜 모힘이 앞을 다투어 조선 천지 이곳저곳에 쉴 새 없이 이러나기를 바라고 있는 사이에 동화가 시작되었다.

동화!

이 또한 십여 년 만에 처음 듯는 것이다.

더구나 본사 사장 운파(雲波)[39] 선생의 뜻있고 힘 잇는 동화는 그 전에도 드렀지만 오늘도 변함없는 정열 그대로의 씩씩한 음성이었다.

거세인 듯하면서도 꺼는 힘이 있어 어느 때는 폭포가 내리 질리는 듯도 하고 어느 때는 잔잔히 홀으는 시내ㅅ물처럼 고요한 말소리에다 뜻있고 자미

---

38 '빼아서'(빼앗아)의 오식이다.
39 '운파(雲波)'는 『별나라』 발행인인 안준식(安俊植)의 필명이다.

있는 내용을 담았으니 이 자리에 모혀 동화라고 처음 듯는 어린이들이 어찌 황홀해 하지 않고 견듸겠는가.

듯는 사람 하는 사람이 한 덩어리가 되어 시간 가는 줄을 몰랐다.

이날 이 모힘은 확실히 성공이였다.

앞으로 이런 동요, 동화대회 또는 동극대회가 여러 곳에서 자조 있기를 바라고 이만 끚진다.[40] (이상 33쪽)

---

40 '끝진다.'의 오식이다.

田榮澤 외, "책머리에 드리는 말삼", 『世界傑作童話集』, 朝光社, 1946.2.[41]

어느 나라에나 해가 뜨고 달이 밝고 구름이 날고 별이 반짝입이다. 어느 나라에나 산이 있고 물이 흐르고 새가 울고 고기가 뜀니다. 그와 같이 어느 나라에나 이야기가 잇고 노래가 잇습니다.

슬푼 이야기가 있고 웃어운 이야기도 있고 여러 천 개 여러 만 개 이야기가 있읍니다. 그 이야기를 다 들어보앗어면 얼마나 좋겠읍니까. 나라마다 다 다른 재미있는 그 이야기들을.

그러나 어떻게 그 이야기들을 다 들을 수가 있겠읍니까. 한 나라에서 한두 개씩을 뽑아 열두 나라의 이야기를 한 데 모아 이 책을 만들어 여러분에게 들려 드리는 겄입니다. (이상 4쪽)

---

41 편찬자는 전영택(田榮澤)과 주요한(朱耀翰)이다. 이 책의 저본이라고 할 수 있는 『世界傑作 童話集』(조광사, 1936)은 장혁주(張赫宙) 외 14인이 각 2편씩 총 15개국 30편을 수록하고 있다. 해방 후의 『世界傑作童話集』은 張赫宙(장혁주)의 일본 편, 曹喜淳(조희순)의 독일 편, 李殷相(이은상)의 인도 편을 빼고 12인이 1편씩(조선 편과 노서아 편만 각 2편) 총 14편을 수록하였다.

崔秉和, "兒童文學 小考－童話作家의 努力을 要望", 『少年運動』,
창간호, 1946년 3월호.

☆

野蠻的 日本帝國主義下에서 우리의 燦然한 文化는 虐待를 받고 蹂躪을
當하야 왔다. 아니 解放이 數年만 더 遲延되엿드라면 우리의 文化는 根底로
붙어 撲滅를 當하야 이 江山에서 朝鮮文化를 찾을 길이 없었을 것이다.

더욱이 言語와 文字가 있으되 이를 自由로 使用하고 發表할 수 없는 悲慘
한 運命을 生覺할 때 朝鮮民族으로서 누구 한 사람 痛憤히 역이지 않고 民族
文化를 爲하야 哀惜히 역이지 않을 사람이 있으랴.

天眞하고 純潔한 兒童들이 自國語보다 外國語인 日語에 能通하고 自國文
字는 全然 몰르고 日本文字로 記錄하고 讀書를 할 때 뜻있는 이는 痛哭을
하야도 시원치 않었을 것이다.

☆

解放 以後 文化人들의 心境은 暗黑한 밤에 漂流하는 難破船이 燈台를 發
見한 以上일 것이다. 그리하야 過渡期에 있어서 物資不足 人的不足 그 外
許多한 惡條件을 克服하고 그야말로 超人的 活躍을 하야 이 나라 文化向上
에 貢獻을 하야 왔다.

더욱이 文學 方面에 從事하는 이들의 責任과 使命은 重且大하다. 먼저 智
識人이면서도 文盲인 靑年들을 爲始하야 兒童에게 이르기까지의 啓蒙運動
은 오로지 文筆 從事者에게 期待하는 바 크다.

☆

이 意味에 있어서 兒童文學家는 그야말로 獻身的 努力을 하야 兒童들에게
正當한 우리 言語와 文字를 敎導하여야 할 것이다.

童話作家를 많이 갖지 못한 現下 兒童文學界를 도라볼 때 너무나 寒心함
을 禁치 못하겟다. 앞으로는 童話作家가 뒤를 이어 輩出하야 世界的으로 遜
色이 없는 偉大한 童話作家가 우리 朝鮮에 誕生할 것으로 確信하지만 現在
에 있어서는 兒童文學界가 너무 高寥하야 憂慮하야 마지않는다.

☆

過去에 있어서 朝鮮文壇은 너무나 兒童文學에 關心을 두지 않었기 때문에 兒童文壇에 對한 常識이 缺乏하얐다. 아니 兒童文學界의 關心을 가진 이는 文學靑年들이 發表慾을 滿足식히기 爲한 一鍾[42] 遊戲文學이라고까지 酷評을 하고 賤視해 왔다. 이것은 一部分만 觀察하고 酷評한데 不過한 것이겠지만 너무 責任 없는 評이었다.

그러니깐 自然 兒童文學을 爲하야 努力하겠다는 作家도 成人文學으로 轉向하고 또 隱退하고 마러서 끝까지 兒童文學 陣營을 死守한 사람은 數人에 不過하다.

☆

解放 以後 兒童文學界는 다른 部門에 比하야 特書大書할 것은 없지만 週刊新聞을 비롯하야 雜誌가 二三種 나왔으며 앞으로 發行할 計劃을 가진 雜誌도 數三種 있다고 하니 듯기에 든든한 마음 禁할 수 없다.

兒童들의 讀書慾을 滿足식혀 주려면 雜誌를 비롯하야 單行本이 많이 出版되여야 할 것이다. 아니 應當 出版될 것으로 確信한다.

그러니깐 兒童文學家 더욱이 童話作家는 良心的으로 童話를 創作하고 또는 外國童話를 飜譯을 하야 兒童文學을 爲하야 獻身的 犧牲的 努力을 하여야 할 것이다.(이상 8쪽)

---

42 '一種'의 오식이다.

尹福鎭, "어린 벗을 사랑하는 親愛하는 同志들에게!", 尹福鎭 編, 『初等用歌謠曲集』, 파랑새社, 1946.3.

== 解放된 이날에도 敵의 노래를 우리의 노래처럼 부르는
　　우리의 귀여운 어린이를 보고 ==

半萬年의 悠久한 歷史와 빛나는 文化와 찬란한 藝術을 두고 우리는 우리의 高貴한 祖上의 精神的 遺産을 相續받지 못하고 敵의 손에 넘어가 敵의 말을 우리말처럼 배호고 敵의 歷史를 우리의 歷史처럼 敵의 文化를 敵의 藝術을 우리 文化처럼 우리 藝術처럼 배워 왔었다!

이리하여 우리의 귀여운 아들딸(지금에 四十年代의 靑年들까지도)은 이렇안 不自然한 環境에서 자라섯고 敵의 野蠻的인 皇民化 敎育政策 아래서 허수아비의 敎育을 받어 왔었다.

무겁고 괴롭던 壓制에서 解放된 이날! 무엇보다 우리는 잃어바린 母國의 말을 찾어 바로잡도록 하자. 저바린 母國語의 "美"를 찾게 하고 새로운 "美"를 創造케 하자. 빛나는 母國의 歷史와 文化와 藝術을 相續하게 하여 새로운 歷史와 文化와 藝術을 創造케 하여 널리 世界에 빛내게 하자!

이 조고만은 冊子는 우리말 우리글을 잘 몰으는 많아서 우리의 藝術을 몰으는 이들에게 우리말의 "美"와 우리의 藝術이 內包한 우리만이 가질 수 있는 우리의 아름다운 情緒를 알리자는 생각에서 病床에 누어서 꾸며낸 冊입니다. 不幸히 編者의 原稿集과 音樂書籍이 서울 집에 있고 해서 많은 材料에서 擇하지 못했으나 그래도 世界童謠曲集 世界唱歌全集, 民謠曲集 其他 五百餘 曲 中에서 내 딴은 精選한 노래들입니다.

사람이 "自己를 알려면 몬저 남을 알어야 한다."는 格으로 우리의 詩歌와

우리의 音樂을 알려면 남의 詩歌와 音樂을 알어야 할 것이다. 이렇안 見解에서 우리 조선 사람의 感情과 呼吸에 잘 맛고 現在 우리 兒童의 音樂 水準에 알맞고 音樂工夫에 (멜로디-, 리듬, 하-모니上) 必要하다고 생각되는 노래를 추려섯다.

1946.3.25. 大邱서

尹福鎭, "兒童에게 文學을 어떻게 읽힐가", 『人民評論』, 창간호, 인민평론사, 1946.3

文學은 人生의 한 개의 指南針이요 人間의 하나의 教科書로 볼 수 있다. 그中에서도 兒童文學은 더욱 그렇다. 實로 兒童文學은 成人文學보담 더 많은 教育的 意義를 갖이고 恒常 健全한 모랄(道德)이 숨 쉬고 있다. 그렇다고 해서 "文學" 特히 "兒童文學"을 "教育"이나 "道德"으로 取扱한다는 말은 않이다. 그리되면 文學의 世界는 좁아 들고 따라서 옹색해지고 만다. 그러므로 文學은 어디까지나 文學이고 教育은 어디까지나 教育이지 文學을 教育으로 바꾸어 놓아서는 큰 誤謬를 犯하게 된다.

그렇면 文學이 얼마나한 教育的 意義를 갖었고 教育的 役割을 띄고 있는지 特히 教育의 核心이요 根本精神으로 볼 수 있는 道德! 道德과 文學과의 關係를 밝히는 데서 自明해질 것으로 생각된다.

그렇한 例로써 다음에 世界의 文豪, 文學家들의 作品을 들기로 하자. 우리가 詩人 쉘리-의 自由를 우歌한[43] 「종달새」를 읽을 때 누구나 그 詩 속에 흐르는 淸純하고 飛揚的인 作者의 自由의 精神을 感觸하게 되며 幸福된 自由를 羨望하여 마지않게 한다. 探偵小說家 코난·도일의 作品을 읽고 나면 우리의 身邊에 探偵小說的인 奇怪한 事件이 이러날 것만 같고 現實에 보이는 巨大한 붉은 煉瓦 빨딩이 小說에서 보던 奇怪한 빨딩같이[44] 聯想케 되는 事實을 體驗한 바이다. 그리고 도-데의 섹슈알한 醜惡한 小說을 읽은 뒤 얼마동안은 모-든 人間이 性慾的으로 醜惡하게 뵈여지는 事實도 또한 經驗한 바이다. 아니 읽는 그 瞬間이나 읽은 뒤 (이상 56쪽) 몇 時間뿐만 않이고 三年이고 四年이고 또는 十年이고 或은 한 平生을 그렇한 影響을 받게 된다. 이렇한 事實을 미루어 보아 文學作品이 讀者에 밋치는 힘이 能動的으로, 말이 電氣에 感度되는처럼 感化를 받게 된다.

---

43 '謳歌한'의 오식으로 보인다. '우歌'로 표현된 아래의 것도 같다.
44 '삘딩같이'의 오식이다.

그러므로 人生을, 人間의 集團인 社會現象을 社會를 美化하지 않고 있는 그대로 보이는 그대로 暴露하여 그려 내는 自然主義의 文學作品 等은 文學的 敎養을 갖이지 못한 讀者, 特히 年少한 讀者에게는 적지 않은 危險性이 없잔아 있다. 이렇한 自然主義 文學을 탐독하는 讀者는 흔히 人生을 醜惡한 것으로 생각하기 쉽고 그로테스크한 探偵小說을 愛讀하는 讀者는 社會를 犯罪의 巢窟로 생각되기 쉽다. 女性의 解放을 부르짖은 헨릭·입센의 戱曲 「人形의 」에[45] 心醉한 女人들 가운데 노라의 탈을 쓰고 男便을 背反하고 情든 子息을 바리고 無斷出家한 女人이 얼마나 많었던가. 한때의 流行하던 所稱 「自殺의 노래」로 有名하던 「그루미 선데이」(憂鬱한 日曜日)을 愛唱하고 貴한 生命을 헌신짝같이 내다 버린 센치멘탈한 女人들이 얼마나 많었던가. 安價의 戀愛와 性慾을 코로스엎한 大衆文學을 탐독하고 思春期의 철없는 少年少女들이 小說을 고대로 實生活에 옴기여 所謂 不良 少年少女로 隨落[46]된 少年少女들이 얼마나 많었던가. 安價의 大衆文學뿐 아니라 兒童의 性敎育을 主唱하여 많은 示쥰을[47] 內包한 베데킨트의 「靑春의 萌芽」도 자칫하면 反對的 效果를 나타내기 쉽다.

이는 安價의 센티멘탈이즘을 우歌한 健全한 모랄(道德)을 갖이지 못한 一部의 大衆文學과 같이 文學 그 自體가 道德的으로 不健全한 點을 瀝瀝히 指摘하겠지만 더욱이 自然主義 文學作品에서 보듯이 속으로 훌륭한 모랄이 作品 속에 呼吸하고 있는 것을 道德的인 呼吸에 感動치 못하고 表面에 나타난 道德的인 것과 非道德的인 것을 例示하기 위해 登場된 非道德的인 것에 눈이 쏠였기 때문이라 하겠다.(自然主義 文學作品에서 그것이 意識的으로 또는 病的으로 誇張된 點도 없잔아 있다는 事實을 숨길 수 없다!)

그러므로 이렇게 文學的 敎養이 없고 또는 아모런 主觀이 서지 못해 批判力이 없는 年少한 讀者에 눈에는 단테나 쉑스피어-, 밀톤, 꿰테, 톨스토이 같은 文學家는 文學과 道德을 一致한 것으로 생각하여 그렇한 信念 아래서

---

45 「人形의 집」에'에서 '집'이 탈락된 것이다.
46 '墮落'의 오식이다.
47 '示唆을'(示唆를)의 오식으로 보인다.

作品 行動을 한 듯이 생각되기 쉽고(얼마큼 그렇한 點도 없잔아 있다. 이(이상 57쪽)렇한 분들은 可及的으로 非道德的인 것을 그들의 作品에 登場식히는 것을 避하는 듯하고 또 登場식히지 않으면 않 될 境遇에는 自然主義 作家에서 보는 듯이 無遠慮하게 取扱하질 않고 大端히 操心스럽게 取扱하고 있다.) 이에 反하여 特히 十九世紀 中葉 以後의 文學家들은 厚顔無恥하게도 道德的으로 痲痺된 것처럼 생각되기도 쉽다. 그 가운데서도 特히 에밀 조라의 「나나」 等과 같이 어떤 場面에 卑劣한 內容을 內藏해 있다고 非難을 할 讀者가 적지 않을 줄 생각된다. 그러나 이도 또한 위에서 말한 바와 같이 文學的 教養이 없고 또 確實한 主觀이 서 있지 못했기 때문이요 作品을 全體的으로 有機的으로 通觀하지 않고 部分的으로 한 部分 한 場面을 無機的으로 읽었던 過失이라고 보고 싶다. 이는 어떠한 辯明이 아니라 한 作家와 한 作品을 非道德的이라고 몰아세우기 前에 한 作家와 한 作品의 背景인 時代相을 社會現象과 아울너 文學史를 考察치 않어서는 않 된다. 그러므로 그 作家를 꾸짖기 前에 먼저 그 時代의 社會的 環境에 視線을 돌여야 할 것이다. 十九世紀 中葉 以後로 物質文明이 加速度로 進步됨으로 因해 社會 全體에 性的 刺激이 盛해지고 新舊思想의 衝突이 急激하였기 때문이라 하겠다. 作品은 單只 이렇한 社會的 現象을 反映한 데 不過하다. 아니, 單純한 反映을 위한 反映이 않이라 不健全한 社會를 바로잡기 위해서 暴露하고 誇張하고 풍渫한[48] 것이다. 말하자면 作者의 本意는 캐 보지도 않고 健全치 못한 社會的 現象을 暴露하고 誇張한 토막만을 본 탓이라고 말하는 것이 妥當할 것 같다. 眞理를 探究하기 위해 眞理 아닌 것을 갖어와 對照하고 참된 모랄을 創造하기 위해 非道德的인 것을 登場 식혀서 이것을 解剖하고 分析하고 對照하므로써 道德的인 御을 確然하게 밝히기 위해서 그 例로써, 手段과 方便으로 登場 식힌데 不過하다. 畵家에 比喩해 말한다면 흰 薔薇꽃을 그릴 때 흰 畵布에 화잇트로 흰 薔薇꽃을 그린데야 잘 나타나지 않을 것이다. 灰色이나 赤色이나 白色 않인 다른 色으로 "빽"을 그리지 않고는 흰 薔薇꽃이 確然하게 들어나지 않는다. 그 맛찬가지로 "善"과 "惡", "美"와 "醜"를 서로 對照하므로써 "善"은 "善"으로써

"惡"은 "惡"으로써 "美"는 "美"로써 "醜"는 "醜"로써 確然하게 나타날 수 있다.

그러므로 讀者의 옳은 主觀이고 明석한 批判力을 갖었다면 이는 逆說 같으나 비록 非道德的인 作品을 읽음으로써 도로혀 自己의 道德觀을 刺激(이상 58쪽)하여 한층 더 굳게 튼튼하게 갖게 되여 좋은 敎育的 成果를 얻으리라고 생각된다. 그러나 萬物의 批判力이 不足하고 人間으로써 初年兵이요 未完成品일 兒童에게 向하여 文學作品으로 批判的으로 讀破해 내기는 山에서 眞珠를 採取해 오고 무레서 물고기를 잡어 오라는 말과 조곰도 다름이 없을 것 같다.

그러므로 생각이 있는 父兄과 敎育者들은 사랑하는 아드님과 동생들을 위해 먼저 作品을 精選해 주지 않으면 안 될 것이다. 뿐만 아니라 文學的 敎養이 不足한 兒童에게 文學的 敎養을 북돋아 주며 主觀이 서지 못한 兒童에게 確乎한 "主觀"을 세워 주기 위해 옳은 主觀이 되여야 하겠고 批判이 不足한 兒童에게 바른 "批判"이 되여야 할 것이다. 특히 兒童文學家는 成人文學家와도 달너 이렇한 點을 恒常 念頭에 두고 한 首의 노래를 읊을 때나 한 篇의 童話나 小說을 쓸 때 兒童에게 惡影響을 끼칠 憂慮가 있는 題材는 意識的으로 警戒하여야 하겠다. 道德的으로 敎育的으로 誤解를 사기 쉬운 題材나 表現은 避하여야 할 것이다. 한 字의 글이 兒童이 읽어서 피가 되여야 하겠고 한 줄의 글을 兒童이 읽어서 살이 되게 하여야 하겠다.

프르겔트의 有名한 皮肉的 警言과 같이 "家具 製作者 너는 恒常 道德이란 자(尺)로 나무(板)을 끊어야 한다."고 勸諭했다 하듯이 한 作家에게 向하여서 모-든 創作을 道德을 基準해서만 作品을 쓰라는 말은 않이다. 이렇한 注文이 어리석고 '넌센스'이라는 것은 說明할 必要가 없다. 作家는 恒常 自由스러운 立場에서 創作하여야 할 것이다. 그러나 作家도 한 人間인 바에야 人間으로써 道德性을 갖이고 있을 것이다.

어떻게 살어야 하느냐 하는 人生問題를 생각하는 것이 當然한 일이요 그거에 딿아서 반다시 道德的 問題가 原則的으로 따르게 되는 事實을 忘却하여서는 안 된다. 그러므로 兒童文學家, 또 兒童을 위해 作品을 쓰는 文學家는 特히 健全한 道德觀을 갖어야 할 것 같다. 文學家가 敎育家는 아니라 하나 廣義에서 兒童文學家는 敎育家가 되여야 하겠다. 더구나 八·一五 後 우리

民族이 政治的으로 日本帝國主義 羈絆에서 벗어저 낫다고 하나 民族的으로 文化的으로는 아즉 羈絆을 벗어나지 못한 이날! 더구나 우리의 兒童이 母國의 言語를 모르고 母國의 歷史에 어둡고 母國의 文學에 對해서 白紙狀態인 이날에 있어서는 兒童文學家는 어떤 意味에서 한 教(이상 59쪽)育家가 되여도 좋을 듯이 생각된다. 먼저 우리의 兒童을 祖國으로, 祖國의 한 人民으로 領導하기 위해서는 바르고, 아름다운 言語를! 朝鮮의 兒童인 同時에 世界의 한 兒童으로 領導해 나가는데 무엇보다 健全한 모랄에 우에 立脚하지 않으면 안 되겠고 恒常 모랄을 想念해야 할 것 같다.

마즈막으로 三十六年間을 긴 壓迫과 屈辱에서 奴隸처럼 살아온 우리 民族에게 民族的, 政治的 獨立과 더부러 世界文化 水準에 뒤떠러진 우리들이 世界의 한 民族으로써 向上 發展하려면 내 것, 우리 것만으을[49] 갖이고는 不足할 터이니 世界文化를 輸入하는데 있어서 特히 第二世 國民인 兒童에게 읽힐 文學은 위에서도 말했지만 恒常 健全한 道德的 見地에서 精選 精讀케 할 것을 다시 한 번 力說해 둔다. 俗談에 비상이라도 잘 먹으면 藥이 된다 듯이 道德的으로 健全치 못한 作品이라도 잘만 읽으면 좋은 教訓을 받게 될 것이다. 그러나 兒童에 있어서는 不可能할 것이다. 넘우 虛慾을 부릴 것 없시 차라리 그보다 良藥을 잘못 먹어 貴한 生命을 害치는 毒藥이 되지 안케 하기를 兒童을 사랑하는 父兄과 教育者에게 警告하며 自筆한다.

──── 一九四六. 一. 八 ──── (이상 60쪽)

---

49 '것만을'에 '의'가 불필요하게 삽입된 오식이다.

朴泳鍾, "명작감상 동요 독본 1", 『아동』, 창간호, 1946.4.1.

내가 좋아하는 노래
어머니 가슴은
잠드는 가슴
얼굴만 묻으면
잠이 오지오

어머니 가슴은
꿈나는 가슴
머리만 대며는
꿈이 오지오

어머니 가슴은
비단솜 가슴
고단해 누으면
포근 합니다.
　　（「어머니 가슴」, 朴乙松)

「어머니 가슴」은 내가 좋아하는 노래입니다. 그중에도 첫 절이 그중 좋습니다. 만일 여러분 가운데 어머니가 않 계시는 분이 이 노래를 읽는다면 그것은 가장 슬픈 노래가 될 것입니다. 어머니의 가슴은 우리들의 맘의 고향이며 언제나 잠들 수 있는 가슴입니다.

연못가에 새로핀
버들잎을 따서요
우표한장 붙어서
강남으로 보내면
작년에간 제비가
푸른편지 보고요
조선봄이 그리워

다시찾아 옵니다.
　　　(「봄편지」, 徐德出) (이상 26쪽)

　새로 핀 버들잎을 따서 우표딱지로 하야 보내는 봄의 편지는 얼마나 아름다운 사연이 쓰인 편지이겠습니까. 이 노래에서는 아이들의 멀리를 그리워하는 맘이 좋습니다. 파란 버들잎을 따서 강물에 띠우여 그 버들잎이 흘러가는 곳은 아마 봄 아가씨가 늘 사는 나라이리라… 그래서 물결에 버들잎 따서 보내는 아이들의 봄을 그리워하는 모습은 바로 겨울과 봄 사이 二月의 사느라면서도 부드러운 날시(氣候)의 모습인 한 듯합니다.[50] 여기 따라 생각나는 것은

　　　나의 살던 고향은
　　　꽃피는 산골
　　　복송아꽃 살구꽃
　　　아기 진달래
　　　울긋붉웃 꽃대궐
　　　차리인 동리
　　　그속에서 놀던때가
　　　그립습니다.

　　　꽃동리 새동리
　　　나의 옛고향
　　　파란들 남쪽에서
　　　바람이 불면
　　　냇가의 수양버들
　　　춤추는 동리
　　　그속에서 놀던때가
　　　그립습니다.
　　　　(「고향의 봄」, 李元壽)

50　"사느라면서도 부드러운 날시(氣候)의 모습인 한 듯합니다."는 "싸늘하면서도 부드러운 날씨(氣候)의 모습인 듯합니다."란 뜻이다.

나의 살던 고향은…… 하고 여러분도 두 눈을 감어 보십시요. 꽃피는 산
골…… 여러분의 고향도 꽃 피는 산골입니까. 복송아꽃 살구꽃 아기진달
래…… 복숭아꽃이 아닙니다. 복송아꽃입니다.

얼마나 쓰는 作家가 桃花를 귀여워했기에 복송이 되었겠습니까. 진달래도
아기진달래… 이런 꽃이 어울려 큰 궁궐 이루었는 동리…… 여러분도 그 속에
서 놀던 때가 그립지 않습니까.

그 속에서 놀던 때가 그립습니다. 좋은 노래입니다. (이상 27쪽)

　　　푸른산 저넘으로
　　　멀리 뵈이는
　　　새파란 고향하늘
　　　그리운 하늘
　　　언제나 고향집이
　　　그리울제면
　　　저산넘어 하늘만
　　　바라봅니다.
　　　　(「고향하늘」, 尹福鎭)

멀리 저 하늘 아래는 우리 집이 있으려니…… 바라보면 그 하늘도 눈물
날 듯 그립습니다.

아마 첨으로 고향을 떠나 봇짐을 지고 "머언 학교"에 와서 공부하는 열 두서
넛 살 되는 아이겠지오. 그의 초롱초롱 큰 눈에 거득히 고여서 고여서 흐르는
눈물방울이 내 옷자락에 떨어질 듯합니다.

위에서 뽑은 것은 모두 봄의 아득하고 그리운 것뿐이었으나 사실 우리나라
現代 동요 가운데에는 좋은 노래는 얼추 봄의 노래이었습니다. 그러나 여름
으로 넘어가면 노래로서 좋은 것이 적습니다.

一九三〇년 전후의 한창 동요 성황 시기 노래를 엿볼 수 있는 것으로 가령
洪蘭坡 作『朝鮮童謠百曲集(上, 下)』를 본다드래도 春夏秋冬으로 난노아 보
면 거이 篇 수로서 같으나 좋은 노래는 모두 봄에 있습니다.

해빛은 쨍쨍 모래알은 빤짝
모래알로 떡해놓고
조각돌로 소반지어
누나엄마 모서다가
맛있게도 냠냠

해빛은 쨍쨍 모래알은 반짝
호미들고 팽이메고
뻗어가는 메를케여
오빠아빠 모셔다가
맛있게도 냠냠
　　　　　(「해빛은쨍쨍」, 崔玉蘭)

해빛은쨍쨍 모래알은 반짝.

이것은 틀림없이 강변이나 바다가 가까운데 있는 마을에서 노는 애기들입
니다. 그래서 그 강변이나 바다ㅅ가나 모래벌판의 기분이 잘 나타났습니다.
어릴 때 우리의 생활이 미소를 먹음고 떠 오는 노래입니다.(이상 28쪽)

고드름 고드름 수정고드름
고드름 따다가 발을엮어서
각시방 영창에 달아노아요

각시님 각시님 안녕하십쇼
낮에는 햇님이 문안하시고
밤에는 달님이 놀러오시네

고드름 고드름 녹지마러요
각시님 방안에 바람들며는
손시려 발시려 감기드실라
　　　　(「고드름」, 柳志永)

「고드름」에서는 조선 정서가 서려 있습니다.

낮은 초가 처마에서 땅까지 얼어붙는 고드름을 따서 발을 엮어 각시님 방에

달아 둔다는 것도 조선이 아니면 못 생각할 노래이겠습니다.

　요번에는 대강 옛 작가(作家) 중에서 나흔 것을 뽑았습니다. 다시 봄 노래 한 편만 더 뽑고 요지음 활약하는 작가 중에서 생활을 取材한 곳으로 넘어가겠습니다.

　　　나리나리 개나리
　　　입에 따다 물고요
　　　병아리때 종종종
　　　봄나드리 갑니다.
　　　　　(「봄나드리」, 尹石重)

　병아리들이 개나리 꽃잎을 주서 물고 바쁜 듯이 나다니는 것을 봄나드리 간다고 노래했습니다. 語感이 가저오는 가벼운 봄 기분이 좋습니다.(이상 29쪽)

朴泳鍾, "명작감상 童謠 讀本 2", 『아동』, 제2호, 1946.5.1.

　　　해바라기 씨를 심자
　　　담모퉁이 참새 눈 숨기고
　　　해바라기 씨를 심자.

　　　누나가 손으로 다지고 나면
　　　바둑이가 앞발로 다지고
　　　괭이 꼬리로 다진다.

　　　우리가 눈감고 한번 자고나면
　　　이실이 나려와 가치 자고가고
　　　우리가 이웃에 간 동안
　　　해ㅅ빛이 입맞추고 가고

　　　해바라기는 첫 시약시인데

사흘이 지나도 부끄러워
고개를 아니 든다

가만히 엿보러 왔다가
소리를 꽥 지르고 간놈이
오오 사철나무 잎에 숨은
청 개고리 고놈이다.
　　　　(鄭芝溶, 「해바라기」)

해바라기 씨 한 개를 심으는데 이처럼 아름다운 생각을 가질 수 있다는 것은 벌서 詩人이 아니면 못 가질 것입니다. 더욱 처ㅅ 절의 참새의 또록 눈 몰래 씨를 심자는 것은 기발하며 미소가 떠오는 것. 세ㅅ째 우리가 눈 감고 (눈을 감아야 꼭옥 잠이 온다고 생각는 어린이들의 귀여운 생각을) 한밤 자는 동안 소올소올 이슬이 나려와서 가치 잔다는 것도 좋고 해바라기의 싹이 쉬 트지 않는다 하야 첫 시약시로 하고 부끄러워 고개를 안 든다는 것도 좋으나 그러나 이 절은 동시(童詩)로서 표현이 지나친 것이로되 역시 십오육 년 전에 이런 노래가 나왔다는 것은 놀라운 일입니다.(이상 32쪽)

새삼나무 싹이 튼 담우에
산에서 온새가 울음 운다

산에ㅅ새는 파랑치마
산에ㅅ새는 빨강모자

눈에 아름아름 보고지고
발벗고 간 누의 보고지고

따순봄날 이른 아침부터
산에서 온 새가 울음운다.
　　　　(鄭芝溶, 「산에서 온 새」)

누의는 지난 겨을 산을 넘어 머언 도회지 공장엘 갔을가요. 혹은 집에서는 먹을 게 없으니 입버리래도 한다고 남의 집 아이보기로 갔을가요. 홀로 산골

동리에 남아 있는 동생은 이른 봄이 와서 새삼나무에 새싹이 트니 새싹 트듯 누의 생각이 간절한데 누의가 넘어간 산골에서 빨강모자 파랑치마의 산새는 날러오건만 누의는 오지 않습니다. 누의야 츩뿌리를 캐여 먹고 살드래도 얼른 오너라. …… 애달픈 노래입니다. 이 노래에서 어떻게 가난하다는 것을 아느냐고요? 언 발 샛발간히… 발 벗고 간 누의가 보고지고라고 있지 않습니까.

> "조기 조기 조도령
> 글 읽는 도령
> 소리 소리 듣기 좋게
> 잘도 읽는다"

> "저기 저기 저색시
> 어여쁜 색시
> 노닥 노닥 버선 한짝
> 잘도 깁는다"

> 수양버들 가지 가지
> 늘어진 아래
> 길게 늘인 줄위에
> 나란히 앉아
> 이집 저집 담넘어로
> 기웃 거리며
> 의좋은 재비남매
> 짖거립니다.
> 　　　(「재비남매」, 尹石重)

수양버들 늘어진 가지 아래 늘어놓는 빨래ㅅ줄을 타고 앉아 재비남매가 보고 짖거리는 것입니다. 글 읽는 도령과 버선 깁는 색시의 對가 좋습니다. 맑안 조선 풍속(風俗) 그림이래도 보는 것 같습니다.

한개 한개 머이 한개

할아버지 쌈지속에 부싯돌이한개 (이상 33쪽)

두개 두개 머이 두개
갓난 아기 우슬때 앞잇발이 두개

세개 세개 머이 세개
아빠 화 내실때 주름이 세개
　　　　　　　(尹石重)

　석냥가비가 이리도 흔한 세상에 아즉도 꼬옥 부싯돌로 뚝딱 불을 치시는
할아버지 허리에 느른한 굵은 쌈지에는 그 부싯돌이 한 개. 귀여운 우리 아기
우슬 때에는 하얀 앞이ㅅ발 두 개. 이놈! 화내실 때 아버지 이마에는 주름살이
세 개. 여러분도 한 개 한 개 머이 한 갤가요. 한번 지어 보십시오. 쉽게 이런
묘한 생각이 뜨질 않으리다. 이 노래는 한 개 한 개 머이…… 이렇게 自問自答
으로 해서 노래의 째임세가 아름답습니다.

　　건너갑니다 외나무다리
　　달밤에 도령님이 천자책 끼고

　　건너겁니다 외나무다리
　　달밤에 아가씨가 물동이 이고

　　건너갑니다 외나무다리
　　달밤에 다람쥐가 밤한톨 물고
　　　　　(尹石重,「외나무다리」)

　"건너갑니다 외나무다리"는 씨를 넣고 달밤에 건너다니는 것을 날을 넣어
짰는 "달밤의 비단"입니다. 조선의 맑고 아름다운 달밤이 선하지 않습니까.
처ㅅ 절은 이미 우리가 옛날 글 읽으러 다니던 잊어버린 書堂 이야기를 꼬집
어내여 은은히 追憶도 가질 수 있게 하고 담 절은 안 길어도 될 물을 달이
밝으니 길러 다니는 조선 아가씨의 모습도 뵈이고 나종에는 다람쥐가 한몫
껴서 敍情詩에서 童詩로 옮아오지 않았습니까. 　계속. (이상 34쪽)

朴泳鍾, "명작감상 童謠 讀本 3", 『아동』, 제3호, 1946.6.20.

산밑에 조고만
초가집 문에

문구멍이 송 송
뚫어저 있네

산밑에 조고만
초가 집에는
조모래기 형제들이
사는 가보다
　　　(「초가집」, 尹福鎭)

아마 기차를 타고 갔나 보지오. 보니 조고만 초가집 문구멍이 송송 뚫어저 있었습니다. 아하 저 적은 초가집에도 조모래기들이 있어 문구멍을 뚫는가 보다 생각는 것입니다.

지은이의 빙긋이 미소(微笑)를 먹음는 얼굴이 눈에 보이며 우리들의 맘조차 어쩐지 더워 오듯 따뜻한 사랑과 귀여움에 싸이는 느낌을 가지게 되지 않습니까. 읽는 사람에게 이처럼 정다움을 줄 수 있는 노래 그것은 훌륭한 노래입니다. 여러분은 어떻게 동요를 쓸가 애써 보신 때가 있습니까. 그럴 게 아닙니다.

여러분의 애정(愛情)의 랜즈를 들고 학교 이 층에 오르거나 혹은 기차를 타고 지나면서 어린아이들의 세계를 멀직히 나려다 보십시오. 어린 것의 놀고 뛰고 하는 동작 모주리 동요이며 여러분이 '아하' 느끼는 것 모주리 동요가 됩니다. 위에 노래에서 '조모래기'라는 말이 주는 정다움과 작자의(이상 23쪽) 어른다운 태도에 주의하여 주십시오.

산모랭이 고얌낡에
고얌이 두개

새ㅅ까맣게 익어가는
고얌이 두개

산골에 때때중이
흔들어 보-고
산아래 까까중이
흔들어 보-고

산모랭이 고얌낡에
고얌이 두-개

새까맣게 익어가는
고얌이 두-개
　　　　(「고얌」, 尹福鎭)

　맑은 동심(童心)을 얻은 사람이 비로소 볼 수 있고 드나들 수 있는 귀여운 풍경(風景)을 가볍게 그려 노았스나 이것이 여러분을 절로 미소(微笑)로 이끄러가서 "귀여움"이 가슴 거득 차서 옵니다. 이것이 중요합니다. 이처럼 귀엽고 맑은 산골을 여러분 보신 적이 있습니까.
　"고얌이 두-개"란 말이 伴奏하여 이 노래가 쩨이고 아담하며(이상 24쪽) 늘 샛까맣게 익어가는 고얌 두 개로서 讀者의 맘을 낚았습니다.

다람쥐 다람다람
산ㅅ골짝에 다람다람

분홍꽃 진달내
꽃물 한모금 솔-솔 마시고

다람쥐 다람다람
산골짝에 다람다람

봄아침 풀잎에
이슬방울 한방울 똑 따먹고

다람쥐 다람다람

산골짝에 다람다람

높다란 느티낡에
간드랑 재조 멋지게 넘-고
　　　　(「다람쥐」, 尹福鎭)

　허다히 다람거리는 다람쥐 가운데 꽃물 솔솔 마시는 다람쥐 뒤만 따라다니
고 이슬방울 한 방울 똑 따먹는 (그저 따먹질 않고 똑 따먹습니다.) 다람쥐
뒤만 따라다니는 이 詩人의 맑은 눈을 생각어 주십시오.
　동심(童心)이란 뭣이겠습니까. 여러분 해답(解答)을 여기에서 찾아주십시
오. 동요란 아기들의 말의 흉내도 동작의 흉내도 아닙니다. 그 作者만이(이상
25쪽) 가지는 맑은 心情이며 그것이 이루어주는 風景입니다. 이왕 다람쥐 노래
가 났스니 한 편 더 적겠습니다.

다람 다람 다람쥐
알밤 줍는 다람쥐
보름 보름 달밤에
알밤 줍는 다람쥐

알밤인가 하고
솔방울도 줍고
알밤인가 하고
조약돌도 줍고
　　　　(「다람다람다람쥐」, 朴泳鍾)

　"인가 하고" 말의 妙를 생각어 주십시오.

비는 개었지만 물이 불어서
건너가는 이마다 옷 적시는 시내ㅅ물
영차 영차 돌을 모아서
팔짝 팔짝 딛고가게 돌다리 놓자

일학년 귀남이도 울지 않고 건느고

꼬부랑 할머니도 발 안빼고 건느고
밤이면 깡충깡충 산토끼도 건느고
돌다리 놓자 놓자 꼬마돌다리
　　　　　　　　（「돌다리」, 李元壽）

　아이들이 다리를 놓는 모양입니다. 돌다리를 왜 놓느냐 하면 산토끼도 건
너다니게 놓는 것입니다. 여러분 결코 자동차가 지내다니고 혹은 마차가 지
내다니어 우리가 살기에 좀 더 편하게 다리를 놓을 게 아니라 어린아이들의
꿈이 건너다닐 돌다리를 놓코 있습니다.(이상 26쪽)

朴泳鍾, "명작감상 동요 독본 5", 『아동』, 제5호, 1947.7.15.

여기가 어디 가는 산길입니까?
어머니 머리위의 가루맙니다.

잠간만 이리로 가게 하세요
일없는 사람은 못 보냅니다.

각씨 태운 마차를 끌고 가게요.
어디서 어디까지 갈 터입니까?
눈섶에서 쪽위까지 갈 터입니다.

얼른 가소 속히 가소 넌즛이 가소,
가기는 가지만 오진 못해요.
어머니의 낮잠이 깨시니까요.
　　　　　　　　（방정환）

　어머니가 낮잠이 살풋 드시었습니다. 베개 위에 하얀 가리마.(가루마는
가리마의 옛말) 하얀 어머니의 맑은 가리마는 그대로 어느 산을 건너가는
외줄기 고운 길과 같습니다. 사슴과 달과 바람이 오고 가는 외줄기 하얀 산

길⋯⋯.

방 한구석에 소꿉장난하던 아이들이 가만가만 어머니 머리맡에 모였습니다.
소곤소곤⋯⋯ 그냥 소꿉장난을 시작합니다.

"이 산길은 어딜 가나요?"
엄마 가리마를 가리킵니다.
산 너머 건너마을 가는 길이죠.
"잠간만 보내 주세요."
"일없는 사람은 못 갑니다."
딱 거절입니다.
"각씨 태운 마차를 끌고 가요." 애걸합니다.
"그래 그럼 어디서 어디까지 가실 겝니까?"
"눈섶에서 쪽 위까지 갑니다."(쪽이란 어머니나 할머니나 아주머니의 머리
뒷 꼭뒤에 틀어 올린 쪽진머리)

그럼 가세요, 가시려면 빨리빨리 가셔야 해요. 가시면 되돌(이상 16쪽)아는
못 옵니다. 어머니가 낮잠을 깨시니까요.

시나 동요에서 설명은 일체 삼가해야 합니다. 여기서도 간단한 대화로서
아이들의 동작과 그림처럼 맑은 어머니의 가리마를 선명히 했습니다.

눈 가운데 조그만
연못이 있고,
못 가운데 조그만
섬이 있어요.

섬가운데 조그만
집이 있고요.
집속에서 어여쁜
어린 아이가
빙글 웃고 오늘도
내다 봅니다.
　　(「눈」, 조광걸)

어머니나 아버지의 눈동자를 자세히 보시면 이 동요 바로 그대로의 모양을 구경하게 됩니다.

"집속에서 예쁜 어린 아이"란 바로 자기입니다.

관찰의 섬묘한 것과 표현의 기발한 것은 이 동요에서 가장 좋은 점이나, 이런 동요란 자칫하면 이지적인 것에 치우쳐 설명에 빠져 버립니다.

시나 동요란 내 느낀 것의 설명이 아니라, 내 느낀 것을 느낀 그대로 남에게 느끼도록 만들어 주는 것입니다.

가령 차면 차다는 것을 어떻게 남이 느끼도록 설명할 수 있습니까?

　　나불 나불 다방머리,
　　머리카락 뵐라.

　　비요 비요 병아리처럼
　　엄마 품에 숨어라.

　　꽃 이야기 오손도손,
　　눈을 뜨면 안 된다.

　　다방머리 숨어라,
　　꼭 꼭 숨어라.

　　나불 나불 종종머리,
　　머리카락 뵐라.

　　살금살금 새양쥐처럼
　　방앗간에 숨어라.

　　옛이야기 소곤소곤,
　　말을 하면 못 쓴다.

　　종종머리 숨어라,
　　꼭 꼭 숨어라.
　　　　(「숨박꼭질」, 김양봉) (이상 17쪽)

다방머리는 다박머리. 머리털이 흩어진 어린아이.

오손도손은 정답게 주고받는 이야기. 종종머리는 바둑머리가 조금 자란 뒤에 땋은 어린애 머리.

여기서 잠간 동요에 쓰는 말이라는 것을 생각해 봅시다.

대체 첨 동요 짓는 분의 빠지기 쉬운 점은,

첫째 아이들의 성대 묘사인 듯 오해하는 것.

둘째 아이들이 "생각할 수 있는 정도"라는 데 얽매어 일부러 아이들이 쓰는 말만 골라 쓰려고 애쓰는 것. (이상 18쪽)

朴泳鍾, "명작감상 동요 독본 6", 『아동』, 제6호, 1948.3.1.

엄마 없는 아기와
아기 없는 엄마를,
서로 사랑 얻도록
한 자리에 모으세.
　　　　(로셋티)

이 노래는 짤막한 기도입니다. "하느님!" 이렇게 하느님을 불러 놓고, "엄마 없는 아기와……."

중얼거리는 기도입니다. 서러운 기도입니다. 노래란 별것이 아니라, 자기의 가장 간절한 소원 그것이 말로 옮아질 때 그냥 노래며 시입니다.

누가 바람을 보았나?
나도 너도 못 봤지만,
나무 잎 흔들리면
바람 부는 줄 알지야
누가 바람을 보았나?
너도 나도 못 봤지만
버드나무 절을 하면

바람 가는 줄 알지야
　　　　(로셋티)

유명한 노래입니다. 꾸민 것이 없다는 것은 벌써 크게 꾸민 것입니다.

햇님은 잠자리에
눕지 않는다
밤이면 베개 위에
내가 잘 때도,
지구를 돌고 돌아
길을 걸으며
간 곳마다 새 아침을
지어 준다

여기서는 좋은 날
해도 빛나고,
우리는 넓은 마당
뛰어 놀때에,
인도 나라 감둥이
어린 애들은,
엄마와 입 맞추고 (이상 30쪽)
자러 간단다
　　　　(「햇님의 여행」, 스티븐손)

　스티븐손은 영국 소설가요, 시인입니다. 이 노래를 읽을 때 맨 첨으로 머리에 떠오르는 생각은 흑백의 대조입니다. 칠판에 커다란 동그라미를 그립시다. 동그라미를 지구라 하고, 해가 도는 모습을 머리속에 그리며 "옮아가는 아침"의 아름다움을 생각합시다. 장미꽃 같은 아침은 한머리는 장미꽃처럼 피는데, 한편에서는 장미꽃처럼 이울고 있습니다. 이울어 드는 편을 분필로 지워 봅시다. 지구가 희고 검은 두 빛갈로 선명하지 않습니까? 다음은 우리가 가지는 시간이라는 것이 얼마나 이상한 것인지 알겠지요! 우리가 동요를 익히고 있는 지금, 막 이 시간에 미국 아이들은…… 시간의 차이만 깨치면 절로 우리와 비교해서 시각을 달리한 나라 아이들에게 대한 상상은 절로 피어

오를 것입니다.

이 노래 한 편으로 얼마나 한층 더 세계가 꿈 많은 것으로 짙어 갑니까? 더욱 인도 감둥이 아이들의 잠자러 가는 모양과 그 두툼한 입숨로⁵¹ 엄마의 두툼한 입술에 입 맞추는 모양은 우습기도 한량없지 않습니까?

> 구름이 숨바꼭질,
> 저 산 뒤에 귀가 나왔다.
> (작자 미상)

귀는 구름이 산 넘어가다가 남은 한 조각입니다.

> 뒤란의 꽃들은 기쁘다.
> 언제나 나비가 같이 있어
>
> 하늘의 구름들은 기쁘다.
> 거기는 천사가 같이 있어
>
> 그러나 작은 아기와 쬐그만
> 생쥐는 집 안에 있어 조금 외롭단다.
> (알마 타데마)

집 안에 있는 작은 아이가 조금 외롭다는 이야기를 하기 위하여 꽃과 구름을 이끌어 왔습니다. 그래서 아기가 외로운 것의 기분을 자아냅니다. 그보다도 이 노래에는 중요한 비밀이 한 개 숨어 있습니다. 그것은 "쬐그만 생쥐"(조그마한 새양쥐)가 나오는 것입니다. 새양쥐가 나오기 때문에 아기가 워낙 외로워 보일 뿐 아니라, 이 동요가 밍밍하(이상 31쪽)지를 않습니다. 왜 그런고 하면 새양쥐가 나와서 이 동요에 동화적인 꿈을 조금 넣고 있기 때문입니다. 얼굴이 쪼봇하고 눈이 또렷하며 수염이 갈쭉스름한 새양쥐와 아기…… 무슨 다른 이야기가 또 있을 듯합니다. 다시 말하면 꽃, 구름, 아기 이런 누구나

---

51 '입술로'의 오식이다.

다 흔히 보고 듣고 생각할 수 있는 것 가운데 "아차!" 깜작 놀라는 소리를 지르듯이 뜻밖에 새양쥐란 놈이 날름 나와서 여러분의 대수롭잖다는 생각을 신선한 곳으로 뻔적 이끕니다.

아기다운 민첩한 생각, 신선한 꿈, 그런 것의 수수께끼가 여기 숨어 있습니다.

> 봄의 병정 나무들이
> 군복을 차려 입었다.
> 조는 놈이 있을까 보아
> 새가 파수를 보고 있다.
> 노래를 총속에 재어 가지고
>   (레이몽 라디케)

봄 거리의 나무가 병정처름 두 줄로 나란히 늘어서서 가지에 잎이 나왔습니다. 새로 군복을 갈아입듯이 조는 나무(병정)가 있을까 하여서 새가 자꾸 지껄걸이며 돌아다닌다는 뜻입니다.

엄격하고 몸을 단정히 가지는 병정, 그 병정이 조는 것으로 꽃 피고 잎 필 철의 나른한 기분을 용하게 잡았을 뿐 아니라, 봄의 찬란한 것이 그냥 나타나 있습니다. 푸른 군복, 새, 노래, 총 모두 찬란한 것을 꾸미는 말입니다.

동요에서 독자를 이끄는 것은 취재의 기발한 것이며, 독자가 생각도 못 할 곳에 노래가 빚어 나올쑤록 좋은 것이나, 그러나 기발한 취재라는 것은 언제나 다시 다른 확실한 조건을 갖추어 있어야 합니다. 여기서는 봄의 정서를 밑받이해 있기 때문에 기발하며 부자연하지 않습니다.(이상 32쪽)

朴泳鍾, "명작감상 동요 독본 7", 『아동』, 제7호, 1948.4.25.

이달은 어떤 동요를 뽑아 실을까요. 봄의 노래…라면 서덕출 씨의 「봄 편지」를 늘 으뜸 잡아 오는 것이다. 그 한 편만이 좋은 노래가 아닐 테지요.

그럼 봄 노래를 한번 뽑아 봅시다.

　　작년 봄 일찌기
　　　　다녀서 가신
　　비누장수 할머니는
　　　　왜 안 오실까?

　　벽에다 이리저리
　　　　그어 두고 간
　　바늘갑 그림은
　　　　검정 지는데
　　　　(「작년 봄」, 신고송)

　깊은 산골로 팥밭(火田)을 따라 절로 이루어진 작은 마을에, 그 마을에도 아이들은 나고, 크고, 자라 갑니다. 하나 세상 소식은 바로 앞 봉우리로 흐르는 구름 송이를 보듯 쉽게 들을 수는 없습니다.

　높은 봉우리에서 굽어보는, 산줄기 흐르는 끝 가에 구름에 싸인 기차가 가고 윤선이 우는 세상은 그들에게는 하나의 동화의 세계입니다.

　다시 청명(淸明)이 새로운 날은 산꼭대기에서도 별 같은 흰 돛이 남실거리는 아스란히 가뭇한 바다가 먼 하늘 가에 떠 흐르는 것을 여럿 동무와 어울려 온 하로 눈으로 보기도 합니다. 그런 아이들에게 온 세상을 허 다녀서 오는 바늘장수는 얼마나 신기한 꿈이 살아서 오는 것일까요.

　산골에 아직 눈이 길이 넘게 차이었을 때부터, 그 눈이 녹으면 오는 바늘장수 할머니를 기다릴 테지요.

　우리가 꾀꼬리 우는 철을 기다(이상 30쪽)리는 그 이상 간절한 맘으로 하나 올해는 그 할머니도 오지를 아니합니다. 눈은 녹고 골작골작이 아지랑이는 쏟아지고 먼저 핀 꽃은 한머리 이울고 다음 꽃이 새로 꽃봉오리가 벌어지는데……

　　벽에다 이리저리
　　　　그어 두고 간

바늘 값 그림은
검정 지는데

희뿌연 흙바람 벽에 그어진 바늘 값 검정 지는 게 근심이리까. 세상 소식을 전해 주는 그 이야기가 기다려지는 게지오. 사람 그리울 수가 이보다 더 절절한 노래를 여러분은 또 보시었는지.

… 다시 내다보아도, 마을로 오는 고개 마루턱은 사람 그림자 알씬 아니하고 환한 대낮, 깊은 산으로 굴러와서 다시 산으로 흐르는 앞 시냇물에 맑은 물그늘만 파랗고 이미 미리 나온 산 꾀꼬리가 어두운 골 그늘에서 목청을 가다듬겠습니다. 약간 고개를 숙여 외면하고 늙은 가지에 앉은 채.

「작년 봄」 이야기에 이어 다시 「이슬방울」의 노래가 생각됩니다.

예쁜
꽃송이
잠든 장안에
이슬 방울
하나가
숨어들었다
지나가는
나그넷별
잘 곳이 없어
이슬방울
고 속에
숨어 들었다.
(「이슬방울」, 윤복진)

저녁놀도 맑게 고운 저녁 무렵. 꽃들은 꽃잎을 닫습니다. 밤사이 오는 밤이슬이 두려워서 아 귀여운 조심군들….

그 꽃이 문을 닫기 전에 이슬방울 하나가 하룻밤 새워 갑시다, 냉큼, 꽃속에 숨어드는 것입니다.

"아아니 안돼요,
누굴 여관집으로 아오"
꽃이 채 싱갱이를 걸 나위도 없이, 지나가던 나그넷별(流星)이
"아차 가만 있자, 나두 하룻밤……"
어느 녘에 이슬방울 속에 자리를 차지하였습니다.
별이 잠겨 파란 이슬
방울 잠자는 꽃 한 송이…….
밤은 이 작고 귀여운 동화 나라에도 크고 검은 편안의 보자기로 덮어 줍니
다. 터지려는 웃음을 반쯤 머금고. (그만) (이상 31쪽)

李民村 외, "새동무 '돌림얘기' 모임", 『새동무』, 제2호, 1946년 4월호.[52]

記者　선생님들 이렇게 모이신 김에 우리 『새동무』 독자(讀者)를 위해서 좋은 말슴 좀 전해 주십쇼.

民村　글세올시다. 이번 서울 온 김에 첨으로 『새동무』를 봤읍니다만 아주 좋습데다. 그런데 지금 나오고 있는 『새동무』 『별나라』 할 것 없이 일본제국주의(日本帝國主義)에 대한 즉 일본제국주의란 무엇이냐 왜 우리는 일본제국주의를 뿌리채 뽑아 버리지 않으면 안 되나 하는 좀 더 적극적(積極的)인 노력을 하지 않으면 안 되리라 생각합니다.

洪九　그렇습니다. 민촌 선생님은 지금 강원도(江原道)의 교육문화부(敎育文化部) 일을 맡어 보시고 계시단 말슴을 들었는데 그곳에서는 실ㅅ지 활동을 어떻게 하고 있읍니까.

民村　우리 강원도에서는 지금 부녀동맹(婦女同盟)이나 유치원 탁아소(托兒所) 같은 것을 통해서 아동문화운동(兒童文化運動)을 맹렬히 하고 있읍니다. 그 방법은 대개 소련(蘇聯)에서 하는 것을 번떠고 있지오.

雪野　나 역시 무엇보담도 일본제국주의가 뿌리고 간 그 못된 쓰레기를 하로 바삐 소제하는 게 제일 긴급한 일이라고 생각합니다. 무식한 백성들은 대개가 그러하겠지만 그중에도 어린이들은 생각이 참되고 순진하기 때문에 모든 것을 진리(眞理)로서 다시 말하면 보고 듣고 배우는 그 모두가 참말로서 받어드리게 된다는 겝니다.

洪九　정말이애요. 일본이 전쟁에 지게 된 원인이 세계를 좀먹으려 하든 그 못된 생각이람보담도 다만 그들이 힘이 모자라서 젓다고만 생각하고 있으니까요. 거리에 나가 보면 아직도 '가네야마'니 '우(이상 14쪽)에무라'니 하고들 서로 불르고 있는 어린 학생들을 볼 수 있지 않습니까.

民村　하로바삐 고처 줘야지오. 소년도 우리나라를 세워 나가는 데에 큰 임

---

52 李民村(李箕永), 韓雪野(韓秉道), 韓曉(韓在暉), 洪九(洪長福, 洪淳烈) 등 4인이 참석하였다.

무(任務)가 있다. 그 임무가 무엇인가 하는 것을 밝혀 줘야지오.

韓曉　그런 점에서는 부형들의 노력이 부족하다는 것도 사실이지만 소년 자신의 깨달음이 무엇보담도 필요합니다.

즉 다시 말하면 일하는 소년은 일하는 것이 임무요 글 배우는 소년은 글 배우는 그것이 나라가 요구하는 그들의 오직 하나인 임무입니다. 그래서 그 가운데서 내일(來日)을 위한 씩씩한 일꾼이 되고 영리하고도 똑똑한 인재(人才)가 되여야 할 것입니다.

民村　그렇지오. 소년들이 어룬들 하는 일에 마음이 설뚱해저 일이 손에 안 잡히거나 공부하는데 게을리하게 된다면 이것은 전연 국가가 소년에게 기대하는 것이 무엇인가를 모르는 소리요 한거럼 더 나아가서는 우리들의 건국(建國)이 그만큼 늦어진다는 말입니다.

洪九　소년들은 누구나 할 것 없이 나는 진정한 조선 사람이다. 가장 씩씩하고 가장 똑바른 일을 하고 있다는 생각이 일초새라도 떠나서는 안 될 겝니다. 무어니 해도 명일(明日)의 조선을 떠메고 나갈 사람은 소년 여러분들뿐이니까요.

民村　그렇지오. 그러니까 우리 소년들이 똑바른 길로 나아가는 데는 두 가지 계단이 있다고 생각합니다. 즉 하나는 그들이 지금 곧 나아갈 수 있도록 그들의 발 앞을 더럽혀 논 일본제국주의 잔재(殘滓)를 철저히 소탕(掃蕩)해 줄 것, 그것이 완전히 없어진 다음에는 그들의 나아가는 방향(方向)을 아주 성의 있게 똑바로 가르처 줄 것.

雪野　제일 중대한 일이죠.

民村　이번 평양(平壤)에서 열린 교육회(敎育會)에 참가해 봤는데요. 각 학교 임시조치안(各學校臨時措置案)이라는 걸 보니까 모두가 아까 일본제국주의 잔재소탕과 아이들에게 대해서 적개심(敵愾心)을 일으키도록 하는 것 구체적으로 예를 들어 본다면 공출(供出)을 안 했다고서 그들의 아버지를 잡아 가둔다던지 병정 나가기를 싫어한다고 해서 그들의 형들을 모질게 매질한다던지 이런 구체적인 것을 들어서 아이들에게 실ㅅ제로 알려 주는 것입니다.

雪野　그런 의미에서 우리 함흥(咸興)에서는 우리 글 쓰는 사람들이 시(詩)

를 짓고 혹은 동요(童謠)를 써서 자꾸 학교 같은 델 보냅니다. 그러면 학교에서는 그것(이상 15쪽)으로 교재(敎材)를 삼지요. 어째 그러냐 하면 인민(人民)들은 우리들이 하는 일을 전ㅅ적(全的)으로 믿으니까요. 학예회(學藝會)를 열고 혹은 극장을 빌어서 연극도 하고 지금도 우리 문학동맹(文學同盟)에서는 그런 활동을 맹렬히 하고 있읍니다.

洪九 아이들이 아주 좋아하겠군요.

雪野 그럼 여간 아니죠. 하지만 첨엔 여러 가지 곤란한 점이 많았어요. 어째 그러냐 하면 과거에 일본 놈들은 강제적으로 학교 선생님들을 억눌러서 학생들에게 일본엔 천황(天皇)이 제일이다. 천황은 곧 신(神)이니 그의 입으로 하는 말이라면 무엇이던지 절ㅅ대복종(絶對服從)해야 된다. 너의들은 나라를 위해서 죽어야 한다. 무엇이 어떠니어떠니 이렇게 아이들에게 가르키지 않으면 안 되든 선생님들이니 지금 금방 또 너의들은 조선을 위해서 싸워라 일해라 하고 일어서라고 해도 생도들 보기가 좀 우습단 말이죠. 그래서 선생님들을 이리저리로 바꿔 봤어요. 그러나 선생이 부족해서 탈이애요.

民村 아무 데 없이 큰 문젭니다. 그래서 우리게서는 중학교 졸업하고서 상급학교 못 가는 학생들을 골라서 사범학교 강습과(講習科)에다 넣고 선생님이 되실 공부를 시키고 있읍니다.

雪野 그것도 물론 그리해야 되겠지만 소년 잡지를 만들어 내시는 여러 선생들도 직접 이 잡지가 어린이들의 교재(敎材)가 되거니 하는 생각에서 아주 건설적(建設的)이고 지도적(指導的)인 것에 마음을 쓰셔야 할 겝니다.

洪九 그렇습니다. 어린이들에게 좋은 글을 써서 읽히려고 애쓰는 우리 아동문학가(兒童文學家)들은 특별히 이 점에 주의해야 할 줄 압니다.

韓曉 잡지 만들어 내시는 분도 그러하겠지만 첫째 글 쓰시는 분들이 더 주의해야 할 것이지오. 요새 쓰시는 것들을 보면 말로만 소년들에게 읽히랴는 글이라 하고선 사실은 너머 어려워서 소년들이 못 읽을 게 많어요.

記者 그건 사실입니다. 좀 더 쉽게 써 주십사고 청하고 싶어요.

雪野 어린사람들이란 이상해요. 어룬들이 하는 것이라면 죄다 흉내를 내고 싶어 하거든요. 우리 북선(北鮮)만 해도 해방 직후(解放卽後)에는 우리나라 애국가(愛國歌)가 아주 유행 됐어요. 그리든 것이 여러분도 아시다싶이 북선엔 소련군이 와 있는 관게도 있고 하니까 모두들 적기가(赤旗歌)를 불르지 않겠어요? 내 집 쪼고맨한 놈도 요샌 그 노래를 아주 썩 잘해요. 하여턴 아무 뜻(이상 16쪽) 없이 불르는 것 같애도 아이들 자신은 그걸 아주 강렬(强烈)하게 받어드려요.

洪九 그곳 어린이들은 소련 병정들을 겁내고 그러지는 않나요?

雪野 천만에요. 아이들이란 영리한 게 돼 놔서 저쪽이 싫어하는 눈치가 보인다면 절ㅅ대로 가까이 하지 않는 법이애요. "붉은 군대"가 있는 곳엔 언제던지 아이들이 성을 쌓고 있죠. 그 코 흘리고 손발이 더럽고 옷이 추하다 하드라도 그저 아이들만 보면 길을 가다가도 붓안어 주고 작난 치고 꼭 어린애들 같이 굴어요.

記者 그런데 요샌 좀 그런 소리 가끔― 합데다만 한 동안은 소련 병정들의 평판이 아주 좋지 못하든데요.

雪野 그건 맨 첨에 왔든 병정들의 바탕(質)이 나뻤든 것은 사실입니다. 그게 바루 백림(伯林)을 처들어간 제일선 부대(第一線部隊)인데요. 쌈은 무지하게도 잘하지만 본시는 강절도(强窃盗) 같은 죄수(罪囚)들이었대요. 그것이 조선으로 제일착으로 오게 된 이유는 일본이 적어도 육 개월은 버티려니 했었대요. 그러기 때문에 그중에서도 젤 쌈 잘하는 부대를 보낸 게죠. 그러자니 나쁜 짓도 가끔 하잖겠어요. 그러나 그 뒤 곧 그 부대는 가 버리고 지금은 아주 딴판인 좋은 병대가 와서 있어요. 그리구 나서도 소련병을 욕하는 사람이 있다면 그것은 그들한테 납작코가 된 왜놈들이거나 아니면 북선서 못 살고 쫓겨 내려온 친일파 (親日派)들 입에서 나온 엉터리도 없는 빨간 거짓말뿐입니다.

韓曉 우리들은 이런 터문이없는 거짓말이 그것이 진실(眞實)로서 소년들 귀에 들어가지 못하도록 하게 해야 할 겝니다.

民村 요컨대 이런 데 있어서도 소년 잡지들의 사명(使命)이 크겠지만 앞으로 글 쓰시는 분들의 노력과 아울러 소년 소녀 자신이 우리 국가(國家)

가 우리 어린 사람들에게 무엇을 요구하고 있는가 무엇을 부탁하는가 이러한 모든 점에 대해서 정말 소년답게 정말 조선의 아름다운 어린 꽃답게 마음을 가저 나가야 할 겝니다. 그것만이 우리 착한 조선의 소년소녀가 차지할 최고(最高)의 영예(榮譽)이니까요.

記者 좋은 말슴 많이 들려주셔서 고맙습니다. 또 다음에도 종종 이런 말슴 들려주세요. (끝) (이상 17쪽)

鄭泰炳, "머리ㅅ말", 鄭泰炳 編, 『조선동요전집 1』, 신성문화사, 1946.4.

가. 이 책은 기미년 이후 소위 조선 신문학운동의 초창기에 있어서 그 터전에 엄트기 시작한 어린이문학의 싹이 오늘의 숱한 열매를 맺기가지 약 삼십 년, 그동안의 조선 현대동요 가운데서 보다 우수한 작가와 작품을 널리 골라 수록한 것이다.

나. 특히 팔월 십오일의 역사적 전환기를 전후하여 무엇보다도 노래에 주린 조선의 어린이들로 하여금 우리나라에도 이러한 아름다운 노래가 있다 는 것을 알게 하는 동시에 지금 전선의 소학교에서 지성으로 국어를 공부 하는 데에 그 한 과외독물로써 혹은 문학적인 정서교육에 작으나마 도움 이 될가 하여 그 노래들을 모다 한글맞춤법통일안에 의하여 띄어쓰기와 한자(漢字) 폐지와 또는 약간의 사정된 표준말로 고치어 편집한 것이다.

다. 그러나 이미 이러한 요령에 의하여 벌서 발표되었든 작품들은 예외일 것이며 모(이상 1쪽)다 그 작품들의 내용과 아름다운 율ㅅ조를 상실하는 데 까지 이르지는 안 하였다.

두어 가지 예를 들자면

「아츰일쯕 일어나
창문압혜 안지니」는

　　　×

아침 일찍 이러나
창문 앞에 앉으니……

의 사삼ㅅ조 표준말로 고칠 수 있었으나 그러나 동요의 생명인 율ㅅ조를 살리기 위하여 씨우는 가령 "종달새가 ……" 하는 것을 "종다리……" "재주 를" "재줄" "아기를" "아길" "우리어머니는"이 "울엄만" 하는 등 특히 시요(詩 謠)에만 허용될 수 있는 준말과 또는 "파릇"을 "파아릇" "노닳다"를 "노오닳다"라고[53] 하는 등의 는말에 있어서는 감히 어찌할 도리가 없었다. 또한 "등ㅅ불" "산ㅅ길" "방아ㅅ간" "오동ㅅ잎"이란다든지의 복합명사 사이에서 발음되는 중간 "ㅅ"을 넣은 것은 노래들의 자ㅅ수와 음률을 짓는 데(이상 2쪽) 있어서 하등 손색을 가져오지 않았기 때문이며 그 밖에

> 「푸른하날銀河水
> 하얀쪽배에
> 桂樹나무한나무
> 톡기한마리
> 돗대도안이달고
> 삿대도업시
> 가기도잘도간다
> 西쪽나라로」를
>   ×
> 푸른 하늘 은하수
> 하얀 쪽배에
> 계수나무 한나무
> 토끼 한 마리 (이상 3쪽)
> 돛대도 아니 달고
> 삿대도 없이
> 가기도 잘도 간다
> 서쪽 나라로……

하는 등 한글맞춤법통일안에 의하여 띄어쓰기와 따라서 어린이의 노래에 실없이 씨워진 한ㅅ자를 모조리 폐지하였다.

그러나 한편 지명과 인명들을 나타내는 부득이한 경우에는 따로 간단히 주(註)를 달아 읽는데 편리하게 하였다.

라. 작가와 작품의 배열은 작가는 "ㄱ ㄴ ㄷ" 차례로 하였으며 내용을 살펴어 대체로 봄, 여름, 가을, 겨울의 철을 밟아서 하였다.

---

53 「노랗다」를 「노오랗다」라고'의 오식이다.

마. 어린이를 위한 잡지로 작년 봄까지 꾸준히 계속 발행하여 온 『아이생활』을 중심한 작가에 이르기까지 실로 이 땅의 동인은 수백 명에 달하나 편자의 가지고 있는 재료 가운데서만 널리 골라, 작품으로 삼백오십여편 작가로 백여 분을 수록하여 그 현대편 전부를 적당히 네 권으로 나누었으며 옛날부터 전(이상 4쪽)하여 내려온 노래들은 따로히 전래편(傳來篇)의 한 권에 모았다.

바. 반드시 동요 작가를 본위로 하지 않은 이상 그 가운데는 어느 누가 평하드래도 그대지 좋다고 인정할 수 없는 작품과 또한 순동요가 아닌 분들이 이름도 발견할 수 있을 것이나 그것은 과거 삼십년의 조선아동문학운동의 발전에 또는 조선동요부흥운동에 있어서 음으로 양으로 꾸준히 힘써 주신 분들을 그대로 간과할 수 없다는 점에서 몇 분 열에서 제외하기를 삼가한 것이다.

사. 만일 이 책에 실리지 않은 작가와 작품이 있다 하면 그것은 재료의 불충분함에서 온 것일 것이니 널리 양해하여 주기 바라며 다음 증보판을 반드시 내어 실로 현대조선동요의 대집성(大集成)을 마련하여서 새날의 기쁨을 축하하는 기념비적 가치를 나타내이기에 힘쓰려 한다.

아. 또한 감히 이 책으로 하여금 조선동요사상에 있어서 하나의 역사적 임무를 띠우겠다는 염원이 권말(卷末)에 조선동요사(史)를 부하고도 싶었으나 이미 간행된 조선현대동요선집 『햇님』의 후기(後記)에 그 간단한 사략을 고찰한 바(이상 5쪽) 있으매 다시 다른 분으로 하여금 이 방면의 깊은 연구 발표를 기대하는 마음으로 굳이 붓들기를 꺼려하였다.

자. 이 책이 발행되기까지 교열을 보아 주신 〈조선어학회〉 정열모 님과 국어보급에 밤낮으로 진력하시는 〈국어문화보급회〉회[54] 이갑두 님 외에 여러 분, 그리고 작가 선출에 도움이 된 양미림 님에게 감사의 뜻을 표한다.

단군 기원 四二七八년 초겨울

정 태 병 (이상 6쪽)

---

54 '국어문화보급회의'의 오식이다.

尹石重, "(다시 찾은 우리 새 명절 어린이날)어린이 運動 先驅들 생각", 『자유신문』, 1946.5.5.

小波 간 지 十年이외다. 小波를 그리는 생각은 해가 갈수록 더 새롭습니다. 더구나 그의 가깝게 기대던 우리들의 마음은 여러 가지로 追憶이 새롭습니다. 어린이를 위하여 一生을 바치기로 約束하엿던 同志는 오늘에 그를 일코 뿔뿔이 해젓습니다. 그러나 그 마음속에는 그 約束이 容易히 지어지지 못하고 잇습니다. 숨어서라도 어린사람의 幸福을 위하여 적은 努力이라도 잇슬 것입니다. 이런 點으로도 小波는 이즐 수 업습니다…. (『小波全集』 跋文의 一節)

이것은 崔泳柱 글이다. 그는 六年 間에 『小波全集』을 역거 내노코 昨年 正月 열이튼 날 小波의 뒤를 따라갓다. 忘憂里墓地를 지나는 사람이면 小波 무덤을 지키고 잇는 崔泳柱 무덤을 發見할 것이다.

나를 무들 때는 小波 先生의 童話集 『사랑의 선물』과 내『世界一週童話集』을 한대 무더 주시오….

이것은 小波를 도아 十年 동안 밥을 굶다십히 하며 일과 싸운 微笑, 七年 前 五月 三日날 이 세상을 떠난 微笑 李定鎬의 마지막 遺言이엇다.

小波 가고 微笑 가고 崔泳柱 가고 申瑩澈 가고 歷代 『어린이』 主幹이 모조리 가고 지지난달에 靑吾마저 갓스니 『어린이』 緣故者로는 톡톡 털어 나 하나만이 남은 셈이다.[55] 허전하기가 짝이 업다.

내가 皇民童謠 戰爭童話의 성화 가튼 등쌀에 붓대를 굽히지 아니하고 버티어 나올 수 잇섯슴은 小波의 힘이엇다.

"小波가 살앗다면 어찌햇슬까."

---

55 소파 방정환(1899.11.9~1931.7.23), 미소 이정호(微笑 李定鎬, 1906~1939.5.3), 최영주(崔泳柱, 1906~1945.1.12), 신영철(申瑩澈, 1895~1945), 청오 차상찬(靑吾 車相瓚, 1887~1946.3.24) 등으로 생몰이 확인된다.

"죽으면 죽엇지 이런 글은 안 썻슬 것이다."

나는 이러케 自問自答하면서 心弱한 自己自身을 꾸지즈며 살아 왓다.

小波와 親히 지내던 이들 사이에 말다툼이 벌어지면

"죽은 小波를 생각해서" 이 한마디로 理解가 되는 것이엿다. 小波는 갓스되 小波의 그 情熱과 小波의 그 어진 마음은 오히려 우리들 가슴속에서 용소슴 치고 잇는 것이다.

　　　　　○

監獄에서도 童話를 햇다는 小波다. 언젠가는 童話會場에서 두 눈을 부라 리며 우루딱딱어리던 巡査 하수가 小波의 이야기에 陶醉되어 슬픈 대목에 가서는 눈물을 뚝뚝 흘리더라는 逸話도 잇다.

지금쯤 小波가 살앗더라면… 원통한 일이다.

　　　　　○

小波는 사랑의 實踐者엿다.

울 줄도 우슬 줄도 모르는 無表情한 조선 어린이를 부퉁켜안고 목 노하 울던 小波다. 그의 童話는 언제든지 슬펏고 그리고 또 언제든지 우수웟다. 가슴이 뭉클한 눈물과 가슴이 뭉클한 우슴을 우리들은 小波에게서 배윗다. 그러나 不滿이 잇다. 울 줄 아는 사람을 만드는 것은 조치마는 그러타고 해서 일부러 자꾸 울릴 必要는 업지 아니한가. 사실 小波는 눈물이 흔햇다. 자기 자식의 곪긴 데를 참아 애처로워서 잡지 못하고 쩔쩔매 마음 弱한 外科醫와 도 가텃다.

그러나 요즘 日本말을 쓴다고 해서 아이들 뺨따귀를 갈기는 國民學校 敎員 이 잇다는 말을 들엇다. 이者야말로 日帝時代에 朝鮮말을 쓴다고 해서 뺨따 귀를 갈기던 者임에 틀림업다.(日本 帝國主義의 殘滓란 이런 것들을 두고 말하는 것이다.) 良心이 잇는 敎育者라면 아이들이 日本말을 쓸 때 아이의 뺨을 치기 전에 먼저 제 뺨을 처야 할 것이다. 그럿케 만들엇든 것은 자기가 아니엇든가 ──

조선 어린이는 또 다시 사랑에 굶주려야 할 것인가. 이러한 천대와 모욕을 바더야만 할 것인가. 小波가 아쉽다. 그의 헤푼 눈물과 주체 못하던 사랑이 그립다.　　　　　　　　　　(七月 二十三日인 小波의 十五週忌를 압두고)

馬海松, "(다시 찾은 우리 새 명절 어린이날)어린이날과 方定煥 先生", 『자유신문』, 1946.5.5.

一九二一年까지도 "어린이"라고는 부르지 안헛다. "어린내", "애새끼" 地方에 딸아서는 "가시네", "머스매"라고까지 불렀다.

一九二一年 가을 東京에서 工夫하고 잇던 멧 사람들이 모여서 兒童問題研究團體〈색동會〉를 組織햇다. 색동 꽂등 색동저고리의 색동이다.

늙은이 젊은이가 갓치 어린이라고 부름으로서 그 人格을 認定하자는 것으로 機關紙 『어린이』를 發行햇다. 『어린이』가 무엇이냐는 質問이 만았다. 마치 그 數年 前 崔南善 氏가 發行한 『아이들보이』를 "게으른 아이", "理想少年" 等의 英語로[56] 생각한 사람이 많았던 것과 같았다.

『어린이』를 主幹하던 이가 小波 方定煥 씨엿다.

小波가 一九二三年 歸國하여 『어린이』에 全力을 쓰면서 提唱한 것이 "어린이날"이엇다.

一九二三年 五月 一日 第一日 어린이날이다.

"어린이는 우리 民族의 다음 代를 질머어진 사람이요 우리 民族이 잘되고 못되고가 오로지 어린이들에게 달려 잇소. 어린이들을 어른의 노리개로부터 解放하고 그의 人格을 尊重하고 그 個性 發展을 圖謀합시다." 이것이 어른들에게 부르짖은 말이오, 어린이들에게는 한 軍號가 잇엇으니 "씩々하고 참된 소년이 됩시다. 그리고 서로 도웁고 사랑하는 소년이 됩시다."

다음해 一九二四年 五月 一日 第二回 어린이날, 비로소 全國的으로 盛大히 擧行되엇다.

第一回에는, 〈색동會〉, 〈天道敎少年會〉, 어린이社(開闢社) 等 一部 團體의 主催인 것 가튼 感이 잇엇기 때문에 第二回때부터 〈朝鮮少年運動協會〉란 것을 組織해서 全國的인 少年運動을 展開하기로 햇다. 이 委員長이 方定煥

---

56 '보이'는 보다(覽)의 어간에 명사화 접미사 '이'를 붙여 만든 말로 "읽을거리"란 뜻이다. 따라서 '아이들보이'는 "아이들 읽을거리"란 뜻인데, 영어 'idle boy'(게으른 아이), 'ideal boy'(이상 소년)로 생각한다는 말이다.

씨다.

總督府의 干涉이 업을 理 업엇다. 더욱 五月 一日은 '메-데-'다. 그 結果는 日本의 行事에 合流시키게 되엇스니 日本의 "母子愛護데-"인 五月 첫 공일로 된 까닭이 그것이다.

方定煥은 잘 싸윗다. 一九二四年 八月에는 全朝鮮少年指導者大會를 京城에 召集하야써 동 會員의 硏究 發表가 잇엇고 『어린이』에 發表된 童話 童謠는 全國을 風靡햇으니 小波의 「형제별」, 「가을밤」, 尹克榮의 「반달」, 鄭淳哲의 「눈」, 「까막잡기」 等 數十餘의 作曲은 只今도 京鄕에 愛唱되는 것이다.

또 小波의 童話口演은 到底히 그를 當할 이 없엇으니 어린이들을 울리고 웃키기 自在엿고 臨席 巡査를 울게 한 일도 한두 번이 아니엇다.

一九三一年 七月 二十三日, 三十三歲로 세상을 떠났으니 그의 全 生涯는 우리나라 어린이에게 바첫다고 할 수 잇슬 것이다.

나는 昨年 五月 十三日, 〈색동會〉 同人들과 가치 그의 墓를 차젓다.

忘憂里墓地 山上 上峯, 그가 자고 잇는 墓前에는 同志 親舊들이 보낸 "童心如仙"이라고 彫刻한 自然石 碑石이 잇고 그 數步 下에는 그의 뒤를 딸흔 同人 崔泳柱의 墓가 잇서 感懷는 더욱 깁헛다.

거리낌 업시 마음껏 힘껏 "어린이날"을 지내게 되매 小波를 생각하는 마음이 크다. 그의 軍號를 다시 한 번 외처 보자!

씩씩하고 참된 소년이 됩시다.

그리고 서로 도웁고 사랑하는 소년이 됩시다.

(사진은 고 방정환 선생)

이정호, "영원한 어린이의 동무 소파 방정환 선생 특집호-파란 많던 선생 일생", 『주간소학생』, 제13호, 1946.5.6.

동서를 물론하고 위대한 인물일쑤록 그 어릴 때 생활은 대개 불행한 이가 많았습니다.

그와 마찬가지로 방 선생의 어렸을 때도 몹시 불행하여 어려운 고비와 눈물 겨운 일이 많았습니다.

위선 선생은 아주 어렸을 때 사랑 많으신 어머님을 여회시고 그 뒤를 이어서 또한 다정한 누님마저 잃어버리셨습니다. 그리하여 남 유달리 외로운 몸이 할아버지, 할머니, 또 아버지와 삼촌 되시는 분을 모시고 눈물로 지내시었습니다. 그 후 얼마 지나서 새어머니가 들어오시었으나 으전지 정을 못 들이시고 오직 그림그리기와 글짓기에 재미를 붙이어 지내시면서 할아버지께 한문을 몇 해ㅅ 동안 열심히 배우시었습니다.

○

그리다가 일곱 살 되던 해에 집에서 말리는 것도 물리치고 선생보다 두 살 위이신 삼촌을 따라서 학교(普成小學校)를 처음으로 갔다가 교장 선생님(盧伯麟 氏)께 이쁘게 보여서 곧 아끼고 위하던 머리를 썽둥 잘라 버린 후 그 학교에 입학을 하시었습니다. 그러나 큰일 난 것은 그때만 해도 머리란 깎으면 당장 죽는 줄로 알던 때였는데 이제 겨우 일곱 살밖에 안 된 어린애가 어른한테 알리지도 않고 넌즛이 나가서 머리를 홀딱 깎고 댕기에 달린 머리를 파ㅅ단같이 대롱대롱 들고 집에를 들어가 놓았으니 집안 어른의 눈에는 마치 귀여운 손자가 목을 댕겅 잘라서 손에 들고 오는 것같이 보였을 것입니다. 그래서 선생의 조부 되시는 어른께 피가 줄줄 흐르도록 종아리를 맞고 증조모님과 조모님은 밤새도록 "어떤 몹쓸 놈이 남의 집 귀한 어린애의 머리를 잘라 놓았단 말이냐."고 베어 놓은 머리를 붙잡고 대성통곡을 하시었다는 이야기까지 있습니다.

선생은 어렸을 때부터 이렇게 과단성이 있었습니다. 그리하여 그 학교에를 다니는 중에 〈소년입(이상 1쪽)지회(少年立志會)〉 ─ 열 살 때 ─ 라는 마치 지금의 소년회와 같은 것을 조직하고 동무들을 모아서 동무 간에 화목을 더욱 두텁게 하고 토론회와 연설회를 가끔 열어 변설(辯說)의 수련을 부즈런히 하시었습니다. 선생은 그때 벌써 어린이운동의 거룩한 정신이 싹트기 시작하였던 것입니다.

그러나 이해가 없는 어른들은 그것이 큰일 날 것이라고 까닭 없이 방해를 하여 간판을 옆에 끼고 회관이 없어서 길ㅅ거리로 헤매 다니며 눈물을 흘린 적도 많았습니다. 그리다가 열아홉 살 되시던 해에 선린상업학교(善隣商業學校)에 입학을 하시어 약 2년간 다니시다가 퇴학을 하신 후 문학 방면에 뜻을 두시어 그 방면으로 공부와 연구를 부지런히 하시었습니다. 그래서 스무 살 때에 벌써 문예잡지 『신청년(新靑年)』이라는 것을 몇몇 동지와 같이 발간하시어 힘쓰시다가, 그 이[57] 여의ㅎ지 못하게 되니까 이번에는 여성잡지 『신여자(新女子)』, 영화잡지 『녹성(綠星)』을 몇 달 간 발간하시었습니다. 그리고 곧 일본으로 건너가시어 동양대학 문과(東洋大學文科)에 입학하시었는데 그때부터 주로 아동예술(兒童藝術)에 관한 연구를 많이 하였습니다. 분만 아니라 특별히 남다른 처지와 환경을 가진 조선의 불상한 어린이들을 어떻게 교양 지도해 나갈가 하고 날마다 머리와 마음을 썩이셨습니다.

그리하여 우선 방학 중에 귀국하시어 천도교회(天道敎會)에서 뜻 맞는 이 몇 분과 상의하신 후 비로소 조선 소년운동의 첫 홰ㅅ불인 〈천도교소년회〉를 조직하시고, 방학기간이 찰 때까지 친히 나서서 열심히 회원을 모으고 조직을 튼튼히 하고 선전을 굉장히 하였습니다. 그리고 그때부터 어떤 사람에게 일체로 경어를 쓰도록 하시었습니다. 선생의 노력이 헛되지 않어서 다시 일본으로 건너가실 임시해서는 회원이 약 사오백 명이나 되고 기초도 큰 단체인 교회를 배경으로 하였기 때문에 제법 튼튼하게 자리가 잡혔습니다.

그 후 동경에 가신 후에도 자주 통신으로 지도자 여러분을 독려하여 회의 발전을 도모 노력하시었습니다. 그리하여 처처에서 소년회가 벌떼 같이 일어나고 이를 성원하는 분이 점차로 늘어갔습니다.

선생은 그러시는 한편으로 또한 그곳 유학생 중에 마음과 뜻이 맞는 몇

---

57 '그여이'(기어히)에서 '여'가 탈락된 것으로 보인다.

분을 추려 순전히 어린이문제 연구 단체인 〈색동회〉를 조직하여 더욱 공부와 연구를 쌓으신 후 우선 어린사람을 위하는 잡지 발간의 뜻을 두시고 천도교회와 개벽사의 후원을 빌어 『어린이』 잡지를 손수 편집하시었습니다. 그래서 공부하시는 틈틈이 이를 정성껏 짜서 조선으로 내보내시어 발간을 계속하시었습니다. 그러시다가 그 이듬해ㅅ 봄에 비로소 역사적으로 기념할 "어린이날" 운동을 제창하여 이를 공포하자 전선 소년단체는 물론이요 사회적으로 일반 어른들까지 이에 호응하여 자못 성황으로 대회 기념을 마치었습니다. 그리고 그해 여름으로 곧 〈색동회〉 여러분과 같이 전선소년지도자대회(全鮮少年指導者大會)를 발의 소집하시었습니다. 그때 이에 참가한 유치원 선생님과 소년회 지도자와 학교 선생님만이 근 이십여 분으로 가장 원만하게 대회를 마치었(이상 2쪽)을 뿐 아니라 그 대회가 직접 간접으로 세상에 끼쳐 준 효과도 적지 않았습니다. 그뿐 아니라 그때부터 선생은 조선 13도를 골고루 도라다니시면서 어린이 문제의 강연과 동화를 하시어 수많은 사람에게 크나큰 감격과 충동을 주어 직접 간접으로 어린이운동을 도으셨습니다. 그리고 선생은 처처에서 어린사람들에게 들려주신 재미있고 유익한 이야기를 모아 한 권 책을 만드셨으니 이것이 조선에서의 첫 동화집인 『사랑의 선물』입니다.

○

그 이듬해ㅅ 봄에는 아주 학교를 완전히 마치시고 귀국하시니 개벽사에 정식 입사를 하시고 어린이 잡지와 어린이운동의 발전을 위하여 적극적으로 노력을 하시었습니다. 그리고 그때부터는 〈천도교소년회〉의 단독의 힘을 가지고는 어린이날 기념 운동을 좀 더 원만하게 하지 못할 것을 깨달으시고 즉시 경성 사십여 소년단체를 전부 망라하여 〈소년운동협회(少年運動協會)〉라는 기관을 조직하시고 대규모로 이 운동에 헌신적 노력을 하시었습니다. 그리다가 운동 이론상 틀리는 일이 있어 운동협회 속에서 일부의 사람이 탈퇴를 하여 〈오월회(五月會)〉라는 대립 단체를 만들어 일시는 운동상 여러 가지 지장과 혼란을 거듭하였었으나 양방의 양보로 다시 새로 연합이 되어 〈소년연합회(少年聯合會)〉가 생겨지고 선생은 그 회의 중앙위원장으로 피선되어 또한 많은 정성과 노력을 바치었습니다.

선생은 이렇게 어린이운동을 위하여 힘과 마음을 다하여 애쓰시었을 뿐 아니라 또한 이와 직접 관련이 되는 조선의 장래 어머니가 될 여자들을 위하시어 『신여성(新女性)』이라는 잡지를 따로 발간하게 하고 거기에도 친히 책임자가 되어 힘써 오셨습니다.

"어린사람의 운동도 크지만 앞으로 그들을 직접 낳고 기르고 교양해 나갈 어머니들의 문제도 또한 큰 것이다."

하시고 이를 주장 실시하게 하신 것입니다. 그리고 선생은 1929년 10월에 만 3개년 동안을 두고 세계 이십여 개국의 아동들의 작품을 모아 세계아동예술전람회(世界兒童藝術展覽會)를 열어 조선 아동 예술계에 큰 충동과 자극을 주는 일을 하시었습니다.

○

그렇게 해 오신 지가 햇수로 10년 하고도 하나를 더 꼽을 수 있게 되자 갑자기 신장염이라는 고약한 병마의 침노를 받으시어 경성대학 내과(內科)에 입원하신 지 만 두 주일 만에 아깝게도 세상을 떠나시었습니다.

선생은 성질도 매우 부드럽고 착하시어서 밖으로 여러 사람들의 경모를 받으셨지만 안으로 집안에 있어서도 가장 원만하고도 너그러우신 착한 아버지시었습니다. (이정호 선생)

소파 선생의 뒤를 따라 가신 이정호 선생

이 글을 써 주신 이정호 선생은 10년 동안이나 방 선생을 도와 조선 어린이를 위해 애쓰신 분인데 이분마저 7년 전(1939) 5월 3일 날 설흔네 살에 이 세상을 떠나셨습니다.

이정호 선생의 유언은 단 한 마디, "소파 선생이 내신 동화집, 『사랑의 선물』과 내가 낸 『세계일주동화집』을 내 시체와 함께 땅에 묻어 달라."는 것이었습니다.

선생은 숨을 지우는 그 순간까지도 조선 어린이를 잊지 않으셨고 위대한 스승을 사모하는 마음이 불타 계셨던 것이니 이 모든 불행한 우리들 선구자의 무덤에 우리는 눈물을 뿌립시다. 꽃다발을 던집시다. (윤석중) (이상 3쪽)

宋完淳, "朝鮮 兒童文學 試論－特히 兒童의 單純性 問題를 中心으로", 『新世代』, 제1권 제2호, 1946.5.

文學은 一般藝術 中의 最高의 形態에 屬한다. 여기에 最高라는 것은 最優를 意味함이 아니라 다만 發生的 層階別로 보아서 最後 또는 最上位에 屬한다는 것에 不過하다.

다른 藝術은 그 發生的 始原에 잇서서 大槪가 別한 意識的 準備를 그다지 必要로 하지 안는다. 그러나 文學은 그것이 하나의 타입으로서 成立되기를 爲하여서는 먼저 相當 程度의 知識 豫備를 必要로 한다.

그럼으로 이데－上에 잇서서 짜지면 文學은 모든 藝術 中에 가장 形而上學的인 産物이라고 할 수가 잇다. 다시 말하여 이런 比喩가 可能하다면 —— 다른 藝術은 上層構造 中의 下層構造라고 할 수가 잇고 文學은 上層構造 中의 上層構造라고 할 수가 잇슬 것이다.

그러면 兒童文學의 存否의 問題에 對하여서는 若干의 註釋이 먼저 必要하게 된다. 웨 그러냐 하면 兒童은 文學에 所要 되는 知識水準에 잇서서 成人의 普通 程度보다도 더 나즌 段階에 잇는 째문이다.

兒童은 人間의 雛形이다. 成果途中의 未熟한 人間이다. 肉體的으로도 그럿치만 精神的으로 더욱 그럿타.

兒童의 精神은, 本能的인 感覺에 支配되기 째문에 그 意識은 卽物的·感情的·分發的·非關聯的이며 짜라서 思考力과 認識이 淺薄無稽하다.

이런지라 그 創造에 잇서서 論理的인 關聯·統一·整理 等의 놉흔 意識的 作爲를 하지 안으면 안 되는 文學을 하기에는 兒童의 處地는 甚히 不利하다. 다른 藝術 —— 繪畵나 音樂이나 舞踊 짜위는 實際의 視察과 習練만으로도 어느 程度까지는 可能한 것이니까 눈치를 째닷고 말을 배우기만 하면 模倣으로써 能히 作爲할 수 잇슬 뿐 아니라 創造의 片鱗까지도 제법 나타낼 수 잇스며 事實도 그러하나 文學은 아모리 實際의 視察을 堆積할지라도 知識의 發達과 意識의 水準이 未洽하면 習練도 뜻대로 하지 못하고 言語와·文脈의 配置·構成·纏綴도 適當히 하지 못하고 —— 그리고 무엇보다도 文學的 構想

부터를 條理잇게 하지 못할 것임으로 兒童期에 該當한 期間 內에는 作爲하기가 매우 어려운 것이다. 그러나 이것은 兒童에게는 文學은 잇을 수 없다거나 不必要하다는 條件은 되지 못한다.

첫째로 兒童은 文學의 享受와 愛好에 잇서서 成人 못지안케 能動的이다. 그들은 文學을 論理的으로 理解하고 判斷하지는 못하지만 感覺的 直觀으로써 鑑賞하고 愛好하는 能力은 넉넉히 갓고 잇다.

둘째로 兒童은 學的 意味에 잇서서의 文學을 創造하기는 甚히 困難하다—— 느니보다도 거의 不可能한 것이 事實이다. 그러나 言文만 알면 極히 蕪雜粗拙한 대로나마 文學의 原始的 作爲는 十分 可能하다. 童謠・童話・所感文 等의 作文에 잇서서 그들은 自己文學의 自力的 創造의 可能性을 잘 文證하고 잇다.

셋째로 兒童은 兒童的 資材를 提供함으로써 (이상 82쪽) 成人으로 하여금 實際 觀察과 學術的 知識을 엇게 한다. 成人은 이것에다 自己自身의 兒時 經驗을 回想 連結하여 文學的으로 料理함으로써 能히 兒童文學을 創造할 수가 잇다.

如斯히 兒童文學은 本質的으로 不利한 條件이 잇음에도 不拘하고 兒童 自身과 成人의 協同에 依하여 훌융히 成立 好在할 수가 잇는 것이다.

이 協同이라는 것은 特히 注意하지 안흐면 아니 된다.

兒童文學이라면 兒童을 爲한 文學이기는 하되 그 作爲 創造者는 兒童 自身이 아니라 成人이 아니면 안 된다는 것이 一般의 通念인 것 갓다. 成人의 作爲 創造하는 것이 文學的 價値가 優等한 까닭게 그럿케 녁여지게 되는 모양이나 그것은 誤謬다.

兒童 스스로가 作爲 創造하는 文學이 "學的"인 點에 잇서서 劣等한 것만은 事實이나 文學의 始原的 또는 胎生的 創造인 點에 잇서서, 크게 價値와 意義가 잇스며 그것은 成人의 作爲하는 兒童文學과 比重이 相伴한다는 것을 無視해서는 안 된다.

前者는 주는 文學으로서 指導的 立場에 잇고, 後者는 낫는 文學으로서 被導的 立場에 잇는 것이 좀 달르기는 하나 이것은 內在的 分別이지 二元的 對立이거나 前者의 絶對的 斷擅權을[58] 認定하고 後者의 能動的 存在價値를

減却하는 것은 決코 아니다. 前者는 後者 업시는, 주는 文學이 되지 못하며 後者는 前者 업시도 낫는 文學이 되지 못한다. 그럼으로, 兩者의 相互作用과 結合이, 能動的으로 圓滿하여야만 兒童文學은 眞實로 完全한 것이 될 수 잇는 것이다.

兒童文學의 解明이 이다지 複雜하고 困難한 것은, 主로 兒童이 單純한 所致다. 卽 兒童은 單純한 人間이기 째문에 그들에게 所要되는 文學의 論理的 解釋은 도리혀 複雜困難하게 되는 것이다. 짜라서, 兒童文學의 作爲 創造의 實踐도 그러할 것은 말할 나위가 업다.

實로 이 單純性의 問題는 單純한 問題가 아니다. 이것의 理解 如何에 짜라서, 우리는 兒童文學을 잘할 수도 잇고 잘못할 수도 잇는 것이다.

그러면, 過去 朝鮮의 兒童文學에 잇서서, 이 單純性의 問題는 어떠케 處理되여 왓는가? 그리고 今後에 잇서서는 어떠케 處理되여야 할까?

나는 그것을 過去 한 兒童文學의 實際 狀況에 直接 關聯시키어 批判 闡明함으로써, 同時에 거기에서 今後의 向方에 對한 示咳도[59] 어더 보려고 생각한다.

朝鮮에 名實共히 近代的 意味를 가진 兒童文學이 生成하기는 兒童雜誌 『어린이』와 『新少年』이 發刊되면서부터엿다. 그러나 文學的인 點에 잇서서 『어린이』에 依據한 方定煥 氏 一派가 『新少年』에 據한 申明均 氏 一派보다 一步를 압서 잇엇다. 그럼으로 當時의 兒童文學의 思潮 主流를 차즈려면 그 代表로서 方 氏 一派의 그것을 究明하는 것이 捷徑일 것이다.

方 氏 等의 兒童觀 及 兒童文學觀은 兒童의 單純性을 그야말로 너무나 單純하게 解釋함으로부터 出發하엿다. —— 兒童은 美醜와 善惡에 잇서서 現實生活에 別로 물들지 안은 純潔無垢하고 · 天眞爛漫하고 · 無邪氣한 · 人間으로서의 天使임으로 그럿케 純無缺한 童心을 濁亂시키는 一切의 現實로부터는 될 수 잇는 데까지 分離시켜야 한다는 것이, 根本思想이엇다. 이 思想

---

58 '擅斷'은 "제 마음대로 처단함"이란 뜻이다. 일본어에서는 "專權"의 뜻으로 쓰인다. 이로 보아 "擅斷權을"의 오식으로 보인다.

59 '示唆도'의 오식이다.

은 成人으로서의 그들의 當時의 植民地的 不遇에 對한 消極的 센티멘탈이즘 째문에 더욱 助長되엿섯다.

그래서 그들은 눈물에 저진 꼿방석에 兒童들을 태워서 무지개의 나라로 昇華시키기를 힘썻다. 成人社會의 不幸한 現實을 兒童에게 見聞시킬 수는 차마 업슬 뿐 아니다. 그것은 罪惡이라고까지 생각하엿던 것이다.[60] 間或, 現實을 瞥見시키는 일이 잇기는 하엿스나 그런 境遇에는 大部分을 노을에 던진 山水畵처럼이거나 서리 마저 추레-하[61] 가을꼿처럼이거나 꿈속의 花園처럼 漠然하고·哀愁롭고·美幻하게 咏嘆調的으로 表現하기를 질기엇다. 그럼으로 그들의 兒童文學은 아름다웁기는 하엿으나 逃避的·夢幻的·哀想的이엇다. 한숨과·눈물과·꿈이·너무도 만엇다. 웃음도 더로는 잇섯스나, 大槪는 눈물 먹음은 슬픈 웃음이엇고 싸홈도 더러는 잇섯스나 大槪는 어더맛고 憤해서 辱찌거리하며 우는 類에 不過하는 것이엇다.

따라서 極히 듬을게 明滅한 進取意欲도 擧槪가[62] 無意識한 發露가 아니면 다만 意欲하는 것에 끄치는 夢想的 希求心의 變態的 現顯이엇다.(이상 83쪽)

要컨대 方 氏 一派는 兒童의 單純性과 社會의 現狀을 지내치게 誤解한 나머지 神秘로운 天使主義를 設定함으로써 兒童의 現實的 存在價値를 去勢해 버린 것이엇다.

이러한 見解를 克服 止揚하고 兒童文學을 새로운 見地에서 繼承하려고 登場한 것이 一九三○年 前後 時代의 절문 兒童文學者의 一群이엇다. 代表者에 該當할 人物은 업섯스나 거기에 參劃한 절문 兒童文學者는, 目的意識性의 高揚에 잇서서 또는 進取的 熱意에 잇서서 前代에 比하여 實로 놀랠 만한 飛躍을 하엿다. 그들의 指標는 一點에 集中하고, 進而必取하는 氣魄은, 蓋世의 氣勢로써 熾盛을 極하엿다.

그들은, 階級的 兒童文學의 烽火를 놉히 들고 方 氏 一派가 苦心 造成해 노흔 天使의 花園을 거치른 발길로 無慈悲하게 볼품업시 짓발펴 그 속에 夢

---

60 '차마 업슬 뿐 아니라. 그것은 罪惡이라고까지 생각하엿던 것이다.'의 오식이다.
61 '추레-한'의 오식이다.
62 '擧皆가'의 오식이다.

遊하고 잇던 數多한 兒童들을 흔들어 깨워서 現實의 十字路에 써내 세우기를 조곰도 躊躇치 안엇슬 뿐 아니라 도로혀 한 큰 자랑으로 녁이기까지 하엿다.

그러면 現實에 歸還한 兒童의 實相은 어떠하엿는가? 方 氏 等의 말과는 딴판으로 天使는커녕 大槪가 襤褸를 감은 人間의 可憐한 醜形에 不過하엿다. 그들도 成人들처럼 現實社會의 生活 속에서 衣食住하며 人間的인 情感을 가지고 喜怒哀樂愛惡欲을 하엿다. 그것을 成人처럼 關聯시키고·離合시키고·統一하고·止揚하고·整理하지를 잘못할 뿐이엇다. 卽 不安定할 뿐이엿다.

이것을 본 절문 兒童文學者들은 勿論 歡呼 喝采하엿다. 天使主義는 너무도 虛綻히 敗北하엿다.

그러나 奔馬와 갓튼 젊은이들의 氣勝을 스스로도 몰르는 동안에 重大한 誤謬를 犯하게 하엿스니, 그것은 卽 天使的 兒童을 人間的 兒童으로 還元시킨 데까지는 조왓스나 거기서 다시 一步를 내디디어 靑年的 兒童을 맨들어 버린 것이다. 그리하야 方 氏 等의 兒童이 實體 일흔 幽靈이엇다면 三十年代의 階級的 兒童은 수염 난 총각이엇다고 할 수 잇는 口實을 남겨 노앗다.

이것은 前者와는 反對로 兒童의 單純性을 無視 或은 忘却한 結果엿다.

그런데 不幸히도 총각的 兒童을 맨들어 노흔 三十年代의 兒童文學은, 그것을 是正하지 못하고 말엇다. 一九三五年 前後로부터 尤甚해진, 帝國主義 日本의 植民地 朝鮮에 對한 戰慄할 暴虐으로 말미암아 階級的 兒童文學은 그 所與된 任務를 다하기 前에 不得已 夭折하지 안을 수 업는 때문이엇다.

이것에 代位한 兒童文學은 勿論 잇엇다. 그러나 그것은 前者를 批判的으로 止揚 繼承하여 나선 것은 아니엇다. 前者가 死滅한 後에 다시 方 氏 一派의 兒童文學의 墳墓에까지 後退하여 그것을 素地로 삼어 싹을 내기 비롯한 것이 次代의 兒童文學이엇다.

이 兒童文學이, 天使主義를 志向하는 點에 잇서서 [비록, 그러타는 言明은 업엇고 或은 大槪는 無意識的으로 그러햇는지는 몰르겟스나] 方 氏 一派와 酷似햇던 것도 理由 없는 일이 아니엇다.

하기는 兩者의 天使主義는 現著한 性格的 相異를 갓고 잇엇다. 方 氏 一派의 天使主義는 旣述한 바와 갓치 感傷的 그것임에 反하여 이 新天使主義는

樂天的인 것이엇다. 이것은 重要한 點이다. 그러나 決定的인 相異點은 아니다. 性格이 좀 달르다고 그것으로 말미암아 天使主義라는 本質이 根本的으로 兩立하는 것은 아니다.

兩者가 다 갓치 兒童은 본시 天眞爛漫하고·純潔無垢하고·無邪氣한 天使임으로 짜라서 童心은 純粹無欠하고 透明玲瓏한 것이라고 思惟한 以上 하나는 그것을 눈물로 裝飾하고 하나는 그것을 웃음으로 裝飾햇다고 天使主義의 本質이 變化할 짜닭은 업는 것이엿다.

나는 兒童에 對하여 上記와 갓튼 美辭麗句를 어느 時代의 어썬 누구가 案出햇는지는 알지 못하나 그런 생각을 갓는 사람은 예나 이제나, 대단히 幸福스러운 夢幻家라고 하고 싶다.

兒童이 成人은 갓지 못한 이미 이저버린 그 點을 만히 갓고 잇는 것은 事實임으로 그것들을 오로지 虛荒妄發의 語句와 思想으로만 斷定하지는 못할지나 今後에도 從來의 意味를 크게 傷치 안케 通用하령이면 兒童文學에는 別로 關係가 업는 幼稚園 以前의 嬰兒에게나 專用할 일이다. 그러나 그런 境遇에도 從來에 意味해 온 고대로를 絶對的으로 使用하여서는 안 된다. 조곰이래도 반듯이 割引을 하고서 使用하여야 實際에 符合할 것이다. 社會의 高度한 發展에 짜라서 現代의 嬰兒들은 옛날의 嬰兒들보다 모든 點에 잇서서 "開明"해 잇기 째문이다.

嬰兒에 잇서서도 이럴진대 兒童文學의 最適 相對者인 幼稚園 以上의 兒童에게는 半分 以上을 割引하지 안코서는 使用하지 못할 語句이며 思想이다.

그러치만 그러케 한다면 本來의 意味가 업서질 것이니 차라리 廢棄함만 못하다.

그러타고 童心의 單純性이 抹殺되는 것은 아니다. 童心의 單純性은 반듯이 天使主義 思想과 美辭麗句이어야 保障된다는 法則은 업는 것이다. 도로혀 그것은 素朴하고 實質的인 思想과 表現에 依하여야 自己 本質을 훨신 잘 持保할 수 잇는 것이다.

實際에 잇서서 童心이 單純하고 純潔하다는 것은 成人에 比해서 그러타는 것이지 그 自體가 눈이 부시게 華麗無比하거나 缺 잡을 데가 업이 透明無欠해서 그러타는 것으로 역이는 것은 愚想이 아니면 妄想이다.(이상 84쪽)

그러면 이러케 本元的 解釋에 잇서서는 從前의 態度를 고대로 갓고 잇스면서 함부로 樂天만 하는 것은 哀傷하는 것보다 차라리 자미 적은 짓이다. 자미 적을 뿐 아니라 危險까지 한 일이다. 웨 그러냐?

新天使主義 兒童文學者는 어린이는 單純한 遊戲的 人間이라는 것을 常識的으로 盲呑하고 쏘 어린이를 슬프게 해서는 안 된다는 凡庸한 道德觀을 無思慮로 容納하엿다.

都大體 兒童에 對한 理解가 너무나 幼稚不足하엿다.

兒童은 現實主義者다. 그들은 成人 以上의 好奇心과 探究欲으로써 現實에 對하여 不斷히 注意하고 · 觀察하고 · 思索하고 · 想像한다. 그들은 現實에 잇서서 成人이 볼 수 잇는 것은 무엇이든지 볼 뿐 아니라 一步를 나아가서 成人이 不注意해 버리거나 몰르고 지내치는 微細한 것까지도 곳잘 본다. 實로 어떤 境遇에 잇서서는 그들의 現實主義는 驚嘆할 만치 徹底한 것이다.

이러한 現實主義는 꿈에까지 미친다. 兒童은 꿈에 잇서서도 現實을 決코 떠나지 안는다. 그들은 夢想家가 생각하는 것과 갓튼 現實과 因緣 업는 아름다운 꿈은 아예 꾸지를 못한다. 或 잠잘 째에는 그런 꿈을 더러 꾸겟지만은 적어도 눈을 쓰고 잇는 限은 아모러한 空想일지라도. 現實에 卽하지 안코서는 —— 다시 말하면 現實을 발板으로 삼지 안코서는 조곰도 못하는 것이다. 잠잘 째 꿈꾼 짜위는 現實的이고 · 非現實的이고를 莫論하고 눈쓰면 忘却해 버리니까, 問題 삼을 것도 못 된다.

이럼으로 짜라서, 兒童은, 이 現實을 아름답고 질거웁게만 思惟하거나 空想하지는 안을 것이다. 도로혀 그 反對일른지도 몰른다. 웨 그러냐 하면 現實에는 眞善美한 것보다 僞惡醜한 것이 더 만흐며 이것을 見聞하는 兒童은 原始的이요 不安定한 대로나마 成人이 갓고 잇는 것과 同樣의 人間七情을 갓고 잇슴으로 經驗과 思考力이 不足한 짜닭에 正確한 判斷은 잘하지 못할지나 드러난 事實의 分辨쯤은 갓가스로래도 할 수 잇슬 것인 째문이다. 어린애이기는 할지래도 兒童文學의 適令期의[63] 兒童으로서 쑤렷이 現顯해 잇는 相反하는 것을 全然 不分하는 者는 例外 以外에도 아마 업슬 것이다.

---

63 '適齡期의'의 오식이다.

싸라서 兒童은 生活 係累에 잇서서 成人보다 훨신 自由로운 故로 喜樂하는 比例가 悲哀하는 것보다 自然히 더 만홀 수박게 업는 데다가 執着性이 未弱하고·잘 忘却하고·淺思短慮하고 多分히 動物的인 에고이스트이어서 直接 間接으로 自己의 興味를 喚起하지 안는 일에 對하여서는 別로 關心을 하지 안흐며 設使 關心을 하게 될지라도 大概는 瞬間事처럼 處分해 버리고 맘으로 第三者가 보면 先天的으로 無分別 또는 不知分別하는 틀림업는 盲目的 樂天家 갓지만은 實相은 決코 그러치 안흔 것이다.

그럼으로 이러한 兒童에게 一切를 美飾華裝해서, 그러치 안흔 것을 그런 것처럼 見聞시키어 밋게 하려는 것은 虛僞欺瞞의 罪過가 아닐 수 업다. 그러한 文學에서 兒童이 어들 것은 虛榮心과 認識錯誤와 夢想症 싸위박게는 업슬 것이다. 그리하야 及其也에는 虛榮이 習慣化하거나 判斷力이 痲痺되거나 癖性이 固定되여 僞善者가 아니면 夢想病者 獨善主義者 아니면 페시미스트 갓튼 —— 非合理的인 人間이 돼 버리기 쉬울 것이다.

사랑하는 兒童들에게 조치 안흔 것을 見聞시키지 안흐려는 그 意圖만은 嘉賞할 바가 잇다. 그러나 世事에는 善意가 도로혀 惡結果를 나타내는 것이 만타. 이 境遇가 그러타.

方 氏 一派가 昇天시키어 無理로 天使를 맨들엇던 兒童을 人間的 肉體를 賦與하여 地上에 머물러 잇게 하고, 階級的 兒童文學이 無理 投藥해서 수염을 나게 한 兒童을 다시 無鬚童子가 되게 한 것은 新天使主義 兒童文學의 功績이라고 안흘 수 업스나 그 代身 이번에는 實相은 그러치 안코 또 못한 兒童을 綾羅錦繡로 몸을 휘감은 地上의 天使를 맨들어서 觀念 속의 金宮珮闕이 林立櫛比한 桃源境에서만 夢遊케 하려고 意欲한 것은 自己의 功績을 스스로 抛棄하고 善果를 惡果로 바꾼 悲劇이 아닐 수 업다.

要컨대 究極의 問題는 兒童의 單純性을 抽象的으로 解釋하고 誤解한 道德的 情緖에 사로잡혀서 儼然한 事實을 꾸미고 숨기는 데 잇는 것이 아니다. 잇는 그대로의 現實을 直觀的으로 認識하는 童心을 如何히 하여야 純潔性을 일치 안케 잘 育成시키어 正當한 眞善美에의 길로 나아가게 할 수 잇슬까 하는 데 잇는 것이다. 그런 것에는 뚜경을 덥흐라는 말은 犬儒派[64]나 懶意한 悲觀主義者에게나 適用할 文句다.

隱蔽와 裝飾은 歪曲이며 邪道이지, 正道는 絶對로 아니다. 觀念에 잇서서 멋대로 天使를 設定하고 들어나 잇는 現實을 애써 被覆하는 것보다는 大自然의 거륵한 創造物로서의 初步人間 現實 生活者 中의 아름다운 人間 그러면서도 多分히 動物的인 未成人間이 兒童이라는 것을 率直히 認定하고, 어더케 하여야 그들로 하금[65] 眞善美보다 僞惡醜가 壓倒的인 이 現實生活에 잇서서 觀念上으로가 아니다. 實際로 좀 더 幸福스러이 살게 할 수 잇슬까를 究明 打開하는 것이 올타.[66] 兒童文學의 最高 最後의 目標와 任務도 正히 여기에 잇다. 이에서 脫線하면, 그것은 兒童을 善敎하는 文學이 아니다 惡敎하는 文學이 되고 말 것이다.

一九四五年 八月 十五日을 契機로 新出發을 하지 안으면 안 되게 된 朝鮮의 兒童文學은 敍上한 問題의 올흔 解決을 먼저 하여야 한다. 그러지 안코서는 더구나 進步的 民主主義를 志向하는 社會現實에 어긋나는 길을 가지 아니치 못할 것이다.

—— 一九四六·三月 —— (이상 85쪽)

---

64 견유학파(犬儒學派) 또는 키니코스 학파(Cynicos學派)를 뜻한다. 소크라테스(Socrates, BC 469?~BC 399)의 제자인 안티스테네스(Antisthenēs, BC 445?~BC 365?)를 시조로 하는 고대 그리스 철학의 한 학파이다. 행복은 외적인 조건에 좌우되는 것이 아니라고 보고, 되도록 자신의 본성에 따라 자연스럽게 생활을 영위하는 것을 이상으로 삼았기 때문에 일체의 사회적 습관을 무시하고 문화적 생활을 경멸하였다.

65 '하여금'의 오식이다.

66 '觀念上으로가 아니라, 實際로 좀 더 幸福스러이 살게 할 수 잇슬까를 究明 打開하는 것이 올타.'의 오식이다.

申鼓頌, "(新刊評) 童心의 形象", 『독립신보』, 1946.6.2.

尹石重 氏의 第五童謠集 『초생달』이 博文出版社에서 나왔다. 朝鮮에서 童謠集을 다섯 책이나 낸 이도 氏가 처음이오 二十餘年을 하루같이 童謠 創作에 꾸준한 努力을 해 온 이도 씨 外에는 없다.

그러나 씨의 童謠가 量的으로 많고 年조로써 오래된 것만이 씨의 자랑이 아니다. 씨의 童謠를 對할 때 兒童의 生活을 가장 바로 呼吸하고 童心을 童謠 라는 '장르'에다 가장 잘 形象할 줄 아는 詩人이라는 것을 느낄 수 있는 것도 씨의 자랑일 것이다. 씨의 童謠는 一言으로 말하면 몹시 '테크니칼'하면서 形式은 形式대로 斬新美와 均齊美가 있고 높은 節奏가 흐르고 있으며 內容은 內容대로 兒童의 世界가 成人의 흐린 感情으로 조곰도 汚損됨이 없이 具象되 고 再現되여 있다.

이것은 일찌기 씨가 十三歲 때에서부터 童요 創作을 始作하여 오늘까지 하로도 버림 없이 오즉 童요와 같이 살아왔기 때문에 童心이 그대로 씨의 體內에서는 사라지지 않고 남아 있다는 特點일 것이다.

> 별은 어서 노나
> 푸른 하늘에서
> 갈매기는 어서 노나
> 푸른 바다에서
> 우리는 어서노나
> 푸른잔디에서
> 　　　「어서노나」

이 한 편으로 씨의 童謠가 鍊達된 手法과 純化된 童心에서 創作되는 것을 잘 알 수 있다. 「이웃집」 「길 잃은 아기와 눈」 「기차는 바아보」 「서서 자는 말아」 等々 全卷을 채운 童謠가 모두 珠玉같이 아름답다.

씨를 〈기쁨社〉 以來 畏敬하는 나는 씨의 童謠가 珠玉같이 아름다운 것을 자랑함과 同時에 珠玉같이 아름답기 때문에 貴族的이 되며 富裕한 家庭의

兒童의 世界만이 노래해지는 危險에 빠질가 또 그런 感想을 남에게 느끼게 하지 않을가를 憂慮한다.

朴山雲, "(書評)玄德 著 童話集 『포도와 구슬』", 『현대일보』, 1946.6.20.

過去에 兒童文學이란 것이 있었다면 그 太牛이 極히 運命的인 그것도 荒唐無稽한 寓話類에서 벗어나지 못한 가운데 玄德 氏의 童話를 가질 수 있었음은 우리의 큰 기쁨의 하나이다. 氏의 童話集 『포도와 구슬』을 一讀하여 氏의 巧緻한 心理表現과 이미 完璧의 極에 達한 능난한 手法에 —— 이것은 非單 氏의 童話에만 限한 것이라 氏의 小說에서 더욱 切實히 느끼는 바이지만 —— 놀라기 전에 나는 氏의 童話에 對한 그 眞摯한 態度와 구슬을 닦듯 아끼는 무서운 愛着心을 먼저 指摘하고 싶다.

日帝支配下에 우리의 모든 文化部門은 거의 例外없이 畸型的인 形態에서만 不得不 生長할 수밖에 없었다 하드래도 흔히 하는 말이지만 兒童을 對象으로 하는 童話나 童謠 等을 一種의 餘技로서 또는 가장 손대기 헐한 文學修業에 試驗 코-스로 取한 일이 있었다면 우리는 그 安易한 態度를 준嚴히 批正하지 않으면 안될 것이다.

이것은 兒童文學의 領域에 있어 專門的인 詩人 作家를 많이 갖지 못한 우리의 슬픔이기도 하지만 歪曲되고 痲痺된 이 땅의 童心을 바로잡기 위한 우리의 多端한 그러나 즐거운 課題이다.

童話란 兒童들이 읽어 부드럽게 읽을 수 있고 同時에 재미나고 敎訓 되는 것이라야 할 것은 勿論이거니와 그러나 이것은 어대까지나 現實을 基盤으로 한 確固한 指導理念 밑에서 쓰여저야 할 거고 兒童들의 劣等感情에 부처 或은 封建的 忠君愛國式을 强調하는 따위의 글은 앞으로 到底히 容認되어서는 안 될 것이다.

이제 이러한 모든 觀點에서 氏의 『포도와 구슬』을 보면 여게 나오는 兒童들은 노마 귀동이 똘똘이 영이 만이 等인데 作者는 얄미웁도록 透銳한 觀照者로 우先 어대까지든지 兒童들의 하는 양으로 맡겨 둔다. 모다가 貧賤한 집 아히들 가운데 귀동이만은 아버지가 商店을 가진 말하자면 있는 집 아히다. 이 中에서 어느 篇에나 主人格은 노마가 치룬다.

이런 아히들이 오레 "아무도 없는 골목 응달" 같은 데서 시작하야 理髮所나 국수집 앞을 때를 지여 다니며 배운 대로 놀고 있는 것이다.

여기서 氏는 때로 人性에 對한 冷酷한 凝視로 童話를 읽는 우리를 唐慌케 할른지 모르나 그것도 瞬間이고 곧 作者의 表現 뒤에 숨은 따뜻한 解答을 믿을 수 있다. 그것은 흔히 노마의 어머니가 堪當하고 있다. 다만 이 童話集 가운데는 타일르는 "敎壇"이 얼른 보이지 않는 느낌을 주지만 淺膚한 所謂 敎訓性을 强調한다고 한 것이 도리혀 兒童들에 거짓을 배우게 하고 마는 境遇에 相到하면 氏의 童話 속에서 곧 敎訓을 찾을려는 燥急한 注文을 우리는 撤回해야 할 것이다.

이 小冊子 속에는 實로 作者가 資質的으로 詩人이 아니면 쓸 수 없는 象徵的인 境地에까지 到達한 몇 篇이 있다. 卽「귀뜨라미」「맨발 벗고 갑니다」「기차와 돼지」「바람하고」等等이다. 이와 같은 作家를 가진 少年들은 幸福한 少年들이다. 그리고 그것은 우리의 幸福이기도 하다. (正音社 發行 定價 二〇圓)

學生社, "서언(序言)", 學生社 譯, 『사랑의 學校』, 학생사, 1946.6.

『사랑의 학교』라는 제목은 '크오래'라는 이태리어로 즉 "애정"이라는 뜻이다. 이 글의 내용은 열두 살이 되는 '엔리코'라고 하는 一학동(學童)의 一학년 동안에 걸친 이야기의 상권(上卷)이다.

즉 著者 에드몬드 · 더 · 아미-찌스라는 이태리 문학자로 이 엔리코라고 하는 一 소년을 통해서 모든 이태리의 소년을 무엇보다 완전히 무엇보다 훌융한 사람으로 길너 가자는 것이 著者의 충심의 애정에서 나온 포부라 생각한다. 著者는 젊어서부터 문필에 종사해서 이 밖게도 수十 冊이 있다. 『사랑의 학교』『크오래』는 씨가 四十一, 二 세 때 이미 인생의 모든 것을 경험한 뒤에 쓴 것이니만치 자녀교육에 대해서라든가 학교와 가정과의 관게에 대해서라든가 선생과 생도와의 관게라든가 父子兄弟간의 관게라든가 노동자 대 신사 계급의 관게에 대해서 국민정신 애국심 나아가서는 모든 人生의 제도에 대해서 사랑을 기초로 한 극히 정돈된 리해(理解)가 가득찬 서책이다.

이 출판이 이태리에서 공전의 환영을 받은 것이 무엇이 이상하엿스랴? 그리고 이 책이 애(이상1쪽)독 되고 환영 받은 것이 다만 이태리에서 뿐만이 아니다. 문명 각국(文明各國)에서 번역되여 소년소녀의 독본으로 경전적 권이(經典的權威)를 가지고 있다. 그 뒤 영화로도 이 글의 몇 장절이 각국에서 상영(上暎) 되여 대단히 건전한 흥미를 소년소녀의 가슴을 용소슴치게 하고 있다.

이 글 중의 父子가 그 얼마나 내 아들의 교육을 위해서 깊은 애정으로서 닥치고 있는가를 넉넉히 가슴에 울여 주고 있다. 譯者는 이 글을 번역하면서 이의 아버지의 그 깊은 애정에 대해서 몇 번 감격했는가를 모른다. 아마도 原著者 아미-찌스에게 엔리고에 비할 만한 아들이 있서 그것을 다만 늘 마음의 눈앞에 두어서 이 글을 쓴 것이 아닐까? 그러치 않으면 엇지하야 그렇게까지 사랑의 실감이 전편에 넘처 흘너 있슬가? 어느 페-지를 펴 보드라도 내 아들을 생각하는 애정이 굳센 건강한 동맥을 눌느고 있다. 글人자 한 자라 할지라도 말 한마듸라 할지라도 모두가 내 아들을 훌융하고 뛰여난 결함이 없는 사람으로 길느라고 하는 父母의 사랑에서부터 씨워 있지 안는 연구는 없다.

譯者는 이 글이 소년의 무엇보다 리상적인 사랑과 순결(純潔)과의 이야기인 동시에 참으로 내 아들의 장내를 생각하는 어버이 밋 내가 가리치는 학동(學童)의 장내를 참으로 생각하는 교사(敎師)에게도 역시 무엇보다 뜻깊은 서책의 하나인 것을 믿어 마지안는 바이다.

譯　者 (이상 2쪽)

朴世永, "朝鮮 兒童文學의 現狀과 今後 方向", 朝鮮文學家同盟中央
執行委員會書記局 編, 『建設期의 朝鮮文學』, 1946.6.

오늘 이 全國文學者大會[67]에 내가 兒童文學에 關하야 報告를 하게 되엿다
는 것은 스사로 무거운 責을 느끼게 되는 바다. 또한 時日 關係도 있고 해서
資料를 蒐集하지 못하고 거이 記憶力에 依存하야 이 原稿를 草했다는 것도
實로 大膽한 일이다. 여러분은 이 點을 깊이 諒解해 주기 바라는 바이다.
어떤 것이 정말 우리 땅이요 어떤 것이 정말 우리말이요 누가 정말 우리
先生인지조차 그 케[68] 속을 몰났든 朝鮮의 兒童처럼 不祥한 兒童들은 世界
어느 곳에서도 찾아보기 드믈 것이었다. 그것은 何必 日本이란 世界의 惡魔
人類의 敵인 日本帝國主義, 軍國主義, 그 고약한 부스럼딱지 같은 毒菌이
깨끗하고 潤澤한 남의 皮膚를 노리어 結局 우리들로 하여금 滿身瘡을 맨드렀
든 때문이다.
아모 까닭없이 아모 罪없이 外敵의 이 酷刑에 부닥친 朝鮮의 兒童들! 거름
발 탄 지 十年이 넘는 오늘에도 우리말과 글을 모르는 그들 日本旗가 어느
사이에 봄눈 슬 듯 사러진 지도 모르는 이 땅의 兒童들에게 이제 새로히 우리
兒童文學과 이바지하게 하려는 이 크고도 무거운 課題는 마치 砂漠에 씨를
뿌리는 것 같은 至極히 困難한 일이다. 그러므로 過去 우리들이 兒童文學에
對했든 微溫的 態度를 淸算하고 모든 技術과 情熱과 誠意라는 武器를 들고
그들이 갈을[69] 닦거 주는 것이 우리들이 時急히 遂行해야 할 任務라고 生覺한
다. 이런 意味에 있어서 兒(이상 96쪽)童文學의 方向을 말하기 前에 于先 兒童文
學이 거러온 길부터 始作하야 報告에로 옴기려 한다.
朝鮮의 兒童文學은 新文學이 싹트려 할 무렵 即 一九一○年代에 崔南善
氏 主宰로서 新文舘 發行이었든 『아이들보이』를 爲始해서 『붉은저고리』 『少

___

67 〈조선문학가동맹(朝鮮文學家同盟)〉이 1946년 2월 8일과 9일 양일간에 걸쳐 서울 종로 기독교
청년회관(鍾路 基督敎靑年會舘)에서 개최한 "全國文學者大會"를 가리킨다.
68 '그러케'에서 '러'가 탈락한 것으로 보인다.
69 '길을'의 오식으로 보인다.

年』等에 依하야 始作되었다.[70] 崔南善 氏가 當時 二十代의 靑年으로서 그 暗黑時代에 警鐘을 울리고 새 世代의 呼吸을 하라고 朝鮮兒童들에게 부르지 젓든 것이다. 여기에서 그 傾向을 따저 檢討하려는 것은 아니나 朝鮮兒童文學 搖籃期에 있어서의 以上 세 雜誌가 復古的 民族主義의 傾向이라고는 하나 그 功績을 높이 評價하지 않을 수 없다. 그러나 一九一四年 以後로부터는 兒童文學은 이 땅에서 存在를 볼 수 없었고 一九二二年 三月에 開闢社에서 지금은 作故한 方定煥 氏 主宰로 『어린이』를 發行하게 된 것이 그다음의 일이다.[71]『어린이』의 主潮思想은 功利主義엿스며 感傷的이엿스며 또는 兒童至上主義였다. 兒童에게 尊稱을 쓰고 兒童은 어듸까지나 純眞한 그대로의 育成을 하므로서 그 理想을 삼었든 것이다. 말하자면 半宗敎的 傾向이면서도 臘奇的이었다고도 볼 수 었다.[72]

그 當時 『어린이』에 寄稿한 兒童文學 作家는 主로 童話, 少年小說에 故 李定鎬, 故 延星欽, 高漢承, 丁洪敎 氏 等이였고 童謠에는 韓晶東, 尹石重, 尹克榮, 睦一信, 尹福鎭, 盧良根, 徐德出 氏 等이었다. 이제 解放 後에도 過去에 그들이 創作한 노래가 오늘의 兒童들로 하여금 누가 썻든지도 모르고 부르게 됐다는 것은 또한 感慨無量한 바 있다. 말하자면 代表作으로 尹克榮 氏의「반달」, 韓晶東 氏의「두루미」, 尹石重 氏「밤 한 톨이 덱데굴」, 徐德出 氏의「봄 편지」, 尹福鎭 氏의「바닷가에서」等이 卽 그것이다.

그 다음 一九二六年 六月에 創刊號를 發行한『별나라』는 安俊植 氏의 主宰로 發行되였는데『어린이』가 小市民性을 띈 데 反하야 이는 漠然하나마 가난한 이 땅의 兒童들에게 읽혀 주리라는 意圖 밑에서 그 後 繼續하야 發行되였든 것이다. 이때의『별나라』의 그 性格은 純全히 自然發生(이상 97쪽)的 領域에서 버서나지 못했고 가난한 것만 외쳤지 왜 가난해졌나 무엇이 우리를

---

70 『少年』은 최남선(崔南善)이 1908년 11월 1일 자로 신문관(新文館)에서 창간하여 1911년 통권23호로 강제 폐간당했고,『붉은져고리』도 최남선(崔南善)이 주재하여 1913년 1월 1일 자로 창간하여 매월 1일과 15일 2회 발행되어 그해 6월 통권 12호를 내고 총독부 명령으로 강제 폐간되었으며,『아이들보이』는 1913년 9월 5일 자로 창간되어, 1914년 9월 통권 13호로 종간되었다.

71 『어린이』는 1923년 3월 20일 창간되었다.

72 '臘奇的'은 엽기적(獵奇的), '볼 수 었다.'는 "볼 수 있다."의 오식이다.

가난하게 맨드러 주었나? 하는 그 原因은 밝히지 못했든 것이다.『별나라』第六號 以後에는 비로서 宋影 氏가 編輯에 參與하자 儼然히『별나라』의 性格을 밝힌 以後, 唯物辨證法的 社會主義리아리즘에로 指向하고 나아갔다. 그後 林和 氏, 嚴興燮 氏, 나 自身이 이 編輯에 當하게 될 때는 階級鬪爭期에로 突入하야 많은 役割을 하였스나 日本帝國主義의 彈壓은 날로 尤甚하야 結局 一九三四年 十二月로서 廢刊의 運命에 빠지게 되었든 것이다.[73]

『별나라』를 圍繞한 作家로는 童話, 少年小說에 主로 具直會, 崔秉和, 梁在應, 安俊植, 廉根守, 宋影, 嚴興燮, 洪九, 李東珪 氏 等이였고 童謠에는 申鼓頌, 孫楓山, 朴芽枝, 李久月, 金炳昊, 鄭靑山, 金友哲, 宋完淳, 朴古京 氏 等과 나 自身이였다. 그러나 九年 동안에 二十回의 押收와 體刑을 當하면서도 勇敢히 鬪爭하였든 것이다.

다음 申明均 氏에 依하야 最初 發行된『新少年』은 後期에 있어서 李東珪, 洪九, 李周洪 氏 等이 次例로 主幹이 되자 民族主義로부터 方向을 轉換하야 階級鬪爭의 旗幟를 들고『별나라』와 같은 路線을 것게 되엿스니 말하자면 카프의 傍系的 傘下에서 階級鬪爭의 役割을 했으며 執筆家도『별나라』와 同一하였다.

그리고『새벗』은 高長煥 氏와 李元珪 氏 等에 依하야『少年朝鮮』은 丁洪敎 氏에 依하야 亦是 月刊으로 되였는데 多少 傾向的이였다고는 하지만 冒險談과 怪奇談 等을 흔히 실린 것으로 보아 스포츠的이라고도 할 수 있다. 그러므로 堅實한 思想의 體系 밑에서 作品을 取扱하지 못하는 以上 이를 높이 評價할 수는 없는 것이다.

『少年』은 尹石重 氏 主幹으로 朝光社에서 發行하였는데 民族主義 領域에서 버서나지 못했고『朝(이상 98쪽)光』의 縮小版 같은 感을 주었다. 그리고 崔鳳則 氏가 主宰하다가 뒤이어 任元鎬 氏가 主宰하든 基督敎 系統의 唯一한 『아이생활』은 兒童 信仰主義를 根幹으로 하고 信仰一路에로만 偏重한 때문에 大衆性을 잃고 一部 信仰 兒童層과 主日學校 兒童에 局限되였든 것이라고 믿는 바이다.

---

[73] 『별나라』의 실제 폐간은 통권 80호(1935년 1-2월 합호, 1935년 2월 15일 발행)이다.

이 外에도 兒童文學에 値할 만한 作品이 『東亞日報』를 爲始하야 『朝鮮日報』, 『中央日報』, 『每日申報』 等 各 新聞 學藝面에 실려 各 新聞의 貢獻도 젹었다고는 볼 수 없다. 以上과 같이 兒童을 爲한 定期刊行物 以外에도 『尹石重童謠集』과 童詩集 『잃어버린 당기』 等 開闢社에서 『世界一週童話』, 앤더슨, 『이솝프童話集』 等 많은 單行本을 냈었다.

그리고 여기에서 한 가지 檢討해 보려는 것은 지금에 兒童들에게 붙여지는 童謠라는 것은 內容이 至極히 穩健하고 技巧가 있고 또는 感傷的이며 抽象的인 類의 卽 말하자면 過去 『어린이』 系統의 童謠 作家의 것만이 大衆化 되었다는 그 理由가 어듸 있는가 말이다. 卽 그것은 첫째 그때의 作曲家가 思想의 貧困者이기 때문이란 것이 그 첫째 條件이다. 그 當時의 音樂家란 모두가 夢幻境에서 自己 享樂主義에서 一步를 버서나지 못하고 다만 逃避生活을 한 때문이요 둘째로는 學校에서나 童謠團體에서까지도 傾向的 童謠는 가장 危險視하고 拒否했스며 셋째로는 프로레타리아 童謠는 이 같은 理由로 薄待를 받어 音樂 專門家의 作曲을 빌지 못하고 音樂 同好者에 依해서 作曲된 것으로 그 作曲이 素朴한 때문이였다고도 볼 수 있다.

以上에서 一九三四年까지의 朝鮮 兒童文學의 大綱을 敍述하였거니와 좀 더 敷衍해서 말한다면 當時 日本에 있어서의 無産階級 全般運動의 그 一翼的 役割을 하였든 프로레타리아 文化運動의 影響으로 一九二六年부터 우리 朝鮮에 있어서도 프로레타리아 文化運動이 全面的으로 나타나 카프를 中心으로 한 文化運動은 一時 旺盛하였든 것이다. 그리하여 카프의 傘下에 있든 별(이상 99쪽)나라社에서는 뮤―렌의 童話集 『왜』를 發刊하였고 新少年社에서는 프로레타리아童謠集 『불별』을 發行하였든 것이다. 이로써 보드래도 朝鮮에 있어서의 日本帝國主義 앞잡이인 所謂 朝鮮總督府의 檢閱制度도 얼마쯤 그 水準이 높았스나 그러나 一九三二年 滿洲事變[74] 以後, 日本帝國主義의 大陸에의 決死的 進出은 드디어 그 素性을 餘地없이 暴露하였으니 이 鐵締에[75] 발핀 것으로 또한 兒童文學이 그 하나인 것이다.

---

[74] '滿洲事變'은 1931년 9월 18일에 발발하였다.
[75] '鐵蹄에'의 오식이다.

이때에 있어서 一切의 朝鮮文 出版物은 彈壓의 苦杯를 맛보게 되고 甚至於
는 兒童雜誌에까지 日文倂用을 强要했음으로 말미아마 적어도 階級鬪爭을
目的으로 한 『별나라』와 『新少年』은 姑捨하고 『어린이』 『아희생활』 等도
여기에는 應從할 수 없었든 것이다. 그리하야 一九三四年 末부터는 全혀 兒
童文學 活動分野에도 一大 暗影을 던졌든 것이다. 모든 兒童을 相對로 하는
一切의 出版物은 封鎖되고 或은 體刑으로 或은 强談으로 或은 威脅으로 自然
壞滅을 强要하였든 것이다. 또한 日本帝國主義는 一九三八年 支那事變[76] 以
後로 過去에 있어서 얼마쯤 兒童文學에 協助하든 朝鮮文 出版物을 消滅시키
기에 全力하였든 것이다. 이에 따러서 所謂 總督府 圖書課 諺文檢閱係는 縮
小되고 乃終에는 無耶狀態로 된 것을 보아도 可히 斟酌할 수 있다.

元來 日本帝國主義의 植民地 敎育政策으로서 皇民化 敎育 一元化를 꾀하
기 爲하야 그 命脈만 남었든 朝鮮語課程조차 學校課程에서까지 抹殺할뿐더
러 朝鮮語까지 使用을 嚴禁하야 그야말로 朝鮮的 要素에 弔鐘을 울였든 것이
다. 그야 이러기까지 以前에도 이미 兒童文學과 關聯이 있어야 할 學院에서
는 一切의 兒童文學과 障壁을 쌓고 沒交涉이였든 것은 周知의 事實이어니와
進步的 社會 諸種 團體의 좋은 影響下에 있든 兒童團體에 所屬한 兒童이나
이에 類似(이상 100쪽)한 兒童들에 依하야 兒童文學은 그 一縷의 對象을 삼었든
것이다. 그러나 客觀的 情勢의 이같이 極惡한 條件 밑에서도 兒童文學은 一
時 停頓狀態에 빠졌을지언정 저 國民文學에의 協力한 일이 없었다는 것은
何如間 그 傾向의 如何를 不拘하고 兒童을 對象으로 한 것만치 그中에서도
良心的이었다는 것은 決코 過少評價해서는 않 될 일로 生覺한다.

卽 一九三五年부터 一九四五年까지는 兒童文學은 完全히 封鎖되고 바야
흐로 싹이 터 나려 하는 朝鮮 兒童文學을 切斷하고 마렀다. 도리켜 보건대
이 十年間이란 至極히 朝鮮 兒童에 있어선 누구보다도 오히려 더 不幸하였으
며 그 "얼"까지 去勢하려든 것이 日本帝國主義의 野望인 것이었다. 이렇듯
日本帝國主義의 所謂 皇民化 敎育은 朝鮮의 兒童으로 하여금 眞正으로 祖國
이 日本인 것처럼 알게쯤 하야 實로 愛國心에 불 끌는 者로 하여금 窒息하게

---

76 '支那事變'(中日戰爭)은 1937년 7월 7일 발발하였다.

하였든 것이다. 이것을 比喩해 보건대 마치 明日에는 어떻든 一時 華麗하게 器皿에 漆은 해 놨슬지언정 그 本質이야 變할 이 萬無한 것이다. 그러나 이 十年間의 暗黑時代는 朝鮮 兒童育成에 있어서 實로 千年의 損失이었든 것을 깨닷지 않어서는 안 될 것으로 믿는 바이다.

이같이 朝鮮 歷史上에 一大 汚點을 남긴 日本帝國主義도 世界의 팟쇼를 打倒하려는 聯合軍의 힘으로 完全히 敗亡하고 우리 朝鮮도 一九四五年 八月 十五日을 期하야 完全히 日本帝國主義 羈絆에서 解放되여 거의 半世紀에 亘한 日本帝國主義의 侵略을 一朝에 물리친 感激, 그러나 朝鮮 人民의 骨髓에 맺친 痛憤한 恨은 一朝에 消滅될 理가 없다. 보라, 우리는 將來에 對한 豫備와 百倍의 含蓄力을 涵養하지 않으면 않 될 줄 안다. 그러면 여기에 따라서 緊急히 要請되는 것은 다음 世代를 負荷하고 나갈 兒童育成 問題일 것이다. 이 兒童育成을 遺憾없이 進捗식히려면[77] 어찌 저 日本帝國主義 殘滓의 桎梏에서 깨끗이 離脫하지 못한 學校敎育에만 依存할 수 있을 것(이상 101쪽)인가. 以下 具體的으로 論及하고자 하므로 여기에서는 끝이거니와 過去 兒童文學에 關心을 둔 作家들은 이때에 더욱 蹶起하지 않을 수 없는 段階에 이른 것이다.

그리하야 八月 十五日 以後 朝鮮 兒童文學의 復興을 劃策하고자 數三의 兒童出版物이 刊行되였으니 前者 『新少年』의 後身이라 할 수 있는 『새동무』가 亦是 『新少年』 編輯者이든 李周洪 氏에 依하야 十二月 中에 發行되였다. 그리고 亦是 一九三四年 十二月 七十九號를 내고 廢刊되였든 『별나라』가 安俊植 氏에 依하야 發行되였으니 朝鮮 兒童文學의 새로운 出發은 다시 始作되였다고 하겠다.[78] 그리고 〈朝鮮兒童文化協會〉에서 發行하는 『週刊小學生』이 尹石重 氏에 依하야 二月 中에 發行되였는데 이는 朝鮮 兒童을 爲하야 欣快한 일이다. 그러나 이 外에 兒童을 相對로 한 몇 出版物이 있기는 하지만 이것은 兒童文學에 値할 수 없는 것임으로 略하려 한다. 以上에 말한

---

77 '進陟식히려면'의 오식이다.

78 『별나라』는 통권80호(1935년 1-2월 합호: 1935년 2월 15일 발행)를 마지막으로 폐간되었고, 『별나라(해방 續刊 第1號)』(1945년 12월 15일 발행), 『별나라(해방 續刊 第2號)』(1946년 2월 10일 발행)를 마지막으로 더 이상 발행되지 못했다.

것이 解放 以後 兒童文學에의 새로운 役割을 하려는 定期出版物이다. 勿論 再生期의 兒童文學은 이처럼 貧弱하기 짝 없다. 듯건대 몇 出版社에서는 여러 作家의 作品을 모아 少年小說, 童話, 童謠, 童劇集 等等을 續々 發刊할 것을 計劃하고 있는 것도 事實이어니와 우리가 여기에 期待하는 것은 作家나 出版業者나 보다 良心的이고 보다 眞摯한 態度로써 뒤떠러진 이 땅의 兒童文學을 育成해 주어야 할 襟度를 갖이지 않이하면 않 될 줄 生覺한다.

以上에서 말한 바와 같이 現在 三種 定期刊行物에 있어서 보는 바 그 性格은 우리가 앞으로의 兒童指導에 있어서 冷徹히 批判하고 거듭 兒童에게 맺일 바 影響을 究明하지 않으면 않 될 줄 믿는다. 『새동무』나 『별나라』는 가장 同一한 理念에서 同一한 主義 밑에서 卽 現段階에 있어서의 가장 옳은 政治路線에 맞으는 進步的 民主主義의 旗幟로써 出發한 데 反하야 그 밖에 몇 出版物은 童心世界의 昂揚에로 指向하는 學校 課外講座 같은 傾向인 卽 말하자면 民族主義 領域에(이상 102쪽)서 離脫하지 못한 感을 준다. 그러므로 여기에 따르는 指導理論도 進步的이 안이고 陳腐된 思想으로써 兒童에게 臨하게 된 것이다. 이것이 오늘에 있어서 또한 凡然한 問題가 아니라고 보겠다. 一部에서는 兒童世界에 있어서는 어떻한 思想을 鼓吹할 수 없다. 그 天眞爛漫한 兒童에게 社會的 乃至 政治的 要素를 띈 思想, 複雜多端한 觀念을 注入시키고 거듭 强要한다는 것은 實로 良心問題다. 그러므로 해서 이것은 忌避하여야 한다는 至極히 消極的 理論家도 업지 않어 있으나 그들처럼 世界情勢를 모르고 國內情勢를 모르는 가장 退嬰的인 것은 없다고 生覺한다.

兒童文學에 있어서 傾向派 作家가 過去 作品行動을 한 데 對하야 그 一例를 드러 본다면 『별나라』와 『新少年』은 一九二七年 以後 프로레타리아 兒童을 相對로 그 方向을 轉換하였스니 同年으로부터 一九三二年까지 目的意識期를 過程했다고 볼 수 있고 그다음 一九三二年으로부터 一九三四年까지는 階級鬪爭의 役割를 日本帝國主義의 彈壓 밑에서도 果敢히 遂行하였다는 것은 높이 評價하지 않을 수 없다. 그러면 이것이 現段階 國內情勢에 어떻한 影響을 주었나 究明해 본다면 這番 全國人民委員會 代表者大會 開催 當時에 地方으로부터 參席한 代表者 中에는 그가 少年時代에 前記 『新少年』과 『별나라』 讀者였다는 사람이 相當히 많었다는 것으로 보아 프로레타리아 兒童文學 實踐의 功績은 決코 적었다고 볼 수 없을 것이다. 그 뿐 아니라 現今 全國 各 地方에서 活躍하고 있는 분들도 大槪가 프로레타리아 兒童文學의 影響下에 있었다는 것은 否認치 못할 事實이다.

어떤 國家에 있어서나 兒童文學이란 그 國家의 社會情勢에 追從하지 않이할 수 없는 事實이어든 우리 朝鮮과 같이 어째든 解放이 되고 바야흐로 進步的民主主義 臨時政府가 樹立되려는 이때에 있어서 우리는 固陋한 思想이나 保守的民族主義를 提唱하야 人民에게 欺瞞的 態度로써 나아가야 될 것인가. 아니 兒童에게 이와 같은 罪過를 醞釀해 주어야 할 것인가. 卽 解放이라(이상 103쪽)면 社會的 變革을 意味하는 것이요 社會的 變革은 革命을 內包한 것이니 여기에 一步 退却인 保守的民族主義란 아모리 生覺해 밧댓자 安當치 못한 것이다. 이럼에도 不拘하고 反動勢力이 擡頭되는 것은 어떤 緣故인가. 그들이 過去 日本帝國主義와 野合하야 프로레타리아를 搾取하얏고 그 勢力下의 蓄積해 논 資産에 障碍되는 것이 그 하나요 親日派, 對日協力者의 指目을 받게 되니 民主主義 政權이 樹立되는 때에는 自己 運命이 어찌 될까 恐怖를 豫期하게 되니 그 둘째요 뿌루조아지로서 對日協力者나 親日派는 아니었다 할지라로 같은 階級이 崩壞되는 날에는 같은 運命에 陷入되리라는 데서 無條件하고 그들과 雷同하야 安全地帶를 求할까 함이 그 셋째이니 이른바 民族叛逆者는 如斯한 部類에 屬한 者 또한 많은 것이다.

그러면 朝鮮에 있어서 保守的民族主義란 이와 같은 部類의 卽 過去 日本帝國主義와 가장 緊密한 關係를 갖었었든 者와 土着 뿌르조아지의 餘命 維持의 한 理念으로서 어떤 큰 勢力 밑에서 "겨우사리" 모냥 現狀을 維持하려는 것이다. 그 掩護 밑에서 機會가 있스면 攻勢를 取하려고도 하는 것이다. 그러므로 現下 情勢에 있어서 그들은 眞正한 愛國者를 가르켜 逆徒이니 賣國奴이니 하고 그야말로 愛國者의 規定을 混亂케 하는 그들의 擧皆가 保守派的民族主義者들인 것이다. 이 保守派 民族主義者는 때로는 팟쇼로 化하기도 하는 無理論 無體系的인 것만은 自由自在인 것이다. 오늘날처럼 政治와 文學이 關聯性이 深刻한 때 兒童文學 分野에도 이렇듯 民族主義가 一部 擡頭되었다는 것은 至極히 遺憾스러운 일이다. 그것은 어째서인가. 民族主義는 躍動하려는 우리 朝鮮 人民의 모든 部面에 있어서 退嬰을 强要하는 것이니

過去 日本帝國主義의 再現이 될 것이라는 理由로서다. 그러므로 우리는 이를 反動이라 않할 수 없고 따라서 이와 같은 兒童文學 作家에게도 猛省을 促하려 하는 바이다. 그러나 이와 같은 部類의 非進步的 作家라도 可(이상 104쪽)及的 速히 進步的 陣營에로 包攝하여야 될 것이라는 것을 닞어서는 안 될 것이다. 그러면 以下 今後의 兒童文學의 指向할 바 몇 가지를 드러 보기로 하자.

첫째는 무었보다도 日本帝國主義 殘滓掃蕩에 있다. 元來 兒童文學은 그 對象을 小學校 兒童과 中等學校 低學年 또는 工場과 農村의 無産少年 等으로 하느니만치 現在 그 兒童을 指導하는 學校와 機關을 檢討해 보지 않으안면[79] 않 될 것이다. 그中서도 學校에 就學하는 兒童의 問題가 크다고 할 수 있으니 그것이란 것은 只今의 小學校는 그 指導者 自身의 거이 全部가 過去 日本帝國主義에 가장 忠實하였든 만치 一朝에 이것을 揚棄하기는 어려운 일이다. 그들이 누구보다도 日語를 常用語처럼 使用했든 나머지 間或 日語의 토막토막이 無意識中에 나왔다고 해서 殘滓가 나머 있다고 하는 것도 아니요 그렇다고 해서 氣着을 차려라고 우리말로 號令을 하며 모든 使用語를 우리말로 하고 敎壇 正面에 日章旗 代身에 太極旗를 거렀다고 해서 日本帝國主義 殘滓가 掃蕩된 것도 아니다. 다만 要는 多年間 日本帝國主義의 固陋한 思想의 浸潤을 받은 그들은 眞正한 愛國者를 識別할 眼目을 갖이지 못하게 했으며 더욱 國內 革命勢力을 認識하지 못하고 도리혀 이를 危險視하며 甚至於는 叛逆者로까지 推定하게 되는 것, 卽 이것을 나는 日本帝國主義 殘滓라고 規定하려는 것이다. 그러므로 그들로 하여금 이와 같은 退嬰的 保守思想을 淸算식히려면 여기에 따르는 兒童 指導者에 對한 指導理論이 時急히 要請되는 것이다. 말하자면 兒童 敎育者를 爲하야 再敎育하려는 目的으로 忌彈없는[80] 指導理論을 展開하여야 되겠다. 그러므로 해서 日本帝國主義의 完全 掃蕩을 劃策하지 않으면 안 될 것이다.

둘째는 封建的 殘滓를 淸算하는 것이다. 封建主義 하면 大意로 階級別을

---

79 '않으면'의 오식이다.
80 '忌憚없는'의 오식이다.

指摘할 수도 있는 것이나 知識階級에 있어선 事大思想 또는 南人, 北人, 老論, 少論 等 卽 派閥主義를 繼承하야 여(이상 105쪽)기 오래동안 浸透된 民族은 結局 鎖國主義에로 或은 獨善的으로 及其也는 팟쇼의 契機를 맨들게도 되는 것이다. 그 反面에 無意識 無産大衆은 自己生活의 保障策으로서 有産者에 對한 依存思想이 强烈하야 그들에게 對한 反撥이나 反抗은 罪惡의 一種으로 아는 것이다. 이것이 이른바 無意識 大衆의 一般的 態度이니만치 오늘의 情勢에서 보드래도 進步的民主主義의 實踐過程이 結局 이들 無産大衆의 解放 또는 利益을 爲하야 鬪爭하는 것임에도 不拘하고 뿌루조아지를 擁護하려 들며 民主主義 團體를 敵對視하는 例가 많은 것으로 보아 이것이 또한 問題의 封建主義 殘滓인 것이다.

兒童들도 이런 環境에서 좋이 못한 影響을 얼마든지 받을 수 있고 그 無意識 大衆들은 이런 것만은 가장 容易하게 그 子女들에게 影響을 끼처 주게도 된다. 아지 못하는 새 그 兒童들이 長成한댓자 그 父兄과 같은 無意識大衆이 안 되리라고 保證할 수 없는 事實이다. 또한 큰 問題는 大槪 이 같은 家庭環境에서 자라나는 兒童들에게 學校教育까지 이 封建主義 殘滓를 淸算하기는커녕 助長하고 있는 事實을 우리는 볼 수가 있다. 解放 以後 勿論 時日이 日淺해서라고도 말할지 모르나 小學校 敎科書에서 본다면 問題는 內容의 貧弱이라든가가 아니요 質的 問題인데 이 內容이란 것은 글만 우리글이지 日語讀本을 그대로 飜譯해 논 데 不過한 것이다. 말하자면 大自然의 아름다운 노래, 옛날의 傳說, 名人의 逸話, 수수격기 等, 實로 非科學的 素材를 內包한 것이다. 到底히 默過할 수 없는 이 重大 責任을 누가 저야 할 것인가. 이 國粹主義의 擡頭는 結局 將來 朝鮮을 民主主義 國家群에서 孤立化식히는데 不過하다고 생각한다. 지금의 親日派나 民族叛逆者들의 오직 살길은 우리가 掃蕩하고 淸算하고 排除하여야 할 가지가지를 이렇게도 期於히 死守하여야 되는 것인가 말이다. 보라! 이럼에도 不拘하고 復古的 民族主義 思想을 固執하고 讚揚하는 兒童文學을 容(이상 106쪽)許할 수 있는가. 그러므로 우리는 積極的으로 이 破廉恥하게 擡頭되고 있는 封建的 모든 殘滓를 淸算식히기에 最大의 努力을 해야 될 것이다.

셋째로 朝鮮에 있어서 兒童文學 作品은 가장 優秀한 作品이라도 文壇에서는 過小評價하는 것이 恒例이었다. 그것은 事實에 있어서 높이 評價할 수 없는 水準의 것이기 때문에서인지는 몰라도 如何間 이런 傾向이 多分이 있섰다는 것은 遺憾스러운 일이다. 一例를 드러 말하자면 여기 中堅作家가 小說을 한 篇 쓰고 兒童雜誌에 少年小說을 한 篇 썻다고 하면 그 小說은 平凡한 作品인데도 不拘하고 文壇에서 論議될 수 있스나 少年小說은 그 以上 傑作이라 하드래도 아모런 評價를 내리지 않었든 것이다. 이와 같은 傾向은 兒童文學의 發展 向上을 止揚식히는 것이 될 것이다. 일지기 具直會 氏의 「가마장」 같은 優秀作品도 文壇에서 아모런 評價를 내리지 아는[81] 것도 그 例의 하나일 것이다. 그러나 그 責任을 全部 文壇 側에 돌리려는 것은 아니다. 兒童文學 作家의 좀 더 眞摯한 態度와 自己批判에서 나오는 力量 있는 作品을 要望하는 것이다. 模倣的이나 神話的이나 幻想的이나의 것만이 아니고 獨創的 立場에서 推進해야 할 것이다. 여기에 우리가 銘心해야 할 것은 兒童文學 作家가 童心世界에서 徘徊만 하고 그들의 脾胃만 마처 줄 게 아니라 童心世界에 闖入하야 作家의 이데오로기의 씨를 뿌리고 그들이 좋와하는 꽃이 되게 하는 데 價値를 認定할 수 있다고 生覺한다. 이것은 一種 創作方法論 가타서 여기에 끝이거니와 어떻든지 兒童文學에 權威 있는 作家가 輩出되는 데서 이 問題는 抹殺되리라고도 믿는 바이다.

넷째로 兒童文學 專門作家 問題인데 以上에도 말하였지만도 朝鮮에 權威 있는 兒童文學 作家가 적었다는 것은 누구나 否認하지 못할 事實이지만 大槪 이와 같은 弊端에서가 아닌가 生覺한다. 文學에의 進出하는 길은 먼저 童謠나 童詩를 써 보고 그 다음 童話나 少年小說을―, 말하자면 習作(이상 107쪽)을 하는 데서 打開해 보랴고 生覺하는 사람이 잇슬지도 모르며 또 그와 같은 過程을 밟아 온 사람이 있는지는 몰라도 이것은 誤謬인 것이다. 한 篇의 童謠가 詩보다 쉬운 것도 아니요 그렇다고 되는대로 썻댓자 童謠가 되는 것도 아니다. 習作에 있어서 어렵기는 다 一般인 것이다. 이것을 要約해서 말하면 兒童文學을 文壇 進出의 한 道具처럼 利用하려는 態度는 가장 非良心的이요 絶對로 禁物인 것이다. 또한 成人文學 作家가 兒童文學은 그 餘技처럼 態度

---

81 '안는'의 오식이다.

를 갖는다는 것도 肯定할 수 없는 事實이다. 내가 알기에는 過去에 많은 功績을 갖었고 只今도 오직 兒童文學의 一路에로 邁進하려 하는 몇 作家를 드러본다면 童謠에 尹石重 氏와 尹福鎭 氏, 童話와 少年小說에 具直會 氏, 梁孤峯 氏, 崔秉和 氏, 安俊植 氏 等 이 여섯 분을 들 수 있다. 以上 尹石重 氏와 尹福鎭 氏가 民族的이고 技巧的 作家인데 對하야 梁孤峯, 崔秉和 氏는 純情的이요 휴맨니즘 作家라고 볼 수 있다. 내가 보기에는 具直會 氏 以外에는 그들이 傾向派的 作家는 아니로되 그들이 現段階의 社會情勢를 옳게 把握함으로서 새로운 發展이 있슬 줄 믿는 바이다. 何如間 兒童文學 專門의 作家가 많이 輩出되는 데서 朝鮮 兒童文學은 큰 成果를 齎來하리라고 믿는다.

다섯째로 進步的民主主義의 길만이 모든 問題를 解決해 줄 것이다. 一九一九年 三月 一日을 期하야 民族主義에 依한 三一運動을 全國的으로 이르키고 日本帝國主義에 鬪爭을 展開한 以後 國際情勢의 波及과 아울러 歷史의 必然은 社會主義思想의 擡頭로 因하야 自然發生的으로 朝鮮의 無産階級은 蹶起하게 되였든 것이다. 그리하여 階級意識을 認識한 無産大衆은 打倒 日本帝國主義와 打倒 資本主義 또는 反팟쇼 反戰 等 모든 革命的 運動을 가진 苦難과 酷刑을 무릅쓰면서도 展開했으며 日本帝國主義가 野蠻化 될 때는 不得已 地下運動으로서도 不斷히 繼續해 왔든 것이다. 이와 같은 프로레타리아트의 鬪爭은 國內뿐 아니라 國外 卽 北支, 延安, 滿洲에서도 우리 同志들에(이상 108쪽) 依하야 國內와의 步調를 가치 하였든 것이다. 이것을 다시 말하면 國內에 있어선 左翼陣營만이 八月 十五日 直前까지도 日本帝國主義에 抗하야 鬪爭하였스며 또한 모든 맑쓰主義思想을 內包한 組織體만이, 卽 모든 左翼陣營에서만이 저들과 英雄的 鬪爭을 했다는 것을 누가 否認하랴. 오늘날 朝鮮의 政治路線은 아는 바와 같이 프로레타리아 革命段階가 아니라 뿌르조아 革命段階인 만치 卽 民主主義는 民主主義로되 保守的 또는 팟쇼的인 民族主義로서는 到底히 그 革命段階를 過程할 수 없고 다만 朝鮮民族의 九割 以上이 넘는 이 無産階級을 爲하야 그 生活과 利益을 保障해 줄 수 있는 人民의 政權이 樹立되여야 한다는 데서 이 進步的民主主義를 規定하고 또 提唱하게 된 것이다. 그러므로 萬一 여기에 反撥하고 이것을 도리혀 反動이라 逆徒라 하는 者는 나는 親日派요 나는 民族叛逆者요 日本帝國主義 繼

承者로 自處하겠다는 態度와 조금도 다름이 없을 것이다. 前日의 思想의 貧困者가 오늘에 突然이 假面을 쓰고 나온댔자 어色하기 짝 없는 것이다.

그러므로 오늘날 朝鮮 兒童文學의 核心問題도 實로 이 進步的民主主義의 길로 指向하므로서만 그 正常한 發展이 있고 解決할 수 있는 問題라고 믿는 바이다. 따라서 거듭 問題 되는 것은 作家의 이데오로기 問題인데 오늘날 우리는 兒童文學 專門作家의 思想을 疑心하게 되고 進步的民主主義의 實踐者가 못 되였다는 데서 그들의 反省을 促하는 바이다. 一學級의 教育 擔當者로서는 當々히 進步的民主主義의 길로 邁進하려는 教育者도 없지 않어 있거든 하믈며 全國의 五百萬 以上의 兒童을 相對로 兒童文學運動을 하려는 作家가 그 陳腐하고 固陋한 思想으로 敢히 나슨다는 것은 到底히 現社會情勢가 容許치 않을 것이다. 오늘의 革命鬪士보다도 一步前進하야 그야말로 民主主義 世界 國家群의 앞을 서야 될 다음 世代의 主人公인 兒童들에게 이것이 指導的 役割(이상 109쪽)이 되기는커녕 도리혀 反動의 役割이 될 것이다.

그러므로 해서 朝鮮 兒童文學의 今後 完全한 結實期는 卽 以上에 말한 바 다섯 가지 課題를 遂行하므로서 達成할 수 있으며 거듭 國際水準에 오를 수 있는 時期라고 믿을 수 있다. 또한 作家의 創作的 態度도 여기에 結付되여 在來式의 構圖와 視野에서 벗어나 좀 더 迫力이 있고 視野가 크고 科學的인 데서 새로운 世代의 恒常 推進力이 되여야 할 것이다. 끝으로 要望하는 바는 現段階의 兒童文學의 重要性은 다시 말할 必要가 없는 바이나 兒童文學家와 出版業者가 良心的으로 奮發할 때도 實로 이때라는 것을 넞어서는 않 될 것이며 成人文學 作家도 여기에 良心的 協力을 하므로서 明日의 빛나는 兒童文學 建設을 볼 수 있게 될 것이라고 믿는 바이다.(이상 110쪽)

알렉산드라 브루스타인, 金永鍵 譯, "蘇聯의 兒童劇", 『문학』, 창간호, 조선문학가동맹중앙집행위원회서기국, 1946.7.

蘇聯의 人民 사이에는 大端히 '포퓰라-'한 옛날의 寓話가 있다. 한 老人이 적은 나무를 심고 있었다. 지나가든 어린아이들이 그를 웃었다. 用意가 깊지 못한 어린아이들은 老人이 賢明하게 쓰는 맘이라든가, 그 老人 스사로는 안이라도, 뒤에 오는 子孫들에게 그 나무가 줄 수 있는 맛있는 實果, 그리고 즐거운 綠陰을 생각하고, 老人이 즐거워하는 바를 아지 못했든 것이다.

勿論 처음으로 '소뷔에트' 政府가 어린이들의 劇場을 세웠을 때에는 그것을 비웃은 사람들도 있었을 것이다. 事實 時期에는 그다지 마땅치는 못한 것으로 보였었다. 當時에는 세 살도 못 되었든 젊은 '소뷔에트' 共和國이 市民戰爭과 外國 干涉의 陣痛 속에 있었든 것이다. 國內에는 주림과 추위와 '띠푸스'[82]와 破滅이 있었다. 거리의 住民에게는 한 토막의 白樺나무와 한 오래기의 풀잎과 꽃잎에 겨를 석어 맨든 한 쪼각의 '빵'이 金덩어리보다 더욱 貴했었다. 옷에 다는 단추 같은 것들도 멀리 살어진 文明의 부스러기와 같애 보였다.

이와 같은 苛酷한 時期에 '소뷔에트' 共和國에 있어는 '투·비·오어·눈·투·비'(譯註 '쉑스피어'의 劇 「함렡」 속에 나오는 말)[83]가 白熱的 問題가 되어 있었든 것이다. 새로운 文化는 熱狂的으로 進水를 했다. 人民委員會의 法令으로, 文盲을 退治하기 위한 施設이 되었다. 누구나 배우지 못한 사람은 自由로히 冊과 先生을 얻을 수 있었다. 배우지 못한 사람을 위한 學校들은 모든 企業과 工場과 施設에 設立되었다. 그리고 배우지 못한 사람은 工夫하기 위하야 勞働 時間(이상 173쪽)에서 하루에 두 時間씩 그에 專心하는 時間을 要求할 수 있었다. 그는 여섯 時間을 勞働하고 두 時間을 工夫하고도 普通으로 하루에 여딜 시간을 勞働하는 것과 같은 賃銀을 탔다. 甚한 用紙의 不足에도 不拘

---

82 'тиф'는 티푸스(장티푸스)를 뜻하는 러시아어이다.

83 셰익스피어(W. Shakespeare)의 「Hamlet」에 나오는 구절 "To be or not to be"(죽느냐 사느냐)를 가리킨다.

하고. 國家에서는 가장 훌륭한 露西亞와 他國의 古典的 作品들을 數十萬 部나 發行했다. 劇場은 그의 門을 人民들에게 넓게 열어 주었다. 새로운 觀衆들은 宮殿博物館과 美術館과 貴重한 圖書館의 閱覽室에 가득 찼다.

이 모든 政策을 세우게 한 그와 같은 深遠한 智慧는 또한 演劇의 世界에 있어도 일즉이 보지 못하든 新型의 兒童劇場을 創始하게 했다. 그와 같은 創設은 新興의 國家가 將來를 위하야, 젊은 '제네레이슌'의 敎育을 위하야 先見이 있는 炯眼의 思慮를 갖고 있다는 것을 表示했다. 敎育은 藝術만이 人類의 精神 우에, 特히 兒童의 精神 우에 줄 수 있는 힘찬 魅力과 捕捉力이라고 하는 그 훌륭한 힘과 協力하게 되었다.

露西亞 演劇의 發展史 우에는 한 滋味있는 그러나 意味深長한 逸話가 있다. 일즉이 露西亞의 偉大한 悲劇俳優 '빠벨·모챨로브'[84]가 「함렡」의 役을 演出하고 있을 때에, 觀衆 속의 한 사람이 瞥眼間에 일어나서 俳優를 向하야 熱狂的으로 소리를 쳤다. "빠벨·스떼빠노뷔치! 그 고기 값은 안 받아도 좋네!" 그는 '모챨로브'가 외상으로 고기를 갖다 먹는 고깃간의 主人이었다. 一時에, 아니 一瞬에, 그 사나이는 藝術의 非常한 魅力에 依하야 훌륭한 精神的 變化를 갖어 왔든 것이다. 우리들은 自己 가진 빗에 對하야 빗을 준 사람이 안 받아도 좋다고 하는 것을 그다지 흔히 볼 수 있는 것은 아니다.

萬一에 藝術이 成年에 對하야 感受性이 그다지 銳敏하지 못한 사람에 對하야도 그처럼 强할 것인가? 어린이의 時代는 藝術에 좀 더 가까운 時代다. 어린이는 近似한 潑剌한 想像力을 갖고 있다. 어린이는 예술과 같은 感動의 참된 精髓分子다. 어린이에게는 가장 훌륭하고 잘 쓴 論文도 그다지 興味를 주지는 못한다. 그 代身 가장 簡單한 童話는 그들을 깊이 感動시키고, 그에게 많은 것을 가르켜 줄 수 있으리라. 어린이는 論理的으로 秩序 있는 方法으로 생각하는 것을 배우기 훨신 前에 발서 느낄 줄을 안다. 그렇기 때문에, 어린이는 가장 正當한 敎授에 對해서는 아모 反應이 없고, 그 代身에, 愉快한 冊이라든가, 活潑한 演技라든가, 무시무시한 映畵라든가는 가장 强한 感動을 그

---

84 파벨 모챨로프(Pavel Stepanovich Mochalov, 1800~1848)를 가리킨다. 러시아 연극의 혁명적 낭만주의의 대표자로, 특히 「햄릿」에서의 연기에 대해 벨린스키(Vissarion Grigorievich Belinskii)가 상세한 기록을 남겼다.

에게 일으켜 줄 수가 있고, 英雄的인 主人公들에게 同情하는 맘을 갖일 수가 있게 하고, 그들과 感激을 같이 할 수가 있게 하고, 그들과 같이 웃고, 울 수가 있게 하는 것이다. 그리고 그들은 어(이상 174쪽)린이에게 생각하는 맘을 가르켜 준다.

우리나라에서 처음의 兒童劇場이 十月革命 以後에야 겨우 생겨나게 된 것은 事實이지만, 어린이를 위하야 臨時로 劇을 演出한 일은 '짜-르'의 露西 亞에 있어도 또한 있었다. 普通 그것은 空日이나 祝日에 劇場에서 어린이를 위하야 '마띠네-'[85]라고 하는 形式으로 열렸고, 어떠케 하면 이와 같은 觀客 을 잘 끌 수 있도록 經營할 수 있을가 하는 一念에 依해 움지기고 있었다. 大體로 이와 같은 어린이의 演技라고 하는 것은 全혀 附屬的인 性質을 갖인 것이었다. 劇場에서는 日常의 '레빼르똬-르'[86]에서 어린이가 좋아하리라고 하는 劇들을 골렀다. 흔히 그와 같은 劇의 演出은 '클라씩'한 性質의 것이거 나, 多彩스러운 童話인 것이었다. 그러나 때로는 어린이에게도 "가삼이 찌르 르한", 分明히 아무 高尙한 趣味도 없는 '멜로드라마'라든가, 그 뜻을 疑心할 만한 俗된 善劇도 보여주는 수가 있었다. 劇場 側에서는 이와 같은 演技라는 이보다는, 이와 같은 觀客을 第二意的의 것으로 보고 있었다. 興行은 그 方法 부터 칠칠치가 못했었다. 配役은 一流의 俳優가 안이라 그의 助役들로 되어 있었다. 이 모든 것은 어린 觀客은 批判할 줄도 몰으고 藝術도 몰은다는 所信 에서 나온 것이었다. 그리고 어린이는 아무것이나 참으로 고지듯고, 그저 고맙다고만 할 터이니까, 그다지 儀式的으로 할 必要도 없다는 것이었다.

'소뷔에트' 政府에서 兒童劇場을 設立한 것은 그와는 全혀 다른 目的과 主 義 아래에서이었다. 첫재로 그것은 國家의 一般的 敎育方針의 一部分으로서 企劃되었든 것이다. 우리나라의 兒童劇場은 成人을 위한 劇場과 함께, 私有 의 財産이 아니다. 그리고 成人을 위한 劇場은 흔히 그 豫算을 開札口의[87] 收入에 依하야 세웠지만, 兒童劇場은 國家로부터의 特別補助金에 義하야 維

---

85 'матине'는 "낮 공연"이란 뜻의 러시아어이다.
86 'репертуара'는 '상연목록'(répertoire)이란 뜻의 러시아어이다.
87 '改札口의'의 오식이다.

持되고, 그 維持를 위해서는 莫大한 基金이 消費되었다. 그것은 兒童劇場으로 하야금 票를 最小限度의 價格으로 팔 수 있게 하고, 옷도 거저 마끼고, '푸로그람'에는, 配役의 이름들뿐만이 아니라, 演出에 關한 詳細한 註釋을 붙이고, 明白히 해야 할 모든 點을 說明하야 어린 觀客들이 劇 가운대에 表現되어 있는 時代 其他를 잘 理解할 수 있도록 하였다.

우리의 兒童劇場은 그 當初부터 決코 利益이 나는 事業이 아니든 것이 事實이었음에도 不拘하고, 일즉이 演出을 위한 舞台의 費用을 節約해 보랴고 한 일은 없었다. 國家는 그 基金을 애끼지 않고, 어떠한 必要에 依해서도 그 費用을 中止시키지는 안 했다. 가장 有名한 俳優와 演技者들이 兒童劇場의 일을 돌아보아 주도록 招(이상 175쪽)請을 받았다. 演劇은 大規模的으로 舞台化되었고, 必要에 依해서는 費用을 처드린 豪華版으로 되었다.

例하면 戰爭이 일어나기 조금 前에, '푸-슈킨'[88]의 悲劇「보리스·고드노브」[89]가 '레-닌그라-드'에 있은 "어린 觀客들의 새 劇場"에서 上演되었다. 詩人이 죽은 뒤로 오늘에 이르기까지, 이와 같이 舞台化시히기 힘든 力作이 全部 上演되어 보기는 이번이 두 번째였다. 兒童劇場은 戴冠式에 나오는 '부리스' 大帝의 衣裳을 위해서 數千 '루-불'을 썼다. 兒童劇場이 所願하는 바의 特徵은, 그에 따르는 모든 困難을 돌아보지 않고, 우리의 文學 가운대에서 가장 훌륭한 劇들을 어린 觀客들에게 보여주고자 하는 것이다. 그리고 그와 같은 劇들의 演出에 손을 대는 것은 우리 劇場의 技能의 特徵도 된다.(그것은 '쏘뷔에트' 藝術의 가장 뜻깊은 事件의 하나이었다.) 그리고 最后로 그것은 厚히 待接해 주어야 하고 높이 評價해 주어야 할 어린 觀客에 對한 愼重한 態度와 甚深한 尊敬의 表示라고도 할 수 있는 것이다.

兒童劇場의 첫재로 主要한 任務는 觀客에게 "代用品"이 아니라 誠實한 藝術을 提供하야, 潔癖한 趣味와 正當한 判斷力을 育成시켜 주는데 있다. 劇은 그 內容이 兒童에 依하야 理解될 수 있을 만치 純眞하고, 水晶과 같이 맑고,

---

88 푸시킨(Aleksandr Sergeyevich Pushkin, 1799~1837)을 가리킨다. 제정 러시아의 시인이자 소설가로, 러시아 리얼리즘의 기초를 확립하여 러시아 근대 문학의 시조로 불린다. 작품에 『예브게니 오네긴(Evgeni Onegin)』, 『대위의 딸』 등이 있다.
89 「보리스 고두노프(Boris Godunov)」(1831)는 푸시킨의 사극(史劇)이다.

어린 觀客에게 適應될 수 있을 만치, 單純하고, 感動的이오, 人間的일 때에, 어린이들에게 보여 주어도 좋을 것이라고 생각케 되는 것이다. 이와 같은 要求는 일즉이 그 劇場을 改革한 偉大한 露西亞의 俳優요, 演出家인 '콘스탄틴 · 스따니슬라브시끼―'⁹⁰에 依하야 雄辯으로 喝破되어 있다. 다음과 같이 말했든 것이다. "兒童劇場에 있어서는, 成人劇場에 있어서와 마찬가지로, 아니, 實上은, 그 以上으로 더욱 純眞하고, 더욱 高尙한 方法으로 더욱 잘 演技를 하지 안하면 안 된다."고.

그럼으로 國內에서 가장 有名한 演出家들, 國內의 가장 有名한 劇場에서 舞台化하야 成功한 劇이라고, 劇場에 드나드는 '쏘뷔에트' 觀客들의 當然한 喝乘를⁹¹ 받은 人民의 演出家들 이 우리 兒童劇場과 關係를 갖고 있는 사람들이라는 事實은 조금도 놀랄 것이 없는 것이다. 이와 같은 舞台의 巨匠들에는 '알렉산더 · 부리얀쩨브'와, '보리스 · 존'(레닌그라드), '올가 · 삐소뷔', '보리스 · 비비꼬브'와, '빠뻴 · 쩨뜨네로뷔치'(모스크뷔), '블라디밀 · 스끌리야렝꼬'(하르꼬브), '알렉산더 · 따까슈뷔리'와 '니꼴라이 · 마르샥'(뜨빌릿시) 等이 있다. 그들은 늘 優秀한 俳優들에 依하야 支持되고 있다. 우리나라에는, 한 차례나 두 차례의 興行期에 偶然히 몰려 든 俳優들이 '노아'의(이상 176쪽) 方舟를 이룬 兒童劇場 따위는 없다. 兒童劇場의 大部分은 같은 目的과 主義에 結合되어, 自己의 藝術的 任務를 잘 理解하고 있는 全屬 俳優들을 갖고 있다. 多數의 劇場에서는 俳優들이 이와 같은 特別한 劇에 關한 專門學校에서 訓練을 받게 됨으로써 더욱 그 完全을 期케 되었다. 어린 俳優들은 그 學校에서 劇의 傳統과 精神에 關한 第一課에서부터 배우기 始作하였다. 이러한 俳優에게 있어, 劇場은 그의 家庭이오, 어른 俳優와 演出家는 그의 家族이오, 先生과 守衛까지도 그와 마찬가지로 藝術에 몸을 받히고 있는 것이었다. 俳優들은 거의 劇場을 떠나는 일이 없다. 그것은 들낙어리는 손님들을 接對하는 劇場旅館과는 달으다. 文字 그대로, 俳優들이 協助해서 일하는 劇

---

90 콘스탄틴 스타니슬랍스키(Konstantin Sergeevich Stanislavskii, 1863~1938)는 러시아의 연출가, 배우, 연극 이론가이다. 스타니슬랍스키 시스템을 확립하였으며 사회주의 리얼리즘의 최고봉이라 평가되었다.

91 '喝釆를'의 오식이다.

場集團인 劇場인 것이다.

그것은 比較的 짧은 기간에, 우리나라 안에서뿐만 아니라, 영화를 통하야, 해외에까지도 유명해진 다수의 위대하고 光輝 있는 배우들을 출생시기는데 큰 도움이 되었다. 例하면, 映畵「알렉산더·네브스끼—」에서 '알렉산더·네브스끼—'[92]의 役을 하고, 映畵「피-터 一世」에서 '짜레뷔치·알렉세이'의 役을 하고, 映畵「발띡의 代議員」에서 '뽈레샤예브' 敎授의 役을 한 사람으로 有名한 '니꼴라이·체르깟소브'가 있다. '막심'에 關한 영화의 삼부작에서 지도인 부분을 演한 '보리스·치르꼬브'는 여러 햇 동안 아동극장에 있든 사람이다. 그리고는 (세 가지의 영화에서 '스뷀르들로브'의 役을 한) '레오니드·델'과, 世界的으로 有名한 영화「챠빠예브」에서 '풀마노브' 委員의 役을 하는 等 映畵에서 數많은 光輝 있는 役을 해서 有名해진 少年의 天才的 俳優 故 '보리스·불리노브'가 있다.

兒童劇場은 또한 어린이의 役을 優秀하게 演한 數많은 女俳優들을 輩出시켰다.[93] 特別한 愛着心과 充分한 人情味가 없이는 成年 된 女子가 어린이의 役을 하고, 忠實히 그것을 遂行하는 것은 쉬운 일이 아니다. 그것은 成年 劇場에 있어도 어렵거니와, 그 描寫에 있어 조그마한 失手라도 곳 눈치를 첼 수 있는 어린이들 自身, 劇에 나오는 人物의 標本과 같은 어린이들 自身으로, 觀客이 構成되어 있는 兒童劇場에 있어는 더욱 어려운 것이다. 우리 兒童劇場은 眞實하고, 高尙하게, 藝術的으로 어린이의 役을 遂行할 技能을 갖인 온갖 '제네레이숀'의 女俳優들을 訓練시킨 點에 있어 多大한 信賴를 받고 있다. 紙面이 이 以上 詳細한 記述을 許諾지 안 함으로 어린이의 役을 가장 잘하는 女俳優들의 이름을 若干 적기로 하겠다. 卽「모스끄뱌」의 '발렌띠나·스뻬란또뱌', '끌라브디아·꼬레네뱌', '류보브·네브스까야'와 「레닌그라드」의 '따디야나·볼꼬뱌'(이상 177쪽) '엘리자베스·우뱌로뱌'와, 「노보시

---

92 알렉산더 네프스키(Alexander Nevsky)는 13세기 러시아 블라디미르(Vladimir)의 대공으로 독일과 스웨덴의 침공으로부터 러시아를 지킨 전설적인 인물이다. 영화 「알렉산더 네프스키」(1938)는 전기 영화(biographical film)로 소련 당국의 요구로 세르게이 에이젠슈타인 감독이 제작하였다.

93 '輩出식혔다.'(輩出시켰다.)의 오식이다.

비르스끄」의 '조에 · 불가꼬뱌'와 「하르꼬브」의 '안 · 부르스따인'과, 「뜨빌리씨」의 '꾸뿌리슈빌리' 等이 있다.

兒童劇場의 藝術部와 音樂部도 또한 같은 主義에 依하야 引導되어 있다. 卽 "어린이들을 爲하야 最善을 다하자."는 것이다. 그 演奏는 '모스끄뱌' 藝術劇場 '볼쇼이'劇場 等에 關係하는 가장 優秀한 藝術家들에 依하야 遂行되어 있다. 劇의 廣汎하고 責任 있는 部分인 어린이들의 樂譜도 原則的으로 우리의 가장 有名한 作曲家에 依하야 作曲되어 있다. 이 分野에 있어 特히 成功한 作品으로는 戰爭이 일어나기 조금 前에 죽은 「모스끄뱌」의 '죠세프 · 꼬브네르', 「레닌그라드」의 '니꼴라이 · 스트털니꼬브' 等의 作品이 있다.

兒童劇場은 上演目錄의 作成에 있어 特別한 難關에 逢着했다. 革命 前에는 特殊한 兒童劇場이 없었던 까닭에 兒童을 위한 劇作이라는 것도 또한 없었다. 兒童劇場을 始作할 때에는, 使用할 수 있는 것이라고는 古典劇의 寶庫가 있었을 뿐이었다. 참으로 그것은 豊富한 것이었다. 그러나 그 모든 것이 兒童에게 適當하고, 兒童이 理解할 수 있는 것은 아니었다. 兒童劇場은 그 資料의 多數를 古典劇에서 끌어냈다. 그것은 兒童劇場을 始作할 때에, 다른 材料가 없었을 때에만 그랬든 것이 아니라, 오날도 또한 그런 것이다. 二十餘年을 經驗하는 사이에, 兒童劇場은 '뿌-슈긴', '레르몬또브', '쉑-스피-어', '몰리애-르', '골도니', '쉴레르', '로뻬 · 되 · 붸가', 其他 露西亞와 外國의 著名한 古典的 作品들을 舞台化시겼다.[94]

그러나 古典劇은 커다란 어린이들을 위한 上演目錄의 問題만을 解決시겼다. 조그만 어린이들을 위해 처음으로 上演한 劇은 童話에 依한 것이었다. 그 材料는 그들의 나이에 좀 더 適當했었다. 그것은 純潔한 審美的 素材와, 詩的이오, 多彩한 幻想에 어린이의 맘이 끌린 대서만 그런 것이 아니었다. 이야기가 그 倫理的 內容에 있어 特別히 價値가 있기 까닭에도 그러한 것이었다. 이야기의 하나하나가 人民의 智慧의 씨와 惡에 對한 善의 必然的 勝利

---

94 푸시킨(Aleksandr Sergeyevich Pushkin, 1799~1837), 레르몬토프(Mikhail Yurievich Lermontov, 1814~1841), 셰익스피어(William Shakespeare, 1564~1616), 몰리에르(Molière, 1622~1673), 골도니(Carlo Goldoni, 1707~1793), 실러(Johann Christoph Friedrich von Schiller, 1759~1805), 로페 데 베가(Lope de Vega, 1562~1635)를 가리킨다.

라고 하는 道德的 思想과 甚深한 信念 等을 內包하고 있는 것이었다. 또 그러한 이야기에 限하야는 반다시 깨끗한 構想이 똑똑이 展開되었고, 主人公의 性格이 뚜렷이 나타났기 까닭에 舞台化시기기도 쉬었다.

그러키 때문에, 兒童劇場은 그 初期에서부터, 廣汎하고 多彩한 童話劇의 上演目錄을 지탱해 왔다. 오날까지, 兒童劇의 舞台 우에는 다음과 같이 잘 아는 露西亞 童話의 主人公들이 올러 왔었다. 卽「꼬니욕·고르부녹」(이상 178쪽)(등 꼬불어진 말),「짜레뷔치·이반」,「착한 밧실릿사」, 우크라이나 童話「이반식」, 베일로룻시아[95] 童話「異常한 피리를 갖인 양까」, 죠르지아 童話「勇敢한 끼낄라」, 아르메니아 童話「허풍선이 나자르」, 아젤바이쨘 동화「세이란」等이다. 그 밖에 西쪽 歐羅巴 사람들의 童話에 依한 兒童劇도 많다. 卽'뻬로-', '안데르센', '그림 兄弟', '라불래이', 'E.T.A 호프만'의 童話 等에 依한 것이다. 또 '까를로·곳지'의「초록새」, '매떼를링크'의「파랑새」其他와 같이 童話에 依한 元來의 劇도 있다.[96]

兒童劇場은 古典小說도 많이 舞台化시겼다. 첫재로는 露西亞 文學의 傑作들을 舞台化시셨다. 外國小說도 廣汎하게 劇化되었다. 例하면 '해리엘·뻐-춰·스토우'의 小說에 依한「엉클·톰즈·캐빈」劇은 오날까지 十七年 以上을 兒童劇場의 舞台 우에서 好評을 받어 왔다. 그 밖에 '디켄즈'의「두 都市의 이야기」와「올리뷔·트위스트」, '뷕또르·위고-'의「가브로슈」, '마ー크·트웨인'의「王子와 貧民」,「톰·소우여의 冒險」,「허클베리·핀의 冒險」, '쎄르방떼쓰'의「동·끼호떼」, 其他도 또한 舞台化 되었다.[97]

兒童劇場을 創設한 지 數年 뒤에 現代的 事實과 歷史的 事件을 反影시기는 英雄的 題材에 依한 演劇, 喜劇 等을 包含한 元來의 兒童劇이 비로소 어린 觀客들에게 提供되게 되었다. 次次 少數의 그러나 才操 있는 '쏘뷔에트'

---

95 벨라루스(Belarus)를 가리킨다.

96 페로(Charles Perrault), 안데르센(Hans Christian Andersen), 그림 형제(형 Jakob Ludwing Carl Grimm과, 동생 Wilhelm Grimm), 라블레(François Rabelais), E.T.A 호프만(Ernst Theodor Amadeus Hoffmann), 카를로 고치(Carlo Gozzi), 마테를링크(Maurice Polydore Marie Bernard Maeterlinck)를 가리킨다.

97 스토(Harriet Elizabeth Beecher Stowe), 디킨스(Charles John Huffam Dickens), 위고(Victor Marie Hugo), 트웨인(Mark Twain), 세르반테스(Miguel de Cervantes Saavedra)를 가리킨다.

劇 作家의 무리들은 젊은 '제네레이슌'의 要求에 應하게 되었다. 즉 '뾰-틀 ·
고를로브', '에프게니 · 슈바로츠', '레오니드 · 델', '알렉산더 · 크론', '세르게
이 · 미힐꼬브', '레오 · 깟실', '이시도르 · 스톡', '알렉산드라 · 브루스타인' 等
이 그러한 사람들이다.

때로는 成年劇場과 關係 있는 劇作家, '알렉시이 · 톨스토이', '꼰스딴띤 ·
트레니요브', '미하일 · 스뻬뜰로브'[98]와 같은 사람들이 兒童劇場을 위하야 作
品을 쓰는 수도 있었다.

누구나 아다싶이, 劇의 上演이라고 하는 것은 戱曲을 쓰는 劇作家와 그것
을 舞台化시겨, 그 演出에 있어 劇作家의 思想을 明白히 해 주는 演出家와,
劇 속의 人物들을 描寫해 내는 俳優와, 舞台裝置家와, 作曲家와의 統一된
努力에 依하야 遂行되는 것이다. 그러나 劇에는 또 하나 뺄 수 없는 協力家가
있다. 그것은 觀客이다. 그는 劇에서 무슨 役을 맡어 하거나, 그것을 演出하
는데 무슨 일을 같이 한다는 것은 안일지라도, 觀客의 雰圍氣를 맨들어 주고
있다. 觀客의 反作用이라고 하는 것은 觀客의 感動과, 그의 賛意와 非難을
俳優에게 傳해 주며, 客席에서 俳優에게로 달려가는 한 개의 붓잡기(이상 179쪽)
어려운 물결인 것이다. 成年劇場에 있어, 觀客의 反作用은 愼重하고, 統一된
定型的의 것이다. 觀客이 좋아할 때에는 拍手하고, 愉快할 때에는 웃고, 感激
이 사모칠 때에는 手巾을 휘둘으고, 실증이 날 때에는 기침을 하고, 속이
상할 때에는 고양이 우는 소리까지 한다. 兒童劇場에서도 이 모든 反作用은
示是 일어나고 있다. 오즉 더 힘차게, 더욱 잦게, 그리고 가지가지의 形態로
일어날 뿐이다. 어린이들은 더 힘차게 拍手한다. 더 크고, 기쁘게 웃는다.
실증이 날 때에는 기침만 하지 안코, 두 다리를 쭉 뻗고, 옆의 아이들과 이야
기도 한다. 그러나 그보다도 더욱 重要한 것은 어린 觀客은 舞台 우에서 일어
나고 있는 일에 干涉하고, 俳優들이 演出하고 있는 努力에 積極的으로 參加
하고 있는 것이다. 學校에 다니는 커다란 어린이들은 한 幕의 中間에서 손벽
을 치며, 劇作家나 俳優의 才操에 感動된 뜻을 表示할 뿐 아니라, 어떠한

---

98 톨스토이(Aleksey Konstantinovich Tolstoy, 1817~1875)는 제정 러시아의 시인, 소설가, 극작
가이다. 미하일 스베틀로프(Mikhail Arkadevich Svetlov, 1903~1964)는 러시아의 시인이다.

主人公의 行動을 道德的으로 評價하고, 그들의 運命에까지 興味를 느끼는 것이다. 어린이들은 高尙하고, 英雄的이오, 自尊心이 있고, 愛國的이오, 犧牲的인 모든 表示에 對하야는 熱心으로, 그리고 衷心으로서 拍手를 한다. 한 主人公이 惡漢의 面前에서 面迫을[99] 하면, 觀客은 拍手를 한다. 그리고 그 俳優를 나가지도 못하게 하는 수도 있다. 그 主人公이 自己의 國家를 위하야, 人民의 幸福과 自由를 위하야 勇敢히 죽으면, 暴風과 같은 拍手로 맞어주는 것이다. 主人公이 危險한 境遇에서 救援을 받고, 怪惡한 그의 迫害者가 죽음으로써, 救援을 받게 되면, 觀客은 熱狂해서 歡呼를 하는 것이다.

  以上이 劇에 對한 커다란 學童들의 反作用이다. 主人公의 運命에 對한 조그만 어린이들의 反作用은 그보다도 더 宏壯하게(그들은 拍手를 할 뿐 아니라, 소리를 질으고, 발까지 굴은다), 더 天眞하게, 더 心琴을 울리게 表示되는 것이다. 演劇의 幕이 열려, 場面이 나오는 瞬間부터, 어린 觀客들이 어떠한 人物은 좋고 또 나쁜 것이라는데 對하야 얼마나 正確한 意見을 갖는가를 觀察하는 것은 滋味있는 일이다. 좋은 人物이 나올 때에는, 어린이들은 모든 善한 것에 대한 眞實한 希求와 愛情을 갖이고 劇의 進行을 追從하고 있다. 나쁜 人物이 나올 때에는, 어린이들은 그 어린 맘의 全力을 다하야 憎惡하고, 不義와 暴力에 대하야 懲罰할 것을 宣言하는 것이다. 한번은 人形劇場에서 上演을 할 때에, 나쁜 여우란 놈이 純眞하고, 單純한 맘을 갖인 어린 닭을 감쪽같이 속여서, 그를 손톱으로 훔켜쥐인 일이 있었다. 그것을 본 세 살 먹은 어린아이 하나는 絶望에 빳어서, "아서라! 여우야!" 하고 소리를 질으며,(이상 180쪽) 울었다. 다른 劇을 上演할 때에, 捕虜가 되었다가 달어 나온 훌륭한 戰士들과 避難民의 한 사람이, 그 뒤에는 몰래 敵이 밧삭 딸으고 있는데, 그러한 끈나풀이 붙어 다니는 줄도 몰으고, 그들은 瞬眼間에 큰 소리로 서로 이야기를 始作하게 되었다. 그때에 客席에 있든 어린아이 하나는 "쉬! 듯는다!" 하고, 소리를 쳤다. 그리고 그 사람들이 敵이 숨어 있는 方向으로 가랴고 할 때에, 特히 온 房안은 "뒤로 물러서라! 그 숲속에 그놈이 숨어 있다!" 하는 高喊소리로 가득 찼었다.

---

99 '面駁을'의 오식이다.

이와 같은 것이 어린 觀客인 것이다. 그리고 '쏘뷔에트'의 兒童劇場은 언제나, 이와 같은 異常한 觀客에 對한 責任과 그들의 좋은 藝術的 趣味를 培養시킬 義務를 銳敏하게 살피고 있다. 모든 兒童劇場은 어린 觀客 사이에 重要한 敎育的 事業을 推進시킬 敎師를 갖고 있다. 가장 오랜 兒童劇場의 熱誠分子의 한 사람인 '알렉산더 브리안쩨브'가 適切히 表現한 바와 같이, 兒童劇場은 敎師와 같이 생각하는 藝術家와 같이 느끼는 敎師를 갖어야 한다. 多數의 兒童劇場은 그에 所屬한 學童의 '그룹—'들을 갖고 있다. 그것은 團體로 劇場의 觀覽을 할 때나, 學校와 劇場 關係者 사이의 會合이 있을 때에 所用되는 것이다. 劇場에서나, 學校에서 會合이 있을 때에, 劇作家는 어린이들에게 自己의 새로운 作品들을 읽어 들린다. 그리고 어린 批評家들의 意見을 注意해서 듯는다. 새로운 演出에 關해서 論議들을 한다. 多數의 兒童劇場에는 觀客의 註釋과, 意見과, 要求와, 批評을 揭載한 壁新聞들이 있다. 歷史劇을 上演할 때에는, 普通 廊下室에다 特別한 展覽會를 열고, 劇과 그에 記述된 時代의 諸 事件을 觀客에게 보담 더 잘 理解시기는데 도움이 될 資料들을 公開한다.

　以上은 大體로 戰爭 前의 兒童劇場에 適合되는 말이다. 戰爭이 勃發되기 約 六個月 前에, 兒童劇場의 再鑑賞이 全國的으로 行해졌다. 그리고 '모스크뷔'에서는 最終의 再鑑賞을 위하야, 가장 優秀한 劇團들을 招聘했다. 全部의 數가 七十五 箇나 되는 '쏘뷔에트'의 兒童劇場에서 選拔된 劇團들은 하루에 두 차례씩 二週日 동안 上演을 繼續했다. 그 속에는 露西亞의 劇團들 以外에, '우끄라이나', '비엘로루시아', '죠르지아', '아르메니아', '유다야', '따딸—', '뚜르끄멘', '아제르바이쟌', 其他의 劇團들도 있었다. 그 演出은 참으로 '쏘뷔에트' 文化의 祝典이었다. 그것은 市民戰爭 當時에 심었든 처음의 조그마한 나무가 굳세인 젊은 나무들의 숲풀로 長成했다는 것을 證明하는 것이었다. 七十六 箇의 兒童劇場 以外에 數百 箇의 人形劇場들이 생겼다.(後者에 關해서는, 紙面의 關係로,(이상 181쪽) 더 充分한 說明을 할 수 없지만, 어린이나 어른이나 다 같이 좋아하는 '세르게이 · 오브라즈쪼브'[100] 監督의 有名하고 獨特한

────────────

100 세르게이 오브라스초프(Sergey Vladimirovich Obraztsov, 1901~1992)는 러시아의 인형극

人形劇場이 있다.)

戰爭은 어린이들의 生活을 浸害하고, 헤일 수 없는 困難과 苦痛을 갖어왔다. 戰爭은 그들에게 占領과, 孤兒 되는 것의 恐怖와 暴行과 漫行의 무서운 經驗을 갖다 주었다. 占領된 地帶에 있어, 어린이들은 오랫동안 學校와 敎科書를 빼아끼고, 勿論 그들의 劇場도 빼아끼었다. 그러나 兒童劇場의 大部分은 '레닌그라드', '모스크뷔', 其他 威脅를 느끼든 都市에서 그리고 그 뒤에 敵에 依하야 占領을 當하게 된 場所들에서 万全을 期하야 適當한 時期에 撤收[101] 했다. '레닌그라드'의 '부리얀쩨브' 兒童劇場은 남아 있어, 規則的인 上演을 繼續했다. 그리다 時限爆彈이 附屬建物에 떨어짐으로 因하야, 劇場은 다른 場所로 옴기었다. 마즈막에는 包圍網이 緩化된 지 數箇月 뒤에 劇場은 數時間 以內로 짐을 싸 갖이고 出發하라는 命令을 받고, 團員은 飛行機를 타고 '우랄' 地方으로 옴겨 갔다. 다음의 事實은 劇團이 自己의 劇場을 위하야 얼마나 愛着心을 갖고 있느냐는 것을 가장 雄辯으로 證明하는 것이다. 團員은 二十瓩 以內의 重量에 드는 所屬品만을 날늘 수 있도록 許可되어 있었다. 그들은 모다 自己의 所持品에서 六瓩씩을 犧牲시켰다. 그리고 될 수 있는 대로 많이 劇場의 所有品과 附屬品들을 옴길 수 있도록 했다.

多數한 劇場들은 一時的으로나마 門을 닫지 안 할 수 없었다. 그럼에도 不拘하고, 一九四一年 가을에, 全國의 有名한 兒童劇場은 '시베리아', '우랄', '까자크스딴', '알따이', '불가' 等地의 새로운 집에서 다시 門을 열었다. 그러나 첫재로 너무도 急激히 觀客이 變했기 까닭에 그들의 事業은 여러 가지 點들에 있어 變했다.

누구나 戰爭 中에 銃後의 우리 어린이들을 본 사람이 있다면, 그는 愛情을 갖이고, 그들을 記憶할 것이다. 가장 困難한 時期에 있어, 가장 不利한 條件 밑에서, 우리 어린이들은 무엇보다도 쓸 데 있는 사람들이 되고자 努力했다. 戰爭이 일어나든 첫가을에 全校의 學童은 敎師와 같이 秋收하는 것을 도읍고자 들로 도읍 나갔다.[102] 아조 어린아이들도 秋收의 일을 도읍고, 채마밭에

연출가이자 배우, 작가이다.

101 '撤收를'의 오식이다.

가서 荣蔬를 걷어 드리고자, 部隊를 形成했다. 나 많은 學童은 職業學校에 들어가, 여러 가지 일들을 拾得하고, 團体로 軍需工場에 가 일을 했다. 그들 속에는 훌륭한 發明家의 力量을 發揮한 學童도 있었다. 나는 '시베리아'에서 열일곱 살 먹은 旋盤工을 맞났는데 그도 職場을 위하야 學校를 떠났든 것이다. 그러나 그(이상 182쪽)의 發明은 作業의 過程을 十六倍나 短縮시기고, 特殊한 旋盤의 日常 作業量을 三十五分(!) 동안에 해 낼 수 있도록 맨들어 놓았다. 多數의 어린이들은 熱心으로 그리고 專心으로 病院에서 일을 했다. 그리고 注意 깊게 그리고 誠意 있게 前線에 있는 兵士들의 家族을 둘러냈다.[103]

어린 觀客 平生에 觀客만이 되기는 斷然코 拒絶했다. 그럼으로 우리의 劇場의 兒童을 위한 劇場만으로 남아 있지 못하게 되엇든 것도 참으로 當然한 일이었다. 그들은 어린이들이 하든 일과 같은 일에 協力했다. 그리고 여러 곳에서 어린이들의 일을 指導해 주었다. 例하면 '노보시비르스끄'의 兒童劇場은 市內의 學童과 같이, 動員된 家族들의 衣服을 맨들고, 이고 하는 가가를 열고, 學校의 建物과 裝備品을 修繕하는 어린이들의 協力附帶를 組織했다.

一定한 勤勞를 하는 以外에, 兒童劇場은 地方의 病院에서 負復兵들을 위하야 한 달에 四十回 乃至 五十回의 音樂會를 열었다. 그들은 '도네쯔' 盆地가 占領當한 동안, 國家에 對하야 主要한 石炭의 供給을 했다. 이 部隊는 集團農場에도 갔다. 劇과 노래와 춤으로 兵士를 慰問하고자 俳優들의 部隊를 規則的으로 前線에 보내지 안 한 兒童劇場은 없었다.

우리 兒童劇場이 그 地位를 偉大한 鬪爭의 陳列 속에 發見하고, 오날도 名譽와 資格으로써 그 地位를 確保하고 있다는 것은 誇張이라고 말할 수는 없다.

現在에 兒童劇場은 漸次로 撤收했든 곳에서 復歸하고 있다. 그들의 多數는 돌아와 보아야 廢墟와 재밖에는 發見치 못했다. 兒童劇場은 全國民과 함께 復興의 事業에 協力하고, 첫 번째로 어린 觀客에게 그들의 門을 열어 주어야 한다. 勝利의 날은 가까웠다. "勝利!"라고, 숲속의 나무들은 속삭인다. "勝

---

102 '도움 나갔다.'(도움 나갔다.)의 오식이다.
103 '불러냈다.'의 오식으로 보인다.

利!"라고 바람도 숨을 쉬인다. "勝利! 勝利!"라고, 다시 한 번 幸福스러히 모여서, 明朗하게 불을 밝힌 劇場과 學校에서 깔깔대고 웃으며, 어린 觀客은 기쁨에 넘처 소리 질으게 될 것이다.

그리고 이 우리의 勝利는 새들과 詩人들도 이를 노래할 것이오, 歷史에도 씨워질 것이오, 藝術이 되어서도 이야기하게 될 것이다.

『國際文學』 第十一卷 第九號

一九四四年 九月號에서 (이상 183쪽)

金東里, "(新刊評)『초생달』읽고-尹石重 童謠集", 『동아일보』, 1946.8.13.

朝鮮에서 兒童文學이라고 하면 곳 尹石重 氏의 이름이 聯想되리만치 氏는 朝鮮의 兒童文學, 特히 童謠, 童詩의 權威와 正統을 직혀 온 이다.

동무 동무 우리 동무
압흐로 압흐로 한눈을
팔지 말고 압흐로 압흐로

이와 같이 明朗하고 進取的이고 積極的인 것이 童謠에 있어서는 亦是 正路라 하지 않을 수 없다. 그러타고 해서 너무 平面的이거나 槪念的이어서는 또 안 된다. 이 積極性과 進就性을 가지고 그냥 童心의 世界로 파고들어 간 것이 氏의 藝術世界다.

우리아기 아장아장
걸음마를 배울땐
맨드래미 빨강비로
압마당을 쓸어라

차라리 앙징스러울 程度로 把握된 童心世界의 表現이다.
氏의 童謠 藝術은 以上의 進取的 積極的 明朗性과 天眞爛漫한 童心世界를 닥거서 그대로 다시 한층 더 깁고 노픈 境界에 到達한다.

기차소리 요란해도
옥수수는 잘도큰다

이것은 모든 詩歌 藝術이 到達해야 할 最高의 段階인 自然의 世界다. 여기서는 벌서 童詩인 同時 그대로 훌융한 成人詩歌 卽 一般詩歌가 成立되는 것이다.
解放 朝鮮의 모든 어린이와 어린이를 가즌 모든 朝鮮 사람에게 內容과

함께 거죽도 깨끗하고 아름다운 이 『초생달』의 一讀을 敢히 勸해 마지안는
바이다.

지용, "(書評)尹石重 童謠集 『초생달』", 『현대일보』, 1946.8.26.[104]

"童謠" 하면 "尹石重" 하게 되었으니 내가 새삼스럽게 『초생달』應援을 해야만 尹石重의 有名에 加편이 될 리가 없다. 하도 붓을 잡아 본 적이 오래되었으니 심심푸리로 『초생달』이나 갖고 評하여 보자.

永保삘딩 三層에서(아아 지긋지긋한 電車 自動車 소리!) 神經衰弱이 아니된다는 것은 大槪 趙豊연[105] 같은 人士일 것이겠는데 여기서 버티고 童謠를 지어내는 主幹 尹石重도 역시 못지않게 神經이 굵고 또한 巧妙하다고 차嘆할[106] 수밖에 없다.

어른이라는 것은 脊柱를 잡아 늘구어 놓은 —— 八十이 되어도 —— 어린 아이밖에 다른 것이 아니겠는데 詩를 쓰고 童謠를 쓰는 어른이 그러한 어린 아이다.

내가 보아 하니 尹石重이도 恒時 어린아이다.

먼 길
아기가 잠드는걸
보고 가려고
아빠는 머리맡에
앉아 계시고
아빠가 가시는걸
보고 자려고
아기는 말똥말똥
잠을 안자고

가령 兇惡無雙한 사람이 있어서 이 童謠를 읽을 機會가 있다 하면 四十年 동안 지은 罪를 뉘우치고 "다섯 살만 하과저 다섯 살만 하과저" 할 만도 하지

---

104 '지용'은 정지용(鄭芝溶)이다.
105 '趙豊衍'이다.
106 '嗟嘆할'이다.

아니한가!

독립

길ㅅ가에
방공호가 하나 남아 있었다
집없는 사람들이 그속에서
거적을쓰고살고있었다
그속에서 아이하나가
제비새끼처럼내다보며
지나가는 사람에게물었다
「독립은 언제 되나요?」

詩와 詩人이 따로 있는 줄 아는 시골뚝이 高踏派들은 먼저 서울 와서 살아라.

서울서 자란 사람이야만 感情과 理智를 巧妙히 弄絡할 수 있는 機會를 發揮할 수 있는 것이다. 石重 童謠에 나오는 아이들은 대개 서울아이들이요 舞臺가 번번이 서울이다.

防空호[107] 남어지도 슬픈 遊牧場이 될 수 있고 거미줄 서리 듯한 電線 電柱를 보고도 好個 自然詩人이 될 수 있고 高速度 交通機關을 容易한 작난감으로 볼 수 있는 것도 모다 서울아이다. 약고 재바르고 快活한 서울아이들이 어른의 世界를 넉넉히 꾀집어 가짜를 올릴 수도 있는 것이다. 都會 兒童도 朝鮮 서울아이들은 特殊한 悲哀가 있다.

서울장안을 뒤덮은
태극기 우리기
소경들이 구경을 나왔다가
서로얼싸안고 울었다
　　　　　—해방의 날—

---

107 '防空壕'이다.

八・一五 以後의 石重은 점점 本格的 兒童文學者가 되어 간다.

兒童에 對하여 建國的 思想의 領導權을 喪失한 兒童文學者를 업수히 녀겨라

소도 말도 바두기도
앞으로 앞으로
잠자리 나비도 앞으로 앞으로
해도 달도 구름도앞으로
　　　　—앞으로 앞으로—

三八線이 撤廢되기도 이 아이들이 자라기까지 기달려야 할가! 초생달도 둥글기까지는 時日 問題이려니와 今年 八・一五날에는 石重에게 旗를 높이 들리우고 우리 어린이들 나팔 불리고 북치우고 堂堂한 國際的 示위運動을[108] 시켜야 하겠다.

---

108 '示威運動을'이다.

김용환, "『흥부와 놀부』에 대하여", 『(아협그림얘기책 1)흥부와 놀부』, 조선아동문화협회, 1946.9.

『흥부와 놀부』는 우리나라 이조 때 퍼진『흥부전』이란 얘기책에서 따서 그림책으로 꾸며 본 것이다. 누가 지은 얘기인지는 자세히 모르나, 이것은 아마 서울 지방에서 얘기로 전하여진 것이 어느덧 얘기책이 되고, 또 광대소리로 꾸며진 것이 아닌가 하는 것이 전문가의 말이다. 어쨌던 놀부라는 고약한 형과 흥부라는 착한 아우가 있어 결국 고약한 형이 벌을 받고 착한 아우에게 사죄한다는 얘기이니, 독자 여러분은 이다음에 정작『흥부전』을 한번 읽어보시기 바란다.

그리고 이 만화는『주간소학생』에 연재하던 것인데, 이번에 붓을 다시 들어 책 하나를 만든 것이다.

꾸민 사람 씀

김의환, "『피터어 팬』에 대하여", 『(아협그림얘기책 3)피터어 팬』, 조선아동문화협회, 1946.10.

『피터어 팬』을 지은 쩨 · 엠 · 빠리[109]는 서력 1860년 스코트랜드에서 나서, 대학을 나와 신문기자를 지내고, 1906년에 이 놀랄만한 작품『피터어 팬』을 지어 이름이 높아졌습니다. 그는 영국 귀족까지 되었습니다.

영국을 비롯하여 서양 각국에서 이『피터어 팬』을 모르는 사람이 없을 만치 유명하며, 또 연극으로 영화로 많이 만들어졌습니다. 원래 이 책은 술이 매우 두껍고 또 내용이 어려워서 어른들의 읽을 동화라는 평판이였지마는, 이 책의 내용은 어린이가 아니고는 이해하기 어려운 대문이 많습니다. 그것

---

109 제임스 배리(James Matthew Barrie, 1860~1937)이다.

은 어린이들은 재미있게 읽을 것을 어른이 도리어 싱겁다고 할 내용이기 때문입니다. 조선의 어린이들도 반드시 『피터어 팬』과 친해질 줄 압니다. 이 책은 얘기보다도 그림을 위주로 꾸미었으니, 우선 이 책에서 『피터어 팬』은 어떤 얘기인가 그 줄거리를 알아주십시요.

꾸민 사람 씀

김용환, "『보물섬』에 대하여", 『(아협그림얘기책 4)보물섬』, 조선아동문화협회, 1946.10.

『보물섬』이란 소설을 지은 롸벝·루이스·스티븐슨[110]은 서력기원 1850년 스코트랜드의 서울 에딘바라에서 낳은 유명한 문호인데, 이 작품은 그가 설흔두 살 때 붓을 들어 이듬해 완성한 것이다. 열대지방 조그만 외로운 섬에서 용감한 소년 찜과 능글맞은 해적 실봐와 서로 지혜다툼을 하느라고 여러 번 아슬아슬한 모험을 한다. 이것을 그림얘기로 꾸미려다 본 즉 사건이 몹시 복잡하고 또 우리 조선 어린이들에게는 잘 알기 어려운 대문이 많으므로 적당하게 줄이고 또 살도 붙여 보았다.

꾸민 사람 씀

---

110 로버트 루이스 스티븐슨(Robert Louis Balfour Stevenson: 1850~1894)을 가리킨다. 스티븐슨의 아동문학 작품으로 가운데 『보물섬(Treasure Island)』(1883)을 그림책으로 만든 것이 이 책이다. 스티븐슨의 다른 책으로 동요집 『어린이의 노래 화원(Child's Garden of Verses)』(1885)도 있다.

김의환, "『어린 예술가』에 대하야", 『(아협그림얘기책 5)어린예술
가』, 조선아동문화협회, 1946.11.

이 『어린 예술가』는 유명한 소년소설 『프란다아스의 개』를 가지고 만든
그림얘기책이다. 이 소설은 영국의 유명한 여류소설(女流小說家) 위다라는
분이 지은 것인데 이분은 1839년에 낳아서 스무 살 때부터 소설을 쓰기 시작
한 분으로 이것은 서른세 살 때 지은 작품이다.

그림과 글을 비추어 가며 읽어 보면 알겠지마는 이 얘기 속에는 가장 깨끗
하고 거룩한 마음을 가진 가난한 소년과 그의 사랑하는 동무 개의 슬픈 일생
이 적혀 있다. 이것은 또 서양에서 널리 읽혔고 조선에도 삼십 년 전에 번역
소개된 일이 있다.[111]

꾸민 사람 씀

김의환, "『껄리버여행기』에 대하여", 『(아협그림예기책 7)껄리버
여행기』, 조선아동문화협회, 1947.3.

'쪼나산 스위프트'의 『깔리버 여행기』는 모두 네 편으로 되어 있는데 여
기는 "꼬마나라" 편만을 소개한다.[112] 워낙 이 소설은 어린이를 위해 쓴 것은
아니지마는 내용이 퍽 재미있으므로 어린이를 위하여 쉽게 풀어 쓴 책이
또한 세계 각 나라에 퍼져 있다. '스위프트'의 부모는 영국 사람인데 '스위프

---

111 『플랜더스의 개(A Dog of Flanders)』(1872)의 지은이는 매리 루이스 드 라 라메(Marie
Louise de la Ramée, 1839~1908)다. 라메의 필명이 위다(Ouida)이다. 이 책은 최남선(崔南
善)이 『불상한 동무』(新文館, 1912)로 번역한 바 있다.

112 스위프트(Jonathan Swift, 1667~1745)를 가리킨다. 스위프트의 작품으로는 세계적으로 널
리 알려진 『걸리버 여행기(Gulliver's Travels)』(1726)와, 정치·종교계를 풍자한 『통 이야기
(A Tale of Tub)』(1704) 등이 있다.

트'는 '아이르란드'에서 나고 거기서 자랐다. 지금으로부터 한 삼백 년 전 사람이다.

꾸민 사람 씀

조풍연, "머리말", 조풍연 편, 『(아협그림얘기책 9)왕자와 부하들』, 조선아동문화협회, 1948.2.

이 책에 실린 동화 여섯 편 중에 「왕자와 부하들」, 「장사의 머리털」, 「황금새」, 그리고 「꿀방구리」는 독일(獨逸)의 유명한 그림 동화에, 있는 것이요, 「머리 일곱 달린 용」은 토이기(土耳其) 동화에서, 「백합공주」는 영국 동화에서 가져온 것이다. 이 동화들은 열서너 해 전에 『소년』이란 잡지에 실었던 것으로,[113] 그때 내가 어린이들에게 재미있으리라고 추렸던 것을 이제 그대로 책으로 꾸미었을 뿐이다. 이 뒤에 기회가 있으면 좀 더 좋은 이야기를 가즈런히 추리어 볼 생각이다.

1948년 정월 보름날

꾸민 사람 씀

---

[113] 「장사의 머리털」(『소년』, 제2권 제3호, 1938년 3월호), 「임금님의 부하들」(『소년』, 제2권 제6호, 1938년 6월호), 「黃金鳥」(『소년』, 제2권 제8호, 1938년 8월호), 「四十王子와 七頭龍」(『소년』, 제2권 제10호), 「百合 公主」(『소년』, 제3권 제1호, 1939년 1월호), 「꿀방구리」(『소년』, 제4권 제10호, 1940년 10월호) 등이다.

朴浪, "兒童文壇 樹立의 急務", 『朝鮮週報』, 1946.11.4.

小波 以后의 朝鮮의 兒童文學이란 이렇다 할 文壇을 形成하기는커녕 成人 文壇의 그늘에서 萎縮當하며 겨우 그 成長을 圖謀해 온 程度였다. 좀 더 甚하게 말한다면 兒童文學이란 名色조차 維持하기 困難한 無名有實한 것이였다. 無視當하면서도 째로는 조그만 紙面이라도 내여 준다면 그야말로 굴믄 사람 덤비듯 그것도 所謂 有名志士들만이 獨占하는 그러한 狀態였었다. 또 이러한 現狀은 비단 八・一五 以前의 事實에 그치지 아니하고, 지금도, 朝鮮의 온갖 文化藝術이 雨後竹筍처럼 그 자태를 나타내고 長足의 發展을 보여야 할 지금에도 兒童文壇을 形成하기는 고사하고 正當한 兒童文學의 成長조차 를 엿볼 수 없는 寒心한 狀態인 것이다.

한때 兒童文學 建設에 多少나마 우리들의 期待를 갖일 수 있었던 〈文學家同盟〉內의 兒童文學部도 設置된 그 構成形態로 보아 最初로부터 合理的 인 組織이 아니었슴은 그들의 業跡이 證明하는 바이며 따라서 文盟 團體의 現狀으로 보아 우리가 文盟 兒童文學部에 다시금 期待를 갖일 수는 없다.

보라! 解放 後 兒童文學에 얼마만한 進步가 있었는가를 ——

文盟에 比하여 實地的인 活動에 充實한 〈兒童文化協會〉와 『어린이신문』이 두 가지 兒童讀物紙를 通하여 우리들은 그들의 熱熱한 努力에도 不拘하고 도리어 크다란 失望을 갖게 되는 不幸한 言辭를 그들에게 보내지 않으면 안되는 안타까움을 그들 責任者는 좀 더 兒童心理의 世界에 돌아가서 反省해볼 必要가 있겠기에 敢히 붓을 든다.

尹石重 君이 犯한 脫線行爲는 벌서 數次 紙上을 通해서 잘 알려져 있으므로 구태여 여기에 적지 않기로 하더라도 所謂 朝鮮에서 第一간다는 十萬餘 部數를 占有하고 있는 『어린이신문』의 現狀은 어떠한가?

朝鮮에서도 一流가 되는 印刷工場과 豊富한 敷設을 자랑하며 배人장대로 만든다는 『어린이신문』의 그것은 兒協의 經營面에서보다도 編즙面에[114] 있

---

114 '編輯面에'이다.

어서 우리는 똑바른 批評을 하고 싶은 것이다.

그러면 大體 이 大『어이신문』을 擔當해 가지고 編즙하는 所謂 主幹 ○○○ 君은 얼마만큼 조선 어린이들의 唯一한 눈인 이『어린이신문』을 잘 만들기에 努力하고 있는가?[115] 學校에서 先生님이 논아 준 신문을 길을 거르며까지 드려다보며 즐기는 어린이들의 한결같은 모습을 君 自身도 많이 發見하리라…….

小說家도 劇作家도 兒童文學家로도 칠 수 없는 君이 所謂 主幹의 자리에 앉고 있다는 것은 좋으나 問題는 兒童을 爲해서 얼마만한 努力을 하는가 하는 것이 問題인 것이다. 小說家가 아니래도 兒童文學家가 아니래도 좋다. 우리가 바라는 것은 그의 一身上의 問題가 아니라 그가 만드는『어린이신문』이 얼마나 어린이들을 爲해서 보람 있는 것가에[116] 끄친다.

언제 그렇게 大家(?)가 되었다고— 萬一 大家가 되었다 치더라도 原고와 고料를[117] 선 자리에서 交換하지 않으면 글을 쓰지 않고 脚本을 써서 劇團에 팔아먹기에 奔走한 몸으로『어린이신문』編즙에[118] 充實할 時間的 精神的 餘有가 있을 것인가. 記事가 모자라면 되는대로 썩어빠진 古談이나 그렇지 않으면 童謠도 童話도 아닌 自己 作品으로 紙面을 채워 버리는 暴行을 누구보다도 신문에 나타나는 創意 없는 作品을 보고서라도 잘 알 수가 있는 것이다. 此際에 거듭 附言하거니와 君들은 좀 더 深刻한 自己批判下에서 輕擧망動을[119] 삼가야 할 것이다. 더군다나 成人文學도 아닌 兒童文學을 君들은 一種 君들의 享樂을 爲한 道具로 생각해서는 안 될 것이다. 그런 케케묵은 封建的인 保守精神을 깡그리 씻어 버리라. 그렇지 않으면 椅子를 집어치고 小波의 作品을 읽으며 다시 공부하라.

이 땅 兒童文壇의 重任을 지니고 뼈저리게 君들의 暴行을 監視하는 新進作家들은 헤일 수 없이 많다. 그들은 지난날 누구보다도 不遇한 環境 속에서

---

115 『어린이신문』을', '編輯하는'이고, '主幹 ○○○ 君'은 임병철(林炳哲)이었다.
116 '것인가에'의 오식이다.
117 '原稿와 稿料를'이다.
118 '編輯에'이다.
119 '輕擧妄動을'이다.

살았고 現在도 또한 그것을 免치는 못하였슬 망정 君들의 나즌 精神과 行動에 比하면 얼마나 아름다운 것인가. 君들이 萬一 어디까지나 封建的인 허울에서 脫皮되지 못하여 그들을 끝끝내 무시한다면 그들은 敢히 君들을 代身하여 나설 것이오 아동文學 樹立을 爲해서 굳세게 싸울 것이다. (이상 18쪽)

韓寅鉉, "이 책을 내면서", 『문들레』, 제일출판사, 1946.11.

아름다운 삼천리강산에 무럭무럭 자라가는 희망에 넘치는 어린이 여러분 이여. 해방된 그날부터 맑은 하늘의 해빛도 날마다 더 새로워지고 부는 바람 도 날마다 더 맑아져 가는 듯, 그 속에 자라고 있는 여러분의 마음은 얼마나 더 새로워지고 얼마나 더 맑아졌습니다.

나는 나날이 아름다워지는 여러분의 모습을 볼 때처럼 즐거운 때가 없습니 다. 여러분과 같이 있을 때 뿐 아니라 나 혼자 있을 때에도 여러분의 귀엽고 사랑스러운 모습을 나 홀로 머리속에 가만히 이렇게 저렇게 그려 보고 남모르 게 혼자 즐거워하고 기뻐한답니다.

그리고 여러분과 같이 막 뛰고 굴고, 아주 유달리 재미있게 놀다 보면 그것 은 몇 번이나 꿈이었습니다. 나는 그때마다 한 자 한 자씩 그것을 적어 보았답 니다. 그것을 이번에 한 체에 모아 『문들레』라고 이름을 붙여서 해방 후 두 번째 맞이하는 한글날의 선물로 여러분 앞에 보내 드립니다.

사랑하는 어린이 여러분이여.

저 돌밭이나, 논뚝길이나, 밭머리에서 눌리고, 밟히고, 뜯겨도, 해마다 봄 이 오면 다시 피는 문들레와 같이 오늘보다도 내일은 더 씩씩하고 굳세게 자라 주십시요.

끝으로 이 책이 나오기까지 많은 지도를 해 주신 이병기 선생님을 비롯하여 문교부와 학교음악협회 여러 선생님들의 많은 노력을 해 주신 데에 대하여 여러분과 같이 길이 감사하여 마지않는 바입니다.

4279 한글날 지은이 (이상 2쪽)

朴榮華, "(新刊評)卞榮泰 著 英文 『朝鮮童話集』", 『경향신문』, 1946. 12. 19.

朝鮮 文化樹立을 爲하야 文化交流의 必要가 어떻다는 것은 再言을 必要로 하지 않을 것이나 解放 後 우리의 文化를 外國語로 飜譯 紹介한 것은 바로 卞榮泰 敎授의 英文 『朝鮮童話集』[120]이 그 嚆矢일 것이다. 朝鮮의 傳說과 童話를 紹介한다는 것은 外國人으로 하여금 朝鮮에 對한 印象을 가장 깊이 또는 가장 빠르게 주는 捷徑일 것은 勿論이다. 特히 「콩쥐 팥쥐」로 시작하야 「봉이 김선달」에 이르는 우리가 가장 잘 아는 이야기를 卞 敎授의 能熟한 英語로 飜譯되어 훌륭한 文學作品으로 만들어 지었다는 것은 外國人을 爲한 다는 것만이 아니리라 생각한다.

發行所 서울市 鐘路 二街 九 國際文化協會 定價 七○圓

---

[120] 변영태(Y.T.Pyun)의 『Tales From Korea』(International Cultural Association of Korea, 1946)를 가리킨다.

윤석중, "머릿말", 朴泳鍾, 『초록별』, 조선아동문화협회, 1946.

나는 믿습니다. 이 『초록별』로 해서 조선의 하늘과 땅과, 해와 달과, 산과 내와, 새와 꽃과, 잠과 꿈과, 그리고 아기의 마음과 얼굴이 더욱 환해지고 더욱 아름다워질 것을.

1946년 시월 초하룻날

兒協에서 尹 石 重

김동석, "머리ㅅ말", 윤석중, 『(윤석중동요집)초생달』, 박문출판사, 1946.

『초생ㅅ달』은, 잠자는 조선 어린이의 모습이다.

> 아가야 착한 아기 잠 잘 자거라.
> 아무리 불어봐도 소리가 안나
> 성이나 나팔꽃도 잠이 들었다.

조선은 아직도 밤이다. 철모르는 너희들은 잠을 자거라. 엄마 아빠는 너희가 맘 놓고 딩구는 동산을 마련하기 위하여 밤을 꼬박 새워야 할 게다.
　윤 선생님도 너희들의 노래를 지으시노라고 단잠을 안 주무신단다. 금강산에 남기고 온 아들 따님인들 얼마나 보구 싶으시겠니… 선생님이 주신 이 책을 머리맡에 놓게시니 재미난 꿈이라도 꾸렴.

> 아가야 착한 아기 잠 잘 자거라.
> 집 없는 잠자리도 풀 잎에 앉아
> 눈물이 글썽글썽 잠이 들었다.

조선이 밤 되어 설흔여섯 해. 기인 밤이었다. 이 밤이 다 가고 먼동이 터오련다. 붉은 해ㅅ님의 얼굴도 보이리라. 그때엔 너희들도 윤 선생님이 지어주신 이 노래들을 맘껏 불러라.

1945. 12.　김 동 석

朴泳鍾, "새벽달", 윤석중, 『(윤석중동요집)초생달』, 박문출판사, 1946.[121]

청명한 날이다. 현해탄도 해ㅅ빛 가운데 황홀히 빛나리라. 현해탄 건너 반도에는 잔가지 자욱한 수풀마다 두터운 해ㅅ빛이 덮이고, 움이 트기에 이른 철이다.

아직 먼동이 다 트기 전에 노고지리는 지저귀고……
아이들은 잠이 깨었다.
아이들은 노래나 하라.
아이들은 노래나 하라.
할 일은 커서 하라.
하늘에는 새벽달이 이즈러지고 있다.

『새벽달』은 尹石重 선생 第5童謠集이다. 새삼스럽게 감격해지는 것은, 낳이나 세월이나 생활과 시대에 휩쓸리지 않고 차곡차곡 탑을 쌓아 올리듯(이상 58쪽) 하는 정렬과 노력이다. 이번 동요집이 題하는 바처럼, 세속에 염색 없는 그 차고 희고 맑고 깨끗한 새벽달.
…… 그것은 우리의 아이들 위에 더욱 빛나리라.

희고 넓은 이마에 입을 다물고, 굵은 안경 아래 얼음 위로 흐르는 물 같은 눈. 尹石重 선생의 모습이다. 필자가 東京 留할 때 뵙고, 이미 몇 해가 갔어도

---

121 이 책의 앞머리에 동요집 제목이 『새벽달』에서 『초생달』로 바꾼 내역을 다음과 같이 밝혀놓았다.
"그러께(1943년) 봄에 내려다가 못 낸 책이다. 동경 한복판에서 금강산 속으로 들어간 뒤, 광 속에 쳐박아 두었던 노래 뭉치를, 먼지를 떨어 세상에 내놓는다. 『새벽달』이란 책 이름을 『초생달』이라고 고쳤고, 8월 15일서부터 지은 노래 아홉 편(「앞으로 앞으로」, 「우리 동무」, 「우리 집 들창」, 「쌍무지개」, 「새 나라의 어린이」, 「잠깨기 내기」, 「사라진 일본 기」, 「해방의 날」, 「독립」)을 한데 섞었다. 꼬리ㅅ말 『새벽달』은, 그러께 봄에 내려 했을 때, 朴泳鍾 동무가 동경으로 써 보내 준 글이다. 1945.12.16. 지은이"

잊혀지지 않는 그 눈이다.

어떤 時代나, 思潮의 흐름이나, 어둔 하늘이나, 맑은 날이나, 피ㅅ줄 한 가닥 안 서고 맑은 눈. 그것은 도통한 名僧이다. 『새벽달』에 이 흘러서 머물지 않는 맑은 것이 어려 있다.

1943.3.15.

乾川에서

木月 朴泳鍾

윤석중, "금강산 속에 있는 어린 아들딸에게", 윤석중, 『(윤석중동요집)초생달』, 박문출판사, 1946.

산토끼처럼 맨발로 눈 위를 뛰어다닐 향빈아, 태원아, 정아, 그리고 원아. 너희들과 소식이 끊긴 지가 잃은다섯 날이 되었다.

1939년 봄,(아빠가 스물아홉 살 때), 십년 만에 다시 동경 유학의 길을 떠난 아빠의 뒤를 따라, 너희들은 엄마의 등에 업히고, 치마ㅅ자락에 매달려, 동경으로 왔다. 몇 해 뒤, 태평양전쟁이 터지자, 너희들은 또, 엄마의 등에 업히고, 치마ㅅ자락에 매달려, 조선으로 피난을 왔다. 그 뒤, 아빠가 증용장을 받고, 일본을 도망해 왔을 때, 너희들은 아빠가 무슨 큰 죄나 짓고 내빼 온 것처럼, 덜덜 떨면서 아빠의 이야기를 듣고 있었다. 그때, 아빠는 혼자서 속으로 생각했단다. 죄 없는 백성을 우선 죄인을 만들고 보는 이 나라가 망하지 않고 배길가 보냐고……

그 뒤, 전쟁이 점점 더 커지고, 서울 장안이 쑥밭이 되려 할 지음, 너희들은 또 다시 엄마의 등에 업히고, 치마ㅅ자락에 매달려, 멀찌감치 강원도 금강산 장안사 촌으로 들어가 버렸다. 아빠도 머리를 깎고, 단발령(斷髮嶺)을 넘고……

그러자, 일본이 손을 들고, 38도선이 생겨 조선이 허(이상 60쪽)리가 잘리고······.

그 뒤, 아빠는, 산 넘고 물 건너, 금강산까지 걸어갔었지. 한 삼년 산ㅅ속에 쳐박혀 있으량으로. 그러나 너희들과 한 상에 둘러앉아, 밥을 열 번도 채 먹지 못해서, 조선글을 가르쳐 달라고 하여, 말휘리란 데로 끌려나왔고, 일생을 같이 일할 동무가 나섰으니, 곧 뛰어올라 오라 하여, 마침내 서울 한복판에서 동무들 하고 크게 일을 벌렸다. 아빠는 지금 밥 먹을 새도 없이 바쁘단다.

아빠는, 요새 친구네 집에 얹혀 있다. 한 집에 오래 있기가 미안해서 이리저리 옮아 다니고 있다. 아빠는 달팽이가 되었단다.

사랑하는 아들딸아, 산토끼처럼 눈 위를 맨발로 뛰어다닐 향빈아, 태원아, 정아, 그리고 원아. 아빠는 양말을 껴 신었어도 발이 시렵단다. 너희들은 장사로구나.

1946.1.31.

동요집 『초생달』을 꾸미면서

아빠는 (이상 61쪽)

趙豊衍, "(新刊評)집을 나간 少年", 『경향신문』, 1947.1.22.

玄德 著 少年小說集 『집을 나간 少年』을 읽고 나는 이 冊은 먼저 어른들이 읽어 볼 冊이라고 느끼었다. 子女의 敎育과 將來에 對하여 매우 큰 關心과 熱誠을 가진 듯하면서 事實은 아이들 生活에 깜깜한 것이 우리들 어른이다. 日帝時代는 말할 것도 없지만 解放 以後 오늘날까지 亦是 朝鮮의 어린이는 헐벗고 굶주리고 있다. 갑자기 "새나라의 主人公"들에게 우리는 아무것도 줄 것이 없기 때문이다. 가령 어린이들은 몹씨 배우고 싶어 하고 읽고 싶어 한 다. 果然 著者에는 수많은 冊이 어린이들에게 歡迎을 받고 팔려 간다. 그러 나 그것이 얼마나 그들에게 참된 糧食이 되는 것일까.

거듭 말하거니와 玄德 著 『집을 나간 少年』은 먼저 어른들이 읽어 보기 바란다. 그리고 이 良心的인 小說家가 日帝時代에 至極히 魅力 없던 朝鮮말 童話나 少年小說을 꾸준히 써 왔기에 우리는 오늘날 이만한 小說集 한 卷이 나마 얻게 되었다는데 마땅히 敬意를 表하여야 한다.

어른들이 읽고 나서는 지체하지 말고 어린이에게 주라. 주제넘은 "童心의 把握家"들이 自己陶醉의 "兒童文學"을 주물르고 있을 때 여기에는 아무런 虛 飾도 없고 誇張도 없는 堂堂한 文學作品이 듬뿍 담겨 있는 것을 어린이들은 이내 感受하리라. 文學의 香薰을 그들은 차지하리라. 여기 실린 아홉 篇의 小說(放送劇을 除한)은 곧장 "成人文學"의 길로 通하므로써 "兒童文學"과 "成 人文學"의 限界를 無視할 수 있는 創作方法을 示唆하고 있는 것이다. 어른도 재미있고 아이들도 재미있는 作品이므로 "兒童文學"의 稚氣가 없다는 것은 一般作家에게도 새 課題를 던질 줄 안다.

玄德의 그 後의 作品을 苦待하는 마음은 더욱 懇切하다. (雅文閣 發行)

趙 豊 洐[122]

---

122 '洐'은 연(衍)의 오식이다.

楊美林, "兒童文學에 있어서 敎育性과 藝術性(上)", 『동아일보』, 1947.2.4.

　　새야새야 파랑새야
　　녹두밭에 앉지마라
　　녹두꽃이 떠러지면
　　청포장수 울고간다

　　이것은 半世紀 前까지의 朝鮮 "어린이들의 世界"이었다. 거기에는 恒常 平和와 詩의 交響樂이 흐르고 있었으나 日帝壓政下 半世紀 동안에 이 땅의 어린 넋(魂)들은 그 母語를 빼았기고 貸衣의 敎育과 文化가 强要되어 마침내 "노래를 이저버린 카나리아"[123]가 되고 말었었다.

　　昨年 八月 十五日의 우리 自由 解放은 그들에게 말과 노래를 찾은 크나큰 感激과 歡喜를 주었으나 오늘의 이 深刻한 民族的 受難과 試鍊은 그들의 어린 詩魂의 쌌(芽)을 말려 죽이거나 얼려 죽이지나 않을까 저윽히 念慮되어 마지않는다.

　　오늘 우리나라에 있어서 兒童文學이 現實的으로 차지하고 있는 그 文學 藝術的 地位와 敎育的 價値가 果然 어떤 程度의 것이라고 簡單히 速斷하기는 매우 어려운, 거이 未知數的 位置에 놓여 있는 問題로 나는 보고 싶다.

　　그럴 수밖에 없는 그 根本理由는 이 땅의 兒童文學이란 그 呼名은 있었으되 오랫동안 떳떳이 그 主人을 찾지 못하였었으며 또 그 챵로에[124] 屬하는 作品 乃至 著作 中에는 古典文學 口碑文學 中의 不少한 作品이 混淆되어 있었기 때문이다. 嚴密히 新文學 發芽 以後의 그것은 一九〇〇年代의 『少年』(六堂 崔南善 氏 編輯의 朝鮮 最初 月刊 兒童 雜誌) 爾來 오랫동안의 飜譯 飜案期를 거처 創作品으로 指目할 만하게 되기는 〈색동회〉 同人 諸氏

---

123 사이조 야소(西條八十)가 짓고 나리타 다메조(成田爲三)가 작곡한 동요곡 「金糸雀(かなりや)」의 한 구절("唄を忘れた 金糸雀(かなりや)は")이다.
124 '장르에'의 오식이다.

의 作品을 嚆矢로 보아 틀림없을 것이다.

這間에 數十種의 兒童雜誌가 出沒하였으나 一貫한 傳統과 地盤을 確保하였던 것으로는 前記의『少年』을 筆頭로『어린이』(故 方小波 先生 編輯)『별나라』(安俊植 氏 編輯 - 解放 後 續刊 中)『새벗』(故 延星欽 氏 編輯) 그리고 比較的 最近의 것으로는『少年』(尹石重 氏 編輯) 等을 들 수 있으나 日帝의 苛酷한 言語敎育 政策으로 말미암아 그 實效는 거이 未知數에 屬하였었다. 그뿐 아니라 그 雜誌의 大部分이 어느 程度 兒童文學에 置重하여 編輯하였었는지 그것조차 지금 檢討의 對象이 되지 않을 수 없는 지경인즉 朝鮮의 兒童文學은 成人의 一般文學에 比하여서도 그 自體와 對 讀者에 있어서 到底히 正常的 發育을 할 수가 없었으며 또 하지 못하였다. 그 斷片的 不連續線의 生命이 그나마 祖國이 解放된 오늘 蘇生하여 兒童文學委員會에의 組成까지를 봄은 嘉賞타고 아니 할 수 없다.

그러나 實際에 있어서 傳統과 遺産을 繼承하기에는 너무나 貧困함을 느끼지 않을 수 없으며 이 땅에 있어서의 兒童文學은 이제부터 新生 創業에 가까운 새 일이 아닐 수 없다.

設或 舊作家 乃至 作品 中에서 억지로 처들어 이것이 朝鮮의 兒童文學이라고 指目할 만한 것도 全無라고는 할 수 없겠으나 그 歷史性과 世界觀 乃至 兒童觀에 있어서 根本的으로 徹底한 是正과 手術을 要할 것이 不少하다. 그러고 보면 이 땅에 있어서의 新兒童文學이란 차라리 새 道標를 세우고 一齊히 새 出發을 해야 할 宿命的 段階에 臨한 채 아직 이렇다고 할 만한 胎向을 看取할 수 없음은 저윽히 서글픈 일이 아닐 수 없다.

一般 成人文學 作家들의 竝行的 作品行動을 過去에도 보아 왔고 解放 後 오늘에도 點見할 수 있으나 그 作品들이 內包한 潮流는 緩慢하다기보다 無氣力하기 짝이 없고 結局은 溫床 없이 자란 現役 兒童文學 作家들의 淸新活潑한 活動에 期待할밖에 없으나 그 人數와 作品量이 零星함은 또한 遺憾의 일이다. 허기야 數三人의 不息的 作品行動을 繼續해 오는 作家를 볼 수 있으나 解放 前의 그것에서 글자만 바꾸어 놓았을 뿐 그 底流를 形成해야 할 兒童觀과 世界觀이 貧困하기 짝이 없으며 그따위 生命 없고 脈 빠진 말의 戱弄으로는 到底히 이 歷史的 感激과 歡喜를 겪은 이 땅의 어린 넋들의 깊은 속을

파고들어 갈 수 없다.

國民學校 國定敎科書에 採錄된 몇몇 作家의 舊作 或은 改作을 벗어나지 못하는 新作品을 보드라도 그것이 오늘의 우리 朝鮮 兒童에게 果然 얼마만한 精神的 榮養이 되며 生命力의 거름(肥料)이 될지 疑心치 않을 수 없다. 이런 一聯의 兒童文學 世界의 貧困은 무엇을 말함일까? 그것은 두말할 것도 없이 새 時代를 걸어 나아갈 그 路線과 指標를 찾지 못한 作家的 混迷에 不外하거나 或은 아직도 그 以前의 世界를 彷徨하고 있는 證左임에 틀림없을 것이다. (계속)

楊美林, "兒童文學에 있어서 敎育性과 藝術性(中)", 『동아일보』, 1947.2.9.

讀書力이 旺盛한 靑年 前期의 少年들은 母語로 쓰인 文學作品이나 科學讀物의 饑饉을 느낀 남어지, 글방 속에 치어 두었던 日本文으로 된 책을 도루 그리어 읽기 시작하였으며 甚至於 古本屋[125]에서는 商品으로서는 絶望視하였던 日本文의 兒童圖書를 다시 歲月 만나 팔게쯤 된 이 現實을 우리는 果然 默過하여 좋을 것인가?

우리는 兒童文化 全滅에 對한 그 第一步의 열쇠로 新兒童文學 樹立普及에의 急務를 느끼며 또한 實踐化하지 않을 수 없다.

새삼스러히 兒童文學의 定義와 範疇에서부터 出發할 必要도 없으되, 적어도 오늘까지 이 땅에서 所謂 兒童文學을 해 온 사람들 自身부터가 그 槪念이 抽象的이고 曖昧하였으며 더구나 一般社會는 勿論 가장 緊密한 不可分의 關係에 있는 敎育界 그中에서도 特히 國民學校 敎員層에 있어서 거이 盲目이었다고 하여 失言이나 過言이 아니며, 그 風調의 殘滓는 아직도 뿌리 깊이 남어 無關心은 姑捨하고 沒理解가 지나처 그릇된 認識으로 兒童文學

---

125 '후루혼야(ふるほんや〔古本屋〕)'라고 읽으며 "헌 책사, 헌 책방"이란 뜻의 일본어이다.

을 目하여 有害無益視 甚하면 그 以上 없는 害毒物視하여 兒童文學을 監視 制止 剝奪까지 함에 이르러서는 今後 果敢한 鬪爭을 要하며 眞摯한 交談啓 蒙이 絕對 必要할 것으로 생각된다. 이런 兒童文學觀은 一部 知識階級의 學父兄의 社會에서도 見聞할 수 있는 怪現象으로 그 軌가 大同小異한즉 그 責을 다못 저들에게로만 돌림으로써 兒童文學 作家들은 安心하고 自慰할 것인가? 問題의 核心은 진실로 여기에 있다고 아니 할 수 없다.

兒童文學에의 關心과 好意를 가진 사람의 눈으로 볼 때에도 지금까지의 所謂 兒童文學이란 部類에는 참아 볼 수 없는 것과 또는 到底히 容納할 수 없는 여러 가지 問題를 內包한 채 한 번도 藝術的 審査와 敎育的 檢討의 機會를 갖지 못하고 내려와 그 權威와 品位쫓아 헤아릴 수 없는 私生兒的 存在를 免치 못하였였다. 그러기에 누구나가 文學修業의 첫걸름으로 이 世界 를 蹂躪했고 또 그것을 監視 防禦하는 이 없는 限 世上 사람이 모두 다 의례히 그러려니 하였다. 오늘 純粹한 兒童文學 作家로서 그 누구누구의 몇 사람이 나설지 모르긴 모르되 그 大多數가 스스로 成人文學 作家와 區別됨이 對象 精神의 世界가 아니라 文學 藝術家로서의 地位에도 上下關係에 있음을 甘受 하거나 默納하여 왔씀을 또 그 누가 否定하랴!

要는 이만큼 荒蕪地에 가까운 生成을 바래어 온 것이 避할 수 없는 事實이 었으나 그래도 指目할 만한 不文律의 어떤 規範이 있었을 것인즉 晩時之感으 로나마 하로바삐 이 歷史的 新世紀에 너무도 鈍感하여서는 아니 되겠음을 高調하는 所以가 여기에 있다.

楊美林, "兒童文學에 있어서 敎育性과 藝術性(下)", 『동아일보』, 1947.3.1.

먼저 簡單히 지금까지의 所謂 兒童文學에 그려진 世界를 觀察 檢討하여 보기로 하자! 能文能熟을 자랑할지는 모르되 相當히 長久한 作家生活을 해 온 사람 中에도 그 世界觀을 疑心할 지경이며 兒童의 世界와 그들의 生活만

描寫하던 그것이 곧 兒童文學으로 아는 그런 따위 亞流의 作家가 不少하며 八·一五 解放 後의 作品 中에서도 놀랄 만한 世界觀과 敎養의 不足으로 비저진 舊態依然한 筆致를 조곰도 蟬脫치 못한 것에 接할 때 차라리 그 發表 機關의 編輯 責任者쫓아 疑心하고 싶다. 先進諸國의 現況이나 著名한 世界 文豪들의 例를 들 餘地도 없이 참으로 어린이들의 世界를 觀照할 수 있으며 거기에서 攝取 作品化하여 가장 感受性 만흔 어린 讀者(나이만이 어린 것을 意味함이 아니고 天眞 純潔 單純한 어린 人生)들에게 鑑賞시켜 그들의 人生 첫거름에 도음과 힘이 되게 하기는 누구에게나 可能한 일이 決코 아님을 붓 을 들기 전에 먼저 알아야 할 것이다.

一般 成人文學에 있어서의 思想性과 藝術性이 오랜 歲月을 두고 恒常 起 伏凹凸하며 特히 오늘과 같은 人類 未曾有의 世界史의 段階에 있어 이 問題 는 만흔 論爭의 的이 되여 있거니와 그 以上으로(特히 우리나라에 있어서) 兒童文學에 있어서의 敎育性과 藝術性의 問題는 急히 究明하여 이 땅의 어 린이들로 하여금 安心하고 그네들의 世界를 그린 文學 乃至 文化 속에서 활개를 펴고 뛰여놀게 할 것이며 그들의 父兄 母姊들과 敎師들로 하여금 同 列에 끌어너허야 할 것이다.

☆　　　　　☆　　　　　☆

從來의 우리나라 文學이 純作家의 作品인 境遇엔 거이 敎育性이 沒却 乃 至 無視되였으며 또 그 反面 敎育家의 作品인 境遇엔 이것이 文學인가고 反問하고 싶을 만큼 敎育 아니 敎訓 一色이었음에 우리 눈을 찌프리게 하였 음을 또한 否定할 수 없다. 그것들은 그 어느 것이나 藝術 以前의 다못 이야기 나 노래(?)의 域을 벗어나지 못하였었다.

그 根本原因은 너무 容易하게 붓을 들었거나 或은 作家修業이 不足 乃至 怠慢하였기 째문이었을 것이다. 적어도 앞으로는 그런 것을 太陽 아래 내놓 게 하지 못하도록 良心的이고 또 力量 있는 兒童文學 作家들이 自己들의 作品活動으로서 防止하고 敎導해야 할 것이다.

兒童들에게 精神的으로 決定的 큰 感化를 주는 國定敎科書 中의 公民 國 語 國史 노래책 等을 一瞥하여 보자! 그中에 文學의 냄새라도 나는 것이 몇 篇이나 되여 가만히 味讀할 째 一大改革이 要請되며 到底히 그대로 蔽目할

수는 없다. 또 兒童을 爲한 文學作品이란 名目으로 定期刊行物에 실리는 것
도 味讀할라치면 참으로 赤面羞心 長嘆息의 交錯을 禁할 수 없음 또한 엇지
할 것인가?

偉大한 藝術은 큰 敎育을 包하고 있으며 眞正한 敎育精神은 藝術의 高尙
雅雅한 精神과 조금도 背馳되는 것이 아니다. 兒童文學의 理想은 아니 그
本質은 敎育性과 藝術性의 兩者가 조금도 牙盾相剋[126] 없이 前進함에 있다.
또 그러기 爲하여서는 成人처럼 世上 事物과 社會現象을 觀念的으로 分離
區別하여 생각할 줄 모르는 所謂 精神 未分派 狀態에 있는 兒童의 精神生活
과 그 生活 全體를 觀照 體得한 作家이여야만 비로소 可能할 것이다. 꿈에
도 成人文壇에의 登龍門 삼아 그 習作으로 알고 이 神聖하고 責任 있는 일
에 붓을 물드려서는 決斷코 아니 된다. 적어도 이만한 精神的 準備에서 出發
한 兒童文學이 이 땅에 있을진대 文敎當局에서도 서슴지 않고 그 作品을
國民學校의 正規敎材로 編入 採擇할 수 있을 것이며 全國의 어버이들은 安
心하고 그 子女들을 그 속에서 즐기며 자라게 할 수 있을 것이다.

또한 이만한 民族的 良心과 責任感 없이 우리 民族史上 最大의 이 歷史的
大轉換 革新期에 處해 있는 우리 어린 겨레들에게 무엇을 주겠다고 주제넘은
생각으로 붓을 들 수 있을 것인가? 그렇나 問題의 餘地는 반다시 오늘의 老大
家 或은 旣成作家만을 가르쳐 그 資格을 保有할 수 있다는 것은 決코 아니며
그만한 民族的 良心의 發奮과 作家的 修業을 힘쓰고 있으며 또 앞으로 힘쓸
自覺과 用意가 있는 無名新進에게 오히려 크나큰 期待가 걸처짐을 附言하고
擱筆한다.

(一九四六. 一二. 二五)

---

126 '矛盾相剋'의 오식이다.

金河明, "兒童敎育의 隘路", 『京鄕新聞』, 1947.2.16.[127]

"無限한 可能性의 世代" 이것은 暴惡한 日帝의 羈絆을 벗어난 解放 朝鮮을 象徵하는 唯一의 語句였다. 새 朝鮮의 無限한 希望과 抱負를 억누르는 그 아무것도 없는 "無限한 可能性의 世代!" 自由를 謳歌하고 歡喜가 넘쳐흐르는 "光明의 世界!" 이것은 解放 直後 새 朝鮮의 누구나 다 가졌던 幸福스러운 幻想이었다. 그러나 多幸히도 헛된 意慾만 띌 뿐 이 意慾을 實現할 力量을 倭놈들은 朝鮮 사람의 魂 속에서 송두리채 빼앗어 가고 말았다. 오로지 來日의 好轉을 祈願하는 우리들의 앞에는 收拾할 수 없는 政治混亂과 經濟 破綻이 나날이 커 가서 到底히 前進을 許容하지 않는 것이다. 그러나 우리는 希望을 버리지 않는다. 現社會의 構成分子들은 魂을 빼앗긴 허수아비에 지나지 않을망정 次代 朝鮮의 새쌀은 무럭무럭 자라고 있기 때문이다.

朝鮮의 "쌀"이요 "꽃"인 어린이는 곧 朝鮮의 "힘"이요 "希望"이다. 自治能力이 있느니 없느니 是非가 분분한 이때 朝鮮民族의 이 억울한 汚名을 雪辱하는 唯一의 方途는 이들 어린이를 우리들이 바라는 理想型으로 敎育함에 있을 것이다. 그럼에도 不拘하고 所謂 政客들은 政權爭奪에만 눈이 뻘개 있고 所謂 敎育者들은 敎育理念의 沒理解와 確固한 信念의 缺乏으로 말미암아 形骸化한 形式主義 敎育을 機械的으로 하고 있는 것은 크게 憂慮할 現象이다. 우리는 그 좋은 例를 解放 後 〈兒協〉과 兒童文藝春秋社에서 募集한 懸賞 作文 應募作品에서 엿볼 수 있다. 審査員 諸氏는 어떠한 兒童觀 어떠한 作文 敎育觀에 立脚하여 그 作品들을 解剖 鑑賞 評價하였는지는 모르겠으나 그 取材한 世界가 어린이 世界와는 너무도 떨어져 있는 理論의 世界일 뿐만 아니라 그 表現은 外形의 整齊에만 치우쳐 까닭 없는 美辭麗句의 羅列이 지나쳤기 때문에 空疎하고 迫力이 없는 죽은 文章이 되고 말았다. 오히려 當選되지 못한 作品 中에 순진스럽고도 아름다운 어린이들의 獨特한 世界와

---

127 원문에 '師範大學 金河明'이라 되어 있다. 여기서 '師範大學'은 김하명이 재학하고 있던 서울대학교 사범대학을 가리킨다. 김하명은 1948년 8월 서울대학교 사범대학을 졸업하였다.

體臭를 느낄 수 있었음은 또 하나의 遺憾事였다. 紙面上 關係로 作文敎育의 史的 發展은 論하지 못하지만 現代의 作文敎育觀은 "兒童 各自의 生活을 各自의 言語 文字 文章으로 表現시킴으로써 兒童 各自의 生活을 向上 進步 發展시키는 데 있다."고 하는 것이 定說이다. 남의 作品을 巧妙히 改作하는 者가 作文의 名手로서 뽑내던 時代는 벌서 옛날로 지나갔다. 兒童에게 眞實을 吐露시키는 것 이것도 作文敎育의 커다란 眼目이어야 할 것인데도 不拘하고 이번 當選作品들을 보면 모두가 童心世界의 描寫나 自己生活의 表現이 아니라 어느 作品의 模倣이거나 先生들의 抽象的인 어느 程度 習慣化한 訓話의 記述에 不過한 것이 많다. 酷評하면 敎師 自身이 自己의 思想 感情의 模寫를 生徒에게 强要하였거나 또는 兒童의 心理世界를 全然 無視 抹殺하고 自己本位의 兒童世界를 僞造하려 하여 觀念的으로 構成한데 不過한 作品도 許多하다. 이렇듯 어린이들의 尊貴한 世界를 理解하지 못하고 自己標準 複雜한 社會生活을 體驗하고 여러 가지의 高等知識을 修得한 後의 自己를 標準으로 하여 그것을 解釋 規定하여 버리는 朝鮮의 父兄이고 敎師이기 때문에 自然 잔소리가 많아지며 不自然한 自己本位의 强要의 樣式이 생기는 것이다. 어린이를 꾸짖으면 그들은 어버이 앞에서 假面 쓰는 재주를 배운다. 우리는 이러한 虛僞의 人間을 만들어서는 안 된다. 우리는 權力의 威嚴으로 어린이를 움직이지 말고 다만 眞理 앞에만 順從하는 人間으로 指導하여야 할 것이다. 사람을 두려워하지 않고 社會를 무서워하지 않고 眞理만을 熱愛하며 두려워하는 人間敎育이야말로 危機 朝鮮을 復活시키는 唯一의 方途이라고 생각한다. (끝)

김철수, "동요 짓는 법①−동요란 무엇인가?", 『어린이신문』, 1947.3.29.

여러분은 동요를 지어 본 일이 있습니까? 혹 지어 본 일은 없어도 동요를 부르기는 좋아들 하지요?

거친찬 등성이 골짜기로
봄빛은 우리를 찾아오네
아가는 엄트는 조선의 꽃
아가는 엄트는 조선의 꽃

이 노래는 「조선의 꽃」이라는 동요의 첫쨋 절입니다. 곡조에 맞춰서 불러 보셔요. 참 재미나는 노래입니다.

이렇게 여러 어린이 동무들이 곡조에 맞춰서 부를 수 있는 것이 동요입니다.

가령 이런 생각을 해 보셔요.

엄마가 어디를 가는데 그 엄마 뒤를 아기와 바두기가 달랑거리며 쫓아갑니다. 이 광경(光景)을 보통글로 짓는다면 본 그대로 "엄마가 어딘가 가는데 아기와 바두기가 달랑거리며 엄마의 뒤를 쫓아갑니다."라고, 쓰면 됩니다마는, 이것은 동요가 아닙니다. 그러면 어떻게 하나? 이것을 곡조를 부쳐서 노래로 부를 수 있도록 한번 지어 볼까요.

달랑 달랑 바두기
어디 어디 가아나
달랑 달랑 바두기
애기 따라 가아지

달랑 달랑 우리 애기
어디 어디 가아나
달랑 달랑 우리 애기
엄마 따라 가아지

어떻습니까? 그냥 "엄마가 어딘가 가는데 그 뒤를 바두기와 아기가 따라간다." 하는 것보다 재미있고, 여기다가 알맞는 곡조를 부쳐서 불러 보셔요. 그러면 더 재미나지 않겠어요?

이렇게 어린이의 생활에서 어떤 광경을 노래로 나타낸 것이 동요입니다. (계속)

김철수, "동요 짓는 법②－동요의 종류", 『어린이신문』, 1947.4.5.

그러면 동요는 무슨 동요나 다 같은가 하면 그렇지도 않습니다. 물론 내용이 꼭 같은 것이야 있을 리가 만무하지만 동요에는 조(調)라는 것이 있어서 이 조에 따라 여러 가지로 구별을 합니다.

　　　은투구 은갑옷 흰말을 타고
　　　달밤에 산길을 달리는 장사,
　　　타버덕 타버덕 언덕을 넘고
　　　타버덕 타버덕 개울을 넘고
　　　　　(「아가의 꿈」 피천득 지음)

이것은 "은투구 은갑옷"이 여섯 자, "흰 말을 타고"가 다섯 자, 끝까지 이렇게 똑같이 된 것을 65조라고 합니다. 또

　　　달아달아 밝은달아 이태백이 노던달아
　　　저기저기 저달속에 계수나무 박혔으니

이것은 넉 자, 넉 자로 되었으니까 44조라고 하며 이렇게 글자 수에 따라서 이 밖에도 34조니, 75조니 합니다. 그러나 동요란 반드시 글자 수가 맞아야만 하는 것은 아닙니다. 경우에 따라서는 글자 수가 맞지 않아도 얼마든지 훌륭한 동요가 될 수 있습니다.

소금 솔— 솔— 깨소금 솔— 솔—
엄마가 콩다쿵, 깨소금방아 찧는데

이 동요는 네 줄이 모두 글자 수가 틀립니다마는 그대로 역시 재미나는
동요가 아닙니까?

그러니 동요란 반드시 글자의 수가 맞아야만 되는 것은 아닙니다. (계속)

김철수, "동요 짓는 법③ — 무엇을 노래할가?", 『어린이신문』, 1947.4.12.

무엇을 노래할가? 한번 생각해 보셔요. 지금은 4월 달, 봄이 아니야요?
그러니 우선 봄을 생각해 볼가요?

봄엔 꽃이 피기 전에 먼저 바람이 붑니다. 그 씽—씽— 하고 눈보라 휘몰아
치던 찬바람 대신에 목에 감기는 듯, 간지러운 하늬바람이 연이라도 날리는
듯 얼래질 하듯, 풀었다 감겼다 하며 불어옵니다. 그리고 또 촉촉히 눈을
녹이고 땅을 녹이는 온실 같은 봄비가 나리고 산에 들에 파아란 새싹이 움트
고 꽃들이 피고 그러면 여러분들은 그 문들레니 진달레니 할미꽃이니 오랑캐
꽃이니를 찾아 나갑니다.

그런 모든 것이 다 동요가 될 수 있습니다. 그나 그뿐입니까? 구름이며
달이며 별이며 또는 종달새 제비 참새 혹은 가을 겨울에 우리가 보고 느끼는
모든 것, 그 무서운 모라치는 회리바람까지 우리들의 노래가 될 수 있고 그뿐
만이 아니라 우리가 집에서 학교에서 노는 것, 그리고 또 머리속에 공상(空
想)하고 꿈꾸는 것까지도 얼마든지 다 동요가 될 수 있습니다.

그렇게 우리들의 살아가는 이 세상에는 우리가 노래로 부를 것이 얼마든지
있습니다. 그리고 그 얼마든지 있는 그 노래를 누에가 실을 뽑듯, 하나씩
하나씩 뽑아 부르면 고만입니다

그러니 우리들는 무엇을 노래할가? 하고 걱정할 필요는 조금도 없습니다.

그저 마음 놓고 노래 부르고 싶을 때 노래 부르고 동요를 짓고 싶을 때 생각나는 대로 지으면 됩니다. (계속)

김철수, "동요 짓는 법④ – 어떻게 지을가? 1", 『어린이신문』, 1947.4.19.

"생각나는 대로 지으면 된다."고, 앞에서 말했습니다.

그러면 생각나는 그대로 그저 늘어놓기만 하면 되나?

봄이 와서 봄바람이 불고 종달새가 울고 진달래가 피고 한다고 해서 그저

　봄이 왔다
　봄바람이 분다
　종달새가 울고
　진달래가 피었다

라고, 짓는다면 얼마나 멋없고 재미없는 노래입니까?

그러니 동요를 짓는데 어떻게 지을까 하는 것이 생각됩니다.

그러면 어떻게 지어야만 하나?

첫째 자기가 지으려는 노래의 중심(中心)을 붓잡아야 합니다. 중심을 붓잡지 않고, 있는 것, 보는 것, 생각하는 것을 모두 다 노래 속에 한꺼번에 넣으려면 동요가 빨랫줄같이 기다래지고 싱거워집니다.

둘째 자기가 나타내려는 그 생각에 꼭 맞는 말을 골라야 합니다. 달랑거리는 것을 나타내려고 할 때 "달랑"이라는 말을 쓰지 않고 "덜렁" 이나 "털렁"이라고 해 보셔요. 되겠어요? 역시 "달랑"이라고 해야만 맛이 날 겝니다.

셋째 재미나게 지어야 합니다. 가령 "종달새가 봄이 왔다고" 하는 것을 그저

　종달새가
　봄이 왔다고

이렇게 지어 버리면 아무 재미도 없습니다. 이것을

　종― 종―
　종달새
　봄― 봄―
　왔다고

이렇게 불러 보셔요. 같은 값에 얼마나 재미납니까? (계속)

김철수, "동요 짓는 법⑤ ― 어떻게 지을가? 2", 『어린이신문』, 1947.4.26.

다음 넷째로

글자의 수가 44나 34나 혹은 75나 맞아도 좋고 또는 반드시 그렇게 맞지 않아도 좋습니다마는, 맞지 않는 대로라도 조(調)가 골라야만 합니다. 동요는 줄글, 곧 산문(散文)이 아니고 귀글 즉 운문(韻文)이므로 어디까지나 이 조(調)라는 것이 절대로 필요합니다. 동요와 비슷은 하나, 그러나 동요와 구별 되는 것에 동시(童詩)라는 것이 있습니다. 물론 이 동시(童詩)라는 것도 줄글(散文)은 결단코 아니며, 어딘가 하면 동요에 가까운 것입니다마는, 동요와 비교해서 좀 다른 점은 그 조(調)라는 것이 비교적 자유스럽습니다. 이것을 가리켜 자유시(自由詩)라고도 합니다.

　시냇가로 나가서
　고기를 잡고 놀아나 볼까
　동무들과 함께
　낚싯대를 둘러메고서
　푸른 물 졸졸 흐르는
　시냇가로 나가 놀까

이것은 동요가 아니라 동시입니다. 읽으면 조가 맞지 않습니다. 동요로 짓자면 좀 더 조가 골라야만 하겠습니다.

시냇가에 나가서
고기 잡고 놀까
동무들과 함께
낚싯대를 메고서
졸졸졸 흐르는
시냇가로 갈까

이렇게 지으면 비록 글자 수가 줄마다 꼭 맞지는 않아도 먼젓번의 것에 비교하면 조가 확실히 맞아 나갑니다.

그러므로 동요란 줄글에 비해서는 물론이고 동시에 비해서도 조가 있어야 합니다. (계속)

김철수 선생, "동요 짓는 법⑥─하나씩 따내자 1", 『어린이신문』, 1947.5.3.

어린이 여러분들은 동요, 즉 노래 속에서 산다고 할까요?

그렇게 여러분들의 생활 가운데는 재미나는 노래가 얼마든지 있습니다.

한번 생각해 보셔요.

가령 아침마다 배랑을 메고 골목을 나서서 학교엘 가지요?

그런 것은 노래가 안 될까요?

안 된다구요? 그럼 한번 불러 보겠습니다.

아침 마다 배랑 메고
학교 가는 골목 길
동무 동무 어깨 동무
학교 가는 골목 길

어때요? 그런 아무렇지도 않은 듯한 일이라도 분명 노래가 되지오?

그럼 또 하나 생각해 볼까요?

여러분 중에는 귀여운 젖먹이 동생을 가지신 분들이 많지요? 그 아가가 엄마 품에 안겨서 젖을 빨다가 고만 소르르 잠이 들었습니다. 얼마나 귀엽겠습니까? 한번 노래 불러 보셔요?

젖 꼭지를 문채
엄마 품에 안겨서
우리 애기 코올 콜
우리 애기 코올 콜

재미나는 노래가 되었지요? 엄마 품에 매달리듯 안겨서 오물오물 젖꼭지를 빨다가 고만 사르르 잠들어 코올콜 하는 아기는 또 얼마든지 우리들에게 재미나는 노래를 주기도 합니다. (계속)

金哲洙 선생, "동요 짓는 법⑦−하나씩 따내자 2", 『어린이신문』, 1947.5.10.

이번엔 다른 걸 하나 생각해 볼까요?

저녁 하늘에 새끼별들이 반짝어리는 것을 보신 일이 있나요?

돌아가신 방정환(方定煥) 선생님이 지으신 노래에 「형제별」이란 것이 있습니다.

날 저무는 하늘에 별이 삼형제
반짝 반짝 정다웁게 지내이더니
웬 일인지 별 하나 보이지 않고
남은 별이 돌아서 눈물 집니다

좀 슬프기는 한 노래입니다마는 잘 지으셨지요?

아마 방 선생님의 마음이 좀 쓸쓸하시었던 때, 그때 일본의 식민지(殖民地)인 우리 조선 어린이들을 생각하시고 지으신 것 같습니다.

어쨌든 여러분들의 생활에는 보고 듣고 생각하는 것뿐만이 아니라 여러분들의 손 하나 발 하나, 눈 한번 깜박이는 것까지도 얼마든지 다 동요가 될수 있고 노래 부를 수 있습니다.

그러나 여기서 우리가 한 가지 깨달아야 할 것은 그런 모든 것, 즉 학교가는 길, 별을 바라보고 생각한 것, 자는 아기를 본 그림 같은 것을 한 번에다 노래할 수는 없고, 또 하나 말을 짓는데도 무엇을 어떻게 보고 무엇을어떻게 듣고 무엇을 어떻게 생각했나? 하는, 그 보고 듣고 생각한 것이 무엇인가? 자기가 노래하려는 것이 무엇인가?를 하나씩 앵두 따듯 똑 똑 따내어야합니다. 여기 보통 글과 동요의 또 하나 다른 점이 있습니다. (계속)

김철수, "동요 짓는 법⑧ - 어떻게 생각하나? 1", 『어린이신문』, 1947.5.17.

"보고 듣고 생각한 것을 하나씩 따내서 노래하자."고 했습니다. 그런데 눈으로 본 것, 귀로 들은 것은 아무 문제도 없습니다마는 생각한다는 것이 문제입니다.

그럼 여러분들은 어떻게 생각하나? 하고 걱정이 되지요? 그러나 염려할것 없습니다. 생각한다는 게 그렇게 어려운 건 아닙니다. 여러분은 얼마든지간드러지게 생각들을 잘합니다. 알고 보면 생각한다는 것은 아주 재미나는일입니다.

우리는 길거리에서 덜렁거리며 구루마를 끌고서 가는 말을 흔이 봅니다. 그 말 목에 방울이 매달려서 달랑거리는 소리를 듣습니다.

이것을 보고 듣고 한 대로 노래를 해볼까요?

구루마를 끌고서 말이 갑니다.
덜렁덜렁 방울을 흔들면서 갑니다.

자 이것이 보고 듣고 한 그대로 지은 노래입니다. 어때요? 재미납니까? 재미없지요? 그러니까 여기서 생각한다는 것이 필요하게 됩니다. 그럼 어떻게 생각하나?

말이 코를 골면서 존다든지, 눈물을 흘리며 엉엉 운다든지, 혹은 원숭이같이 줄이라도 타는 걸 봤다면 몰라도 구루마 끌고 가는 말을 봤다는 건 신기할 게 없습니다. 그렇지만 그 키가 크다란 말이 모가지에다가 조그만 방울을 두셋 달고 달랑거리며 가는데 재미납니다. 그래 그 방울 소리를 들으며 흉내를 내 봅니다. "왈랑 잘랑"하는 것 같습니다. 그래 한번 "왈랑잘랑"해 봅니다. 해 보면서 생각합니다. 말만 방울을 가졌나? 아닙니다. 소도 있는 게 생각납니다. "떨렁떨렁"하는 소방울 생각이 납니다. 그래 "왈랑 잘랑 말방울, 떨렁떨렁 소방울" 해 봅니다. 그럼 그뿐인가? 왜 방울이란 다 말이나 소 목에 달려서 "왈랑잘랑" "떨렁떨렁" 하는 것만 방울인가? 그런 방울 말고 다른 방울은 없나? 있지…… . 무슨 방울? "주륵주륵" 내리는 빗방울도 있지…… . 그럼 그뿐인가? 아 참 밤낮 울기나 잘하는 "울기쟁이 눈물방울"도 있지… . (계속)

김철수 선생, "동요 짓는 법⑨ – 어떻게 생각하나 2", 『어린이신문』, 1947.5.24.

그래 "왈랑잘랑 말방울, 떨렁떨렁 소방울 주륵주륵 빗방울 울기쟁이 눈물방울" 하고 노래해 봅니다. 노래하면서 웁니다. 그래 재미납니까? 방울이란 말방울, 소방울만이 아니라 주륵주륵 오는 빗방울, 울기쟁이 눈물방울이 있다는 것을 생각한 것이 아주 신기합니다. 그래 누구에게나 얘기하고 싶습니다. 자랑하고도 싶습니다. "너 방울이 어떤 방울 어떤 방울 있는지 아니? 말방울! 소방울! 그래 그뿐인지 아니? 넌 모르지? 멍텅구리야, 빗방울도 있구, 눈물방울도 있다누." 하고 자랑하고 싶습니다. 그리다가 문득 또 생각합니다. 오오라 이걸 한번 동요로 짓자! 하고 생각합니다. 그래 지어봅니다.

왈랑찰랑 말방울
떨렁떨렁 소방울
주룩주룩 빗방울
울기쟁이 눈물방울

이렇게 됩니다. 그러나 이것만으론 좀 부족한 것 같습니다.

그래 또 생각해 봅니다. "방울엔 말방울, 소방울 말고서 빗방울도 있고 눈물
방울도 있다는 걸 아는 동무는 없을 게야… '무슨 방울 있느냐' 해 봐. 말방울
소방울 밖에 못 대지……." "옳지 옳지 그럼."

방울 무슨 방울
왈랑딸랑 말방울

하고 불러 봅니다. 그러니까 이번에는 먼저보다는 좀 나어도, 어째 노래가
맞지 않는 것 같습니다. 그래 "방울 방울" 하고 생각합니다. 생각하다가 깨닫
습니다. "옳지 옳지 방울 방울 무슨 방울"하면 그 다음 "왈랑잘랑 말방울" 하고
맞아집니다. 그래 고치어서 짓습니다.

방울방울 무슨 방울
왈랑잘랑 말 방울
방울방울 무슨 방울
떨렁떨렁 소 방울
방울방울 무슨 방울
주룩주룩 빗 방울
방울방울 무슨 방울
울기쟁이 눈물 방울

이래서 훌륭한 노래가 하나 되었습니다.(이 노래는 윤복진 선생의 「방울방
울 무슨 방울」[128]입니다.)

보고 듣고 한 것을 이렇게 슬쩍슬쩍 돌려서 생각해 나가노라면 얼마든지
좋은 노래가 나올 수 있습니다. (계속)

---

128 윤복진(尹福鎭)의 「방울방울 무슨 방울」(『어린이신문』, 제9호, 46.3.9)을 가리킨다.

김철수 선생, "동요 짓는 법⑩ – 꿈 노래 1", 『어린이신문』, 1947.5.31.

여러 동무들은 보고 듣고 생각한 것만 노래하십니까? 아니예요? 그럼 또 무엇을 노래하십니까? 꿈이요? 예 옳습니다. 앞에서도 말하였지만 동요에는 많은 꿈을 노래하기도 합니다. 그런데 그 "꿈"에 두 가지가 있다는 것도 아시 나요? 하나는 동무들이 곤히 잠잘 때 꿈이 있습니다.

> 어제 밤에 잘 때에
> 꿈 하나를 꾸었네
> 연지 곤지 찍고서
> 누나 시집 가는 꿈
> 덜렁덜렁 가마 타고
> 누나 시집 가는 꿈

이건 큰누나라도 가마 타고 시집가는 걸 봤던 게지요? 시집가는 누나의 꿈을 노래한 동요입니다.

> 밤 한 말을 삶아서
> 혼자 혼자 먹으려고
> 함지박채 들고서
> 도망도망 가다가
> 넘어져서 깨어보니
> 고만고만 꿈이었네

이건 욕심쟁이가 골탕 먹은 꿈 얘기를 노래한 것입니다.

이 밖에도 얼마든지 재미나는 꿈 얘기가 있고 그 꿈을 노래한 것이 많습니다.

그러나 꿈은 꿈대도[129] 이런 꿈과는 다른 꿈이 또 있습니다.

---

129 '꿈인대도'(꿈인데도)의 오식으로 보인다.

잠잘 때 꾸는 꿈이란 흔히는 잠자기 전, 즉 그날이든가 혹은 그전에라도 꿈을 꾸는 그 동무가 당한 일 가운데서 재미나던 일, 기쁘던 일, 혹은 슬프던 일, 또는 괴롭던 일들이 머리에 남았다가 떠오릅니다마는, 또 하나 다른 꿈이란 그게 아니라 생시에 동무들이 머리속에서 무엇인가를 그려 보고 공상(空想) 하는 엉뚱한 생각을 말하는 것입니다. 어른들에게도 이런 꿈이 있습니다마는 특히 어린이 동무들에게 재미나고 아름다운 것이 얼마든지 있습니다. 이 두 가지 꿈 중에 첫째 꿈은 보고 듣고 생각한 것을 노래한 동요보다도 더 짓기가 쉽습니다마는 나중 꿈의 노래는 공상하는 그 사람에게 따라서 전연 달라지는 것이므로 동요 가운데서 제일 짓기가 어렵고 그 대신 잘만 지어 놓으면 참 아름다운 동요가 될 수 있기도 합니다. (계속)

김철수 선생, "동요 짓는 법⑪ - 꿈 노래 2", 『어린이신문』, 1947.6.7.

여러분들이 재미나게 부르는 노래 가운데 이런 노래가 하나 있지 않습니까?

푸른 하늘 은하수
하얀 쪽배에
계수 나무 한 나무
토끼 한 마리
돛대도 아니 달고
삿대도 없이
가기도 잘도 간다
서 쪽 나라로

서 쪽 나라 지나선
어디로 가나
서 쪽 나라 지나선
구름 나라로

멀리서 반짝반짝
비치이는 곳
샛별의 등대란다
길을 찾아라

이것이 요전번에 얘기한 둘째 꿈의 노래입니다.

이 노래를 따라서 한번 생각해 봅시다?

은하(銀河)가 환해서 하늘이 푸른 빛 그대로 보이는 여름밤이었나 보지요? 한편을 바라다보니 예쁘장한 반달, 초생달이 떠 있습니다. 그 반달이 하얀히 무슨 쪽배같이 생각히웁니다. 쪽배라고 생각나니 또 그 달 얘기 가운데 있는 계수나무, 토끼 생각이 납니다. 있으리라 하니 보이는 것 같기도 합니다. 그런데 그 하얀 쪽배엔 가만히 생각해 보니 돛대도 달지 않았습니다. 삿대도 없습니다. 걱정이 됩니다. 그래 바라봅니다. 바라다보니 또 흰 구름이 반달 옆을 흘러서 마치 쪽배가 미끄러지듯 슬슬 잘 가는 것 같습니다. 서쪽으로 가는 것이라 생각합니다. 그래 또 생각합니다. 서쪽 나라 지나선 어디루 가나? 잘 모르겠습니다. 그편을 바라보니 뭉게뭉게 구름이 있습니다. 옳지 하고 구름나라를 생각합니다. 그래 또 한참 바라보니 멀리 쪼끄만 샛별이 비칩니다. 푸른 바다에 쪽배가 가는 거라 생각하던 차니까 그게 또 등대나 아닐까? 하고 생각히우고 그러니 부디 길을 찾아서 쪽배야 잘 가거라고 인사와 부탁을 하고 싶습니다.

이것이 곧 앞에서 말한 그 "꿈"의 세상입니다. 이렇게 이 꿈은 생각하는 사람에게 따라서 얼마든지 아름다울 수 있고 그것을 어른들은 어려운 말로 동경(憧憬)의 세계(世界)라고 합니다. (계속)

김철수 선생, "동요 짓는 법⑫ – 말을 고르자 1", 『어린이신문』, 1947.6.14.

동요는 노래입니다. 그리고 노래는 아름다워야 합니다. 아무 때, 아무 데서

나, 마음 내켜 부르고 싶으면 시냇물 흐르듯, 졸졸졸 절로 흘러나와야 합니다.

종달새가 종달종달 노래하는 것을 듣고 우리도 같이 노래 부르고 싶어지는 것도 그 종달새의 노래가 아름다워서 그렇고, 제비가 지지배배 무어라 지절대는 노래도 그것이 미친 개 짖는 소리나, 돼지 목 따는 소리같이 듣기 싫은 소리가 아니므로 우리도 한번 지지배배 하고 노래 불러 보고 싶어지는 것입니다.

그러니 만약 노래가 아름다웁지 않고, 가령

시커먼 기차가
굴속을 갑니다
뱀같이 기어서
굴속을 갑니다

하고 무섭고 징그러워 보세요? 동무들은 그것도 노래라고 부르겠어요? 한 분도 부를 동무는 없을 것입니다.

불쾌해서 부를 맛이 나지 않는 까닭입니다. 세상에 노래가 모두 이렇기만 하다면 차라리 없는 편이 좋을 것입니다. 달처럼 별처럼 어디까지나 노래는 아름다워야만 합니다.

그래야 우리는 아무 때 아무 데서나 마음 놓고 동무들과 어깨동무 하고 혹은 혼자서라도 부를 수 있습니다.

연못가에 새로 핀
버들 잎을 따서요
우표 한장 붙여서
강남으로 보내면
작년에 간 제비가
푸른 편지 보고요
조선 봄이 그리워
다시 찾아 옵니다

얼마나 아름다운 노래입니까? 이렇게 아름다운 노래는 한번만이 아니라 하루 종일 불러도 실증이 나지 않습니다.

마음이 노래와 함께 즐거워지는 까닭입니다.

그러면 어떻게 지어야 아름다운 노래가 되나?

물론 동무들은 무엇을 보고 "그것 참 아름답다."고 느껴지는 것을 많이 노래 부르고 또 동요도 지으려 할 것입니다.

그렇습니다. 아름다운 것을 본 마음이라야 아름다운 노래를 지을 것입니다.

노래를 지을 때 그 아름다운 느낌에 맞도록 말도 아름다운 말을 골라서 써야만 합니다.

비록 아름다운 느낌이라도 말을 잘 고르지 못하면 노래가 좋아지지 않습니다. (계속)

김철수 선생, "동요 짓는 법⑬ — 말을 고르자 2", 『어린이신문』, 1947.6.21.

그러면 말을 어떻게 골라야 하나? 가령 동무들에게 유치원에 다니는 동생이 있다고 생각해 보셔요. 그리고 그 동생이 유치원에를 갔다가 돌아오는 길이라고 해요. 쪼끄만 잔등에 쪼끄만 배랑을 메고서 돌아오는 길입니다. 무어라 종알대며 걸어옵니다. 오다가는 앙감질로 깡충깡충 뛰기도 합니다. 그러다가는 깔깔거리며 쓰러지기도 합니다.

또 다시 일어나 걸어옵니다. 흰 구름이 둥실둥실 떠 있는 푸른 하늘을 쳐다보기도 합니다. 개미들이 꼬불꼬불 어디론가 영차영차 가는 것을 구경도 합니다. 그러다간 지나가는 호랑나비를 좇아가기도 합니다.

얼마가 귀엽고 사랑스런 자태입니까? 그래서 한번 노래를 지어보고 싶어집니다. 간드러진 노래가 될 것 같습니다.

　　재껄대어 따박따박 걸어오다가
　　앙감질로 깡충깡충 뛰어오다가
　　깔깔대며 배틀배틀 쓰러집니다

뭉게뭉게 하얀구름 쳐다보다가
꼬불꼬불 개미거동 구경하다가
아롱아롱 호랑나비 좇아갑니다.
　　(「오는 길」 皮千得 선생 지음)

자 얼마나 앙징스럽게 귀엽고 아름다운 노래가 되었읍니까?

무어라 재재거리며 오는 모양을 皮 선생님은 "재껄대며 따박따박"이라고 했습니다. 앙감질로 깡충깡충 뛰어오다가 깔깔깔 웃다가 고만 쓰러지는 것을 "배틀배틀" 쓰러진다고 했읍니다. 푸른 하늘에 뭉게뭉게 핀 하얀 구름을 쳐다보다가 꼬불꼬불 줄을 지어 어디론가 부산하게 가는 개미떼의 거동을 구경하다가 지나가는 호랑나비를 보고 그만 좇아갑니다. 그런데 그 호랑나비를 "아롱아롱"이라고 했읍니다. 물론 이 노래에는 "배틀배틀"이니, "아롱아롱"이니 하는 말이 없이라도 좋은 노래일 수 있을 것입니다. 그러나 그런 말이 있으므로 노래가 더욱 아름다워집니다.

"배틀배틀"과 비슷한 말에 "비틀비틀"도 있고 "끼웃둥끼웃둥"도 있고, "아롱아롱"과 비슷한 말에 "얼룽얼룽"도 있고 "얼럭덜럭"이란 말도 있기는 합니다. 그러나 "배틀배틀"과 "아롱아롱"과 같이 예쁘고 귀여운 맛은 나지 않습니다. "배틀배틀" "아롱아롱" 해야만 역시 감칠맛이 납니다.

이렇게 같은 말, 비슷한 말에서도 그중 귀엽고 앙상한 말만을 될 수 있는 대로 골라서 써야 합니다.

김철수 선생, "동요 짓는 법⑭ - 재미나게 쓰자 1", 『어린이신문』, 1947.6.28.

노래는 아름다워야 하고 또한 재미가 나야만 합니다. 재미가 없는 노래는 싱거웁고 싱거운 노래는 부를 맛이 나지 않습니다. 우리가 노래를 부르는 것은 마음이 적적할 때, 다시 말하면 심심할 때, 그 적적한 마음을 위로하기 위해서 부르는 것이고 또 그와는 반대로 마음이 흥겨울 때에 그 흥겨운 마음을 더욱 흥겨웁도록 북돋아 주기 위해서 부르는 것입니다. 그러니 적적한 마음을 위로하기 위해서거나 흥겨운 마음을 북돋아 주기 위해서거나 다 재미있는 노래라야만 할 께 아닙니까!

가령 달밤에 다람쥐가 동산에서 노는 것을 보았다고 합시다. 그것을 한번 지어 본다고 생각해 볼까요!

다람쥐가 달밤에
밤을 줍습니다.
밤인가 하고 속아서
조약돌도 줍고
솔방울도 줍습니다

재미나는 노래가 될 것 같은데 이렇게 지어 놓으니 대단히 싱겁습니다. 부를 맛이 도무지 나지 않습니다. 이래서는 적적한 마음을 위로할 수도 없고 설사 흥겨운 마음이라도 북돋기커녕 나오던 흥도 도루 들어가 버립니다. 그러면 재미없다고 그냥 내버리고 마나!

아닙니다. 그래서는 동요를 지을 수가 없읍니다. 다시 한 번 생각해 볼 필요가 있읍니다.

아무나 함부로 척척 아름다운, 재미나는 노래를 지을 수는 없읍니다. 노력을 많이 해야만 합니다. 그 조그만 다람쥐란 놈이 기다란 꽁지를 끌고 살금살금 요리조리 엿보다간 쏜살같이 나무 위에를 기어오릅니다. 기어 올라 갔다가는 또 살랑거리며 내려옵니다. 내려와선 또 살랑거리며 돌아다닙니다. 그런데 둥근 달이 중천에 훤하니 밝습니다. 바람이 설렁 지나갑니다. 어디선가 알밤 한 톨이 떽데굴 굴러옵니다. 냉큼 집어 까먹어 봅니다. 또 저편에도 알밤이 굴르는 것 같습니다. 좇아가 얼른 주어 봅니다. 그런데 웬걸 밤이 아닙니다. 조약돌에게 속았읍니다. 에이 하고 돌아서려니까 또 저편에서 알밤이 구르는 것 같습니다. 그래 또 좇아가 봅니다. 그랬더니 웬걸 또 속았읍니다. 이번엔 알밤도 아니고 조약돌도 아니고 솔방울입니다. 이렇게 밤이 깊어 가는 줄도 모르고 장난꾸러기 다람쥐는 살랑거리며 놀아댑니다. (계속)

김철수, "동요 짓는 법⑮ – 재미나게 쓰자 2", 『어린이신문』, 1947.7.5.

자 그러면 다시 한 번 지어 볼까요?

무엇보다 "다람쥐"라는 그 이름이 귀엽지 않습니까? 다람쥐 다람쥐 다람다람 다람쥐 이렇게 불러 봅니다. 그러니 첫쩻 절이 그대로 생각납니다. 그래

　　다람다람 다람쥐

라고 씁니다. 또 생각합니다. 얼른 알밤 줍는 생각이 납니다. 알밤 줍는 다람쥐 옳지 그대로 또 한 절이 생각이 납니다. 그래서

　　알밤 줍는 다람쥐

하고 씁니다. 또 생각해 갑니다.

둥근 달밤이겠다. 아마 보름달인가보지…….　보름달 보름달 합니다. 그러니 또 생각납니다. 그래 그대로 또 씁니다.

　　보름보름 달밤에
　　알밤 줍는 다람쥐

그리고는 다시 생각해 봅니다. 요리조리 자꾸 살랑거리는 다람쥐란 놈을 쫓아다녀 봅니다. 홀라닥거리며 까부는 그놈이 비록 달밤이라 밝기는 하다지만 나무 그늘 밑, 바람결에 알밤인가 하고 쫓아가 보니까 밤이 아니고 조약돌이더란 생각이 납니다. 으수하지요. 옳지 그놈을 쓰자. 그래서

　　알밤인가 하고
　　조약돌도 줍고

이렇게 씁니다. 그러니 그 다음이 계속해 생각납니다. 솔방울에도 속는

생각입니다. 그래 또 그대로 씁니다.

　　알밤인가 하고
　　솔방울도 줍고

자 이만하면 간단하면서도 재미나는 노래가 된 것 같습니다.
그래 처음부터 쭈욱 한번 불러봅니다.

　　다람다람 다람쥐
　　알밤줍는 다람쥐
　　보름보름 달밤에
　　알밤줍는 다람쥐
　　알밤인가 하고
　　조약돌도 줍고
　　알밤인가 하고
　　솔방울도 줍고
　　　　（「다람다람 다람쥐」 朴泳鍾 선생 지음）

이렇게 박 선생님은 간드러진 노래를 지으셨읍니다. 그 앙징한 다람쥐란
놈이 달밤에 홀라당거리며 노는 것이 눈에 보이는 듯하지 않습니까?
　그러니 부를쑤록 재미가 납니다. 재미가 나면 언제든지 자꾸 부르게 됩
니다.
　이렇게 동요는 재미가 나야만 하고 재미나는 동요를 지으려면 노래를 짓는
그 사람의 생각부터 먼저 재미가 나야 합니다.

**김철수, "동요 짓는 법⑯ –무슨 조가 좋을까 1", 『어린이신문』,
1947.7.12.**

앞에서 동요에는 조（調）라는 것이 있어서 여러 가지로 구별이 된다고 하였
읍니다.

그러면 43조니 75조니 하는 중에서 어떤 조가 좋을까? 하고 생각하게 됩니다.

그러나 반듯이 동요를 지을 때 무슨 조로 지을가 하고 걱정하실 필요는 없읍니다.

여러분이 무엇에 느끼고 생각한 것이 노래로 나올 때는 무슨 조로 지을까? 하고 걱정하기 전에 벌써 느끼고 생각한 것에 딸아서 스스로 조라는 것이 생겨 버립니다.

그러니 그 저절로 생겨진 대로 다시 말하면 자기도 모르는 중에 절로 울어 나온 조대로 부르면 고만입니다,

44조가 75조보다도 좋다거나 65조가 34조보다 낫다거나 하는 까닭은 조금도 없읍니다.

꽃 피듯 물 흐르듯 여러분들의 가슴속에서 자연스럽게 흘러나오는 그대로 부른 노래이면 결단코 조에 꼭 맞아야만 하는 것은 아닙니다.

엄마야
누나야
강변 살자
뜰에는 반짝이는 금모래
뒷문 밖에는 갈 잎의 노리
엄마야
누나야
강변 살자
　　　（「엄마야 누나야」 金素月 선생）

이 노래는 여러분 같은 어린이가 강변에 가 보고 그 강변이 좋아서 부른 노래입니다. 강변에 닭의 장 같은 조그만 집을 짓고 엄마랑 누나랑 살어 봤으면……. 뜰에는 모래가 햇빛을 받아 반짝이고 뒷문을 나서면 갈때 잎이 바람을 타고 노래하겠지. 엄마야 누나야 우리 한번 강변에 살어 보자야 하고 부른 노래입니다.

억지로 무슨 조에 맞추려고 애쓰지 않고 그대로 말같이 나오는 대로 불렀으

나 엄마하고 누나하고 그 좀 적적한 강변에 살고 싶은 생각이 그대로 푸념같이 고요히 잘 나타났읍니다. (계속)

김철수 선생, "동요 짓는 법⑰ – 무슨 조가 좋을까 2", 『어린이신문』, 1947. 7. 19.

또 하나 이런 노래가 있읍니다.

눈이 눈이 온다
펄 펄 펄
지붕에도 오고
장독에도 오고

모두모두 오너라
검둥이도 오너라
눈을 눈을 뭉치자
눈사람을 만들자

눈이 눈이 온다
펄 펄 펄
마당에도 오고
행길에도 오고

코를 코를 붙여라
귀도 귀도 달아라
눈을 눈을 뭉치자
눈사람을 만들자
　　　(「눈사람」 김영수 선생 지음)

얼마나 재미나는 노래입니까?
꼭 44니 65니 하게 글자 수가 맞지는 안으면서도 불러 보면 역시 분명

조가 있고 그리고 눈 오는 날 어린 동무들이 눈사람을 만들며 노는 모양이 얼레 실 풀려 나가듯 술술 풀려서 아주 재미나는 노래가 되었읍니다. "조"라는 것이 있다고 해서 억지로 조에 맞추려고 하면 도리어 자연스럽지 못하고 노래가 쭈구렁 망태기가 되고 맙니다. 그렇다고 해서 글자 수가 무슨 조 무슨 조 하는데 꼭꼭 맞는 노래가 나쁘다는 것은 결코 아닙니다.

> 넘은 마을 가신 엄마
>   기다리다가
> 꼬박 꼬박 스르르
>   풋잠이 들면
> 누나 대신 부엉이가
>   아길 재운다
> 시골 집의 자장가는
>   부엉이 소리
>   (「산골집의 자장가」, 강승한 선생 지음)

이 노래는 여덟 자 다섯 자씩 꼭꼭 맞아 나갔읍니다. 허나, 억지로 맞춘 것 같이 않게[130] 자연스럽습니다.

그러나 동요란 반드시 어떤 조에나 꼭 맞아야만 좋은 게 아니고 34조거나 44조거나 혹은 75조거나 또는 어느 조에도 맞지 않거나 억지로 부르지 않고 샘솟듯 여러분들의 가슴속에서 울어나오는 대로 자연스럽게 부르는 것이 제일 좋습니다. (계속)

**김철수 선생, "동요 짓는 법⑱ ― 자연스럽게 부르자 1",
『어린이신문』, 1947.7.26.**

흔히들 "동요를 짓는다." "노래를 부른다." 하면 무슨 어려운 일이나 하듯,

---

130 '억지로 맞춘 것 같지 않게'의 오식이다.

끙끙 알른 소리를 해 가며 땀을 흘리는 분들을 많이 봅니다.

그러나 씨름하듯 힘만 드린다고 좋은 노래가 나오거나, 집 짓듯 짓는다고 동요가 되는 것은 아닙니다.

앞에서 말한 바와 같이 "샘솟듯 어린이 여러분들의 가슴속에서 울어나오는 데로" 자연스럽게 부르는 것이 제일 좋은 노래이고 그래야만 훌륭한 동요가 될 수 있읍니다.

> 네모 반듯한
> 우리집 들창
> 해 뜨는걸
> 제일 먼저 아는
> 우리집 들창
> 아기가 날마다
> 발돋음 놓고 내다보는
> 우리집 들창
> (「우리집 들창」, 尹石重 선생 지음)

얼마나 귀여운 노래입니까?

아기를 둔 집에서는 얼마든지 볼 수 있는 귀여운 풍경이 아닙니까?

그 귀여운 풍경이 그림같이 그데로 나타난 이 동요는 결단코 씨름하듯, 집 짓듯, 억지로 지은 것은 아닙니다.

그리고 조그만 들창이 누구보다도 제일 먼저 해 뜨는 것을 보는 것 같고, 아가가 날마다 발돋음을 놓고 매달려 구름이랑 나비랑 혹은 달랑거리며 벌서 일어나 놀러 나가는 바두기랑을 내다보는 그 "우리 집 들창"을 그데로 술술 부른 노래입니다.

그것을 「우리 집 들창」이라는 제목(題目)을 가지고 억지로 짓는다고 해서 이런 노래가 나오겠어요? (계속)

김철수, "동요 짓는 법⑲ - 자연스럽게 부르자 2", 『어린이신문』,
1947.8.2.

여기 또 이런 노래가 있습니다.

물 한 모금
　입에 물고
하늘 한번
　쳐다 보고
또 한 모금
　입에 물고
구름 한 번
　쳐다 보고
　　　(「닭」 강소천 선생 지음)

이 노래도 억지로 부른 노래가 아닙니다. 본 대로 얘기하듯, 술술 불러진
노래입니다.
그렇다고 재미가 없거나 싱거운 노래는 아닙니다. 여기에 동요의 맛, 노래
의 아름다움이 있읍니다.

달랑 달랑 바두기
어디 어디 가아나
달랑 달랑 바두기
아기 따라 가아지
달랑 달랑 우리 아기
어디 어디 가아나
달랑 달랑 우리 아기
엄마 따라 가아지
　　　(「달랑달랑」 김철수 지음)

이렇게 아모렇지도 않은 듯한 다시 말하면 누구나 다 알 수 있도록 아주

쉽게 불러진 노래라야만 동요로서 훌륭한 것입니다.

어린이 여러분들이 느끼는 정서(情緒), 그리는 세상은 어디까지나 단순하고 깨끗한 것이지 결코 엉킨 실같이 복잡하고, 검은 바윗덩이같이 무거운 것은 아닙니다.

여러분의 노래는 나비같이 가볍고 아름답게 흘러나와야 합니다. 억지로 노래가 불러지는 것도 아니요, 억지로 동요가 지어지는 것은 아닙니다. 그러니 여러분들이 언제나 노래 부르고 싶고 동요를 짓고 싶을 때면 너무 어렵게 생각하지 말고 먼저 마음에 떠오르는 대로 자연스럽게 부르는 것이 제일 좋은 방법입니다.

여러분들은 8·15 전에 여러분들의 노래, 우리 조선의 노래를 부를 수 없었던 불행한 가운데서 자라 왔습니다. 그러나 이제부터는 마음껏 우리 노래를 부르고 무럭무럭 자라십시오. (끝)

金河明, "作文教育 斷想", 『경향신문』, 1947.4.20.[131]

매끄러운 말을 골라 읽기에 流暢한 文章을 쓰도록 공부하는 것이 文學修業의 全部이던 時代도 過去엔 있었다. 그러나 오늘날의 文學修業이란 것은 벌서 옛날과 같은 美辭麗句로써 그의 無思想을 隱蔽할 수 있는 그런 單純한 文章修業이 아니라 뚜렷이 그것은 하나의 人間修業이며 社會修業임을 누구나 否定하지 않을 것이다. 兒童作文의 目的 亦是 文章技術의 指導라든가 옛날의 風月客처럼 달을 보고 눈물을 흘리며 꽃의 아름다움에 世事를 잊으려는 따위의 趣味를 養成하는 데만 끄치는 指導는 오늘날엔 벌서 骨董化한 形式이 아닐 수 없다. "表現에 의한 生活認識力의 培養"이 作文의 機能임은 오늘날에 있어서도 不變한 作文教育의 獨自性이지만 自然이며 社會이며의 모든 思想이 流動하고 變遷하는 것이 明白한 事實일진대 우리는 "어떠한 生活을 어떠한 方向에 向하여 어떠한 角度에서 認識시키느냐?"를 問題 삼아야 할 것이며 그것은 또한 時代的 要請에 依하여 決定될 것이다. 때문에 作文教育의 目的은 教育의 目的觀 우에서 設定되며 따라서 또 當世代人의 "어떻게 사느냐."의 問題와 關聯되는 것이다. 朝鮮의 모든 事態는 確實히 八·一五 以前과는 같지 않으며 또한 같아서는 안 될 것이다. 歷史的 必然性은 朝鮮 사람에게 生活體制의 再考察과 再批判을 强要하였다. 虛僞와 搾取와 壓迫이 뒤섞이어 不義를 醸成하는 醜惡의 溫床이던 社會를 科學의 '메쓰'로써 手術 切斷하여 모든 사람의 高貴한 人間性이 自由로히 發展할 수 있는 새로운 社會로 改造하는 것이 民族의 絶對 課題로 賦與된 것이다.

過去의 우리 民族의 生活이 封建體制에서 한걸음도 빠져나오지 못하고 虛禮와 慣習의 惰性에 끌리어 非創意的이고 非個性的이며 非合理的인 따라서 非文化的인 生活 아닌 生을 지탕하기에만 汲汲하지 않을 수 없었다는 것은 二十世紀의 悲劇이 아닐 수 없었던 것이다. 이제 우리 民族은 心身兩面이 모두 科學의 洗禮를 받아야 할 것이며 이로써 비로소 近代化할 수 있을 것이

---

131 '師範大學 金河明'이라 되어 있다.

요 解放 民族일 수 있을 것이다. 이러한 意味에 있어서 思想의 科學的인 觀察과 思考와 處理 方法의 體得이 先決問題로 提起되는 것이다. 따라서 科學과는 너무도 因緣이 먼 封建性과 自己 野慾에서 意識的으로 이것을 助長하던 日帝의 殘滓와 無智와 偏見 때문에 自己 誇張과 排他를 일삼던 國粹主義가 敎育의 內容 形式 兩面에서 完全히 逐出되어야 하는 것이다.

오늘날의 敎育은 兒童으로 하여금 事物을 있는 그대로 보며 道理에 따라 생각하며 法則에 맞추어 處理하도록 生活習性을 만들어 주어야 할 것이다. 現實을 正確히 把握함으로써 그의 矛盾을 摘發할 것이고 그 矛盾의 除去로써 社會는 깨끗하여지며 아름다워질 것이요 따라서 人生은 希望과 歡喜에 찬 樂園이 될 수 있다는 것을 아르키며 體驗시킬 것이다. 作文함으로써 兒童生活을 社會的으로 組織하고 發展시키며 作文함으로써 社會와 生活을 客觀的으로 認識시키는 것이 오늘날의 作文敎育의 唯一한 目的이어야 할 것이다.

金元龍, "兒童敎育의 眞實性－熱과 誠으로 實力培養하라",
『경향신문』, 1947.4.24.

敎育은 國家發展의 推進力이요 民族 百年大計의 柱礎인 것은 말할 것도
없거니와 그러기 때문에 强盜 日帝는 무엇보다도 먼저 우리의 敎育界를 抑壓
하여 愚民政策을 實施하고 그 暴惡한 殖民地 政策을 合理化시키는 手段을
取해 왔던 것이다. 歷史의 機軸이 一轉한 今日의 朝鮮 民族은 解放과 아울러
우리 "말"과 "글"을 使用하게 되었으니 民主主義 國家 建設에 있어 가장 能率
的인 敎育界의 기쁨은 더한층 컸던 것이다.

이 같은 好機會에 가르키고 배우는 사이가 서로 一致協力하여 實力을 發
揮할 수 있는 環境 속에서 學問의 道를 닦고 眞理를 探究한다면 建國途上에
있어 朝鮮의 將來를 위하여 慶賀할 바라 할 수 있다.

그러나 解放 爾後의 學園은 오히려 混亂과 荒廢를 招來하여 學童들로 하
여금 不安과 焦燥의 雰圍氣에서 彷徨케 하는 現象을 識者는 痛嘆하지 않을
수가 없다.

日帝 最後期 四, 五年 동안은 徵兵이니 學兵이니 徵用이니 무엇이니 하여
工夫를 못하던 것이 解放된 오늘에 倍加의 熱과 誠으로써 學道에 臨해야
할 것이 아직도 不安 속에 있다는 것은 朝鮮의 將來를 爲하여 火急히 解決할
問題일 것이다. 보건대 學校에 따라서는 解放 後 오늘에 이르기까지 敎員
陣營마저 確立하지 못하고 있는 곳도 不少한 바 勿論 最大 原因은 敎員이
不足한 탓도 있겠지만 그렇다고 해서 敎員의 良否가 學童에게 미치는 影響을
생각지 않을 수가 없다. 筆者가 不適當性을 指摘한 것은 體系的 敎育을 받지
못한 사람이라는 것이 아니라 그 實力과 誠實을 말함이다.

專門大學을 나온 사람도 敎育에 對한 熱과 誠意가 不足하다면 向學熱에
불타는 어린 그들의 意思에 맞지 않을 것이며 自身의 實力을 冷察하여 不斷
한 努力으로써 賦與된 任務와 責任을 履行한다면 오히려 學童에게서 好感
을 사는 훌륭한 敎員이 될 수 있을 것이다. 先生을 泰山같이 믿고 螢雪의
功을 쌓아 가는 거룩한 배움의 殿堂에 自己의 出身만 믿고 拙劣한 敎授法도

何等의 反省이 없다면 將來 一國의 運命을 左右 支配할 精銳分子들을 도맡아 가르킨다는 것은 朝鮮의 將來를 爲하여 甚히 憂慮되는 바 적지 않다.

한 사람의 教員이 백 아이의 어버이란 聖스러운 職責을 감당할 수 없는 사람은 먼저 民主主義 特徵인 自己批評에서 깨끗이 學園을 물러서야 옳을 것이다. 그리고 解放 後 不足한 人員과 混亂 속에서 臨時로 教授科目과 席次 分擔을 定한 것을 그 後 情勢가 바로잡히고 外部에서 實力 있는 教員이 轉任해 와도 그 자리를 容易하게 비여 주지 않는 關係로 不祥事가 생기는 學校도 있음을 본다. 거울처럼 맑어야 할 學園에서 이러한 不純性이 表面化 된다면은 그것이 銳感性과 進步性을 가진 學童의 教育에 卽是 反映이 될 것이요 따라서 그들의 前途에 暗影을 던지는 거와 같은 것이다.

이러한 雰圍氣 속에서도 學生이 校規를 違反한다든가 혹은 訓育上 재미롭지 못한 것이 있을 때에는 서슴치 않고 학생을 處罰할 것이니 이야말로 아이들을 나무에 오르게 하고 흔드는 거와 무엇이 다르랴! 그러므로 이러한 問題는 事前에 校長이 公私를 가리는 冷靜한 立場에서 英斷的 處斷으로 實力 가진 教員에게 教育行政의 實權을 賦與하는 것이 實力 教員의 出世와 아울러 教務 發展上 當然한 處事이며 外部의 優秀한 教員 초빙에도 좋은 方法이라고 본다.

朝鮮의 解放이라는 것이 우리의 主體的 條件이 成熟되고 또 人民의 積極的 參與로 因하여 된 것이 아니고 外力으로 말미암아 이루어진 까닭에 日帝 殘滓群과 惡質分子에게 跳梁할 틈을 주어 이 땅의 文化가 날로 低下되어 가는 今日—明日의 朝鮮을 負荷할 學童教育에 있어 좀 더 進步的인 方策을 樹立하여 當面 教育家의 反省과 精進이 强要됨을 覺得해야 할 것이다. 아무리 建國 前夜의 民生과 政治思潮가 混沌은 하였다 하드래도 자라나는 世代의 學園만은 瘴癘의 惡氣를 막어 주어야 할 것이 教育家 諸氏의 建國的 使命이며 또한 唯一한 民族 更生의 活路인 것을 알아야 할 것이다.

(筆者는 兒童雜誌 『새동무』 主幹)

박영종, "童謠鑑賞 자장가", 『새싹』, 제4호, 1947.4.

사람으로 들을 수 있는 그중 아름다운 노래는 어머니의 자장가입니다. 자
장가는 큰 편안함과 절로 잠이 오는 꽃 잠자리를 얽어주는 것입니다. 이런
뜻에서 자장가는 아기의 노래이나 사실은 어머니의 노래입니다. 귀여운 아기
를 재우는 기쁨은 어머니로 하여금 제절로 노래가 되는 것이며 아기를 재우기
보다 아기를 축복하시는 어머니의 기도에 가까운 노래입니다.

> 자장자장 자는고나
> 우리아기 잘도잔다
> 은자동이 금자동이
> 수명장수 부귀동이
> 은을주면 너를살가
> 금을주면 너를살가
> 나라에는 충신동이
> 부모에게 효자동이
> 형제간에 우애동이
> 일가친척 화목동이
> 동내방내 유신동이
> 태산같이 굳세거라
> 하해같이 깊어깊어
> 유명천하 하여보자
> 잘도잘도 잘도잔다
> 두둥두둥 두둥두둥
> 우리아기 잘도잔다

옛날 자장가로서 아기의 축복과 소망을 노래한 어머니의 노래입니다.

> 자거라 자거라 귀여운 아가야
> 꽃속에 잠드는 범나비 같이
> 고요히 눈 감고 꿈나라 가거라 (이상 28쪽)

하늘우 저 별이 자질때까지

자거라 자거라 귀여운 아기야
금잔디에 잠자는 봄바람같이
고요히 눈 감고 꿈나라 가거라
꽃잎을 나리는 바람 따라서

자거라 자거라 귀여운 아기야
버들 속 잠드는 파랑새같이
고요히 눈 감고 꿈나라 가거라
꿈나라의 앵도밭을 어서 찾아라

(파인)

나비, 봄바람, 파랑새, 꿈나라.

모두 어머니의 축복의 정성이 아른대는 말입니다. 더욱 노래도 퍽 부드럽고 첫 줄 "자거라"를 셋째 줄 "자거라"에서 잘 받았기 때문에 어머니의 목소리가 들릴 듯 노래가 정답도록 부드러워졌으나 애석하게 맨 끝 절에 "꿈나라의 앵도밭"에서 "의"로서 파격(破格)을 하여 섭섭하였습니다.

아가야 착한 아기 잠 잘 자거라
초저녁 달을 보고 멍멍 짖다가
무서워 바두기도 잠이 들었다

아기야 착한 아기 잠 잘 자거라
아무리 불어 봐도 소리가 안나
심심해 나팔꽃도 잠이 들었다

아기야 착한 아기 잠 잘 자거라
모여서 소곤소곤 채송화들도 (이상 29쪽)
입들을 꼭 다물고 잠이 들었다

아기야 착한 아기 잠 잘 자거라
집 없는 잠자리도 풀잎에 앉아

눈물이 글썽글썽 잠이 들었다
(尹石重)

　바두기도 채송화도 나팔꽃도 집 없는 잠자리까지 벌써 잠이 들었다. 귀여
운 아기야 어서 자거라 하는 것입니다. 역시 어머니의 조용한 목소리가 들
립니다. 여기서는 어머니의 축복보다도 오히려 초저녁의 애수가 흐르고 있
습니다.

　　댑 々 댑사리
　　댑사리는 한살
　　울 々 울아기
　　울아기는 두살

　　댑 々 댑사리
　　이슬 먹고 자라고
　　울 々 울아기
　　맘마 먹고 자라고

　　댑 々 댑사리
　　남새밭에 자라고
　　울 々 울아기
　　엄마 품에 자라고

　　댑 々 댑사리
　　하늘만큼 자라고
　　울 々 울아기
　　지붕만큼 자라고

　　댑 々 댑사리
　　댑사리는 한살
　　울 々 울아기
　　울아기는 두살
　　　　(「댑 々 댑사리」, 尹福鎭)

여름 한 철에 무럭무럭 크는 댑사리처럼 우리 아기도 어서 크거라 하는 노래입니다. 조용하다기보다 가볍고 빠른 박자(이상 30쪽)(拍子)가 있어 아기를 토닥토닥 재우는 모양입니다. 이슬과 맘마는 깨끗한 대구(對句) 남새밭과 엄마 품은 아기의 행복된 것이 도두러지게 나타나고 하늘과 지붕은 둘 다 따뜻한 것이래서 붕실붕실 커 가는 듯한 생각이 납니다. 이 노래에서는 가장 대구(對句)가 아름다웠습니다.

우리아기 형제
귀염보 형제
두귀가 넓다란
귀염보 형제
　　자장 자장 자장
　　어서 자거라

또록또록 초록별
눈 뜨기 전에
길다란 속눈섭에
조름 맺는다
　　자장 자장 자장
　　조름 맺는다

자장자장 잘자고
어서 크며는
꽃가마에 태워서
장가 드린다
　　자장 자장 자장
　　장가 드린다

우리 아기 형제
귀염보 형제
두눈이 굵다란
귀염보 형제
　　자장 자장 자장

어서 자거라

（朴泳鍾）

어머니의 소망이 가득한 노래입니다. 귀가 넓고 눈이 굵어 福이 많고 어질
은 귀여운 형제를 어서어서 키워서 장가를 드렸으면… 얼마나 어머니의 아름
다운 꿈이 피었는 자장가입니까?

역시 자장가는 아기의 노래이기보다 어머니의 노래며 어머니의 축복과 소
망이 가득한 기도입니다.

（朝鮮兒童會 理事） (이상 31쪽)

李元壽, "兒童文學의 史的 考察", 『少年運動』, 제2호, 朝鮮少年運動中央協議會, 1947년 4월호.

우리 朝鮮의 兒童文學은 過去의 遺産을 갖지 못했고 따라 繼承할 아무것도 없이 자라나고 있다.

成人文學에 있어서는 적으나마 古典이랄 것이 있었으나 兒童文學에 있어서는 바루 荒蕪地를 開拓하는 셈이었다.

그야 「새야 새야 파랑새야」나 「달아 달아」, 「따복 다복 다복내야」 等의 많은 口傳童謠와 「흥부傳」 같은 類의 小說이 있긴 했으나 兒童文學으로서 評價하기엔 우리들의 慾望과 그 距離가 너무 멀다.

先進諸國의 過去 二十世紀에 亘한 發展을 살펴볼 때, 佛蘭西의 創作童話, 十八世紀 中葉의 「로빈손·크루소」와 「껄리버 旅行記」 獨逸의 「그림 童話」 덴마-크의 「안데-센」, 本格的 少年小說로서의 「쿠오레」 「집 없는 아이」, 詩로서 '로세티-' '스티븐손'[132] 等, 相當한 歷史가 存在해 있으나 朝鮮의 兒童文學은 一九一○年代에 와서야 崔南善 氏 主宰의 少年雜誌에서 비롯했다고 할 수 있다. 이 草創期의 兒童文學은 當時의 進步的 新思潮를 받아들여 이를 鼓吹하였던 것이었다. 卽 李朝時代의 封建的 退嬰的 暗黑思想에 反抗하는 啓蒙文學으로 나타난 것이었다. 여기서는 兒童文學의 本質보다 民族主義文學의 役割이 더 뚜렷하였다.

純兒童文學의 面目을 가추고 나선 것은 一九二二年頃에 始作된 童心文學運動이다. 小波 方定煥 氏를 中心으로 한 少年解放運動, 卽 兒童人格 尊重, 虐待 驅迫 反對의 運動과 聯關된 童心至上主義的 兒童文學은 『어린이』 雜誌를 通하야 主로 人道主義的인 美談과 少女的인 感傷을 表現하였고 指導的이기 전에 甘美, 夢幻의 文學을 이루게 된 것이다.

---

132 크리스티나 로세티(Christina Georgina Rossetti: 1830~1894)는 영국의 여류시인으로, 작품으로 어린이의 마음을 노래한 동요시집 『창가(Sing-Song)』(1872) 등이 있다. 스티븐슨(Robert Louis Balfour Stevenson: 1850~1894)은 영국의 작가로 모험소설 『보물섬』(1883) 등의 작품이 있다.

이는 封建的인 朝鮮社會에 歐美의 思潮가 밀려들자 이를 맞이할 地盤이 굳기도 전에 또한 이를 맞지 않을 수 없음을 안 朝鮮이었기 先進國에 步調를 마추려는 一部 資本階級도, 實存하는 封建制度를 否定치 못하고 이와 妥協하야, 結局, 舊道德을 打破치 않고 修正 改良코자 한 活動이 兒童文學에도 反映되어 愛國思想 鼓吹와 軍國美談의 飜譯文學 等이 盛했고 한편 現實의 絶望的인 데서 오는 센치멘타리즘과 非現實的인 作品이 主流를 이루었다.

特히 童謠 部門에 있어서는 外國에서 오랜동안에 作品의 內容이 되었던 花鳥月星 懷鄕 別離의 갖은 題目이 短期間에 早産兒 같은 虛弱體로서 作品化되었다.

마치 肥料 없는 薄土에 남 먼저 핀 야윈 꽃들과도 같은 이 作品들은 大槪 封建性을 內包한 自由主義의 畸形兒로서 새 時(이상 6쪽)代의 正當한 方向을 明示치 못하고 小뿌르的 傾向을 兒童大衆에게 심어 주었었다.

以上을 便宜上 第一期라고 한다면 兒童文學의 第二期는 一九二五年 — 一九三五年일 것이다. 앞서 勤勞大衆의 社會를 土臺로 하야 擡頭하고 있던 階級文學이 뿌리 弱한 旣成文學을 壓倒하고 活潑한 움직임을 보일 때, 兒童文學에 있어서도 이러한 傾向은 當局의 彈壓 밑에서 푸로레타리아 兒童文學으로서 가시밭길을 걷고 있었다.

卽 『별나라』『新少年』誌들을 中心으로 이루워진 一聯의 兒童文學은 階級的 良心에서 過去의 少年解放運動이, 根本을 問題하지 않고 枝葉만을 重要視한 것을 批判하고 童心至上主義의 貴族性을 排擊하야 社會構成의 一分子로서의 兒童을 認識하고 이들을 象牙塔에서 끌어내렸던 것이다.

그러나 이러한 正當한 指標를 가졌음에도 不拘하고 創作活動에 있어서 誤謬를 犯한 바 없지 않었다. 卽 童心至上主義를 排擊하는 나머지 童心을 否認하는 것 같은 程度에 이르렀고 感傷과 지나친 幼稚를 버리는 남어지 兒童의 思想感情을 超越한 成人的 兒童文學을 만들어 버린 그러한 作品이 적지 않었다. 그 가진 意圖가 좋았음에도 不拘하고 實踐에 있어서 우리는 스스로 批判하지 않으면 안 될 많은 材料를 가졌던 것이다. 그리고 이 時期의 特徵으로 童話에 있어서는 過去의 傳來童話로부터 文藝童話 生活童話의 隆盛, 詩에 있어서는 童詩 自由詩의 隆盛이 있다.

第一期의 童心文學에서 傳來童話와 定型律 詩가 그 그릇이 되기에 適合했다면 第二期의 生活童話와 自由律의 童詩는 그 時代의 精神을 노래하기 適當했던 것이었다. 少年詩의 本格的인 發達은 이때를 그 始初로 볼 수 있을 것이다.

이 傾向的인 兒童文學이 日帝의 去益加重하는 彈壓을 받아 雜誌는 廢刊되고 新聞도 紙面을 여간에 내지 않어 鬱憤 속에 그 活動이 停止될 때 純粹를 標榜한 幼兒文學(?)으로 命을 잇다가[133] 日語常用運動에 맨 처음 犧牲을 當하고 말았던 것이다.

그러면 八·一五 以後의 兒童文學은 어떻게 되어 가나? 우리의 關心은 여기 集中되는 것이지만 南朝鮮의 兒童文學은 아직도 正路에 오르지 못했다고밖에 볼 수 없다.

解放直後부터를 第三期라고 한다면, 이는 마땅이 여태까지의 正常한 發展을 阻止當하던 時代로부터 解放된 正正當當하고 積極的인 活動期가 되어야 할 것이겠지만 眞正한 解放이 오지 않은 이 땅에는 日常時代와 같은 갖은 困難과 障碍가 있음을 볼 때, 痛嘆치 않을 수 없다.

進步的인 兒童雜誌는, 經營이 困難하고 얼마 안 되는 定期刊行物은 文學의 좋은 機關이 되기보담 한글 普及機關쯤의 役割을 하게 된 것은 참으로 遺憾된 일이다.

가장 힘 있게 뻗어나가야 할 兒童文學이 出版業者의 利潤에 制約을 받고 漫畵書의 汎濫을 보게 되는 것은 日常敎育과 日常的 兒童文學의 害毒을 淸算시켜야 할 朝鮮 兒童에게 너무나 無責任하고 罪悚한 일이 아닐 수 없다.

오늘의 兒童文學은 過去의 少年解放運動과 結付된 自由主義的, 民族主義 文學이나, 反抗과, 憎惡이나 貧寒만을 强調한 傾向文學의 諸 形態에서 이제야말로 本質的인 兒童文學으로 揚棄되어 民主主義的인 思想에서 이루워저야 할 것이다.(이상 7쪽)

이것은 童心至上主義的인 것이나, 成人의 階級鬪爭 感情의 直移入한 小形 成人的 文學도 아닌, 無理히 童心을 沒却치 않고 實社會와 깊은 關聯을

---

133 '잇다가'의 오식이다.

가진 산 人間으로서의 兒童을 그리는 文學이어야 하며 民主朝鮮의 將來를 擔當할 第二國民으로서 眞實로 必要한 眞正한 進步的 民主主義的이요 反封建的인 그리고 어른들의 社會와 담을 쌓지 않는 것이어야 할 것이다.

지금의 朝鮮이 革命的 段階에 있는 以上으로 兒童은 우리들 成人 以上의 進步性과 革命性을 要求하는 것이어야 할 것이매 兒童文學은 헛되이 日帝의 기만 政策下에서 가졌던 奴隷的 人生觀을 勇敢히 抛棄하고 새 時代의 兒童을 理解할 수 있는 文學만이 能히 이를 擔當해 나갈 수 있을 것이다. 童心이란 天使 같은 것이 아니오 傾向的이란 極端的인 것만을 意味하지 않는 것이므로 우리는 生活에 立脚하야 그러나 生活에 屈服하지 않는 人間으로서의 兒童文學을 내놓아야 할 歷史的 任務를 遂行해야 될 時期에 서고 있는 것이다.(이상 8쪽)

楊美林, "「어린이 時間」放送에의 回顧와 展望", 『少年運動』, 제2호, 朝鮮少年運動中央協議會, 1947년 4월호.

머릿말

나는 오늘 "어린이 시간" 放送의 現職 責任者가 아니다. 그러므로 本題는 一見 나에게는 當치않은 일 같다. 그러나 一九四三年 二月 八日 日帝 官憲에게 檢束되여 强制的으로 그 일에서 떠나게 되기까지 近十年間을 從事해 왔던 나에게는 잊지 못할 일이며 또 오늘 "放送日評"(『文化日報』) 執筆者로서[134] 解放 後의 "어린이 시간" 放送에 對하여 一言 없을 수 없음을 나 스스로 즐기여 起筆하는 바이다. 讀者諸賢의 照諒를 求하야 마지않는다. (一九四七. 三. 一)

×　　×　　×

'라디오'의 "어린이 시간" 放送은 一九二八年 二月 一六日, 朝鮮 最初의 公開放送과 同時에 出發한 것이다.[135]

初期의 相當히 오랜동안을 單一 電波로 日語와 우리말 '프로그람'을 混淆 放送하여 時間的으로나 放送 形態로나 如意치 못하였음은 이제 새삼스러히 긴 說明이 必要치 않다.

그러나 그 放送하려던 本然의 意圖만은 지금 回顧해 보아도 어느 程度 들어나고 있는 듯하다.

一九三五年頃까지를 初期의 "어린이 시간"으로 보아 좋을 것으로 생각

---

134 양미림은 1946년 12월 6일부터 『藝術通信』에 「放送日評」을 연재하였다. 『藝術通信』은 1947년 3월 11일 자부터 『文化日報』로 개제하였다. 양미림은 『文化日報』에도 계속하여 「放送日評」을 연재하였다.

135 1927년 2월 16일 오후 1시부터 JODK라는 호출부호로 〈경성방송국〉이 첫 전파를 발사하였다. 처음에는 일본어와 조선어의 혼합 방송이었는데, 1933년 4월 26일 일본어를 제1방송으로 조선어를 제2방송으로 하는 이중 방송으로 개편하였다. 1932년 4월 7일 사단법인 〈경성방송국〉을 사단법인 〈조선방송협회〉로 개칭하였고, 1935년에는 〈경성중앙방송국〉으로 바꾸었다.(한국방송공사, 『韓國放送六十年社』, 1987 참조) '一九二八年 二月 一六日'은 양미림의 착오다.

된다.

初期 '프로그람'의 大宗은 童話와 童謠로서 그 主要한 放送 出演者는 方定煥(小波), 李定鎬(微笑), 延星欽, 高長煥, 崔泳柱(以上 諸氏는 故人), 高漢承, 尹克榮, 鄭淳哲, 表漢鍾, 金泰晳, 尹喜永, 秦長燮(金星) 諸氏이었으며 團體로는 〈가나다會〉, 〈게수나무會〉, 〈白羊會〉, 〈꾀꼬리會〉 等의 이름이 아직도 귓가에 남아 있다.

一九三五年 九月 日 二重放送이 開始되면서부터[136] "어린이 시간"도 日語 '프로그람'에 곁드려 있던 것에서 分離 獨立되어 첫째 時間的으로 每日 一回씩이란 特權과 둘째는 朝鮮 兒童만을 對象으로 放送한다는 性格이 多少間이나마 表示될 수 있었다.

放送 形態로는 "어린이 시간"이 따로 생겼으며 '프로그람'에는 從來의 姑息的이던 童話 童謠뿐이던 것에서 音樂과 劇放送의 增加가 顯著하였으며 또 科學知識과 一般敎養을 爲한 趣味的인 것도 漸次 放送되였었다.

그러나 아모리 큰 意圖와 조흔 企劃을 가지고 臨하였드라도 北支事變으로부터 太平洋戰爭에 突入하던 戰時放送 體制에는 어찌할 道理가 없었으며 所謂 그 同化政策 放送은 먼저 "어린이 시간"에 適用되어 一九四三年 日語放送으로 統一됨으로써 마침내 廢止되고 말었던 것이다.

日語混用뿐 아니라 참아 들을 수 없는 軍國主義思想 高潮(戰爭完遂)(이상 19쪽) 皇民化精神 注入 國民學校 敎育補充 等에의 强要가 日益加重되다가 그나마 電波管制란 單一放送化의 爲政, 軍部, 當局 方針에는 무었보다 먼저 "어린이 시간"이 餘地없시 그 자최쫓아 없어졌던 것이다.

日帝下 特히 太平洋戰爭 中의 放送內容에 對하여는 이제 되푸리하여 日是日非를 말하고 싶지도 않다.

그러나 다못 한 가지 숨은 공로가 있다고 귀태여 말할 수 있다면 小學校에서는 勿論 어떤 公的 集會에서나 一般社會에서까지 公公然하게는 조선말의 이야기와 노래가 禁斷된 지 오랜 後日까지도 擔當者들의 남모르는 苦心으로

---

136 이중방송(二重放送)은 제1방송과 제2방송으로 방송되는 것을 말하는데, 제2방송은 조선어로 방송하였다. 1932년 5월 4일에 허가가 되어 여러 준비를 거쳐 1933년 4월 26일부터 실시한 것으로 확인된다.(「二重放送 開始—二十六日 記念式 擧行」, 『동아일보』, 33.4.18)

겨우겨우 그 放送을 延命 繼續해 오다 아주 決戰期에 들어가 허는 수 없시 絶命되였었다는 눈물겨운 事實이다.

이런 回顧는 말하기에 따라서는 끝없을 일 같으므로 이만하고 數年을 絶命하였다가 저 八·一五의 歷史的 自由 解放과 同時에 蘇生한 이 再生의 "어린이 시간"에 對하여 若干의 展望을 試論해 보련다.

×　　　×　　　×

오늘의 "어린이 시간"을 爲하여 맨 먼저 祝福할 것은 우리 母語의 完全 解放이며 다음으로는 可能한 限度까지 先進 諸 民主主義 國家의 放送制度를 輸入 攝取할 수 있는 이 두 가지 點이다.

現 放送當局者들은 무서운 日帝의 桎梏에서 解放된 이 땅의 어린 겨레들에게 마음으로부터 즐길 수 있으며 새로운 時代의 산 科學知識과 敎養이 될 만한 '프로그람'을 提供하기에 相當히 苦心하고 있는 것으로 聽取됨은 同慶하야 마지않는 바이다.

그러나 아직도 그 企劃性의 貧困을 指摘하지 않을 수 없으며 放送 出演者의 新開拓이 不足한 것은 演出者의 舊態依然함과 아울러 큰 期待를 가지는 어린 聽取大衆에게 적지 않은 失望을 주고 있다.(이상 20쪽)

또 그런가 하면 部分的으로 過多한 興味를 끌기에 必要 以上으로 大放送(?)을 하는 것이 있는데, 그 代表的인 것으로 우리는 「똘똘이의 冒險」을 들 수 있다.

끝으로 覺書 삼아 몇 마디 당부하고 싶은 것은 現在나 將來나 兒童文化運動에의 中心이 될 곳이 "어린이 시간"일 것을 當路者들도 그만한 矜持와 責任感을 가지고, 좀 能動的이고 開放的으로 어린이들을 爲한 藝術과 科學의 敎室化하기에 硏究 努力해야 할 것이다.

興味와 有益이 渾然融合된 그야말로 어린이들이 듣지 않고는 못 백일 날마다의 日課로까지 만들기에 成功해야 할 것이다.

그리고 한 가지 提案하고 싶은 것은 어린이들이라고 成人들과 따로 生活하는 것이 아니고 特히 家庭生活에 있어서는 그 限界가 至極히 區分하기 困難할 程度인즉 一般成人 對象 '프로그람' 中에도 適當히 어린이들을 爲한 또는 어린이들도 같이 들을 수 있는 考慮下에 企劃編成한 것을 隨時로 放送

해야 할 것이다. 그러므로 "어린이 시간"이란 반드시 傳統的 方式으로 초저녁에 獨立하여 떠러저 있는 한 固定한 時間으로만 編成 放送할 것이 아니고, 다시 그 外에 一般 '프로그람'에까지도 揷入 進出되여야 할 것이다.

　따라서 또 그 放送形態도 반드시 童話나 童謠라고 童子를 붙일 것이 아니고 어린이에게 주는 훌륭한 內容으로 된 것이면 무엇이던지 좋다. 都大體, 現在 "어린이 시간" 프로그람은 劃一性이 絶對的으로 뿌리를 박고 있으려 自由로운 創意에서 나온 것이 매우 적다.

　童謠에는 틀림없겠으나, 날마다 童謠라는 種目으로 一曲一曲 紹介해 부르는 等은 兒童音樂의 特殊性을 沒却한 죽은 放送이라고 아니 할 수 없다.

　또 童話는 勿論 學術的인 이야기에 있어서 어린이들이 理解치 못하거나 理解키 困難한 漢字熟語 그대로를 羅列하는 따위의 言語表現은 그 內容 如何를 不問하고 벌서 그것은 聽取對象인 어린이들을 爲한 것이 아니고 그 放送者 自身의 것밖에는 못 될 것이다.

　다음은 끝으로 劇的構成으로 된 '프로그람'에 있어서는 억지로 ××劇이란 타이틀의 拘碍를 받을 것 없시 空間을 超越한 放送의 特殊性을 充分히 살리여 特히 想像力이 豊富한 어린이들에게 있어서는 多分히 映畵藝術的 手法을 引用하여 適當한 音樂과 音樂 效果의 最大限 活用으로 自由로운 表現과 描寫를 할 수 있음으로써 비로소 어린이들의 旺盛한 知識慾과 藝術慾에 應할 수 있을 것이다.

　極히 抽象的인 論及에 끝이고 말었으나 다시 詳論은 適當한 다른 機會를 기다리기로 하겠다.　　（끝）(이상 21쪽)

一記者, "잊을 수 없는 이들", 『민중일보』, 1947.5.4.(속간 제24호)

方定煥 先生

朝鮮말에 처음으로 "어린이"라는 말을 지어냇고 또 "식씩하고 참된 소년이
됩시다. 서로 도웁고 사랑하는 소년이 됩시다."라는 말을 軍號 삼아서 "어린이
날" 運動을 이르킨 小波 方定煥 先生의 일흠을 오늘의 어린이들은 잘 모를
것이다.

先生은 지금 살어 게시면 今年으로 꼭 五十이 되신다. 본시 가난한 집안에
태여낫스나 어려서부터 뛰여난 재조와 놀나운 성품은 곳 세상 사람들의 인정
하는 바 되야 己未年 獨立運動 前後 해서 日本 東京에 가 遊學하는 中 特히
少年問題에 關心을 가지고 少年運動을 이르키기로 하야 西紀 一九二一年
〈색동회〉라는 會를 組織하얏다.

그 후 곳 朝鮮에 도라와 여러 가지로 活動하는 한편 一九二二년 三月 朝
鮮에서는 처음이라고 할 만한 少年文藝雜誌 『어린이』를 創刊하였다.[137](註
己未獨立運動 以前에는 崔南善 氏 主宰한 『아이들보이』라는 少年雜誌가
있다.)

이해 五月에는 有名한 "어린이날"을 制定하야 全國的으로 어린이를 虐待
하지 말자 어린이를 尊敬하고 사랑하자 하는 運動을 이르켯다. 이러케 少年
運動과 少年雜誌에 專力하는 한편 先生은 또 童話 잘하기로 有名했다.

「석냥파리 少女」와 「산드룡의 유리구두」 등의 外國童話와 또 朝鮮의 傳來
하는 童話를 가지고 어린이들뿐 아니라 어른들까지도 울리고 웃기고 하야
號는 小波지만 그 뚱뚱한 몸에 땀을 뻘뻘 흘려 가면서도 두 時間 세 時間式
혼자서 얘기를 마터 하였다.

그리고 또 童話도[138] 여러 篇 지였는데 「兄弟별」, 「눈」, 「귀뜨래미」 등 오늘
까지도 이곳 어린이들이 부르는 노래를 지여내였다.

---

137 『어린이』창간은 1923년 3월 20일이므로, 1922년 3월이라 한 것은 잘못이다.
138 문맥으로 보아, '童謠도'의 오식이다.

全國的으로 少年運動을 이르킨 先生은 一九二四年 八月에는 全朝鮮少年 指導者大會를 召集하야 少年問題에 對한 여러 가지 成果를 걷우었다. 한편 先生은 開闢社라는 雜誌社의 重要한 자리를 차지하야 先生이 "은파리"라는 別名으로 쓰신 글은 그때 混亂한 社會를 諷刺하야 警世시켯든 것이다.

이러케 十餘年 少年을 爲하야 일해 오신 先生을 一九三○年부터 健康이 조치 못하야 드듸여 그 다음해 一九三一年 七月 二十三日 저녁때 지금 서울 大學病院에서 三十三歲의 젊으신 나히로 세상을 떠낫다. 先生의 葬禮날 數百名 少年少女들이 先生의 靈柩車를 붓잡고 "先生님 先生님" 하고 울든 光景은 아직도 記者의 눈앞에 보는 듯하다. 先生의 遺骸는 忘憂里 峨嵯山 上峰에 모시였다. 先生의 遺著로는 『사랑의 선물』과 『小波全集』이 있다.

李定鎬 氏

氏는 小波 先生의 뒤를 바뜨러 『어린이』 雜誌 編輯에 全 心身을 바치신 분이다. 氏는 中學만 나와 가지고 곳 少年文藝運動에 몸을 바쳐 오다가 八年 前 三十六歲의 아까운 나히로 解放되는 어린이들을 보지 못한 채 슬픈 一生을 마치였다. 그리고 氏는 "微笑"라고도 하였스며 遺著로는 『世界一週童話集』이 있다.

崔泳柱 氏

李定鎬 氏보담 조금 늦게 『어린이』 雜誌 일을 도으면서 小波 先生의 事業을 바뜨러 오든 분이다. 氏는 水原 出身으로 培材中學을 나온 후로부터 少年運動에 參加하였다. 『小波全集』은 氏의 全力을 傾注하야 編纂한 것이다. 氏는 解放되든 해 正月(一九四五年) 小波 先生의 뒤를 따라 墓地도 小波 무덤 옆으로 定했다. 享年 四十.

이 外에 年齡으로는 小波 先生보담 좀 우히나 亦是 어린이 雜誌 少年運動을 爲해 애 많이 쓰신 申瑩澈 氏도 가난 속에서 세상을 떠난 지 十年이 된다. (一記者)

金東仁, "兒童物 出版業者", 『중앙신문』, 1947.5.4.

자식을 가진 父母는 자기네의 사랑하는 子女가 "아버지(혹은 어머니) 무얼 무얼 사 주세요 흥-흥"라고 쪼르면 빈주머니라도 털게 된다. 이것이 사람의 本能이요 쏘한 樂이다.

이 "자녀 가진 부모"의 심리를 교묘하게 利用하여 혹은 학교를 통하여 혹은 시정 상인을 통하여 쓰지도 못할 별에별 것을 아이들에게 팔아먹으려는 간상 배가 여간 만치 않다. 이 틈에 끼어 돈량이나 모아 보려고 덤비는 사람 가운데 兒童物出版業者도 잇다.

劣惡한 性質과 淺薄한 題材와 惡質의 印刷 等으로 良心 잇는 자로서는 차마 내놓치 못할 漫畵며 그림책이며 兒童의 자라나는 순진성을 마멸시킬 만한 더러운 이야기책이며 심지어 교과서며 참고서에까지 그들의 더럽고 악 독한 손을 벌리어서 우리의 귀중한 "第二代 國民"의 품격을 망쳐서 ― 따라서 국가의 발전에까지 악영향을 미츨 출판물이 꼬리를 이어서 세상에 나온다.

이것은 한편으로는 가뜩이나 심각한 용지난에 一층 박차를 加하여 民族文化 向上을 위한 출판도 여기 저해 되는 바 매우 크다.

이 악질 "아동물 출판업 사업이라"는 美名 아레 숨어서 행동하기 때문에 群盲인 大衆은 그들(아동물 출판업자)도 문화운동가인 줄 인식하고 잇다.

대개 아동이란 것은 그 민족의 생명이다. 장래의 국가의 주인이 될 "아동"의 교육과 교양 등은 국가 장래 흥망의 절대적 열쇠다. 따라서 그 사상이며 주의 주장들은 그 국가의 국가성에 따라서 가르키고 지도하고 해야 할 것이다.

그러기 위해서는 아동용의 교과서며 그 참고서는 그 나라 정부에서 그 나라 국가성에 의지해서 저작되고 출판되어야 할 것이다. 민간 회사의 영리사업으로 내어맡겨서는 절대로 되지 안을 것이다.

더욱이 그 나라의 團體를 少國民에게 알리는 역사며 역사 참고서 등이 정부의 손에서 떠나 잇서서는 큰일이다.

(9자 가량 해독 불가)간 민간인의 손에 들기 째문에 "관리의 봉급은 박하고 굴물 수는 없고." 等의 毒說이 流布되며 혹은 日前 신문지상에 "사회 광고"를

낸 출판사가 생기는 等 별별 추태가 다 발생되는 것이다.

×

돈벌이의 사업은 모두 "謀利"라는 관사가 붓는 법인데 출판 사업에 한해서는 "문화사업"이라는 美名이 붓기 째문에 用紙 소모며 인쇄기관 독점 등 문화사업 발전을 방해하는 온갓 행위를 감행하면서도 스스로 문화사업인 체 한다. 그리고 한 가지의 敎育(5자 가량 해독 불가) 甲社에서도 참고서요 乙社에서도 참고서요 丙社에서도 참고서로 비슷비슷한 內容의 五六種 以上의 出版物이 나오니 用紙의 소모만 四重五重으로 되고 學童 父母의 헛 費用만 四五倍로 될 쑨이요 甲社와 乙社의 刊行物의 內容이 상이될 째는 兒童들의 의혹과 의구만 늘니는 것이니 百害가 잇고 一利가 업는 이런 노릇은 建國 途上에 애기 國家에서는 業者들이 上上으로 삼가서 좀 근신해야 할 것이다.

종이가 지금 우리의 처지에 얼마나 절실히 필요한가. 얼마나 만흔 조흔 著作物들이 用紙難째문에 著者의 書庫 미테 잠자고 잇는가.

이러한 用紙難 時代에 잇서서(學者의 研究論文을 쓸 原稿用紙조차 不足한 실정이다) 내용이 서루 近似한 數種의 참고서가 數社에서 發刊된다는 이 현상을 어떠케 볼 것인가.

그들에게는 무론 그들의 理論이 잇슬 것이다. 콩밧에 소 놋고도 제 할 말이 잇다는 것이니까.

그러나 어쩌한 理論을 주장하건 간에 콩밧에 소 노은 것은 잘한 일이 아닌 것갓치 이 用紙難 시대에 兒童物(이야기책이건 만화책이건 참고서건 간에) 濫發은 잘하는 일이 아니다.

敎材(고과서건 참고서건)는 모두 정부에 返上하여 정부로 하여금 발간케 할 것이다. 謀利를 爲한 民間出版은 절대로 안 된다.

이야기책이나 만화책은 그 방면의 권위자에게 부탁하여 아동의 자라나는 품격과 정서와 성격을 선도하여 훌용한 소국민을 이룰 수 잇도록 — 이리하여 신생하려는 우리나라에 이바지할 수 잇도록 — 그 추잡하고 더럽고 印刷 不良한 이야기이며 만화책는 明日부터 단연 중지하도록 — 그대들도 國民으로서의 良心을 하루바삐 회복하기를 절실히 바라는 바이다.

金河明, "兒童文學 斷想", 『경향신문』, 1947.5.18.[139]

朝鮮에도 近代式 學校敎育이 있은 後부터 兒童文學이 있어 왔다. 그러나 倭帝의 날카로운 侵略의 魔手가 滿洲로 벋어가 所謂 滿洲事變이 이러난 後 그네들의 朝鮮民族 抹殺政策의 露骨化는 드디어 兒童文學마저 完全히 蹂躪하고 말았던 것이다. 一九四五年 世界를 뒤덮었던 戰雲이 개이고 이 나라에도 平和의 使徒 聯合軍의 自由의 깃발이 나붓기자 한동안 꺼젓던 兒童文學은 다시 씩씩한 새 出發을 始作하였던 것이다. 自己 나라와 말을 찾은 어린이들이 다시 自身의 文學을 가질 수 있게 된 것은 確實히 그들의 幸福이 아닐 수 없었다. 그러나 우리는 아직도 解決되지 못한 數多한 問題를 兒童文學 領域에 가지고 있는 것이다.

確實히 兒童은 하나의 完成人은 아니다. 心身兩面의 健全한 發育을 爲하여 適切한 保護와 指導가 반드시 必要한 것이다. 그러나 不幸히도 朝鮮의 兒童은 지나친 放任과 拘束의 兩極의 矛盾은 愛護 아닌 愛護 속에서 이즈러지게 자라 나오고 있었으며 지금 역시 그 事態는 조금도 改善되지 않고 있는 것이다.

우리는 八·一五 以後 數많은 아버지들이 귀여운 어린이들을 學校에서 떼어다가 그들의 所謂 眞書를 가르치기 爲하여 書堂을 新設하고 급기야 상투를 새로 빗어 올리고 곰팡내 나는 망건에 갓을 쓰고 책상다리를 휘두르며 나타나 兒童의 心理 實態야 어떻던 "하늘天" "따地"만을 외어 넣어주고 있는 웃지 못할 喜劇을 가슴 아프게 바라보았던 것이다. 그들의 敎育目的은 人格의 完成도 아니고 '데모크라시ㅡ' 精神의 習慣도 아니고 社會主義 國家建設의 支柱가 됨도 아닌 다만 팔다리 놀리지 않고 號令 大令만 하면 맘대로 豪奢스러울 수 있는 "나리님"이 되는데 있었던 것이다. 때문에 倭帝下에선 巡使나리나 面書記양반을 시키려고 學校에 보냈던 것이나 인제 우리 國土를 찾은 이 마당에 眞書가 다시 勢道가 나겠으니 그까짓 "ㄱ" "ㄴ"字나 배우라고

139 '師範大學 金河明'이라 되어 있다.

學校에 보낼 必要가 어디 있느냐는 것이다. 그들은 學問이란 곧 文字의 修得이라고 생각한다. 아이들이 흥에 겨워 노래을 부르면 "저놈의 새끼는 광대가 되려느냐."고 소리를 빽 지르고 뜀박질이나 무슨 運動을 하면 "비싼 밥이 나리지 않을까 보아 야단이냐."고 정갱이를 꺾어 버리겠다고 딸아 나오는 것이 朝鮮 家庭의 殆半인 것이다. 따라서 朝鮮 兒童에게 許容되는 文學이란 것은 「콩쥐팥쥐」나 「꼬부랑깽이」 따위의 感傷的 神話的인 것을 이나마도 어버이 눈을 숨겨 가며 머리를 맞대고 속살거리는데 不過하다. 어버이들이 그것을 보면 궁상맞게 어린것들이 무슨 옛이야기만 하느냐?고 또 벼락이 나린다. 원체 文學뿐만 아니라 모든 藝術은 成人에게나 兒童에 對하여나 그들의 精神生活을 豊富히 하여 주는 意味에 있어서 敎育的인 것이다. 이에 있어서 兒童敎育者나 兒童文學家는 첫째 父兄을 啓蒙함으로써 어린이에게 文學을 주며 둘째 文學 內容에 對하여 反省과 嚴正한 批判을 加하여야 할 것이다. "호랑이 담배 피던" 이야기나 公主 王子 이야기와 같은 非現實的인 材料로써 兒童心理에의 無定見한 迎合은 어린이들을 부질없이 弱하게 할 뿐만 아니라 옛날엔 空想의 世界이던 空中飛行이니 甚至於는 月世界의 旅行까지도 거의 現實化된 今日의 科學時代에 있어서는 어린이 自身도 荒唐無稽한 幻想的인 것만에 滿足하지 않음을 알아야 할 것이다. 예로부터 兒童文學이라고 하면 空想的인 것이 많았다. 이것은 童話가 神話나 傳說에서 發生한 것과 또는 이것의 發生時代가 現代와 같은 科學의 發達을 보지 못하여 現實的 實驗精神이 稀薄한 時代였던 것과 兒童 自身이 未發達한 精神의 所有者로서 起伏 많은 空想的인 이야기를 좋와하는데 起因할 것이다. 그러나 現代에 있어서는 成人文學에 있어서 科學의 發達과 함께 '리알리즘' 文學이 일어난 것처럼 兒童文學도 '리알리즘'的 方面을 開拓함으로써만 現世代人으로서의 純化 發達된 感情과 視野 넓은 科學的 知識과 眞理에의 熾烈한 探究心 培養에 貢獻할 수 있을 것이다. 人生 現實의 現態를 있는 그대로 보여 주는 일은 文字와 知識과 內容의 理解 程度가 얕은 兒童에 있어서 쉬운 일은 아니지만 이것은 모다 表現에 關한 것이기 때문에 作者의 手腕에 依하여 征服될 수 있은 것이다. 따라서 朝鮮 有史 以來 初有인 民主獨立 國家建設의 支權가[140] 되어야 할 現段階의 어린이에게 文學을 通하여 前進할 方向을 提示하고 그

方法을 생각케 하고 人生에 對하여 迫力에 찬 自信을 가지도록 作家는 恒常 옳은 世界觀 우에서 '테-마'를 設定하며 構想하여야 할 것이다. 이리하여 우리는 첫째로 굶주린 朝鮮 兒童의 精神에 文學을 주어 살찌워야 할 것이며 둘째로 그 文學의 內容은 感傷的 幻想的이 아닌 現實 그대로를 그림으로써 兒童을 現實과 密接히 關聯시킬 뿐만 아니라 現實을 움직이며 또 現實에 則하여 行動하도록 敎育시켜야 할 것이다.

---

140 '支柱가'의 오식으로 보인다.

李周洪, "兒童文學 理論의 樹立(上), 『문화일보』, 1947.5.27.

唯獨 짧은 歷史를 가진 朝鮮의 兒童文學이라고는 하지만 幾多의 作品 生産이 繼續해 온 데 比해서 正當한 理論을 基礎로 한 兒童文學運動이 展開되지 못하고 있는 것은 大槪 다음과 같은 세 가지의 理由를 指摘할 수가 있다.

첫째 史上 類例가 없는 日本帝國主義의 極惡無道한 民族文化 말살에 因한 點 둘째 成人文壇이 兒童文學에 深甚한 關心이 不足하여 이 部門 文學의 生成 基盤이 阻害된 點 셋째 이러한 激勵衝動이 없음으로 因하여 優秀한 兒童文學 作家가 輩出치 못한 것.

이 세 가지가 宿根을 除去하지 않는 限 우리들의 兒童文學은 將來로도 그 完全發達을 永遠히 期할 수가 없을 것이다.

多幸히 우리는 오늘날 政治的 解放이란 歷史的 大轉換期에 臨해서 民族自主와 民族文化 奪還의 機를 얻었다.

그러면 우리는 오랜동안 半身不수로 되어 잇든 그 日本 팟쇼 文化의 暗□으로부터 容易히 우리들의 兒동을 救出할 수가 있는가.

日帝 乃至 封建殘滓掃蕩의 急務는 成人社會의 그것보다 몇 百倍 困難한 것이 있다. 이 非常 任務의 遂行은 國家的인 一般 兒童敎育과 아울러 强烈 迅速히 進展되지 않으면 안 될 課題로 되어 그 結實은 차라리 後日을 바라보고 있을 뿐이다. 다음 餘技視 하는 所謂 成人文壇의 兒童文學觀은 지금 正當한 方向에로 矯正되어 있는 것이다. 그다음 優秀한 兒童文學 作家 輩出의 氣運이 여ㅅ보이며 또한 여긔에 따른 意識的 組織的인 活動이 展開되여 있는가.

이것은 以上 指摘한 成人文壇의 兒童文學觀의 根本的인 是正과 同時에 現存한 同盟 兒童文學委員會의 精神的인 活動 없이는 우先 期하기 어렵다 해야 妥當할 것이다.

첫째 우리는 的確한

理論 수립을 前提로 해서 兒童 그 自體에 對한 社會學的 生物學的 理學的 再認識을 하지 않으면 안 될 것이다. 童心論者들은 兒童은 社會와 時代와는

아모런 緊密한 關聯도 없이 天使 같은 特殊世界에 살고 있는 듯이 □□하고 있다. 그리하야 그 超階級的인 天眞함만을 童心世界라 해서 그 神秘를 兒童 文學의 主體性이라고까지 盲信하고 있는 것이다. 그러나 우리는 兒童의 影響 에 對한 時代性 乃至 社會 民族 階級性의 否認을 首肯할 수는 없다. 그들 역시 自體의 生活을 圍요하는 環境이라는 社會的 影響에 依해서만 成人으로 成長하는 過程에 自己의 個性을 形成해 가고 있다.

日本 兒童과 朝鮮 兒童의 童心을 꼭 같이 생각할 수 없으며 있는 집 아이와 없는 집 아이의 感性을 꼭 같이 理解할 수는 없는 일이 아닌가. 어느 時代를 勿論하고 兒童도 重要한 社會 構成員인 單位의 資格으로서 그 社會的인 家庭 的인 環境에 隷屬되며 그 線에 따라서만 成長하고 있는 것이다.

童心은 結局 兒童 感性에 있어서의 共通된 一面에 不過하는 것이며 그것 을 全的으로 受諾하는 現象은 浪費的인 小뿌루 階級 兒童 以外의 아모것도 아닌 것이다.

그러므로 우리들은 兒童文學이 그들의 日常生活 속에서 各自 環境에 依하 여 가장 바른

集團的 또는 自主的 創造性을 合理的인 社會生活로 引導하기 위해서 科 學的으로 批判하야 이 自然한 童心文學을 否認하지 않으면 안 될 것이다. 歷史的 過程과 社會的 意義를 具體的으로 理解하는 뚜렷한 作者의 見解가 없다면 社會 및 人間의 眞實을 洞察할 수 없을 뿐 아니라 藝術의 倫理的 使命을 알 수도 없다.

李周洪, "兒童文學 理論의 樹立(下), 『문화일보』, 1947.5.28.

그러므로 批判 없이 傳統的 觀念으로만 된

通俗作品인 이상 勸善懲惡의 회본 속에 돌고 마는 것은 至極히 當然한 일이라 할 것이다.

이와 함께 忌避해야 할 것은 兒童의 生物學的 現實을 無視하는 작가의

不誠實이다.

兒童이 成長하면서 있다는 것을 우리는 잠시라도 잊어서는 안 된다. 이 成長한다는 動的 過程을 無視하는 것이야말로 童心論者들이 즐겨서 寄寓하는 處所인 까닭이다. 그들뿐만이 아니라 兒童의 保護者인 父母들마저 成관한[141] 子息까지 □□ 옛날의 어린애인 듯이 對하고 있는

習慣은 이 成長을 看過하기 쉽다는 한 개의 쉬운 例가 될 것이다.

그러나 兒童은 反映된 환경의 影響에 依해서 時時로 發展하고 있다.

처음 聽覺的으로나 視覺的으로 □□的인 것을 좋와하든 것이 □□으로 달리며 조그만한 知識이 集積됨에 따라서는 모든 □物□ 關心을 갖게 시작하고 어느 程度 그것이 지나가면 勇力을 讚□하게 되거나

探偵 怪奇的인 趣味를 갖게 된다. 이 生物學的 心理學的 理解 없는 作品은 結局 兒童文學으로서의 目的을 達할 수 없을 뿐만 아니라 도리혀 不充分한 知識으로서의 推理가 지나친 空想으로 다러가 뜻하지 않은 結果를 내게 하는 것이니 이 自然스러운 그들의 心的 變化가 두렵다너니보다도 現實化할 敎化方法이 행여 合理的인 社會生活로의 成長을

妨害할까 근심되는 바이기 때문이다. 少年 범죄의 大部分이 外的 影響 特히 惡質의 書冊을 읽는 데서 많이 일우어젓다는 것을 잊어서는 안 될 것이다. 그들의 脆弱한 經驗과 理解力은 □□의 感覺器官에 現實이 映寫될 때 그 對象이 追窮되여 갈사록 理□와 理想□□ 약해저서 非科學的이오 非論理的인 空想으로 멀어지는 것이다. 그러무로 空想을 즐기는 그들은 想像的 要素를 內容으로 한 感化 있는 形式의 文學을 즐긴다. 이 慾求가 곳 저들이 부르는 童心이라 하는 것인지도 모른다. 그러고 藝術이

强制여서는 될 수 없다. 그것이 說明이거나 露骨的인 敎訓이어서도 안 된다.

藝術은 人間의 感性에 화살질함으로 해서 感性이 共感을 이르키고 거기에 따라서 意識은 作者가 目的하는 方向에 □□化 해 가는 것이니 이것이 곳 藝術의 情緖的 思想的 感染作用이라 할 것이다. 兒童文學家는 兒童으로 돌

---

141 '成冠한'이다.

아가서 童心은 兒童만이 理解한다고 口呼하는 童心論者는 항상 그□□ 당치도 않는

神秘를 □實로 파는 □□□ 거짓말쟁이다.

殺人을 해 보지 못한 떠스터엡스키-도 라스코리니코프를 잘만 그려냈고 □□宿怨의 이웃사이를 갖지 않은 삭스피어도 □□□□ 로미오와 쥬리에트 사이의 家庭夢 이야기를 할 수 있었다. 다만 이 禁斷의 □心□을 넘어가는 非科學的 方法과 態度로써 성實히 觀察하고 理解하려는 作家的 努力 如何에 잇을 뿐이다.

이런 點에서 우리들의

兒童文學家는 아직도 城門 밖에 서 있다. 요새 나온 몇몇 兒童□□에 이런 兒童□□□□□와 文化水準을 □□하지 못하고 쓴 □□의 內容 文章이 눈에 뜨임은 새 出發에 있어서 遺憾이라 아니 할 수 업다. 過去의 『어린이』가 小뿌루的인 童心 築城을 繼續해 오는 反面에 過去 『新少年』과 『별나라』는 그 兒童의 智的 水準을 無視한 □□의 內容과 形式이 마침내는 政治主義的 偏向으로

獨行하야 兒童文學으로서의 眞正한 成果을 걷우지 못했음을 □□히 反省하지 않으면 안될 것이다.

무어니 해도 兒童文學은 그들 兒童들의 言語를 基礎로 해서 그들의 心性과 理解力에 □□한 □□ 兒童의 立場에서 兒童의 關心事를 그들이 읽어 □ 수 있게 文學的으로 形象化하는데 있다. 즐겁게 일거야 저 兒童 自身이 그 속에서 生活할 수 있어야 한다.

그리하야 이 文學的 作用은 兒童으로 하여금 보담 나은 文化 建設에 이바지할 精神에 到達할 수 있게 하는 데서만

文學的 基準이 서게 될 것이다.

日本 戰後에 依해서 害毒된 朝鮮의 兒童을 根本的으로 救出함에는 決코 無責任한 超階級的인 童心論者나 俗惡한 營利主義的 出版業者에 그 供給力을 빼았겨서는 안될 것이다.

이 世紀的인 混亂期에 있어서의 朝鮮 兒童敎育家와 協力을 같이 해서 正當한 理論 確立과 아울러 보담 왕盛한 作品 活動이 行해저야 할 것이다.

이리 하여서만 兒童

眞實 □對한 希望을 갖게 되고 따라서 그 □理를 지켜나갈 勇敢한 生活力으로 하여곰 將次로 時代를 擔當 推進해 나갈 支柱로서의 自身의 正當한 發展을 가저 오게 할 것이다.

우리는 누구나 날 때부텀 어머니가 불□□□□ □□속에서 잘아났다.

그리고 누님이 일러주시고 이웃집 할머니가 얘기해 주시는 재미난 童話 속에서 情□는 북돋아 □젔다.

──히

英雄이나 藝術家의 例를 드는 것은 차라리 번거로운 일이다. 이런 時節의 좋은 感化가 한 아이의 將來를 얼마나 높게 向上시키는 줄 몰은다. 우리는 兒童文學을 度外視하고 소홀히 생각할 아모런 理由가 없는 것이다. 모름지기 우리 作家는 얘기 줄거리만의 童話와 □□한 高□□政 童話의 □편 間에서 물러나 마땅히 兒童 그 自身을 참말로

親近할 수 있는 길을 밝혀야 할 것이다. (舊稿)

宋完淳, "(文化)兒童出版物을 糾彈", 『民報』, 제343호, 1947.5.29.

日帝時代에 發揚해 보지 못하던 精力을 한꺼번에 쏘다 놓는 때문인지 解放 後 三年 동안에 成人을 爲한 出版物로 相當한 數量에 達해 있지만 兒童을 爲한 出版物도 제법 興盛을 보이고 있다. 特히 兒童出版物이 그러한 것은 日帝時代에는 없었던 일인 만치 新奇롭기는[142] 하다. 그러나 新奇롭다는 것은 반갑다는 것과는 달르다. 반갑기는커녕 보기 실코 情 떨어지는 바가 너무도 많은 것이다. 兒童出版物의 傾向은 純 商業主義的인 것과 敎化主義的인 것의 두 가지로 大別할 수 있는데 그中에 前者가 壓倒的인 것은 아무리 善意로 보아도 기매키는 일이다. 商業主義的인 兒童出版物은 主로 敎科 參考書와 漫畵冊의 形態로 나타나 있다. 그런데 參考書라는 것은 大槪가 大同小異한 內容의 無責任한 重複物이며 漫畵冊이라는 것은 大部分이 日帝時代의 '와까모도' 廣告漫畵에도 떨어지는 것들이다. 參考書는 그래도 덜하나 漫畵冊은 말하기 어려울 만치 아조 劣惡하다. 그 內容 形式에 있어서 그것은 正常的인 漫畵라너니보다도 어린애의 코 묻은 돈을 발너 먹기 위한 단작스러운 붓작난이라는 것이 옳을 것들이다. 繪畵的 價値도 제로거니와 綴字法의 誤用과 表現 理念의 低劣 卑俗은 兒童을 俗惡化시키는 데는 참으로 훌륭한 敎材가 될 뿐이다. 거기에는 粗製된 神話가 있고 封建主義가 있고 國粹主義는 있어도 藝術과 科學과 民主主義는 눈 씻고 볼려 해도 볼 수 없다. 兒童은 批判力이 未合하다. 그러므로 우선 울긋붉긋하고 新奇로운 맛에 이끌리어 이따위 漫畵冊을 무턱대고 좋와한다. 그리하여 인제는 漫畵 以外의 다른 有益한 書籍에는 趣味를 아니 갖게크름 偏向하게 되었다는 低級 趣味에의 痲醉의 先驅相이다. 이것은 愚民만을 所要하는 國粹主義나 팟시슴에는 理想的일 것임으로 反民主主義者들은 大喝采를 하겠지마는 朝鮮의 民主主義的 將來를 조곰이래도 생각하는 良心的인 人士라면 最大의 義憤을 禁치 못할 것이다. 用紙難으로 해야 할 出版物도 잘못하는 形便에 있는 實情下

---

142 '新奇롭기는'의 오식이다.

에 이러한 제魅망량들이[143] 聖스러워야 할 書店을 더럽피고 있는 것은 우리 民族의 큰 恥辱이 않일 수 없다. 우리 民族은 이 現象보다는 헐신 高度의 文化를 自來로 갖고 있으며 앞으로는 더욱 더 크게 가저야 한다. 그렇거늘 어떤 亡靈들이기에 어린내들을 惡魔에게 팔려고 放자히 發動하는 것이냐? 商業에도 道德이 있는 것이다. 그러기에 例컨대 魔藥[144] 等屬은 商品인데도 함부로 팔지 않는 것이다. 그렇건만 그들은 그만쯤의 "良心"도 갖지 않은 것이다. 따라서 우리는 兒童의 일홈으로써만이 아니라 全民族의 일홈으로써 그들을 斷乎히 撲滅하지 않으면 안 된다. 敎化主義的인 兒童出版物은 商業 道德에 있어서만은 良心的이다. 自己도 損害를 보지 않으면서 兒童에게도 利益을 주려는 配慮를 있지 않는다. 그러나 이 方面의 關係者의 가장 큰 弱點은 良心이라는 것의 解釋의 抽象性에 있다. 良心의 現實的 具體性을 옳게 把握하여 社會의 客觀情勢에 相應하는 積極的인 方策을 取하지 않고 一般的 抽象性만 默守하려는[145] 것이 缺乏이다. 그것은 마침내에도 財理的으로는 惡質 商業主義에 敗北하고 精神的으로는 反動主義의 利用物 노릇을 하기에 이르를 것이다. 벌서 그러한 싹수가 宛然히 보여지고 있다. 以上 要컨대 兒童出版物의 現狀은 大體로 悲觀 材料뿐이다. 한때래도 빨리 是正해야 할 緊急事다. 우리는 民族의 一員으로서 이것에 對하여 누구나 痛切한 責任感을 갖지 않어서는 않 된다.

---

143 '諸魅魍魎'으로 보인다. "온갖 도깨비"를 뜻하는 이매망량(魑魅魍魎)의 의미이다.

144 '痲藥'의 오식이다.

145 '墨守하려는'의 오식이다.

金泓洙, "(新刊評)少年旗手", 『경향신문』, 1947.6.26.

過去 近 半世紀間 外來 帝國主義의 苛酷無比한 搾取와 抑壓 아래서 呻吟
하면서도 오직 우리는 자라나는 生命 어린이들에게 새날의 希望을 붙이고
그들의 成育을 爲하여 努力하였으니 實際에 있어서도 朝鮮民族解放運動史
上에 있어 中心的 勢力으로 生命을 내걸고 싸운 것은 至今 世代의 靑年인
그 當時의 어린이들인 것도 잊어서는 안 된다. 이들 어린이들이 被壓迫 民族
의 子孫으로 過去 二十餘年 前 가장 不幸한 環境 속에서 胚育되고 있을 때
全世界에서 가장 惠澤을 입지 못하고 자라나는 朝鮮의 어린이들을 爲하여
一身을 버리고 少年運動의 烽火를 든 분들 中에도 終始一貫 그 運動과 같이
運命을 한 분이 故 方定煥 延星欽 李定鎬 세 先生과 오늘까지 싸우고 있는
崔靑谷 丁洪敎 두 분이며 實로 作品『少年旗手』[146]는 當時 總督府 警務局의
가진 文化抹殺의 迫害의 暴風 속에서 그들 다섯 先生이 때로는 囹圄에까지
가치는 몸이 되면서까지 서로서로 繼承하여 가며 前『朝鮮日報』에 連載한
朝鮮의 어린이들을 爲한 피로써 엮어진 作品이다.[147] 이 作品이 純粹藝術 作
品으로의 價値와 意義는 적을지 모르나 藝術 自體가 政治와 分離할 수 없다
하면 이 作品이야말로 朝鮮少年運動의 산 記錄이요 苦難과 迫害에 生命으
로 抗爭한 朝鮮少年運動의 足跡이라고 생각한다.

---

146 정홍교(丁洪敎)의 『少年旗手』(同和出版社, 1947)를 가리킨다.
147 연성흠(延星欽), 최청곡(崔靑谷), 이정호(李定鎬), 정홍교(丁洪敎)의 연작소년소설 「少年
旗手(전38회)」는 『조선일보』(30.10.10~12.4)에 연재되었다. 연재는 연성흠(10회까지,
10.10~22), 최청곡(17회까지, 10.23~31), 이정호(30회까지, 11.1~23), 정홍교(31회부터
38회까지, 30.11.25~12.4)가 나누어 맡았다.

金容浩, "(新刊評)종달새", 『경향신문』, 1947.6.29.[148]

元壽와 나는 한 고향에서 자랐고 小學校도 한 반이었다. 그때부터 둘이는 "글 짓는 競爭"을 하였고 中學時代도 全校를 通해 亦是 버금하는 사이었다. 그러나 나는 元壽를 따라가기에는 언제나 숨가쁨을 느끼지 않을 수 없었다. 내가 지름길로 달아나는 사이 그때나 지금이나 二十五六年 동안을 元壽는 조금도 변함없이 어린이의 世界에서 살고 있고 또한 앞날도 어린동무들의 참되고 좋은 동무임에 틀림없을 것이다. 그럼에도 不拘하고 이제 처음 한 卷으로 엮은 童謠 童詩集 『종달새』가 나왔다는 것은 실로 元壽가 마음에 조금이라도 꺼리는 힘은 빌리지 않으려고 한 童心 그대로의 어린이이기 때문이란 것을 생각하면 예나 이제나 實力 있고 착한 이가 도리어 뒤로 밀리는 이유가 어디 있는지 아는 듯하다. 『종달새』는 그러한 元壽를 가장 아끼는 友情에서 나왔기 때문에 한칭 아름답고 "자유 없고 굶주리는 세상에서 불러온 이 노래들은 해방 된 지금에도 가진 어려움에 시달리고 있는 어린 동무"들의 마음속 깊이 나누어주는 값나고 높은 선물인 것임에 틀림없을 것이다.

　(서울市 小公洞 九三 새동무社 發行 값 四五圓)

---

148 이원수(李元壽)의 『(童謠童詩集)종달새』(새동무사, 1947)를 가리킨다.

김철수, "(새로 나온 좋은 책들)『사랑의 선물』을 읽고", 『소학생』, 제48호, 1947년 7월호.

"어린이는 조선의 꽃"이라고 합니다.

"어린이는 조선의 희망"이라고 합니다.

"어린이는 조선의 주인"이라고 합니다.

그러한 여러분 어린이들에게 한 아름다운 『사랑의 선물』이 있습니다. 전에 돌아가신 그리고 여러분도 잘 아시는 소파 방정환(小波 方定煥) 선생님이 짜 놓고 가신 세계명작동화집 『사랑의 선물』[149]입니다. 이번에 이것이 두 편으로 나뉘어서 다시 나왔습니다. 돌이켜 생각하면 벌써 20년 가까운 옛날 제가 여러분만한 나이였을 때, 그 방 선생님의 『사랑의 선물』을 밤을 새워 가며 감격의 눈물 흘리던 일이 엊그저께 일 같습니다. 하나하나의 모든 얘기가 진정으로 사랑과 감격 없이는 읽을 수 없고 그러므로 그 모든 얘기가 읽는 우리들의 일같이 생각되어 책을 놓지 못하고 자나 깨나 지니고 다녔던 것입니다.

"학대 받고 짓밟히고 차고 어두운 속에서, 우리처럼 또 자라는 불쌍한 어린 영들을 위하여 그윽히 동정하고 아끼는 사랑의 첫 선물로 나는 이 책을 짰습니다."

『사랑의 선물』 맨 앞에 쓰여진 방 선생님의 말씀이십니다.

(박문출판사 발행, 상권 60원, 하권 60원) (이상 35쪽)

---

149 『(세계명작동화)사랑의 선물(상,하)』(박문출판사)을 가리킨다.

李東珪, "解放 朝鮮과 兒童文學의 任務", 『아동문학』, 제1집, 平壤: 어린이신문사, 1947년 7월.[150]

우리가 日本帝國主義의 桎梏 아래 있으면서 그들의 精神的 奴隷化 政策의 가장 甚惡한 侵害를 받은 部分은, 敎育部面이었고 敎育部面 中에도 그 犧牲이 컸던 것은 初等敎育 部門이었다.

日帝는 그들의 支配를 鞏固히 하고 또 正常化하기 爲하여 가장 有力한 武器로서 文化를 利用하였으며 文化가 가지는 深大한 影響力을 巧妙히 驅使하는데 依하여 朝鮮 民族을 欺瞞하고 精神的 奴隷化의 政策을 進行시켰다.

우리는 日本의 植民地政策이 歐美 列强의 그것과 特異한 것을 發見할 수 있다. 그것은 말할 것도 없이 所謂 同化政策이라는 것이다. 그들은 植民地의 民族들을 所謂 皇民化하므로써 그 地位를 日本 國民의 地位를 向上시켜 다른 强大 國家의 國民들과 같은 待遇를 받게 한다는 欺瞞的 政策 아래 그 民族 固有의 文化를 剝奪하고 言語의 使用을 禁止하고 生活樣式까지도 變改시키므로써 그들의 民族的 意識의 눈뜸을 抑制하고 完全한 隷屬化를 企圖하였던 것이다.

이것이 가장 巧妙하고 狡猾한 日帝式 植民地 政策의 基幹을 形成하는 部分으로 이 政策을(이상 1쪽) 遂行하기 爲해서는 文化가 가장 굳센 武器를 採用되었으며 이 使命을 띤 日帝 文化의 鋒鋩은 朝鮮, 臺灣, 南洋群島 等 各 植民地 人民의 精神面을 向해 侵攻을 始作하였고 이것은 强力한 政治的 武力的 背景 밑에 그 땅의 固有한 文化를 蹂躪하고 抹殺해 가며 그 使命의 達成을 爲해 毒牙를 번득였다. 그러나 이것은 文化 程度가 얕은 種族들에게는 比較的 그 困難이 덜했으나 獨立國家로서의 오랜 歷史와 文化의 傳統을 가졌고 數로서 또한 輕視할 수 없는 큰 單一民族의 國家를 이루고 왔던 朝鮮 民族을 相對를 하였을 때 많은 難關에 逢着하지 아니하면 안 되었던 것이다. 그 때문

---

150 이 자료집은 북한에서 발간한 자료를 포함하지 않는 것을 원칙으로 하였다. 다만 일제강점기에 서울 문단에서 활동한 아동문학가들의 비평문은 일부 수습하였다. 『아동문학』(어린이신문사, 1947년 7월호)과 『아동문학집』(제1집, 평양: 문화전선사, 1950년 6월)에 수록된 것이다.

에 그들의 이런 施策은 늘 朝鮮의 固有한 文化와의 衝突을 만나고 强烈한 鬪爭을 겪지 아니하면 안 되었던 것이다.

그만큼 그들의 文化 侵攻의 政策은 더 强力하고 巧妙하고 또 愼重을 期하여 行하여졌으며 그 때문에 우리의 犧牲도 컸었다.

그리고 그들이 이 政策의 對象으로 가장 重點을 둔 것은 民族的 自覺을 가질 수 있으며 이미 再敎育의 效果를 거두기 어렵다고 생각하는 成人層보다 새로운 世代로서 그들의 欺瞞의 좋은 말이 될 수 있는 兒童層이 있다는 것은 必然的인 事實이었다.

그렇기 때문에 朝鮮에 있어서 日帝의 敎育政策은 極히 嚴重하였고 所謂 皇民化 政策의 主力이 이리를 集中되었던 것은 말할 것도 없으며 그中에도 初等敎育에 對한 그들의 關心과 監視와 努力은 實로 물샐틈없는 施策과 考慮 아래 計劃되고 實行되었던 것이다.

그들은 初等의 兒童들에게 入學하는 첫날부터 日語를 强制하고 日本式 儀禮와 生活樣式을 가르쳐 形式的인 面으로부터 日本化의 敎育을 베풀어갔다. 學校마다 倭皇의 寫眞을 爲해 놓은 所謂 "御眞影奉安殿"이라는 鬼影이 이런 小閣을 지어 놓고 그 앞을 지날 때마다 最 敬禮를 시키고 神社參拜, 宮城遙拜, "皇國臣民誓詞"의 朗誦 等을 强壓 勵行시켜 徹底한 奴隷化 敎育을 베풀어 갔다.

實로 學校는 兒童들에게 學問을 가르치고 智德을 涵養시키는 곳이 아니라 日帝奴隸 訓(이상 2쪽)育의 廏舍였다.

그 위에다 日本 帝國主義가 팟쇼化해 가고 中日戰爭 太平洋戰爭이 深刻해 짐에 따라 그들은 軍國主義 精神을 注入시키기에 거의 發狂的인 發惡을 하였다. 가르치는 노래는 軍歌로 煽動하는 것은 好戰思想이요 鼓吹하는 것은 '사무라이' 精神이었다.

그리하여 兒童들이 보고 듣는 것은 戰爭에 對한 이야기 兵丁에 對한 이야기 "天皇"을 爲해 가벼이 목숨을 버리는 이야기였고 恒常 日本 國體의 優越함과 日本은 神의 나라로서 그 庇護 밑에 萬歲不滅할 것이라는 思想을 넣어주는 同時 日本이 世界를 支配하고 制霸할 使命과 힘을 가지고 있다는 것을 마음에 새기게 하고 귀에 젖게 하였다.

그들은 이렇게 함으로써 朝鮮의 兒童들로 하여금 永遠히 日本에 服從하고 隸屬되는 것이 또한 朝鮮 民族이 幸福하고 잘살 수 있는 것이라는 信念을 품게 하려고 애를 썼다.

이 軍國主義 精神, 帝國主義 思想, 파시슴의 惡毒한 敎育은 數많은 朝鮮의 兒童들의 精神을 蹂躙해 그들은 所謂 "日本精神"의 가없은 捕虜가 되어 日本 軍人의 生活을 憧憬하고 戰爭에 있어서 日本의 勝利를 謳歌, 祈願하고 日本 奴隸化의 生活에 一種의 自矜을 느끼게 되었다. 八·一五 以前의 우리 어린 이들의 日常生活을 想起해 보면 그들이 朝夕으로 부르는 노래는 모두가 軍歌, 戰爭에 關한 노래였고 종이를 펴놓고 그리는 것은 軍人이 아니면 銃砲劍 탕크 飛行機 爆彈의 炸裂하는 光景 等 戰爭의 場面이었고 붓을 들어 쓰는 것은 日本 國家를 爲해 戰爭에 나가 목숨을 바치겠다는 題材가 아니면 軍人을 慰問하는 것 日本 國體의 優秀함을 自誇하는 것과 또는 戰爭에 반드시 이긴다는 信念을 나타내는 것 等이었다. 그 外 遊戲에 있어서나 日常의 動作에 있어서도 거의가 다 軍人과 戰爭에 關聯된 것이었던 것이다.

그러므로 朝鮮이 日本의 이 强盜的 支配로부터 벗어난 뒤 그들의 帝國主義的 팟쇼的 影響을 가장 많이 지니고 있는 部分은 이 兒童들인 것이다. 까닭에 日帝的 팟쇼的 殘(이상 3쪽)滓 掃蕩하기 위한 文化의 鬪爭은 이 部面에도 가장 猛烈히 展開되어야 할 것이며 兒童文學의 當面한 課題도 正히 여기 있는 것인 것이다.

形式에 있어서는 日帝的 殘滓를 肅淸한 듯하면서도 그 內容에 있어서는 日帝的 思想을 그대로 飜譯하는 그런 傾向과 徹底히 싸우지 아니하면 안 된다.

아직 日帝敎育의 影響을 받지 아니한 兒童들에게 對하여서는 그런 殘滓와 封建的 殘餘의 影響에 물들지 않게 하여야 할 것이고 이미 八·一五 以前 日帝의 奴隸敎育의 害毒을 받고 있는 兒童들에게 對하여서는 모든 事物에 對하여 非科學的이고 唯心的으로 解釋하려는 惡毒한 惡素와 帝國主義的이고 팟쇼的이며 好戰的이고 軍國主義的인 殘滓를 깨끗이 씻어버리고 科學的이고 建設的이고 民主主義的 精神을 涵養시켜 將來 새 朝鮮의 健實한 役軍을 길러내도록 努力해야 할 것이다. 이것은 말할 것도 없이 새 兒童敎育의

目標이며 朝鮮 兒童文學의 當面한 課題인 것이다.

民主主義 새 朝鮮의 새 世代를 길러내는 問題는 우리 民族의 앞날을 爲해 우리 朝鮮의 將來를 爲해 實로 重要한 問題이다. 그리고 兒童의 生活과 藝術은 참으로 緊密한 關係로 結付되어 있는 만큼 兒童教育의 任務는 많은 部分을 藝術이 지고 있는 것이다. 兒童教育에 있어서 노래는 實로 不可缺의 要素이며 童話라든지 그림, 遊戲, 舞踊, 모든 것이 다 密接한 關係를 맺고 있다는 事實을 볼 때 우리는 兒童藝術, 兒童文學의 任務가 얼마나 重大하다는 것을 새삼스러히 깊이 느끼는 바이다.

아직까지도 無心한 兒童들이 日本 軍歌를 그대로 부르고 있는 것을 가끔 들을 수 있으며 日本 童話책들을 뒤적거리는 事實을 볼 때 우리는 더욱 兒童文學의 活潑한 創造的 活動을 展開하여야 할 것이라고 생각한다. 지금 人民學校 같은 데서는 많은 노래의 不足 教養材料의 不足을 느끼고 있다. 우리는 量的으로도 부지런한 活動이 要請되고 있다는 事實을 잊어서는 안 될 것이다.　　　　　一九四七. 二. 二〇 (이상 4쪽)

朴世永, "建設期의 兒童文學 — 童謠와 少年詩를 中心으로",
『아동문학』, 제1집, 平壤: 어린이신문사, 1947년 7월.

일찌기 朝鮮의 兒童처럼 부르고 싶은 노래를 못 부르고 그 代身 부르기
싫은 노래를 헛되이 불러 온 어떤 나라의 兒童들은 없었을 것이다. 健全한
노래 意氣를 복돋는 노래 希望을 담뿍 실은 노래를 부름으로써 兒童들에게
맞당히 새 世代의 主人公이 될 수 있는 힘을 도꾸어 줄 수 있는 것이다. 그러
나 日帝가 發惡하던 近八九年 사이에는 더러 부르던 우리 노래조차 자최를
감추었으니 이도 客觀的 情勢와 步調를 같이 하지 않으면 안 될 運命이었던
때문이었다. 母國語까지 잃어버렸던 時節에 어찌 兒童들의 노래쯤이었으랴.
눈에 보이는 것은 그 어느 것이 노래가 되지 않을 것이 없으며 모든 不義와
歪曲과 鬪爭하는 노래가 금방에 입가에서 돌면서도 노래를 불러 볼 수는 없
었던 것이(이상 5쪽)다. 그래도 祖國을 어렴푸시라도 마음에 간직한 兒童이라면
痛嘆을 禁하지는 못했을 것이다.
이 抑壓의 時代 搾取의 時代는 그러나 더 支續할 수는 없었다. 이렇듯 惡毒
한 日帝도 八·一五로써 그 運命을 다했던 것이다. 그리하여 偉大한 쏘베트
軍隊는 朝鮮民族을 解放하여 주었고 이 땅에 民主主義의 發展을 保障해 주
었던 것이다.
여기에 우리는 또 다시 우리 民族의 英雄 金日成 將軍을 마지하여 燦然한
民主建設의 土台를 굳건히 構築하게 되었으니 人民이 熱狂的으로 그 周圍에
굳게 뭉치고 오직 民主建國 一念에 邁進하게 되었다. 저 建國의 基礎가 되는
二十個 政綱은 卽 將次 爭取해 올 우리 臨時政府의 바탕으로써 이미 民主
諸 法令을 낳게 하였던 것이다.
實로 朝鮮 人民이 理想하던 社會가 卽 오늘의 이와 같은 民主 諸 建設을
進行하는 社會인 것이다. 朝鮮 人民의 强對 多數인 勞働者, 農民, 事務員들
을 長期間에 亘한 封建 遺制와 資本主義 搾取 關係에서 벗어나게 하여 그
慘酷했던 生活을 急進的으로 向上시키며 그들의 幸福을 保障하여야만 全體
人民이 또한 自由와 幸福을 누릴 수 있을 것이다.

이리하여 主權은 人民의 손에 돌아왔고 人民은 民主選擧로써 各級 人民委員會에 委員을 選出해서 人民委員會는 鞏固化해졌으며 最高 政權인 人民會議까지 不動의 盤石에 세우게 되어 人民은 피로써 이를 받들겠쯤 되었다. 여기에는 어떻한 反動勢力이 敢히 侵犯할 수 없을 것이다. 또한 人民經濟發展計劃을 完遂하여 目前 富强한 民主 새 朝鮮 建設을 約束하는 것이라는 것엔 틀림없을 것이다.

이와 같이 北朝鮮의 民主建設은 따라서 人民의 思想意識을 改變하게 하였고 또한 民主力量을 誇示하게 하였다. 그러므로 오늘의 文化도 이 새로운 世代를 反響하고 함께 呼吸하는 文化가 되지 않아서는 안 될 것이다. 또한 文學, 藝術 部門에 있어서도 더욱 그러하다. 그러메도 不拘하고 오늘에 불리워지는 童謠는 日帝의 殘滓를 肅淸하지 못한 채(이상 6쪽) 그대로 延命하고 있다는 것을 率直히 指摘하지 않을 수 없다.

이는 解放直後 當場에 부를 童謠가 없었기 때문에 도로 찾은 우리 母國語의 童謠라는 것에만 感激하고 痛快하게 여기여 非常한 努力이 있어야 할 커다란 課業을 아주 忘却했던 때문이었기도 하다. 그렇다고 하자. 그러면 解放 後 一年 數個月이 지나도록 아직도 새로운 童謠가 못 나오고 몇 童謠詩人조차 아무런 努力이 없이 다만 退敗한 노래를 계속 創作해 왔다는 것은 實로 놀날 事實의 하나다.

그러므로 나는 여기에 率直히 말하거니와 이것은 兒童文學에 對한 成人文學家들의 關心이 아주 없었고 따라서 一般이 너무나 兒童文學에 無批判的 態度였기 때문에 自由奔放한 離脫에도 흘렀던 것이 아닐까 生覺하는 바이다. 언제나 健全한 兒童文學을 樹立하는 데 있어서는 兒童文學이라고 해서 疏忽히 하는 傾向을 一消해야 할 것이란 것은 再言을 要치 않거니와 또한 現實에 뒤떠러짐이 없이 急激히 나아가는 現實과 倂行할 수 있는 데서만이 可能한 것이다. 勿論 童謠는 어린이들이 부르는 노래이다.

또한 부르게 하는 노래이다. 그러나 오늘의 民主建設은 몇 千年의 封建遺制를 單時日 內에 淸算하였고 바야흐로 先進國과 比肩할 수 있을 수 있는 억센 建設과 創發力으로 突擊하는 이 마당에서 어찌 슬픈 노래와 嘆息의 노래와 懷疑의 노래 感想 技巧의 노래 等々만이 불리워질 수 있을까. 함에도

不拘하고 오늘날까지 이런 노래가 嚴然히 存在해 있는 것을 遺憾으로 알면서 警覺心을 높이기를 要請하는 바이다.

지금 그 例의 하나로서 『어린동무』 一九四六年 一月號부터 一九四七年 一月號까지에 실린 童謠 少年詩를 본다면 以上 指摘한 것에서 그리 버서나지 못하고 있다. 甚至於 놀날 事實은 敗亡한 日帝를 노래한 作品이 그림자조차 없고 그렇다고 해서 民主建設에 對한 作品을 또한 찾을래야 찾을 수 없다 하여도 甚한 말은 아닐 만하다. 여기에 적어도 十八人의 童謠詩人의 作品 五十四篇이 收錄되었지만 높이 評價할 수 있(이상 7쪽)는 作品이란 發見할 길이 없었다.

그들은 累千年을 두고도 改革하지 못했던 土地改革으로 朝鮮 人民의 八割이 다 차지한 農民들의 生活土台가 根本的으로 向上되며 있는 것이라든지 勞動法令으로 새날을 맞이한 勞働者들의 말로써 다할 수 없는 그 기쁨을 노래하지 못하였다.

그러므로 要는 童謠詩人들이 作品을 많이 創作하는 것이 問題가 아니라 單 하나의 作品이라도 質的으로 優秀한 것이 되어야 한다는 것이다. 童謠이기 때문에 天眞爛漫한 어린이 世相을[151] 그린다고 해서 技巧와 童心에 치우친다는 것은 오늘의 '센세이'를 잊어버린 兒童들과 何等의 關係가 없을 뿐 아니라 도리어 좋지 않은 影響을 주는 것이다. 하물며 民主朝鮮의 씩씩한 새 일꾼이 될 그들을 指導함에 있어서 그런 創作的 態度는 容納될 수 없을 것이다.

이와 같은 마당에서 나는 일찌기 이러한 不健實한 作品들을 對하였으면서도 여기에 峻烈한 批判을 나리지 못했다는 것도 옳지 못한 態度였다는 것을 말하려 한다.

그러나 늦었을망정 童謠 少年詩의 새로운 作風과 그 雰圍氣를 만들기 爲하여 또는 激勵하기 爲하여 大膽히도 評爭을[152] 아니 들 수 없다. 以下 『어린동무』에 실린 作品의 實例를 들어 評을 加하려 한다. 于先 少年詩로부터 보기로 하자. 詩人 楊明文 氏는 『어린동무』 創刊號에 「將軍」을 發表했다. 그 後

---

151 '世上을'의 오식이다.
152 '評筆을'의 오식이다.

繼續하여「봄노래」「달마지」「바다의 노래」「새봄을 노래하자우」等々을 내었다. 以上 題目으로부터 보아도 將軍을 노래한 것 外에는 浪漫的인 것이라는 것을 선득 느낄 수 있다. 作品「將軍」에서 보면 勿論 氏가 洗練된 手法으로 쓴 것임에도 틀림없으나 第三節에 "동 천리 서 만리 좁다 하고"라는 것은 어색하기 짝 없다. 이것은 少年詩인 만치 반드시 定型律에 拘碍될 아모런 條件이 없는데도 不拘하고 구태여 그 말을 꼭 쓰려면 차라리 "동쪽 천리 서쪽 만리"라고 表現하는 것이 나았을 것이다. 또 第二節의 "울창한 밀림" 다시 第三節의 "용세"라든지는(이상 8쪽) 少年詩에 있어서 쓸 수 있는 詩語가 되지 못할 것이다. "밀림"이라기보다 "하늘을 덮은 숲"이라고도 表現할 수 있을 것이다. 그리고 末尾의 "오늘날이야 김일성 장군"이라 한 것은 連結이 되지 않은 感이 있다. 都是 이 作品은 우리 英明한 領導者 金日成 將軍을 노래했지만 오직 將軍의 不撓不屈의 意志 얼마쯤 表現했다고는 하나 鋼鐵과 같이 가슴에 맺친 日帝와의 鬪爭 反人民的 邪惡의 무리와의 堅決한 鬪爭의 對像을 나타내지 못하였다. 이것이 이 作品에 있어서의 缺點이라고 아니 할 수 없다.

다음 第三號에 실린 同 氏의「봄노래」는 그야말로 解放된 이 땅의 詩人으로서 부를 수 없는 노래인 것이다. 이런 노래는 日本 時代에 마지못해 부른 노래 程度이다.

다음으로「달맞이」「바다의 노래」에서로 이렇다 할 만한 差異點이나 새로운 展開를 볼 수 없었다. 그러나 一九四七年 一月號에 發表한「새봄을 노래하자우」에서 보면 一段의 進展을 볼 수 있다.

오늘의 童謠 少年詩는 다만 趣味, 技巧, 歡樂, 感傷的 等의 內容을 담을 수 없다는 것은 以上에도 말하였지만 우리는 오늘의 民主建設을 人民들의 民主力量을 反響하는 것을 原則으로 하고 여기서 비로서 評도 할 수 있는 價値의 것이라고 生覺한다. 그런 意味에서「새봄을 노래하자우」는 勿論 作者의 意圖는 民主建設과 반드시 完全獨立을 爭取해 와야 한다는 굳건한 意圖는 否認할 수 없으나 이 作品에서 느끼는 바는 眞實性이 없는 것이 보인다. 그것은 現實에 더퍼놓고 作者가 뛰어들어 口號式의 絶叫를 한데 不過하다. 卽 第四節에 "우리나라 세우자우 만들자우" "내게 있는 또 네게 있는 피와 뼈를 바쳐서" 等은 어린이들에게 지나치는 要請이면서 宣傳인 것이다.

그러기 때문에 抽象的 노래로 되고 만 것이다. 도리어 民主建設에 熱誠的으로 協力하는 內容으로 쓰는 것이 좀 더 效果的일 것이라고 여긴다. 다음으로 高義淳 作「조선 아기의 노래」(創刊號)「꽃놀이 가자」(四月號)「할머니 할아버지」(六, 七月號)에서 보면 오늘에 부를 수 있는 노(이상 9쪽)래는 絶對로 아니다. 말하자면「조선 아기의 노래」에서 끝줄에 "조선 독립 만세"라고 했으나 이 一行이 到底히 全体의 內容을 살릴 수 없고 그렇다고 해서 作者의 思想 意謝을[153] 여기에서 이런 形式으로 表現하려 한다면 그것은 無理일 것이다. 다른 두 作品도 亦是 낡은 形式이다 하겠고 새로운 面을 찾을 수 없다. 그리고 우리는 이 바쁜 建設期에 있어서 꽃놀이라든가 딸의 시집 사는 꼴을 보러 간다든가 손자들에게 떡을 주랴고 방아간에 간다든가 等이 테마에 오를 수 없는 것이다. 그렇다면 차라리 姜훈 作「어린 병정」은 이와 近似한 手法이지만 取할 點이 있다고 하겠다. 이것은 險然히 氣慨를 보였고 거치지 않은 지즘과 表現이 自由로워 別로 無理가 없다. 그러나 여기에 民主主義的 內容을 多少라도 담았다면 더 좋은 作品이 되었을 것이란 것을 附言하는 바이다. 한늪 作「기빨」(創刊號)은 말을 驅使하는데 있어서 連結이 되지 않았다. 말하자면 "기빨을 달아라" 하였고 "만세를 부르세" 하였다. 이는 語感에 있어서 반드시 不調和를 가져오게 되었다. 그러나 이것은 그리 問題도 되지 않는 것이나 우리는 大門 위의 기빨만 볼 게 아니라 거리의 기빨의 물결 그리고 建設에 불타는 人民들의 意慾을 象徵하는 人民의 기빨을 노래해야 할 것이다. 漠然한[154] 노래가 되어서는 안 될 것이다.

同氏의 作「하나 둘 셋」外의 數篇의 童謠가 어느 것 하나 民主建設을 眞正으로 노래한 것이 없다. 가장 民主를 사랑하고 人民大衆의 한 사람으로서의 詩人이어야 할 오늘에 이런 無思想性 逃避的 傾向에 對하여는 無慈悲한 批判을 내리어 이를 옳바로 是正하지 않으면 안 될 것이다. 이 作者는 반드시 낡은 殘滓를 淸算 못하고 多分히 가지고 있는 것을 指摘한다.「새봄」에서 보면 그는 무엇을 노래하였나. 結局 바람과 새와 꽃과를 노래하여 아름

---

153 '意識을'의 오식으로 보인다.
154 '漠然한'의 오식이다.

다운 三千里江山을 꾸미자 했다. 그러나 終結에 있어서 들로 山으로 無窮花를 심으러 가자 하였다. 이와 같은 復古主義 傾向이 現段階에서는 있을 수 없다. 우리는 童謠를 쓸 때에 只今 南朝鮮에 있는 反動作家들이 쓰고 있는 따위의 欺瞞的(이상 10쪽) 現實逃避的 反人民的 꽃쇼와 象牙塔에 類似한 作品을 쓸 때는 決코 아니다. 오늘의 北朝鮮에는 더욱 있을 수 없는 일이다. 이 땅의 모든 오늘에 와선 풀 한 포기라도 地主와 資産階級들의 享樂을 무르녹게 하여 주는 것이란 있을 수 없다. 모든 것을 벅찬 民主建設을 讚揚하고 人民의 眞理와 結附되는 無限한 힘이오, 創造은 또한 慰籍을[155] 줄 수 있는 것이 되는 때문이다. 勿論 童謠에 있어서는 童謠로서의 美의 世界가 있다. 또 있어야 한다. 그러나 問題는 이것을 取扱하는 作者의 意圖와 思想인 것이다. 이와 같은 것을 取扱하는데 어떻게 民主力量을 適切하게 內包하게 할 것이며 現實과 어떻게 巧妙히 結附할 것인가를 愼重히 考慮한 다음에 着手하여야 할 것이다.

그러므로 나는 이와 같은 童謠와 少年詩는 今後에 다시 없기를 바라는 바이다. 또한 한늪 氏와 같은 傾向의 諸氏에게 말하고 싶은 것은 먼저 作者 自身의 思想 意識을 確實히 改變하여 眞實로 人民大衆을 爲하여 싸울 수 있는 力量을 涵養하여야 한다는 것이다. 그러기에 以上 한늪 氏 作品을 代表로 이것을 檢討한 데서 끝이려는 것이다. 解放 前 日帝時代에 있어서 日帝와 鬪爭한 많은 作家 詩人들은 벌써 民主의 方向으로 나갔으며 人間의 待遇조차 못 받은 工場少年, 農村少年이 부르도록 놈들과 鬪爭하면서도 創作하였다.

또한 그 生活과 思想 感情을 그리었으며 資本家, 地主들의 橫暴를 暴露하였고 또 打倒하려는 氣勢를 보였다. 비록 아무런 修飾은 없어 거츨고, 技巧을 無視한 것들이 많았으나 搾取에 울던 勤勞階段의[156] 生活을 反響한 것이란 틀림없었다. 그런데도 不拘하고 오늘에 있어서 이와 같은 個人主義的 自己陶醉에 흐르다는 것은 안 될 말이다.

그러나 옳은 路線으로 가고 있는 數氏의 作品을 檢討하려고 한다. 卽 尹童

---

155 '慰藉를'의 오식이다.
156 '勤勞階級의'의 오식이다.

向 氏의 「글 읽는 아기」(十月號)에서 보면 別로 修飾이 없고 平凡한 中에도 確實히 빛나는 人民 朝鮮의 明日을 보여 주는 感이 있다. 그 作品의 흐름 속에 無理가 없고 体系가 섯으며 따라서 不自然한 구석도 없다. 좀 素朴한 듯하나 거기에 참맛이 있는 것을 알아야 한(이상 11쪽)다. 우리는 이 童謠를 읽을 때 日帝時代라면 우리글커녕 아무 글이란 글도 배울 수 없을 形便이 있을 터인데 이 긁 읽는 아기야말로 새 民主 朝鮮의 억센 일꾼이 될 것이란 것을 느낄 수 있다. 亦是 同氏 作 「글씨 공부」(一月號)는 테마가 퍽 滋味있다. 뿐만 아니라 퍽 內容이 健全하다. 童心을 自然스럽게 表現한 것이라든지 現實에 適應한 形式을 갖추었다. 앞으로 이와 같은 童謠와 少年詩가 汎濫해야 할 것이다. 반드시 이 童謠詩人은 옳바른 世界觀이 섯다는 것을 作品을 通하여 보아도 알 수 있다.

그리고 詩人으로서의 李貞求, 朴石丁, 康承翰 氏 等과 筆者의 몇 作品을 본다면 手法은 洗鍊되었으나 主歡[157] 强調를 지나치게 한 것 또는 너무나 技巧에 넘친 것 等 말하자면 作品을 쉽사리 取扱하였기 때문에 도리어 缺點을 낳게 한 것도 있다. 李貞求 氏의 「五月의 노래」는 內容은 民主主義的이라도 그 形式에 있어서 空間이 잇는 것을 볼 수 잇다. 第二節의 "우리 우리 五月이 어두었지만"은 表現이 弱할 뿐 아니라 "어두었지만"은 無理하다는 것을 알 수 있다. 그러고 「산길」 「말놀음」 「허무러진 안경」 等은 以前『어린이』時代에 氏가 發表했던 많은 作品들과 比較해 보아도 氏 自身도 여기에서 무슨 特異한 點을 發見하지는 못할 것이다. 申鼓頌 作 「우리집 감나무」(十二月號)는 構想에서 取할 點은 있으나 消極性이 있다는 것을 指摘한다. 이것이 舊作인지는 몰라도 그렇다면 過去 「골목대장」이 차라리 優秀한 便일 것이다. 朴石丁 作 「추수」(十一月號)는 內容에만 量重하였지[158] 리즘이 맞지 않고 整理가 채 되지 않았다. 康承翰 作 「문맹퇴치의 노래」(一月號)는 그 用語가 粗雜한 그대로이다. 詩에 있어서 口號詩와 같은 느낌을 주는 것이다. 여기에는 作者의 努力이 不足하다 하겠다. ㅅ氏 作 「공부 간 누나」(十一

---

157 '主觀'의 오식으로 보인다.
158 '置重하였지'의 오식으로 보인다.

月號)에서 보면 呼吸의 不自然함을 느끼게 된다. 그러나 그 末節에 있어서의 能熟한 表現으로 全体를 살리었다. 다음 「바람은 손두 없는데」(十二月號)은 迫力이 있는 點을 보아 構想의 緻密한 點으로 보아 力作이다 아니 할 수 없다. 그리고 「여기는 쨍쨍 저긴 그늘」(四月(이상 12쪽)號)은 너무 單調롭다. 內容이 具体的이 못 되고 貧困하다. 나는 이 詩人이 이 노래에서 北朝鮮은 陽地와 같이 쨍쨍 南朝鮮은 陰地와 같이 그늘이라고 할 줄 알았다.

事實 그런 方向으로 取扱했다면 어떠할까 生覺한다. 筆者의 作 「좀과 건달」(十二月號)은 억지로 構成한 것으로 無理한 作品이란 것을 自認하는 바이다.

우리는 이제부터 作品을 쓰기 爲해서만 쓰는 一切의 無責任한 態度를 克服해야 될 것이다. 나는 여기에서 다시 말하거니와 作家 詩人들은 먼저 民主主義 思想 意識으로 武裝하고 나서 作品을 써야 할 것을 再三 强調하는 바이다. 이리하여 앞으로 많은 優秀한 童謠詩人이 나오게 되리라는 것을 믿으며 『어린 동무』도 一九四六年 十一月號부터 編輯方針을 一變하여 完全히 民主路線에서 離脫하지 않고 勇躍邁進하게 된 것은 欣快하여 마지않는 바이며 兒童文學 向上 發展에 있어서 큰 期待를 가지게 하는 바이다. 그리고 앞으로 機會 잇는 대로 더 具体的인 評을 繼續하려 한다.

一九四七. 三 (이상 13쪽)

金友哲, "兒童文學의 新方向", 『아동문학』, 제1집, 平壤: 어린이신문사, 1947년 7월.

一

北朝鮮 一萬 藝術家들의 組織 主体인 〈北朝鮮文學藝術總同盟〉의 創立 첫돌을 맞이하여 지나온 발자취를 回顧해 볼 때 그 創造的 成果가 豊盛함에 짐즛 驚嘆하면서도 어덴지 한구석이 빈 듯한 서분한 感懷를 느끼지 않을 수 없다.

그것도 그럴 것이…………民主主義 朝鮮民族 文學藝術의 源泉이오 創造的 열매의 새 엄인 兒童文學運動이 아직도 다사로운 民主 太陽의 惠光을 왼 몸에 받지 못하고 있는 이 숨길 수 없는 映像에서 우리들 文學者 藝術家는 눈을 도리킬 수 있겠는가.

兒童文學만이 또 하나의 祖國과 또 다른 太陽을 받들 수 없슬진댄 정녕 어린이 世界에도 푸른 하늘을 열려야 할 것이고 民主 太陽도 그 惠光을 뿌리는 곳 祖國의 품에 精다웁게 안(이상 14쪽)겨야 할 것이다.

그뿐이랴! 人民會議 석 달에 한 차례씩 열리어 새 法令 맺치고 金日成 將軍 領導 밝으옵신 北朝鮮의 새나라— 萬民의 삶림 平和로워 健康한 입김을 마음껏 숨 쉬일 때 새 조선의 싹이오 꽃봉오리인 어린이 藝術만이 낡은 現實의 울타리 안에서 맴돌 수는 없다.

勝利의 새봄을 맞아 五花絢爛하게 어린이 藝術의 花苑에 어우러져야 할 무렵 아직도 한구석에 그늘진 곳이 있고 아직도 낡은 觀念이 숨 쉬고 있다는 것은 섭섭한 일이다.

이것은 무엇을 말함인가?

새 조선 藝術의 어린 잔디밭인 兒童藝術苑에는 그 옛날 호사하던 "도련님"과 "아가씨"의 그릇된 思想이 民主主義 탈을 쓰고 세 다리 거름을 하고 있는 것이다.

어린이의 生活 —— 그중에서도 배우고 익히고 일하고 있는 수많은 어린이의 生活感情과 情緖와 祖國의 하늘빛처럼 맑고 고운 童心을 노래하고 그려

내는 것이 아니라 억지로 어린이인 양 '포-즈'를 꾸미면서 그實은 政治에의 無關心 無思想性을 露出하고 심지어는 藝術至上主義의 亞流에 숨박곡질하는 그런 作品들이 가진 응석과 아양을 떨고 있다.

이에 對한 어진 牧童의 챗죽을 던짐은 그 例가 許多하므로 다음 機會에 미루기로 하고 나는 여기에서 兒童文學이 밝히 나아갈 나가지 잃어서는[159] 안 될 새로운 方向에 對하여 이야기할 크다란 기쁨 속에 빠져 본다.

          二

解放 以後 우리는 어린이 藝苑에 自然發生的으로 되어 옳은 여러 떨기 꽃포기를 보았다.

平壤 서울 한 모퉁이에 熱과 誠을 결어 모여선 兒童文化社의 테두리에 어우러진 여러 點 花草는 어린이 藝苑에 처음으로 그 薰香을 높기었다.

그리고 新義州 〈西北文化同盟〉에서 勤勞하는 어린이들께 보낸 童話集『붉은 별』과 童謠(이상 15쪽)集『동무의 집』은 모두 새 조선 어린이 藝術 創造의 基本的 方向을 提示한 점이 있으며 勤勞하는 兒童을 主대로 하는 健實한 兒童文學 創造의 基本的 方向을 옳바르게 指針하였다고 볼 수 있다.

그리고 江原道에서도 어린이 文學誌『별빛』이 號를 거듭하여 나왔고 間或 中央과 地方新聞에 어린이 文學作品이 異彩를 떨치었다. 그러나 그 대부분의 作品들이 어른 文學者들의 餘閑에 먹친 붓재롱이 아니면 남들이 等閒視하는 짬에 한몫 차지하고 나선 文學少年 乃至는 靑年들의 習作 발표나 甚하면 "旣成" 文人들이 書架에 던져두었던 낡은 童謠 童話綴이 民主의 옷을 急스럽게 갈아입고 뛰어나온 少年 똥키호-테였다.

이리하여 昨年 下半期에 일으기까지 兒童文學에 關心을 가진 여러 文人들은 勞는 적었으나 많을[160] 功을 일우었다. 荒藝地를[161] 開拓한 그 功에는 帽子 채양에 손을 대지 않을 수 없으나 어린이 藝術을 얏잡아 보고 어른 文學의 創作 餘閒에 담배 한 모금 빨 동안에 童謠 한 篇—팔벼개 베고 누어서 童謠

---

159 '잃어서는'의 오식이다.
160 '많은'의 오식이다.
161 '荒蕪地를'의 오식이다.

한 篇—어른 小說의 登場人物의 나이를 주려서 少年小說을 꾸미는………
그러한 誠實하지 못한 創作 態度에는 敬意를 표할 수 없다.

泰西 文豪들이 晚年에 일으러 그 思想이 完熟했을 때 비로서 童話를 쓰고
有名한 詩人들이 즐겨 童詩를 써서 그 童心을 지킴 —— 똘스또이 翁과 타-
골 翁에서 그 特出한 例를 봄 —— 에 比하여 朝鮮의 文人들은 習作期에
童謠 童話를 쓰다가 旣成하면 올챙이 쩍의 일을 되돌아보지도 않고 蔑視하려
덤비는 것이 痛弊로[162] 되는 不幸한 사실에 부닥친다.

이것은 그들의 罪만도 아니어서 文壇에서는 誠實한 兒童文學 作家에게
應當 높은 藝術家的 地位와 그에 相符하는 尊待를 보내야 할 것이고 兒童文
學 作家들은 童心世界를 깊이 洞察하여 不斷한 作家的 勞苦와 誠實한 創作
態度로써 빛나는 作品 不朽의 名作을 세상에 떨쳐야 할 것이다. 우리는 (원문
에 17~18자 정도 삭제되었음) 東西 作家에게서 많은 敎訓을 攝取해야 될
것이며 民主主義 兒童文學의 豊盛한 發展을 꾀하기 위하여는 古典 遺産 뿐
조아(이상 16쪽)文學 遺産까지라도 批判的으로 攝取하여 그 深 그 幅과 그 糧을
豊富히 할 것이다.

이것은 하로 이틀에 일우어질 것도 아니며 한두 作家의 勞力으로 成就될
성질의 것도 아니다. 여러 作家들의 協同的 研究 鍊磨와 血汗의 勞力이 있어
야 할 것은 두말을 許하지 않는다.

　　　三

眞摯한 創作態度와 血汗의 勞苦 —— 이것만으로 우리는 좋은 兒童藝術
作品을 製作할 수 있을까?

무엇을 노래하고 무엇을 쓸 것인가?……… 하는 問題는 每個 作家가 어느
程度 把握하고 있을 것이므로 다른 評論과의 重複을 避하기로 한다.

내가 여기서 쓰고 싶은 것은 어떻게 쓸 것인가? —— 하는 創作 手法(또는
方法)에 關한 내 意見의 片鱗이다.

어떻게 쓸 것인가! —— 하는 方法 問題는 自然히 무엇을 어떻게 쓸 것인
가! 하는 位置에 서야만 옳게 解明될 수 있다. 나는 한 말로 말하고 싶다.

---

162 '通弊로'의 오식이다.

새 조선 어린이들의 童心에 비최인 祖國의 푸른 하늘과 새 옷을 떨쳐입어 한결같이 慈惠롭고 빛나 올으는 山河와 마음과 建設에 躍動하고 있는 生活 —— 그중에서도 純美롭고 雅淡한 어린이 世界 어린의[163] 생활을 그리고 그들의 感情 그들의 기쁨을 노래하라고요!

어떠하게 읊고 어떠하게 노래할 것인가! 울타리 밖에서 담 밖게서 넘겨다보고 想像하며 그리고 노래할 것이 아니라 오늘의 光輝롭은 民主 祖國의 터전에서 自由奔放하게 배우고 익히고 일하고 建設하는 어린이들의 울타리 안에 들어가 같이 웃고 같이 노래하며 그들의 자랑을 그들의 멋과 그들의 응석을 꽃 문들어지게 그려 내야 할 것이다.

물론 그들의 말과 그들의 정서와 그들의 풍습으로써 —— 그들은 울타리 밖게서 넘겨다볼 수 없는 아기자기한 世界다. 그렇다고 해서 그들이 바라보는 하늘은 또 다른 하늘은 아(이상 17쪽)니다. 三千萬이 우루러 바라보고 기쁨 속에 사는 祖國의 맑게 개인 푸른 하늘이다.

그들의 눈은 어른들의 눈보다 맑고 새로워 아무런 껍댁이도 씨우지 않고 티 없시 바라본다. 그래서 童心에서 울어나오는 童心은 어른들의 詩精神의 原色이며 그보다도 더한층 香氣 높은 것이다.

이 그윽한 香氣를 왼 누리에 떨치기 위해서는 說明도 해설도 필요 없다. 억지로 꾸며서 나타낼 수는 더욱이나 바랄 수 없는 일이다.

어떠하게 쓸 것인가! —— 하는 데 있어 제일 중요한 것은 —— 몸으로 느끼고 느낀 대로 간결하게 쓰는 것이다. 이것은 쉬은 듯하면서도 어려운 노릇이다. 高雅한 技術의 体得은 꾸준한 勞力의 나날과 血汗을 것은 研究 錬磨의 다달이 쌓임으로써 비로서 일우어질 수 있다.

民主思想이 몸에 홍근이 배이고 体香으로 풍길 때 우리는 억지웃음과 부러 울음과 거짓응석을 떨 수 있을까! —— 아직도 思想이 몸에 배이지 못했을 때 앙상한 뼈다구가 들어나고 살이 튀여나오는 법이다.

몸으로 느끼고 그 느낀 것을 자연스럽게 쓰자! 童心에 비최인 現實과 生活을 香氣 높게 — 거기에는 現實에 발을 붙인 未來에의 憧憬과 새 社會에의

---

163 '어린이' 또는 '어린이의'의 오식이다.

戀戀한 꿈이 칠넝쿨 모양 뻗어 있어야 할 껏이다. 높은 浪漫精神이 살아 있어야 한다. 勤勞하는 人民들만이 바라볼 수 있는 祖國의 푸른 하늘! 오호 그 하늘 밑에 平和로히 숨 쉬는 우리들─ 어린이의 기쁨을 마음껏 노래하라!

創作方法이 따로 文法化되어 있는 게 아니고 송아지가 음매─를 불으는 平和한 저기 언덕 위 풀밭에 누워있다. 祖國의 푸른 하늘에 있다. 오호 내 사랑하는 祖國의 山河 ── 그 躍動하는 現實生活(眞實) 속에 소용도리치고 있는 것이다.

(三月 廿七日 稿) (이상 18쪽)

宋昌一, "北朝鮮의 兒童文學", 『아동문학』, 제1집, 平壤: 어린이신문사, 1947년 7월.

朝鮮에 兒童文學이 發芽하기는 近三十年의 오랜 歷史를 가졌다 하지만 그 黃金時代란 中間에 있어서 十年 內外의 짧은 期間이었다고 보며 最近 十年間이란 日帝의 侵畧戰爭과 同時에 그들이 殖民地 政策의 强化로 朝鮮語와 朝鮮文 使用에 一大 彈壓을 받기 때문에 우리 文學運動에 있어서 크게 威脅을 받았으며 말할 수 없는 隘路에 連着하였던 것이다.

이런 難關 中에서도 朝鮮의 많은 文人들은 克服할 길을 근심하며 꾸준한 努力을 가지려 했으나 所謂 大東亞戰爭이 渤發하면서부터는[164] 良心的인 文學運動은 자최를 감추게 되었다.

이렇듯 衰威했던[165] 文學運動에도 朝鮮의 解放과 同時에 曙光이 비치여 소리 없던 많은(이상 19쪽) 文人들이 活潑하게도 作品 行動을 展開하게 되었다.

더구나 不利한 客觀的 情勢 밑에서 賤待를 받아온 兒童文學運動의 發展이란 놀랄 만한 것이 있다.

解放 後의 兒童文學運動이 이처럼 展開되는 理由는 社會가 兒童의 重要性을 認識하게 된 點과 쏘련을 視察한 文化人들의 視察談이나 그 바께 外國文學 作品이나 映畵를 通하여 兒童心理와 兒童生活을 主題로 한 것이 많이 流入된 影響이 크다고 생각한다.

北朝鮮에서만 보더라도 過去 京城 集中主義이던 文學運動이 都市마다 일어나 未曾有의 盛況을 보이고 있다.

〈北朝鮮文學藝術總聯盟〉이 調査 發表한 바를 본다면 解放 後 一年間 北朝鮮에 있어서의 兒童文學 作品數가 四百六十八篇의 巨大한 數字를 보이고 있다.

活字化한 作品 外에 放送을 通하여 發表된 兒童文學 作品도 적지 않다.

---

164 '勃發하면서부터는'의 오식이다.
165 '衰萎했던'의 오기로 보인다.

그리고 쏘련 童話 等의 外國作品의 飜譯物, 飜案物이 또한 많은 讀者의 人氣를 끌었다.

過去의 飜譯이란 妖精이야기나, 神話, 女王, 公主이야기 等 非科學的이요 非民主主義의 것이 거이 全部이었음에 比하여 解放 後에 나오는 모든 飜譯物 은 科學的이요 現實的이요 情緒的인 것이 많은 것을 發見하고 民主主義 國家 의 새 主人公이 될 兒童의 精神糧食 供給에 있어서 새로운 길을 열어 주었다 고 본다.

이제 北朝鮮에 있어서 地方別로 兒童文學運動의 實蹟을 본다면 解放 直後 新義州에서 童話集 『붉은 별』이 李園友, 金友哲 兩氏의 合作으로 나왔고 雜誌로는 『아동학예』가 朝鮮兒童學藝社 發刊으로 創刊되었는데 二號부터 는 『어린이 조선』이라 改題되었고 그 內容과 揷畵, 裝幀에 있어서 많이 努力 한 痕蹟이 보이며 特히 農村 냄새가 풍기는 作品이 적지 않은 點과 揷畵가 豊富한 것이 좋은 印象을 주었으나 活版이 못 되고 石版인 것으로 보아 多少 遺憾스러웠다.(이상 20쪽)

雜誌의 目次欄을 홅터보고 朴八陽, 李園友, 尹童向, 諸氏의 낯익은 이름에 敬意를 表하였다. 그리고 新義州 人民評論社란 데서 謄寫物로 된 月刊 『새 어린이』를 냈는데 印刷가 鮮明치 못할뿐더러 個人이 全擔 執筆한 感이 있으 며 內容 等이 兒童文學의 길에 眞實치 못하였다고 指摘한다.

바라기는 좀 더 强力한 執筆陣을 가질 것이며 力量 잇는 作品을 실어 달라 는 付託이다.

元山에서는 盧良根, 崔錫崇 諸氏의 活躍으로 月刊 『별ㅅ빛』이 꾸준히 刊 行되고 있는데 体裁나 內容에 있어서 舊態를 벗지 못한 感이 있다.

좀 더 嶄新한 맛을 보여주기를 바라며 揷畵가 없다는 점은 여러 가지 不利 한 條件과 隘路 때문이라고 理解하는 바이다.

作品 中 盧良根 氏 作 長篇童話 『꿈 파는 집』은 解放 後 첫 試驗인 만큼 많은 期待를 갖는다.

元山 文學同盟 編인 『아동문학집』의 豫告를 보았는데 어떤 程度의 것인지 또한 期待되는 바이다.

羅南에서는 어린이 문학잡지 『달나라』가 나왔으며 『童話運動』이란 理論

을 兼한 月刊이 나왔다.

金耀燮 氏의 눈부신 活躍을 엿볼 수 있으며 李豪男, 林春吉, 金北原 外 數氏는 過去에도 兒童文學 作家로 꾸준한 努力을 보이고 있었지만 解放 後 에도 繼續하여 作品을 보이고 있는 점 또한 敬意를 表한다.

『童話運動』第一號에 있어서 李敬贊 氏의 「兒童文學에 對한 一考察」은 첫 번 題만을 보고 자못 期待를 가졌으나 정작 읽고 보니 한 개의 편지글인지 隨想文인지 하여튼 美文임에는 틀림없었다.

自我陶醉의 美文이 眞實한 兒童文學이 될 수는 없는 것이다.

앞으로의 兒童文學은 現實에 立脚한 健實한 산 記錄이어야 할 것이다.(이상 21쪽)

다시 말하면 藝術至上主義에서 離脫된 科學的이요 寫實的인 作品이래야 現代 兒童이 要求하며 渴望하는 文學이 되리라고 믿는 바이다.

『童話運動』第二號에 있어서 金崑 氏의 論文 「兒童文學에 관한 토막토막」 은 兒童文學의 領域을 잘 究明하였으며 兒童文學을 沒理解하고 作品行動을 하는 사람들께 警鐘을 울려 놓았다고 믿는다.

過去 우리 兒童文學運動에 있어서 作品도 그랬지만 理論과 評論이 貧弱하 였음에 비추어 이런 論文은 確實히 必要한 것이다.

作品만 있고 理論과 評論이 없으면 옳바른 作品行動을 가질 수 없으며 作品의 向上이 있을 수 없을 것이다.

그리고 初步 作家의 나아갈 方向을 引導하는 指針의 役割도 된다.

咸興에서도 『어깨동무』란 謄寫로 된 童謠集이 나왔고 其外 다른 地方에서 도 兒童文學運動이 얼마 나고 있는 所聞은 있으나 아직 材料를 얻지 못하여 論及할 수 없는 것을 遺憾으로 생각한다.

끝으로 平壤에 있어서의 兒童文學運動을 暫論하기로 한다.

平壤에는 解放 直後 平壤 兒童文化社가 誕生되어 月刊 『어린 동무』와 週刊 『어린이신문』을 꾸준히 發行하여 왔는데 最近에는 北朝鮮敎育局 發行으로 移管되어 北朝鮮 全般을 對象으로 大規模의 出版을 計劃하고 있다.

平壤 兒童文化社는 靑年實業家 林盛植 氏의 篤志로 誕生되었고 現在는 金仁肅, 姜薰, 申永吉, 安成鎭, 南賢曘 等 諸 文學同人들이 活潑한 活躍을

보이고 있다.

그동안의 業蹟으로 보면 月刊『어린 동무』가 二卷 十四號, 『어린이 신문』이 十七號, 童話集『참새학교』, 『꼬마 다람쥐』(宋昌一 作) 二卷, 畵報『꽃다발』(兪錫濬 作) 一卷, 畵集『꿈』(南賢疇 作) 一卷, 그리고 傳說 洪吉童을 漫畵化한 것 上, 中, 二卷(南賢疇 作), 新作 童謠曲集(이상 22쪽) 一卷, 世界童謠曲集(朴泰泳 著) 一卷, 其外 그림딱지(洪文久 作) 等等 純兒童文學 作品과 그밖에 畵集, 作曲集 等이 不少하였다.

以上의 出版物은 最低 二千部로 最高 三萬部까지의 數字를 보인 것으로 朝鮮 兒童文學史上에 最高 記錄이 아닐 수 없다.

이와 같이 發展 向上하는 北朝鮮의 兒童文學運動은 앞으로도 더욱 躍進할 可能이 充分하다. 그 理由로는 過去에 拘碍되던 政治的 抑壓에서 버서났으며 社會的으로 國家的으로 兒童에 대한 認識이 높아짐과 함께 많은 旣成文士들이 在來의 그릇된 觀念을 버리고 一齊히 兒童文學運動에 協力하며 積極 參加하는 일과 많은 紙面이 作品을 歡迎하고 있다는 廣範한 事實을 들 수 있다.

解放 後 一年間의 兒童文學의 急進的 發展은 以上에 基因되었다고 말할 수 있으며 『어린 동무』誌上을 通하여 가장 많이 協力한 作家로는 童謠에 있어서 朴世永, 康承翰, 朴石丁, 申鼓頌[166], 李貞求, 高義淳, 尹童向, 裵豊, 安成鎭 外 數氏였고 少年詩로써는 楊明文 氏가 꾸준히 作品을 보여 주셨고 童話나 少年小說로는 韓德宣, 李鎭華, 姜小泉, 金化淸, 車永德, 金信福, 李豪男, 李東珪, 申永吉, 姜薰, 宋昌一 外 數氏이며 外國童話 飜譯作家로는 쏘련 篇으로 金敬新, 李玉男 兩氏 佛蘭西 篇으로 李彙昌 氏, 英國 篇으로 朴和淳, 金朝奎 兩氏를 들 수 있다.

兒童劇에 있어서는 趙成 氏의 「게름뱅이」, 馬完英 氏의 「금비둘기」, 金利錫 氏의 「우리는 왜 바보였던가」, 「능금나무」 等이 나왔는데 모다 높이 評價할 作品들이다.

文學과는 部門이 다른 이야기일지 모르겠으나 쏘련 事情 紹介로 글을 써

---

166 ‘申鼓頌’의 오식이다.

주신 李燦, 韓雪野, 安含光, 金昌洙, 方熙榮 諸氏와 時事이야기를 쉬운 말로 解說하여 준 金永赫 氏의 作品들이 直接, 間接으로 文學運動에 巨大한 影響을 미쳤다는 것을 附言하여 둔다.

特히 指導理論이 貧弱한 兒童文壇에 平易한 文章으로써 「文學이야기」를 써 주서서 文學을 志望하는 兒童들의게 指標의 길을 열어 주신 崔明翊 氏의 功을 잊을 수 업다.(이상 23쪽)

그동안 收獲된 作品을 一一히 評할 紙面도 없거니와 一言으로 總括하여 본다면 大体로 보아 良好한 便이며 作品 中 大部分의 童謠는 作曲化되어 兒童 間의 불리워지고 있는 現象이며 童話는 學校에서 口演되며 電波로 放送되었으며 兒童劇은 學校의 文藝會의 舞台에 올랐으며 平壤放送兒童藝術團을 通하여 放送되었다.

解放 後의 兒童들은 오랫동안 飢俄[167]에서 헤매이던 사람이 갑자기 잔치집이나 만난 것처럼 많은 作品을 消化하기 어려울 程度로 얻었다.

그러나 아직 兒童들의 讀破力이 微弱한 때문이고 좀 더 時期가 지나면 現在의 生産되는 作品쯤으로는 滿足을 느낄 수 없으리라고 본다.

兒童은 本能과 感情과 理智로만 사는 것이 아니라 思想, 觀照, 象徵의 世界, 그리고 人生의 眞實한 世界에서 살고저 하는 것이다.

이것이 眞實한 客觀의 世界요 水晶처럼 맑고 샛별처럼 빛나는 兒童의 깨끗한 世界인 것이다. 이 世界를 創造하며 助成함에는 文學의 偉大한 힘을 빌지 않으면 안 될 것이며 成人文學들이 크게 兒童을 理解하며 兒童文學에 關心을 가져야 하겠다.

이것은 한 개의 形式的인 空談이 아니라. 우리 國家의 礎石이 되는 兒童을 健實하게 기르고 못 기르는 重大問題가 달렸기 때문이다.

往々히 어떤 人士 中에는 文學이 兒童生活과 直接 結符되며 어떤 關聯性을 가지지 못한다고 생각하며 生活上 何等 反映이 없다고 말하고 있으나 이 것은 너무나 性急한 妄想이다. 웨나 하면 文學이 兒童에게 人生의 客觀的 觀察을 갖게 하는 만큼 거기에서 兒童 自身의 生活과의 批準, 그리고 反省,

---

167 '飢餓'의 오식이다.

이런 것들이 생김으로 終當은 父母나 어떤 人士들이 걱정하는 그 어떤 條件이 모두 自然的으로 適應됨에 到達하는 때문이다.

兒童이란 成長하는 것 未知의 世界를 憧憬하며 恒常 驚異心과 好奇心과 어디까지나 征服하려는 鬪志와 意慾에 불타고 있는 未完成인 個性인 것이다.(이상 24쪽)

이 未完成品인 兒童時代에 있어서의 兒童文學의 効力이란 偉大한 바가 있다.

그 實例로는 假令 兒童時代에 童謠나 童話의 洗禮를 받은 사람일지라도 成人이 되어 職業의 繁忙으로 文學과는 因緣이 멀어졌다 하나 미리 한 모퉁이에는 文學的 情感과 記憶이 潛在해 있어 어떤 때 童謠나 童話를 읽든가 듣고 幼時를 回想하게 되는 事實인데 이것은 平凡하면서도 그저 看過할 수는 없는 한 개의 事實이라 하겠다.

成人이 되어서 받는 文學的 情感과 兒童時代에 感受된 文學的 情感의 輕重이란 敢히 比할 바가 아니다.

이런 意味에서 兒童文學의 重大性과 文人들의 무거운 責任을 論하게 된다.

朝鮮이 文學을 燦爛한 地盤 위에 鞏固히 세우려 文人들은 確固한 目的意識과 그 影警에[168] 대한 責任을 가져야 한다.

즉 兒童에게 주는 文學의 內容이 純眞無垢한 童心을 健全히 發育시키는 要素가 되는 것이 아니면 아니 된다.

모름직이 文人들은 兒童을 바로 硏究하는 敬虔한 態度를 가질 것이며 自己네의 作品에도 兒童心理를 取材로 한 것을 많이 쓰며 直接 兒童에게 주는 作品도 정성껏 供給할 責任을 느껴야 한다.

이제 解放 後 北朝鮮의 兒童文學을 回顧하여 볼 때 量으로는 短時日에 비추어 比較的 發展의 形態이나 質的으로 보아 樂觀할 程度는 못 되는 것이다.

作品을 쓰기 위한 作品이라든가 兒童을 웃기기 위한 즉 兒童을 成人의 遊戱 對象으로 씨워진 作品을 도리어 兒童에게 나뿐 影響을 준다.

---

168 '影響에'의 오식이다.

그동안 『어린 동무』誌의 讀者欄을 通하여 많은 어린이들의 投稿를 보고 있는데 作品의 質은 莫論하고라도 그 投稿 原稿의 數量으로 보아서 解放 後 兒童들의 文學熱이 큼을 엿볼 수 있다.(이상 25쪽)

그中에는 優秀한 作品도 나왔고 素質이 豊富한 數人의 兒童도 發見되고 있는 現象이다.

더욱이나 過去에 있을 수 없는 놀랄 만한 事實은 學校의 敎師들이 文學에 趣味를 가지며 兒童에게 또한 이 길을 指導하고 있는 것이다.

어떤 學校여서는 兒童 作品을 校內 新聞에 揭載하여 全校 兒童에게 읽게 한다고 듣고 있다.

이런 實質的이요 眞摯한 態度의 指導方法은 確實히 옳바른 것이며 成果가 크리라고 믿는다.

近日 듣는 바에 依하면 어떤 日刊新聞이 兒童欄을 特設한다 하는데 그것은 確實히 解放 朝鮮 文化運動의 一大 勇斷임에 틀림없다.

끝으로 筆者는 兒童文學運動이 우리의 重大한 民主課業의 하나라고 主張하며 眞實된 關心을 가지며 發展을 實踐化할 수 있는 組織을 만들며 機關을 提供할 것을 提唱하며 拙論을 마친다.(이상 26쪽)

金仁肅, "兒童文化 運動의 새로운 方向", 『아동문학』, 제1집, 平壤: 어린이신문사, 1947년 7월.

文化라면 그 範圍가 매우 넓다. 人間이 自然을 征服하는 方法의 一切를 文化라고 할 수 있다. 文化라면 흔히 文學이나 美術 音樂 이런 것을 생각하는 傾向이 없지 않다.

그러나 이런 것은 文化라는 名詞 위에 藝術이란 冠詞를 붙여 藝術的인 文化 卽 藝術文化라고 하는 것이 옳다. 같은 論法으로 科學文化가 있다. 지금 말하려는 兒童文化도 文化라는 名詞 위에 兒童 乃至 兒童的이라는 冠詞를 붙인 것이라고 생각할 수 있다.

그러나 藝術文化와 科學文化가 本質的인 差異에서 對立되는 것같이 兒童文化가 諸他의 文化와 對立되는 것으로 볼 수 있을까.

勿論 兒童文化의 直接的인 內容으로 藝術文化와 科學文化를 생각할 수 있는 以上 兒童文化가 藝術文化나 科學文化와 對立하여 생각할 수는 없다.

그러면 兒童文化란 무엇인가. 成人의 生活과는 다른 兒童의 生活에 特有한 文化인 것은 말할 것도 없다.(이상 27쪽)

그러나 兒童文化를 이렇게 成人의 文化와의 單純한 對立으로만 본다면 그것은 너머도 皮相的인 觀察이다. 語句的으로는 兒童文化와 對立되는 것으로 成人文化(?)를 생각할 수는 있어도 兒童文化가 兒童의 生活이란 特殊한 生活樣式에서 오는 文化라는 意味에서 이것과 對立되는 成人文化(成人의 生活이란 特殊한 生活樣式에서 오는?)를 생각할 수는 없다. 兒童文化는 兒童文化로서 特殊한 領域을 이룰 수 있고 따라서 이렇게 함으로서만이 全體文化의 向上을 꾀할 수 있다. 兒童文化를 자칫하면 一般文化와의 從屬的 關係에서만 볼려고 하고 文化의 무슨 附屬物같이 생각하는 것은 옳지 못한 傾向이라 하지 않을 수 없다.

兒童은 人民의 希望이다. 兒童은 내일의 人民이요, 現在 生活에 期待되고 있으면서도 아직 實現되지 못한 그러나 이윽고 人民의 理想이 그 속에 開花

하고야 말 거룩한 봉오리다. 그러므로 兒童文化는 人民이 理想하는 人民生活의 새로운 樣式 卽 새로운 人民의 文化이며 따라서 그것은 現在 生活에 바야으로 期待되며서도[169] 아직은 實現되지 못한 人民의 文化建設의 標識이다.

傳統은 天才를 낳고 天才는 쓰러져도 한 天才가 남기고 간 文化財를 다시 傳統은 이것을 짐작하여 자기의 財産을 豊富히 하는 同時에 人民에게 普遍化시키고 다음 世代에 繼承시킨다.

天才와 傳統의 이런 協調는 한 時代의 文化人과 그 時代의 兒童과의 關係에서도 이것을 볼 수 있다. 이런 協調에서 主從의 關係를 따진다는 것은 마치 알이 닭을 낳았는가 닭이 알을 낳았는가 하는 것과 같은 것이다. 그러나 우리는 여기에서 文化人의 創造意慾이 크면 클사록 兒童에 대한 關心이 크고 또 커야 한다는 것을 말할 수도 있다.

그러므로 世界 民主主義 國家의 前衛隊인 쏘련은 다른 어느 나라보다도 兒童에 對한 關心(이상 28쪽)이 크다. 따라서 쏘련에 있어서의 兒童文化는 다른 어떤 나라에서보다도 燦爛하다.

쏘련을 다녀온 사람들은 다른 가지가지의 印象 가운데 兒童文化 施設의 大膽하고 雄壯한 것이 가장 印象 깊다는 것을 異口同聲으로 말한다. 그리고 그것은 대담하고 雄壯할 뿐만 아니라 또한 普遍化되었다고 말하였다. 應當 그럴 것이다.

人民이 兒童에게 期待하는 것은 人民이 理想하는 새로운 人民의 文化를 基礎 잡는 兒童文化가 兒童만의 自由로운 活動으로서 創造되는 것이 아니고 반드시 거기에는 指導가 必要하다. 그러므로 우리가 적어도 兒童의 指導者로 自處한다면 指導者는 반드시 새로운 人民의 文化는 어떠한 方向으로 나갈 것이라는데 대하여 透徹한 自覺이 있어야 하며 이 自覺은 가장 높은 文化的 水準에 立脚되어야 한다. 높은 文化的 水準에 立脚한 새로운 人民의 文化를 自覺 못하고 兒童兒童文化를[170] 指導한다면 그러한 指導에서는 決코 새로운

---

169 '바야흐로 期待되면서도'의 오식이다.
170 '兒童文化를'의 오식이다.

兒童文化의 創造를 期待할 수 없다. 兒童文化라고 하지만 그것은 곧 人民의 文化요 적어도 새로운 人民의 文化가 깃들이는 곳으로 兒童文化를 생각할 수 있다.

兒童文化는 그 方法에 있어서 特殊한 領域을 찾이할 것은 勿論이지만 그렇다고 兒童文化가 人民의 文化에 對立되는 것이 아니고 人民의 文化의 하나요 따라서 兒童文化에 얼마나 關心을 가지고 있는가 하는 것은 우리가 人民의 文化에 얼마나 透徹한 自覺을 가졌는가 하는 것을 말하는 것이다.

兒童은 人民의 希望이요 兒童의 生活은 人民의 理想을 實現할 수 있는 힘을 內包한다. 이 힘을 充分히 發揮하고 못하는 것은 指導力이 强하지 못한 데 달렸다. 이 指導力이 人民의 文化에 對한 自覺에서 오는 것인 만큼 이 指導力이야말로 새로운 人民의 文化를 創造할 수 있다. 그러므로 兒童文化의 理念은 同時에 人民의 文化의 理念이요. 우리가 兒童을 위하여 그 文化的 敎養을 높인다는 것은 人民의 理想을 그만큼 높이(이상 29쪽)는 것이며 그만큼 人民의 理想을 實現하는 것이다.

以上에서 兒童文化에 있어서의 指導性과 役割을 指摘하였다. 그러나 指導라고 하여 指導者(敎育者)가 제멋대로 꾸며낸 規格에 兒童을 맞추려고 하여서는 兒童의 自由로운 活動은 拘束될 것이고 兒童의 獨創性을 發揮할 수 없다. 兒童文化가 그 主人公이 兒童이란 特殊한 生活層인 理由에서뿐 아니고 兒童文化에의 指導性은 兒童文化를 樹立하는 方法에서까지도 決定的 役割을 하는 것은 勿論이다. 그러나 또 一面 兒童文化는 結局 兒童이 創作하는 兒童의 生活에 特有한 文化인 것도 틀림없다. 아직도 낡은 敎養 理念을 가진 者는 兒童文化의 理念은 指導者가 이것을 設定한다고 생각하고 兒童은 이것을 目標로 指導되어야 한다고 主張한다. 그러나 새로운 兒童文化 乃至 敎養의 理念은 어떤 한 指導者가 생각해 낸 規範에 있는 것이 아니고 兒童 自身이 궁리하고 計劃하는 自由로운 活動에서 찾아야 할 것이다. 兒童의 自由로운 活動 속에서 創造된 兒童의 生活樣式은 어른들의 그것과 다른 兒童의 特有한 文化이요 兒童文化의 存在理由도 實로 여기에 있는 것이다.

이것을 單只 兒童의 自由로운 活動에서만 期待하지 말고 兒童이 즐거워하는 自由로운 活動을 通해서 그것을 期待하되 반드시 健全한 指導로서 兒童의 創造 能力을 涵養시킴으로 期待되어야 한다.

그러므로 兒童文化는 兒童의 創作하는 兒童의 特有한 文化인 同時에 兒童을 爲하여 創作되고 設置된 人民의 文化라고도 할 수 있다. 이 對立되어 보이는 두 가지의 意味를 어디까지 對立되는 것으로 取扱하려고 하고 이것을 分離시키려는 것은 그 觀察이 機械的이요 그 思考의 形式이 낡은 때문이다.

앞서도 말했지만 낡은 敎育理念을 가진 者는 자기가 생각해 낸 어떤 規範 속에서만 兒童을 指導하려 한다. 따라서 새로운 理論을 가졌다고 自處하는 者는 부질없이 兒童中心(이상 30쪽) 主義의 放任敎育에 흐르려 한다.

兒童文化의 指導性이 兒童文의[171] 理念에 있어서나 方法에 있어서 基本 條件이 된다는 것은 具體的인 觀察이다. 指導性을 中心으로 兒童文化를 規範한다면 兒童文化는 兒童의 敎養을 爲하여 創作되고 設置된 人民의 文化요 兒童의 創發性을 중심으로 論斷한다면 兒童文化는 兒童의 創作하는 兒童生活의 特有한 文化이다. 그러니까 이 두 가지의 意味는 對立되는 것이 아니고 兒童文化의 兩面이다.

이 兩面에서 指導性이란 一面만을 固執하여 兒童을 形式的인 規範 속에 넣어 어른들의 비위에 맞는 人形을 만들었을 뿐 아니라 自國文化를 답답하고 괴상한 論理 속에 질식시키고 나아가서 人類를 괴롭살스럽게 한 例로 우리는 우리가 몸소 겪어온 왜놈들의 敎育을 들 수 있다. 남을 못살게 함으로써 자기만 잘 살겠다는 것은 資本主義의 最後 段階인 帝國主義的 侵略政策으로 歷史的인 必然性이라 하겠지만 모든 事物을 어떤 規格 속에 넣지 않고는 못 견뎌박이는 글들의 所謂 指導性은 自國民의 精神을 답답하고 融通性 없는 막힌 굴뚝 속같이 만들었다.

원숭이와 같은 模倣性이라든가 땅개같이 앙칼스러운 排他性이라든가 간나이같이 간사스러운 阿諛心이라든가 끓다 멎은 찌개 그릇 같은 豹變性이라든가 첩시 같은 淺薄性이라든가 이런 것들이 그들의 國民性에서 오는 것도

---

171 '兒童文化의'의 오식으로 보인다.

많겠지만 설익게 배운 新文化의 方法을 無原則 無批判하게 받아들여 指導者로 自處하는 몇몇의 머리에서 짜낸 規範 속에 自國民의 精神을 잡아넣을 수 있다는 人間性을 無視한 慌唐無稽한 그들의 所謂 教育의 指導性에서 오는 것이 아니라고 누가 保証할 수 있는가. 놈들이라고 自國民의 幸福을 생각 안 했을 理 없고 그보다도 教育이란 이름 아래서 그것이 教育이기 때문에 좋은 結果를 보려고 努力한 것도 事實이겠지만 그럼에도 不拘하고 그들의 오늘과 같은 精神生活의 決定的 破綻(이상 31쪽)은 다른 여러 重要한 原因 중의 하나로 멋없이 脫線한 指導 萬能의 宿命的인 全體主義的 教育을 들 수 있다. 그 위에 侵略主義的 軍國主義가 그 指導理念이었다면 더 말할 必要도 없을 것이다.

새로운 理論을 가졌다고 自處하는 者로서 兒童의 創發性을 尊重한답시고 부질없이 兒童中心主義의 放任教育을 하는 데서 오는 弊害에 對하여는 說明과 引例를 避하거니와 要컨대 兒童文化의 이러한 兩面을 그 어느 하나도 粗忽히 할 수 없으며 그 어느 一面만을 誇張하여서도 안 된다.

要는 兒童文化가 人民의 文化의 一面인 同時에 우리가 希望하는 보다 새로운 人民의 文化의 標識인 만큼 人民의 文化가 나갈 새로운 方向에 對한 透徹한 自覺이 있어야 할 것이다.

그러면 새로운 人民의 文化의 方向은 어떤 것인가. 그것이 바로 北朝鮮에서 걷고 있는 民主主義 路線에의 方向인 것은 말할 것도 없다. 이 民主主義的 方向은 새로운 兒童觀을 가져왔다. 人民의 文化의 方向 ― 民主主義 路線의 使命은 當場 兒童觀의 改變을 일으켰을 뿐 아니라 今後 兒童文化가 걸어가는 길에 具體的인 問題를 不斷히 提起할 것이다.

民主主義 路線에 依據된 民主 課業은 現在 兒童文化運動에 어떠한 課業을 주었는가.

民主主義 路線의 一面이 民主主義 自主獨立 國家를 세우기 爲하여 日本帝國主義의 殘滓를 肅淸하고 一切 封建的인 因襲을 뿌리채 빼버리는데 놓인 것같이 兒童文化運動에 있어서도 이것은 當面 課業이 아닐 수 없다.

그러나 兒童文化運動의 基礎的 役割을 하는 學校教育에 있어서 現在 이러한 當面課業이 어느 程度로 實踐되고 있는가 하는 것을 一瞥할 때 全體的인 動向에 있어서 民主主義的 勢力의 커다란 움직임을 볼 수 있음은 즐거운 現象이다. 그러나 具體的인 方法에 들어서 아직도 日帝時代의 그것을 그대로 踏襲하며 封建的인 因襲에 對한 無慈悲한 鬪爭을 볼 수(이상 32쪽) 없다면 實로 憂慮할 일이 아닐 수 없다.

오늘 朝鮮의 나갈 길이 這間에 實施된 基本的인 諸 民主課業으로 말미암아 明確하여진 이때 아직 日帝的 殘滓를 肅淸 못하고 封建的 因襲에 對하여 無慈悲한 鬪爭을 展開 못한다면 設或 그것이 部分的인 現象이라 할지라도 到底히 容納할 수 없는 일이다.

또 한편 姿勢에 있어서만 積極的일려고 하는 사람이 이러한 當面 課業의 緊要性을 意識한 것만은 좋은데 그 自身이 史的 世界觀을 確立하지 못하고 事物을 現象的으로만 觀察하는 때문에 民主主義的 方向을 全體主義的 方向과 混同하여 같이 全體主義일 바에는 日帝가 버리고 간 方法도 아주 버릴 바는 아니라고 어느 程度 意識的으로 이것을 踏襲하고 있다면 그것은 매우 遺憾스러운 일이다. 日帝의 殖民地的 壓迫 속에서 政治라는 것이 어떤 것인지도 알지 못했던 조선 인민으로 多少라도 政治와 關聯되어 보이면 或種의 恐怖를 느끼는 同時에 日帝時代의 그것을 聯想하고 거기에 어떤 全體主義的 要素를 보는 것 같은 印象을 가지는 것도 無理가 없겠지만 民主主義 새 朝鮮의 主人公을 領導하는 斯界의 役軍들이 이런 錯倒된 觀念을 가지고 있다면 이것부터 쓸어버려야 할 것이다. 오늘 우리 北朝鮮의 있어서 指導者를 指導하것은[172] 廣汎히 展開되지 않으면 안 되고 이것이 또한 兒童文化에 있어서도 重要한 當面 課業의 하나가 아닐 수 없다.

兒童의 敎育은 學校를 中心으로 展開되지만 兒童의 文化生活은 學校보다도 오히려 家庭과 社會에서 營爲되어야 한다.

그러므로 兒童文化運動에 있어서 學校는 基礎的인 役割을 할 것이지만 兒童文化의 主動的 役割은 社會 全體가 共同으로 責任을 지고 活潑한 理論

---

172 '指導하는 것은'의 오식이다.

과 實踐을 通하는 데에만 있을 것이다.

兒童의 文化意識을 높이는 데는 學校가 擔當하는 基礎的인 役割만으로 不足하다.(이상 33쪽)

豊富하고 多彩한 兒童文化 施設을 社會的 文化施設과 함께 附設하며 지금까지의 都心中心主義的 文化施設을 버리고 地方文化 施設에(特히 農村) 置重하여 그야말로 民主主義的 文化施設을 附設하여야 할 것이다.

이렇게 兒童을 尊重하여야 한다는 것은 무슨 裝飾으로서가 아니다. 우리는 兒童에게 보다 새로운 人民의 理想을 依托할 수 있고 오늘의 兒童이 자라 새로운 世代의 새로운 人民의 文化를 形成함으로 現在에 있어서는 兒童文化가 人民의 文化의 一面을 나타내는데 不過하지만 將來의 있어서는 兒童文化運動에 뿌렸던 人兒의 理想이 새로운 人民의 文化로서 몇 百倍 몇 千培 收穫을 가져올 수 있다. 이런 人民文化의 久遠한 理想이 少數 人士만의 苦戰이어서는 안 된다. 오늘의 人民의 文化를 擔當하는 모든 文化人이 共同으로 責任을 져야 하며 이렇게 함으로 새로운 人民의 文化가 兒童으로 하여서만 나타나는 것이 아니고 그實 兒童에게 依托한 人民의 文化의 새로운 結實이 指導者의 오늘의 努力에 依하여 맺어진다는 것을 말하여 둔다.

一九四七. 二月 (이상 34쪽)

뜨·쓰마로꼬바, "쏘聯의 兒童文學", 『아동문학』, 제1집, 平壤: 어린이신문사, 1947년 7월.

一九三四年度에 로씨야의 위대한 문사 막심·고리끼는 適齡 前 아동과 학령 아동을 위한 서적을 발간하기 위하여 아동문학 국영출판부를 설립할 것을 제의하였다. 쏘베트 정부는 세계에서 처음으로 아동 서적 국영 출판부를 조직하였다.

이 출판부는 十三년간에 四○八九種의 아동 서적을 二億八千四百萬 부로 발간하였다.

아동出版部 副主任 보리쓰·까미르는 出版部 사업에 대하여 나에게 이렇케 이야기하였다.(이상 57쪽)

"우리 出版部는 금년도에 二三六種의 서적을 一千三百萬 부로 발간하기로 하였다."

出版物의 多部分은 로씨야와 外국 고전 작가들과 쏘베트 문사들의 작품들이었다.

가장 어린 二-四세의 어린이들을 위하여 유리 와쓰네쪼브와 국내 화단의 대표자인 저명한 화가 불라지미르 꼬나세비츠와 기타 人士들의 손으로 된 『그림冊』이 발간된다.

또 四-六세에 이른 아동들을 위하여서는 『아동공원』과 『나의 첫 서적』이란 책을 발간한다. 이 책에는 쏘련에서 저명한 아동문학 작가들인 싸무일·마르사크, 쎄르게이·미할꼬브, 아그니야·바르또 等의 詩와 와씰리·수꼼스끼, 알렉싼드르·뿌스낀, 알렌쎄이·톨쓰토이 等 로씨야 고전 작가들의 작품들도 수록한다. 아동서적 국영 출판부의 一九四七年度 계획에는 八-十二세에 이르는 학생들을 위한 많은 種類의 서적을 발간할 것도 예견하였다.

그들을 위하여 출판부는 학교 강령에 예정된 저서를 편입하는 『학교 도서관』이란 책을 발간한다. 이 책의 많은 紙面은 쏘베트 문사들의 作品들이 차지하게 되는데 전쟁 시기에 로씨야의 한 아동의 운명에 대하여 말하여 주는 『연대의 아들』이란 왈렌찐·까따예브의 中편소설과 一九四一년 전선서 전사한 문사 아르까지 가이다르의 『먼 국가들』이란 중편 소설 등이 그것이다.

그와 함께 一九一八년도 공민 전쟁에 대한 『전투적 시기』란 쏘련 소설집과 제이차 세계전쟁에 대한 새 서적들을 발간하기도 하였다.

一九四七년도 版 『學校도서관』이란 책에는 一五개의 저명한 고전 文藝作品과 민요가 편입될 것이다. 그중 뚜르게네브의 『獵夫의 日記』 막심·고리끼의 『어머니』 꾀테의 『파우쓰트』 빨작크의 『고리오의 아버지』 等도 수록된다.

소년소녀들을 위하여서는 쏘베트 국가의 수령의 생애에 대한 중편소설 『레닌의 소년기』 『쓰딸린에 대한 이야기』 출판을 준비하고 있다.

또 이 계획에는 과학과 상식에 대한 아동들의 애착심을 환기시키는 많은 과학 예술(이상 58쪽)작품도 발간키로 예정되었다. 이제 그 하나의 例를 들면 地理에 있어서는 쏘련의 州와 변강을 설명한 『우리 조국』이란 책을 발간할 것이다.

아동서적 국영출판부는 우크라이나, 그루지야 및 쏘련 민족 공화국의 저명한 문사들의 작품도 발간하고 있다.

一九四七年 十一月 쏘베트 主權 창립 三十주년을 기념하기 위하여 아동서적 국영 出版部는 쏘베트 혁명사에 관한 단편소설들을 발간하기도 하였는데 여기에는 쎄르게이·미할꼬브의 『十月』, 예브게니·윤그의 『아브로라 순양함』 및 기타 等이 豫定되었다.

쏘베트 국내에서는 아동문학에 큰 관심을 가지고 있다.

아동서적 발간 부수는 수십 천부 혹은 수백 천부 이상이다. 예를 들면 就學前 兒童을 위한 서적은 대개 十-十五萬部로 발간된다. 왈렌찐·까따예브의 『연대의 아들』은 여러 번 十萬部 單位의 再刊을 하였다.

이와 같은 현상은 쏘련에서의 보통적인 例로 된다. (『朝鮮新聞』에서)

= 끝 = (이상 59쪽)

宋泰周, "어떻게 兒童劇을 指導할까", 『아동문학』, 제1집, 平壤: 어린이신문사, 1947년 7월.

兒童劇은 元來 人間이 兒童時부터 劇에 興味를 가지고 있고 또 演劇하는 것을 좋아하는 所謂 劇的 本能에서 形成되며 發展하는 것이다. 이 劇的 本能이 兒童에 있어서 形象化하는 것은 그이들의 模倣性에 비추어 充分히 理解할 수 있다. 卽 그 模倣性은 反射的 模倣性과 自發的 模倣性의 二 方向이 있는데 前者에 있어서는 그이들 周意의[173] 事物과 社會的인 現象을 模倣하는 것 假令 어떤 行動 — 喜怒哀樂의 表情 動作 繪畵 等을 그것 그대로 機械的으로 模倣하려고 하며 後者에 있어서는 客觀的인 周圍의 事物과 社會的인 諸 現象을 그이들 自身의 것으로서 主觀化하여 듣는 것 보는 것을 模倣하며 再現出하려고 한다. 卽 無生命인 物體에게 生命을 賦與하여 有生命物로서 그이들 자신의 取扱하는 等은 이것에 屬하는 것이다.

例를 드러 말하자면 "솟곱질"하는 幼兒들의 表情이든가 그 食事의 흉내든가 或은 그의(이상 60쪽) 여러 가지 動作 會話하는 場面을 볼 때 家庭生活에서 惹起되는 여러 가지의 日常生活을 그이들은 純眞하게 素朴하게 滋味있게 表現하는 것으로서 그이들이 얼마나 反射的 自發的을 莫論하고 模倣性에 있어서 豊富한가를 짐작할 수 있으며 이와 同時에 그이들의 모든 遊戲가 演劇 理論上 一般 演劇과 다른 것이 없다는 것을 알 수 있다. 이 밖에 遊戲에 있어서라도 씨여진 台本은 別로 업지 안은 그이들이 想像하고 發案한 事件의 假定 或은 프랜 밑에서 配役이 決定되어 또 配役을 맡은 그이들은 全部가 다 演技者가 되고 限定된 區域 또는 來往의 區域 範圍는 舞台로 된다. 여기에 있어서 그이들 가운데 特定한 演出者는 없지만 그이들은 自己들의 演技에 對해 議論하며 相互 批判하여 自己들의 遊戲를 더 滋味있게 豪華스럽게 꾸민다. 兒童劇은 이러한 그이들의 豊富하고도 强烈한 劇的 本能에 結付되어 形成되며 發展하는 것이다.

---

173 '周圍의'의 오식으로 보인다.

그러면 兒童劇은 大体 어떤 것이며 어떤 要素 밑에서 一般 成人劇의 範疇와 區別되는가를 생각해보기로 하자.

演劇은 어떤 特定한 生活에서 日常時를 土台로 하여 그間에 發露하는 人間의 心理와 思想을 台詞와 動作에서 表現하는 藝術이다. 一般 成人劇에 있어서는 生活의 眞實한 面貌를 成人이 觀察하여 解釋하여 演技者의 肉体를 通해서 創造되며 表現하여 形象化하는 것이다. 兒童劇도 역시 兒童들이 觀察하고 解釋하여 그이들의 生活을 中心으로 周圍의 면貌를 硏究하여서 劇的으로 構成된 것이 兒童劇이라고 말할 수 있다. 卽 兒童劇이 一般 成人劇 範疇에서 遊禽하여[174] 區別되는 것은 그 劇을 構成하며 演技하는 것이 兒童들이며 그것에서 娛樂 敎養 等 모든 利益을 받는 것도 兒童이기 때문에 一般 成人劇과 區別된다. 假令 成人이 兒童劇에 出場한다 하드라도 그이들의 生活과 表現 等 一切를 理解한 뒤에야 完全한 것이지 그이들의 思考 觀察 生活하는 것이 兒童에게 接近하지 못하면 참다운 兒童劇의 意義에 適合한 純醉性을[175] 찾지 못하게 된다. 以上에서 兒童劇은 兒童들이 支配하며 兒童들을(이상 61쪽) 위해 兒童들이 演技하는 演劇이라고 規定할 수 있다. 따라서 兒童劇에 있어서는 그 構成 演出 形式 題材 等 여러 가지가 一般 成人劇과 달라 兒童들의 世界만에서 探究할 수 있는 "兒童 獨自"에 全体를 置重할 것이며 또 描出하야 할 것이다.

이렇게 兒童劇은 "兒童 獨自"에 그 全体를 置重하여 表現하기 때문에 自然히 그 외 戲曲의 題材 主題 等도 一般 成人劇과 趣向이 다르게 된다. 그러면 兒童劇의 創作 또는 戲曲 選擇에 있어서 어떤 点에 留意하여 題材 또는 主題를 取扱할 것인가? 이것은 그의 意義 影響 效果 또는 演出 指導 等 여러 点에 立脚해서 多々스러히 說이 있지만은 全部가 大同小異하여 大概 共通한 点이 많지만 이에 對해 내가 생각하는 것을 몇 條目 列記해 보기로 하자.

첫째, 兒童劇의 題材는 한결같은 꿈이 넘쳐 흐르는 豊富한 空想과 想像이 있어야 한다. 그이들은 成人의 世界에서는 到底히 엿볼 수 없는 아름다운

---

174 '遊離하여'의 오식이다.
175 '純粹性을'의 오식이다.

空想과 끝없는 想像이 앞으로 날개를 벋히고 있다. 百花爛漫한 꽃東山에서 아름다운 精彩의 胡蝶群이 나라가는 것을 볼 때 그이들은 곧 나도 저 나비들과 같이 아름다운 꽃송이에서 꽃송이를 훨훨 나라단녀 멀고 먼 아름다운 彼岸의 나라로 갔으면 하는 印象과 感覺의 衝動에 느껴진다. 이것은 抽象的인 根據 없는 假象의 空想이 아니라 그 아름다운 胡蝶群을 뒤따라단니는 現實과 緊密히 맺어진 空想인 것이다. 이렇게 現實과 空想이 맺어서 앞으로 發展되기 때문에 그이들의 世界에 있어서는 어디까지가 空想이고 어디까지가 現實인지 印象으로서는 到底히 區別 判斷하기가 좀 困難하다. 이것이 則 兒童特有의 世界이고 兒童劇뿐이 占有할 수 있는 特有한 題材인 것이다.

둘재, 兒童劇의 題材는 單純하며 簡潔하여야 한다. 演劇이라면 두 意志가 相剋하여 爭鬪하여 高潮된 크라이막쓰를 가르치는 것인데 兒童劇에 있어서는 이것에 別로 制限될 必要가 없고 全然 없다 할지라도 無妨하다. 이런 劇的인 것보다 所謂 氣分劇이라 할 수 있는 人生(이상 62쪽) 또는 小自然의 斷片을 寫生態로 스켓치한 것이 뜻밖에 그이들이 좋아할 때가 頻々히 있는 것은 이를 通해 그이들이 좋은 印象과 情緒를 맛볼 수 있기 때문이다. 또 一般 成人에 있어서는 思想의 深淺이라든가 微妙한 心理의 描寫라든가를 問題 삼아 그 題材가 複雜하지만은 兒童劇에 있어서는 이 必要가 없고 될수록 單純한 題材를 取하야 한다. 假令 이것이 若干 兒童劇의 題材에 包含됫다 할지언정 이것은 直接 作用이 아닌 間接的인 作用이야 한다. 그 動作에 呼訴하여 그이들 自身 理解할 만한 것 卽 그이들이 보는 눈 듣는 귀를 爽快히 함과 同時에 順序를 밟은 系列的인 思考로 理解할 것이다. 아니고 直覺的인 感覺으로 理解할 만한 것이야 한다. 以上과 같이 너무나 深刻한 意味를 理解시키는 것이 아니고 直接的인 動作 會話의 興味와 또는 劇 全體에서 남는 印象을 中心으로 하여 그 滋味를 얻을 수 있는 題材야 한다.

셋째, 兒童劇의 題材는 明朗하며 建設的이야 한다. 그이들은 恒常 天眞爛漫스럽게 明朗하고 모든 것에 있어서 妥協의 이다. 그이들은 恒常 웃고 깡충깡충 蒼空을 뛰며 모든 事物 現象을 아름답게 觀察하며 또 아름답게 形象化하려 한다. 이러한 그이들의 純眞無垢한 妥協的인 마음을 破壞 또는 損傷할 만한 題材는 絶對 排擊하여야 한다. 卽 感受性의 刺戟에 재빠른 그이들에게 慘殺이라든가 血痕이라든가 하는 죽엄에 關한 深刻한 恐怖 또는 人生을 悲觀한다든가 暗黑 속에서 헤메는 無秩序한 人生을 取扱한 頹廢的인 題材 또는 神이라든가 "妖靈" 等인 非實在의 鬼神을 取扱하여 그이들이 그에게 吸着될 念慮가 있는 非科學的인 것을 絶對 排擊 鬪爭하며 代身 따뜻한 友情이라든가 建設的인 勤勞生活이라든가 或은 技術 進步와 機械 發明 等인 科學面을 主題 삼어 그이들에게 快樂을 주며 勇氣를 주어 信念을 줌과 同時에 間接的으로 眞實한 民主主義 內容을 줄 수 있는 題材일 것이다.

넷째, 兒童劇의 題材는 滋味있고 高尙하야 한다. 一般 成人劇 兒童劇 할 것 없이 劇이라는 것은 滋味와 興味를 賦與할 것은 말할 것 업다. 特히 兒童劇에 있어서는 그이들 童心에서 우러나(이상 63쪽)오는 會話 動作에서 滋味와 快樂을 그이들에게 賦與하는 것이 兒童劇의 第一의 使命이라 할 수 있다. 即 보기 좋게 듣기 좋게 그 題材를 삼아 꾸미야만 그이들은 興味 나서 滋味 나서 볼 것이다. 同時에 이렇게 한다 해서 그 題材가 淺薄하다든가 低俗하다든가 하여서는 안 될 것이며 會話에 리즘칼한 語調를 살릴 것은 勿論 風慢遲暢한 語調와 露骨的으로 表面化되면 敎訓을 絶對로 避하야 한다. 台詞 하나하나에 있어서라도 高尙하고 簡潔를 期하며 그이들 世界만에서 相通하는 高尙한 流行語인 時代感覺을 띠운 台詞를 使用하여 兒童들의 興味를 自然히 惹起할 題材야 한다. 그리고 이 題材에 있어서 年齡 如何에 따라서 高學年 兒童이 低學年 兒童의 題材를 볼 때 幼稚할 것이며 低學年 兒童이 高學年 兒童의 題材를 본다면 그 속에 何等의 興味가 없을 것이다. 이것은 即 低學年의 兒童은 人生에 關한 한 知識 見聞이 大端히 淺狹하여 肉体와 精神의 活動力이 아직 低劣하여서 想像力도 理解力도 趣味性도 또 理性的 判斷力도 未弱하기 때문에 이것보다는 그이들 自体의 感情을 主로 삼어서 題材로 하는 것이 效果的인 때문이다. 따라서 低學年의 戲曲은 길게 한 場所에 서서 말하지 않고 間斷없이 動作하여 그 속에 노래가 많아 그이들의 視覺과 感情에게 呼訴하며 理性에는 過히 作用치 않고 台詞보다도 動作이 많은 것이 좋을 듯하다.

이와 反面에 高學年의 것은 語彙가 豊富하고 台詞가 많아 理智的 判斷을 要求하며 또 文學的 興味를 釀成하게 되는 題材이다.

다섯재, 兒童劇의 題材는 敎育的이야 한다. 以上 말하연 것과 같이 兒童劇

에 있어서 그 題材가 암만 空想的이요 建設的이요 興味的이라 할지라도 敎育
的인 面을 兒童劇의 題材에서 除外할 것 같으면 그의 根本 使命을 遂行할
수 없는 것이다. 卽 이를 通해 未來의 主人인 그이들로 하여금 옳게 人生을
社會를 또는 人間性을 啓示하며 指導할 것이다. 또 딴 敎科目 — 國語는 勿論
人民, 理科 等 各 科目과 緊密히 連絡하여서 옳은 朗讀이라든가 옳은 發音法
또는 社會 協同 相互補助의 精神 培養이라든가 科學面을 探究하는 것이다든
가 하는 人(이상 64쪽)間에 있어서 重重한 德性을 培養하며 여러 가지 知識을
修練케 할 것이다. 이러한 敎育的인 主題를 間接的으로 그 題材 가운데 作用
시켜서 그이들의 興味를 自然히 惹起시키여 그때 或은 그 뒤의 印象으로 말
미아마 刺戟的으로 發露하는 敎育的인 效果를 發揮하야 할 것이다.

이러한 題材 밑에서 戱曲을 選擇 或은 創作하든가 해서 戱曲 準備가 됐으
면 곧 이것을 舞台化하기 위해 練習에 드르가게 된다. 그러면 兒童劇의 實際
에 있어서 兒童들의 연出 指導를 中心으로 順序 없이 말해 보기로 하자.

一般 成人劇에 있어서는 말할 것도 없거니와 特히 兒童劇에 있어서는 指導
者의 연出 指導 如何에 따라 그 效果가 左右되며 퍽 相違가 있다는 것은
여기서 말하는 것이 대단히 새삼스러운 말같이마는 나는 兒童劇의 연出 指導
者들에게 좀 더 좋은 兒童劇이 나와서 兒童들이 좀 더 興味있게 有益하게
볼 수 있도록 다음의 條件을 要求하며 또 强調하는 바이다. 그 要求라는 것은
誠實한 指導와 自然的인 指導와 硏究的인 指導와 組織的인 指導인 것이다.

처음의 誠實한 指導란 것은 兒童들과 같이 生活하여 그이들 雰圍氣 속에
서 呼吸하는 사람일 것 같으면 全部가 다 誠實과 絶對한 愛情이 있을 들 알
지만은 兒童劇의 指導 進行에 있어서는 特히 그이들을 따뜻한 愛情으로 굳
게 抱擁하여 親切히 指導하야 한다. 普通 兒童劇이라 할 것 같으면 舞台化
하는데 매우 容易한 것 같은 皮相的인 見地에서 보지만은 이것을 直接 舞台
化하는 實際 面에서 指導할 것 같으면 온 多事多難하여 大端한 努力과 誠
實이 要求 된다. 그래서 指導者는 그의 實際 面에 옴기 前에 좋은 兒童劇을
내놓아서 兒童들을 위해 이바지한다는 굳은 意志와 꾸준한 誠實的인 努力
밑에서 終始一貫하야 한다. 다음의 自然的인 指導라는 것은 童心과 같이 純
眞하게 연出 指導하며 技巧에 사로잡히지 않는 天眞爛漫한 指導를 가르친

다. 特히 學校劇에 있어서는 不自然 또는 技巧 虛飾 等 같이 싫은 것이 없다. 所謂 없는 劇을 꾸민다라는 것 이것을 兒童劇에 있어서는 없에야 할 것이다.(이상 65쪽)

純眞한 것은 假令 틀린다 할지언정 퍽 사랑스러운 것이다. 다음의 硏究的인 指導라는 것은 여기서 새삼스러히 說明하지 않아도 되지만은 所謂 兒童劇 全般에 있어서의 領導的인 指導者는 當然히 兒童劇의 理論에 있어서나 或은 그의 實際 技術에 있어서 充分히 硏究 練磨하여 一層 높은 水準의 兒童劇을 産出할 수 있도록 努力할 것이다. 끝으로 組織的인 指導라는 것은 兒童劇의 指導 練習 進行에 있어서 가장 큰 使命이 있다. 指導者는 指導 始作 前에 練習 日程表, 연출 指導 프랜, 演技 留意書, 道具表, 扮裝, 衣裝表 等을 作成하여 兒童들을 이러한 計劃的 밑에 有機的으로 運營함에 따라 系統的인 秩序的인 指導를 할 수 있으며 順調롭게 練習 進行을 할 수 있는 同時에 自然히 兒童들에게 組織的인 秩序的인 氣風을 醸成할 수 있는 一石二鳥의 效果를 얻게 되는 것이다.

大槪 연출 指導 眼目은 이러한 것인데 다음은 좀 더 具体的인 細々한 指導 留意点을 추려 말하기로 하자.

一. 配役의 決定

(1) 個性. 이것은 配役을 定하는 데 있어서 根本的으로 생각할 問題이다. A라는 性格의 役에 正反對의 B라는 性格의 兒童을 適用시켜서 指導한다면 그의 效果는 大端히 曖昧하며 劇 全体에 미치는 影響이 적지 않다. 아무케도 A라는 性格의 役은 A의 性格을 가지고 있는 兒童이 適當할 것이요. B라는 性格의 役은 當然히 B의 性格을 가지고 있는 兒童이 適當할 것은 理致에 빤한 일이다.

(2) 力量과 健康. 兒童들의 力量과 健康을 參酌하여 役의 擔當에 無理가 없도록 또는 練習에 고단하지 않도록 配役 決定을 慎重히 하야 한다. 어떤 한둘의 兒童만이 特別히 여러 번 出場하다든가 또는 負擔이 너무 무겁다든가 해서 練習 中에 健康을 害할 때가 흔히 있는데 이것에 對하야는 指導者는 特히 注意할 것이다. 그리고 二, 三의 兒童만이 훌륭한 연技를 지나치게 할 것 같으면 도리어 逆效果를 내어 兒童 全体의 感情

에 影響이(이상 66쪽) 있어 害로울 때가 있다. 그러니까 配役 決定이 滿足치 않게 되는 作品일 것 같으면 이것을 어떻게 修正한다든가 쓰지 않아야 할 것이다.

(3) 수집어하는 兒童. 兒童에는 수집어하는 兒童과 눈 띠우는 役을 自進的으로 할려고 애쓰는 兒童의 두 種類가 있는데 後者도 指導 取扱上 困難하지만 이것보다 前者를 取扱하기에 퍽 힘이 든다. 이 스집으며 부꾸러워하는 兒童에 있어서는 그 原因이 두 가지 있어 하나는 많은 사람들 앞에 나가는 것이 부끄럽다는 것과 다음은 自己 自身에 연기의 機能이 없는 데서 自信이 없다는 것에 있다. 그래서 指導者는 兒童 하나하나의 그 原因을 研究하여 各々 그에게 適應한 手段을 構究하야[176] 하는데 여기에는 적지 않은 努力과 熟練이 必要하다. 이러한 兒童을 矯正할려면 처음에는 台詞가 別로 없는 役 말하자면 그 人物의 會話가 없고 動作만 하는 役을 擔當시켜 차츰 그 默劇을 하는 동안에 兒童 自身 조금식 自信이 드러 勇氣가 생기여 좀 더 進行하면 間々에 會話가 있는 役을 맡으게 하는 것이 좋다. 이 指導에 있어서는 偉大한 成功은 決코 하로 동안에 되지 않는다는 것을 恒常 指導者는 念頭에 네여야 하며 指導의 絕對한 忍耐와 信念을 가져야 한다. 그리고 이런 兒童의 失敗를 비웃는다른가[177] 또는 책망을 한다든가 하지 말고 오히려 그 粗野한 動作과 失敗를 훌륭하다고 稱讚하며 처주는 것이 必要하다.

(4) 主役을 할려는 兒童. 前 것과 反對로 自身 要求하여도 主役을 주지 않고 末端의 役을 맡게 하여서 그 兒童이 憤怒하든가 或은 他를 嘲弄하는 좀 歪曲性 있는 兒童의 指導에도 역시 指導者의 머리를 무겁게 한다. 될수록 이런 兒童에게는 그 兒童의 劇的 才能을 尊重하여서 그것을 살려 그이 自信을 눌루지 않도록 再三 留意하며 지導할 것이다.

(5) 될수록 多量의 兒童들을 參加시켰으면 좋겠다. 많은 兒童들에게 各々 自身에 適當한 役을 擔當시켜 兒童劇에 參加하는 機會와 愉快를 賦與

---

176 '講究하야'의 오식이다.
177 '비웃는다든가'의 오식이다.

하야 한다. 兒童극의 台本에 있어서 創作 또는 그의 選擇에 따라서 어떠한 兒童일지라도 假令 大端한 劣等兒라도 또는(이상 67쪽) 不具한 兒童이라도 主役을 擔當할 수 있을 것이라고 생각한다.

二. 台本의 研究

처음 脚本을 充分히 읽어 完全히 그것을 咀嚼하리만큼 登場人物의 性格부터 舞台面 時代 氣分 高潮点 勿論 스토-리까지 充分히 兒童들에게 理解시키야 한다. 때때로 兒童들이 이 氣分은 或은 이의 動作은 하고 묻는데 이것은 到底히 지導者의 說明으로서는 一々히 말 못할 것이요 암만 兒童들이라 하드라도 他人에서 說明을 받아 그 全体를 自己 全体로 할 性質이 아닐 것 같다. 要컨데는 그 脚本을 綿密히 分析시켜 兒童 各自가 스스로 理解하야 할 것이며 그 精神 內容을 잘 理解했으면 또 自然히 모든 것이 나올 것같이 생각된다.

三. 個性化 卽 自己化

兒童들에게 극의 中心思想을 把握시켜 想像의 빛으로 이것을 扮飾시켜서 모든 것은 自己自身 消化하여 참으로 自己의 個性에 合体 調和시켜야 한다. 消化하지 못한 內容, 自己 것으로 마들지 못한 動作은 自然히 矛盾이 生겨 不統一이며 非獨創이며 또 不自然하다.　　　　(續) (이상 68쪽)

소학생 편집부, "(아협 상타기 작문 동요 당선 발표)뽑고 나서 - 작문을 추리고서", 『소학생』, 제49호, 1947년 8월호.

올해는 작년보다 기대가 컸었다. 작년은 우리말을 써온 지 돐이 채 못 됐는데도 그만큼 훌륭한 작문들이 모였었다. 그때로부터 다시 한 해를 지난 올해는 얼마나 더 훌륭한 작문들이 들어올까 하는 것이 큰 기대요 재미였다.

과연 예상한 것처럼 들어온 작문마다 작년보다는 비교할 수 없을 만큼 훌륭하였다. 우리글을 다루는 솜씨라든지, 글씨 쓰는 품이라든지, 맞춤법이라든지, 얼마나 공부를 열심으로 하였나 하는 것을 말해 주고 있다.

그러나 작문은 이러한 것, 즉 글을 잘 다루었다든가, 글씨를 잘 썼다든가, 맞춤법이 능하다든가, 하는 것만으로는 훌륭하다기에는 부족하다. 좀 어려운 말로 하든 작문은 예술이어야 한다. 문학이어야 한다.

헐을 잡으면 억지로 글을 지은 분이 많았다. 선생님이 내어주신 제목에 맞도록 억지로 꾸며낸 것도 그렇거니와, 신문이나 라디오의 연설을 따라서 어른 흉내를 낸 분이 퍽 많았다. 글은 내가 생각한 것 본 것, 느낀 것을 조금도 거짓 없이, 아름답게 재치 있게 써야 한다는 것은 선생님께 늘 들었을 줄 안다. 그러므로 비록 짧막한 글 속에서도 그 사람의 말하고 싶은 것이 고대로 나온 것이면, 길고 어수선한 글로다 읽는 사람을 훨씬 감동하게 하는 것이다.

이러한 작문이 뽑혔는가는 실제로 작문들을 읽고, 또 심사하신 선생님들의 비평을 읽으면 알 것이므로 더 말하지 않겠으나, 특별히 주의하여 둘 것은, 청주석교국민학교 같이 우등에 두 편, 입선 첫째에 한 편을 차지한 학교가 있다는 것과 「과자」와 같이 깜찍한 글이 입선되었다는 것, 「우리 가게」와 같이 저의 집 자랑한 것도 뽑힐 수 있다는 것이다.

처음에 말한 것과 같이, 이번에 입선되지 않았다고 열등한 작문이라고는 할 수 없다. 다만 이렇게 수많은 사람이 다투는 마당에는 우등을 한다든가 입선을 한다든가 하는 것이 여간한 힘이 드는 것이 아님을 알고, 더욱 힘들을 써 주기 바란다. 내년에는 더 좋은 작문이 나오기를 기다리겠다.(이상 15쪽)

이희승, "(아협 상타기 작문 동요 당선 발표)겉과 속이 같아야", 『소학생』, 제49호, 1947년 8월호.

— 작문 —

특등 「나의 발견장」

참으로 훌륭한 작문입니다. 대개 글이란 것은 겉으로만 헌출하고 속이 비어서는 못씁니다. 형식(겉)과 내용(속)이 다 고르고 빈틈이 없어야 합니다. 그런데 이 글은 그 점이 참 잘되었다고 생각합니다.

① 첫째 이 글은 별로 재주 있는 솜씨라고는 할 수 없습니다. 그러나 퍽 평범한 표현이면서도 조금도 버성긴 데가 없이 빈틈이 없이 잘 되었습니다. 그리고 조리(條理)도 매우 밝습니다.

② 둘째는 글만 조리가 밝을 뿐 아니라 글 속에 나타나는 사실로 선후 순서가 조금도 어긋나는 점이 없이, 그러한 일은 그러한 순서대로 행하지 않으면 안 될 차례를 따라 진행시켰습니다. 결국 작은아이의 두뇌가 명석한 것을 잘 나타내고 있습니다.

③ 세째 이 글 지은 아이는 진리를 탐구하려는 의욕(意慾)이 매우 강렬합니다. 즉 과학성(科學性)이(이상 15쪽) 풍부합니다. 보통 아이로는 저희 아버지가 일러주시든 말씀을 그대로 믿고, 그와 같은 실험을 해 볼 엄두를 내지 못할 것입니다. 그러나 종길 군은 어른의 말씀도 만족ㅎ지 못하여 제 스스로 시험해 보겠다는 엉뚱한 착상을 하였습니다. 위대한 발견은 의심으로부터 생기는 것입니다.

④ 네째 종길 군은 적극성(積極性)이 매우 왕성합니다. 콩의 싹 내는 일을 실험하여 보는 것이라든지, 학교 잇과 시간에 조금도 수줍어하지 않고, 선뜻 나서서 자신 있게 발표하는 것은 그 기상이 참으로 활발합니다. 결국 억제할 수 없는 진리 탐구욕 때문이겠지요.

⑤ 다섯째는 관찰력(觀察力)이 매우 면밀(綿密)한 것입니다. 적극성이 있는 아이는 까딱하면 덤벙대기가 쉬운 노릇인데, 종길 군은 콩 싹이 자라나는 것을 용의주도(用意周到)하게 관찰하였습니다.

⑥ 여섯째로는 무슨 일을 끝까지 아물리어서 시종일관(始終一貫)하는 견딜성이 좋습니다. 웬만하면 학교에서 발표한 것으로 끝을 막고 말 터인데, 집에 와서 발견장까지 적어낸다 것은 이만 나이의 아이로는 참으로 경탄할 만한 일입니다.

이상에 말씀한 내용이 그 문면(文面)에 생생하고 발랄하게 나타나 움직이고 있습니다. 이대로 잘 인도하고 발전하여 나아가면 종길 군은 글 짓는 솜씨로나 사람으로나 반드시 대성(大成)하리라는 것을 믿습니다.

우등 1 「내 이름」

'유모어'하고 재미있는 글입니다. 그리고 저 능난한 솜씹니다. 아마 글을 좀 쓸 줄 안다는 어른도 이만한 글 한 편을 써 내기는 용이ㅎ지 않을 것입니다. 천재(天才)가 아니면 소학교 6년생으로 이만큼 능난을 부릴 수 없을 것입니다. 새로 이사 온(이상 16쪽) 형우네 어머니가 하는 말이라든지, 김리수 선생님과의 문답 같은 것은, 이 글 속에서 가장 빛나는 알짬인 동시에, 생각하기에 따라서는 좀 정도가 지나치는 능청이라고도 볼 수 있습니다. 어쨌든 그 재주를 좀 제어하는 듯한 자중이 필요하다고 생각합니다.

우등 2 「서울로 간 동무에게」

훌륭한 편지 사연이다. 학교생활을 중심으로 한 신년의 근황(近況)을 재미있게 알리고, 앞으로의 부탁까지도 재미있게 말하여 두었다. 여옥이가 살던 집 앞을 지날 때마다의 생각으로 동무에 대한 우정도 퍽 잘 그리고 자연스럽게 표현되었다. 자기 일개인만의 편지가 아니라 반 동무 전체를 대표하여 보내는 글월 모양으로 되어, 이 편지를 받는 여옥이는 이 □은 학교와 옛 동무들을 생각하는 회포가 더욱 간절하고 안타까와질 것이다.

입선 1 「부디부디 불조심」

진박력(眞迫力) 있는 글이다. 불 탄 자리의 광경을 묘사한 것이라든지, 선생님의 태도와 그 말씀이 모두 잘 그리어졌다. 사제 간의 정의가 숨어 흐르는 점이 더욱 좋다.

입선 2 「과자」

과자 두어 개를 중심으로 한 어린이의 천국이 벌어져 있다. 아마 변지호 군도 입맛을 다시었겠지?

입선 3 「우리 가게」

가게를 통하여 들여다보이는 사회상(社會相)과 상업도덕 영업정책이 짧은 글 속에 잘 나타나 있다.

입선 4 「세 발 자전거」

어린이들의 유희하는 세계가 잘 나타나 있다. 그러나 기영이를 언제든지 첫째라고 치켜세워 가지고, 일종의 술책(術策)을 써서, 세 발 자전거를 싫것 타는 것은 이 글의 힘이라고 아니 할 수 없다. 그것이 아깝게도 이 글을 입선 으로밖에 뽑히지 못하게 된 원인이라 할 것이다.

입선 5 「독립」

독립에 대한 두 어린이의 문답은 매우 재미있고 또 그럴 듯하다. 한갓 대문 뒤에 숨어서 엿듣는 태도라든지, 나중에 저를 보고 경순이가 부끄러운 듯이 달아나버리는 장면이 아무래도 이 글의 티가 되지 않을 수 없다. 경순이 말을 되풀이하여 중얼거리며 나오는 것도 작자로서는 너무 숙성한 태도라 할 것이다.

입선 6 「예쁜 토끼」

토끼의 행동을 자세히 관찰하고 묘사한 것이 재미있다. 토끼를 몹시 귀애하는 마음으로 좀 괴롭게 군 것도 어린이답다.

— 동요 —

특등 「나룻배」

시상(詩想)이라든지, 표현(表現)의 능난함이라든지, 리듬이 고운 품이라든지 노숙한 어른의 솜씨 같다.

우등 1 「나뭇길」

수채화같이 새뜻한 노래가 아니라 묵화 같은 담박한 노래다. 그 담박한 중에 무엇이 움직이고 있다.

우등 2 「산골의 봄」

하늘만 쳐다 뵈는 산골에 봄이 오고, 제비가 오고, 얼마나 화한한 일인가, 얼마나 반가운 일인가.

우등 3 「회오리바람」

회오리바람이 눈앞에 보이는 듯하다. 리듬도 뱅글뱅글 돈다.

우등 4 「봄밤」

봄은 이와 같이 약동(躍動)하는 절기다. 힘의 절기다.

우등 5 「새 아침」

닭들이 불러일으킨 새 아침은 참새 떼가 먼저 들어온다. 그러면 농부는 그 아침을 안고 들로 나간다. 청신 희망 고대로다.

입선 1 「내 동생」

동생은 제 언니가 가장 잘 보았다.(43페이지에) (이상 17쪽)

(17 페이지에서 계속)

입선 2 「제비」

동심(童心)은 제비가 길 잃어버릴가 봐 몹시 염려한다.

입선 3 「저녁 노래」

저녁은 해를 잃어버리나, 달을 얻습니다.

입선 4 「끝이 없다면」

하늘은 무엇인가? 사람은 왜 하늘만 못한가? 지관옥 군은 하늘을 아마 조상 보듯 하리라.

입선 5 「버들잎」

잃어버린 댕기는 버들이 드렸구나.

입선 6 「아가 토끼」

아가의 세계에는 엄마밖에 없다. 엄마를 닮은 입, 얼마나 행복인가.

입선 7 「소」

소는 아버지의 벗이다. 미듬직하고 부지런한 벗이다.

입선 8 「개구리」

개구리 울음은 합창(合唱)이 아니라 함성(喊聲)일 것이다. —끝— (이상 43쪽)

윤석중, "(아협 상타기 작문 동요 당선 발표)동요를 뽑고 나서",
『소학생』, 제49호, 1947년 8월호.

서윤복 선수가 세계 신기록을 낸 것은 거저 된 노릇이 아니다. 아현동 산꼭대기 오막사리에 태어났을망정, 어머니도 아버지도 다 안 계실망정, 낙망하지 아니하고, 슬퍼하지 아니하고, 한번 맘을 먹은 것을 놀라운 참을성으로 오랜 세월을 두고 닦고 닦은 피땀의 열매다. 어찌 마라손뿐이랴? 노래 한 편을 잘 짓는다는 것도 끄적끄적 몇 줄 적어 본다고 해서 곧 되는 것이 아니다. 짓고 또 짓고, 고치고 또 고치고, 오래오래 두고 자꾸자꾸 지어 보아야 훌륭한 글과 노래를 지을 수 있는 것이다. 그런 것을 뽑히는 데만 정신이 팔려서, 남이 지어 주고, 더 심한 분은 남의 작품을 고대로 베껴 보낸 분조차 있었음은 부끄러운 일이었다. 심사원인 내 작품을 고대로 베껴 보낸 것도 여럿이 있다.

이번 들어온 동요들을 보면 너무 딱딱한 것이 많았다. 씩씩한 것과 딱딱한 것은 다른 것이니 딱딱하다는 말은 동욧감이 못되는 것을 가지고 글짜 수효만 맞춰 놓았기 때문에 굶어 버린 뼈댕이 모양으로 꺽꺽하였다. 그리고 엄살이 너무 많았다. 가을이면 으례 슬프고, 봄이면 언제든지 즐겁고…… 그러나 반드시 그러란 법은 없다.

나는 이번에 뽑힌 분보다도 떨어진 분들에게 더 큰 기대를 갖는다. 왜 그런고 하면 삶이나 노래도 마라손 같은 것이어서 처음에는 뒤떨어졌더라도 끝까지 힘차게 달려 앞장을 서는 이가 이기는 때문이다. 한번쯤 뽑힌 것으로 으쓱해서는 안 된다.(이상 16쪽)

정지용, "(아협 상타기 작문 동요 당선 발표)싹이 좋은 작품들", 『소학생』, 제49호, 1947년 8월호.

글과 말은 어른이 써야 잘하는 것이지 아이들이 잘하는 것이 아니다. 말과 글은 어느 정도 읽어야 깊이가 있을 수 있는 까닭이다. 그러나 싹이 좋지 못한 아이가 크면 클수록 힘은 셀 수 있을찌 몰라도, 머리와 맘성은 점점 나빠지는 수가 많다. 말과 글이라는 것은 원래 맘성과 머리에서 나오는 것이니까 어려서부터 싹이 그른 아이는 장래 바랄 것이 적다. 싹이 좋고 낮은 것을 따지어 이번 작문과 동요를 뽑았다.

작문 「나의 발견장」을 통하여 김종길이라는 아이를 생각해 볼 때, 아마 잇과와 작문에 다 우등일까 한다. 이 아이가 장래 이학자(理學者)가 될까? 문학자가 될까? 하는 말씀들이 났을 때, 나는 "그 아이는 장차 문학자가 될 것이요." 하였다. 왜 그런고 하니 수리(數理) 점수가 나쁜 학생이 장차 문학자가 된다는 것은 그야말로 구식 문학자인 까닭이다. 자연(自然)에 대한 사랑과, 그것을 이상히 여기는 마음과, 그 문학자다운 힘 있게 일어나는 감정의 세력으로 볼 때, 김종길 소년은 싹이 좋은 즉 정신력이 왕성한 아이다.

「내 이름」을 쓴 김애리수는 참 귀여운 아이다. 조선 사람은 문학에 있어서 '유모어'와 익살로 특색이 들어나고 있다. 영국 사람은 어른이 되어야만 할 수 있는 '유모어'를, 조선 소년 김애리수가 소학생으로서 능히 그것을 하고 있다. 김애리수는 어른을 웃기고 기쁘게 하고, 또 흉악한 어른이라도 웃음으로 착하게 만들 만한 아이다. 그런데 너 여자가 너무 우스운 소리 잘하면 안 된다.

이연자의 「서울로 간 동무에게」라는 편지처럼 솔직하고 인정이 무르녹은 글은 처음 보았다. 이희승 선생님께서 특등을 주자고 하신 것도 이유가 당당하다.

동요는 나는 잘 모르니까 윤석중 선생님께 일임한다. 그러나 이 당선 동요들이 작문보다 급이 떨어진다는 의견에는 나는 반대한다. 왜 그런고 하니 동요가 작문보다 훨씬 어려운 까닭이다. 다시 말하면 시(詩)가 보통 글보다

어려운 까닭이다.(이상 18쪽)

이원수, "(아협 상타기 작문 동요 당선 발표)생활을 노래하라", 『소학생』, 제49호, 1947년 8월호.

― 작문 ―

특등 「나의 발견장」

작자의 생각과 행동이 아무런 꾸밈도 없이 그러나 조리 있게 사실적(寫實的)으로 씌어 있기 때문에 작품 전체가 무겁게 빛나고 있다. 과학(科學)에 마음 끌리는 작자(作者)는 글을 씀에 있어서도 서두르지 않고 차곡차곡 착실하게 적어 내려갔다.

태연하고도 익숙한 솜씨가 장래를 촉망ㅎ게 하였다.

우등 1 「내 이름」

아동의 작문에서 이런 능난한 글과 풍부한 '유모어'를 대해 본 기억이 없다. 명랑하고 찬란한 기상에 어른도 한풀 꺾일 지경이다.

마치 어른이 쓴 소설의 한 토막을 읽는 것 같다.

입선 1 「부디부디 불조심」

제목부터가 재미있다.

불탄 자리를 보는 대목 같은 건 훌륭하다. 석교국민학교 아동의 작문이다 좋은데 지도하시는 선생님의 노력에 감사를 드리고 싶다.

입선 2 「과자」

짧은 글이나 본 그대로를 재미있게 잘 썼다.

입선 3 「우리 가게」

상점이란 것은 돈만 많이(이상 18쪽) 벌면 고만이란 생각을 가진 사람만이 경영하는 것은 아니다. 장사란 것도 사회를 위하여 뜻있는 일임을 깨닫고 거기에 즐거움을 찾을 수 있는 사람이야말로 훌륭한 가게를 볼 수 있는 사람이다. 이 글에서 그러한 순진한 마음을 볼 수 있는 것이 좋았다.

입선 4 「세 발 자전거」

아이들의 주고받는 이야기라든지 써 내려간 설명이라든지 모두 자연스럽고 구수하다. 3학년의 글로서는 감복할 만한 작품이다.

입선 5 「독립」

여섯 일곱 살짜리들의 독립 이야기를 들은 그대로 써서 재미있는 글이 되었다.

— 동요 —

특등 「나룻배」

동양화와도 같은 고요하고 아름다운 경치가 눈앞에 선하다. 그림이라도 우리가 아직 보지 못한 늦은 저녁밥을 걱정하며 타고 가는 조선의 어머니가 있는 산 그림이요, 사랑이 넘치는 경치다.

어린 3학년생의 작품으로서는 놀날 만큼 세련되고 균형이 잡힌 작품이다.

우등 1 「나뭇길」

나뭇지게를 지고 가시밭길을 걸어오는 어린 동무의 꼴이 거룩하고, 고맙고, 가엾기도 해서 못 견디겠다.

자기 생활에서 노래를 찾는 것은 자기의 생활을 아름답게 하는 길이 된다. 유쾌한 일 화려한 일만 노래할 게 아니라, 몸소 당하는 모든 생활을 노래하라.

우등 2. 「산골의 봄」

높은 산, 깊은 골자기, 하늘만 쳐다뵈는 두메에도 찾아드는 봄과 제비.

이 신비로운 대자연에 대한 소년의 경이(驚異)는 어른들에게서는 알기 어려운 커다란 기쁨이기도 할 것이다. 첫 구절은 묘하나 전체가 너무 길어서 한 절로 끊는 게 좋겠다고 생각했다.

보석은 수가 적어서 귀한 거와 같이 묘한 표현일수록 많이 쓰기를 아껴야 한다.

우등 3 「회오리바람」

재미있는 노래다. 나뭇잎이란 바람에 끌려만 다니는 줄 안 것은 나의 잘못이었다. 나뭇잎도 장난군 아이처럼 귀여운 놈인 것을 발견한 건 묘하다.

우등 4 「봄밭」

눈을 뜨는 아욱, 흙을 미는 쑥갓, 활개를 치는 배추, 봄의 움직임이 차츰차츰 활발해져 가는 것을 잘 보고 잘 노래했다.

우등 5 「새 아침」

곡이 없어도 저절로 입에서 노래 불려질 것 같은 시다.

입선 1 「내 동생」

사랑스러운 동생의 모양이 이 석 줄 속에 잘 나타났다. 1학년의 동요로서는 훌륭하다.

입선 2 「제비」

평범하나 무난하다.

입선 3 「저녁 노래」

첫 절과 둘쨋 절의 대조(對照)가 어두운 저녁이면서도 환하고 아름다운 달밤의 경치와 기분을 잘 그려놓았다.

입선 6 「아가 토끼」

토끼도 사랑스럽거니와 들여다보는 작자(作者)도 귀엽게 생각되는 것은 이 노래가 귀여운 동심에서 생겨난 까닭인 것이다.

입선 5 「버들잎」

착상(着想)이 좋았다.

입선 7 「소」

논밭에서 일만 하는 소와, 소와 함께 새벽부터 일만 하시는 아버지에게 감사하는 마음이 솟아난다.

입선 8 「개구리」

무엇이 분한지 한데 모여서 운다는 것은 재미있는 표현이다. (이상 19쪽)

金元龍, "(文化)文化寸感 － 왜말 使用을 根絕하자!", 『경향신문』, 1947.9.7.

'파씨즘'을 打倒하는 國際 民主路線의 勝利로 陰凶한 日帝 百年榮華가 北海의 氷山처럼 문어지고 世界圈 世界史가 새로히 創造되는 그날 東쪽 하늘에 太陽처럼 半萬年 우리 民族의 悠久한 歷史와 燦爛한 文化도 이 땅의 아들 딸의 潮水 같은 歡喜 속에서 다시 살게 되었다. 解放 後 三年 오래동안 日帝의 羈絆下에서 呻吟하던 朝鮮 文化가 그동안 어지러운 情勢 가운데서도 고개를 들고 未熟하나마 着着 整頓 發展되어 감은 祖國 再建을 위하여 至極히 반가운 일이다. 이같이 우리 民族의 文化建設을 위하여 各 方面에서 힘찬 活動을 展開해 가고 있는 오늘에 言語나 文字가 人類文明의 最大의 要素인 것을 알 만한 知識層에서 "왜말"과 "왜글"을 그냥 使用하고 있음은 놀라지 않을 수 없으며 더욱이 都市의 인테리 女性 측에서는 예사로 使用해 옴이 寒心한 일이 아닐 수 없다. 日帝의 사나운 말굽소리로 悲憤한 굴레를 쓰고 무덤 속같이 暗憺하던 이 땅에서 燭불 길은 命脈을 이어오던 弱小民族의 悲哀를 느낀 사람들이라면 이 感激의 瞬間 누구나 時急히 民族的 良心의 反省이 있어야 할 것 아닌가. 勿論 八·一五 前까지 "왜말"과 "왜글"을 常用하여 왔기 때문에 익숙하여진 것이라든지 또는 우리말의 表現과 發音이 어색할 境遇에 本意가 아니면서도 不得已 "왜말"을 잠간 利用한다는 것쯤은 人之常情으로 理解할 수 있는 것이지마는 왜말은 外國語니까 상관없다든지 혹은 한글은 까탈스럽고 잘 모르니까 누구에게나 共通되는 "왜말"이 便利하므로 그냥 써 온다는 것은 그 精神부터가 民族의 百年大計를 망치는 그릇된 主見이며 제 한 몸만 생각하고 便利하기 때문에 取한다는 利己心은 順調로 돌아 오르려는 朝鮮 文化의 새싹에 불을 지르는 무서운 近視者의 犯罪인 것을 알어야 할 것이다. 外國者가 必要하다는 것 —— 나라를 가진 民族으로서 제 나라의 文化를 發展시키기 위하여 다른 나라의 語學을 通해서 外國文化를 硏究 攝取한다는 것은 좋은 일이나 우리나라처럼 말과 글을 急速度로 發展시키지 않을 수 없는 오늘의 처지에서 원수의 말과 글을 그냥 써 온다는 것은 제나라의 文化 成長을 그만큼 阻害시키는 어리석은 생각일뿐더러 치욕적 망동이라고 아니 할 수 없는 것이다. 간단히 例를 들면 解放 後 出版物을 通해서도 우리는 느낄 수 있는 것이다. 勿論 朝鮮의 出版 文化人들은 現在의 如意치 못한 境遇에 不滿이 없는 것은 아니지마는 그래도 앞날의 希望을 위하여 모든 苦生을 달게 받고 不足한 資材는 有用히 使用해가며 꾸준히 싸워 오는 것은 이러는 동안에 國權이 回復되고 物資交流가 圓滑이 되어 一般 文化 水準의 向上과 더부러 朝鮮의 出版物도 뼈가 굳고 살이 붙어 倭人의 雜誌보다 못하지 않을 것을 確信하기 때문에 國家의 全體的 發展期를 기다리며 숨이 맥힐 듯한 難關 속에서도 經驗을 얻고 새 知識을 가꾸며 準備하고 있는 것이 아닌가. 이같이 全 人民이 文化運動에 炬火를 든 新生 朝鮮의 앞길에 一部에서 取하는 現實과 遊離되는 言行은 그냥 둔다고 하드래도 뿌리 잃은 生花처럼 그 壽命이 길지 못할 것은 明若觀火한 일이다. 아직도 왜말을 버리지 못한 一部 遊閑階級의[178] 諸君 醜하기 짝이 없는 壓迫과 搾取가 있는 社會의 쓴맛을 모른다면 朝鮮의 文化가 迫害와 暴風 속에서 抹殺을 當할 때 三千萬 겨레는 毒蛇의 혓끝보다도 무서운 간사한 倭人의 꾀에 살을 씹히고 피를 빨려 不義의 주검을 當하였고 나라를 근심하던 革命鬪士들은 白雪이 무릎을 덮는 萬里異域 —— 산새도 날기를 싫어하는 險山地帶에서 굶주리고도 싸웠다는 爛々한 功績을 잊어서는 안 될 것이다. 끝으로 親日派 民族叛逆者의 肅淸없이 民主 政權의 樹主이[179] 없고 産業의 復興 없이 自主獨立의 達成이 不可能한 것과 마찬가지로 오늘과 같은 바람이 센 朝鮮에서 無風地帶를 찾으려는 觀念論者들의 良心的 反省이 없이는 朝鮮 文化의 飛躍的 發展도 期待하기 어려울 것이다.

(筆者는 새동무社 主幹)

---

178 '有閑階級의'의 오식이다.
179 '樹立이'의 오식으로 보인다.

김진태, "동요 이야기", 『새싹』, 제6호, 1947.9.

동요란 어떤 것인가? 이런 물음을 가끔 듣는다. 생각하기에 따라 동요란 어려운 것이기도 하고 쉽다면 아주 쉬운 것이기도 하다. 동요란 "알기 쉬운 아이의 말로 아이들 마음을 노래하면서 어른에게도 뜻있는 것"이라고 말한 사람이 있는데 좋은 말이다. 좀 어려운 것은 "어른에게도 뜻있는 것"이란 것이 좀 알기 어려운 것이나 이것이 가장 중요한 것이다. 아이들의 말로 아이들의 마음을 노래한 것이 모두 동요가 안 되는 것이 뜻있는 것이어야 된다는 점이다. 뜻있는 것이란 어떤 것인가는 간단히 말하기는 어려우나 아이다운 귀염성이 나타나는 것이면 좋을 것이다. 아이다운 귀염성에도 여러 가지가 있다. 이것은 좋은 동요를 많이 보면 저절로 알게 되며 그래야만 정말로 알게 되는 것이다. 아이다운 귀염성을 말로서 길게 말하기보다 동요로서 몇 가지 보기로 한다.

전기 다마
박동규

전기 다마에
유릿창이 비친다
불을 켜면 빨갛고
불을 끄면 유릿창이 비친다 (이상 22쪽)

동요라고 해서 일부러 꾸밀 필요가 없다. 본 대로 듣는 대로 적는 것이 아이다운 귀염성이다. 전기 다마에서 귀여운 것은 남은 같은 것을 그냥 보고 지나는 것을 놀람(驚異)과 귀여운 마음으로 좀 더 자세히 들여다본 것이다.

주전자
박동규

주전자는 물을 안주니

입을 딱 벌리고 있다
목이 말라서 벌리고 있다

이 글에도 아이다운 귀염성이 잘 **나타났다**. 아이에게는 주전자가 말도 못
하고 죽은 흙덩이나 쇠덩이가 아니다. 자기와 똑같은 말도 하고 작란도 하는
살아 있는 것이다. 사람이 뚜껑을 그냥 열어 논 것이 아니라 목이 말라서
물 달라고 입을 벌리고 있는 것이다.

　　　　닭
　　　　　　박동규

　　닭은 검방지다
　　빨간 모자를 쓰고
　　걸음도 비틀비틀 걷는다
　　나는 금시계를 채우고 싶다

읽으면 싱긋이 웃음이 난다.
닭을 검방지게 본 것도 아이다운 것이나 이왕 멋을 부리려면 금시계까지
채워서 아주 멋장이로 만들어 주고 싶다는 것도 귀여운 것이다. 빨간 모자
비틀걸음 모두 검방진 멋장이에게 잘 맞는 말이다.
　　　　　　　　　　　　　　　　김진태 (이상 23쪽)

楊美林, "金元龍 童詩集『내 고향』을 읽고", 『경향신문』,
1947.11.16.

　고향 내고향
　어느때나 가볼가
　눈감아도 떠오르는
　그리운곳 내고향

　畏友 金元龍 氏의 童詩集『내고향』의 序詩다. 嶺南 海岸地方을 故鄕으로
가진 著者의 鄕愁가 如實히 나타난 한 幅의 그림이다. 收錄된 長短 四十一
篇의 全 作品을 通讀해 본 즉 반드시 다 童詩라고만 보고 싶지 않으며 차라
리 童心을 잃지 않은 萬人의 詩라고 말하고 싶은 作品들이다. 詩集이 많으
나 어린이들을 爲한 作品이 적으며 책이 많이 나오나 참으로 이 땅의 어린
넋들을 爲하여 나오는 책이 零星한 이때 어린이들에게 高邁하고 優雅한 詩
의 精神을 북돋우기에 보탬이 될 만한 良書는 推薦하기에 躊躇치 않는다.
(끝)

崔秉和, "兒童文學의 當面任務", 『高大新聞』, 1947.11.22.

過去 三十六年間 日本帝國主義 侵略으로 말미암아 우리의 모든 文化가 近代的 段階에서 自由스러운 成長發達을 阻止當하였었다. 더욱이 文學 部門에 있어서 兒童文學은 一層 悲慘한 荊棘의 一路를 彷徨逡巡하다가 最後에는 根抵로부터 抹殺을 當하였다.

野蠻的 日帝의 彈壓으로 兒童雜誌는 發行禁止를 當하고 日刊新聞 兒童欄도 全廢되어 兒童文學家는 作品 發表機關이 全無 或 있다 하더라도 讀者層인 兒童들은 全혀 우리 말을 解得치 못하였다.

小中學校 課目에서 朝鮮語를 放逐하고 所謂 大東亞戰爭이 勃發한 後부터는 半島는 日本과 同根同祖라 標榜하고 皇民化敎育에 汲汲하여 "國語常用" 政策을 强行하였다. 純眞한 兒童이 無心코 朝鮮語를 使用하면 罰을 씌우고 罰金을 徵收하여 우리의 言語와 民族意識 抹殺에 神人이 共怒할 野蠻的 政策을 强行하였다.

이리하여 이제 바야흐로 싹트기 始作한 兒童文學은 存在할 道理가 없고 最後에는 自滅해 버리어 兒童文學家는 血淚를 뿌리며 噓唏嗟嘆하였다.

一九四五年 八月 十五日 歷史的 一大轉換인 解放을 契機로 日帝의 羈絆을 버서난 우리나라의 모든 文化는 暴發하는 火山의 氣勢처럼 自由奔放 無軌道的 成長發達을 보게 되었다 .우리나라의 言語와 文字를 차즌 兒童들은 國語를 習讀하기에 奔忙하였고 따라서 그 讀書力을 充足시켜 줄 書冊을 求하기에 汲汲 하였다.

解放 直後 混亂과 無秩序한 暗黑期를 利用하여 非良心的 急造 作家와 三文畵家는[180] 百害無益한 作品을 忌憚없이 써내고 營利에만 沒頭한 惡疾 出版業者群은 相當數의 兒童圖書를 出版하였다. 그것은 擧皆 封建主義 殘滓가 濃厚하고 虛無盲浪한 冒險心을 主題로 한 非民主主義的이고 非現實的인 毒

---

180 "서푼짜리 문사라는 뜻으로, 변변치 아니한 삼류 이하의 문예가를 낮잡아 이르는 말'로 삼문문사(三文文士)라는 단어가 있는 것처럼, '삼문화가(三文畵家)'는 삼류 이하의 화가를 뜻한다.

素의 結晶體인 漫畵群衆이다. 兒童讀物이 稀少한 때라 內容 檢討는 全혀 않고 父兄과 母姊는 곳잘 子女에게 사다 주고 兒童들은 이것을 耽讀하였다. 이 얼마나 戰慄할 現狀이랴.

冒險 漫畵 中毒으로 큰 害毒을 받고 있는 것을 늦게 認識한 識者와 敎育者 間에는 物議가 紛紛하여 가는 現狀이다.

그러면 解放後 兒童文學의 當面課題는 무엇인가? 過去에 있어서 아니 現在에도 兒童의 童心世界를 誤認하고 迷信的이오 非科學的인 荒唐無稽한 空想과 冒險을 主題로 한 것을 다시 말하면 一部 特權階級 兒童의 玩具物에 가까운 人形文學 空想文學 虛榮文學을 忌彈없이 發表하였다.

우리는 斷然 이러한 部類의 兒童文學을 排擊하고 우리의 希望의 殿堂이요 다음 世代를 繼續할 尊貴한 兒童에게 恒常 正當한 現實 속에서 씩씩하고 快活하고 健全하고 希望에 넘치는 文學을 創作하여 읽히도록 努力하여야 할 것이다.

換言하면 文學은 時代의 反映이란 法則이 있는 거와 같이 兒童文學도 嚴然한 文學인 以上 天眞한 童心에서 壓迫과 搾取와 寄生으로 維持해 가는 安逸과 享樂과 奢侈에 對한 憧憬의 毒素를 排除하고 人類社會에 歪曲된 眞相을 알려 주고 現在는 壓迫과 搾取와 賤待의 深淵 속에 呻吟하지만 人類는 모든 不正當性을 改革할 수 있다는 勇敢한 信念과 尊貴한 希望을 품게 하는 것이 兒童文學의 重大한 任務라고 確信한다.

그리하여 우리 兒童文學을 世界水準에 이끄러 올리고 우리 兒童文學의 歷史를 한 페지 한 페지 燦然히 빗나게 하여야 할 것이다.

(檀紀 四二八〇年 十一月)　(筆者 本校 敎務課 職員 兒童文學家)

金南天, "跋", 玄德, 『(玄德 創作集)남생이』, 雅文閣, 1947.11.

玄德 兄의 「남생이」가 一九三×年[181] 朝鮮日報 新春當選小說로 發表되었을 때 文壇이 모두 驚異的인 新人의 出現을 絶讚으로 歡迎하였지만 나는 그와는 다른 意味에서 오랫동안 이 作家에 對해진 驚嘆을 마지아니하였다. 그 理由를 적으면 이러하다. 단지 作品 水準과 作家의 力量으로 보아 그 前에는 勿論 그 以後에도 玄 兄과 比肩할 當選作家는 나오지 않았다는 것이 한 가지 理由가 된다. 每年 몇 사람식의 新人이 나왔고 또 玄 兄의 以後에도 많은 當選作家가 나왔지만 玄 兄이 들고 나온 「남생이」를 따를 作品은 없었고 또 玄 兄과 같은 力量을 發揮한 분도 없었던 것이다.

둘째로는, 그리고 이것이야말로 文學的인 理由에 屬하는 것인데, 描寫力이다. 우리 文學의 先輩로 누구누구를 곱고 또 리알리즘이니 長篇小說이니 散文의 本領이니 하여 누구누구를 그의 完成者로 손에 곱지만 내가 보기에는 우리 小說文學은 아직 充分한 描寫精神을 터득치 못했다고 생각하고 있었다. 玄 兄이 「남생이」以後 繼續的으로 發表한 「驚蟄」「골목」等 一聯의 作品이 表示한 適確하고 正確한 描寫力과 充分한 散文性과 그리고 위태롭지 않은 形象力은 그때 한참 이 方面에다 修鍊의 中心을 삼아 오든 나 自身을 크게 奮發시켰었다. 한두 개의 작다란 主觀的인 焦點을 맹글어 놓(이상 283쪽)고 거기에다 위태롭지만 人形에 옷을 입힌 듯한 人物들을 붙여 놓고 그리고 技術的으로 몇 개의 場景을 配置하여 構想을 째이게 하고 또 그 우에 若干의 詩味와 曖昧朦朧한 土俗性과 幽玄味를 비끼어 냄새를 풍기게 하는 것으로 一部 文學 愛護者를 滿足시키기란 그다지 힘든 일이 아닐런지 몰으나 나오는 人物의 心理와 行動과 思想을 充分히 알고 그리고 作者가 確實히 부뜯고 있는 이러한 人物들로써 適確한 形象性을 가지게 하여 散文文學이 目的하는 바 窮極의 精神을 完全히 實現하기란 決코 容易한 일이 아니며 그대 나 自身 이것을

---

181 '一九三八年'이다. 현덕(玄德)의 「남생이」는 1938년 『조선일보』 신춘문예 소설 부문에 당선되었다.

터득하기에 全力을 다하였던 理由도 여기에 있었던 것이다.

　그러므로 玄 兄을 맛나서 내가 바란 것은 兄의 一聯의 作品의 主人公들이 "노마" 等의 少年인 것과 그리고 "노마"의 눈을 通하여 世態를 觀察하려 한 것과 그 펼쳐 보이는 世界가 少年들이 작난 치며 노니는 골목 안인 것, 끝으로 豊富한 描寫에 比하여 主觀의 形象化가 貧弱한 것, 構成이 弛緩된 듯한 느낌을 주는 것은 이 主觀 把持의 貧困에 原因한 듯한 것, 때문에 내가 特히 希望한 것은 사람과 눈과 世界를 넓히고 强力한 主觀에 依하여 作品의 根幹을 이루도록 할 것 等이었다. 그런 意味에선 中斷되고 말었지만 「綠星座」라는 作品을 나는 픽 注目하였던 것이다. 그러나 日帝 太平洋戰爭 强行 政策에 犧牲되는 五六年 동안 이미 上梓되어 江湖의 定評을 받은 『집을 나간 少年』의 少年小(이상 284쪽)說을 남겼지만 兄의 그 뒤의 努力은 크게 結實치 못한 채 八·一五를 마지하였다. 要컨대 玄 兄이 文壇에 나온 時期가 文學史的으로 도는 思想的으로 보아 캅프 解散 以後 中日戰爭 太平洋戰爭 期間 中이라는 것이 여러 가지로 玄 兄의 文學에 影響하고 있었던 것 또한 否認할 수 없는 것으로 『남생이』에 收錄된 作品의 史的 評價에 對해선 文學史가 뒷날 規定할 것이로되 著者가 많은 知友 中 特히 나의 글을 跋文으로 붙이고저 하는 意圖가 함께 小說을 공부하는 同時代人인데 있다고도 보여짐으로 主로 이 面에 局限해서 두서없는 이야기를 늘어놓은 것이다. 解放은 반다시 玄 兄이 그 文學을 새롭게 昂揚시키고 發展시키는 唯一의 基盤이 된 것을 믿는 바이며 病苦을 무릅쓰고 文學運動과 文藝工作에 從事하는 人間으로서 이 誠實性이 반다시 文學的으로 結實할 것을 바라 마지않는 바이다.

一九四七年 七月 二十六日 文聯會館에서

金 南 天 (이상 285쪽)

宋完淳, "(避雷針)어린이의 特權", 『現代科學』, 제7호, 현대과학사, 1947년 12월호.

×라는 아희가 있다. 그는 지금 일곱 살이다. 그의 생김새는 못나고 마음씨조차 아주 좋지 못하여 보는 사람으로 하여금 누구나 미운 느낌을 갖지 않을 수 없게 한다. 나는 ×를 볼 때마다 세상에 사람이란 저렇게 못날 수도 있는가 하는 嗟嘆을 언제나 禁치 못하였다. 그러다가 올봄에 偶然히 새로운 "發見"을 한 뒤로는 ×에 對한 認識을 根本的으로 고치지 않을 수 없게 되었다. 그 새로운 "發見"이란 이런 것이다.

—— 어느 날 길에서 ×가 저의 동무들과 작난하고 있는 것을 본 나는 새삼스리 好奇心이 생겨서 잠간 거름을 멈추고 구경하였다. ×의 생김새는 亦是 못나고 그 작난도 穩當치를 않었다. 그러므로 全體的인 印象은 도모지 이뻐 뵈지를 않었다. 그러나 나는 나도 몰르는 동안에 이뻐 뵈진 않지만 미웁게 생각하지 않고 있는 自己를 發見하고 스스로 놀래었다. 나는 그렇게 된 까닭을 알아내려고 한동안 더 머물러 서서 더욱 仔細히 觀察했으나 마침내 꼭 집어 말할 수 있는 것은 차저내지 못하였다. 지금도 그렇다. 오직 그때나 지금이나 말할 수 있는 것은 ×가 어린이이기 때문일 것이라는 點뿐이다. 事實도 아마 그럴 것이다. 어린이란 아무리 미웁게 생기고 나쁜 짓을 하더래도 全體에 있어서 어데인가에 미워하지 못할 點 귀엽고 사랑스럽게 생각지 않을 수 없는 點이 반듯이 있다. 이것은 어린이가 아니고서는 갖지 못할 "特權"이라고 할 수 있을 것이다. (兒童文學家) (이상 61쪽)

楊美林, "兒童讀物 小考", 『조선교육』, 제1권 제7호, 조선교육연구회, 1947년 12월호.

兒童의 讀書慾은 그들의 發育을 따르는 食慾에 지지 않을 만큼 旺盛한 것이니 幼兒들의 그림책 耽讀을 비롯하여 少年 少女들의 漫畵 陶醉와 科外讀物 探究는 成人의 想像 以上으로 熾烈한 바이다.

그러나 兒童의 이 讀書慾이란 食慾처럼 그렇게 單純한 本能的 現象으로 나타나는 것은 아니고 어느 程度의 敎育的 環境을 前提로 하여 반드시 生成하는 것이니 그 質과 量에 있어서 前者와는 根本的으로 다르다.

그러면 그 廣義의 敎育的 環境이란 어떤 것을 말함인가?

긴 說明보다 卑近한 例를 들어 말하면 農村보다 都市의 兒童이 그런 惠澤의 機會가 많으며 그 父兄의 職業이나 敎養에 따라서 그런 讀書慾 助長의 環境을 많이 얻을 수 있는 條件이 되기도 하고 못 되기도 하는 그것을 말함이다.

이것은 크게 社會的 環境과 假定的 環境으로 나누어 볼 수 있는데 먼저 社會 環境과 家庭的 條件이 具備되면 더욱 理想的이다.

그러므로 兒童들에게 讀書를 獎勵하거나 讀書의 習慣을 養成시켜 주려면 一方的인 強勸보다 차라리 그 社會와 家庭의 雰圍氣로 하여금 讀書가 한 개의 趣味化하고 娛樂化 된 前提의 環境이 주어질 것이 무엇보다 必要하다.

그리고 보면 讀書慾은 多分히 社會的 欲求이며 本能的인 食慾과 同列로 말할 수는 없는 것이 分明하다. 그러나 한번 이 慾望이 啓發되면 때로는 食慾 以上의 發露를 보게 되니 兒童의 間食 要求보다 書冊이 必要함을 賢明한 敎師나 兩親은 發見할 것이다.

오늘날까지의 우리나라 形便으로는 아직 一般的으로 兒童들에게 讀書 慾求를 活潑시켜 줄 만한 社會的 家庭的 雰圍氣가 못 되어 온 것만은 否定할 수 없는 事實이며 저 先進 諸 國民들의 成人 兒童을 通한 讀書의 生活化와는 너무나 거리가 멀다고 아니 할 수 없다. 그렇다고 하여 그러면 우리는 언제까지나 그런 社會的 環境 家庭的 條件이 가추어질 때까지 袖手傍觀 兒童들의

自然狀態대로 放置해 둘 것인가? 斷然코 그렇지 않다. 웨냐하면 程度의 差異
는 있을지언정 現在도 相當한 數의 兒童讀物이 出版되어 消化되고 있(이상
41쪽)기 때문이다.

勿論 여기서 말하는 兒童讀物이란 正規의 學校 敎科書를 말함이 아니고
그 以外에 一般 敎養과 趣味 娛樂을 爲하여 읽혀지는 兒童 對象의 一般 圖
書를 가르켜 말함이니 漫畵책의 氾濫을 비롯하여 童話, 偉人傳 史話책 等々
이다.

이런 小稿로써 各 部門에 걸쳐 細論 檢討할 수 없으나 解放 以後 相當量의
兒童圖書가 나왔으나 安心하고 읽힐 만한 책이 그中에 果然 얼마나 될 것인
가의 點에 이르러서는 暫時 不問에 부쳐둘 수밖에 없다.

웨냐하면 그만큼이라도 出版되어 나오고 읽힌다는 것이 奇特하기 때문이
다. 理想的으로 말하자면 事實이야 極히 少量이더라도 內容이 充實하고 體
裁가 優美할밖에 없다.

그러나 아직 우리나라의 兒童들은 選擇할 程度까지의 讀書量이 達하지
못하니 著述家들로서도 良心的 著書를 이 땅의 어린니들에게 주지 못하고
있는 것만은 否定할 수 없는 現實的 事實이다.

겨우 싹트기 시작한 우리나라의 兒童 圖書 出版의 바르고 完全한 發展을
爲하여 以下 몇 가지 부탁 삼아 留意해야 할 點을 摘見해 보련다.

첫째로 책의 判 規格을 無條件 크게 할 것이며 따라서 活字를 큰 것으로
使用할 것

둘째로는 上質의 白紙를 써서 鮮明한 印刷가 되도록 할 것이며 더구나
色刷인 境遇에는 特히 더 注意할 것

넷째로[182] 內容에 들어가 簡單히 말하면 文藝物에만 置重하지 말고 널리
自然과 文化 全般에 걸친 豊富한 敎養을 북도두어 줄 均衡된 完全한 兒童
圖書 出版이 되어야 할 것

以上의 三 條件을 다시 要約해 말하면 漫畵나 이야기만의 손바닥만큼씩
한 책을 말고 큼직한 책에 큼직한 活字와 色刷로 널리 自然科學 人文科學을

---

182 '셋째로'의 오식이다.

비롯하여 우리 日常生活에 關聯이 깊은 部門까지의 滋味있고도 敎養에 資할 內容의 책들이 나와 줍시사 하는 것이다.

"×××의 모험"은 解放 朝鮮 兒童 讀物의 定名이 되었으며 값싸고 조고맣고 나쁜 종이의 책은 兒童圖書의 典型이 되어 버렸으니 모처럼 싹터 가는 이 나라의 兒童 讀書熱을 質的으로 低俗케 할 憂慮가 적지 않다. (끝) (이상 42쪽)

金元龍, "꼬리말", 李元壽, 『(童謠童詩集)종달새』, 새동무社, 1947.

解放 以後 많은 出版物 中에서도 高潔한 兒童의 情緒 世界를 노래한 童謠 童詩集이 드문 것은 섭섭한 일이었으며 더욱이 좋은 作品이 있음에도 不拘하고 出版界의 困難한 事情으로 세상에 나오지 못하고 그냥 묵혀 둠은 더한층 아까운 일이다.

童謠 童詩集 『종달새』를 出版코자 著者로부터 原稿를 얻은 지 數月이 지났으나 날로 어려워지는 出版事情으로 豫定한 時期에 내지 못하고 이제야 刊行케 되었다.

著者 李元壽 氏는 朝鮮 童謠界의 빛나는 存在로 20餘年의 童謠 生活에서 얻은 노래들은 읽는 사람들의 心琴을 울리고도 남는지라 兒童文學 特히 朝鮮 童謠界를 위하야 하루바삐 出版해야 할 것을 切實히 느꼈던 것이다.

그러나 精誠 들여 만든 이 책이 종이와 印刷가 如意치 못하여 著者에게 미안한 同時 讀者 여러분에게도 저윽히 부끄러웁다. 오직 寶玉같이 빛나는 이 詩集이 새 조선의 어린 少年 少女들의 아름다운 마음의 양식일 것을 믿고 기뻐한다.

1947年 5月 10日 새동무社

發行人 金 元 龍 (이상 63쪽)

함처식, "(보육수첩 제3회)어린이와 그림책", 『새살림』, 제2권
제1호(제8호), 1948.1.31.

그림책은 어린이들의 스승이요, 가장 좋은 동무가 되는 것입니다.

그림책은 아이들의 지식을 보충하고 좋은 시범(示範)을 보이고 또는 바르
고 새로운 암시(暗示)를 주며 따라서 오락의 재료도 되는 것입니다.

아이들이 두세 살만 되면 그림책을 보고 싶어 합니다. 보고 싶어 한다고
해서 글을 읽을 줄 알아서가 아니라, 처음에는 장난감의 일종으로써 미(美)에
이끌려 그림이나 색채(色彩)를 봄으로 즐거워하는 것입니다.

그리고 큰 아이들이 책 읽는 것을 보고 모방하는 도구(道具)로 사용되는
것입니다. 그림책은 만국어(萬國語)란 말도 있고, "백문이불여일견(百聞而
不如一見)"이란 말도 있읍니다.

다시 말하면 백 번 드러도 한번 보는 것만 같지 못하다는 것입니다. 그럼으
로 그림을 보게 됨으로 시각(視覺)을 발달시키는 교육이 되는 것입니다. 이를
테면 아이들이 처음에는 그림의 부분(部分) 부분을 뜨더보게 되고 둘째로는
그림 전체에 대한 이해를 가지게 될 것입니다. 좀 더 쉽게 말씀드리면 어떤
화면(畫面)에 아이들이 세수하고 이(齒) 닦고 냉수마찰하는 그림이 있다고
하면 거기에 나오는 사물(事物) 즉 칫솔, 대야, 물, 사람, 수선, 비누, 치약
등 여러 가지 이름과 용도를 알게 되여 말을 배우게 되는 동시에 그림의 전체
를 보게 됨으로 세수하고 이 닦는 습관을 길러 줄 수도 있고 세수하고 이
닦음으로 깨끗해지어 보건상에 얼마나 유익하다는 것을 알게 할 수도 있읍니
다. 그리고 그림을 모방한다든지 또는 그림을 보임으로 상상력을 길러줄 수
도 있읍니다.

그림을 봄으로 마음에는 재인식(再認識)이니 상상(想像)이니 사고(思考)
니 주의(注意)의 종합(綜合)이니 하는 복잡한 작용이 이러나게 될 것입니다.

또는 그림의 색채, 빛(光), 형상(形狀) 등을 종합하야 예술적 초보지식을
싹트게 하며 경험을 가지게 할 수 있는 것입니다.

(가) 그림의 제재(題材)

그림책은 물론 어린이들의 생활과 밀접한 관계를 맺은 그림을 취재하는 것이 가장 좋을 겄입니다.

어린이들의 생활을 분석(分析)해 보면, 종교(宗敎), 예술(藝術), 과학(科學), 도덕(道德), 문학(文學), 산업(産業), 오락(娛樂) 등 여러 가지가 있읍니다. 그 내용을 좀 더 구체적으로 설명하면 종교에 있어서는 교회, 사원(寺院) 그밖에 학교, 관(이상 25쪽)청 또는 거기에 소속한 직원 등 가족생활, 식물(植物), 동물(動物), 가금(家禽), 지리(地理), 산, 개천, 숲, 못(池), 섬(島), 논밭, 동리, 시가(市街), 사시(四時), 천문(天文), 기상(氣象)에 관한 것, 해, 달, 별, 바람 기타 역사(歷史)와 국가, 정부요인, 군대에 관한 것, 사농공상(士農工商)에 관한 것, 년중행사(年中行事)에 관한 것, 예의작법(禮儀作法)에 관한 것, 문화(文化)나 예술 방면에 관한 것, 오락에 관한 것, 도량형(度量衡)에 관한 것 등이 있을 겄입니다.

(나) 그림책의 종류와 선택

그림책의 종류를 생각할 때에 우리나라는 빈약함을 염려하지 않을 수 없읍니다. 물론 해방 전 왜정시대에는 언론의 제한이 있음으로 어찌할 수 없엇거니와 해방된 오늘에 있어서 특히 출판 자유를 가지게 된 우리에게 있어서 그림책의 종유가 너무나 살풍경입니다. 거기에는 여러 가지 이유와 조건이 있겠지만 필자가 생각하기는 첫째로 어린이에 대한 이해(理解)가 일반적으로 부족한 것 같읍니다. 거기에 따라서 둘째는 그림책을 만드러가지고 판매가 곤난하여 타산(打算)이 맞이 않는 관게로 그림책의 출판율이 부진상태에 있는 겄 같읍니다.

지난날에 있어서 필자의 기억에 남어 있는 겄은 평양 일천동무사(一千동무社)에서 발간한 월간 그림책『유년화보』가 약 십년 간 계속하였고, 서울에서는 조광사(朝光社)에서『유년(幼年)』그림책이 한 권 발행되였던 기억이 아직도 남어 있읍니다. 해방 후 그림책으로 수효가 많아진 겄은 만화책뿐임니다.

그러나 유치원 아이들이 볼 만한 그림책은 불과 한두 권에 지나지 않습니다.

그림책의 종류가 느러가고 부수(部數)가 많아질사록 우리네 문화수준이 날노 높아가는 증거일 겄입니다.

집집마다 그림책이 드러가고 아이들의 손에마다 그림책이 여러 권식 쥐여질 수 있는 때에 바로 우리들의 문화생활이 향상되는 것을 자증할 수 있는 겄입니다.

그림책의 종류에 있어서는 연령(年齡)에 따라 나눌 수가 있겠지만 앞서 그림의 제재(題材) 중에서 말한 바 있으므로 더 쓸 필요가 없겠읍니다.

최근에 있어서 한 가지 고맙고도 섭섭한 것은 만화책이 상당히 많이 늘었읍니다. 그러나 작자보다도 출판업자들이 어린이와 그림에 대한 이해(理解)가 없이 상업(商業) 기술만 있어서 그림책이 조잡(措雜)해지는 경향이 적지 않습니다. 그림책에 굶주렸든 아이들이 아무런 그림책이나 사볼런지 모르거니와 그림의 인쇄가 너무 졸열(拙劣)하여 교육상에 좋지 못한 결과를 갖어오는 겄이 많습니다. 그러므로 좀 더 량심적(良心的) 출판업자가 나와서 어린이들의 마음의 만족을 얻고 교양이 될 만한 그림책이 나오기를 충심으로 기대하는 바입니다. 그럼으로 요즘에는 그림책을 충분히 고려해서 선택하여야 될 겄입니다. 선택에 있어서 첫째는 재료(材料) 방면이고, 둘째는 내용을 생각할 필요가 있읍니다.

재료에 있어서는 먼저 그림의 제재(題材) 문제에서 기록한 바 있음으로 약하거니와 내용에 있어서 특히 주의할 겄은 아이들은 모방성이 왕성한 시대임으로 도적이나 학대(虐待)하는 겄이나 나뿐 장난으로 추태(醜態)를 나타내는 것으로 암시를 줄 만한 겄이면 삼가야 할 겄입니다. 그리고 저열(低劣)한 그림은 취미를 저하(低下)시키고 오해(誤解)를 이르키게 됩니다. 만일 인쇄기술이 부족하여 윤곽(輪(이상 26쪽)廓)과 색(色)이 일치되지 않으면 불쾌감을 이르키게 됩니다.

그리고 문구(文句)나 문법에도 틀리지 않도록 조심하여야 될 것입니다.

그림책을 선택한 후에는 이것을 아이들에게 주어야 할 터인데 그림책을 주는 데도 역시 방법이 있는 겄입니다.

(다) 그림책 주는 법

유치원, 보육소 기타 가정에서 아이들에게 그림책을 주게 될 때에 있는 대로 한꺼번에 많이 주면 아이들이 어느 그림책을 가져야 옳을지 몰라서 막 덤비게 되며 따라서 빨리 보고 다른 것을 또 보려고 하기 때문에 그림책을 소중이 여기지 않게 됩니다. 그뿐 아니라 관찰(觀察)에 대한 주의력(注意力) 이 없어지고 기억(記憶)이나 상상(想像)을 이르킬 만한 마음의 여유를 가지 지 못하게 됨으로 교육적 가치를 나타낼 수가 없게 됩니다.

그리고 정신이 산만해지어 침착성이 없어지게 됨으로 될 수 있는 껏 그림책 을 한 책만 맡겨주고 한 장 한 장 뒤지면서 한 가지씩 좋은 지식을 넣어주고 따라서 좋은 습관을 길러주며 그림책에 대한 흥미를 이르키어 줄 겄입니다.

그리고 그림을 보게 될 때에 그 그림에서 크고 적은 것, 높고 낮은 것, 길고 짧은 것, 멀고 가까운 것 등을 비교할 수 잇도록 하며 또 그림의 특징(特 徵)을 일일히 설명해 주는 것도 좋을 것입니다.

가령 코끼리가 잇다고 하면 코끼리는 어느 곳에 있으며, 어떻게 사는지, 또는 음식을 무엇으로 어떻게 먹는지 코끼리에 대한 지식을 알리워주는 것이 아이들의 흥미를 이르켜 줄 것입니다.

코끼리가 어린아이를 보고 있는 화면을 보이게 될 때에 그 아이와 코끼리와 의 관게라든지 또는 아이들이 그림을 보고 이것저것 질문도 하고 말하기를 좋아합니다. 그럼으로 아이들과 서로 이야기를 주고받고 하며 차례차례 설명 해 주면 아이들이 여간 좋아하는 겄이 아닙니다. 그런데 그림을 설명할 때에 소학교나 중학교 선생님들이 이과(理科)나 물상을 가르키듯 할 것이 아니라 아이들이 아르드를 수 있는 가장 쉬운 말로 형용을 해가며 이야기를 해 주어 야 할 것입니다. 그림책을 보이면서 또 한 가지 부모들이나 부모로써 아이들 의 심리(心理)를 관찰할 겄입니다. 특히 유치원이나 탁아소 같은 데서는 가난 한 집 아이와 부자집 아이, 시골아이와 도회지 아이들의 차의가 많음으로 이런 점을 주의하시여 심리를 관찰해보시는 것도 좋습니다. 또는 아이들이 그림책을 가운데 놓고 아레위에서, 혹은 좌우(左右)에 둘러붙어 보는 수도 있읍니다. 그러나 이것은 어느 편에서 보든지 아이들이 잘 이해할 수 있는 것임으로 염려할 필요는 없읍니다. 그리고 아이들이 그림책을 보다가 그림책에 있는 아이를 때려주고, 쓰러주고, 붙잡으려 하고 그림책을 가지고 동무처럼 혼자서 이야기도 하며 자미있게 노는 일도 있읍니다. 이러한 일은 아이들에게서 흔히 보는 일입니다. 그런데 이렇게 그림책을 내동댕이를 치거나 또는 그림에 있는 사람을 때리고 하다가 그림책을 찢거나 못쓰게 만드는 수가 있음으로 이것을 조용히 가지고 볼 수 있는 마음을 가지게 하는 습관도 길러주는 것이 그림책을 보는 독특한 교육적 가치가 있는 겄입니다.

그런데 이런 때에 책을 찢고 못쓰게 만든다고 야단하고 아이를 때리고 하면 도로혀 그림책을 안 주는 것만 같지 못한 결과를 가저오게 될 것입니다. 이러한 운동은 일종의 반응운동입니다. 그럼으로 잘 찢어지지 않는 재료로 만드는 그림책이 있으면 좋을 것입니다. (이상 27쪽)

조풍연, "머리말", 조풍연 편, 『(동화집)왕자와 부하들』, 조선아동문화협회, 1948.2.

이 책에 실린 동화 여섯 편 중에 「왕자와 부하들」, 「장사의 머리털」, 「황금새」, 그리고 「꿀 방구리」는 독일(獨逸)의 유명한 끄림 동화에 있는 것이요, 「머리 일곱 달린 용」은 토이기(土耳其) 동화에서, 「백합공주」는 영국 동화에서 가져온 것이다. 이 동화들은 열서너 해 전에 『소년』이란 잡지에 실었던 것으로, 그때 내가 어린이들에게 재미있으리라고 추렸던 것을 이제 그대로 책으로 꾸미었을 뿐이다. 이 뒤에 기회가 있으면 좀 더 좋은 이야기를 가즈런히 추리어 볼 생각이다.

1948년 정월 보름날

꾸민 사람 씀 (이상 1쪽)

韓寅鉉, "童謠敎育", 『아동교육』, 아동교육연구회, 1948년 2월호.

童謠라는 무엇인가? 글자 그대로의 解釋으로 兒童의 歌謠 卽 어린이들의 노래라고 할 수 있다.

그러면 現在 幼稚園이다 國民學校의 어린이들이 學校에서는 勿論 거리에서 또는 家庭에서 소리를 높혀서 부르고 있는 노래의 모두가 童謠인가?

또 우리들의 指導者의 立場에서 생각할 때 解放 後 오늘날까지 指導한 童謠 中에 明確히 童謠라고 認識하고 指導한 것이 몇이나 되나? 童謠의 鑑賞 指導 또는 創作指導를 한 일이 있다면 그것은 다 무슨 目的으로 한 것이었었나? 우리는 이러한 點에 對하여서 생각하여 본 적이 얼마나 있었나? 너무나 無關心한 態度는 아니었었나? 이러한 點에 있어서 다시 反省하며 童謠敎育에 있어서 再認識을 하지 않으면 안 될 줄 믿는다.

解放 前과 解放 後에 發刊된 童謠集 또는 新聞 雜誌 等의 童謠欄에 發表된 童謠를 大別하면 兒童의 創作品과 成人의 創作品의 두 가지로 區別되고 成人의 作品은 成人이 兒童을 爲하여 지은 것과 成人 自身의 興味를 爲하여 兒童의 世界를 노래한 것의 두 種類가 있다고 볼 수 있다. 童謠는 위에서도 말한 바와 같이 어린이의 노래요 어린이의 詩다. 그러므로 成人의 作品과 兒童의 作品을 網羅하고 어린이들이 소리를 높혀서 기쁨에 넘치어 부를 수 있는 的心 童語의 歌謠가 아니면 안 될 것이다. 童謠는 曲이 現在는 없는 것이라도 將來에는 모두가 노래로 부를 수가 있을 것을 主要 條件을 삼고 있는 것으로 본다. 그러므로 各 聯에 있어서 그 相當句가 다 同一한 形이고 特히 글자의 字數도 대개 完全히 整類되어 있는 것이다. 이러한 童謠는 짓는다는 것보다도 童心 童語의 歌謠요 詩이니만치 어린이들 사이에서 저절로 울어나와야 할 것이라고 생각한다. 그럼에도 不拘하고 天眞爛漫한 어린이들의 純眞한 童心에서 自然스럽게 울어나온 童謠보다도 兒童이 아닌 成人이 지은 所謂 童謠가 高名한 것이 今日의 現象이요 이러한 現象은 今後에 있어서도 한동안 繼續될 것이다. 그러므로 現在 어린이들이 부르고(이상 51쪽) 있는 童謠는 거이 全部가 成人의 作品이라고 하여도 過言이 아니다. 成人의 作品이라도 어린이들이

참으로 기뻐서 소리를 높혀 부르는 것이면 多幸이다. 그리고 어린이들이 이러한 童謠를 부름으로서 그들의 마음에 無限한 幸福을 느끼고 그들의 世界를 一層 더 빛나고 豊醇하게 하는 것이라면 참으로 기쁜 일이라고 생각하겠다. 그러나 그中에는 반드시 그렇지 않은 것이 적지 않은 事實을 참으로 遺憾으로 생각한다.

童謠는 어디까지나 童心 童語의 歌謠이야 할 것이 情調에 있어서 또 語法에 있어서 童心 童語가 아닌 童謠가 많다.

特히 用語나 語法에 注意가 不足한 것, 兒童으로서 理解키 어려울 만치 高級한 內容을 가진 것, 感傷 氣分이 濃厚한 것, 內容이 너무 粗雜하고 詩的 感興이 적은 것, 成人의 機智를 爲主로 한 지나치게 유-모어性을 가진 것, 그리고 너무나 封建的이고 退嬰性이 濃厚한 것, 大槪 이러한 點을 들 수 있는 것이다. 이러한 童謠의 大部分은 解放 前의 日帝時代의 所産이다. 이러한 童謠를 오늘날까지도 가리키어야 할 것인가. 이러한 童謠를 模倣한 어린이들의 作品은 또 얼마나 많은가. 그 어린이들에게 미치는 影響은 적지 않게 큰 것이다.

형제별

날 저무는 하늘에 별이 삼형제
빤짝빤짝 정답게 지내이더니
웬일인지 별 하나 보이지 않고
남은 별이 둘이서 눈물 흘리네

이 童謠는 幼稚園에서는 勿論 國民學校에서도 敎科書에는 없으나 대개 低學年에서는 다 가르치는 童謠의 하나이다. 더욱이 이 童謠는 遊戲(律動 또는 舞踊)와 같이 가르침으로 有名한 童謠의 하나라고 본다. 이 童謠를 읽어보고 여기 씌어 있는 事實을 생각하여 볼 때 그렇게 感傷的 氣分을 자아낼 만한 것은 아무것도 없다고 본다. 이 童謠의 끝의 "눈물 흘리네" 하는 한 句節이 저녁 하늘에 아름답고 情답게 빛나는 별을 노래한 것임에도 不拘하고 이 童謠로 하여금 어둡고 悲哀를 느끼게 한 것이라고 본다. 作者의 環境의 支配

를 받은 것이라고도 推測할 수 있으나 萬一 그렇다면 그럴수록 어린이들에게 누구에게나 가리킬 性質의 것이 아니라고 생각한다. 더욱이 이 童謠의 遊戲에 있어서 純眞한 어린이들이 "눈물 흘리네" 하는 구절에 이르러서 哀調를 띠워 가며, 두 손으로 두 눈의 눈물을 씻는 形容을 하는 모양이란 참으로 그대로 볼 수 없다. 이(이상 52쪽)러한 童謠는 成人敎師가 感傷的인 悲哀美에 陶醉하여 成人의 趣味에서 無批判하게 가리킴에 困한[183] 것으로 참으로 危險한 일이라고 생각한다. 이러한 童謠를 배우고 이러한 感情에 젖은 兒童은 저녁 하늘에 빤-짝하고 어느 별보다도 먼저 나온 의별을 보고도 동무가 없어서 쓸쓸하겠지. 또는 혼자서 눈물을 흘린다 하고 느껴지지 않을 것인가. 어느 별보다도 오늘은 내가 먼저 나왔다 하고 일등이라고는 느껴지지 않을 것이다. 그것뿐만 아니라 달 밝은 가을 밤하늘에 울고 가는 기러기 소리를 듣고도 숲속에서 속사기는 버레 소리를 듣고도 모두가 明朗한 노래 소리라기보다 모두가 애처러운 울음소리로만 들리지 않을 것인가 이러한 童謠의 直 또는 間接으로 어린이들에게 미치는 影響은 참으로 큰 것이리 생각한다.[184]

다시 例를 하나 더 들어 보면

오빠 생각

뜸북뜸북 뜸북새 논에서 울고
뻐꾹뻐꾹 뻐꾹새 숲에서 울 때
우리 오빠 말 타고 서울 가시며
비단댕기 사가지고 오신다더니

기럭기럭 기러기 북에서 오고
귀뜰귀뜰 귀뚜라미 슬피 울것만
서울 가신 오빠는 소식도 없고
나무잎만 우수수 떨어지누나

---

183 '困한'의 오식이다.
184 '이러한 동요의 直接 또는 間接으로 어린이들에게 미치는 影響은 참으로 큰 것이라 생각한다.'
의 오식이다.

이 童謠는 解放 前에도 많이 부른 童謠이지만 今日에는 國民學校의 音樂 敎材의 하나로 指定된 것으로 많이 부르고 있는 童謠의 하나이다. 어떤 意味에서 이런 童謠가 國民學校의 音樂敎材로 採擇이 되었는지 또 이러한 童謠를 현재의 國民學校의 어린이들에 가르쳐야 할 目的은 무엇인지 疑惑을 아니 가질 수 없는 것이다. 이 童謠가 주는 感傷的인 情調는 고사하고 "우리 오빠 말타고 서울 가시며" 하는 句節만을 생각하여 볼 때 이 句節의 說明은 어떻게 해야 하느냐 하는 점이다.

이러한 事實은 解放이 된 오늘에 있어서는 다시 말할 것도 없으려니와 日帝時代에 있어서도 좀 想像키 어려운 事實이 아닌가.(예전에도 전혀 이러한 事實이 없었다는 것은 아님) 하물며 國民學校의 어린이들이 이러한 句節을 理解할 수 있을 것인가. 이 童謠에서 鄕土的인 香氣는 맛볼 수 있으되 感傷的이고 封建的이고 退嬰的인 點에는 아무런 배워야 할 敎育的 價値를 發見치 못한다. 紙面(이상 53쪽)의 制限이 있음으로 일일히 例를 모두 들어 말할 수는 없으나 이런 種類의 童謠는 참으로 놀랠 만치 많은 것이다. 이와 같이 童謠를 敎育의 對照로 생각할 때 童謠는 이미 成人의 玩弄物임을 許容할 수 없다. 더욱히 無批判한 指導는 있을 수 없는 것이다.

이러한 事實의 原因을 생각하여 볼 때 그의 하나는 成人敎師가 童謠에 對한 認識이 貧弱한 데에 있었다고 생각한다.

敎師는 旣成된 童謠를 어린이들에게 指導할 뿐만 아니라 어린이들에게서 좋은 童謠가 나올 수 있게 그들의 마음에 躍動하는 리듬的인 詩情을 북돋아 주지 않으면 안 되리라고 믿는다. 그리하여 그들의 사이에서 생겨나는 좋은 童謠를 選擇하여서 發表하여 주어야 한다고 생각한다. 그러므로 敎師 自身이 童謠라는 무엇인가를 잘 理解하고 敎師 自身이 오른 童謠를 지어 보지 않으면 안 된다. 참다운 批判家는 역시 참다운 批判眼을 가진 作家가 아니면 안 되는 까닭이다.

그리고 또 하나의 根本的 原因은 童謠 敎育의 目的을 敎師 自身이 明確히 把握치 못한 곳에 있다고 생각한다.

童謠 敎育의 目的은 다시 말할 것도 없이 兒童의 情操 陶冶에 있는 것이다.

兒童에 童謠를 부르고 또는 創作하고 鑑賞함으로써 그들의 感情 또는 感覺

을 豊醇하게 그리고 纖細하게 하고 어떻게 事物을 보느냐 어떻게 事物을 느끼느냐? 하는 素質을 培養하여서 一個의 圓滿한 人格者 養成에 있는 것이다. 이러한 目的을 達成하자면 當然히 內的으로나 外的으로나 兒童을 幸福하게 하고 그들의 現在와 本來에 있어서 一層 더 착하고 밝은 生活을 주는 童謠의 指導가 아니면 안 될 것이다.

그러므로 그 內容에 있어서는 純, 眞, 美, 그리고 正, 善한 內容을 가지지 않으면 안 될 것이요 全體的으로 무럭무럭 자라는 童心을 북돋아 주는 明朗하고도 힘 있는 것이 아니면 안 될 것이다.

그리고 形式에 있어서도 兒童의 呼吸과 리듬에 맞는 □□한 것이어야 할 것이다.

그리고 童謠는 어디까지나 兒童의 經驗과 想像으로 充分히 理解할 수 있는 것이어야 하며 따라서 兒童의 實生活과 心理的 過程에 特히 主義한 것이 아니면 안 될 것이다.

以上 簡略한 小考의 一端에 지나지 않으나 讀者諸位의 參考가 된다면 多幸으로 생각하겠다.(이상 54쪽)

李冬樹, "兒童文化의 建設과 破壞", 『조선중앙일보』, 1948.3.13.[185]

朝鮮의 모든 것이 다 不完全하고 未備하지만 兒童文化 部門의 荒涼한 風景에는 어린 子息들의 어버이로서 面目이 없고 半萬年 歷史를 자랑삼아 가르치는 스승으로서 赤面을 免할 수 없음은 적어도 文化에 關心하는 이로서 누구나 痛感하는 바일 것이다.

筆者는 兒童文化 全般에 亘하여 論할 準備도 餘暇도 갖지 못하였으나 近來 各 書店에 氾濫하는 兒童圖書를 一瞥할 때 寒心하다 못해 憤激까지 느끼게 되어 數字를 草하지 않을 수 업게 되었다.

日語에서 國語로 돌아온 어린이들을 爲하여 朝鮮의 어른들은 무엇을 準備했으며 그들에게 무엇을 선사했는가? 朝鮮의 文筆家 朝鮮의 出版業者는 果然 무엇을 그들에게 풀라스 했는가? 文敎部에서는 敎科書 하나 제대로 제때에 나오지 못하는 한 便 店頭에 가득한 粗惡한 漫畵冊은 그림에 주리고 敎科書도 없는 어린이들의 기쁨의 선물인양 그들의 가슴에 안겨 간다.

이 漫畵冊이란 어떤 것인가? 열에 하나둘쯤은 良心的인 兒童을 위한 漫畵冊이 있긴 하나 그 大部分은 不良少年 養成을 目的으로 한 듯한 惡趣味한 것 그로테스크한 것 殘忍한 것 荒唐無稽한 것들이 아이들을 꾀기 爲하여 彩色칠을 해서 팔리고 있다. 그나 그뿐인가. 學校에서 애써 배운 우리글은 餘地없이 짓밟히고 있다.

그 國文에 沒常識한 著者의 뻔뻔스런 態度에 一驚을 喫하지 않을 者 있으랴? 一例만 들어도 "부처"(佛)를 "부쳐"로 "같이"를 "갇치"로 "어서 가자"를 "엇어 가자"로.

페지마다 나오는 이 誤綴 誤字는 學校에서 배운 공부를 헛되히 하고 兒童에게서 "朝鮮의 出版界가 無識하고 글도 쓸 줄 모른다."는 侮蔑을 받아 不足함이 없을 것이다.

內容에 있어서는 그림의 非藝術的인 것은 且置하고라도 所謂 歷史 讀物이

---

185 '李冬樹'는 이원수(李元壽)의 필명으로 보인다.

라고 볼 수 있는 것은 奇想天外의 虛無한 것이 大部分이다. 이런 것은 朝鮮의 歷史도 日本 歷史처럼 거짓말인가 부다— 하는 疑惑을 兒童에게 주기에 알맞은 것들이다.

兒童에게서 가장 歡迎 받을 冒險物 諧학物은 惡趣味와 腐敗하고 低劣한 內容으로서 그들을 흐리려 한다.

일찌기 出版界에 이러한 不祥事가 없었고 이러한 厚顔無恥의 惡德商人이 없었다. 그들은 純眞無能한 朝鮮의 새싹들에게 사탕발림한 害毒을 팔아서 제 배를 불리려든 것이다.

兒童들의 마음의 糧食이 될 童話와 그림과 유모어와 探險心과 아름다운 情緖— 이런 것들을 爲해서 效果 있을 몇 가지의 그림책 만화책이 이 濁流 속에서 壓倒 當하고 損害 입으며 그래도 버티고 있음을 볼 때 그것은 泥土 中의 玉보다도 貴여워 보인다. 그것을 爲해서 눈물겨운 努力과 犧牲까지 하는 出版業者에게 感謝하여 마지안는다.

나는 不運한 朝鮮 兒童을 위하여 敢히 愚見을 提起한다. 앞으로 이런 不良漫畵(一般 兒童書籍도 勿論)의 淨化를 爲하여 文化團體의 關心을 要望하며 惡書의 발호를 막기 爲하여 良書의 推薦과 惡書의 忌彈없는 批判이 必要하다.

貴여운 우리들의 子弟들을 救하기 위하여서는 惡德 謀利輩(出版業者와 著者)의 氏名쯤 社會에 公表하여 國家에 害 있을 理 萬無하기 때문이다. (筆者는 兒童文學家)

金元龍, "애기 敎育과 漫畫", 『경향신문』, 1948. 4. 4.

文字가 人類文明의 最大 要素라는 것에 비추어 解放 後 出版界가 興城하다는 것은 반가운 現狀이 아닐 수 없다. 日帝 時 우리 民族은 言論出版의 自由를 잃고 눈뜬장님으로 살아왔기 때문에 强壓이 굴레를 벗은 오늘에 와서 文化事業을 받들겠다는 것은 識者이면 누구나 다 主張할 바이거니와 그래도 物資交流가 圓滑치 못한 現今 더욱이 資材難에 빠져 허덕이면서도 끝가지 그 職責과 使命을 다하려고 애써 오는 良心的 出版業者에 對하여서는 敬意를 表하지 않을 수 없다. 이같이 民族文化의 發展을 爲하여 物心兩面의 情熱을 쏟는 갸륵한 분들이 계시는가 하면 한편으로는 純 利己的이요 營利에만 沒頭한 非良心的 出版業者가 적지 않아 또한 遺憾이 아닐 수 없다. 이들은 解放 以後 紊亂한 出版界를 틈타서 打算에만 汲汲하여 오다가 요지음은 純粹無垢한 兒童世界에까지 黑手를 뻗혀 虛無盲浪한 漫畫책들을 出版하고 있다. 勿論 內容이 좋은 것이라면 兒童들에게 그림 鑑賞의 識見을 높이는 意味에 있어서도 歡迎할 바이거니와 그 大部分이 低劣 卑俗한 表現 理念과 綴字法까지 誤用되어 結局 好奇心과 冒險心이 강한 兒童들에게 惡趣味를 助長하는 逆效果밖에는 주지 못한다. 더욱이 글과 그림이 符合되지를 않어 空然한 疑心과 複雜한 生覺을 이르키게 하는 弊端까지도 있다. 이같이 商業道德으로서도 容恕할 수 없는 荒唐無稽한 그림책으로 不純의 要素가 티끌만치도 보이지 않는 童心世界에까지 暗影을 던진다는 것은 吾人으로 하여금 義憤을 禁치 못할 노릇이다. 아무리 오늘날까지 國家 施策이 確立되지 못하였다 하더래도 民族的 良心의 自覺이 있는 사람이라면 兒童을 俗惡化시키는 不淨한 出版物은 斷然코 排擊해야 할 것이다.

解放 後 出版된 兒童物에 關한 內容의 良否를 잠간 적어보면 『어린 예술가』나 『아부라함 린컨』 같은 것은 內容이 高尙하고 正確함과 時代性을 把握한 藝術的 價値로 보아 그림책이나 漫畫로서만이 아니라 한 개의 讀物로서도 높이 評價해 주고 싶은 良書이다. 反面에 市井에 쏟아저 나오는 大多數의 漫畫는 兒童을 誤導할 危險性이 적지 않아 父兄으로 하여금 痛嘆을 禁치

못하게 한다. 앞으로는 童畵界의 淨化와 새 時代의 임자들을 잘 指導 育成시키는 意味로서도 서로 天職을 쫓아 文士가 글을 짓고 畵家는 그림을 그려야 할 것이다. 여기에서 비로소 相互發展과 專門技術의 能力 發揮에도 效果的일 것이며 더욱이 出版文化의 새로운 發展도 期待할 수 있을 것이다.

(筆者는 새동무社 主幹)

主幹, "『어린이』를 다시 내면서", 『어린이』, 제123호, 복간 5월호,
1948년 5월호.[186]

지금으로부터 26년 전 일본 동경(日本東京)에서 그곳에 유학하던 젊은
학도 7·8인이 몽여서 우리나라의 주춧돌이요 민족의 꽃봉오리인 조선의 어
린이를 위하여 일을 하자 하는 〈색동회〉라는 단체를 조직하였읍니다.

이 〈색동회〉의 중심이 되어 이끌고 나간 분이 곧 소파 방정환(小波 方定煥)
선생이였고 〈색동회〉의 첫 사업이 『어린이』란 소년소녀 잡지를 내놓은 것이
였읍니다.

아직까지 어린이만을 위하야 나온 신문이나 잡지란 하나도 없던 그때에
이 『어린이』 잡지는 참으로 조선 소년소녀의 정다운 동무요, 둘도 없는 좋은
책이었읍니다. 그리하여 〈색동회〉 여러 선생님들이 새로운 동요를 지으시고
새로운 동화를 쓰시어 『어린이』를 통하여 싹트려는 조선 어린이의 정서를
곱게 곱게 길러내었고 한편으로 어린이의 명절인 어린이날을 제정하고 가지
가지의 소년운동을 일으켜서 학대 받어 오던 조선의 소년소녀를 위하여 커다
란 공로를 쌓았던 것입니다.

이렇게 유익하고 재미있는 『어린이』도 주간하시던 소파 선생이 작고하시
고 뒤를 이어 일을 보시던 이정호(李定鎬) 선생도 소파 선생의 뒤를 따라
가시고 더구나 일제(日帝)시대의 여러 가지 압박과 곤난으로 할 수 없이 『어
린이』가 세상에 나오지 못하게 되었읍니다.(이상 4쪽)

그러나 오랜 겨울이 가고 꽃피는 새 봄이 오는 것같이 우리나라가 해방이
되고 잃었던 우리말과 우리 자유를 다시 찾게 된 오늘날에 어찌 쉬었던 『어린

---

186 주간(主幹)은 고한승(高漢承)을 가리킨다. 『어린이』 복간호는 개벽사(開闢社)에서 1948년
5월 5일 자로 발행되었는데 발행인은 이응진(李應辰), 편집인은 고한승이었다. 「『어린이』가
다시 나온다」(『경향신문』, 1948.3.12.)에 주간이 밝혀져 있다. "해방 이전에 개벽사(開闢社)
에서 발행하여 아동문화 향상에 많은 공헌을 한 아동잡지 『어린이』를 동사에서 다시 속간하기
로 되어 오는 五月 五일 어린이날에 속간호를 내리라 하는데 주간(主幹)에는 고한승(高漢承)
씨라 한다."

이』 잡지도 정다운 여러 동무를 다시 찾아 나오지 않겠읍니까?

맑게 개인 5월 하늘 축복 받은 우리들의 명절 어린이날을 기렴하여 이제 『어린이』가 여러분 앞에 나왔읍니다.

이날!『어린이』가 다시 나온다는 전보를 받고 멀-리 강남에 있는 제비가 몸에는 꼭 맞는 연미복(燕尾服)을 입고 비행기를 타고 날라와서 아름다운 목소리로 축사를 드렸읍니다.

앞 남산 매화나무와 뒷동산 살구나무에서 곤하게 잠을 자고 있던 참새 떼들도『어린이』가 다시 나왔다는 라디오를 듣고 일제히 날라와서 "찍찍 쩍쩍" 하고 축하의 합창을 합니다.

흰나비 호랑나비들은 펄펄 춤을 추면서 연꽃잎에 고인 아침이슬과 나팔꽃 봉선화 백일홍 속에 담긴 꿀들을 고이고이 모아서 은쟁반에 담아 왔읍니다.

이렇게 온 세상의 귀여움을 받고 이렇게 기쁘고 유쾌한 날 다시 나온『어린이』 잡지는 여러분의 품속에서 여러분의 사랑을 받으면서 반드시 여러분의 정다운 동무가 되려고 할 것입니다. 여러분도 길이길이 이 『어린이』를 잊지 마시고 떠나지 말아 주시기를 바라고 또 바랍니다.   (主幹) (이상 5쪽)

이동찬, "어린이 속간을 축함", 『어린이』, 제123호, 복간 5월호, 1948년 5월호.[187]

나는 『어린이』 잡지를 읽기 시작한 것이 20여 년 전부터이다. 작년 9월에 38 이북에서 와서 틈 있는 대로 책사에를 들려 여러 가지 소년소녀 책을 뒤적거릴 때마다 그야말로 한심을 느끼지 않을 수 없었다.

장차 조선을 짊어질 이 나라의 싹들에게 읽히기는 너무나 속된 것들뿐이기 때문이다.

이런 책들이 범람할쑤록 고 방정환 선생이 더욱 그리워짐을 느낀다. 당시 선생은 일제의 엄중한 압박 아래 밤을 새워 편집을 하시고 쩔々매면서 수만 어린 독자가 기다리는 것을 생각하고 모든 곤난을 무릅쓰고 그달 치를 내고는 하시었다.

더구나 방 선생은 또한 소년문예에도 치중하여 새로운 소년작가들을 많이 키워 내시었다. 우선 동요로 유명한 4인 그룹이 있었으니 서울 윤석중(尹石重), 대구 김복진(金福鎭)[188], 원산 이정구(李貞求), 울산 서덕출(徐德出)의 네 분이다.

소설에는 승응순(昇應順), 최경화(崔京化), 노양근(盧良根), 이동우(李東雨) 분들이였다.

그리고 『어린이』에 주로 글을 쓰시던 선생들은 그때 〈색동회〉 동인 여러분들로서 지금 나의 기역에 남은 분으로 고한승(高漢承), 손진태(孫晉泰), 마해송(馬海松), 이정호(李定鎬) 선생과 차상찬(車相瓚), 박달성(朴達成), 한정동(韓晶東), 이태준(李泰俊) 선생들이다.

그리다가 방 선생이 작고하신 후 그만 정간이 되고 그 후 해방 된 지 3년! 방 선생의 유지를 이어 고한승(高漢承) 선생이 『어린이』를 속간하신다니 예전 애독자의 한 사람으로서 그야말로 환호를 안 부를 수 없어 간단히 옛

---

187 원문에 '예전 애독자 이동찬'으로 되어 있다.
188 '윤복진(尹福鎭)'의 오식이다.

일을 돌아보며 축사를 올리고 뒤에 오는 어린이들의 유일한 동무가 되어 길이 발전하기를 바라고 고 선생의 건투를 아울러 비는 바이다. (이상 57쪽)

李海文, "辛永敦 譯 동화집 목마", 『경향신문』, 1948. 7. 18.

내가 辛 兄의 번역으로 된 中國童話集을 對하기는 발서 두 번채다. 먼저 發行된 것에 대하여는 오래 되어 잘— 記憶지 못하거니와 그中 몇 篇이 퍽 — 자미있기로 내가 그때 어느 學校에서 生徒들게 읽혀 주었더니 많은 갈채를 받았고 그 冊을 집에 놓아두었더니 아이들이 자미있다고 읽었었다. 이번 것도 通讀하여 보매 前編에 지지 않게 좋은 內容이었다. 少年少女에게 읽혀 그 情敍를 기르고 마음을 북돋아주는데 가장 適切한 內容인 줄 믿는다. 特히 隣邦 中國의 어린이들이 생각하는 "꿈의 나라"에 드러가 보는 맛은 각별하였다.

(『목마』는 世界童話集 第一輯으로 만화사 發行)

신동헌, "머리말", 『감옥의 천사』, 새동무사, 1948.8.

이 이야기는 제정 로서아(帝政露西亞) 시대의 대문호 레오·톨스토이가 지은 유명한 소설이다. 본래 10여 페-지밖에 안 되는 짧은 소설인데 이것을 더 재미나고 알기 쉽게 하기 위해서 살을 많이 붙이고 또 그림을 넣게 된 것이다. 이 이야기의 원명(原名)도 「하느님은 진실(眞實)을 아신다」[189]라는 것인데 「감옥의 천사」라고 고쳤다. 별로 까닭은 없다.

꾸민 사람 씀

---

[189] 톨스토이(Lev Nikolaevich Tolstoy, 1828~1910)의 작품으로 「신은 진실을 알지만 기다린다 (God Sees the Truth, But Waits: Бог правду видит, да не скоро скажет)」(1872)를 가리킨다.

박영종, "동요 맛보기 1", 『소학생』, 제60호, 조선아동문화협회,
1948년 9월호.

ㄱ

동요의 맛을 보기로 합시다. 맛이란 짜거나, 달거나, 쓰거나, 매운 것이로
되, 동요의 짜고 쓴 맛을 헤아린다는 것은, 그 속뜻을 살펴보자는 것이지.
우선 동요를 한 편 뽑아 봅시다.

꼭꼭 숨어라
머리카락 뵐라
쥐가 물어도 꼭꼭
쥐가 물어도 꼭꼭

구전(口傳)동요입니다. 구전이란 옛날부터 입으로 전해 내려오는 것이지.
허니 구전동요는 누가, 어느 때, 어디서 지은 줄도 모르게, 하늘이나 땅이나
초목이 저절로 생기듯이, 저절로 생긴 것입니다. 그래서 우리의 할아버지의
할아버지의 또 할아버지가…… 어릴 때 부르다가 부르다가 어른이 되면, 그
할아버지의 어린 아드님이 물려받아 부르고, 또 그분이 어른이 되면, 그분의
아드님이 이어받아 부르고…… 이렇게 해서 우리의 아버지가 어릴 적 부르던
것을 우리가 다시 목청을 높이어 부르는 노래지.

꼭꼭 숨어라
머리카락 뵐라

숨박꼭질의 노래입니다. 숨박꼭질은 환한 달밤에 하기 십상 좋습니다. 달
밤은 참으로 여러분 아기의 세계지. 등불이 없어도 마당은 하얗게 밝은데,
구석진 곳에는 그냥 밤의 어둠이 머물러서, 대밭도 대문도 골목도 은근한
속에 꿈을 꾸듯 한 밝은 듯 어두운 꿈의 나라! 그 굵은 밤이슬이 오는 여름밤
에 동무끼리 모여서 하는 숨박꼭질….(이상 27쪽)
안마당 기둥에 얼굴을 붙이고 하나 둘… 낱을 헤이는 술래의 목소리가 곧

등 뒤를 따라 오는 것만 같아, 쉬쉬 얼른얼른 종종걸음을 쳐서 숨고 나면, 이번에는 내가 숨어 있는 방앗간 가를 가만가만 찾아오는 술래의 발자국 소리. 그때의 가슴이 달쿵달쿵하는 안타가움…….

꼭꼭 숨어라
머리카락 뵐라.

머리카락 한 오리 안 보이도록 숨었어도 그래도 불안스러워,

쥐가 물어도

아야 소리도 못하고 그야말로 쥐 죽은 듯이 숨을 죽이고 있는 그때의 안타가움.

여러분은 이 노래의 맛이 무언지 아십니까? 그 재미가 아기자기하면서 가슴이 달쿵달쿵하는 안타가움, 그것이 곧 이 노래에 스며 있는 맛입니다. 이 옛날노래를 좀 더 재미나게 꾸며 놓은 것이, 다음 전양봉(全良鳳) 선생의 노래입니다.

나블나블 다방머리
머리카락 뵐라

비요비요 병아리처럼
엄마 품에 숨어라

꽃이야기 오손도손
눈을 뜨면 안된다

다방머리 숨어라
꼭꼭 숨어라

나블나블 종종머리
머리카락 뵐라

살금살금 새양쥐처럼
방앗간에 숨어라

옛이야기 소군소군
말을 하면 못쓴다

종종머리 숨어라
꼭꼭 숨어라
　　　(「숨박꼭질」전양봉)

　다방머리는 여러분의 다보록하고 짧은 머리. 그 다보록한 다방머리의 나블
나블하는 머리카락이 안 보이도록 머리를 포옥 파묻고, 아기는 엄마 품에
숨었지. 병아리가 암탉 날개쭉지 밑에 숨듯. 숨어서 엄마하고 소군속닥 얘기
를 해도 못쓰지. 술래가 눈을 등잔불처럼 해서 찾고 있는데….
　종종머리는 누나의 머리지. 요즈음에는 계집아이도 머리를 이발소에 가서
잘룸 잘라서 깎지만, 엄마가 누나만할 때는, 그때는 옛날이어서 엄마는 머리
를 한 편에 세 가닥씩 땋아, 그것을 뒤에 모아서 댕기를 드렸었다. 그 빨간
댕기를 팔락이며 엄마도 마을 아이들하고 숨박꼭질을 여간 했어야지. 댕기가
팔랑거리는 머리를 방앗간 짚뭇 사이에 콕 박고, 살금살금 숨기내기하는 조
그만 새양쥐 모양입니다. 옆에 숨은 동무랑 옛날이야기커녕 숨도 크게 못
쉬는데… 그러면 이내 가까워 오는 술래의 발자국 소리가 들립니다. 아마
누나가 숨었는 방앗간으로 오는 게지. 이크 달아나야지.
　그럼 어디에 숨을까?
　터밭은 어때?
　못써. 못써. 상추 씨앗 밟았단 엄마한테 경치게.
　그럼 꽃밭은 어때?
　안돼, 꽃밭은. 꽃모종을 밟으면 어쩌나.
　그럼 어쩌나 울타리 뒤에 숨을까?
　울타리도 안 되지. 호박순이 나잖아.
　그럼 어쩌나 어쩌나 어디에 숨을까.

꼭꼭 숨어라
꼭꼭 숨어라 (이상 28쪽)

터밭에는 안된다
상추 씨앗 밟는다

꽃밭에는 안된다
꽃모종을 밟는다

울타리도 안된다
호박순을 밟는다

꼭꼭 숨어라
꼭꼭 숨어라

까까중은 찾았다
방앗간에 숨었다

금박댕기 찾았다
기둥 뒤에 숨었다
        (「숨박꼭질」 윤복진)

중대가리는 방앗간에 숨었다 들키고, 금박이 찍힌 빨간 댕기는 기둥 뒤에
숨었다 잡혔구나. 이처럼 볶은 콩처럼 고소고소 재미나는 숨박꼭질은 쥐들도
저이끼리 동무랑 어울려서 하고 있을까요? 하고말고요. 밤에 여러분이 숙제
라도 풀려고 책상 앞에 앉았으면, 반자 속에서 쥐들이 야단일 때가 있지.
그때, 쥐들이 숨박꼭질하는 셈입니다. 그러나

루루루루 턱
반자 속에서 루루루루 턱
쥐가 숨박꼭질하지
숨박꼭질 하다가 쥐 한 마리
술래한테 잡혔지
잡긴 했어도 캄캄해서

누가 누군지 알 수 없지
　　　　(「쥐의 숨밭꼭질」 윤석중)

　윤석중 선생님 노래입니다. 참말 반잣속은 어두워서 누가 누군지 모를 거야. 쥐뿐 아니라 토끼도 할 테지. 깊은 산골 시냇물 쫄쫄쫄 흐르는 토끼 동네, 하얀 돌다리 건너, 초록 잔디밭에 모여서
"간다. 찾으러 간다."
"오냐 오냐."
　참 재미나게 할 테지. 허지만 토끼는 워낙 귀가 길어서 어디 숨어도 이내 잡히고 말 걸. 귀가 탈이지.

　　토끼 동무 모여서
　　숨박꼭질 한단다

　　바위 뒤에 숨었다
　　하얀귀 보인다

　　나무 뒤에 숨었다
　　하얀 귀 보인다

　　숨기는 숨어도
　　하얀 귀가 보여서
　　애구 술래한테
　　이내 잡혔다
　　　　(「토끼와 귀」 박 영종)

끝으로 하나만 더,

　　숨어라 숨어라 꽁꽁
　　숨어라 숨어라 꽁꽁

　　반딧불은 꽁꽁
　　수풀 속에 숨어라

애기별은 꽁꽁
구름 속에 숨어라

아이들은 꽁꽁
마음대로 숨어라

숨어라 숨어라 꽁꽁
숨어라 숨어라 꽁꽁
　　　(「숨박꼭질」 강소천)

반디나 별님은 수풀 속이나, 구름장 속에만 숨는데, 여러분은 어린 아기이기 때문에, 수풀 속에도 담 모퉁이에도 부엌에도, 책상 밑에도 어디든지 마음대로 숨을 수 있지. 얼마나 여러분은 별님보다 반디보다 더 넓고 큰 곳에서 더 재미나는 숨박꼭질을 할 수 있습니다.

　　　　　　　　　　　　　　　　　－ 계속 － (이상 29쪽)

박영종, "동요 맛보기 2", 『소학생』, 제61호, 조선아동문화협회, 1948년 10월호.

　　　　　　　　　　　　　ㄴ

이번은 꼬꼬 이야기를 합시다. 여러분은 학교에서 부르는 버젓한 이름 대신에, 집안에서만 부르는 이름이 따로 있지 않습니까. 여러 형제 가운데서 그중 끝이라 해서 "막내" 세째라 해서 "세째" 또는 돌처럼 단단하다 해서 "돌이" 이름이 천하면 명(命)이 길다 해서 "쇠뚱이" 모두 아버지나 할아버지께서 너무 귀여워서 붙인 이름들이지.

학교에서 선생님이 아무 군(君) 하고 호적(戶籍) 이름을 부르면, 어쩐지 딱딱하고 서먹서먹하다가도, 집에 돌아오면 어머니나 아주머니가
　"세째야"
이렇게 부르는 소리를 들으면 가슴이 뭉클하도록 정다움을 느껴집니다.

병아리도 마찬가지지. 아직 채 여물지 않은 노란 주둥이, 빨간 발의 그 귀여운 놈을 병, 아, 리, 하기에는 좀 어색하지. 그래서 꼬꼬입니다.

꼬꼬는 병아리보다 더 귀여운 병아리입니다. 병아리뿐 아니라, 아주 제가 큰 벼슬이라도 가지었다고 버티고 뽐내는 수탉이며, 늘 꼬꼬꼬꼬 모이나 주어먹고 알을 낳고 병아리를 까고, 까서 기르는 부지런쟁이 암탉도 모두 꼬꼬지.

꼬꼬는 그냥 수탉, 암탉보다 더 귀여운 암탉, 수탉입니다. 헌데, 요놈 꼬꼬가 아주 재롱군입니다.

앞집 꼬꼬란 놈이 울타리 틈서리로 아슬랑아슬랑 딧둑댓둑 우리 집으로 옵니다. "조놈이 또 무슨 장난을 치려나?" 엿보니, 꼬꼬는 시침을 똑 떼고 부엌 쪽 샘터로 휘익 돌다가, 꽃밭머리에 가더니, 샛빨간 봉숭아 꽃 한 송이를 냉큼 따서는 뒤도 안 돌아보고, 저의 집으로 힝 도망쳐 갑니다. 조그맣고 노란 털이 보슬보슬한 궁둥이를 요리조리 배틀거리며 달아나는 꼴이란. 아마 봉숭아 꽃송이가 그중 탐이 났던 게지.

앞집에
꼬꼬는
염치도 없지

봉선화
꽃봉지
똑 다 가지군

울타리 밑으로
소루루 빠져
저의 집 (이상 6쪽)
꽃밭에
물고 가더라
          (「꼬꼬」 윤복진)

가을이 되면 우묵한 잡풀이 열매를 가지게 됩니다. 그러면 하늘은 드높이 맑고……

자리 자리 잠자리
　　고추 잠자리

가 떼를 지어 날아와서, 마당을 빙빙 돕니다. 이때면, 꼬꼬들도 동그란 고개를 갸웃이 들고 잠자리를 잡을량으로, 오루루 조루루 따라다니지만, 어디 날아다니는 잠자리가 쉬 잡혀야 말이지.

　　담 위에 잠자리
　　장난 친다고
　　병아리 머리 위로
　　포르르 나니
　　또록또록 병아리
　　조걸 잡으려
　　오루루 조루루
　　따라 다녀요.

　　샛빨간 잠자리
　　담 위에 앉아
　　꼬리를 깟닥깟닥
　　네가 날 잡아
　　또록또록 병아리
　　숨이 가빠서
　　고개를 갸웃갸웃
　　할 수 없대요.
　　　　(「병아리」 윤복진)

　병아리의 귀여운 몸짓(動作)이 눈에 보입니다. 어째서 병아리가 말을 하고, 잠자리의 생각을 우리가 알 수 있을까. 쉬운 일이지. 우리가 병아리가 되고, 잠자리가 되면 그만이지. 지금 이 글을 쓰고 있는 책상머리 창 밖에는, 가지나무에 작은 가지가 열려 있습니다. 유심히 보면 그 가지들이

　　얼른 얼른 굵자:
　　주먹만큼 굵자:

얼른 얼른 굵자:
쇠만큼 굵자.

하며, 곧 소군거리며 있는 듯합니다. 그 소군거리는 작은 목소리가 귀에 들리는 것 같지.
왜 그럴까.
내가 가지를 사랑하기 때문입니다.

물 한 모금
입에 물고

하늘 한 번
쳐다 보고

또 한 모금
입에 물고
구름 한 번
쳐다 보고
　　　(「닭」 강소천)

여러분은 지붕과 지붕 사이 혹은 종로에서 볼 수 있는 그런 좁고 적은 하늘이 아니라, 넓은 들판 위에 또는 가이없는 바다 위에 환히 개인 한없는 하늘이, 한없는 대로 동, 서, 남, 북 끝없이 펼쳐 있는 것을 본 적이 있습니까? 넓기 때문에 아주 낮아 보이는 그런 하늘 밑에 서며는, 그 하늘 앞에 엎드려 울고 싶어지지. 우리가 아무리 애를 써도 어찌할 수 없는 그 끝없는 깊이… 그 깊이를 늠늠히 지닌 채 할아버지처럼 벙긋 웃는 듯한 너그러운 하늘, 그 하늘 아래 빨간 볏이 쫑긋한 닭, 닭은 물 한 모금을 먹을 때마다 하늘을 쳐다봅니다. 하늘을 쳐다보는 뜻을… 여러분 생각하여 봅시다.
그러고, 무엇에 놀란 듯, 홀릴 듯한 동그랗고 까만 눈에는 한 송이 흰 구름이 솜송이처럼 잠겨 있을 테지.
　　　　　－ 계속 －　(이상 7쪽)

박영종, "동요 맛보기 3", 『소학생』, 제63호, 조선아동문화협회, 1948년 12월호.

이 달은 화롯가에 모여 앉아, "귀여운 동요"를 뽑아 봅시다.

조롱조롱 조오롱
머가 머가 조오롱

자장자장 애기 눈이
잠방울이 조오롱

가물가물 애기 눈에
꿈방울이 조오롱

어때, 재미나지? 바느질하시는 엄마 옆에 그 초롱초롱한 눈을 동그랗게 뜨고, 아기가 옹알이(아기의 어둔한 사실)를 하고 있습니다. 하도 귀여워서 어머니가 바느질감을 걷우실 겨를도 없이, 아기를 안아 젖을 물리고 자장가를 부르며 등을 두어 번 도닥도닥…….
아기는 이내 눈이 가물가물, 두 눈에 졸음방울이 다닥다닥 열리지.
그럼, 또 한 가지 물어봅시다.

대롱대롱 대애롱
머가머가 대애롱

뭣일까요? 대애롱은 조오롱보다 좀 더 부피가 있고 굵지. 조롱이 여러 개 조롱 조오롱 조롱히 한데 얼려서 한 개의 대애롱이 됩니다. 그 무엇이 대애롱 달렸을까?
구름 끝의 물방울일까?
처마 가에 풍경일까?
감나무 맨 꼭지에 따다 남은 감 한 갤까?
아니지.

대롱대롱 대애롱
머가머가 대애롱

깜박깜박 애기눈에
잠방울이 대애롱

시근새근 애기눈에
꿈방울이 대애롱
　　　(「잠방울 꿈방울」 윤복진)

아기 눈에, 잠방울이 조롱조롱 달리고, 그 잠방울에 잠이 차차로 모여 대롱
대롱 떨어질 듯 질 듯 달렸다가, 잠방울이 모조리 눈으로 뚝뚝 떨어지면,
아기는 그만 시근새근 꿈나라로 깊이 잠이 들지.
(꽃이 아주 오물듯이)
잠이란 어떻게 오는 걸가? 아주 재미나는 얘기를 한 가닥 따옵시다. 안데루
센 할아버지의 얘깁니다.

　옛날 어느 곳에 한 할아버지가 계시었습니다. 그 할아버지만큼 지난 일과 앞날
의 얘기를 많이 아시는 분은 이 세상에는 둘도 없대요. 언제나 아주 고소고소 재미
나는 예기를 소복히 지니고 다니시지요.
　밤이 되어서, 아기들이 밥상머리를 채 물러가지도 않았는데, 그 할아버지는 어
슬렁어슬렁 오지요. 가만히 층층대를 밟고 옵니다. 아기가 이층에 있기나 하며는,
그러나 솜버선을 신었기 때문에 달삭 소리도 아니 납니다. 가만히 살픈 문을 열고
와서는, 아기 눈에 하얀 젖(우유)을 한 방울 냉큼 흘려 넣지요. 아무리 조금 넣어
도 그만 아기는 눈을 못 뜹니다. 그 샛별 눈에 잠방울이 조롱조롱 대롱 달리기
때문이지. 그러나 그 할아버지는 아기를 해치려는 것은 아니지. 아기를 아주 귀히
여깁니다.
　얘기를 할 수 있도록 그냥 조용하게 해 두자는 게지요. 아기들이 잠이 들며는,
그 할아버지는 아기 잠자리 한 옆에 걸터앉지. 그런데, 그 할아버지는 말할 수
없는 아름답고 좋은 옷을 입으시었지. 비단으로 짰는데, 그 빛갈은 보기에 따라
발갛기도 하고 파랗기도 합니다. 뿐 아니라 양편 겨드랑 밑에는 양산을 가지고
있습니다.
　그 양산 가운데 그림이 그려 있는 양산은, 착한 아기 위에 펴 줍니다. 그러면

아기는 밤새 재미나고 좋은 꿈을 수두룩 꾸지만, 또 하나 새까만 양산은 심술궂은 아기 머리맡에 세워 줍니다. 그러면 그 아기는 잠만 쿨쿨 자고, 이튿날 아침에 일어나면, 한(이상 14쪽) 가지 반 가지 꿈도 못 꾸었지오.

이런 얘깁니다. 여러 분은 지난밤에 어느 양산 밑에서 잤습니까? 이야기를 다시 동요로 돌립시다. 그럼 아기의 자는 눈도 예쁘지만, 까만 구슬 같은 동자가 깜빡이는 눈은 더 귀엽습니다. 그러나 아기의 눈이 어떨 때 그 중 예쁩니까? 엄마 젖 먹을 때? 또는 혼자서 가만히 문을 쳐다볼 때? 윤복진 선생님은 나들이 가신 어머니와, 바같에 나가셨다 돌아오시는 아버지 마중 나갈 때, 아기의 눈이 그중 예쁘답니다.

초롱초롱
눈초롱

우리아기
꽃초롱

꽃초롱
꽃초롱

엄마 마중 갈 때
꽃초롱 켜지요.

꽃초롱 켠다는 뜻은 초롱초롱 맑은 아기의 눈이, 더욱 환히 빛난다는 것입니다. 온종일 집을 비어두고 나들이 가셨던 어머니가, 저 멀리 골목을 돌아올 때는, 여러분도 얼굴이 활활 달아오르도록 기뻤던 기억이 있지요? 아기도 역시 눈을 빤작이며 두 팔을 내어 저으며 엄마를 부릅니다. 엄마도 마찬가지로 반가워서 멀리서부터 두 손을 내밀고 오십니다. 그때 아기는 눈에

초롱초롱
꽃초롱

을 켭니다.

초롱초롱
눈초롱

우리애기
별초롱

별초롱
별초롱

아빠 마중 갈 때
별초롱 켜지요.
          (「꽃초롱 별초롱」 윤복진)

◇   ◇

"꽃초롱 별초롱"만 못지않게 귀여운 새양쥐 한 마리를 잡아 옵시다.

새양쥐 새양쥐
왜 안자고 나왔나,
화롯불에 묻은 밤
줄가 하고 나왔지.

새양쥐 새양쥐
왜 저렇게 뿌연가,
밤 한 톨이 탁 튀어
재를 흠빡 뒤썼지.

새양쥐 새양쥐
어따 머리 감았나,
부엌으로 들어 가
뜨물에다 감았지.

새양쥐 새양쥐
밤 새도록 뭐 했나,
자는 아기 얼굴로
살살 기어 다녔지.

새양쥐 새양쥐
왜 또 벌써 나왔나,
세수하나 안 하나
구경하러 나왔지.
　　　(「새양쥐」 윤석중)

아기가 화롯불에 밤을 구어 먹습니다. 고소한 군밤 냄새에 새양쥐가 못 견디는 게지. 반자에 구멍을 뚫고 그 쪼빗한 얼굴을 쏙 내밉니다. 두 눈이 또록합니다. 아기가 왜 안 자고 나왔나? 물으니 새양쥐란 놈 대답이 재미납니다.

화롯불에 묻은 밤
줄가하고

나왔다는 것입니다. 줄가하고… 얼마나 염치없고 그러나 재미나는 말입니까! 그런데 이튿날 아기가 얼굴 씻는 부엌 편 담 구멍에서, 또 그 쪼빗한 얼굴을 쏙 내밉니다. 두 눈이 또록합니다. 아기가 왜 또 벌써 나왔나? 물으니 쥐 대답이 더욱더 재미납니다.

세수하나 안 하나

보러 왔대지. 얼마나 우슷광스러우며, 세수하나 안하나… 재미나는 말입니까!

　　　－ 계속 －　(이상 15쪽)

박영종, "동요 맛보기 4", 『소학생』, 제64호, 조선아동문화협회, 1949년 1-2월 합호.

향긋한 어머니의 젖 냄새처럼 자장가는 그리운 노래입니다. 저녁놀이 하얗게 삭아 가듯이, 우리의 어릴 때 동무의 얼굴이며 놀던 일은 모조리 아름아름하게 잊어 버려도, 엄마나 누나가 어느 해 진 무렵에, 혹은 캄캄한 밤에 가만 가만 하시던 그 자장가만은, 귀에 젖어 언제나 가슴에 맺혀 있습니다. 어린 열매들이 하느님이 주시는 바람이나 햇볕 속에 익어 가듯이, 어린 아기들은 어머니나 누나의 자장가에 자라는지 모릅니다.

> 방울 소리 절렁절렁 우리 아기 깨겠네
> 나귀 모가지에 솔방울을 달아라
> 우리아기 이쁜 아기 잘도자네 자장자장
>
> 삽살개가 콩콩콩콩 우리 아기 깨겠네
> 버들버들 강아지야 네가와서 문봐라
> 우리 아기 이쁜 아기 잘도 자네 자장자장
>
> 뻐꾹시계 뻐꾹뻐꾹 우리 아기 깨겠네
> 해바라기 꽃시계를 앞마당에 심어라
> 우리 아기 이쁜 아기 잘도 자네 자장자장
> (「자장가」 윤석중)

어머니의 일심 정성 조심조심 아기를 재우시지. 담 밖에 지나가는 당나귀의 방울 소리조차 두려워하십니다.
"그놈 당나귀 솔방울을 목에 달고 다니지 않고."
꾸짖지. 허지만 당나귀야 어머님 속을 알 리 있어야지. 신이 나서 그냥 절렁절렁 방울 소리만 흔들며 갑니다. 콩콩 짖는 삽살개도 뻐꾹뻐꾹 우는 뻐꾹시계도, 아기의 잠을 덧들릴까 싶어, 어머니의 애를 태웁니다. 이 자장가에는 숨소리조차 삼가시는 어머니의 모양이 저절로 눈에 떠 옵니다.

> 아가야 착한 아기 잠 잘 자거라
> 초저녁 달을 보고 멍멍 짖다가
> 심심해 바둑이도 잠이 들었다.
>
> 아가야 착한 아기 잠 잘 자거라
> 아무리 불어봐도 소리가 안 나
> 성이나 나팔꽃도 잠이 들었다.

아가야 착한 아기 잠 잘 자거라
모여서 소근소근 채송아들도
입들을 꼭 다물고 잠이 들었다.

아가야 착한 아기 잠 잘 자거라
집 없는 잠자리도 풀잎에 앉아
눈물이 글썽글썽 잠이 들었다.
　　　　　　　(「자장가」 윤석중)

　역시 윤석중 선생의 자장가입니다. 윤석중 선생은 세 살 때 어머님을 여이고 외조모님 손에 자랐다 합니다. 외톨 외손자를 맡아 기르시는 외할머니의 자장가는, 저절로 슬픈 가락이 많았을 것, 그것은 어머니 없는 소년인 윤석중 선생의 가슴속에 깊이 스며 있을 테지. 그래서가 아니라 나는 이 자장가가 어쩐지 슬퍼 뵈어 눈물이 핑 돕니다. 바둑이도 나팔꽃도 채송아도, 그리고 잠자리조차 어딘지 모르게 슬퍼 뵙니다. 마치 웅크리고 새우잠을 자는 어미 없는 아이처럼. 왜 슬퍼 뵐까? 오오라, 초저녁달을 보고 멍멍 짖는 바둑이, 그 바둑이는 동무도 부모도 없는 게지. 그러기에 멍멍 짖어도 짖어도 대답이 없는 달을 쳐다보고 짖다가, 제풀에 흥이 풀려 심심한대로 잠이 드는구나. 나팔꽃도 아무리 성이 난다손 치더라도, 달래 주는 사람이 없는 대로 잠이 들고, 채송아들은 모여서 소곤소곤 얘길 하더라도, 그 얘기조차 슬퍼서 입을 다물고 잡니다.

　집 없는 잠자리도… 집 없는 잠자리라 하니 언뜻 방정환 선생의 동요가 생각되지. 집 없는 잠자리가 수수 마나님을 잡고 사정을 하는 노래가 있읍니다.

　"수숫대 마나님, 하룻밤만 묵어가게 해 주세요. 네."

　그러나 인정사정없는 수수마나님은 속절없이 거절합니다.

　"수수마나님 가을바람이 찬데(이상 36쪽) 잘 곳이 없어 그러니 하룻밤 묵어가게 해 주세요."

　그래도 수수 마나님이 고개를 가로 돌리고 하룻밤 잠자리를 빌려 주지 않습니다. 잠자리는 눈물이 글썽, 어느 썩은 울타리 밑이나 담벼락 위에서 쌀쌀한 바람에 불리우는 채 새우잠이 드는 밖에. 그 잠자리 날개에 부딛치는 바람처럼 슬픈 자장가이지.

> 아기를 자장자장 재우시다가
> 엄마가 잠이 먼저 드셨읍니다.
> 엄마 젖 만지면서 노던 아기도
> 스르르 잠이 그만 들었읍니다.
> (「자장가」 윤석중)

어머니는 온종일 일이 고단하십니다. 그래서 아기를 재우시려고 부르는 자장가에 어머니가 그만 잠이 드십니다. 아기는 눈이 말똥말똥해서 저절로 자장가의 노래 가락이 스르르 맥이 풀려 가는 것을 듣고 있지. 졸음 겨운 엄마의 자장가, 그것도 잊혀지지 않는 그리운 노래입니다.

> 댑 댑 댑사리
> 댑사리는 한 살
> 울 울 울아기
> 울아기는 두 살
>
> 댑 댑 댑사리
> 이슬 먹고 자라고
> 울 울 울아기
> 맘마 먹고 자라고
>
> 댑 댑 댑사리
> 남새밭에 자라고
> 울 울 울아기
> 엄마 품에 자라고
>
> 댑 댑 댑사리
> 하늘만큼 자라고
> 울 울 울아기
> 지붕만큼 자라고

댑 댑 댑사리
댑사리는 한 살
울 울 울아기
울아기는 두 살
　　(「댑댑 댑사리」 윤복진)

　댑사리는 잎이 잘고 다욱한 풀. 그 댑사리 풀처럼 소담한 어머니의 사랑이
어린 노랩니다. 우리 아기는 엄마 맘마 먹고 자라지만, 댑사리는 하늘이 주시
는 이슬 맘마 먹고 자라납니다. 참으로 어머니는 하늘 같으신 분이지. 넓고
아득하고 크고 아름다운 저 하늘… 밤이면 자욱하게 이슬이 내려, 어린 풀들
을 기르는 하늘의 은혜는 헤아릴 바 없지. 그 하늘이 만물에 큰 은혜를 베프시
듯, 그처럼 아득한 어머니의 은혜… 어머니는 하늘 같으신 분입니다.

　댑 댑 댑사리는
　하늘만큼 자라고
　울 울 울아기는
　지붕만큼 자라고

　얼마나 어머니의 사랑이 가늘게 빈틈없이 짜인 노래입니까! 그냥 어머니의
따스한 소원이 소복합니다. 우리 아기는 더도 덜도 말고, 지붕만큼 자라나거
라 어머니는 빕니다. 하얀 짚으로 이어서 처마가 두툼한 그 낮윽한 초지붕,
아무리 낮더라도 사람이 그만큼 크기에는 아득한 것이지. 그 두툼한 초지붕
위는 하느님의(이상 37쪽) 차지. 그 초지붕 아래는 어머니의 따스한 사랑이 은은
히 어려 있는 어머니의 차지. 그러니 우리 아기는 초지붕만큼 자라나거라
하시지.

　　　　　　×　　　　　　　　×

자거라 자거라 우리 아가야
눈 감고 꿈나라 어서 가놀자
엄마는 실버들 너는 꾀꼴새
춤 추며 노래로 즐겁게 놀자.

자거라 자거라 우리 아가야
눈 감고 꿈나라 어서 가놀자
엄마는 이슬비 너는 진달래
구름 속 선녀들 손벽 친단다.
                    (「자장가」 최수복)

엄마는 실버들 너는 꾀꼴새가, 얼른 보아 낡은 표현 같으면서 도리어 생각
하면 역시 좋은 대목이지. 강물에 스치도록 실실이 늘어진 초록이 짙은 실버
들 나무, 그것은 어머니의 깊고 따스한 사랑이시지. 그 깊은 어머니의 사랑
속으로 날아드는 노란 꾀꼴새는 곧 우리 아기지. 엄마는 가랑비, 아기는 진달
래라는 곳이 더 재미나는 표현입니다. 진달래꽃 가지 위로 묻어 오는 아득한
가랑빗발, 그 간질간질하며, 살픈살픈 날아오는 헤아릴 수 없는 많은 가랑빗
발처럼 아득한 어머니의 사랑, 그 사랑이 가랑빗발처럼 묻어오는 속에, 가랑
비에 젖는 진달래처럼 해쪽해쪽 웃고 있는 아기. 얼마나 어머니의 사랑이
가득한 자장가입니까!

해바라기 그림자 울 너머 가고
초저녁별 영창에 졸고 앉았네

자장자장 자장자장 우리 아가야
자장자장 자장자장 잠 잘 자거라

하늘나라 아가가 무지개 타고
오색 실에 비단꿈 꿰어서 온다
자장자장 자장자장 우리 아가야
자장자장 자장자장 잠 잘 자거라
                    (「자장가」 윤복진)

×   ×

길고 더운 여름 해도 기울고 해바라기의 그림자가 울 너머 갔습니다. 그런
너그러운 해질 무렵에, 초저녁 별(초저녁이란 말도 예쁘지) 그 때록때록한
초록별이 영창 너머로 눈을 뜹니다. 아기가 자나 어쩌나 넘볼려는 게지. 그림

아기는 가만히 눈 가운데 감아 두었던 파란 실꾸리의 실을 풀어 별에게 보냅니다. 그 한 끝이 별에 다으면 별에서도 파란 실이 풀려 옵니다. 그 색실을 타고 졸음과 꿈과 선녀가 오는 것이지. 그래서 아기는 가만한 꿈나라로 건너갑니다.

> 자장자장 자장나라
> 파랑새도요
> 코록코록 녹두 밭에
> 한잠 자는데
> 또록 눈 꼬옥 감고
> 한잠 자는데
> 자장자장 자장자장
> 포옥 자거라
>
> 자장자장 자장나라
> 파랑새도요
> 코록코록 녹두 밭에
> 벌써 잤는데
> 또록 눈 꼬옥 감고
> 벌써 잤는데
> 자장자장 자장자장
> 포옥 자거라
> 　　　(「자장가」 박영종)

이 자장가는 내가 지은 것입니다. 파랑새 녹두밭이 나오지 않습니까. 그 파랑새와 녹두밭은

> 새야새야 파랑새야
> 녹두낚에 앉지마라
> 녹두꽃이 얽어지면
> 청포장수 울고간다.
> 　　　(옛날 노래)

이 옛날 동요에서 얻은 것입니다. 파랑새와 녹두밭은 무슨 깊은 인연을 옛날옛날 처음으로 하느님이 파랑새를 만드시는 그 날부터 가진상 싶습니다.

그러고 이 자장가 첫 절과 둘째 절은 "한잠"과 "벌써" 이 두 마디만 바꾸었읍니다. 그러면서 크게 그 뜻을 달리했지, 자세히 살펴봅시다.

쥐암쥐암 잘 자는
우리 아기는
바람에도 꿈에도
졸음 온다오.

자장자장 잘자는
소록잠은
흰 나비가 한 오리
물어 온다오.

오름오름 잘 자는
우리 아기는
눈섭에도 귀에도
졸음 맺어요. (이상 38쪽)

자장자장 잘 자는
소록잠은
은 별님이 한 오리
보내신다오.
　　　(「자장가」 박영종)

지면(紙面)이 없어 설명은 빼고,

토끼 귀 소록소록
잠이 들고
엄마 토끼 소오록
잠이 들고
애기 토끼 꼬오박

잠이 들지요.
　　　(「토끼의 잠」 박영종)

　엄마토끼가 아기토끼를 재웁니다. 엄마토끼는 오늘 낮에 도토리를 줍네,
물을 길어 나르시네, 여간 고단하시지 않지. 그래서 아기를 재우신다면서
도리어 자기가 먼첨 잠이 드셨읍니다. 잠 오는 데는 세 가지가 있읍니다.
소록소록, 소오록, 꼬박이지. 왜 소록 소록이냐 하면, 토끼의 그 긴 귀 끝까지
졸음이 올려면 상당한 더딘 시간이 걸리게 되지. 허니 소록 소록 소록………
이렇게 한참 동안 잠이 오게 됩니다. 허지만 엄마토끼는 자기도 모르게 그만
소오록, 이렇게 잠이 옵니다. 그러고 아기토끼는 두 눈이 초롱초롱하니 놀다
가 잠이 들려면, 금시에 꼬박, 한꺼번에 답삭 들어 버리니 꼬박이지. ─계속
─ (이상 39쪽)

**박영종, "동요 맛보기 5", 『소학생』, 제65호, 조선아동문화협회,
1949년 3월호.**

이달은 어머니를 읊은 노래를 모아 봅시다.
어머니는 참으로 살아 계시는 하느님이신지 모릅니다. 아무 말도 하지 않
아도 우리의 마음을 다 아시는 분, 어머님이시지.

　어머니 가슴은
　잠 드는 가슴
　얼굴만 묻으면
　잠이 오지요.

　어머니 가슴은
　꿈 나는 가슴
　머리만 대며는
　꿈이 오지요.

어머니 가슴은 비단 솜 가슴
고단해 누우면
포근합니다.
　　　(「어머니 가슴」 박을송)

아무리 괴로운 일이 있더라도 얼굴만 묻으면, 그 괴롭고 답답한 마음이
다 사라지고, 고만 새근새근 잠이 드는 가슴, 어머니 가슴입니다.

얼굴만 묻으면
잠이 오지요

얼마나 큰 평화(平和)가 깃드린 곳입니까!
어머니의 가슴은 우리들을 잠재워 주는 곳만 아닙니다.

어머니 가슴은
꿈 나는 가슴

다시 우리에게 꿈을 주는 곳입니다. 우리가 지쳐서 그곳에서 쉬며, 쉬는
동안에 꿈을 얻어 갑니다. 꿈을 얻는 것은 용기를 얻는다는 뜻이지. 그러고,
다시

고단해 누우면
포근합니다.

또 일을 하다가, 피곤하면 얼마든지 우리의 마음이 편안히 쉴 수 있는 곳,
그곳이 어머니 가슴입니다.
끝없는 평화와 한량없는 꿈(용기)과, 그러고 편안을…… 그러니 세상의
행복을 다 품으신 어머니 가슴이시지.

보고 보고 또 봐도
보고 싶은 건
얽었다고 흉 보는
울엄마 얼굴

듣고 듣고 들어도
듣고 싶은 건
언제 언제 언제나
엄마 목소리
　　(「엄마」 최수복)

그 아기 어머니는 어릴 때 마마를 해서 알슴알슴 얽으시었지.
그래서 아이들이

"곰보딱지
곰보딱지"

하고 놀리었다오. 아무리 놀리어도 그 아기는 "나는 우리 어머니가 제일 좋더
라." 하는 것입니다.
　그러나 나는 이 노래를 오래전에 한 번 보아 대번에 외어 버리고, 잊어지지
않는 것은 첫 절입니다.

보고 보고 또 봐도
보고 싶은 건

　군색스럽게 얽었다고 흥보는 어머니의 얼굴이 아니라, 그냥 어머니의 얼굴
입니다. 어머니의 얼굴은 마치 달님과 같아서, 보고 나도 또 쳐다보고 싶은
것입니다. 우리가 멀리 어머니 곁을 떠나 여행을 하거나, 공부를 하느라 떠나
있게 되면, 어쩐지 늘 생각되는 이 노래입니다.

듣고 듣고 들어도
듣고 싶은 건

　언제 언제 언제나 엄마 목소리는 노래로서는 좀 어색할지 모릅니다. 어머
니의 얼굴이나 목소리는 마치 공기와 같아서, 늘 옆에 있으면 보고 싶지도
듣고 싶지도 않습니다. 그냥 무언지 모르게 든든하고 따뜻할 뿐입니다. 그러
나 한 번 어머니 곁을 떠나 보면, 이 노래가 늘 머리에서 떠나지를(이상 30쪽)

않습니다.

이처럼 큰 어머니의 사랑 안에 우리는 자랍니다. 우리가 어디 있으나 어머니의 목소리며 웃음이며, 우리를 늘 살피시는 그 어지신 눈 가운데 우리는 자라고 있지.

　　누구 키가 더 큰가
　　어디 한 번 대보자

　　발을 들면 안된다
　　올라 서면 안된다

　　똑 같구나 똑 같애
　　내일 다시 대보자
　　　　(「키대보기」 윤석중)

　동무하고 키대보기 시합을 걸었읍니다.

　동무라는 것이 바로 뒷집 똘똘입니다. 아기와는 같은 일곱 살의 동갑네이지. 그래서 심부름이라도 가는 누나를 일부러 불러 세워 놓고,

　"자아 내 키가 더 크지? 봐 줘."라고 뽐냅니다. 그러면 누나는 방긋 웃고

　"둘이 꼬옥 같구나."

하지. 사실은 뒷집 똘똘이가 좀 작은지 모릅니다. 그러면 아기는

　"어디, 내일 보자."

합니다. 속으로 오늘 저녁에는 똘똘이보다 밥을 더 많이 먹고, 오늘 밤에 이만큼 크리라 생각하는 것입니다. 그래서, 그날 밤에는 좀 더 맛있게 밥을 먹고 어머니 품속에서 자는 것입니다.

　그냥 어머니의 사랑 속에 온 몸과 마음을 처억 맡기고 편안(이상 31쪽) 그것처럼 자는 것입니다.

　　엄마가 이쪽을
　　보고 자면
　　아기도 이쪽을
　　보고 자고

엄마가 저쪽을
보고 자면
아기도 저쪽을
보고 자고

엄마가 자리에
없으며는
베개만 옆에다
놓고 자고
　　（「아기 잠」윤석중)

　아기는 마치 햇님을 따라 도는 해바라기 꽃과 같지. 만일 엄마가 햇님이시
라면, 어머니가 이쪽을 보고 자면 아기도 용하게도 살그머니 이쪽으로 돌아
눕고, 엄마가 저쪽을 보고 자면, 아기도 어느 결에 살그머니 돌아눕습니다.
　어머니에게는, 자고 있는 아기라도 자기 옆으로 돌아눕도록 하는 무슨 힘
이 있을까?
　향긋한 젖 냄새!
　꿈에서도 듣는 따듯한 목소리!
　참으로 무언지 모르게, 어머니는 그냥 따듯하고 든든하고 그러고 우리를
조용히 안아 주시는 편안함이 있는 것입니다.

　"여보오 미나리 장수!
　여보오 쑥갓 장수!"
　　엄마가 엄마가 장수 부르는 소리
　　그 소리두 듣기 좋구요

　"귀남아아! 귀분아아!
　어여 들와 맘마 먹어라!"
　　엄마가 엄마가 우리 부르는 소리
　　그 소리두 듣기 좋구요

　"젖 잘 먹고 말 잘 듣고
　잘도 자네 자장자장"

엄마가 엄마가 애기 재는 소리
그 소리두 듣기 좋구요
(「엄마 목소리」 윤석중)

세상에서 아무리 듣기 좋은 노래가 있다 하더라도, 어머니의 목소리만큼
정다운 것은 없읍니다.
어머니가 부르실 때는 내 이름은 한결 부드럽고 정다워집니다.
어머니가 부르시기 때문에 좀 더 우리의 이름이 귀한 것이 되는지 모릅
니다.
"귀남아아."
멀리 들 가에서, 또는 골목 안에서, 안방에서 건넌방으로, 혹은 부엌에서
어머니의 목소리가 들릴 때마다, 우리의 가슴은 저절로 더워 오는 것입니다.
(계속) (이상 32쪽)

박영종, "동요 맛보기 6", 『소학생』, 제66호, 조선아동문화협회, 1949년 4월호.

이달은 여러분의 작품을 살펴보기로 합시다. 『소학생』에도 다달이 오백
편이 넘는 여러분의 동요가 들어옵니다. 그중에서 잘된 것은 그대로 『소학
생』에 실려 드리는데, 추리고 남은 것 가운데 몇 편, 어째서 잘못되었나 생각
해 보기로 합시다.
먼저, 참된 느낌을 노래하지 않은 것,

봉실봉실 꽃밭에 꽃이피고요.
휘늘어진 수양버들 고개를 들제
차고 매운 겨울바람 보찜 지고서
북쪽나라 멀리멀리 가버린대요.
(봉래 국민 학교 강진희)

얼른 읽고 나면 그럴 듯합니다. 그러나 자세히 살펴보면 이상한 곳이 있읍니다. 첫째, "차고 매운 겨울 바람 보찜을 지고"는 참으로 자기가 절실히 느낀 것이 아니고, 그러려니 하고 머리로 생각한 것입니다. 바람이 어떻게 보찜을 지고 가는 것입니까. 둘째, "봉실봉실 꽃밭에 꽃이 피고요, 휘늘어진 수양버들 고개를 들제"도 멋있게 지은 듯한 노래입니다. 봄이면 으례히 봉실봉실 꽃이 피는 것쯤, 누구나 다 아는 것이며, 더욱 버들이 가지가지 늘어지는 것이야 말할 나위도 없읍니다. 금덩어리가 흙보다 소중하다는 것은, 금덩어리는 흙보다 구하기가 어렵기 때문입니다. 동요도 꼬옥 마찬가지입니다. 동요가 귀한 것은 지은 사람만이 느낀 것, 그것이 귀합니다. 누구나 다 으례히 생각하는 것이야, 종이에 적을 무슨 까닭이 있읍니까. 그럼 아무도 못 느낀 것은 자기만 생각했으면 다 좋은 동요냐고 물으실 테지.

그런 것도 아니지요.

꿀꿀꿀꿀 돼지는 뚱뚱보라오
밥찌꺼기 흙물에 말아먹어도
돼지는 꿀꿀꿀 뚱뚱보라오
　　(성동국민학교　김경)

찌꺼기 밥을 먹어도 돼지는 살만 푸둥푸둥 찐다는 것입니다. 꽤 재미있게 보았는 것뿐, 읽는 사람에게 아무런 즐거움도 아름다움도 느껴지지를 않읍니다. 그냥 그런가부다 생각할 뿐입니다. 생각는 것뿐이라면 아무 것도 아닙니다. 사실 이 노래는 아무 것도 아닙니다. 이것이 제일 큰 문제입니다. 무엇이 있어야 합니다. 무엇이라는 것은 뭐냐?

교실에 모이면
조로롱 조로롱 재밌다
우리 동무 재밌다
조로롱 조로롱 배우자.

이 노래에는 무엇이 있읍니다. 여러 번 읽어 보세요.
조로롱 조로롱 재밌다.

혹은

조로롱 조로롱 배우자.

의 조로롱 조로롱은, 아무런 뜻도 없으면서 여러분 마음속에 무언지 모르게 즐거움을, 또는 가벼운 기분을 자아냅니다.

그것입니다. 그것은 조로롱 조로롱의 말이 가진 비밀입니다.

말이 가볍고 경쾌해서, 여러분 가슴속에 어려 있는 가벼운 마음을 방울 흔들 듯 흔드는 비밀을 가졌읍니다.

이야기가 너무 어려워졌읍니다.

어떠하던 무엇이라 해서 꼭 뜻(이상 40쪽)만 말하는 것이 아닙니다.

뜻이기보다 그 동요가 얼마나 분위기나 기분을 잘 나타내었나가 더 큰 내용이 됩니다. 가령,

작년 봄 일찌기
다녀서 가신,
바늘장수 할머니는
왜 안오실까,

벽에다 이리 저리
그어 두고 간
바늘값 그림은
검정지는데
　　　(「작년 봄」 신고송)

이 노래에서는 바늘장수 할머니 바늘 값 그림이 검정이 지는 것을 걱정하는 것보다, 산골짜기 아기들의 외롭고 심심한 마음이 더 절실히 나타났읍니다.

눈 나라 눈 손님이 내려 왔다네
우리들은 환영하러 나갑시다.
눈 손님이 하얀 선물 가져왔다네
하얀 선물 받으러 어서 갑시다.
　　　(청운국민학교　홍종만)

이 동요 역시 약간의 거짓이 섞였습니다. 참으로 여러분은 눈송이가 펑펑 오는 것을 보고, 하얀 선물 가져 왔다 해서 그것 받으러 밖으로 뛰어 나갑니까? 거짓이겠지요.

눈이 펑펑 쏟아지면 무언지 모르게 기뻐서 그냥 밖으로 뛰어갑니다. 그러고는,

> 받아 먹자
> 아아아
>
> 눈 송이를
> 받아 먹자
> 아아아

하며 토끼처럼 달릴 것입니다. 그럼 어떤 것이 참된 것이냐.

> 유리창이
> 빛나네
> 고기 비늘처럼
> 빛나네
> (하서국민학교 김도일)

이것입니다. 하서가 어딘지는 모르나 아마 바다 가까운 국민학교이겠읍니다. 아침햇살에 학교 유리창이 반짝반짝 빛납니다. 얼른 보니 고기들의 비늘처럼 빛나는 것 같았읍니다. 일부러 꾸미려 들지 않았읍니다. 눈에 보일 때, 금방 느끼는 것(直感) 그것을 얼른 잡아야 합니다.

> 나무 잎 뒤에
> 이슬이
> 숨었구나
> (대촌국민학교 박용필)

밤사이 온 이슬이, 아침 해가 솟자 어디로인지 달아나고 말았읍니다. 아기가 가만가만 뒤져보니, 나무 잎사귀 뒤에 대롱 숨어 있더라는 것입니다. 이런

사생(寫生)을 하듯, 적어 보는 것은, 여러분으로써 가장 쉽고 바른 동요의 길이겠읍니다. 그러다가 좀 더 익숙하면,

　촉 나거라
　분꽃 씨

　하룻밤 자고
　하룻밤 자고

　촉나거라
　분꽃 씨
　　　（대구칠성국민학교　아동 작품）

여러분의 조그만 소원을 노래해도 좋습니다.
꿈을,
그리움을,
안타까움을,
노래하기 전에 붓대를 꼿꼿히 잡고, 눈앞에 보이는 것을 사생부터 합시다.

　꽃 잎 위에
　꽃이 싸였네.

　도란 도란
　애기하는 형제처럼
　　　◇　　◇
　기차가
　지내갔다.

　연기만 남았다.
　한참 혼자서 놀다가
　스르르 사라졌다.
　　　　　　　　　　　　　　　－ 계속 － (이상 41쪽)

박영종, "동요 맛보기 7─프랑쓰의 어린이", 『소학생』, 제67호,
조선아동문화협회, 1949년 5월호.

이달에는 하얀 배를 한 척 가져 왔지. 여러분을 태워서 세계를 한 바퀴
돌려는 생각입니다.
배에는 빨간 동요의 기빨을 달고 새하얀 돛을 높이 올렸지…….

　　내 귀는 조개껍질
　　바닷물 소리만 그리워 한다.
　　　　　(쟝 곡토오)

초록 물결이 하얗게 부숴지며 밀려오는 고향 바다… 그 잔잔한 물결 소리는
고향을 멀리 떠난 아기의 보얀 귓속에 잠겨서 떠나지 않습니다.
그러고 보니, 정말 우리 귀도 조개껍질을 닮았읍니다. 오오라,
그래서 누구나 바다에만 가고 싶은가보지.

　　불 난 것은
　　활짝 펼친 공작의 꼬리 위에
　　피어난 한송이 장미꽃.
　　　　　(맑스 쟈콥)

불이 났읍니다. 불꽃이란, 밤에 보아도 아름다운 것이지만, 보다 햇볕이
쨍쨍한 대낮에 훌훌 맑앟게 타오르는 불꽃은 하늘까지 닿은 보석기둥을 보는
듯 황홀하지. 그러나 이 노래에서는 그리 큰 불은 아닌상 싶습니다. 먼 거리에
불이 나서, 꽃불이 장미꽃처럼 앞서 지붕 너머로 보이는 것입니다. 불꽃이
솟아오르기 때문에 오롯이 하늘에 어려, 검은 밤하늘에 그곳에만 달이 떠오
르듯이, 반원(半圓)으로 휜합니다. 마치 공작새가 그 아름다운 꼬리를 부챗
살 펴듯, 활짝 펼치는 것 같이.

　　그네를 뛰어라.

하늘 높이 올라라,
이보다 재밌는 일 또 있으랴,
아득히 멀리 뛰어 오르면,
큰길도 모두다, 집도 모두다,
흔들흔들 몸짓하누나.

뜰 위에서 아득히,
뛰어 오른다, 날아 오른다.
보이네 호수도 숲도 모두다,
전과는 온통 달라뵈네.

발끝이 오르네 하늘 끝까지,
하늘에 닿은 듯 이내 내려진다.
깊이 내려올땐 조마조마 무섭다.

나무들이 나란히 허리 굽혀 절하네.
다시 공중 높이 뛰어오르면,
하늘도 곧장 가까워온다.
이내 내려올땐 조마조마 무섭다.
나무잎새 위에서 하늘은 더 푸르네.
(리히얄드 데멜)

넓은 뜰, 푸른 숲, 나뭇가지에 두 가닥 그넷줄을 달아두고 아기는 그네뛰기를 하지. 그냥 땅 위에서는 보지 못하는 다른 세계가 또 보이는지 모르지. 아기가 그넷줄을 잡고 뛰어오를 때마다 나뭇잎 새에서 푸른 물결처럼 찰랑이는 하늘과 비실비실 흔들리는 큰길과 집들… 동화에 나오는 "이상한 나라"의 세계 같지. 여러분만이 꿈꿀 수 있는 이런 "이상한 나라"는 그네만 뛸 때 느끼는 것이 아니라, 높은 나무에 기어오를 때도 역시 마찬가지. 영국의 노래에도,

저기 섰는 벗나무 위에 높이,
누가 오르랴, 조그만 나 아니면.

두 팔로 나무를 꼭 껴안고
머나 먼 딴세상 내어다보네.

꽃으로 꾸며진 이웃집의
뜰이 보이네, 바로 눈 앞에

생전 두고 보지 못한
재미스러운 곳 모두 보이네.

술술 흐르는 푸른 강물은
하늘이 어려서 맑고 깊으고,

먼지일며 구비구비 벋은길에
오가는 사람들이 모두보이네.

더 높은 나무가 있기만하면
더 멀리 더멀리 내다뵈련만……

저의 갈길 다 간 넓은 강물이
배 띠운 바다로 모여 드는 곳.

신선사는 나라로 접어드는
길이 좌우로 나누인 곳이며,

아이들이 다섯점에 밥을 먹고
장난감이 모조리 살아 노는 곳. (이상 47쪽)
(스티븐슨)

여러분 「짜크와 콩나무」의 이야기를 아십니까? 콩나뭇가지를 타고 하늘에 올라가서 금달걀을 낳을 암탉을 훔쳐오는 소년의 이야기 참말 하늘까지 자랄 수 있는 나무가 있다면 여러분도 저 푸른 하늘 끝까지 올라가 보지 않겠읍니까. 그런 아름다운 꿈은 얼굴이 노오랗고 눈알이 까만 우리 동무들이나, 살결이 새까맣고 잇발만 하얀 아프리카의 니그로의 아기들이나, 그렇지 않으면 살결이 희고 눈알이 파아란 서양아이들이나 매일반이지.

이런 꿈이란 아기만이 가지는 그중 아름답고 귀한 마음의 향기입니다.

엇 둘 셋
숲에 가자

넷, 다섯, 여섯,
벗열매 따자.

일곱, 여덟, 아홉
새 광주리에 담자.

열, 열에하나, 열에둘
소복소복 담자.
　　　(「셈」 프랑쓰 동요)

이런 노래를 읽어보면, 여러분도 이내 프랑쓰 아이들과 동무가 될 것 같은
생각이 들지요.

아가야 소롯이 햇님이 졌다.
우리집 담밖에 햇님이 졌다.
달님이 떠오르면 착한 아기는
보채잖고 깊이 잠잘 잔대요.

아가야 양떼들 돌아오네.
초집으로 울며 돌아오네.
파랑눈 꼬옥감고 착한 아기는
언제나 깊이 잠잘 잔대요.

아가야 착한 아기 꾸는 꿈은
강 기슭에서 피어난 각씨풀꽃.
가지 속에 지저귀는 귀여운 새
꿈을 꾸며 깊이 잠 잘잔대요.

아가야 편안히 잠잘 자거라.
무서운 꿈이 와서 덤빌때는

아기를 지키시는 하느님을
가만히 생각하며 잠잘 자거라.
（「저녁」 프랑쓰 동요）

프랑쓰의 어머님들이, 눈이 파아란 아기들을 재우시는 노래입니다. 마치
여러분의 머리맡에서 부르시는 어머님의 자장가와 조금도 다름없읍니다. 그
냥 인자하신 마음이 물 고이 듯한 서늘한 어머님의 눈, 그 눈이 여러분 가까이
느껴지지 않습니까? 그럼 프랑쓰 아이들은 제 어머니들을 어떻게 노래했을
까요?

이름 가운데 그중 좋은 이름,
그 이름은 어머님의 이름입니다.
마음 가운데 그중 착한 마음
그 마음은 어머님의 마음입니다.
눈매 가운데 그중 예쁜 눈매는,
어머님이 아기를 건너보시는 눈매.

아무리 좋은 이름이 있대두,
그처럼은 부드럽게 들려지지 않아요.
아무리 착한 마음이 있대두
그처럼은 어질게 쓰일 수 없어요.
아무리 아름다운 눈매가 있대두,
빛과 열과, 밝음과,
아름다움이 찰랑찰랑 고인
어머님의 눈매가 제일이예(이상 48쪽)요
（「어머니」 드 · 라 · 그라스리）

끝으로 프랑쓰 노래 한 편만 더.

─비비새가 둥지를 쨌대요.
─참말?
　참말?
　참말이거던 보여라.

－비비새가 둥지를 쟀대요.
　　－비비새가 마른가지를 물고 갔어요.
　　－참말 보았니?
　　－그리고 샘가에 가서
　　　비비새는 물을 먹음어 갔어요.
　　－참말 보았니?
　　－비비새가 둥지를 쟀대요.
　　－참말?
　　　참말?
　　　참말 네 눈으로 보았니?
　　－비비새가 둥지를 감췄어요.
　　　나뭇가지 속에 감추었어요.
　　　앉아서 치 안 보면 뵈잖지.
　　　나무잎새 그늘에,
　　　보고 싶거던 앉아보지.
　　　비비새가 기다린다.
　　　조용히 앉아서 알 까기를 기다린다.
　　　암새가 일어났다.
　　　살며시 일어났다.
　　－비비새가 둥지를 쟀다.
　　－참말?
　　　참말?
　　　참말 네 눈으로 보았니?
　　　(비비새 둥지 속에
　　　아기 비비새 나왔네)
　　　　　(「비비새」 아・샤봔느)

　비비새가 알을 까려고, 나뭇가지 속에 둥지를 지었읍니다. 한 아기가 보고
"얘, 비비새 둥지 난 봤다."
하며 다른 아이에게는 가르쳐 주지를 않습니다. 행여 심술궂은 동무들이 흝
어 버릴까 염려가 되어서 그런 게지요. 그러나 하루아침에 보니, 그 둥지
속에 아기비비새가 노란 주둥이를 쏙 내미는 것입니다. 여러분의 놀음놀이와
생각과 얼마나 닮았읍니까. － 계속 － (이상 49쪽)

박영종, "동요 맛보기 8―수수께끼 동요", 『소학생』, 제68호,
조선아동문화협회, 1949년 6월호.

이달은 먼 나라 수수께끼 동요부터 보여드리겠읍니다.

초록, 조그만 집이 있고,
초록, 조그만 그 집 안에는
고동색 조그만 집이 있고,
고동색 조그만 그 집 안에는
노랑이 조그만 집이 있고,
노랑이 조그만 그 집 안에는
하얀 조그만 집이 있고,
하얀 조그만 그 집 안에는
조그마한 마음이 붙어 있대요.
(영국 수수께끼)

무엇인지 아시겠읍니까?

밤(栗)입니다. 가시가 숭글숭글 돋힌 초록 껍질을 벗기고 나면, 알밤(날밤
이라고도 하지요)이 쑥 나옵니다. 알밤은 고동색 껍질을 가졌지요. 그 알밤
껍질을 벗기고 나면, 다시 노란 속껍질, 속껍질을 까고 나면 그제야 하얀
밤, 그 하얀 밤 가운데 있는 조그마한 마음이란 또 무엇일까요?

싹이지요. 연하고 예쁜 싹입니다.

그럼 싹을 왜 마음이라 했을까요?

그것이 재미나는 대목입니다.

싹은, 이내 자라나서 다시 밤나무가 되려는, 갸륵한 뜻을 가만히 품고 있지
요. 갸륵한 뜻을 품은 것 ― 마음이지.

하나만 더.

우유처럼 하얀 대리석 벽 안에
부드러운 비단 안을 받고,

수정처럼 맑안 샘 가운덴
황금 능금 동동 한개 떠있다.
이 성안에는 문이 없는데
그런데 도둑이 황금 능금을
도둑질하여 간다.
(영국 수수께끼)

달걀이예요.

달걀의 노란자위를 황금 능금이라 했습니다. 얼마나 아름답고, 마음이 아
찔아찔해지는 황홀한 생각입니까. 참으로, 달걀을 집어서 햇볕에 들고 보면,
노란자위는 그냥 불붙는 꽃심지처럼 아름답습니다.

윤석중 선생님의 수수께끼 동요가 재미나는 것이 많습니다.

한 애가 눈 위로
뛰어 갔는데,
양쪽 발자국이
다 나지 않고
한쪽만 났으니
웬일인가요.

왜 그럴까? 윤석중 선생이 이내 대답을 달아 두었습니다. 왜 그런고 하니,

(한발을 쳐들고
깡충깡충,
앙감질로 갔으니까
그렇지요.)

아주 쉽지요. 앙감질로 갔으니 으례히 발자국이 한쪽만 났을 테지요. 윤
선생이 여러분을 한차례 놀려먹은 셈입니다.

뿔은 있지만
받지를 못하고,

다리는 있지만,
걷지를 못하고,

지팡이는 있지만
짚고 다니지를 못하고 —

그게 머까.

다리는 있지마는 걷지를 못하고, 지팡이를 가졌지마는 짚고 다니지를 못하
는 그것이 무엇일까요…….

지게.

어느 게 더 무거울까? 바위하고, 서름하고,
어느 게 더 짧을까? 오늘하고 내일하고.

어느 게 더 쉽게 질까? 봄눈하고 청춘하고.
어느 게 더 깊을까? 바다하(이상 37쪽)고 진리하고.
(「무엇」 로젯티)

여러분도 꼬옥 같은 물음을 마음에 가져 봅시다.
어느 게 더 무거울까? 무엇하고 무엇하고. 무엇에다 자기 생각에 맞는 이름
을 찾아내면 됩니다.
어느 게 더 무거운가?
어느 게 더 가벼운가?
어느 게 더 고운가?
어느 게 더 예쁜가?
얼마든지 묻고 대답할 수 있읍니다. 이렇게 자기 스스로 묻고 대답함으로,
자기의 뜻을 가추리는 힘을 얻게 되는 것입니다.

종달새야 높은데 나는 종달새야,

너는 그래 싫지 않니?
저 아득한 하늘에 다달을 때면,
구름이 무서워 뵈지 않니?
어떤 때는 너도 저 바다 속에
말없는 금붕어가 되고 싶지 않니?

금붕어야 깊은데 숨은 금붕어야,
너는 서러운 일이 아주 없니?
찬물결이 네 몸에 와 닿을 때
네 마음은 참으로 즐거우냐?
어떤 때는 너도 저 높이 나는
종달새가 되어 노래하고 싶지 않니?
          (「종달새와 금붕어」 알마 타데마)

푸른 하늘 높이 떠서, 노래만 하는 종달새, 그 종달새도 간혹 물속에서 헤엄만 치는 금붕어가 되고 싶을 것입니다. 그래서 파란 풀잎 그늘에서 말없이 조용히 쉬고 싶을 테지요.

또 금붕어도… 간혹은 하늘 높이 떠올라 지저귀고도 싶을 테지요.

이런 동정하는 마음이란 곧 여러분의 가슴을 따뜻하게 합니다.

"코끼리야 코끼리야 참으로 살아있는 코끼리야, 어째 너는 고개만 쉴틈 없이 흔들고 있느냐?

— 그건 별 게 아니라, 다른 일이 아니라, 언제나 생각해 보아도 알 수 없는 일이었다오……

— 저리 조그마한 사람들이 나를 어떻게 쥐와 같이, 이 창살 속에 가뒀는지 도무지 모를 일이야…

— 아아 하루 온종일 참말 싫증나는 일이다. 차라리 큰 나무 통이라도 끌게 해 주었으면 좋을 것을 …

코끼리야 코끼리야 그렇게 고개만 흔들지 말고, 얼른 그 긴 코를 이리로 내밀어 보아라….

나는 비단으로 만든 코끼리를, 너를 주려 가져왔다.
이것은 조그만 코끼리지만 참 어여쁘잖니. 자아 갖고 싶으냐!

이 아기를 돌봐주고, 씻겨주고, 핥아도 주고 하느라면, 너는 고개를 흔들지 않고
도 지낼 것 아니냐?"

(「코끼리」싸아샤 · 초오르누이)

동물원 창살 안에 코끼리가 갇혀 있읍니다. 그 뚱뚱한 몸집을 하고, 하는
일이 없으니 늘 고개만 흔들지요. 창살 앞에는 아기가 두 손으로 창살을 잡은
채 생각합니다.
"얼마나 심심하기에 고개만 흔들까?"
그래서 비로오드 비단으로 만든 조그만 노리개 코끼리를 가져다 넣어줍
니다.
"이건 노리개지만 참말 아기냥 생각하고, 이 아기를 씻겨주고 핥아주고 하
느라고, 심심하지는 않을 테지."
하고 생각하며.
코끼리는 그 뚱뚱한 몸보다는 아주 귀엽고 적은 눈을 떠서, 고맙다는 인사
라도 했는지 모르지요. 초오르누이의 『아기들의 섬』이란 동요집에는, 재미나
는 것이 많습니다. 그중에 하나만 더.

푸른 전나무야 전나무야 넌 어디서 자라났니?
— 먼 수풀 기슭, 조용한 흙에서 자랐지.

푸른 전나무야 전나무야, 넌 어떻게 지내왔니? (이상 38쪽)
— 여름은 퍼렇게. 겨울 동안은 잠만 잤지.

푸른 전나무야 전나무야. 누가 널 비어놓았니?
— 작은 빤필 할아범이 비었지.

푸른 전나무야 전나무야. 그 할아범은 지금 당장 어디 계시니?
— 지금 집에서 담배를 피어물고 물끄럼이 창밖을 내다보고 있지.

푸른 전나무야 전나무야. 그 할아범은 왜 물끄럼이 왜 물끄럼이 창밖만 내다 볼까?
— 혼자 사니 그렇지.

푸른 전나무야 전나무야. 그 할아범 집은 어디있니?
— 동네란 동네마다, 구석이란 구석마다 다 있지.

푸른 전나무야 전나무야. 그 이름은 뭐라했지?
— 난 몰라. 집에가서 할머니께 물어보면 알지.
(「크리쓰마쓰의 노래」 초오르누이)

나무를 보고,
"푸른 전나무야"
이렇게 불러보는 그 부드러운 마음의 목소리가 귀에 창창하게 들리지요.
—끝—

여러 달 동안 『소학생』 독자를 위하여 박영종 선생님이 써 주시던 「동요 맛보기」는 이것으로써 일단 끝을 맺기로 되었읍니다. 동요란 얼마나 아름답고 보드럽고 재미있는 것입니까. (편집부) (이상 39쪽)

崔秉和, "世界童話硏究", 『조선교육』, 제2권 제6호, 1948년 10월호.[190]

序論　童話 文學의 敎育 價値

兒童의 精神的 糧食인 童話는 오래전부터 敎育上에 應用되었다. 例를 들면 寓話의 至寶인 이소프 이야기는, 紀元前 620年代에 創作되었는데 이것은 基督敎徒 間에서 盛히 宗敎 敎育上에 採用되었다. 卽 宗敎改革者 마틴·루터는 이소프 이야기에 對하여 다음과 같이 評價하였다. "나는 聖書 以外에 天下에 이것보다 優秀한 書冊이 있는 것을 모른다. 이같이 鄙近하고도 簡單한 文章 中에서 가장 純美하고 高尙한 訓戒 忠告, 譬喩로 敎育을 받게 하는 것은 이소프 寓話 以外에는 全혀 없다." 하고 이렇게 激讚하였다.

또 佛蘭西의 루우소는 그의 著書인 에밀의 主人公인 에밀이 읽을 第一 良書는 冒險譚 로빈손그루소를 들면서 그 理由를 이렇게 말하였다.

"어떠한 境遇를 勿論하고 이 冊을 읽는 것은, 兒童을 기쁘게 할 것이다. 그리고 이 冊을 읽는 동안에 兒童은 로빈손이 絶海孤島에서 冒險을 하여 가며 愉快히 生活을 하여 가는 것을 보고 다른 어려운 境遇에 處하는 方法을 判斷할 수가 있을 것이다. 冗漫한 部分을 除하면 12 歲부터 15 歲에 이르기까지의 에밀은 이 冊으로 因하여 充分한 慰安과 敎化를 얻는데 不足이 없다." 이같이 로빈손크루소 이야기를 敎育上에 應用하는 것은 歐洲 敎育界에 一時 盛行하여 이 冊은 그 當時 112 版이나 賣盡되었다고 한다.

그 후 童話가 組織的, 系統的으로 學校 敎科書 中에 編入된 것은 實로 獨逸의 헬버트 學派 敎育家에 依하여 始作되었다. 19 世紀에 이르러 兒童心理의 科學的 硏究가 盛行됨을 따라, 童話의 敎育의 應用은 더욱 擴大되었다. 홀 氏는 兒童心理의 見地에서 神秘的인 民族 傳說, 原始 人類의 神話를 들려주는 것은 絶對的인 價値가 있다고 絶叫하였다.

美國의 카티 氏는 "英國에서 童話를 학교 課程에 引用한 第一人者는 자

---

190 최병화의 「世界童話硏究」는 아시야 시게쓰네(蘆谷重常, 필명 蘆谷蘆村, 1886~1942)의 『世界童話硏究』(早稻田大學出版部, 1924)를 편집 번역한 것이다. 이하 '원문'이라 한 것은 이 책을 가리킨다.

아루스 氏다. 小學校 教育에 價値 있는 童話를 歐羅巴보다 몇 해 떨어져 現在 美國에서는 只今에야 唱導하고 있다." 하고 慨歎하면서 一學年부터 八學年까지의 童話 材料를 配當하여 教科書에 編入시켰다. 그 後 童(이상 33쪽) 話教育은 獨逸, 美國을 비롯하여 歐美各國 初等教育界에 彌滿하였다.

우리 朝鮮에는 童話 文學의 萌芽는 故 小波 方定煥 先生이 主宰하던 『어린이』라 하겠고, 따라서 方 先生이 그 熱이 있는 口演童話로 어린이들에게 熱狂的 歡迎을 받았으며, 따라서 教育的으로 情緖的으로 感化를 준 것이 莫大하였다. 그러나 日帝의 暴惡한 鐵鎖下에 우리의 文化는 阻止當하여, 우리의 言語文字를 抹殺시키려는 野蠻的 政策下에 童話 文學은 서리를 맞고 나중에는 枯死하고 말았다. 解放 後 兒童文學도 다른 文學 部門과 倂行하여 新興氣勢로 發展하여 나가려는 態勢를 取하고 있다. 그러나 아직 이렇다 할 만한 作品이 많지 못한 것을 遺憾으로 生覺한다. 이 原因은 出版業者들이 謀利에만 汲汲하며 虛無孟浪한 漫畵만 出版하고 童話集, 小說集의 刊行을 하지 아니한데 重要한 原因이 있을 것이다. 앞으로 出版業者들의 猛省이 있기를 바라는 바이다.

國民學校 教科書에는 亦是 童話, 童謠를 編入시킨 것을 散見할 수가 있다. 童話는 教育上으로 至大한 效果가 있을 뿐 아니라, 兒童 世界에 있어서 童話는 一時라도 그 生活에 없어서는 無味乾燥할 것이다.

그러나 家庭에 있어서 우리 父母나 學校에 있어서 教員이 童話 文學의 教育的 價値를 判斷 理解하는 분이 얼마나 되는가 하면 그 數가 많지 않을 것이다. 結局 童話의 常識이 不足하고 童話와 兒童과의 連鎖的 關係를 沒却하는 傾向이 많다.

筆者는 이에 「世界童話研究」라는 一文을 研究 紹介하여, 世界 童話의 輪廓이나마 알게 하고 따라서 童話 文學의 關心을 가진 분에게 多少라도 參考가 될가 하여 이 붓을 든 것이다.

第一章 아라비야 夜話

"쟈다카 이야이"[191]를 비롯하여 東洋 傳說 文學으로서 西洋 童話에 多大한

---

191 '쟈다카 이야기'의 오식이다. 쟈타카(jātaka)는 본생(本生), 본생경(本生經), 본생담(本生譚)

影響을 미치게 한 것이 많지만, 가장 深刻한 感化를 준 것은 "아라비안나이트 이야기"(Arabian Night's Entertainment) 혹은 一千一夜譚(Thousand and One Nights)이다. 이 冊이 처음 歐羅巴에 紹介되자 그 幽幻奇怪한 情調와 變化無雙한 空想은 歐羅巴人의 驚嘆의 的이 되었고, 따라서 童話에 미친 影響도 多大하였는데 가장 露骨的으로 이것을 表現한 作家는 獨逸의 하우푸 (Hauff)였고, 佛國 作家 中에도 이 影響을 받은 사람이 不少하였다. 單純히 藝術童話뿐 아니라, 歐羅巴의 口傳童話 中에는 아라비야 夜話에서 온 것이라고 믿을 만한 것이 적지 않게 發見되었다.(이상 34쪽)

아라비야 夜話는 長時日에 亘하여 多數人의 손에 依하여 蒐錄된 傳說俗話集으로 이 이야기의 資源이 될 古書 冊도 있다. 卽 印度의 히도빠데서 寓話에서 나온 것과, 베류샤 사사니아 王朝(紀元 225年~641年) 時代에 蒐錄된 것이다.[192]

何如間 希臘 이야기가 後世에 傳하여 아라비야 夜話를 形成하였다고 想像되지만 그 年代와 蒐錄者를 明確히 하기는 困難하다고 한다. 長時日에 걸쳐 多數人에 依하여 蒐錄된 것이란 것은 그 內容으로 判斷할 수 있다.

아라비야 文學이 非常한 發達을 한 것은 압버스 王朝 初期(紀元 750年)

─────────

이라는 뜻으로 붓다의 전생(前生) 이야기를 말한다. 붓다가 현생에서 깨닫게 된 원인은 전생에 쌓은 선행과 공덕 때문이라고 사유하여, 당시 인도의 민간에 널리 유포되고 있던 전설과 우화 속의 인물 하나를 붓다의 전생으로 꾸며서 불교 설화로 변경시킨 것으로, 팔리어(Pali language) 경전에는 산문과 운문으로 된 547가지의 전생 이야기가 수록되어 있다.(곽철환 편저, 『시공 불교사전』, 시공사, 2003)

192 인도의 『히토파데샤』는 밝혔으나, '베류샤 사사니아 왕조'(사산왕조페르시아) 시대에 수록된 것은 밝히지 않았다. 그것은 『칼릴라와딤나(Kalilah wa Dimnah, 또는 Kuli la Damna)』(750) 와, 『하자르 아프사나(Hazār afsāna)』의 두 권이다. 『칼릴라와딤나』는 인도의 『히토파데샤』(『판차탄트라』의 이본) 우화에서 나온 것인데, 페르시아어로 번역된 것을 750년 압둘라 이븐 알 무카파(Abdullah Ibn al‑Muqaffa)가 아라비아어로 번역한 것을 가리킨다. 이것을 영어로 번역한 것이 『비드파이 이야기(The Fables of Bidpai, 또는 The Fables of Pilpay)』이다. 『하자르 아프사나』는 6세기경 사산왕조페르시아(226~651) 시대에 수집된 것이다. 이것은 8세기경 아라비아어로 번역되었고, 15세기경에 완성된 것이 『아라비안나이트(Alf laylah wa laylah)』이다. 히토파데샤(Hitopadesha)는 '좋은 충고(Good Advice)'라는 뜻으로 9세기에 나라야나(Narayana)가 지은 산스크리트어로 된 인도의 설화집이다. 인간과 동물을 등장인물로 한 우화집인데, 격언, 지혜와 충고를 우아한 언어로 표현하였다. 벵골에 전해지는 설화집 『판차탄트라(Pancatantra)』의 이본이다.

以後인 故로 推測컨대 이 時代부터 始作된 것 같고 1258年 바그닷트 陷落 以前에는 벌서 若干 部分이 書冊으로 되었고, 그 後 또 새로운 이야기가 添加되어 여러 가지의 餘談이 附加되어 形式上으로 多大한 洗鍊을 받았다.

이 이야기는 寓話, 訓話에 屬하는 것이 가장 오래고, 베류샤보담은 차라리 東方思想이 表現되었고 그 動物 譬喩譚에는 印度의 輪廻思想을 窺視할 수 있다. 그다음으로 오랜 것은 신드밧드 이야기, 월드안王 이야기, 시마스 이야기 等으로 어느 것이나 印度的 色彩를 有하고 더욱이 그 動物에 對한 特殊한 思想과, 王과 大臣의 政務에 關한 敎訓은 印度의 가다·사릿타가라와[193] 共通한 것이 있는 것을 看取할 수가 있다. 그 外 이야기는 베루샤, 아라비야, 에짚트, 시리야 等의 傳說로부터 나온 것으로 가말·알·싸말의 冒險과 寶玉商의 妻, 구두방 마아루푸와 그 안해 푸아지마의 二篇은 가장 새로운 것으로 16 世紀의 作이라고 推測되고, 뻬인 氏는 염색집 아부우갈과 차집 아부살로서 가장 새로운 것이라고 말하고 있다.

아라비안나이트 이야기가 가장 完全한 飜譯으로 된 것은 佛人 존 뻬인 (John Paine)과 리챠드·뻐어톤(Richard Burton) 兩氏로 1882年서부터 1884年으로 이것은 東洋文學의 最良의 譯書라고 한다.[194]

뻐어톤의 譯은 ① 寓話, ② 短話, ③ 說話, ④ 긴 이야기와 小說 이렇게 分類하고 은 篇의 序文的 小說과, 10篇의 主要한 寓話와 6篇의 附話를 ②에는 116篇의 主話와, 13篇의 附話를 包含하였다. 總計 主話 170篇, 附話 96篇이다.

뻬인 氏의 것은 이것보다 各 1篇式이 적다. 그 後 다시 數次 새 이야기가

---

193 카타사리트사가라(Kathāsaritsāgara)는 11세기 카슈미르(Kashmir)의 시인 소마데바 (Somadeva)가 지은 전 18권으로 된 설화집이다. 45,000행이 넘는 격조 높은 산스크리트어로 된 시이다. 카타사리트사가라는 '이야기(카다)의 모든 하천(사리트)이 흘러 들어간 대양(사가 라)'(Ocean of the Streams of Stories)이란 뜻이다.

194 19세기에 『아라비안나이트』를 영어로 번역한 것 가운데 가장 널리 알려진 것이 버턴(Sir Richard Burton: 1821~1890)의 『The Thousand Nights and a Night(전16권)』(1~10권: 1885; 보충 6권: 1886~88)이다. 이는 거의 알려지지 않은 페인(John Payne: 1842~1916) 의 『The Book of the Thousand Nights and One Night(전13권)』(1~9권: 1882~84; 보충 3권: 1884; 13권: 1889)를 활용한 것이다.

添加되어 最近에는 뼈어톤 氏의 譯書는 全部 16卷으로, 主話 231篇, 附話 195篇을 包含하였고, 삐인 氏 것을 13卷으로 主話 93篇 附話 159篇을 包含하였다. (이상 35쪽)

우리나라에서도 아라비야 夜話는 널리 愛讀하지만 大部分 日譯에 依存하였고 오래전에 아라비야 이야기 數篇을 蒐錄하여 『紅燈夜話』[195]라고 하여 崔承一 氏가 刊行하였으나, 神通한 것이 못 된다. 앞으로 完全한 全譯이 나올 것을 期待하여 마지않는다.

아라비야 夜話의 特色은 말할 것도 없이 그 奔放을 極한 空想과 變幻無雙한 構想에 있다. 그러나 그 形式에는 東洋說話의 特徵인 이야기 속에서 이야기를 낳는 冗漫한 形式을 取하였다. 아라비야 夜話는 全部가 童話는 아니지만 또 純粹한 童話를 包含한 것도 不少하다. 「아라데인의 램푸」, 「신드빠트의 航海」, 「아리바바와 四千人의 盜賊」, 「땅속의 寶物」 들은 傑作品이라고 한다.[196] 여기 「땅속의 寶物」 一篇을 紹介한다.

땅속의 보물

옛날 바그다트에 아브다라라고 하는 장사군이 있었읍니다. 어느 때 많은 낙타에 짐을 싣고 발소라 항구에 가서 물건을 팔고 집으로 돌아가는 길에 어느 넓고 넓은 들에서 중 한 사람과 길동무가 되었읍니다.

---

195 최승일(崔承一)이 번역한 『홍등야화(紅燈夜話)－(原名)아라비안나이트』(博文書舘, 1926)를 가리킨다. 『아라비안나이트』 번역은 '홍등야화' 이외에도 여러 가지가 있다. 최초의 번역은 번역가 미상의 필사본 『유옥역전』(1895.7)이 될 것이다. 민준호(閔濬鎬) 역술, 김교제(金敎濟) 윤색의 『삼촌설(三寸舌)』(동양서원, 1913.4), 이상협(李相協)의 『경천읍신 만고긔담(驚天泣神萬古奇談)』(전170회)』(『매일신보』, 1913.9.6~1914.6.7), 김소운(金素雲)의 『천일야기담(千一夜奇譚)』(전137회)』(『매일신보』, 1930.3.14~9.10) 등이 더 있다. 이 가운데 김소운의 『천일야기담』은 "아동 독자를 위하야 이 이야기를 소개"(「천일야기담(千一夜奇譚)－14일부터 아동란에 연재」, 『매일신보』, 1930.3.11)한 것이다. (박진영, 「『아라비안나이트』의 한국어 번역 계보와 『유옥역전』」, 『한국문학연구』 제53호, 동국대학교 한국문학연구소, 2017 참조)

196 「알라딘의 요술 램프(Aladdin's Wonderful Lamp)」, 「신드바드의 모험(The Seven Voyages of Sindbad the Sailor)」, 「알리바바와 40인의 도적(Ali Baba and the Forty Thieves)」 등이 유명하다. '아리바바와 四千人의 盜賊'은 원문에도 「アリババと四千人の盜賊」(126쪽)으로 오식인데 최병화가 그대로 옮겨 놓았다.

마침 대낮이었으므로 아브다라와 중은 길옆 돌에 앉아서 여러 가지 이야기를 하면서 점심밥을 먹었습니다. 중은 맛있게 점심밥을 먹으면서 이 근처에 대단히 많은 보물을 숨겨 둔 곳이 있오. 그 보물이 많은 것으로 말하면 당신이 끌고 가는 80마리 낙타에 잔득 실으라도 꺼냈는지 말았는지 모를 지경이요 하고 아무렇지도 않은 듯이 말하였습니다. 아브다라는 그 이야기를 듣고는 춤출 듯이 기뻐하면서 "대사님, 대사님은 귀하신 분으로 이 세상 보물에는 조금도 욕심이 없으시지요? 당신께서 그 보물 있는 곳을 아시드라도 아무 소용이 없으시지요? 당신께서는 혼자 가시드라도 겨우 두 손바닥에 쥐일 만큼 밖에는 못 가져 가시겠습니다. 제발 저를 그곳으로 데불고 가 주세요. 그러면 80마리 낙타에다 그 보물을 싣겠습니다. 그리고 그중에 한 마리만 대사님께 받치겠습니다." 하고 뻔뻔한 소리를 하였습니다. 중은 쓴웃음을 웃으면서 아니, 여보, 그건 너무 하지 않소. 보물이 탐나면 내 마음대로 가질 거 아니요? 만약 당신이 보물이 탐이 나거던 80마리 낙타 중에서 40마리만 나를 주시요. 그것이 싫다면 나두 할 수 없소 하고 말하였습니다.

아무리 욕심 많은 아브다라도 보물을 잃어서는 안 되겠으므로 중(이상 36쪽)의 하자는 대로 40마리 낙타를 주기로 약속을 하고, 중의 뒤를 따라갔습니다. 좁디좁은 산골길을 지나서 넓은 골짜구니로 나와서 큰 바위 앞에 왔습니다. 그리고 마른 나무를 글거 모아서 불을 질르고 주머니에서 향을 조금 꺼내서 불 속에 던지드니 입속에서 뭐라고 주문을 외이면서 향내 나는 연기를 좌우를 갈르니까 이상스럽게도 바위가 뻥 뚜러지더니 그곳에 길이 났습니다.

아브다라는 중의 뒤를 따라 그 속으로 들어가니까 그곳에는 아름다운 방이 있고, 그 속에는 금, 은, 여러 가지 보석과 이 세상 보물이란 보물이 산 같이 쌓여 있습니다. 아브다라는 방 속을 뛰어다니면서 가져온 전대에다가 잔득 보물을 담어서나 낙탁 등에[197] 실었습니다. 그때 중은 금으로 만든 병 속에서 작은 나무상자를 꺼내서 자기 주머니에 넣었습니다. 중은 상자를 열어서 아브다라에게 보였는데, 그 속에는 기름 같은 것이 들어 있었습니다. 굴에서

---

197 '담어서 낙타 등에'의 오식이다.

나온 중은 전과 같이 향을 피우고 주문을 외였읍니다. 그러니까 바위는 전처럼 닫혀졌읍니다. 아브다라는 40마리의 낙타를 중에게 주고, 고마운 인사를 하고 중과 작별하였읍니다. 그런데 얼마 안 가서 아브다라는 욕심이 버럭 나서 40마리의 낙타를 중에게 준 것이 아까워서 견딜 수가 없었읍니다. 아니 그것보다도 더 아까운 것을 낙타에 실은 보물이었읍니다. 그래서 헐러벌덕 중에게로 뛰어갔읍니다.

"여보세요. 대사님, 대사님께서는 세상의 속된 것을 버리시고 신께 받치신 몸이시니까 많은 낙타를 끌고 다니시기가 어려우시죠? 그러니 어떻게 생각지 마시고 열 마리만 저에게 돌려보내 주시지요." 하고 말하니까 중은 선듯

"아, 그렇소. 그럼 열 마리만 끌고 가시요." 하고 대답하였읍니다. 아브다라는 말을 계속하여

"대사님, 한 번 더 잘 생각해 보세요. 대사님 같이 낙타를 부릴 줄 모르시는 분이 30마리를 끌고 다니시랴면 여간 고생이 되는 것이 아닙니다. 얼마만 더 돌려보내시지요?" 하고 말하니까 중은 성을 낼 줄 알았더니 뜻밖에 "아, 그렇구료." 하고 또 열 마리를 돌려주었읍니다.

아브다라는 60마리 낙타에 실은 보물로 어떤 임금님도 부럽지 않은 부자가 되었읍니다. 그러나 한없이 욕심이 많은 사람이었으므로 그것으로 만족하지 않고 또 중을 속혀서 20마리 중에서 열 마리를 빼앗고, 열 마리 중에서 다섯 마리를 빼앗고 그여히 한 마리 남기지 않고 보물채 빼앗았읍니다. 그러나 중은 성내지 않고(이상 37쪽)

"이 보물을 쓸 때 조심하시오. 하나님은 사람에게 보물을 주시지만 그 쓰는 방법이 나쁘면 도루 찾아가시니까!" 하고 가르쳐 주었읍니다. 낙타를 보물채 뺏앗으니 웬만한 욕심쟁이 같으면 물러갈 것인데, 아브다라는 아즉것 마음이 키는 것이 있었읍니다. 그것은 중 호주머니 속에 있는 기름상자입니다.

"대사님, 대사님, 지금 저는 문듯 생각했는데 아까 대사님이 보여주신 기름은 대체 뭣에 소용이 됩니까? 그걸 절 못 주시겠읍니까?"

"응, 이 기름 말이요, 이것은 눈 위에 바르면 땅속에 있는 보물이 환하게 보이는 이상한 기름이요." 아브다라는 이 말을 듣고 깜짝 놀라면서

"대사님, 제 소원이니, 그 기름을 제 눈에 발라 주세요." 하니까 중은 선뜻 기름을 아브다라의 올흔편 눈에 발러주었읍니다. 그러니까 이상스럽지 않겠읍니까? 여기도 저기도 땅속에 있는 보물이 수없이 보였읍니다. 아브다라는 껑충껑충 뛰면서

"아, 참 보물도 많습니다. 그런데 올흔편 눈에만 발러도 이렇게 잘 보이는데 왼편 눈마저 발르면 더 많이 보물이 보이겠죠! 그러니 왼편 눈마저 발러 주세요. 네, 대사님." 하고 간청하였읍니다. 그러니까 중은

"그것은 않 되겠소. 이 기름은 두 눈에 발르면 큰 재앙을 일으키는 기름이요." 하고 말하니까 욕심에 눈이 어두운 아브다라는

"그렇게 말슴하신다고 제가 속을 줄 아세요." 하고 정 안 발라주시면 덤벼들어 따릴 듯하므로 중은

"자, 그렇게 내 말을 믿지 않고 그여히 발라 달라면 할 수 없소. 그 대신 나중에 어떠한 불길한 일이 생기드라도 나를 원망치 마시요." 하고 그 기름을 왼편 눈에 발라 주었읍니다. 그러니까 이상스럽게도 아브다라는 그 자리에서 장님이 되에 동서를 분별치 못하였읍니다. 아브다라는

"아, 큰일 났다. 장님이 되다니 이게 웬일인가? 때사님, 살려 주세요." 하고 울었읍니다. 중은

"이놈, 너는 하나님에게서 보물을 받을 자격이 없다." 하고 어디론지 가 버렸읍니다.

아브다라는 크게 탄식하여 허둥지둥 뛰어다니며, 낙타를 찾았으나 40마리 낙타도 어디로 갔는지 한 마리도 없었읍니다.

— (계속) — (이상 38쪽)

崔秉和, "世界童話硏究",『조선교육』, 제2권 제7호, 1948년 12월호.

第二章 끄림의 口碑童話

童話硏究者로서 먼저 硏究할 것은 끄림童話集이다. 끄림童話를 왜 世人들

이 높이 評價하느냐 하면, 大概 세 가지 理由가 있다.

　第一은 끄림童話는 世界에서 가장 優秀한 典型的 口碑童話集인 것이다. 童話를 쓴 書冊은 끄림으로서 嚆矢라고는 할 수 없다. 東洋諸國에서는 古代로부터 數多의 童話集이 있고, 歐洲에서도 伊太利는 일찌기 바시레라고 하는 童話家가 있어서 口碑蒐集에 熱中하였고 佛蘭西에서는 끄림보다 一世紀 前에 많은 童話作家가 나왔다.

　그러나 바시레가 蒐集한 것은 그 數도 僅少하고 그 感化가 미친 것도 微微하였으며, 또 佛蘭西 諸 作家의 作品은 元來 純粹한 口碑童話가 아니고, 科學的으로는 價値가 있는 것이 아니다. 끄림이 나옴으로써 眞正한 民族의 口傳으로 傳來한 童話가 가장 原形的으로 忠實하게 記錄하였고, 爐邊의 雜話로 사람의 注意를 끌지 않았다. "옛날이야기"는 忽然 民族의 至寶가 되어, 歐洲 및 世界에 있어서 童話 蒐集의 大運動을 惹起시킨 原動力이 되었다. 實로 끄림의 童話 蒐集 事業은 世界童話學의 礎石을 形成하였다 하겠고, 끄림이 없었다면 童話學 今日의 發達을 볼 수 없다고 斷言하여도 過言이 아니다.

　第二로 끄림童話가 重要한 位置를 占하게 된 理由는, 그 敎育的 應用에 關聯되어 있는 것일 거다. 敎育에 關한 學術은 獨逸에서 가장 일찌기 發達하였고, 그리고 獨逸 敎育家의 多數는 그 情操敎育의 貴重한 材料를 끄림童話에서 發見하였다.

　卽 헬벌트派 敎育家의 巨人 질러(Ziller)는 끄림童話 中에서 12篇을 選定하고, 이것을 第一學年의 統合的 中心敎材에 使用하였고, 라인(Wilhelm Rein)은 질러 方法에 些少한 變更을 加하여, 14篇의 끄림童話를 選定하여 統合 中心 敎材로 하였다. 이렇게 하여, 獨逸 敎育家는 活潑하게 끄림童話를 活用하였으므로, 獨逸 敎育學이 世界에 傳播됨을 따라 끄림童話도 世界에 普及되었다고 推測할 수가 있다. (이상 31쪽)

　第三의 理由는 끄림童話가 가지고 있는 內容的 價値이다. 元來 끄림童話는 끄림 兄弟가 純粹한 껠만人의 口碑를 가장 忠實하게 原形 그대로 記錄한 것이므로, 그中에는 껠만族의 生活 그것이 가장 明確하게 反映되어 있다. 그리고 껠만人은 쥬-돈族 中에서도 가장 精悍, 勤勉한 民族으로, 北歐 大森林 地方에서 生活하고, 天惠가 不足한 自然과 抗戰하고, 强大한 異民族 間에서 干伐을 交한 後, 드디어 中原의 覇權을 잡은 民族이므로, 그 童話 中에는 困苦와 싸우고, 不幸을 忍耐하는 剛毅, 忍耐, 不屈의 精神이 곳곳이 表現되었으며, 自主獨立의 氣象을 育成시키는데 있었어도 가장 適當하고 效果的이었다.

이와 같이 內容的 價値가 世人으로 하여금 끄림童話를 尊重케 하는 理由라고 看做할 수가 있다. 끄림 以前에 歐洲의 童話는 佛蘭西 諸 作家 베를·트루아노 等의 童話이지만, 이 佛蘭西 作家의 童話는 驕奢를 極한 루이王家의 弓旅에서 製作된 것이므로 그 內容은 極히 織弱, 不健全한 것뿐이었다. 그中에서 끄림童話가 剛健, 率直한 特色으로써 忽然 出現한 것은 確實히 一大 驚異이었음에 틀림없었을 것이다.

이렇게 하여 끄림童話는 무릇 童話를 이야기하는 사람으로 누구나 愛讀하지 않는 사람이 없다. 口碑童話로서의 끄림 藝術童話로서의 앤더슨 이것으로서 童話界의 雙璧이 되었다. 그러면 끄림 兄弟는 都大體 어떠한 사람인가?

야곱·루드윅·갈·끄림(Jakob Ludwig Karl Grimm)과 윌헤룸·갈·끄림(Wilhelm Karl Grimm) 兄弟는 西紀 1785年과 6年 한 살 차이로 出生하였다. 그 故鄕은 獨逸의 西部 라인江에 가까운, 하나우라고 하는 적은 村落이다. 그의 父親은 貧寒한 官吏로, 그 위에 여러 男妹를 두어 生活이 豊足치 못하였는데, 不幸히 야곱이 겨우 11歲 時에 逝去하였으므로, 끄림 兄弟는 偏母膝下에서 長成하였다. 야곱이 記錄한 것을 보면 父親은 精力家이고, 事物에 整然한 사람이며, 母親은 愛情이 豊富하고, 性格이 優雅한 婦人이라고 하였는데, 이러한 兩親에게서 끄림 兄弟가 出生한 것은 當然한 노릇이다.

兄弟는 이같이 일찌기 孤兒가 된 點에서 不幸은 하였지만, 兄弟愛에 있어서는 이러한 幸福者는 稀少한 것이다. 兄弟는 幼年時代부터 한 房 한 寢床에서 起居하면서 같이 伯母에게서 敎育을 받고, 같이 갓셀 中學을 卒業한 後에는 마알부르그 大學에 入學하여 法律을 工夫하였다. 그리고 나중에는 같이 獨逸 民話 蒐集의 大事業을 함께 하였다.

兄弟는 일찍부터 學者的 素質을 나타내고, 中學 時代에는 6 時間의(이상 32쪽) 課業 後, 다시 5 時間式 佛蘭西 話와 羅甸語 工夫에 沒頭하였다. 그 鄕土를 愛護하는 마음이 早熟하여진 것은 하나우 侯國은 世界에서 가장 天惠

를 받은 國土로 믿고, 至極히 敬虔한 態度로서 祖國을 對하였다는 것으로서 起因하였다고 한다.

兄弟가 法律을 選擇하고 工夫한 理由는, 父親이 亦是 法律을 배운 것과 그것이 生活費를 얻는데 便利한 까닭이었지만, 어느덧 兄弟의 學業은 方向을 轉換시킬 時期가 왔다. 그때 마알부르그 大學에 有名한 佛蘭西의 靑年學者 싸비이니이 敎授가 있었다. 이 敎授는 年齡은 야곱보다 겨우 6歲밖에 틀리지 않는 少壯 敎授이지만, 傑出한 頭腦의 所有者로 그 古代 法律硏究는 야곱에게 古代 硏究의 趣味를 惹起시키고, 그 熱烈한 鄕土愛와 굳게 合致되어, 드디어 "古代 獨逸 硏究"에 向하여 全 生涯를 받치려는 決心을 품게 하였다. 윌헤름 亦是 兄의 뒤를 踏襲하여 함께 싸비이니이 敎授 밑에서 "古代 獨逸 硏究"에 沒頭하였다.

大學의 課程을 畢한 後 야곱은 웨스트페리아 王 제롬·뽀나빨트의 司書官이 되고, 其外 各處 圖書役에 奉職하고 餘暇를 利用하여 專혀 讀書와 硏究로 消日하였다. 그의 蘊蓄은 漸次 世人의 認定하는 바가 되어, 悠悠閑暇히 있는 것을 許諾치 않고 본大學 敎授에 招聘을 받고, 뒤이어 弟 윌헤름과 함께 교옷징겡大學 敎授가 되었는데(1829年) 한노오 펠 王의 憲法 廢止 問題가 擡頭되자, 學問의 神聖을 擁護하기 爲하여 다른 6 敎授와 함께 敢然 辭職하였다.

1840年 윌헤름과 함께 파리大學 敎授가 되고, 科學翰林院 會員에 參列하였다. 이 期間에 著作한 著書는 童話集을 비롯하여 『獨逸傳說』(Deutsche Sagen), 『獨逸文法』(Deutsche Grammatik), 『獨逸神話學』(Deutschemythologie), 『獨逸字典』(Deutsche Worter buch), 『獨逸古制度』(Deutsche Rechts und Alterthumer), 『獨逸語史』(Geschicht der Deutsche Sprach) 等 어느 것이나 不朽의 價値가 있는 權威의 名著이다. 이 大著는 學術的으로는 야곱이 보다 더 많은 努力을 傾注하였지만, 裏面에서 윌헤름의 숨은 努力도 不少한 것이 있다. 야곱이 長逝한 것은 1863年으로 比較的 病弱하였던 윌헤름은 兄보다 數年 前인 1859年 逝去하였다.

끄럼 兄弟가 "古代獨逸硏究"로부터 必然的 順序로, 獨逸童話 蒐集의 길을 떠난 것은 1806年頃이었다. 兄弟는 于先 自己가 出生한 鄕土 附近인 헷세, 마인, 긴짓히 하나우 等의 地方童話를 85篇 蒐集하여 『Kinder und

Harsmarchen』[198]란 題下로 刊行하였는데(1812年) 意外로 많은 反響을 일으켜, 새로운 資料를 寄與하는 篤志者가 續出하여, 兄(이상 33쪽)弟는 여기에 힘을 얻어 다시 第二集 編述에 志向하였는데, 多幸히 이때 휘이만닌이라고 불르는 老婆가 있어서 많은 民話를 記憶하고 있었으므로, 兄弟는 이 老婆에게서 貴重한 童話를 많이 얻었다. 이렇게 하여 第二集은 70篇의 童話를 收錄하여, 1815年에 刊行하였다. 그 後 이 兩集을 增補하여 200篇으로 하고, 다시 10篇의 聖譚을 加하여 第2版을 刊行하였다.(1819年) 以後부터 每版 增補 訂正을 한 것은 主로 윌헤룸이 擔當하였다. 끄림童話는 兄弟의 敬虔한 愛鄕心과 嚴肅한 學術的 良心을 背景으로 하고 著作된 것으로, 이 著作에는 少毫도 舞文曲筆을 쓰지 않고, 民間傳承에 忠實하게 僅少한 모티브도 故意로 이것을 省略하거나 하지 않고, 그 위에 윌헤룸이 가진 天稟의 詩才로 아름다운 風趣를 주고 豊富한 詩情을 賦與하여 今日에 이르기까지 模範的 獨逸文으로서 崇尙하고 있다.

끄림童話 中에서 널리 알려진 것은 「이리와 일곱 마리 어린 염소」, 「세 가지 보물」, 「황금 새」, 「부레멘의 음악사」를 들을 수 있다. 紙面 關係로 그中 짧은 「부레멘의 音樂師」 一篇을 紹介코자 한다.

부레멘의 음악사

어느 사람이 한 마리 당나귀를 가졌읍니다. 이 당나귀는 오랫동안 싫다고도 하지 않고 부대를 물방아간으로 날르면서 열심히 일하였읍니다. 그러나 지금은 힘이 약하여져서 일하는데 소용이 없게 되었읍니다. 그래서 주인은 그 당나귀를 죽여 버릴랴고 생각하였는데 당나귀는 눈치를 채고 그곳을 도망해서 부레멘 쪽으로 걸어갔읍니다.

"그곳에 가면 음악사가 될른지도 몰르겠다." 당나귀는 생각하였읍니다. 얼마 안 가서 한 마리 사냥개가 길에 누어다가 뛰어와서 피곤한지 헐덕어리고 있었읍니다.

"얘 개야 넌 왜 헐덕어리고 있니?" 하고 당나귀는 물었읍니다.

---

198 '『Kinder und Hausmärchen』의 오식이다.

"난 나이를 먹어서 점점 약해져 가므로 이제는 사냥을 못 간단다. 그래 주인이 날 때려잡을랴고 해서 도망을 해 나왔단다. 장차 어떻게 지내갈가가 걱정이란다."

"좋은 생각이 있다." 당나귀가 말하였읍니다.

"나는 부레멘에 가서 음악사가 된단다. 너도 같이 가서 음악사가 되자. 나는 거문고를 타고 너는 북을 친단 말이야."

개는 그 말에 찬성하고 두 마리는 앞으로 걸어갔읍니다. 얼마 안 가서 고양이 한 마리가 길옆에 앉아서 사흘이나 비가 퍼부어 온 듯한 얼굴을 하고 있었읍니다.(이상 34쪽)

"오 고양이냐, 넌 왜 그렇게 앉아 있니?" 당나귀가 물었읍니다.

"목을 매어 죽인다는데 누가 웃고 있겠니." 고양이는 대답하였읍니다.

"난 인젠 늙어서 쥐를 잡는 것보다 화로 뒤에 앉아 있는 것이 편하게 되었단다. 그래서 주인 아씨가 날 목을 매어 물에 던져 죽인다고 하므로, 도망을 해 왔는데 어딜 가야 좋을지 몰르겠단다."

"우리들과 함께 부레멘으로 가자. 너는 밤음악을 아니까 음악사가 될 수 있다." 고양이는 그것이 좋을 듯해서 함께 갔읍니다.

어느덧 세 마리 나그네가 농부의 집 앞을 지나려니까, 닭 한 마리가 문 위에 앉아서 힘껏 울고 있읍니다.

"넌 무엇이 서러워 듣는 사람이 뼈에 사모치도록 울고 있니?" 당나귀가 물었읍니다.

"우리집 아씨에게 빨래를 해서 말릴 수 있는 해가 쨍쨍한 날을 언제든지 알려주었는데, 내일은 일요일이라 손님이 많이 오므로 날 잡아서 습푸(국)를 맨들어 먹을랴고 어멈에게 말했단다."

"아참 가엾게 됐구나." 당나귀가 말하면서 "우리들 하고 같이 가자, 우리들은 부레멘으로 간다. 넌 목청이 좋으니까, 음악사가 될 수 있다." 닭은 그 말에 찬성하였으므로 네 마리는 길을 떠났읍니다.

그러나 하루 동안에는 부레멘에 갈 수 없었읍니다. 저녁때 어느 숲에서 밤을 새울랴고 하였읍니다. 당나귀와 개는 큰 나무 밑에서 자고, 고양이와 닭은 가지 속으로 올라갔읍니다. 닭은 제일 안전한 나무 꼭닥이에 날라 올라

갔읍니다.

닭은 잠들기 전에 한번 더 사방을 둘러보니까, 멀리서 불빛이 반짝어리는 것같이 생각이 들었으므로 동무들에게 큰 소리로 불이 반짝어리니까, 머지 않은 곳에 집이 있나 보다고 말하였읍니다.

당나귀는 말하였읍니다. "그럼 우리 그리로 가서 하루밤 드새자." 개도 생각하였읍니다. "고기 붙은 벽다귀나 있었으면 좋겠는데!"

네 마리는 불빛 가까이 갔더니 그 집은 도적놈의 집이었읍니다. 제일 키 큰 당나귀가 창 넘어로 안을 드려다 봤읍니다.

"당나귀야 무엇이 보이니?" 닭이 물었읍니다.

"응 맛있는 음식과 시원한 마실 것이 놓여 있는 상이 보인다. 도적놈이 맛있 게 먹고 있다."

"우리들도 좀 먹었으면." 닭이 말하였읍니다. 그래서 네 마리는 도적놈을 쫓아 낼 꾀를 생각하였는데, 나중에 한 꾀를 생각해 냈읍니다.(이상 35쪽)

그것은 당나귀가 앞발을 창에다 얹고, 개가 당나귀 등에 타고 고양이가 개 위로 기어 올라가고, 맨 나중에 닭이 고양이 머리에 올라가서 앉는 방법입 니다. 그것이 끝나자 일제히 음악을 시작하였읍니다. 즉 당나귀는 부르짖고, 개는 짖고, 고양이는 울고, 닭은 때를 알렸읍니다. 그리고 모두 창을 넘어서 방안으로 뛰어 들어갔읍니다. 도적놈들은 이 무서운 소리를 듣고, 도깨비가 나온 줄 알고 혼이 나서 숲속으로 도망을 하였읍니다. 그래 이 네 동무는 한동안이나 굶은 사람 같이 남은 음식을 다 먹었읍니다.

네 음악사는 불을 끄고 제각기 잘 자리 편한 곳을 찾아갔읍니다. 당나귀는 거름 덮은 짚 위에, 개는 문 뒤에, 고양이는 화루 옆에 누었고, 닭은 대들보 위로 올라갔읍니다. 그리고 곧이 들었읍니다.

밤이 깊어서 도적놈들은 집안에 불이 꺼지고 조용해진 것을 보고 두목은 "우리가 너무 허둥거렸어."

하고 부하 한 사람을 보내어 알아보도록 하였읍니다. 그 부하는 집안이 고요하므로, 불을 킬랴고 부엌으로 갔읍니다. 어둔 곳에서 반작어리는 고양 이 눈을 숯불로 잘못 알고 불을 킬랴고 성냥을 대었읍니다. 고양이는 그걸 몰르므로 얼굴로 뛰어올라 침을 뱉고 할퀴었읍니다. 그래 부하는 몹시 놀라서 뒷문으로 도망할랴고 하는데, 그곳에는 개가 갑자기 덤벼들어 다리를 덥석 물었읍니다. 도적놈은 마당으로 나와서 거름 싸 둔 곳으로 가니까, 이번에는 당나귀가 뒷발로 냅다 차고, 또 닭이 "꼬구댁! 꼬구댁!" 하고 울었읍니다. 도적놈은 혼이 나서 두목에게로 가서

"아, 저 집은 무서운 요술할미가 있어서 저에게 독기를 뿜고 긴 발톱으로 할퀴고, 또 문 앞에는 칼을 가진 놈이 서서, 제 발을 찔렀읍니다. 마당에는 식검은 도깨비가 있어서, 저를 후려갈겼읍니다. 그리고 대들보 위에는 재판관이 있어서 '도적놈을 붙잡아 오너라' 하고 호령을 하여, 저는 간신이 도망해 왔읍니다."

그 후부터 도적놈은 두 번 다시 그 집에 오지 않았읍니다. 그리고 네 음악사는 그 집이 마음에 들었으므로 그 집을 떠나랴고 하지 않았읍니다. 그래 지금까지도 그 집에서 산다고 합니다.

(다음은 이소프 寓話)　　　— (계속) —　<small>(이상 36쪽)</small>

崔秉和, "世界童話研究", 『조선교육』, 제3권 제1호, 1949년 3월호.

第1篇 口碑童話

第三章 이소프 寓話

이소프 寓話의 童話文學에 있어서의 地位는, 東西洋을 勿論하고 누구나 다 아는 事實이다. 西洋의 童話文學에 있어서의 이소프 寓話의 感化는, 希臘神話와, 基督敎神話에 떨어지지 않는 偉大한 價値를 가지고 있었다.

이소프(Esopus)가 出生한 時代는 紀元 前 620 年代라고 想像된다. 그 出生地에 對하여는, 衆說이 區區하여 或은 리티아 主府인 살티스라고도 하고, 或은 希臘의 사모스 島라고도 하고, 스레시아의 메셈부리아라고도 하고, 푸리끼야의 고지에움이라고도 하여, 어느 것이 正當한지 判斷을 내릴 수가 없다고 한다.

그는 낳서부터 奴隷로, 사모스人 그산터스(Xanthus)라는 사람의 집에서 勞役에 從事하였다. 그 後 사모스人 야드몬(Jadmon)의 奴隷가 되었는데, 야드몬은 이소프가 凡人이 아닌 奇才를 가진 것을 哀惜히 生覺하고, 이소프를 解放시켰다.

奴隷로부터 解放되어 偉大한 學者가 된 사람은, 希臘에는 不少하다. 휴톤, 메닢스, 에픽레메더스는 다 奴隷 出身이다. 其後 이소프는 漸次 奇才로써 天下에 알려지고, 赫赫한 名譽를 獲得케 되었다.

이소프는 旅行을 좋아하여 旅行하는 동안에, 獨特한 寓話로서 世人을 敎導하였다. 希臘人과 같이 學問을 愛好하고, 藝術을 尊重히 역이는 國民은 없을 것이다. 何如間 一藝 一能에 特長을 가진 사람은 多大한 尊敬을 받았는데, 이소프의 機智는 才能을 愛好하는 希臘人의 性格에 가장 適合하였으므로, 그 時代에 歡迎을 獨占하였던 것도, 無理는 아니다.(이상 31쪽)

이소프의 寓話로서 가장 일직이 알려진 것은, 아리스토오틀의 『修辭學』에 실린 「여우와 땅두더쥐」 이야기이다.

여우가 개울을 건너가는데, 급한 물결에 휩쓸려 떠나려가다가 그만 좁은 골창에 끼어 움직일 수가 없게 되었다. 그때 수많은 하루살이가 날라와서, 여우 몸에 가 앉아 피를 빨아먹었다. 두더쥐가 가엾이 여겨 하루살이를 쫓을려니까, 여우가 말하기를 "하루살이는 먹을 만큼 피를 먹었으니까, 더 괴롭게 굴지는 않을 것이다. 그러나 이 하루살이를 쫓으면, 또 다른 하루살이가 와서 피를 빨아 먹을 테니, 하루살이를 쫓지 말어라." 하고 말하였다.

이것은 統治者가 마음에 맞지 않는다고 하여, 輕率히 統治者를 바꿀려는 人民의 愚昧를 警戒한 것이다. 그는 統治者의 地位를 擁護하기 爲하여, 이러한 寓話를 活用한 듯하다.

그는 일찌기 리티아 首府 살티스에 이르러 當時의 有名한 學藝의 擁護자이던 그리이서스(Croesus) 王의 賓客이 되어 有名한 哲人 소론과 다아레스와 만났다. 一代의 哲人과 奇才가 邂逅하여 王의 施政을 輔佐한 宮中의 奇觀은 想像하기에 足하다.

이소프는 그리아서스에 重用되어 그의 顧問이 되어, 王을 爲하여 屢次 希臘 聯邦에 使臣으로 갔었다. 어느 때는 고린도와 아테에네에 特使로 가서,

그 人民에게 對하여 統治者에게 忠誠하기를 勸獎하였다.

이소프의 最後는 그 奇才에 相反하여, 極히 悲慘하였다. 大概 英雄이나 豪傑은 凡俗을 超越하는 것이 當然之事가 되어, 그 最後는 悲慘한 것이다. 哲人 소크라테스가 그러하였고, 이소프 亦是 그러하였다.

이소프는 그리이서스의 命을 받고 델파이에 使臣으로 갔을 때, 그곳 市民에게 死刑을 當하였다. 그 理由는 델파이 市民에게 黃金을 頒與하기 爲하여 갔었는데, 市民이 너무 貪慾한데 怒하여, 黃金을 頒餘치 않고 王에게 返上한데 激怒하여, 이소프를 誣告하여 神을 冒瀆한 者라 하고 殺害하였다고 하는데, 그것보다도 이소프의 卓越한 奇才가 고린도人의 嫉視를 招來한 것인지도 모르겠다. 이소프는 이때 「수리와 소똥굴이」의 寓話로서 고린도人의 寬容을 求하였다.

어느 때 토끼가 수리에게 쫓기어 소똥굴이 굴로 피하였는데, 수리는 그여히 쫓아와서 토끼를 붓잡았다. 그때 소똥굴이는 토끼를 살려주기를 애원하였으나, 수리는 돕지 않고 토끼를 잡아먹고 그 세찬 날로 소똥굴이를 쳤다. 소똥굴이는 몹시 노하여 수리 뒤를 쫓아가서, 그 둥지에 있는 수리 알을 굴려 땅에 떨어트려 깨뜨려 버렸다.

수리는 몇 번이나 그 둥지를 옮겼지만 소똥굴이는 어디까지든지 쫓아가서 복수를 하였다. 수리는 대단히 염려하여, 나중에는 쥬피타(이상 32쪽)아 옷 위에 알을 낳고 이것을 보호하여 주길 신에게 애걸하였다.

그런데 소똥굴이는 먼지 한 줌을 쥬피타아 옷에 떨어뜨렸으므로 쥬피타아는 이것을 털려고 하다가 그만 알을 땅에 떨어뜨려 깨지고 말았다.

쥬피타아는 소똥굴이가 따라 다니는 까닭을 물은 다음, 수리가 남을 불상이 여기는 마음이 부족한 것을 책망한 뒤, 그 후부터 수리의 알 까는 철을 변하여 소똥굴이가 안 나오는 때로 하였다.

하는 것이 그 寓話이다. 그러나 고린도 市民을 이소프의 賢明한 譬喩을 듣지 않고, 이소프를 殺害하였다. 그 後 델파이市에는 災難이 續出하므로 市民은 이것은 이소프의 怨靈이 復讐하는[199] 것이라고 하여 謝罪式을 行하고, 또 리

---

[199] '復讐하는'의 오식이다.

십뻐스라는 彫刻家에게 이소프의 像을 彫刻시켜 이것을 七賢人의 像과 함께 建立하였다. 이것은 이소프 死後 200年 後일이다.

이소프 寓話가 처음 蒐集된 것은 紀元 前 300年에 아데에네의 哲學者이고 政治家이던, 데메트리우스(Demetrius)의 學力으로 되었다고 傳하는데 얼마나한 寓話가 蒐集되었는지 判明되지 않았고, 그 後 이소프 寓話를 蒐錄한 것은 패드루스(Phadrus)로 羅馬 데이베리우스 皇帝 時에 羅甸語의 抑揚 格 詩體로 쓴 이소프 寓話 五卷을 上梓하였다. 이 寓話의 多數는 今日까지 남아 있다.

其後 紀元 315年頃 修辭家 아푸토니우스(Arhthonius)[200]가, 이소프에 關한 論文을 發表하고, 同時에 그 寓話를 羅甸語의 散文으로 또 다음에 紀元 千年頃에 바렌티니안帝의 家庭敎師 아우소니우스(Ausonius)[201]가, 이소프 寓話에서 取材하여 詩를 썼고, 同時代人 아벤너스(Avienus)[202]도, 이소프 寓話를 羅甸語의 哀歌體로 쓴 것이 今日까지 傳來하고 있다.

13世紀에 이르러 이소프 寓話는, 7 世紀 間 暗黑時代를 脫出하여, 두 번째 世界童話界에 復活하였다. 그것은 막심·부란데스[203]의 功績이었다. 부란데스(1260~1310)는 곤스단치노불의 學僧으로, 1327年에 外交上의 使命을 띠고 베니스에 가서, 안도로니가스 皇帝 朝庭에 使臣으로 가서,[204] 크게 西帝

---

200 안티오크의 아프토니우스(Aphthonius of Antioch)는 그리스의 소피스트이자 수사학자(웅변가)였다. 그의 생애에 대해서는 알려진 게 없다. 이솝 스타일을 따라 아프토니우스가 수집한 40편의 우화 선집은 오늘날까지 전하고 있다.

201 아우소니우스(Ausonius: 310년경~395년경)는 로마 제국의 갈리아 아퀴타니아(Gallia Aquitania: 현 프랑스 보르도 지방) 출신의 시인이자 수사학 교사였다. Decimus 또는 Decimius Magnus Ausonius라고도 한다.

202 아비에누스는 기원후 4세기경의 라틴어 작가로 씨명은 Postumius Rufius Festus이고 Avienus로도 불렀다. 에트루리아(Etruria: 현 이탈리아 중부 지방)의 볼시니(Volsinii) 사람으로 두 번이나 집정관으로 지명되었다.

203 플라누데스(Planudes Maximus 또는 Maximus Planudes: 1260~1310년경)는 동로마제국 시기 그리스 지역의 사제, 학자, 서적 편집가, 번역가, 문헌학자, 신학자이다. 플라누데스의 번역본은 동방의 고대 지식을 서유럽의 라틴어 문화권에 전해 주는 역할을 하였다. 『그리스 사화집(Greek Anthology)』은 오랫동안 표준으로 평가되었고, 『이솝의 생애와 우화(Life and Fables of Aesop)』는 뛰어난 업적으로 알려졌다. 이 『이솝 우화』가 현재 널리 읽히고 있는 것의 원전으로 알려져 있다.

國의 古學을 研究하고, 이소프 寓話 150篇을 編하고 이것을 版에 붙이었다. 이 寓話集은, 後年 바부리어스의 이소프가 發表될 때까지, 最大의 이소프 寓話集으로써, 이 寓話 世界에 傳播되어진 根源이 되었던 것이다.

비싸린 帝國의 滅亡 後, 西帝國에 있어서의 文藝復興의 機運과 同伴하여 이소프 寓話도 亦是 顯著한 復興을 招來하여, 聖書 及 希臘의 古典文學과 함께 尊重하게 되었는데, 活版術의 發明은 一層 이소프 寓話 傳播에 新紀元을 劃하였다.(이상 33쪽)

1475年부터 1480年에 이르러, 악클시우스(Accwsius)[205]는 부란데스의 이소프를 刊行하고, 그로부터 後 5年 有名한 칵쓰톤(Caxton)[206]은, 이것을 英譯하여 웨스트민스터에 있는, 그의 印刷所에서 印刷하였다. 이 두 冊은 大英博物館에 保存되어 있다.

獨逸에서는 宗敎改革과 함께 이소프의 寓話는 널리 傳播되었다. 이소프 寓話는 新敎徒와 舊敎徒를 勿論하고, 이것을 利用하고 愛誦하였는데, 獨逸의 宗敎 改革者들을 羅馬에 對한 反抗의 言辭의 多數를 이소프 寓話 中에서 引用하였다.

宗敎改革者 마틴 · 루터(Martin Luther)는 聖書 다음으로 이소프 寓話를 尊重하였다는 것은, 후리드립 一世의 司書官이었던 아놀드(Gotfried Arnolel)[207]가 證言한 바로, 그 多忙한 生活 中에서 이소프 寓話 20篇을 獨譯하였다고 한다.

---

204 플라누데스가 안드로니쿠스 Ⅱ세의 임명을 받아 베네치아에 특사로 간 것은 1295~96년이다. 생몰연도를 '1260~1310'이라 해 놓고 '1327'년에 베네치아로 갔다고 하는 것은 모순이다. 최병화가 번역한 아시야 시게쓰네(蘆谷重常)의 『世界童話硏究』(早稻田大學出版部, 1924, 148쪽)에도 똑같이 1327년이라 하였다.

205 아쿠르시우스(Accursius, Bonus)는 플라누데스가 편집한 『이솝우화』를 출판하였고, 5년쯤 뒤 캑스턴은 이를 영어로 번역하여 웨스트민스터 사원에 있는 그의 인쇄소에서 출판하였다.

206 캑스턴(William Caxton: 1422년경~1491년)은 영국 최초의 인쇄업자이자, 편집자, 번역가이다. 1471년 독일 쾰른으로 가 인쇄술을 배운 뒤 영국으로 돌아와 1474년 『역사집(Recuyell of the Histories of Troy)』 영역본을 간행하였는데, 이 책이 최초의 영어 인쇄본이다. 『이솝우화(Aesop's Fables)』는 1484년에 목판 인쇄한 것이다.

207 아르놀트(Gottfried Arnold: 1666~1714)를 가리킨다. 아르놀트는 독일 출신의 루터교 신학자이자 역사학자이다.

新教의 指導者에 依하여 이소프 寓話가 歐羅巴 諸國에 傳播되어 가는 동안에, 舊敎의 指導者들은 멀리 東洋에 있어서 이 貴重한 寓話를 普及시키고 있었다.

17世紀 初葉에 있어서, 瑞西의 學者 네베레트(Nicholas Nevelet)[208]의 寓話集이 發刊되자, 이소프 寓話의 歷史上에 刮目할 만한 大變化가 이러났다. 古來 바부리아스(Babrias)라고 하는 寓話 作家, 或은 寓話 蒐集家가 있었다는 것은 傳하여 왔지만, 누구나 바부리아스가 如何한 人物이란 것을 아는 사람이 없었는데, 네베레트는 1610年에 『미토로기아·이소오피카』(Mythologia Easopica)라고 題한 一大 寓話集을 刊行하고 부란데스가 刊行한 모든 寓話와, 其他 數人이 執筆한 이소프 寓話 外에, 새로 와지간 圖書館에 秘藏하여 있는 古文書 中에서 發見된, 未刊의 寓話 156篇을 收錄하고, 그中 40篇은 아부도뉴스,[209] 43篇은 바부리아스로 그 外 若干의 羅甸文 寓話를 包含하였다. 實로 이것은 이소프 寓話 全集이라고 할 수 있는 豪華全集이었다.

何如間 이소프 寓話의 作品은, 或은 文筆로, 或은 口舌로 後世에 遺傳되었고, 또 이것을 筆記하여 蒐集한 사람도 있었음에 틀림없었다. 그러는 동안에 自己의 新作, 또는 他國에서 傳來하여 온 寓話들을 擧皆 이소프 作으로 收錄한 사람도 不少하였을 것이다.

그 收集者 中 著名한 것은 바부리아스로, 바부리아스 原書로부터 다른 많은 이소프 特히 부란데스의 이소프와 같은 것도 나왔을 것이라고 想像된다. 現存의 이소프 寓話의 어느 部分만이, 純正한 이소프 本人의 作品인가를 明確히 區分할 수가 없다.

네베레트와 바바소아 學者는, 여러 가지 內在的 證據를 列擧하여 이소프 (이상 34쪽) 寓話 中에 使用한 語句 假令 後世 基督敎會의 用語인 "聖僧" 같은 語句의 存在로써, 非 이소프 寓話說의 證據를 삼고 있지만, 信語 같은 것은

---

208 네벨렛(Isaac Nicholas Nevelet)을 가리킨다. 네벨렛은 1610년 이솝우화를 모은 『Mythologia Aesopica』를 발간하였다.

209 아프토니우스(Aphthonius of Antioch)의 오식이다.

그 時代에 應하여, 改作할 수가 있으므로, 卓越한 寓話 蒐集家가 前 時代의 言語를 그 時代의 言語로 改作하였다고 하여도, 疑心할 수 없는 事實일 것이다.

이소프 寓話의 特徵은 그 簡潔, 直截, 殺人的인 것에 있다. 寓話의 妙味는 이러한 點에 存在한 것으로, 이 點으로 보면 冗漫 迂遠을 極한 히도바데샤의 寓話와 같은 것은, 큰 失敗라고 할 수밖에 없다.

히도바데샤를 宗主로 한 東洋 寓話는 大槪 冗漫, 迂遠의 弊를 免치 못하였으나, 西洋 寓話作家는 모두 이소프 作品에서 模倣하였으므로 어느 것이나 簡潔의 妙를 具備하고 있다. 이소프 寓話는 또 그 敎訓을 極히 容易하게 解得할 수 있으므로, 男女老少를 勿論하고 興味를 가지고 들을 수가 있다. 難解로 註釋을 要하는 寓話는 極少하다. 이것이 이소프의 第二의 特徵으로, 널리 敎育上에 利用價値를 多分히 가지고 있다.

이소프 寓話는 우리나라에도 斷片的으로 敎科書에 登載되고, 兒童雜誌에도 紹介되었다. 8·15 以後 林炳哲 氏 譯으로 高麗文化社 發行과 崔暎海 氏 譯으로 正音社 發行이 있다.[210] 여기 例話 二篇을 紹介하니 이소프 寓話의 妙味를 鑑賞하여 보시라.

농부와 아들

한 농부가 늙고 병들어 장차 숨을 거둘려 할 제 아들 형제를 머리말에 불러 앉히고 유언을 하였읍니다.

"애들아 나는 간다. 내가 없더라도 너희들은 밭에서 나오는 것으로 잘 살아라."

농부가 죽고 장사가 지난날부텀 두 아들은 괭이를 메고 밭으로 나가 한 구석도 남김없이 파고 갈고 헤치고…… 아버지가 숨켜 둔 보배를 — 아들들은 필경 아버지가 훌륭한 보배를 아무도 모르게 숨켜 두었다가, 저이들에게 아르켜 주신 거다 생각했읍니다.

그 넓은 밭을 두 번 세 번 파 넘겨도 아무것도 나오는 것을 보지 못한 아들은

---

210 임병철 역, 한홍택 그림의 『이소프 얘기』(高麗文化社, 1946)와 최영해(崔暎海)의 『이소프 이야기』(정음사, 1946)를 가리킨다.

돌아가신 이가 망녕이 나서 그렇게 말한 줄로만 알았읍니다.

그해 가을이 되었읍니다. 두 아들의 밭에는 일찌기 보지 못할 만(이상 35쪽)큼 곡식이 잘되었읍니다. 이것은 오로지 땅을 여러 번 갈아엎은 덕택이었읍니다. 늙은 아버지가 두 아들에게 남기고 간 보배가 열매를 맺은 것을 아들들은 그때야 깨달아 알았읍니다.

나그네와 곰

두 친구가 같은 길로 여행을 가면서, 무슨 일이 있으면 서로 돕기로 굳게 약조하였읍니다.

하루는 산골서 커다란 곰과 딱 마주쳤읍니다. 한 사람은 어찌나 겁이 났던지, 친구 생각도 못하고, 높다란 나무에 기어 올라 숨었읍니다마는, 남저지 한 사람은 미처 그럴 틈도 없어, 영낙없이 곰과 싸우지 않을 수 없게 되었읍니다. 그럴 때, 이 사람의 머리에 번개같이 스치고 간 생각이 있으니, 그는 곰이란 원래 죽은 사람은 건드리지 않는다는 이야기를 들은 기억입니다. 그리하여 그는 죽은 듯이 땅에 엎드려 숨까지 죽이고 있으려니까, 곰이 어슬렁거리며 가까이 오더니만 나그네의 코에다 주둥이를 대어도 보고 입에도 가슴에도 대어 보는 것이었읍니다.

나그네는 진정 죽은 사람처럼 숨을 꼭 죽이고 있었던 까닭에 곰은 정말로 죽은 사람인 줄만 여기고 그냥 딴 곳으로 가고 말았읍니다.

곰이 아주 멀리 사라진 뒤에, 나무에 올라갔던 친구가 내려오더니, 아직도 엎드려 있는 친구를 흔들어 일으키며 물었읍니다.

"아까 보려니, 곰이란 놈이 주둥이를 자네 입에다 대고, 무엇이라 소군거린 것 같두구면, 그래 무슨 얘기를 그렇게도 정답게 하던가?"

이 말을 듣고 그는 대답했읍니다.

"응, 별로 숨길 만한 얘기도 못 되네. 곰이 단지 한 마디 나에게 충고를 하기를, 친구가 위급한 경우를 당한데도 조금도 건져 줄 생각도 않고 내버리는 사람과는 사괴지 말라고 하데."

— 崔暎海 著 이소프 이야기에서 — (계속)

崔秉和, "世界童話硏究", 『조선교육』, 제3권 제2호, 1949년 4월호.

第1篇 口碑童話

第4章 아스뾜룬젠의 童話

歐羅巴의 極北, 北海와 빨트海 사이에 끼어서 스칸디나비아 半島가 있다. 그 東岸 빨트海에 面한 瑞典은 比較的 平地에 富하고, 交通도 便利하지만, 大西洋에 面한 놀외이는 南에는 교렌 山脈 峨然히 솟았고, 北에는 無數한 峽灣이 깊이 灣入하여, 極北에서 오는 冷潮는 不絶히 海岸을 侵襲하여, 멀리 歐羅巴 帝國과 隔絶되어 있다.

이러한 地勢에 있는 놀외이는 異民族과의 交通이 稀少하여, 스스로 爭鬪의 機會도 全혀 없다. 더욱이 陸地에는 農産과 林産이 豊足하고, 海에는 漁獲이 豊盛하여 生活이 極히 安定되었다. 따라서 그 民族性은 平和를 愛護하고, 戰鬪를 憎惡하는 粗朴活淡한 것이 模範할 바가 있다.

이러한 國家의 모두 쥬돈 民族으로 놀외이 童話와 獨逸 童話는 大端한 色彩의 差異가 있다. 生活苦의 反映과, 戰鬪的 精神과 같은 것은 여기서는 發見할 수가 없고, 原始的인 粗朴, 神秘, 迷信的 傾向이 濃厚하다.

끄림 兄弟의 童話 大蒐集 以來 童話熱은 크게 勃興하고, 歐羅巴 各國에서는 學者의 熱心한 蒐集 事業이 盛行하였는데, 그中에서도 가장 優秀한 業績을 나타낸 사람은 놀외이의 아스뾜룬젠이다. 끄림 兄弟는 元來 言語學者이었으므로 童話와의 關係는 없지 않으나, 아스뾜룬젠은 童話와 傳說과의 緣이 먼 博物學者이었다.

自然科學의 事業은 鄕土에 接하는 機會가 많아서 鄕土를 愛護하고, 傳說을 尊重하는 傾向이 있다. 페터·크리스덴·아스뾜룬젠(Peter Christen Asborusen)[211]은, 1812年 크리스챠니아에서 誕生하였다.(이상 58쪽)

---

[211] 아스비에른센(Peter Christen Asbjørnsen, 1812~1885)을 가리킨다. 아스비에른센은 노르웨이의 민속 연구가이자 소설가다. 『그림 동화집』에 자극을 받아 모에(Jørgen Engebretsen Moe)와 함께 민담을 수집하여 『노르웨이 민담집』(1842~1844)을, 단독으로 『노르웨이 요정

有名한 린네를 비롯하여, 많은 自然科學者를 輩出한 이 나라 靑年의 一人으로서, 그도 또한 그러한 先輩를 좇아 自然科學을 그 終生의 探究의 目標로 하고, 크리스챠니아 大學에 入學하여 博物學을 배웠다.

그러나 一面에 있어서, 이야기의 趣味를 가진 性格은 일찌기 그에게서 發露하여, 그 學友 中에서 그보다 若干 年下이었던, 올켄·모어(Jorgen Moe) 後에 크리스챠니스산트의 大僧正이 된 有名한 抒情詩人)와 함께 幼時부터 爐邊에 앉아서 들은 怪談과, 童話를 記述하여 學課의 餘暇를 利用하여 몇 篇의 童話集을 엮었다.

이 二 少年의 餘技가 漸次 長成하여, 後年 놀외이 國民文學의 一大 根幹이 된 것을 生覺하면, 少年의 趣味를 輕率히 看過할 수는 없다.

大學 卒業 後 아스뾜룬젠은 暫時 地方으로 가서 敎鞭을 잡았다가, 4年 後 다시 돌아와 自然科學 硏鑽에 從事하고, 1846年 政府의 命令을 받아 놀외이 海岸의 生物學을 硏究하고, 1849年에는 地中海의 生物 探險을 行하고, 뒤이어 삭소니이 森林 中에서 生物學的 硏究에 從事하였다. 이렇게 南船北馬 奔忙한 硏究生活 中에서도, 그의 傳說 蒐集의 興味는 喪失되지 않았다.

當時 끄림의 感化를 받아 傳說 蒐集熱이 到處에 勃興하여 필랜드의 古詩 「가레바라야」, 마쟈人, 샐비야人의 詩歌 等도 이때 蒐集되었던 것이다. 어찌 아스뾜룬젠의 마음은 動搖되지 않을 수 있으랴. 그는 그 生物 蒐集 旅行에서 不斷히 그 地方 老人과 交際하여 이제 바야흐로 消滅되어 가려는 傳說을 記錄할 것을 忘却치 않았다.

아스뾜룬젠보다는 沈默 靜思를 愛護하였던 모어는 大學을 卒業 後, 卽是 地方 牧師가 되었다 平穩無事한 鄕村에서 粗朴한 農民들을 벗으로 하는 牧師의 生活은, 또 傳說 蒐集에 適合하였다. 아스뾜룬젠과 모어는 從從 相逢하여 그 蒐集의 結果를 比較하였다. 이렇게 하여 이 두 靑年의 長久한 勞作의 結果가, 1832年 비로소 世人의 耳目에 안 띄는 "Nor"라고 題한 小童話集으로 되어 世上에 나왔을 때, 果然 世人은 아무런 注意도 이 冊에 기우리지 않았는데, 1842年 다시 『놀외이 民話集』(Norska Folke cuentyr)[212]의 第一卷이 크리스

───────────

이야기』(1882~1848)를 발간하였다.

챠니아에서 出版되자, 漸次 世人의 視聽이 두 靑年에게 集中되고, 1871年에는 아스뾀룬젠 單獨 執筆로 그 第二卷이 刊行되었다.[213]

그 後 또 아스뾀룬젠은 主로 森林과 牧場地方의 怪談을 蒐集한 『Huldre centyr』[214]를 出版하였다. 그는 1885年 1月 6日 74歲에 高齡(이상 59쪽)으로써 크리스챠니아에서 別世하였다. 모어는 이보다 3年 前 逝去하였다.

아스뾀룬젠의 童話 中 가장 널리 알려진 것은 「바다는 왜 짠가?」 하는 이야기로 西洋 讀本의 敎材로 씨었고 우리나라에서도 널리 알려졌다. 이제 그 梗槪를 簡單히 紹介하면 아래와 같다.

「바다는 왜 짠가?」 梗槪

부자 형과 가난한 아우가 있었는데, 아우는 형에게 와서 도와 달라고 애원을 하였으나, 인색한 형은 도와주지를 않았읍니다. 어느 크리스마스 날 저녁에, 아우는 형에게 가서 크리스마스를 축하하겠으니, 뭣이든지 음식을 달라고 하니까, 형은 만일 네가 나의 말하는 대로 한다면, 하무를 주겠다고 대답을 하였읍니다. 아우는 뭣이든지 형의 명령대로 하겠다고 대답하니까, 형은 그러면 지옥에 가라 하고 하무를 주었읍니다.

아우는 하무를 받아 가지고는 정직하게 지옥에 가는 길을 찾아가니까, 노인 한 분이 그 길을 가르켜 주면서

"지옥엘 가면, 망령들이 그 하무를 달라고 할 테니, 문 뒤에 있는 절구 외에는 바꾸지 말어라. 그 절구는 뭐이든지 소원하는 대로 찧어 주는 절구니까?" 하고 일러 주었읍니다.

지옥에를 가보니까, 과연 망령들은 하무를 달라고 모여 왔으므로 아우는 보물 절구와 하무와 바꾸고는 집으로 돌아왔읍니다. 그리고 여러 가지 물건을 절구에서 찧어내서, 즐겁게 크리스마스를 보냈읍니다.

---

212 『노르웨이 민화집(Norske folkeeventyr)을 가리킨다.
213 페테르 아스비에른센(Peter Christen Asbjørnsen, 1812~1885)과 외르겐 모에(Jørgen Engebretsen Moe, 1813~1882)가 펴낸 『노르웨이 민화집』(1842~1844)을 가리킨다. 이어서 아스비에른센 혼자 『노르웨이 요정이야기』(1845~1848)를 펴냈다.
214 『노르웨이 요정이야기(Huldre - Eventyr og Folkesagn)』를 가리킨다.

어느 날 아우는 친구와 일가를 청해다가 큰 잔치를 베풀었는데, 형은 가난한 아우가 갑자기 부자가 된 것을 이상스럽게 생각하고, 그 까닭을 묻고는 그 보물 절구를 몹시 탐을 내서, 다음 추수 때까지 300원을 줄게 빌리라고 청을 하였읍니다. 그리고는 여러 가지로 달래어서 그 절구를 빌려 왔읍니다.

먼저 뭣을 찧어 낼가 생각한 끝에, 아침 점심때이었으므로 와 죽을 찧어 냈는데, 내기는 하였지만 그치게 하는 방법을 몰라서 청어의 떼와 죽이 방과 뜰에 넘쳐 나오고, 길까지 넘쳐 나와서 도망을 가도 청어와 죽이 쫓아와서 숨이 맥혀 죽을 지경이라, 아우의 집으로 가서 절구를 머므르게 하여 달라고 청하였읍니다. 아우는 300원 더 주지 않으면 난 모르겠다고 하므로, 할 수 없이 300원을 내주었읍니(이상 60쪽)다. 이렇게 하여 아우는 형에게서 어렵지 않게 절구를 찾았읍니다. 그 후에 아우는 절구에서 여러 가지 보물을 찧어 낸 다음, 훌륭한 집을 짓고 그 집에서 살았읍니다. 이 소문을 들은 수부들이 어느 날 아우집을 찾아와서는, 그 절구를 훔쳐서 배에 싣고 멀리 도망하였읍니다.

그때 배 속에는 소곰이 없어서 쩔쩔 매던 판이므로, 그 절구에서 소곰을 찧어 냈는데, 이 수부들도 그치게 하는 방법을 모르므로, 소곰은 절구에서 꾸역꾸역 무진장 나와서, 나중에는 배가 가라앉아 버렸읍니다. 그 후부터 절구는 바다속에서도 소곰을 쉴 새 없이 찧어 내므로, 바닷물은 지금까지 짜다고 합니다.

이 이상한 보물 절구의 空想은 가레바라(Kalevala)에도 記錄되어 있다. 그것은 "삼포"(Sampo)라고 하는 절구로 하늘에 천정을 만든 철공 일마리넨이 英雄 와이나모이내의 附託을 받고 만든 것이다.

"첫째 날은 옥수수를, 둘째 날은 소곰을, 셋째 날은 금을 찧어내는 절구"라고 한다.

이 童話에 나타난 절구는 必竟 "삼포"와 同一한 起源을 가진 것일 거다. 何如間 自然의 惠澤이 稀薄하고, 物資 求하기가 困難한 北歐 人間에는, 이렇한 寶物 傳說이 發達된 것은 無理한 現象이라 할 수 없어서 其外 數多한 寶物에 關한 空想이 있는데, 이 이상한 절구와 같은 것은 其中에서도 가장 特異한 것이다. 같은 寶物을 材料로 한 童話에 「北風에게로 간 少年」이란 이야기가 있다.

「北風에게로 간 少年」 梗槪

가난한 소년이 어머니 한 분을 모시고 살았읍니다. 어느 날 장에 가서 소고기를 사 가지고 오는데, 북풍이 불어와서 고기를 처 갔읍니다.

소년은 분하여 곧 북풍에게로 찾으러 가니까, 북풍은 "나는 고기를 안 가져왔지만 네 정상이 가엽다." 하고 넓은 보재기를 주었읍니다. 그 보재기를 펴고 "보재기님, 음식을 주시오." 하면 그 위에 여러 가지 음식이 나오는 신기한 것입니다. 그 소년은 기쁘게 받아 가지고 집에 오는 길에, 어느 주막집에 머물러서 그 보재기의 신기한 것을 시험하니까, 그것을 보고 있던 사람, 그중에도 주막집 마나님이 몹시 탐을 내서 깊은 밤에 다른 보재기와 바꾸어 놓았읍니다.(이상 61쪽)

그 소년은 그것을 모르고 집에 와서야 비로소 알고, 깜짝 놀라 두 번째 바람집으로 가서 사정 이야기를 하니까, 바람은 소년에게 염소를 한 마리 주었읍니다.

그 염소는 "염소야, 돈을 나라." 하면 당장 금돈을 낳는, 이상한 짐승이었읍니다. 소년은 기쁘게 받아 가지고 또 그 주막집에 머물러서 시험하였는데, 이번에도 마나님은 탐을 내어 깊은 밤 다른 염소와 바꾸어 놓았읍니다.

그 소년은 그것을 모르고 집에 와서야 비로소 알고, 깜짝 놀라 세 번째 바람에게로 가니까, 바람은 이상한 지팽이를 소년에게 주었읍니다.

그 지팽이는 "지팽아, 때려라." 하면 저 저 혼자서 함부로 따리고, "지팽아, 그쳐라." 하면 곧 땅에 쓰러지는 신기한 지팽이었읍니다.

그 소년은 지팽이를 가지고 또 그 주막집에 머물러서 시침이를 뚝 띠고 잠을 자는 척 하니까, 욕심 많은 주막집 마나님은 지팽이도 신기한 재주를 가진 보물로 알고, 몰래 들어와서 지팽이를 훔쳤읍니다. 그때 소년은 "지팽아, 때려라." 명령하니까, 지팽이는 벼란간 껑충 뛰어오르드니 인정사정없이 마나님을 때렸읍니다. 매를 맞는 마나님은 소년에게 살려 달라고 빌었읍니다.

"내 보재기와 염소를 주면 용서를 하죠." 하니까 욕심쟁이 마나님도 할 수 없이 보재기와 염소를 내주었읍니다. 이렇게 하여 그 소년은 어머니를 모시

고 행복스럽게 지내었읍니다.(이상 62쪽)

崔秉和, "世界童話研究", 『조선교육』, 제3권 제3호, 1949년 5월호.

第1篇 口碑童話

第4章 佛蘭西 童話

佛蘭西는 東洋 及 東歐의 文化가 西洋으로 들어가는 門戶가 되어 있었으므로, 比較的 早速히 文明이 發達하고, 特히 루이 王朝의 文化는 유우롭 文化의 中心地라고 하는 盛況을 이루웠다.

이러한 나라에서 口碑童話가 速히 消滅된 것은 當然한 歸結이라 하겠지만, 特히 佛蘭西에 있어서는 藝術童話가 가장 일지기 發達하고, 17世紀에 이미 페로울, 도오루노아 같은 大家가 輩出하여, 그의 作品은 널리 上下에 普及하였으므로 爐邊의 民話는 그 影體를 失하게 되었다.

끄림 兄弟의 童話 蒐集에 刺戟을 받아서, 童話 蒐集熱이 유우롭 全土를 風流하자, 佛蘭西도 亦是 파울·세비로오[215] 其他 童話 蒐集家가 나타나서, 多少 童話를 蒐集하였지만, 때는 이미 晩時之感이 있어서, 끄림 童話나, 아일랜드 童話와 같은 濃厚한 國民性의 表現은, 佛蘭西 童話에서는 發見할 수가 없었다.

세비로오(Paul Sebillot)는 1843년 마티는에서 出生하여, 처음 法律을 修學하였지만 後에 畵家가 되어, 1870年 頃부터 1883年까지 그 그림을 사른에 出品하였다. 그 後에 다시 그는 傳說 蒐集에 뜻을 두고, 1889年 民間傳說講話會(Corgress des Traditions Populaires)의 書記가 된 以來, 專혀 民話 蒐集과 硏究에 從事하고, 民話 雜誌(Revuedles Tradition Populaires)[216]를

---

[215] 세비요(Paul Sébillot: 1843~1918)는 프랑스의 민속학자, 화가, 작가이다. 잡지 『민간전승 잡지』의 편집자로 근무하였다. 저서로 『오트 브르타뉴의 구비전승(La littérature orale de la Haute-Bretagne)』, 『프랑스의 민속학(Le folklore de France)』(1906) 등이 있다.

編纂 發刊한 外에, 民俗과 傳說에 關한 많은 著書가 있고, 더욱히 1884年에 發行한 『佛蘭西地方 民話集』(Contes des Prevince de la France)[217]은 世人이 推奬하는 바다. 다음에 부리다니 地方의 傳說을 1 篇 紹介한다.(이상 62쪽)

거짓말 싫어하는 임금님

옛날 어느 나라에 거짓말을 싫어하는 임금이 계셨읍니다. 그 임금님은 한평생 동안 결코 거짓말을 아니 하기로 결심한 분이었으므로 남이 거짓말을 하는 것을 몹시 싫어하셨읍니다. 그런데 신하들은 언제든지 태연하게

"아냐, 그럴 리가 있나? 그것은 거짓말야."

"자네는 거짓말을 잘하네그려." 하고 이야기를 함으로 임금님은 그때마다 얼굴을 찡그리고 화를 내셨다. 그리하여 왕은 더 참을 수가 없어서, 어느 날 신하들을 불러 놓고

"너희들 잘 들어라. 너희들이 서로 거짓말이니, 거짓말쟁이니 하는 것은 듣기가 싫다. 아무것도 모르는 외국 사람은 짐을 거짓말쟁이 왕이라고 할 것이 아니냐. 이후부터 대궐 안에서 남의 말을 거짓말이라고 하는 것을 엄금한다. 만일, 이 법을 깨뜨리는 사람이 있으면, 누구를 물론하고 면직을 시킬 테다."

왕이 무슨 말씀을 하시나 하고 모여든 신하들은 이 뜻밖의 법을 듣고

"네 지당하신 말씀입니다." 머리를 숙으리며 법을 직킬 것을 맹세하였읍니다. 그때 제일 끝자리에서

"황송합니다마는 임금님께 말씀드립니다."고 하는 사람이 있으므로 누구인가 돌아다보니, 그 사람은 신하 중에서도 지위가 제일 얕은 뜰 지키는 소년이었읍니다. 왕은 이상스럽게 생각하시고

"무슨 말이냐?"고 무르셨읍니다. 소년은 두려워하는 빛도 없이

"만일 페하께서 우리들을 거짓말쟁이라고 부르신다면 어떻게 하시겠습니까? 페하께서도 면직…………" 여기까지 말할 때, 총리대신은 깜작 놀라서

---

216 ‘Revue des Tradition Populaires’의 오식이다.

217 ‘Contes des Province de la France’의 오식이다.

"이놈 무엄한 놈, 물러가거라."고 호령을 하였읍니다. 그러나 왕은 조금도 노하신 기상이 없이

"가만 두어라. 따는 너희들에게만 법을 정하고, 짐에게 정하지 않았다는 것은 짐이 실수하였다. 물론 짐이 거짓말이라고 부를 리가 결코 없다. 만일 짐의 입에서 거짓말쟁이라는 말이 나온 것을 들은 사람이 있을 경우에는, 짐은 면직………은 할 수 없는 까닭에 짐의 공주를 그 사람에게 주기로 하겠다."고 말슴하셨다.

공주는 세상에 드믄 미인으로, 왕이 누구보다도 제일 사랑하시는 터이므로, 신하들은 깜작 놀랐읍니다. (이상 63쪽)

그 후 임금님 생일날에 왕께서는 신하들을 모아 놓고, 큰 잔치를 베푸신 다음, 여흥으로 제각기 아는 재미있는 이야기를 하나씩 하기로 되었읍니다. 총리대신으로부터 시작하여 차례차례로 재미있는 이야기를 하고, 맨 끝에 뜰직이 소년의 차례가 되었읍니다.

"애, 넌 할 이야기가 없느냐?"고 왕이 무르셨다.

"천만에 말슴입니다. 재미있는 이야기가 하두 많아서 지금 제일 재미있는 이야기를 고르는 중입니다."

"참, 신통한 소년이로군 어디 한마디 해라."

"네에." 소년은 왕 가까이 와서 이야기를 시작하였읍니다.

"저는 폐하 궁전에 오기 전에는, 애비가 경영하는 물방아간에서 물방아직이 노릇을 하였읍니다. 그래서 날마다 그곳에서 찧은 가루를, 당나귀에 싣고 장으로 팔라 갔읍니다. 어느 날은 짐이 너무 무거웠던지 당나귀 등뼈가 부러졌읍니다."

"아, 참 가엾게 되었구나." 왕은 말슴하셨읍니다.

"저는 곧 울타리 옆에 있던 느티나무 가지를 꺾어서, 당나귀 등에다가 찔렀읍니다. 그러니까 그 느티나무가 그대로 뼈가 되어서 당나귀가 벌떡 일어나서 그 짐을 싣고 장으로 갔읍니다. 폐하, 어떠습니까?"

"응, 그거 잘 됐구나 그레서."

"네, 그 다음을 이야기하겠읍니다. 그 이튿날 아침 말간에 가보니까, 이것 보십쇼 당나귀 등에서 느티나무가 나왔읍니다. 나는 뜰로 끌고 나가니까,

이상하게도 느티나무는 부쩍부쩍 자라더니 눈깜작할 동안에 하늘까지 뻗치었읍니다. 어떠습니까?"

"그거 참 굉장하구나. 그레서."

"그레서 저는 느티나무로 기어 올라가서 햇님에게까지 가서 놀고 그다음에는 달나라에도 가서 놀았읍니다. 그러는 동안에 배가 고파서 땅으로 내려오려니까, 제 당나귀는 다른 곳으로 갔는지 느티나무가 보이지 않습니다. 그레서 이리저리 궁리한 끝에, 마침 달나라에는 추수 때라 짚단이 흩어져 있었으므로 그것을 이어서 사닥다리를 만들었읍니다."

"그건 잘 생각했구나."

"그런데 그만 그 짚 사닥다리는 30 자쯤 부족하였으므로, 땅으로 거꾸로 떨어져서 큰 바위 위에 머리가 묻쳤읍니다.

"그것 참 재미있다. 그레서 어떻게 되었니?" 왕은 열심히 들으셨읍니다.(이상 64쪽)

"저는 있는 힘을 다하여 뽑을려고 한 까닭에, 그만 머리와 몸이 따로 떨어져서 머리만 바위 속에 남았읍니다. 저는 곧 아버지 물방아간으로 가서 쇠뭉치를 가지고 와서, 바위를 깨뜨리고 머리를 꺼낼려고 하였읍니다.

그런데 와서 보니까 큰 넉대가 제 머리를 바위에서 끄내서 먹을려고 하는 참입니다. 이놈이 하고 저는 쇠뭉치로 넉대의 등덜미를 내리치니까, 넉대는 끼익하더니 죽어 버렸읍니다. 그 순간 넉대 입에서 책 한 권이 튀어 나왔읍니다.

"괴상한 일이로구나." 왕께서는 눈쌀을 찝흐리면서

"그래 책에는 무슨 글이 씨였던?"

"그 책에는 무엇이 씨어 있는 줄 아십니까? 황송하게도 국왕 폐하는, 옛날 저의 아버지 물방아간직이 노릇을 하던 소년이라고 씨어 있었읍니다."

"이놈, 허무맹낭한 거짓말을 하는 놈 곧 사형에 처해라." 왕께서는 얼굴이 싯뻘개저 가지고 벌떡 일어나셨읍니다. 대신들도 깜작 놀라 야단법석이었읍니다. 그러나 소년은 태연한 얼굴로

"인제 됐다. 됐다."고 손벽을 치면서 웃었읍니다.

"뭐, 뭐가 됐단 말이냐?" 왕은 점점 성이 나서 호령을 하셨읍니다.

"폐하, 지금 저를 거짓말쟁이라고 하셨지요. 약속하신 대로 공주님을 저에

게 주셔야 하겠습니다."

"아하, 그럼 네 꾀에 넘어갔구나." 왕께서는 대단히 분해하시였지만, 한번 약속한 이상 위반할 수도 없으므로, 그여히 공주님을 그 소년의 색시로 주셨읍니다. 나중에 그 소년은 훌륭한 사람이 되어 왕을 위하여 일을 많이 하였다고 합니다.

第5章 伊太利 童話

伊太利는 詩의 나라고 傳說의 나라다. 數千年에 亘한 悠久한 歷史와 美麗한 自然과 神秘的인 가도릭敎가 있는 伊太利는 傳說의 王國이 아니 될 수 없었다. 伊太利에는 基督敎가 가장 빨리 發達하여 다른 나라에서 볼 수 있는 것과 같은 傳說의 一大 集團 假令 아아드王 이야기, 니이베룽겐古詩, 쟈레만 傳說과 같은 것은 없고, 有名한 어리어스의 史詩 Orlando Furioso와 그의 先驅者인 보이알드의 Orlando Innamorato와 같은 것도, 主로 샤레만 傳說에서 取材한 것이지만 적고 아름다운 民間傳說은 葡萄의 果實과 같이 到處에 열려 있다. 그것들의 傳說이 大部分 宗敎的 色彩를 띠우고, 快(이상 65쪽)活하고 明朗한 情調를 가진 點도 注目할 바다.

世人은 윌리암 · 간튼(William Canton)의 流麗한 筆致로 記述된 「스피나룽가의 天使」[218]의 이야기를 읽을 때마다 感激의 눈물을 禁할 수가 없다.

스피나룽가의 總督이 류우마지쓰로 呻吟하는데, 總督 官邸 前 廣場에는 洞里 少年들이 모여들어서, 作亂을 하고 있었다. 總督은 騷亂하여서 少年들을 쫓아 버리고, 그리고 廣場에는 少年의 出入을 嚴禁하였다.

스피나룽가의 洞里는 山上에 있어서 집들이 서로 맞다어 있으므로, 總督官邸 前 廣場이 아니면, 少年들의 놀 터가 없었다. 少年들은 할 수 없이 每日집 속에서 놀고 있는 동안에, 異常한 變化가 일어났다. 少年들은 沈鬱해지고, 無氣力해지고, 明朗하고, 愉快한 웃음은 어느 곳에서든지 들을 수가 없었다.

---

218 캔턴(William Canton: 1845~1926)의 『A Child's Book of Saints』에 들어 있는 작품 「A Children of Spinalunga」를 일본의 아시야 로손(蘆谷蘆村)이 『가톨릭동화보옥집(カトリック童話宝玉集)』(日本カトリック刊行會, 1926)에서 「스피나룽가의 천사(スピナルンガの天使)」로 옮긴 것이다.

父親들은 깊은 沈默에 잠기고, 母親들은 훌적훌적 울게 되었다.

어느 날 修道僧 한 사람이 이 洞里에 들어와서, 洞里 空氣가 一變한데 놀라서, 그 理由를 묻고 그리고 事實을 밝힌 後, 總督을 訪問하고, 少年들의 作亂을 妨害하지 말 것을 勸告하였다.

總督도 少年들을 쫓이고 一時는 氣分이 安靜되었지만, 날이 감을 딸아 寂寞과 孤獨感을 참을 수 없었던 때라, 直時 洞里에 布告를 하여 少年들을 廣場에 모이게 하였다.

少年들의 狂喜는 形言할 수 없었다. 總督은, 修道僧과 함께 그 光景을 바라다보고 있으니까, 異常하게도 그의 눈에는 少年들의 옆에, 적은 天使가 한 사람씩 붙어서 뛰놀고 있는 것이 보였다. 또 힐끗 눈을 들어 寺院의 지붕을 쳐다보니까, 그곳에 彫刻한 어린 基督이 박수를 하면서 웃고 있었다. 다시 이 이야기에 계속하여 일어나는 스피나룽가 洞里야 少年들로 해서 救援을 받은 이야기를 듣지 않더라도, 이 이야기의 價値를 充分히 알 수 있을 것이다. 童心의 尊貴를 끝까지 讚美한 이 傳說과 같은 것이 또 어디 있을가?

伊太利 民話를 가장 일지기 蒐集한 사람은 스트라파로라(Grovanni-Francesco Straparola)다. 그는 가라박끼 出生으로, 1550年서 1554年까지에 『피아체보리·놀티』(Piacevoli Notti)라 題하고 74篇의 民話를 蒐集하여 出版하였다.

이 時代에는 民話 蒐集에 對한 科學的 態度는 누구나 念頭에 두지 않던 時代이었으므로, 스트라파로라가 著述한 民話集도 有名한 데가메론(Decameron)의 體裁를 模倣한 程度이므로, 그 內容도 原形을 破壞한 것이 甚大하다고 認定이 되었다.(55頁로 繼續) (이상 66쪽) (66 페이지에서 계속) 워어더어서(Waters)는 이 冊을 飜譯하여 『스트라바로라의 밤』이라고 題하고 刊行하였다.[219]

---

219 『피아체볼리 노티(Piacevoli notti)』(1550~53)는 이탈리아의 민담 수집가이자 작가인 스트라파롤라(Gianfrancesco Straparola: 1480년경~1557년경)가 보카치오(Boccaccio)의 『데카메론(Decameron)』을 모델로 하여 엮은 2권으로 된 민담집이다. 영어로는 The Pleasant Nights 또는 The Facetious Nights로 번역되었다. 전 74편의 이야기로 이루어졌는데, 뒤에 1편을 다른 2편으로 교체하여 전 75편이 되었다. 워터스(William George Waters: 1844~

스트라바로라 後에 나와서 伊太利 童話 蒐集에 크게 貢獻한 사람은 바시레 (Gianbattista Basile)이다. 그는 나포리 地方의 民話 50篇을 모아서『펜다메로네』(Pentamerone)[220]라 題하고 1637年 나포리에서 刊行하였다.

이 冊은 文體가 難澁하고, 不必要한 만네리즘과 道德化로 因하여 크게 價値를 喪失하였지만, 그中에 採用한 素材는 良好한 것이라고 막돈넬(Anne Macdonnell)은 評하였다. 리이쁘레트(Liebrecht)[221]는 이것을 飜刻하여 1846年 부레스러어에서 出版하고, 버어톤(Sir Robert Burton)은 1893年 이것을 英譯한 外에 테이로(Taylor), 막돈넬(Macdonnell) 等의 譯이 있다.[222] 例話로「이상한 피리」가 있으나 長篇이므로 省略하기로 한다.

(다음은 英國 童話) (이상 55쪽)

崔秉和, "世界童話硏究",『조선교육』, 제3권 제4호, 1949년 6월호.

第2篇 藝術童話

第1章 페로오울과 도오루노아의 童話

童話의 發達은 어느 때까지 口碑童話로서만 滿足하게 하지 않고, 藝術童話를 要求하였다. 人間의 藝術 愛好心은 口碑童話의 口演上에 있어서까지

1928)가『스트라파롤라의 밤(The Nights of Straparola)』(1894)으로 번역하였다.

220 바실레(Giambattista Basile)의『이야기 중의 이야기(Lo cunto de li cunti)(전2권)』(1634~1636)를 가리킨다. 1925년 크로체(Benedetto Croce)가 이탈리아어로 번역하였고, 영어 번역은 1932년 펜저(N.B. Penzer)의『The Pentamerone(전2권)』가 있다. 보카치오(Boccaccio)의『데카메론(Decameron)』과 형식적인 유사성이 있어 첫 번째 편집자가 이 책을『Il pentamerone』라 하였다.

221 리브레히트(Felix Liebrecht: 1812~1890)는 독일의 민속학자이다. 1846년에 바실레(Basile)의『펜타메로네(Giambattista Basile's Pentamerone)』를 번역하였다. 이 책의 서문은 그림(Jakob Grimm)이 썼다.

222 바실레(Basile)의『펜타메로네(Giambattista Basile's Pentamerone)』는 1847년 테일러(John Edward Taylor)가, 1893년 버턴(Sir Richard Burton)이 영어로 번역하였다. 'Sir Robert Burton'은 오식으로 보인다.

美辭學的 洗鍊을 加하였는데, 그것이 한 段階를 넘어서 文章의 形式을 갖추기에 이르르자, 一層 修辭上의 拘束을 받는 일이 增加되어서 口碑童話와는 全혀 相異한 彫琢이 加하는데 이르렀다.

이와 같이 童話가 文章으로 記述하게 되자, 記述者의 藝術的 好奇心은 單只 口碑를 文章으로 記述하는 것만으로는 滿足할 수 없게 되어서, 드디어 口碑를 自己의 藝術的 創作의 材料로서 使用하고 或은 全然 自己의 想像에서 새로운 傳說을 創造해 내 가지고, 그곳에 藝術童話를 制作하는 것이었다.

藝術童話는 반드시 近代에 있어서 發芽한 것은 아니다. 印度의 자아다가 文學과 같은 것은 어느 것이나, 藝術的 彫琢이 加해진 것으로 볼 수가 있다. 또 「아라비안 나이트 이야기」中에서도 이미 豊富한 藝術的 分子를 품은 數多의 童話를 包容하고 있다. 그러나 藝術童話가 文學의 一部門으로서의 獨自的 地位를 確保한 것은 近代的 事實에 屬한다. 近代의 學藝의 모든 部門에 있어서 重要한 地位를 獨占하였던 佛蘭西는 藝術童話에 對해서도 가장 尊貴한 存在를 享有하였다. 何如間 近代의 藝術童話는 佛蘭西에서 發端하였다. 끄림과 안델센이 나오기 以前에는 歐羅巴 童話界는 오직 佛蘭西 作家의 獨舞臺이었다. 루이 14세 時代는, 佛蘭西 王國의 黃金時代이었다. 工業은 隆盛하고 植民地는 發達하고 陸海軍은 歐羅巴에서 覇權을 掌握하고 大學, 大圖書館은 建設되고, 朝廷에는 儀禮가 燦然히(이상 72쪽) 갖추어지고, 國王의 容儀는 莊麗하기 神에 接近한 感이 있고, 宮中의 男女는 宴樂, 祝祭, 遊戲로 消日하고, 詩人 藝術家는 王을 讚美하고 不足한 것을 惶恐하게 여기었다. 이러한 時代이었으므로 才媛 一時에 輩出하고 그리고 누구나 다투어 童話에 붓을 적시었으므로, 佛蘭西 童話界는 百花燎亂한 光景을 이루었다. 이러한 女流作家의 先驅가 되어 嶄然 水平線上에 頭角을 나타내어 近代 藝術童話의 鼻祖가 된 것은 페로오울이다.

챠아루 · 페로오울(Charles Perrault)은, 1628年 1月 12日 巴里에서 出生하여, 法律 工夫를 한 後 官吏가 되고, 1663年 總理大臣 골버트(Colbert)의 秘書官이 되었는데, 官職의 餘暇 藝術에 趣味를 가져 製作이 많아, 1671年 골버트의 推薦으로 學士院 會員에 參列하였다.

그 學士院에서 朗讀한 詩「루이 14世 時代」(Le Siecle de Louis 14)는

古代와 現代와의 比較하여 矛盾이 있다고 하여, 보아로의 反擊을 받았지만 그는 다시 對抗하여 現代主義를 鼓吹하는 作品을 發表하였다.

그의 不朽한 名聲을 나타낸 것은, 겨우 8篇의 童話를 收錄한『Histories on Contes du Temps Passe』[223](1696年)로서 그 文章의 優雅한 것, 그 想像의 豊富한 것, 그 構想의 妙한 것 누구나 追從을 許諾치 않았다. 그는 1703年 5月 19日에 長逝하였다.

페로오울의 童話 8篇이란 것은「잠 자는 美人」(Sleeping Beauty)「빨간 말 탄 사람의 帽子」(Red Riding Hood),「푸른 수염」(Blue Beeard)「장화를 잃은 작은 고양이」(Puss in Boots),「신데레라」(Cinderella),「房毛의 릭크」(Riquet of the Tuft),「엄지손 톱」(Tom Thumb),[224]「金剛石과 두꺼비」(Diamond and Toad)로서 어느 作品이나 歐羅巴 各國語로 飜譯되었고 現今에도 愛讀하는 것은 안델센과 같이 世界的으로 普及되어 있다. 페로오울의 後繼者로서 佛蘭西 童話文學者들에게서 頭角을 나타낸 作家는 도오루노아 伯爵 夫人(Marie Catherine jumelle de Berneville, Countess d'Aulnoy)이다.

루이 14世가 어리석게도 난트 勅令을 廢止한 以後 佛蘭西 作家들은 一時 모두 筆禍를 두려워하여 그 붓을 거두어 文藝의 衰微를 招來하였는데, 루이 老年에 미쳐서 王妃가 別世하고, 王子의 敎育을 맡은 마인테논(Madamme de Maintenon)을 妾으로 迎接한 後 마인테논의 獎勵로서 다시 文藝는 振興하였다.

또 王子의 敎師 보슈엘(Bossuet), 페네론(Fenelon) 等도 王子의 敎育을 爲하여 少年文學의 必要를 力說하였으므로, 宮中 文藝는 크게 復興하기에 이르렀다. 從來 佛蘭西의 詩文는 冗漫, 繁贅한 것이 大部分이었는데, 當時 西班牙에서는 Entreteniamento라 稱하는 通俗(이상 73쪽)的 短篇小說의 一種이 流行하여 人氣를 獨占하였으므로 佛蘭西 作家도 이에 模倣하였는데, 페로오울에 依하여 開拓된 童話도 亦是 이 形式으로 發表되었다. 이 童話는 童幼의 讀物로써 滋味가 있을 뿐 아니라, 그 構想에 있어서 敍法에 있어서도

---

223 『Histoires ou Contes du Temps Passé』의 오식이다.
224 「엄지손 톱」(Tom Thumb)'은 「엄지손 톰」(Tom Thumb)'의 오식이다.

洗鍊되어 成人의 讀物로서도 亦是 興味가 大端하다 하여 忽然 上下에 普及하여 벨사이유의 샤드에도 시골 爐邊에도 童話冊이 없는 곳이 없게 되었다.

이 童話作家 中 가장 傑出한 作家는 도오루노아 伯爵 夫人이다. 夫人은 노루만디 舊家의 後裔로서 1649年 巴里에서 出生, 도오루노아 伯爵에게로 出嫁하였다. 天性 雄辯家로서 座談에 能하여 社交界의 花形으로 稱頌을 받았다.

그 文筆의 妙 亦是 辯의 妙에 지지 않아 童話로서의 여러 角度에 있어서 페로오울에 미치지 못하지만, 同期 諸 才媛 中에는 嶄然 頭角을 나타내었다. 夫人은 딸 兄弟를 두고, 1705年 1月 長逝하였다. 夫人의 童話는 約 24篇으로 페로오울 作과 같이 몇 번 復刻, 飜譯되어 가는 中에 크게 原作의 面貌를 失하였다고 한다.

佛蘭西 諸 作家의 童話는 當時 假作 文學에 對해서는 一新生面을 開拓하였다고 하지만 依然 冗贅한 占은 免치 못하였다. 또 不自然한 空想과 不健全한 것도 不少하였다.

이러한 缺點은 페로오울의 作品에서도 發見할 수 있지만, 페로오울 時代를 떠나면 떠날수록 더 한층 繁冗한 技巧와 不健全한 空想은 더 深刻하여졌다. 浮華, 驕奢를 極한 루이 14世 王室을 中心으로 하고 製作된 童話가 이러한 隨性에[225] 빠진 것은 怪異할 바 없으며, 이러한 童話로써 簡易粗撲한 끄림 童話와 對照할 때는 그 奇觀에 놀랄 것이다. 佛蘭西 童話가 그 起源이 遼遠한데도 不拘하고 敎育的으로 重視되지 않은 理由는 여기에서 遠因한 것이다.

例 話

잠자는 미인(梗槪) 페로오울 作

옛날 어느 곳에 왕이 있었는데, 슬하에 자녀가 없어 늘 탄식하던 중, 왕비가 계집애를 낳습니다. 왕은 크게 기뻐하여 그 세례식에 성대한 잔치를 베풀고 나라 안의 일곱 선녀를 초대하였읍니다. 선녀들 앞에는 진수성찬이 벌려 있

---

225 '惰性에'의 오식이다.

고, 또 아름다운 황금궤를 선물로 받았읍니다. 잔치가 시작될 때 돌연 늙고 못생긴 선녀가 방으로 들어왔읍니다. 그 선녀는 오랫동안 소식이 없어서 모두 죽은(이상 74쪽) 줄로만 생각하고, 왕은 그 늙은 선녀를 초대하지 않았는데, 그 선녀는 야속하게 생각하고 악의를 품고 온 것이 그 얼굴에 분명히 나타났으므로 왕은 놀라서 곧 신하에게 명하여 다른 선녀와 똑같은 음식을 차려 주었지만, 황금궤는 갑자기 만들 수가 없었읍니다.

선녀들은 왕녀를 위하여 각각 선물을 하기로 하였읍니다. 첫째 선녀는 세계 제일의 아름다움을 주었읍니다. 다음 선녀는 천사와 같은 마음을 주었읍니다. 세째 선녀는 예쁜 몸가짐을 주고, 네째 선녀는 무용의 천재를 주고, 다섯째 선녀는 꾀꼬리와 같은 소리를 주고, 여섯째 선녀는 음악의 천재를 주었읍니다.

그때 늙은 선녀는 앞으로 나와서 왕녀는 15세 때 길쌈바늘에 손가락을 찔려 그대로 죽을 것이다 하고 저주하였읍니다. 일동은 깜짝 놀랐는데, 이때 일곱째 선녀는 "왕녀는 죽는 것이 아니라 깊이 잠이 들어 백년 후 어느 왕자에게 구함을 받을 것이다 하고, 예언하였읍니다. 왕은 당황하여 그 날부터 칙령을 내려 나라 안에서 길쌈바늘을 뺏고 실 감는 것을 금지시켰읍니다. 이리하여 왕녀는 잘 자라서 15세가 되는 해 어느 날 왕을 따라서 시골로 따라간 일이 있었읍니다. 그때 왕녀는 단 혼자서 어느 탑 속에서 노파 한 사람이 실 감는 것을 이상스럽게 보고 가까이 가서 길쌈바늘을 만져 보다가, 그 바늘이 손가락을 찔러 그대로 기절해 버렸읍니다.

노파의 비명을 듣고 국왕과 시신들이 달려왔지만, 왕녀의 눈을 뜨게 못하였읍니다. 왕은 예언이 맞인 것을 깨닫고는 왕녀를 어느 궁전으로 옮기고, 금과 은으로서 아름답게 꾸민 침상 위에 누웠읍니다.

이때 왕녀의 저주를 구한 선녀는 이 일을 알고, 곧 궁중에 나타나서 왕과 왕녀를 제한 외에 궁중의 모든 사람을 일시에 잠이 들게 하였읍니다. 그것은 왕녀가 단 혼자서 백년 후에 잠이 깨이면 어리둥절하겠으므로 그것을 염려한 까닭입니다.

대신도 군인도 궁녀도 숙수도 모두 깊은 잠이 들고 부엌의 불까지도 잠이 들었읍니다. 궁전 주위에는 누구나 지내 다닐 수 없게 가시 울타리가 나서

바깥세상과는 왕래가 그쳤읍니다. 때가 지내 감을 따라 이 궁전의 비밀은 백성들에게 잊어버려지고 오직 도깨비가 사는 흉가집으로 무서워들 하여 가까이 가지 않았읍니다.

그로부터 백 년이 지난 해 어느 날, 왕자 한 사람이 이 궁전 근처를 지내다가 음산한 궁전을 보고 이상하게 생각하고 동네 사람에게 그 역사를 물어봤지만 똑똑이 아는 사람이 없었읍니다.(이상 75쪽)

그중에 노인 한 분이 있는대 자기 어렸을 때 이 성 안에는 예쁜 왕녀가 잠이 깊이 들어서 백년 후 어느 왕자로 해서 잠이 깬다는 말이 전하여 온다고 말하였읍니다.

왕자는 자기야말로 그 왕자인 것을 깨닫고, 가시울타리를 헤치고 들어가니까, 궁전 문이 열렸읍니다. 궁전 안에 많은 사람들은 혹은 선 채로 혹은 앉은 채로 잠이 들었읍니다. 왕자는 이상스럽게 생각하고 구석으로 들어가니까, 금과 은으로 아름답게 꾸민 침상 위에, 예쁜 왕녀가 잠이 깊이 들어 있었읍니다.

왕자는 하두 신기하여 감탄하는 소리를 지르면서 가까이 가니까 저주는 풀려서 왕녀는 잠이 깨이고, 동시에 궁전 안 모든 사람들도 잠이 깨였읍니다. 왕자와 왕녀는 곧 친한 사이가 되어 재미있는 이야기로 해서 때가 가는 줄도 몰랐읍니다. 백 년 동안 잠을 자던 궁중 사람들은 배가 고파서 급히 음식을 만들어 왕자와 왕녀에게 대접을 하고, 자기들도 먹었읍니다. (以下 略)

(筆者는 童話作家) (이상 76쪽)

崔秉和, "世界童話研究", 『조선교육』, 제3권 제5호, 1949년 10월호.

第2篇 藝術童話

第二章 안델센의 童話

口碑童話 世界에서 끄림童話가 他의 追隨를 許하지 않는 位置를 占하고

있는 것과 같이, 藝術童話 世界에서 안델센의 童話는 他와 比較할 수 없는 境地에 있다. 에드먼드·꼬스(Edmund Gosse)[226]는 말하기를 "現代 詩人의 作品으로 안델센의 이야기처럼 世界에 널리 分包된 것은 없다. 그것은 쥬돈人의 心琴을 動하게 하는 것과 같이 힌투人의 心琴을 動하게 한다.

이것은 모든 文明國 少年 少女들에게, 한결같이 親熟해지고, 널리 愛讀해지는 것은 單純한 熱心, 유모어 및 優雅한 것에 起因하였다. 그 完全한 그리고 巧妙한데 不過한 劇的 洞察, 不幸하고, 卑賤한 境遇에 있는 모든 것에 對한 데모그라틱한 同情, 그것들을 가장 特色있게 하여, 다른 現代 少年少女의 優秀한 讀物보다도, 훨씬 높이 評價할 수 있는 構想에 새로운 맛이 있는 것이다.

"그것을 쓴 作品樣式은, 只今까지 한 번도 使用해 본 일이 例가 없는 것이다. 안델센의 使用하는 그것은 느리고, 不規則하고, 直接的인 어린이의 말이다. 그의 初期 作品에 있어서, 어린이들이 理解하기 困難한 말이나, 衒學 냄새가 나는 語句를 놀란 만치 뽑은 點은 注意할 만한 價値가 있는 것이다."라고 말하였다.

何如間 藝術童話는 안델센이 嚆矢가 아니다. 하의푸라든지, 베로오루라든지 모두 優秀한 藝術童話 作家이다.[227] 안델센 以後에 있어서 다시 多數의 藝術童話 作家가 輩出되었다. 그러나 이러한 作家로써 안델센에 比較한다는 것은, 例를 들면 無名의 群峰으로써, 白頭의 聖(이상 67쪽)峰과 比較하는 것과 같다.

그것은 唯獨 그 作品의 分量에 있어서만 그런 것이 아니라, 또 그 藝術的價値에 있어서 그런 것이 아니다. 實로 童話로서의 絶對的 必要條件인 "童心"의 豊富한 點에 있어서, 匹敵할 것이 없는 것이다. 와일드나, 소로크푸나, 스토리드베르그나, 푸랑스나, 라게레프나 모두 偉大한 藝術童話家임에는 틀

---

226 꼬스(Sir Edmund William Gosse: 1849~1928)는 영국의 평론가이자 문학사가이다. 스칸디나비아 문학과 프랑스 문학을 영국에 소개하였고, 입센의 극을 번역하였다. 저서에 『아버지와 아들(Father and Son)』(1907), 『18세기 문학(18th Century Literature)』(1889), 『근대 영문학(Modern English Literature)』(1897) 등이 있다.

227 하우프(Wilhelm Hauff)와 페로(Charles Perrault)를 가리킨다.

림없다.[228]

그러나 이러한 作家의 童話는 어린이의 가장 尊貴한 마음의 糧食인 童話를 漸次 어린이世界로부터 離脫시켜서 成人世界로 가져간 것이 아닐가? 이러한 作品은 어린이의 讀物이라기보다 많은 成人들의 讀物로 適當한 것이다.

와일드의 華麗한 文章과 奔放한 空想, 라게레프의 淸新한 想像과 自由스러운 感情 이것은 世人이 讚嘆하는 바다. 그러나, 이 童話로써 안델센에 比較할 만한 것이 있다면 이것은 認識錯誤이다. 안델센의 童話는 어디까지 어린이의 讀物이다. 그런데 안델센 以後의 童話는 漸次 어린이의 童話로부터 成人의 童話에로 墮落의 一路를 걷고 있었다.

안델센의 童話에 있어서 어떻게 많은 少年少女들이 그 主人公으로 女主人公으로 活躍한 것을 보고, 안델센 以外의 諸作에 있어서 少年少女들을 主人公으로 한 作品이 稀少한 것을 發見할 때는, 事實로 證明될 것이다. 하물며 그 主人公으로써 나타난 어린이가, 朦朧, 不活潑한 것을 볼 때는, 이 觀察이 過言이 아니란 것을 首肯할 것이다. 여기 있어서 우리는 斷言한다. "안델센은 空前이다. 그리고 絶後이다.(現在에 있어서는)"라고

다시 안델센 童話의 傑出한 點을 二三 列擧하면

(1) "獨創的"인 것이다. 무릇 世界文學史上에 있어서, 안델센과 같이 獨創性을 가진 作家는 極少한데, 그의 童話는 모두 이 驚異할 만한 獨創力으로부터 나온 것이고, 間或 在來의 口碑를 材料로 하고 製作된 것이라도 全혀 自己自身의 藝術로써 醇化되어 있다.

(2) "雄大壯麗", "自由奔放한 空想"이다. 그의 童話는 地上을 기는 虫類가 아니라, 大空을 飛翔하는 鳥類이다. 그 空想은 오직 自由奔放할 뿐 아니라, 同時에 極히 壯麗雄大하다. 그 까닭으로 他童話에서는 볼 수 없는 堂堂한 風格을 갖추고 있다. 東洋童話(이상 68쪽)의 空想의 豊足한 것과 希臘藝術의 壯麗함과 北歐神話의 雄大한 것을 한 곳에 收合하고, 그 위에 基督敎의 理想으로 덮은 것이 그의 童話이다.

---

228 와일드(Oscar Fingal O'Flahertie Wills Wilde), 솔로구프(Fëdor Sologub), 스트린드베리(Johan August Strindberg), 프랑스(Anatole France), 라겔뢰프(Selma Ottiliana Lovisa Lagerlöf)를 가리킨다.

(3) "纖美하고 透徹한 情緒"이다. 情緒의 纖細한 것이 銀線과 같은 것은 그의 童話이다. 그리고 그 情緒야말로 純潔 透明, 眞實로 透徹하다. 이것은 안델센의 性格의 反映이다.

안델센은 極히 아름다운 性格의 所有者였다. 꼬스는 말하기를 "性格에 있어서 안델센은 人類 中에서 少毫도 非難할 點이 없는 사람 中의 한 사람이다. 少年時節부터 苦生을 많이 한 까닭인지 젊은 時節에는 거의 疳癖에 가까운 허둥대는 便이었으나, 나이를 먹을수록 그것은 沈默한 動物에서 깨닫기 쉬운 愛嬌로써 變해 갔다.

그의 容貌로부터 받는 社會 各層에서 받는 酷評을, 그를 爲하여 要求하는 哀訴, 어린이와 같은 信賴心, 周圍 여러 사람의 同情 위에, 곧 그 自身을 내던져서 믿는 情이 깊었다.

그의 사람 됨됨이는 어딘지 無骨이고 키가 컸다. 例外로 긴 팔을 갖고 한 번 봐도 푸른 눈, 누런 머리의, 丁抹 農民을 聯想시킨다. 그러나 단 一分間 그를 觀察하면, 이 印像을 持續하기 不可能하게 된다.

아치形의 눈섭 아래 움푹 들어간 눈은 神秘的인, 그리고 變化하는 表情에 찼고, 때때 瞑想 中에 사라지지만, 全혀 얼굴에서 消滅하지 않는 一種의 Exaltation은, 外面 決코 아름답다고 할 수 없는 容貌에 格獨特한 챵을 두었다.[229] 안델센의 얼굴에서 빛나는 純潔하고, 邪氣 없는 少女와 같은 것은, 言語로 表現할 수 없는 獨自的 性品을 賦與하였다.

그의 天性的 敏捷함에도 不拘하고, 그는 全혀 社會란 것에 汚染되지 않을 뿐만 아니라, 全혀 社會의 暗黑面을 모르고 지내온 것으로 보인다."
고 이러한 性格에서 그와 같은 童話가 創作된 것은 極히 當然한 일이라고 할 수밖에 없다.

(4) 卓越한 文章과 輕妙한 유모어다. 그의 文章은 먼저 꼬스 說 中에 있는 것과 같이 어린이의 直截簡明한 言語와, 語法을 가장 巧妙히 取扱하고, 童話文章의 模範으로 할 뿐 아니라, 어느 곳에나 輕妙한 유모어가 있어서 讀者로

---

229 원문은 "外面決して美しいとはいへない容貌に獨特なチャ—ムを與へた."(300쪽)이다. "외모는 결코 아름답다고 할 수 없는 용모에 독특한 매력(참)을 주었다."란 뜻이므로 본문은 불필요한 글자가 삽입되는 등 약간의 오식이 있다.

하여금 魅力을 느끼게 한다.(이상 69쪽)

끄림 童話를 읽을 때는, 謹嚴한 學者의 性格을 그 文中에서 發見하는데 反하여 안델센의 童話 中에는, 愛嬌에 充滿한 詩人의 이야기를 듣는 感이 있다.

(5) 宗敎的 思想이다. 안델센의 童話를 一貫하는 것은, 基督敎 思想이다. 信仰과 愛의 勝利가 그의 童話 속에 高調되어 있다. 「눈(雪)의 女王」, 「작은 人魚 아가씨」는, 그의 代表的인 것이다.

때로는 基督敎의 贖罪思想이, 露骨的으로 表現된 것도 있다.(「마지막 날에」, 「가장 아름다운 장미」) 끄림에게는 基督敎는 없다. 겨우 「마리아의 딸」이 있을 뿐이다. 하우푸에게도 基督敎는 없다. 오직 안델센에게서만 가장 深刻하게, 豊富하게, 基督敎를 呼吸하고 있다. 이 點에 있어서는 와일드와, 라게레푸가 안델센을 繼承하였다고 할 수 있다.

× × × ×

한스·그리스티안·안델센(Hans Lhristian Andersen)[230]은 1805年 4月 2日 丁抹 퓨우넨섬 오오덴세 洞里의 가난한 구두방 집에서, 呱呱의 聲을 내었다. 그의 집은 原來 그 地方에서 門閥을 자랑한 집으로, 또 相當한 地主였었는데, 한스의 祖父가 發狂한 까닭으로 家運이 기우러져서, 祖母는 獨子인 한스의 父親을 데불고, 오오덴세로 떠나와서 아들을 洋靴店에 店員으로 보냈다. 이 小店員이 20歲 時에 貧寒한 家庭에서 娶妻하여, 그 이듬해 낳은 것이 이 世界 最大의 童話 作家이다.

한스의 父親은 沈鬱하고, 偏屈하고, 交際를 싫어하여, 餘暇만 있으면 有名한 丁抹 詩人 홈베르크의 喜劇과, 그 當時 丁抹語로 飜譯된 아라비야 夜話들을 耽讀하고, 어느 때는 한스와 함께 自作의 人形劇을 하기도 하고, 숲속에 가서 놀기도 하였다. 母親은 學問은 없지만, 性格이 溫和한 女性이었다. 祖母는 容貌가 아름다운 누구에게나 親切한, 그리고 禮儀가 端正한 婦人으로, 한스를 寵愛하였다.

젊은 空想에 불타오른 한스 父親은, 보잘것없는 구두방 생활에 倦怠를 느

---

[230] 'Hans Christian Andersen'의 오식이다.

끼고, 功名心에 끌리어 나포레온 戰爭 當時, 義勇兵이 되어서 從軍하였는데, 겨우 홈스타인[231]까지 進軍하였을 때 戰爭은 中止되어 不得已 歸家하게된 것을 極度로 失望한 끝에 드디어 그 父親과 같이 狂死했다.

二代를 繼續한 發狂, 天才와 狂人과는 相距하기 一步라는 것의 例證을, 吾人은 여기서도 發見할 수 있다. 이것은 한스가 겨우 10(이상 70쪽)歲 때 일이다.

이때 오오덴세 洞里에서 敎師로 있던 뿐케프로드(Bunkefod)[232]라고 하는 多少 文名이 있는 抒情詩人이 있었는데, 한스는 그의 未亡人과 親하여져서, 未亡人의 亡夫의 詩를 朗讀한 일로부터, 詩에 對한 興味를 깨닫고, 自己도 뿐케프로드와 같은 詩人이 되리라고 生覺하였다. 그리하여 드디어 하나의 悲劇과 하나의 喜劇을 지었다. 뿐케프로드 家族들은 眞心으로 한스의 詩材를 賞讚하였지만, 外人에게서는 도리어 한스를 嘲笑의 材料로 하고, 少年들은 한스가 거리를 지나갈 때면 "야, 희극작가가 지나간다." 하고 놀릴 뿐 아니라, 母親과 校長에게서도 꾸지람을 받았으므로 한스는 그만 失望하여 버렸다.

父親 死後 한스의 一家는 一層 生活이 困窮하여 한스는 小學校를 退學하고 工場에 들어가 職工見習으로 되었다. 한스는 天生으로 좋은 音聲을 가지고, 또 演劇을 좋아하였으므로 恒常 自作의 人形劇을 하며 놀아서 어떻게 해서든지 俳優가 되고 싶은 志望을 갖고 母親에게 고오벤하아겐으로 가겠다고 哀願하였다.

母親은 처음부터 大反對하였지만 한스는 屈치 않고 이름도 없는 집의 子弟들이 發奮하여 一代의 名士가 된 많은 實例를 들고 自己도 그렇게 하겠다고 굳은 決心을 보이며, 또 오래 전부터 貯蓄해 두었던 13도루쯤 되는 돈을 보였으므로 母親도 크게 感動하여 占치는 사람에게 물어보니까,

"너의 아들은 훌륭한 사람이 된다. 오오덴세 洞里는 그의 名譽로 해서 世界에 알려질 것이다." 하고 말하므로 母親은 귀가 솔깃하여 겨우 15歲밖에 안된 한스를 單身 고오펜하아겐으로 보내었다.

---

231 '홀스타인'(Holstein)의 오식이다.
232 '뿐케프로드(Bunkeflod)'(분케플로드)의 오식이다.

한스는 먼저 王立劇場에서 人氣 높은 名女優를 訪問하고 俳優 志願을 하였으나, 一言之下에 拒絶 當하고 不得已 窓戶 製造所의 弟子로 되었다가 문득 깨닫고 國立音樂學校 敎授 시쁘니(Siboni)란 사람을 訪問하고 聲樂家가 되려는 뜻을 말하였다. 그리고 시쁘니 面前에서 홀베르크의 詩를 朗讀하니까, 시쁘니도 可能性이 있다고 認定하고 집에 두고 聲樂을 가르쳤다.

그런데 半年도 못되어서 한스의 咽喉는 갑자기 步調를[233] 일으키어 全혀 옛 美聲을 喪失하였으므로 音樂 志願을 不得已 放棄하게 되어 다시 路頭에 彷徨하는 身勢가 되었는데, 꿀드뽈그란 詩人의 救助를 받아 語學과 舞踊을 배워서 어느 劇場에 出演하게 되었다. 그런(이상 7쪽)데 이때 樞密 顧問官 고린스(Colins)라고 하는 人格과 德望이 높은 紳士가 이 劇場에 管理人이었는데, 한스의 未來에 무엇인지 存在한 것을 觀破하고 皇帝의 許諾을 얻은 後 한스를 給費生으로써 스라게루제의 拉丁學校에[234] 入學시킨 後 나중에 불러서 코오펜하아겐 大學에서 工夫하게 하였다. 이것이 한스의 運命이 開拓된 始作이다.

1829年 안델센은 25歲로 비로소 그의 處女作 『호름스 水道로부터 아마아게루 東端까지의 徒步旅行記』를 出版하였는데, 그 유모라스한 點에 있어서 好評을 博하고 忽然 3版을 發刊하였다.[235] 다음에 同年 『聖니코라스 塔上의 사랑』을 써서 國立劇場에 上演하고 그해 年末에 處女詩集을 刊行하였다. 그의 詩는 지금까지 이미 후리벤데뽀스트 其他 紙上에 發表되어 好評을 받고 있었다.

1830年에는 丁抹의 地方을 旅行하고 다음에 瑞西[236] 및 獨逸에 旅行하여 旅行記를 出版하고 1833年에는 政府에서 留學을 命하여 巴里로 가고, 다음에는 瑞西를 經由하여 伊太利로 가서 有名한 丁抹 出身의 彫刻家 도루왈드센(Thorwardsen)[237] 等의 歡迎을 받았다.

---

233 원문을 보면, '變調를'의 오식이다.

234 '拉丁學校에'의 '拉丁'은 '臘丁'이라고도 표기하는 라틴(Latin)의 음역어이다.

235 '호름스 水道'는 "호르무즈 해협"(the Straits of Hormuz)을, '好評을 博하고'는 원문이 "好評을 博し"이므로 "호평을 얻고'란 뜻이다.

236 '瑞西'는 '스위스(Swiss)'의 음역어이다.

이때 또 그의 作品에 對하여 只今까지 痛烈한 攻擊을 加한 批評家 헬쓰 (Hertz)도 伊太利와 逼留했었는데 兩人이 相逢하자 忽然 十年知己와 같이 되어 同伴하여 나포리를 旅行하고, 베스비오의 壯觀을 極하였다.

1834年 로오마를 떠나서 베니스, 윈, 미유닛히를[238] 經由하여 丁抹로 돌아온 後 로오마 滯在 中의 作인 『卽興詩人』(Improvbsation)을 出版하였다. 그 作의 成功은 굉장한 것을 只今까지 그의 丁抹 文壇에서 잊어버렸던 안델센은 一躍 文壇 最高峰의 地位를 차지하고 批評家는 筆鋒을 가즈런히 하여 이것을 激讚하고 只今까지 안델센의 敵이었던 사람들도 態度를 고쳐 안델센이 가지고 出生한 偉大한 使命을 認定하게 되었다.

그다음으로 北歐人 生活의 優雅한 描寫로써 傑作이라고 하는 『O.T.』란 小說이 나오고 또 『늙은 胡弓師』가 나왔다.

안델센의 Eventgr[239] 卽 不朽의 童話가 처음으로 世上에 나온 것은 꼬스의 說에 依하면 1835年이라고 한다. 깊이에 있어서 네소스에 있어서 現代 文學 中 여기에 미칠 것이 없다고 꼬스는 斷言하였다. 이 童話의 出現은 確實히 文壇의 驚異였다. 그리스마스마다 發行하기로 習慣이 된 이 童話集은 男女老少를 勿論하고 待望의 的이 되어 突然 全 歐羅巴 各國語로 飜譯이 되고 어느 나라든지 안델센의(이상 72쪽) 이름을 모르는 사람이 없게 되었다.

1840年에 지은 『무랏트』라고 하는 劇詩는 非常한 成功을 걷우고 고오펜하아겐뿐만 아니라, 스톡호룸에서도 上演이 되어 그는 스톡호름까지 가서 大端한 歡迎을 받았다. 그해 또 그는 有名한 短篇童話 『그림 없는 그림책』(一名 『달이 말하기를』)을 내놓고 두 번째 南歐를 旅行하여 途中 하이네를 만나서 友情을 풀고 로오마로부터 希臘을 經由 따뇹江을 거슬러 올라가서 그 다음해 丁抹에 돌아왔다.[240]

---

237 토르발센(Bertel Thorvaldsen: 1770~1844)을 가리킨다. Thorwaldsen이라고도 표기한다. 덴마크의 조각가로 그리스 신화나 성서에서 제재를 구하여 고전적 양식을 본받은 단정한 기법으로 창작하였다. 작품으로 〈그리스도와 12사도(Christ and the Twelve Apostles)〉 (1821~27) 등이 있다.

238 베네치아(Venezia)의 영어명인 베니스(Venice), 빈(Wien), 뮌헨(München)의 독일명인 'Munich'를 가리킨다.

239 'Eventyr'의 오식이다.

1843年 그는 두 번째 巴里로 가서 라말지이누, 유우고오, 뜌우마, 바룩싹크, 名優 라겔 等을 만나고 그로부터 獨逸로 向하여 푸라이리그라드와 交友을 맺고, 그 다음해에는 北獨逸를 訪問하여, 멘델슨의 손님이 되고 와이마루에서 꿰데의 遺跡을 찾고, 와이마루大公의 招待를 받아 「납 병정」을 獨逸語로 朗讀하고, 라이브짓히로 가서 슈우만의 厚待를 받았다. 이때 丁抹 國王 王后 兩 陛下가 北海 히율島를 漫遊함에 이르러서 안델센에게도 隨行을 命하였으므로 直時 歸國하였다.[241]

1845年 가을, 그는 故鄕 오오덴세에 갔는데 全혀 모르는 나라에 온 것 같다고 自身 말하였다. 이때, 그는 有名한『석냥 파는 처녀』를 發表하였다. 다음에 伯林으로 가서 끄림 兄弟를 만났다. 요전에 伯林에 왔을 때에는 끄림 兄弟는 全혀 안델센의 이름을 모르고 있었으므로 안델센은 크게 失望하였었지만 이번에는 끄림 兄弟가 眞心으로 歡迎하였다. 伯林에서 新年을 맞이하고 그 이듬해 부로샤 國王 윌헤름 陛下의 招請을 받고 自作童話를 朗讀하였다. 도레스덴에서는 宮庭의 厚待를 받고 보헤미야로부터 윈으로 가서 여기서 리스트를 만나고, 소피아 大公妃 및 皇太后에 招待를 받아 童話를 朗讀하고, 1846年 봄 再次 로오마를 訪問하였다.

이렇게 하여 昔日에는 依支할 곳 없던 漂浪의 少年은 歐洲에 있어서 가장 有名한 사람 中의 한 사람이 되었다. 占쟁이의 豫言은 的中되어 오오덴세洞里는 안델센으로 해서 世界에 周知되었다.

1872年 때부터 안델센은 病을 얻어 이듬해 瑞西로 轉地 療養하여 全快되어 歸國한 後 74年에는 70歲에 誕辰이 거의 國慶日과 같이 盛大하게 祝賀을

---

240 차례로『卽興詩人(Improvisatoren)』(1835),『O.T.』(1836; OT: A Danish Romance),『가난한 바이올리니스트(Kun en spillemand)』(1837; Only a Fiddler),『어린이들을 위한 요정담 (Eventyr, fortalte for børn)』(1835; Tales, Told for Children),『물라토(Mulatten)』(1840; The Mulatto),『그림 없는 그림책(Billedbog uden billeder)』(1840; A Picture-book Without Pictures)을 가리킨다.

241 라마르틴(Alphonse Marie Louis de Prat de Lamartine), 위고(Victor Marie Hugo), 뒤마 (Alexandre Dumas), 발자크(Honoré de Balzac), 라셀(Mademoiselle Rachel: 본명 Elisabeth Félix), 프라일리그라트(Hermann Ferdinand Freiligrath), 멘델스존(Jakob Ludwig Felix Mendelssohn-Bartholdy), 괴테(Johann Wolfgang von Goethe), 슈만(Robert Alexander Schumann)을 가리킨다.

받았다. 그때 그의 作品은 이미 15個 國語로 飜譯이 되었다. 그런데 얼마 안 가서 病이 再發하여 로리굿드에 있는 友人 멜기올의 別壯에서[242] 極盡한 看護을 받았는데 1875年 8月 4日 밤 (55 頁로 계속) (이상 73쪽) (73 頁에서) 11 時에 멜기울 夫人이 暫間 옆을 떠났을 때 忽焉 別世하였다.

그 葬禮日에는 全國은 哀悼의 意를 表하고 劇場, 商店은 모두 休業하고, 皇帝, 皇后 및 皇太子는 親히 靈柩 뒤을 쫓고 皇后는 親히 그 棺 위에 꽃다발을 놓았다.

안델센의 童話 中 가장 傑作品은 어떤 것이냐 하는 것은 簡單히 決定할 수가 없다. 長篇童話로서 比較的 뛰어난 作品은 누구나 「적은 人魚 아가씨」, 「눈(雪)의 女王」 두 篇을 드는데 躊躇치 않을 것이다.

「눈(雪)의 女王」은 안델센의 基督敎 思想을 가장 露骨的으로 表現하고 理智 至上 科學萬能의 思想을 排擊하여, 信仰의 勝利, 愛의 司配權을 主張한 것이다. 안델센의 童話는 이미 우리나라에 널리 紹介되었기로 그 例話는 省略하기로 한다. (계속) (이상 55쪽)

---

242 '別莊에서'의 오식이다.

안재홍(安在鴻), "『박달 방망이』를 추들음", 정홍교, 『(정홍교 동화집)박달방망이』, 남산소년교호상담소, 1948.10.[243]

조선의 어린이들에게 읽어 재미있을 동화(童話)의 글월로 『박달 방망이』란 책이 나온다. "박달"은 단단한 나무 이름이니, "문경(聞慶) 새재 박달나무 홍두깨 방망이로 다 나간다."라고 하는 시속 노래에서 듣는 바와 같이 깎아서 아름다운 연장으로 만드는 것이다. 그 이야기는 길게 쓰잘 것 없지마는 "박달"이란 말은 성산(聖山)이요 또 신역(神域)이란 말로 조선 역사와 인연이 매우 깊은 백악(白岳)의 옛쩍 이름이다. 신(神)일쎄 성(聖)일쎄는 아득한 그 무렵에 어느 민족이나 널리 믿고 추들던 바이라, 이제 또 긴 풀이할 나위 없지마는 박달 방망이는 그냥의 방망이도 아니고 사람도 모르는, 결에 그러한 까닭이 붙어 있는 것이다. 이 박달방망이란 동화가 이 책에 적혀 있는 많은 이야기 중에도 아주 잘된 동화라고 여겨졌기로 책 이름을 그것으로 지은 것이다.

오늘의 세상에서는 모든 것을 과학적이기를 바란다. 과학적이란 것은 쉽게 설명하기 어렵지만 꼭 있는 대로 생긴 대로 옳고도 확실하여서 어리무던한 무엇이 섞이어 있지 않은 것을 가르킴이라고 말할 수 있다. 둘에 둘(이상 1쪽)을 더하면 넷 되는 것도 과학이요, 불에 물을 끼얹으면 불이 꼭 꺼지는 것도 과학이요, 볕이 머리 위에서 곧바로 쪼이도록 해바퀴가 하늘 한복판을 바로 차서 지나가는 한여름이 되면 날이 심히 더워짐도 과학이요, 증기가 끓거나 전기가 움직이어 기계를 돌게 만들면 모든 바퀴와 수레와 그릇이 따라서 움직이고 달아나게 되는 것 따위도 과학이다. 그러나 사람이 사회를 조직하여 살아 나아가는 데는 그러한 차디찬 과학 이외에 여러 가지 마음의 양식이 필요한 것이다. 말하자면 꿈같이 어렴풋하고 별나라같이 아름답고 들어서 느껴움의 실마리가 명주꾸리같이 풀려나오기도 하며, 봄에 출렁거리는 마음의 물결이 너울너울 주름져 밀려 닿을 만큼 넋과 넋 가슴과 가슴 여럿이 한데

---

[243] 원문에 '민세 안재홍(民世 安在鴻)'이라 되어 있다.

어울려지고 따로따로가 한결같이 켕기어 울어 엘 만큼 된다면 이것은 참으로 인생을 꽃의 향기와 무지개의 훈김과로 떠서 밀어서 잘(善)의 나라에의 종종걸음 쳐 다가들게 하는 것이라, 동화의 글월 됨이 매우 높고도 거룩한 것이다.

정홍교(丁洪敎) 씨 젊어서부터 어린이운동에 힘써 왔었고, 동화 쓰기를 공들이더니, 이제 그가 써서 모았던 동화집 『박달 방망이』를 책으로 내니, 반드시 읽어 그 보람 있을 것을 믿는다.

4281년 7월 돈암산방(敦岩山房)에서 (이상 2쪽)

정홍교, "『박달 방망이』를 내면서", 정홍교, 『(정홍교 동화집)박달방망이』, 남산소년교호상담소, 1948.10.

어린이를 잘 키워야만 장래의 가정과 사회와 나라가 잘됩니다. 우리는 자라서 새 나라의 훌륭하고 굳센 일꾼이 됩시다. 이와 같이 일본 사람 정치에 눌리어 허덕거리는 조선 사회에 외치며 조선소년운동(朝鮮少年運動)에 몸을 바친 지 어련 27년, 처음에는 아무런 통일이 없는 소년회(少年會)를 한데 모아 서울에는 〈오월회(五月會)〉라는 서울 소년이 연맹을 조직하고 조선 전체로는 350여 곳에 소년회를 한 덩어리로 〈조선소년총동맹(朝鮮少年總同盟)〉을 조직하는 동안 일본 경찰의 유치장(留置場) 생활을 20여 회, 또는 전남 광주(全南光州)에서 전라남도의 소년연맹을 조직하다가 감옥 생활, 이러한 생활을 계속하는 한 편 동화집(童話集)으로 『금싸라기』와 『은싸라기』, 소년소설집으로 『의협소년(義俠少年)』을 발행했으며, 해방 후에는 동화집 『금닭』과 소년소설 『소년기수(少年旗手)』를 발간했읍니다마는 창작동화집(創作童話集)으로는 이번에 발간하는 『박달 방망이』가 처음입니다.

이 동화집은 우리들 사회생활을 이리저리 그리어서 어린 동무들이 한 번 읽고 배움에 양식이 될 만하게 (이상 3쪽) 교육적인 것을 취재했읍니다. 더욱이나 『박달 방망이』는 일본 사람에게 조선을 빼앗길 때와 그 뒤의 민족의 고통과 반역자들의 행동이며, 조선을 찾기 위한 열사의 고심을 그려 놓은 것입니다.

동화 열 편을 읽고 어린 동무들의 좋은 정신의 양식이 되었으면 책을 발간하는 작은 목적이나 달성할 것이라 생각합니다.

이 책을 발간함에 있어서 좋은 서문을 써 주신 안재홍 선생님과 특히 여러 가지로 곤난을 무릅쓰고 『박달 방망이』를 발간해 주신 권기주 선생과 편집에 수고해 주신 이상노 선생과 아름답게 그림을 그려 주신 기이벽 선생님에게 감사를 드리는 바입니다. 그리고 우리 글을 교정에 노력해 주신 〈조선어학회〉의 권승욱 선생님의 수고를 거듭 감사하며, 재교육기에 있는 조선 어린 동무들의 많은 도움이 될 줄 생각하는 바입니다.

기원 4281년 8월 16일
〈조선소년운동자연맹〉 사무실에서
정 홍 교 (이상 4쪽)

김홍수, "(新刊評)童話 박달방망이", 『동아일보』, 1948.11.10.

어린 동무들의 좋은 벗이 될 童話集 『박달방망이』가 나왔다.

오래동안 어린이 運動을 하였으며 또 童話集 『少年旗手』를 내놓은 丁洪敎氏의 조선 어린이들을 爲하는 丹誠에서 『박달방망이』는 큰 期待 가운데서 나온 것이다.

『少年旗手』가 解放 前 少年運動의 발자최를 엮어서 새 나라를 建設하는 오늘의 조선 어린이들에게 크나큰 勇氣를 鼓舞하여 주는 데 뜻이 많았다 하면 이번 나온 『박달방망이』는 꿈에 주린 조선 어린이들에게 아무 티 없고 맑고도 그윽한 큰 꿈을 그리게 하는 좋은 선물이 될 줄 믿는다.

解放 後 여러 가지 關係로 소란하고 安定 안 되여 있는 現實은 어린이들 生活을 너무나 매마르게 하였고 危險千萬한 濫發의 여러 가지 그림책이나 읽는 물건들은 도리어 어린이들의 精神生活에 옳지 않은 나뿐 影響을 미치게 한 바 적지 않다.

이제 『박달방망이』를 맞이하게 됨에 있어 將次 저 有名한 『크림童話集』 以上의 큰 作品이 이 童話集의 出現을 契機로 創作되여 精神的 營養素와 情緒에 굶주려 자랏고 또 자라는 朝鮮의 어린이에게 糧食이 될 날이 멀지 않으리라 믿어 마지않는다. 特히 國民學校 低學年의 副讀物로 勸告하고 싶다.

異河潤, "丁洪教 童話集 박달방망이", 『경향신문』, 1948.11.18.

二十七年 동안이나 少年運動에 몸을 바처 온 丁洪教 氏는 그동안 여러 가지 著書를 내놓아 그의 實際運動을 補佐해 온 것은 世上이 周知하는 배어니와 이번 刊行된 『박달방망이』는 그의 創作童話集으로서는 처음이라 한다.

『박달방망이』는 그 題目이 表示하는 바 朝鮮魂을 象徵한 것임은 勿論 오늘의 大韓 少年들이 누구나 읽고 깨다를 點이 많으리라고 생각한다. 特히 그가 篇마다 끝에 붙인 訓話는 그의 本質이 童話作家에 있느니보다는 오히려 少年의 指導者에 있다는 것을 切實히 알녀 준다. 따라서 그의 作品도 純文學的으로 評價하기에는 若干의 遜色도 없지 않으나 오늘의 現實은 藝術童話보다도 차라리 이런 類의 童話가 더 必要치 않을까 한다. 그 쎈텐쓰 관계로 어린이들에게 좀 어렵지 않을까 하는 憂慮도 없지 않으나 이미 數人의 少年 讀者를 實驗도 해 본 바 오히려 그 点이 國語學習上 도움이 될런지 모르겠다.

이 童話集 속에 든 열 篇의 童話는 모두 우리나라 어린이의 精神的 糧食이 될 것을 믿으며 어린 子女를 키우시는 父母들이나 學童을 訓陶[244]하시는 教師들이 安心하고 읽혀도 좋은 冊이라는 것을 附言한다. (南山少年教護相談所 發行 定價 一○○원)

---

244 '薰陶'의 오식이다.

鄭泰炳, "兒童文化 運動의 새로운 展望－成人社會의 兒童에 對한 再認識을 爲하여", 『兒童文化』, 제1집, 同志社兒童園, 1948년 11월호.

……비바람 속에서 시달리며 크는 꽃은 더욱 아름다워라……

詩人 牛衣의 노래다.

志操와 忍耐와 鬪志를 讚揚하고 最後의 勝利를 謳歌하였다.

怒濤狂亂의 暴風雨가 지난 후 새맑아오는 바다의 하늘 끝은 더욱 아름다우며 雪寒風에 凍傷을 입은 枯木이지만 엄트며 오는 봄을 막을 수는 없다. 아름다운 새봄을 기다리는 마음은 成人만이 아니요, 兒童의 世界에 더욱 切實하고 深刻한 一面이 있으니 시방 朝鮮은 有史 以來의 一大 震動期에 處해 있고 이 어지러운 비바람 속에서 자라고 있는 어린이들은 어느 누구보다도 더 시달리고 있는 꽃에 다름없기 때문이다.(이상 18쪽)

이러한 兒童에게 關心을 가진 者 흔히 "어린이는 純潔無垢한 心性의 世界이다. 그러므로 그들만은 이 混沌한 社會的 雰圍氣에서 絶對로 遊離시켜야 하며, 언제나 즐거히 춤추고 노래 부르며 커 나게 해야 한다."는 童心至上의 夢幻의 世界로 이끌어 가랴고 한다.

자라는 兒童 그 純眞한 感性, 그것만은 自他 共히 認定하는 바 없지 않으나 그러나, 제 아무리 오늘같이 尤甚한 政治的 軋轢과 思想的 葛藤 속에서 몸부림치며 자라는 그들이라 할지라도 將次 다음 世代를 등지고, 나갈 그들의 새로운 國家的 任務와 社會的 存在를 無視할 수는 없는 것이다.

이 兒童問題의 論議는 非但 오늘에만 비롯한 것이 아니다. 벌써 三一運動 直後 어른이 아닌 어린이 自身이

"우리들은 將次 나라의 큰 힘이 되겠으니 부디 어린 우리들을 尊重해 달라."고 高喊을 치며 일어난 "어린이날"이라는 兒童의 一大 革命運動이 証左하고 있다. 그러면 나라의 큰 힘이 되겠다는 誓約과 우리를 尊重해 달라는 외침, 그것은 무엇을 意味하는 것인가? 이는 當時의 너무나 封建的이며 頹廢的인 時代思想에 對한 排戰的인[245] 反抗 그것을 엿볼 수 있거니와 그보다도 "幼稚한 우리들이지마는 부디 새로운 關心과 커다란 希望, 그리고 굳건한

指導 育成을 아끼지 말아 달라."는 참다운 絶叫였다는 것을 알 수 있다. 행여 불면 꺼질세라, 둥가둥가 하늘에서 下降한다는(이상 19쪽) 天使를 迎接하는 것처럼 흰 손길의 優遇를 바라는 그러한 어리석은 呼訴는 아니었던 것이다.

"새날의 일꾼이 되기 爲하여 힘을 기르자." 하는 이 나라의 어린이들, 實로 어린이날의 眞正한 意義는 여기에 있었던 것이다.

그러나 그들의 참된 부르짖음은 다만 거기에 그쳤을 따름 오늘날까지도 어린이들에게 對한 社會人의 關心과 人間的인 取扱이 너무나 疏忽하고 冷冷하고 또 이에 對한 指導 理念이 歪曲된 그대로이기 때문에 兒童은 純眞한 人間이라는 것을 口實 삼아 社會와 굳게 墻壁을 싼 에덴동산에서 단꿈을 꾸라고 力說하는 것이다.

大體로 어린이의 純眞한 人間性이란 곧 先天的인 것을 말함이요 낳면서부터 至極히 不遇한 環境 속에서 嫉視와 侮蔑과 冷待를 받아 가며 커난 아이가 八百萬 朝鮮兒童의 거의 全部라는 것을 생각할 때, 本然의 純眞性이라는 것을 고대로만 發揮시킬 수는 없는 것이다.

이 땅의 어린이들은 몇 世代를 두고 于先 逼迫한 經濟的 條件 아래 精神없이 시달리고 자라났으며 더구나 人間的으로 置之度外하는 우리네의 民度와 견주어 볼 때 그들에게 다시금 眼目이 서지 않음을 어찌할 수 없다.

여기서 今後 兒童文化運動의 새로운 方向은 더욱 現實을 正確히 觀察 把握함으로써 스스로 規定될 것이어니와, 그렇게 하기 爲해서는 먼저 커 나는 그들의 現實(이상 20쪽)的인 立場을 率直히 밝혀 주는 同時에 그들의 將來할 重大 任務와 그 修行에 對處할 만한 힘을 어떻게 培養해 주어야 하겠는가, 그것이 急先務이다. 그들이야말로 어떠한 빗바람이라도 부딪쳐 이기며 앞날 華麗하게 피일 꽃봉오리를 마련해야 할 것이니 우리는 이 兒童들의 不斷한 指導育成을 應當히 成人 社會의 새로운 覺醒에서 促求하지 않으면 안될 것이다. 따라서 該 運動의 實踐 展開가 組織的으로 具體化되어야 할 것을 어지러운 오늘이기 때문에 더욱 切實히 느끼고 있는 것이다.

暫間 이 成人社會의 兒童에 對한 關心과 希望, 이것을 吾人은 演劇「太白

---

245 '挑戰的인'의 오식이다.

山脈」에서 가장 印象 깊게 느낀 바 있었다. 兒童을 硏究하는 者로 하여금 더욱 熱淚를 禁치 못하게 한 이 演劇은 暴惡無道한 日帝에 抗爭하고자 敢然히 蜂起한 "姜砲手"라는 愛國鬪士를 中心으로 저네들의 常套的인 欺瞞과 最後의 殺人的인 發惡 앞에 犧牲하면서도 將次 朝鮮의 主人公이 될 어린이들에게 期待하는 바 싹트는 그들의 生命保護를 洞里 人民들과 함께 絶叫하고 終幕 一景에서 "흥"이라는 兒童으로 하여금 兇彈에 쓰러진 아버지를 代身하여 抑壓하는 무리에게 對한 復讐에 불타는 어린 가슴이 眞理와 正義 앞에 勇敢한 鬪爭과 내일의 勝利를 盟誓하게 하는 것이다. 이 어찌 새로운 生命力을 어린이와 더불어 謳歌하려는 決心作이 아니겠는가. 다시 兒童의 立場에서 "萬흥"이라는 어린이, 아니, 내일을 부르짖는 朝鮮 少年의 自覺은 제 눈앞에 歷歷히 벌어진 成人社會의 피비린내 나는 抗爭 속에서 힘차게 싹트(이상 21쪽)기 시작한다는 것을 배울 수 있었던 것이다. 우리는 다시 外國의 數많은 冒險譚 가운데서도 祖國의 危急한 運命을 求하고자 風塵萬里를 화살처럼 달려가던 愛國少年을 讚揚할 수 있거니와, 그보다 第二次 世界大戰 時에 생긴 하나의 史實을 들추어봄으로써 더욱 새로운 興味를 느낄 것이다.

即 '팟쇼' 獨逸에게 蹂躪當한 '유-고스라비아' 人民이 國內 分爭 中에 樹立된 叛逆 政府를 倒壞하고 敵國에 다시 抗戰 準備를 꾀하였다는 史實, 그것은 所謂 "兒童革命"에서 비롯하였다는 것과, 傀儡政府의 脆弱性을 嘲弄하고 親獨派와 民族叛逆者의 打倒를 絶叫하는 '勇敢한 示威와 狂犬 '힛틀러'의 肖像畵를 발기발기 찢어버리고 籠城抗戰하던 國民이 바로 十三歲 未滿의 兒童들이었다는 눈물겨운 事實이다.

여기서 우리는 成人도 凌駕할 만한 兒童의 世界를 發見할 수 있으며, 그러한 兒童들은 끊임없이 國家와 社會의 一員으로서 成人의 世界로 달음질치고 있다는 것을 알 수 있다.

시방 朝鮮은 불 속에 있다. 그리고 洪水의 禍中에[246] 있다. 그럼에도 不拘하고 兒童이기 때문에 불꽃이 휘날리고 흙탕물이 밀려드는 첨하 끝에서 꿈 같은 노래와 아양스러운 소꿉노리가 벌어졌다고 할 때, 우리는 그것을 莫無可奈한

---

246 '渦中에'의 오식으로 보인다.

童心의 世界라고만 웃어버릴 수는 없는 것이다. 그들도 힘에 불타는 어른들과 더불어 물과 불 속에서 제 가진 冊을 꺼내오고 고사리 같은 손으로 配給밀자루를 끌어내려고 발(이상 22쪽)버둥치는 안타가운 모양을 發見할 때 이야말로 現實生活 意慾에 불타는 숨김없는 童心의 世界이라고 眞正한 意味에서 어루만져 줄 수 있는 것이다. 그뿐이 아니다. 그보다도 지금 우리 앞에

(3~4행 가량 삭제됨)

없는 것이다.

兒童을 天眞爛漫한 成人 以下의 存在로만 輕視할 수 없다는 것은 決코 成人 對 兒童의 便이 되어 그들을 擁護하고 또한 過大評價하고자 함에서가 아니라 지금 어른 以上으로 어지러운 빗바람 속에서 시달리며 開花하려는 그들이기 때문에 그 指導와 育成에 任할 成人社會의 새로운 認識은 두말할 것도 없거니와 當場에 가난과 줄임과 暴壓 가운데, 헐덕이고 있는 絶對多數의 우리 貴여운 兒童을 爲主로 한 힘찬 文化運動이 組織的으로 展開되어야 한다는 것을 重言復言하는 것이다.

그렇다면 여기에 있어서 應當 이 運動의 組織的인 方法論과 또한 좀 더 具體的인 指導理念을 提示 論議해야 할 것을 잘 알고 있지마는 紙面關係로 거기까지 言及치 못함을 遺憾으로 생각한다.(이상 23쪽)

그러나 어떻든 "네 罪니 내 罪니 해도 가난이 罪다."라는 말과 같이 네나 내인 아이들의 便에서 千秋에 사무칠 罪를 犯하지는 않을 것이다.

左右間 여물고 보아야 할 씨앗이 썩어서 곰팡이 나고 그래서 그 自體가 가난하디 가난해 버린 어느 成人社會가 애꾸지도 이 重罪를 저도 모르게 負荷하고 나선다 할 때에 철모르는 어린이들이사 長成하고 나서야 더욱 뼈저리게 느끼리라는 것을 생각하면 우리 머지않은 그날을 앞두고 남의 일 같이 그저 웃어 버릴 수만은 없는 일이 아니겠는가.

(이하 2행 가량 삭제됨)

── 열 세 아이 가운데 한 아이만이

즐길 수 있는 장난감을 만들지 말라 ── (이상 24쪽)

宋完淳, "兒童文學의 天使主義－過去의 史的 一面에 關한 備忘草
－", 『兒童文化』, 제1집, 同志社 兒童園, 1948년 11월호.

封建社會에 있어서는 어린이는 어른의 "밥"이었다. 어린이는 어른에게 눌려서 한 개의 "물건" 取扱을 받았다. 어른은 子女인 어린이에게 未來에의 寄託을 豫料하면서도, 어린의 人格은 全然 無視하였다.

이러한 어린이의 社會的 桎梏을 解脫시킨 것은 資本主義였다. 資本主義는 그 本質的 必然性의 要請으로 말미암아 어린이를 "사람"으로 認定치 아니치 못한 것이다. 그것은 어린이를 將來의 利潤獲得 競爭에 있어서 優勝者가 되도록 하려면, 自由主義的 敎育으로써 個人主義的 人格을 徹底化하지 않으면 안 되는 때문이다.

그러나 그것은 同時에, 어린이의 地位에 甚한 經濟的 等差를 齎來해서, 極少數의 어린이는 地上樂園의 天使로 化하고, 反對로 極大多數의 어린이는 失樂園의 餓鬼로(이상 25쪽) 化하여, 그들 自身은 意識的으로 잘 理解하지는 못하면서도, 점점 隔離相剋치 아니치 못하게 하였다.

이러한 現象은, 어쨌던지 資本主義가 侵入한 地域에 있어서는, 어디에서나 볼 수 있는 事實이니, 朝鮮도 勿論 例外이지는 못하였다.

周知하는 바와 같이, 朝鮮의 資本主義는, 그 自體의 素地부터가 典型的인 亞細亞的 性格을 가지고 있는데다가, 典型的이지 못한 日本 資本主義의 帝國主義的 侵略을 받아서, 더욱 歪曲되어 한 畸形을 이루었다. 따라서, 朝鮮의 어린이에게도 樂園의 天使와 失樂園의 餓鬼가 생기기는 하였으나, 그것은 자못 非典型的이었다. 主로, 樂園은 典型的 獨占 資本家의 近代的 摩天宮이 아니라, 地主的 土着資本家의 田莊이어서 거기에서 生活하는 天使는 아직 完全히 所謂 開化를 못하였고, 失樂園은 典型的 工場街의 煤煙 속에 있는 것이 아니라, 生産方式이 多分히 原始的인 農土 위에 있어서, 거기에서 生活하는 餓鬼는 土人的 處地를 아직 解脫치 못하였었다.

이 두 種類의 어린이의 生活上의 共通點은, 形式的인 것 —— 例컨대, 同一한 言語 同一한 生活形態 等 —— 以外에는 없었다. 따라서, 그들을 敎化하는

指導理念도, 日本 帝國主義에 對한 民族的 厭惡라는, 一般的인 感情 以外에는, 具體的으로는 그다지 共通하는 바가 없었다. 그리고 그 厭惡感이라는 것도 實質的인 內容은 크게 달랐으니, 天使的인 그것은, 幸福의 獨占的 支配를 欲求하는 데에서 울어난 것이요, 餓鬼的(이상 26쪽)인 그것은, 무엇보다도 먼저, 植民地的 環境下에서 數重으로 壓搾되는 非人間的 處地를 淸算하고, 人格的 自主를 獲得하려는 慾望의 發現이었던 것이다(이 境遇에, 當事者가 그것을 意識하고 못한 것은 別問題다). 그 社會的 力關係에 있어서 後者가 壓倒的이었으나, 日本 帝國主義는, 自己에게 屈服的인 前者의 妥協的 行動만을 是認하였었다. 그래서, 八·一五 以前까지의 朝鮮의 兒童問題는 —— 어른의 民族運動을 리-드한 것은 勤勞階級이었고, 其間에, 그것의 어린이에의 反響도 相當히 强한 바 있었음에도 不拘하고, —— 民族 自體의 作爲에 關한 것인 限, 一般的 結果로 보아 天使主義, 다시 말하면 所謂 純粹兒童主義에서, 別로 進捗해 있지 못하였었다. 이것은 兒童問題의 解決者가 어린이 自身이지를 못하고 어른인데, 그것을 正當히 解決해 줄 수 있는 部類의 어른은, 于先 自己들이 主動하는 社會의 全般的인 問題에 忙殺되어 어린이의 일에는 미쳐 손이 돌아가지를 않았던 것에 由因한다.

이러한 狀態는, 當然히 兒童文學에도 反映하였다. 그리하여 그것은, 雜誌 『新少年』과 『별나라』를 中心으로 한 進步的 兒童文學이, 一九二六·七年부터 一九三三年 內外頃까지 壓倒的인 優勢로써 風靡하였었으나, 마침내 그것은 日本 帝國主義의 野蠻에 犧牲되고, 『어린이』(方定煥 氏 主宰)로부터 『少年』(尹石重 氏 主宰)에 이르르는 所謂 純粹兒童主義만이, 朝鮮語가 決定的으로 使用禁止 될 때까지 繼續하였던 것이다.

方定煥 氏의 "어린이는 純潔無垢하고, 天眞爛漫하고, 無邪氣한 天使다."라고 하는 主(이상 27쪽)張은, 어린이를 그 生理的 未熟의 一般性에 있어서 抽象한, 極히 素朴한 觀念主義였다. 이것은 달리 말하면 天使主義라고 할 수 있는 것으로, 無階級社會에나 適應될 性急한 幻想이었다.

方 氏도 現實을 全然 등진 것은 아니었다. 當時의 朝鮮民族, 그中에도 特히 어린이의 大多數의 處地가 얼마나 不幸하다는 것을, 누구보다도 잘 알고 있었다. 그러기에 氏는, 어른의 問題보다도 어린이의 問題에, 優先的으로

着手한 것이었다. 그러나 方 氏의 民族主義의 現實認識은, 多分히 로맨티크한 센티멘탈리즘에 依據하였었다. 그리하여 그것은, 現實의 어린이의 慘憺醜陋한 生活實狀에 對하여 느낀 바의 民族的이자 人道的인 義憤을, 積極的 鬪爭에로 發展시키지를 못하고, 消極的 無抵抗에 머물게 하였으며, 이것이 更進一步하여, 自己가 悲觀視하는 否定的 現實에서 어린이를 隔離시키어, 觀念上으로나마 或種의 幸福感을 주려는 意慾으로 말미암아 天使主義를 結果한 것이었다.

따라서 方 氏의 純粹를 自負한 天使主義에는, 不純粹한 現實에서 빚어진 눈물이 너무도 많았다. 눈물과 한숨을 通해서 지어지는 웃음의 天使主義, —— 이것이 方 氏의 兒童思想의 特徵이었다. 그리고 이것은, 一九二〇—三〇年代 朝鮮의 中間層 以上의 인테리겐챠의 敗北主義 思想의 兒童問題에 있어서의 表現에 不過한 것이었다.

方 氏는, 數字的으로 絶對 多數인 勤勞階級의 어린이를 無視하지는 않았다. 그렇기(이상 28쪽)는 스레, 氏는 感情的으로는, 이 어린이들을 훨씬 더 생각하였다고 여길 만한 點이 없지 않다. 그러나 天使主義 思想은 氏로 하여금, 그들 어린이의 具體的인 現實生活을 있는 그대로 表現 認識시키어, 보다 나은 것으로 推進케 하는 가르침을 주려고 하지를 않고, 그것은 도리어 害롭다고 생각하여, 그들이 알지도 못하고 알 必要도 없는, 豪奢스러운 꿈을 壓倒的으로 提供함으로써, 好意를 逆效果가 되게 하였다.

方 氏에 比하면, 氏의 愛弟子인 尹石重 氏는, 어린이를 보는 形式이 多少 달랐다.

尹 氏는 方 氏처럼, 너무 센티멘탈르하거나 幻想的이지를 않았다. 될 수 있는 데까지 現實에 執着하려고 하였다. 一時的이기는 하였지만, 流行의 傾向性까지도 띤 적이 있었다. —— 어느 편이냐 하면, 尹 氏는 樂天主義的이었다. 그러나 이것은, 方 氏보다 前進한 것을 意味하는 것은 아니었다.

왜 그러냐? 尹 氏가 方 氏 類의 센티멘탈리즘을 淸算한 것은, 어쨌던지 옳은 일이었다. 어린이는 본디 센티멘탈르하지는 않으며, 또 그렇게 敎導해서는 안 된다. 그러나 尹 氏의 樂天은 너무도 安易한 것이었다. 어린이가 生理的 本質에 있어서 樂天的이니까, 그것을 그대로 보았을 뿐이지, 어떠한

社會的 要請에 依하여 그렇게 한 것은 아니었다. 그러므로 氏의 樂天主義 속의 어린이는, 生活現實에 있어서의 具體的인 時間的 人間이 아니라, 生理 關係에 있어서만 抽象된 空間的 人物, —— 卽, 實(이상 29쪽)際 社會의 歷史的 關係에는 別로 制約을 받지 않는 天使였다.

따라서, 感傷과 樂天이라는 外皮를 除去하면, 方 氏와 尹 氏는, 內容에 있어서는 究竟 同一한 天使主義者 —— 所謂 純粹兒童主義者였다.

或者는, 다 같은 天使主義래도, 尹 氏의 그것이 더 取할 바가 있었다고 생각할런지도 모른다. 그러나 내 意見은, 그와는 正反對다. 나는 그 客觀的 結果로 보아서 方 氏의 天使主義보다 尹 氏의 그것이 차라리 더 좋지 못했다 고 생각한다.

方 氏의 센티멘탈리즘은, 社會現實을 誤解, 또는 絶望한 데에서 울어난 것이어서, 그것이 아무리 幻想的으로 化하더래도, 그 속에는 —— 비록, 아련 하고 否定的인 것이기는 할지언정 —— 民族的 社會現實에 對한 呼吸이 있어 서, 相對者로 하여금, 現實에 注意하지 아니치 못할 힌트를 주는 點이 많았 음에 反하여, 尹 氏의 樂天主義는, 어린이의 生理的 未熟의 同律性에만 置重 하여, 民族的 社會現實을 통히 無視하고, 덮어놓고 어린이는 즐거운 人生이 며, 또 즐거워하지 않으면 안 될 人物이라고 함으로써, 實相은 그렇지 못하고 그러므로 그렇게 여겨서는 안 될 幸福感을 함부로 넣어 주어, 그들의 精神을 蠱惑시켰다.

우리가 自主民族이었더래도, 이러한 턱없는 즐거움은 삼가할 일이었을 것인데, 하물며 日本 帝國主義의 鐵蹄下에서 그렇게 함으로써, 敵의 催眠術 에 無意識中에 一臂之役을 한 것은, 큰 잘못이 아닐 수 없는 것이다.(이상 30쪽)

이것은 尹 氏뿐 아니라, 日帝 末期에 活躍한 朝鮮 兒童文學者의 大部分 —— 例컨대 盧良根, 楊美林, 崔秉和, 任元鎬, 尹福鎭, 姜小泉, 朴泳鍾, 等 諸氏 —— 에게도 適用될 말이다.

日帝下에서는 그럴 수밖에는 없었다고 하면 問題는 간단하다고 생각할런 지 모르나 解答은 그것만으로는 完全한 것이 못 된다.

무릇 絶對的인 客觀情勢라는 것은, 적어도 社會的 蓋然性에는 없는 것이 니, 지나친 感傷이던가, 또는 樂天이던가 아니래도, 아무리 日帝下였지마는,

健全한 態度로 兒童文學을 하려면 할 수 없는 것은 아니었다.(이것은 勿論 朝鮮語가 公式으로 禁制된 以後를 指摘한 말은 아니다). 그럼에도 不拘하고 그렇지 않았던 것은, 要컨대 畢竟은, 天使主義의 被毒에 根因이 있었다고 하지 않을 수 없다.

天使主義는, 우리가 살고 있는 地域社會에 있어서는 外觀上으로는 어린이를 가장 爲하는 것 같으면서도, 그實은 가장 그릇치는 思想이니, 兒童文學은, 어린이를 觀念에 있어서만 미리 天使부터 만드는 데에 힘을 浪費하지 말고 어린이가 實際에 있어서 文字 그대로의 天使的인 人間이 될 수 있을, 社會의 探究에 關한 意慾과 情熱을 啓發하는 데에 置重하지 않으면 안 된다. (우리가 當面한 이 現實의) 兒童文學의 알파와 오메가는, 오직 여기에 있다고 나는 確信한다. (一九四八. 九月) (이상 31쪽)

尹泰榮, "國民學校와 兒童文化", 『兒童文化』, 제1집, 同志社 兒童園, 1948년 11월호.

1. 어린이의 讀書生活

새삼스럽게 말할 것도 없이 우리 人生 生活이라는 것은 擴充 發展의 過程인 것이다. 이것을 充當하기 爲하여 肉體 方面에서 飮食物을 攝取하여야 할 것이며 精神 方面에 있어서는 讀書, 見學, 旅行, 또는 聽講, 瞑想 等의 여러 가지가 있을 것이다.

그러므로 精神 方面에 靈的 營養物을 取하여 日進月步하여 가는 文化生活을 널리 알아야 할 것은 勿論이고, 한걸음 더 나아가서는 새로운 建設을 꾀하여야만 할 것이다.

더욱이 우리나라와 같이 모든 部面에 있어서 새로운 建設을 하여야만(이상 34쪽) 할 處地에 있는 우리로서는 부지런히 精神 方面의 營養物을 取하여야만 한다. 그뿐 아니라 現代와 같이 物質文明이 高度로 發達된 時代에는 역시 高度의 精神 營養物을 攝取하지 아니치 못할 것이다. 이리하여야만 創造와 進步가 있을 것이며 文化 文明이 建設될 것이다.

이러한 靈的 營養物을 取하는 것은 오직 文明人만이 가진 特色이다.

以上은 一般論이지만, 肉體로나 精神으로나 發育이 旺盛하여 많은 營養物이 必要한 어린이들에게는 여러 가지를 많이 提供하여야만 한다.

兒童의 靈的 營養物인 兒童文化라고 하면은 여러 種類가 있겠으나, 筆者는 어린이들의 讀書生活에 限하여서만 생각해 보려고 한다.

우리 어린이들을 볼 때에, 책에 대하여 큰 興味를 가지고 있다. 어린이들은 서너너덧 살만 되면은 書籍에 興味를 느껴서 책을 들고 다니며 그림도 보고 또는 무슨 이야기며 어떠한 것이 씨어 있느냐고 그것을 알려고 애를 쓴다. 이와 같이 그들은 책에 興味를 가지고 있고 求智心이 豊富한 것이다. 더욱이 國民學校에 入學을 하여 처음으로 한글이라도 알게 된다면은 書籍의 內容의 適不適을 莫論하고 읽어 보려고 애를 쓰는 것이다.(이상 35쪽)

이렇게 本能的이라고 말할 수 있을 만한 初步의 어린이들의 讀書生活을 어떻게 指導할 것이며 이것을 어찌 向上 發展시켜야 할 것인가 하는 것은 敎育의 初段階에 있으며, 한 사람을 發展시키는 基礎인 國民學校에 있어서 가장 重要한 課題의 하나이다.

그런데, 讀書指導에 對하여서는 後에 期會를 보아 생각하기로 하고 이곳에서 筆者가 말하는 讀書의 限界를 定하고 兒童文化에 대한 것을 몇 가지 말하는 것이다.

2. 國民學校와 課外讀物

모든 것을 새로히 建設하여야만 할 現段階에 있어서 어느 部面인들 疏忽히 하여서 좋다고 할 바 아니로되, 한 나라의 깊은 基礎가 될 것이며 將來에 있어서 國家의 運命을 左右할 열쇠가 되어 있는 國民 初等敎育은 重要한 中에서도 더욱이 重要한 것이며 緊急한 가운데에서도 極히 緊急한 것의 하나이다. 그러므로 이 重且大한 課業을 充分히 完遂하려고 最善의 努力을 하고 있어, 自發敎育 또는 啓發敎育을 硏究 實踐함에 힘쓰고 있는 것이다.(이상 36쪽)

그러면 自發이니 啓發이니 하는 말은 工夫하는 어린이들이 自進하여 공부하는 것은 勿論, 自己가 硏究하고 攄得하여서 써 創造 創作하는 것을 意味하는 것이라고 본다. 이러한 敎育法은 現在까지로 보아서는 가장 理想的이라 하겠다. 이러한 敎育法에서 자라난 어린이들은 學校에서 自己 스스로 工夫를 解決 짓듯이 日後 自己의 人生行路에 있어서도 모든 것을 自己 스스로 解決 짓고 建設하여 나아갈 것인 까닭에 生活에 있어서 自信도 생길 것이요, 또 建設된 自己의 人生이 堅固하고 恒久性이 있을 것이다. 何如間, 이 새로운 敎育을 하자면은 從來의 日帝時代에 敎科書만을 金科玉條로 여기던 그런 式을 固持하여서는 어린이들을 판에 박아내는 結果를 招來하기 쉬운 것으로, 敎科書 以外에서 많은 文化財를 攝取케 하여야 할 것이다.

從來의 經驗으로 보더라고 文敎 當局에서 보내 주는 敎材는 人類 文化財의 가장 必須材料만을 주는 까닭에, 이것만을 가지고서는 所期의 目的을 達할 수가 없게 된다.

知識量이 狹小하고 淺薄하여지는 것이 問題가 되는 것만이 아니라 本 敎(이상 37쪽)材를 理解 攄得하는 데에 있어서도 敎科書만을 가지고서는 容易한 일이 아닐 것이다.

또 한 가지는 오늘날까지의 敎科書에 나타난 材料 다시 말하면 文章類의 形式 方面이나 또 內容에 있어서 자칫하면 어린이들 生活에서 游離되어[247] 있는 홈(欠)이 많다. 그러므로 어린이들의 興味를 끌지 못하고 도리어 壓症을[248] 주는 일이 往往 있다.

위에 列擧한 몇 가지로만 보더라도 最大限의 課外讀物을 주어야 하겠고 또는 學校 當局이나 敎育 當局에서 本 敎科書 以上으로 이 方面을 硏究하여서 어린이들이 渴望하는 靈的 營養物을 充分히 주어야지만 할 것이다. 보라 各 先進國家의 兒童文化에 對한 施策이 얼마나 重要視 되어 있으며, 얼마나 發達되어 있나를……

3. 兒童書籍의 質的 向上

몇 條目을 들어서 어린이들에게 많이 읽혀야 하겠고 또 興味를 가진 中에 敎育을 시켜야 하겠다고 하였으나 어린이들에 읽힐 그 물건 卽 課外讀物 그 自體에 또한 여러 가지 問題가 있는 것이다.(이상 38쪽)

解放 以後 筆者가 알기로는 여러 가지 難關이 있음에도 不拘하고 出版物만은 相當한 數에 達하였으며, 그中에도 어린이들의 書籍은 놀라울 만치 大量으로 發刊되었다. 이것은 우리 兒童을 맡아 가지고 있는 者로 매우 기꺼이 생각하는 바이며 國民 初等敎育의 寄與한 것이 있다고 생각하여 고맙게 여기는 바이다.

그러나 現在에 發行되어 있는 어린이 讀物에 對하여서 그 內容을 살펴볼 때에, 너무도 低劣한 것이 相當히 많다는 것을 指摘 아니 할 수 없는 것이다. 勿論 多量으로 쏟아져 나오는 中에 優秀한 것은 認定을 받을 것이며 低俗한 것은 自然히 그 姿態를 감출 것이라고 樂觀的인 생각도 들기는 하나 그러나 그 책을 읽을 어린이들이 아즉 體裁와 內容을 選擇할 만한 힘이 없는 것이며 또 父兄들도 一般的으로 보아서 그 子女들에게 책을 選擇하여 주는 것은 둘째 치고 별로 어린이들 책에 觀心도[249] 아니 가지고 있는 形便이다.

---

247 '遊離되어'의 오식이다.
248 '厭症을'의 오식이다.

여기에 있어. 어린이들의 책을 刊行하는 當事者들은 좀 더 細心한 注意와 質的 向上을 圖謀하여 주기를 渴望하는 것이다.

한편 國民學校 側으로 본다면. 父兄들이나 出版하는 當事者들이 多少 無批(이상 39쪽)判的인 行動으로 나간다 하더라도, 이것을 徹底히 할 수 있으니, 即 學校에서 어린이들의 讀書指導를 하게 되면 自然 取捨選擇을 할 것이다. 勿論 여기에는 敎師 自身이 높은 敎養과 깊은 敎育 良心에서 이 일을 推進하여야 할 것이다.

4. 兒童文化 向上 施策의 整理

끝으로 어린이들의 敎育上 不可不 없지 못할 課外讀物의 旺盛을 期하여 몇 가지 方策을 말하여 보겠다.

(一) 學校文庫, 學級文庫의 設置

이것은 筆者가 다시 말하기를 避한다. 各 學校 內 或은 學級에 이러한 施設을 하여야만 하겠다.

(二) 讀書指導

各 敎師가 아무 準備없이 讀書만을 獎勵한다면 그 效果가 容易하게 나타나지 않을 것이므로 敎師는 讀物에 特別 留意할 것은 勿論이요, 어린이들에게 讀後感, 이야기의 大意, 讀書發表會 等의 讀書 記錄을 만들게 함이 좋을 것이다.(이상 40쪽)

(三) 敎材의 이야기化

各 敎材를 生硬한 대로 둘 것이 아니라 될 수 있는 대로 全部를 興味있는 이야기로 만들어 無意識 中에 興味를 가지고 工夫가 되도록 하여 주었으면 한다.

(四) 優秀한 兒童 藝術家의 輩出

生硬한 敎材를 가지고 잘 料理하여 어린이들이 興味를 가지고 읽게 되도록 藝術的 才質을 가지며 同時에 敎育도 깊이 아는 優秀한 兒童讀物 作家가 많이 나와 주기를 苦待하는 것이다.

(五) 兒童書籍 推薦 機關의 設置

---

249 '關心도'의 오식이다.

優秀한 兒童書籍에 對하여서는 著者 及 發行者를 表彰하고 또 이 書籍을 推薦할 有力하고 權威 있는 機關을 設置하여 이것을 實行한다면 質的으로 많은 向上을 볼 것이다. 그렇다고 日帝時代와 같이 抑壓이나 統制하는 性質을 가져서는 도리어 有害無益으로 될 것이므로 그러한 性格이 아닌 推薦 贊助하는 積極性을 가진 機關이라야 좋은 成績을 얻을 것으로 본다.(끝) (이상 41쪽)

金元龍 외, "兒童文化를 말하는 座談會", 『兒童文化』, 제1집, 同志社 兒童園, 1948년 11월호.

나오신 분들(無順)

金元龍(새동무 主幹)	鄭人澤(小說家)
楊美林(童話作家)	洪銀順(童話作家)
李元壽(童謠詩人)	金龍煥(童畵家)

金龍煥 … 먼저 말씀드리겠읍니다. 오늘 이 자리에서는 무엇 딱딱한 이야기를 바라지 않습니다. 兒童文化의 일을 한다는 우리들이 좀 더 터놓고 서로의 意見을 말할 수 있는 그런 機會나마 만들어 보았으면 하는 그런 마음에서 이 자리를 꾸민 것입니다.

놀며놀며 말씀해 주셨으면 고맙겠읍니다.

그러구 보니 제가 司會 格이 된 것 같습니다만 무어 司會랄 것도 없이 어디 나오는 대로 얘기를 해 보시는 것이 어떨까요.(笑聲)

그럼 먼저 얘기 실마리나마 끄내 봐야겠읍니다. 먼저 묻겠읍니다.

解放 三年의 兒童文化界 動向

楊美林 … 제가 먼저 말해보겠읍니다.

戰爭 中에 日本에 〈小國民文化協會〉라는 것이 생겼었읍니다. 兒童文化의 모든 部門을 統合해서 널리 運動을 展開했는데 처음에는 兒童文化라는 말의 槪念이 不明하다는 것으로 서로 말이 있었던 것 같습니다만 結局 戰爭을 遂行(이상 42쪽)해 나가는 國策으로서 일을 進行시켜 상당한 成果를 거둔 것을 봅니다.

들으면 그 〈日本小國民文化協會〉가 終戰 後에는 다시 强力한 새 發足을 꾀하야 國粹主義와 專制를 물리치는 그런 方向으로 궐起해서 크게 進展을 보이고 있다고 합니다.

그것을 들을 때 解放 後의 우리 兒童文化界가 果然 얼마나한 動向을 보였는가를 돌아다본다면 그냥 고적한 자쵀였다는 슬픔만이 새삼스러울 뿐입니다.

제가 보기에는 映畫가 가장 綜合的인 藝術形態인데 그 方面의 成果가 있을 줄 크게 期待했더니, 하나도 收穫이 없읍니다. 겨우 金永壽 氏 作인 「똘똘이의 冒險」이 그나마도 兒童映畫라구 칠 수 있기야 있겠읍니다만 遺憾이나마 도저히 말이 안 되는 映畫랄 수밖에 말할 수 없읍니다.

그런데 解放 後의 映畫는 어찌된 셈인지 拳銃 안 나오는 映畫는 통히 없는 것 같습니다.(笑聲) 웨들 그러는지 모를 일입니다.

그다음으로 演劇을 들어보면 지난해에 〈文學家同盟〉 兒童文學委員會 主催로 "兒童藝術祭"를 YMCA에서 열었었는데 거기서 "兒童藝術劇場"이 出演했었읍니다.

作品으로 玄德 氏의 「나비를 잡는 아버지」와 「고구마」를 連結 脚色해서 舞台에 올렸는데 퍽 好評이었읍니다. 그러나 이것은 新作이 아니고 八·一五 以前의 作品이었다 하는데 조금 섭섭한 감이 없지 않습니다.

다음으로 美術을 보면 그야말로 漫畫 全盛이었읍니다. 그림책도 몇 권 나왔으나 이렇다 할 신통한 것은 없다고 봅니다. 그러니 美術 亦是 제로랄 수밖에 없구요.

또 舞踊은 어떠했느냐 하면 咸貴奉 氏가 이왕에 있던 日本의 兒童舞踊을 얼마만치 紹介한데 그쳤고 創作은 없었읍니다.

다음으로는 兒童文壇인데 이 亦是 큰 소리는 못할 편입니다. 몇 권의 책이 나오기는 했읍니다만 体裁, 內容 그 밖의 모두가 하나두 남을 만한 것이 못 되었읍니다. 이러구 보니 結局 解放 後의 兒童文化界는 空白이랄 수밖에 말이 안 되는 형편이지요.

鄭人澤 … 그것은 유독히 兒童文化界만이 그렇다고만은 할 수 없지 않을까요? 모든 文化가 짓눌려 그 本然의 生命조차 無視當한 것이 解放 後의 狀態였으니까 —— 그것은 다른 文化 部門과도 다같이 關聯된 宿命的인 것이 아니었을까요?

楊美林 … 그것입니다. 그러니까 더 슬픔이 프러스 되지요. 모든 兒童文化를 爲한 施設이 하나두 버젓한 것이 없으니까요.

洪銀順 … 도리혀 只今까지 있던 施設마저 줄었는걸요 뭘. 幼稚(이상 43쪽)園만

해두 八·一五 以前보다 사뭇 줄어 갔지요.

楊美林 … 年中行事의 하나인 "어린이날"만 보드라두 爲政當局에서 너무나
無誠意한데 놀라지 않을 수 없구요. 그나마두 民間이 中心이 되어 昨年까
지는 行事가 있었으나 올해에는 그조차 쓸쓸했습니다.

이러다가는 兒童文化란 말조차 사라질 형편이거든…….

金元龍 … 楊美林 氏가 거진 報告하다싶이 하셨으니 별말이 없습니다만 成
人社會가 자꾸 退步되어 가는 마당에서 兒童文化만의 進步는 돌보고 싶지
않습니다.

앞으로를 어떻게 해야 하는가에 努力을 기울일 수밖에 없겠는데 各 部門을
動員해서 하여튼 精進을 해야겠지요.

올해 "어린이날"의 教訓을 살려 오는 해에는 이날만이라도 意義있게 보내
주고 싶습니다. 미리 서둘러서 出版社 같은 데서 協力이 있어야 할 것입
니다.

金龍煥 … 李元壽 氏 무슨 말씀 좀 하시지요.

李元壽 … 두 분께서 모두 말씀하신 것 같습니다.

兒童文壇의 沈滯打開를 爲하여

金龍煥 … 그럼 話題를 바꿔 보실까요. 이번에는 範圍를 좁혀서 兒童文壇의
貧困을 打開하려면 어떠한 方策이 있을까 그런 얘기를 해 보실까요?

鄭人澤 … 解放 後의 兒童文壇이 萎縮된 原因은 南朝鮮의 現情勢에 달렸다
고 봅니다. 兒童文壇이 不振한 것도 成人文壇이 不振한 것도 모두가 政治
的, 社會的 混亂에 起因한 것입니다. 무어 兒童文學을 生成 發展시킬 意慾
이 없어서 그런 것은 아닐 것이니까요?

楊美林 … 그렇지요. 항끗 意慾은 있으면서두 그것을 어디다 消費할 곳이
없었읍니다. 情勢에 짓눌리어 헤어날 土臺가 없었읍니다. 참 딱하지요.

鄭人澤 … 그러니까 作家들의 이 意慾을 살릴 수 있는 그런 環境을 만들어
나가기에 努力해야 하겠지요.

楊美林 … 제 마음 같아서는 兒童雜誌를 내려면 먼저 文壇에 치중하라고
하고 싶습니다. 그렇게 해서 한 一年만 나와 주어두 作家들이 進出할 수
있지 않을까요.

지금까지를 보면 〈文學家同盟〉 兒童文學部의 『兒童文學』이 겨우 三號까지 나왔으나 이것은 여러 가지 벽이 가로놓여 앞으로는 어려울 것입니다. 그러나 꾸준히 나온다는 『소학생』 같은 잡지를 보면 이건 또 너무 판에 박은 것 같은 獨特한 性格을 가진 흠이 있읍니다. 도무지 文藝에는 보잘것없는 編輯을 허는 것 같드군요.

그다음으로 『새동무』가 있는 (이상 44쪽)데 主幹이신 金元龍 氏도 계십니다만…….

金元龍 … 너무 깍으시지 말구 좋게 말씀하셔야 합니다.(笑聲)

楊美林 … 公正히 말씀해 보겠읍니다.(笑聲) 말하자면 『새동무』는 綜合的인 雜誌입니다. 그러니 더 뭐라구 할 말이 없구…… 高麗文化社의 『어린이신문』을 보면 무슨 마음으로 만들어내는지 編輯者의 意圖를 判斷키 어려울 지경입니다. 차라리 제 마음으로는 月刊으로 고쳐 좀 더 內容이라도 갖추는 것이 옳지 않을까? 여겨집니다. 또 文化堂에서 나오는 學生別 雜誌 여섯 가지를 廢刊하구 그것을 『少年』이라 改題해서 나오는데 이 역시 性格이 도무지 흐린 雜誌드군요. 文藝物을 고르기는 한 것 같으나 編輯 技術과 內容 選擇에 있어서(創刊號만을 보구 따지는 건 좀 이를 것 같으나) 어디 期待할 것이 되어야지요.

이러고 보니 結局 作家들이 일할 마당이 거의 없는 형편입니다. 다른 部門은 그래두 雜誌, 新聞이 있으니까 生命을 이어갈 수 있겠으나 兒童文學은 거의 動向이 없었다는 것이 거기에 基因했읍니다.

金龍煥 … 그 外에두 웨 여러 가지가 있지 않읍니까? 생각나는 것만 해두 十余 가지가 있었지 않았읍니까?

楊美林 … 있기야 많이 있었지만 어떤 것은 兒童物이 덮어놓고 팔린다는 그런 심뽀로 장사 심사로 出發했다가 고만둔 사람두 없지 않았읍니다. 그것으로 收支를 맞칠랴구 했으니 어려울 수밖에…….

金元龍 … 내가 알기에는 解放 後에 서울에 兒童誌가 열두 가지가 있었읍니다. 地方에는 세 가지인데 大邱에 둘, 木浦에 하나 이렇게 있었읍니다만 정말 兒童 일에 意慾을 가진 사람들은 經濟力이 不足했다고 봅니다. 그러니까 이제부터 새로 出發하는 貴社의 兒童雜誌에 期待가 클 것 같습니다.

兒童雜誌를 내어서 수지를 맞칠려는 심뽀는 그 自体가 벌써 不純 합니다. 정말 兒童들에게 奉仕하려는 誠意로 나와 적어도 收支는 度外視하고 兒童文藝를 위해 싸워 주었으면 합니다. 그러므로서 兒童文藝를 살려 나가야겠읍니다.

結局 옳은 일은 언제나 勝利할 것입니다. 제 이야기를 자꾸 들추는 것 같습니다만 저 亦是 『새동무』를 가지고 지금까지 싸웠다고 봅니다. 또 앞으로도 能力껏은 싸워 나갈 것입니다.

鄭人澤 … 解放 後의 成人文學 亦是 같은 處地에 놓여 있었으나 그래도 成人文學 作家들은 굳게 團結해서 한 組織体를 가지고 그러한 惡條件, 惡環境과 싸워 왔으며 그랬기 때문에 어느 程度 成果를 거둘 수 있었다고 생각합니다. 그러나 제가 보기에 兒童文學은 統一이 弱하고 活動이 散發的인 것 같습니다. 楊美林 氏가 말씀하신 것(이상 45쪽) 같습니다만 解放 後에 兒童文藝書가 그래두 여럿 나왔으면서두 出版記念會 한 번 못 가졌다는 것두 原因은 거기에 있겠지요. 成人文壇에서는 詩集 出版記念會에 小說家도 出席하는데 唯獨 兒童文壇만이 말하자면 文壇的 交流 關係랄까, 그런데 퍽 소홀했던 것 같습니다.

李元壽 … 元來 兒童文學을 한다는 專門 作家가 적습니다. 그런 點으로 봐서 두 다른 部門보다 퍽 不利합니다. 成人文學이 反抗과 鬪爭을 했는데 兒童文學은 어째 그리 弱했느냐 하면 거기에는 兒童作家들의 統合이 弱한 탓도 있기야 했으나, 그렇다고 해서 作家들의 鬪爭意慾마저 없지는 않았던 것입니다. 그런 作品을 雜誌에서 容納치 않았읍니다. 한 雜誌를 例로 들어 봐도 처음에는 한두 號가 나왔으나 금시 앞길이 맥히는 것입니다. 雜誌를 만들어두 消化할 길이 없읍니다. 中途에서 막으니까요.

成人과 다른 兒童을 對象으로 하는 것의 어려움이 여기에 있읍니다. 大衆이 成人이면 그들이 그들의 書籍을 選擇할 줄 알겠으나 兒童은 그렇지가 못합니다.

그러구 보니 兒童誌의 內容이 김빠진 그런 곳에서 돌고 있는 現狀이지요.

國民學校와 先生님과 兒童文化

金龍煥 … 좋은 말씀입니다. 그럼 이번에는 國民學校와 兒童文化라구 할까

요? 兒童文化를 發展시키는 責任이 아마 가장 賦課되어 있는 곳이 國民學校일 것이 아니겠읍니까? 그 國民學校에서 兒童文化 運動을 얼마만큼 꾀하고 있는지 그런 얘기를 좀 해 주시면 고맙겠읍니다.

洪銀順 氏가 아마 國民學校 事情을 잘 아실 것 같은데 말씀해 주셨으면…….

洪銀順 … 아이구 제가 어디 國民學校에 있었어야죠. 幼稚園이죠.(笑聲)

楊美林 … 李元壽 氏가 좀 말씀해 보시죠.

李元壽 … 글쎄올시다.

洪銀順 … 동무들 얘기를 들으면 一學年이 제일 좋다드군요. 菓子 箱子가 先生한테 곧잘 들어온다구 그러든데요.(笑聲)

楊美林 … 웨 그리구 六學年두 좋다드군요. 그래서 新任 先生은 中間 學年을 맡게 되는가 보지요.(笑聲)

李元壽 … 우리가 생각하기에 國民學校가 가장 兒童文化에 關心을 가져야할 것인데 實際에 있어서 우리가 바라는 것과는 딴판인 것 같습니다. 國民學校 先生님 같은 사람들이 兒童文學 方面에 進出해 주고 할 것 같은데…… 도무지 그런 關心을 가진 분이 없는 것 같아요. 좀 그(이상 46쪽)런데 눈 뜬 先生이 있으면 上部에서 도리혀 이상한 눈초리를 받는 것이 現狀입니다. 그런 關心을 가진 先生일싸록 兒童을 사랑하는 일꾼인 것 같은데 도리혀 그런 사람은 思想을 疑心 받는 그런 寒心한 狀態거든요.

金元龍 … 그러니까 그들의 關心을 북돋아 주는 무슨 對策이 急할 것 같은데요.

李元壽 … 先生님들의 關心을 기르는 것으로 出版物이 많이 나와야 할 것입니다. 이번 同志社 兒童園이 計畫하신 『兒童文化』 같은 것을 繼續해서 先生들과 같이 뻗어 나갈 수 있는 그런 冊을 만들어 나가는 것이 效果的일 것입니다.

楊美林 … 지금까지도 國民學校 先生을 위한 雜誌가 얼핀 떠오르는 것만 해두 『새교육』, 『아동교육』, 『조선교육』 이렇게 있는 것을 압니다만 實際에 있어서 國民學校 先生님들과 인연이 먼 雜誌가 되어서 통 팔리지 않는다구요.

어느 學校에서인가는 校長 先生이 사서 回讀을 시켰는데 자기 앞에 돌아오면 도장만 찍구 다음으로 돌리는 그런 現狀이라구 그러드군요.

李元壽 … 그것은 興味가 없어서 그렇지 않을까요.

楊美林 … 原因이야 많지요. 첫째 先生님들이 배가 고프니까 그럴 께구요. (笑聲) 또 中에는 들뜬 先生님두 없다구 못할 것이 朝鮮 冊은 덮어놓고 程度가 낮다구 투정만 하며 돌보지 않는 傾向도 없지 않은 모양입니다. 南朝鮮만 해두 國民學校가 三千余校나 된다면서 雜誌 四, 五千 部가 안 팔리니 딱한 노릇이 아니겠어요?

鄭人澤 … 그럼 先生任 數는 훨씬 많을 것인데요…….

楊美林 … 한 五萬 名이나 된다지요.

鄭人澤 … 참 큰 問題인데.

楊美林 … 爲先 재미있는 책을 만들어야 할 것입니다. 그런 책일쑤록 無味乾燥한 內容의 羅列이어서야 어디 읽을 맛이 있겠어요? 졸열한 內容으로 이것을 읽으라고 소리쳐 보았자 先生님 自身이 어린애두 아닐 터이니까…… 그런 反面에 日本 헌冊은 定價의 몇 十倍씩 주고도 잘 팔리나 봐요.[250]

金元龍 … 사라구 해서 살 것이 아닙니다. 이번에 제가 地方을 돌아봤는데 軍政廳 婦女局 發行인 『새살림』을 婦人會 같은 데를 通해서 普及시키려 애쓰는데 內容이 貧弱해서 그런지 통 안 팔리는 것 같드군요.

學校두 다녀 보았으나 조금두 關心이 없는 것이었읍니다. 兒童들을 爲해서 學校 圖書室쯤이라두 있음 직하건만 통 硏究가 없읍데다. 제 생각으로는 文敎部 같은 데에 兒童文化人이 뚫구 들어가야만 할 것 같습니다.

楊美林 … 日本만 보드래두 〈帝國敎育會〉라는 데서 『帝國敎育』이라는 (이상 47쪽) 雜誌가 나왔지만 鈴木三重吉 氏가 主幹한 『赤イ鳥』에 比하면 어림도 없었지요.[251] 그러니까 먼저 藝術的인 그런 것부터가 급하다구 봅니다.

---

250 '팔리나 봐요.'의 오식이다.

251 스즈키 미에키치(鈴木三重吉, 1882~1936)는 히로시마 현(廣島縣) 출신의 소설가이자 아동문학가이며, 일본 아동문학 운동의 아버지로 불린다. 『赤い鳥(あかいとり)』는 1918년 7월 1일 鈴木三重吉가 창간한 아동 잡지이다. 1936년 8월 폐간되었다.

創作童話와 童謠 童詩의 方向

金龍煥 … 또 話題를 바꾸겠읍니다. 解放 後에 그래두 創作童話니 童謠가 數字로 많지는 못하나 發表된 것을 봅니다만 어떻습니까? 그 作品의 價值랄까? 그런 것두 좀 따져 보면서 또 以後로의 創作童話, 童謠의 方向이랄까? 그런 얘기를 해 주십시요.

李元壽 氏께서 꽉 硏究가 계시리라고 생각하는데요.

李元壽 … 그렇게 은근히 指摘하시면 얘기하기에 곤난합니다.(笑聲) 지금 와서 얘기하구 싶지도 않습니다만 지금까지의 作家의 態度가 安逸하지 않았다구 할 수 없구요. 着實한 努力이 있는 作家가 몇이나 되느냐 할 때 여간 곤난한 게 아닙니다.

金龍煥 … 雜誌를 編輯하며 느끼지만 모두 번역만 하러 듭니다. 무어 하나 써 보라면 하룻저녁에 아무거나 만들어 오는 데는 딱 질색이거든…….

李元壽 … 創作이라는 것이 事實로 어려운 문제입니다. 「創作童話, 童謠의 方向」 이렇게 話題를 내셨는데 너무나 範圍가 넓어 뭐라 말할 수 없읍니다. 그 한 구뎅이만 제가 말해 보겠읍니다만 그 속에는 童話, 少年小說, 童詩, 童謠 이렇게 區別해서 얘기를 해야겠으나 童謠에 對해서 조금 말씀드리겠는데 解放 後의 作品이 하나두 뚜렷한 것이 없읍니다. 모두가 그것이 그것이었읍니다.

楊美林 … 웨 李 兄의 「이사 가는 길」 같은 것은 뚜렷했지 웨 그래…….

李元壽 … 그것두 그것이 그것이었어.(笑聲) 그런데 童謠라 하면 지금까지의 觀念으로 글짜나 맞춰 놓으면 그것이 童謠려니 하니 딱하거든…….
이제부터가 兒童文學의 初創期랄 수밖에 없다구 보는데 쓰는 사람들의 任務가 어떻다는 것을 알아야겠읍니다. 지금까지의 童謠를 그대로 본받은 小學生들의 作品을 보면 그 모두가 좋지 않은 模倣뿐입니다. 말하자면 어떤 奇拔한 想을 붙들어서 거기다 말만 붙이면 그것이 좋은 作品이라는 그런 傾向이거든요. 말만 곱게 다스리고 거기에 무슨 奇拔한 것만 들었으면 얼마든지 씌어지는 그것이 朝鮮 童謠의 傳統的인 方向이 되어버렸단 말이예요. 兒童들의 生活이 거기에는 없읍니다. 묘한 表現이면 고만이었읍니다. 그러나 그것도 모두가 나쁘다고는 않습니다만 좀 더 眞實한 것이 要求

되리라고 믿습니다.

楊美林 … 尹石重 氏와 이런 이야기를 한 적이 있었지요. 解放 後에 그래두 童謠集으로 몇 권이나마 내(이상 48쪽)인 분이 尹石重 氏인데 보면 모두가 舊作이었었읍니다. 그래서 제 말이 "좀 더 解放의 感激을 어린이에게도 노래시켜야 하지 않겠느냐? 舊作두 좋지만 그것만 자꾸 들출 것이 무엇이냐."구 했더니 尹 氏의 말이 "나는 日帝의 억눌림 속에서 나온 作品이 보다 意義가 있다구 생각한다." 하드군요. 그것두 어느 程度 無視는 못하겠으나 그래두 不足한 것이라구 좀 더 새로운 노래가 있음직하다는 그런 말을 했더니 尹石重 氏 表情이 몹시 섭섭한 것 같드군요.

李元壽 … 어떠한 奇拔한 모티-브와 거기에 딸랑딸랑 방울이 딸랑 式의 글만 붙이면 된다는 그런 觀念의 害毒이 永世不滅의 것이 되어서는 안 되지요.

金龍煥 … 지금 말씀같이 果然 그런 作品들이 고운 말의 作品이긴 했던가요?

楊美林 … 그저 말의 희롱에 그쳤을 뿐이지요. 解放 後의 작품으로 李元壽 氏의 作品 「이사 가는 길」 같은 것이 探究的인 作品이라구 볼 수 있읍니다. 말하자면 社會主義的인 것인데 어디 아이들이라서 물만 마시구 고운 노래만 불를 그런 때가 됩니까? 그저 어른 世界에 뚜껑만 덮어놓면 그 아이들이 天使가 될 것 같습데까? 모르게만 할 것이 아니라 아이들도 現實에 살고 있는 것입니다. 그들 亦是 生活을 하는 人間이니까?

階級觀念이라고 아이들을 革命家만을 만든다는 것은 아닐 것입니다. 人間이 살아가는 生活을 알아야 할 것 아니겠어요?

金元龍 … 어린이들에게도 現實世界가 있지요 —— 그러니까 技術的으로 얼마만치 生活을 노래하는가가 問題인데 지금 社會에서 妥協할 수 없는 어려움이 가로놓이거든요. 말하자면 科學的이 아닌 것이라도 現實과 그리 妨害 되지 않는 程度이면 그런 것도 상관치 않지 않겠어요.

楊美林 … 三千萬이래서 어디 똑같은 처지에 있는 것은 아닙니다. 그러니까 이렇게 살아야 한다, 또 이것이 옳은 길이다, 그것이 表示된 것이 그대로 그르다니 딱하지 않습니까…….

童話와 童謠의 다른 점

金龍煥 … 童話에 있어서는 어떻습니까?

楊美林 … 方法論은 같지요. 分類하자면 하나는 具体的인 것일 게고, 하나는 感覺的인 것이겠지요.

李元壽 … 方法이야 같지만 童話는 얼마든지 具体的일 수 있는 것이 좋습니다. 童話에서 非現實的인 것을 科學을 妨害치 않는 程度로 쓸 수도 있읍니다. 童話는 반드시 小說 같은 事實이 아니라두 그것이 꿈이라두 좋습니다. 그러니(이상 49쪽)까 아름다운 꿈같은 世界에서 배울 수 있는 그런 作品도 成立되거든요. 이것이 아마 童話만이 가지는 特權이 아니겠어요?

이렇게 兩者를 똑같이 發展시킬 수 있는 것이 童話일 수 있읍니다.

楊美林 … 그런데 보면 少年小說과 童話의 限界가 不明한 것 같습니다. 어느 雜誌에서 請하기에 제 딴에는 少年小說이라구 쓴 것을 나왔는데 보니 童話로 改名이 되어 있드군요.(笑聲)

이런 점은 어떻게 생각하시는지…….

金元龍 … 그것은 出版社의 한 政策으로 그렇게 되는 것이 아닐까요? 內容을 보구 그렇게 編輯者가 適當히 하는 例두 있으니까 —— (笑聲)

楊美林 … 그러나 年齡으로 보아 區別이 되지요. 少年小說이면 心理를 主로 한 것일 게고, 또 스토리—를 主로 한 것이 童話라구 하겠는데요.

解放 後의 兒童作家들의 動向

金龍煥 … 解放 後의 兒童作家들의 動向이랄까? 그런 데로 얘기를 바꿔보십시다.

楊美林 … 兒童作家라면 없는 것 같으면서 있는 것 같고, 또 있는 것 같으면서두 없는 것 같은 그런 느낌입니다. 그래서 兒童作家의 限界를 따지자면 어려운 것 같습니다. 續刊된 『어린이』를 보니 지금까지 죽었나? 했던 사람이 다시 나온 事實두 있구, 또 新人두 나왔구 —— 이렇게 어리벙벙한 現狀입니다.

이것은 아마 解放 後의 兒童文壇이 뚜렷한 움직임이 없었다는 것을 말해주는 것일 겝니다.

童畵와 漫畵의 區別에 對하여

金龍煥 … 그러구 보니 解放 後의 漫畵책의 害毒에서인지 통 童畵와 漫畵의 區別이 없는 것 같드군요. 그저 어린애 그림이면 모두가 漫畵라구 그런

傾向인데 ——

金元龍 … 그것은 確實히 漫畵의 난발에서 온 것일 겁니다. 그런 것을 내인
出版者 自体가 하나두 認識이 없는 者들이었으니까 ——

덮어놓고 漫畵책이면 팔린다고 된 사람 안 된 사람 모두 그 짓이었으니
까 ——

金龍煥 … 어린이를 爲한 그림은 童畵일 것이고, 漫畵는 그와 判然히 다릅
니다.

楊美林 … 그렇지만, 어디 그림책이 그리 있어야죠. 그러니까 色版이면 모두
가 漫畵라구 그렇게들 말한 모양이야.(笑聲)

洪銀順 … 정말 그림책이 없었거든요. 幼稚園에서 그림책 같은 것을 敎(이상
50쪽)材로 쓰구 싶지만 하나두 신통한 것이 없었읍니다.

楊美林 … 보면 偉人의 傳記 같은 것을 만든 것두 있는데 그렇게 마구 할
수 있는 南朝鮮의 自由가 참 땡이지요. 누가 뭐라는 사람 없으니 마음대로
한단 말이야. 심지어 漫畵冊에 「김구」「이승만」이라는 게 다 있드군 그래.

洪銀順 … 참 보기에두 얼굴이 뜨겁드군요. 그분들에게 미안한 생각이 든다
니까요.(笑聲)

李元壽 … 아이들이 책 가게에서 "김구 하나 주세요." "이승만 하나 주세요."
그런다는데 뭘 —— (笑聲)

바른 兒童書籍 出版을 爲하여

金元龍 … 이제부터는 어떠한 方向의 책을 내야 할지 그런 意見을 좀 듣구
싶습니다.

鄭人澤 … 그건 너무 漠然해서 어렵구 各者가 모두 다를 것이니까 ——

金龍煥 … 어느 것두 다 急하겠지만 그中에서두 어떤 것이 먼저 要求되나,
그것 말입니다.

楊美林 … 하여튼 좋은 책을 만들면 좋습니다. 日本에서 나온 大正 一四年版
인 芥川[252]의 童話集이 定價 五원짜리 책인데 그때에 나온 어느 책보다

---

252 아쿠타가와 류노스케(芥川龍之介, 1892~1927)이다. 도쿄대학(東京大學) 영문과를 졸업하
였다. 재학 중 나쓰메 소세키(夏目漱石)의 문하에 들어가 구메 마사오(久米正雄), 기쿠치
간(菊池寬) 등과 함께 제3차 『新思潮』를 발간하여 작품을 발표하였다. 대표작으로 『羅生

豪華로웠읍니다. 結局 좋은 冊은 오래 남을 수 있읍니다. 解放 後의 兒童 書籍이 어디 하나나 남을 것이 있읍니까.

金元龍 … 그건 그렇지만 收支 問題로 어려웠지요. 아이들을 相對하니까 定價가 百圓을 넘지 못합니다. 그러나 어린이책이란 父兄이 撰擇해서 어린이에게 사다 주는 것이 正常일 것입니다만……

李元壽 … 먼저 어린이들에게 책을 골라다 줄 그런 父兄이 얼마나 될지 그것두 漠然하거든.

金元龍 … 그렇지만 結局 收支를 無視할 수도 없을 것입니다.

그러니까 出版하는데 있어서 調節이 必要할 것입니다. 한편으로는 사기에 손쉬운 것을 만들어서 그것으로 어느 程度 均衡을 맞추면서 한편으로 좋은 豪華本을 내일 수밖에……

楊美林 … 外國에서 보면 어린이책이란 同時에 어머니의 책이 되어 있읍니다. 그런 程度의 冊이 되어야 합니다. 그 程度의 判別을 朝鮮의 어머니들두 가질 수 있어야 兒童文化두 머리를 들겠읍니다.

金龍煥 … 어린이冊이라면 오래 지니고 즐길 수 있는 그런 것이어야 하지요. 体裁두 나쁘구 쉬 해어져서는 意義가 없읍니다. 그렇게 만들자니 값이 어려울 것이니까 아까 金元龍 氏 말씀같이 잘 팔리는 책과 豪華本과 그렇게 均衡을 맞출 수밖에 없겠군요.

洪銀順 … 解放 後의 것이 非良心的인 책이 많다 하는데 그 實例를 들어 보는 게 어때요.

金元龍 … 첫째 漫畵類가 그것이지요.(이상 51쪽) 그냥 그림 그리는 분들이 아무렇게나 글을 만들어서 만들어 내는 精力은 놀라우나 어디 그것이 될 말이예요? 應當히 畵家는 自己 것을 살리고 또 글을 쓰는 사람에게 責任 있는 글을 依賴해서 그런 愼重한 것이래야 할 터인데…… 畵家가 독차지를 해서 욕심이 대단했읍니다. 그래서 어찌 急造 漫畵家가 그리 많아졌는지…… 그 사람들이 모두 生活이 좋다니 놀라운 일이야.(笑聲)

門』(1915), 『어떤 바보의 일생(或阿保の一生)』(1927)이 있다. 1935년부터 분게이슌주샤 (文藝春秋社)에서 제정하여 매년 2회, 1월과 7월에 시상되는 아쿠타가와상(芥川賞)은 그를 기념한 것이다.

楊美林 … 그런 中에서두 兒童文藝書가 몇 권 나왔읍니다. 지난 六月에 그
분들의 受苦를 조금이라두 치하를 드리자구 해서 서울 經濟俱樂部 食堂
에서 合同 出版記念會를 열었읍니다. 참말 조선에서만 있는 슬픈 事情이
거든.

그날 모인 사람을 보면 作家와 畵家 몇 분과 出版社 關係의 사람을 合쳐
한 三十名 모였읍니다. 그날 이야기가 마치 지금 우리 얘기와 비슷한 것이
었지요. 그때의 여러분들의 發言으로 兒童文化 團体를 하나 만들자는 말
이 나왔으나 그것은 안 될 말이었읍니다. 세운다 했자 또 有名無實한 것이
하나 더 되는 것에 그칠 터이니까 —— 제 말이 그런 것을 만드는 건 좋지만
어디 누가 일을 할 사람이 있느냐구 했지요. 첫째 機關紙도 있어야겠구
會館두 있어야겠구 또 거기서 일하는 분들의 生活두 保障이 되어야 할 것
아녜요.

그리구 또 尹石重 氏의 〈朝鮮兒童文化協會〉 같은 것을 보아두 지나친 越權
입니다. 實際로 社會團體的 活動은 없으면서 한 出版社로 그런 어마어마
한 看板만 고집 말 것입니다. 그 밖에두 〈어린이協會〉니 〈少年文化協會〉니
이렇게 數多하긴 하건만 그들이 무엇을 했단 말입니까? 무슨 機關을 만들
자면 먼저 이런 看板들을 解体해야 될 것입니다. 그렇지 않고서는 그런
것이 또 하나 생기는 것밖에 아무것두 아닐 것이니까…….

幼稚園과 그림책에 對하여

金龍煥 … 洪銀順 氏께 묻겠읍니다. 幼稚園에 오래 계시면서 어떠셨는
지……. 그런데 幼稚園 같은데 있으면서 童話 같은 것을 하시는 분이 계시
는지요?

楊美林 … 웨 없어! 洪 先生이 있지 않어…….

金元龍 … 洪 先生두 그만치 하셨으면 園長쯤 되실 것 같은데?

洪銀順 … 웨 못해요. 허기야 할아버지 園長님보다 낫겠지요…….(笑聲)

鄭人澤 … 幼稚園에서 제일 어떤 책이 소용되시나요?

洪銀順 … 뭐 책이 나왔어야죠. 그림책이 퍽 손쉬운 敎材인데 이런 데에 出版
社에서 關心이 없는 것이 딱합니다. 그리고 父兄들이 저한테 의논을 하러
와서 어떤 책(이상 52쪽)이 좋겠느냐?는 質問을 많이 받으면서 추천할 책이

없는 형편인 걸요.

楊美林 … 웨 保育協會에서 그림책을 내인다구 그러지 않아요?

洪銀順 … 하두 답답해서 그런 計畫두 해본 것 같습니다만 實際루 保育協會에서 그런 일을 하자니 통 모르므로 實際루 일하는 분들에게 부탁해서 만들 수밖에 없겠지요.

金龍煥 … 시간두 늦인 것 같습니다. 記錄은 이만큼하구 이제부터 余談이나 해 보실까요? 洪銀順 氏의 實話두 좀 들어 봐야겠구요…….(笑聲) (이상 53쪽)

崔秉和, "作故한 兒童作家 群像", 『兒童文化』, 제1집, 同志社 兒童園, 1948년 11월호.

"外國의 兒童文學家는 大概 長壽를 하는데 어째서 이 나라 이 땅의 兒童文學家는 夭折하고 早死하나?" 하고 나는 故人이 된 朝鮮의 兒童文學家를 生覺하고 長嘆息을 禁치 못하는 바이다.

이미 故人이 된 兒童文學家 中에 나와 親分이 남유달리 두터운 분은 나의 瘦身短軀를 念慮하여 健康에 操心하라는 말을 屢屢히 들려주면서도 自己自身이 먼저 世上을 떠난 것을 生覺할 때 歲月이 흘러가고 나이가 한 살 한 살 더해 갈수록 내 世界가 寂寞하고 孤獨해 가는 것을 切實히 느끼게 된다.

이것은 先輩를 놓지고 同志를 잃어버리는 데서 오는 숨길 수 없는 悲哀인 것이다. 더욱이 解放 直後 우리나라의 言語 文字를 도루 찾아 이때야말로 兒童文學家들의 責任이 重且大한 것을 느낄 때 日帝 鐵蹄下에서 勇敢하게 鬪爭하면서 兒童文學 樹立에 邁進하다가 故人이 된 先輩와 同志의 모습이 하나둘 파노라마와 같이 떠오르고 있다.

一生을 이 땅 어린이를 爲하여 兒童文學家로 보내리라 하던 그분들도 應當 黃天에서 歡喜의 微笑를 띠우고 黃天 어린이들을 爲하여 活動하리라 믿으며 그분들의 生存 時의 片貌, 印象, 作品에 對하여 簡單히 써 보고자 한다.

小波 方定煥 先生

過去의 우리 어린이들은 어른들의 專制下에 獨創性과 發展性을 略奪當하고[253] 前代人의 因襲만 盲從하도록(이상 56쪽) 强要當하고 또 舊道德 封建 弊習의 可憐한 犧牲者가 되어 왔다. 이를 痛嘆히 여겨 西紀 一九二二年 봄 "어린이"란 尊稱語를 制定하고, 어린이의 人權을 尊重하고 어린이의 自由를 擁護하여야 한다고, 어린이에게 敬語를 使用하고 또 어린이들에게 情緖敎育을 하여 어린이로 하여금 誠實—正義에 사는 人間이 되게 하기 爲하여 最初로 兒童雜誌 『어린이』를 刊行한 분은 世人이 周知하는 小波 方定煥 先生이다.

---

253 '掠奪當하고'의 오식이다.

何如間 方 先生은 우리나라에 있어서 少年運動者의 先驅者요, 兒童文學의 創始者이다. 나는 少年運動者로서의 方 先生에 對한 것은 略하기로 하겠다.

『어린이』創刊號 (리브레트型)가 刊行되자 그때 이미 靑少年期에 있던 나는 率先하여 사 보고 여기서 感化와 趣味를 받은 바 不少하였다. 아마 내가 兒童文學者가 되리라는 싹이 트기 始作한 것은 『어린이』를 愛讀한 데 影響받은 바 컸었다.

우리나라에 있어서 最初의 童話集인 『사랑의 선물』이 出版되자 어린이들과 어린이 指導者들에게 크게 歡迎을 받아 곧 再版을 내놓게 되었다. 『어린이』에 發表된 先生의 童話의 大部分 『사랑의 선물』의 作品 全部는 外國의 名作 童話, 小說의 飜譯이었다.

이것은 能熟한 筆致로 어린이들이 읽어 理解하기 쉽게 飜譯한 것이다. 創作品으로 感銘 깊은 作品은 「만년샤쓰」 「金시계」가 있고 『어린이』誌에 每號 連載한 「어린이 讀本」 中에 찾을 수가 있다. 이 作品들을 읽으면 "씩씩하고 참된 소년이 됩시다. 그리고 늘 서로 사랑하며 도와 갑시다." 하는 先生의 標語를 作品化하였다고 評할 수가 있다.

내가 方 先生과 同席하여 歡談하기는 내가 『어린이』雜誌에 처음 執筆한 後 李定鎬 氏의 紹介로 人事를 간 때였다. 情과 熱로 꽉 찬 豊滿한 얼굴과 肥大短軀한 先生을 對할 때 親密한 情을 느끼면서도 어쩐지 威嚴 있는 氣品에 自然 고개가 수그러졌다.

"앞으로 兒童文學을 爲하여 많이 工夫해 주시요." 方 先生은 中學生인 나를 좀 意外라는 듯이 이렇게 激勵하고는 굳은 握手를 하여 주셨다.

方 先生의 童話口演家로서의 人氣는 大端하였다. 그中에도 「산드룡의 유리 구두」란 이야기를 할 때는 先生 自身이 눈물을 흘려 가며 슬픈 表情으로 이야기를 하여 男女老少가 다 같이 울고 슬퍼하였다.

先生이 大學病院에 入院 治療할 때 二 三次 問病을 갔었다. 先生이 別世하기 三日 前에 갔을 때는 呼吸 困難으로 酸素吸入器로 呼吸하는 양을 보고는 問病者 一同은 모두 눈물을 흘리고 "先生을 살리자."고 努力하였으나 水泡로 돌아가고 말았다.

나는 苦痛으로 땀을 뻘뻘 흘리면서 몹시 苦憫하던(이상 57쪽) 先生의 모습을 아직껏 잊을 수가 없다.

今春 忘憂里 墓所를 修築한 後 省墓를 가자는 〈兒協〉尹石重 氏의 招請을 받고 墓地에 가서 默禱를 올릴 때 이제 새삼스럽게 三十三 歲를 一期로 夭折한 先生을 못내 哀惜히 여겨 暗淚를 禁치 못하였다.

微笑 李定鎬 兄

"내가 죽거든 方 先生의 『사랑의 선물』과 내 책 『세계일주동화집』을 관속에 넣어 주." 하고 家族에게 遺言을 한 분이 微笑다. 이것만 보더라도 童話를 生命과 같이 애끼고 또 죽을 것을 覺悟한 微笑는 가장 사랑하는 두 童話冊을 가슴에 안고 깊이 잠들리라 한 心情을 넉넉히 推測할 수가 있다.

微笑 兄은 方 先生 在世 時부터 方 先生의 偉大한 事業의 協助者로서 『어린이』 雜誌에 貢獻이 크다. 方 先生의 指導와 感化를 받고 兒童文學家로서 一家를 이룬 後에는 數없는 作品을 發表하였고 또 童話口演家로서도 頭角을 나타내어 童話會 혹은 童話 放送으로 어린이들에게 精神的 糧食을 주었다.

微笑 兄의 初期 作品은 主로 泰西 美談과 外國童話를 紹介하는데 主力한 感이 있다. 이분의 筆致는 美文에 가까운 洗鍊된 筆致로써 當代 少年少女들을[254] 다투어 熱讀을 하였다.

美談이란 그 自體가 感傷的이고 哀傷的으로 흘르기 쉬운데다가 筆致 亦是 이 傾向이 濃厚하였다. 間或 愛國美談같은 어린이들에게 民族意識을 갖게 하고 愛國心을 高潮시켰으나 只今 生覺하면 그것은 다분히 封建的이고 國粹主義的인 作品들이었다.

微笑 兄의 創作으로는 寫眞小說이 많다. 「正義는 이긴다.」 그 外 作品은 大概 內容은 友情, 正義, 愛國心을 鼓吹한 作品들이다.

나는 한때 『별나라』 雜誌 編輯同人이었던 關係로 이곳저곳 發表되는 微笑 兄의 作品을 읽어 봤는데 內容이 貧弱한 作品일지라도 微笑 兄의 그 고운 筆致로(이상 58쪽) 살아난 作品이 不少하였다. 原稿는 亂筆이거나 惡筆은 아니지만 原稿紙 上下 左右 餘白에는 訂正 添加한 것으로 까맣게 되었다. 이렇게 微笑 兄은 作品을 쓸 때 一瀉千里 式으로 써 가는 것이 아니라 될 수 있는

---

254 '少年少女들은'의 오식이다.

대로 美文과 感激主義로 나갔던 것이다.

兒童藝術研究 團体로 〈별塔會〉가 創立 된 後로는 微笑 兄과의 交際는 頻繁하여졌다.

"秉和 氏는 너무 弱해서 健康에 근심하서야겠오. 자 사양 말고 이 고기를 자슈." 술 座席에서 몇 盞 자시고는 微醉할 때면 한번도 걸르지 않고 나에게 忠告를 하면서 술 못 먹는 나에게 안주를 勸하는 것이다.

"微笑 兄, 節酒를 하서야겠오." 나는 滿醉되어 얼굴이 蒼石해[255] 가는 微笑 兄을 보고 말을 하려면

"내 염려는 말라니까." 하고 내 校服 단추를 어루만지고 있었다.

微笑 兄의 著書로는 『世界一週童話集』과 『사랑의 學校』가 있다. 『사랑의 學校』는 "伊太利" 軍人文學者 '에드몬도 · 데 · 아미치쓰'의 原作 『크오레』를 全譯한 것으로 菊判 五四五 頁나 되는 豪華로운 美本이다.

이 冊을 西紀 一九二九年 日帝 言論 取締가 甚할 때 이 한 卷을 世上에 내어놓을려고 檢閱과 出版으로 애쓴 것은 筆舌로 담을 수가 없었다. 何如間 微笑 兄은 갔으되 이 한 卷 冊이 내 冊장 속에 陳列되어 어린 것들이 틈틈이 꺼내 읽는 것을 볼 때는 文學者의 生涯란 것이 後世에까지 얼마나한 影響과 感化를 준다는 것을 切實히 깨닫는 同時, 한 作品이라도 愼重한 態度로 執筆할 것을 深刻하게 깨달았다.

皓堂 延星欽 兄

兒童教育者로 少年運動者로 兒童文學者로 三 部門에 걸쳐 徹頭徹尾 實踐에 옮긴 분은 皓堂 兄을 빼놓고는 또 없을 것이다. 貧寒한 家庭 不幸한 逆境에 處해 있으면서도 寂寞한 最後를 마칠 때까지 兒童文化 事業을 斷念치 않은 분도 皓堂 兄을 빼놓고는 또 없을 것이다.

皓堂 兄과 나의 關係는 公的으로 私的으로 너무나 複雜多端하여 어느 것을 記述하여야 좋을지 모르겠다.

서울서 學齡 超過와 無産 所致로 小學校에 入學치 못하고 街頭에 彷徨하는 少年少女의 唯一의 初等 機關인 培英學院을 創立하여 十餘年間 近 五百

---

255 '蒼白해'의 오식으로 보인다.

名의 卒業生을 社會에 내보내고 夜間에는 婦女子와 成人敎育에 沒頭하였다.

皓堂 兄은 日曜日이면 明進少年會館에서 어린이들에게 童話를 들려주었다. 한번 童話를 들은 어린이들은 日曜日마다 出席하여 場內는 超滿員의 盛況을 이루었다. 또 放送童話도 이분이 第一 많이 하였을 것이(이상 59쪽)다. 이같이 童話口演家로도 一家를 이루었다.

그러나 一般이 알기는 兒童文學家로서의 皓堂 兄의 作家生活은 長久하였고 廣範圍에 걸쳐 우리나라 兒童文學 草創期에 있어 縱橫으로 活躍하였다.

童話, 美談, 傳說, 小說, 寓話, 逸話, 史記, 科學, 娛樂 이같이 多方面에 걸쳐 主로 連鎖的 關係를 가진 『어린이』와 『별나라』 그리고 『新少年』을 비롯하여 兒童雜誌마다 執筆하였다. 다시 말하면 藥에 甘草 格이었다. 皓堂 兄亦是 創作보다는 外國 것의 飜譯이 많은데 內容을 槪評한다면 微笑 兄 作品과 大同小異하였다. 著書로는 『童話寶玉集』[256]이 있다.

"延星欽 氏의 原稿는 깨끗하다." 이것은 雜誌 編輯者는 누구나 異口同聲으로 稱讚하는 말이다. 英國 文豪 '쎅스피어'의 글씨는 小學生 글씨만도 못하여 文撰工을 울렸다는 것은 너무나 有名한 逸話이지만 皓堂 兄의 原稿는 文撰工에게 歡迎을 받았다.

皓堂 兄의 原稿 글씨는 始終이 如一하다. 또박또박 正書한 것 그리고 微笑兄 原稿와는 反對로 訂正 添加한 것이 別로 없다. 아마 草稿가 따로 있고 正書한 것이라고 하겠지만 皓堂 兄에게 그럴 時間의 餘裕가 있을 이 없었다.

그것은 『어린이』 雜誌의 三人 合作 小說 「아름다운 희생」에 對하여 微笑, 皓堂, 筆者 三人 이 모야 作品의 構想을 할 때 세 사람의 寫眞을 내기로 하였다.

"세 사람이 寫眞을 박으면 가운데 사람이 죽는다는데." 하고 微笑와 筆者가 꺼려 하니까

"별소릴 다 하는구료. 그러면 날 가운데 넣어 주시오." 하고 皓堂 兄이 우리들을 못마땅하게 生覺하였다.

解放 後 이 合作小說을 보고 나는 故人이 된 두 兄을 追慕하는 마음 禁할

---

256 延星欽 編, 『世界名作 童話寶玉集』(以文堂, 1929)을 가리킨다.

수 없는 同時 "이번에는 내 차례구나." 하는 서글픔을 느끼는 것이었다.

解放 惠澤을 입은 사람은 文化人에게 極少數이다. 萬一 있다면 文化人으로서 營利事業으로 轉向하거나 羊頭狗肉의 出版業으로 謀利하는 사람들일 것이다. 그와 反對로 解放 後 不幸하게 된 文化人들은 많다. 皓堂 兄도 그中의 一人이다.

解放 直後 兒童文化人들이 모여 兒童藝術研究團体 〈好童園〉을 創立하고 于先 兒童劇을 上演하여(只今 生覺하면 無謀한 일이지만) 그 利益으로 出版, 舞踊, 音樂 等 널리 事業을 推進시키기로 全力을 傾注하던 途中 不幸히 殺人酒로 해서 解放 後 精神的 苦痛과 營養不足으로 衰弱해진 肉體가 썩은 나무 쓰러지듯 쓰러지고 말았다.

皓堂 兄이 別世하기 三日 前 自宅으로 訪問하였을 때 皓堂 兄은 이미 意識을 喪失하고 괴로운 生涯를 끝마(이상 60쪽)츨 準備를 하고 있던 것이다. 나는 그때 皓堂 未亡人 몰래 눈물을 흘리었다.

皓堂 兄은 이제야말로 할 일이 많은데 나는 몰른다는 듯이 西紀 一九四五年 十月 四十四歲를 一期로 兒童文學界의 많은 功績을 끼치고 恨 많은 이 世上을 떠났다.

崔仁化 氏

童話를 쓰고 童話를 한다고 어린이의 指導者가 되는 것은 아니다. 眞情으로 어린이를 사랑하고 어린이 敎養에 힘쓰며 한걸음 더 나가서 童心世界로 들어가 어린이들과 多情한 동무가 되어 주어야 한다. 崔仁化 氏는 이러한 분이다.

崔仁化 氏는 着實한 基督敎 信者로 基督敎를 背景으로 하고 活躍하던 兒童文學家이다. 이분은 主로『아이생활』,『基督新聞』,『主日公課』[257]에 作品을 發表하였으며 어느 作品에는 宗敎的 色彩가 있는 作品도 있다.

그 勤務 職場이 主日學校聯合會이었고 따라서 信者인 關係로 主日이면 敎會 主日學校에 나가서 敎會 어린이들에게 童話도 들려주고 같이 노래도 하였다.

---

257 『主日工課』의 오식이다.

내가 이분을 알기는 『아이생활』에 執筆한 때부터다. 性格이 自由奔放하고 좀 유모어틱한 快活한 분이다.

"아, 崔 先生님이 아뇨? 崔 先生님 作品은 많이 읽었쇠다." 내가 아이생활社를 訪問하였을 때 누구의 紹介도 없이 나에게 人事를 하며 握手를 하는 것이었다.

"崔仁化 氏랍니다." 옆에 계셨던 林鴻恩 氏인가 任元鎬 氏인가 記憶이 稀微하지만 나에게 紹介를 하여 주었다. 그 後부터는 이분과의 交際가 차츰 佳境에 들어갔었다.

내가 이분에게 깊은 感銘을 받고 只今껏 잊을 수 없는 것은 『童話』란 雜誌이다. 四六倍判으로 頁數는 約 四十頁에 定價는 五錢이다. 내가 어느 小學校에서 敎鞭生活을 할 때다. 崔仁化 氏가 自身 『童話』 創刊號 百部를 가지고 와서

"崔 先生 이것 좀 팔아 주시오, 定價는 五錢이요, 割引하면 四錢이요." 하고 맡긴다. 나는 먼저 低廉한 定價에 一驚하고 經營方針을 물었다.

"흥, 알면 기맥히죠. 原稿만 모아 編輯해서 平壤으로 보내면 印刷所를 하는 우리 동무가 印刷해서 보내 주죠. 파시다가 못 파시거든 못 사 보는 어린이들에게 그냥 노나 주시구료. 하하하하." 하고 웃으면서 책을 두고 갔다.

나는 여기에 感動되어 精誠스럽게 이 童話冊을 팔았고, 殘部는 無代로 나누워 주고 代價는 내가 辨償하(이상 61쪽)였다. 이 『童話』는 第八號까지 나왔는데 感化를 준 바 적지 않았다.

이분의 著書로는 『世界童話集』 두 券과[258] 『世界笑話集』[259]이 있다.

이분이 언제 作故하였는지 모르고 있다가 消息이 杜絶하기에 물으니 作故하였다고 한다. 나는 여기서 虛無를 느끼었다. 그리고 兒童文學家들의 親睦과 連結機關이 없음을 痛嘆하였다.

---

258 崔仁化의 『世界童話集』(大衆書屋, 1936)과 『世界童話集(第二輯)』(京城 福音社, 1938)을 가리킨다.

259 崔仁化의 『世界笑話集』(宗敎時報社, 1934; 新文堂, 1935)을 가리킨다.

李龜祚 氏

約 八年 前 小公洞(解放 前 長谷川町)에 있는 日本基督敎靑年會 食堂에서 안델센 誕生 百年 記念式이 있을 때였다. 나는 여기서 李龜祚 氏를 처음 만나 반갑게 人事를 바꾸었다.

이분은 貴公子를 聯想케 하는 美男子이다. 따라서 性格이 女性的이고 音聲도 溫和하였다. 그러나 어디인지 沈鬱한 빛이 그 잘 생긴 얼굴에 숨어 있음을 發見하였다. 나중에 알고 보니 이분은 早婚이 낳은 家庭不和로 지금 離婚 手續 中에 있다고 한다.

이분은 延禧專門 文科 在學 時부터 兒童文學에 精進하고 앞으로도 兒童文學을 硏究할 분이었다. 著書로는 童話集 『까치집』[260]이 있고 이분은 兒童文學 理論도 新聞에 發表하여 兒童文學評論家로 앞날의 期待가 컸었는데 말을 들으니 完全히 離婚이 成立된 直後 偶然 得病하여 이 世上을 떠났다고 한다. 나이는 그 當時 三十을 넘지 못한 二十七歲쯤 되었을 것이다.

別世 直前까지 金英一 氏와 함께 朝鮮兒童文學集을 刊行하고자 努力하였다.

나는 이분과 交際 期間이 三, 四 個月에 不過하므로 이 以上 아는 것이 없어 여기서 붓을 멈출 수밖에 없다. (이상 62쪽)

---

260 李龜祚, 『까치집』(藝文社, 1940)을 가리킨다.

蔡好俊, "現役 兒童作家 群像", 『兒童文化』, 제1집, 同志社 兒童園, 1948년 11월호.

머릿말

어른의 自由와 어린이의 自由가 分離될 수 없는 오늘날의 이 땅 兒童作家를 論한다는 것은 極히 어려운 일이다.

왜냐하면 우리는 八·一五 解放 以後 아직까지 한 손을 꼽을 만한 數의 훌륭한 作品도 生産할 수 없는 現實 속에서 살아오지 않으면 안 되었기 까닭이다.

作品을 生産하지 못한 作家를 어떻게 論할 수 있을 것인가?

〈文學家同盟〉兒童文學委員會의 機關紙 『兒童文學』이 나오지 못한 것은 벌써 오래 前부터다.

그러면 兒童作家는 作品을 어떻게 發表하며 兒童文學 乃至 兒童文學運動은 어떻게 되는 것인가.

只今 南朝鮮에서 發行되는 數種 個人 雜誌가 眞正한 兒童文學 創造 乃至 兒童文化運動의 推進台라고 볼 수 있는 것인가.

아니다. 오늘날의 兒童文學 乃至 兒童文化의 創造的 發展을 充實히 꾀하기 爲해서는 무엇보다도 機關誌를 가져야만 된다.

다시 말하자면 한 文學運動 乃至 文化運動을 個人的 獨裁下의 商品化를 爲해서 하는 것이 아니라 그 時代가 더 많은 兒童들이 切實히 要求하는 것을 集中的으로 民主主義的 總意에 依해서 强力히 正當히 表現할 수 있는 "어른들을 爲한" 것이 아니라 "어린이들을 爲한" 眞正한 어린이의 育成機關이 있어야 한다는 것이다. 그러면 只今 없다는 말인가? 그런 것은 아니다. 問題는 實踐 如何에 달린 것이다. 한 機關을, 한 文化運動을 한 個人에게만 맡길 수 없다는 것을 眞實로 느낄 수 있다면 이는 斷然 兒童文學하는 이들 만이 아니라 實로 文化人 全體가 크게 關心해야 할 것이라 믿는다.

저번 紙上으로 發表된 北朝鮮 兒童文學界의 一斑을 보면, 一九四五年 八月까지의 兒童文藝 作品 數가 實로 七百 七十八 篇이라는 놀라운 數字를

가리키고 있었다. 이는 藝術을 商品的 利用物로 競爭을 이루며 文化 謀利輩들의 跳梁 野慾 속에서 枯渴 窒息해 가고 있는 南朝鮮 現象에 比해, 文化란 特히 兒童文化란 어떠한 環境, 어떠한 社會的 條件 밑에서만이 올바르게 文化답게 燦爛히 꽃필 수 있다는 嚴然한 事實을 明白히 보여 준 것이었다.

그러면 이 땅의 兒童作家들은 이 앞으로의 兒童文學 乃至 兒童文化運動을 爲해 무엇을 하여야 할 것인가? 于先 어떠한 일이 있든지 兒童文化運動의 實踐的 課業의 하나로서 機關紙를 通한 文學運動을 强力히 展開해야 한다. 이는 오늘날만의 問題가 아니며 未來에 밀 수는 더구나 없는 緊急한 問題인 것이다.

우리는 아직도 八·一五 解放을 잊지 않고 있거니와 한 사람의 어린이도 뜨겁게 손목을 잡지 못한 채 다음 올 偉大한 光榮의 날을 무슨 낯으로 맞이해야 할 것인가? 그렇다고 이는 作家의 體面에나 그런데 限한 問題와는 다르다. 偉大한 새 歷史를 創造하기 爲한 나라의 基礎이며 나라의 새싹을 찾느냐 못 찾느냐 하는 좀 더 廣範圍한 社會的 問題인 것이다.

우리의 손으로 能히 끌 수 있는 우리들의 어린이를 救할 수 없는 逆流 속에 파묻쳐 버려서는 안 되는 것이다.

그러므로 여기에 强力한 機關紙를 通한 끊임없는 活動으로 이들에게 社會的 現實에 對한 批判能力을 길러 주며 階級的인 觀念을 科學的으로 鼓吹해 주어야 하는 것이다. 이같이 機關紙의 必要性은 絶大한 것이다. 總力量을 集中的으로 發揮할 수 있는 文化運動의 發展은 實로 이런 組織的 集結的 約束 밑에서 實踐되야 한(이상 64쪽)다. 이는 非但 오늘날만의 問題가 아니다. 未來에 있어서도 우리는 機關紙的 乃至 機關紙 以上의 以下의 그 무엇으로도 眞正한 어린이의 文學을 創造할 수 있는 아무런 다른 方法이 있으리라고 믿을 수는 없는 것이다.

이렇게 機關紙 하나도 제대로 發行하지 못하는 이 땅에서 무슨 훌륭한 作品이 있어 作家를 論할 수 있을 것인가. 그러기 때문에 이런 處地에서 그들 作家를 論한다는 것은 한용[261] 있는 公式的인 宣傳的인 그것에 끄치기 쉬운

---

261 '항용'의 오식으로 보인다.

것이나 이 땅의 兒童文學의 發展을 爲해 꾸준히 努力해 온 이들의 모습을 더듬으며, 또 現在 活躍하고 있는 이들의 面貌를 살펴 앞날의 運動에 보람됨이 있으면 多幸이라 믿고 몇몇 作家의 이름을 들기로 한다.

朴仁範

늙을쑤록 마음이 어려져 가는 氏는 斷然 兒童文壇의 異彩며 또한 元老로서의 面貌를 그의 作品 속에서 볼 수 있음은 이 땅 兒童文學의 앞날을 爲해 얼마나 多幸스러운 일이냐.

나는 『어린이 세계』誌 二號에 發表된 氏의 童話 「개가 된 양들」을 읽고 다시 읽었던 것은 아직도 이 땅의 하루하루가 지나면 지날쑤록 머리에 새로워진다. 人間을 通해서도 한 現實을 時代를 그리기 어렵거늘 動物을 通해 보는 듯 읽을 수 있도록 어린이들의 關心을 끌어 나가며 그들의 生活에 한 觀念을 불어넣어 줄 수 있다는 것은 말과 같이 쉬운 일은 아니다.

事實 이 땅에는 羊이 羊같지 않은 허수아비가 無數하다. "羊이 된 것 같은 개"며 "개가 된 羊"들이 하나둘만은 아니다. 이것이 오늘 이 땅의 現實인 것이다.

이같이 한 作家가 現實을 똑바로 그릴 수 있다는 것은 그 作家가 얼마나 어린이를 위해 客觀的 歷史的 事實을 날카롭게 眞摯하게 觀察하고 批判할 수 있(이상 65쪽)다는 것을 알 수 있으며 그런 作家만이 眞正한 이 땅의 동무며 敎師가 될 수 있을 것이다.

氏는 非但 兒童作家로서만 有名한 것이 아니라 어린이의 귀를 通한 放送으로도 많은 어린이들의 따름을 받았던 것이다. 뿐만 아니다. 氏라는 口演童話家로 이 땅의 唯一한 存在임을 또한 잊어서는 안 된다. 氏가 한번 破顔이 되면 場內가 그대로 어린이들의 爆笑로 떠나갈 듯이 뒤집어지며, 한번 얼굴을 붉히면 어린이들도 그대로 주먹에 땀을 쥐고 呼吸이 가빠지는 것이다.

이같이 氏는 兒童의 心理를 精密히 捕捉하는데 얼마든지 餘有 있게 成功하는 것은 그가 얼마나 兒童의 世界를 그리고 兒童의 心理를 硏究했는가를 알 수 있다.

그러나 그러한 氏가 우리에게 뚜렷이 보여 준 훌륭한 作品이 아직 없음은 實로 遺憾스럽지 않을 수 없는 일이다.

解放 後 가끔 發表 되는 作品에 接할 수는 있으나 좀 더 훌륭한 것을 좀 더 많이 써 주셔야겠다.

氏여! 어린이들을 爲해 좀 더 奮發하시라!

李元壽

氏의 作品을 읽으면 흡사 맑은 시냇물 위를 찰박찰박 걸어가는 듯한 것을 느낀다. 맑다. 몹시 맑다. 그러나 단지 호수같이 그렇게 맑기만 하다는 것은 아니다. 시냇물 밑에서 발바닥을 콕콕 찌르는 돌 가시(棘)라고나 할까? 그런 맑은 것을 내다보며 아픈 것을 헤치고 나가는 것은 괴로우면서도, 슬프지는 않은 것이 오늘의 우리 어린이들이 아닐까?

엄매-엄매-염소가 웁니다.
「이 문 좀 열어 주! 이 문 좀 열어 주!」
발 돋움 질 해 봐도 아니 되어
뿔로 탁탁 받아 봐도 아니 되어
울 안에서 염소는 파아래진 언덕을 보고 매-웁니다. (이상 66쪽)

문들레도 피었네 오랑캐도 피었네
보리 밭 언덕 넘엔 살구꽃도 피었네
염소는 애가 타서 발 돋움 질 해 보네.
「염소야 염소야, 봄이 와도 너이는 놀러도 못가니?」
―『새동무』 六號 童謠 「염소」―

이 얼마나 처량하면서도 아이자기하고 希望에 찬 어린이의 世界냐? 어린이에게 約束된 環境이 주어져 있지 못한 이 땅에는 아직도 이런 어린이들이 그대로 不幸한 속에 살고 있는 것을 얼마든지 볼 수 있는 것이다. 문을 열어 주어야 언덕 넘에로 꽃구경 갈 수 있는 것이 오늘 이 땅의 어린이이며 또한 日帝下의 우리 어린이었던 것이다.

별은 가없은 별은
춥고 먼 하늘에서 반짝반짝

너이는 엄마품에 안기지도 못해 보고
애들처럼 누나품에 안기지도 못해 보고
자라서 달각달각
란드셀 등에 매고 학교에도 못가 보고

바람 부는 하늘에서 떨고만 있던 별은
애기 재는 우리 누나
자장 노래 듣고 있다
구름 이불 집어 쓰고 (이상 67쪽)
그만 눈을 감았다 ―

별아 잘 자거라
별아 잘 자거라
　　　　　　― 童詩集 『종달새』에서 ―

　이것은 一九四一年 日帝의 苛酷한 彈壓이 서릿발처럼 네리퍼붓던 때에
發表한 「가엾은 별」이다.
　이 作家가 眞實로 오늘날의 가엾은 이 땅 어린이를 사랑하는 것이 決코
偶然한 일이 아니다.
　어머니 품에도 누나 품에도 안겨 보지 못하고 바람 찬 하늘에서 떨고만
있는 어린 별, 가엾은 별을 아끼고 사랑하는 이 作家의 마음이 日帝下에서와
매한가지로 달라질 수 없다는 事實은 무엇을 가리키는 것인가. 쌀 없는 집은
많아도 설탕 없는 집이 없는 것이 이 땅의 오늘이오 이 땅의 어른과 어린이의
오늘이다.
　이같이 南朝鮮의 現實은 어린이에게 새로운 歷史를 約束하면서도 現實은
苛酷한 搾取者의 道具로서 日帝와 다름없이 利用되고 있다는 것을 이 作家는
어린이의 生活을 通해 노래하고 있는 것이다.
　그러나 八·一五는 分明 이 作家에게 偉大한 선물을 가져 온 것이다.
　―구름 이불 집어 쓰고 그만 눈을 감았다― 하는 것에서 ―발 돋움 질
해 봐도 아니 되어 뽈로 탁탁 받아 봐도 아니 되어 울 안에서 염소는 파아래진
언덕을 보고 매― 웁니다― 라는 새로운 世界에로 飛躍한 것이다.

이는 오늘날의 이 땅 어린이에게 있어 暫時의 괴로움에는 틀림없으나 새 어린이는 그런 속에서도 눈을 감은 것이 아니라 한쪽에서 모락 자라나는 것이며 또 싱싱하게 커질 푸른 언덕을 내다보는 것이다.

이같이 純眞無垢한 童心世界에서 어린이의 生活을 리알하게 그리며 또한 어린이의 未來를 어린이와 더불어 괴롭고 즐기려는 氏를 가졌음은 얼마나 이 땅 어린이를 爲해 幸福한 일이냐. 그러나 오늘날의 어린이는 벌써 어린이만이 아니다. 어린이도 한 社會 勢力인 것이다. 未來의 어린이는 實로 이런 가엾은 어린이들이 幸福할 수 있는 社會로 創造되야 하는 것이다.

어린이를 眞實로 사랑하는 氏의 文學은 이제 잠자던 어린이에게서 우는 어린이에게로 다시 싸우는 어린이(이상 68쪽)게로 한걸음 前進해야 마땅할 것이 아닐까.

尹石重

解放 後 누구보다도 많은 사람의 입에서 氏에 對한 批評이 흘러나왔거니와 이 땅의 兒童作家를 論하는 마당에 있어서 氏를 빼놓을 수는 없는 것이다. 그것은 氏가 文學的 乃至 文化的으로 남긴 功勞가 크다든지 現在 活動이 猛烈하다든지 하는 것으로 보다도 그런 氏를 옳게 똑바로 論하는 것은 氏를 爲해 多少의 도움이라도 되는 바 있으면 幸福이라 믿는 까닭이다.

事實, 朝鮮과 같이 兒童 作家가 적은 데서 過去 氏가 兒童文學만을 지켜왔다는 것은 脫線하여 成人文學으로 내어 달리기가 일쑤였던 다른 분들에게 比하면 꾸준히 한길을 걸어 온 氏의 努力은 컸던 것이다.

그러나 오늘의 朝鮮 兒童文學을 創造해 나가는 데 있어서 우리는 한낮 지난날의 얼마의 功跡이니, 良心이니 하는 것만으로는 너무나 緊急하고 偉大한 새 歷史 앞에 부디치는 새로운 出發을 覺悟하고 實踐하지 않으면 안 되는 것이다. 卽 個人의 利益이나 名譽보다는 數많은 어린이들이 올바르게 커 갈 수 있는 文學的 敎化的 運動에 獻身하고 있느냐 있지 않느냐 하는 데서 모든 것이 다 批判되고 남을 수 있는 것이다.

그러면 氏가 主宰하는 『소학생』은 果然 어떻게 編輯되어 어떤 어린이들에게 어떤 利益을 주고 있는가.

그리고 氏가 無數히 發表한 童謠며 特히 요즘 와서 都下 各 國民學校 校歌

같은 것은 어떠한 內容의 것인가.

于先 우리는 氏가 이 땅의 敎育制度를 그대로 是認하고 그것이 朝鮮 兒童의 成長해 나가는 옳은 길이라고 믿는다는 것을 氏가 主宰하는『소학생』과 더불어 氏의 作品 속에서 얼마든지 發見할 수 있었다.

그러면 氏는 어떤 歷史的 觀察로, 科學的 現實 批判으로 그 같은 結論을 얻었을 것인가?

作品이란 漠然한 文字의 나열이 아니다. 가장 具體的인 觀念으로 엮어지는 歷史的 現實 속의 산 産物인 것이다. 그리고 그것은 항상 現實을 科學的으로 옳게 批判하는 데서만 可能한 것이다. 다시 말하자면 어린이 作品이란 어린이의 生活을 反映하는 것이며 따라서 創造하는 것이 되어야 한다는 것이다.

이제는 氏도 漠然히 "앞으로! 앞으로!" 하는 式의 作品을 쓸 수는 없을 것이다. 하기는 氏의 主宰하는(이상 69쪽)『소학생』과 作品들이 벌써 大韓民國의 各 學校에 配布되고 불리워져 있으며 그것을 最上의 榮譽로 여기는 氏에게 나는 크게 期待할 아무것도 없거니와 氏 自身 또한 冷情한 批判을 스스로 꺼려 할른지도 모른다.

그러나 다만 한 가지 氏가 留意할 수 있다면, 氏가 眞正히 어린이를 爲해 文學 乃至 文化運動을 할려면 于先 발가벗고 淸高한 立場에 서서 오늘 이 땅의 어떤 어린이들이 우리가 쓰라린 눈물을 씹으며 바라보던 日帝下의 가엾은 우리 어린이들과 같은 어린이인가를 보아야 한다. 그리고 더구나 오늘날 깡통이나 메고 돌아다니지 않으면 양담배나 外來商品 小賣商으로 自然스러운 成長을 꺾이는 環境을 果然 拍手로 歡迎할 수 있는가 없는가 하는 데로 視野를 넓힐 수 있는 날, 그날 비로서 氏는 自身의 名譽나 私利를 떠나 眞正한 어린이의 동무로 가까워져 갈 수 있으리라는 것이다.

李鍾星

謄寫用 잉크 살 돈이 없어서 숯을 갈아 가지고『파랑새』라는 回覽誌를 찍어 돌리다가 日帝 當局에 몇 번式 불리워 다니던 紅顔의 少年은 틀림없는 多技多才한 우리의 어린이 동무였었다.

우리는 가끔 어른들이나 읽을 수 있는 어린이 作品에 接하거니와 이 作家

가 얼마나 童心世界를 그리며 兒童의 心理를 把握하기에 努力하는가는 그의 作品을 읽으면 如實히 알 수 있는 것이다.

解放 後 꽤 많은 作品을 發表하였지만 그中 小說集『운동화』속의 「만주나 호야 호-야」, 「어머니가 돌아오실 때까지」(『서울신문』)며 「모르는 아이」 같은 一聯의 作品들은 그中에서도 빛나는 童話였었다.

作家는 于先 讀者가 읽을 수 있는 作品을 써야 한다. 읽을 수 없는 作品은 제아무리 좋은 內容을 가졌어도 그림에 떡밖에 아무것도 안 되는 結果를 빚어낼 때가 많다.

좋은 內容을 갖춰야 한다는 것은 오늘의 作家로서는 우선 먼저 생각지 않을 수가 없는 問題이나, 特히 어린이의 文學에 있어서는 成人文學과 다른 點이 여기에 있을 것이다. 例를 들면 兒童에게 어떤 內容만을 强要하다싶이 하는 形式의 것이 아니라 한 觀念을 어린이의 生活을 通해 自然스럽게 共感을 얻을 수 있는 데서 出發해야 한다는 것이다.

그러나 앞으로의 어린이가 過去와 같이 漠然히 나서 漠然히 자라 갈 어린이가 아니라면 우리는 多少 形(이상 70쪽)式에 不滿을 느끼면서라도 먼저 훌륭한 內容을 갖춰야 한다는 것을 또한 잊을 수 없다.

그런 意味에서 이 作家의 作品에 接할 때, 어린이의 生活을 있는 그대로 끄치고 마는 內容의 不滿을 禁할 수가 없다.

오늘의 作家는 어린이의 있는 生活을 그릴 수는 없다. 있어야 할 生活을 그려 어린이에게 "窓"을 열어 줘야 한다는 것이다.

오늘같이 서름과 虐待 속에 휘이고 꺾이는 이런 生活의 連續만이라면 우리의 어린이는 싹이 끊기고 마는 것이다.

여기에 必然的으로 새로와질 世界가 있어야 하며 또한 있는 것이다.

이 作家가 現實을 좀 더 具體的으로 把握할 수 있을 때, 그때 비로서 좀 더 빛나는 作品이 生産될 수 있을 것이다. (未完) (이상 71쪽)

楊美林, "兒童放送의 文化的 位置", 『兒童文化』, 제1집, 同志社 兒童園, 1948년 11월호.

어린이들을 爲한 라디오 放送을 總稱하여 任意로 兒童放送이란 말을 붙여 보았다.

現在 '라디오─프로그람' 面에 나타나 있는 兒童放送은 每日 午前 十一時 의 "幼兒時間"과 午後 五時 三十分의 "어린이 時間"이 있을 뿐이며 每 日曜日 낮에 "童話劇"이 한 번 있는 程度다.

그러면 그 '프로그람·스케줄'에 실려 나오는 放送 內容은 大略 어떤 것 인가?

種目別로 細分해 보기보다 그 內容을 類別해 보면 "어린이 신문"類의 報道 的인 것, 童謠類의 音樂的인 것, 童話 童劇類의 文藝的인 것, 科學問答類의 科學 敎養的인 것, 그리고 國家的 行事나 記念行事에 關聯된 時事的 惑은 國民的인 것 等으로 槪括될 것이다.

八·一五 解放을 契機로 兒童放送에도 적지 않은 變革이 있어 새로운 企劃 아래 새로운 種目이 不少히 登場하였다.

그中의 代表的인 것이 아마 「똘똘이의 冒險」 等일 것이다. 放送 內容의 變革은 必然的으로 放送者의 變化도 齎來케 되었을 것이다.

'라디오'와 어린이들과의 사이 ─關係라고도 할까─ 가 放送 前과 放送 後인 오늘과 比較하여 과연 얼마만큼의 質的 量的 差異 ─여기서 말하는 差異란 質的 向上과 親密의 度를 말함─ 를 나타내고 있는지 統計的 依據가 없어 判定키 困難하나 常識으로 미루어 보아 母語와의 親近 鄕土文藝와의 親密 等等의 條件으로도 解放 前보다는 훨씬 親密의 度가(이상 84쪽) 두터워졌 을 것으로 생각된다.

그러나 한 가지 量的으로 보아서는 解放 以後의 困憊한 民生으로 因한 普及率의 低下, 修理資材의 缺乏으로 因한 遊休 受信機의 增加 電力 事情으 로 因한 聽取率의 低下 等으로 라디오와 이 땅 어린이들과의 關係는 반드시 向上되었다고만도 볼 수 없는 一面이 없지 않다.

그러나 저러나 '라디오' 放送이 어린이들의 世界에 미치는 影響은 決코 적지 않은 것으로서 새로운 노래와 새로운 話題가 傳播되며 家庭의 一般 敎養과 並行하여 相當히 큰 感化를 주고 있다.

그러면 이처럼 어린이들의 世界와 깊은 關係를 가지고 있는 兒童放送의 文化的 地位는 現在 얼마마한 程度에 있으며 當然히 要請되는 바 水準과의 間隔은 얼마마한 것인가?

오늘의 兒童放送은 放送 全般의 一環으로서 揷入 存在함으로 이것만을 摘出해 가지고 根本的인 問題와 理想的인 命題에 對한 解答은 到底히 期待할 수 없는 것을 먼저 알아야 할 것이다.

그러나 部分的으로나마 그 企劃, 編成, 放送을 實施하고 있는 以上 最小限度의 要求와 希望은 채워져야 할 것인즉 當路者들의 一考를 促함에 資할 바 없어서는 아니 될 것이다.

먼저 "幼兒時間" 放送에 對하여 槪括的으로 一言한다면 그 時間的 位置가 不適하며 電波發射 事情上 不得已하다면 고만이나 될 수 있으면 좀 더 이른 時間으로 끌어올려야 할 것이다.

午前 十一時란 時間은 幼兒 心理上 屋外 遊戱에 이끌려 나갈 지음이며 고요히 앉아 있을 時間이 되지 못한다. 幼稚園이나 託兒所 等의 集團 聽取를 對象으로 삼는다 하드라도 亦是 不適當하다.

그리고 內容에 있어서도 노래 공부나 이야기의 連續뿐으로 充分한 企劃性과 放送者 選擇에 努力이 있는 것으로는 보이지 않는다.

바라건대 좀 더 이른 時間에 充實한 計劃과 內容으로 幼年들의 遊戱心理를 捕捉한 多樣性 있는 프로그람을 放送해 주기를 바란다.

"幼兒時間"은 同時에 "어머니의 時間"도 되는 것인즉 母子가 함께 즐길 수 있는 家庭的인 內容에도 또한 留意해야 할 것이다.

幼年期에 感受에 優雅하고 端正한 藝術的 敎養과 生活 訓練은 길이 그 一生의 基盤 土台가 되는 것이다. 無責任한 編成으로 된 粗雜한 內容의 '프로그람'이 幼年들의 興味를 끌지 못하는 問題보다도 도로혀 惡趣味를 助長하거나 不正確한 音程, 虛構 迷信的인 이야기에서 오는 돋아나는 精神의 破荒 等은 將來할 國民(이상 85쪽) 精神上 至大한 影響이 있을 것이다.

다음으로 兒童放送의 원줄기인 저녁의 "어린이 시간"으로 말하면 그 歷史로 보나 聽取 對象의 範圍로 보나 前記의 "幼兒時間"과는 比較도 안 될 만큼 그 重要性이라고 할까 그 使命이 매우 큰 것으로서 그 企劃은 勿論 編成 內容, 放送 手法에 있어서도 一般 成人層을 爲한 '프로그람'에 못지않은 充分한 人員과 豫算을 기울여 그 充實을 期해야 할 것이다.

現行의 兒童放送을 俎上에 올려놓고 冷嚴한 批判을 내린다면 率直히 解放以前의 그것과 別般 달음이 없다기보다도 어떤 것은 도로혀 遜色이 없으며 또 새로운 '프로그람'이라고 指目할 만한 것 中에는 오히려 이마를 찌푸리게 할 것이 적지 않음은 딱한 일이다.

먼저도 暫間 말한 바거니와 그 代表的인 것의 하나가 「똘똘이의 冒險」 連續 放送이다.

그러면 "어린이 시간" 放送이 가져야 할 文化的 地位와 그것이 指向해 나아가야 할 眼目은 어떤 곳에 두어야 할 것인가? 詳論할 紙面을 갖지 못했거니와 그 要項만이라도 指摘해 본다면 學校教育과 家庭教育의 延長 補充的 社會教育의 一環으로서 가장 廣汎하고 普遍性 있는 趣味的이면서도 教養에 도움이 되는 것이 되어야 하는 것이다.

따라서 그 '프로그람'은 豊富한 種目과 形式을 內包하여 첫째 厭症이 나지 않아야 할 것이며 또 恒常 前進과 向上이 있어 聽取 意欲이 循環케 해야 할 것이다.

너무 지나친 教訓的인 것이나, 古陋한 原始的 形式의 이야기 放送은 처음부터 어린 聽取者들의 聽取 意欲을 잡지 못하며 또 그렇다고 아무 內容도 없는 것을 空然히 複雜 騷亂한 背音 ―音樂, 效果 等― 으로만 裝飾하려는 것도 생각할 問題다.

要約해 結論만 말한다면 音樂, 文藝, 科學, 時事的인 것 全般에 亘하여 國民的 教養이 되도록 高尚한 趣味까지로 끌어올려야 할 것이다.

兒童放送은 적어도 오늘날 우리나라 兒童文化 領域에 있어서는 그 廣汎한 것으로나 綜合的인 點으로나 또 라디오 特有의 直接的인 效果로나 가장 首位의 文化的 位置를 차지하고 있은 즉 當路者들은 그만한 自尊心과 矜持를 가지고 最善의 努力을 다해야 할 것이다. (一九四八. 九. 二八)(이상 86쪽)

金龍煥, "漫畵와 童畵에 對한 小考", 『兒童文化』, 제1집, 同志社
兒童園, 1948년 11월호.

흔히 漫畵 漫畵 하지만 兒童에게 주는 그림冊에는 漫畵와 童畵의 두 가지
다른 種類가 嚴然히 存在하여 있다는 것을 알아야 한다.

漫畵는 어떤 한 개의 테-마를 漫畵的 手法에 依하여 連續的으로 그려 내
되, 明朗性 機智 想像力 等을 '유-모어'의 魅力을 通해서 아이들에게 주는
것이며, 童畵는 感覺的인 表現에 依해서 새로운 世界의 智識을 주고, 그 世界
에 沒入케 하여 美에 對한 情緒와 無意識的인 自己 發展을 도모할 수 있게
하는 것이라 하겠다.

아직 朝鮮에는 童畵를 그리는 사람이 極히 드물고 따라서 童畵가 漫畵에
比하여 一般에게 普遍化 되지 않은 것은 遺憾이다. 童畵의 本質은 正確하고
健康한 그림인 點에 있다. 勿論 이것은 圖面的으로 正確히 寫生만 되면 좋다
는 것이 아니고 對象의 本質的 要素 卽 形態와 內容의 實體를 正確한 繪畵的
'테크니크'로 把握 表現하여 兒童에게 理解시킬 수 있어야 된다는 것이다.

그러므로 童畵에 있어서는 무엇이 그려 있느냐 하는 것이 第一義的인 問
題가 되고, 一般 繪畵로서의 藝術的 價値는 그들에게는 第二義的으로 되는
것이다. 그렇다고 해서 童畵에서 藝術性을 全然 沒却할 수 없다는 것은, 勿
論이다. 童畵家 各自가 가진 線 色彩 形象 等의 美感에 依한 綜(이상 87쪽)合的
인 繪畵的 雰圍氣가 童畵의 藝術性을 規定하는 것이다. 말하자면 童畵家로
서의 素質이 있고 敎養을 쌓은 藝術家만이 藝術的인 價値 있는 童畵를 그
릴 수 잇다는 것이다. 畵家가 童心을 떠나 自己의 趣味性을 滿足시키기에
不過한 指導性을 忘却한 童畵를 그린다면 그것이 아무리 優秀한 藝術作品
이라도 童畵로서의 價値는 벌써 없어지는 것이다. 이 點은 자칫하면 畵家가
犯하기 쉬운 過誤이다. 兒童이 理解할 수 없는 童畵란 아무리 藝術的 作品
이라 하더라도 童畵로서는 無意味한 것이다.

童畵가 그림과 글로써 兒童生活의 雰圍氣를 表現하여 情緒的 感興을 兒童
에게 주는데 對하여 漫畵는 어떠한 테-마에 依한 內容을 第一義的으로 하고,

그림은 第二義的인 表現方式에 不過한 것이며, 兒童에게 一種의 行動的인 空想力을 滿足시켜 주는 것이라 하겠다. 內容을 主로 한다 하여도 勿論 그림을 소홀이 하여서 안 될 것은 마치 舞臺의 脚本과 俳優의 關係와 같다. 그러므로 構想과 同時에 비록 誇張된 漫畵 手法으로서나마 畵家로서의 그의 敎養 如何에 따라 漫畵家는 얼마던지 漫畵의 藝術性을 向上시킬 수 있는 것이다. 말하자면 說明과 뚝 떨어져서 한 個의 그림만으로 보더라도 漫畵는 훌륭한 藝術作品이 되어야 한다는 것이다. 그러므로 漫畵家는 內容을 適切히 表現하는 畵家인 同時에 또한 優秀한 兒童作家의 素質이 必要하며 世界的인 視野를 가지고 恒常 兒童 觀察과 兒童心理에 通曉할 것을 게을리하지 말아야 한다.

解放 後 兒童出版物로서는 가장 漫畵가 많았고 高學年을 爲한 少年小說, 童話 等도 더러는 나왔지만 幼稚園 程度의 幼年을 爲한 그림冊은 殆無라 할 만치 볼 수 없다. 왜 漫畵만 나오고 童畵는 나오지 않는가? 이것은 一般的으로 經濟(이상 88쪽)力이 낮은 關係도 있겠으나 우리나라의 大部分의 父兄이 兒童敎育의 重點을 너무 學校에만 두는 탓이라고 生覺한다. 敎科書 以外의 冊을 읽으면 야단치는 家庭이 아직도 많은 것 같다. 그렇지는 않더라도 몇 해 동안 學校를 다녀야 겨우 兒童이 所望하는 冊을 사 줄 줄 알며 아직 低學年일수록 敎科書 以外의 冊은 必要 없는 것으로 아는 것이 普通이다. 더군다나 學校에 다니지 않는 幼兒에게 冊이나 노리개(玩具)를 사 주는 것은 大端한 浪費로 안다. 이러한 時代에 있어서 出版業者가 營利를 爲主로 하야 作品 內容의 檢討 없이 漫畵冊만 出版하는 것도 無理는 아닐 것이다. 그러나 좋은 그림冊은 學課 以外의 兒童에 對한 重要한 敎科書가 되는 것이다.

앞으로 우리 童畵 乃至 兒童 漫畵家는 우리나라 兒童文化 建設의 一翼을 어떻게 擔當할 것인가?

不絶한 自己 練磨와 새로운 創造精神의 發揮 이 두 가지를 指向하고 不斷의 精進을 거듭하여 新朝鮮 兒童文化 形成의 굳은 礎石이 될 矜持와 自信을 가지고 荊棘의 길을 開拓해 나가지 않으면 안 될 것이다.(이상 89쪽)

李元壽, "童詩의 傾向", 『兒童文化』, 제1집, 同志社 兒童園, 1948년 11월호.

"詩人은 모름지기 童詩를 쓰시라!"고 하면 혹은 우습게 생각하는 이 있을지 모르겠으나 眞實고 純潔과 正義를 사랑하는 게 詩人일진댄 가장 깨끗한 人間으로서의 兒童을 사랑할 것이며 그러한 兒童의 生活과 情緖에서 이루어질 兒童詩의 尊貴를 부러워하지 않을 수 없을 것이다.

더구나 詩가 社會를 眞實로의 向上을 꾀하는 役割까지 한다는 點을 肯定하는 이라면 이 混亂과 쓰라린 辱된 生活에서 자라는 우리나라 兒童들에게 뜨거운 詩를 주기에 주저할 수 있을 것이냐?

그러나 朝鮮의 詩人들은 童詩 쓰기를 즐기지 않는 듯 그 數 極히 稀少(이상 93쪽)하다.

朝鮮 兒童은 藝術과 交涉 없이 자란다. 日帝下에서 皇民化를 爲한 帝國主義 策略文學의 一端이 그들의 精神을 좀먹었고, 解放 後 殺伐的 環境과 保守反動的 敎育者들이 外來 保守主義를 뒤섞은 새(?) 敎育方針을 實踐하느라고 藝術은커녕 獨立精神까지 비뚜로 理解하게 만들었다고 할 수 있을 지경이다.

이러한 環境에서 兒童文學 中에도 가장 꽃다운 存在인 童詩는 作家의 質的量의 缺乏으로 因함인지 그 成果가 大端 貧弱하다.

勿論 社會의 客觀的 諸般 情勢가 그 活動을 沮害하고 있기 때문이라고 할 수 있지만 오로지 客觀的인 理由에만 돌릴 수도 없는 것이다.

여기에는 作家의 積極的인 努力의 不足과 作家의 現實把握 不正確에 依한 그릇된 兒童觀으로 말미암아 作品 制作 態度가 非現實的인 點 等에도 原因하고 있다.

이렇듯 不振하는 兒童詩나마 그것이 妥當한 方向으로 發展하고 있어야 할 것임에도 不拘하고 그렇지 못한 것이 지금의 現狀이다.

그러면 오늘날 朝鮮이 要求하는 童詩의 方向은 어떤 것인가?

그건 무엇보다도 民主的인 內容이라야 할 것이다.(여기 民主的이라 함(이상

94쪽)은 무슨 政治 思想을 內容으로 하라는 건 勿論 아니다.) 兒童의 世界를 現實的으로 理解하고 그들 역시 社會人의 一 分子라는 것을 아는 데서 그들의 生活 感情이 現實과 끊을 수 없는 關聯을 가지고 있다는 것을 確認한다면 어찌 兒童이라고 해서 社會의 모든 事情과 동떨어진 思考와 感情에서 살수 있으며 더구나 人民大衆이 塗炭에서 헤매고 있는데 兒童만이 安樂할 수있으며 또 風月을 노래하고만 있을 것인가?

兒童에게 悲慘을 보이지 말자는 사람들이 있다. 보이지 않으면 모르고 지낼 程度의 것이라면 그건 決코 悲慘이 아니다.

어린 小學生들이 거리거리에서 애처러운 목소리로 신문을 팔고 있고, 數없이 많은 少年少女들이 이 골목 저 골목에서 外國商品을 팔며 다니는 이 現實 속에서 꽃과 나비와 구름들만이 童詩일 수 있을 것이냐?

兒童들의 創作 童謠의 大部分이 이러한 自然頌의 것들임을 볼 때, 所謂 童謠 詩人들이 兒童들에게 준 影響이 어떤 것인가를 알 수 있는 同時에 그 反時代的 傾向이 兒童에게 주는 惡影響을 저으기 두려워하는 것이다.

이것은 國民學校 敎育에서 받는 影響도 있다. 卽 오늘까지의 文敎部 敎育 方針이 그러했기 때문이기도 하다.(이상 95쪽)

人民의 大多數가 貧寒함에도 不拘하고 貧寒의 生活狀이 나타난 作品은 忌避되고 있는 一例로서도 이것을 알 수 있다.

이런 일이 있다. 筆者 拙作 中에

　　달달달 돌아가는 미싱 소리 들으며
　　저는 먼저 잡니다. 책 덮어 놓고,
　　어머니도 어서 주무세요 네.

　　자다가 깨어보면 달달달 그소리
　　어머니는 혼자서 밤이 늦도록
　　잠 안자고 샀 바느질 하고 계서요.

　　돌리시던 미싱을 멈추시고
　　왜 잠 깼니 어서 자거라 어서 자거라.

재봉틀 소리와 어머님의
정다우신 그 말씀 생각하면서
잠자던 꿈속에도 들려옵니다.

"왜 잠 깼니 어서 자거라 어서 자거라." (이상 96쪽)

이 童詩가 文敎部 發行의 국어교본(四의 二)에 실리면서 第二 聯의
"어머니는 혼자서 밤이 깊도록
잠안자고 삯 바느질 하고 계서요"가
"……삯 바느질"의 삯이 削除되고 그냥 "바느질"로 無斷 變更되어 있다.
이것은 무엇을 意味하는가?

이는 大衆生活 否認의 態度요, 安逸한 生活만이 詩의 內容이 될 수 있다는
그릇된 認識이 아니면 一種의 欺瞞이다.

삯바느질과 그냥 바느질과의 差異로 이 조그만 詩에 얼마나 判異한 느낌을
주는가? 삯바느질을 하는 게 兒童에게 알릴 수 없을 만한 悲慘事도 아니며
정말 悲慘한 것은 삯바느질을 할 재봉틀조차 없는 貧寒한 家庭에 더욱 많을
것이다.

꿈 많고 純朴한 兒童의 눈에도 人民의 아들딸들의 當面하는 그 生活은
現實이라는 嚴然한 事實에서 그 色光을 通해서 비취는 것이다.

現實逃避的인 似而非 童詩에서 脫却할 力作을 내기에 童詩人이 努力할
것은 勿論 詩壇의 協力이 있어 주기를 渴望하는 바 또한 크다.

現實이니 生活이니 하는 것에서 지금 極度로 尖銳化한 思想的 對立의 關(이
상 97쪽)係 같은 것도 作品化 하라는 要求까지 있는 듯이 理解할 분이 있을지
모르겠으나 그런 意味는 勿論 아니다.

政治에 가장 關心이 많은 成人에게는 政治的인 內容의 詩도 마땅히 있을
것이나 兒童은 政治와 直接 關聯을 느끼지 못하므로 政治的인 內容의 童詩
란 거의 없을 것이다. 그러나 現實生活에서 받는 影響은 敏感한 것이 있다.
그러므로 童詩도 恒時 兒童의 實生活에서 빚어지는 것이며 決코 架空에서
생겨나는 것이 아니다.

우리는 兒童들과 더불어 理想의 追求와 苦難과의 百折不屈의 鬪爭을 배우

고 단련해 가는 精神으로 現實을 노래하고 生活을 詩化 해서 純眞無垢라고까지 불리우는 兒童의 세계를 永久히 참되게 빛나게 할 어렵고도 聖스런 使命을 띠우고 있음을 自覺해야 할 것이다.

이러한 意味에서 娛樂面 遊　面에서만[262] 즐겨 取材하는 童詩나 非現實的인 童詩는 그것이 設使 藝術美 豊富한 表現을 能히 했다 할지라도 오늘날 이 切迫한 處地에 있는 朝鮮 兒童들에게는 한 개의 砂糖일 따름이요 줄인 배를 채워줄 糧食이 되지는 못할 것이다. (尾) (이상 98쪽)

---

262 본문에는 한 글자가 탈락되어 있으나, 문맥상 '遊戲面에서만'으로 보인다.

崔永秀, "童心", 『兒童文化』, 제1집, 同志社 兒童園, 1948년 11월호.

우리가 흔히 文章으로서나 會話로써 "童心"이란 말을 쓰게 됩니다. 그래서 그 말 가운데에서 아련한 追憶을 찾기도 하고 그윽한 純情을 憧憬하기로 합니다. 그러나 우리는 追憶이나 憧憬에서만 돌이켜 바라보는 "童心"的인 一種의 浪漫에서보다도 "童心" 그 自體의 世界로 들어서 "童心"의 眞髓에 穿觸하고 "童心"의 本意를 探究할 줄을 모르는 일이 적지 않게 있읍니다.

그러한데서 흔히 우리가 가지는 "童心"이란 수박의 겉을 핥는 것과 같이 皮相的인 데서만 彷徨을 하게 되고 그들을 위해서 던져지는 한 폭의 그림 한 장의 글을 그리(畵)고 쓴(文) 사람만의 自家陶醉에 不過하는 弊端을 가져오는 것입니다.

所謂 "童心"이란 그 自體에 있어 "主觀" 그것의 情諸라던가[263] 또는 純朴하고 無汚한 純粹스럼이 決코 他者가(客觀) 鑑賞하거나 興味를 느끼는데 있는 것이 아니라 그것은 어데까지나 育成의 過程이오, 生活의 本態인 것을 먼저 規定해야 할 것입니다. 그러므로 우리는 우리가 "童心"의 世界을 逆襲함으로의 技巧的인 것보다 어떻게 그 "童心" 自體의 育成에 寄與할 것인가를 생각할 때 우리는 함부로 "童心" "童心"할 것이 아닐 것입니다.(이상 101쪽)

眞正한 意味에 있어 어른을 爲한 童心이 아니라 童心 그 自體를 爲해서 有益할 수 있는 "童心"의 發作이어야 할 것입니다.

이러한 認識은 곧 沌濁 無秩序한 現實을 淨化하고 어린 世代에 크게 이바지할 수 있는 어른의 첫걸음마일 것입니다.(이상 102쪽)

---

263 '情緖라던가'의 오식이다.

임학수, "어린이와 독서", 『兒童文化』, 제1집, 同志社 兒童園,
1948년 11월호.

해방 후에 생긴 일로 가장 마음 든든하고 기꺼운 현상은 우리 어린이들의
독서열이 굉장하다는 것입니다. 오늘날 경향을 막론하고 한 가정 안에서 누
가 제일 책을 읽느냐를 따져보면 언제나 국민학교에 다니는 아동들이 일등
일 것입니다. 또한 그들은 책을 좋아할 뿐만 아니라 독서력이 훌륭해서 책을
읽되 여간 빨리 읽는 것이 아닙니다. 웬만한 이야기책이나 과학서적을 단숨
에 읽어버립니다. 그뿐만 아니라 국민학교 초급반 아동들이 누가 먼저 연구
해 낸 것인지 모르나 가진 책을 다 읽으면 동무끼리 서로 교환해서 읽는 미
풍까지 가지고 있읍니다. 이걸 볼 때 나는 늘 유쾌한 행복감을 갖습니다.
대저 독서력이 왕성한 국민일쑤록 향상하고 발전할 것이기 때문입니다. 우
리네 나이 든 사람들은 사실 어린 시절에 서책과 친해 본 일이 없이 자랐던
것입니다. 어려운 한자를 익혀서 딱딱한 한적이나 읽노라 골치를 앓았거나
그렇지 않으면 그 아니꼬운 일본말을 배우노라 귀중한 정력을 소비하였읍니
다. 그러나 이제 우리말을 우리글로 읽게 된 것은 큰 행복이 아닐 수 없으며
더구나 그 어려(이상 102쪽)운 한문자를 쓰지 않는 까닭에 국민학교 일학년 아
동이라도 능히 명작소설이나 시나 동요를 읽어 아름다운 정서를 기르게 되
었고, 과학서적을 풀어 읽어 과학에 대한 정열과 탐구심을 기르게 된 것은
조선 문화를 위하여 참으로 획기적인 사실입니다.

이런 것을 생각할 때 나는 늘 해방의 고마움과 우리말 우리글의 우수함을
느껴 스스로 기껍고 또 국민학교 교과서에서 한자를 없애버린 그 현명한 방침
에 만공의[264] 경의를 표하는 자입니다.

그와 동시에, 자 어떻게 해서든지 저 어린이들이 요구하는 서책을 모든
부형들이 기뻐히[265] 사 댈 수 있는 이해와 자력이 있었으면 하고 마음속으로

---

264 '滿腔' 즉 '만강의'의 오식이다.
265 '기꺼이'의 오식으로 보인다.

빕니다. 한편 한 권 책도, 그 좋아하는 그림책나마도 사 볼 수 없는 농촌의 가난한 어린이들을 생각하고 송구하기 짝이 없읍니다.

그래서 나는 "어린이와 독서"라는 걸 생각할 때 늘 이 세 가지를 들어 주장하고 호소하고 싶습니다. 즉 모든 부형들이 부대 아이들의 이 왕성한 독서욕을 짓밟지 말고 끝끝내 북돋아주고 격려하는 이해를 가질 것, 어린이 서적을 출판하는 분들이 부대 양서를 선택하여 출간할 것, 어린이 서적은 실비로 값을 매고 또 시골 학교에서는 독서실을 모두 만들어 농촌의 어린이들도 이 기쁨을 같이 누리게 할 것들입니다. (이상 103쪽)

林仁洙, "兒童文學 餘談", 『兒童文化』, 제1집, 同志社 兒童園, 1948년 11월호.

무릇 이 글을 草하는데는 相當한 勇斷을 내여서였다. 兒童文學의 作家的 素養을 練磨하여 오는 現在라면 어느 程度의 自信도 설 것이지만 이에 게을렀든 나의 生活이었으며 또 이 方面에 多少 等閑했던 이지음 兒童文化 全域에 關聯되는 斷想을 손잡으랴니 編輯者의 要求에 應한 것이긴 하지만 厚顔이랄지 鐵面?이랄지…… 좀 躊躇한 것이었다. 또 이는 나보다도 適任한 이가 없는 것도 아닐 것이나, 내가 『아이생활』의 참한 讀者로 한 十年나마 늙었다는데 이 글을 쓰게 된 動機이며 筆者 自身 은근한 그 무엇을 意慾하면서 苦衷을 눌러 所懷의 몇 句節을 적는 것이다.

一. 『아이생활』이란 雜誌

어린 시절로 돌아간다. 그것은 이 땅 어린이(兒童) 文學의 溫床이며 故鄕이다. 아니, 이 땅 어린이와 少年少女 全般의 그리운 搖籃地이었다. 그때 十四세인지 十五세인지 되던 해인데 그 窮村僻地에서 때마침 서울 出入하시던 先親께서 크리쓰마쓰 선물로 사 오신 것이 이 雜誌이다.

雜誌란 것은 그중에도 이런 兒童雜誌로는 전혀 처음인 나로서는 實로 희한한 기쁨이요 즐거움이었다. 우선 그 表裝으로부터 內容 하나하나에 이르기까지 어디 남길 것이 있으랴 싶게 모조리 읽은 것이며 童謠에 이르러서는 더욱 愛誦했던 것을 記憶한다. 寂寂하기로 비길 데 없는 이 僻村에서 고요한 밤에나, 한가한 가을 낮을 벗(友)한 이 잡지(雜誌)는 생각할쑤록 지금에 있어 아름다운 追憶이 아닐 수 없다. 지내 본 이는 누구나가 그러할 것이지만 朝鮮 兒童文化運動에는 爲先 『開闢』時代의 小波 方定煥 先生의 少年運動을 嚆矢 發展한 것으로 『어린이』, 『별나라』, 『少年中央』, 東京서의 『고향집』(金英一, 林鴻恩), 『童話』(崔仁化), 『少年』(尹石重), 『少年신문』 等 『아이생활』을 내놓고도 그(이상 110쪽) 수효는 적지 않다. 그러나 『아이생활』의 歷史 十九年(解放하던 直前年 正月號로 終刊)에 이르니 모든 점으로 이에 견줄 자 없었음은 自他가 是認한다.

×　　　×

우리 現代 兒童文化(特히 文學)의 發花는 主로 이곳에서 시작한다. 童謠界의 長老 格인 尹石重 氏가 初期에 活躍 잊을 수 없는 關係에 있었고, 뒤이어 當時 詩壇의 英才 故 龍兒 朴龍喆, 現 評論家 李軒求, 尹福鎭 氏 等, 讀者文藝欄의 考選者로 歷任 擔當했던 것이며 여기에서 자라난 兒童文學家와 童謠 詩人은 實로 그 樣相이 括目할 바로 지금에는 先輩代(年代를 만든다면)인 쟁쟁한 南方 詩人 木月 朴泳鍾, 姜小泉, 睦一信, 金英一, 任元鎬, 林鴻恩, 康承翰이며, 當選 作家는 말고라도 創作童話 作家로 活躍하던 盧良根, 宋昌一, 金福鎭, 崔秉和 諸氏 그 밖에도 丁友海, 金觀浩, 金泰午, 丁明南, 朴齋盛, 金煥泰, 都貞淑 등 잊을 수 없으며 다음이 李湖影(옥섬), 金應柱(恩波), 李波峰, 裵鏞潤(豊), 全良鳳, 高文求, 全順禮, 金起八, 尹鍾厚(童向), 張鳳顔(成根), 東根, 李世保, 李允善, 禹曉鍾, 李盛奎, 李奎燁, 張時郁, 朴和穆, 金童人, 李鍾星 諸氏인데 지금은 故人된 이 또 三八障壁, 生活難 等으로 그 大部分 人士가 沈默을 지키게 됨은 이 땅 兒童文化, 現 事態로 보아 저윽 寒心事가 아닐 수 없다. 실상 이들은 마땅히 우리 兒童文學 樹立의 强力한 新世代이어야 할 것이며 中堅으로서의 力活도[266] 擔當해야 할 것이라고 본다.

其外에도 記憶에 남는 이로 故 崔仁化, 李龜祚 兩氏의 꾸준하던 功獻은 눌물겨운[267] 바가 있다. 또 當時의 潑溂했던 新人 故 李允善 氏가 아깝게도 夭折한 것은 지금에 더욱 含涙不禁이다.

二. 廻覽誌 有懷

이렇게 자라난 우리는 처음에 面會室에서 사귀어 兒童文學 愛好家로서의 親分이 及期於는[268] 兒童文學 同志들의 모임터로 友情은 점점 두터워 갔고 이것은 누가 뗄래야 뗄 수 없는 鐵壁陣을 이룬 것인데 나중에는 이 情熱들이 當時 日警의 눈을 숨겨 所謂 "廻覽誌"가 全鮮을 떠돌아다니게 된 것이었다. 『초가집』(禹曉鍾)이 一輯으로 넘어지고, 『童園』(筆者와 李允善)이 그 二輯

---

266 '役割도'의 오식으로 보인다.

267 '눈물겨운'의 오식이다.

268 '及其也는'의 오식이다.

까지 白熱化해 봤던 것인데 三輯에 이르러서는 童謠(이상 111쪽) 二十餘 篇 童話
四 篇 其外, 評까지 收錄되어 그 水準으로 보아 어느 雜誌에도 뒤지지 않았음
은 尙今 自信이 간다. 『파랑새』(李鍾星)는 그 뒤에로 約 五, 六 輯, 謄寫로
나오다 이것도 日警의 魔手에 걸리고야 말았다. 各己 作品評을 달아서 놈들
의 눈을 숨어서까지 廻覽 硏究하던 그 天眞爛漫한 文學的 情熱은 지금 생각
할 때 高貴하게 사서 至當한 行爲라 믿는다. 너 나 할 것 없이 어려움을 돕고
모이면 討論하고, 孤獨한 세월을 서로 붙들던 그때의 人間性과 그 友情은
오히려 이 時代에서 찾아볼 수 없는 그렇게 값있는 것이었다고 나는 생각하며
늘 그리워하는 것이다.

三. 解放 以後

解放의 鐘이 울리자 諸 政黨이며 結社가 頻繁 亂立하는 中 兒童文化에의
機構 또한 東西 八方 疎立한 모양인데 그중 大版이 文字 그대로 日〈朝鮮兒童
文化協會〉이다. 이는 乙酉文化社의 姉妹機關으로 主幹 尹石重 氏의 타고난
天分과 無雙한 努力으로 日進成果하여 서울의 한복판 鐘路 大街上에 面目도
如實히 자랑하고 있다. 여기서 나오는 것이 『소학생』 週刊이던 것이 月刊으
로 誌形은 바뀌었으나 如前 舊態를 못 벗고 編輯에 있어 綿密周到한 것이
特徵이나 內容이 百科全書式이며 全体로 어둡다. 文藝佳篇을 잘 配置하면
좀 더 읽힐 것이고 單行本으로는 相當한 數에 良書 刊行을 致賀 않을 수
없으며 다음이 高麗文化社의 『어린이신문』인데 이는 하나의 出版業者的 所
致로 純然 營業 手段에서 돌았고 不躾하게도 企業者며 金×× 등의 醜態를
보이었음은 識者間에 論難되는 터이며 그 밖에 雜誌類로는 『새동무』를 爲始
現在 『少年』, 『어린이』 等 創刊과 續刊號가 보이나 前代에 比해 매우 未恰하
며 그 編輯에서부터 서투른 느낌이 있다. 單行本 出版으로는 同志社兒童園
이 그중 活潑한데 아직도 刊行本類에 있어서 深詳한 再考가 있기를 바라
마지않는 바이다. 또 한가지 解放 以後 그렇게도 沒廉恥하게 媒利에만[269] 눈
이 어둡던 惡質 漫畵家 諸公과 出版業者의 德澤으로 洪水 같은 漫畵의 氾濫
으로 어린 知慧마저 中毒, 陷沒에 이르는가 杞憂했더니 그래도 生命의 本色

---

269 '謀利에만'의 오식이다.

은 如前히 남아 있어 漸次로 健全한 길(讀物)로 回復되는 形勢라니 歷史 當
然之趨勢라 하겠으나, 적지 아니 마음 安堵된다.

×　　　　　　×

그동안 李鍾星, 朴和穆(은종), 蔡奎哲, 朴哲 諸氏의 꾸준한 努力과 精進을
반갑게 여기며 지금은 冬眠의 現象을 免치 못하지만 閑寂한 우리의 兒童文壇
도 머지않아 爛漫히 꽃필 것을 믿고 기다린다.

四. 制作 以前의 苦憫

作家 以前의 苦悶이란 말이 있다. 作家는 못(이상 112쪽)되고 作家 되기까지의
習作期에 선 無名 作家 時代의 苦衷을 말함일까. 作家란 制作(創作) 以後에
씨워주는 名稱으로 그보다 더 나는 切迫하여 作家는 아니든 간에 制作하고자
(意慾) 하는 者의 苦悶을 말하고 싶은 것이다.

더욱이 兒童文學에 있어서는 ① 作者 自身의 內部 心理에서부터 어리이
마음(心情)에 가까이 보다 가까이 抵觸하여 가는 커다란 아이이어야 할 것인
것, ② 그러자면 스스로 그 周圍環境에서부터 生活의 中心世界가 어린이 세
계로 따르고 옮겨져야 할 것이며 意識的으로라도 至極 마련(意圖)해야 할
것이다.

또 作品 自体에 가장 生硬한 兒童의 言語를 되살(活)리는 데 修鍊을 쌓아
나가야 할 것이며 이것은 단지 技術問題에 끄치는 것이 아니라 作家 自身
呼吸하고 消化시킨 그 主体로부터 비로서 人格化된 個性 — 兒童生活 全幅
의 第二 誕生이어야 할 것이다.

五. 創作 滴語

먼저 自然性을 지니고 보라.

사랑과 眞實 — 그리고 良心에의 呼訴, 內部(心)로서의 發火를 기다릴
것…… 自然스럽게 익는(醱酵) 때만이 기쁨으로 表現할 수 있을 것이기
에…… 이를테면 實果가 익어 떨어지듯이, — 人間味, 滑稽味, 正義感 등
오래니 우리들 心臟을 거쳐 온 것들…… 거기에 民族性도 있다. 童心! 개,
고양이, 구름, 植物 또는 無生物에 대하여 불러 보는 것, 듣는 것, 참하게
自然에게 말하는 것, 여기에는 많은 觀察을 기울이고 經驗을 그리(畵)고,
愛着을 느끼는 것 등 또한 兒童文學(童話文學)에는 必然的으로 鄕土色이

加味된다. 그것은 散文이면서도 그 自体 詩的이기도 하나니 大多數의 作家가 로맨시스트는 아니었던가. 아니란대도 누구든 그난 生長한 故里에 特殊한 愛着을 가짐은 事實인 것이다. 民族的 色彩, 個性, 아름다움의 特殊性, 이것이 獨自的 存在價値이고, 作品으로서의 成實이 아닐까.(이상 113쪽)

朴哲, "兒童雜誌에 對한 愚見", 『兒童文化』, 제1집, 同志社 兒童園,
1948년 11월호.

한 國家의 어느 社會 어느 時代를 莫論하고 兒童問題가 重要時되지 않는
때가 없다. 그러면 至今까지의 兒童問題니, 小國民 問題니 하고 떠들어대던
것은 果然 어떠한 形態의 것이었던가?

길게 말할 必要도 없이 一般이 周知하는 事實로서 그것은 어린이들의 天眞
性을 惡用하여 하나의 무엇을 偶像化시키려는 方法 또는 이러한 運動에 汲汲
하였다는 것은 누구나 痛嘆事라 아니 할 수 없다.

그러나 八・一五 以後 眞正한 民主主義에 立脚하여 이 兒童問題를 生覺할
때 舊態依然한 것으로 帝國主義者들의 남겨 논 手段과 方法으로 무슨 兒童問
題니 무슨 兒童文化니 하고 입으로마는 제법 떠들지 않는 사람이 없다. 그럼
에도 不拘하고 거리에는 粗惡한 漫畵가 氾濫하고 敎壇에서는 "天照大神"과
裕仁을[270] 代身하여 亦是 兒童들의 天眞性을 좀먹고 있을 뿐 아니라 심지어
偶像化를 强要하고 있는 오늘의 社會制度를 生覺할 때 實로 오늘의 朝鮮
兒童問題가 寒心스러운 것이 아닐 수 없다.

以上의 諸 問題를 解決하는 方途로서는 무엇보다 南北이 統一되고 完全
한 民主主義 國家가 樹立되지 않고는 到底히 解決이 期待되지 않으리라 믿
는다. 오랜만에 연락드립니다. 그동안 안녕하셨지요?

오늘 南朝鮮에 解放과 함께 雨後竹筍처럼 쏟아져 나온 數많은 어린이들
의 書籍들을 眞正한 意味에서 窺知하면 그것이 大部分 어린이들을 爲한다
는 美名 아래에서 돈주머니를 불리려는 黑心이 潛在해 있는 것이 濃厚한 이
때, 이 땅에서 새 나라 어린이를 글동무로서 꾸준히 卷을 거듭하는 兒童雜誌
몇 가지를 추려 그들의 功績을 높이 評價하는 同時 讀者 立場으로 몇 마디
써서 現下 무엇보다 時急히 要請되는 兒童文化 問題에 도움이 되면 多幸일

270 '天照大神'은 아마테라스오오미카미(あまてらすおおみかみ), 덴쇼다이진(てんしょうだい
じん)으로 읽으며 일본 신화의 천황의 조상신을 가리킨다. '裕仁'은 히로히토(ひろひと,
1901~1989)로 제124대 일본 천황의 이름이다.

까 한다.

소학생(兒童文化協會 發行)

먼저 極度로 深刻한 用紙難과 其他 여기에 따르는 困難을 무릅쓰고 꾸준히 나올 수 있는『소학생』을 들지 않을 수 없다.『주간 소학생』의 週刊을 月刊으로 更新하여 發行되는『소학생』은 最近에 와서 마카오紙를 使用하는데 小學生들의 人氣가 아마(이상 114쪽) 第一 높은 것 같다. 그러나 말을 해서 흠을 잡자면 別別 要求도 나올 것이고, 編輯에 對한 意見도 털어놓아야 하겠지만 紙面 關係로 길게 쓸 수 없는 것이 遺憾이다.『소학생』은 쉽게 말하면 科學을 本位로 꾸미느니만큼 日本의『子供ノ科學』같은 印象을 풍기는 少年雜誌다. 自然 筆者가 固定되어 있고 도무지 딱딱한 感이 없지 않아 있다. 될 수 있다면 科學을 普及시키고 어린이들의 科學 하는 마음을 길러 주는 것도 時急한 일이겠지만 좀 더 兒童들의 世界와 가까울 수 있고 兒童들이 살고 있는 社會의 雰圍氣까지도 마음껏 呼吸할 수 있는 것이 되어 주었으면 고맙겠다.

어린이신문(高麗文化社 發行)

朝鮮에서 어린이 週刊으로서 단 하나라는 特色을 가진 것이나, 먼저 스페쓰가 적은데 不滿이다. 좀 더 어린이를 위하는 마음에서라면 一大 改革도 있음직하다. 그리고 또『어린이신문』에 對한 慾心이라면 너무나 成人新聞의 体裁를 固執하는 理由가 那邊에 있는지 알 수 없는 것이다. 적은 紙面이나마 어린이들 社會와 그들의 指向하는 精神까지도 넉넉히 反映할 수 있지 않을까? 그러기 爲해서는 글의 量보다 質에 優秀性을 發揮하여야 할 것이다.

새동무(새동무社 發行)

『새동무』는 너무나 不遇한 少年들의 새동무가 아닐 수 없다. 햇수로 發刊한 지 三年, 그동안 겨우 十餘卷밖에 發刊하지 못하였다는 것은 實로 南朝鮮의 兒童文化를 念頭에 둔 사람이 果然 얼마나 되는가를 如實히 말하는 것이라 아니 할 수 없다.『새동무』는 어린이들의 글동무라기보다 그림이야기책에 가까운 雜誌 아닌 雜誌라는 것도, 이 땅의 兒童文化가 얼마나 貧弱하여 逆境을 헤매고 있는 것인지 兒童雜誌를 生覺하는 사람들의 가슴을 아프게 하여 준다.

소년(文化堂 發行)

過去 朝鮮日報社에서 이 땅의 病든 어린이들에게 唯一한 선물로 發行하던 그『少年』과 똑같은 題號다. 編輯者의 말을 빌면 純兒童文藝誌로서 發行한다는 것이『少年』이다. 겨우 創刊號가 나왔을 뿐 앞으로의 發展이 注目되는 바 크지만『少年』創刊號는 完全히 失敗한 雜誌라 아니 할 수 없다. 編輯後記와는 너무나 距離가 있고, 一流 新聞廣告나 라디오 宣傳에도 엄청나게 內容에 있어서 量이(이상 115쪽) 豊富한데 比하여 質的으로 相當히 貧弱한 것이 遺憾이다. 앞으로 좀 더 新聞廣告처럼 "朝鮮 第一" 雜誌가 되기를.

어린이(開闢社 發行)

어린이들의 雜誌로서『별나라』,『아이생활』과 같이 가장 긴 歷史를 가졌고 어린이들의 가장 親한 것이『어린이』일 것이다.『별나라』,『아이생활』이 나오지 못하는 이 땅에『어린이』만이라도 復刊되었다는 것이 여간 기쁜 일이 아니다. 그러나『어린이』를 펴놓고 보면 너무나 옛날 時代와 같은 그런 느낌을 찾을 수 없는 것은 勿論, 應當 새 나라가 誕生하려는 이 땅에 새로 復刊되는『어린이』이야말로 새 나라 어린이들의 眞正한 代辯者가 되어야 할 것이고 어린이들의 나아갈 길을 옳고 바르게 明示해 주어야 할 必要가 있지 않을까 生覺한다. (이상 116쪽)

裵玉泉, "어린이 時間 編成者로서", 『兒童文化』, 제1집, 同志社 兒童園, 1948년 11월호.

매일 오후 다섯시 반만 되면 「새야 새야 파랑새야」의 한 절이 라디오에서 흘러나옵니다.

이것은 조금이라도 새로히 싹터 가는 우리 어린이들과 짧은 시간이나마 친하여 보자는 어린이 시간의 主題樂인 것입니다.

解放과 아울러 高度의 民族敎育과 民主敎育을 부르짖고 있는 이 마당에 묵은 保守的인 觀念이 아직도 그 뿌리를 뽑지 못하였는지 어린이시간이라고 하여 소홀히 하는 觀念이 남아 있어 멋처럼의 어린이를 위한 貴重한 부탁도 손쉽게 처리해 버리는 데는 편성자의 괴로움이 적지 않은 것입니다.

오늘날 라디오의 機能이 政治的으로나 敎育的으로나 또는 文化的으로나 우리 國民 生活의 向上과 進步에 큰 도움을 주고 있읍니다. 라디오란 本是 視覺의 補助라고는 全然 없는 一種 不具的인 聽覺만의 役割을 하는 것으로 感受性이 弱한 어린이들에게 果然 얼마나한 힘을 돋아 주고 있는지— 이 일을 맡아보고 있는 사람은 언제나 궁금한 것입니다.

더구나 어린이시간의 放送이란 어린이들이 라디오를 듣고 그 內容을 새로히 깨닫고 체득한다는 것보다는 라디오에서 들은 그 內容을 書籍 또는 學校 學課에서 보고 배움으로써 한층더 確實히 깨닫고 認識하게 되는 것이므로 라디오의 어린이시간이란 學校敎育과 家庭敎育과 아울러 어린이 敎育에 있어 廣義로 硏究心과 道德心을 養成하여 주는 것으로서 소홀히 하지 못할 存在인 것입니다.

그럼 果然 지난날의 어린이시간의 放送이 어떠하였던가? 잠깐 돌이켜 보면 지난날에는 確固한 指導精神을 가질 수 없었다는 것입니다.

그것은 첫째 "어린이시간" 하면 누구나 다 「똘똘이의 모험」을 聯想하는 것으로도 充分히 알 수 있는 것입니다.

一九四六年 三月 一四日부터 始作되어 滿 二年半이 넘는 歷史를 가진 「똘똘이의 모험」은 아마 계속물(放送)로서는 第一 길게 繼續하고 있는 셈입

니다.

　생각하건대 이것도 軍政이 남겨 논 膳物의 하(이상 117쪽)나로서 지금까지는 모험이랄 題目에 固着하여 있으며 (해독 불가) 새 放送局으로 된 以上 그 題目에 固着한 테두리를 벗어나 自由로우며 情緒的인 內容의 것으로 만들어 自由롭고 明朗한 똘똘이를 만드는 데서 참다운 똘똘이시간이 될 줄 압니다. 이 밖에 世界 偉人들의 어렸을 적 얘기를 劇으로 꾸며 每週 水曜日마다 放送하는 「偉人이 어렸을 적」, 自然科學과 機械科學을 統合한 「自動車 篇」 또는 「炭素 篇」等을 每週 日曜日마다 放送하는 라디오 敎室, 每月 上旬과 下旬에 放送하고 있는 「科學問答」, 「世界一週」 土曜日과 日曜日에 繼續해서 主로 새로운 노래를 指導하는 「노래공부」等이 現在 어린이 시간 中의 主要한 것들입니다.

　大略 以上과 같은 種目을 放送하고자 하는 어린이들에게 對한 放送 目標는 情緒的이면서도 科學的 硏究心을 涵養하는 兒童生活의 訓練을 指導하고자 하는데 그 根本精神을 두었읍니다.

　이러한 精神을 잘 살려 나가는 길은 그 責任者의 熱誠에도 달렸겠지만 오로지 여러 어린이 敎育者와 文化人 여러분들의 積極的인 協助가 必要한 것입니다.

　이런 점으로 보아 國民學校 放送도 퍽 急한 것이다. 于先 現在 하고 있는 어린이에게 對한 放送 內容은

　첫째 언제나 그 內容을 어린이들의 生活에 두어야 한다는 것. 더구나 劇, 童話, 童謠 등의 表現方法에 있어서는 될 수 있으면 쉬운 말을 쓸 것과 얘기 줄기가 어색함이 없이 알기 쉽게 되어야 할 것입니다.

　둘째 理解하기 쉽게 即 알아듣기 쉽게 만들어야 한다는 것입니다. 들으면서 그 內容을 머릿속에서 그려 볼 수 있으며, 눈을 감아도 그 모양이 보일 듯이 한다는 것입니다.

　이와 아울러 家庭에서는

　세째 라디오와 같이 즐기려는 어린이들을─ 시끄러우니 있다가 들어라─ 하는 式으로 들을려고 하는 時間에 못 듣게 하지 말 것입니다.

　네째 家族들 特히 어머니께서는 어린이시간을 어린이와 같이 들으시고 어

린이가 理解하지 못할 얘기는 어머니께서 들어 두셨다가 조용한 시간에 다시 들려준다는 것이 퍽 效果的이라는 것을 알아 두셔야 할 것입니다. (이상 118쪽)

朴泳鍾, 南大祐, "兒童文化通信", 『兒童文化』, 제1집, 同志社
兒童園, 1948년 11월호.[271]

大邱

兒童文化運動이라는 것이 元來 꿈 많은 事業이거니와 그러기에 꿈이 많기 때문에 現實的 여러 가지 어려운 難關도 절로 倍重하는 것이다. 더욱 그것이 서울이 아니고 모든 것에 制約을 심히 받아야 할 地方에서는 그 실 兒童文化 運動뿐 아니라 文化運動 그 自體가 깊이 뿌리를 박기에 극히 어려운 것이다.

解放이 되자 이내 바로 그해 섣달그믐에 〈朝鮮兒童會〉가 생겨났다. 大邱에 唯一한 兒童文化 機關이다. 李永植, 李元植, 金尙信, 金洪燮, 金鎭泰 諸氏에 筆者도 한□ 끼어 말하자면 兒童文化에 關한 모든 것을 理論보다 實踐에서 이끄러 가자는 것이다.

그래서 맨 첨으로 出版部 事業部를 나누었던 것이다.

出版으로는 機關誌 『아동』에 만화책 『팔월십오일』을 發刊하고 이어 『兒童』은 筆者 主幹인 채 繼續하다가 財政難에 부닥쳤다. 그것도 그럴 것이 良心的이라는 좁은 생각에서 거이 原價도 아니 되게 그야말로 서어비스한 셈이다. 그때만 해도 質이 좋은 印刷紙 四五十 頁을 단금 八圓에 팔았던 것이다. 한 卷에 八十 錢이 남는 것이 過하다 해서 말썽이 될 지경으로 "어리석은 良心的"이었다. 그러나 그 대신 機關誌 『兒童』을 通해서 얻은 同志와 이른바 地盤은 弱한 대로 "運動"이 되어서 이듬해 어린이날에는 제법 큰 盛旺이었다. 그러나 그 후는 활발하지 못한 채 이제는 金尙信 氏를 中心으로 그냥 유지해 오는 것이다.

그 외에 雜誌 『새싹』이 있다. 『兒童』과 더부러 十號를 發刊했다.[272] 『새싹』은 崔海泰 氏 혼자 꾸며 오든 것으로 金鎭泰 氏가 編輯을 맡아보게 되며 發刊 部數도 三千을 훨씬 넘을 것이다.

---

271 원문에 '大邱 朴泳鍾, 河東 南大祐'라 되어 있다.
272 『새싹』은 제14호(1949년 12월호)까지 확인되었기 때문에 박영종의 기억이 잘못된 것이다.

大邱에 있는 兒童文學家로 尹福鎭 氏, 黃允燮 氏, 金洪燮 氏에 金鎭泰 氏, 作曲家 金聖道, 童話作家 尹啓炫 氏 외에 新人으로 金耀燮 氏가 계시는 바다.(十月 十三日)

河東

一般 文化運動이 低調 沈滯 狀態에 빠진 河東에 있어서 兒童文化는 그 싹도 보기 힘들 뿐 아니라 이에 留意하는 者도 稀少하다고 恨嘆할밖에 없다. 어려운 고비에 制約을 當한 客觀的 不利한 條件이라고 辯明함도 一理는 있거니와 生活苦의 塗炭에 呻吟하는 兒童層은 根本的 生活問題가 解決되지 않고 國家的 施(이상 119쪽)策이 없는 限 文化의 慾求心을 到底히 充足할 수는 없을 것이다. 然이나 社會 家庭 學校 當局의 努力 如何에 따라 어느 程度 文化運動을 展開해 나갈 수도 있는 바이매 이에 對한 積極 推進力이 必要할지며 中央 依存 中心의 態度를 버리고 地方의 特殊한 環境을 考慮하여 强力한 文化 樹立의 施策을 세워야 될 것이다.

解放 直後 〈河東文化協會〉가 誕生되어 多彩로운 運動을 展開하던 中 不得已한 事情으로 挫折되고 邑內 國民學校에서는 金承坤, 李完山, 金潤浣 等 諸 先生의 活動으로 兒童文化 誌『學聲』創刊號를 發刊하고선 群內 全校를 網羅하는 同時에 兒童文化運動을 꾀하려다가 文化에 關心을 가진 多數 先生들이 울면서 校門을 등지지 아니치 못할 悲運에 處하였다. 爾來 아무런 動態도 보이지 않는 바 바라노니 學校와 社會의 密接한 聯關性을 올바르게 捕捉하여 兒童文化 機關을 設置하므로써 어린 文化의 꽃을 아름답게 피워 주어야 될 것이다.

(八. 二五)

各 地方의 兒童文化에 關한 通信을 보내 주십시요.

第二輯 마감 一月 一五 (이상 120쪽)

장지영, "아협 상타기 작문, 동요를 뽑고 나서", 『소학생』, 제62호, 1948년 11월호.[273]

동요

1. 특등 타버린 집터
이 동요는 그 거칠고 참담한 제목을 가지고 퍽 부드럽고 곱게 지었다. 그런 가운데, 그 쓸쓸하고 가련한 성조는 읽는 이에게 실감을 준다. 이 작자는 다정다감하면서 그 구상이 침착하고 세밀하다. 작문 「오바공」과 한 솜씨로 매우 장래가 유망하다.

2. 우등 ① 전봇대
이 동요는 동심이 나타난 것으로 좋다. 그러나 그저 평범하다. 이 동요는 퍽 재미있다.

3. 우등 ② 아침 이불 속에서
이불 속에서 잠이 깨어 눈을 맑안히 뜨고 누어서, 무엇을 요리조리 생각하고 입속으로 종알하는 것이 눈에 보인다. 그러나 국민학교 2학년 일곱 살 되는 어린이로서, 이런 말을 집어다가 이 제목에 대어 보려고 할 생각이 날 수 있을까 믿어지지 않는다.

4. 우등 ③ 동생 구두
나 보기에는 이 동요가 우등 다섯 가운데에서 제일 나은 것 같다. 이것은 2학년 어린이로서, 저에게 맞는 생각을 저에게 맞는 글로 쓴 까닭이다.

---

[273] 원문에 '조선어학회 이사장 장지영'이라 되어 있다. 제목처럼 작문과 동요에 대한 선평인데 '동요' 부분만 옮겼다.

5. 우등 ④ 봄 저고리

이 동요도 잘되었다. 그러나 이와 비슷한 노래가 이미 아이들에게 많이 불려졌다.

6. 우등 ⑤ 돛단 배

이 동요는 풍경도 아름답고 글도 아름답다. 그러나 이러한 풍경을 어린아이로서 이처럼 느껴 받을 수 있을는지 의심한다.

이번 작품을 끊아주신 선생님은 다음의 일곱 분이시였습니다.
이병기 선생님
장지영 선생님
이희승 선생님
정지용 선생님
피천득 선생님
윤석중 선생님
조풍연 선생님 (이상 15쪽)

윤석중, "머릿말", 『(尹石重童謠選集)굴렁쇠』, 首善社, 1948.11.

노래를 짓기 시작한 지 어느덧 스물다섯 해! 스물다섯 해 동안 지은 노래 가운데에서 예순 편을 추려 보았다.

추려 놓고 보니 싱겁다. 그러나 나는 조금도 섭섭해 하지 않는다. 왜 그런고 하면, 나는 싱거운 내 노래를 물에다 비기기 때문에 물로 말하면, 뱀이 먹으면 독이 되지마는, 소가 마시면 젖이 되지 않는가. 소처럼 착하고, 소처럼 튼튼하고, 소처럼 부지런한 여러분 어린이가 내 노래를 부른다면, 물처럼 싱겁던 내 노래가, 대번에 맛난 젖으로 변하여, 여러분의 살이 되고 피가 될 게 아닌가. 그러므로 나는 호호 늙은이가 다 될 때까지, 이 싱거운 노래 짓기를 쉬지 아니할 것이다.

나는 세 아들 두 딸의 아버지가 되(이상 4쪽)었다. 처음에는, 내 맘대로 한번 잘 가르쳐 보려 들었다. 그러나 차차, 내가 그들의 스승이 아니요, 도리어 그들이 내 스승임을 깨닫게 되었다.

우리네 어버이들은, 아들딸을 가르치려고만 들지 말고, 그들에게서 좀 더 많이 배우도록 힘써야 할 것이다.

내 노래의 스승은 곧 조선의 아기들이다.

끝없이 달리는 굴렁쇠! 굴렁쇠 뒤를 달리는 어린이. 그 뒤를 따르는 어른들……

굴렁쇠는 우리들의 앞잡이요, 길잡이다.

1948.5. 첫여름, 창경 숲 건너 동네에서

尹 石 重 적음 (이상 5쪽)

尹永春, "(신간평)尹石重 著『굴렁쇠』", 『국제신문』, 1948.12.5.

在來의 漢詩나 時調에서 전혀 볼 수 없던 아이들의 노래가 朝鮮 新文學 勃興 以來 特히 尹石重 氏의 代에 와서 제자리 잡히고 꽃이 피게 되엇음은 누구보다도 斯界의 名匠 尹石重 氏의 偉大한 功을 讚賀하지 않을 수 없다.

詩人으로서의 詩的 生活이 쩌른 우리 文壇에서 그는 二十五年間 변함없이 한길로 걸어 왔음도 壯하려니와 그동안 벌서 다섯책을 내어놓았고 이번에는 또 여섯번째 豪華版 『굴렁쇠』를 내어 놓았다. 그 序文에

우리네 어버이들은 아들딸을 가르치려고만 들지 말고 그들에게서 좀더 많이 배우도록 힘써야 할 것이다. 내 노래의 스승은 조선의 아기들이다.

했다.

아이들을 곧잘 蔑視하는 우리 社會에 이 얼마나 무서운 警鍾이랴!

이 『굴렁쇠』에 실린 노래들은 解放 前後의 것들을 選拔한 都合 六十二篇 의 珠玉들이며 每篇마다 좋은 揷畵가 실리었고 裝幀까지 多彩러워 그야말로 錦上添花격으로 우리 兒童文學의 白眉이다. 벌서 그 노래의 殆半은 作曲되 어 三千萬 겨레의 입에 膾炙되어 있는 터이오 三千里 방방곡곡 學校나 幼稚 園이나 물방아간이나 工場이나 할 것 없이 어제도 오늘도 그 노래가 흘러나 오며 또 그 노래의 作者는 누구라는 것도 죄다 알고 있으니 이것만으로도 이 詩人은 벌서 살어서 歷史的 存在임을 알 수 있다.

우리도 英國 같은 制度가 있다면 兒童文學으로서의 桂冠賞은 틀임없이 이분에게로 갈 것이다.

나는 이 책을 내 아들놈이나 먼 훗날 태어날 내 손자놈들에게도 읽혀 줄 珍本의 하나로 알며 學生이나 先生이나 젊은이나 늙은이나 어버이된 이들에 게까지 一讀을 勸한다.

李元壽, "尹石重 童話集 굴렁쇠", 『자유신문』, 1948.12.9.[274]

尹石重 氏의 童謠集 『굴렁쇠』를 보고 特히 기뻐한 것은 兒童에게 주는 시集으로서 이만한 것이 아직 업섯다는 것과 石重의 過去 作品 全部에서 選出한 佳작물을 한 卷 冊에서 對할 수 잇섯기 때문이다.

일찌기 十六年 前에 낸 책에서부터 解放 後에 낸 『초생달』에 이르기까지 都合 다섯권의 童謠集에서 추린 四十八 篇과 解放 後 작품 十二篇을 모아 노흔 이 『굴렁쇠』는 石重의 二十五年間 작품의 總決算이기도 하다.

어디까지나 어린이의 純潔과 無아氣[275] 속에서 젓먹이에서 少年까지의 모든 어린이를 골고루 노래한 이 天才的 童謠시人의 노래는 읽을 수록 즐겁고 사랑이 넘치는 부드러움이 느껴지는 것이다.

어린이들에게 조흔 선물인 同時에 童謠에 뜻 두는 이에게는 이 한 卷이 石重의 童謠를 精讀하는 機會를 줄 것이다.

鄭玄雄 氏의 그림이 페지마다 꼿다워 볼수록 반가운 出版物의 하나이다.
(首善社 刊　價二二○圓)

---

274 '尹石重 童謠集 굴렁쇠'의 오식이다.
275 '무사기(無邪氣)'의 오식이다.

이영철, "(新刊評)尹石重 童話集 굴렁쇠", 『조선일보』, 1948.12.16.[276]

"전진하는 어린이! 그 뒤를 따르는 어른. 우리는 그들을 가르치려고만 들지 말고 그들에게서 좀 더 배우자."

이것이 혜성과도 같이 빛나는 우리의 천재적 동요 작가 윤석중 형의 동요 창작에 대한 태도입니다.

옳습니다. 우리들은 우리 어린이들을 어떤 틀에 맞도록 억지로 강요할 것이 아니라, 그들의 뒤에 서서 자유로 벋어 가도록 밀어주고 북돋아 주고 또한 바로잡아 줄 것뿐입니다.

우리 동무

한 넝쿨에 송이 송이
열린 포도 보았니
우리도 사이 좋게
한데 엉키자
동무 동무 우리 동무
송이 송이 열린 동무
한 뿌리에 다닥다닥
열린 감자 보았니
우리도 사이 좋게
한데 자라자
동무 동무 우리 동무
다닥다닥 열린 동무

이 얼마나 정답고 귀엽고 아름다운 노래입니까?

二十五년 동안 지은 수많은 동요 중에서 이렇듯 파란 하늘에 반짝이는 별

---

276 '尹石重童話集'은 '尹石重童謠集'의 오식이다. 윤석중의 동요 선집 『굴렁쇠』(首善社, 1948)를 가리킨다.

과도 같이 아름다운 것만 六〇여 편을 가려 뽑은 이 동요집이 자라나는 우리
나라 어린이들에게 젓이 되고 꿀이 되고 피가 되고 살이 되며 마음의 양식
거울이 될 줄 믿어 의심하지 않읍니다.

　윤 형의 뒤를 따르는 수많은 어린이들이 눈에 선합니다.

　어린이들이여. 여러분의 좋은 친구 이 책을 읽으시라.

　부형들이시여. 이런 좋은 책을 선택해 주시라.

　수선사 발행 국판 一一〇 페이지 값 二二〇원

李元壽, "一九四八年 文化決算 5-兒童의 現實을", 『獨立新報』,
1948.12.25.

兒童文學

恒常 沈滯와 不振 속에 헤매고 있는 느낌을 받아오든 우리나라의 兒童文學
은 이 一年 동안에 어찌 한길을 걸어 왔는가를 살펴보기로 한다.

非但 兒童文學뿐 아니라 文學 全體의 苦憫이 深刻한 오늘 特히 兒童을
相對로 하는 作品은 二重三重의 難關 속에서 制作되어 갖은 障碍를 넘어서
겨우 兒童에게 傳達되는 것이 오늘의 現象이다.

우리가 느끼는 不振과 沈滯란 첫째 作家의 意慾을 붓도둬 줄 發表機關이
不足한 것 둘째 所謂 兒童教育을 擔當한 분들의 지나친 干涉이 作品과 讀者
의 連結을 防害하는 것 세째 作家의 素養不足 乃至 安易한 制作 態度 大概
이러한 點이 가저 온 結果가 아닐까 생각하게 된다.

여기서 이 여러 가지에 對하여 ——히 말할 겨를이 없으므로 作品 活動의
大綱을 들어 今年 一年의 兒童文學의 움직임을 보기로 한다.

解放 以後 新出發을 盟誓하면서도 日帝時代 以上의 低調를 보이게 된
兒童文學은 今年에 들어서서 그 決議를 다시 하여 뚜렷하지는 않으나 끈끼
있는 活動을 始作한 感이 있다.

이것은 가지가지 애路와 不自由한 現實 속에서 不得已한 濾過를 거쳐나오
는 兒童文學의 活路이기도 하다.

兒童에게 文學藝術을 준다는 것은 父兄이나 教師의 기쁨이요 자랑이어야
할 것임에도 不拘하고 不當히도 敬遠策을 쓰는 教師가 있고, 한편 非良心的
인 謀利輩의 惡質漫畵冊으로 하여 讀書해야 할 兒童에게 殺伐, 惡德 冒險,
國語教育 混亂 等을 가르쳐 精神的 低俗化를 招來하는 等 實로 慨嘆하지
않을 수 없는 現象까지 顯著하였던 것을 생각하면 지금 이만한 社會的 誠意
와 作家의 活動이 있게 된 것도 여간 반가운 일이 아닌 것이다.

即 小說에 있어 重鎭 崔秉和 氏의 꾸준한 努力과 熱誠的인 朴哲, 鄭泰柄,

蔡奎哲 諸氏의 作品들이 빛났으며 童話의 朴仁範 氏 童詩에 任元鎬 朴根鍾[277] 李鍾星 權泰應 朴泳鍾 金元龍 尹石重 李元壽 等의 作品이 이해를 裝飾했다.

特히 今年에 반가운 일의 하나로 成人文學 部門에서 적지않은 少年小說을 내어 준 것을 들 수 있다.

鄭人澤 鄭飛石 朴榮濬 諸氏의 作品이 보인 것은 寂寂한 兒童文學界에 實로 반가운 일이 아닐수 없었다.

그中에는 意外로 그 作家의 力量에 견주어 質的으로 疑心할 만한 作品도 있었으나 이는 兒童文學이란 大端치 않은 것으로 잘못 認識한 때문은 아니리라.

우리는 小說뿐 아니라 詩에 있어서도 널리 많은 詩人이 兒童을 爲해 노래해 주기를 바라마지 않는 바이다.

兒童文學은 特히 兒童雜誌 없이 發達할 수 없다. 朝鮮에서는 兒童雜誌나 兒童圖書가 普及되기 어려운 經濟的 事情을 가젓으므로 特히 大都市를 除外한 一般 農村 兒童에게는 讀書의 惠澤을 주지 못하는 것은 이 나라의 悲慘事의 하나이다.

그나마 今年에 새로 나타난 兒童雜誌를 合하여 兒童雜誌가 五六種에 이르게 된 것은 兒童文學의 發展을 위해 慶賀할 일이다.

오직 바라는 것은 이 兒童雜誌들이 編輯者의 좁은 見解나 좁은 意識下에 眞正한 兒童文學 育成의 任務를 다하지 않고 一種의 그루-프를 形成하여 似而非 作品을 揭載할 때 文學의 發達은 姑捨하고 兒童에게 주는 그 影響이 實로 可恐할 것이라는 點에 留意해 달라고 부탁하고 싶은 것이다.

作品을 하나하나 들어 얘기라도 하고 싶은 衝動을 받으면서도 거기까지 이르지 못하므로 大略의 感想을 적었음에 그치거니와 一九四八年의 成果가 이제 비로소 出發을 꾀하는 程度이며 水準을 云云하기에는 아직도 이르다는 것을 느끼며 적어도 兒童文學에 뜻 있는 作家는 一層 奮發하여 現實下의 兒童을 좀 더 깊게 넓게 硏究하지 않으면 안 되리라는 것을 强調하지 않을 수 없다고 생각하며 붓을 놓는다.

---

277 '朴根鍾'은 박은종(朴銀鍾)의 오식으로 보인다.

徐廷柱, "(書評)尹石重 童謠集 굴렁쇠를 읽고", 『동아일보』, 1948.12.26.

尹石重 兄이 最近 『굴렁쇠』라는 이름으로 그의 童謠選集을 發行하였다.[278] 여기에 收錄된 바 作品 數 凡 六十餘 篇 거기에 다시 篇마다 鄭玄雄 畵伯의 아름다운 揷畵를 부친 豪華美本으로서 內容과 體裁가 아울러 解放 後 이 나라 兒童文學界의 一大壯觀이라 하겠다.

나는 한 慣習으로, 내게 寄贈 오는 書冊 中에서 아이들의 읽을 것은 먼저 내 家兒에게 매끼는 버릇이 있거니와 이번에도 亦是 내가 보기 前에 먼저 내 어린놈에게 주어 이 冊의 作用하는 波動을 옆에서 보기로 하였다.

그래 내가 본 바에 依하면 내 어린놈은 이 冊을 받자 이 冊과 더부러 거진 이틀 동안을 그의 가장 좋은 時間을 消費했든 것을 記憶한다. 그는 처음 表紙 의 色彩와 冊 속의 그림을 낱낱이 吟味하였고 그다음엔 童謠 篇々을 高聲으 로 朗讀하였고 그 다음엔 다시 그것들에 曲調를 부처 어린 소리로 노래함을 보았다. 무러보니 그가 노래하는 것 中에는 벌서 學校에서 배운 것도 있고 또 그렇지 않은 것도 있다 하였다. "배우지 않은 것을 어떻게 노래하느냐?"고 무르니 對答을 하지 않는 것으로 보아 그것들은 모두 그의 卽興의 作曲임에 틀림없다. 要컨대 이 『굴렁쇠』는 내 어린놈에게 있어 充分히 그의 生活의 一部가 될 수 있을 만큼 吟味할 수 있고 朗讀할 수 있고 作曲할 수도 있는 藝術이었든 것이다.

나는 비로소 安心하고 내 어린놈에게서 冊을 받어 처음부터 끝까지 通讀 해 보았다. 通讀해 보고 亦是 내 어린놈의 沒入은 虛事가 아니었음을 알 수 있었다.

---

278 윤석중의 동요 선집 『굴렁쇠』(首善社, 1948)를 가리킨다.

尹石重, "머리말", 權泰應, 『동요집 감자꽃』, 글벗집, 1948.12.

나라를 사랑하는 이를 애국자라 합니다. 그러면 어떻게 하는 것이 나라를 사랑하는 것이겠습니까.

삼팔선 때문에 금이 간 저 푸른 하늘을 모른 체하고도 소 잔등이처럼 뼈가 불그러진 저 싯뻘건 산들을 모른 체하고도, 거리거리에 날마다 늘어가는 저 담배 파는 아이들과 신문팔이 아이들의 목쉰 소리를 못 들은 체하고도, 애국자란 말을 들을 수 있을가요? 안 될 말입니다. 해방 통에 그처럼 많은 애국자가 생겼으면서도 독립이 지체가 되고, 살기가 점점 더 어렵게 된 것은, 숨은 애국자가 많지 못한 때문이었습니다. 나선 애국자, 한몫 보려는 애국자들이 너무나 많이 들끓기 때문이었습니다. 서로 물고 뜯고 하는 애국자 등살에 죄 없는 백성만 들볶이었던 것입니다.

여러분, 우리는 시방부터 참 애국자 될 공부를 하십시다. 조그만 애국자, 숨은 애국자 될 공부를 하십시다. 그러려면 우선, 여러분 이웃과 마을을, 그리고 여러분 눈에 뜨이는 어른과 아이와, 밭과 논과, 산과 나무와, 강과 물과, 하늘과 별과, 이 모든 것을 아끼고 사랑하고 위하는 공부에서부터 시작해야 합니다.

권태응 님의 첫 동요집 『감자꽃』은, 조그만 애국자 여러분에게 바치는 따뜻한 선물입니다.

1948. 11. 첫겨울

尹 石 重 적음 (이상 3쪽)

權泰應, "지은이의 말", 權泰應, 『동요집 감자꽃』, 글벗집, 1948.12.

나는 여러 해째 요양 중에 있습니다. 그래 좋은 일을 많이 하고는 싶으면서도 마음뿐입니다.

이번 처음으로 내놓는 동요집 『감자꽃』이 서투르고 변변ㅎ지는 못하나마, 여러 어린 동무들에게 보내드리는 조그만 선물이 되고자 하지만, 몇 개나 즐겁게 노래 부를 수 있을는지요?

조마스러운 마음에서도 새 나라 여러 어린 동무들이 언제나 씩씩하게 무럭무럭 자라나기를 나는 정성껏 빌겠습니다.

끝으로 이 책이 나오기까지에, 가진 힘을 베풀어 주신 윤석중 선생님께 감사의 뜻을 드리옵니다.

1948.10

忠州에서 權 泰 應 (이상 61쪽)

宋完淳, "少年小說集 『운동화』를 읽음", 『어린이나라』, 1949년 1월호.

진작부터 별르기만 하고 못 읽던 少年小說集 『운동화』[279]를 겨우 요지음에야 처음 읽었다. 그리고 느낀 바를 좀 적어 보고 싶어서 發行日字를 보니 올 五月 一日로 되어 있다. 그러면 벌써 半年이나 넘었는데, 인제 새삼스레 讀後感을 쓴다는 것은, 내 個人 事情은 如何했던지, 매우 쑥스러운 일이다. 그런 줄은 알면서도, 나는 敢히 붓을 들었다. 그만한 까닭이 있기 때문이다.

첫째, 八·一五 以後에 洪水처럼 쏟아져 나온 兒童讀物이라는 것을 보면, 惡質 漫畵를 中心으로 한 不良物이 壓倒的이고, 쓸 만한 것은 比例로 따져 十分之一도 어려울 形便이었으며, 그 가운데에도 小說類는 더욱 少數여서, 그나마라도 있게 된 것만을 고맙게 여겨야 할 지경이라 良否를 가리는 것은 좀 苛酷할지도 모르나, 그렇드라도 選擇이란 없을 수 없는 것인데, 그러자면 나로서는 玄德 氏의 『집을 나간 少年』과 아울러, 이 『운동화』를 첫 손가락 꼽고 싶다.

둘째, 『집을 나간 少年』과 對照的으로 본다면 玄 氏의 作品이 八·一五 以前의 것임에 反하여 『운동화』는 全部가 以後의 것이다. 그러므로 『운동화』 속의 諸 作品에는 八·一五 以前에 取材한 것도 있으나 그 속에 脈搏 치는 精神은 八·一五 以後의 새로운 雰圍氣에서 울어난 그것도 옳은 民主主義에 充實하려는 旺盛한 進取性에[280] 貫徹되어 있다.

셋째, 그 形式的인 面에 있어서는 『집을 나간 少年』 같은 것보다, 多少 遜色이 있다. 그러나 이것은 決定的인 要因은 아니다. 거기에 貫流하는 훌륭한 精神은 그것을 能히 壓倒 또는 補塡하고 있다.

이에 나는 우리가 어린이를 一部의 從來式 兒童文學으로써 幻覺的 甘夢[281]

---

279 박원수(朴元壽)의 『운동화』(同志社 兒童園, 1948.5)를 가리킨다.
280 '進就性에'의 오식이다.
281 '酣夢'의 오식이다.

속에 파묻어 두거나, 昨今의 謀利的 不良 兒童物의 虛荒 맹랑한 惡夢 속에 放置하지 않으려는 限,『운동화』같은 良書를 읽히는 것은 父母로서의 社會的 義務이기도 할 것이라고 생각한다.   .

(同志社 兒童園 發行   값 一〇〇) (이상 41쪽)

朴泳鍾, "(新刊評)單純의 香氣 —『굴렁쇠』의 讀後感", 『聯合新聞』, 1949.2.5.

『굴렁쇠』를 읽었다. 尹石重 氏의 童謠를 익히 아는 바이나 그러나 다시 지나온 것을 選을 하여 한 卷에 모아 두고 보면 그것대로 다른 所感이 드는 것이다.

첫째 兒童의 本性에 대한 깊은 理解에서 오는 황홀한 詩의 世界이다. 例를 뽑아 보면

> 모자야 모자야
> 오 모자는
> 저기 저 못에걸려 잘있다.
> 공아 공아
> 오 공은
> 누나 반지고리 속에 잘 있다.
> (中略)
> 나 잔 동안
> 다 잘 있다. 다 잘 있다.　(「잠깰 때」)

아기는 그 生活 가운데 또 한 개의 世界들을 지니고 있는 것이다. 童話的인 夢想의 世界다. 이것이 兒童으로 하여금 그 生命을 기루는 沃土이며 항상 모든 現實을 美化시켜서 나아가 生活의 豊富한 꽃다발을 역는 根源이 되는 것이다.

그래서

> 누구키가 더큰가
> 어디 한번대보자
> 발을들면 안된다
> 올라서면 안된다
> 똑같구나 똑같애

내일다시 대보자

이처럼 時間과 空間을 무섭게 壓縮시켜 生命의 生長을 鮮明하게 볼 수 있는 실로 極度로 生氣 있고 보람 있는 生活을 그 하로하로에 彫刻하는 것이다.

해서 兒童은 外部에서 오는 現實의 影響과 印象에는 아주 銳敏할 듯하다. 그 실은 感度가 크게 鈍하여 兒童의 마음의 晴曇은 오로지 그 自身이 꾸며 낸 感想 나아가서는 자기 스스로의 꿈의 溫度에서 오는 것이다. 왜냐하면 兒童의 本性에서 오는 두터운 童話的인 夢想의 世界를 저쳐서 비로소 現實의 모든 影響과 印象이 作用하기 때문이다. 실로 우리가 兒童으로 하여곰 天使라고 부를 수 있는 뜻도 여기에 起因하는 것이며 兒童이 스스로 幸福될 수 있는 까닭도 여기에 있는 것이다.

둘째 말의 맑고 아름다움이다. 아마 尹石重 氏가 가진 그중 特技의 한 가지가 구슬 굴리듯 하는 그 말근 말일 것이다. 例를 들기에는 아무것이라도 좋다.

어깨 너머로 배우는
어깨 너머 공부
남의 책으로 배우는
어깨 너머 공부
오며 가며 배우는
어깨 너머 공부(下略)
동무 동무 우리 동무 앞으로 앞으로 나란히 발을 맞치 앞으로 앞으로
한 눈을 팔지 말고 앞으로앞으로 (下略)

童謠에 있어 말이 아름답고 밝다는 것은 決定的인 것으로 童謠란 첨부터 깊이 생각하는 것이기보다 좀 더 그냥 뜻 없으면서 맑고 깨끗한 拍子에 가까운 兒童의 몸짓이요, 律動이기 때문이다.

이제 새삼스러히 그의 童謠로서 이야기함은 쑥스럽다. 二十五年間 童謠만 써온 氏이기 때문이다. 어떻게서 한 平生을 두고 童心을 간직하여 童謠만 쓸 수 있는지 참으로 稀貴한 詩人이다. 童謠란 單純한 마음의 자리를 읊

은 노래다. 單純하다는 것은 兒童에게서는 타고난 샛하얀 單純인 것이다. 허나 成人 하여 아직도 오히려 童謠를 쓸 수 있다는 것은 모든 世俗的 複雜한 것이 無限이 昇華되고 淨化되어서 오는 참으로 높고 香氣 있는 單純인 것이다. 그래서 人間으로서의 가장 높은 地境에서 말근 마음에 비치는 境地 여기에서 비로소 兒童의 靈과 接하여 새로운 노래가 나오는 것이다.

『굴렁쇠』는 尹石重 氏 童謠 生活 全貌를 나타내는 것이며 다시 그것은 兒童의 마음을 드높은 곳에서 곱게 안아 기루어 줄 한 卷의 책이 아니라 끝없는 生命의 糧食일 것이다. (首善社 發行)

宋完淳, "나의 兒童文學", 『조선중앙일보』, 1949.2.8.

사람들은 나를 兒童文學의 專門家로 보는 모양이다. 그러기에 이런 글의
請託도 받게 되는 것이다. 시방의 나는 兒童文學을 버린 것은 아니나 實相은
그것만을 專門하지는 않고 그럴 마음도 없는데 남들이 그렇다니까 그런 상
싶을 뿐인 것이 現在의 率直한 感想이다.

하기는 나는 햇수로 스무 해 나마를 兒童文學을 한다고 해 왔다. 그동안
꽤 많은 兒童作品을 썼다. 小說, 童話, 童謠詩, 理論 따위 무릇, 兒童文學의
장르로서 손대 보지 않은 것은 거의 없다. 그러니 그 어느 것에나 滿足할
成果를 한 가지도 남겨지[282] 못하였다. 그中에도 가장 많이 留意한 것은 兒童
詩와 理論이었는데 그마저 남의 앞에 내놓아 부끄럽지 않을 만한 것이 없는
것이다.

이 때문에 요새 兒童文學을 한다는 사람으로서도 冊 한권쯤 出版하지 않은
일이 別로 없는데도 相當한 年兆를[283] 지엿으면서 敢不生意하는 것이다. 내
가 빙충스런 까닭일까? 그렇대도 할 일 없는 노릇이지만 구태 蠻勇을 갖고
싶지 않은 것이다.

나는 單行本 같은 것은 念頭도 않는 崔秉和 任元鎬 朴仁範 같은 분을 적이
尊敬한다. 그들은 兒童文學을 함에 있어서 榮辱에 都是 虛心한 것이다. 兒童
文學일수록 그래야 할 것이다. 그러나 어쨋든지 兒童文學에 손을 대어 왔던
만큼 나는 今後로는 비록 그것만을 專門은 못한다 할지라도 그것에 決定的인
稗益이 될 무었이든지 한 가지는 꼭 남겨 놓을 생각은 갖고 있다. 그 可能
如否는 물론 미리 따질 일이 못 되니 重言은 삼가하겠다.

---

282 '남기지'의 오식이다.
283 '年條를'의 오식이다.

박영종, "동요를 뽑고 나서", 『소학생』, 제64호, 1949년 1-2월 합호.

이제부터 여러분의 작품을 내가 보기로 하였읍니다. 많이 많이들 보내시면 좋은 것을 뽑아 여기에 싣기도 하려니와 직접 우편으로 편지도 하여 드리겠읍니다.

나는 내가 하는 일 가운데 그중 큰일로 여러분의 지은 노래를 보아 드리는 것으로 정했읍니다.

미리 몇 가지 약속을 합시다.

첫째 남의 것을 흉내 내거나 몰래 적어 보내지 말것.

둘째 글씨를 맑게 쓸 것.

세째 미리 선생님께 보여서 선생님의 간단한 평(評)을 달아 보낼 것. 그래서 만일 선생님의 말씀이 내 생각과 다를 때에는, 내가 직접 선생님께 편지를 드리도록 하겠읍니다.

박영종, "동요를 뽑고 나서", 『소학생』, 제65호, 1949년 3월호.

가물거리는 초롱불 밑에서 어린 동무들의 동시며 작문을 읽는 것은, 그 글 한 줄 한 귀마다 정이 솟아오르듯 정다워집니다. 이 말은 우선 그 분량이 많은데 놀랐읍니다. 많이들 공부하고 있구나 싶어, 내 마음이 웃줄하였읍니다.

그러나 그 많은 작품 가운데 썩 잘 지은 것이 드물었읍니다. 첫째로 「개울물」이 재미있읍니다. 가늘게 졸졸졸 흐르는 개울가에 턱(이상 48쪽)을 고이고 앉아서, 이런저런 생각을 하는 아기의 모양이 벌써 우리 앞에 선합니다. 뿐 아니라 흐르는 개울물을 따라 바다까지 가보는 그 마음씨가 좋습니다.

다음은 「올빼미」가 좋았읍니다. 참으로 올빼미는 노란 눈을 하고 있읍니다. 「종이배」는 내가 만들었다는데 그 뜻이 있읍니다.

「옛궁궐」은 시(詩)입니다. 언제 보아도 문이 닫혀 있는 옛궁궐, 문이 닫혀 있다는 것을 잘 보았읍니다.

「오막살이」에서, 썩은 조리 한 자루가 걸려 있는 오막집, 참 오막집답습니다.(이상 49쪽)

박영종, "동요를 뽑고 나서", 『소학생』, 제67호, 1949년 5월호.

「나비」는 참 재미납니다. 더욱 세째 줄,

비가 오면 고운 날개
어룽질까봐.

이 줄이 이 동요의 가장 잘된 곳입니다.

금빛 분가루가 소복히 덮인 그 가볍고 넓은 나비의 날개에 굵은 빗방울이 뚝 떨어져 커다란 어룽을 지워주었다 합시다. 그때의 나비의 슬픈 얼굴을…… 여러분은 상상할 수 있읍니까?

「봄」은 참 농촌다운 봄의 정경이 잘 그려졌읍니다. 모래밭에 멧싹(봄풀이름, 잎이 세모 나고, 뿌리는 하얗고 연한 것을 뽑아 먹으면 달콤한 풀이지요)이 파래지는 봄, 알집을 자리를 찾아 수선을 떨며 지저귀는 산새의 흥성한 기분…… 그런 봄의 조용하면서도 만물이 흥성흥성한 기분이 잘 나타났읍니다.

「새벽」은 아침 기분이 잘 어울리기도 했거니와, 그보다도 자기 생각을 두서 있고 묘하게 그리어 놓은 것이 더 눈에 띠었읍니다.(이상 52쪽) 더욱 맨 끝줄에 까치를 노래하므로, 설명에만 빠지기 쉬운 노래를 인상적(印象的)으로 맺었읍니다.

「외갓집」 김 군은 두 번째 뽑혔읍니다.

김 군은 동요(시)가 무엇인지 제법 깨달은 사람 같습니다. 그만큼 무엇을 노래할 것인가를 잘 알았는 듯하기 때문입니다. 이 노래에는 외갓집까지 가는 길에 붙혀 있는 자기의 그립고 즐거운 생각을 곧잘 나타내고 있읍니다.

◇　　　　　◇

그리고 3월호의 여러분 작품 가운데 「올빼미」며 「종이배」며 「노랑나비」 등의 노래가 무엇이 재미있느냐구 묻는 분이 있었읍니다. 그런 분은 노래만 볼 줄 알지, 여러분의 "마음의 싹"은 못 보셨나 봐요.

그 노래들은 그 지은 아이를 직접 맡아 가르치시는 선생님이시나 아버지께서, 그 노래를 쓰게 된 마음을 조금만 살펴서 키워 주시면, 훌륭한 시(동요)가 될 아름다운 싹이, 그야말로 곱게 눈뜨고 있읍니다. (삼월 스무여드레) (이상 53쪽)

박영종, "동요를 뽑고 나서", 『소학생』, 제69호, 1949년 7월호.

「금실비 은실비」
봄 들에 오는 이슬비의 아득한 느낌이 잘 나타납니다. 스티븐슨이라는 유명한 시인의 「비」라는 동시에도

비는
아무데나
오고 있다.

여기서는
내 우산 위에 오고,
저기는
배 위에 내리고 있다.

이런 노래가 있읍니다.

일부러 글을 꾸미려 들지 않았는데도 조용히 비가 오고 있는 아득한 것을 느끼게 되지요. 「금실비 은실비」에도 봄 들에 내리는 그 비 오는 날의 아득함을 느끼게 됩니다. 더욱 끝 절

새싹이 파아란
잔디에도 옵니다.

아득한 것을 느끼게 하는 원인입니다.
　　「보리」
여러분의 이처럼 꾸밈없는 소원도 시가 됩니다. 「보리」는 내가 조금 손을
대었읍니다.

파릇파릇 보리야
어서어서 크거라.

한 것을 파릇파릇을 지웠읍니다. 말을 아름답게 치장하기보다, 자기의 생각
을 좀 더 진실되게 나타내도록 애를 씁시다.
　　「보름달」
이것은 새로운 맛이 모자라는 노래입니다. 그러나 끝 절 달님이 왜 구름
속에 숨냐는, 그 귀여운 의문(疑問)이 재미나서 뽑았읍니다.
　　「봄」
수양버들 기쁘다고
눈물 흘리네.

는 표현은 모자라면서 참된 느낌을 가진 듯해서 뽑았읍니다. 봄비 오는 날
들에는 새파란 싹이 돋는데, 수양버들 가지마다 빗방울이 맺힌 모양을 이
군은 기뻐서 눈물 흘린다고 느꼈읍니다.(이상 52쪽)

박영종, "뽑고 나서", 『소학생』, 제71호, 1949년 10월호.

이달에는 좋은 작품이 많아서 "우리 동무 동시집"을 꾸몄읍니다.

「형님생각」

어머니께 형님이 어디 가셨느냐고, 왜 돌아오시지 안으시냐고, 그리고 보고 싶다는 그 맘을 아무런 꾸밈없이 적어 놓았읍니다.

그러면서 형님을 보고 싶어 하는 생각이 잘 나타났읍니다. 더(이상 43쪽)욱,

형님 언제 오시우
응?

의 "응?"은 어머니를 쳐다보고 묻는 유 군의 동그란 눈이 보이는 것 같습니다.

「구름」은 역시 지으려고 애를 쓰지 않고, 생각나는 대로 노래를 불렀읍니다.

다음 노래를 읽어 보세요. 여러분의 생각이 좀 더 자세히, 또 재미나게 나타났을 겁니다.

구름은 훨훨 날아간다
구름은 훨씬 크고 하얀새

나는 누어있다 풀우에
너른 들 이름없는 꽃사이에

구름의 환한 날개에서는
빛이 아조 쏟아지는듯

하얀 날개의 저 편 끝에
바로 그 아래 그 어느 바로

지금은 어느 고은 하늘일가
아무도 모르는 산우엘가

구름이야 참말 좋고나
아모때 아모데나 날아를 가니

나도 모르는 그 어느 곳에
날같은 아이도 있을터이지

구름은 훨훨 날아간다
나는 누어있다 풀위에

　　「아기」
다음 노래는 김성도 선생이 지으신 것입니다. 잘 읽고 참고로 하세요.

잠 자다가 일어나
엉엉 운다고
어머니는 날보고
강아지래요.

젖 두통을 맛있게
쪽쪽 빤다고
어머니는 날 보고
강아지래요.

품속에서 웃으면
귀여웁다고
어머니는 날 보고
강아지래요.

「개구리」는 자기의 느낀 것을 잘 다듬어서 나타내었웁니다.

　　「내 동생」

내동생은 사내에요.

하고, 다시

귀엽습니다.

이렇게 두 번 접어서 노래하였는 곳이 재미납니다. 만일

사내 내 동생은 귀엽습니다.

하였다면 참 승거운 노래가 되었겠읍니다.

「꼬마 자동차」는 여러분이 천(이상 44쪽)진스러운 놀음놀이가, 잘 나타났읍니다.

　　우리아기 타고 싶어 손을 들면

하는 곳이 잘된 곳이며 또 재미있는 대목입니다.

　　「아침」
아침의 관찰을 잘하였읍니다.
바둑이가 없어진 뜰에 참새들이 모인다는 것도…… 거미가

　　「얼른 컸으면」
어머님보다 어머니이가 더 정다웁고, 어머니보다 엄마가 좀 더 정다웁다는 노래입니다. 말에 더하여 이처럼 찬찬한 느낌을 가지는 것은 참 좋은 일입니다.

　　「두부장수」
동요나 동시면 별난 것이라 생각하던 분은 이 노래를 한 번 더 읽어 보세요.
우리 옆에 늘 지내치는, 여러 가지 무심한 일도 얼마든지 노래가 되는 것입니다. 더욱이
"두부 사려, 두부사려"
외치는 목소리까지 시 속에 넣었는 것은 익숙한 솜씨입니다.

　　「어머니 손」
이 노래는, 비슷한 노래를 나도 알고 있으나, 남의 것을 잘 읽고, 거기에 자기 생각을 담아 보는 것도, 첨 지어 보는 사람으로는 좋은 방법입니다.

　　「별 하나」
초저녁 하늘에 떠 있는 외로운 별…… 아기는 그네줄이라도 잡고 하늘을 쳐다보고 있는지 모릅니다. 외로운 별아,

너는 무얼하니
나와 같이 내려와 놀자. 내가 말벗이 되어주마는 것입니다.
"말벗"이란 말도 아름다운 말입니다.

그 외 잘 지은 것이 많아서, 이름만 뽑아둡니다.

가을입니다. 가을은 불을 밝혀두고 공부하기 좋은 철입니다.
�뀌또리가 웁니다.

박영종, "뽑고 나서", 『소학생』, 제72호, 1949년 11월호.

「밤 하늘」
말똥말똥과 초롱초롱의 말이 아름답다.

「가을」
나무를 잠자래요 —— 라는 말이 재미있다.
이 생각을 좀 더 멀리 생각하면 더 좋은 노래가 될 것이다.

「아침」
아침을 시샘하는 것도 재미있다. 사생을 하고 보면 절로 그 속에 아침의
따스한 기분이 어린다.

「편지가 되어 봤으면」
재미있는 생각…… 이미 꼭지에 투표딱지를 붙여서 조그맣고 네모 반듯한
편지가 되어 봤으면.(이상 24쪽)

박영종, "동시를 뽑고 나서", 『소학생』, 제74호, 1950년 1월호.

이달에 우연히 어머님을 노래한 동요만 뽑게 되었읍니다. 세상에 어머니처럼 다정하신 분은 없겠읍니다. 그러나 이번에 뽑은 노래는 모두 썩 잘 지은 노래가 아닌 것이 섭섭하였읍니다.

김 군의 「어머니」는 맨 끝 절이 그중 잘 되었읍니다. 참 어머님의 마음은 봄철 같아서 따뜻하고 향기롭습니다.

> 어머니 가슴은
> 비단솜 가슴
> 고단해 누으면
> 잠이오지요.

박을송 선생이 지으신 동요입니다.
「어머니의 젖」은 내가 조금 고쳤읍니다.

> 동전 한푼 안주구
> 그저 먹는 건
> 꿀보다도 맛나는
> 어머니의 젖

을

> 맛나는
> 젖

이라 고쳤읍니다. "동전한푼 안준다"는 말이 너무 상스러운 생각이라 싶어서 고쳤읍니다. 그러나 다음 절

> 따쓰한 엄마 젖

은, 참 좋은 구절입니다.

어머니의 따쓰한 젖꼭지를 빨아 보고 싶은 생각이 나는 구절입니다.

전몽태 군의 「어머니」는 하고 싶은 말이 다 나타났으나 그러나 따스한 어머니의 모습이 떠오르지는 않습니다. 설명만 했기 때문입니다.

이제 눈 오는 겨울이 깊어집니다. 조용히 앉아서 좋은 글을 지어 봅시다.(이상 31쪽)

박영종, "뽑고 나서", 『소학생』, 제75호, 1950년 2월호.

여러분의 작품을 보아 온 것도, 세 돎이 되었읍니다. 그도안, 여러분의 "따쓰한 맘"이 스민 노래만 뽑으려 애썼읍니다. 다시 말하면, 동요보다, 여러분이 얼마만큼 "따쓰한 맘"을 가졌나, 그것만 보아 온 셈이지요.

그러나 그것만으로서 좋은 동요는 되지 않습니다. "따쓰한 맘"과 또 한 가지 "날카로운 느낌"이 필요합니다.

그래서 오는 해는, 그 날카로운 느낌을 주의해 보아서, 뽑겠읍니다.

☆

「연」은

"얼래에 감긴 실 모두 풀어 주께"란 구절에, 김 군의 따쓰한 맘이 나타나 있읍니다.

「얼음판」은 쓸쓸한 작품입니다. 아무 꾸밈없는 점이 좋았읍니다.

「어린 별」은 첫 절이 좋았읍니다. 그러나 끝 절은 일부러 꾸민 소리 같았읍니다.

「소나무」는 좀 평범합니다.(이상 39쪽)

정지용, "작품을 고르고", 『어린이나라』, 1949년 2월호.[284]

★ 시

많은 작품 중에서 몇 편을 골라내기란 여간 힘이 안 든다. 작품들이 뛰어나게 시원스러운 것이 그리 보이지 않기 때문에 그런지도 모른다. 모두가 글짜수만 맞추어 놓으면 그것으로 좋은 시가 되려니 하는 생각은 좋지 않다. 보는 대로 자유러운 노래를 마음껏 노래하는 것이 좋은 것이다.

이번에 서른세 편 중에서 한종수 군의 「시냇물」이 중에서나마 좋다.(이상 42쪽)

정지용, "작품을 고르고서", 『어린이나라』, 1949년 3월호.

동요는 어른이 쓸지라도 어른이 쓴 흔적조차 볼 수 없는 어린이의 세계에서 제절로 생기다싶이 솟아난 것이라야만 동요라고 할 수 있는 것이다.

새야 새야 파랑새야
녹두 낡에 앉미 마라.
녹두꽃이 떨어지면
청푸장사 울고 간다.

예전부터 전하는 이 동요를 지은이의 이름을 아시는 이가 혹시 있오?
누가 지은 줄도 모르는 이 동요가 우리 동요의 이상형(理想型)인 것이다.
이보다 더 잘된 동요를 아직까지 나는 본 적이 없다.
이번 『어린이나라』에 보낸 많은 동요, 동시가 모다 어른의 못난 작문과 같거나 조숙한 아이의 못난 어른의 노래를 흉내 낸 것과 같다.

---

284 '작품을 고르고'는 정인택(鄭人澤)과 정지용(鄭芝溶)이 각각 '작문'과 '시' 부문을 맡아 선평을 쓴 것이다. 이 중에서 '시'(동시, 동요)에 대한 선평 부문만 옮겼다.

그래도 골르고 골라서 몇 개 발표케 한다.

1. 연기 나는 집 — 서성배
구태여 잘 자려고 기를 쓰지 않고 보는 대로 생각난 대로 썼다. 그렇게
잘된 것도 아니다. 그래도 좋다.

1. 밤 — 정제우
이 아이는 학교에서 작문 잘 짓는 축에 들까 한다.
동요라기보다 동시요 동시로서는 좀 작문 투이다.
그러나 환경과 심리를 소년답게 잘 그렸다. 나의 어린 때 생각이 난다.

1. 우리 아기 — 김해영
요새 써내는 동요라는 것이 대개 이런 투가 많다. 어른 동요 작가라고 하
는 이들의 동요가 이보다 교묘할른지는 몰라도 이보다 더 다른 것은 아니다.
쓸데없는 겹말, 과분한 형용사를 쓰지 않아야 한다.

1. 고양이 — 송한호
국민학교 삼사 학년 어린이의 시라는 것이 결국 이런 것이 정말 아닐까?
좋다고, 좋다고 여러 번 한 것이 좋을 것은 없어도 참 우습다.
어린이 하는 짓이 모다 우습듯이 어린이의 시도 좀 우스운 것이 좋다.(이상
42쪽)

정지용, "작품을 고르고서", 『어린이나라』, 1949년 4월호.

지난달에 뽑은 동요 동시보다 성적이 좋다. 성적이 이 이상 더 뛰어나도
걱정이다. 그렇다면 우리가 기대하는 어린이의 문학이 아니 되고 마는 것이
다. 글쎄 어떻게 하면 또는 어떠한 방법으로 어린이의 문학, 곧 동요와 동시가

되어지는 것이냐고 묻는다면 나도 이렇게 또는 이러한 방법으로 해야만 하는 것이라고 부질러 대답할 도리가 없다. 문득 생각하기를 매달(『어린이나라』) 잡지 맨 뒤 겉장에 나오는 어린이들의 그림처럼 그처럼 어린이답게 시를 쓰면 될가 한다.

(1) 「달팽이」 서울 안암동 지영숙

천생 여자아이의 동시다. 이보다 잘된 것이 없어서 첫 번에 실린 것이 아닌 것은 내가 위에 한 말을 잘 알아들으면 안다. 영숙이가 송충이를 노래해도 예쁜 송충이가 되겠네!

(2) 「까치」 안심공립국민학교 4년 최호경

극성스런 까치가 눈에 선히 보인다. 까치도 시끄럽고 시도 시끄럽다. 시끄러워도 지저분하지 않아서 좋다.

(3) 「우리 동생 일학년」 초량국민학교 5의 4 김영자

아주 뻐기는 일학년 동생을 고대로 그렸다. 실상은 뻐기는 동생 영길이보다도 동생 자랑하는 누이 영자가 더한 걸!

(4) 「허수아비」 서울 성동구 상왕십리 193 나동호

이 사람은 분명 소학생이 아니다. 중학생 중에도 상급생일 것이다. 그래도 잘 지은 것을 어린이가 아니라고 배척할 수 없다. 지금 유명한 동요 시인의 동시라도 이보다 나은 것은 아니다. 너무도 깜직하게 잘 지어서 끝으로 내밀었다.

논밭에 선 허수아비만이 엉터리가 아니라 사람 중에도 어른이 이런 허수아비 같은 이들이 뻐기고 나서는 꼴을 이 시를 통하여 보는 어린이는 결코 참새는 아니리라.(이상 42쪽)

정지용, "작품을 고르고서", 『어린이나라』, 1949년 6월호.

어린아이들이 숙성한 소리를 납족납족 잘하면 어른들이 칭찬한 시대도 있었다. 나도 어려서 그런 칭찬을 들은 일이 있다. 지금 생각하니 등어리가

싫긋하도록 부끄럽다.

지금 나이가 삼사십이 되도록 어린아이가 되겠다고 어린아이 흉내를 내지 못해 하는 이른 동요 시인도 있다.

어찌하였던지 둘이 다 부자연한 어른이오 어린아이들이다.

동요와 동시라는 것이 어린아이가 숙성한 체하는 것도 아니요 어른이 어린 양하는 것도 아니다.

그러니까 동요나 동시가 어린이에게나 어른에게나 마찬가지로 어려운 것이다.

숙성한 체도 없는 어린 양도 없는 철저하게 천진스러워서 어른이 읽던지 어린아이가 읽던지 저절로 감복해지는 것이 동요요, 동시다.

나와 같이 늙은 사람이 색동저고리를 입고 율동춤을 춘다면 얼마나 숭 업겠으며 국민학교 어린아이가 금수강산 삼천리에 건국사업의 노래를 지어 바친다고 반드시 일등상을 주어야 할 것인가? 어린아이의 어린아이다운 애국심을 다음 박태문에게서 보아서 나는 눈물이 나도록 좋았다.

1. 산바람 박태문

동요와 동시가 나이와 학년이 높아서 잘된다는 것이 아닌 것을 이 「산바람」으로 보아도 안다. 국민학교 이학년 자리가 거진 「파랑새」에 가까운 노래를 지었구나.

1. 면 잣기 정재창

「면 잣기」나 「고무신」이나 육학년 남학생답게 익살스럽게 씩씩하게 그리고 소학생다운 생활의 시다. 이 학생은 장난도 잘하고 머리도 좋은 사내다운 학생일가 싶다. 이대로 나가면 새롱누 동시를 개척할 것이오 커서 좋은 시인이나 소설가가 될 듯하다. 한목 두 편을 발표시켰다. 으썩하여 덤비지 말라.

1. 집 추승호

정재창의

"할머니가 잣으면 실이 잘 나와

목포서 서울까지 연대겠지"

하는 유장하고 통쾌한 상상력은 볼 수 없으나 역시 단순하고 복잡하지 않은 말 중에도 이상스럽게도 낙천적이오 이지가 발달된 아이다. 읽어서 어른까지 덤비지 않고 생각케 하는 쪽 뽑아진 동요다.(이상 41쪽)

정지용, "동요를 뽑고", 『어린이나라』, 1949년 9월호.

선자의 취미를 마춰서 쓰려고 애쓰는 것은, 유명한 사람의 동요를 모방해서 쓰는 것과 마찬가지다.

선자는 두 가지를 다 싫어한다.

언제든지 네가 아니면 쓸 수 없는 그런 것을 자유롭게 써 보내다오. 나의 사랑하는 소년소녀들아!

도둑질할 생각, 남 때려 줄 생각, 고자질할 생각, 옷 잘 입은 동무 부러워하는 생각, 옷 헐벗은 동무 싫어하는 생각, 그다음 몇 가지 나쁜 생각 이외에는 네 생각 치구 동요 동시 아닌 게 어디 있겠니? 생각대로 쓰되 예전 사람의 생각에서 나온 노래나 지금 사람이 만들어 낸 시에서 나온 것이 아니고 바로 네 생각에서 나온 것을 쓰되 말과 맞춤법과 문장을 애써 생각해서 써라. 다만 그것이 조그만 작문이 아니고 시야만 된다. 그렇다! 너희들 말맛다나 자유시다. 동요 동시는 너희들의 자유시다.

생각 생각 하니까 생각만으로는 자유시가 아니 된다.

너희들이 공부하고 놀고 자고 어나고 울고 웃고 보고 듣고 하는 데서 제절로 생각나는 점을 실지로 받아쓰면 된다.

이병재의 황토 언덕

그림에서 보는 것 같다. 그러나 이런 것을 그림으로 그린다면 대단치 않은 삽화감에 지나지 아니할 게다. 동시로 나타내니까 퍽 잘된 것이다. 인제부터 달 속에서 토끼가 절구방아를 찧는 시대는 완전히 지나갔다.

심재숙의 느티나무

옛날 민요에(동요래도 좋다) 이런 것이 있다.

청배나무 소년 적에
오만새가 다 오더니
그 배나무 늙어지니
눈 먼 새도 아니 오네

재숙이 「느티나무」도 어딘지 모르게 이 「청배나무」의 계통인가 한다. 그러나 흉내 낸 것으로 볼 수는 없다. 「청배나무」는 어떤 할아버지 할머니가 어려서 부르고 이름조차 남기지 않고 갔는지 모르나 「느티나무」는 바로 재숙이 동요다.

그러니까 「청배나무」나 「느티나무」나 한 줄거리로 조선의 동요인 것이다.

김화수의 「빈 닭장」과 「눈물을 흘렸다」

화수는 여자야만 시가 더 좋게 보일 것이니, 시가 이렇게 되야만 정말 새로운 동시다. 그러나 좀 짜른 작품에 가까운 것이 흠이다. 두 개를 다 버릴 수 없어서 한몫 두 개를 발표한다.

다음부터는 보는 사실을 고대로 그리어 쓰되 산문에서 시로 엄청 올려 세울 도리를 해야 한다. 참 어렵구나. 그건 나도 너를 이렇게 이렇게 해야만 된다고 가르쳐 줄 수가 없구나.

옆에 앉은 "동지사" 누이가

"그건 화수가 시와 산문을 많이 자꾸자꾸 읽어서 제가 절로 깨달아져야 되죠." 하더라.

정지용, "동요를 뽑고 나서", 『어린이나라』, 1949년 10월호.

이번에 들어온 동요 동시들은 별로 빛나는 것이 없었다. 상급학교 입학 전후 시험공부 때문이나 아닐지?

골르고 골라서 몇 개 뽑았으나 전에 발표된 좋은 동요 동시 수준에 못 닿는가 한다.

그러나 이번에 뽑힌 동시들이 순진하고 천연한 맛이 오히려 팔팔한 재주를 보이는 어린이들보다도 더 어린이다운 아름다운 것들이 좋았다. 선배의 작품에서 영향을 받는 것뿐만 아니라 선자의 성미나 취미에서까지도 완전히 해방되어야 하는 것이다. 이렇게 말한다고 아무 표준이 서지지 않는 것은 아니다. 그러기에 선자도 작자도 함께 어려운 노릇이다. 만일 작자가 제가 지은 시가 잘되었는지 못되었는지 판단할 줄 모르는 경우에 이것이 발표된 후 많은 독자의 기쁨을 사고 못 사는 것으로 그것이 결정되는 것이다. 만일 그렇지 못하다면 죄는 작자보다도 선자에 있는 것이다. 이러니까 선자는 작자보다 더 어려운 노릇이로구나, 개개 작품에 대한 평은 늘 해 온 소리를 다시 되풀이하기 싫어 이번에는 쉬기로 한다.(이상 35쪽)

金元龍, "(新刊評)權泰應 童謠集 『감자꽃』", 『경향신문』, 1949.3.24.

學校에서 글을 배우고 돌아오면 父母의 보살핌 속에서 귀히 자란다 하더라도 뻗어나가는 어린 그들의 情緖 世界에 있어서는 언제나 未洽과 不滿이 없지 않는 것이다. 그러므로 노래와 춤과 그림 속에서 살아가는 그들의 完全 育成을 위하여서는 그 面의 새로운 創意者의 續出이 또한 要望되는 바이다. 해방 후 各界各層에 對한 著書가 산덤이처럼 쏟아져 나와도 어린 그들의 情緖를 노래해 온 책이 稀少하여 유감이던 바 今般 권태응 씨의 童謠集 『감자꽃』이 出刊되었다는 것은 兒童文壇의 前程에 喜消息이 아닐 수 없다. 本人이 비록 作者를 紙上으로 사귀어 온 同人이기는 하나 舊面의 벗과 다름없어 오래동안 身病으로 療養하신다는 말에 안타깝기 限이 없었는데 그러한 呻苦 속에서도 生活의 記錄과 童心을 잊지 않는 마음의 餘裕를 가지고 篇篇珠玉의 農村 童謠集을 내었다는 것은 놀낼 일이 아닐 수 없다. 더욱이 氏는 成人이면서도 童心의 捕捉과 描寫 方法이 兒童 自身에게도 질 배 없이 純眞하여 그를 證明하고도 남는 作品 一篇을 紹介하면

오리

둥둥 엄마오리 못물위에 둥둥
동동 아기오리 엄마따라 동동
풍덩 엄마오리 못물속에 풍덩
퐁동 아기오리 엄마따라 퐁당

눈을 감아도 떠오르는 實感的인 노래인 同時에 애기가 못물에 노는 오리떼를 보았을 때는 서슴치 않고 이런 노래를 부를 것만 같다. 그 外에도 「달마지」, 「산샘물」, 「고추잠자리」 等 三십여 편이 모두가 精誠을 모아 된 것으로 兒童自身은 勿論 동요와 關聯이 없는 他方面의 人士들에게도 『감자꽃』은 읽어서 決코 헛되지 않을 良書임을 자랑하며 各界에 參讀을 勸하는 바이다.

(글벗집 발행 값 一二〇圓)

박영종, "跋文 - 指導하시는 분에게", 『現代 童謠選』, 한길사, 1949.3.

在來 口傳童謠에서 藝術的 새 동요로 옮아오는 동안 가장 큰 사람을 윤석중 씨로 잡고 보면, 氏를 앞뒤하는 한 개의 俯瞰圖를 가질 수 있을 것이다. 그러나 尹氏 이전에 屬하는 여러분은, 그분들은 진실로 口傳에서 새 동요로 오는 길에 돌다리 노릇을 하였을 뿐, 作品으로서는 세월에 씻기고 깎기고도 남을 만한 것이 드물었다.

한데, 윤석중 씨의 童謠集 『초생달』 뒷장에 붙은 적은 自敍에 따른다면, 첨으로 윤 씨가 동요 쓰기를 1924년으로 되는 것이다. 1924년이면 우리나라에서 童謠 黃金時代이었던 것이다. 그러나 한글 啓蒙運動의 한갓 方法으로 그처럼 興奮하였던 童謠 旺盛期도, 그 自體 量으로 興했을 뿐, 質的으로 童謠로서는 먼 거리에서 幼稚한 詩의 初步를 걷다가 슬어졌던 것이다. 우리나라의 동요가 두루 어느 정도의 水準으로 올랐는 때는 1932년 윤 씨의 『잃어버린 댕기』(童詩集)가 나왔을 무렵이다. 『잃어버린 댕기』는 그 自體가 詩的 感動을 基調로 하는 童謠詩의 길을 열었을 뿐 아니라, 윤 씨와(이상 94쪽)는 다른 또 한 분의 큰 동요시인 尹福鎭 氏가 자기의 세계에서, 비로소 完全한 姿勢를 갖추던 뜻깊은 지음이었다. 그래서 그것은 곧 겨우 口傳에서 脫皮를 마친 朝鮮 童謠(童詩)의 첫 出發點일 것이다.

좀 지나친 狹量의 헤아림인지 모르나, 만일 그것을 出發點으로 삼는다면, 그 후 解放까지는 겨우 十五年 未滿 童謠의 歷史를 가질 뿐인 것이다.

※

그 十五年 間의 潮流를 크게 잡아 두 갈래로 나노운다면, 尹石重 氏의 四四調로 基調를 삼는 自然發生的인 初期를 벗어나와 氏는 主로 아기들의 천진한 사건(事件)을 늘 재치 있는 솜씨로 捕捉하는 교묘한 態度로, 그래서 그 동요 뒤에는 언제나 一脉의 이야기(事件)의 줄거리가 흐르고 있는 것을 쉽게 찾을 수 있을 것이다.

그러나 이런 尹石重 氏에 대한 尹福鎭 氏의 童謠는 純全히 自然發露的인

姿勢로, 언제나 그것은 참으로 느껴 꾀꼬리처럼 읊었는 것이다. 이런 相反되는 두 갈래 큰 줄기 사이에, 李元壽 氏 같은 極히 生活的 童謠와, 또 잡지 『별나라』를 中心하는 프로派의 工場 고동소리가 울기도 했으며, 或은 筆者와 같이 狹義의 兒童노래(童謠)의 자리를 떠나 詩的 넓은 두란 안에서 다(이상 95쪽)시 童謠를 넘겨본 것이었다.

※

이 選集은 八·一五 解放 前까지의 童謠 가운데서, 筆者 역시 童謠 詩人의 一員으로 二十年 가까이, 그러니 우리나라 새 童謠의 전 역사를 얼추 全部 걸어오면서, 내게 感動을 준 作品을 뽑아 모아, 나로서는 한 개의 總決算을 묶은 셈이다. 選集이 이처럼 編者의 主觀에 偏重하는 것은 確實히 위험하나, 그러나 또 다른 面으로는 編者로서의 하나의 系統서는 정신의 흐름이 이어 있어, 나로서는 選集이기보다 나 個人의 童謠集 같은 感인 것이다.

選은 全혀 作品에 置重했으며, 혹은 作家에 따라, 그 한 사람의 作品이 지나친 수에 오를 때는 아까우나 多少의 減量을 했는 것이다.

※

選集에는, 한 小題目 아래 여러 개의 作品을 모아, 그 개개의 作品과 作品이 서로 通하는 情緖거니 內容에 따라 整理하므로, 한 곳에 모인 몇 편의 童謠가 다시 한 편의 童謠처럼 제자리에 옳게 整頓된 빈틈없는 雰圍氣를 서로 지니도록 配置 配列했든 것이다. 이 選集이 敎材로 쓰이는 때에는 한 小題目이 一課의 役割을 하게 될 것이며, 여러 개의 童謠를 가(이상 96쪽)리치되 정서에서 內容에서 散慢하지 않을 뿐 아니라, 統一된 하나의 명확한 印象을 줄 것이다. 더욱 이 後記 끝에 各 小題目마다 編者가 노리었는 點을 略記해서 參考에 바칠 것이다.

※

小題目의 要點만 따서 적으면

☆ 〈바람개비〉[285] "보름달"과 "누나얼굴"의 자리를 금시에 바꾸는 妖術 같은 재치. "도는 것"을 따라가는 연상의 빠른 速度. 뜻만 달리 하는 "짱그랑짱그

---

285 본문에 "바람가비"로 되어 있다.

랑"의 擬音…… 모두 一連의 팽팽 도는 바람가비의 作用이다. 그리고 選集 處處에 散見되는 童謠 사이 적은 ☆들은 잠시 머므는 起承轉結의 起承轉에서 結로 가기 전의 잠시 정서가 머무는 時間의 여유의 표시다.

☆ 〈다람쥐〉[286] 動作의 귀여움. 느림보는 다람쥐의 動作의 輕快를 도우는 "느린" 背景

☆ 〈엄마〉[287] 各 篇에 어렸는 깊은 愛情. 그 愛情을 받아서 무럭무럭 자라는 「키대보기」. 어머니의 깊은 愛情 언제나 憧憬의 눈을 가진 「아기의 잠」[288]

☆ 〈조그만 것〉 어리기 때문에 위에서 오는 더 큰 은혜를, 제 스스로 한층 더 아름답게 가지는 것이다. 조고만 하늘의 많은 小風景

☆ 〈눈〉 눈을 主題하는 一聯의 노래. (이상 97쪽)

☆ 〈숨바꼭질〉[289] 아기들의 유희를 쥐, 토끼 등 動物의 세계로 점점 넓혀 보았다. 꿈의 幅이 스스로 그 두란을 널리 잡을 것이다.

☆ 〈돌다리〉 李元壽 氏 作品만.

☆ 〈비〉 윤석중 씨의 황홀 찬란한 비. 「가랑비」의 鄕土性. 「여우비」는 시집가는 꽃가마와 당나귀를 背景하고 아름다운 劇 가운데 오는 비.

> 비야 비야 오지마라,
> 우리 언니 시집 갈 때,
> 분홍치마 얼룽진다.

古謠의 그 아름다운 情景. 고운 분홍치마 위에 번져 나가는 굵은 한 방울 더욱 拙作이 많은 數를 차지한 것은 오로지 분위기의 傳達과 이음을 내 作品이 하였기 때문이다.

※

☆ 「잠방울, 꿈방울」이, 주는 조용한 분위기를 만들어서 그 위에 졸음이

---

286 본문에 "다람쥐 두 마리"로 되어 있다.
287 본문에 "어머니 가슴"으로 되어 있다.
288 본문에 「아기 잠」으로 되어 있다.
289 '숨바꼭질'에서 설명하는 내용을 담고 있는 것은, 본문에 "토끼 동무"로 되어 있다.

달린 아기 눈의 귀여운 모습들. 너른 愛情을 集結해서 아기 눈에 그 焦點을 모은 셈이다. 그래서 愛情의 焦點을 「새양쥐」에서 다시 풀어보았다.

☆ 〈꼬꼬〉 어린 병아리의 귀여운 動作. 그러나 姜小泉 氏의 「닭」은 귀여운 動作 속에 永遠한 것의 暗示를 보는 것이다.(이상 98쪽)

☆ 〈토끼방아 찧는 노래〉 擬人法. 그냥 擬人法뿐 아니라, 擬人法을 通한 生活 雰圍氣.

☆ 〈자장가〉 세 갈래로 나누어 모아 보았다. 作家에 따라 스스로 달라지는 자장가, 자장가는 사실은 어머니의 祝福의 祈禱일 것이다.

☆ 〈귀염둥이〉

☆ 〈강아지·송아지〉 아기의 愛稱인 강아지, 그 강아지를 말미암아 느끼는 動物에 대한 愛情을 다시 「송아지」[290]에서 본다. 한 번 더 그 愛情을 擴大시켜서 「까닥까닥」이 되는 것이다.

☆ 〈호박 영감님〉 유-모어.

☆ 〈산길〉 觀察의 妙. 그 산길을 어머니의 가루마로 옮기는 奇拔한 着想.

☆ 〈이상한 산골〉 空想의 世界.

☆ 〈별〉[291] 별을 主題한 童謠 一聯.

現代童謠選 畢 (이상 99쪽)

---

290 본문에 「감둥 강아지」로 되어 있다.
291 본문에 "별 형제"로 되어 있다.

임인수, "남는 말씀", 『(童話集)봄이 오는 날』, 조선기독교서회, 1949.3.

누구보다도 아이들을 귀여해 주시는 어른(특히 하라버지)은 옛말을 잘해 주신다.

하라버지는 아니지만 남 못지아니 어린동무들을 사랑해 오는 나는 말하는 대신 성경 가운데서 그중 참되고 귀한 재미나는 얘기를 몇 가지만 골라서 써 본 것이다.

언젠가 바쁘게 다 써 놓았든 것을 지금에야 다시 들쳐보니 도무지 시언치 않다. 미쳐 고쳐 쓰지 못한 채 보내드리게 되어 미안스럽다.

하지만 먼저 꼭 한 번 읽어 보시라. 그러면 무었인가 마음에 남는 것이 있을 것이라 믿는다.

여기 실은 동화는 모다 신구약 성경에서 취한 것이다.

제일편이 신약에서 뽑은 것으로 내 딴에는 좀 새롭게 창작수법(創作手法)으로 그려 본 것이며 제이편이 구약에서 취재(取材)한 것으로 대개가 번안(飜案)이다.

이 글을 읽고 느끼신 것이 있으면 기탄없이 필자에게 말씀해 주시기 바란다.(이상 74쪽)

이 책이 세상에 나오기까지는 그림에 임동은 선생, 출판에 관계자 여러분의 수고가 컸음을 감사하며 이만 붓을 놓는다.

1948.12.30. 밤 서울 금화산 밑에서
임 인 수

조성녀, "(新刊評)박영종 편 現代童謠選", 『경향신문』, 1949.4.8.

나는 아직 朴泳鍾 氏란 분을 만나 본 일이 없읍니다. 그런데 누가 박영종 씨의 『동요선』을 갖다주며 新刊評을 날더러 쓰라는 것입니다. 그리하여 이게 누구냐고 다시 물어봤더니 詩人 朴木月 氏를 모르느냐고 하십디다. 참으로 뜻밖이었읍니다. 그분이 또한 박영종 씨란 이름으로 童謠를 짓고 또 『童謠選』을 편찬하다니…….

여하튼 굳이 사양하다가, 내가 현재 유치원 사업에 관계하는 중임으로 그 冊을 敎本으로 삼아 가지고 매일 어린이들에게 가르쳐 주기로 하였읍니다. 그 중에는 박영종 씨의 作品으로 이런 동요가 있읍니다.

> 토끼귀 소록소록
> 　　잠이 들고
> 엄마토끼 소오록
> 　　잠이 들고
> 아기 토끼 꼬오박
> 　　잠이 들지요

이 동요를 손가락 유희로 음악 반주를 붙여서 어린이들에게 가르켜 주게 했읍니다. 참 재미있게 귀엽게 외이던 것을 보고 그야말로 童心世界를 아주 파고 들어가는 것 같았읍니다. 이 밖에도 강소천 씨의 「까딱까딱」이나 윤복진 씨의 「잠방울꿈방울」 같은 동요도 가리키게 했읍니다만 역시 아름다운 동요들이예요. 어휘가 쉽고도 부드럽게 고와서 적은 입을 나풀거리며 곳잘 외이는 것을 볼 때 정말 귀여웠읍니다. 天眞란만한 어린이들에게 이런 아름답고 순수하고 고은 노래를 배워 준다면 이에서 더한 精神的 營養과 童心의 淳化는 없을 줄로 압니다. 더구나 冊의 表裝이 美麗하구 한 首마다 그림을 넣어 엮어 內容이 충실하기 때문에 유치원에서는 물론이지만 가정부인들로서도 愛誦하기를 나는 주저치 않고 권하겠읍니다.

李錫重, "兒童圖書의 出版", 『出版大鑑』, 조선출판문화협회, 1949년 4월.

國民敎養의 向上과 民族文化의 發展에 貢獻한다는 것이 出版 事業의 役割이라고 한다면 次代 國民의 敎導育成에 責任을 가진 兒童圖書의 刊行야말로 出版 事業에 있어서 그 重要 部門이라고 하지 않을 수 없을 것이다.

그러면 好奇心이 豊富하고 讀書力이 旺盛하고 知識慾이 强烈한 少年少女들에게 어떠한 書籍을 提供하여야 할 것인가?

요즘 길거리를 걸어 단여 보면 흔히 "어린이 도서관"이란 看板을 볼 수가 있다. 이 얼마나 希望에 넘치는 機關이냐! 그러면 이 機關에는 果然 어떠한 施設이 되어 있으며 또한 어떠한 事業들이 展開되고 있을까?

그러나 놀라지 마시라. 그 房 안에 들어가 보면 오즉 漫畫冊 몇 十卷을 버려 놓고는 아이들의 코 무든 돈 몇 푼식을 거두어서 겨우 그들의 開館 目的을 達成하고 있다는 것임을 알 수가 있다. 그러면 이 寒心한 노릇을 어찌 그대로 傍觀만 하고 있을 일이랴!

現下의 情勢에 있어서 兒童敎育은 勿論 學校를 中心해서 成就되는 것이겠지만 兒童의 文化生活은 學校에서보다도 좀 더 家庭에서 社會에서 營爲되는 것이라고 하겠다. 그런 意味로 兒童의 文化生活에 있어서 敎科書에 依한 學校敎育은 國民敎養의 基礎 鍊成에 不過한 것이고 兒童의 文化意識을 더욱 蘊蓄시켜 나가는 데는 學校敎育에 關한 敎材 以外에 따로히 文化財를 더 많이 提供해야 할 것이라고 생각한다.

그런대 解放 以後 洪水같이 쏟아저 나온 兒童圖書 中에는 그 第一位를 占領한 것이 冒險譚과 漫畫冊들이었다. 그도 그럴 것이 兒童心理가 恒常 刺戟이 强한 裝幀, 煽情的인 表題, 獵奇的인 內容, 興味的인 揷畫이던 것들에 끌려가는 점도 있겠지만 그보다도 出版書肆가 圖書의 價値를 論評할 때 그 圖書가 가진 바 文化的인 內容 그것보다도 販賣部數의 多寡에 依해서 決定되어 왔다고 하는 것이 그 原因이라고 하겠다. 말하자면 兒童圖書는 小資本으로 가장 손쉽게 刊行할 수가 있으며 나아가서는 가장 많은 部數를 消化시

켜 短時日에 相當한 利潤을 獲得한다는 書肆의 그릇된 出版理念에서 釀出
된 結果라고 하겠다.

그러면 이 漫畵나 冒險譚이 兒童에게 어떠한 影響을 미치게 하는 것일가?

教養이 있는 成人들은 自身의 學識과 趣味에 따라서 書冊을 取捨選擇할
判斷力이 있으며, 또는 비록 良書가 아니라고 하드라도 그 冊을 읽어 가는
가운데 도리여 反省의 材料를 發見하는 수도 있는 것이다. 그러나 兒童들은
批判力이나 理解性이 極히 薄弱함에 따라 보고 듣는 바 善과 惡을 한번 돌려
考察해 볼 餘裕도 없이 表面에 나타나는 그대로를 率直하게 信愛해 버리고
그대로를 單純하게 憎惡해 버리는 것이다. 그래서 書冊이 兒童에게 주는 影
響은 精神生活에 있어서 實로 想像 以外의 衝動을 가저오는 것이다. 그러므
로 兒童 出版物의 當事者는 優良한 圖書가 兒童에게 끼치는 바 教育的 效果
와 拙劣한 圖書가 兒童에게 미치는 바 害毒을 十分 考慮하여 이 重且大한
責任을 完遂하기에 努力해야 할 것이다.

말하자면 優秀한 文學作品이나 繪畵에서 얻는 感激, 偉大한 聖賢들의 言
行錄 같은 데서 받는 感化, 또는 變化無常한 大自然에 對한 驚異, 이런 것들
이 모두 出版物을 通해서 가장 많이 影響 된다는 것을 언제든지 念頭에 두어
야 할 것이다.

兒童이 國民校 三, 四學年이 되면 벌서 多方面으로 그 生活範圍와 指摘
要求가 急速度로 進展해 간다. 그래서 先生이나 友人 間의 對話라든지, 教科
書나 參考書 等의 學習 그것만으로는 到底히 그 强烈한 慾求에 滿足을 줄
수는 없다. 그러므로 國家와 民族의 將來를 雙肩에 걸머메고 나갈 次代 國民
의 教導에는 政府도 社會도 家庭도 作家도 書肆도 모두가 混然一體가[292] 되
어 이 偉大한 課業 達成에 그 任務를 다해야 할 것이다. 換言하자면 첫째
作家는 좋은 作品을 提供하고 書肆는 美麗, 堅實, 低廉한 冊을 出刊해야 할
것이며, 둘째로 爲政 當局은 徹底한 教育方針을 確立해서 惡書 團束과 良書
推薦에 努力하는 한편 出版資材의 供給 斡旋과 其他 모든 便宜를 積極 援助
해야 할 것이며 셋째로 社會와 學校와 家庭이 合心協力해서 讀書機關의 施設

---

292 '渾然一體가'의 오식이다.

을 비롯하여 兒童으로 하여금 自由스러운 雰圍氣 속에서 敎化 育成되어 가도
록 해야 할 것이다.

끝으로 兒童圖書 出版界의 健實한 發展을 祈願하여 마지안는다.

(出版 副委員長) (이상 7쪽)

朴仁範, "兒童作品 選擇에 對하야 父兄과 敎師에게", 『자유신문』, 1949.5.5.

어린이들은 "이야기"를 좋아한다. 처음에는 듯는 것부터 始作되여서 그 興味가 延長됨에 따라 讀書를 하게 되고 讀書慾이 發行하는 것이다. 여기서 그야말로 父兄이나 敎師는 優秀한 作品을 選擇해서 읽혀야 할 것은 勿論이다. 그러면 所謂 選擇하는 基準이 있어야 할 것이매 나의 見解를 말하고저 한다.

第一 먼저 아이들의 "이야기"는 空想이 豊富해야만 하겟다. 兒童들의 生活은 空想인 까닭이다. 卽 兒童들이 "이야기"를 그렇게까지 좋아하는 것은 그 空想 속에서 自身들이 呼吸할 수 있는 까닭이다. 그러므로 아이들다운 空想이 豊富한 "이야기"는 그만큼 아이들의 欣喜를 살 수가 있는 것이다.

어떤 사람이든지 空想의 階段이 없이 그대로 곧장 □에 到達할 수는 없는 것이다.

그리고 모든 創造는 이 想像力이 비저내는 것이다. 解放 後 特히 模倣이 많은 假짜 世上이 된 것은 勿論 다른 理由로 많을 것이거니와 大體로 想像力의 缺乏한 理由가 큰 것이다.

國民學校에서 兒童들의 作文의 優劣을 分間하는[293] 것은 卽 想像力의 有無를 말하는 것이다. 어떤 때 優秀한 作品이 있어서 "이것이 잘되었다." 하고 提示하면 반듯이 다음 時間에는 모다 그것 비슷한 模倣한 作品이 쏟아진다는 學校 先生님의 말슴도 理解할 수 잇는 것이다.

想像力은 또한 創造性을 맨드는 것이다. 元來 人間의 虛僞 □□이니 道德的 感情과 審美的 感情이며 宗敎的 感情은 一時에 納得하거나 天才的 타잎에서 그렁저렁 생겨나는 것은 아니다. 그것은 豊富한 □□과 特殊한 □□이 必要한 것이다. 想像力은 □□를 □□로 □□케 하고 □□는 □□를 낳는 것이다.

---

[293] '分揀하는'의 오식이다.

이와 같이 兒童文藝品이란 想像力을 培養하고 兒童 敎育上 實로 重大한 것이라 하겠거늘 아□ 大體로 學校에서는 度外視 或은 等閑視함은 다만 敎科書에 依한 □□本位 功利主義라고 할 수밖에 없다. 그것은 全人格 完成이라는 가장 큰 뜻을 沒刻한 까닭이라 하겠다.

第二로는 作品 全體的 構造를 □□해서 □□□一된 作品이라야만 하겠다. 事件 配列이 兒童으로 하야금 □定할 수 있는 □□□一이 잡힌 것이 아니여서는 안 된다는 말이다.

例를 들면 □□함을 □□으로 出發한 이야기가 어느 틈에 古代 風이 된다든가 하는 兒童들이 首肯할 수 없는 것이여서는 안 된다는 말이다.

第三으로는 "이야기" □□□ 兒童 □□□ 適切한 것이 않이어서는 안 된다는 것이다. 아이들의 心靈에 相當한 想像과 探究□□□□ □□를 包含하면 할수록 兒童들은 歡迎하는 것이다. 그러믕로 여기서 特別히 생각해야 할 것은 現實社會를 □□으로 한 □□ 卽 少年小說에 對한 것이다.

적어도 兒童 年齡이 十五六歲 以上을 對相으로 하고 作者는 執筆한 것인 만큼 大抵 空想에서 떠나서 그야말로 리알이즘的인 作品이 많다. 그러면 十五六歲 되는 兒童의 心靈이란 어떤 것이냐. 그것은 두말할 것 없이 極히 感受性이 銳敏한 때여서 한번 그릇된 □□를 읽혀 놓는 後에는 다시 取消시키기가 □□한 것이란 말이다.

(朴仁範 記)

최은경, "故 小波를 追悼함", 『연합신문』, 1949.5.5.

이제 二十주년의 "어린이날"을 마지함에 있어 무엇보다도 가장 추모에 새롭고 안타깝게 슬픈 것은 소파 방정환(小波方定煥) 선생을 여읜 것입니다.

한창 젊은 나희(三三歲)로 발기할 수 있는 모든 재능과 수완을 보여줄 수 있어거늘 그만그대로 검은 운명의 손은 아닌 밤중에 돌개바람 모양으로 우리의 기대 많은 선생을 꺽거버렸으니 어찌 슬픈 일이 아니옵니까?

선생의 짧은 일생의 공적! 〈소년입지회(少年立志會)〉를 만들고 어린이 잡지를 발간하고 "어린이날"을 제정하고 〈소년운동협회(少年運動協會)〉을 창설하고 "전국어린이지도자대회"를 발기하는 등 짧은 일생이었을망정 어린이들을 위하여 바치셨고 어린이를 위하여 사신 분입니다.

제二세 국민인 어린이들의 중대성을 새삼스러히 강조할 바도 없이 선생은 그 선구자가 되었고 선봉이었든 것이 아닙니까? "사랑"과 "지성" "열정"과 "신념" 이것 등을 갖고 어린이을 대했고 나아가서는 어린이를 신앙까지 하게 된 선생! 자나 깨나 어린이들을 잊을 수가 없든 선생은 눈이 나려도 달이 고요히 밝아도 어린이들의 걱정 어린이들의 생각뿐이 아니였는가 합니다.

> 잘크느냐. 잘자느냐
> 뭇는소리에
> 잠못자고 내다보면
> 눈물납니다.
> 　　(童謠 「눈」 속에서)

이것은 선생이 손수 지은 「눈」이라는 동요의 끝 몇 구절이온데 아마도 눈 오는 밤 창까에 기대어 하늘같은 사랑의 노파심을 억제 못해 읊은 노래였을 것입니다. 어린이같이 되고 어린이 세계에서 살고지고가 평생소원이든 선생은 때 따라 어린이의 아버지가 되는가 하면 때로는 어린이가 되는데 성공도 하여 어린이 같은 글을 짓기도 하고 얘기도 하는 것이 아닙니까?

날저무는 하늘에
별이 삼형제
빤작 빤작
정답게 지내오더니
웬일인지
별하나
보이지않고
남은 별이
둘이서
눈물흘리네
　　　(童謠 「형제별」)

　이렇게 어린이다운 석정(惜情)을 읊으기도 하였읍니다. 이러다가도 여가
만 있으면 어린이 위한 순회연설(巡廻演說)을 단겼고 이러무로써 一일 三천
여심(一日三千餘心)으로 변절(變節)하려는 인간의 심정을 순화(淳化)시키
는데 조곰도 게을리지 아니하였든가 합니다.

　하루에도 삼천 가지 마음(一日三千心) 지저분한 세상에서 우리의 맑고도 착하
던 마음을 얼마나 쉽게 굽어가려고 하느냐?
　그러나 때로 은방울을 흔들면서 참됨이 있으라고 일깨어주고 지시해 주는 어린
이의 소리와 행동은 우리에게 구제의 길이 되는 것이다.
　　　　　　　　　　　　　　　　　(『小波全集』「어린이 讚美」 七頁)

　이상 인용문(引用文)으로써 가히 짐작할 바 선생이 얼마나 변절하려는 심
정을 은방울 울리는 어린이의 소리와 행동에 자신 순화되고 나아가서는 뭇
인간까지 순화시키랴고 하였고 동시에 어린이에게서 신(神)의 순화 진선미
(眞善美)의 순화를 발견하였든 것입니다.

　오오 어린이는 지금 내 무릎 앞에서 잠을 잔다. 더할 수 없는 참됨(眞)과 더할
수 없는 착함(善)과 더할 수 없는 아름다움(美)를 가추고 그 우에도 위대한 창조
의 힘까지 가추어 가진 어린 하나님이 편안하게도 고요한 잠을 잔다. 옆에서 보
는 사람의 마음속까지 생각이 다른 번루한 것에 미칠 틈을 주지 않고 고결하게

순화시켜 준다. 사랑스럽고도 부드러운 위엄을 가지고 곱게 순화시켜 준다. 나는 지금 성당에 들어간 이상의 경건(敬虔)한 마음으로 모든 것을 잊어버리고 사랑스런 하나님 — 위엄뿐만의 무서운 하나님이 아니고 — 의 자는 얼골에 예배하고 있다.

(『小波全集』五頁~六頁)

이렇게 선생은 어린이에게 예배까지 하고 신앙하는데 "예수"보다도 더 넓게 "석가"보다도 더 깊게 "공자"보다도 더 조리 있게 "마호멧트"보다도 더 강하게 어린이들을 믿었고 그러함으로써 짧은 일 생애(一生涯)나마 그처럼 열과 지성으로 어린이운동에 정진할 수 있었을 것이며 어린이 위한 살음에 온갖 것을 받일[294] 수 있었을 것입니다.

이제 소파(小波) 선생이 도라가고 망우리 묘(忘憂里墓)만이 나맛으니 여기 얘기가 있다 하면 도라볼 길 없는 옛 추억과 선생을 추모하는 유고가 있어 선생의 후게자에게 안타까움을 자아낼 따름입니다.

그러나 선생으로서는 완전하였다고 하겠읍니다.

인간이 길고 몽롱(몽롱)하게[295] 살며는 무었합니까? 짧고도 우위(優位)한 생개![296] 짧고도 빛나는 살음! 이것이 얼마나 장하고 영광스러운 일입니까?

허기야 인간이 생을 탐내고 주검을 싫어하는 것이 인간본연(人間本然)의 인정인지라 누구인들 애석함이 없으오리까마는 그러나 선생은 짧은 일생이나마 할 만큼 한 분이 아니겠읍니까? 선생의 행적(行跡)은 고투(苦鬪)이면서 사랑이였고 지성이였는 분입니다.

그리고 신의(信義)와 신앙의 분이였읍니다. 이러고 보면 역시 선생의 三三세의 일생은 너므도 짧은 것도 갔읍니다. 아니 역시 짧읍니다.

만약 선생이 조곰이라도 더 많이 생존할 수 있었드라면 대한의 어린이들에겐 얼마나 큰 복음이요 해택(惠澤)이였을 것입니까? 다시 한 번 선생의 요절(요折)을 마음 깊이 안타까히 여기는 동시에 선생의 영전에 통곡하는

---

294 '밭일'(바칠)의 오식이다.
295 '몽롱(朦朧)하게'의 오식으로 보인다.
296 '생애!'의 오식으로 보인다.

바입니다.

끝으로 자칭 어린이 운동자연하는 모리 도배에게 맹성(盟省)을[297] 촉고(促告)하여 두서없는 이 붓을 내동댕이치외다.

---

[297] '맹성(猛省)을'을 오식이다.

康鳳儀, "兒童敎育 寸感", 『群山新聞』, 1949.5.5.

朝鮮의 兒童은 過去 가장 不幸한 存在이었었다. 現在 역시 그렇다. 우리들은 어렸을 때 변々한 작난감을 만져 보지도 못하고 재미있는 이야기 한 가닥을 어머니의 품속에서 자장가 대신에 들어보지 못하고 욕과 매로써 자랐다. 나면서부터 임이 童心을 짓밟히고 자란 우리가 오늘날 아름답지 못한 不純한 心情에 支配되어 生活에 윤택이 없고 어색한 觀念에만 사로잡혀 있는 것을 생각할 때 말할 수 없는 슬픔을 느낀다. 예전에는 어린이는 물건이었다. 사람으로서의 待遇를 받지 못하고 경멸 冷待를 받아왔다. 儒敎의 낡은 形式主義的인 道德을 매와 욕으로서 强要했던 것이다. 그래서 少年만이 가질 수 있는 活動性이 去勢 當한 양과 같이 溫順한 人形만이 착한 아이라고 歡迎을 받았다. 젊잖은 아이 卽 젊지 않다는 것이 兒童 人格 評價의 標準이었다.

그러나 어린이의 世界는 童心의 世界다. 童心은 천진란만이다. 다시 말하면 어린이는 先入的으로 純眞한 人間性을 가지고 있는 것이다. 어린이는 모든 것을 유情化 하는 同時에 自己를 客觀 속에서 一体的으로 發見한다. 自己와 客觀世界를 區分하지 않고 모든 것에 生命을 附與한다. 돌 나무 해 달 모든 것이 兒童의 世界에서는 살아서 움지기며 그 動作 表情은 모두가 詩가 되는 것이다. 그들의 世界는 詩의 世界이다. 이 어른의 世界로서는 代置할 수 없는 限없이 아름다운 그 世界 自体가 詩인대 거기에는 必然的으로 文學이 있어야 할 것이다. 이런 어린이의 文學的인 世界를 健全하게 發展시키는 것이 참다운 民族文化 創設의 基礎가 되는 것이다. 그러나 現實에서 游리된[298] □夫의 兒童 天使主義나 樂天主義로서 兒童文學을 그릇 指導해서는 않 된다. 兒童에게 다만 날개를 돋혀서 꿈나라로 훨々 날아가서 散步시키는 것이 아니라 現實의 모진 비바람 속에서 꺾이지 않는 아름다운 꽃이 피게 해야 한다. 溫床에서 고이고이 가꾼 꽃은 無力하다. 現實의 괴로움을 능히 이겨 나가는 生活意慾을 북돋아 주는 兒童文學이어야 한다. 이러한 兒童文學

---

298 '遊리된'(遊離된)의 오식이다.

은 아직 未開地이므로 앞으로 健全하고 明朗한 兒童文學 理論의 探究와 그 施設이 쪼한 國語教育에게 負加된 크나큰 使命이라고 生覺한다. 時間 中에 教師의 눈을 避해 가며 그림책을 보고 책店마다 여러 名이 모여 서々 책을 보다가 主人게게 쫓겨나는 미련에 가득 찬 表情을 볼 때 兒童의 讀書熱에[299] 얼마나 높은가 짐작할 수 있는 것이다.

兒童은 책에 굶주리고 있는 것이다. 兒童文學 建設은 國家的인 일이므로 훌융한 兒童文學 作家가 많이 나와서 좋은 作品을 많이 써 주어야 할 것은 勿論이요 良心的인 兒童文學 出版 事業을 國家的으로 進行하여야 하지마는 쪼 위선 地方마다 農村마다 兒童圖書館 設置와 學校에는 반드시 學校 圖書室 學級에는 學級文庫를 만들어서 책에 굶주린 어린이에게 圖書를 많이 提供하여야 하겠다. 그리고 現在는 營利만을 目的으로 한 不純한 圖書가 많으므로 教師로서는 圖書 選擇을 愼重히 해서 讀書指導를 함과 同時에 讀書會 發表會 等을 열어서 國語教育과 一体的으로 兒童文學을 向上시켜야겠다.

---

299 '讀書熱이'의 오식이다.

최병화, "소파 방정환 선생", 『少年』, 1949년 5월호.

유년 시대의 결단성

우리가 동서양 영웅이나, 위인의 전기를 읽을 때 대개 미천한 집에 태어나서 그 소년시대의 생활은 역경에 처하였고, 불행하였다는 것은 누구나 잘 알 수 있는 사실이다.

예를 들면 세계적 발명가 에디슨, 우화가 이소프, 농민화가 미이레, 작곡가 베토벤, 동화작가 안델센을 생각하는 대로 들을 수가 있다.

그와 마찬가지로 방 선생의 소년시대도 몹시 불행하여, 어려운 고비나 눈물겨운 일이 한두 가지가 아니었다. 선생은 단기 4232년 10월 7일 서울 당주동(그때 이름은 야주개)에 사시던, 방경수 씨의 장남으로 출생하시었다.

선생은 단기 4250년 19세 때 어머님이 돌아가시고, 그 뒤를 이어 다정한 누님마저 세상을 떠나시었다. 그리하여 증조모님, 조부모님과 부친 슬하에서 사랑 많으신 어머니를 그리워하시면서 외로웁게 지내시었다.

그 후 얼마 안 되어서 새 어머니를 맞이하였으나, 어쩐지 정을 못 붙이시고, 그 쓸쓸하고 외로운 심사를 오직 그림그리기와 글짓기에 재미를 붙이시고, 또 할아버지께 한문을 몇 해 동안 배우시었다.

선생이 일곱 살 되던 해 일이다. 선생보다 단 두 살 위인, 삼촌을 따라서, 보성소학교(普成小學校)를 처음으로 갔다가 교장 노백린(盧伯麟) 선생님에게 귀여움을 받아, 아끼고, 위하던 머리를 쌍둥 잘라 버린 뒤에 그 학교에 입학하였다.

그 당시는 남자도 여자와 같이 머리를 땋고, 당기를 드리는 것이 점잖은 집 도련님으로 행세하던 시절이었다. 그런데 선생이 댕기에 달린 머리를 팟단 같이 대롱대롱 들고 집에 들어갔으니, 어른들의 눈에는 귀여운 손자나, 아들이 목을 뎅겅 잘라서 손에 들고 들어오는 것 같이 보였을 것이다.

그래서 노발대발하신 할아버지께 피가 줄줄 흘르도록 종아리를 맞고, 증조할머니와 할머님께서는 밤새도록

"어떤 몹쓸 놈이 남의 집 귀한 손주의 머리를 잘라 놓았단 말이냐?"고 잘라

놓은 머리를 어루만지시면서 대성통곡을 하시었다고 한다.

선생은 유년 시대부터 옳고 착한 일이면 이렇게 결단성이 대단하시어 곧 실행에 옮기시었다.

소년입지회 조직
(동무 간에 친목과 지식 향상에 노력)

보성소학교를 다니던 열 살 되던 해부터 선생은 〈소년입지회(少年立志會)〉라는 마치 지금의 소년회 같은 것을 뜻 맞는 동무들(이상 12쪽)과 조직하고, 동무 간에 친목과 지식 향상에 노력하여, 가끔 산과 들로 소풍 가기와 토론회, 연설회를 열어 웅변의 힘을 기르기에 바빴다.

후일에 열변으로서, 부형과 자모를 감격시키고, 동화구연으로서 어린이를 웃기고 울게 한 위대한 힘과 매력은 이때부터 싹트기 시작한 것이다.

그러나, 그때 이해가 없는 완고한 조부님은 경찰서에서 알면 붙잡혀 갈 짓이라고 못하게 하시고, 모여드는 동무들을 쫓아 보내시어, 모일 방이 없어서 간판을 끼고 길거리로 방황하시면서 눈물을 흘린 적도 많았다.

비교적 유복하였던 선생의 가정은 갑자기 시대가 변천함을 따라 선생이 보성소학교에 다니는 동안에 점점 가세가 기우러져 가더니, 소학교를 졸업할 무렵에는 몹시 빈한하여, 도저히 중학교에 입학할 형편이 못 되시었다.

선생은 불타오르는 향학심을 억누르고, 가정에서 기회만 기다리셨다. 단기 4247년 선생이 16세 되던 해, 선생의 바라고 기다리던 소원을 이루게 되었다.

"그렇게 공부를 더 하고 싶거던, 상업학교나 다녀라."

하시는 아버지의 고마우신 허락을 받고, 그 당시에 오직 상업학교라고는 하나밖에 없는, 선린상업학교(善隣商業學校)에

형제별

방정환

날저무는 하늘에
별이 삼 형제
빤짝빤짝
정답게 지내더니
웬일인지
별 하나
보이지 않고
남은 별이
둘이서
눈물 흘리네

입학을 하시었다. 그러나 그 학년 되던 해, 선생은 그 학교를 퇴학하시었다.

학교 선생님은 건실하고 재주 있는 선생의 퇴학을 애석히 여기고, 1년만 더 다니면, 조선은행 서기로 취직시켜 줄 테니, 더 다니라고 여러 차례 권하였으나 단연 거절하시었다.

그것은 집안 형편이 학비를 대어줄 능력이 없는 것이 원인이 되겠지만, 또 한편으로는 그 학교 방침이 조선 학생과 일본 학생과의 차별대우가 심한 것에 크게 분격하신 선생은 이 같은 학교에 다니다가는 일본 놈에 종노릇밖에 못 되겠다 생각하시고 최초 결심한 대로 퇴학하시었다.

"그때 더 다녔으면 조선은행에서(이상 13쪽) 만년 서기 노릇을 하였을 걸세."

이것은 선생이 후일 어느 좌석에서 그 당시 감상을 이야기한 말슴이었다.

맹렬한 독서와 잡지사에 투고

그때 선생의 가정형편은 더욱 말 아닌데다가, 손아래로 남동생(후일 사망) 한 분과 여동생 다섯이 있어, 장남으로 태어난 선생은 집안 살림에 한 가닥이라도 거들겠다는 목적으로, 뜻을 다시 하여 어느 곳에 심부름꾼 노릇을 하며,

독학의 결심을 굳게 하였다.

문학 방면에 취미를 가진 선생은 낮에 심부름꾼 노릇에 몸이 피곤함에도 불고하고, 밤에는 원고를 써 그때 오직 하나밖에 없던 『청춘(靑春)』이란 잡지에 투고를 하고, 한편으로는 〈소년입지회〉에 힘을 쓰며, 맹렬한 독서와 원고쓰기를 계속하시었다.

이같이 선생의 24시간 긴장은 잔뜩 감은 시계태엽 같이 풀어진 때가 없었다고 한다. 선생은 이때부터 열심과 성의와 인내성을 기르시었다.

그리고 이 시기부터 선생의 천재적인 언변은 놀라워서, 선생의 주위의 사람은 노소를 물론하고 선생을 보면,

"이야기 선생." (이상 14쪽)

"이야기 박사."

라고 부르면서 존경하고 우러러보았다고 한다.

그 후 선생의 문학열은 점점 더하여 20세 때 단기 4251년에는 청소년으로서 대담하게 동지들과 손을 합하여, 문예잡지 『신청년(新靑年)』을 발간하여 오시다가, 그 사업이 여의하게 되지 않으니까, 이번에는 여성잡지 『신여자(新女子)』와, 영화잡지 『녹성(綠星)』을 몇 달 간 발간하시었다.

대학에서 아동문제 연구

(소년운동의 첫 횃불인 〈천도교소년회〉)

선생은 그 이듬해 곧 일본으로 건너가시어 동양대학 문과(東洋大學 文科)에 입학하시었는데 그때부터 주로 아동예술과 아동문예에 새로운 관심을 가지시고, 열심히 연구를 거듭하시었다.

그와 동시에 학교에서는 일본 군국주의 압박 밑에서 제 나라 역사와 문화를 못 배우고, 식민지 교육을 받으며, 또 가정에서는 완고한 봉건사상의 인습으로 어른들의 장난감같이 되어 있는, 즉 남다른 처지와 환경을 가진 조선의 불쌍한 백만 그 당시 어린이들을 어떻게 교양하고, 지도해 나갈가 하고, 날마다 머리와 마음을 썩이시었다.

그리하여 단기 4254년 7월 하기방학에 귀국하시어, 천도교에서 뜻 맞는 이 몇 분과 의론하신 후 비로소 소년운동의 첫 횃불인 〈천도교소년회〉를 조직

하시고 방학 기간이 될 때까지 친히 일선에 나서서 열심히 회원을 모으고, 조직을 튼튼히 하고, 선전을 굉장히 하시었다.

그때부터 어린 사람들에게 일체로 경어를 쓰도록 하고, "어린이"란 이름도 만드시었다. 이렇게 선생의 노력이 헛되지 않아서, 다시 <u>일본</u> 학창으로 건너가실 무렵에는, 회원이 약 5백 명이나 되고, 기초도 튼튼하게 자리가 잡혔다.

<u>동경</u>으로 가신 후에도, 자주 통신으로 지도자 여러분을 독려하여, 회의 발전을 도모하였다. 그 후 방방곡곡에서 <u>일제</u>의 탄압이 있음에도 불고하고 소년회가 벌떼같이 일어나고, 아동문제를 연구하는 분이 점차 그 수가 늘어갔다.

13도 순회강연과 동화회
("어린이날"『어린이』잡지, 동화책)
선생은 그곳(동경) 유학생 중에서, 마음과 뜻이 맞는 몇몇 분(<u>조재호, 정순철, 최진순, 진장섭, 손진태, 마해송, 윤극영, 정병기</u>)과 손을 잡고, 순전히(이상 15쪽) 어린이문제 연구 단체인 〈색동회〉를 조직하여, 이 방면에 대한 공부와 연구를 쌓으신 후, 우선 어린 사람을 위하는 잡지 발간의 뜻을 두시었다.

그리하여, "천도교"와 "개벽사"의 후원을 받아 『어린이』란 잡지를 손수 편집하시어서, 조선으로 보내시다가, 그 이듬해 봄인 단기 4256년 5월 1일에 역사적으로 기념할 "어린이날" 운동을 일으키고 이를 공포하자, 조선 소년단체는 물론이요, 사회적으로 일반 어른들까지 이에 호응하여 자못 성황으로 의의 깊은 대회를 마치었다.

그리고 그해 여름에는 〈색동회〉 여러분과 같이 조선 소년 지도자 대회를 소집하였다. 그때 이 대회에 참가한 유치원 선생님, 학교 선생님, 소년회 지도자 근 이십여 분으로 가장 원만하게 대회를 마치었다. 그 대회가 직접 간접으로 세상에 끼쳐 준 효과도 적지 않았다.

그뿐 아니라, 그때부터 선생은 조선 13도를 골고루 돌아다니시면서 "잘 살기 위하여"라는 연제를 내걸고 어린이 문제의 강연과 동화를 하시어 수많은 청중에게 크나큰 감격과 충동을 주어 어린이운동을 도우시었다.

그리고 처처에서 들려주신 재미있고 유익한 이야기를 모아 한 권 책을 만드셨으니, 이것이 조(이상 16쪽)선에서 맨 처음 동화집인 『사랑의 선물』이다.

소년운동에 헌신적 노력
(큰 자극과 충동을 준 세계아동예술전람회)

그 이듬해 봄에 선생은 학교를 마치신 후에 귀국하시어서 개벽사에 입사를 하시고 오로지 『어린이』 잡지와 소년운동 발전을 위하여 적극적으로 노력을 하시었다.

그해부터는 어린이날 기념 운동을 원만하고 대대적으로 하기 위하여 곧 서울 40여 소년단체를 망라하여 〈소년운동협회(少年運動協會)〉라는 기관을 조직하시고 대규모로 이 운동에 헌신적 노력을 하시었다.

선생은 이렇게 어린이운동뿐만 아니라, 어린이와 직접 관계가 되는 장내 어머니가 될 여자들을 위하여 『신여성(新女性)』이란 잡지를 따로 발간하시고 거기에도 친히 책임자가 되어 힘써 오시었다.

그리고 선생은 단기 4262년 10월에 만 3개년 동안을 두고 세계 20여 나라의 아동들의 작품을 모아 "세계아동예술전람회"를 열어 교육계와 아동예술계에 큰 충동과 자극을 주는 일을 하시었다.

그 후 선생은 일시 소년운동선상에서 물러서서 『어린이』 잡지와 동화회, 강연회, 라디오 등을 통하여 어린이의 참된 동무 되기에만 힘쓰시었고 또 『개벽(開闢)』이 발매금지를 당한 후, 그 대신으로 『혜성(彗星)』이란 잡지를 내어 잡지인으로서의 선생의 면목이 한껏 빛나려 할 때다.

귀뜨라미

방정환

귀뜨라미 긔뜨르
가느단 소리
달님도 추워서
파랗습니다.

울 밑에 과꽃이
네밤만 자면
눈 오는 겨울이
찾아 온다고……

긔뜨라미 긔뜨르
가느단 소리
뜰 앞에 오동잎이
떨어집니다.

33세의 짧은 일생
(선생이 남겨 놓으신 사랑의 자취 아름다운 정신)

선생은 근 10년 동안 계속하시어 지나친 노력과 노심초사한 것이 원인이 되어 갑자기 "신장염"이라는 고약한 병마의 침노를 받으시어 성대(城大) 내과에 입원(이상 17쪽)하신 지 만 2주일 만에 아깝게도 세상을 떠나시었다.

단기 4264년 7월 23일 오후 6시 54분, 선생의 위중하다는 비보를 받고 달려온 서울 시골 백여 명 동지와 가족들의 눈물 속에서 33세를 일생으로 선생의 거룩한 영혼은 고요히 이 세상을 떠나시었다.

확실히 소파 방 선생의 일생은 너무 짧았다. 그러나 선생의 생활은 너무나 선이 굵었고 뚜렷하였다.

즉 어린이의 권리를 옹호하고 어린이의 행복을 위하여 연단에서 코피를 흘리시면서 더운 눈물을 흘리시면서 부르짖던 날카롭고 무거운 음성, 또 어린이를 위한 일이라면 사흘 나흘 밤을 세이는 그 정성, 이것만은 선생이 아니고는 아무도 갖기 어려운 어린이에게 향한 "지성"이요, "사랑"이다.

그 뚱뚱하고 소같이 끈기 있어 보이는 모습에 5백만 어린이들이 아버지처럼, 아저씨처럼, 아니 그보다 더 가까운 자애와 이해를 느끼고 딿고 존경한 것도 이 숨겨 있는 "지성"과 "사랑"의 힘일 것이다.

선생이 가신 지 어느덧 18년이 되었다. 그리고 선생이 쌓아 논 사업은 악독한 왜정 시대에 무참히 짓밟히어 사라진 것이 많았다. 그러나 선생이 남겨놓으신 "사랑"의 자취, 선생이 남겨 논 아름다운 "정신"은 영원히 가시지 않을 것이다.

이제 우리나라가 해방이 되자 금년으로 네 번째 "어린이날"을 맞이함에 있어서 선생의 "사랑"과 "정신"이 다시 소생하는 듯하다.

"씩씩하고 참된 소년이 됩시다. 그리고 서로 도웁고 사랑하는 소년이 됩시다."

이것은 선생이 남겨 논 표어로서 또 말없는 약속이 되었던 것이다.

선생의 유해는 서울 동대문 밖 망우리 아차산 묘지에 깊이 잠이 드시었다. 뜻있는 이로 망우리 묘지에 온 사람은 일부러 선생의 무덤을 찾아 감사의 묵상을 올리고 하염없는 눈물을 한줄기 흘린다고 한다.

소파 선생 일화 두 가지

(1) 감옥에서 동화

방 선생이 동화 잘하시는 것은 세상이 다 아는 터였읍니다. 선생은 연단에서만 하시는 것이 아니라, 몇 사람이 모여 있는 곳이면, 어느 곳에서나 동화를 하십니다. 몇 해 전에 선생과 나는, 쓰지 말라는 글을 썼다 해서, 서대문 감옥에 들어가서 미결로 있다가 놓여나온 일이 있었읍니다.

그때에도 선생은 감방에서 여러 죄수들과 동화를 하는데, 어찌나 재미있게 잘하였던지, 담당 보는 간수들까지도 아주 반해서 이야기를 금지하기는 고사하고, 자기네가 파수를 서 가면서(이상 18쪽) 동화를 들었읍니다.

그리하여 나올 임시에는 방정환이란 성명을 부치지 않고, 그저 동화 선생님이라고 여러 죄수와 간수들이 출감하는 것을 퍽 섭섭히 여기었읍니다.

선생이 돌아간 뒤에도 만약 영혼이 있다면, 지하에서도 이 세상에서와 같이 동화대회를 가끔 할 것입니다.

(1931년 3월호 『어린이』에서 쓰신 분, 차상찬 선생)

(2) 「산드룡의 유리 구두」

방 선생은 무슨 동화든지 잘하시지만, 그 중에서도 슬픈 동화는 말할 수 없이 잘하십니다.

그 슬픈 동화 중에서도 우리나라의 「콩쥐 팥쥐」와 내용이 근사한 「산드룡의 유리 구두」란 동화는 어떻게 재미있게 하시는지 듣고 또 들어도, 싫증이 안 난다고 합니다. 나는 이 말을 듣고 한번 방 선생의 동화를 들을 기회를 기다리었읍니다.

나는 청진동 경성보육학교 강당에서 방 선생 동화회가 열린다는 소문을 듣고는, 저녁밥을 일찍 먹고 갔었읍니다. 그러나 강당은 벌서 만원이 되어서 그야말로 송곳 하나 꽂을 틈이 없었읍니다. 나는 간신히 비비고 들어가 맨 뒷줄에 서 있었읍니다.

정각이 되자 선생은 뚱뚱한 몸을 연단에 나타내시고, 먼저 "무슨 동화를 할가요?" 하시고 청중의 의사를 물으시었읍니다.

「산드룡의 유리 구두」를 하세요.

누가 말하니까, 모두 박수를 하면서 환영을 하였읍니다. 나는 듣고 싶은 이야기라 어린이같이 웃음이 나왔읍니다.

선생의 이야기는 한 마디 두 마디 비단실 풀리듯 솔솔 풀려나왔읍니다. 산드룡이가 계모의 학대를 받는 장면에 이르러서는,

선생의 음성 표정은 참말 산드룡이가 살아온 것같이 슬픈 표정에 눈물까지 흘리시면서 하시는데, 과연 듣는 사람으로 하여금 실감을 주었읍니다.

이 구석 저 구석 남녀노소를 물론하고, 훌적훌적 우는 소리가 요란하였읍니다. 나는 눈시울이 뜨거워지면서 눈물이 흘러내리었읍니다. 얼른 수건을 끄내서 남이 볼가 하고 눈물을 씻었읍니다. 나중에 산드룡이가 신하가 가져온 한 짝 유리 구두를 신고 또 자기가 감쳐 두었던 한 짝 유리 구두를 신었을 때 선생의 표정, 그다음 요술 여인이 나타나서 지팡이로 산드룡을 건디

리니까, 전과 같이 찬란한 옷을 입고 섰었읍니다. 할 때 선생의 통쾌하고 기쁨에 넘친 표정은 땀이 뚝뚝 떨어지시는 선생의 얼굴이 태연히 나타나, 지금도 그때 일이 엊그적게 일 같이 기억이 새로워집니다. (쓴 이 <u>최병화</u>)

(이상 20쪽)

한뫼, "어린이의 참된 동무-방정환 선생 유족을 찾아", 『어린이』, 제133호, 1949년 5월호.[300]

우리나라에서 "어린이"란 말을 처음 만드시고 또 "어린이날"을 처음으로 제정하신 소파 방정환 선생이 이 세상을 떠나신 지도 벌써 18년입니다. 남아 게신 가족이나 한번 찾아뵈옵고 지난날의 방 선생님 말씀이라도 들어 보고 저 기자는 인천행 열차를 탔습니다. 이른 봄 양지쪽에는 파릇파릇한 잎이 돋기 시작하지만 바람은 아직도 쌀쌀한 날씨었읍니다. 인천 정거장에서 내려 선생의 가족이 게시다는 만국공원 앞을 헤매기 한 시간 만에 겨우 선생의 집을 찾았습니다. 선생의 맏아드님 되시는 방운용(方云容) 씨는 반갑게 우리를 맞이하여 방으로 들어갔습니다. 기자가 온 뜻을 말하였더니 방운용 씨는 아버지 되시는 소파 선생님의 내력을 다음과 같이 말씀하여 주셨습니다.

소파 선생의 할아버지는 옛날 임금님 잡수시는 한약을 지어서 드리는 어른이었다 합니다. 지금은 당주동이지만 옛날은 야주개라고 부르는 곳에 게시어 큰 부자었다고 합니다. 그러나 할아버지가 그만 사업에 크게 실패가 되어 소파 선생님 아버지 때에는 가난하게 지내게 되어 인쇄소 직공으로 게셨다고 합니다. 그러니까 소파 선생은 가난한 인쇄 직공의 아들로 세상에 태어났던 것입니다. 선생께서는 어려슬 때부터 그림을 좋아하시어서 그 동내 그림 잘 그리시는 분이 살고 게셨는데 하도 귀엽고 그림을 잘(이상 16쪽) 그리니까 자기에게 양자로 달라고 부탁한 일도 있다고 합니다. 그뿐 아니라 선생께서는 어려슬 때부터 옛날이야기를 잘하여서 동리 어린이들을 모아놓고 밤이면 옛날이야기를 늘 하시었다고 합니다. 어찌나 옛날이야기를 잘하였던지 하나둘 모이던 아이들이 열 수물씩 모이고 밤마다 찾아오는 어린이들이 하도 많아서 방에서는 도저히 다 드릴 수가 없어서 일가집 마당을 빌려서 옛날이야기를 하게 되었는데 그나마 오는 아이들이 많아서 나중에는 입장권을 팔았다고

---

300 '한뫼'는 독립운동가이자 국어학자인 이윤재(李允宰, 1888~1943)의 호다. 다른 호로 환산(桓山)이 있다.

합니다. 아마 이것이 우리나라에서 동화대회의 처음이었는지도 모릅니다. 입장권이라야 돈을 받는 것이 아니라 성냥개비를 받았다고 합니다. 그때 몰려드는 청중은 어린이들뿐(이상 17쪽) 아니라 부인들 노인들까지도 성냥개비를 들고 줄을 서서 들어 밀렸다고 하니 얼마나 굉장한 일입니까. 그러나 그 일도 오래 계속되지 못하였습니다. 왜 그리 되었는고 하니 만원이 되어서 들어가지 못하는 아이들 중에 심술궂은 아이들이 돌을 던져 장독이 깨어지고 문창이 찢어지고 머리가 터지는 일이 생기게 되니 집을 빌려준 일가집에서도 반대를 하여 그만 못하게 된 것이라 합니다. 그만치 소파 선생께서는 어려슬 때부터 동화에 대하여 천재였던 것입니다.

가난한 가정에 태어난 선생께서는 소학교를 졸업하고 선린상업학교에 입학하였으나 학비를 치를 수 없어 할 수 없이 중도에 퇴학하게 되었습니다. 그러자 우연한 인연으로 여러분이 잘 알고 있는 기미년 독립운동을 일으키어 33인의 한 분이시오 우리나라 독립운동의 영도자 되시는 천도교 교조 손병희 선생을 알게 되어 손 선생님께서 귀엽게 보시고 장래가 있는 청년이라 하여 사위를 삼았읍니다. 그리하여 선생께서는 다시 공부하실 뜻을 두고 일본 동경으로 건너가서 열심이 공부하시면서 그때부터 특히 우리나라 어린이들을 위하여 힘쓰시기로 결심하고 동경 가서 있는 젊은 동지들을 모아서 우리나라 어린이를 위하여 일하자는 목적으로 만든 단체가 〈색동회〉입니다.

그 후 고국에 돌아오시어 그때 일본 정치의 혹독한 탄압 아래서 유치장 살림을 매일같이 하시면서도 글을 쓰고 말을 하고 가진 애를 쓰셨읍니다. 여러분이 매달 재미있게 보시는 이『어린이』잡지도 소파 선생께서 우리나라에서 처음으로 만들어 내신 것입니다.

선생께서는 이렇듯 많은 일을 하시다가 아깝게도 33세를 한 세상으로 1931년 7월 22일[301] 그만 세상을 떠났읍니다. 아직도 살아 게시다면 52세밖에 안 되시었을 터이니 여런분도[302] 소파 선생님의 얼굴을 볼 수도 있고 재미나는 옛날이야기도 들을 수 있고 재미있는 글도 볼 수 있을 터인데 참으로

---

301 방정환의 사망일은 1931년 7월 23일이다.
302 '여러분도'의 오식이다.

분하고(이상 18쪽) 원통한 일입니다. 감옥에를 끌려다니면서도 우리 어린이를 위하여 애쓰시던 선생이 우리나라가 해방되고 독립된 오늘에 살아 계시다면 그 얼마나 기쁘겠읍니까?

★

"아버지가 돌아가신 뒤 가족들은 어떻게 지내셨읍니가." 하는 기자의 질문에 운용 씨는 "어머니께서 가진 고생을 하시며 저이가 이만치 자랐지요." 하시면서 지난날의 고생스럽던 이야기를 계속하십니다. 지금 소파 선생의 유가족으로는 임이 고인이 되신 손병희 선생의 따님이신 소파 선생의 부인께서 소파 선생 돌아가신 뒤 두 아들과 한 딸을 다리시고 집 한 간이 없는 구차한 살림을 하시면서 지내오신 금년 49세 되시는 손용화(孫溶嬅) 씨와 열네 살 중학 1년 때 아버지를 잃고 홀어머니를 모시고 힘들게 학교를 맞친 후 화신상회에 근무하다가 지금은 대한석유제장회사에 다니시는 32세의 방운용 씨와 선생의 하나인 외딸로 귀염 받던 방영화 씨는 벌서 전에 시집가고 선생의 둘째 아드님 되시는 방하용(方夏容) 씨는 금년 25세로 인천서 어머니를 모시고 화장품 제조를 하고 계십니다. 복 받은 이 가정에는 지난해 운용 씨 아드님이 나서 소파 선생 부인께(이상 19쪽)서는 귀여운 손자를 안고 벙글벙글하십니다.

"아버지 인상에 대해서 말씀 좀 하여 주시지요." 하는 기자의 질문에 운용 씨는 "아버지는 눈 오는 날을 제일 좋아하셨지요. 눈 오는 날이면 눈을 맞아 가며 산보를 즐기셨고 못 잡숫는 술도 한 잔 드시면서 무엇인가 생각하였읍니다. 인제 생각하니 동요나 동화 재료를 생각하신 모양이죠. 또 아버지는 어름을 어찌나 좋아하셨는지 여름에 빙수는 얼마던지 잡수셨지마는 추운 겨울에도 집에 돌아오시면 남은 추워 죽겠는데 어름을 가라 오라는 데는 참으로 귀찮았읍니다. 술은 잡숫지 않아도 담배는 무척 피우셨지요. 참대로 만든 파이푸에 꽁초를 피어 물고 글 쓰시다 그냥 빠라서 참대 파이푸가 타는 것을 몇 번이나 보았읍니다. 제일 인상에 깊은 것은 우리들이 장난을 치다가 아버지에게 들키우면 남의 아버지 같이 때리거나(이상 20쪽) 욕을 하는 것이 아니라 '반성'을 식킨다고 그냥 자리에 앉아 둡니다. 그때 생각에는 다른 아버지 같이 한두 개 때리고 밖으로 내어 보내 주었으면 하는 생각도 들었읍니다. 그 반성시킨다고 방에 앉았던 생각은 지금 생각하여도 귀찮고 또 이로웠다고 생각됩니다. 그리고 아버지는 가정에 아버지는 아니었지요. 집에서 별로 맞나 뵐 일이 없으셨으니까요. 아버지가 생존해 게실 때도 우리들은 전부 어머니 손에서 길러난 셈입니다. 가정 살림에는 전혀 돌보지를 않았으니까요."

다시 기자는 소파 선생 부인에게 말머리를 돌려 가정에 게시던 소파 선생을 무러보았더니 부인께서는 "그 어른은 한 가정에 남편이나 아버지로 모셔 보지 못하였읍니다. 별로 집에 게시는 때도 없었지요. 혹 눈이나 나리는 날이면 친구들과 같이 몰려오지요. 친구들이 오게 되면 술 든 사람 술 들고 안주 든 이는 안주 들고 집에 돌아와서 저는 손도 못 대게 하고 어른들끼리 손수 요리를 만들어 한 잔 잡숫는 일이 간혹 이섰지요. 또 성미가 대단히 누그러서 어떤 때는 추운 겨울날 형사들이 달려와서 선생을 잡아갈 때가 있었지요. 그럴 때에는 더욱 느려서 하기야 번번히 당하는 일이니까 귀찮기도 한 탓도 있겠지요마는 남을 바람 부는 밖에 세워 놓고 삼십 분이고 한 시간이고 보던 일을 다 보시고 또 천천이 옷을 가라 입고 끌려가시곤 하였지요. 하여튼 해방 되고 독립된 오늘에 아들 손자를 눈앞에 놓고 본다면 살아 게셨던들 얼마나 좋으랴! 하는 쓸데없는 생각도 하는 때가 간혹 있읍니다."

좀 더 앉아서 선생의 말씀을 듣고도 싶었으나 그만 인사를(이상 21쪽) 드리고 밖을 나섰읍니다. 집 뒤 만국공원에 우뚝 솟은 인천각(仁川閣)이 뵈입니다. 이 인천각은 선생께서 병들었을 때 정양 와서 유하시던 곳입니다. 선생은 생존 시에 인천의 바다를 좋아하셨고 인천에서도 특히 만국공원의 경치를 좋아하셨읍니다. 그런데 무슨 인연이나 있었는 듯 해방 후 선생의 유가족은 이 만국공원 앞에 자리를 잡고 살게 된 것입니다. 인천각도 그 사이 주인을 몇 번이나 바꾸어 해방 후에는 미국 사람이 들어 있다가 우리나라 독립과 함께 완전이 우리 손으로 돌아왔다고 합니다. 선생의 넋이나마 간혹 이곳을 감개 깊게 소풍이라도 오시는지? 눈을 들어 봄빛에 물들어 가는 만국공원을 바라보니 맑게 개인 봄 하늘 아지랑이 아물거리는 인천각 지붕 그 아지랑이 속에 선생의 뚱뚱한 모습이 나타났다 사라지는 듯했읍니다.

한 뫼 씀 (이상 22쪽)

崔秉和, "머리말", 『(소년소녀 장편소설)꽃피는 고향』, 박문출판사, 1949.5.

나는 글이란 쓰기도 쉽고, 읽기도 쉽다고 생각합니다. 또 글이라고 다 좋은 글이 아니고, 유익이 되는 것이 아닙니다.

그러니까, 우리는 글을 쓸 때 깊이 생각해서 써야 하고, 글을 읽을 때 골라서 읽어야 합니다.

나는 이번에 이 책을 여러분 앞에 내놓게 될 때 여러 번 깊이 생각하였읍니다. 더욱이 장편소설이라는 것은, 재미있고, 유익하고, 이 두 가지를 겸하여야 하는 까닭입니다.

그리하여, 나는 먼저 원고를 써서 곧 내 아들, 딸에게 읽힌 다음 감상을 묻고, 비평을 들었읍니다.

이 책이 진정으로 여러분을 위한 재미있고, 유익한 책이 될른지는 여러분이 읽어 보셔야 잘 아시겠읍니다. 만일 읽어 가시는 중에 좋은 글이 못 되고, 해로운 글이란 것을 아실 때는 읽지 않아도 좋습니다.

　　　단기 4282년 4월 돈암동에서

　　　　　　崔秉和 적음

洪九範, "(新刊評)方基煥 著 손목 잡고", 『동아일보』, 1949.7.6.

貧弱한 兒童作家 文壇에 이런 異彩로운 것이 나오리라고는 생각도 못한 일이다. 아마 兒童劇集으로는 이것이 처음인 것 같은데 첫째로 우리가 想像할 수 있는 兒童世界의 포근한 맛을 그려낸 데 于先 作者에게 敬意를 表하며 場面場面 야무지게 서둘러 이야기를 깎고 저미고 군소리 한마디 없이 넘긴 데는 方 氏의 兒童作家로서의 技術이 能熟하다는 것을 證明하고도 남음이 있을 것이다.

特히 「봄이 올 때까지」는 그 構成에 있어 妙味 있게 成功하였다고 볼 수 있다. 全 作品을 通해 흠이 있다면 作中對話가 어린이들의 것으로는 동떠러진 感을 주는 데가 더러 있는 것인데 나무꾼 말로서 "勇敢하다느니" 또한 태식이란 아이의 말로 "맘이 좁지는 않어…" 한다는 것 等이다.

그러나 좋은 데가 많으면 한두 가지의 흠은 무처지는 것이다.

兒童敎育에 이바지하고 있는 國民학교 敎員 諸氏에게 一讀을 勸하고 싶다.

(發行 서울市 文化堂 값 二五〇圓)

演鉉, "(新書評)方基煥 著『손목 잡고』", 『경향신문』, 1949.7.9.[303]

方基煥 氏의 兒童劇集 『손목 잡고』가 出刊되었다. 이 아름답고 有益한 著書는 著者의 最初의 創作集인 同時에 解放 以後의 最初의 兒童劇集이기도 하다. 여기에 收錄된 十篇의 兒童을 爲한 戲曲은 文學的으로도 높은 香氣를 가졌을 뿐 아니라 學藝會니 班會 같은 때에 兒童이 쉽사리 上演해 볼 수 있는 좋은 課外 敎材이기도 하다. 더욱이 우리가 安心하고 이 著書를 兒童들에게 읽힐 수 있고 그것을 兒童은을[304] 爲한 舞臺 위에 上演해 보고 싶은 것은 여기에 收錄된 十篇의 作品에 一貫되고 있는 作者의 健康하고 明朗한 人生觀과 倫理意識을 切實히 느낄 수 있기 때문이다. 作者는 兒童의 興味와 關心의 對象을 正確하게 捕着하여[305] 이를 劇的으로 構成 展開시킴으로써 兒童들이 自發的으로 어떻게 成長해 가야 할 것인가를 敎示해 주고 있는 것이다.(發行 서울市 孝悌洞 文化堂 定價 二五〇圓) (演鉉)

---

303 '演鉉'은 조연현(趙演鉉)을 가리킨다.
304 '兒童을'에 '은'이 잘못 삽입된 오식이다.
305 '捕捉하여'의 오식이다.

金貞允, "兒童詩의 指向(上)", 『太陽新聞』, 1949.7.22.

라디오를 팔러 갔다.
주인 얼골이 팽이같이 생겼다.
여기저기 뜯어보더니
"콘덴서—가 못 쓰겠군. 천원만 합죠."
무뚝뚝하게 말한다.
형님의 얼골이 파랗게 질린 것 같다.
"그것밖에?"
삼천원은 될 줄 알았다.
쌀을 한 말밖에 못 산다.
그래도 할 수 없이 팔었다.
형님과 나
말없이 장터로갔다.
　　　　　(五年生)

　兒童들을 꿈을 먹고 사는 貌의 種族으로 생각하고 싶어 하는 사람들이 있다. "童心"이라는 꿈을. 그러나 當面한 苦痛스러운 社會的 現實 속에서 兒童들은 成人이
呼吸하는 같은 空氣를 呼吸하며 이와 같이 그들의 生活을 吐露한다.
　生活과 言語에 있어서 桎梏을 벗어나고 自由로운 發展이 約束되고 生活感情의 把握에 있어서 無限한 可能性을 內包한 그들이다.
　그리고 解放 以後 『어린이나라』『소학생』『진달래』『어린이신문』『어린이』의 熱誠的인 指導가 있었다. 그럼에도 不拘하고 다음의

　　　내동생
　　　　　(『소년』誌)
　목욕을 시키려고 물을떠놓으면
　물이 물이 좋다고 텀벙텀벙
　내가 내가 안으면 짜증을내고

어머니가 안으면 방긋방긋
(四年生)

하는 □地에서 進展이 없음은 리듬과 童心만을 신주같이 모시고 이 같은 노래를 재조 있고 환한 웃음이 터져 나온다고 하는 童謠 作家의 迷盲에 그 責任이 있다. 이들 童謠 作家는 지금 所謂 童謠 童詩 指導의 局에 當하고 있어 그들의 指導와 評價의 基準을 리듬(內容律이고 形式律이고 간에)과 童心에 두고 兒童作品을 稚兒들의 곤지곤지 짝짝궁의 재롱으로만 알고 있는 것이다.

國民學校 兒童들이 先生님께 提出하는 作品이나 各 兒童雜誌에 投稿되는 作品의 太半은 이와 같은 千篇一律의

봄노래나 우리 아기 잠자는 노래다. 그리고 敎師와 童謠 作家들은 끈기 있게도 그 千篇一律에서 이게 좋고 저게 나쁘고 하며 추리고 있다. 間或 兒童들의 髣髴한 意慾에서 破格의 作品의 萌芽가 보이면 童心이 나타나지 않았다는 理由로 버리거나 詩的이 아니라고 詩的으로 詩的으로 改惡하고 만다. 勿論 二三의 兒童 作家들은 이러한 點을 認識하고 거기에 對한 反省이 나타나고 있다. 『兒童文化』誌上에서 天使主義의 反省이 있었고[306] 또 『어린이나라』誌 『진달래』誌의 指導에 있어서 兒童作品 不振의 原因이 檢討되고 있으나 아직도 지용이 指摘한 바 달 속에 토끼가 있다는 등 짱아짱아 고추짱아에서 헤매이고 있다.

라디오
(『소년』誌 四年生)
라디오야 라디오야
너는 전기가 밥이냐?
전기가 들어오면 좋다고 노래하고
전기가 나가면 풀이 다 죽고
라디오야 너는 너는 전기가 밥이냐

---

306 송완순(宋完淳)의 「兒童文學의 天使主義—過去의 史的 一面에 關한 備望草」(『아동문화』, 제1집, 동지사아동원, 1948년 1월호, 25~31쪽)를 가리킨다.

指導者들은 이 作品의 라디오를 擬人化하고 거기에다 말을 건느는 觀點이 좋다 하고 그 童心이 좋다 한다. 여기에 誤導의 起點이 있다. 이러한 童心 朦朧의 盲目性은 걸음마하는 아들을 세상에서 다시는 없는 것인 줄 알고 感泣하는 어머니와 딸이 京畿高女에 入學 됐다고 온 동내에 떠들고 다니는 有閑 매담의 愛情과 一脈相通한다. 아해들은 이러한 愛情 속에서는 모진 바람에 견디지 못하는 뼈 없는 存在로서 成長한다.

난 싫여
난 싫여
난 싫여
「악아 조심해라」 하는 소리 난 싫여
　　　　　(A. A. 미룬)

아동들로 하여금 제가 제 生活을 發見하고 걷게 하라. 國民學校 四年生이 幼兒의 特徵인 無生物을 生命視하는 段階를 經驗했다 하여 推賞함은 넌센스다. 「라디오」의 作者는 三〇年代의 童謠 作家들의 殘滓를 핥고 있을 따름이다. (繼續)

───────────────────────────

金貞允, "兒童詩의 指向(中)", 『太陽新聞』, 1949.7.23.

어린아이들이 숙성한 소리를 납족납족 잘하면 어른들이 칭찬한 때가 있었다 하고 올바른 兒童詩를 樹立하기에 努力하는 "지용"에 있어서도 다음의

산바람
　　　　(『어린이나라』誌)
산 바람이 분다
이쪽 바람은 봄바람
저쪽 바람은 몬지 바람

이쪽 산은 푸른 산
저쪽 산은 하얀 산
하얀 산은 까까중
중중 울냄이
산에 산에 올라서
푸른 나무 심으자
　　　　(二年生)

를 눈물이 나도록 좋아하였으나 이 詩는 詩人이 "나도 어려서 그런 칭찬을
받은 일이 있다. 지금 생각하니 등어리 실큰하도록 부끄럽다." 한 "말"의 系譜
를 이었음에 不過하다. 또

　　　면잣기
　　　　　(『어린이나라』六年生)
위잉 위잉 돌아간다
가락이 돌 돌……
할머니가 잣으면 실이잘나와
목포서 서울까지 연대겠지
위잉 위잉 내가 돌리면
두텁고 약하고 끊어지고
돌 돌……돌기가 어지러운가봐
물레야 내가 잣으면 왜 말을 안 듣니

에 對하여 "할머니가 잣으면 실이 잘나와 목포서 서울까지 연대겠지" 하는
유쾌하고 통쾌한 상상력에 感動하고 있으나, 이러한 상상력은 아이들에게는
平凡한 着想이라는 것은 잠간 아이들의 遊戲나 얘기를 觀察하면 곧 알 수
있을 것이다.
　　指導者들이 生命의 □動感이 없고 □□□□을 □□는 것을 警戒하면서
도, 充溢하는 兒童들의 創作意慾을 살리지 못하는 原因은 어데 있는가. 여기
에 兒童 自由詩의 올바른 理念의 樹立과 革新이 要請된다.
　　結論부터 말하자.

"兒童 作品은 詩 以前이다."

一部 童謠 作家 期待하는 바 作品으로서의 詩는 兒童에게 없다. 勿論 早熟한 特殊 兒童을 말하고 싶겠지만 나는 저어 運動場에서 붉은 얼골로 뛰노는 兒童群像의 生活이 問題다. "하늘이 푸르다."고 느끼는데 "푸르고푸른 저어 하늘"이라고 골머리를 앓게 하기에는 너무나 健康한 아이들이다. 論者는 兒童 一般의 天賦的인 素質을 말한 것이다. 그렇다. 그러나 兒童에게 있어서 詩的인 것은 그 生活이다. 마치 激動期에 生動하는 人間의 激動 自體가 詩인 듯이 兒童들에게는 그 生活 自體가 詩가 된다. 兒童 作品의 認識과 評價의 起點이 여기에 있다. (繼續)

金貞允, "兒童詩의 指向(下)", 『太陽新聞』, 1949.7.24.

지용, "(동요·작문을 뽑고 나서)반성할 중대한 재료 — 특히 선생님들에게 드리는 말씀", 『소학생』, 제69호, 조선아동문화협회, 1949년 7월호.[307]

〈아협〉에서 하는 사업 중에 제일 유익하고 재미있는 일이 해마다 현상으로, 어린이들의 작문과 동요와 동시를 모집하는 것이다. 나도 첫해부터 여러 선생들과 함께 선자 축에 끼워 온 것을 명예롭게 생각한다. 해마다 죽순이 돋아오르듯 하는 어린 소년 소녀들의 싹이 좋고 기상이 놀라운 정신과 재주를 볼 때, 당선된 어린이들보다, 이러한 어린이들과 그들의 글을 발견한 우리가 도리어 더 기쁘기가 첫아들을 낳은 아버지와도 같고, 또는 거꾸로 사오십이 되어도 소학교 때 반장 노릇하듯이 신이 나기도 한다.

8·15 이후에 기역 니은을 새로 배워, 이만한 성적을 보는 것이 기쁘지 않다면, 대체 무슨 좋은 꼴을 볼 수 있느냐 말이다.

국민 교육에 과학적 교육(科學的敎育)이 토대가 되는 것이 물론 중요한 일이다. 과학적 교육의 토대에 다시 더 기초적 교육(基礎的敎育)이 우리의 말글이 되는 것이니, 말글의 교육 그 자체가 과학교육(科學敎育) 이상의 과학적 교육이 아니 되면 안 되는 것이다. 과학교육과 과학적 교육을 달리 생각하여 볼 때, 소학교 교육에 있어서 말글의 교육은 과학적 교육이 되어야 하고, 또 모오든 과학적 교육 중에 가장 기초가 되고 중요한 것이 말글의 과학적 교육이 아닐 수 없는 것이다. 말글의 과학적 방법적 교육에 신념을 갖고 열의와 부지런을 계속할 때, 우리는 그 효과의 일부 중에도 꽃과 같이 아름다운 열매를, 어린이들의 예술적 표현인 작문과 동요와 동시에서 얻어서, 이것을 과학교육의 승리로 돌리고 안심할 만한 것이다.

우리는 어린이들을 가르치어 위대한 어른들을 만들 수 있는 것을 믿어야한다. 다만 어린이의 소질과 천재에 방임하는 태도를 버리고, 과학적 교육의

---

307 『소학생』 제69호(1949년 7월호)는 〈조선아동문화협회〉 주최 동요, 작문 현상 당선작을 발표하고 고선자인 정지용, 이병기, 이희승, 박영종, 윤석중, 조풍연의 선평(選評)을 싣고 있다.

방법으로써, 어린이의 소질과 천재를 남김없이 발양시킬 수 있다는 신념을 가질 수밖에 없는 것이다.

여태까지 우리는 소학생의 작문과 더우기 동요와 동시를, 신문 잡지 단행본의 사회적 영향에서 다분히 얻어 온 것이었다. 바로 말하면 어리인 이들의 조숙한 과외서적 남독벽에서, 문학소년이 되고 문학청년으로 자라서 동요 시인이 되고, 기껏 소년소녀 문학자가 되어 버리는 것을 보아 왔다. 이러한 길을 밟아 온 어른들의 영향을 다시 받는 어린이들이 대체 어떠한 어른 문학자가 될 것인가를 항시 교육적 위치에서 반성해야만 한다.

이번 제사회 현상 작품을 고르고 고르고 한 나머지에, 우리는 이러한 공통한 결론을 얻은 것이었다.

"동요의 수준은 높아 가는데, 작문의 성적은 해마다 내려간다."

선자 선생들의 채점이 거진 일치하였고, 선후 감상(選後感想)이 일치하였다.

동요만 성적이 좋다고 기뻐할 수 없는 노릇이요, 동요가 성적이 좋다고 당선된 어린이들이 자라서 모두 시인이 된다고 할 수도 없는 일이고 보니, 작문 성적이 해마다 내려가는 것이 큰 걱정거린 것을 알아야 한다.

이러한 현상(現狀)에는 반드시 원인이 있는 것이다.

동요의 성적이 좋다는 것은 재래로 어린이의 자연발생적 충동적 표현에서 우연한 성적이겠고, 작문 성적이 내려가는 것은 국민학교의 말글교육과 표현 훈련과, 기타 종합적 교육 일반의 반성거리가 아닐 수 없는 것이다. 불과(이상 18쪽) 몇몇 어린이의 작품에서 뽑은 것이 아니라, 수천 어린이들의 작품에서 엄선한 것이 이러한 것이니, 이것을 일개 〈아협〉에서 발기한 것이라고 볼 것이 아니라, 아동교육의 사회적 위치에서 논란할 반성의 중대한 재료가 되어야 할 것이다.

제일회 때 특등 당선인 이문용 군의 「그리웠던 고국」과, 재작년도 특증 당선인 김종길 군의 「나의 발견점」과 같은 것이 다시는 볼 수 없었다. 그 아이들을 천재라고 추킬 것이 아니라, 그다음 아이들은 모두 머리가 과연 나뻐진 것인가를 생각하여야 할 것인가를 생각하여야 할 것이다.

이러한 사정은 국민학교 선생님들이 우리보다 중대한 관심을 가지시고,

그 원인을 철저히 밝혀 주셔야 하겠다.

그리고 이번 작문들에는 전에 볼 수 없었던, 어린이들에게서 보아서는 아니 될 암담하고 슬픈 기록을 많이 보았다.

「후원회비」 「아버지를 찾아서」 「새책」 「세금과 어머니」 등을 거저 잘된 작문이니 점수를 많이 주어야 한다는 것은, 거저 사무적 태도밖에 아니다.

과연 어린이들이 이러한 부자연하고 음울한 환경의 기록을 제공하게 된 사정을, 민족과 사회적 위치에서 지적하고 비판하고 반성하여야 한다.

예전에는 항간에 도는 동요와 민요도 민심과 세태를 살피었다고 한다.

우리는 이렇게 절실하고 긴급한 아동들의 현실과 사태의 호소를, 거저 채점으로 통과시키기에는 너무도 비통한 사정이다.

당선 동요 동시 작품에서는 볼 수 없는 현상(現狀)을 작문에서 보았다.

국민학교 선생님들의 작문 과정 지도로서, 이러한 기현상의 생활기록을 보게 된 것이 아니다. 맞춤법과 말글 읽기가 잘못되었다면, 가장 초보적 책임을 선생님들께 돌릴 수는 없지도 않겠으나, 작문에 나타난 어린이들의 겪어야 하는 생활기록 그 자체는, 결코 선생님들이 지도하신 것이 아닐 것이고 보면, 작문교육 그 자체도 선생님들이 책임지신 것이 아닌 한 개의 자연발생적 현상이 되고 만다. 그러니까 동요 동시뿐만이 아니라, 작문교육도 학교에서 하등의 책임도 지지 않았다는 것이 되고 만다. 우리는 전력을 다하여 명년도에는 이러한 현상을 극복한 성적을, 현상 아동작품 성적에서 단적으로 구체적으로 보도록, 위정자와 교육가와 사회인과 민족으로서 초인적 노력을 하여야 하겠다. (이상 19쪽)

이병기, "어린이는 모두가 시인", 『소학생』, 제69호, 조선아동문화협회, 1949년 7월호.

수십여 년 전 『동아일보』 현상모집에 당선된 동요의 특증은 「봄」[308]이라는 제목으로서 이러하였다.

꽃은꽃은 알락달락
방긋웃는 그얼굴을,

나비나비 언제보고
춤을추며 찾어왔나,

파란머리 뾰족뾰족
잎이돋은 숲속에서,

이름모를 일만새가
알수없게 지저귄다.

들하늘에 아지랑이
소리없이 아물아물,

그밑에서 누렁소는
연장메고 숨차한다.

맑은물의 시냇가에
피리부는 어린이들,

묵은몸에 새옷입고
길게짧게 봄을노래.

또 수십여 년 전 우리 국어교본으로 쓰던 『시문독본』의 「화계에서 해 떠오름을 봄」이란 제목으로 지은 글 한 대문을 들면,(이상 19쪽)

의정부 들과 금곡 벌을 두 옆에 차고, 용문 연봉 검푸른 뭉치가 치맛자락을 벌려, 무슨 끔찍한 것을 가린 듯하게 둘렀는데, 메뿌리의 거죽 테는 날카로운 칼로 싹 벤 듯, 구름이라도 지나면 베어질 듯도 하고, 가는 붓으로 살짝 그은 화미인의 눈섭으로 견줄 만도 하다

---

308 『동아일보』 일천호 기념 현상 동요 당선작(賞甲)인 유도순(月洋 劉道順)의 「봄」(『동아일보』, 23.5.25)을 가리킨다. 원문에는 '月洋 柳道順'으로 되어 있으나 오식이다.

는, 그때 유명한 동요며 작문이라 일컫던 것이겠지만 「봄」이란 동요는 한갓 사사(四四)조로서 봄 광경을 죽 늘어놓았을 뿐이고, 이렇다 할 만한 새로운 생각은 보이지 않으며, 화계의 글 가운데는 용문산 봉우리에 구름이 둘러 있는 모양을 그리는데,

메뿌리의 거죽테는 날카로운 칼로 싹 벤 듯 구름이라도 지나면 베어질 듯하고, 가는 붓으로 살짝 그은 화미인의 눈썹으로 견줄 만도 하다.

함은, 위아래 말이 서로 어울리지 않게 되었다. 날카로운 칼로 싹 벤 듯 구름이라도 지나면 베어질 듯하다면, 가는 붓으로 살짝 그은 화미인의 눈썹으로 견줄 수가 있을까? 그 실상에 맞지 않으면 아무런 말을 늘어놓았다 하더라도 한 헛소리에 지나지 않는다.

×　　　　　×

요즈음 동요와 작문은 실정과 실감을 실답게 적은 것이 많은 바, 이번 〈아협〉에 당선된 것은, 위에 말한 수십여 년 전 그것보다는 훨씬 진보된 것이다.

동요로 말하면 사사(四四)조만 맞추려고 한 것이 아니고, 자기의 북바쳐 나오는 생각을 사사조든 삼삼(三三)조든, 되는대로 쓴 것이고, 작문도 큰소리 군소리 따위를 하여 억지로 꾸민 것이 아니고, 술술 나오는 말로서 자기의 바라고 하고 싶고 하여 본 일을 적고 싶은 대로 적었다.

글은 거짓말을 적어서는 아니 된다. 그러므로 거짓말을 할 줄 모르는 어린이의 말을 적으면 훌륭한 글이다. 어린이는 모두 훌륭한 시인이다.

눈이 왔다 눈이 왔다
마당에도 눈이 왔다
지붕에도 눈이 왔다
눈이 왔다 눈이 왔다

이건 나의 친구의 아들 여섯 살 된 어린이가 밤에 눈이 온 줄을 모르고 자다가, 새벽에 일어나 벌거벗은 몸뚱이로 오줌을 누러 마루 끝에 나와서, 눈 온 광경을 보고 이러한 노래를 부른 것이다. 눈을 보고 기뻐하는 말이

바루 훌륭한 동요다.

그러나 어린이 여러분이 종이를 펴놓고 붓을 들고 글을 지라 하면, 이런 훌륭한 노래를 적지 못하는 이가 많다. 그건 이런 지내 본 일을 깊이 생각하지는 못하고, 그저 남의 글을 흉내 내려거나, 따다 쓰려거나 하는 까닭이다. 그러면 글을 지을 때 남의 글을 흉내 내지도 말고, 따라 쓰지도 말고, 그 즉시 감동되는 것이 없으면, 자기가 지내 본 일을 곰곰 생각하여 보라. 그 속에서 좋은 생각이 나리라. 그리고 좋은 생각이 나거든 붓을 움직여 적어라 하는 말을 글쓰는 여러분께 주고 싶다.

당선된 여러분의 글이 그중에는 나은 글이겠지만, 아직도 나아갈 앞길이 멀다. 이번 당선만으로 교만하지 말고, 당선되지 못한 여러분도 낙심하지 말고, 모두 더 힘을 쓰고 꾸준히 하여, 그 최후의 승리를 기어이 얻기를 바란다. 천재는 노력이다. 지금 당선의 여부만으로는 양양한 앞길을 둔 여러분으로서, 그다지 큰 문제를 삼을 것이 없다. 나는 퍽 기다리고 있다. 이다음 현상 모집에는 누가 당선될까를. (이상 20쪽)

이희승, "느낀 바를 그대로", 『소학생』, 제69호, 조선아동문화협회, 1949년 7월호.

특등 「땅속에 누가 있나 봐」

이 노래를 지은 차중경 군은 이 우주(宇宙)의 새로운 신비(神秘)를 깨달았다. 이 깨달음이 곧 시적(詩的) 충동이 되어서, 가슴속에서 퉁겨져 나온 것이, 이와 같이 아름다운 노래로 엮어진 것이라 생각된다. 그러던 이 노래가 아름답다는 것은 대체 무엇 때문일까? 다시 말하면 어떠한 점이 우리(심사위원들)(이상 20쪽)로 하여금 이 노래를 특등으로 추천하게 하였나. 물론 이것에 대하여는, 심사위원들의 생각이 다 꼭 같다고는 할 수 없을 것이다. 그러나 아름다운 노래라는 것만은 모두 일치된 생각이었다. 그리고 나 개인으로 말하면 다음과 같은 점을 생각하였다.

(1) 첫째 동요는 시적(詩的)이어야 한다. 시적이란 것은 좀 어려운 말이다. 대개 이 세상은 아름다움으로 꽉 차 있다 한다. 그러나 무딘 눈으로는 그 아름다움이 잘 보이지 않고, 설레는 마음으로는 그 아름다움을 느끼기 어려운 것이다. 뒤숭숭스러운 생각을 죄다 털어버리고, 착 가라앉은 차분한 마음으로, 눈을 똑바로 뜨고 이 세상을 바라다 볼 때에, 비로소 그 아름다움이 아름다운 그대로 눈 앞에 나타나게 된다. 말하자면 무엇을 겉으로만 지나쳐 보지 말고, 속속들이 뚫고 들여다볼 수 있는 투철한 밝은 눈을 가져야 할 것이다. 그리하여 그 본 바 아름다움을 깨끗한 마음속에서 생각으로 다듬고 말로 다듬어서, 또 그 느낀 바를 고스란히 담아서, 알토란 같이 짜낸 노래라야 시적이라 할 것이다. 차중경 군은 능히 이러한 절차를 밟아서 이 노래를 엮어 놓았다 하겠다.

(2) 둘째로, 이 노래는 동심(童心)이 넘쳐흐르는 것을 누구나 느낄 수 있다. 동요라는 것은, 시(詩)임에 틀림없는 것이다. 그러나 그것이 어디까지든지 어린이 세계를 떠나서는 안 될 것이다. 새싹이 돋아오르는 것을 보고, 누가 땅속에서 올리민다는 것, 아지랑이가 피어오르는 것을 보고, 누가 땅속에서 물을 끓인다는 것, 이것이 모두 어린이 생각의 세계다. 소꿉질 같은 생각이다. 어른이 볼 때에 유치하기가 짝이 없다. 그러나 어찌 아리오. 어린이 눈에 비친 이러한 세계가, 소꿉질 그대로가 아니요, 유치한 어리광 그대로가 아닌 것을. 그리고 또 그러한 세계는 어린이뿐 아니라, 어른까지도 어떠한 신비(神秘)스러운 세계, 성(聖)스러운 세계와 끊어 놓고서 생각할 수 없는 느낌인 것을 들여다보아야 할 것이다. "땅속엔 누가 있나봐" 신비의 세계를 찾아보려고 얼마나 애쓴 나머지에 나오는 말인가. 애만 썼을 뿐 아니라, 신비의 세계를 발견하고 주체할 수 없는 기쁨의 부르짖음도 되는 것이다. "누가 있나봐"는 형식상으로 묻는 말이지마는, 아주 몰라서 묻는 말이 아니라, 어디까지나 긍정(肯定)하는 물음이다. 도리어 "이렇지 않느냐" 하는 힘 있게 긍정하는 말이면서도, 말뜻의 여유(餘裕)를 남겨두어서, 읽는 이로 하여금 스스로 상상(想像)하는 지경에 들이끌리도록 매력(魅力)을 붙여서, 말끝을

맺는 솜씨를 나타낸 것이라고 볼 것이다. 어쨌든 이 노래는 동심이 가장 높직히 세련(洗練)되어서 흘러나온 좋은 노래 중의 하나인 것을 말하여 두고자 한다.

(3) 다음으로, 이 노래는 시적이요, 동심이 잘 나타나 있지마는, 여기에 한 가지 잊어서는 안 될 것은, 이 노래는 또한 지은이의 실감(實感)에서 울어나왔다는 점이다. 마음에 없는 군소리가 아니요, 입에 붙은 밥풀이 아니다. 즉 마음속에 느낀 바, 생각 각각 말 각각이 아니다. 만일 그 생각한 바를 제대로 나타내지 못하고, 말로만 꾸며서 요리조리 발라놓는다면, 그야말로 물 위에 기름 돌 듯이, 이 노래는 버성기기가 짝이 없을 것이다. 그러나 이 차 군의 노래는 그러한 빈 구석을 조금도 찾아볼 수 없다.

(4) 네째로, 이 노래는 남이 부른 것을 되풀이한 것 같은 것이 아니다. 차 군의 독특한 창견(創見)이라고 볼 수밖에 없다. 봄볕이 점점 도까와 올 적, 나무나 풀들의 새싹들이 물어 뽑는 듯이 돋아나오는 것을 보고, 시적 흥취(興趣)를(이상 21쪽) 못 이겨서 부른 노래는, 어른이나 어린이나 그 수효가 이루 헤아릴 수 없이 많을 것이다. 그러나 그것을 땅속에 누가 숨어 있어서 쏘옥쏘옥 울리민다는 것은, 나 아는 범위에서 차 군 외에 다시 없을 것이다. 동요든지 산문(散文)이든지 남의 입내를 내지 말고, 항상 자기의 독특한 새로운 생각을 나타내기에 힘써야 할 것이다.

(5) 다섯째로 말의 아름다운 것이다. 손가락으로 쏘옥 올리 미나 봐 하는 말의 "쏘옥"이라든지,

쏘옥 모란꽃 새싹이 나온다.
쏘옥 할미꽃 새싹이 나온다.

의 "쏘옥"은, 이 노래에 짜여진 말 중에 가장 아름다운 말이라 생각된다. 돋아나는 새싹과 같은 예쁜 말이다. "쏘옥"이란 말의 뜻도 예쁘지마는, 그 소리(發音)도 퍽이나 예쁘다. 아마 이 노래의 뜻이나 가치(價値)의 중심(中心)이 이 말에 있다 하여도 지나친 말이 아닐 것이다.

(6) 여섯째, 이 노래는 어린이다운 점이 좋다. 여기서 어린이답다는 것은 동심이란 뜻과는 다르다. 노래의 짜임짜임이 너무 탁탁이 아울리고, 너무

빈틈없이 짜이고, 너무 탕개가 세게 사개가 맞추어진 노래는, 그것이 어린이의 작품(作品)으로는 숙성에 지나쳐서, 어른다운 점이 농후하면, 그런 것은 어린이의 노래로는 얄미울 만큼 노성하여(점잖아)서, 동요로 그리 좋은 작품이라 할 수 없다. 그런 점으로 본다면, 우등 제1석 되는 「아기의 잠」이 월등 나을 것이다. 그 노래는 너무도 빈 구석이 없이 짜어서, 어린이의 작품으로는 지나치게 아름답다. 어른의 작품이나 조금도 다름이 없다. 차라리 어린이의 작품으로는 어느 모자라는 귀퉁이가 좀 남아 있는 듯한 점이 오히려 아이답고 옛되어서, 한층 더 읽는 이의 마음을 매력 있게 끌 것이라 생각된다. 이 노래의 둘째 절은 즉 그러한 점이 나타난다. 첫 절에 비해서 숨길 수 없는 손색(遜色 = 모자라는 점)이 있다. 그러나 이 점이 이 노래의 애교(愛嬌)를 더욱 발휘(發揮)하고 있는 것을 잊어서는 안 된다. 이와 같은 생각은 아마 나의 독단만이 아닐 것이다.(이상 22쪽)

박영종, "너른 세계를 가지자", 『소학생』, 제69호, 조선아동문화협회, 1949년 7월호.

만 편에 가까운 동요를 한꺼번에 읽어 보기는 평생 처음이었읍니다.

여러분의 그 많은 작품을 한곳에 모아 놓고 보니, 모두 비슷비슷 닮은 점이 많습니다.

제일 눈에 띠는 것은, 그 동요의 잘잘못은 그만두고, 생각들이 옹색한 것입니다.

여러분이 가진 그 풍부한 꿈의 나라, 또는 동무와 아버지와 어머니에 대한 깊은 사랑, 그렇지 않으면 학교에서 집에서 느끼는 자자한 느낌들, 그런 것은 자취를 감추고, 겨우 들판에 피었는 꽃송이나, 나비 한 마리의 뒤만 따르거나, 혹은 기껏 어린 동생의 자장가를 불러주는 정도입니다. 동요라면 으례히 그런 거밖에 노래 못하는 듯이.

　말하자면 동요라는 조그마한 틀 속에 여러분이 빠져버린 셈입니다. 그것을 무너 버리세요. 동요 짓는다는 생각을 아예 버리고, 자기의 생각과 느낌을 대담스럽게 노래하면 됩니다.

　특선된 작품은 그런 뜻에서 여러분에게 좋은 참고가 되는 작품입니다. 「종이비행기」도 좋은 예가 되지요.

 (이상 22쪽)

　말을 아름답게 꾸며 놓은 것이 좋은 동요나 동시가 아닙니다. 어쩌면 그 많은 여러분의 작품이 약속이나 한 듯이 일부러 말을 꾸미려 애를 쓰는지 모르겠읍니다.

　봄바람은 으례히
　살랑살랑

　불어야 하는 것이며, 꽃은 으례히

　방긋방긋

웃는 것입니까. 이런 것은 자기가 참 느껴서(眞實된 感動) 지은 노래가 아니기 때문에 여지없이 떨어뜨렸읍니다.

　그러나 결코 말을 허수히 여기라는 뜻은 아닙니다. 특선된 동요에,
　"쏘옥"
이란 말이 없었으면 특선의 꽃다운 자리를 차지하기 어렵습니다. 말하자면 자기가 느낀 것에 가장 참된 것을 나타내는데 적당한 말만 쓰자는 것입니다.

　「땅 속에 누가 있나봐」는 첫째 그 생각이 새로운 것, 둘째 지은 솜씨가 이른바 동요에 억매여 있지 않고 자유스러웠는 것, 세째 "쏘옥"이란 말이 예쁜 것으로 특선에 추천되었읍니다.

「선물」은 생각이 뛰어났으며, 우리에게 희망을 주는 노래래서 좋고, 「종이 비행기」는 동요를 대하는 그 너그러운 태도가 마음에 들었읍니다.

올 한 해 더욱 노력하여서, 내년에는 더 좋은 노래가 나오기를 바랍니다.(이상 23쪽)

윤석중, "제 소리와 남의 소리", 『소학생』, 제69호, 조선아동문화협회, 1949년 7월호.

여러분은 미술 전람회에 가 보신 일이 계실 것입니다. 수많은 사람의 그림이 벽에 가즈런히 달려 있고, 그 옆에는 누구 거라고 쓴 종이쪽만이 붙어 있을 따름입니다. 만일 그 그림을 그린 이들이 그 옆에 서서 제각금 그 그림에 대한 설명을 수다스럽게 떠들고 섰다면, 그 얼마나 우수운 노릇이겠읍니까. 설명을 일일히 해야 그 그림 맛을 알 수가 있다면, 벌써 그 작품은 젬병입니다.

어찌 그림뿐이겠읍니까. 다른 예술작품도 매한가지입니다. 동요나 작품도 그렇습니다. 그러므로 나는 이번 뽑힌 작품들을 가지고, 꼬치꼬치 캐거나 설명을 달고 싶지 않습니다. 그러다가는 도리어 작품이 상해서 맛이 가시기가 쉬운 것입니다.

다만 한 가지 지은 분들에게 당부하고 싶은 바는, "제 소리를 쓰라."는 것입니다. 느낀 바, 본 바 생각난 바를 꾸밈없이 솔직하게 적으시라는 말씀입니다. 새로운 발견자 훌륭한 발명가는, 과학계에만 있는 것이 아니니, 여러분 어린 예술가께서는, 좋은 예술작품으로 새로운 발견가, 훌륭한 발명가 소리를 들으십시오. 색동옷 입힌 어른 시나 수염 난 동요로, 남의 흉내 어른 시늉을 마십시오. 그러다가는 애늙어 버릴 것이니 큰일이 아닙니까.

조풍연, "어떤 작문이 떨어졌나", 『소학생』, 제69호, 조선아동문화협회, 1949년 7월호.

이번이 네 번째, 해마다 모집하는 작품 중에 작문의 초선은 내가 맡게 되었다. 다시 말하면 들어온 작문 전부를 내가 한 번 읽고 나서, 그중 문제가 될 만한 것을 몇 십 편 골라서 심사원에게로 돌리는 것이다. 그래서 그동안 내가 읽은 작문은 참으로 수만 편이나 되는 셈이다.

그 감상을 적자며는, 한 말로 말할진대, 네 해 동안에 그다지 뛰어나게 나아졌다고 할 수 없다. 내 욕심이 과하다면 과할는지 모르나, 읽어가는 동안에 가슴을 찌르거나, 과연 그렇고나 하고 감동할 만한 작문이 드물었다.

어느 작문이 심사하는 사람을 감격시키는가를 말하기보다, 나는 어떤 작문이 초선에서 떨어졌나를 말하는 것이, 여러분이 빨리 알 수 있겠기로, 다음에 낙선한 작문의 경우를 적기로 한다.(이상 23쪽)

(1) 어른 흉내를 낸 것 ― 신문이나 래디오 혹은 강연회에서 어른들이 연설하는 것을 본떠서 글이라고 지은 것, 이런 것이 상당히 많았다. 이것은 소학생 여러분이 아니라도 어른들이 더 잘 지을 수 있는 것이다.

(2) 봄에 대한 글 ― 봄은 해마다 오는 좋은 시절이다. 봄을 가지고 글을 짓자며는 특별히 그 봄에만 있는 일, 혹은 자기만이 발견하고 관찰한 봄이야기라야 할 것이다. 그런데 「봄」이란 제목으로 써 보낸 수많은 작문은, 모조리 "춥고 추운 겨울은 어느덧 지나가고, 따뜻하고 꽃 피는 봄이 왔읍니다." 하는 투로 시작하여, 봄에 대한 설명을 괜히 장황하게 늘어놓다가 만 것이 대부분이다. 이와 비슷한 것으로는 "소풍" 혹은 "원족" 같은 제목으로 쓴 것이 있다. 이것들도, 그날 소풍 가서 보고 느낀 것에서 깊이 인상에 남을 만한 것을 적지 않고, 다만 "아침에 일어나니 날씨가 좋았다. 어디로 모여서 어디로 가서 점심을 먹고 잘 놀다가 돌아왔다." 하는 것으로 그치고 만다면, 이것은 특별히 글로 지어 남에게 보일 것은 못 된다. 만일 소풍 갔을 때에 보고 느낀 것을 조금도 빈틈없이 잘 그려내면, 그것은 글을 잘 짓는 데도 가장 도움이 될 뿐 아니라, 우리가 생활해 나아가는

데 무엇을 똑똑히 보고 깊게 생각하는 좋은 습관이 길러지는 것이 된다. 유감이나마 그런 글이 별로 없었다.

(3) 나는 연필이요 — 연필뿐이 아니라 "나는 기차요" "나는 돼지요" "나는 책상이요" 하는 따위의 제목이 뜻밖에 많았다. 짓는 사람이 어느 물건이 된 양으로 그 물건의 내력을 적는 것은 퍽 재미있는 것 같으나, 이것은 어른 소설가가 할 일이지, 순진한 소학생이 글 짓는데 쓸 수단이 아니다.

(4) 내 동생, 우리집 강아지 — 이것은 매우 좋은 제목이다. 그러나 "내 동생은 참 예쁩니다. 우리집 강아지는 나를 잘 따릅니다." 하는 투로 고만인 것이 많다. 자기가 예쁘다고 할 것이 아니라, 남이 예쁘다고 할 만한 것을 끄집 어내지 않으면 아무 의미가 없다. 제 동생이나 집에서 기르는 강아지가 귀엽지 않은 사람이 어디 있겠는가.

(5) 거짓말이 섞인 것 — 잘 써 나아가다가 중간에 거짓말이 섞이면 탈이다. 열 번 정말을 했어도 한 번 거짓말이 섞이면 그는 곧 거짓말장이가 된다. 정말인지 거짓말인지는 대번 알 수 있는 것이다.

요컨대 위에 쳐들은 것과 같은 것은 낙선되기 쉬운 것이었는데, 글을 짓는 것은 입선이고 낙선이고가 문제가 아니라, 자기의 인격을 높이고 지식을 높 이는 큰 근원이 되는 것이므로, 차근차근 글 짓는 실력을 길러 나아가야 한다.

여러분의 생활, 여러분의 주위에도 참으로 풍부한 글 재료가 많다. 무심히 지나는 사람은 말할 것도 없지마는, 언제나 항상 유심히 관찰하고 느끼는 사람이면, 그다지 힘을 들이지 않고도 남을 감동시키는 글을 쓸 수가 있다. 첫째 보기부터 잘 보아야 좋은 글을 쓸 수 있다.(이상 24쪽)

尹福鎭, "머리말", 윤복진 엮음, 『세계명작 아동문학선집 1』,
아동예술원, 1949.7.

그믐밤 하늘의 별처럼. 수많은 인간이 모여 사는 이 세상에서 인정(人情)
이 없다면 어떻게 될까요?

꽃 한 송이, 풀 한 포기 없는 거친 사막(沙漠)과 같이, 서먹서먹하게 되어
버릴 것입니다. 아니, 사막보다 한결 더 황량(荒凉)한 세상이 되고 말 것입
니다.

해와 달이 빛나고, 별이 빛나고, 진주가 빛나고, 값진 보석(寶石)이 빛난다
할찌라도, 인간의 가슴속에 깊이 간직된 향기로운 인정만큼, 빛나지 못할
것입니다.

그런데, 이 날에 눈부시게 빛나야 할 인정은, 나날이 녹쓸어 가고, 깊어
가야 할 인정은, 나날이 야박해져 가고 있읍니다. 입으로는, 인정을 노래하고
숭상하나, 실제 생활에 있어서는, 인정을 멀리하고 있읍니다. (이상 1쪽)

이 책에 실린 네 편의 문학 작품은, 빛나는 인정의 문학입니다. 아름답고
향기로운 인정의 이야기입니다.

아미치스의 「어머니를 찾아서」는, 진주처럼 빛나는 어머니와 아들의 눈물
겨운 인정의 이야기입니다. 수많은 사람들의 가슴을 울린 이야기입니다.

뻐언네트의 「소공자 이야기」는, 샛별처럼 반짝이는 인정의 소설입니다.
완고한 노후작의 봉건사상(封建思想)으로써 쌓아 올린 차디찬 성벽은, 세드
릭과 그의 어머님의 순백한 인정 앞에, 모래성처럼 무너졌읍니다.

쉑스피어의 「베니스의 상인」은, 초생달처럼 아름답고 깨끗한 인정의 동화
입니다. 빛나는 우정(友情)의 이야기입니다.

스토오의 「톰 아저씨 집」은, 온갖 생명을 길러 내는 태양(太陽)처럼, 힘차
게 빛나는 인정의 소설입니다. 향기로운 인정의 이야기입니다.

= 1949년 어린이날 = (이상 2쪽)

윤복진, "머리말", 『꽃초롱 별초롱』, 아동예술원, 1949.8.

봉사나무 씨 하나
꽃밭에 묻고

하루 해도 다 못 가
파내 보지요,

아침결에 묻은 걸
파내 보지요.

아무리 봉사나무(봉숭아)가 빨리 자란다 하더라도 아침나절에 묻은 씨앗이 하루 만에 싹이 돋고, 잎이 피고, 꽃이 필 수는 없읍니다.

나는 한때, 아침결에 씨앗을 묻고 하루해도 다 못 가서 파내 보는 조급한 어린 아가씨처럼, 나의 노래(동요)를 파내 본 적이 한두 번이 아니었읍니다.

"동요"라는 꽃나무는 한해살이 봉숭아보다 훨씬 더디 자라고 더디 피는 꽃인가 봅니다. 더구나 나(이상 2쪽)같이 재주 없는 농부의 손에 있어서는 한결 더 더디 자라고, 더디 피는가 봅니다.

동요집 『꽃초롱 별초롱』은 지난 스물일곱 해 동안에 신문과 잡지에 발표된 천여 편의 나의 동요에서 마흔네 편을 추려 모은 것입니다. 동요집이라기보다 동요 선집으로 되어 있읍니다.

동요집 『꽃초롱 별초롱』을 귀여운 시절, 숨바꼭질의 시절, 외로운 시절, 자라나는 시절, 뻗어나는 시절, 유모어의 시절, 정다운 시절, 재미로운 시절, 푸른 시절로 나누어 보았읍니다. 천년이 가고 만년이 가도 길이길이 늙지 않는 영원의 푸른 시절들입니다.

이 책에 실린 동요곡은 아무데도 발표하지 않은 새 노래입니다. 여러 동무의 부탁도 있어 동요곡집도 아닌 동요 책에 열 편의 새 동요곡을 실렸읍니다.

1949년 어린이날 (이상 3쪽)

윤복진, "跋文 – 나의 兒童文學觀", 『꽃초롱 별초롱』, 아동예술원, 1949.8.

1

童謠라 하면 文學 以前의 文學, 藝術 以前의 藝術로 思惟하는 분이 많다. 兒童文學을 하는 분 가운데도 그렇게 思惟하고 信仰하는 분이 없잖아 있다.

童謠는 하나의 文學일 뿐 아니라, 하나의 훌륭한 藝術이다. 童謠는 文學으로써 理想하는 文學的 形態를 갖추어야 하고, 藝術로써 理想하는 藝術의 形態를 갖추어야 할 것이다.

童謠라 하면 兒童의 詩文學, 童心의 詩文學으로 思惟하지 않고, 兒童만의 詩文學으로, 兒童만을 對象한 철부지한 어린 詩文學으로 思惟하는 분이 많다.

비단 童謠뿐만 아니라 兒童文學 乃至 兒童藝術은(이상 118쪽) 童心의 藝術이다. 童心과 童心性을 基調로 한 藝術이다. 철부지한 어린 사람의 마음만이 童心이 아니다. 童心은 兒童에게만 있는 것도 아니다. 어른에게도 童心이 있다. 童心이라 할까, 그러한 게뮤트(心情)가[309] 모든 人間의 가슴속에 永遠히 깃들여 있다.

---

309 독일어 'Gemüt'로 "마음, 심정, 정서, 기분" 등의 뜻이다.

童謠와 兒童文學과 그 밖에 兒童藝術은 모든 人間의 가슴속에 永遠히 깃들여 있는 童心性에서 우러난 藝術이요, 童心性에 아피일(呼訴)하는 藝術이다. 한 首의 童謠가 兒童에게만 아피일 되는 것이 아니라, 成人에게도 마천가지로 아피일 된다. 童謠는 兒童의 詩文學인 同時에 成人의 詩文學이요, 모든 人間의 詩文學이다.

2

兒童이라 하면 人間 以前의 人間으로 생각하고, 未開한 人間이나 未完成의 人間으로 思惟하는 분이 많다. 兒童의 單純한 生活樣式과, 天眞爛漫하게 보이는 兒童의 思考法이, 때로는 그렇게 생각되기도 쉽다.(이상 119쪽)

한여름 날의 호박순처럼 우쭐우쭐 뻗어나려는 어린 氣象을 억누르고, 싹수 있는 生命의 貴重한 싹을 북돋아 주기는커녕 도리어 억누르고 짓밟던 時代가 있었다. 封建時代와 그前 時代가 그러하였다.

小波 方定煥 先生을 中心으로 해서 烽起된 少年運動은 그러한 封建思想에 對해 反旗를 높이 들었을 뿐 아니라, 異民族의 壓制 아래서 朝鮮 民族으로서 우리네 兒童의 갈 바의 길을 明示해 주었고, 朝鮮의 兒童文學과 兒童藝術의 運動에 빛나는 새 里程塔을 쌓아 올렸다.

그 뒤, 封建時代와 그前 時代에서 賤待만 받아오던 兒童을, 人間 以上의 人間으로 떠받쳐 現實의 兒童을 仙女나 天使로 崇尙하려던 時代도 있었다. 나도 그런 한 過誤를 犯한 사람의 한 사람이다.

이러한 現象은 封建時代의 反動으로서 생겨지는 過渡期的 現象으로, 오랜 歲月을 두고 賤待만 받아오던 兒童에게 따사로운 휴매니즘의 禮法으로 생각(이상 120쪽)되기 쉬우나, 그 實은 封建時代의 兒童觀보다 한층 더 위태로운 非現實的, 非科學的인 兒童觀이다.

兒童을 人間 以前의 人間이나, 人間 以下의 人間으로 取扱하는 封建時代

의 兒童觀도 不法한 것이지만, 兒童을 超時間的, 超空間的인 存在처럼 信仰하며, 現實의 兒童을 偶像化시켜 謳歌하는 近代 浪漫主義者의 童心至上主義乃至 天使主義의 兒童觀은 더욱 不法하고, 不當한 것이다.

兒童은 어디까지나 現實의 人間이다. 우리네 成人과 마천가지로 現實 안에 살고 現實 안에 生活하는 人間이다. 거저 成人 以前의 人間으로서 나날이 時時刻刻으로 生長하는 어린 人間이다. 未來할 世界의 새로운 人間이요 닥쳐오는 새 時代의 主人公이다.

우리는 兒童을 現實的으로 科學的으로 冷徹하게 보아야 할 것이다. 이날에 우리네 兒童의 周圍를 둘러싸고 있는 複雜한 現實을 똑바로 보아야 하겠으며, 嚴然한 歷史의 움직임과 흐름을 操心스럽게 바(이상 121쪽)라 보아야 할 것이다.

一切의 封建的 要素를 排除하고 새로운 民主主義의 길로! 一切의 非科學的 思想을 排擊하고 새로운 思想과 새로운 科學으로 더불어 우리의 兒童觀을 새로이 하자! 원수의 異民族이 뿌려 놓은 雜草를 除去하고 우리의 花園을 우리네 花草로써 다시 새롭게 꾸미자!

3

이날에 우리의 童謠文學을 民主主義的 科學的 兒童觀에 立脚하여 우리의 새로운 花園에서 生長하게 하자! 지난날의 서글픈 感傷과 咏嘆을 잊어버리자! 우리에게는 來日이라는 福된 새날이 約束되어 있다. 우리 앞에는 來日의 새롭고 넓은 우리의 세상이 펼쳐 있다! 우리는 來日의 새날을 노래하자! 來日의 새 세상을 노래하자! 새로운 우리네 樂想으로, 새로운 우리네 樂器로써 希望과 光明을 높이 노래하자!

— 1949년 어린이날 — (이상 122쪽)

김현록, "명작감상 시", 『새싹』, 제13호, 1949.9.15.

　　새벽
　환히 밝아오는 이른 새벽
　깃 속의 아가새는 조릅니다
　"날라도 좋지요?
　엄마 날라도 좋지요?"
　"아아니 악아 조금 더 쉬어
　날개가 굳세어 져야지"
　그래서 조금 더 쉬곤
　아가새 포릉포릉 날라가죠

　환히 밝아오는 이른 새벽
　엄마품의 아간 무얼 조르나?
　"아가도 아가새 처럼 날려줘요!
　포릉포릉 날려줘요!"
　"아아아니 악아 조금 더 쉬어
　팔다리가 아주 굳세어 저야지"
　그럼 조금만 더 잠자면
　아가도 저 하늘을 날거아냐?
　　　　　　　　　　　(태니슨)

　새벽입니다. 마당 쓰는 엄마 곁으로 아가는 눈을 부비며 또박또박 내려옵니다. "엄마 나두 마당 쓸가." "호호 악아 넌 그만둬. 더 크야지." 지금은 우리나라 우리 학교의 새벽입니다. 아간 언니 란도셀을 메였읍니다. "엄마 언니 학교 가는데 나도 가아." "악아 안 돼. 넌 더 자고 크야지." …… 아간 이 나라 아가새 입니다. 자꾸만 포릉포릉 날려고 합니다. 쉬 팔다리가 굳세어지면 아가도 또박또박 나설거야요.

　테니슨(1809~1892)은 영국의 유명한 시인입니다. 시가 들꽃처럼 맑고 아름다운 것이 이분의 특색입니다.

잠 도둑

아가의 눈망울에서 누가 몰래 잠을 훔쳐갔을까. 나는 꼭 알아내야만 하겠어. 엄만 물동이를 이고 이웃마을로 물길르러 가셨는데.

그건 바로 또약볕이 쪼이는 대낮이었다. 아가의 놀이시간도 다 지났고 못 속의 집오리도 꼬박 조을고 있었다. (이상 30쪽)

소 치는 아이는 반얀 그늘에 한잠이 들었으며 학은 망고 숲 가까운 늪에 우두커니 서 있었다.

이럴 무렵 잠 도둑이 왔다. 그리하여 아가의 눈망울에서 잠을 살며시 훔쳐 날라가버렸다.

엄마가 돌아와보니 아간 배밀이하여 윗방을 기며 돌고 있었다.

아가의 눈망울에서 누가 잠을 훔쳐갔을까? 나는 꼭 알아내야만 하겠어.

나는 그 도둑을 찾아 쇠사슬로 묶어두어야겠어.

나는 어두운 돌구멍을 들어다 봐야겠어. 거긴 크고 둥근 바위와 험상궂은 돌 틈을 새어 한줄기 물이 졸졸 흐르는 곳이다.

나는 바그라숲 으슥한 그늘 밑도 찾아봐야겠어. 선녀의 발 목도리가 별 많은 밤마다 고요 속을 방울처럼 울리는 곳이다.

해 질 무렵이면 나는 반딧불 홀홀 날리는 고요한 속삭임 속도 굽어봐야겠어. 그리고 난 누구나 만나는대로 이렇게 물어볼태야.

"잠 도둑 있는 곳을 당신은 아오?"

도대체 누가 아가의 눈망울에서 잠을 훔쳐갔을까? 나는 꼭 알아야 하겠어. 만약 내가 잡기만 하면 단단히 골려줄 테야.

나는 그의 깃을 덮치고 어느곳에 훔쳐온 잠을 숨겨두었나 찾아낼테야.

나는 그의 두 날갤 꼭 묶어서 냇가 언덕위에 세워둘테야.

그리하여 골풀과 수련꽃 사이 갈대 낚대로서 고기잡고 놀게 할테야.

그러면 이번엔 장이 파하고 마을 아이들이 엄마 무릎에 안기우는 저녁이면 밤새들이 잠 도둑을 놀려줄 거야.

"야이 또 누구의 잠을 훔쳐 가려느냐"

(타골)

엄마가 아가를 재워 놓고 물 길러러 갔다 오니 왠걸 아가 눈은 초롱 같고 윗방을 배밀이하고 있겠지요. 아하! 이건 틀림없이 잠 도둑이 아가 잠을 훔쳐

간 거야, 요놈을 잡아 꽁꽁 묶어 놓고 아가의 잠을 차져 와야지, 아가의 잠은 아가가 포동포동 살이 찌는 잠, 아가가 기지게 할 때마다 주욱주욱 키가 크는 잠인 걸 그래…… 어때요. 흔히 있는 전설을 약간 따서 이 같은 아름다운 노래가 되였읍니다. 타골은 우리와 같은 동양 사람, 인도 시인입니다.(1815 ~1943) 더욱이 어린이들을 사랑하여 항상 좋은 동무가 되여 주었고 따라서 어린이를 노래한 구슬 같은 시가 이 외에도 퍽 많습니다.

★ 반얀, 망고, 바그라는 다 인도 지방의 나무 이름입니다. (이상 31쪽)

이병기, 이원수, 김철수, "「모래밭」 선평", 『진달래』, 1949년 9월호.[310]

6월호에서 「아침 강변」이란 시로 특선된 정 군입니다. 퍽 가벼운 작품입니다.

강변 모래밭에 누어 본 하늘과 산과 강의 풍경을 눈에 비친 대로 그렸읍니다. 그림으로 말하면 조고만 풍경화입니다. 헌대 작품을 다루는 그 솜씨가 놀랍습니다. 먼저 자연스럽습니다.

모래밭에 누어 하늘을 보니 손이 달 것 같고 멀리 산머리로 고개를 돌리니 조각구름이 떠 있고 귀 밑엔 밀려오는 물소리, 그래 강물을 보니 흰 돛대가 흘러가고 푸른 하늘이 흘러간다는 아모 무리가 없는 작품입니다. 그리고 무리가 없되 표현이 멋드러집니다. "강물 속에 푸른 하늘이 흘러간다"라는 이 놀라운 표현을 하였는데 정 군 자신은 그리 놀라지 않고 지나가듯 슬적 말해 버렸읍니다. 정 군은 확실히 표현에 솜씨를 가지고 있읍니다. 그러나 한 가지 정 군에게 부족한 게 있읍니다. 그것은 정 군 자신에 생각이 정 군의 어느 작품에도 나타나 있지 않습니다.

정 군이 보내온 모든 작품이 전부 눈에 비친 그대로를 그린 것뿐입니다.

---

310 이 글은 글쓴이가 밝혀져 있지 않아, 『진달래』의 "동요와 동시"를 "지도하시는 선생님"인 "이병기, 이원수, 김철수" 세 사람을 글쓴이로 밝혔다.

　　동시 **모래밭**
　　　　　　서울 마포교 5의 2 **정재우**

　　모래 밭에 누어서
　　쳐다본 하늘

　　손이 달것 같다

　　관악산 머리에 조각 구름이 떠 있다
　　찰삭 찰삭 물이 밀려 온다

　　강 물 속에 흰 돛대가 흘러 간다
　　강 물 속에 푸른 하늘이 흘러 간다

사람이란 보고 느끼는 감정이란 것이 있는데 그것이 정 군의 작품에는 도모지 없읍니다. 이 점을 주의해서 앞으로 노력합시다. 6월호 특선 「아침 강변」도 역시 그 점이 부족했읍니다. 그렇지 않습니까?

朴木月, "童謠 敎材論", 『새교육』, 제2권 제5-6 합호, 조선교육연합회, 1949.9.

ㄱ. 童謠와 童詩

흔히 童謠와 童詩를 混同하는 것이다. 그것은 잘못이다. 왜냐하면 童謠는 그 本質에 있어 歌謠的인 것이며, 童詩는 좁은 뜻에 詩의 範疇에 屬하는 것이다. 너른 뜻에서 歌謠도 의례 詩라야 하는 것은 擧論할 바도 없이 當然한 것이나, 그러나 歌謠라면 이미 調律의 均整이 앞서는 대신에, 詩라면 調律이기보다는 詩精神이 앞서는 것이다.

童謠와 童詩의 區分은 詩와 歌謠가 다르듯이 明白히 判異한 것이다.

쉽게 童謠는 外的이라면 童詩는 보다 더 內的인 것이다.

해서, 童謠가 목청을 돋구어 부르는 노래라 하면 童詩는 마음속에 중얼대는 "깊은 말"일 것이다.

다시, 童謠에서는 늘 直感的이요 激情的인 것이나, 童詩는 보다 더 思考的이요, 內省的인 것이다.

나리나리 개나리
입에 따다 물고요
병아리 떼 종종종
봄나드리 갑니다
　　　　「봄나드리」

두말없이 童謠다.

난 밤낮 울언니 입고난
헌톨뱅이 찌꺼기 옷만 입지요 (이상 84쪽)
아, 이, 조끼두 그렇죠
아, 이, 바지두 그렇죠
그리구, 이 책두 언니 다 배구난 책이죠

어떻게 언니의 언니가 될순 없나요
　　　　「언니의 언니」

이것은 童詩다.

「봄나드리」에는 가벼운 拍子가 있는 대신, 「언니의 언니」에서는 부드러운 목소리의 속사김이 있는 것이다.

그러므로, 우리가 흔히 童謠라면, 童詩를 包含한 막연한 생각을 가지는 것이나, 그것은 認識이 不足한 탓이다.

ㄴ. 童謠의 區分

童謠는, 의례 아기들 노래다. 허나, 아기의 노래라 해도 兒童 自身들의 손으로 이루어진 童謠와, 詩人의 손에 이루어진 童謠가 있는 것이다.

말하자면 兒童作品과 成人童謠인 것이다. 이것을 쉬 區別해서 詩人이나, 先生의 손을 거쳐 나온 詩의 境地에서 빚어진 作品을 童謠라 하고 兒童의 童謠는 兒童作品이라 한다. 兒童作品이 童謠나 童詩가 아니냐 하면 勿論 그것은 아니다. 허나, 여기서 便利上 區分하여 보는 것이며, 一般的으로 그렇게 쓰이는 것이다.

A. 童謠

그럼 兒童作品과 童謠는 어떻게 다른 것인가.

童謠는 詩의 境地를 가져야 하는 것이다. 가령,

　　누구 키가 더 큰가
　　어디 한 번 대보자
　　올라서면 안 된다.
　　발을 들면 안 된다.
　　똑 같구나, 똑같애
　　내일 다시 대보자.
　　　　「키대보기」(이상 85쪽)

이것이, 所謂 兒童作品이냐, 혹은 童謠냐, 어떻게 區分되는 것이냐. 그것은 「키대보기」 맨 끝절의

내일 다시 대보자

는 내일에 대한 詩的 感動의 深淺에 있는 것이다. 사실 「키대보기」가 좋은 노래가 되는 까닭도 "내일 다시 대보자"는 來日이라는 대목에 있거니와 "來日" 이란 말이 가진 이처럼 透明하고 純粹한 時間感覺이란 확실히 놀라운 사실이 다. 그냥 아기의 生長하는 時間의 測量이 이렇게 무섭게 表示되고, 鮮明히 明示되기는 어려울 것이다.

허나 만일 「키대보기」가 兒童作品이라 假定한다면, 이 노래는 "來日다시 대보자"는 來日이 큰 대목이 아니고,

"대보자"

가 대목으로 옮아가는 것이다.

내일 다시 대 보자

는 來日은 兒童에게는 아무런 感興을 일으키지 않을 句節이다. 그들은 그것 이 茶飯事일 뿐 아니라 벌써 意識하기 以前의 그들의 資質 속에 스며 있는 그야말로 平凡한 것이기 때문이다.

兒童은 그들의 天性的 資質 속에 이미 絶對的 純粹性을 다분히 가지는 것이며, 또 無意識間에 나타나는 것이다.

다시 例를 한 번 들면,

눈을 뭉쳐 굴려라
데굴데굴 굴려라
모두 나와 굴려라
지구를 한바퀴 돌아라
　　　　「눈굴리기」

「눈굴리기」가 兒童作品이냐 童謠냐를 살피기 전에 童謠냐 童詩냐가 문제 될 것 같다.

만일 끝절 <small>(이상 86쪽)</small>

　　지구를 한바퀴 돌아라.

가 없다고 하면 이것은 망서릴 必要조차 없이 童謠일 것이다. 허나, 끝절이
있기 때문에 우리는 잠시 謠냐 詩냐, 주저하게 되는 것이다. 왜냐하면, 끝절
은 直感的이기보다는, 또는 調律的이기보다는 좀 더 詩的 境地에 가까운 것
이기 때문이다. 허나, 이것은 童謠라도 좋고 童詩라도 좋다. 「눈굴리기」는
확실히 調律的인 同時에 詩的 너른 內容性을 包含한 것이며, 이런 兩面性을
한꺼번에 가진 作品일쑤록 좋은 童謠, 或은 童詩가 되기도 하기 때문이다.
　　어떻던 「눈굴리기」가 兒童作品이냐, 或은 童謠냐는 것을 區別한다면, 역
시 끝절

　　지구를 한바퀴 돌아라.

하는데 그 秘密이 묻혀 있을 것이다. 허나, 아까 例로 든 「키대보기」에서나,
혹은 「눈굴리기」에서 嚴密히 따져서 그것이 兒童作品이냐 童謠냐 分別하기
는 거이 不可能한 것으로, 그것은 오로지 그 作者의 創作 經驗 過程에 있어
感動의 머문 곳을 살피는 道理밖에 없는 것이다. 허나, 作者의 感動의 머문
곳을 指摘하기란 그리 쉬운 일이 아닐 것이다.
　　해서, 兒童作品과 所謂 童謠와는 그 빚어진 作品으로서는 거이 分間하
기[311] 여러운 共通性을 갖게 되는 것이다. 다만 그 共通된 世界는 兒童은 天
性的인 絶對的 無意識的 한 개의 資質로써 나타나는 것이며, 이른바 童謠
作家인 詩人으로서는, 그의 混濁한 意識의 世界를 純化하므로 詩의 境地로
써 兒童의 天性的 無意識的 絶對的 純粹한 世界를 肉迫하게 되는 것이다.
　　그곳에서 兒童과 詩人의 靈의 交感이 나누어지며, 비로소 共鳴共感을 가
지는 童謠의 世界가 열려지는 것이다.
　　B. 兒童作品

---

311 '分揀하기'의 오식이다.

노랑나비

노랑 나비는 (이상 87쪽)
노랑 꽃에 앉아서
꿀을 먹지요.
　　　(천안 부대국민학교, 3년 차경희)

「노랑나비」는 筆者가 選을 보고 있는 兒童雜誌에 실린 것이다. "노랑나비가 노랑꽃에 앉아서, 꿀을 먹는" 事實은 平凡하다. 平凡하다기보다 當然하다. 허나 平凡하고 當然한 것을 왜 적어, 봉투에 딱지를 붙이는 수고를 거쳐서 雜誌社에 보내 왔느냐가 問題이다.

그것은 벌써 平凡한 것을 平凡하게 보지 않았다는 事實이 스며 있는 것이다.

그럼 뭐냐?

노랑나비가 하필 왜 노랑꽃에 앉을가, 하는 疑問을 가졌을 것이다.

둘째는

왜, 노랑꽃의 꿀을 빨아 먹을가. 노랑꽃의 꿀은 달은 것이냐?

하는 疑問.

셋째는,

노랑나비가 흰꽃도 아니고 노랑꽃에 앉는다는 노랑빛을 中心한 驚異와 꿈이 있는 것이다.

물론 이것만으로 이 노래가 곧 한 개의 完全한 價値와 뜻을 가진 作品이 될 수는 없다. 허나, 지극히 平凡한 것을, 平凡히 보지 않았는 꿈에의 혹은 美에의 感動의 出發이 있는 것이다. 만일 이 作者인 兒童을 보고

왜, 노랑나비가 노랑꽃에 앉아서 꿀을 먹을가?

한번만 되묻는다면 卽席에서 卽答할 "그다음의 말"을 가졌을 것이다.

이 "그 다음의 말"이 事實은 作品이 되는 것이며, 그 "다음의 말"에서 兒童과 童謠 作家의 共感될 世界가 있는 것이다.

올빼미의 눈은 노란데
낮에는 안 보이고

밤에는 잘 보이죠. (이상 88쪽)
                    (서울 창신국민학교 이승복)

作品이 아니다. 出發點이다. 허나 역시 "그다음 말"을 품은 "平凡"이다. 어느 雜誌에 실릴 作品選으로서는 지나친 親切일지 모른다. 허나 얕고, 거즛된 생각 或은 조그만 觀念的 範疇 안에서 이루어진 것보다는, 한 개의 든든한 出發點이 보이는 것이 더 效果的일지 모르는 것이다.

땅속에 누가 있나 봐.
                    (서울 장충국민학교 6년 차중경)
땅속엔 땅속엔 누가 있나봐,
손가락으로 쏘옥 올리미나봐,
쏘옥 목단꽃 새싹이 나온다.
쏘옥 할미꽃 새싹이 나온다.
땅속엔 땅속엔 누가 있나봐,
커다란 솥을 걸고 물끓이나봐,
모락 모락 아지랑이 김이 나온다.

「땅속에 누가 있나봐」는 어느 兒童雜誌 懸賞募集에 特等 當選된 作品이다. 말하자면, 아까 말한 "出發點"에서 "그다음 말"을 가장 完全히 發音化시킨 作品의 하나일 것이다.

ㄷ. 童謠의 敎育的 位置

童謠가 敎育上 얼마마한 價値를 가지게 되는 것이며, 어떤 效果를 얻게 되는 것이냐 하는 바는 나종 童謠의 指導篇에서 詳記하겠거니와, 童謠가 가장 重要한 敎材임은 틀림없는 사실이다. —— 라고 하는 것은, 敎育의 가장 간단한 目標인 眞, 善, 美의 綜合的 效果를 가진 것이 童謠이기 때문이다.

흔히 藝術에서 그 本質的 根源을 사랑으로 잡는 것이다. 그 사랑을 밑받이 해서 窮極의 눈 두는 곳을 行動에 있어 善, 생각에 있어 眞, 느낌에 있어 美가 되는 것이거니와 詩란 그 어느 一面만 가지는 것이 아니라, 오히려 三面을 綜合한 곳에 몰리는 것이다.(이상 89쪽)

쉽게 圖表한다면 다음과 같은 것이다.

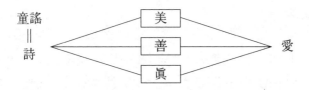

사랑에서 出發한 것은 眞·善·美를 거쳐서 詩(童謠)에 모이고, 詩(童謠)에서 出發한 것은 다시 眞·善·美를 거쳐서 사랑에 모이게 되는 것이다.

좀 지나친 略說로서는 理解하기 어려울 것이나, 그러나 쉽게 童謠가 한 개의 知識이라기보다는 좀 더 生命에 印象되는 것이기 때문에 敎材로서기보다는 敎育으로써 더 큰 意義를 가지는 것이며, 따라서 敎材로서도 가장 큰 用意와 關心이 쏠려야 할 것임에는 틀임없을 것이다. (계속) (筆者 詩人)
(이상 90쪽)

金貞允, "兒童詩 再說-兒童 自由詩와 몬타-주(上)",『太陽新聞』, 1949.10.30.

'토-키-' 藝術의 相不同體로서의 '몬타-주'論은 뿌레쇼프·푸도프킨·에이센슈타이 等의 先驅的인 '씨네아스트'들의 손에 大成되어 今日의 映畵 創作論의 基本的인 課題를 이룰 뿐 아니라 그 影響은 文化 現象 全般에 廣汎한 影響을 미치고 있다.

이러한 '몬타-주'論의 各 文化 現象으로의 强力한 滲透는 그가 時代의 好奇心에 迎 (이하 한 줄 가량 원문 부재)되었다기보다 그 思惟體系가 世界의 外的 諸 事象의 實在를 意識으로 再現하여 事象의 이러한 實在的인 體系를 具象的인 形式으로 投影한 것이 藝術을 産出한다는 올바른 哲學的 基礎에서 出發하였기 때문이다.

여기에 兒童 自由詩의 藝術的 價値를 檢討함에 있어 그것을 '몬타-주'의 價値에서 發見할 수 있음은 自由롭게 事象을 觀照하는 兒童의 態度가 前述의 哲學的인 基本 態度와 符合함으로서이다. '푸도후킨'은 그의 "映畵創作論"에 있어서 '몬타-주'에 關하여 다음과 같이 말하고 있다.

詩人이나 作家들에게 個々의 單語는 말하자면 있는 그대로의 原料에 不過하다. 그것은 實로 여러 가지의 意味로서 發展할 수 있는 것으로서 文章으로 形成되어야 비로소 一定한 意味를 가질 수 있다. 映畵監督에게는 完成된 필림의 各各 畵面은 마치 單語가 詩에 있어서의 같은 關係를 갖는다.

以上과 같은 필림의 '코마'와 '씬-'의 關係에 있어서의 '몬타-주'의 組成은 兒童의 生活 觀照와 自由詩의 創作에서도 成立한다.

다음의 兒童雜誌『진달래』八月號에 當選된 作品을 檢討하여 보면 알 것이다.

모래밭

五年生

모래밭에 누어서
처다본 하늘
손이 달것 같다
관악산 머리에
조각 구름이 떠있다
찰삭 찰삭 물이 밀려온다
강물속에 흰돛대가 흘러간다
강물속에 푸른하늘이 흘러간다

　"나라니 나라니"니 "알롱 달롱" 따위의 痴呆的 童謠와는 判異한 自然의 아들의 네 활개를 휠휠 치는 姿態가 눈 선하다.

　여기에는 凡庸한 演出者는 企圖할 수 없는 天性의 '씨네아스트'의 能熟한 '몬타-주'가 있다. 이 兒童은 여름방학의 한 날 강에서 水泳하다가 모래밭에 올라와 벌렁 두러누어 눈부시게 燦爛한 大自然 속에 自己를 잃고 있다. 그의 網膜을 通하여 意識에 刻印되는 景慨는[312] 一連의 필림이다.

　우선 그는 冠岳山과 구름 그리고 푸른 하늘을 '롱쇼토'로 徐々히 '팡'하면서 잡었다. 一轉한 '카메라'는 俯瞰하여 강물 속에 흰 돛대와 푸른 하늘의 흐름을 移動으로 캣취한다. "여름" "강변" "아이"의 一連의 素材는 卓拔한 手胞으로[313] '몬타-주' 된 것이다. (繼續)

---

312 '景慨는'의 오식이다.
313 '手腕으로'의 오식이다.

윤석중 외, "애독자 여러분이 좋아하는 시인·소설가·화가·좌담",
『소학생』, 제71호, 1949년 10월호.

여러분 어린이를 위하여, 특히 20만『소학생』독자를 위하야 혹은 노래
를 지어 주시고, 혹은 소설과 동화를 써 주시고, 삽화와 만화를 그려 주시는
선생님들을 한자리에 모시고 여러 가지 재미있고 유익한 말씀을 들었읍니
다. 늘 지상을 통하여서만 여러분이 좋아하시던 선생님들의 말씀을 듣는 것
은 그리 기회가 많지 않을 뿐더러 선생님들의 사진을 대하는 것도 처음인
것입니다. 그리고 여기 그린 만화는 김의환 선생님이 앉은 자리에서 그린
것입니다.

때는 8월 그믐, 곳은 〈아협〉 응접실· (편집부)

나오신 선생님들

화가	김규택	화가	조병덕
소설가	정인택		
시인	박영종	(아협 쪽에서)	
화가	김의환	윤석중	
화가	정현웅	조풍연	
소설가	이성표	심은정	

만화와 소설

심은정 『소학생』잡지를 통해서 가장 널리 알려지신 여러 선생님들이 이처
럼 한자리에 모인 것은 아마 처음일 것입니다.

조풍연 요새 어린이들을 보면, 만화보다도 소설을 더 좋아하는 것 같은데…
어떻습니까? 댁의 자제들은…

김규택 만화는 인제 싫증이 난 모양야.

정현웅 우리 집 애도 그렇더군. 그리고 잡지를 갖다 주면, 먼저 소설부터
읽고 나서 다른 걸 보던데.

조풍연 만화에서 소설로 어린이들의 취미가 바뀌었다면 그 까닭이 있을 텐데…

김규택 일제 때는 우리글을 모르다가, 우리글을 배워 보니까 알기 쉬워서, 우리글을 읽을 수 있는 것이 흥미가 나는데다가, 동화나 소설 자체가 재미있으니까 자꾸 읽게 되는 거겠지.

정인택 그 말이 옳아. 처음에 만화를 많이 보게 된 것은 우리글의 실력이 모자라니까 긴 것을 감당을 못하다가 차차 글을 깨치는 대로 긴 것을 읽게 된 게야. 왜 어른들도 해방직후에는 시집 같은 책을(이상 28쪽) 많이 사 보지 않았나?

조풍연 짧은 동안에 그처럼 실력이 늘은 것은 참 기쁜 현상이군요.

정인택 우리글이 깨우치기 쉬운 관계지.

김규택 쉽고말고. 집의 삼학년 다니는 놈은, 오학년 다니는 제 형의 교과서도 어렵지 않게 읽는 걸 보면 확실히 글이 쉬운 덕택이야.

조풍연 한자를 섞지 않은 것도 관계가 클까?

김규택 그야 물론 그 관계가 클 걸.

좋은 소설이 나오는 때문

정현웅 지금 애기들 같으면, 글을 다 깨우친 뒤에는 만화 같은 건 거들떠 보지도 않을 것이라는 말이 되는데, 반드시 그렇지는 않아. 만화도 좋고 재미만 있으면 독자가 얼마든지 있는 거야. 나는 소설을 좋아하는 까닭의 하나로 좋은 소설이 많이 나온다는 것을 말하고 싶어. 사실 해방 전이나 해방 직후에는 좋은 소년소설이 없었지. 그러다가 정인택 씨 같은 훌륭한 소설을 쓰는 이가 자꾸 나와서 독자들을 많이 끄는 관계가 커.

정인택 너무 추키지 말어.(웃음소리)

심은정 소년소설로는 해방 후 정인택 씨의 「봄의 노래」가 처음이지요?

정인택 그럴 리가 있다구.

심은정 어쨌든 소년소설을 대구에서 써서 우리 『소학생』에게 보내시게 된 동기는 무엇입니까?

정인택 그건 발표하기 거북합니다.

심은정 그「봄의 노래」를『소(이상 29쪽)학생』에 싣자 독자들이 굉장히 좋아했지요.

정인택 나도 한 3회로 끝막으려던 것이 어떻게 6회까지 나아갔어.

소설이 좋으면 삽화도 좋아진다

조풍연 소설의 삽화를 그리자면, 소설은 다 읽겠지.

정현웅 그야 물론 다 읽지.

조풍연 어때요. 재미가 있읍디까?

김의환 읽어서 내용이 재미있으면 그림 그리기도 신이 나지.

김규택 소설을 정성껏 쓴 것을 보면 그림도 정성껏 그리게 돼.

정현웅 재미있는 소설은 삽화도 더 잘 그려져.

이성표 그러면 삽화가 잘못된 것은 소설이 너절하다는 말이 되는군.

김규택 아마 그쯤 되겠지.

이성표 그런 말이 어디 있어. 정성을 들여 쓴 소설도 막 날려 그리든데.(웃음소리)

그림도 우리 식이 있다

박영종 해방 전, 한 십년 전에 정현웅 씨가 어린이들 잡지에 그린 그림은 퍽 맑고 아름다워서, 어느 건 동요 자체보다도 정서를 잘 나타낸 것이 많았는데, 요즘은 좀 달라졌으니 웬일일까?

정현웅 그때는 역시 일본 사람의 그림을 본뜨게 된 것이었지만 이제는 그게 싫증이 났고, 또 우리나라 어린이들 구미에 맞는 그림을 그리려니까 자연 달라질 수밖에.

김의환 나도 동감이야. 우리는 우리 식으로 그림을 그려야지.

박영종 그럼 그전 그림은 그렇지 않단 말인가?

정현웅 아니, 그런 게 아니라, 종래 것보다 좀 더 나은 것을 만들어 보려는 습작기라고 볼 수 있단 말야.

윤석중 십여 년 전에 정현웅 씨가 그린 아동 그림은, 실상은 아동이 좋아하기보다는 어른이 더 좋아했지. 그러니까 요새 현웅 씨가 그리는 그 거칠고 씩씩한 필치는 오히려 그림이 훨씬 좋아진 증조야.

과학에 힘을 써야

김규택 일제 때는 경제나 정치에 맥을 쓰지 못했으니까 모두 꿈같은 생활을 즐기었겠지만, 해방이 되고 독립이 된 오늘날에는 우리가 어떻게 해야 한다는 것을 어른한테서 듣고, 과학 방면에 힘을 더 써야겠다는 것도 잘 알고 있으니까, 그림도 자연 정확한 그림을 요구하게 되는 게 아닌가 생각해요.

박영종 우리는 어린이들의 꿈의 넓이가 넓을 쑤록 미래의 세계가 더 커지며, 미래의 세계가 커질 쑤록 과학에 대해서도 널리 받아들일 수 있을 것이라는 점을 소홀히 해서는 안 돼.

김규택 일리 있는 말야.

정현웅 아까 윤석중 씨도 말했지만 일본의 아동 그림은 꿈의 표현이라도 그건 어른의 꾸며 낸 꿈이지 어린이들의 꿈이랄 수 없잖아?

김규택 요새 이런 일을 봤어.(이상 30쪽) 집의 아이들이 장난감을 가져도, 기차 하면 동력이 있고, 바퀴가 제대로 있고 한 실물에 가까운 모형이래야지, 그렇지 않고 엉성하게 만든 것을 기차라고 주면, 이게 무슨 기차냐고 동댕이를 친단 말야.(웃음소리) 그걸 보더라도 어린이들이 억눌렸던 과학의 눈을 차차 뜨는 게 아닐가?

정인택 그건 단순히 과학에 눈을 떳다느니보다, 일제 압박에서 벗어져 나와 자유로이 생각하는 방식이 달라진 영향이 있지 않을까?

조풍연 소설을 좋아한다고 독자에게 소설만 자꾸 읽히는 것도 생각할 문제애요. 앞으로 과학 교육이 필요한 것이니까, 소설같이 흥미 있는 것으로 국어 실력을 길르도록 하고, 과학 방면의 좋은 글과 책을 주도록 해야 되지. 독자한테서도 과학 기사를 많이 실어달라는 요구가 있읍니다.

정인택 요새 어린이들은 사실 과학을 좋아하나 봐.

과학소설이 어떨까

심은정 과학 기사는 과학자가 써 주어야 하겠는데 과학자들은 소설가나 시인만큼 재미있게 써 주는 분이 적어 어떻습니까. 과학소설 같은 것을 많이 쓸 생각은 없나요?

이성표 앞으로는 소설가도 공부를 해서 과학소설을 쓰도록 해야지.

박영종 소설에 과학이 나온다구 반드시 과학자를 기른다고는 볼 수 업지 않아?

김규택 옛날 모양으로 과학을 통 모르고 지낼 땐 그저 재미있는 내용만 가진 소설이면 됐지만 앞으로는 역시 과학에 눈을 뜨도록 이끄는 소설이 나와야 할 껄.

박영종 그야 물론이지만 내 말은 과학의 이야기 자체로 쓴 소설보다도, 가령 뀌리 부인같이 과학에 대한 직접 기사는 없더라도, 그 책을 읽고 나면 자연 과학자가 되고 싶도록 하는 그런 문학이 필요하단 말야.

동요나 동시가 향상된 것은?

조풍연 해방 후, 동요나 동시는 얼마나 향상되었나요.

정인택 아주 질이 높아졌어.

박영종 무엇보다도 큰 비약을 했지.

윤석중 일제 때에는 선생의 눈치를 보아 가며 행동을 하던 어린이들이 우리 말 우리글을 자유로 하게 되니까 자유로운 속에서 내 맘대로 쓸 수 있다는 것이 큰 원인일 거야.

김규택 그러고, 전에야 일어를 안다고 일어로 동요나 시를 쓸 수 있었나?

윤석중 그런데 한 가지 걱정은 어린이들은 자꾸만 새로운 방향으로 자라 나아가고, 선생님 가운데는 옛날 생각대로 지도하는 분이 있다는 거란 말야. 가령 학교에서 그리 칭찬을, 받지 못한 작품이 현상모집 같은 데서 턱턱 당선이 되는 수가 있거든.

박영종 이제 차차 그런 점은 나아져 갈 것입니다. 어린이들의 마음을 알아준 다는 것이 여간 힘이 드는 일이 아니지.(이상 31쪽)

어린이들의 생활과 애정

이성표 과거에 아동문학을 하는 사람은, 어른 문학을 하려다가 단념한 사람이 많았었는데, 인젠 제대로 아동문학을 철저히 하는 사람이 있어야 할 걸.

박영종 정인택 그렇구말구.

조풍연 외국의 아동문학을 보면, 훌륭한 작가들이 늙은 뒤에 훌륭한 아동문학을 쓴 예가 많은데, 우리나라서도 실력 있는 대가가 자꾸자꾸 쓰도록 해야…….

정현웅 실력 있는 대가라니, 왜 정인택 씨나 박영종 씨는 실력 있는 대가가 아닌가?(웃음소리)

심은정 정인택 씨, 소년소설을 쓰니까, 어린이들의 대한 관심이 더 가게 되지 않읍디까?

정인택 그야 가지지요. 더군다나 소년들의 주고받는 이야기 같은 데에…

조풍연 윤석중 씨 동요에는 아이들의 말이나 그 생활의 특색이 나타나는데…….

윤석중 확실히 주의가 더 가는데다가, 자기 아이를 키워 보니까 더 달라지드군. 가령 전차나 극장 속에서 아이 우는 소리가 나면 전에는 그냥 듣기 싫기만 하더니, 요즘은 저 애가 왜 울을까 매우 궁금한 생각이 듭디다.

김규택 소설이나 동요뿐이 아니라, 그림에도 역시 어린이들 것만을 전문으로 그리는 화가가 있어야겠지.

김의환 그러자면 우선 잡지 편집하는 이들이 화가의 특색을 알아야 해. 『소학생』 편집은 잘 알아주드구면서도.(웃음소리)

조병덕 그림의 부탁이 왔을 때에 보면, 너무 요구가 많아서 제약을 받게 된단 말야. 화가의 개성을 살피는 작품을 한번 그리고 싶어.

심은정 잡지를 꾸리라면 다소 이쪽에서 요구를 하지 않을 수 없어.

박영종 아까 석중 씨는 동요를 쓰는 것과 어린이에 대한 애정을 관련시켜 말했는데, 난 그렇게 보지 않아. 단지 자기 마음속의 시정(詩情)을 가지고 동요를 발표하는 것이 아닐까? 다시 말하면, 가령 어느 시를 지을 생각이 머리속에 떠오르면, 이건 글로 표현하는데 시(詩)로 할까, 동요로 할까 하여, 동요로 한다면 그 표현을 다만 동요의 방식으로 할 뿐이란 말야.

김규택 좀 얘기가 어려워졌군. 결국은 석중 씨의 동요 쓰는 생활과 영종 씨의 동요 쓰는 태도가 다른 거겠지.

박영종 석중 씨는 동요를 쓰는 분이고, 나는 동시(童詩)를 쓰는 사람이니까 다를 수도 있겠지만…….

모델 이야기

윤석중 그런데 소설의 삽화를 보면, 김의환 씨는 김의환 씨 얼굴처럼, 김규택 씨는 김규택 씨의 얼굴처럼, 대개 그리는 사람과 비슷한 모습의 사람을 그리니 거 웬일일까?

김규택 제일 많이 보는 사람의 얼굴로 닮아지기 쉽지…

윤석중 그럼 웅초(김규택 씨의 별호)는 밤낮 거울만 들여다보는 게군.(웃음 소리)

조풍연 정현웅 씨는 예외야. 그림의 얼굴들이 모두 짧고 납작하구…….(웃음 소리)

심은정 소설도 대개가 자기 신(이상 32쪽)변에 관한 것이 많거든. 우선 정인택 씨의 「이름 없는 별들」의 장면이 인택 씨 사는 정릉리구…….

정인택 그렇게 함부루 단정하지 말어…….

김규택 그렇지. 미국을 못 갔으니까 아는 곳이 정릉리일밖에.(웃음소리)

조병덕 소설이고 그림이고 간에 모델이 있으면 쓰고 그리기가 훨씬 나은 것은 사실야.

요새 어린이들의 놀음

조풍연 우리들이 자랄 적과 지금 어린이들이 달라진 점을…

정현웅 요새 어린이들의 장난은 확실히 우리 어렸을 적과 비슷한 데가 많아. "비사치기" "딱지치기" 같은 것이 다시 융성해지는데, 그건 아마 일본 장난 감이 없어진 관계가 아닌가 싶드구먼.

정인택 일본식인 유희가 없어지고 새로운 것이 대신 나오지 않으니까 자연 옛날 것으로 되돌아가는 게지.

정현웅 그리고 시국색을 띠운 피스톨 장난이 꽤 유행해.

이성표 위험천만한 장난이지.

정인택 군대 장난도 꽤 늘었어. 가령 무슨 소령이니 중령이니 하고들 놀다가 어느 틈에 승급을 하여, 소령이 중령이 되고, 중령이 대령이 되고 하던데.

이성표 한 가지 특색은, 병졸보다도 장교가 더 많은 거야.(웃음소리)

심은정 연극 놀음들도 잘하지?

이성표 그것두 대 유행야.

얼마나 애를 쓰나

조풍연 일전에 정인택 씨는 두 군데 소설을 대느라구 닷샛 밤을 샜다가 병까지 났다는데, 그렇게 고생을 해야만 소설이 되어서야 어떻게 허우.

정인택 다 재주가 부족한 탓이지.

심은정 소설 쓰는 데는 결국 용어가 까다롭겠지.

이성표 말 쓰기가 어려워. 어른과 달라서 어린이들이 쓰는 거니까.

정현웅 그렇지 않아. 일상 용어루 쓴 것이면 어른이 읽을 수 있는 건 거의 읽는가 봐. 우리두 어디 모르는 말 하나하나를 옥편을 찾아 가며 읽었나?

정인택 그거야 정도 문제지. 저학년이야 어디…….

정현웅 저학년이야 어디 소설을 읽나. 그래도 소년소설 하면 벌써 급이 높은 거니까.

이성표 다소 어렵긴 하지만 꼭 그 말을 써야만 할 말을 편집하는 이는 풀어서 써 달라는 수가 있는데……. 그건 좀…….

박영종 전의 「소년 삼국지」를 어린이들이 많이 읽었나? 상당히 어렵습디다.

심은정 많이들 읽구말구. 중단하니까 더 계속해 달라커니, 책으로 내 달라커니 독자한테서 투서가 많이 들어왔어요.

김규택 소년소설이라면 역시 되도록 쉬운 말을 가려 써야 할 거야.

이성표 아니 그게 말이야. 쉽게 쓸 수 있는데 어렵게 쓰자는 게 아니라, 그 말을 써야만 멋있게 글이 내려갈 독특한 말이 있다면, 이건 멋을 죽여 가며 풀어 쓸 것은 없단 말이지.

정인택 내용이 쉬우면 표현하는 말도 따라서 쉽게 될 것이니까, 먼저 내용이 결정할 문제야.

정현웅 참 국민학교 저학년 아이들이 읽을 것은 도모지 없다싶이 하드군면.

박영종 아니, 오히려 중학교 저학년이 더 급하지.

정인택 어느 것이 급하지 않은 것이 없으니, 어서들 많이들 지어서 읽혀야
하겠어.

심은정 아무쪼록 어린이들은 위하여 특히 『소학생』 독자를 위하야(웃음소
리) 많이 애써 주십시오. 여러분 대단히 고맙습니다. (끝) (이상 33쪽)

金貞允, "兒童作品의 新展開", 『새한민보』, 통권59호, 11월
상중순호, 1949.11.20.

저 고개만 넘으면 우리집이다
뛰어서 가면 사분
보통으로 가면 오분걸린다
빨리가서 저녁밥 먹고
잇과 공부 하고 일찍 자야지
내일은 원족 이니까

강건너로 넘어가는 해에 내그림자가 길게 미치고
내 입김이 빩앟게 물들며 해진다

(六年生)

兒童作品은 이제 그 發言權을 社會的으로 더 擴張시켜야겠다. 無意味한
彷徨에 自我를 喪失하고 있는 現代 文化에게 兒童을 다시 보라는 것은 결코
感傷的인 "自然으로 돌아가라." 主義가 아닐 것이다.

兒童들이 갖이고 있는 純粹한 感覺 橫溢한 生命感은 不變한 文化의 故鄕
일 것이다. 兒童들의 作品은 一部 指導者들이 誤認하는 바와 같은 文學作品
이 아니다. 所謂 文學的 思考라는 것은 兒童들에게 바랄 수도 없고 또한 바라
서도 않 되는 것이다. 그것은 兒童作品은 優次的으로 敎育的 營爲이기 때문
이다.

'콤포지숀'도 '스타일'도 '리듬'도 아랑곳이 아니다. 稚拙하긴 하지만 誠實한
筆致로 그려내는 그들의 生活 報告는 그들의 生活 現實에 서서 그들의 生活
現實을 뚫고 그들의 산 現實의 言語로 形成된다.

공책을 사달랬다.
"이놈아 어제 사고 또 무슨 공책야."
아버지는 괜히 꾸지람만 하신다.
약이 올라

문을 활카닥 열어 제쳤다.
시원한 바람이 들어온다.
판장이 저녁노을에 싯뻘겋다.
창옆에 터저나올 듯한 나팔꽃 봉우리 멍하니 꽃봉우리만 들여다 본다.
마음이 점점 풀어저 온다.

(『어린이나라』所載)

溫室的 童心主義가 그들의 映像物로서의 "어린이"만을 愛玩하고 있슬 때 이 아해는 現實에 苦憫하고 現實과 싸우며 自己가 渦中에 있는 自己의 生活 位置에서 全體的인 生活機構와 交涉하며 社會性으로의 照應에 그 觀察을 進展시키고 있다.

이러한 態度는 한편 卽物的인 觀察이나 描寫 속에 될 수 있는 대로 自己自身의 모랄을 洞入시키고저 하는 態度일 것이다.

兒童들은 자란다. "어린이"의 테두리를 치고 흙무든 얼골 뜯어진 누더기 옷을 부끄러워하지 않고 앞날을 움켜잡고저 한다. 兒童作品의 新展開는 이러한 線에서 推進시켜야 할 것이다. (이상 22쪽)

한인현 선생, "동요들의 울타리를 넓히자", 『진달래』, 1949년 11월호.

우리나라가 해방이 되자 여러분의 글동무가 갑자기 많이 쏟아져 나왔읍니다. 여러 가지 신문 잡지에도 여러분의 작품을 싣는 난이 생기고, 달마다 그 난이 점점 커지고 있으며, 『진달래』와 같이 여러분의 작품만을 주로 싣는 잡지까지 나오게 된 것은 무엇보다도 기쁜 일입니다. 그것은 여러분들 중에 글짓기를 퍽 좋아하고, 그것을 잡지나 신문 같은 곳에 발표하여 보려는 동무들이 점점 많아지고 있다는 증거도 됨을, 더한층 기쁘게 생각합니다. 나는 여러분의 잡지나 신문이 나오면, 거기에 실려 있는 여러분의 작품은 거의 하나도 빼놓지 않고 다 읽었읍니다. 그것은 주로 동요와 작문이었었는데 작문보다도 특히 동요가 굉장히 많았읍니다. 그래서 여기서는 여러분이 퍽 좋아하는 듯한 동요에 대하여 여러분의 작품을 읽을 때마다, 느낀 것 몇 가지를 적어 보겠읍니다.

×   ×

동요는 여러분의 시입니다. 곧 여러분의 마음속에서 저절로 울어나오는 것을 그대로 적은 노래입니다.

×   ×

그런데, 여러분의 작품 가운데는 그렇지 않은 것도 여간 많지 않았읍니다. 이때까지 발표되었던 남의 작품 중에서 자기가 잘되었다고 생각한 것을 몇 마디 말만 바꿔놓는다 하는 것이 많고, 심한 동무는 남의 작품을 베껴서 제 것처럼 제 이름으로 낸 것도 있었읍니다. 그것은 특히 각 학교에서 내는 문집이나 잡지 속에서 많이 발견할 수 있었읍니다. 이것은 절대로 삼가야 할 일입니다.

×   ×

물론 남의 동요를 많이 읽는 것은 좋은 일입니다. 그것을 외워서 그대로 옮겨 써 보는 것도 좋은 공부가 됩니다. 그러나 이것은 남의 작품을 흉내 내거나 베끼는 것과는 다른 것입니다.

그리고 또 이것은 여러분의 힘으로 읊은 것이로구나, 하고 잘 읽어 보면, 무엇을 쓰려고 했는지, 그 모습과 마음까지도 이해할 수 있는데, 그것을 그대로 나타내지 못하고, 의례, 달은 둥글고, 꽃은 예쁘고, 참새는 짹짹 울고, 시냇물은 졸졸 흐르는 것이라고만 생각하고, 판에 박힌 말로 줄만 맞혀 쓴 것이 많습니다. 그러기 때문에 그런 동요는 암만 읽어도 아무 맛도 감정도 떠오르지 않는 것입니다. 그리고 너무나 글자 수를 맞추기에만 애를 쓴 것이 많았읍니다. 무리하게 글자 수를 맞추어 놓았기 때문에, 써 놓은 모양은 좋은데 얼토당토않은 말을 써서 오히려 기분을 망쳐 놓은 것이 적지 않았읍니다. 그렇게 글짜 수에 머리를 쓸 필요는 없읍니다.

글짜 수가 한두 자 안 맞는다고 해서, 동요가 안 된다는 법은 없읍니다. 전혀 글짜 수가 안 맞어도 노래하는 마음을 그대로 적은 것이면 동시가 될 수 있는 것이 아닙니까. 이때까지 여러분의 작품 중에 좋은 동시가 적은 것은 너무 동요에만 정신이 팔려 있는 까닭이라고 생각합니다.

동요를 쓰기 전에 먼저 글짜 수에 그리 구속을 받지 않는 동시를 자유로 쓸 수 있어야 하겠읍니다. 이런 의미에서 어린이들이 동요를 그저 많이 쓰려고만 하는 것은 좋지 못한 일이라고 생각합니다.

그리고 또 동요는 애기들의 재롱만을 노래한 것인 줄 알고 "우리 애기……" 하고 애기에 대하여 쓴 것이 많은데 그렇지 않은 것입니다. 여러분의 그 생활 전부가 동요가 될 수 있는 것입니다. 집에서나, 리에서나, 또 학교에서, 들에서, 산에서, 본 일, 들은 일, 느낀 일, 실로 해 본 일, 모두가 동요가 될 수 있는 것입니다. 그렇다면 얼마나 앞으로 더 좋은 동요를 쓸 수 있는지 모릅니다.(이상 23쪽)

金元龍, "(新書評)희망의 꽃다발", 『경향신문』, 1949.12.8.

情緒가 枯渴된 이 땅의 어린이들에게도 또 하나의 좋은 선물이 나왔다. 崔秉和 氏 著『희망의 꽃다발』이란 소년 장편소설집을 읽고 나는 이 책의 內容을 말하기 前에 먼저 人間 崔秉和 氏를 말하려고 한다. 氏는 作家 生活 二十數年에 始終 兒童文學을 專攻하였다는 것은 자랑이 아닐 수 없다. 무릎 아래 네 아들 두 딸을 두고도 아직도 二十 고개의 靑少年처럼 童心을 저바리지 않는 그 天性的 氣質은 兒童作家가 되기 위해 世上에 태어난 사람 같애서 今般에 그러한 巨作이 나왔다는 것도 當然한 結果로 疑心할 餘地가 없는 것이다.

그리고 氏는 情緒 面이 부드럽고 또한 取材한 素材의 量이 豊富하여 그 내용이 재미나고 유익하고 웃기고 울리면서도 교육적으로 執筆되어 읽는 이로 하여금 確實히 希望의 喜悅에서 새로운 世界를 發見할 것을 믿고 어른이나 어린이에게 一讀을 勸하는 바이다. (金元龍)

(民教社 發行 값 二八〇圓)

任西河, "(新刊評)崔秉和 著 희망의 꽃다발", 『국도신문』, 1950.1.13.

洪水처럼 쏟아지는 兒童 出版物 허울 좋은 兒童文化 兒童教育 等 이 가운데서 功利的이오 營業的인 것을 빼놓으면 創造的인 것이 얼마나 되는가. 이런 어지러운 가운데 崔秉和 氏의 少年小說 『희망의 꽃다발』을 갖게 되었다는 것은 오로지 어린이들만의 기쁨이 아니라 이 땅의 文學을 애끼는 사람의 온갖 자랑이 아닐 수 없다. 나는 이 책을 읽고 처음으로 내 子息에게 읽히고 싶은 感動을 느꼈다. 아울러 氏의 二十餘年間의 努力의 結實이 이 『희망의 꽃다발』에서 끄치는 것이 아니라 얼마던지 아름답게 꽃필 것을 生覺하니 스스로 즐거워진다. (민교사 발행 값 二八〇圓)

김철수, "보고 느낀 대로 쓰자", 『아동구락부』, 1950년 1월호.[314]

남이 지은 좋은 글을 많이 읽고 자기 스스로 글을 짓게 될 때, 그때 우리는 무엇을 어떻게 써야 할까?

이에 대한 대답도 어렵지 않다. 역시 간단하다.

"보고 느낀 대로" 쓰면 그만이다. 글이란 결코 아무것도 없는 데서 나오는 것은 아니다. 사람이 사는, 다시 말하면 생활하는 가운데서 나온다. 그러므로 여러분의 일상생활에서 보고 당하고 느끼는 그대로만 쓰면 된다.

좋은 글이라고 해서, 우리가 백두산이나 금강산 같은 곳으로 찾아가야만 되는 것은 아니다. 자고 깨고, 하루하루를 보내는, 그 날마다의 생활 가운데서 얼마든지 좋은 글을 찾아낼 수 있다.

그러니 "무엇을 어떻게 쓰나?" 하는 걱정이 될 때는 그날이나 그 전날이나 자기 생활 가운데서 보고 당하고 느낀 일을 그대로 써 보면 된다.

여기 이런 글이 하나 있다.

내가 학교를 가려고 대문을 나서면, 주봉이는 뛰어나와 내 양복바지를 붙잡고 빙그레 웃으며 "언니 나 빵, 응!"

하고 조른다.

나는 학교 시간도 급하려니와, 내가 제일 사랑하는 동생을 뿌리치기도 안타까와 쩔쩔매다가 나는 동생의 뺨에 입을 맞추며

"오늘은 없으니 내일 꼭 갖다줄게, 응!"

하고 억지로 떼듯이 밀어놓고 동생을 돌아보며, 총총걸음으로 학교를 향한다.

주봉이는 그제야 할 수 없다는 듯이

"언니, 안녕!"

하고 고개가 거의 땅에 닿을 만큼 허리를 굽히어 경례한다.

---

314 「보고 느낀 대로 쓰자」와 「글은 어떻게 지을까?―감각을 닦자」는 글쓴이가 밝혀져 있지 않지만, 글쓴이가 '김철수'로 밝혀져 있는 「글은 어떻게 지을까?―관찰과 글」과 연결되는 내용이어서 모두 글쓴이를 '김철수'로 밝혔다.

얼마나 재미나는 글이냐!

동생 주봉이와 그 주봉이의 언니인 글 쓴 사람의 말과 행동이 눈에 보이는 듯, 귀에 들리는 듯하지 않는가? 그렇다고 이 글은 깊은 산이나 바다 같은 곳을 찾아가서 된 글은 아니다. 동생을 가진 여러분들은 아마 누구나 매일같이 당하는 일일 께다.

이와 같이 우리가 그날그날 살아가는 동안에, 집에서, 거리에서, 학교에서, 동내에서 보고 당하고 느끼는 여러 가지 일을 그대로 짓는 것이 좋은 글 짓는 첫걸음이기도 하다.(이상 33쪽)

김철수, "글은 어떻게 지을까?−관찰과 글", 『아동구락부』, 1950년 2월호.

보고 느끼는 대로 쓰면 된다고 하였다. 그런데 여기서 다시 생각하게 되는 것은 보고 느끼는 것이 다 글이 될 수 있나? 또는 그러면 어떻게 보나? 하는 점이다. 보고 느낀 그대로 쓴다는 것이 또 어렵게 생각된다.

그러면 어떻게 할까?

보고 느끼는 대로 짓되, 그 보는 것, 눈에 보이는 것을 보이는 그대로 하나에서부터 열까지 모두 쓸 것이 아니라, 보기는 보되, 그저 아무렇게나 보는 게 아니고 잘 살펴서 봐야 하고 생각을 하면서 봐야만 한다. 함부로 봐 넘기지 말고 다른 사람이 못 본 점, 다른 사람이 깨닫지 못한 점을 찾으려고 노력해야 한다. 그것을 관찰이라고 한다.

그림 그릴 때를 생각해 보자.

눈에 보이는 것을 모두 그리는 게 아니라 살펴서, 꼭 나타내겠다고 생각한 점만 그리고 그 밖의 것은 그리지 않는다.

똑 같은 물건(비단 물건만이 아니라)을 같은 사람의 눈으로 보는 것이고 같은 말, 같은 글자로 쓰는 것이 것만 살펴서 보고 살펴보지 않는 데 따라서 글은 얼마든지 좋와지기도 하고 나뻐지기도 한다.

그러므로 좋은 글 짓는 데는 관찰을 잘해야만 한다.

이런 동요를 하나 읽어 보자.

　새파란 보리밭에 찾아온 봄은 푸른 바다 건너서 산을 넘어서 제비가 강남에서 물고 왔을까 꽃 피는 봄이 오면 나는 좋더라. (이상 20쪽)

　먼 산에 아지랑이 삼삼거리면 누나들 산에 들에 바구니 끼고 나물 캐며 생글생글 노래하고요 종달새 우는 봄이 나는 좋더라

　맑은 물이 흐르는 시내 언덕에 휘늘어진 수양버들 가지를 꺾어 우리 동무 한데 뭉쳐 소리 맞추어 피리 부는 봄이 오면 나는 좋더라

(「봄」 정종렬 지음)

어떤가?

　동지섣달, 꽁꽁 얼어붙었던 그 지리하고 춥던 겨울이 정이월도 다 가고 화창한 봄이 와서 넓은 들, 밭고랑에는 새파란 보리싹이 모락모락 돋아나고, 고 예쁜 제비들이 무어라 비비배배 노래를 하는 것은 누구나 다 봄이면 같이 보고 느끼고 하는 것이다. 그러니 그것을 그대로만 쓴다고 하면 어떻게 되겠는가?

　춥고 춥던 겨울이 벌써 다 가고 밭에는 새파란 보리 싹이 나고 제비들이 비비배배 노래를 하는 봄이 벌써 돌아와서 나는 좋더라

　보고 느낀 대로 쓰는 것이 글이라고 해서 이렇게 짓는다면 얼마나 싱거운 글이 될 것인가?

　새파란 보리밭이니, 제비니, 다 같은 말로 쓴 노래이지만 나중 것은 그저 아무 생각 없이, 살펴서 보지 않고 그대로 쓴 것이고 앞에 것은 겨울이 가고 봄이 온 것을 좀 더 깊이 살펴보고 생각해 보고서 쓴 글이 아닌가? 돌아 온 새봄은 아마 새파란 보리밭이 그리워 찾아온 것이 아닐까? 제비 새끼들이 가벼운 날개로 저이끼리 무어라 지줄거리며 날러다니는 것도 혹시나 바다를 건느고 산을 넘고 해서 물고 온 것이 아닌가? 이제 또 오래지 않아서 아름다운 가지가지 꽃들도 피겠지…… 얼마나 좋은 봄이랴! 그런 봄이 오면 나는

좋더라 새파란 보리밭, 아지랑이 졸졸 흐르는 시내, 언덕, 휘늘어진 수양버들, 나물 캐는 누나, 이렇게 두루 살펴보고 생각하는, 관찰에 따라서 이만큼 엄청나게스리 글이 달러진다. (계속) (이상 21쪽)

김철수, "글은 어떻게 지을까?-감각을 닦자", 『아동구락부』, 1950년 3월호.

다음으로 중요한 점은 감각이다. 감각을 자꾸 닦아서 아주 예민하게 되면, 또 훌륭한 글이 나올 수 있다.

그런데 이 감각에는 여러 가지가 있다.

첫째 눈으로 봐서 깨닫는 것이다.

　　　진달래꽃은 빨갛다.

하는 "빨갛다."는 눈으로 보아 깨닫는 감각이다.

둘째는 귀로 들어 구별하는 것이다.

　　　병아리는 삐용삐용 운다.

하는 "삐용삐용"은 귀로 들어서 구별하는 감각이다.

셋째는 입으로 마시거나 씹어서 맛을 가리는 것이다.

　　　복숭아가 새큼하다.

하는 "새큼하다."는 입으로 먹어 그 맛을 가린 감각이다.

넷째는 코로 냄새를 맡아서 알아내는 것이다.

　　　생선 썩은 내가 퀴퀴하다.

하는 "퀴퀴하다."는 코의 감각이다.

다섯째는 손으로 만져 느끼는 것,

　　　아기 손이 싸늘하게 얼었다.

여섯째는 손이나 입이나 코로만이 아니라, 몸 전체의 느낌으로 알게 되는 것,

　　　날이 무더운 게 비라도 올 것 같다.

라는 "무더운 게"는 몸 전체로 느끼는 감각이다.

이렇게 구별되는 감각이 또 □□는 데 큰 도움이 된다.

사람은 누구나 다 같이 감각을 가질 수 있고, 도 가지고 있다. 그리고 그 감각을 바로 하고, 바로하지 못하고, 혹은 감각을 하기는 하되 그 정도에 따라서 글의 결과가 달라지기도 한다.

가령 물오리가 헤엄치는 것을 보고, 고요한 물 가운데 한가로이 뜨는 듯 마는 듯 떠 있는 모양이고 있는 듯하다든가, 알을 품고 있는 암탉 같다든가, 또는 먼 바다 한가운데 떠 있는 돛단배를 보고 꿈꾸는 듯하다든가, 그런 감각이 관찰과 함께 글 짓는 데 없어서는 안 된다.

수박을 한번 생각해 보자.

속담에 "수박 겉핥기"라는 말이 있지 않은가. 그와 마찬가지로 핥기만 핥아 보고 수박 맛을 알았다고(이상 20쪽) 뽐낸 댓자 그건 쑥이다. 서사 수박을 쪼개서 먹었다고 하더라도, 아무 생각 없이 씹어 넘기기만 했다면, 그 역시 수박을 잘 그려낼 수 없다. 수박을 먹는데도 서걱서걱하는 그 싯뻘건 속을 어석어석 먹어 가면, 물들인 눈 과자 같다거나, 혹은 까만 씨가 박혀 있는 것이 하늘에 별 박히듯 총총하다거나, 하는 감각은 수박을 표현하는데 얼마든지 필요한 것이다.

또스터에브스끼라는 유명한 소설가가 있었다. 그분이 젊었을 때의 일로 재미나는 얘기가 있다.

하루는 그가 같이 문학 공부를 하고 있던 친구 한 사람을 찾아갔다. 그랬더니 마침 그 친구가 쓰고 있던 소설을 보여 주었다. 그래 도스터예브스끼는 받아 읽어 가는데, 라는 구절이 있었다고 합니다.[315] 이를 읽은 그는 잠간 생각하다가 오 전짜리 동전이 소리를 내고 뛰면서 땅바닥을 굴러갔다, 라고 고치면 어떤가? 하고 말했다고 한다. 어떤가? 여러분도 전에 혹은 동전 같은 것을 떨어뜨려 본 일이 없는가? 그리고 그 떨어진 것이 굴러간 일이 없는가? 그러면 오 전짜리 동전이 소리를 내고 뛰면서 땅바닥을 굴러갔다.

---

315 맥락으로 보아, '그래 도스터예브스끼는 받아 읽어 가는데, 오 전짜리 동전이 땅바닥을 굴러갔다, 라는 구절이 있었다고 합니다.'에서 '오 전짜리 동전이 땅바닥을 굴러갔다.'가 탈락된 것으로 보인다.

하고 그냥

　오 전짜리 동전이 땅바닥을 굴러갔다.

하고 비교해 보라. "소리를 내고 뛰면서"라는 말이 결코 거짓말이 아니다. 분명히 소리를 내고 뛰면서 굴러간다. 그런 점을 관찰하고 관찰만 하는 게 아니라, 예민한 감각으로 붙잡는다. 일상 감각을 닦아 온 사람은 남이 써 놓은 글에서도 쉽사리 깨닫게 된다. "소리를 내고 뛰면서"는 눈으로만 본 게 아니라, 귀로 듣기까지 한 것이다.

　우리나라에도 지용[316]이라는 시인이 쓴 시에 이런 것이 있다.

「호수」(湖水)라는 제목인데

　　오리 모가지가
　　호수를 감는다
　　오리 모가지는
　　자꾸 간지러워

라고밖에 안 썼다.

　물 위를 헤엄치는 오리가 먹을 것을 찾아서, 혹은 작난하느라고, 물속에 모가지를 자꾸 쳐 넣는 시늉이 꼭 호수를 감기나 하는 듯이 보이고 또 그 시늉이 혹은 모가지가 간지러워하는 것 같기도 하다. 그러나 그것은 지용이라는 시인이 예리한 감각으로 발견하였고, 써 놓았으니 "그렇구나." 하고 생각하게 되지, 아무나 쉽스레 그런 시를 쓸 수 있는 것은 아니다. 모두 스물 넉 자밖에 되지 않는 짧디짧은 이 시는, 전혀 감각에서 낳아진 간드러진 시다. 그러니 감각을 닦도록 하자.(이상 21쪽)

---

316 정지용(鄭芝溶)을 가리킨다.

尹石重, "懸賞文藝作品 兒童作品을 읽고", 『한성일보』, 1950.2.5.[317]

이번 『한성일보』에서 모집한 아동작품에 응모한 어린 학동들의 작문(作文) 동요(童謠) 등이 수효로는 상당히 많았다. 그러나 아모리 고르고 찾아보아도 작품 수준을 펄적 뛰어난 당선될 만한 작품이 한 점도 없음은 선자로서여간 섭섭한 노릇이 아닐 수 없다. 내가 생각하고 기대하는 수준에 도달하지못하였다는 것보다도 전반적으로 신문사의 응모작품이면 더 좋은 작품이 나오리라는 상상에 어그러졌다. 작년에도 어느 신문사에서 아동작품을 모집하여 나에게 심사를 하여 달나 하여 심사한 일이 있었으나 역시 당선시킬 만한작품이 없어 유감을 금하지 못하였는데 이번도 당선 작품을 찾아내지 못한것이 매우 답々하다. 아동작품을 모집할 때 모두 학교장의 "추천" 작품을 모집하고 있는데 나는 될 수 있는 대로 이런 조건이 없기를 바란다. 미래의 우리문단을 위하여 어린이들의 꾸준한 공부와 지도자들의 성의 있는 참된 노력이안타깝게 기대된다.

---

317 원문에 '選者 尹石重'이라 되어 있다.

朴仁範, "童話文學과 옛이야기(上)", 『자유신문』, 1950.2.5.

"童話"라는 말은 우리나라에서 생겨난 말이 아니다. 또 中國에서 생긴 말도 아니다. 筆者는 日本에서 이 말이 생겼다고 생각한다.

西洋에서는 'FAIRYE' 或은 'FADLE'[318]이라고 했고 우리나라에서는 "옛날 이야기"라고 하는 것이 지금에 童話를 말하는 것이다.

이 "옛날이야기"를 文學이라는 말까지 붙이여서 硏究한 일이 우리나라 有 史以來 李朝末期 其後까지도 없었다. 그렇다. 아직 世界 어디에도 童話文學 의 體系와 組織이 되어 있지는 않다.

그러나 童話의 科學은 벌서 옛날이야기가 아니고 새로운 學問인 것만은 틀림이 없다.

"在下者 有口無言"이란 在下者 속에 어린이까지 包含視하며 幼兒童 그 自 初부터 대수롭지 않게 역이던 封建末期를 □□해서 日帝 軍靴 밑에 五十音 假名을 배우노라니 大槪는 "옛날이야기"를 文學이라고 생각해 볼 餘暇도 없 으려니와 이를 硏究하려 한 人士조차 極히 드물었던 것도 怪異한 일은 아닐 것이다.

그렇던 이 따의 童話文學이 解放 以後 特히 近日 쏘다저 나오는 것을 보 면 擧皆 日本 少年文學에서 맛보던 口味로 飜譯 或은 急作히 模倣해서 日 刊新聞에까지 連載하는 것을 볼 때 그야말로 一喜一悲하여 마지못한다.

童話를 硏究하는 人士들이 續出하는 것은 즐거운 現狀이나 其實 童話를 皮上的으로 簡單히 日譯하는 程度로 接近하려는 人士 또한 數가 많음에는 놀라지 않을 수 없다는 말이다.

童話 硏究의 範圍가 너무도 廣汎함으로 그 起源 歷史 內容 形式을 낯낯이 여기에 論議할 수 없거니와 童話는 兒童心理와의 交涉만을 硏究하는 것만도 아니고 傳說學이나 言語學的으로만 硏究하는 것도 아니다. 勿論 敎育學的 效用價値와 藝術的 要素가 多分히 있어야 하지만 내가 여기에 한 마디로

---

318 'fairy', 'fable'의 오식이다.

말하고 싶은 것은 以上과 같이 모든 通으로부터 硏究 綜合하여 終末에는 未來를 暗示하는 卽 人生의 內容에 關한 許多한 暗示를 兒童들에게 주는 것이라야 한다는 말이다.

먼저 童話의 起源을 생각해 볼 때 우리가 敢히 헤아릴 수 없는 太古時代, 卽 人類의 交話本能이 始作될 때부터 童話는 發生한 것이라고 想像할 수밖에 없다.

그러므로 人智의 수명期에는 벌서 훌늉한 形式을 갖우운 이야기가 생겼던 것이다. 이것이 다시 人智의 發達에 따라서 變貌 變色하고 發達하야 藝術的 要素와 道德的 要素가 附加케 된 것이다.

그러므로 童話는 南洋土人에게도 있고 서울에도 있는 것이다. 그러나 여기서 南洋土人의 兒童들이 좋아하는 童話를 이 나라의 兒童들에게 물려준다면 아이들은 반듯이 아모런 感興을 듯기지 안는다는 말이다.

그것은 말할 것도 없이 土人들의 文化와 우리나라 文化와의 距離가 너무 엄청나게도 差異가 큰 關係가 아니면 아닐 것이다.

여기서 童話라면 "옛날이야기"라고만 速斷하고 그야말로 호랭이 담배 먹던 이야기를 함으로써 兒童들의 口邊에 微笑를 사고 滿足해서는 될 수 없다는 말이다. 우에서 말한 바 土人들의 文化와 서울의 文化와의 距離가 假定 一百年의 差가 있다고 하면 卽 百年 前 兒童들에게 歡迎을 받던 童話는 現 貳十世紀에 處한 兒童들에게서는 똑같은 歡迎을 期待할 수는 없다는 말이다.

童話上으로 時代를 區分해서 古典童話時代, 卽 印度의 說話, 희랍의 神話, 猶太神話, 아라비아 神話, 이솝寓話時代에서 口碑童話時代 卽 그림童話, 아스쁘룬 童話時代를 거처 藝術童話時代 卽 안델센童話時代로 變遷하여 오늘 科學童話時代에까지 이르게 된 것이다. (繼續)

朴仁範, "童話文學과 옛이야기(下)", 『자유신문』, 1950.2.7.

여기서 □□□에는 — 이솝의 우話나 그림童話며 안델센의 童話 等은 無用

之物인가 — 고 疑아히 생각할 것이나 그런 말은 아니다. 研究하는 사람들은 目的을 하야 深甚히 研究하여야 한다는 것을 말하여 둔다. 大童話家 안델센도 在來의 口碑童話를 材料로 그 獨創力을 □□하야 自身의 藝術로 순化시켰고 따라서 □□□ 一世紀 卽 一千八百年代에 宗敎的 思想이 高調될 때 그는 特히 □□하고 □□한 □□로써 □妙한 유모어를 석거 가며 그 時代 사람들의 呼吸에 알맛게 맨드러낸 藝術이므로 해서 當時 兒童들뿐만 아니라 大衆들을 悅光케 하였던 것이다.

그러나 이런 世紀的 大名作인 안델센 童話도 現在 서울아이들에게는 그야말로 "옛날이야기"에 지나지 안는다는 말이다.

童話文學이란 그 內容이 一般 文藝品과 같은 點과 □□를 內包할 수 있거니와 童話文學만이 가진 特殊的인 點이 있는 것이다.

이 特殊的인 點이란 곧 □□□的 或은 超自然的 能力에 關한 空想인 것이다. 이 空想이 □定하는 方向 이것이야말로 現世에 處하면서도 '안델센' 時代로 돌아갈 수가 있고 더 以前 太古時代로도 돌아갈 수가 있는 것이다. 空想이 가는 길은 곧과 때를 헤아리지 않는 까닭이다.

그만 이 小論도 여기서 끝을 마치겟거니와 童話의 이 特殊性에 依하여 活氣潑자하고[319] 天眞란만한 兒童들을 이끌고 大붕과 같이 大空으로 無邊大海로 雄大하고 壯快하게 나르며 그야말로 神秘的인 것과 □□的인 것을 맛볼 수 있는 것이다.

그러나 그것이 그대로 그런 空想에서만 끝마치고 말 때 情緖도 神秘도 모다 없어저버리고 그야말로 虛無孟浪한 것으로 떠러저버리고 마는 것을 알어야 한다.

다시 말하면 近日 發表되는 童話作品 中에 이 特殊的인 點만을 誇大視랄지 □見的이랄지 마치 露店에서 □□하는 □□□과 같은 □□의 虛無孟浪한 "옛날이야기"가 많다.

虛無孟浪이란 藝術的이 아닌 同時에 宗敎的도 아모것도 아니다.

이와 같이 □□ 童話文學의 特殊的인 空想을 어째서 그야말로 空想으로만

---

319 '活氣潑剌하고'(활기발랄하고)의 발랄(潑剌)을 발자(潑剌)로 잘못 읽은 것으로 보인다.

알고 다니느냐는 말이다. 藝術的인 要素가 潛在한 곧이 따로이 있는 것도 아니다.

蒼空 구름 山과 바다 작은 벌레 얇은 꽃잎에 이르기까지 얼마던지 □□的인 □□과 □□으로 兒童들의 어여뿐 파랑새와 같은 □□를 잇끌고 다닐 수가 있는 것이 아닌가. 何必 □□의 □□와 □□□ 속이나 □□□이나 큐라만을 말함도 아니다.

구태여 巖谷小波와 같이 未明[320]과 같이 안델센처럼 쓰랴고 하다가 옛날이야기에 빠저 버릴 것이 없다는 말이다.

童話文學은 "옛날이야기"로만 끝마치는 것이 아니고 未來를 暗示하는 人生의 內容에 關한 許多한 暗示를 兒童에게 주는 것이라야 한다.

우리들의 兒童들이 어서 하루바삐 자라야 하지 않겟는가. 그러나 書堂에서 글 배우고 科擧 보고 해서 立身揚名하기를 바라지 안는 反面에 유무라(湯村)도 좋다 노벨賞도 받고 아카데미賞도 받는 참新한 新世上을 創造하는 人間을 우리는 바라는 同時에 길러내야 한다.

童話文學은 이런 길로 나아가야 한다. 그러므로 우리네 兒童들이 立脚한 位置를 알어야 하고 알어야 한다. 부는 바람이 東西南北 어느 바람인 것을 알어야 한다.

童話文學을 硏究하는 學徒들은 먼저 이 뜻을 품고 創作하여야 할 것이다.

안델센은 一千八百年代 사람이다.

童話文學은 "옛날이야기"가 아니라는 것을 거듭 말해 둔다.

---

320 오가와 미메이(小川未明)를 가리킨다.

김영일, "序", 『아동자유시집 다람쥐』, 고려서적주식회사, 1950.2.

나는 나의 眞實한 童謠를 發見하기에 많은 애를 썼다.

여게 眞實이라 말함은 나의 人間的 眞實性을 말함이요 애를 썼다 함은 나의 童謠에 있어서 나만이 所有할 수 있는 나의 世界를 創造하고 眞實한 나의 童謠의 方向을 決定하였다는 意味다.

나는 여게서 現今까지의 兒童文學을 批判하고 싶지는 않다.

그 理由는 나의 童謠文學과 現存 童謠文學과를 批判해 보면 지금부터의 새로운 童謠文學의 方向이 스스로 決定될 것이라 믿기 때문이다.

나의 童謠의 作品 年代는 發表한 作品은 紙(誌)上에 發表한 年代를 記入한 것이고 最初의 지은 年代는 아니다.

그리고 現在 나의 自由詩에 作品 年代가 먼 것이 있으나 그 自由詩에 비추어보아 손색이 없기에 한 部에 몰았다.

나는 이것으로 滿足함을 느끼는 바는 아니다. 나의 自由詩도 世代와 같이 發展하여 갈 것이다.

끝으로 그림을 도맡어 그려 주신 林同恩 氏와 物心兩面으로 援助하여 주신 吳昌根 兄께 삼가 感謝함을 드린다.

경인년 설날

지은이 드림

김영일, "私詩狂論", 『아동자유시집 다람쥐』, 고려서적주식회사, 1950.2.

나는 하나의 主義 主張을 갖이고 있다. 그러나 나는 그 하나의 主義 主張을 위한 나는 아니다. 나는 나다.

× 　

하나의 主義 主張을 위한 藝術이란 있을 리 없다. 있는 것은 단 "藝術" 그것 이다.

× 　

藝術은 나다. 나는 딴 사람이 아니다. 나는 나다. 即 나는 概念이 아니다. "生活"은 概念이 아니다. 내가 있는 곳의만에 있을 딴 사람이 아닌 나의 生活 이 있다.

× 　

나는 산다. 나는 어데까지나 自由를 願한다. 나는 無限의 世界에 飛躍할야 한다.

나는 나의 飛躍을 拘束하는 모든 것을 破碎한다. 即 나는 하나의 主義 主張 의 拘束까지도 破碎한다.

× 　

思想은 알콜이다. 잘못하면 人間은 思想에 醉한다. 醉할야고 한다. 몇 個 의 그리스도를 비저낸다. 비저낸 그리스도로 말미아마 — 思想으로 말미아마 人間은 스스로 그 束縛을 받는다.

十字架를 질머진다. 달게 그의 傀儡가 된다.

× 　

무엇보다도 먼저 "나를 主宰하는 것은 내가 되라." 그것이다. 모든 것에 傀儡가 되지 말 것이다.

× 　

汽車는 언제나 레-루를 달리는 것이라고는 볼 수 없다. 때로는 窓을 연 채로 잠잘 때도 있다.

×

藝術은 敎示가 아니다. 暗示다.

나는 觀照를 制限하는 것을 좋와하지 않는다. 조고만 主觀을 吐露해서 나의 觀照를 制限하는 "藝術"을 排擊해라.

×　(이상 92쪽)

하나의 生物이라고 하는 것보다도 하나의 人間이라고 하는 奇怪한 矜負를 버리지 못하는 人間에게 좋은 "藝術"은 낳을 수 없다.

×

말할 것을 말하는 것보다 먼저 말할 技巧을 獲得할 것이다.

×

藝術의 價値를 決定하는 것은 多數의 讀者가 아니다. 讀者의 한 사람인 大衆의 한 사람인 作者 自身이다.

×

自然을 觀察하는 마음은 잘 自己를 觀察하는 마음이다.

언제나 自己의 氣分을 잘 表現해 주는 것은 決코 自己의 主觀이 아니다. 自然의 素朴한 움지김이요 흐름이다.

×

모다 表現이 端的이 되는 것은 近代 生活에 있어서 必然의 發生이다.

敎育 많이 받은 人間의 마음은 그 約束을 깨치고 밖으로 나온다.

그곳에 空間이 기다리고 있다. 그것이 우리의 唯一한 住宅이다.

그곳에는 단지 渾然한 統一 無限의 運動이 있다.

運動의 構成 ― 單純化는 必然의 要求다.

×

짧(短)다는 것이 單純한 情操의 單純한 表現이 되어서는 안 된다. 卽 從來는 보다 더 잘 表現하기 위하야 長惶하게 써 왔다.

그러나 나는 더 잘 表現하기 위하여 더 짧게 쓴다.

×

나는 "詩"라는 것을 모른다. 그렇다고 "詩"를 說明할 수는 더욱 없다.

"詩"는 "詩"다.

×

나는 무엇을 위하야 태여낳는지 모르는 것처럼 무엇을 위하야 사는지 모른다. 그러나 태여난 것은 事實이고 또 살려고 일하고 있는 것도 事實이다.

나는 이 "理由 없는 事實"을 "詩"라고 본다. 무엇 때문에 태여났는지 또 무엇을 할려고 살고 있는지 모르는 곳에 나는 "詩"를 본다.

卽 "詩라는 것은 說明할 수 없는 實在"라고 나는 말한다.

그것은 이때까지의 詩와 같이 2+2=4라는 公式을 否定한다. 내가 말하는 새로운 詩는 2+2=0이다.

×

나이를 먹었다 하드래도 그 言動이 서투른 사람도 있고 또 그와 反對(이상 93쪽)되는 사람도 있고 해서 實로 年齡이라는 것은 問題되지 안는다.

卽 멍-하니 있으면 때(時)는 그 사람의 心央을 버서 지나가기 때문에 그 사람은 때와 같이 進步하지 못하고 도로혀 그곳에 停頓해 있게 되나 언제던지 때를 凝視하고 있는 人間은 때가 그 사람의 心央을 지나갈 때마다 때와 같이 進步하고 實際 年齡보다 더 늙어 보인다.

×

그런 意味로서 나이가 들면 여러 말을 하지 않는다. 아니 여러 말을 하지 않는 것이 아니다. 十分 말하고 있지만 巧妙하게 要領 있게 잘 表現하기 때문에 殆半 말하지 않는 것 같이 보이고 들린다. 卽 虛事가 없다.

×

그러나 사람은 더 잘 表現하기 위하여 抽象的으로 構成하고 말을 無理로 쌓어 놓기만 한다.

그러나 그는 그곳에 構成한 것에 不過하다는 것에 생각이 가지 못한다. 卽 說明할 수 있는 것을 說明한 것에 不過하다는 것을 아지 못한다.

×

只今까지의 藝術은 모다 그러한 矛盾을 갖이고 있다. 說明하지 못할 것을 避하여 說明할 수 있는 것을 說明하고 있었다. 그러나 只今부터의 새로운 藝術은 "어리석은 努力"을 되푸리해서는 안 된다.

그들이 回避한 或은 보지 못하고 있는 說明할 수 없는 것을 表現하고 쓰지 않으면 않 된다. 그 方法으로 나는 더 많은 말을 必要치 않은 形式과 藝術을 갖었다. 그것이 即 自由律의 "短詩"다.

×

大體 짧(短)은 말로 表現한다고 事物 그 自體가 單純한 까닭은 決코 아니다. 事物 그 自體가 너무나 크고 複雜하고 微妙한 까닭이다.

×

一律로 될 일이라면 一律로 마치는 것이 좋다. 一律로 말하지 못하는 一단 一律로 말하면 모른다고 한다면 그 사람은 藝術의 價値를 云云할 資格이 없다고 하겠다.

×

나의 作品은 單純히 描寫로 보일런지 모른다. 그러나 如何한 單純치 아니한 描寫라 해도 그 裏面에 伏在해 있는 것을 追求할 힘과 理解가 없다고 한다면 亦是 單純한 描寫라고 處置해 버릴 것이 틀림없다.

×

나의 詩에 있어서는 그 말에 있어서 그 內容을 制限하는 것을 싫어하(이상 94쪽)므로 그 形에 나타나는 것은 언제나 描寫의 形을 取한다. 平然하게 放出한다. 획 — 내던진다.

×

웃(笑)는 것은 반드시 기쁘기 때문은 아니다. 그것을 單純히 기뻐서 웃는 것이라고 處置해 버리고 마는 直觀은 救하기 어렵다. 그런 皮相的 觀察로는 "藝術"은 비즐 수 없다.

×

大槪 藝術은 그런 곳에 所謂 主觀도 客觀도 있을 수 없다. 그곳에 있는 것은 단지 "自己"뿐이다.

×

生活은 어느 곳에던지 있다. 그러나 그것을 看破할 準備가 없는 사람에게는 生活은 어느 곳에던지 없다.

×

잘되었다는 것은 아무것도 안 된다. 잘 안 되었다 하드래도 그 사람이 아니고는 생각지 못할 또 쓸 수 없는 그러한 것이 보고 싶다. 누구든지 생각할 수 있고 쓸 수 있는 것이라면 차라리 쓰지 않는 것이 났다.

×

나의 詩를 모르겠다고 하는 사람이 많다. 假令 "달밤"이란 題로 "달밤"다운 것을 안 쓰고 뚱딴지같은 것을 썼다는 理由에서다. 참 그러한 觀察로는 나의 詩를 모를 것이 當然하다.

×

적어도 우리의 多角的인 近代 生活 가운데서 生하는 짧음은 決코 單純한 짧음이 아니다. 單純化된 짧음이 아니면 안 된다.

×

藝術은 勿論 理論은 아니다. 그러나 우리는 理論도 가이지 않으면 안 된다. 그것은 理論을 갖은 우리들 가운데서 生하는 理論이 아닌 것이 卽 "藝術"인 까닭이다.

×

藝術에 있어서 生活을 遊離해 있다고 말할 수 있는 것은 누구나가 쓸 수 있는 것을 쓰고 있는 것에 對해서다.

×

藝術作品에 依하여 作者의 認識의 程度를 推量하려면 作者가 그 對象을 어느 程度까지 把握하여 있는가를 檢討하는 데 있다.

그 把握해 있는 幅과 量에 依하여 作者의 生活의 깊이와 넓이를 推量(이상 95쪽)할 수 있다. 그러기 때문에 萬若 그 作者가 말하고 있는 것이 抽象的인 것이면 그 作者의 生活이 抽象的인 概念的인 것밖에 없다는 것을 알 수 있다.

×

그러기 때문에 무엇보다도 必要한 것은 "딴 사람이 아닌 自己"를 明確히 把握할 것이다. 그 以外에는 길이 없다.

그 以外에 生活이란 것은 없다. 詩를 쓴다던가 小說을 쓴다던가 社會運動을 한다던가 하는 것은 모다 第二義的인 일이다.

第一義的인 일은 딴 사람이 아닌 곳의 自己를 發見함에 있다. 其後가 아니면 딴 일이란 것을 할 수 없다.

萬若 한다고 하더래도 失手뿐일 것이다. 自己의 個性을 明確히 把握하면 스스로 方向도 決定된다. 따라서 第二義的인 일도 處理되어 간다.

地盤이 몰어지게 되면 — 地盤을 理解하지 못하면 그 위에 어떤 일을 세우더래도 너머지고 말 것이다.

너머지지 않는다 하더래도 너머지지 않게 버티고 있지 않으면 안 될 것이다.

그렇다면 아무것도 안 된다. 本末을 그릇치면 그런 經過에 부딧긴다. 그런 不安한 生活밖에는 갖일 수 없게 된다.

이것은 藝術家에 있어서 第一 슬퍼할 일이 아닐 수 없다.

　　　×

藝術이 存在하는 것은 다른 딴 사람이 아닌 自己가 存在해 있는 까닭이다. 萬若 自己라는 것이 다른 딴 사람과 같다 해도 좋다면 — 個性이라는 存在를 必要치 않다면 누구든지 한 사람에게 代辯을 시켜 두면 그만이다.

딴 사람은 모다 잠자코 있어도 足하게 될 것이다.

그러나 그렇게는 되지 않는다. 모다 自己가 생각한 것이나 發見한 것을 쓰지 않고는 못 배긴다.

即 딴 사람이 아닌 自己가 움지긴다. 그곳에 藝術이 發生한다. 各人各說이 비저진다.

그러기에 모다 뚱딴지같은 表現을 하지 않으면 못 배기는 곳에 "個性"의 反撥가 있다.

그리고 그곳에 藝術은 絶對로 類型이 아니라는 것을 明白히 알 수 있다.

萬若 그렇다고 하면 나는 좀 더 깊은 認識을 必要로 한다.

槪念的 文句를 羅列하는 것을 삼그지 않으면 안 된다.

　　　×

藝術에 滿足이란 있을 리 없다. 滿足이 있는 곳에는 藝術이 誕生할 수 없다. 藝術의 完成은 있을 리 없다. 不斷의 未完成이 있을 뿐이다.(이상 96쪽)

　　　×

어떤 일이던지 "試作" 아닌 것은 없다. 이것으로 滿足하다는 일은 없다. 죽을 때까지 — 아니 죽어서라도 "完成"은 바랄 수 없다. 사라 있는 그 自身이

"試作"이다.

　그러나 이 마음을 잊어버리고 있는 사람이 많다. 단지 TITLE을 얻기 위하여 精進하고 있는 사람이 많다.

　그러나 나의 精進은 自己의 內生活을 더 잘 擴充하기 위함이 되기를 바란다. 世評의 善惡은 第二義로 하고 "試作"에 "試作"을 쌓아 가겠다고 決心한다.

(이상 97쪽)

李柱訓, "兒童文學의 限界 - 最近 動向의 小感", 『연합신문』, 1950.3.9.

徹頭徹尾 童心을 理解하고 나아가 童心世界에 融合할 수 있고 兒童生活을 理解하지 못하고는 兒童文學을 할 수 없다. 그러므로 어린이가 아닌 成人인 兒童文學家가 作品 한 篇을 創作한다는 것은 容易한 일일 수 없는 것이다.

요佯히 過去 한 少年 時期의 生活이 그대로 記憶에 남고 그때의 童心이 고스란히 保持한 채 今日의 成人에 이르렀다면 問題는 다르다.

허나 人間이란 健忘症을 가진 動物인 同時에 童心이란 그 痕跡은 남아 있을지언정 少年時代의 純潔無垢한 童心은 肉體의 成長과 아울러 變化하는 까닭에 거기에 어른과 아이의 區別이 生起는 것이다.

그러므로 兒童文學家가 兒童世界를 觀察 把握하는 것은 成人文學家가 主로 普遍的인 人間(成人)生活을 探究하는 데 比하여 몇 倍의 苦痛과 苦悶을 더한다 아니 할 수 없다. 왜 그러냐면 成人文學家는 自己 自身이 벌서 同等한 成人의 立場에 있으므로 自己의 生活이 곧장 文學으로 通하는 有理한[321] 環境에 놓여 있지만 兒童文學家는 過去에 그러한 時期를 經驗 아니 한 배 아니지만 自己(成人)의 生活과는 全혀 딴 世界인 童心世界를 파고들어야 하는 二重 負荷的인 宿命的 逆境에 놓여 있기 때문이다.

그러므로 成人作家와 兒童文學家의 世界는 全혀 別個이기 때문에 成人文學家가 兒童文學을 할 수 없고 兒童文學家로서 成人文學 作品을 創作한다는 것도 울뿐 아니라[322] 될 수 없는 일이다.

이런 까닭에 創作品에 있어서 兒童物과 成人物이 産出?되기까지의 過程의 比重은 輕重이 있을 수 없는 것이다.

하물며 兒童物을 成人의 그것보다 낮게 評價한다거나 하는 따위의 不遜은 絶對 不許한다. 이럼에도 不拘하고 現今 우리 文壇(文人)은 여기에 너무도

---

321 '有利한'의 오식이다.
322 '울 뿐 아니라'가 잘못 들어간 오식으로 보인다.

等閑하고 無誠意하다 아니 할 수 없다.

自己 家庭의 子女生活에서 斷片的이고 極히 瞬間的이며 前後의 關聯性을 모르는 어떤 衝擊的인 事實을 偶然히[323] 發見하여 自己의 文壇에서의 地位를 요佯으로 그것을 곧장 兒童文學의 創作과 結託시키어 아모리 好意的으로 보아도 眞實한 兒童文學 作品으로 理解할 수 없는 兒童物 아닌 作品을 내세워 世上에 發表하여 勇敢하게도 童話니 兒童小說이니 하고 命名하여 無知에서 오는 罪過를 不知不識間에 犯하며 뿐만 아니라 兒童文學界의 헤게모-니를 잡은 듯한 夢遊症的인 自己陶醉에 빠지고 있음을 볼 때 兒童文學界를 爲하여 慨嘆치 않을 수 없다. 成人文學에는 眞摯한 態度로 臨하는 이들이 어째서 兒童文學 作品에 對하여서는 왜 그토록 等閑할가? 都大體 그들은 態度도 그러하려니와 兒童文學과는 世界가 다르기 때문에 自己의 손으로 써진 作品(兒童物)의 線 위를 모르기 때문에 그러한 作品이 兒童文學으로 成立된 줄로 自處하고 있을 것이다.

成人의 世界밖에 모르는 그가 理解하고 있다는 童心世界라는 것은 極히 觀念的인 常識의 限界에서 脫皮치 못함으로 그들이 쓴 作品이 아모리 兒童生活에서 取材하고 그러한 것을 테-마하였다 해도 成人世界의 官能的인 냄새를 拂拭치 못하여 거기에 나오는 童心은 全혀 어른들의 獨裁的인 意識에서 任意로 獨斷된 아이 아닌 아이(어른아이)의 心理 思考이며 對話 한 마듸 한 句節이 또한 "어른아이"의 말이다.

그런 까닭에 그러한 作品은 兒童生活에 沒理解하고 童心世界에서 遊離된 어른들이 읽어 共鳴할 수 있는 "어른아이"의 文學은 될지언정 眞實로 어린이들이 同歡呼하며 童心世界와 完全히 合流되어 讀者(兒童)로 하여금 거기서 感激을 받을 수 있는 兒童文學 作品과는 너무도 거리가 묘然하다.

그들은 兒童文學을 自己의 本質的인 成人文學 創作 行爲의 餘暇에 얼마든지 나올 수 있는 半쪽 文學(?)이나 成人文學界로 進出하는 過程的인 搖籃文學인 듯 그릇된 認識下에 極히 安易하게 生覺하는 듯싶다.

그러치 않고는 저러한 過誤를 敢行치 못할 것이다. 童心을 玉에 比한다면

成人의 그것은 녹쓸은 무쇠떵이라 하겠거늘 兒童文學이 寄與하는 바가 그 玉을 더 淨化시키고 潤澤 生光케 하는데 있는 까닭에 兒童文學의 意義와 그 存在 價値가 높이 評價되는 것이 아닌가?

萬一 不幸하게도 그와 正反對의 效果를 나타내는 것이라면 우리는 애초부터 그 存在일망정 絶對 容許할 수 없는 重大事가 아니고 무엇이랴?

眞實한 兒童文學 作品이란 童心의 흐름에서도 더 새로운 새 샘(泉)인 것이다.

이렇게 生覺할 때 童心의 변두리에도 隣接할 수 없는 우리(成人)이니 하물며 그 샘을 發見하는 作業이 어찌 그렇게 安逸한 中에서 容易히 일우어질까 보냐?

要는 그 限界를 明確히 하자는 것이다. 또한 兒童文學家를 自身부터도 成人文壇에로의 登龍을 꿈꾸고 있는 이가 없지 않다.

이러한 이들이 있기 때문에 앞서 말한 그러한 奇現象이 나타나는 것이고 나아가서는 그런 이들이 成人文壇에 登場한 然後에는 兒童文學에의 節介를 草芥같이 버리어 그러한 成人文學家의 前轍을 밟는 過誤를 犯하게 됨을 銘心하여야 할 것이다.   (끝)

崔啓洛, "(兒童文學時評)童心의 喪失－最近의 動向", 『自由民報』,
1950.3.21.

요즘 이 땅의 童詩(非單 童詩에 限하는 것이 아니라 兒童文學 全□에[324]
限한 것이지만)가 허잘것없는 機智□[325] 機械的 技후의[326] 壓力으로 漸次 그
基本情緒가 상失되어 가고 있는가 하면 한便 아모런 感動도 感激도 없는
딱딱한 敎養訓과 童詩 아닌 功利 公式만이 盛行하고 있다는 것은 實로 슬픈
일이라 아니 할 수 없다. 已往에 뜻있는 先輩 □氏는[327] 이의 危機□[328] 말하고
그의 打開策을 數次 力說하였으나 別般의 成果도 보지 못한 채 날이 갈사록
이의 危機는 急迫하여 가고 있을 따름이다. 이에 비록 淺識하나마 一團의
所見을 적어 볼까 한다.

그러면 오늘날 이 같은 沈滯는 어디에서 基因한 것이며 어떻한 곳에서 그
의 □開와[329] 成長은 可□할[330] 것인가. 나는 이에 童詩가 位置해□[331] 할 基
本 位置□[332] 喪失을 切□□[333] 느끼는 바며 이의 바른 位置에의 復歸에서
비로서 原則的인 過誤 乃至 枝葉的인 諸 問題□[334] 解決될 것이라고 믿는
바이다.

卽 우리는 먼저 童心의 把握에서 그의 危機를 打開할 수 있으며 童心에
의 깊은 理□에서만이[335] 이의 情緒의 喪失이란 童心의 喪失이며 功利 公式

---

324 '全般에'의 '般'이 탈락한 오식으로 보인다.
325 '機智와' 혹은 '機智나'로 보인다.
326 '技術의'의 오식으로 보인다.
327 '諸氏는'으로 보인다.
328 '危機를'의 '를'이 탈락한 것으로 보인다.
329 '展開와'로 보인다.
330 '可能할'로 보인다.
331 '位置해야'로 보인다.
332 '基本 位置의'로 보인다.
333 '切實히'로 보인다.
334 '問題가'로 보인다.
335 '理解에서만이'로 보인다.

같은 似而非 童詩의 氾濫은 곧 童心의 歪曲을 意味하는 것이라 무릇 兒童 文學의 基本 要素인 이 童心을 無視하고는 애당초 兒童文學의 成立은 不可能할진대 그中에서도 가장 純쇠해야[336] 할 童詩에 있어서 童心의 位置란 가장 絶對的인 것이다. 여기 成□으로서의[337] 童詩 創作의 根本的인 苦민이 介在하는 것이며 童詩 創作 過程에 있어 진지함이 要請되□[338] 所致인 □이다.[339] 兒童과 成人의 相違하는 두 個의 心性이 相通할 수 있는 單 하나의 길이 童心이며 이 童心의 發□으로서의[340] 童詩만이 兒童으로 하여 곧 生命을 感激식히며 感動식힐 수 있는 것이다. 卽 童詩란 兒童을 爲하여 만드러지는 것이 아니라 自己自身의 內面에 깊이 숨 쉬고 있는 童心의 抑制할 수 없는 發現으로서 創作되는 것이다. 兒童으로 하여곰 感動 感激식힐 수 있는 作品을 創作하기 爲하여서는 먼저 自己 自身의 童心의 토露와 □現으로서[341] 自己自身의 生命을 感動 감激식힐 수 있는 作品이래야 할 것이다. 여기 이 童詩가 가지는 一義的 藝術으로서의 意義□[342] 있는 것이며 功利 □ 識으로[343] 아모렇게나 制作된 것이 一時 皮相的으로나마 容納될지 모르나 그것은 다맛 한때의 재미에 끝일 것이고 豊富한 童心의 축積과 그것의 가장 正상的인 具現으로서의 童詩만이 兒童의 心性예[344] 融合될 것이며 永遠한 生命의 源泉으로서 받어드릴 수 있을 것이다.

이와 같이 童詩 作家가 모름직이 童詩가 一義的 藝術임을 깨닷고 童心의 復活과 그것의 保□에[345] 힘씀으로 해서 □□[346] 沈滯□[347] 解消될 수 있을

---

336 '純粹해야'(純수해야)를 오독한 것으로 보인다.

337 '成人으로서의'로 보인다.

338 '要請되는'으로 보인다.

339 '것이다.'의 '것'이 탈락된 것으로 보인다.

340 '發展으로서의'로 보인다.

341 '發現으로서' 혹은 '表現으로서'로 보인다.

342 '意義가'로 보인다.

343 '意識으로'로 보인다.

344 '心性에'의 오식이다.

345 '保護에'로 보인다.

346 '모든'으로 보인다.

347 '沈滯가'의 '가'가 탈락된 것으로 보인다.

□□며³⁴⁸ 나아가 이 땅의 童詩의 새로운 發展도 圖謀할 수 있을 것이다.
(끝)

---

348 '것이며'의 '것이'가 탈락된 것으로 보인다.

任元鎬, "(新刊評)다람쥐－金英一 童詩集", 『조선일보』, 1950.3.22.

봄! 希望의 봄이다. 꽃 피는 잔디밭에 엄트는 버들 숲에 귀여운 다람쥐의 봄놀이도 흥겨우리라.

金英一 兄의 兒童自由詩集 『다람쥐』는 이 강산의 봄맞이 고운 선물이다.

그는 童謠文學의 새로운 領域을 開拓하였다. 아직 □□本位의 우리 童謠 文壇에 이렇듯 童心本然의 感動的 리듬 自由律의 表現은 實로 驚異的이다. 그 嶄新한 構想과 奇妙한 手法은 極히 짤막한 세 네 句로서 限 없는 詩情을 풍기게 하며 千斤의 餘興에 잠기게 한다.

꽃냄새 풍긴다
바람이 불었다
바람이 모두 마시고 갔다.

童詩를 알고자 하는 이 더구나 兒童들에게 詩를 짓게 하려 말고 먼저 詩를 알게 하라. 이로 하여금 누구나 마음속에 고이 간직된 詩想을 自由로 옮길 줄 알게 되리니 詩의 世界를 찾게 되는 날 그네들의 살림은 恒時 봄바람 언제 나 多情하리라.

수양버들
봄바람에
머리 빗는다.

李元壽, "(新書評)金英一 童詩集『다람쥐』", 『聯合新聞』,
1950.3.23.

　金英一이 童詩를 쓴 지 十五年은 됐을 것이다. 그는 가장 詩와 距離가 멀다고 생각되는 環境에 있을 때에도 늘 童詩를 쓰고 생각하고 해 온 것이었다.
　英一의 詩를 내가 높이자는 것은 그의 作品과 童詩에 對한 생각이 나와 같다는 것이 아니라 그가 쓴 童詩는 오나가나 수두룩한 허황한 形式의 그런 것이 아니요 오로지 맑고 날카로운 詩 그것이기 때문이다. 그의 詩는 짧은 것이 特色이다. 짧을 수 있는 것은 짧아서 좋을 것이요 空然히 길 必要는 없다. 詩的 內容이 없는 童謠나 童詩가 하두 많은 요지음 이 한 卷이 세상에 끼칠 影響에 期待하는 바가 커서 자꾸만 기쁘다.

　　맴맴맴 맴맴맴맴 쓰으으으 머언 산에 바람 온다 (「매미」)

이런 것이라든지

　　감자꽃 피는 산 밭에서 고향 생각
　　꿩은 머언데서 울고있다 (「꿩」)

　이런 지나치리만치 簡潔한 詩를, 어린이들은 이런 걸 읽고 곰곰히 생각할 것이다. 생각한 다음엔 아름다운 詩의 雰圍氣에 싸일 것이다. 거기서 또 많은 詩가 그들의 머리속에 생겨날 것이다. 實로 기쁜 일이다. ― 林同恩 氏의 그림 또한 感興을 돕고도 남는다.

定價 二八〇圓 高麗書籍 發賣

崔啓洛, "感動의 位置－金英一 童詩集『다람쥐』를 이러고", 『自由民報』, 1950.3.28.[349]

情緖를 잃은 휘황한 形容詞의 羅列에 童心의 상실과 위곡에서 오는 오늘날의 低調된 이 땅의 兒童文學界에 童詩集『다람쥐』는 實로 하나의 驚異的인 存在로서 나타낫다. 당초 내가 이러한 글을 쓰는 것은 著者와 무슨 因緣이 있어서도 아님으로 다만 이 한글의 童詩集 안에 收錄된 力作 八十餘篇에 感動하고 남은 바 있어서이다.

먼첨 느끼는 것이 氏의 童詩가 모두 짧은 것이다. 그러나 氏가 後面의 童詩論에서 짧다는 것이 單純한 情調의 單純한 表現이 되어서는 안 된다.

卽 從來는 보다 더 잘 表現하기 爲하여 長황하게 써 왔다. 그러나 나는 더 잘 表現하기 爲하여 짧게 쓴다 하고 말한 바 氏의 童詩에 있어서의 用語의 壓縮이란 보다 크고 넓은 情緖의 表現을 意味하고 있다.

> 산골길
> 가다 가다
> 휘파람 분다
> 동무생각난다
>   (「산골길」)

우리는 이 極히 짧은 한 篇의 詩 속에서 無限히 아름다운 그러나 뭐 이름지울 수 없는 크나큰 心性의 感動을 느끼는 것이다.

다시 (藝術의 價値를 決定하는 것은 多數의 讀者가 아니다. 讀者의 한 사람인 大衆의 한 사람인 作者 自身이다.)라고 말하였거니와 이 같이 氏의 童詩가 讀者를 爲하여 製作된 것이 아니라 먼저 自己自身의 內面에 숨쉬는 童心의 抑制할 수 없는 正當的인 發顯으로 이어졌다는 点에 있어 氏의 童詩는 높이 評價되어야 할 것이다.

---

349 제목 '感動의 位置－金英一 童詩集『다람쥐』를 이러고'의 '이러고'는 '읽고'의 오식이다.

감자꽃 피는
산 밭에서
고향 생각
꿩은 머언데서 울고 있다
(「꿩」)

　이와 같이 맑고 깨끗한 童詩 本然의 마음은 오래오래 잊을 수 없는 것이며 그것이 가져오는 心性의 感動은 읽는 者로 하여곰 먼 같으나[350] 가장 가깝게 肉迫하는 것이다.

---

[350] '먼 것 같으나'에서 '것'이 탈락한 오식으로 보인다.

윤복진, "동요 고선을 맡고서", 『어린이나라』, 1950년 3월호.

무엇보다 자기의 감정을 자기의 말로서 읊을 것, 될 수 있다면 —— 이것은 독자 여러분에게는 지나친 주문일는지도 모르겠으나 —— 자기만의 감정을 자기만의 말로서 읊을 것, 그러한 것을 목표로 힘껏 짓고 지어 봅시다.

나라는 사람은 긴 동요나 동시는 싫어합니다. 길게 쓸 것이라도 될 수 있는 데까지 짧게 써야만 하겠읍니다. 이것은 비록 나만이 그러한 생각을 가진 것이 아니고 조금이라도 시(詩)를 아는 분은 모두 그러한 생각을 가지고 있읍니다. 여러분은 햇빛 쨍쨍한 날 한 날, 양지짝 뜰아래서나 마루 끝에서(이상 34쪽) 돋보기 장난을 해 보았으리라고 생각합니다. 동요나 시에 나타나는 감정은 사람의 가슴속에 꿈틀거리고 있는 감정을 그대로 내다쏟는 발가숭이의 감정이 아니고 그 사람이 가진 어떤 미(美)의 체로 걸르고 걸러서 미에로 승화(昇華)시킨 감정입니다. 감정이 아니라, 그러한 것을 가리켜 정서(情緒)라고 합니다. 그리고 이 정서라는 것도 앞에서 말한 돋보기처럼, 정서의 초점(焦點)을 줄일 대로 줄여야만 합니다.

돋보기 장난에서 보듯이 초점이 커지면 따겁지도 않고 따라서 불도 붙지를 않습니다. 동요나 시의 창작에 있어서도 그러합니다. 이러한 사실을 가리켜 정서의 연소(燃燒)라고 합니다. 한 개의 과일이 익으면 익을수록 맛이 있는 것과 마찬가지로 정서가 불타면 불탈수록 정서는 맛이 나고 멋들어지는 것입니다. 그러므로 넉 줄이나 여섯 줄의 몇 글자 안 되는 동요나 시는 몇 백 줄 몇 천 줄로 쓴 산문(散文)보다 훨씬 많은 뜻을 속에 감춰 있고 향기로운 운치(韻致)로 더불어 고상한 정서를 함씬 풍기는 것입니다. 이 몇 줄 안 되는 좁디좁은 세계에서 아름다운 정서의 꽃밭만을 찾아내는 것이 아니라 우리가 사는 우주(宇宙)보다 더 크고 더 넓은 세상을 찾게 되는 것입니다.

좋은 동요나 훌륭한 동요를 쓴다는 것은 좋은 말이나 재치 있는 말재주나 아름다운 말로써만 될 수는 없읍니다. 무엇보다 좋은 눈을 가져야 합니다. 자연(自然)이나 모든 사물(事物)을 날카롭게 보아야 합니다. 그저 날카롭게

만 볼 것이 아니라 크게, 넓게, 보아야 합니다. 그리고 아름답게 보아야 합니다. 이 좋은 눈이라는 것은 사실은 하나의 '렌즈'에 지나지 않습니다. 이 '렌즈'를 쓰고 있는 것은 그 사람의 마음입니다. 사실은 눈을 통하여 보는 것이지 눈 뒤에서 내다보는 것은 그 사람의 마음입니다. 말하자면 잘 보는 눈도 소중한 것이지만 잘 볼 줄 아는 눈을 자기의 안경처럼 쓰는 마음은 더욱 소중한 것입니다. 참되고 순수하고 아름다운 마음을 가져야 하겠읍니다.

하고 싶은 말은 태산처럼 많습니다마는 이번은 이만큼 하고 나중에 차차 기회를 보아 여러분의 많은 작품을 대하는 대로 때때로 고선자(考選者)로서의 감상을 적어 보겠읍니다. 여러분의 "독자 동요란"을 하나의 지상 동요 교실(紙上童謠敎室)로 만들어 나도 여러분과 함께 가르치며 공부해 볼 생각입니다.(이상 35쪽)

윤복진, "뽑고 나서", 『어린이나라』, 동지사아동원, 1950년 4-5월 합호.

웬일인가? 이번에는 이렇다 할 좋은 작품이 없다. 전번에도 그랬지만 이번에는 전체적으로 손을 댔다기보다 새로이 고쳐 썼다. 참고로 자기가 쓴 것과 대조해 보기 바란다. 그리고 좋은 작품을 많이 보내주기 바란다.

그런데 정형률(定型律)의 동요가 너무나 많다. 四四조나 七五조나 그 밖에 다른 여러 가지 정형률의 동요가…… 정형률이 나쁘다는 것은 아니다. 유년기(幼年期)의 동요로서는 정형률이 무엇보다 좋다. 그리고 어떤 시상(詩想)은 정형률이 꼭 필요 되는 때도 있다. 흔히들 정형률이라 하면 글자 수만 맞추면 되는 것으로 생각한다. 어디 글자 수가 딱딱 들어맞는다고 '리듬'이 생겨나는 법은 없다. 말과 말이 서로 어리고 서려 생겨나는 '리듬'을 이 '리듬'이라는 것이 동요나 동시의 생명이다. 그러한 본질적(本質的)인 것을 즉시의 내재율(內在律)을 생각지 않고 외형(外形)의 글자 수만 맞추겠다는 것은 큰 잘못이다. 이 점을 특히 생각하기 바란다.

정형률에 대하여 시에 있어서 자유시(自由詩)처럼 동시(童詩)라는 것이 있다. 동시는 아동의 시가이다. 동시는 시형(詩形)뿐만 아니라, 시의 내용에 있어서 정형률의 동요보다 훨씬 연령적(年齡的)으로 성장(成長)한 것들이다. 동시나 동요에 있어서 시형(詩形)은 내용이 만들어 내는 것이다. 그러므로 동요나 동시를 쓸 때 어떻게 무엇을 쓰느냐는 순서보다 무엇을 어떻게 쓰느냐의 순서를 따르라.

그리고 동요의 자유시격인 동시를 쓰는데 있어 정형률을 풀어 쓴다고 산문(散文)처럼 써서는 안 된다. 대다수의 동시가 무슨 작문처럼 막 써 내려가는 동무가 많다. '리듬'이라는 것을, 동시라는 것을 아주 잊어버리고… 그렇게 된다면 아무리 좋은 시상(詩想)과 아름다운 말로써 표현한다 하더라도 동시는 될 수 없다. 언제나 시심(詩心)을 잃어서는 안 된다. 정서(情緒)의 연소(燃燒)가 없어서는 안 된다. 그리고 동시에 너무 잔소리가 많고 설명적(說明的)인 것과 개념적(槪念的)인 것이 많다. 그러한 폐단에서 표현이 자연히 산문(散文)에로 빠지게 된다. 시심과 더불어 표현에 있어 항상 상징적(象徵的) 표현으로써 시적인 표현을 꾀하여야 하겠다. 아무리 풀어쓰는 자유시의 동시라도 그것이 운문(韻文)이 되어야 한다는 동시의 본질적 생명을 잊어서는 안 된다.

이지음 자유시의 동시라 하고 아무런 동심(童心)이나 동심성(童心性)이 없는 것을, 즉 어른의 시처럼 막 쓰는 동무가 많다. 동시가 아동의 시요 아동에게 읽힐 시라면 무엇보다 동심과 동심성을 저버려서는 안 된다. 그리고 말에 있어서도 또한 그러하다. 동심과 동심성을 동심어(童心語)로서 표현해야 한다.

그러므로 동요의 세계를 넓혀, 동시로, 또 다른 무슨 시형으로 옮아가는 것은 두 손을 들어 찬성하나 아동의 세계를 떠나 어른의 세계로 뛰어 들어가는 것은 금물(禁物)이며 탈선(脫線)된 행동이다.

1960. 3. 20 씀 ―351 (이상 49쪽)

---

351 '1950. 3. 20 씀'의 오식이다.

李元薰, "(新書評)노래하는 나무-세계명작동화선집", 『연합신문』,
1950. 4. 13.

童話를 再認識해서 좋을 만한 때가 되었다. 兒童에게 주는 藝術의 하나로
童話가 커다란 役割을 한다는 것쯤 子女를 가진 사람이면 마땅히 잘 알고
있어야 할 일이다.

그러나 近來 걷잡을 수 없이 氾濫하는 似而非 兒童文學 書籍으로 말미암
아 兒童藝術敎育에 커다란 惡影響을 가져오는 이 지음 在來 童話의 無批判的
인 態度를 버리고 現時代 兒童에게 주고 싶은 童話를 고른다는 것은 實로
緊要한 일이다.

童話란 過去 오랜 동안의 歷史的 所産이요, 갖은 變遷을 通해서 이루어진
것인 만큼 實로 그 속에 담긴 內容 또한 구구한 것이 있는 反面, 現代 兒童에
게 이를 줄 때에는 細密한 注意의 選擇이 있어야 할 것이다. 덮어놓고 興味만
을 爲主하지 않고 케케묵은 敎訓에 사로잡히지 않고 藝術的이요 재미있는
가운데 진실로 커다란 人生의 가르침을 얻을 수 있는 名作童話를 兒童文學의
重鎭 尹福鎭 氏가 選擇 飜譯하여 이런 예쁜 冊을 꾸며 놓은 것은 어린이들을
爲하여 慶事가 아닐 수 없다.

內容, 飜譯, 體裁 모두가 近來 못 보던 冊子로 내 맘에 꼭 드는 책의 하나이
다. (兒童藝術園 發行, 定價 四〇〇圓) (李元薰)

金勳, "(新刊評)노래하는 나무—尹福鎭 編", 『조선일보』, 1950. 4. 14.

"아버지 예ㅅ날 얘기 해 줘." 하고 가끔 아이들이 매달릴 때 딱한 事情이란 이루 말할 수 없다.

그들에게 무엇을 들려주나! 무엇을 읽혀 주나 하는 問題는 곧 그들에게 무엇을 먹이느냐? 하는 問題인 까닭이다.

秩序의 不安이 繼續되었던 外軍政 밑에서 三四年이란 기인 歲月을 荒廢한 呼吸 속에 자란 그들에게 더욱 그렇다. 그러한 그들에게 무엇을 읽히느냐?

요지음 많은 兒童小說 冊이 氾濫한다. 그러나 小說이란 어디까지나 現實의 生活感情을 그린 것이고 兒童 心性의 純眞을 그려 꿈(憧憬)의 情緒를 북돋는 童話와는 그 距離의 差가 크다.

그러니 어느 意味에서는 兒童들에게 小說보다는 童話을 읽혀야 할 必然性이 要請되기도 한다.

童話란 現實的인 生活 呼吸이 적은 대신 憧憬의 世界를 通해서 한 人間한 人格으로의 感情 育成에는 보다 더 큰 態度와 方法과 昂揚이 있음으로 文化的 價値評價도 받는 것이다.

이번에 上梓된 윤복진 氏의 『世界名作童話選集』을 받어 읽고 더욱 切實히 그 點을 느꼈고 거기 역거진 十四篇의 童話[352]가 모두 編譯者의 論理的 根據에서 한 體系를 가추고 있음은 敬意를 表해야 마땅한 일일 것이다.
(金勳)

---

[352] 「노래하는 나무」, 「우리집 꽃밭」, 「향기 나는 이름」, 「초록 당나귀」, 「황금어」, 「이상한 촛불」, 「무지개」, 「춤추는 피리」, 「딸기와 친구」, 「넝마장수의 불장난」, 「아료샤와 미쿠라」, 「사람은 얼마만한 땅이 소용 되나」, 「어느 성주의 이야기」, 「바보 이반」 등 14편이다.

朴仁範, "(新刊評)노래하는 나무(세계명작동화선집)", 『자유신문』,
1950.4.15.

尹福鎭 氏가 역근 世界名作童話撰集 『노래하는 나무』가 나왔다. 內容은
童話이고 表紙의 그림과 揷畵는 童畵다.

于先 손에 들고 보니 놓기가 싫다. 그리고 말할 수 없이 반가웁다. 그것은
내가 童話를 좋아한다는 理由도 잇겠거니와 童話를 모르는 이 나라에 童話冊
이 나온 까닭이 더 큰 것이다. 國民學校 敎科書를 보면 擧皆가 童話의 形式을
取하였고 國語冊에는 相當히 많은 童話가 실려 잇다.

그럼에도 不拘하고 童話를 모르는 敎育者가 相當한 數에 達하는 事實은
저윽이 寒心스러운 일이 아닐 수 없으며 이 나라 兒童들의 不幸을 생각할
때 울음이 터질 것 같다.

童話를 敎育者가 모르고 어머니가 모르고 出版業者가 모르는 나라가 되는
것 같다. 참으로 슬픈 現狀이 아닐 수 없다. 이것은 마치 鷄卵이나 牛乳나
新鮮한 果實 等이 兒童들은 營養에 不可缺한 것이라면 이것을 授與치 못하는
설음이나 恰似한 것이다.

이런 現狀에 잇어서 더욱이 世界的인 名作만을 추리고 추려서 가장 正確히
그리고 水晶 같은 文章으로 역거 놓은 이 冊은 반드시 兒童들이 보기만 하면
가슴에 품고 잠들 말 것이다. 보아도 새 敎育에 指向하는 敎育家와 賢母들에
게 드렸으면 하는 고마운 冊이다. 가장 良心的인 兒童 讀物이라 아니 할 수
없다.

(兒童藝術園 出版 價 四○○圓)

박영종, "우리 동무 봄노래", 『소학생』, 1950년 4월호.

봄이 왔읍니다. 다음 달은 "어린이날"의 달. 여러분의 즐거운 명절입니다. 그보다 "어린이날"이면 해마다 『소학생』에서 동요를 모집합니다. 좋은 동요, 많이 보내 주시요. 이달은 봄 노래 특집을 꾸밀 생각이었으나, 그 많은 작품 가운데, 쓸모 있는 것이 적어서 저으기 섭섭했읍니다. 그럼 어떤 동요가 좋은 동요냐 하면,

① 첫째는 아름다운 생각이 잠겼는 동요입니다. 이달 치에 실린 「봄아, 봄아, 빨리 와서」에서,

> 꽃이 피면 동무하고
> 피리불며 놀게

는, 따뜻하고 다정한 마음이 스몄는 노래입니다. 이런 따뜻하고 다정한 생각, 그것이 아름다운 생각의 한가집니다.

② 날카로운 느낌

남이 느끼지 못할, 그런 날카로운 느낌은 꼭히 신기한 말과 표현이 아닙니다. 신기하기보다는 깊은 생각에서 비로소 깨닫는 그런 말과 표현입니다.

③ 새로운 말입니다. 가령 ―

> 봄바람이 솔솔 붑니다. (이상 41쪽)

는 이미 너무 낡아진 말입니다.

이렇게 따져도 아마 여러분은 모르실 것입니다. 그럼 가장 빠르게 가르쳐 드릴 말이 있읍니다.

"자기 생각 자기 말"

이 한마디에 그칩니다.

「봄아 오너라」 (이동열 군)

노래로서는 평범합니다. 그러나 그 노래 속에 스몄는 맑은 목소리가 들리

는 듯하였읍니다.

봄아 오너라, 어서 오너라.

여러분도 맘이 시원할 것 같지요.

「봄이 빨리 와서」 (이경 군)

끝 절은

"언니하고 들놀이 가게"를 "송아지하고 놀지"로 고쳤읍니다. 언니하고 들놀이 간다는 말은 아무런 맛이 없는 생각이기 때문에.

「수양버들」 (전명석 군)

상이 따분합니다.

"동무없이 자라난 수양버들"의 동무 없다는 곳이 재미나서 뽑았읍니다.

「무궁화」 (진애수 군)

좀 더 재미나게 지을 수 있는 노래를 아깝게도 멋없는 노래를 만들었읍니다.

「내 동생」 (김옥자 군)

아무런 꾸밈도 없이,

자기가 느낀 것을 줄줄 써 둔 것이 맘에 듭니다. "내 동생은"을 두 번 거퍼 노래한 것도 좋았읍니다.

「나의 조카」 (백재호 군)

"눈 안에는 검은 동자 구슬 같구나"가 아름답고 묘합니다.(이상 42쪽)

南山學人, "어린이의 生活과 詩 - 主로 어린이 天分을 讚美하여", 『연합신문』, 1950.5.5.

독일(獨逸)의 철학자 '쇼-펭하우엘'은 "온갖 어린이들은 천재(天才)적인 기질(氣質)을 갖었다."고 하여 어린이들의 순화(淳化)한 예술적(藝術的) 소양을 참미하였고[353] 또 어떤 詩人은 "어린이는 본래(本來)가 시인(詩人)이다." 라고 하여 어린이들의 소박(素朴)한 감정과 순수무구(純粹無垢)한 솔직한 표현을 찬미하였다.

뿐만 아니라 우리의 시인(詩人) 고 방정환(方定煥) 씨는 어린이를 참미하되 모든 진(眞) 선(善) 미(美)를 징기고도 나뭄이 있는 하나님같이 예배까지 하였다.

"오오 어린이는 지금 내 무릎 앞에서 잠을 잔다. 더 할 수 없는 참(眞)됨과 더할 수 없는 착함(善)과 더할 수 없는 아름다움(美)을 가추고 그 우에도 위대한 창조의 힘까지 가추어 갖이[354] 어린 하나님이 편안하게도 고요한 잠을 잔다. 옆에서 보는 사람의 마음속까지 생각이 다른 번후한[355] 것에 미슬 틈을 주지 않고, 고결하게 순화시켜 준다. 사랑스럽고도 부드러운, 위엄을 가지고 곱게 순화시켜 준다. 나는 지금 성당에 드러간 이상의 경건(敬虔)한 마음으로 모든 것을 잊어버리고 사랑스런 하나님! ― 위엄뿐만의 무서운 하나님이 아니고 ― 의 자[356] 얼골에 예배하고 있다.(『小波全集』)"라고.

이렇게 어린이의 생활은 진선미를 가춘 생활로 그 생활의 표현이 곧 시(詩)가 되는 것이다.

　　빨간 자전거(自轉車)
　　까만 자전거(　〃　)

---

353 '찬미하였고'의 오식이다. 아래 '참미하되'도 '찬미하되'의 오식이다.
354 원문에 '가추어 가진'이라 되어 있다.
355 원문에 '번루한'이라 되어 있다.
356 '자는'의 오식이다.

누런 자전거(　〃　)
세 사람이 달린다

이는 아침밥을 먹고 문간에 나선 네 살 난 어린이의 웨침이다.
얼마나 솔직(率直)한 표현이며 '리아리틱'한 묘사(描寫)이냐.

어머 고꼬때때 고꼬때때
입고 어니하고 엄마하고
꽃구경 꽃구경

이는 겨우 말을 배운 두 살 八개월쯤 되는 어린아이의 표현으로 꽃나디리
를 가자고 하는 실사(實寫) 그대로의 표현이다.

이렇게 하나하나의 어린이 표현을 유심이 주의한다면 모두가 정화(淨化)
된 감정의 표현이고 더군다나 '리쯤이칼'한 것을 엿볼 수 있다.

생활은 백지(白紙)와 같이 허위(虛僞)가 없고 진실 그대로가 아닌가? 이
감정과 이 생활이야 말고 시인(詩人)들의 탐내는 바 시인들이 얼마나 어린이
의 세계에 접근(接近) 또는 동화(同化)하고 싶어 하는가를 말하는 그 심정일
것이다.

（南山學人）

朴泳鍾, "(文化指標)兒童文化 向上의 길", 『신천지』, 제46호,
1950년 5월호.

一

일전 어느 製菓所에서 '캬라멜'에 雪糖 대신에 "有毒性 糖分"을 넣었다가
當局에 摘發되었다는 新聞報道를 읽었다.

雪糖 대신 有毒性 糖分을 넣으므로 얼마나 큰 利潤의 差가 나는지 나는
모른다. 허나 캬라멜이라면 의례히 그 需用者가 兒童이오 말하자면 天眞한
어린 것이 아장거리며 店頭에 와서 코 묻은 돈을 내밀고 흙 묻은 손으로 받
아가는 그런 "商品"이다. —— 이런 이야기는 캬라멜을 만드는 그 當者가 더
잘 아는 일이오 그 當者에게도 어린 것이 있는지 모른다. 그 天眞한 것이
먹어서 能히 有毒되는 菓子를 만들었다는 것은 실로 놀라운 사실이다. 이처
럼 徹底하게 愛情과 더부러 良心을 喪失할 수 있는 것일까. 兒童은 귀여운
것이다. —— 이러한 것은 兒童文化네, 文化네 하는 問題 이전의 거의 本能
的으로 스스로 끓어오르는 愛情이다. 兒童의 모든 問題는 이 愛情의 깊이에
서 出發된다.

헌데 그 愛情의 喪失이 이지음은 극심하다. 무어 캬라멜 問題 한가지만이
아니다. 惡이란 언제나 社會 한 구석에 있는 것이오. 또 캬라멜은 그 一例에
지나지 않는다손 치드라도 우리는 여기서 다시 反省해야 될 크다란 暗示 앞
에 直面했든 것이다.

兒童文化 向上의 백 가지 理論과 妙策이 헛것이다.

위선 우리 스스로의 兒童에 대한 愛情의 새로운 覺醒에서부터 문제는 시작
된다. 해서 兒童에 대한 愛情이란 자기 良心과 直結되는 것이며 그 良心이란
文化向上의 原動力을 이루는 精神이다.

二 (이상 191쪽)

兒童은 제 자신 社會의 主動的 地位를 잡지 못했기 때문에 언제나 被動的
인 立場을 갖게 된다.

다시 말하면 兒童文化란 우리(成人)에게는 늘 절실한 문제이기보다는 우

리의 愛情을 것쳐서 비로소 對策되고 施設되는 問題가 된다. 愛情이란 고마운 것이나 그러나 늘 "愛情"이라는 또 하나의 코오스를 건너는 그만큼의 距離가 생기는 것이다. 해서 "兒童을 위해서 일을 한다."는 것은 "위해서"에서 늘 兒童으로서의 "被害"가 있다. 왜냐하면 "위해서"가 있는 연고로 兒童은 늘 成人社會의 隷屬이라는 觀念에서 버서나지 못한다. 兒童은 그 獨自的인 人格과 生活의 값을 제대로 評價되지 못한다는 뜻이다.

兒童의 人格과 生活의 再認識에서 兒童文化 向上의 둘째의 出發이 있는 것이다.

三

허나, 이런 짧은 紙面에서 原則論은 쓰잘 것 없는 것으로 가까스로 具體的인 例를 든다면 가령 ──

① 兒童文化 施設일 것이다. 兒童公園 兒童圖書館쯤 있음직하다. 保健을 위해서는 小兒科가 아닌 兒童病院에 兒童劇場 ── 이런 例는 끝이 없다. 왜냐하면 우리나라에서는 兒童文化 施設이 통히 없기 때문에. (이야기가 餘談에 흐르거니와 倭國 新聞에 보아 하니 兒童을 위한 移動圖書館이 있는 모양이다. 조그만 자동차에 책이든 그림책을 가득 싣고 비교적 한가한 뒷골목에서 兒童을 모아 놓고 책과 그림책을 貸與하고 있는 寫眞이 있었다. 이만한 것쯤 가난하다 해도 서울市의 能力만으로 實現性이 充分한 일일 것 같었다.)

② 兒童 出版物의 整備. 解放 卽後의 漫畵 沙汰는 이미 지냈다드래도 (그때는 그래도 漫畵대로의 意義가 있긴 했으나) 參考書, 受驗準備書 洪水에다 허황한 探偵物, 惡本의 見本 같은 처지다. 나 個人의 私案이거니와 적어도 兒童讀物마는 政府에서 統制機關을 갖거나 그렇지 않으면 廣範圍의 推薦制度 等으로써 좀 더 친절한 施策이 있어야 할 것이다.

이미 紙面이 끝났거니와 兒童文化 向上이란 兒童 스스로의 문제가 아니다. 强力하고 친절한 文化 施策의 단계를 거쳐서 비로소 이루어지는 것으로 그런 뜻에서는 흔히 文化나 或은 文化 施策과는 또 다른 意義를 지니는 것이다.

그래서 兒童文化 施策의 當事者는 이미 一種의 官公吏나 政治家의 範疇에

서 벗어나서 진실로 兒童에 대한 가득한 愛情을 가진 者나 가질 수 있는 者만
이 능히 그 일을 다 할 수 있을 것이다. (兒童文學家, 詩人)

(四月 十三日) (이상 192쪽)

尹石重, "(文化指標)兒童文化 向上의 길", 『신천지』, 제46호, 1950년 5월호.

낡은 부대에 새 술은 담을 수가 없다. 벼락 解放 바람에 때 아닌 愛國者 沙汰가 났지마는 數十 年 동안 異民族의 눈칫밥으로 延命해 온 우리네가 하룻밤 사이에 愛國者가 된다는 건 약대가 바늘구멍으로 나가려는 格이었으니 더럽힌 피와 굳어진 뼈와 찌든 몸임을 自覺할 때 祖國의 하늘을 우러러보기조차 罪悚했던 것이다. 우리는 우리대로 숨을 걷우는 날까지 겨레로서의 사람 구실을 하도록 努力하겠거니와 建國 大業의 百年大計는 모든 보람과 希望을 다음 代의 어린이에게 걸어 둘찌니 兒童文化 向上의 길은 곧 가장 빠른 우리 民族復興의 길일 것이다.

그러기 위해서는 우선 온갖 兒童文化財를 再檢討하자. 우리 것이라고 해서 덜덜 떨 때는 지났다. 널뛰는 것이 머리가 울려서 몸에 害로운 것이 들어났으면 아무리 祖上쩍부터 傳해 내려온 대견한 正月놀이일지라도 걷어치워야 할 것이요 『薔花紅蓮傳』(「헨젤과 그레텔」의 끄림童話도 매일반)이 아무리 代代로 물려오는 名作이라 할찌라도 "繼母의 虐待"라는 封建殘滓를 밤에 불을 도꾸어 가며까지 宣傳할 必要는 없다. 우리는 聽診器를 손에 든 醫師와 같은 冷徹한 頭腦로서 傳來童話, 口傳童謠, 傳說, 民譚을 비롯하여 널뛰기 제기차기에 이르기까지 우리나라 어린이의 온갖 文化財를 再檢討하여 버릴 것은 아낌없이 버리고 고칠 것은 躊躇 말고 고칠 거며 또 한편 外國 거라 해서 덮어놓고 받아드리거나 敬而遠之하는 일이 없도록 할 것이다. 우리들이 어렸을 적보다 요새 어린이들이 그 얼마나 敏捷하고 부침성이 있는가. 그만큼 時代의 呼吸과 템포가 날래진 것이다. 하물며 할아버지나 증조할아버지의 小時쩍에다 비길까보냐. 그것은 콩기름 등잔불과 百 燭짜리 電燈불과의 差異다.

그러므로 우선 急先務는 낡은 文化財의 淘汰와 새로운 文化財의 繼承과 創造다. 그러기 위해서는 敎育者 文學者 民俗學者 醫師 木工 宗敎家 實業家 가운데 여기 뜻있는 이들이 모여 兒童文化硏究所를 創設해야 할 것이다.

○

兒童文化財의 再檢討 新創造와 더불어 必要한 것은 兒童生活 實態의 調査다. 거리에 氾濫하는 乞食兒童의 實態 孤兒院 盲兒院 少年刑務所에 收容된 特殊兒童의 實態(이상 193쪽) 나란히 一年生이었다가도 家庭的 經濟的 社會的 制約으로 해서 차차 性格과 成績이 갈리는 學校 兒童들의 實態 等을 科學的으로 數字的으로 緻密히 檢討 硏究해야 할 것이다. 이것이 兒童文化硏究所의 第二의 任務다.

그다음 우리는 社會와 家庭과 학교가 각 뜯어먹기로 따로따로 놀아 마치 나사 빠진 時計와 같은 우리나라의 現實을 凝視하여 이를 三人四脚 競走式으로 步調가 맞게 해야 할 것이다. 學校에서 빰을 얻어맞고 거리에서 걷어채이면 모처럼 家庭에서 꿀꺽꿀꺽 참아 가며 손 안 대고 기르기로 세운 方針도 水泡로 돌아갈 것이요 집에서 子女에게 돈맛을 알게 하고 거리에서 색색이 칠한 더러운 그림책과 물감 칠한 과자를 팔 지경이면 아무리 學校 선생님이나 醫師 아저씨가 나쁜 책을 보거나 나쁜 菓子를 먹지 말라고 발을 동동 굴른댓자 虛事일 것이다.

더더군다나 學校에서 가르치는 것과 實社會에서 目擊하는 것과 家庭에서 얻어 듣는 것이 다 각각이라면 그야말로 미칠 노릇이 아닌가. 어린이로 하여금 家庭과 學校와 社會의 새중간에 끼어서 얼이 빠지지 아니하도록 하자. 建國 初로 아쉰 것도 많고 할 일도 많다. 그러나 소내기가 퍼불 때는 장독 뚜껑을 덮는 것이 가장 急한 것 모양으로 三十五 年 동안이나 아니 四十 年 동안이나 기나긴 염病을 앓고 난 우리 民族이 乙酉解放을 거쳐 다시 蘇生하려는 오늘날 民族의 百年 뒤를 내다 볼 때 가장 急하고 所重하고 보람 있는 일은 "다음 代를 이을 어린 사람을 相對로 사는 것"일 것이다.

그네들의 生活에 光明을 가져오기 위하여 우선 兒童文化 向上의 길을 닦자! 우리는 이 運動의 準備 工作으로 우선 兒童文化財의 再檢討 新創造와 兒童生活 實態의 徹底的 調査硏究와 家庭 社會 學校 敎育의 三位一體를 꾀하자. (《兒協》主幹) (이상 194쪽)

윤석중, "머리말", 『(尹石重 第七童謠集)아침까치』, 山雅房, 1950.5.

8·15해방 뒤에 지은 100여 편 노래 가운데에서, 예순 편을 추려 이 책을 엮었습니다. 그동안 지은 30여 국민학교의 교가는, 「졸업식 노래」와 아울러 나로서도 기념될 노래의 발자취므로 그중에서도 몇 편 이 책에 실었습니다. 남의 결혼식 축사를 축복하는 마음으로 듣듯이, 이웃 학교의 노래들을 정다이 대해 주실 줄 압니다.

4283.4.10.　지은이

金永壽, "(新刊評)尹石重 第七童謠集 『아침까치』", 『경향신문』, 1950.6.9.

　　우리 아기 세수는
　　코에다 물만 바르지요
　　우리 아기 귓속 말은
　　먼 뎃 사람도 들리지요
　　우리 아기 숨박꼭질은
　　얼굴만 갖다 파묻지요

　尹石重 第七童謠集 『아침까치』에서 나는 아무데나 한 페이지를 들쳤다. 「우리 아기」의 노래— 그냥 넘어가지를 못했다. 거듭 읽고 또 읽었다.
　얼마나 細密한 觀察이며 簡潔한 表現이랴. 억지로 깎고 저미고 다듬어서 製作 强要된 노래가 아니고 저절로 부르고 싶어서 부른 노래다.
　童謠詩人 尹石重은 언젠가
　"나는 이제부터 어린이를 가르치겠다는 생각을 버리고 도리어 어린이에게서 많이 배워야겠다."고 한 말을 나는 記憶한다.
　이것은 비단 童謠 創作에 近 三十年이나 時間을 바쳐온 詩人 尹石重 한 사람만의 誠實한 覺醒이어서는 안 된다. 모름찌기 兒童文學에 뜻을 둔 사람으로서는 時急히 反省되어야 할 問題가 아닐 수 없다.
　解放 後 우리들은 얼마나 많은 似而非 童謠를 보아 왔던가. 어린이를 모르고 어린이를 假裝을 하고 어린이의 生活圈 外에서 童心을 竊盜하는 假裝 童謠作家는 우리들의 子女의 健全한 發育을 爲해서도 排擊하지 않을 수 없다.
　童謠集 『아침까치』 한 卷은 現今의 兒童文學의 淨化를 爲해서도 누구에게나 敢히 읽어 달라고 부탁하고 싶은 冊이다. (山雅房 發行. 三〇〇圓)

尹福鎭, "石重과 木月과 나-童謠文學史의 하나의 位置", 『詩文學』, 제2호, 1950.6.5.

石重과 木月과 나는 제各己 우리네 童謠文學史上에 里程標를 하나씩 세웠다. 이것은 歷史的 事實로 누구라도 否認할 수 없는 事實이다.

石重이 童謠를 쓰기는 一九二三年代인 것 같다. 아마도 한두 해 앞선는지 모른다. 石重은 우리네 "在來童謠"에서 "創作童謠"로 옮겨가는 '푸로세스'에 있어 누구보다 功이 많은 사람이다. 石重은 洗鍊된 말로 四四調, 或은 七五調 等에서 才氣潑潑한 表現으로써 우리네 童文學 發達史에 歷史的인 좋은 童謠를 많이 남겼다. 이 글을 쓰는 나도 그 판에 한몫 끼인다고 할까? 石重은 부드럽고 고운 '리리시즘'도 있다. 그러나 石重은 그보다 "포에티칼-"한 '유모어-'라 할까 '윗트'(機智)에 뛰어난다. 石重의 童謠의 世界에서 우리는 그러한 才氣潑潑한 '윗트'와 '유모어-'를 손쉽게 찾아볼 수 있다. 石重은 確實히 幸運兒이다. 나와 木月과 같은 시골띠기로서는 부러워할 幸運兒이다. 그는 어려서부터 文壇 속에서 살았고 어려서부터 文壇人들과 親分을 맺고 있었다. 바꾸어 말한다면 石重은 한 篇의 作品이나 새로운 試驗的 童謠를 創作할 때 相議할 글벗과 先輩가 많았다. 나와 木月과는 시골에 떨어저 創作童謠의 草創期에 있어서 한 篇의 새로운 童謠의 構想을 가슴에 품고 혼자서 思索하며 혼자서 苦悶하며 혼자서 彷徨도 했다.

石重은 서울 사람이다. 스마트하다. 어디인지 모르게 貴童子的 品格이 풍긴다. 나와 木(이상 35쪽)月과는 어디까지나 시골띠기다. 흙냄새가 풍기고 人間이 구수하다. 石重의 童謠도 또한 그렇다. 그런데 때로는 너무나 過度의 洗鍊으로 因해 우리 같은 시골띠기 눈에는 좀 따스한 人間味가 없을 때도 있다. 너무나 간드러진 재주를 부리는 技巧에 아슬아슬한 때도 없잔아 있다. 아무렇든 石重의 童謠는 스마트하다. 사람의 가슴을 흔들어 놓는다. 때로는 재치있게도 말과 表現에 그리고 着想에 우리의 눈을 놀라게도 한다. 確實히 石重은 우리네 童謠詩壇에 刮目할 言語의 妖術師의 한 사람이다.

그런데 石重의 童謠文學은 그야말로 "童謠"이다. "文學의 音樂"이다. 바꾸어 말하면 石重의 童謠는 "幼年의 詩"요, "幼年期의 어린이의 音樂"이다.

나는 石重과 더불어 같은 時代의 울안에서 살았다. 石重이 서울 날아가는 듯한 瓦家에 살았다면 나는 시골 초가집에서 살았다. 石重이 白灰로 곱게 단장한 개와를 인 담 안에 살았다면 나는 아무렇게나 싸은 흙담 안에 살았다. 호박넝쿨이 제 마음대로 뻗어 올라가는 흙담 안에서 살았다. 石重이 색동저고리에 쾌자를 입고 갑자복근을[357] 머리에 쓰고 『春香傳』에 나오는 李道令처럼 설을 맞았다면 나는 기껏해야 명주로 물드린 바지저고리에 재수가 좋으면 분홍 명주두루마기 하나쯤 얻어 입었다. 木月도 그 點에 있어서 나와 다름이 없다.

그러한 石重에 比하여 木月과 나는 그야말로 시골띠기다. 石重처럼 말이 가볍지 못하고, 간드랑하지는 못하나, 素朴하고 또 꾸밈이 없다. 그 대신 구수하고 무게가 있고 含蓄性이 있다. 石重은 어렸을 대부터 땡땡電車를 타고 南大門을 돌고 東大門을 돌아 서울 長安을 마음껏 구경했다. 나와 木月은 빈 달구지나 탔고 남의 마차 뒤에 몰래 매달리면서 꿈속같이 서울 南大門을 보았다. 나와 木月은 입을 열면 慶尙道 사투리가 항용 튀어나온다. 田園의 香趣가 풍기고 全身에서 흙냄새가 풍긴다.

나도 石重처럼 "文學의 音樂"을 좋아한다. 그리면서도 나는 童謠에서 "詩"를 發見하려고 했고 "詩의 品格"을 갖(이상 36쪽)추려고 애를 썼다. 그래서 그러한지 나의 童謠 가운데는 小曲的 童謠가 있느냐 하면 童謠的 小曲이 있다. 또 民謠的인 童謠도 있다. 그러나 나는 "童謠"를 버리고 "詩"로 달아나지는 않았다.

내가 "詩"를 찾으려 하고 "詩의 品格"을 갖추려는 것은 "文學으로서의 童謠"를 創作하자는 것이다. "童謠"도 "文學"이고 "藝術"인 바에야 文學으로서 藝術로서의 品格을 갖춰어야 할 것이다.

確實히 나는 成長해 가는 우리네 童謠에 "詩"를 發見해 낸 사람의 한 사람인지도 모른다. 그리고 '리리시즘'과 '포에지ー'에 산 사람인지도 모른다. 木月도

---

357 '갑자복건을'의 오식으로 보인다. 복건(幅巾)은 "예전에, 유생들이 도포에 갖추어서 머리에 쓰던 건(巾)"을 말한다.

또한 그러하다.

木月과 나는 東洋畫에서 흔히 볼 수 있는 소를 몰며 피리를 부는 牧童的 詩人이다. 때로는 좀 센치멘탈ー한 牧童이다. 이 點에 있어서는 木月도 그러하다. 石重은 우리보다는 좀 덜했다. 그런데 이 센치멘탈이즘은 지나간 한때의 時代의 潮流이기도 했다.

그런데 石重도 나도 "詩"를 思慕했다. 童謠에서 童詩의 울안으로 들어가 보려고 자주 넘겨다보았다. 말하자면 四四調나 七五調 等의 典型律에서 詩에 있어서 "散文詩"처럼 自由律로서의 童詩를 더듬어 보았다. 그리고 童謠 世界를 좀 더 넓혀 보려고 不絶한 努力도 했다.

그런데 石重과 나의 이러한 努力과 '테스트'의 '파통'을 날래게 붙잡은 사람은 木月이다. 木月은 一九三〇年代에 나타난 童謠詩人이다. 木月은 石重과 나의 世界에서 자라난 사람이다. 그러면서도 木月은 木月의 世界를 찾았고 무엇보다 木月은 童詩에 있어서 石重보다 나보다 뛰여났다. 木月은 確實히 童詩의 先驅的 詩人이다.

그리고 木月은 나와 같은 鄕土的 田園的 童謠詩人이다. 木月과 나는 피와 살이 같다. 木月은 나보다 나이가 어리면서 나보다 훨신 懷古的인 詩人이다. 木月은 新羅의 옛 서울 慶州 附近에서 자라났다. 木月의 발길에는 언제나 깨여진 新羅의 古器의 破片이 다이고 木月의 귀에는 언제나 芬皇寺 옛 절 鍾소리가 들린다. 木月은 나이도 어리면서 石重과 나보다도 "現代"와 距離를 가까히하면서(이상 37쪽)도 木月의 洞里에는 "現代"의 소리가 들리지 않는다. 해바라기 시계가 나오고 데뚝거리는 배불툭이 面長이 나오고 여우비에 젖는 꽃가마가 나오고…….

시골띠기 木月은 새파란 草笠을 쓰고도 제법 나이가 많은 道師처럼 歷史의 아득한 안개 속에 산다. 아지랑이 속에서 조용히 逍遙를 한다.

木月은 確實히 幻想의 世界에서 산다. 나도 때로는 幻想의 世界를 逍遙하곤 하나 木月은 恒常 幻想 저편에서 산다. 그래서 그러한지 木月의 童謠는 좀 어렵다. 아니, 어렵다기보다 너무나 '판타지ー'해서 좀 '히스테릭'하다. 아마도 幼年期의 어린이는 그 맛을 보기 어려울 것 같다.

木月이 詩를 좋아하고 詩를 思慕하는 나머지에 木月은 그만 詩로 달아났다. 아니 다라났는가 하면 다시 童謠로 돌아온다. 그래서 그러한지 木月의 詩는 童謠 같고 木月의 童詩는 詩와도 같은 느낌을 준다.

이렇게 頭序없이 생각나는 대로 붓이 가는 대로 적고 보니 우리의 童謠 童詩 文學은 石重과 木月과 나와 셋이 세운 것만 같다. 그러나 우리 以前에 小波가 있었고, 小波 以前에 또 누가 있었다. 그리고 石重과 木月과 나 사이에도 많은 童謠詩人이 있다. 千正鐵이가 있고 徐德出이가 있고 申孤松이가 있고 李元壽가 있고 任元鎬가 있고 睦一信이가 있고 姜小泉이가 있고 金英一, 金哲洙 그리고 또 누구누구 그 밖에 많은 童謠詩人이 있다.

그런데 石重이가 서울에 살고, 내가 大邱에 살고, 木月이가 慶州에 살고, 그리다가 石重이가 東京으로 가고, 木月도 나도, 東京으로 가고, 우리 셋은 또 서울에 와서 살고 있다. 石重이나 木月이나 나는 '뻐터-'도 먹어보았고 '다꾸앙' 쪼각도 씹어 보았으나 우리의 童詩와 童謠에는 '뻐터-' 냄새는 나지 않는다. '다꾸앙' 냄새도 나지 않는다. 그저 한결같이 김치내만 난다. 비록 日帝가 毒蛇 같은 눈으로 노리고 있을 때도 그러했고 解放된 이날에도 또한 그러하다. 그런 點에서 石重과 木月과 나는 다 같은 世界에 산다.

그런데 石重과 木月과 나와 셋이 十年, 二十年, 三十年 가까(이상 38쪽)히 살어온 동안에 세상은 變하고 文學도 많이 變해진 것 같다. 어떻게 우리 셋은 그만 "踏步"를 하는 것 같다. 어떻게 우리 셋은 '스람프'에 빠진 것 같다. 어떻게 우리 셋은 "時代"의 소리가 들리지 않는 것 같다. 우리가 踏步하고 있는 그동안에도 歲月은 물같이 흘러가는데……

石重이 木月이 그리고 나는 어떻게 새로운 時代의 옷을 갈아입어야 하겠다. 또 하나의 里程標를 세워야 하겠다. 우리는 그래도 늙어서 우리의 呼吸은 느린데 時代는 벅찬 呼吸을 하고 있다. 어떻게 心臟이 '스톱'되는 限이 있더라도 다시 한 番 옛 情熱로서 時代를 따라 가보자! 새로운 時代의 또 하나의 '이대옴'과 '포름'을 만들어보자! 다른 하나의 石重이가 되어 보잣구나. 다른 하나의 木月이가 되어 보잣구나! 다른 하나의 내가 되어 보자구나!

== 1950.4.1 == (이상 39쪽)

이희승, "동요를 골라내고서", 『소학생』, 1950년 6월호.

동요를 잘못 짓다가는 말장난이나 말재주를 부리는 것이 되고 말기 쉽다. 알씸(＝내용) 없는 말만을 늘어놓거나, 다소 있다 하더라도, 그 알씸보다 늘어놓는 말이 더 수다스러울 때는 곧 말장난에 지나지 못하는 것이다. 또 짤짤한 알씸이 있는 노래라도 말을 너무 지나치게 아름답게 하려 들거나, 말에만 재미있도록 표현하여 놓는다면, 그것은 곧 말재주 부리는 것이 되고 만다. 그러므로 동요는 다음에 말하는 몇 가지 조건을 잘 지켜서, 써내어야 할 것이다.

(1) 노래 될 만한 감을 어린이 세계에서 취할 일.
(2) 그것은 곧 어린이 눈에 비치는 것이나, 어린이 마음에 떠오르는 느낌이 되어야 할 일.
(3) 그러한 생각이나 느낌이 깨끗하고 조촐하여서, 잡티가 섞이지 말아야 할 일.
(4) 그와 같이 순수한 느낌이나 생각을, 어린이가 잘 쓰는 말, 즉 어린이들이 잘 알고, 어린이 입이나 귀에 익숙한 말로 나타내야 할 일.
(5) 그러한 생각이나 느낌이 그것을 나타내는 말뜻과 어긋나는 일이 없이, 착 어울리도록 올바르게 자연스럽게 표현되어야 할 일.
(6) 그 노래의 알씸보다 말이 수다스럽지 말아야 할 일.

(특등) 「어머니」
이와 같이 생각하고 볼 때에, 이 「어머니」라는 동요는 참으로 훌륭한 노래라고 할 수 있다. 우선 읽어 보아서 아무 꾸밈이 없다는 것을 얼핏 알게 될 것이다. 그리하여 너무 싱겁다는 느낌을 받게 되기 쉽다. 그러나 가만히 이 노래를 읽고 또 읽고 하여, 씹어 볼 때에, 우리는 무엇보다도 이 노래가 아무 거짓 없이 순진하고 자연스럽고, 따뜻한 맛이 흘러넘치는 것을 느낄 수 있다.

(이상 35쪽)

(가) 우선 「어머니」라는 제목부터가 동요로서 더할 나위 없이 정다운 느낌

을 자아낸다.

(나) 또 어머니와 술레잡기를 한다고 생각하는 것이 그 얼마나 천진난만하
고, 어머니와 어린이 새에 애정이 흘러넘치는 마음씨인가.

(다) 술레잡기를 해서는 안 된다는 것이, 결코 어머니를 따돌린다거나, 싫
어한다거나, 미워해서 그리하는 말이 아니다. 어머니는 너무도 저를
사랑하고 귀애하시기 때문에, 눈을 감고도 자기의 어린이를 환히 찾
아낼 수 있다. 손만 만져 보시고도, 옷만 만져 보시고도, 대번 알아내
신다고 하였지마는, 실상은 손이고 옷이고를 아니 만져 보시더라도,
자기의 어린이는 곧 알아낼 수 있는 것이다. 그것은 무슨 까닭일까.
무슨 힘으로 그렇게 용하게 알아 맞추실까. 그것은 별것이 아니라,
애정이다. 어린이를 할량없이 귀애하시는 어머니의 거룩한 정신의
힘이다. 이 힘이 있는 까닭으로, 어머니는 눈을 꼭 감고, 손이나 옷이
나를 아주 만져 보지 않더라도, 냄새나 맡듯이, 자기 어린이를 용하게
도 알아내신다. 그 때문에, 어머니하고는 술레잡기를 할 수가 없고,
할 필요도 없다. 어머니와 술레잡기를 한다면 그것은 내기로 하는 것
이 아니라, 애정의 장난에 지나지 않는 것이다.

(라) 이 노래가 얼마나 어머니의 사랑에 젖고, 그 정신에 물들었는지. 어린
이와 어머니는 몸은 비록 둘이지마는, 실상 사랑의 줄로 얽어매어진
한 몸둥이인 것이다. 그와 같이 어머니의 마음은 자기 어린이에게
통하고 있다는 것을 잘 나타내었다. 이러한 이야기를 아마 보통 어린
이들은 알아듣기 어려울는지 모른다. 그러나 어린이들 중에는 권년
(담배) 만드는 공장을 구경한 일이 있는지. 열 두어서너 살 될락말락
한 소녀 직공들이 담배를 아무렇게나 척척 집어서 권년갑에 넣건마는,
열 개짜리면 열 개, 스무 개짜리면 스무 개씩 그 수효가 꼭꼭 들어맞도
록, 손 알아볼 새 없이 집어넣는다. 그리하여 백 번에 한 번도 수효가
틀리는 일이 없다. 이것은 보통 사람은 할 수 없는 재주다. 참으로
귀신이 곡할 노릇이다. 이러한 것을 신통한 지경에 들어갔다고 말한
다. 어머니가 자기 어린이에 대한 애정은 참으로 신통한 지경에 들어
가는 것이다. 그리하여 보지 않고, 만지지 않고라도, 자기의 어린이는

척척 찾아낼 수 있는 힘을 가졌다.

(마) 이 동요는 지극히 평범하면서도 비범한(평범하지(이상 36쪽) 아니한, 뛰어난) 노래다. 어머니의 그 신통한 힘을 보통아이들은 도저히 알아볼 수 없는 것이언마는, 미희 양은 그것을 잘도 발견하고서, 이와 같이 훌륭한 노래를 지어낸 것이다. 참으로 근래에 드믈게 보는 좋은 작품이다.

(우등 첫째) 「하품」

입을 마음대로 딱 벌리고 게으르게 하품을 하면, 그 꼴이 아마 여간 보기 흉하지 않을 것이다. 그러나 남이 볼가 봐 몰래, 입을 오무리고 하품하는 맵시는, 아마 퍽 예쁠 것이다. 이 동요는 그러한 맵시와 같이 예쁜 노래다. 보라, "어머니 보실가봐 몰래 나오죠"가 얼마나 예쁜 생각이며, 예쁜 말인가. 이것을 만일 "어머니 보실가봐 나개 하품을 몰래 하였다"고 쓴다면, 아무 맛도 재미도 없고, 예쁘지도 않을 것이다. 그러나 "하품이 어머니 몰래 나오죠"라고 한 것이 얼마나 아름다운 표현인가.

(우등 둘째) 「병아리」

병아리에 앵두꽃을 곁들여 놓은 것이 좋다. 그리고 병아리가 어미 등에 발돋음을 하고, 먼데를 바라본다는 것이 재미있는 관찰이요, 앵두가 발갛게 익은 오월에, 그 병아리는 어디로 갔는지 알 수 없다는 것이 어딘지 모르게 읽는 사람의 마음을 건드려 놓는 힘을 가졌다. 이 점이 아마 이 노래의 생명일 것이다.

(우등 세째) 「잠자는 노루」

철창 속에 가쳐 있는 노루를 퍽 동정하는 마음에서 흘러나온 노래라고 생각된다. 그 노루가 푸른 산을 마음대로 뛰어다니면서, 산골짜기에 흐르는 물을 마음대로 마시던 시절을 얼마나 그리워할가. 아마 잠을 자면서도 오매를 하여, 이러한 꿈을 꿀 것이다. 노루의 처지를 가엾게 여겨 동정하는 마음이 잘도 들어나 있다.

(우등 네째) 「저녁때」

해도 자러 가고, 참새도 자러 가는데, 구름이 이불을 편다는 것이, 반짝하게 나타나는 솜씨요, 재미있는 생각이다.

(우등 다섯째) 「산골 집의 밤」

엄마가 들에 나가서 더디 오나, 남의 집에 일을 하여 주러 가서 이렇게 늦나, 이웃집 별로 없는 산골에서 구슬프기도 하고 무섭기도 한 부엉이 소리가 부헝부헝 들려오니, 두 눈을 깜박깜박하고 무서운 가슴을 조이면서 엄마를 기두를 때, 벼란간 개가 콩콩 짖으니, 옳다 인제 엄마가 오나 보다. 얼마나 반가웠을가. 그러한 어린이의 신경(마음먹는 것)을 짧은 말로 잘 그려내었다.

(입선 첫째) 「나비」

노랑나비의 빛이 어찌 노랄가. 개나리꽃 물이 들었나, 노랑병아리의 물이 들었나, 어린이의 생(이상 37쪽)각으로 있음직한 일이다. 그러나 이와 비슷한 노래는 더러 있는 듯싶다. 아주 새로운 생각이라고는 할 수 없다.

(입선 둘째) 「시냇물」

시냇물이 돌돌돌, 음악 소리와 같이 맑은데, 애기 손 씻는 모양이 한층 돋기어 뵌다.

(입선 세째) 「모래밭」

금모래 은모래만 햇빛에 반짝거리나? 자갈돌도 반짝거린다. 그 자갈 반짝기는 것을 웃음으로 본 것이 이 노래에서 취할 점이다.

(입선 네째) 「벚꽃 위에서」

떨어져 흩어진 꽃잎 위에 누어서 하늘을 쳐다보는 양이 그럴 듯하다. 구름이 뱃놀이를 한다는 것은 재미있을 번한 구절이다. 그러나 솔솔 불어오는 바람에 땅바닥에 누운 채로 사르르 잠이 퍼부어 오는 것이 어린이다운 점이다.

(입선 다섯째) 「참새」

어미참새가 오지 않아서 울며울며 있다가, 그 어미가 물어다 주는 먹이를 눈물이 글성글성한 체 받아먹는다고 보는 것이 어린이의 세계다.

(입선 여섯째) 「붕어」

겨우내(물속에서도) 추위에 쪼들리다가 봄이 되어, 비가 와서 씀바귀도 나고, 버들가지도 푸르러졌으니, 기를 펴고 마음대로 뛰놀아라. 자기의 기쁨을 붕어한테서도 찾아낼 수 있었다는 것이다.

(입선 일곱째) 「아기별」

아기별이 불 켠 고양이 눈 같다는 것과, 똑똑하게 생겼다는 점이 어린이다운 관찰이다. 2학년의 작품이기 때문에 취하였다.

(입선 여덟째) 「뒷동산과 앞냇물」

노래는 매우 잘되었다. 그러나 3학년생의 작품으로는 너무 영절스럽다. 민요와도 같은 느낌이 난다.

(입선 아홉째) 「동생」

어린 동생이 젖 먹는 모양을 잘 그렸다. 동생을 욕심쟁이로 돌린 것은 아마 샘이 슬그머니 났던 모양이지? 1학년생으로는 넉넉히 그럴 게다.

(입선 열째) 「엿장수」

엿장수 소리가 어쩐지 반갑다. 동생이 졸라대는 것도 슬그머니 괜찮다. 잘하면 한몫 얻어먹을 판 아닌가. 어린이의 마음은 움직이고 있다.

○   ○

끝으로 동요를 지으려는 어린이들에게 한 마디 부탁할 말이 있다. 아예 남의 것을 떼어다 쓸 생각을 말 것이다. 흉내도 내려고 말아라. 그리고 남의 것을 손질하여서 조금 고쳐 쓰는 것은 더 나쁜 짓이다. 어디까든지 제 마음속에서 새로운 생각을 파낼 궁리를 하여야 한다.(이상 38쪽)

송창일, "一九四九년도 소년소설 총평", 『아동문학집』, 제1집, 평양: 문화전선사, 1950.6.

날로 장성하고 있는 후진들에게 문학작품을 통하여 예술적 교육을 주며 민주주의적인 도덕 교양과 고도로 되는 애국심 그리고 옳게 국제주의 사상으로 무장시키며 과학을 탐구하는 방향으로 지향 실천할 수 있는 교양을 준다는 사실은 가장 고귀한 일인 것이다.

이 一년 간도 우리 공화국의 아동문학 작가들이 총동원하여 이 사업에 꾸준한 노력을 하여 왔다.

그 결과는 많은 작품들이 창작되었고 력량 있는 작가들이 발견되었다.

거년에 볼 수 없었던 구국투쟁에서 취재한 것들이 수다히 창작되어 소년들의 애국심을 고무하는데 크게 기여되었다고 본다.

이제 소년소설 분야에서 살펴본다면 一년 간에 지상에 발표된 것만도 三十편이나 되며 여기에 꾸준히 집필한 작가가 十二명이나 된다.

작품을 주제별로 본다면 현하 우리에게 절실히 요구되는 방향에서 모두 취재되어 있음을 볼 수 있다.

즉 민주건설 근로정신 애국사상 인민항쟁 인민군대 조쏘친선 소년단 생활 학업성적 제고 과학탐구 등등 제 분야에 걸쳐 취급되었다.(이상 130쪽)

앞에서 말한 바와 같이 구국투쟁을 취재한 새로운 작품이 七편이나 점하고 있다는 사실은 특기할 사실인 동시에 아동문학 작가들이 정치적 각성이 높았다는 것과 무엇을 써야 옳을까에 대한 연구의 발로라고 말할 수 있다.

작가들은 확실히 소심한 태도로써의 아동생활의 추종자가 아니라 선진적이며 지도적인 립장에 튼튼히 서 있다는 것을 말하게 되는 것이다.

작품의 질로 보아도 과거에 흔히 있었던 미문수사주의 자연주의 형식주의를 퇴치하고 대개 실질적이며 사실주의적인 건실한 경향들로 전향되었다.

그러나 아직도 낡은 수법이 부분적으로 잠재하여 있으며 안일한 방법으로 작품을 창작하는 경향들이 없지 않다.

아직도 이런 경향들이 잔재하고 있다는 사실들은 작가 자신의 민주주의적

이데오로기－의 결핍에 기인된다고 단적으로 지적하지 않을 수 없다.

그것은 해방된 지 四년 간에 객관적으로 일어나는 허다한 민주개혁들이 우리들에게 상당한 다각적인 민주주의적 교양을 주었것만 이것을 받아드리려는 노력과 소화하려는 힘이 미약하였기 때문에 해방 전에 소유하였던 감상적이며 소시민적인 이데오로기－를 완전히 청산 못한 때문인 것이다.

이런 경향이 전체는 아니라고는 하나 부분적인 작품에서 볼 수 있다는 것을 말하면서 급속히 퇴치하여야 할 문제라고 본다.

이런 불순한 경향을 청산하지 못하고는 국가와 인민이 요구하는 건실한 작품을 창작할 수 없다는 것을 말할 수 있다.

아동문학 작가들의 임무는 아동생활을 사실하는 데에서만 만족할 것이 아니라 소년들의(이상 131쪽) 씩씩한 모습과 행동을 그려 새 세대의 전형적인 소년을 내세워 소년들의 추범이 되게 하는 데에 그 의의가 있다는 것을 잘 알아야 한다.

그런데 지금까지의 작품들을 본다면 새로운 타잎의 소년을 창조한 작품들이 극히 희소하다.

신영길 씨 작 「순철이는 죽지 않았다」에서 용감하고 대담한 전형적인 애국소년을 보게 된다. 원쑤와 싸워 자신을 희생하는 소년 영웅 순철의 모습은 모든 소년들의 원쑤에 대한 의분을 북돋게 하며 언제나 그들의 머리에서 순철의 과감한 투쟁 모습이 사라지지 않을 것이다.

이 작품이 남반부 애국소년의 눈부신 유격활동의 모습을 능숙한 문장 필치와 박혀 있는 사건을 무리 없이 전개시킴으로 가장 흥미 있는 감명을 주기는 하였으나 과거 순철이를 사회 개인 영웅으로 내세운 감을 주는 것만은 이 작품의 한 개 결함이다.

남반부에서 벌어지고 있는 유격활동은 개인 테로 식은 아니라 그들에게는 정연한 조건이 째워 있어 동일한 명령계통에 의해서 움직인다는 것을 작자는 망각하였는지 이 면이 극히 소홀히 취급되고 있다.

전형적인 새로운 타입의 소년을 창조하는 과정에서 범하기 쉬운 개인 영웅주의에 대하여 작가들은 주의를 돌려야 하겠다.

같은 테마인 김련호 씨 작 「영철이와 어머니」에서 본다면 주인공 영철이를 너무도 소극적으로 취급하였다.

그것은 장에 갔던 어머니가 원쑤놈들의 총에 다리를 맞으면서까지 가져 온 삐라를 영철이는 집에 가만히 있다가 받아 가지고 동리로 회람시키려 뛰어 나가는 내용인데(이상 132쪽) 여기서 우리는 무엇을 배웠으며 얻었는가?

작자는 영철을 가장 애국적인 소년 영웅으로 만들려고 의도했을 것이다. 영철의 활동 모습을 형상화 못한 데에서 한 개의 힌트바께 줄 수 없는 아주 소극적인 작품으로 되고 말았다.

그렇다면 새로운 타입의 소년을 주인공으로 함에는 사건의 주인공인 소년 이 언제나 주동적 역할을 놀아야 할 것이다.

그리고 과학을 배우는 소년들에게 더욱 과학지식으로 무장시키며 과학 탐 구의욕을 북돋기 위하여는 소년들의 생활 속에서 그들의 실지 로동과정에서 얻어질 수 있는 사실을 테마로 하여야 한다.

그런데 이런 방향의 작품으로 강효순 씨 작 「어린 과학자」를 살펴보기로 한다면 이 작품의 테마는 좋은 것을 포착했다고 보나 사건을 형상화하는 면에 서 부분적인 결함을 발견하게 된다.

그것은 사건을 행동과정으로의 형상하는 대신에 작자의 설명으로 또는 다 른 인물의 실화를 소개하는 부문에서 범하는 오류인 것이다.

즉 례를 들면 선생이 과학을 강조하였다는 소개문은 지리한 서술이며 특 히 주인공 친구가 과학자가 되겠다고 결심하고 새로운 곤충 표본 상자를 만 든 것이라든지 곤충을 얻기 위해서 등불을 들고 산으로 가는 등 행동은 좋은 데 곤충표본을 만드는 과정에 대한 다시 말한다면 어떤 벌레를 어떤 과정으 로 표본을 만들었다는 이런 실제적인 면이 부분적으로 결여되여 있다.

이런 결과 형상과 묘사의 부족으로 사건이 추상적이요 개념적으로 흘러버 리기 쉽게(이상 133쪽) 되는 것이다.

과학 탐구를 목표로 하는 이 작품에 있어서는 상자나 만들고 곤충이나 채집 하였다는 이런 상식적인 내용보다도 무엇을 어떻게 작성함으로써 어떤 성과 를 보았는가 하는 세밀한 면이 보여지어야 할 것이다.

이상 소년소설의 일반적 경향으로 보면서 설명과 개념과 추상으로 서술 되는 이런 안일한 경향과 작가들은 강한 자기 투쟁이 있어야 하겠다.

우리 아동문학 작가들은 앞으로 작품을 창작하는데 있어서 해설식으로 흐르는 경향을 퇴치하기 위하여는 사건을 옳게 형상화하는 문제와 아울러 세밀하고도 정당하게 묘사하는 연구가 있어야 하겠다.

또 애국사상을 고무하는 제재로써 당면하게 나서는 문제는 남반부에 있어서의 구국항쟁의 씩씩한 모습인 것이다.

자료를 얻기에 곤난하다 하여 추상적으로 구상하는 경향을 일소하고 산 자료를 얻기에 노력할 것이며 소재를 더욱 강력히 발전 합리화시킴으로 북반부 소년들이 실감을 느끼는 동시에 고도로 원쑤를 증오하게 되며 나아가서는 유격대에 대한 원호심에 불타도록 할 수 있는 효과적인 작풍을 창작하여야 하겠다.

그리고 소년단 생활을 그리는데 대하여 언급한다면 어떤 경향들이 나타나는가 하면 작가들이 소년단의 조직 원칙과 그들의 조직 생활에 정통하지 못한 데에서 그야말로 형식면만 보고 개념적이오 주관적인 립장에서 창작되는 경우가 많은 것을 지적하여야 하겠다.

전경순 씨 작「새로운 자랑」은 소년단원인 여자 아동들이 교재원을 늘쿠는 사건에서 취재한 것인데 다소의 갈등을 묘사하면서 아동들의 근로하는 모습을 그렸다.(이상 134쪽)

섬세한 묘사로 무리 없이 꾸며진 사건이기는 하나 근로 작업 행정에 있어서의 적극성이 부족하며 교재원을 만드는데 대한 목적의식이 결여되어 있다.

어데서 그것을 알 수 있는가 하면 교재원을 만들기 위한 조직적인 계획성이 없다. 그러기에 교재원을 파 늘쿠는 과정에서 무엇을 심을까? 목화를 심으자는 이런 우연한 현상을 나타내이고 있는 것이 아닌가?

이런 우연한 현상을 작자는 인민경제 계획을 돕는다는 사업에다 결부시킴으로써 타당하게 만들기에 주의를 돌렸던 것이다.

그렇다면 이런 모순이 어데서 나왔겠는가? 그것은 두말할 것 없이 소년단원들이 자원적 원칙에서 조직적 규률을 준수하는 그들의 실생활에 작자가 어두운 데서 기인되는 것이다.

소년단원들의 집단적 행동은 모두가 조직적이라는 것을 언제나 념두에 두어야 한다.

다음은 소년소설에 있어서 부정 면을 그리는 문제인데 성인소설과 달라서 많은 주의를 요하여야 한다고 본다.

영화를 감상하는 과정에서도 가끔 느껴지는 사실이지만 소년들은 부정 면에 대한 인상이 성인보다도 강하다.

영화나 소설의 목적이 내용에 내포한 긍정적인 사실일 것이고 부정 면은 긍정 면을 더 살리기 위한 상대적인 사실이것만 소년들에게는 자칫하면 부정 면에 더 흥미를 느끼게 되는 것이다.

그것은 성인처럼 리해와 판단력이 풍부하지 못하기 때문이다.

두뇌가 단순한 소년들은 부정 면을 오히려 긍정하여 버리는 위험성을 가지는 것이다.

례를 고일환 씨 작 「형과 아우」에서 찾아본다면 다음과 같이 말할 수 있다.
(이상 135쪽)

이 작품은 물론 학업성적 제고를 테마로 한 만큼 내용이 건실하게 형상되어 있다.

다만 여기에서 지적하려는 것은 자식의 학업성적이 저하되였다. 하여 힐책함으로써 어린 아동이 야중에 밤길을 방황하게 되는 사실인 즉 부정 면인 것이다.

물론 민주주의 국가에 이런 특수한 인간도 존재할 수는 있으나 구태여 이런 인간을 내놓을 필요는 없는 것이다.

소년을 위한 작품이란 부정 면에 심중을 기하여야 한다는 말은 앞서도 말하였거니와 이런 인간을 설정함으로써 소년들에게 영향됨이 적지 않을 것이라고 믿는다.

자식의 학업성적이 저하되였을 때 부모 응당히 부모의 립장에서 책임져야 할 것이지 자식만 잘못했다고 힐책하여 아동으로 하여금 공포를 느끼게 하는가?

이것은 민주주의 국가에 있어서는 안 된 한 개의 모순된 사실인 것이다.

이 작품의 부정 면이 성인들에게는 어떤 훈계가 될련지는 모르겠으나 단순한 소년들에게는 다만 공포 증오감을 살련지도 모른다.

차라리 이 작품에서 이런 부정적인 인간을 설정함보다는 이 부정적인 인간이 자기 책임을 느끼는 동시에 이 결함이 나변에 있는가를 구명한 뒤에 대책을 옳게 수립하는 방향으로 꾸며져야 할 것이다.

그리고 또 이 작품의 결점을 말한다면 동생의 락후한 성적을 형은 어떻게 퇴치하는 방향으로 지도하였는가에 대한 실천과정이 표현되어 있지 않다.

요는 이것이 이 작품에 있어서 주요 부분일 것이다. 형이 동생의 성적이 저하된 데 대하여 형으로써도 수치감을 느끼면서 어떻게 개별지도를 했기에 五계단을 맞게 만들었는가 이 방법적인 사실이 소년들에게 크게 영향을 줄 문제인 것이다.(이상 136쪽)

우리 작가들 중에는 이렇게 소년소설뿐 아니라 동화에서도 슬쩍 어떤 간략 설명을 가지고 주요한 사실을 넘겨 버리는 옳지 않은 수법을 쓰는 것이 한 개의 불순한 경향이라고 본다.

이것이 극히 개념적이며 추상적인 작품이라고 지적하면서 앞으로는 작품에 있어서 좀 더 구체적으로 묘사하는 노력이 요청된다는 것을 말하여 둔다.

다음 인민군대를 테마로 하는 작품들에서 일반적 경향을 본다면 역시 소년 단 생활을 그릴 때처럼 개념적이요 추상적인 면을 주관적으로 또는 상상으로 창작하고 있는 것이다.

이런 경향을 소년들로 하여금 인민군대에 대한 경모심과 원호심을 북돋기보다도 자기들의 생활과는 유리된 한 개의 딴 세계로 보게 하는 인식을 줄 것이다.

이것도 작가들이 인민군대에 대한 지식의 빈곤에서 오는 것이라고 본다.

그렇게 때문에 한동안에 나온 작품 중에서 가장 많아야 할 이 부류의 작품 수효가 가장 적은 수효를 차지하게 되였던 것이다.

이에 대한 발전대책은 작가들이 군대생활에 대한 상식이 요구되며 또 소년들의 생활과정과 군대와의 련결되는 사실들 즉 소년들과 인민군대 간에서 발생된 미담 또는 인민군대 가족 원호에 대한 가화 등을 취급함으로써만이 결함을 퇴치하는 방도가 될 것이다.

인민군대를 취급한 작품으로 장수 씨 작 「편지」를 본다면 동생이 군대에 간 형님에게 보내는 편지 내용인데 그 내용에 있어서는 별로 지적할 바 없다고 보나 형식에 있어서 한 개의 보고문이지 작품이라고 보기에는 자신할 수 없다.

물론 제목이 말하는 대로 편지이니까 그런 형식이 될 수바께 없다고는 보나 왜 구태여(이상 137쪽) 편지에서바께는 취재할 수 없었는가를 따져본다면 그것은 두말없이 취재의 빈곤성을 실증하는 것이다.

마지막으로 조쏘친선에 대한 작품을 말하려는 데 있어서도 몇 편의 작품은 비슷한 테마들이며 형상된 사실들이 자연스럽지 못한 일반적인 경향들이 많은 것이다.

강훈 씨 작 「쓰탈린그라드에 있는 동무」를 본다면 주인공 용이와 알렉쎄이·안드레윗치와의 사이에 친해질 수 있는 동기를 학교 길에서 배가 갑자기 아파서 쓸어졌을 때 마차에 태워 병원으로 간 사실로부터 출발하여 다음부터는 늘 찾아가서 놀았으며 고국으로 떠나는 날을 앞두고는 가족사진 한 장을 용이에게 주고 갔다는 내용이다.

이 작품에서 작자는 량자가 사귀여지는 장면을 설정하기에 고심한 자취가 엿보인다.

사실 이 동기를 자연스럽게 설정하기가 곤난한 것이다.

작자는 이 동기를 만들기 위하여 긴 서두에서 설명하였다.

쏘련 군인과 주인공이 처음 사귀여지는 장면이 학교 가던 길에서 복통으로 신음하는 것을 군인이 보고 병원으로 마차에 실고가 준 데서부터 시작된다.

아모래도 이 동기는 자연스러운 것보다 계획적인 감이 있다.

문장 중 공부를 잘해야 훌륭해지며 그래야 자동차도 생긴다는 구절은 립신출세주의의 인상을 준다

이런 부분적인 무의식적 오류는 무엇을 말하는가 하면 아직도 작가들의 머리속에 오래동안 물젖은 봉건적 또는 소시민적인 낡은 이데오로기의 잔재가 어느 구석에든지 잔재하여 있기 때문에 불지불식간에 튀여나온다.

우리 작가들은 옳바른 이데오로기를 소유하기 위한 자기 투쟁과 호상 비판이 있어야(이상 138쪽) 하겠다.

이상으로써 작년 一년 간에 창작된 소년소설 창작과정에 있어서의 전반적 또는 부분적인 결점들을 내놓으면서 앞으로의 우리들 작가의 할 바 과업 방향을 말하여 본다면 다음과 같다.

우리 작가들은 대상이 공화국의 자라나는 후진들이라는 것을 첫째로 머리에 두어야 할 것이다.

창작된 三十편의 소년소설들의 태반이 대상을 잃고 있는 것이다.

그것은 무슨 말인가 하면 소설의 형식과 내용이 성인소설을 압축시킨 감이 있다는 말이다.

그러기 때문에 우리 작가들은 소년들의 생활을 연구하는 동시에 그들의 일상용어(어휘) 연구에 노력하여야 하겠다.

또 정치정세로 보아 긴급히 요청되고 있는 구국투쟁 그리고 인민군대 원호에 대한 사실들을 많이 작품으로 소개하는 사업에 적극 힘써야 하겠다.

그럼으로 매개 작가들이 객관적인 정치 정세를 잘 인식 파악할 줄 알아야 하며 이것을 어떻게 소년들에게 침투시킬까에 대한 연구가 있어야 하겠다.

그런데 이런 정치적인 성격을 띤 작품들이 흔히 뻣뻣하고 매말러 소년들의 흥미를 끌지 못할 렴려가 있다는 점도 특히 고려해야 할 것이다.

소년들에게 흥미를 주지 못한다는 사실은 작가들이 상식적인 세계에서 방황하는 사실과 안일한 수립의 람용에도 기인되는 것이다.

이 세대의 소년들은 높은 문학적 비판력을 가지고 있다.

그들이 조직하고 있는 문학 써-클들을 참관하여 보면 넉넉히 알 일이다.(이상 139쪽)

그들은 작품을 감상 비판하는 사업과 작품을 시작하고 있다.

벌써 많은 소년들이 상당한 수준의 작품을 발표하였다는 사실에 비추어 우리 기성작가들은 일층 경각성을 높이어 그들의 문학수업을 리-드하여야 할 책임이 있는 것이다.

이상에서 지적된 낡은 이데오로기를 청산하여야 하며 맑쓰, 레닌적 민주주의 이데오로기로 무장하는 사업이 나서야 할 것이다.

창작상 수법에 있어서는 과거에 있을 수 있었던 자연주의, 형식주의를 버리고 건실한 민주주의적 리알리즘에 튼튼히 립각하여야 하겠다.

김일성 수상께서 문학인에게 주신 말씀을 높이 받들고 국가와 인민이 요구하는 방향에서 一九五〇년의 우리들의 과업을 완수하여야 할 것을 동지들 앞에 호소하는 바이다.(이상 140쪽)

김순석, "동요 작품에 대하여", 『아동문학집』, 제1집, 평양: 문화전선사, 1950.6.

동요에 관한 문제가 현하 성인문학 각 분야에 있어서의 "결정을 유이할 수 없은 많은 문제들"이 제기되는 것과 마찬가지로 광범히 진지하게 론의되여야 하는 것은 왜서인가? 두말할 것도 없이 이것은 아동문학이 차지하는 사회성과 아동문학 작가 그중에서도 동요 작가들이 독자에게 무엇을 주는가? 하는데 대한 결정적인 해명이 필요하기 때문인 것이다.

결코 국가와 인민에게서 맡겨진 고상한 임무를 수행함에 있어서 어긋남이 없이 아동을 교육하고 아동에게 제때에 그들의 자양소가 될 수 있는 작품을 줄려는 작가들이 창작방향의 통일을 지키는데 그 목적이 있는 것이다.

아동문학 작품 중에서도 동요는 가장 아동생활 속에 침투되기 쉽고 또 많이 침투되어 있는 쟌르의 문학이다.

그것은 비교적 짧은 형식에 비교적 광범한 내용을 담을 수 있으며 짧고 리드미칼하기 때문에 쉽게 암송할 수 있기 때문이다. 작곡되여 불리우는 한 편의 동요를 평양에서나 혹은 어느 두메산골에서나 들을 수 있는 것은 역시 동요라는 쟌르가 가지는 특수성에서일 것이다.(이상 141쪽)

우리는 과거 四년 동안에 수많은 동요 작품을 창작하여 왔다. 우리 동요작가들이 창작한 동요가 오늘 작곡되어 불리우지 않는 북반부 어느 학교가 없으며 음악교재에 수록된 동요들이 우리 손으로 창작되지 않는 것이 없는 것이다.

우리는 많은 사업을 하였다. 우수한 많은 작품들을 산출한 것도 사실이다.

그러나 사회의 발전과 아동문화의 성장에 따라 제기되는 허다한 테-마들을 잡아 우리는 과연 오늘 조국과 인민이 요구하는 높은 수준에서 동요를 창작해 왔다고 할 것인가?

성인과 못지않게 오늘의 아동은 좋은 작품 좋은 노래 좋은 동요를 요구한다. 성인 문학과 하등의 구별 없이 오늘의 조국과 인민은 사회는… 근본적인 테-마를 제시한다. 그것은 조국에의 사상으로 아동들을 무장시키는 테-마이며 그것은 민주와 반민주의 격렬한 투쟁 속에 어떻게 아동으로 하여금 반민주 진영을 증오하고 혐오하며 그것을 싸워 이겨 나가는가 하는 테-마이며 그것은 과거 오래인 식민지 통치의 잔재를 뽑아 버리고 가장 신성한 것으로 로력을 애호케 하며 로동계급이 가장 선진적인 계급임을 인식케 하며 아동이 스스로 로동을 공경케 하게 하는가 하는 테-마들이다.

사회에서의 개인의 역활과 인민대중의 역활에 대한 옳은 혁명과 교양 또 조쏘친선 농촌건설 학업성적 제고 소년단 생활 등… 헤아릴 수 없이 중요한 테-마들이 산적하여 동요작가들을 불렀음에 비하여 과거 四년 동안에 우리들의 활동은 너무나 미약하였다는 것을 자인하지 않을 수 없는 것이다.

이제 우리 앞에는 이 수많은 테-마들을 옳게 잡아 미래 사회의 주인공들인 아동에게(이상 142쪽) 확고한 신념과 락관으로 정진할 수 있는 자양으로서의 동요작품을 읽히게 하여 줘야 하는 성실하고도 책임 있는 임무가 다시금 제기될 것이다. 나는 과거 창작된 동요작품들 중에서 아동문학분과위원회가 선정한 아래의 작품(一九四九년 작에 한함) 등을 주제별로 나누어 그 우단점을 들고 금후방향에 조금이라도 이바지가 되련가 한다.

계급투쟁과 집단(集團)의 힘을 주제로 한 작품

박세영 작

왕개미를 내어 쫓고―

해볕이 쨍쨍
앞마당 능금나무밑에
개미집을 뺏으려
왕개미들 덤벴다.
능금 나무 탐나서
저리 많이 왔나봐

물어라 물어
왕개미 긴허리를 물어
쓸어져도 덤비어

막아내는 개미들 (이상 143쪽)
왕개미를 내쫓고
먹을것을 나르네

이 작품은 두말할 것도 없이 근로를 사랑하는 개아미와 교활한 적 왕개미를 대치하여 개아미의 집단으로 되는 투쟁으로써 왕개미를 물리치는 투쟁력을 보여주는 작품이다.

테-마로 보아서 쉽게 쓸 수 있고 또 평범한 테두리를 벗어나지 못한 작품이기는 하다. 그러나 단순하면서도 근본적인 이 테-마가 아동에게 주는 교양의 가치는 실로 크다는 것을 우리는 느끼지 않을 수 없는 것이다.

오늘 우리 아동은 성인이 그렇듯 조국과 인민을 반대하는 매국 도적을 미워하는 강한 증오와 이를 물리치는 강렬한 투쟁 속에 산다.

우리는 부단히 아동들에게 적대계급이 불의와 태만과 범죄가 얼마나 조국과 인민에게서 멸시받아야 하는 존재이며 처물리치지 않으면 안 되는 적인가를 충분히 납득시켜야 한다.

이런 교양은 아동들에게 악에 대한 멸시와 혐오감! 이것이 막연하고 과거 잔재적인 인도주의적 선악 관념으로 받어드리게 씨여져서는 안 된다는 것은 물론이다.

우리는 이 테-마를 가지고 작품을 쓸 때 인민의 적을 극히 하등한 존재이고 사회적으로 아모런 가치가 없는 존재일 뿐더러 필연코 패망한다는 의식을 강조하여야 할 것이다.

사회에서의 개인의 역할을 집단의 역활보다 과소평가할려는 부르쥬아 관념을 완전히 소탕하고 이 의의를 뚜렷히 내세우는 것은 계급투쟁 혹은 조국애 사상을 제고하는 작품에 자연스러히 결부시켜져야 할 것이다.(이상 144쪽)

그런 작품의 례로써

리호남씨의 「바다로 가자」를 들 수 있다. 아동은 항상 미래를 공상한다. 그리고 그들의 미래를 꿈처럼 아름답게 머리속에 그려본다. 이 감정은 아동들의 순진성과 단순성과 더부러 극히 특징적인 감성인 것이다. 미래에 대한 공상 꿈이 실현될 수 있는 것일 경우에 우리는 이 감정을 북돋아 줘야 하는 임무를 생각치 않을 수 없다.

　샘물아
　샘물아
　어서가자
　우리의뜻 한데모아 저 골짜기로
　돌짬을 뚫으며
　나무찍은 도끼 밥 띠우며
　졸졸졸졸 쏜살같이 흐르자
　— 중략 —
　동무야
　동무야
　빨리가자
　우리소원 푸른 마음인 저 바다로 많은배 띠우며
　갈매기의 고은 노래드르며 (이상 145쪽)
　쿠웅 철석 승리에 살자

　이 작품은 샘물이 몽이고 몽여 넓고 푸른 바다에 이르기까지의 과정을 □□
있게 아주 유익한 지식을 주면서 그려 나갔다. 설명되지 않는 부분에서 독자
에게 □□타고 볼 수 있는 작은 샘물이 집채로 몽이고 몽여 흘러 바다가 된다
는 것을 부지부식간에 가르쳐 주는 것이다. 바다에 이르기까지의 강물의 사
회적 기능과 연결성을 구체적으로

　나무찍는 도끼발 띠우며—　　　(一절)
　씨뿌리는 노래를 들으며—　　　(二절)
　떼목을 밀면서—　　　　　　　(三절)
　많은배 띠우며—　　　　　　　(四절)

로 그렸기 때문에 더욱이 선명하게 인상 지워진다. 이런 수법은 능란한 수법
이며 아동들에게 희망과 공상의 욕구를 충족시키는 적극적인 테-마의 선택
이 아닌가 생각한다.

근로정신 애호를 테-마로 한 작품

로동을 신성한 것으로 인식시키며 근로를 사랑하는 사상을 아동들에게 인식시키는 것을 가장 존중한 동요 테-마의 하나가 아닐 수 없다.

여기서 이야기 아니 할 수 없는 것은 동요 동시라는 가장 닮은 형색에 어떻게 그 감정을 설명 없이 담으며 로동과 아동을 유기적으로 연계시키는가 하는 문제이다.(이상 146쪽)

과거 부르쥬아 아동문학은 전혀 로동을 테-마로 취급하지 않았거나 취급하였다 치드라도 로동을 극히 안가한 것으로 천시하였다. 많은 경우에 있어서 로동자의 자제들은 작품의 주인공으로 등장치 못한 것이 상례이다.

우리는 이것을 폭로 하여야 한다.

부르죠아지가 계급적 각성을 아동들에게서 전혀 말살하고 로동계급의 단결과 각성에서 오는 자기계급의 붕궤를 두려워하는 공포에서 스스로 택하게 된 가장 비열하고 비인간적인 야만정책이었다는 것을 우리는 아동들에게 똑똑히 인식시켜야 한다.

로력을 존중히 하고 즐기는 자만이 국가와 사회의 주인공이 될 수 있다는 것과 로동에 동경케 하고 로동의 위대성을 자각케 하는 사상을 우리 동요에는 많이 담아야 한다.

산에 산에 산으로
우리 가보자
노래 노래 부르며
모두 가보자

우리들이 심어논
어린 나무들
얼마나 자랐나
우리 가보자 (이상 147쪽)

산에 산에 와보니
우리 와보니

노래 노래 부르며
우리 와보니

지난해에 심어 논
어린 나무들
몰라보게 자랐구나
모두 컸구나

산에 사는 나무들이
잘도 자라고
마을에선 우리들이
모두 커간다

강소천 씨의 「자라는 조선」

이 작품에서 우리는 근로를 사랑하는 정신이 벌써 습관화하고 그것을 자랑으로 아는 명랑하고도 건강한 조선 소년의 군상을 본다. 이 군상들은 모두 앞날을 락관하고 조국과 함께 자기네는 씽씽 자란다는 것을 자각하고 있는 것이다.(이상 148쪽)

어느 한 개인이 아니라 "우리 우리"라 함은 많은 소년들을 가르치는 것인 바 가냘픈 감정이 아니라 굵은 선으로서 육박함을 느낀다.

자기네의 로력의 결과를 락관하고 그것을 자랑하는 감정 속에 자연스럽게 근로에 접근시키고 근로의 의의를 강조하였음은 또한 로련하고 성실한 작가 태도라 아니 할 수 없다.

동씨의 또 하나의 작품

야금의 불꽃은—

야금공장 불꽃이 보고 싶어서
아버지의 점심밥은 내가 맡았다

보고 보고 또보아도 자꾸 보고픈
야금공장 야금공장 전기로의 곱다란불꽃

오늘도 아버지의 점심 날르는
전기로 불꽃옆에 서있습니다.

쇳물 녹여 철만드는 곱다란 불꽃
바라보면 내마음도 기뻐집니다 (이상 149쪽)

이 작품은 로동하는 자기 아버지를 가진 어린이의 자랑이 자연스럽게 그려
진 작품의 일례이다.

작업 중의 공장을 동요로는 그리기 어렵다는 일부 옳지 않은 작가들의 관념
을 깨트리고 훌륭히 묘사된 작품이다.

아버지의 일하는 용자를 동경하고 불꽃 튕기는 전기로를 동경하여 그곳에
온 자랑을 말한 이 작품이 아동들에게 주는 교육적 의의가 얼마나 큰 가에
대하여서는 말치 않기로 한다.

그러나 이 작품에는 커다란 결함이 있음을 우리는 간과할 수 없다.

적극적으로 근본적인 테-마를 선택하였음에도 불구하고 아동은 다만 야금
공장 불꽃 앞에 세워 놓는데 끝인 것은 로동을 동경하고 로동에 접근시킨
데는 효과를 가져왔지만 로동 자제를 어떻게 보아야 하며 장차 자기도 자라면
어떻게 하겠다는 결의가 전혀 결여되었기 때문에 가장 중요한 로동의 의의가
설명되지 않았다.

불꽃이 고와서 그것을 감상하는데 끝인다면 이것은 가장 중요한 것을 망각
한 것이 아닌가.

쇳돌녹여 철만드는 곱다란 불꽃
바라보면 내마음도 기뻐집니다

기뻐만 저서는 않 될 것이다.

여기에는 감상자의 립장을 한거름도 떠나지 못하였다. 공장 로동자의 아버
지를 동경한다면 심리적으로도 자연스럽게 자기도 아버지처럼 씩씩한 로동
역군이 되겠다는 결의가 표시되여저야 할 것이었다. 그리고 "쇳돌녹여 철만
드는 곱다란 불꽃"을 좀 더 아동들에게 직감적으로 아라차릴 만한 철제의

물체를 긴밀히 연상시키도록 하여야 할 것이다.(이상 150쪽)

례를 들면 학교에서 쓰는 철봉이나 집에서 쓰는 부삽 같은 것을 련관시키였으면 더 좋을 것이다. 공장을 좀 다른 각도로 그린 작품으로서 한기 씨의 「공장탁아소」를 드러 보기로 하자.

아장 아장 돈다
옥순이도 영남이도
손벽치는 선생님
꽃울타리 만든다고
손목잡고 뱅 뱅

공장에서 엄마를
힘껏 힘껏 일하게
기차노리 꽁굴리
재미난다 가아

포동 포동 빨가숭
모드다 빨가 숭에
목욕하고 새옷입고
폭신한 침대속
작난감도 가치자고 (이상 151쪽)

기계앞에 엄마를
다토야서 일하게
새근 새근 꿈나라
잘도 잔다 쌕쌕!

근대화한 오늘의 공장의 일면을 잘 묘사하였으며 그 속에서 움직이는 유아들이 여실하게 그려져 있다.

이 작품 속에는 일언일구도 비치이지 않았지만 독자들은 작품의 배후에서 움직이는 공장의 웅장한 모습과 근로하는 어머니들의 씩씩한 모습을 또력이 볼 수 있는 것이다.

이런 수법은 가장 세련된 수법이며 작품을 설명으로써 독자에게 강요하는 안일하고 무책임한 작품 태도와 엄격히 구별되는 훌륭한 태도라 말하지 않을 수 없다.

다시 말하거니와 로동애호 정신을 그리되 우리는 로동과 사회와의 유기적 련계면을 똑똑히 아동들에게 인식시키고 근로는 가장 신성한 것이란 사상을 배양시켜야 할 것이다.

농촌건설 면을 주제로 한 작품으로 최석학 씨의 「현물세」를 들어 보면 이 작품도 근로와 아무런 관렴이 없고 근로를 그저 방관하는 유해로운 결점을 가지고 있다.

> 따따따 다따 쿵다 쿵다
> 무슨 음악 소릴까
> 나팔소리 북소리
> 참말 팽장하구나 (이상 152쪽)
>
> 한채 두채 세채 네채
> 아유 많기두 하다
> 현물세 가득 실고
> 음악 뒤따라 오누나
>
> 볏섬위에 공화국긴
> 너풀 너풀 춤을 추고
> 황소들도 좀 보란듯
> 기운내서 끌고 오네
>
> 오구가던 사람들도
> 히죽 벌죽 모다 웃고
> 우리들은 따라가며
> 만세 만세 불렀다네

현물세 우차가 지나가는 것을 어른들은 히죽벌죽 웃고 바라만 섰고 아동들은 만세만세 부르며 군대행진처럼 바라보고 서고만 있다. 달구지에 가득 실고 현물세가 지나간다면 그것을 무겁건 가볍건 밀어주려는 의욕이 생기는 것이 자연스러운 아동의 심리일 것이다.

설사 밀어줄 필요가 없으리만치 황소가 기운차게 씽씽 끌고 간다 쳐도 지나가는 것을(이상 153쪽) 바라보고 섰어야 아무런 의의 없는 작품이 되고 마는 것이 아닐까.

만세만세식의 작품취재 태도는 벌써 버려야 할 것이었다.

근로를 방관하는 태도는 대체로 유해로운 결과를 가져온다는 것을 우리는 기억하여야 할 것이다.

이 작품이 또 하나의 결점은 전혀 아동심리를 파악치 못하고 쓴 점이다.

농악을 무슨 음악소릴까? 하고 의아해 하는 아동이 오늘엔 없을 것이다. 또 농악소리를 따따따 다따 쿵다쿵다로 듣는 아동도 없을 것이 아닐까. 가장 예민하고 가장 순박한 독자인 아동들에게 "이것은 거짓말이다."라는 의심을 이르켜서는 벌써 그 작품의 가치는 아무데도 없는 것이다.

기타 테 - 마들

리성홍 씨의 「리-다야 잘가거라!」

붉은 댕기 팔랑팔랑
쏘련동무 내동무
만나면은 손목잡고
뛰어놀기 좋았지
조선말을 배워주면
쏘련말을 배워주고 (이상 154쪽)
우리집에놀고 나면
리다집에 갔었지
― 二절 략 ―

김우철씨의 「잘가거라 쏘련 동무야」

쏘련나라 동무야
어린 동무야
붉은 리봉 꽃보다

어여뿐 동무야
아빠엄마 따라서
고향에 간다지
잘가거라 동무야
네나라 가더래도
마음은 한덩어리
기리 잊지 말어라

이상 두 작품은 모다 현재 작곡되어 광범히 애창되고 있는 동요들이다.

조쏘친선의 감정이 구체적이고 유니-크하게 그려졌기 때문에 부르기 쉽고 률동적이다.

조쏘친선이란 중요한 테-마를 잡고 막연히 그리운 데가 많았는데 이 작품들은 간(이상 155쪽)명한 줄거리 속에 일상적인 구체면을 삽입했기 때문에 부르기 쉬울 뿐더러 부르며 춤출 수 있는 점이 특징이다. 불으며 춤출 수 있는 동요를 쓰자는 문제들이 새로 제기되는 때에 이 작품들은 좋은 시사를 줄 것이라고 믿는다.

기타 수법상의 문제들

오늘 동요 동시의 독자들은 동요를 읽는 데만 만족을 느끼지 않는다.

동요는 반드시 작곡되어 불리워야 할 것이다. 불리는데 끝이는 것이 아니라 노래 부름과 동시에 노래에 마추어 률동에 마추어 춤을 출 수 있는 그런 내용까지 담아야 할 것이다.

그러나 우리 동요 작품에는 작곡하기에 대단히 곤난한 면을 그대로 가지고 있는 경우가 흔히 있다.

그것은 리듬이 순조로히 흐르지 않거나 어린이들의 일상어가 아닌 성인의 언어를 그대로 삽입하는 데서 오는 결점들이다.

비교적 어린 아동들에게 읽기 어려운 어휘를 아무런 연구와 선택 없이 변용하는 무책임한 태도를 배격하여야 할 것이다.

가령 앞에 례를 든 작품에서 인례한다 하드래도 리호남 씨의 「바다로 가자」

중에는

"우리뜻 한데모아 저골짜기로" 혹은 "우리희망 한데 엮어 저 강으로"던가 "우리 소원 푸른 마음인 저바다로" 등은 그 구체적인 례이다.

동시에 이상에서 말한 최석학 씨의 「현물세」와 마찬가지로 구체적인 아동심리에 파악 없(이상 156쪽)이 작가의 주관으로써 있기 때문에 아동들에게 이상한 의심을 이르키는 경우다.

윤동향 씨의 동요 「입학날」을 보면

오늘은 입학날
우리 누나 학교간다

새옷입고 새신 신고
새책 싸가지고

담모도리 도라 가다
치마자락 만져 보고
새신발 서서 보고

막 기뻐서 노래 부르며
머리카락 나풀 나풀
토끼 걸음 깡충 깡충

가다 가다 옷고름 고쳐 매고
새신발 다시 보고 (이상 157쪽)
오늘 부터 입학날
우리 누나 학교간다

이 작품에 의하면 입학날은 오늘부터 인민학교 생도가 된다는데 대한 기쁨이란 한마디도 없고 거저 새 옷 새 신발을 입고 신은 데 대한 기쁨뿐이다.

극히 단순하고 정직한 아동들일지라도 그들은 오늘부터 동경하던 학교 생도가 된다는 감정 오라지 않아 소년단이 된다는 감정 크면 나라의 기둥으로 큰 일꾼이 되겠다는 결의 등 이것이 자연스러운 심리일 것이다.

이런 결함 등은 어디서 나오는 것일까. 아동심리를 깊은 연구 없이 그저 "그러리라." 식으로써 펑가치는 안일성에서 오는 것이다. 테-마의 본질을 파악할려고 안 하고 지엽적인 면을 잡아 작품을 꾸미려는 무책임에서 오는 것이다.

본질을 파악함이 없이 분위기와 효과만 노리여 것깍대기만 장식하여 내놓은 것은 아동들에게 유해로운 결과를 준다는 것을 우리는 잊어서는 안 될 것이다. 독자들은 말한다.

"좀 더 단순하고 좀 더 선명하게 우리들 아동의 생각하는 일을 우리들 아동의 말로!"

이것을 우리는 명심하자—

그러면 우리는 작품을 통하여 교과서 가르키듯 아동에게 설교하여야 할 것인가. 아니다. 동요는 높은 예술성으로 형상되여야 한다. 설교와 설명은 대부분인 경우에 권태를 주며 내면적 반발을 이르키는 것이다.(이상 158쪽)

아동들은 가장 예민한 감수성을 가지고 있다. 개성적이고 현실에 이겨 나가는 강인한 성격을 만들어주는데 우리 동요 작품들이 큰 역할을 가질 수 있고 또 가진다는 것을 우리는 기억하여야 할 것이다.

아동들은 항상 그가 인식하지 못한 새로운 것 예술적인 것에 대하여 동경한다. 오늘 조선에서의 예술적인 것 새로운 것 등 그것은 노력이고 그것은 조국 통일을 위한 영용한 투쟁이다.

우리는 이것을 위하여 분투하여야 할 것이다.

고-리끼는 一九三○년에 말하였다. 작자는 작품을 통하여 아동들에게 다음과 같은 말을 하게 하여야 한다.

"우리 아버지들은 아직 모르는 것이 많다— 그러나 동무들 아이들은 모든 것을 알기 위하여 세상에 탄생했다고!

아동들에게 가르켜 주는 것은 필요한 일이다 그러나 아동들에게서 배우는 것은 우리 자체에게도 더욱 유익한 일이라는 것을 우리는 알아야 한다."

(이상 159쪽)

소년운동

吳鳳煥, "少年軍의 起源", 『朝鮮週報』, 제1권 제4호, 1945년 11월 5-12일호 합호.

二十世紀 初頭의 英國 各 都市 特히 倫敦 '만체쓰터' 等 市에 있는 少年들은 纖弱하고 無氣力하기 짝이 없었고 學校에서 工場에서 파해 나오면 그들에게 無關心한 周圍 社會 속에서 第二國民 될 少年으로는 너무나 墮落的인 生活을 하고들 있었다. 밤마다 活動寫眞 劇場으로 그렇지 않으면 못된 作亂을 하거나 또는 火爐를 끼고 座談에 밤을 새운다거나 飮酒 喫煙하는 不良少年少女輩는 都市 魔窟 속에서 徘徊하고들 있었던 것이다.

南阿戰爭에서 赫々한 武勳을 세운 英國 陸軍 中將 '로버트·바덴 파웰' 將軍은 英國 少年들의 이 實情을 보고 英國의 將來를 慨然히 嘆息하야 마지않았다.

— ◇ —

一八九九年 南阿戰爭 때의 일이다. 當時 大佐이었던 將軍은 '마후에킹'이라는 市를 守備하고 있었다. 極少數의 英國兵으로 數倍 되는 土人軍의 包圍를 받게 되자 戰線은 苦戰에 빠졌다. 將軍은 應急策으로 同市에 居住하는 英國人 中에서 義勇兵을 徵募했다. 그러나 當時 '마후에킹市'에는 英國人 男子 一千餘名과 婦女子가 六百餘名밖에는 없었다. 겨우 一千名의 義勇兵을 얻었으나 이 少數의 兵力을 갖이고 첩첩이 둘러싼 敵을 막아 내며 援軍이 오기를 기다리는 外에는 아무런 方策도 서지 않았다. 各 戰線의 戰死者와 負傷者는 나날이 높아 간다. 따라서 不足한 兵備는 더욱 더 減少될 뿐이다. 심지어 傳令으로 쓸 者조차 마음대로 求할 수가 없게 되였다. 그렇다고 이 傳令을 缺한다면 軍隊의 連絡이 끊어저저 戰線은 混亂해질 것이다. 어떻기든지 이 傳令만은 維持해 나가야겠다. 그러나 兵力은? 이때에 將軍은 百計를 다하야 一案을 생각해 냈다. 參謀와 의론하야 在留 英國少年을 集合시켜 傳令과 斥候의 任務를 그들에게 命하였다. 처음엔 모다들 그 成果를 危惧했었으나 그러나 少年들의 純情은 드디어 成果을 이루었다. 適當한 指導가 있으면 少年들도 이렇게 훌융한, 큰 사람들도 감히 못할 事業을 이룩할 수 있다고

將軍은 깨달았다.

— ◇ —

그때부터 將軍의 少年 指導眼은 忽然히 열렸다. 그는 곧 그 近處에서부터 英國 少年과 '포아' 少年을 比較 硏究하기 시작했다. 모든 文明의 惠澤을 享受한 英(이상 12쪽)國[1]

---

1 『朝鮮週報』(제1권 제4호, 1945년 11월 5-12일호 합호)의 해당 지면은 자료 유실로 인해 이하 내용은 확인이 불가하다.

李箕永, "붉은 軍隊와 어린 동무", 『별나라』, 속간 제2호, 1946년 2월호.[2]

　　一

조선의 어린 동무들!

『별나라』를 꿈꾸든 나의 가장 사랑하든 어린 동무들!

『별나라』는 다시 나왔습니다. 저 하늘에 아득하게 빛나든 별나라!

꿈같이 그리든 『별나라』는 인제야 정말로 여러분의 나라가 되였읍니다.

아, 여러분은 『별나라』가 없어질 때 얼마나 슯흔 눈물을 흘리셨읍니까? 그때는 어린 동무들뿐 아니라 우리 겨레 삼천만 동포가 다 가치 울엇을 때올시다. 실로 조선 천지가 아조 어둠으로 누구나 절망(絕望)을 부르짓든 때가 안이였든가요? 빼앗긴 『별나라』를 오직 꿈으로나 그려 보자든 이 마지막 히망까지 빼았겼을 때, 아, 여러분의 어린 가슴은 얼마나 슯흔에[3] 떨렸든가요? 우리의 불공대천지 웬수 왜놈의 제국주의는 실로 형편없이 하게도 여러분의 싹트는 어린 순까지도 짤너 버리러 드렸읍니다.

　　二

그러나 하늘의 리치는(이상 16쪽) 결코 무심치 않았읍니다. 지난 八月 十五日을 때맞인 듯 조선의 천지는 하루 밤새에 개벽이 되였읍니다. 그 흉악하든 왜놈의 쇠사슬에 억매였든 삼천만 동포는 자유해방을 당하였읍니다.

도리켜 생각컨대 지나간 三十六年 동안 어린 동무들은 어떠한 생활을 하였든가요? 천진란만한 어린이들까지 헐벗고 굼주리고, 못 배운 것은 차차하고도[4], 우리나라 말까지, 성명까지 빼앗겼지 안었읍니까? 그리하야 여러분은

2　이 글은 비평문은 아니지만 해방 직후 문단의 모습을 가늠할 수 있는 글이라 생각하여 수록하기로 하였다. 해방 직후 좌익 문단의 주류는 임화, 김남천 중심의 〈조선문화건설중앙협의회〉였는데, 송영, 이기영, 한설야 중심의 〈조선프롤레타리아예술동맹〉에 속했던 이기영은 남로당(南勞黨)이 〈조선문학동맹〉 결성(1945년 12월 13일)을 지시하자 이에 불만을 품고 제1차로 월북한 상황이었다.

3　'슯흠에'의 오식이다.

4　'차치하고도'의 오식이다.

왜놈의 성을 부치고, 왜말까지 강제로 당한 것이 습관이 되여서, 얼맞지 안는 것을 친연스럽게 서로 불러 오지를 안었읍니까.

그러턴 것이, 되지 못하게 저놈들의 대동아전쟁이 련합국의 익임으로 말미암아 일본제국주의는 최후의 발악을 하다가 걱구러졌읍니다. 이에 우리 조선은 빼앗겻든 나라를 찾고, 우리의 성명과 우리글, 우리말을 다시 찾게 되였읍니다. 이점애 대하야는 우리 조선을 해방식힌 련합국에게 먼저 뜨거운 감사을 보내야 하겠읍니다.

특히 북위(北緯) 삼십팔도선(三十八度線)을 지경(地境)으로 한 북쪽 조선은 붉은 병정의 힘으로 왜놈의 세력(勢力)을 말정히 씨처 버렸읍니다. 북조선 큰 도시에 조곰 남어 있다는 왜놈들 피란민은 불상하게도 일꾼 왜놈으로 씨이게 되여서, 지난 날 우리 조선 사람의 피를 빠러먹고 호하롭게 살든 앙갚음을 알뜰히도 밧고 있읍니다. 놈들은 지금 뻬에 사모치게 천벌(天罰)(이상 17쪽)을 받으면서 쓰라린 저이들의 잘못을 늑길 줄 압니다.

三

三十八度 남쪽에 사는 여러 동무들! 그런데 뜻밖에도 붉은 군대가 흉악하다는 소문이 떠도는 모양 같읍니다. 나는 이번 서울 왔든 길에 특히 이 점을 사실에 비최여 말하고 싶읍니다. 나는 지금 강원도(江原道) 철원(鐵原)에 있읍니다만은 붉은 군대는 결코 그러치가 안습니다.

붉은 군대는 오히려 너무도 사람이 좋고 친절하고 평민적(平民的)이올시다. 그들은 착한 친절한 농민 같고 어린이처럼 천진란만합니다. 각가운 데를 말하면 우리나라 어린 동무들을 무척 사랑합니다. 거리거서[5] 노는 애기들과 그들은 가치 놀기를 질겨합니다. 코를 흘리고 누더기에 쌓인 우리들이 보기에도 더러운 아이라도 붉은 군대는 그것을 조곰도 꺼리는 기색이 없읍니다. 만일, 그들이 흉악한 군대라면 더구나 더러운 아이를 그러케까지 사랑할 리치가 있겟읍니까? 그러나 그들은 진심으로 어린 동무를 사랑합니다. 참으로 그들은 평민적이요, 너무도 사람이 좋읍니다. 지금(只今) 붉은 군대가 있는 곳에서는 어듸나 어린 동무들이 그들과 친하게 놀고 있읍니다. 어린 동무들

---

5 '거리에서'의 오식으로 보인다.

은 우리를 불르고, 그들은 어린 동무를 안꼬 놉니다.

四

그런데 이와 같이 좋은 붉은 군대를 나쁘다고 소문이 난 것은 웬일임니까?

(이상 18쪽)

이것은 지난 날 일본 제국주의가 소련을 나쁘게 선전(宣傳)하자는 목적으로 예전부터 그런 소문을 퍼친 모략에서 나온 것이 그 까닭이라 하겠음니다. 왜놈들은 붉은 군대를 나쁘다 하야서 우리 조선 민족의 통일 전선을 방해하랴는 것이 근본 목적이였음니다.

또한 그 박에는 八月 十五日 해방 뒤로 일본 놈에 어게부터[6] 살든 친일파(親日派)의 조선 사람들이 반민족주의자(反民族主義者)로 몰려서 남조선으로 쪽겨 와서, 제 잘못은 모르고 도리혀 소련을 나쁘게 선전하랴는 데서 나온 뜬소문이올시다.

그럼으로 여러분은 이런 헛소문을 고지 듯지 말고 붉은 군대는 참으로 좋은 군대 ― 특히 여러분의 가장 친한 동무일 줄로 아러 주십시요.

그리하야 혹시 여러분의 아저씨나 하라버지들이 거리의 뜬소문을 드르시고 와서 그런 말을 하시드라도 아여 믿고 고지를 듯지 마시고 깨우처 주서야 하겠음니다.

이런 나쁜 선전은 우리나라를 해방식혀 준 련합국에게 죄스러운 일일 뿐 아니라 우리 민족의 통일전선을 어지럽게 해서 우리 건국사업을 일부러 방해하랴는 ― 가장 나쁜 이요, 매국노(賣國奴)의 하는 짓이라 아니 할 수 없음니다.

끝으로 여러분은 부지런이 배우고 튼튼히 몸을 길너서 앞으로 우리나라의 줄거리가 될 만한 좋은 사람들을 맨드러 나가기를 바라며, 밧븐 중에 어수선한 이 글 끝을 맺읍니다. (끝) (이상 19쪽)

---

6 '엉겨 붙어'의 의미로 보인다.

南基薰, "朝鮮의 現勢와 少年指導者의 責務", 『소년운동』, 창간호, 1946년 3월호.

우리는 朝鮮 사람이다.

朝鮮少年의 指導者다. 우리는 지금 잠자고 있는가 前進하고 있는가 落望하고 있는가 或은 鬪爭하는가.

우리가 가는 곧에 少年도 간다. 우리가 있는 곧에 少年도 있다.

우리의 것는 거름거리가 少年의 將來를 이리로 기우러지게 할 수도 있고 저리로 뭉그러지게 할 수도 있다.

그러면 果然 우리는 어떤 거름을 거러야겟는가.

우리는 朝鮮을 사랑한다. 그러나 漠然히 朝鮮을 사랑하는 것이 아니다.

朝鮮 사람이래서 各層各色의 生活狀態와 主義主張을 가진 사람들을 一律的으로 無差別하게 사랑하는 것이 아니고 다음 世代의 새 舞臺에 登場하려는 少年을 사랑하는 것이며 無意識的으로 사랑하는 것이 아니고 앞으로 새것을 創造하기 爲하여 싸워 나갈 洋々한 國民인 故로 사랑하는 것이다.

우리는 過去 어떤 部面을 사랑할 줄 모르지 아니하였다. 그러나 過去보다도 더욱 未來를 사랑한다. 모든 나라의 少年들과 함께 約束하는 歷史의 明日은 過去보다 크고 現在보다 赫赫한 까닭이다. 우리는 제 民族間의 싸홈을 사랑하지 아니하는 대신 進取를 熱烈히 사랑하는 까닭이다.

그렇것만 지금의 쌌튼 朝鮮이 거러가는 모양은 果然 未曾有의 混亂에 빠진 것만 같다. 大戰 後 世界의 情勢는 平和를 수습하기 爲하여 허덕이고 더구나 極東에 있어서 日帝는 꺼구러지고 中國은 國共이 協商 또는 分裂인 듯한 渦中에 빠지고 朝鮮은 이 틈바귀에서 解放이라고 政客들의 거름거리는 東奔西走하며 眞實로 우리는 飢饉 가운데서 指向을 잃은 難破船과 같은 늣김이 없지 않다.

잘살기 위해서는 少年을 위하여야 한다. 그러나 잘살기 위하야 少年을 위한다는 일이 모도다 正當한 行爲라고는 볼 수 없다. 問題는 잘살기 爲해서는 少年을 잘 키우자는 것이며 잘 키우되 어떻게 키우는 것이 잘 키우는 것이냐

하는 고데 있다.

朝鮮 사람은 지금을 가르처 누구나 다— 過渡期라고 한다. 事實로 現下 情勢는 極甚한 亂國의 處하였음에 틀림없다. 過渡期는 混難을 意味한다. 難 局은 顚倒를 意味한다.

어떠한 角度에서 보든지 過渡期는 "危機"의 概念이다. 現在의 朝鮮에는 危機가 왔다는 것이다.

한 사람이 眞實한 모양으로 떠든다. 모도들 熱病에 걸린 것처럼 그리고 모혀든다.(이상 4쪽)

또 한 사람이 새로운 곡조(曲調)로 피리를 분다. 그러면 또 모도들 夢遊病 者와 같이 그 曲調에 맛추어 춤을 춘다.

커다란 붓에 먹물을 찍어 갖이고 朝鮮을 새까맣헤 해 놓을려고 한 사람이 서드르면 아니다 까막해 칠할 것이 아니다. 하얀 칠을 해야 한다고 다른 사람 이 제 붓을 가지고 登場한다. 또 한 사람은 말하되 그래서는 못쓴다. 다 각각 제 빛갈대로 제 색을 칠해야 한다고 꿩가리를 뚜드리면서 高喊을 친다. 푸렁 이 누렁이 검은 것 힌 것이 서로 뒤석겨서 亂舞하고 騷音과 騷音을 일우어 놓는다. 이것이 過渡期 朝鮮의 現狀이다.

이 가운대서 意志을 喪失한 者는 自失하야 엇지할 바를 모르고 心臟이 弱한 者는 벌서 眩氣를 이르키어 갈 길을 모르고 街頭를 彷徨한다.

어제까지 偉大하다는 것이 卑劣해지고 犧牲的 熱情은 走狗的 利己慾으로 轉身하고 미옵든 것이 고하지고 곱든 것이 미워지고 正義는 反動이 되고 反 動은 正義인 것같이 좁은 내를 흐른다.

이러면서도 그들은 모도들 朝鮮을 말한다. 다른 民族 다른 사람을 말하는 것이 아니고 正히 이땅 이 民族을 말하는 것이다. 이것이 저들의 共通的 傾向 이다. 解放은 된 듯 만듯하고 自主獨立은 遼遠하고 이래도 된다는 그들이 朝鮮을 고맙지도 않게 이리로 저리로 껄고 단이려는 것은 무슨 까닭이냐. 그들뿐만이 朝鮮 사람인가 그들만이 朝鮮을 안다는 말인가 그들만이 朝鮮의 將來를 두 억개에 질머젓단 말인가.

새것이 없이는 새것을 세우지 못하는 것이요 未來가 없이는 現在를 解決할 수 없는 것이니 現實을 가지고 싸호는 사람에게 前途가 있을 것인가. 指導者

란 先頭를 意味한다. 先頭는 引率할 만은 技能이 必要하다. 技能은 科學的 研究를 蓄積하고 獲得한다는 意味이다. 指導者는 科學的 研究를 被指導者를 爲하여 實踐하는 사람이다. 指導者는 그 自身이 있기 爲해서 있는 것이 아니고 被指導者의 指導上 必要 때문에 있는 것이다.

그러면 우리 少年 指導者은 무엇을 했는가. 無爲와 逃避하였는가. 아니다. 自重하였다. 이 混亂한 거리로 少年을 指導하고 싶지 않었기 때문이다. 少年이란 遠大한 未來를 가진 사람이다. "未來는 어린이의 것이다." 어린이야말로 새 朝鮮을 建設할 役軍이다. 새로운 朝鮮을 두 억개에 지고 突進하여야 한다. 모든 사람이 落望하고 도라설지라도 一步 退却하는 대신에 二步 前進하여야 한다. 未來를 設計하는 것이 少年의 義務인 줄을 아러야 한다.

正義의 天使를 死守하는 일은 少年 指導者의 義務요 名譽가 아니면 안 된다.

少年 指導者는 모든 苦難을 忍耐해야 한다. 처음부터 끝까지 注視하고 洞察하고 準備해야 한다. 그렇고서라야 過渡期인 現勢에서도 이러날 수 있다. 바위를 뚫코 쌌트는 풀과 같이.

少年 指導者여— 어린이날은 迫頭하였다. 逃避에 封鎖된 듯이 自重에서 敢然히 이러날 때다. 쓰러지려는 어린나무를 똑바를⁷ 심어야 할 때다.

나가자 沈着히! 물리치자 勇敢히! 우리의 있는 곧에 朝鮮이 있다. 우리의 가는 곳을 朝鮮이 따른다.(이상 5쪽)

---

7 '똑바로'의 오식이다.

鄭成昊, "少年運動의 再出發과 少協", 『소년운동』, 창간호, 1946년 3월호.

우리의 앞에는 풀을 수 없는 이런 問題 저런 問題가 마치 가시나무 얽기듯 이 얽기어 있다. 解放은 되엿다 하나 아즉도 解放이 된 것 같지 않고 自主獨立 은 約束되엿다 하나 그날이 또한 遼遠하다. 이러함에 우리는 다시금 現實을 嚴正히 凝視하지 않을 수 없다. 이때야말로 正히 우리 全民族에게 질머지워 진 가장 重大한 試鍊期라고 할 수 있다. 여기서 우리는 最大限의 勇氣와 不斷 한 努力으로 過去를 批判 反省하는 同時에 現實에 當務한 自己의 部門에 가장 充實하여야 할 것이다. 우리는 各自가 自己의 部門에 너무나 充實치 못할뿐더러 自己 部門 以外에 너무도 잘 參見함을 커다란 허물로 생각하지 않을 수 없다.

歷史上 다시없는 混頓된 지금에 있어 우리가 取할 길은 우리들 各自가 自己가 맡은 部門에 온 精力을 기우리며 各自의 協力으로 各自의 部門을 完成식힘으로써뿐 當面한 諸問題를 解決식힐 수 있으며 約束된 自主獨立과 完全 解放을 戰取할 수 있을 것이라고 믿은다.[8]

× 　

朝鮮 少年運動은 그 歷史로 보아 二十有餘年이란 짧지 않은 길을 거러 나왔다. 그러나 거러온 時間으로 보아 다른 部門보다는 그 成果에 있어 몹시 微弱하다. 原因은 勿論 社會的 環境이 最大限으로 不利한 데도 있지만은 要畧하여 말하면 一般으로 이 運動에 對하야 誠意 있는 理解와 援助가 없었 으며 또한 社會的으로 이 運動을 民族的 國家的으로 運動化하지 못한 데 있다고 본다. 그러나 그것보다 더 큰 原因은 이 運動에 一定한 指導原理가 없었으며 따라서 이 運動에 當하고 있는 사람들의 眞摯한 硏究가 不足하였고 誠實한 熱情이 繼續되지 못하였다는 것도 또한 들지 않을 수 없다. 모-든 問題에 있어서 眞實한 反省을 한다면 過去의 그릇됨을 구태여 들추지 않으려

---

8 '믿는다.'의 오식이다.

하나 過去를 冷情히 批判하고 現實을 嚴正히 거러 나가려는 良心的 行動에서 스스로 거러온 길을 檢討하는 것이다.

×

모-든 部面이 整頓되지 못한 現實에 있어 우리가 少年運動을 展開식히랴함은 어느 意味로 보아 若干의 無理가 있다고 할 수 있을 것이다. 그러나 國家 民族의 앞날을 생각할 때 우리는 奮起하지 않을 수 없었다.

그리하야 우리는 스스로 한 部門을 질머지고 비록 貧弱하나마 크게 외치고 나온 것이 〈朝鮮少年運動中央協議會〉(少協이라 略稱함)이다.

過去의 그릇된 것을 是正하며 不足되였든 것을 補充하여 自然發生的 運動에서 目的意識的 運動으로 展開식히려 한다.

少協은 當面의 原則 綱領으로 아래의 세 가지를 提示한다.(이것의 解說은 다른 機會로 미룬다.)

가. 어린이를 封建的 倫理의 壓迫과 奴隸的 虐待에서 解放하야 社會的 地位를 確保케 함

나. 어린이를 典型的 敎育에서 解脫식혀 純潔快活한 品位와 氣象을 가지게 함

다. 어린이를 社會生活의 訓鍊을 식혀 自立自律의 精神을 가지게 함

우리는 이 三原則 綱領을 當面의 指導原理로 定하였다. 그러나 이것을 完成된 指導原理라고 이것으로서 滿足해 하지는 않는다. 좀 더 널이 그 意見을 求하야 깍고 다듬어서 보다 더 完成된 것을 硏究할 問題라고 생각한다. 그러나 우선 우리는 짧은 時間에 硏究의 不足에도 不拘하고 眞實하게 이만큼이라도 생각하였다는 點을 스스로 깁버하는 同時 우리 運動을 爲하야 自誇하며 이 三原則下에 少年問題 全般을 硏究 指導하며 이 運動을 展開시키고저 한다.

少協은 結成 以來 默々히 모-든 情勢의 움즉임을 凝視하며 안으로 今後 運動 展開의 方略을 硏究하여 나왔다. 그리하야 今年 "어린이날"을 앞두고 하나둘식 漸進的으로나마 우리 運動을 活潑히 展開시키고저 한다. 이 運動은 過去에 行政當局의 매서운 눈초리는 말할 것도 없거니와 可히 理解해 줄 수 있고 協助해 줄 수 있는 社會部面에서까지 冷笑를 받어 왔다. 그러나 조곰

도 屈하지 않고 싸워 나왔다.

今後의 우리들도 如何한 困難과 隘路가 있다 하드라도 刀山劍水⁹를 넘고 건는 覺悟로서 國家 民族의 大計를 爲하야 이 運動에 充實코저 하며 이 運動을 完成코저 하는 바이다.

우리가 冷情히 現實를 檢討하여 볼 때 우리 앞에 가로노여 있는 모-든 풀 수 없는 問題로 이 少年運動을 正心誠意로서 民族運動化하야 우리의 總力量을 이에 集中 展開시키는 데서뿐 能히 解決할 수 있으며 完全한 解放도 約束된 自主獨立도 올 것이라고 생각한다. 이러한 의미에서 直接 少年運動에 當務한 사람은 勿論이거니와 社會的으로 過去와는 다르게 이 運動을 硏究하며 協助하지 않으면 안 될 것이다.(이상 7쪽)

---

9 '刀山劍樹'의 오식이다.

"少年團體 巡禮 ① - 兒童劇團 好童園", 『소년운동』, 창간호, 1946년 3월호.

어린이를 잘 기르고 잘 키워 조선이 세계적으로 비약하려면 학교교육만의 의존할 수는 없다. 연극이 사회교육으로서 직접적인 최대의 감화책을 갖인 것일진대 어린사람에게도 연극을 보여야겠다. 그러나 해방 후 여러 개의 극단이 생겼지만 그 모도가 어린 사람이 보기 어려운 연극들만 상연한다. 여기에 늣긴 바 있어 과거 日帝 때부터 방송으로 공연으로 많은 노력을 하신 金泰哲[10] 先生과 만주 등지에서 수년간 兒童극을 연구하고 도라오신 李河鍾 先生 外 여러 先生님이 아동극단 〈好童園〉을 조직하시고 어린 사람 연구생을 모집하야 시내 城東區 往十里町 七九(前 旺新學院 자리)에서 매일같이 연습과 공부를 한다고 한다. 이에 뜻있는 분과 어린이들의 입원을 바란다 하며 그 첫 공연은 四月 초순에 한다고 한다.(이상 7쪽)

---

10 '金泰哲', '金泰晢, 金泰哲' 등으로 표기되었는데, 김태석(金泰晳)으로 통일한다.

金起田, "少年指導者에게 주는 말 (1)", 『소년운동』, 창간호, 1946년 3월호.

나는 무엇보다도 옛날 大新羅의 花郎徒式의 敎養을 오늘 建國少年들에게 베풀고 싶다. 어대까지 爽瀟 勇壯한 氣魄을 가지며 鄕土 自然과 親하며 特定한 集團生活을 하는 中에 社會의 眞諦를 體得하고 또 其 見識을 넓힘과 같은 古花郎徒의 近代的 復活이 그리웁다. 따라서 오늘 少年運動에 關心을 갖는 諸氏의 이에 對한 具體的 硏究와 參考가 있기를 바란다.(이상 9쪽)

指導部, "國慶日, 어린이날의 定義", 『소년운동』, 창간호, 1946년 3월호.

어린이는 다음 世代의 主人公이라고 한다.

다음 世代의 主人公이란 곧 그 나라의 새싹이란 말이다.

싹은 成長하는 物體다.

成長하는 物體는 거굼을 要한다.

거굼 如何에 싹의 成長은 左右되며 成長 如何로 열매는 左右된다.

그러면 좋은 열매를 바라는 사람이라면 누구의 권고와 말을 듯지 아니하드라도 잘 거굴 것이다.

이 事實을 人間에게 비겨 보자.

어린이가 다음 世代의 主人公이라는 定義가 네려졌으면 우리는 어린이를 었떻게 길러야겟는가는 自明한 일이다.

잘 길러야겟다. 누구나가 다 아는 일이다.

그렇다면 어떻게 길르는 것이 잘 길르는 것인가 이것이 問題다.

헌데 問題를 問題視 아니 해 왔다.

이것이 또한 問題다.

그러든 中 이것을 問題視한 사람이 있다.

故 方定煥 氏다. 一九二二年 方 先生의 主唱으로 創始된 어린이를 학대하지 맙시다, 어린이의 人格을 尊重합시다, 라는 슬로간을 내걸고 나타난 어린이날이 곧 그것이다.

그 후 日帝의 暴惡한 탄압 — (世界에서 그 類를 볼 수 없을 極惡한 政策을 朝鮮民族에게 베푸른 島國 日本으로서 볼진대 朝鮮의 어린이를 잘 키우면 었지 될 것인가 허므로 暴惡한 탄압 政策을 씀은 事理整然한 일이다.) — 밑에서 一九三七年까지 五月 첫 日曜日(처음엔 五月 一日로 定했다가 學童들의 參加가 어렵기 때문에 學童들의 出演을 爲해 一日을 첫 日曜日로 變更했다. 이것은 日帝 밑에 不得已한 일이라고는 보겟으나 學童의 出動만을 考慮하고 工場少年工의 出動을 考慮치 아니하고 뿐만 아니라 工場少年工을

出動케 하야 같이 이날을 질겁게 맞이하게 하지 못한 커다란 過誤를 우리는 指摘하지 아니할 수 없다.)을 어린이날로 定하고 어린이를 爲한 가진 行事를 擧行하다가 一九三七年을 마지막으로 그것마저 島國人의 全型的 人物 南次郎[11]에게 뺏기고 말았다.

그러나 우리는 八・一五 以後 처음 맞이하는 五月달 어린이날을 직히고저 함에 있어서는

倭政 밑에서의 多分히 內包한 民族主義的인 굴레 안에서 어린이날을 맞이하고저 하지는 아니한다.

어린이를 愛護합시다.

어린이를 虐待하지 맙시다.

어린이의 人格을 尊重합시다.

等々의 슬로간 밑에 奇型的인 全體的이 못 되고 極少數의 部分的인 어린이날을 맞이하고 십지는 아니하다.

全體的이요 全國的인 實로 朝鮮의 명절이요 어린이의 명절로 직히고저 한다.

어린이가 다음 世代 主人公일진대 다음 世代 主人公의 名節이 었지 어린이만의 名節일 것인가.

아버지도 어머니도 언니도 누나도 똑같은 朝鮮 사람이라면 다음 朝鮮의 主人公들의(이상 9쪽) 名節이 現在 朝鮮人의 名節이 될 수 없다는 論理가 슬 수 있을 것인가.

어린이날은 곳 이 나라의 명절이다.

學校도 놀아야겟다. 工場도 놀아야겟다. 銀行도 會社도 官廳?도 놀아야 겟다.

아버지도 어머니도 언니도 누나도 다음 世代의 主人公의 날을 祝福해야

---

11 南次郎(미나미 지로, 1874~1955)는 일본의 군인으로 제7대 조선 총독이 되어 1936년부터 1942년까지 재임하였다. 재임기간 동안 내선일체(內鮮一體)를 표방하여 일본어 상용, 창씨개명(創氏改名), 지원병 제도 실시 등으로 우리 민족말살정책을 강행하였다. 종전 후 극동국제 군사재판에서 A급 전범으로 종신 금고형을 선고받았으나 1954년 병으로 가출옥하여 사망하였다.

겟다.

保守的인 意味에서 있었든 어린이날을 繼承하려는 것이 아니다. 해서도 안 된다.

가장 進步的인 意味에서 이날을 어린이의 名節인 同時 朝鮮의 名節로 삼고 싶고 삼어야 한다.

그러한 意味에서 첫공일이란 非日字的인 어린이날로 하지 아니하고 이날은 國慶日로 定하자고 五月 五日을 (어린이날全國準備委員會에서) 어린이날로 定하기로 했다.

이것은 朝鮮을 進步的 民主主義 國家로 築成식히고 世界의 한 構成分子로 當當히 君臨코저 함에서이다.

또한 이것은 朝鮮의 將來를 어린이에게서 찾자는 뜻에서이기도 하다.

八·一五 解放을 最大의 感激으로 맞이한 어린이 앞에서 벼슬?을 다투고 街頭에서 流血劇을 演出하며 이 땅 民族을 倭놈에게 팔어먹고 朝鮮民族을 皇民化하려고 그래서 私腹을 胃擴張이 되도록 채우든 親日分子가 朝鮮을 떼맡겟다고 橫行하며 謀利輩들은 또다시 人民을 도탄 속에 파묻게 하는 等等의 現在人에게 우리는 朝鮮의 將來를 期待하지 아니한다.

이러한 意味에서도 우리는 눈꼽만 한 不純한 要素가 없는 어린이에게서 朝鮮을 찾고 朝鮮을 建設코저 한다.

여기 解放 後 첫 번 맞이하는 어린이날의 定義는 슨다. (박생)[12] (이상 10쪽)

---

12 '박생'은 박흥민(朴興珉)이다. '어린이날전국준비위원회'에서 제공한 것인데, 「어린이는 明日의 主人이요 새 朝鮮을 建設하는 生命—오늘을 國慶日로 祝福하자」(『자유신문』, 1946.5.5)와 내용이 거의 동일하다. 이 글의 말미에 '朴興珉 記'라고 밝혀져 있다.

"今年度 어린이날全國準備委員會 委員 及 部署", 『소년운동』, 창간호, 1946년 3월호.

◎ 委員

金泰晳, 金榮一, 金虎俊, 金七淑, 南基薰, 安丁福, 梁在應, 李乙, 安鍾和, 方洙源, 崔秉和, 朴仁範, 丁世鎭, 朴魯一, 李河鍾, 孫重英, 鄭青山, 李東珪, 表漢鍾, 宋完淳, 洪九, 陳公燮, 洪淳翼, 尹福鎭, 任元鎬, 韓百坤, 楊美林, 宋永浩, 郭蓮姬, 元裕珏, 金鳳冕, 李周洪, 朴芽枝, 李亘濟, 馬鍾淵, 孫一水, 徐正憲, 白樂榮, 朴石丁, 玄德, 崔青谷, 廉相協, 睦海均, 劉永愛, 朴興珉, 張鴻根, 林炳哲, 崔鳳則, 趙東泌, 洪淳文, 張一民, 邊雨植, 廉根守, 洪淳基, 鄭成昊(五十五名 無順)

◎ 監査委員

安俊植, 金昊圭, 尹小星, 鄭奎浣, 朴世永, 金弼鎭, 琴徹 (無順 七名)

◎ 常務委員

朴仁範, 孫重英, 陳公燮, 徐正憲, 白樂榮, 梁在應, 崔青谷, 洪淳翼, 劉永愛, 鄭成昊, 朴興珉, 金泰晳, 丁世鎭, 金七淑, 李亘濟, 南基薰, 朴魯一, 安丁福, 崔秉和, 馬鍾淵, 孫一水 (無順 二十一名)

◎ 部署

委員長　　　梁在應
副委員長　　鄭成昊
總務部　　　南基薰(責任), 朴興珉, 崔青谷, 朴芽枝, 安丁福
交涉部　　　朴仁範(責任), 李乙, 安丁福, 白樂榮, 陳公燮
宣傳部　　　崔青谷(責任), 崔秉和, 梁在應, 洪淳文, 琴徹
地方部　　　朴興珉(責任), 李亘濟, 孫一水, 金七淑
動員部　　　陳公燮(責任) 洪淳翼, 朴魯一, 馬鍾淵, 孫重英
演藝部　　　金泰晳(責任), 劉永愛, 安鍾和, 表漢鍾, 趙東泌, 金虎俊
警護部　　　金泰晳(責任), 徐正憲, 廉相協
樂隊部　　　丁世鎭(責任), 各 中等學校 樂隊部 (이상 10쪽)

金元哲, "少年運動과 어린이날", 『소년운동』, 창간호, 1946년 3월호.

朝鮮은 日帝의 壓政으로 因하여 일즉부터 어린이를 爲하여 따로히 紀念하는 날도 없었고 그들의 精神과 思想을 硏究 指導할 만한 아모런 機關도 없었다. 그러다가 지금으로부터 二十七年前 己未年 三月 一日 獨立運動을 前後하야 慶南 晋州의 少年少女들이 모혀 "우리는 항상 조선의 어린이인 것을 잊지 말자."는 것과 "잘살려면 어린이를 위하라. 모든 희망은 어린이에게로." 라는 슬로간을 내걸고 少年의 地位를 社會的으로 부르지졌으니 이것이 〈晋州少年會〉요 同時에 朝鮮少年運動의 첫 烽火이다.

그 후 天道敎로부터 希望의 찬 少年들을 잘 키우자는 運動이 또한 이러났으니 이때의 全鮮 十三道 天道敎의 少年少女는 각기 少年會를 組織하게 되였든 것이다.

이렇게 바야흐로 눈을 뜨기 비롯한 全朝鮮 少年少女들은 或은 〈佛敎少年會〉〈基督敎少年會〉 或은 宗敎 少年이 아닌 各層 少年들로 組織되는 여러 가지 일홈의 少年會가 猛烈히 이러나는 한편 〈少年斥候隊〉가 組織되어 각기 힘찬 活動을 展開하였다.

이리하여 少年運動이 一般 社會運動과 步調를 같이 하다가 日帝의 暴虐無雙한 壓迫政治로 말미암어 苦役을 겪은 先輩도 한두 분이 아니었다.

그러나 少年運動은 식을 줄 모르고 날이 갈수록 進展하게 되어 一九二二年에는 한층 더 積極的으로 少年運動을 展開할 必要性을 늣기고 죽어 드러가는 朝鮮의 社會를 새롭게 맨들고 힘을 잃은 父兄社會에 우리는 씩々하게 자라나고 있다는 것을 高喊치고 나섰으니 社會는 우리를 어떻게 對하여야 옳았을 것인가.

도라보건대 그 當時의 政治的인 虐待는 말할 것도 없었거니와 家庭的으로의 賤待는 한층 極甚하였으니 어린이의 社會的 存在를 無視하고 父兄의 私有財産으로 認定을 받게까지 되어 父兄은 어린이를 對할 때 내 자식놈 내 딸년 뉘 자식인가 뉘 딸년인가 이것이 한 개 어린이를 부르는 代名詞였으니 이엇지 크나큰 寒心事가 아니랴. 여기에 우리는 社會的으로 이 惡習을 掃拂하고 어린이의 地位와 그 偉大한 存在를 再喚起하여 社會的으로 認識시키고저 우선 "잘살기 위하야 어린이를 잘 키우자. 어린이는 어른보다 한 겹 새 時代 主人公이다."라는 기ㅅ발을 높이 들고 그해 一九二二年부터 해마다 五月 一日을 "어린이날"로 定하게 되었다.

그리고 一九二三年에는 全朝鮮 少年運動을 統一하여 一層 强力的인 運動을 展開하고저 〈색동회〉가 母體가 되여 〈朝鮮少年運動協會〉가 서울에 組織되고 "어린이날"에 對한 모든 節次와 少年運動에 關한 研究와 指導를 爲한 機關으로서 發足하였다.

이렇게 少年運動은 나날이(이상 11쪽) 生長하야 어린이날이 두 돌을 마지하고는 各地에 少年會가 一百二十餘 곳이나 생겼고 一九二五年 四月까지의 統計가 二百五十餘 곳으로 京鄉各處 坊々谷々을 勿論하고 각가지 일홈의 少年團體가 있었으며 그 후 뒤를 이어 혜일 수 없이 少年會가 이러났으니 그 數가 數千에 이르럿든 것이다.

그러면 繼續해서 "어린이날"은 왜 五月로 定하게 되였는가를 말하려 한다.

五月은 예로부터 東西洋 어린이들에게 가장 印像이 깊은 달이다. 西洋에서는 五月이면 어린이들을 祝福하는 꽃제사가 있고 中國에서는 所謂 楚나라 忠信 屈原의 죽엄을 紀念하는 五月 端午날을 明節의 하나로 직히고 있다. 朝鮮은 이 端午날을 女子의 明節이라고 하야 少女들이 창포물로 머리를 감고 옷을 새로 가러입고 창포뿌리를 머리에 꽂는 風習이 있다. 그렇므로 五月은 東西洋의 어린이의 달(月)이라고도 할 수 있음으로 이달의 첫날을 期하야 "어린이날"로 직히게 되였으며 希臘歷史의 五月 一日은 "꽃피고 닢 돋고 世上이 새로워지는 즐거운 날이라 하야 종달새보다도 일즉 이러나 새봄을 마즈러 들로 나갔다."는 記錄이 있으니 하여간 五月 一日은 自然的으로 누구나 기쁨을 마지하게 되는 것도 그 原因의 하나라 하겟다. 그러나 日帝 밑에서는 自然을 사랑하는 善良한 어린이들이 기쁨에 복바처 노래하며 뛰노는 자랑스런 明節 "어린이날"이 또 까닭 모를 理由로 五月 一日은 不純한 날이니 다른 날로 定하라고 强壓하는 關係도 있고 學校에 工場에 단이는 어린이들도 能動的으로 이러나는 기쁨을 못 이겨 이에 參加를 渴望하는 이가 많았으나 日曜日이 아니였기 때문에 參加치 못하게 되는 事情도 있고 해서 그때 情勢에 맞도록 하는 것이 옳겠다고 하여 一九二五年부터는 五月 一日을 五月 첫공일로 고쳤든 것이다.

이러한 强壓과 壓迫이 去益甚難하였으나 그러나 오래人동안 까닭 모르는 발긴에[13] 채며 까닭 모르게 눌리어 지내든 조선의 어린이는 이럴 때마다 더 힘 있는 입을 버려 생명의 값을 목청 높게 부르짖었든 것이다.

父兄社會는 그들의 부르짖음이 너무나 純情的임에 귀를 기우려 그들로 하여금 한시라도 자연스럽게 힘 있게 자라는대 도움이 되려 하였든 것이니 어린이는 내일의 일人군이요 우리의 참된 建設은 그들에게 있는 것이며 그들을 잘 자라게 하고 잘 키움으로서 來日은 빛날 수 있는 것을 알게 되었다.

그럼으로 "어린이날"은 다만 어린이들의 明節로 뿐만 아니라 父兄社會에서도 이날을 意義 깊게 마저 주었섯다.

도라보건대 朝鮮의 어린이는 너무나 悲慘하고 暗澹하였다. 그네들의 無道한 搾取手段은 우리의 八百萬 어린이를 빼아서 제 말을 못하게 하고 제 글을 못 보게 하고 제 일홈을 모르게 만들고 만 것이다.

이러한 情勢下에 우리 "어린이날"은 어떻게 되였는가 一九三七年 日帝가 걱구러지고저 첬거름을 내놋튼 해! 情勢는 나날이 險惡하여 가는 때다! 그러나 "어린이날"만은 한가지 그 責任과 使命을 저바리지 않을랴고 極甚한 苦難을 박차고 非良心的이나마 苦難 속에서 그해 어린이날을 擧行하였으니 이것이 日帝의 채쭉 밑에서 열여섯 돌을 마지하는 "어린이날"의 最後의 喊聲이였다.

그러나 때는 왔다. 殘忍暴虐한 日本帝國主義는 完全히 자최를 감추고 마렀다.

이제부터 朝鮮의 어린이는 自由로운 제 世上에서 제 明節을 찾게 되였다.

금년의 "어린이날"은 眞正한 어린이의 明節로 마음껏 뛰놀 수 있는 날이여야겟고 새로히 힘 있게 싹트고 샘솟는 全朝鮮人이 祝福하는 거룩한 어린이의 明節로 직혀저야 할 것이다.(이상 12쪽)

---

13 '발길에'의 오식이다.

"어린이날의 意義와 그 由來", 『소년운동』, 창간호, 1946년 3월호.

李朝 五百年間 朝鮮엔 因習的인 惡弊의 한 가지가 있섰다.

다음 世代에 對한 認識이 곳 그것이다.

그 나라 다음 世紀에 役軍인 어린사람을 人格的으로 待遇하지 아니하고 맛치 私有財物의 한 類로 取扱하였다. 심지어는 "在下者 有口無言"이라고 어린사람은 그 父母가 如何한 일을 하든 如何한 말을 하든 開口할 수가 없게 되였다.

그 父母가 죽으라면 죽기라도 해야 하고 소금 섬을 지고 물로 드러가라면 드러가야만 된다는 것이다.

이 얼마나 非人格的 待遇이며 奴隷的 虐待이냐. 이렇고서 엇지 朝鮮이 자라랴. 급기에는 日本에게 삼킴 바 되고 말었다.

여기서 또한 世界史에서 그 類를 볼 수 없는 惡政의 化身 倭族이 朝鮮二世의 對하야 所謂 同化策과 皇民化敎育만을 하고 보니 이 나라의 運命이 었지 한심하지 아니했겟는가.

永遠히 이 나라는 暗黑 속에서 허덕이였을 것이였다.

소름 끼치는 事實이 아닐 수 없다.

그러나 우리는 半萬年의 歷史와 文化를 갖인 單一族이다.

이대로 그냥 暗黑世界化하기에는 이 나라 民族의 義와 勇熱과[14] 血이 잠잘 수 없었다.

이 나라를 살리려면 二世 國民을 보다 잘 키워야겟고 잘 키우랴면 잘 引導해야겟다.

어린이를 사랑하라. 어린사람을 虐待하지 말라, 어린사람을 尊重하랴, 어린사람에게 勞働을 식히지 말라, 는 等々의 前古來聞의 소리를 외치고 敢然히 이러나 어린날이란 名節을 創始하였스니 이는 어린사람을 私有의 所有物로밖에 認識하지 아니하는 封建思想에 對한 反抗이요 또한 굴레안 敎育으

---

14 '勇烈과'(용맹스럽고 장렬하다)의 오식으로 보인다.

로 朝鮮을 永遠히 蠶食하려는 倭族에게 던지는 民族的인 一大 巨彈이다.

이때가 一九二二年이였다.

五月 一日.

이날은 어린이의 名節 어린이날이다.

朝鮮의 어린이들은 즐겁게 이날을 마지하고 직히자. 그래서 씩씩하게 자라나자. 父母들은 이날을 어린사람과 같이 질겁게 맞고 마저 줍시다.

故 小波 方定煥 先生의 이 부르지즘은 곳·어린사람들에게 먼저 通했다.

우리는 씩씩하게 커 가렵니다.

꿋꿋하게 자라렵니다.

우리들의 名節을 즐겁게 마지하렵니다, 하고 天道敎少年會員들이 어린이날을 직히고저 이러스니 연달어 京城에 散在한 私立學院 私立小學校와 幼稚園 師範科 學生들도 목청을 놉혀 노래를 부르고 만세를 부르며 거리를 行進하니 썩으려든 朝鮮이 다시 살겟다는 表徵이였다.

그러나 엇지 遺憾이 아니랴. 같은 이 땅의 어린이면서도 이 즐거운 모힘에 참례를 못하고 남의 구경하듯 부러웁게 바라만 본 어린이가 있으니 所謂 公立小學校의 어린이들이 곳 그들이다.

어린이날이 처음 始作된 이해 극장 團成社에선 어린이날을 祝賀하는 뜻으로 어린이에게 劇場을 提供했다.

이것이 어린이날의 始初다.

그다음 一九二三年에는 一〈天道敎少年會〉가 主動됨이 아니라〈색동회〉가 母體가 되어 結成된〈朝鮮少年運動協會〉가 主流가 되여 어린이날을 맞이하니 첫해에 比해 그 動員된 量에 있어서나 一般이 認識하게 되는 質에 있어서나 크다란 進展이 있음은 論을 기다리지 아니한다.

祝賀行事에 있어서도 童話大會 童謠大會 童劇大會 等 體系 있고 組織的으로 어린이날을 맞이했고 직이혔다.[15]

그 후부터 全鮮 各地에는 少年會가 뒤를 이어 結成했고 少年會가 主動이 되여 어린이날을 맞이하게 되였다.

---

15 '직히엿다'(지키었다)의 오식이다.

이리하야 해를 거듭할수록 어린이날을 직히는 일이 全國的으로 커지고 어린이의 人格을 尊重하는 傾向이 現저하게 낱아났다.

一九二四, 一九二五, 一九二六, 이렇게 五年 동안은 〈朝鮮少年運動協會〉가 이날을 맞이하여 全國的으로 이날을 紀念했고 그 후엔 〈五月會〉가 두 차례 〈少年總聯盟〉[16]이 두 번 이날의 紀念行事를 準備했고 擧行했다.

이리함에 어린이에 對한 認識도 달러졌고 어린이도 씩씩하게 자라게쯤 되였다.

이 事實을 었지 極惡無道한 倭政이 默認할 것인가.

이 땅 어린이 指導者들의 總結集體인 〈朝鮮少年總聯盟〉을 解散식히니 었지 이들의 눈에서 피눈물이 흐르지 아니할 수 있을 것이랴.

抗議는 檢束이 되였고 檢束은 解散을 決定짖고 말었다.

이 얼마나 惡毒한 짓이랴. 싹을 잘 키우자는 순결무후한 이것마저 빼았는 倭族의 야만성이여.

그러나 指導者는 그대로 있을 수는 없었다.

少總의 解散으로 어린이를 잘(이상 13쪽) 키우자는 어린이 運動을 내버릴 수는 없다.

무럭무럭 자라는 어린사람들을 바라볼 제 그대로 방임하기에는 어린이가 가엽고 朝鮮의 將來가 暗澹하다.

그리하야 어린이날을 앞에 두고 臨時組織體인 어린이날聯合準備會를 結成하야 무서운 감시 밑에서나마 亦是 이날을 직혀 왔다.

이러는 中 이날을 같이 즐기고 싶으나 休日이 못 됨으로 모든 行事에 참례하지 못하는 公立小學校 어린이를 爲해 五月 一日을 五月 첫공일(日曜日)로 變更하였다.

이것마저 빼았을 수 없었든지 어린이날을 직히려는 臨時 組織體만은 許하는 特典?으로 어린이날聯合準備會 일홈으로 二年間을 직혀 오다가 그다음 해부터는 어린이날中央準備委員會의 名稱으로 一九三七年까지 이날을 직혀 왔다.

---

16 온전한 명칭은 '〈朝鮮少年總聯盟〉'이다.

그동안 數次 倭政은 이것마저 못하게 하고저 所謂 兒童愛護週間을 맨드러 이것의 合流를 强要했으나 어린이 指導者는 끝々내 이것을 거절하고 獨自的(조선 어린이만의)으로 직혔다.

이날을 前後하야 全國에서는 각가지의 行事가 버러졌고 이 週刊만은 遊園地의 開放(서울서는 昌慶苑과 德壽宮을 無料로 開放) 劇場의 開放 無料診察 寫眞의 實費撮影 優良兒童 表彰 等 모든 行事가 버러졌다.

이리하야 五月 첫재 공일은 어린이의 天地였고 어린이의 世界였다.

그러나 우리의 姓까지 빼서 가는 島國人의 典型的 鬼神 南次郎[17]이 이날마저 빼서 가고 말았다.

一九三七年이었다.

그 후 우리는 눈물을 먹음고 所謂 皇民化해 가는 어린이들을 바라보며 병정으로 徵用으로 死地로 끌려갔었다.

그러나 歷史는 모든 걸 해결한다. 一九四五年 八月 十五日 聯合軍의 英雄的 鬪爭으로 日本은 땅 우에 걱구러지고 朝鮮은 解放되였다.

그 후 우리는 처음으로 國慶日 三月 一日을 마지하야 全民族이 이날을 紀念했고 다시 어린이날이란 두 번째의 國慶日을 마지함에 우리는 새삼스럽게 이날의 意義 깊음을 늣기며 準備한다.

倭政 밑에서 奇型的으로 직혀 오든 國慶日이며 어린이의 名節인 어린이날을 自由를 찾은 解放 後 마지하려는 이날의 意義야말로 自主獨立이 約束된 朝鮮에 있어 가장 거룩하고 建設的인 것이라 아니 할 수 없다.

우리는 이 거룩하고 建設的인 國慶日을 全國的으로 가장 盛大하게 맞이하기 爲해 客年 結成되여 自重에 自重을 거듭하든 〈朝鮮少年運動中央協議會〉가 發起가 되여 어린이날全國準備委員會를 組織했다.

여기서 우리는 이날을 倭政 밑에서 非日字的으로 직히든 奇型的인 어린이날을 五月 五日로 確定하고 恒久的으로 직히고저 한다.

---

17 南次郎(미나미 지로, 1874~1955)는 일본의 군인으로 제7대 조선 총독이 되어 1936년부터 1942년까지 재임하였다. 재임기간 동안 내선일체(內鮮一體)를 표방하여 일본어 상용, 창씨개명(創氏改名), 지원병 제도 실시 등으로 우리 민족말살정책을 강행하였다. 종전 후 극동국제군사재판에서 A급 전범으로 종신 금고형을 선고받았으나 1954년 병으로 가출옥하여 사망하였다.

三一運動에 다음가는 國慶日인 어린이의 名節 어린이날을 日曜日을 追隨하려는 消極的인 態度를 버리자는 뜻에서이다.

國慶日이 어느 曜日을 따라야만 된다는 論理가 스지 않기 때문이다.

(어린이날全國準備委員會 提供) (이상 14쪽)

金洪燮, "文化建設의 基調-兒童文化建設의 意義", 『建國公論』, 제2권 제2-3합호, 1946년 4월호.

乙酉年 八月 十五日이란 우리 民族에 잇어 敗亡한 日本과는 다른 意味의 참말로 하나의 크나큰 衝動의 날이엿다.

그래서 지금도 우리는 우리의 기쁨과 興奮을 도모지 말로는 適切히 表現할 수 업다. 우리가 冷情히 이것을 歷史的 事實로써 考察할 째도 우리는 巨大한 드라마 속에서 回轉하는 우리 民族 運命의 感激을 制御할 길이 잇는 것이다.

事實 오늘날의 이 황홀한 빗 압헤 이르기까지 過去 우리가 거러온 거님이란 너므나 어두웟든 것이다.

眞實로 눈물과 괴롬의 連鎖…… 三十六年間이란 긴 歲月에 日本帝國主義는 우리의 正當한 自由와 生을 否認하엿을 쑨만 아니라 우리의 精神까지 온전히 消滅식혀 버리려 하엿스며 쏘한 半萬年 歷史를 가지고 먼 녯적에는 오히려 그들을 길느 내다십히 한 우리도 强靭한 참음과 潛在된 民族的 自負의 한 오라기까지 여지업시 쓴키고 허무러저 우리의 信念도 喪失되고 이제는 永遠히 侮蔑과 蔑視의 구렁텅이 속에서 그들의 奴隷로 化하고 마는 것만 갓헛다.

그러나 오늘날 우리 民族에 잇어 解放과 自由라는 前古 未曾有의 이 事實은 決코 偶然히 歷史의 間隔에 비저내허진 單純한 한 개 突發的 現象이 아니고 實로 嚴然히 存在하는 한 歷史的 契機 속에 約束 되여 그동안 無數한 서름과 눈물 쓰라림과 괴름 이것은 苦難과 訓鍊의 過程을 지나 비로소 우리 民族 不滅의 聖서로운 運命에 具現된 것이다.

그런고로 우리가 이것을 알 쩨 우리 한겨레의 피ㅅ줄의 尊貴함과 참된 自由와 眞正한 生을 놉히 謳歌함은 勿論일지나 이째야말로 精神 차려 世界 人類 向上에 貢獻할 燦爛한 우리 文化를 압날에 創建하기 爲하야 우리는 가즌 才操와 努力을 밧처 그 터를 닥지 안흐면 아니 되리라고 生覺한다.(이상 20쪽)

事實 한 個人의 天才는 잇슬 수도 잇고 이를 認定할 수도 잇스나 우리가

地盤이 업는 한 民族의 天才的 飛躍과 文化를 想像할 수는 업는 것이다. 어느 째나 그곳에는 터가 잇섯고 坐한 그기서 싹트고 자라나 비로소 結實햇스며 그 民族의 世界觀과 그 民族의 民族性 위에 쭈렷한 文化建設의 基調가 세워지고 民族的 不斷의 努力이 이를 漸次 發展식혀 왓든 것이다. 卽 換言하면 西歐 先進國의 文化에서 보더라도 언재든지 그 文化의 進路를 指向하는 根本이 엇던 類型的 文化領域에서가 아니고 한 民族의 獨創性 이것이 世界 人類 文化의 普通性 속에 核을 이루고 잇다는 것이다.

그리고 우리가 여기 注意할 것은 그들은 文化建設의 터로써의 獨創性과 그 民族의 單純한 時間的 空間的인 獨自性의 槪念을 混沌식히지 안헛짜는 것이다.

萬若 우리가 單純히 民族의 獨自性 위에만 文化를 建設한다면 여기는 큰 錯誤가 잇다고 아니 할 수 업다. 그 例를 지금 한 民族과 國土를 가지고 볼 째도 우리는 아주 興味 깁흔 事實을 發見할 수 잇다.

蒙古나 滿洲 갓흔 거칠은 砂漠과 廣漠한 曠野 속에서 싸우고 生活하고 치움를 먹으며 치움과 더부러 發達한 그들 蒙古族이나 坐는 滿洲族은 그 民族史 그 文化史를 보더라도 쏙 그와 갓치 그 全部를 한마듸 "바람"이라고 象徵할 수 잇스리만침 그 文化와 興亡盛衰가 널븐 曠野에 一大 暴風처름 한째는 힙쓸고 지낫으면서 역시 짤븐 사이에 바람처름 하나도 남김 업시 사라저 갓다.

그리고 日本도 역시 世界의 가장 優秀한 民族으로 自處하고 世界 最高 文化의 創建者처름 쏨내며 廣大한 理想을 云謂하야 저들만이 가장 잘난 체하려 하엿스나 그 全部를 "섬"(島) 이 한마듸 말로박에는 表現할 수 업는 可笑할 그 民族史 그 文化史를 우리에게 쭈렷이 보여 주고 잇는 것이다.

그러나 이와 反對로 國土의 條件을 그지반 갓치 하면서도 한 民族의 獨創性을 그 터로 하야 文化를 建設한 民族으로는 佛蘭西와 獨逸 갓흔 나라로 우리는 容易히 그 民族史와 文化史의 判異한 点과 갓흔 思潮가 흐르고 갓흔 世界觀이 指導하는 째에도 各自가 恒常 그 獨特한 立場에서 世界文化에 貢獻하여 온 것을 分明히 차즐 수 잇다.

그쑨만 아니라 言語, 文字, 이러한 点만을 가지고 보더라도 로마字를 中心

으로 한 여러 나라 或은 漢字를 中心으로 한 여러 나라 이와 갓흔 關聯과 民族과 關係 속에서 文化를 論議할 째는 더욱히 看過치 못할 이 課題가 숨어 잇음은 말할 것도 업다.

그러므로 우리는 닷친 우리 民族 特有의 獨自性을 살리는 同時에 그 위에 다시 우리 民族 特有의 열린 世界(이상 21쪽) 獨創性을 最高度로 發揮하야 우리 民族의 永遠한 幸福과 人類文化에 寄與할 偉大한 우리 文化를 建設할 것이라고 生각한다.

萬若에 우리 民族이 이와 갓치 個性的인 우리 民族의 에느르기에 立脚하지 안코 後進國으로서 先進國에 對하야 그 制度를 배호고 그 文化의 惠澤을 입지 안흘 수 잇다는 것과 過去 日本과 갓치 하로밧비 世界文化 水準에 到達하겟다는 조급한 마음에서 育目的으로[18] 손쉬운 模倣만 일삼는다면 여기에 誤謬의 第一步가 잇고 둘재로 가령 模倣으로 一段 어느 程度의 文化 水準에 이르럿다 할지라도 必然的으로 日本이 中日事變을 前後하야 日本的인 것과 日本精神을 차저 느저나마 文化의 基調를 닥어야 하겟음을 切感하고 지금까지 모처름 싸흔 文化를 들추며 或는 旣成된 文化를 허무러터리고 甚至於는 國際的으으[19] 先進國의 恩惠를 저바리고 오히려 이를 排斥하는 現象을 이루워 가면서라도 다시금 처음의 基礎工事부터 다시 되푸리하게 된 事實을 알거니와 이와 갓흔 것은 우리가 마땅히 삼가야 할 일이요 이 길을 걸으면 누구나 이와 꼭 갓흔 處地에 이르고 말 것은 明白하다.

그런데 여기에 잇서 或者는 廣義의 文化를 잇고 오로지 이를 經濟的 立場에서만 究明한다던지 或者처름 日本 民族과 模倣性의 關係를 過大히 思惟하는 남어지 恰似 우리 民族에 잇서서는 論議될 問題가 아닌 것처름 생각할지 모르나 이와 갓흔 生각은 事實 危險하기 짝이 업는 것이라고 하겟다.

우리가 獨創性이라든가 模倣性을 云云하니깐 先入觀에 사로잡혀 하기 쉬운 生각으로 模倣을 곳 過去의 日本 싸위에나 關聯하야 生각할지 모르나 이런 類의 非科學的 態度는 到底히 容納할 수 업다.

---

18 '盲目的으로'의 오식으로 보인다.
19 '國際的으로'의 오식으로 보인다.

勿論 우리 民族性은 어느 程度 지금까지의 歷史를 보더라도 儒道를 專尙하여 事大思想에 억매여 잇서면서도 꼿가지 우리들과 우리 民族 獨特의 世界를 固持하는 点은 잘 알 수 잇다. 그러나 單純히 文化와 分離하야 잇는 姑息的이고 獨善的인 固執과 無批判性은 往々히 自覺과 改革期에 잇어 模倣과 조금도 다름업는 結果를 招來한다는 事實을 알어야 한다.

그러면 健實한 우리 文化建設을 爲하야 그 方法論에 잇(이상 22쪽)어서는 어쩌케 할 것인가. "兒童文化의 建設" 오로지 여기서부터 出發할 것이다.

이 問題는 아직도 우리의 記憶에 새롭거니와 日本에 잇서서도 中日事變 以後 비로소 論議되여 만흔 注意를 喚起하고[20] 쏘한 具體的 方策이 可及的 國家의 손으로 提起된 것이다.

웨 이 問題가 지금까지 何等 問題視되지 안튼 것이 戰爭이란 甚히 바쁜 中에 그들의 마음을 괴롭히고 그들의 重要視하는 바 되엿든가 그 前에도 언제나 어린이들은 잇섯고 쏘 그들을 爲한 敎育活動도 잇음에도 不拘하고 새삼스럽게 問題된 데는 크나큰 짜달이 잇다.

그것은 한 文化의 建設은 決코 一代로서 形成되는 것이 아니고 實로 數世代를 거처 이루워지기 짜문이다. 그쑨만 아니라 지금 우리 民族과 갓이 奴隷의 惡夢을 막 게여나서 새로운 空氣를 呼吸하고 世界 列國에 한목 끼여 自由롭고 活達한 새 出發을 하려는 우리가 지금까지 가저 보지 못한 民主主義的 文化를 建設함에 잇서서는 우리의 繼承者로써의 兒童을 爲한 兒童文化가 아니라 달리 우리야말로 單純한 한 過渡期的 存在이고 兒童文化의 建設이 곳 우리 새로운 文化의 礎石이란 것을 잘 알 수가 잇다.

이만한 重大한 課題에 對하야 過去의 우리의 等閑함을 이제 累々히 責할 바는 업지만은 家庭問題 學校敎育問題 等々에서 차저볼 째 實로 우리 가난한 兒童에게 賦課된 負擔은 너므나 무겁고 컷섯다. 冷靜히 우리가 生각하야 戰慄을 禁치 못하는 바이다.

眞情 우리 權域에 잇서 兒童에 關한 限 무엇 하나 計劃되엿스며 무엇 하나 誠意 잇는 指導가 잇섯든가 우리는 모름즉이 根本을 차저 固疾이 잇스면 곤

---

20 '喚起하고'의 오식이다.

치고 굽으면(이상 23쪽) 바루어 그것의 生成을 씨할 것이며 純白의 조이 위에 우리가 理想하는 그림과 彩色을 정숭서롭게 할 것이며 山上의 湖水 갓튼 反應이 銳敏하고 맑고 無限히 잔々하면서도 적은 微虫에도 搖動하는 그 兒童의 가슴속에 우리는 애초부터 틀님업는 우리 文化의 터를 닥어야 할 것이다. 그것은 오직 우리 文化는 第一 健實하고 싸른 捷徑을 一路邁進하여야 되기 짜문이다.

(〈朝鮮兒童會〉提供) (이상 24쪽)

社說, "어린이날을 마지며", 『嶺南日報』, 1946.5.4.

倭奴統治 以來 過然 우리들은 政治的으로 限업는 彈壓의 苦汁을 맛보앗다 하나 特히 幼年敎育의 制限은 極度로 野만의 질곡下에 呻吟하고 있었다.
그 点은 여기에 實例로서 列擧하기에 너무나 悲慘하다 하겠으나 特히 幼年 敎育의 停止 幼兒營養의 對한 物資配給에 不均衡은 참으로 倭奴 군國主義의 象徵이였으며 우리 民族의 百年의 奴隸性과 無氣力한 民族□을 未然에 견재하는 搾取 倭奴들의 常習的 手段의 하나이였든 것이다.

여기에 위縮當한 우리 民族의 礎石의 重責을 가진 어린이들의 身心의 發達狀態는 自然的으로 貧弱狀態를 繼續하기 된 것도 當然한 所産일 것이며 社會的으로 幼兒의 對한 認識이 漸次 薄弱化하기 된 것도 避치 못할 結論일 것이다.

우리가 幼兒敎育의 究極의 目的이 豪華로운 私生活의 愛護에마[21] 局限된 使命만이 안니고 貧富의 差를 超越한 國家 意識의 涵養과 崇高한 國民의 保護에 軌範을 두어야 될 것은 幼兒敎導의 關心을 가진 者 다-같이 共通된 認識論이라 할 것이다. 우리는 여기에 비로서 해放 後 처음으로 맛게 된 이 意義 깊은 어린날을[22] 마지하야 如上의 觀念을 層民衆에게[23] 滲透식히는 一方 國家와 民族이 要求하는 健康하고도 快活한 幼兒敎育에 萬全의 對策을 構築하여야 할 것이다.

여기에 그 實踐案으로으로써는 昨반부터 大邱 有志들의 發起로서 '뽀이쓰카웉'의 創設을 企圖하고 있음은 文化都市 大邱 幼兒敎導陣에 있어 一層의 效果를 뫃하기 될 것은 期待하여 마지아니하는 바이나

特히 純全한 어린이들인 敎育效果는 健實한 敎育者의 人格에 反比例 되는 것도 等閑視할 수 업는 사實인 만큼 高潔한 人格과 德望 있는 有能의 指導人

---

21 '愛護에만'의 오식이다.
22 '어린이날을'의 오식이다.
23 '各層 民衆에게'의 '各'이 탈락된 것으로 보인다.

物의 登場을 希望하야 마지아니하는 바이다.

特히 이 幼年敎導 問題의 完壁된[24] 運營은 오로지 民間人의 責務로마[25] 一任할 問題가 안니고 指導官廳의 積極的 物心兩面의 協調 태勢를 堅持함으로서 特히 有終의 미를 獲得할 수 있을 것이다.

朝鮮의 어린이 우리 民族의 寶貝인 우리 子孫의 참다운 天稟의 素質을 自由로운 天地에서 마음끗 伸張하도록 우리는 모-든 精誠을 이날의 歷史 깊은 意義를 銘刻함으로써 再認識하여야 될 것을 여기에 提議하야 마지아니하는 바이다.

---

24 '完壁된'의 오식이다.
25 '責務로만'의 오식이다.

社說, "어린이날", 『동아일보』, 1946.5.5.

一

新綠의 五月 五日은 우리들의 貴여운 一千萬의 어린이들의 名節 "어린이날"이다. 이번 어린이날은 解放 後 처음 마지하는 만큼 眞心으로 기쁨에 넘처 社會 各 方面에서 盛大한 記念式과 노래와 遊戱를 베프러 그들을 질겁게 하려 한다.

우리는 일즉이 우리들의 貴여운 少年少女들에게 그릇된 歷史와 남의 말을 제 것처럼 배우기를 强制하였고 거짓 神에게 절하기와 奴隸 되는 法을 强要해 왔다. 철모르고 이런 일에 順順히 따르는 어린이들을 볼 때 슬픈 눈물이 가슴속에 습여들기 몃 해엿든가. 이제 우리들에게 푸른 하늘 같은 自由와 新綠의 眞實이 이 땅을 차지매 우리들의 어린이들에게 참다운 祝福의 어린이를 기를 수 있는 것이 어찌 이 땅 이 百姓의 祝福이 아닐 수 있으랴.

二

이 질거운 어린이날에 어린이들에게 질거움의 自由를 주라. 노래할 수 있는 힘을 주라. 그 어린 가슴속에 새 時代와 새 希望을 보고 驚異의 눈을 뜨게 하라. 그들은 새 時代의 主人이라기보다 새 世紀를 創造할 主人公들이다. "父兄된 者 누가 子息이 떡을 달라는데 돌을 줄 者 있으랴." 그러나 때 무든 思想과 觀念으로 어린이를 指導하는 例가 許多하다. 우리 朝鮮만이 世界에서 第一 훌륭한 歷史와 文化를 가젓다는 獨善的인 世界觀과 어린이 讀者의 世界를 無視하고 成人들의 玩具的인 生活에로 끄으러드리려는 것과 같은 指導 敎育에서 우리의 어린이들을 完全히 解放시켜야 하겠다.

좁은 世界에서 어두운 世襲의 그늘에서 우리들의 낡은 敎育에 저진 무릅에서 우리들의 어린이들을 解放시켜, 그들로 하여금 넓은 自然 속에, 廣大한 世界에 뛰게 하고 새로운 驚異와 創意의 世界에로 나아가도록 하여야겠다.

三

지금까지 우리들이 取하여 온 어린이에 對한 態度는 成人의 主觀에 依한 道德的 判斷 아래에 쓸데없는 지나치는 干涉을 하여 왔다. 이는 어린이들의

自然 成長을 妨害하엿고, 束縛으로 뻐더나가는 才質을 막는 것이다. 모름즉
이 어린이로 하여금 自己의 支配力을 걸러주어야 한다. 한 가지 한 가지식의
自己 經驗에서 自己 支配의 훌융한 힘을 길러 주는 것이 世界를 支配할 수
있는 能力의 싹임을 알어야겟다.

또한 成人들은 自己의 어린이들을 조케 해 주겟다는 생각에서 아이들의
生活에 지나치는 參與와 干涉을 하여 目的과 結果를 그르치는 일이 普通이
다. 조케 해 주겟다는 어른의 慾心은 限이 없는 까닭에 늘 不滿을 품는다.
먼저 어린이들에게 自己 鍊磨의 길을 주어 무엇이든지 自己 손으로, 自己
생각으로, 自己의 生活을 發見케 하여 그들로 하여금 創意의 世界에로 引導
해야 하겟다. 都市의 加工的인 어린이의 健康보다 農村의 自然的인 健康이
나은 것과 같이 어린이의 生活에 너무 지나치는 參與가 없는 自己 鍊磨, 自己
修練에서 어든 眞實한 生活을 주어야 한다.

四

이미 때 묻고 그릇된 敎育과 空氣 속에 살던 우리들의 子女敎育觀을 버리
고 어린이들에게 眞實된 解放과 自由를 주고, 自己 支配와 自己 練磨의 길을
주어 그 가슴속이 五月의 하늘처럼 새롭고 그 몸이 五月의 新綠보다도 더
푸르고 싱싱하게 해 주어야겟다. 거기에 새 時代와 새 사람이 創造되고 거기
에 바위를 녹이는 熱과 泰山 같은 健强이[26] 머문다. 祝福 바든 오늘의 어린이
날은 새 나라의 出發의 날이다. 三千萬은 모다 새 國民의 將來를 비러 祝福의
旗를 흔들라.

---

26 '健康이'의 오식이다.

社說, "어린이날", 『조선일보』, 1946.5.5.

　一

　오늘은 해방 후 처음 마지하는 어린이날이다. 이날을 전후하야 전국적으로 여러 가지 기념행사가 자미스럽고도 유쾌하게 열리게 되었다. 압날의 주인공인 어린이들이 천진난만하게 이날 하로를 질기고 뛰놀게 된 것은 자주독립이 약속된 오늘의 조선에 아니 거룩한 일의 하나라고 않이 할 수 없다. 그러나 다른 모든 행사에 있어서 그러한 것과 맛찬가지이지만 어린이날 행사는 더욱이 하로의 행사에 끗치치 말고 행사의 마음을 항상 갓이고 늘 어린이를 위하는 일에 온갓 힘을 다 바치어야 한다.

　二

　어린이는 다시 말할 것도 없이 국가의 생명이오 겨레의 보배다. 자손을 잘 기르지 않고 어찌 그 나라 그 민족의 번영을 바랄 수 있을가. 어린이를 잘 기르는 데는 두 가지가 있다. 그 하나는 먼저 몸을 튼튼히 발육시키어 건장한 사람이 되게 해야 할 것이오 또 그 하나는 잘 가르키어 조선 국민으로서 부끄럽지 않은 교양과 인격을 가추게 해야 할 일이다. 자손 만흔 것만이 자랑 되는 것이 않이오 완전한 국민이 되도록 하는 것이 자랑꺼리가 될 것이다. 세상에서 흔히 말하기를 어린이 교육은 그 부모나 교사에게만 맛기고 책임이 있는 것같이 생각하기 쉬운 모양이나 삼천만 조선 사람이 다각기 자기의 재조와 힘을 합하야 어린이를 잘 기르기에 물심 양방면으로 힘을 쓰며 국가도 책임을 저야 한다.

　三

　인구 증가를 도모하는 것은 조선 민국의 장래를 위하야 조흔 일이니 잉태하거든 모체의 건강과 태아의 성장을 위하야 국가적 시설로써 아모 부족함이 없도록 해야 할 일이오 출생되거던 유아의 건강에 특별히 보호를 해서 유소아의 사망율이 되도록 적도록 해야 한다. 의학 방면에 있어서도 병나거던 약 써서 고친다는 관념에서 한거름을 나가서 병에 걸리지 안토록 보건위생에 힘써야 한다. 교육방면에 있어서도 옛날같이 장유유서라 해서 더퍼노코 내리눌느는 교육은 그동안 상당히 개선되었지만 그 반면에 자유방임적 태도로 될 대로 되라는 방식도 물논 잘못이다. 자녀의 개성을 무시한 교육이나 부모 본의의 교육은 시대에 뒤떠러진 지 오래이고 그것을 고집할 사람이 없을 것이다. 어린이날을 마지하야 튼튼하고 씩씩하고 참다운 조선의 일꾼이 될 어린이들의 압날을 축복하는 동시에 어린이를 위한 모든 시설과 모든 정책이 자리를 잡어 한마음과 참된 정성으로 착착 실행케 되기를 바란다.

社說, "어린이날을 마지하며", 『자유신문』, 1946.5.5.

어리광을 부리고 어머니를 조르고 먹을 것을 달라는 것만이 어린이가 아니다. 우리는 조선의 아들이요 조선의 딸이다. 남달리 뒤떠러진 환경이기 더욱 새로워야 할 것이오 남달리 약한 민족이기 한층 씩씩하여야 할 것이며 거짓과 포악한 권력이 우리를 무서운 곳으로 모라너흐랴 하는 까닭에 우리는 더욱 참되게 사러야 하겟다는 자각과 결심 아래서 처음으로 조선의 어린이가 단결의 위엄을 보인 날이 지금부터 二十二년 전 一九二二년 五월 一일이엇든 것이다. 그 후 매년 이날은 수정가치 맑고 강철가치 굿세고 풀솜가치 다정한 우리의 어린이들이 한 해 동안 지나온 모든 자기의 생활을 반성하고 마지하는 다음해를 준비하기 위하야 고요히 생각하고 마음껏 뛰고 소리껏 노래하든 그리운 명절의 하로가 되엇든 것이다. 그러나 지난 십년의 전쟁을 통한 일본의 포악한 정치의 압박은 一九三七年 이 어린이의 명절까지도 직히지 못하게 하엿스며 우리의 어린이는 그 생각만 하여도 몸서리처지는 황민화운동의 히생이 되야 말도 글도 옷조차 빼앗기고 서투른 생활양식에서 마음까지 주러드는 것 가튼 기막힌 십년이 지난 것이엇다. 그러나 황하의 넓은 물은 사막을 만난다 할지라도 그 억세인 물결이 땅 미틀 숨어 흘러 끗끗내 바다로 가고야 만다고 한다. 아모리 무도한 권력이 어린이의 바른 생장을 조선의 새싹을 뭇지로랴 할지라도 결코 그것이 이루어지는 것이 아니다. 지난 八월 십오일 해방 이후 우리 어린이의 간직한 민족의 순정과 인간의 아름다움이 □류와 가치 도라오고 잇는 것을 무엇이라 볼 것인가. 그들의 노래는 모든 과거 소년운동 투사의 전해 준 곡조이오 그들의 춤은 숨어서 피어 온 예술의 꽃이 아니엇든가. 어린이는 결코 어른이 마음대로 만들 수 잇는 물건이 아니다. 더구나 올치 아니한 힘으로 그 자연스런 경향을 굽힐 수 잇는 것이 아니다. 사람은 그 생장의 법측을 이해하야 그에조차 이것을 인도할 수 잇는 것만이 어른이 할 수 잇는 양육의 길이다. 그들의 생각을 함부로 무시하고 어른의 위력으로 그들을 끄러가려는 무정한 어머니는 없는가. 별안간에 변화된 그들의 환경을 동정함이 업시 새로운 교육을 강요하는 선생님은 없는가. 우슴과 노래와 춤에서 모든 인간의 위력을 준비하는 이들의 생활을 이해함이 없이 점잔은 인물만을 만들랴는 완고한 선배는 없는가. 학교만이 공부하는 곳이란 진부한 견해에서 과외의 다른 양식을 부어줄 〻 모르는 보호자는 없는가. 사랑과 이해와 리론적 근거에서 이들에 모든 새 생활을 지도하는 것이야말로 가장 큰 건국 사업의 하나이다. 이들은 오는 날 조선의 주인이오 세계 역사의 새로운 건설자인 까닭이다. 이 새로운 어린이 지도의 결심이야말로 해방 후 처음 마지하는 어린이날에 그들에게 전하는 어른들의 위대한 첫 선물이 될 것이다.

朴興珉 記, "(다시 찾은 우리 새 명절 어린이날)어린이는 明日의 主人이요 새 朝鮮을 建設하는 生命, 오늘을 國慶日로 祝福하자", 『자유신문』, 1946.5.5.

어린이는 다음 세대(世代)의 주인공이라고 한다.

다음 세대의 주인공이란 곳 그 나라의 새싹이란 말이다.

싹은 성장(成長)하는 물체(物體)다. 성장하는 물체는 각굼을 요한다.

각굼 여하에 싹의 성장은 좌우되며 성장 여하로 열매는 좌우된다. 그러타면 조은 열매를 바랄진대 누구의 권고와 말을 듯지 아니하고라도 잘 각굴 것이다.

이 사실을 사람에게 비겨 보자.

어린이가 다음 세대의 주인공이란 정의가 내려졌으면 어린이를 엇더케 길러야겟는가는 환-한 일이다.

잘 길러야겟다. 누구나가 다 아는 일이다.

그러타면 엇떠케 길느는 것이 잘 길느는 것인가 이것이 문제다.

헌대 문제를 문제시 아니 해 왓다.

이것이 또한 문제다.

그러든 中 이것을 문제시한 사람이 잇다.

故 小波 方定煥 氏다.

一九二二年 이분의 주창으로 어린이를 학대하지 말자 어린이의 인격을 존중하라는 슬로간을 내걸고 나타난 어린이날이 곳 그것이다.

그 후 日帝의 포악한 탄압 밋헤서 一九三七年까지 五월 첫 공일(처음엔 五月 一日)을 어린이날로 정하고 어린이를 위해 가진 행사를 해 오다가 一九三七년 당시 총독 남차랑(南次郎)에게 성(姓)과 가치 빼앗기고 말엇다.

그 후 一九四五년 八월 十五일 연합군의 고마운 선물인 해방이 되고 그 후 처음으로 마지하는 어린이날 우리는 이날을

어린이를 애호합시다.

어린이를 학대하지 맙시다.

어린이의 인격을 존중합시다.

등등의 슬로간 밋헤서 기형적이고 전체적이 되지 못하고 극소수의 부분적인 어린이날을 맨들고 십지 아니하다.

전체적이란 전국적인 실로 조선의 명절이오 어린이의 명절로 직히고 십고 직혀야 된다.

어린이가 다음 세대의 주인공일진대 다음 세대의 주인공의 명절이 엇지 어린이만의 명절일 것인가.

아버지도 어머니도 언니도 누나도 똑 가튼 조선 사람이 아닌가.

다음 조선의 주인공들의 명절이 조선 사람 전부의 명절이 될 수 업다는 론리가 설 수 잇슬 것인가.

어린이날은 곳 이 나라의 명절이다.

틀림업는 이 나라의 명절이다. 과거를 기념하고저 하는 명절이 아니라 내일을 창조하자는 건설적인 명절이다.

학교도 공장도 은행도 회사도 관공서도 놀아야겟다. 일요일도 휴일이여든 국경일에 놀지 안는 론리가 잇슬 수 잇슬 것인가.

아버지도 어머니도 할아버지도 할머니도 누나도 언니도 누구도 다 다음 세대 주인공의 날을 축복해야겟다.

하는 뜻에서 우리는 이날을 보수적인 의미에서 잇섯든 어린이날을 계승하려는 것이 아니다. 해서는 안 된다.

가장 진보적인 의미에서 이날을 어린이의 명절인 동시에 조선의 명절로 살어야만 된다.

그러한 의미에서 첫 공일이란 비일자적(非日字的)인 어린이날로 하지 아니하고 이날은 국경일임으로 五월 五일을(어린이날 全國準備委員會에서) 어린이날로 정하고 항구적으로 직히기로 햇다.

이것은 조선을 진보적 민주주의 국가로 축성식히고 세계의 한 구성분자로 당々히 군림(君臨)코저 함에서이다.

또한 이것은 조선의 장래를 어린이에게서뿐 찻자는 뜻에서이기도 하다.

여기 해방 후 마지하는 어린이날의 정의는 선다.

　　＝ 어린이날 全國準備委員會 提供 ＝　　　　　　　　（朴 興 珉 記）

李克魯, "(다시 찾은 우리 새 명절 어린이날)純眞과 自然性과 聰明 - 훌륭한 朝鮮 少年少女 素質 알라", 『자유신문』, 1946.5.5.[27]

오늘은 해방 후 처음 맞는 어린이날입니다. 해방 후 신흥 기분으로 남여노소가 건국에 힘을 바치고 잇는 이때 특히 一년 중 가장 신선한 록음이 시작되는 이때 어린이날을 마지함은 가장 뜻깁흔 일이 아닐 수 업습니다. 어린이는 나라의 보배요 가장 희망에 넘치는 국민입니다. 한 나라가 장차 위대하게 발전할려면 그 나라의 보배요 第二세 국민인 어린이들이 굿세고 쾌활하게 자라나야만 합니다. 우리 조선의 어린이들은 주위의 환경이라던가 기후 등 조건으로 보아 어떤 나라의 어린이들에게도 떠러지지 안케 훌륭히 될 소질을 가지엇습니다. 즉 조선의 어린이들은 아직 현대적 대도시의 살풍경한 분위기를 맛보지 못하고 대부분 소도시나 농촌에서 자라낫다는 점에서 순진하고 자연스럽고 총명합니다만 기후로 보아 대개 □□이라는 □강 기후의 지대에 살고 잇다는 점입니다. 이와 가치 □□스러운 인간성(人間性)에 □□지 안코 자연스럽고 순진하고 총명한 데다 기후가 조흔 곳에 살고 잇는 관게요 조선의 어린이들은 다른 선진 각국의 어린이들에 지지 안토록 훌륭하고 튼튼하게 자라날 수가 잇다는 것입니다. 그러타고 그대로 방임해 두지 안코 그 훌륭한 소질을 유지 향상식혀야만 합니다. 일제시대에는 이 소질을 억누르려 하엿스나 해방된 지금에는 우리 맘대로 거리낌이 업시 나아갈 수가 잇게 된 것 또한 우리 어린이들의 큰 행복이라고 할 것입니다. 어린이들은 아모쪼록 해방 조선의 신흥 기분을 따라 대자연 속에 원기왕성히 명랑하게 심신 향상에 힘쓰고 부모는 어린이를 기를 때 어린이의 마음을 마음으로 하야 생기 잇게 키워 주어야 하고 교육자나 □□ □□□ 모다 어린이들에 대해 과거의 불합리한 압박을 시처 버리고 오른 길로 성장하도록 극력 조장하여야만 합니다. 오늘 어린이날을 마지하매 당하야 나는 어린이들의 명랑성 진취의 기상을 고창하고 십습니다.

---

27 원문에 '李克魯 博士 談'이라 되어 있다.

李東珪, "(다시 찾은 우리 새 명절 어린이날)어른의 손에서 매를 뺏어 버리자", 『자유신문』, 1946.5.5.

이제 우리는 하나씩 하나씩 우리가 읽엇든 모든 것을 차저내 가고 허무러트 렷든 것을 다시 세워 나가고 잇다.

우리가 일본의 압제로 말미아마 당연히 기념해야 할 날도 기념 못하고 다 가치 즐겨야 할 날도 즐기지 못하던 것을 다시 차저 기념하고 즐기게 되니 여러 가지로 감개도 깁고 그럴수록 더욱 굿세어저 민족과 나라의 힘이 크고 튼튼해야 할 것이라는 것이 더욱 느끼어진다.

우리는 며칠 전에 노동자의 날 메-데-를 성대히 기념하게 되엇고 이제 다시 이 어린이의 명절 "어린이날"을 차저 기념하게 되엇다. 메-데-는 전에도 허가 안 되어 행사를 못했지만 이 어린이날만은 조선서 유일하게 일부 행진이 허가되어 해마다 성대히 거행되엇던 것이다. 웬만한 사람이면 수만흔 소년소 녀가 기를 들고 노래를 부르며 행진하던 일이 기억날 것이다.

그러나 그에 이 어린이날 기념조차 금지당하고 오월이 되면 조선의 소년들 은 지나간 날을 회상하며 쓸쓸해젓던 것이다.

이제야 우리는 마음 노코 이날을 기념하게 되엇고 어린이의 권리와 그 지위 의 향상을 부르지즐 수 없게 되엇다. 우리는 이날의 행사가 단순히 가두행진 을 하는 것이다. 어린이의 명절이라고 즐기는데 끈치지 말고 세계에서 가장 불행한 소년들의 하나이엇던 조선의 소년들을 그 심악한 도덕적 인습에서 건저 내고 사회적 불행에서 구해내는데 대해 전 민족에게 호소하고 인식시켜 야 할 것이다.

완고한 우리의 도덕은 어린이는 절대로 어른에게 복종할 것과 눌려 지낼 것을 강요당햇고 그들은 무자비하다고 할 만큼 심한 억압적 교육을 밧으며 자라낫다. 위선 우리는 어른 손에서 매를 뺏아 꺽어 버려야 하며 어린이의 인격을 존중하도록 해야 할 것이다. 또한 조선의 민중은 우리 소년들로 하 야금 헐벗고 굶주리게 햇으며 만흔 소년 범죄자와 거리의 부랑아를 나게 하 엿다.

그리고 수만흔 아동이 학교에 못 다니고 문맹의 상태에서 지냇고 월사금 때문에 교문에서 추방되엇었다. 우리는 그들을 이런 사회적 불행에서 건저 낼 수 잇는 사회를 건설키 위해 싸우는 데까지 어린이의 행사를 관련시킬 것을 잊어서는 안 될 것이다.

＝〈朝鮮文學家同盟〉提供 ＝

社說, "어른들의 임무", 『현대일보』, 1946.5.5.

해방 후 첫여름 화창한 신록과 함께 자유의 첫 "어린이날"이 왔습니다. 어느 명절보다 청신하고 희망에 찬 명절입니다. 메칠 전 '메-데-'는 노동자의 명절이였읍니다. 노동자들은 이날 일을 쉬고 자기들의 사회에 대한 정당한 권리를 주장했읍니다. 사회는 차츰 노동자들에게 대한 잘못되였던 태도를 고쳐나갈 것입니다. 명절이란 그냥 놀기만 하는 것보다 그 명절의 주인을 위해 유익한 기념일이 된다면 그거야말로 문화사회의 명절일 겁니다.

어린이의 명절은 주인이 어린이입니다. 어린이는 어른들처럼 저이 자신이 가정에나 사회에 향하야 자기들의 이로울 바를 주장할 줄 모릅니다. 결국 어린이날을 어린이날답게 하는 것은 우리 어른들의 일이요 또 민족의 번성과 국가의 부강과 인류의 문명을 위해 어룬들의 의미이기도 합니다. 이런 어린이날을 당해 우리 어른들로서 성실한 사고가 없을 수 없읍니다.

한 가정이나 한 국가나 어린이가 없다면 오늘은 있어도 내일은 없읍니다. 일제시대에 우리가 참고 견듸어 온 것은 장래를 바라고였고 장래란 우리 집과 우리 사회에 우리의 제이세 우리의 "장래의 우리"인 어린이들이 있었기 때문이였읍니다. 이런 귀중한 어린이에게 우리 조선의 부모들은 과거에 어떻했읍니까? 부끄러운 것이 한두 가지가 아니였읍니다. 부모는 부모대로 선생은 선생대로 자기들의 굴욕을 그들에게 애낌없이 연장시켜 왔읍니다. 그뿐입니까? 어린이는 여성과 마찬가지로 한편으로 봉건시대의 그릇된 가족관념 그릇된 사회도덕의 악폐를 그대로 받어 왔읍니다.

오늘 하로에 조선이 해결할 어린이 문제 전부를 언급할 수는 없읍니다만 해방 후 처음 맞이하는 이번 어린이날에는 다른 것 다 제처 놓고 우리나라 건국정신에 합치해서 우선 부모 자신들의 부모로서의 자기비판부터를 거치자고 주장합니다. 첫재는 그릇된 봉건시대의 관동관(冠童觀)에서 둘재는 일제시대의 노예적 생활관에서입니다. 우리 부모 자신이 우리 선생 자신이 철저한 자기비판을 거친 새로운 어린이관(觀) 새로운 가족관 새로운 교육관이 서지 못하고는 일년 삼백육십오 일이 날마다 어린이날이라 하드라도 우리 조선의 어린이는 과거의 모든 불행에서 결코 해방될 날이 없을 것입니다.

崔玉星, "어린이날", 『현대일보』, 1946.5.5.

아무도 한번은 어렸었다. 어린이날을 당하고 보니 어릴 적 생각이 자꾸만 난다. 내가 아직 어렸을 때 우리 집에는 딸만이 四 姉妹가 왓짝거렸었다. 父母님 모시고 살았었는데 "너이들 무엇이 第一 가지고 싶으냐?"는 말슴이 언제나 第一 즐거운 質問이었다. 이런 質問이 그러나 아버지와 어머니 입에서 나오기는 一年에 두서너 번은 있었는가 싶다. 한 번은 生日날 또 한 번은 — 이번 學期에 첫째만 하면 — 하실 때였고 그리고는 또 한 번 이 五月에 들어서기만 하면 으레 또 한 번은 있는 것이었다. 그때는 各各 自己가 가장 가지고 싶어 하는 것을 願하게 되는데 때로는 그 要求物이 第一 所願하는 것보담 貧弱하여지는 일도 있었다. 피아노를 要求했다가 人形이 되고 말었든 것과 自動車가 '코린트·께—ㅁ'으로 떠러저서 투정 부리던 記憶이 아직도 새롭다. 五月에 들어서면 主日學校에서는 어여쁜 카-드도 주었다. 연분홍 치마저고리를 엄마에게 졸라서 입고는 唱歌도 하고 遊戲도 한 記憶도 只今 생각하면 그림과 追憶이란 언제나 아름답고 그렇기 때문에 아름다울넌지도 모르나 그렇나 朝鮮의 어린이들은 實地에 있어서는 너머나 그들 生活을 지금 까지 하여 왔다고 볼 수밖게는 없을 것이다. 천대와 소사오르는 싹을 짓밟퍼 오지 않았든가 한다. 解放 以後 처음으로 마지하는 "어린이날"을 生覺할 때 無限히 기쁘기도 하고 感銘도 많다. "어린이"의 世界라는 것은 가장 純粹한 藝術이 아닌가고 나는 生覺한 일이 있다. 그 純眞한 마음에서 나오는 質問 或은 自己들끼리의 속삭임은 곁에서 드를 적에 불 키고 성내든 어른들을 어 느새 微笑로 덮퍼 넘기고 마는 것이다.

그 天眞爛漫한 어린이들의 將次 길을 定하는 것은 周圍에 있는 어른들 손에 달린 것을 生覺할 때 무서운 生覺까지 난다. 또 우리 朝鮮의 앞길과 建設을 生覺할 때 父母님들과 環境을 맨드러 주는 一般 社會人의 責任이 얼마나 크다는 것을 더욱 더욱 느끼며 現 어린이 中에서도 特히 女兒에 對한 천대가 한層 더 많은 이 現 朝鮮社會를 恨嘆하고 앞으로 올 새 社會에서는 이런 낡은 觀念을 버려야 할 것은 勿論이고 實生活에 있어서도 모든 이 같은

過去의 殘滓를 말끔하게 없애버리고 絶對 男女 同等으로 明朗하고 씩씩한 우리 社會를 만드러 가고 싶다. 어린이들이 씩씩하게 자라야 朝鮮은 씩씩하게 자랄 수 있을 것이라고 생각하기 때문이다. (筆者는 婦總員)[28]

---

28 1945년 12월 조직된 전국적 규모의 여성 대중 조직인 〈조선부녀총동맹(朝鮮婦女總同盟)〉의 약칭이 '부총(婦總)'이었으므로 '婦總員'은 〈조선부녀총동맹〉의 동맹원이란 뜻이다.

楊美林, "어린이날의 意義", 『중외신보』, 1946.5.5.

엘렌케이 女史는 그의 名著 『兒童의 世紀』[29]에서 二十世紀를 가르처 兒童의 世紀라고 禮讚해 말하였다.

果然 歐美 先進諸國에 있어서는 이 禮讚이 過히 지나친 讚辭 같지는 않은 듯하나 우리 東洋 그中에서도 우리 朝鮮의 現狀으로서는 아직 距離가 멀다고 하지 않을 수 없다.

相對的으로 考察해 볼 때 三十年이나 五十年 前보다 比較가 않 될 만큼 兒童에 있어서나 兒童文化의 向上으로 보아 格段의 進步를 發見할 수 있으나 아직도 理想의 未及하기 짝이 없다. 첫 條目으로 손꼽을 것은 亦是 本的 課題인[30] 兒童의 問題다. 우리 社會에 있어서 封建的 殘滓가 가장 많이 潛在해 있는 곳이 家庭이며 家庭에 있어서도 對 兒童關係는 아직도 거이 封建制度 그대로 남아 있다고 하여도 過言이 아닐 것이 숨김없는 現實이다.

그런대 特히 兒童問題에 있어서 都市 本位의 더구나 歐美直譯式의 念과[31] 手法으로 硏究 乃至 改善對策을 樹立한다는 것은 朝 의[32] 現實에서 遊離된 結果를 낼 것이므로 無意味한 徒勞에 끝일 뿐 아니라 오히려 危險千萬한 일이라고 아니 볼 수 없다. 要컨대 社會 全般的으로 보아 姙胎 産兒로부터 育兒 敎育 結婚에 이르기까지 果然 그 얼마나 封建時代보다 나어젔는가. 더욱히 都市와 農村과의 比較는 거이 外國과 外國과의 差異를 彷彿케 한다.

現下 朝鮮에 있어서 가장 큰 民族的 課題는 두말할 것도 없시 하로바삐 自主독립國家를 세우는 데 있다.

그러나 이 重大課題는 決코 政治家(極言하면 職業的 政治 부로커-)들의

---

29 엘렌 케이(Ellen Karolina Sofia Key, 1849~1926)는 스웨덴의 여성 사상가로 억압 받아 온 여성과 아동의 해방을 주장하였다. 『아동의 세기』(1900)는 여러 나라 말로 번역되어 신교육운동의 지침서가 되었다.

30 '根本的 課題'에서 '根'이 탈락된 오식으로 보인다.

31 '槪念과'에서 '槪'가 탈락한 오식으로 보인다.

32 '朝鮮의'에서 '鮮' 탈락된 오식이다.

추상的 政治運動만으로 이루워질 것이 아니고 學術 産業 敎育 藝術 文化
等 各 分野의 有機的 활동의 綜合에서 비로소 完成되는 것이다.

民族 永遠의 生命力 國家建設의 礎石이 되는 어린이들의 問題를 度外視하
고 果然 民族의 運命 國家의 將來를 幸福 되게 꿈꿀 수 있을 것일까? 西洋의
一 哲人이 "한 나라의 將來를 占치는 唯一의 方法을 그 나라가 어린이들을
어떻게 取扱하는가(길르고 가르키는가)를 보면 안다."고 한 말은 簡單한 一
言이나 果然 明言이다.

果然 우리는 지금 우리들의 어린이들을 어떻게 取扱하고 있는가? 冷靜히
反省해 볼 때가 왔다. "어린이날"은 이 한 가지 意味만으로도 意義가 크고
그 任務가 무겁다고 아니 할 수 없다.

論說, "'어린이날'을 마지하고", 『부산신문』, 1946.5.5.

一

해방 後 처음으로 마지하는 어린이날의 意義는 여러 가지로 깊고 크다. 日帝의 專制에서 解放되고 封建的 잔재를 淸算하여 世界의 進運에 따라 民主主義的 自主獨立國家를 建設하는 途中에 잇는 우리 朝鮮의 現段階에 있어서 國家社會의 將來 運命이 달여는[33] 어린 國民의 名節을 새삼스러히 祝賀하고 그들의 時代的 使命의 意義와 金要性을[34] 强調할 必要가 잇는 것이다.

二

고來로 五月 五日은 東洋曆에 있어서 端午의 節구이라 봄을 마저 蘇生한 萬物이 生成 發展의 歡喜의 춤추는 佳節에 가진 丹粧을 다하여 질기엿든 것이다. 이제 聯合國 援助下에 獨立建國의 길을 걸어가는 이 歷史的 革命期를 當하고 어린이의 名節로 制定된 이날을 마지함은 封建的 舊套를 脫殼하여 새로운 建設과 進步를 仰望하는 新世代를 象徵하는 것이다. 우리는 理想과 希望이 가득한 이들을 가장 바르고 옳은 길로 引導하여야 하며 純粹하고 無垢한 自由 解放의 世界에 이끌어야 한다. 자칫하면 그릇된 先進輩의 偏見 固執으로 그들의 將來를 망첫든 過誤를 反省 淸算하고 國家社會의 正確한 指導理念에 立脚한 科學的 訓育을 圖謀하여야 한다.

三

現在 우리 社會는 偉大한 革命過程에 잇다. 壓制에서 自由에 절망에서 希望에 帝國主義에 差別 迫害에서 平等 自主에 미신에서 科學에 搾取에서 自立에 모든 것이 對庶的이고[35] 鬪爭的이고 止揚的이고 建設的이고 進步的으로 變遷하고 잇다. 이 混亂한 過渡期에 잇서서 자라나는 兒童을 指導 養育하여 가는 것은 決코 容易한 일은 않일 것이다. 呼々刻々으로[36] 發展되여 가

---

33 '달여 잇는'(달려 있는)의 오식이다.
34 '重要性을'의 오식이다.
35 '對蹠的이고'의 오식이다.
36 '時々刻々으로'(時時刻刻으로)의 오식으로 보인다.

는 文化의 水準에 비취어서만 進步的이고 科學的인 그네들의 前程을 指示할 수 있을 것이다. 그럼으로 그들이 길러 날 家庭이나 社會生活의 모든 矛盾되고 不合理한 制度를 改革하여야만 할 것이고 特히 儒敎의 舊弊와 原始的 迷信에 싸혀 잇는 朝鮮 家庭의 生活方式은 兒童의 天質을 가로막고 自然한 生長發展을 방해하여 온 만치 어린이의 權利와 良心을 爲하야 一途할 것을 이 뜻깊은 名節에 際하야 명서하기를[37] 바래는 바이다.

---

37 '명심하기를'의 오식으로 보인다.

論說, "어린이날의 行事 盛大", 『중앙신문』, 1946.5.6.

一

오날은 어린이들을 祝福하는 날이다. 解放된 朝鮮의 氣勢이라 아직 完全 獨立의 地境에까지 이르지는 못하엿슬지라도 어느 것이 기운차지 아니한 것이 업지만은 이 解放 以後 첫 번 마지하는 이 어린이날의 어린이들의 壯한 氣勢이야말로 우리의 압날의 完全한 解放을 象徵하는 듯하다. 그 多彩한 行事와 씩々하고도 아릿다운 어린이들의 市街行進은 넉々히 우리의 將來를 祝福하고도 남음이 잇음을 늣기겟스니 그들이 잘 크고 또 그들을 잘 키우는데 우리 民族 우리나라의 將來는 左右될 것을 생각함에 스사로 安心스러운 慰勞를 밧는 듯하다. 이날의 祝福 밧는 將來의 主人이 될 어린이들이여 오날의 行事에서 그 氣象이 더욱 씩씩해지고 活潑해지며 日帝虐政下에서 陰鬱에 잠겻든 그 氣分을 모조리 씨서 버리기 바란다.

二

우리의 늘 遺憾으로 아는 事實의 한 가지는 朝鮮 民族의 過去를 爲하는 살림사리이다. 우리는 지금부터는 過去를 爲한 살림사리를 하지 말고 將來를 爲한 살림사리를 하여야 되겟다는 것이다. 죽은 사람을 爲하고 또는 老衰한 사람을 爲한 살림사리보다는 산 사람을 爲하고 長成하는 사람을 爲한 살림사리를 해야 될 것이니 過去 사람을 追憶하고 그를 鑑戒로 하야 將來를 善導함[38] 조흔 일 됨에 틀림업지마는 將來를 爲하야 새로운 創造力을 發揮하고 過去보다도 더욱 아름다운 將來를 가지기 爲하야는 過去와 現在를 犧牲함도 不辭하는 데서만 그 努力의 成果는 온전히 나타날 수 잇다. 이러한 意味에서 우리는 將來 우리 民族國家의 主人이 될 어린이날의 祝福의 盛大함에서 限업는 기쁨을 느껴서 마지안는다.

三

어린이들을 잘 길너서 將來의 조흔 일꾼이 되기 하기 爲하야는 우리는 우

---

38 맥락상으로 볼 때, '善導함은'의 오식으로 보인다.

리의 어린이를 잘 길느는 方法과 識見을 가지지 안으면 안 될 것이니 우리들 父母兄姊들이 果然 그러한 資格을 가젓는가는 實로 疑心스러운 것이다. 그들은 純眞하고도 潔白한지라 아무러째라도 굽혀질 수가 잇고 아무러케라도 물들 수 잇는 터이매 이들을 가르키고 引導함에는 成人敎育 以上으로 어려운 바 잇다. 어린이들을 더욱 훌륭하게 키우기 爲하야는 먼저 그 훌륭히 키우는 方法을 알어야 할 것이니 여기에 對한 父兄母姊의 努力이 잇기를 바라는 바이다. 우리는 무엇보다 먼저 어린이들의 人格을 尊重하야 從來의 賤待하는 敎養 方法을 고처야 할 것이오 또 그들의 個性의 自由로운 發展을 꾀하야 從來와 가튼 拘束과 抑壓의 指導法을 고처야 할 것이니 이 두 가지의 改良이야말로 어린이를 善導하는 基本 條件이 아니 될 수 업슴을 强調하야 마지안는다.

박세영, "어린이 없는 어린이날 - 해방 뒤 첫 어린이날을 마치고",
『주간소학생』, 제15호, 1946.5.20.

해방 후 처음 맞는 어린이날을 기념하기 위하여, 지난 2월부터 준비를 하였
던 것이다.

이번에는 그전 왜놈한테 짓눌려서 기를 못 펴 보던 것을 깨끗이 씻고, 어디
한번 온 조선 안이 떠다라나게 뛰고, 놀고, 즐기며, 새로운 마음을 다시 한
번 굳게 먹어보게들 하고자 하였던 것이었다.

그리하여 〈어린이날전국준비위원회〉를 맨들어, 온 조선 안의 어린이날 기
념을 맡아 하여 왔고, 서울시 위원을 만들어 서울서 축하할 것을 작정하였다.

두어 달 동안이나 준비위원들은 온 정신을 여기에 기우려, 가장 어려운
형편인데도 불구하고, 각각 노나서 할 일을 다하였던 것이다.

무엇이나 일을 시작할 때는, 아직도 오래ㅅ동안 날짜가 남아 있구나 하는
생각이 들지만, 어느 때 날짜는 닥아오는 것이다.

이리하여 우리가 바라고 기다리던 해방 후 첫 번 맞는 어린이날은 오고
야 말었다. 이 얼마나 기쁜 일이냐? 날이 밝기도 바쁘게, 나는 기념식장으
로 향하였다. 거리거리에는 어린이날 포스터가 색스럽게 붙어 있었다. 마
치 동무들아! 오늘은 "어린이날"이니 같이 즐기자고 두 손을 들고 외치는
것 같었다.

우리들은 이번 "어린이날"은, 반드시 국경일(國慶日)로 될 줄 알고 준비도
하였으며, 이렇게 되어서 또한 마땅한 일이라고 생각하였으나, 이것도 작정
이 안 되고 말었다.

그리고 제일 언짢은 일은 우리들 어린동무들이 소리 높여 "어린이날" 만세
를 부르며 서울의 거리를 한번 힘차게 돌아다니며 우리들도 참 사람의 인격과
덮어놓고 누르던 이제까지의 어버이들의 생각을 없새버리고, 어린이가 맘대
로 크게 자랄 수 있도록 자유를 달라는 힘찬 뜻을 보여 주었더면 얼마나 기뻣
으랴.

그러나 된다 된다 하던 기행렬도 이같이 그만 하지 못하게 되었다. 참 기막

힌 일이다. 우리가 해방 후에 큰 희망과 기쁨으로써 맺으려던 "어린이날"은, 지금 세상 형편에 따라가지 않을 수 없는 것이었다.

한편으로는 이런 남쪽 조선에서는, 모든 국민학교에서는 "어린이날" 기념을 같이 하지 않고, 이날에 운동회로써 맞이하게 되었다는 것이다.

처음부터 이 "어린이날"만은 다만 똑같은 생각과, 똑같은 목적으로 나라ㅅ일 꾸미는 일과는 아주 아랑곳도 없는, 아주 깨끗하고 씩씩한 마음으로 지키고저 지금에 말하는 좌익이나, 우익이니 할 것 없이 하자고, 모든 일을 꾸며 나갔던 것이다.

그러나 벌써 서울에 있는 국민학교에서도 나오지 않는다고 하였고, 심한 학교에서는 "어린이(이상 4쪽)날" 기념식장에 가면 퇴학을 시킨다고까지 하였던 것이다. 이 얼마나 놀라운 사실인가.

말이 거슬러 올라가지만 그전 왜놈이 조선을 다스릴 때, 조선 피가 흐르는 조선의 어린이들로 하여금 왜놈을 맨들려고, 학교에서는커녕 집에 도라가서도 조선말을 쓰지 못하게 하고, 거짓말 왜놈 역사만 가르치고, 조선 역사는 아주 쇠문으로 가두어 두었던 것이다.

그리하여 조선의 어린이는 아주 얼빠진 사람들이 되고 말게쯤 되어 버렸고, 대체 조선이 무엇이고, 우리 겨레가 어떻게 생겨났는지조차 모르고 살아왔던 것이 사실이 아닌가.

그러면 우리 조선이 그때는 왜놈의 야만 같은 정치에 짓밟히어 그렇게 되었다고 하지만, 오늘날 해방이 되었다는 이 마당에 이런 것이 다시 있을 사실인가.

"어린이날"에 우리는 조선의 자라나는 어린이들과 같이 뛰고 씨름도 하고, 재미나는 이야기도 해 주고, 딴 나라 어린이들에게 지지 말자고, 깨우처 주고져 하였던 커다란 생각은, 물거품 모양으로 꺼지고 말았다.

지금은 기를 앞세우고 어린이들은 회장으로 뒤를 이어 모여들었다. 부모님들도 따러왔다. 국민학교 아동은 참가하지 못하게 하였다는데, 어디서 이같이 어린이가 모여들가? 하는 느낌도 있었다. 마포 방면서 오천 명 어린이가 대회에 오는 길에 돌려보냈다는 기막힌 사실도 있었다.

지금 우리 조선은 어른들이 한데 어울리지 않는 바람에, 어린이까지 가엾

게 되는구나 하는 생각도 난다. 우리는 똑바로 생각해 보면 국민학교 어린
이라고, 조선 사람이 아닌 배 아닌데, 어째서 국민학교 어린이와 그렇지 않
은 같은 조선 어린이들을, 칭을 가르며 마치 딴 나라 어린이처럼 굴 것이
어디 있느냐는 것을 생각해 봐야 될 것이다. 이것이 옳은 일인가, 아니 잘한
일인가.

이 모든 것을 본다면 주위 사정이 전보다 다름이 없고, 왜놈 시대의 학교와
무엇이 다르냐 말이다. 세계가 날이 갈쑤록 달라 가고, 사람들도 새로운 생각
을 가지고 나가게 되어 가는 이때, 우리 조선만이 케케묵은 생각으로 자라나
려는 어린이에게까지 모두 못난이를 맨들려는 작정인가.

생각하면 가슴이 답답하다. 누구에게 이 쓰라린 생각을 풀어 볼 수 있을
가. 나는 이렇게 생각하는 동안에, 오월의 저 높은 하늘, 따스하고 보드러운
남쪽 나라 꽃 내 담뿍 실고 오는 바람, 푸(이상 5쪽)른 하늘 흰 솜 같은 조각구름
사이로 태극기는 펄펄 올라간다. 두 가닥 줄을 붙잡고, 기를 쳐다보며 기
줄을 댕기는 소년 소녀, 나는 나도 모르게 눈자위가 뜨거워졌다. (8 페이지
에) (이상 6쪽)

(어린이날 계속)

나는 애국가의 주악이 끝나자 눈을 씻었다. 나는 이번 어린이날이 열여섯
번째라고 하지만, 그리고 해방 후 첫 번 맞는 어린이날이라 하지만, 나는
기ㅅ대 꼭대기에서 힘차게 펄펄 날리는 태극기를 바라보며, 눈을 씻는 이
순간에 내가 가진 어린이날 기념식은 끝이 났다. 이 땅의 어린이와 한없이
뛰고 질긴 이 어린이날에 나는 참으로 이 땅의 어린이들은 저의들을 위하여
수십 명이 눈코 뜰 새 없이 애를 써서 조그만 잔치나마 베풀어 주고 어린이들
이 오나 오나 하고 안타까이 기다리는데도 오지들은 않고 지금 어디서 무엇들
을 하나 아아 하나, 둘 하면서도, 이찌, 니 하던 시대의 생각만은 말짱이 쓸지
못하게 하는 그들과, 오고 싶어도 이곳에 못 오는 그들을 생각하는 내 울음이
었다.

이 땅의 아이들아! 조선의 어린이들아, 너의들의 갈 길엔 아직도 가시밭이
가로질렀구나. 아아, 우리는 발을 찔리고 피가 날지언정 기어코 이 가시넝쿨
을 너희들과 같이 걸어 제치고 나가리라. 그리하여 내년에는 길길이 뛰고

참으로 땅이 움직일 만큼 어린이날을 지켜보자.

　어서 크라, 못난이로 크지 마라.

　바른 생각을 먹고 억센 사람이 되자.

　나는 "어린이날" 만세를 부르고 이 글을 마친다.

— 1946. 5. 6 — (이상 8쪽)

夕村, "少年運動의 過去와 現在", 『少年運動』, 제2호, 朝鮮少年運動中央協議會, 1947년 4월호.

朝鮮의 少年運動은 己未年 三月 一日 獨立運動의 呼應하여 國內 各地에는 勿論 國外에까지 少年少女의 數百 團體가 創設되엿고 一九二二年에는 어린이의 名節 어린이날을 制定함에 따러 盛大한 紀念行事가 있었든 것이다. 그러니 이 運動은 旣往에도 朝鮮 社會에 있어 단 하나의 擧國的인 運動이었으며 今後에도 이 運動은 朝鮮의 完全獨立을 戰取할 때까지 無難히 鬪爭할 수 있는 特殊運動인 것을 아러야 할 것이다. 如斯한 特殊運動은 매양 情勢와 環境의 不可抗的 事情으로 因하여 畸形的으로 그 方向이 轉換도 되고 그렇지 않으면 沈滯狀態로 드러가 結局은 發生의 根本意義를 忘却하는 實例가 적지 아니하였으니 過去의 少年運動은 正히 危期에 處하였었다고 아니 볼 수 없다. 그것은 過去 朝鮮의 社會運動은 지금과 같은 政治運動이 아니였으며 너, 나 할 것 없이 똑같은 帝國主義의 抗拒하는 排日運動이였든 까닭이다. 그래서 〈新幹會〉와 少年會가 提携하였고 또한 〈槿友會〉와 少年會가 提携할 수 있었든 것이다. 그러나 解放 後 오늘의 少年運動은 進步的인 民主主義 國家建設을 爲하여 確固한 指導理念과 少年만을 爲한 眞摯한 指導者를 多數 要求함으로서 過去의 殘念을 깨끗이 버리고 少年運動의 새로운 方向으로 活發히[39] 展開치 아니하면 않 될 것이다.

그러면 먼저 少年들의 家庭에서의 處地를 살피어보자.

누구나 父母는 子女에 對하여 그들의 幸福을 爲하여서는 自己의 犧牲까지라도 악기지 않는다면 極致의 사랑(이상 8쪽)을 찾는 것이 人間으로서의 本能일 것이다. 그러나 家庭에서 訓育하는 方法에 있어 이러한 惡習을 볼 수가 있다. 子女에게 對하여 없는 집 아이와 놀지를 말라 손의 흙칠을 말라 점잔어지라고도 한다. 이 얼마나 無智한 訓育方法이냐. 그래도 그들은 子女를 사랑한다고 封建的인 因習 아래에서 衝動的으로 社會的인 責任을 廻避하였고 더욱이

---

39 '活潑히'의 오식이다. 아래도 같다.

親子女 親父母라는 그러한 肉體的인 私的 關係를 떠나서 公民으로서의 어린이, 公民으로서의 어른이란 社會的으로 同一한 責任이 있다는 것을 忘却하여 온 것이 事實이다. 그러면 過去 朝鮮 어린이의 處地는 말할 것도 없이 今日의 朝鮮 어린이를 보라. 그들을 爲한 特別한 施設이 무엇이냐. 日人이 남기고 간 많치 않은 施設이나마 임이 謀利輩의 손에 占領되었다는 事實을 우리는 알 것이다. 그리고 먹지 못하고 입지 못하는 가긍한 運命에 處한 수많은 어린이가 거리로 彷徨하는 事實도 또한 알 것이니 抽象的으로 사랑한다는 마음만의 愛로는 새 나라의 님자가 될 資格을 享有캐 할 수 있을 것인가. 이것은 多數의 어린이를 誤導하는 重要한 原因이 될 것이니 現在는 고사하고 새 朝鮮 建設을 爲하여 遺憾으로 생각지 않을 수 없다. 어린이를 誤導함은 곳 朝鮮의 將來를 그릇치는 것이라 하겠으니 이것을 否定하는 者 있다면 그것은 奇蹟을 바라는 愚者의 所見이라 아니 할 수 없다.

그럼으로 朝鮮 少年의 生長은 우리의 因習의 限界를 超越하야 冷情히 觀察할 때 어린이는 幸福스런 處地에서 遺憾없이 자라나는 그들만이라고 볼 수는 없다.

그러나 朝鮮의 少年運動은 古今을 가릴 것 없이 少年 自體에서 發生하는 自覺的인 運動이라기보다는 社會와 함께 움지기게 되는 衝動的 運動인 대신 한번 定한 길이라면 다시 멈추지 않는 强力한 運動인 것을 아려야 할 것이다.

어린이는 純眞하다. 純眞은 雜念이 없다. 雜念이 없는 일이라면 期於코 初志를 貫徹할 수 있는 것이다.

그렇다면 우리는 어른보다도 어린이를 좀 더 幸福스런 生活, 自由로운 生活로 引導하자는 것이다. 그들의 幸福은 곳 朝鮮 民族의 幸福을 意味하는 것이다. 그래서 이 運動은 어린이만을 爲한 運動이라기보다 朝鮮의 將來를 爲한 擧國的 運動이라 아니 할 수 없다. 이러한 意味에서 이 運動은 特히 좋은 指導者를 要求하는 것이며 指導者의 그 使命이 또한 重大하다고 아니 할 수 없다.

그러나 今日의 朝鮮 少年運動은 眞摯한 指導者의 缺乏으로 因함인지 過去보다도 더 活發하여야 할 이 運動이 오히려 沈默 一貫이니 이도 까닭은 있음직한 일이나 朝鮮의 將來를 爲하여서는 一種의 不安을 늣기지 않을 수 없다.

이러한 運動일스록 우리는 하로밧비 굳센 理念下에 犧牲까지라도 압기지 않는 活潑한 運動으로 推進치 아니하면 않 될 것이다.

그리하여 現下의 少年運動은 곳 새 朝鮮 建設을 爲한 重大課業의 하나인 것을 아러야 할 것이다.(이상 9쪽)

尹在千, "敎育者가 본 少年 輔導 問題", 『少年運動』, 제2호,
朝鮮少年運動中央協議會, 1947년 4월호.

一. 緒言

참기 어려운 苦生을 참아가며, 살아나가는 까닭은, 希望이 있기 때문일
것이다. 日帝時代의 朝鮮 民族은 날이 가면 갈수록 滅亡의 墳墓로 接近하고
있었으나, 八·一五 以後는 그와 反對로, 날아가는 동안에, 모든 것이 好轉하
리라 하는 一縷의 餘望이 恒常 떠돌고 있는 것이다. 그래서 아무리 混亂하고
괴로워도, 옛 時代로 還元하기를 바라지는[40] 사람은 하나도 없는 것이다. 반
디불같이 히미하더라도 希望이 있는 동안은 幸福하게 살 수 있는 것이니 늙
으나 젊으나 希望만이 尊貴한 것인가 한다.

그러나 우리의 希望이 一年이나 二年에 達成되리라고는 生覺지 않을 것이
며 十年 或은 數十年 後에야 이루어지리라고 생각들을 할 것이니 이것은 自
己自身에게 希望을 걸고 있다는 것보다 그 後代에다 餘望을 심고 있는 것이
라고 생각하는 것이 可當할 것이다. 이런 것은 지금에 始作된 眞理뿐만 아닐
것이지만 그러나, 現世같이 큰 希望을 가저 보기는 開國 以後 처음이 아닐가
한다. 이렇게 생각하면, 우리는 제일 좋은 時代에 태어났으며 우리 자식들은
더 좋은 時代에 태어났으며 우리 자식들은 더 좋은 時代에 태어났다고 말할
수 있는 것이다.

科學文明은 最古로 發達하여 全 地球는 한 洞里같이 좁아졌다. 이 온 世界
가 現代와 같이 크게 變動하는 世代는 有史 以來 처음 일이다.

百年 平和를 生覺하기 前에 우리는 더 크고 더 무서운 變動을 거쳐서 朝鮮
이 빛나고야 말 것을 믿어 의심치 않는 바다.

우리들과 우리의 先輩들은 世界 國家 競技場에서 敗戰한 것이 事實이나
우리 後代는 아즉 出戰을 하지 않고 있는 것이며, 世代가 世代인 만치 우리
少年들도 美蘇英 等의 少年들과 世人이 環視하는 舞臺에서 단판 씨름을 하고

---

40 '바라는'에 '지'가 불필요하게 더 들어간 오식이다.

야 말 것이다. 씨름을 하지 않는다면 勝負도 없겠지만 그것을 始作한다면 勝者가 있고 敗者가 생길 것이며 이 勝負는 하여 보기 前에 豫斷할 수는 없는 것이다. 日本이 淸國을 이긴 것은 明治維新 後 不過 三十年이오 二十年 後엔 露西亞를 敗北시켯으며 獨逸은 一次 世界大戰 後 不過 二十年에 復興하였으니 朝鮮이라고 해서 三十年 四十年 後에도 이 모양대로 있으리라고는 믿어지지 않는다.

이와 같은 큰 希望을 갖고 우리는 살아가는 것이며 더구나 識을 育英에 두고 있는 敎育者들은 文字 그대로 夢想이나 空想과도 같은 國家百年之計를 꿈꾸며 薄俸과 푸待接을 돌보지 않고 欣然히 國家의 獻身 竭力하고 있는 것이다.

少年敎育에 있어서 敎育家로서 特別 留意하여야 할 點은 무엇일가.

二. 少年 不良化에 關하여

解放 後 敎育者로서 가장 警戒하여야 할 點은 少年少女의 不良(이상 12쪽)化 傾向이다. 混沌한 社會相은 白紙 같은 少年들을 말할 수 없이 더럽히고 있으니, 決코 平和時代의 敎育觀으로서 判斷하여서는 안 된다. 時代가 非常하면 少年도 非常할 것이니 따라서 敎育도 非常策을 取하여야 할 것이다. 그 後에 顯著하게 나타난 道義의 頹廢, 無秩序, 不正直, 暴行, 盜賊, 强盜, 詭計, 謀略, 放蕩, 流轉 等은 德性이 確立치 못한 少年들에게 如實히 反映하고 있는 것이다. 더구나 高等學校 學生과 上級 中學生들의 反目斗爭은 一層 큰 影響을 少年들에게 끼치고 있으며 近者에 流行되는 同盟休學은 가장 좋지 못한 씨를 뿌리고 있는 것이다. 이리하여 少年小女 不良化는 最惡 狀態에 이르고 있는 것이다. 더구나 敎育者의 平均年齡이 낮아서 그 指導力이 弱化하였고 良惡을 看破하는 眼識이 不足하여 未然 防止를 하지 못하며 對策을 바로 세우지 못하여 더욱 그릇 허는 일도 있을 것이니 實로 敎育界는 大危期에 直面하고 있는 것이다.

平和時의 少年 不良化와 現下의 그것과는 決코 同一하지 않다. 平和時에는 家庭의 缺陷과 惡友의 誘惑 等이 그 最大 原因이어서 이것을 敎育하는 데는 熱烈한 愛情을 기우리어 거칠어진 少年의 마음을 五六月 해볕같이 따뜻하게 어루만져 주는 것과 交友에 留意하는 것이 가장 效果를 나타낸다고 일러 왔다. 이러한 原因으로 發生한 不良兒가 지금도 亦是 있을 것이며 그 少年을 救하기 爲하여 사랑의 慈雨를 나리는 것도 勿論 重要하겠지만 近者의 實情은 이러한 平和時代의 敎化 態度 程度로서는 不充分하다. 왜냐하면 只今 少年은 大量的으로 不良化하여 가고 있으며 또 그 傾向이 平和時와는 反對로 裕足한 兒童과 優良한 少年 中에서 脫線하고 있기 때문이다. 貨幣의 汎濫은 金錢의 尊貴性을 잃게 되었고 一攫萬金한 家庭에선 百圓 千圓쯤을 돈으로 알지 않게 되었으며, 街頭에서 푼파리하는 少年들도 百圓짜리를 한 주머니씩 가지고 있으니 學校 아이들도 十圓이나 百圓쯤 소홀이 역인다. 거기다가 社會의 道義가 頹廢하여 公德心은 極度로 薄弱하여지고 廉恥心은 찾아보기가 어렵게 되니 少年이 남의 物件과 自己 物件을 區別치 못하는 것도 自然之勢일 것이다. 最近 나는 某 中學生이 某 小學校의 유리窓을 빼어 가다가 發覺된 것을 두 번이나 보았는데 그中 하나는 某 警察署長의 아들이오 하나는 某 學校長의 아들이라는 것에 많은 關心을 갖어 볼 일이 있다. 예전 같으면 비록 아이들 가지고 다니는 것을 例事로 알게 되며 手中에 돈이 있으니까 自然 浪費하게 되고 浪費하는 習慣이 붙은 뒤는 속이거나 훔치거나 하게 되는 것이다. 엿 한가락에 五厘나 一錢할 때는 도적질을 하지 않아도 사 먹을 수 있었지만 十圓을 하니 어찌하리오. 이 食慾에 對한 動物的 本能은 가장 少年을 不良化하기 쉬울 것이며 買食에 習慣이 붙고 보면 뺑덕어미가 沈奉士 속이덧 군입정질은 고치기 어려운 것이다. 또 劇場 出入도 이와 똑같은 것이며 弊害는 더욱 큰 것이다. 自己 父母가 學校長이나 署長쯤 가면 自重自戒하여 威信을 잃지 않았던 것이다. 그 道義心이 今日에는 全的으로 痲痺되고[41] 말아 버린 것이다. 이와 같이 요새는 富者집 少年과 行勢하는 집 어린이들이 不良化하는[42] 許多한 것이다. 또 優等生들이 不良化하는 일이 많은데 여기에도 큰 理由가 있다. 自由解放 德分과 人材不足 等으로 너구리가 호랑이 노릇을 하는 버릇이 非一非再하니 優等生으로선 눈꼴이 시여서라도 한번 제가 젠 체하고 십허길[43] 것이 當然한 理致이다. 이

리하여 同盟休學(이상 13쪽)의 先頭로 서로 惡質 計略의 謀士로 되어 不良인 줄 모르고 不良을 犯하는 일이 많은 것이다.

以上과 같이 近者의 少年 不良化가 記錄的이오 變格的이라는 것을 나는 指摘한다. 그리고 이것을 防止하는 具體的인 方法은 所持品의 檢査라던가 家庭과의 連絡 等 여러 가지가 있겠으나 然이나 이 現狀은 一種의 流行이고 大勢인지라 一二人의 努力만으로서는 效果를 내기가 어려운 것이여[44] 一般 敎育者와 一般 父兄과 一般 社會人이 全部 이 點에 着眼하고 注意할 때 비로서 大勢를 挽回할 수 있는 것이다. 그럼으로 于先 同志가 叫合하고[45] 서로 注意를 喚起하며 家庭에 呼訴하고 社會에 提案하는 一大 敎育運動을 國家的으로 이르켜야 할 것이다.

三. 큰 뜻을 품게 하라

民主主義 新敎育이 좋은 것이라 하면 그것은 學童들에게 큰 뜻(大志)을 품게 하는 敎育이기 때문일 것이다.

"少年이어! 큰 뜻을 품으라."

이것이 敎育의 目標가 되어야 할 것이다. 더구나 우리 朝鮮에 있어서는 君主主義 階級思想이 아직도 濃厚하며 外壓도 甚하여 個人個人이 大志를 품는 機會를 갖지 못하였었다. 우리 祖上들은 굶지만 않으면 三間草屋으로서 滿足하였고 自手成家하며 논마지기나 장만하면 큰 자랑거리였고 班長이나 區長만 하면 그 以上의 名譽가 없는 줄 알아 왔다. 門閥과 金錢 앞에는 無條件 服從하는 無氣力한 國民性은 지금도 뿌리 깊이 박혀 있는 것이다. 無識쟁이 農事군 집에서 감자로 배를 채우고 부삽에다 뜬 숯으로 글씨를 배우다가 美國의 大統領이 된 '링코룬'이나 하잘것없는 機械商을 하다가 世界甲富 自動車王으로 크게 成功한 '훠도' 같은 일을 한 사람은 우리 祖上에는 없었던 것이다.[46] 그래서 우리 아저씨들은 이러한 大志를 품지 못하였으며 우리 少年들도 옹졸하고 얌전한 것을 德性으로 여기고 있는 것이다. 그러나

---

43 '십허질'의 오식이다.

44 '것이며'나 '것이어서'의 오식으로 보인다.

45 '糾合하고'의 오식이다.

46 '링코룬'은 '링컨(A. Lincoln)', '훠도'는 '포드(H. Ford)'를 가리킨다.

民主主義 自由天地는 오고야 말았다. 또 꼭 오도록 하여야 하겠으며 그러랴며는 우리 少年들에게 大志大望을 갖도록 하여야 할 것이다. 이것은 말로는 쉬우나 實際는 어려울 것이 大望을 품는다는 것은 우리 國民性에 있어 보지 못한 革命的 思潮인 것을 生覺하면 알 수 있을 것이다. 自我를 否定하는 運命論과 機會를 利用하는 狡智 敎育과 强者에게 屈服하는 事大思想과 君主에게 盲從하는 封建思潮를 根本的으로 없애버리는 것은 決코 容易한 일이 아니나, 然이나 이 屈辱的 人生觀을 脫却치 않고는 民主主義도 없고 光明도 없을 것이다.

美國 少年들도 우리 어린이와 같이 幼稚하고 軟弱할 것이지 날 때부터 다를 理는 없는 것이다. 美國 少年이 아버지가 되고 할아버지가 되고 大將이 되고 大統領이 되는 것과 똑같이 우리 어린이들도 아버지, 할아버지, 大將, 大統領이 될 것이다.

萬若 五十年 後에도 우리 國民이 美國人에게 오늘과 같은 侮蔑과 壓迫을 또 받는다면 그것은 오늘의 指導者가 잘못 가르쳤기 때문이오, 오늘의 少年들이 大志大望을 갖지 않았기 때문일 것이다. 同一 地點에서 出發한 競走者가 決勝點에서 敗하는 것은 走力이 不足하였기 때문일 것이며, 똑같은 어린이들이 자라서 國家的으로 劣等하게 된다는 것은 敎育의 不振과 少年의 墮落이 있기 때문일 것이다. 四五十年 後 朝鮮 大統領이 되어서 美國 大統領을 晚餐會에 招待하여 가지고 談話할 것을 꿈꾸는 것은 (이상 14쪽) 決코 夢想만이 안닐 것이다. 非單 大統領뿐이랴. 或은 開拓者로서 或은 發明家로서 或은 探險家로서 各自의 趣味와 個性에 맞는 大志를 품고 少年時代와 靑年時代를 꿈속에서 살게 하는 것이 少年을 敎育하는데 가장 좋은 方法이며 나라를 建設하는 唯一한 길이 아닐가 한다.

× × ×

以上 少年少女의 不良化를 防止하는 同時에 大志를 품도록 敎育하는 것이 現下 維新期에 있어서 우리의 取할 길이라고 生覺한다.

(筆者 서울孝悌公立國民學校 校長) (이상 15쪽)

梁在應, "(隨想)少年運動을 回顧하며-故人이 된 同志를 弔함-",
『少年運動』, 제2호, 朝鮮少年運動中央協議會, 1947년 4월호.

一

우리나라의 少年運動은 二十餘年의 歷史를 싸어 왔다. 二十餘年이란 歷史가 짧은 歲月도 아닌 것이며 平坦한 길을 걸어온 것도 아닌 것도 勿論이다. 二十年 동안 싸허 온 記錄은 어대 있느냐. 한 무끔 삐처 논 記錄은 멀리 않어 나오려니 少年을 爲한 機關이 어느 곳에 세워저 있느냐. 이렇게 생각할 때 少年運動者들이 고단한 生活을 엿볼 수 있을 것이며 그들의 헛된 苦心을 哀惜타 볼 수 있는 것이 아닐 수 없다. 敵의 칼날 아래서 少年을 붓들고 걸어 나올 때 父母들은 얼만한 同情의 마음을 던저 주었든가.

朝鮮社會는 少年運動의 對하야 果然 얼만한 努力이 있든 것이냐. 十餘年間이나 어린이날 行事가 있을 때 父母社會에서는 엇떻안 눈으로 보았으며 엇떻안 마음으로 對하였든가.

少年運動의 二十年 歷史는 實로 悲慘하였든 것이다.

그동안 세상을 떠난 少年運動者들은 열 손을 꼽고도 남는다. 그들의 세상은 極히 짧었으니 그들의 一生 生活은 엇떻아였든가? 아울너 그들의 마음자리를 살펴볼 때 눈물을 禁치 못하는 바이다.

二

五百年 以來 우리 民族의 낡어진 꼴의 여러 가지 모양은 여러 군대서 너무도 仔細히 차저볼 수 있는 것이다. 그러나 어린이의 存在를 甚하게 말하야 父母된 이와 밑 그 社會를 헐어 내는 말은 너무도 애석하였었다. 뿐만 아니라 여기에서도 우리의 험점을 들추어내는 것은 부끄럽다 아니 할 수 없다. 그러나 아는 이는 알었을 것이다. 朝鮮을 애끼고 朝鮮을 사랑하는 이는 알고 있었으리라.

詩書를 불살으고 學者를 죽이며 우리나라 文化와 民族指導者들까지 없애며 民族의 魂까지 뿌리채 빼내려는 악착한 敵의 앞에서 무슨 말을 할가 보냐. 그러한 말 그런 따위 旗빨밧게는 내여걸지 못햇든 것이리라.

三

少年指導의 길은 今昔의 變함이 크면서 少年指導者의 責任은 더욱 重大하다고 생각한다.

少年은 勿論 靑年層까지 異民族의 독갑이 같은 敎育을 받았으니 지금 가르치는 한두 卷 敎科書로는 깨우치기 힘드는 것이다. 어린 사람들의 머리속에 꿈속 같은 구름 피여오르는 크고 적은 疑心을 것뜬하도록 풀어 줄 수 없는 것이다.

倭族은 물러갓거니 앞으로 또 얼만한 變함이 우리에게 올(이상 16쪽) 것이며 少年指導者들에게 엇더한 使命이 올 것인가.

少年指導者들에게도 實로 多事한 때는 왔다.

四

오늘 우리 民族의 責任이 크거니와 少年指導者의 責任도 重한 것이다.

오늘 우리나라의 少年少女들은 엇더한 指導者를 찾고 있는가? 그들을 살펴보면 그들은 무엇을 누구를 불으나 귀를 기우려 듣고 십다.

오늘 少年指導者의 責任이 큰 만치 修養과 敎養이 必要하다고 생각한다.

指導者여— 나오라. 少年指導者여 나오라! 前날 功勞가 있다는 것만이 指導者가 아니다. 眞正한 指導者라면 누구나 나오라.

指導者나 敎育者라면 그 人格을 가추워야 한다. 指導를 밧는 者 敎育을 밧는 者에게 人格을 完成케 하는 重大한 責任이 있는 까닭이다.

말하자면 그 나라의 民族反逆者가 비록 悔悟는 했다 하드라도 그 나라의 民族指導者는 될 수 없는 것이다.

犯罪者가 비록 悔改는 햇다 하드래도 道를 傳하는 道士는 될 수 없다고 생각한다.

호미를 들건 마치를 들건 許多世事가 많지 않으냐.

指導者여— 나오라. 어린이 앞에 當當이 나서도 조곰치도 북그럼이 없는 指導者여 나오라! 나는 이렇게 외치고 십다.

政界에서 學院에서 家庭에서 다 못하는 少年問題를 指導者가 解決해야 할 것이다.

五

二十餘年의 거츨은 少年運動을 回顧하고 먼저 떠난 同志들을 눈감고 생각하며 거듭 그들의 쓰라리는 一生을 마음속에 색이면서 默禮를 올리는 바이다. 사람이 죽으면 혼백이 있다거늘 그대들의 혼백은 지금 어느 곳에 있느뇨. 一生을 그리워하든 太極旗를 보았는가.　── (끝)── (이상 17쪽)

李團, "少年 指導者에게 一言함", 『少年運動』, 제2호, 朝鮮少年運動 中央協議會, 1947년 4월호.

半萬年의 燦然한 歷史를 가젓고 言語와 文化가 뚜렸한 單一民族인 우리의 배달民族은 前萬古 後萬古를 通하야 單 한번만은 있을지언정 두 번도 다시 있을 수 없는 조흔 期會를 맛는 것이다.

우리 三千萬 兄弟姊妹가 永遠無窮토록 幸福을 누림도 이제부터 第一步를 것는 것이다. 新國家 建設 初에 있어서 支柱石인 "어린이" 指導者의 任務는 至重且大한 것이다. 一國家 一社會의 興과 亡이 이에 있는 것이다.

그럼으로 指導者의 一動一靜이 極히 注目되는 것이며 이로 因하야 成敗得失이 左右되는 것만은 事實이 否認할 수 없는 것이다. 現下 우리 朝鮮의 實情은 었떻안가? 縱으로 보나 橫으로 보나 陰으로 보나 陽으로 보아서 참으로 各界各層이 一律的으로 情神을 차릴 수 없는 독갑이 작난과 다름이 없다고 보여진다. 이것이 이른바 其 所謂 亂麻狀態라고 아니 할 수 없다.

先後가 없고 始終을 차즐 길이 없다.

一般民衆은 眞正한 路線을 찾지 못하야 갈팡질팡 허둥지둥 彷徨하고 있다. 이것이 무슨 꼴인가. 千載一遇의 이 좋은 期會를 잘못하면 瞬間으로서 國家萬年大計가 그릇될 憂慮가 있으니 그에 對한 責任은 누가 질 것인가? 此際에 甲論乙박 是々非々를 버리고 東이나 西 左나 右를 超越하야 참으로 冷情한 見地에서 絶對自主 絶對自律로서 天眞爛漫한 天使 같은 어린이를 指導 養育하는 대에서뿐 우리의 敵을 물리칠 수도 있고 同時에 完全 自主獨立도 있고 後孫 萬代의 永遠한 幸福도 실어올 수 있는 것이다.

指導者 여러분 一家庭 一社會 一國家의 興亡盛衰는 어린이 指導 如何에 따라 잘되고 못되는 대에서뿐 左右가 判定되는 것이니 이를 原則으로 하고 指導에 臨하면 所期이 目的은 達하리라고 믿는다.

끝으로 여러분의 來々健鬪를 바라 마지않으며 참되고 아름답고 씩씩한 어린이의 앞길을 指導해 주소서. (이상 18쪽)

李克魯, "少年指導者에게 주는 말(二)", 『少年運動』, 제2호,
朝鮮少年運動中央協議會, 1947년 4월호.[47]

　　나는 朝鮮 民族의 指導理念을 아래와 같이 定하고 내 自身부터 그 다음
에 내 家族 또는 親知에게까지 힘써 行하도록 애쓰고 있다. 勿論 우리 國民
全體가 하루바삐 그런 理念의 人格者가 되어 주기를 바라 마지아니한다.
　　　士道主義의 三要素
　一. 感天至誠心
　　　(우리는 良心과 熱心 곧 誠心이 있는 사람이 되자!)
　二. 硏成專能力
　　　(우리는 오로지 能한 知識이나 技術을 적어도 한 가지는 가진 힘 있는
　　　사람이 되자!)
　二. 共榮大公德
　　　(우리는 다 같이 잘 살도록 힘쓰는 큰 公衆道德을 지키는 사람이 되자!
　　(이상 20쪽)

---

47 원문에 '朝鮮語學會 李克魯'로 되어 있다.

南基薰, "어린이날을 앞든 少年 指導者에게", 『少年運動』, 제2호, 朝鮮少年運動中央協議會, 1947년 4월호.

今年도 五月 五日은 어린이날입니다. 어린이들의 한없는 기쁨과 한없는 즐거움에 날입니다. 그래서 서울을 爲始하야 坊坊谷谷에서 뛰놀고 있든 어린이들은 모도가 이날을 盛大히 紀念하려 할 것입니다. 어린이를 指導하시는 여러분도 이날을 盛大히 紀念함으로서 朝鮮의 少年運動을 보담 意義있게 發展시키려 할 것입니다.

일즉이 少年의 指導者로서 끝까지 우리 少年運動의 忠實하여 오다가 故人되신 많은 指導者들의 부르지즘인 "未來는 어린이의 것이다."라는 主張의 眞實한 意義를 우리는 가장 正當하게 理解하고 또 肯定하는 바이며 따라서 우리의 周圍와 環境이 아모리 崎嶇하고 險難하며 또 今日 朝鮮의 現實이 아모리 우리 朝鮮人의 理想과 距離가 멀다 할지라도 朝鮮과 朝鮮人의 將來가 오즉 어린이들의 두 억개 우에 싫여 있음을 明白히 알고 있기 때문에 우리는 雙手를 들어 滿腔의 誠意를 가지고 이날의 盛況을 빌어 마지않는 바입니다.

그러나 우리가 한 가지 깊이 憂慮하여 마지않는 바는 아모리 어린이날이 盛大히 紀念된다 하드래도 少年運動을 眞正한 民主主義 路線으로 잇글고 나갈 수 있는 참된 指導精神이 없다 하면 如何히 壯嚴한 外觀을 가진 紀念式이라 할지라도 한개의 生命 없는 웃음꺼리의 지나지 못할 것이며 또 如何히 힘차게 부르짓는 豪言壯談도 無內容한 한개 雄辯의 不過할 것입니다.

그럼으로 少年運動을 指導하고 잇는 여러분들의 가장 重大한 任務는 實로 이 참된 指導精神과 또 具體的인 指導方針을 明確히 樹立하고 또 貫鐵함에[48] 있을 것입니다. 이에 反하야 다만 "生命의 날"이니 또는 "기쁨과 希望의 날"이니 云云의 空虛한 標語만을 反覆함으로서 이 重大하고 困難스러운 任動에[49] 代하려 한다면 우리는 이러한 指導方針에 對하여는 決코 贊意를 表할 수

---

48 '貫徹함에'의 오식이다.
49 '行動에'의 오식이다.

없을 것입니다.

그러면 今日 朝鮮의 少年들을 眞正한 民主主義 路線으로 引導할 수 있는 具體的인 方針은 엇더한 것이어야 할 것이냐. 첫재로 우리는 오늘의 이 땅을 휩쓸고 있는 思大主義와 淺薄한 機會主義的 潮流에서부터 그들을 힘 잇게 防禦하여야 할 것이며 또한 그들의 純潔한 精神을 迷惑하는 反動的인 惡影響에 對抗하야 그들로 하여금 "未來의 主人公"이 됨에 가장 適合한 指導와 訓練을 식히지 아니하면(二八페지 계속)(이상 22쪽) (二二 페지 계속) 않 될 것입니다. 低級하기 짝이 없는 過渡期的 現狀에서 울어나오는 가지가지의 童劇과 映畫 그리고 淺薄한 童話와 小說들이 過渡期를 利用하여 少年들의 善良한 精神을 誘惑하고 있는 것을 볼 때에 우리는 앞날의 少年을 爲하여 힘 있게 隅禦하는 同時 第二次 世界大戰을 跳發케 함과 같은 少年들의 對한 '나치스'的 訓練과 같은 것도 우리는 크게 警戒하게 아니 하면 않 될 것이며 또 그들을 참된 藝術과 科學的 意識 밑에서 指導하도록 努力하여야 할 것입니다. 그럼으로 今年度 어린이날을 앞에 두고 少年指導者들은 이러한 指導方針을 樹立하고 貫徹하기까지 倍加의 努力이 있기를 筆者는 期待하여 마지않는 바입니다.(이상 28쪽)

南基薰, "編輯을 마치고", 『少年運動』, 제2호, 朝鮮少年運動中央協議會, 1947년 4월호.[50]

朝鮮의 少運動은[51] 現下 어느 部門의 運動보다도 가장 重大한 일일 뿐만 아니라 全 民族的인 一大擧事임에도 不拘하고 壯年層으로부터는 누구나 政治를 한다고 大統領 그렇지 않으면 大臣을 꿈꾸고 靑年層은 여기에 利用되여 밤낮을 해아리지 않고 테로와 破壞를 일삼으며 그래도 내가 내라고 自負心의 날뛰는 모양은 우리가 나날이 보는 悲憤할 事實이다.

少年運動은 對象이 어린이인지라 未來를 爲한 運動으로 오늘 한 일에 來日 成果를 바라려는 運動이 아니다.

오늘을 이기고 來日을 잘살기 爲한 것이 곧 少年運動이다.

우리는 現下의 諸情勢를 冷情히 觀察했다. 少年運動은 어느 部面의 運動보다도 切實히 必要한 것을 痛感했다.

그래서 〈朝鮮少年運動中央協議會〉는 一九四五年 十月 十二日에 創立되었고 그 후 各 方面으로 積極的인 運動을 展開코저 하다가 우리는 客觀的 諸情勢로 因하여 自重해 왔다. 이는 티 없는 少年運動까지 混亂한 現實로 이끌고 가고 싶지 않었기 때문이다.

그러나 自重도 自重이거니와 어린이를 誤導함으로서 不良兒의 氾濫과 이를 옳게 是正指導하지 못하는 現實을 그대로 보고 넘어가기에는 너무나 心情이 許諾지 아니하였다.

그래서 一九四六年 三月 二十五日에 本誌 第一號를 不實한 대로 急作스럽게 世上에 내어 놓았다.

그러나 過渡期的 現實에 立脚한 少年運動에 있어 全般的인 發展이란 말할 것도 없고 『少年運動』誌 한 개나마 繼續하는 대도 지나친 難關과 참을 수

---

50 「編輯을 마치고」의 필자는 표시되어 있지 않지만, 편집인이 쓴 것으로 보여 『少年運動』의 편집인인 '南基薰'으로 필자를 밝혔다.

51 '少年運動은'의 오식이다.

없는 苦悶이 있었든 것이다.

그래서 하는 수 없이 한숨 가다두머 가지고 오늘에야 다시 이러섰다.

그러나 또한 아모런 變함도 없다. 차라리 이럴 바엔 그대로 이어 나왔드니 만 못했다는 생각이 새삼스러히 난다.

이번 호도 急作스럽게 꾸민 것이라 신통한 것을 發見할 수 없다.

그저 말한다면 初等敎育의 是非와 兒童文學의 史的 考察은 가장 良心的인 글이라 하겠다.

그 외에는 어린이날도 迫頭하였거니와 이날의 關聯性 있는 냄새가 多分이 날 줄 안다.

五月號는 敎育問題와 藝術問題에 置重하려 하니 如何間 이번 호보다는 漸次 向上할 것으로 안다.

그러나 모도가 讀者諸賢의 支持와 聲援이 곧 本誌의 發展일 것이며 또한 우리는 이렇게나마 자라는 곧에서 本意를 貫徹해 보려 한다.(이상 30쪽)

丁洪教, "少年運動 略史-十八回 어린이날을 맞이하여", 『경향신문』, 1947.5.1.

朝鮮서 어린이날이 擧行된 後 十八回째 맞이하는 어린이날을 앞두고 朝鮮少年運動의 歷史를 들추어 過去 걸어온 바 足跡을 간단히 소개하려고 합니다. 朝鮮에 少年運動이 일어나기는 一九一九年 봄부터인데 처음으로 少年會가 組織되기는 이 해 晋州, 安邊, 光州 등지에서 三·一 運動의 뒤를 이어 少年會가 創設되게 되었습니다. 그 後 各地에서는 이에 呼應하여 少年會가 생기게 되었으며 中央地인 京城에서는 一九二一年 四月, 車相瓚, 朴達成 氏 外 몇 분의 發起로 〈天道敎少年會〉를 組織한 바 幹部로는 方定煥, 具中會,[52] 金起用[53] 氏였습니다.

그리고 一九二二年 三月에 李元珪, 高長煥 外 諸氏의 發起로 〈半島少年會〉가 無産少年運動의 첫소리로 組織되게 되었는데 指導者는 丁洪敎, 崔靑谷 氏였습니다. 이후 서울 各處에 少年少女會가 組織됨을 따라 幾年 後에는 全 朝鮮에 三百五十餘 곳이나 少年團體가 創設되게 되었습니다. 이와 같이 서울 各處에 少年會가 탄생이 되자 一九二二年 봄 四月에 少年團體와 各 新聞社와 社會有志며 東京 留學生 몇 사람이 中心이 되어서 여러 가지로 協議한 結果 "어린이날"이라는 少年日을 定하기로 하고 어린이날은 五月 中에도 첫쨋날인 五月 一日을 定하여 이해부터 이를 實施하여 兒童愛護에 氣勢를 크게 올리게 되었습니다.

이렇게 全 民族的으로 少年運動의 精神을 깨닫게 하는 한편 非常設的으로 一九二三年 봄에 〈朝鮮少年運動協會〉를 組織하여 連絡 事務를 地方과

---

52 구중회(具中會, 1897~?)는 경상남도 창녕(昌寧) 출생으로 교육자이자 정치인이다. 서울 보성중학교를 졸업하고 1919년 3·1운동에 참가했다가 투옥되었고, 일본으로 유학해 와세다대학(早稻田大學) 영문과를 졸업하였다. 졸업 후 경남 밀양의 사립 정진학교, 목포여자고등학교, 마산중학교 교장을 역임하였다. 1930년 천도교청년당대회에서 신임 중앙집행위원으로 임명되었다. 해방 후 미 군정청 경상남도 고문을 맡는 등 정치활동을 하다가 6·25 전쟁 중 납북되었다.

53 '金起田'의 오식으로 보인다.

取하게 되었습니다. 그 後 〈京城少年同盟〉을 組織하려 하였으나 日警의 干涉으로 解散을 當한 後 그 이듬 이듬해 봄인 一九二五年에 다시금 〈牛島少年會〉, 〈佛敎少年會〉, 〈새벗會〉, 〈明進少年會〉, 〈鮮明少年會〉, 〈中央基督少年部〉, 〈天道敎少年會〉의 發起로 少年團體 聯盟體로 〈五月會〉를 組織하게 되었는데 幹部로는 方定煥, 高漢承, 丁洪敎 三氏였습니다.

이러는 한편 東京 留學生 몇 사람은 少年問題研究로 〈색동會〉를 組織하게 되었으며 〈少年運動協會〉와 〈五月會〉는 指導하는 線이 달라 自然的으로 連絡 團體가 갈리는 한편 一九二六年부터의 어린이날은 두 團體가 따로이 紀念式을 擧行하게 되었읍니다. 이와 같이 지나기 二年 〈五月會〉에서는 一九二七年 五月에 朝鮮少年運動의 統一을 切實히 느끼고 〈朝鮮少年聯合會〉를 發起하고 〈少年運動協會〉에 提議하여 그해 十月 十六一에 天道敎堂에서 五十二 團體의 參加下에 創立大會를 開催하였읍니다.

이로써 〈五月會〉와 〈少年運動協會〉의 傘下에 있던 團體는 統一이 되었으며 이 會議席上에서 五月 一日에 擧行되던 어린이날을 '메ー데ー'와의 같은 날이므로 이것을 避하기 爲하여 每年 五月 第一 日曜日로 擧行하기로 變更하였읍니다. 그리고 이듬해 三月 定期總會에서 從來의 自由聯合制로부터 民主中央專權制로 組織을 變更하고 〈朝鮮少年總同盟〉으로 改稱하게 되었읍니다.

이와 같은 새로운 組織體 밑에서 그해부터 어린이날은 全 朝鮮的으로 總同盟 旗幟下에서 擧行되게 되었습니다. 첫해에 어린이날을 擧行한 郡府는 百五十餘 곳이엇습니다.

그 後 日警은 總同盟의 名稱을 쓰지 못하게 하므로 同盟을 聯盟으로 고친 後 卽時 道聯盟 組織에 着手하여 京畿 慶南 道聯盟의 組織에 完成하였으며 다시금 全南道聯盟을 一九二八年 八月에 光州에서 創立大會를 開催케 되었는데 日警은 開會 卽前에 禁止하므로 不得已 澄心寺에서 懇親會를 開催케 된 바 日警隊는 그 절을 包圍하고 出席하였던 四十餘名을 總檢擧하게 되었습니다. 그 後 大槪는 釋放이 되고 柳赫 曹秉哲 李鉉 金泰午 姜子洙 高長煥 丁洪敎 等 七 氏만이 送局이 되어 光州刑務所에서 禁錮로 獄中生活을 하게 되었습니다.

그 後 〈朝鮮少年總聯盟〉은 道聯盟의 組織을 中止하고 少年敎養運動에 置重하던 中 翌年 定期總會를 開催하고자 하였으나 一部 地方團體의 問題가 있어 流會되게 되어 一九三〇年까지 自然 流會됨을 따라 少總은 前과 같은 活潑한 運動을 展開하지 못하고 沈滯狀態로 어린이날만을 準備委員會를 따로히 組織하여 名義만은 少總名으로 擧行하며 一九三七年 十六回의 어린이날까지 擧行하였습니다. 一九三六年부터 日警은 대단한 干涉을 하여 日旗를 手旗로 하라 日國歌를 合唱하라 하여 一九三八年부터 中止하고 말았습니다.

八·一五 以後 日政이 朝鮮에서 사라지고 이 땅에 太極旗를 날리게 되자 昨年 봄에 少年問題 硏究團體인 〈朝鮮少年運動中央協議會〉를 組織하고 어린이날을 이 團體에서 擧行하려고 하였으나 좀 더 範圍를 擴大하여 〈어린이날全國準備委員會〉를 組織하게 되었습니다. 그리하여 從來에 五月 第一 日曜日에 擧行되던 어린이날을 五月 五日 端午節로 定하여 解放이란 이름 아래에서 第一回(十七回째) 어린이날을 擧行하게 되었습니다. 그리고 今年에 十八回째 어린이날을 맞이하게 된 것입니다.

(筆者는 어린이날全國準備委員會 委員)

丁洪教, "어린이날의 意義－十八回 어린이날을 當하여 (1)", 『大東新聞』, 1947.5.2.

五月 五日은 朝鮮의 어린이날입니다. 조선 어린이날이 擧行되기는 今年이 十八回째입니다.

오늘까지 이날의 日字가 세 번 變更되었는데 처음으로 어린이날이 實施되기는 一九二二年부터입니다. 이해에는 萬物이 蘇生하는 五月달 가장 첫째 되는 날을 澤하여 五日[54] 一日로 定하여 擧行케 되었습니다. 그 後 一九二七年 十月 十六日에 全 朝鮮的으로 少年運動이 統一되어〈朝鮮少年聯合會〉가 創立되었는데 이 자리에서 五月 一日은 '메-데-'이므로 이날과 서로 相衝이 되어 첫째 空日로 定하자 하여 一九二八年부터는 五月 第一 日曜日을 어린이날로 定하여 全 朝鮮 三百五十餘 團體가〈朝鮮少年總聯盟〉旗빨 아래에서 擧行되었습니다.

이와 같이 擧行되기 十六回 日警의 酷毒한 干涉으로 中止되었다가 昨年 八一五 以後 다시금 少年運動 氣勢를 올리며 十七回의 어린이날이 擧行되었는데 이해부터는 端午節인 五月 五日을 擇하여 이날을 맞이하게 되었습니다.

어린이날! 어린이날은 우리 社會에서 뒤를 밀고 자라고 있는 少年少女를 爲하여 아니 朝鮮의 앞날을 爲하여 定해 놓은 날입니다. 어느 家庭에서나 자기의 아드님과 따님을 잘 키우려고 생각지 않는 家庭은 없겠지만 어린아이를 귀엽게 키운다고 해서 어린이들을 잘 키우는 것이 아니니 過去 朝鮮의 家庭은 子女敎育에 그릇된 點이 많아서 자라나는 人間의 싹을 그만 꺾어 놓은 일이 많았었읍니다. 어린이는 人間의 싹입니다. 우리의 歷史를 이어갈 매디입니다.

---

54 '五月'의 오식이다.

丁洪教, "어린이날의 意義—十八回 어린이날을 當하여 (2)",
『大東新聞』, 1947.5.3.

어린이가 있음으로 그 家庭의 대를 이어 가게 되며 그 나라의 歷史를 創造
하며 世紀의 대를 이어 가게 되는 것입니다.

少年運動은 어린아이들의 運動이라고만 보는 人士가 있어서 여기에 매우
等閑視하지만 그분은 現實만을 알고 將來를 도무지 모르는 분이라 하겠읍니
다. 이 運動 같이 더 큰 運動이 없읍니다. 將來에 있어서 健全한 家庭, 社會,
國家를 創造할 重大한 責任을 지니고 있는 사람은 지금에 자라고 있는 어린
이들입니다.

이와 같이 重大한 責任을 지고 있는 어린이들을 바로 잘 키우는 것은 여기
是非를 論할 必要가 없읍니다. 少年運動은 左右의 線을 떠난 朝鮮의 政治運
動이며 社會運動이며 家庭運動입니다.

只今의 朝鮮은 解放이라는 이름 아래 太極旗는 날리고 있읍니다만 누런
잎을 띤 낡은 나무와 같읍니다. 이 낡은 나무를 잘 가꾸려는 참된 誠意는
보이지 않고 이 나무를 흔들어 땅속에서 水分이나 吸收하여 生命을 維持하고
있는 뿌리조차 망치려는 現狀입니다. 이러한 現狀의 앞길은 누구에 있읍니
까. 守成的인 老人에게 있지 않고 얼마든지 創造力을 가진 지금에 자라고
있는 少年과 靑年에게 있읍니다. 우리의 建設은 守成에 있지 않고 創造에
있읍니다.

봄이 되어 누런 나무에 싹이 터서 그 나무를 茂盛케 한 마디 한 마디의
마디를 이어 주는 것과 같이 어린이들은 人類社會에 싹입니다. 이 싹을 우리
는 잘 키워야 하겠읍니다. 이 싹을 잘 키우는 것이 곧 朝鮮을 잘 키우는 것과
같읍니다. 싹을 잘 자라게 하고 바로 크게 하려면 여러 가지의 方法과 여기
對한 硏究를 하여야만 합니다. 이와 마찬가지로 少年運動에 있어서도 家庭
敎育으로만 滿足할 것이 아니며 學校敎育으로만 滿足할 것이 아닙니다. 이
세 가지의 敎育이 一致됨에 있어서 朝鮮의 어린이는 잘 키울 수 있읍니다.
(계속)

丁洪教, "어린이날의 意義-十八回 어린이날을 當하여 (完)",
『大東新聞』, 1947.5.4.

이러함에도 不拘하고 어떠한 敎育家의 一部分은 少年運動이 무엇인지 어린이날이 어찌하여 擧行되고 있는지 그 意義를 모르고 있으니 이러한 敎育者는 새로운 敎育으로 再敎育의 必要性을 느끼고 있읍니다.

어린이날은 한 團體만이 擧行되는 어린이날이 아니고 擧族的으로 行하여야 될 行事입니다. 그리하여 線을 떠난 朝鮮의 少年運動으로서의 새로운 家庭敎育 새로운 學校敎育 새로운 社會敎育을 發見하여 서로 硏究하며 連結的 指導에 努力하여야 하겠읍니다.

어린이날은 少年日인 同時에 이날을 契機로 어린이들을 잘 키우자는 새로운 指針을 發見시키는 날입니다. 이날을 우리들은 가장 意義 있게 마지하여야 하겠읍니다. 이날을 當하는 一般社會는 우리의 큰 "보배"인 어린 사람들의 날이니 線을 떠나서 大局으로 意義 있게 맞이하여야 하겠읍니다. 어느 곳에서나 새 朝鮮의 將來를 爲하여 큰 希望을 품고 이날을 祝福하여야만 하겠읍니다. 우리 〈어린이날全國準備委員會〉는 誠과 熱을 가지고 盛大한 어린이날의 잔재를[55] 베풀고자 하였으나 現實이 그렇게 되지 못하여 惡戰苦鬪로 이날을 準備하여 五月 五日 午前 十一時부터 昌慶苑에서 적게나마 이날의 儀式을 베풀게 되었으니 아버지와 어머니는 아드님 따님의 손을 잡고 神聖하고 意義 있고 새로운 朝鮮에 希望을 잔득 가진 이 잔치에 參加하여 주기 바랍니다.

---

55 문맥으로 보아 '잔채를'(잔치를)의 오식으로 보인다.

李軒求, "새나라 어린이들에게", 『민중일보』, 1947.5.4.

어린이날이 처음 시작된 것은 지금부터 二十五년 전 일이다. 그때 무엇 때문에 특별히 "어린이날"이라는 기념(記念)일을 정했는가 하는 본뜻부터 우리는 잘 알어 두어야 한다.

二十五년 전이라는 때는 바로 우리 조선 민족이 기리 두고 잊어바릴 수 없는 기미(己未)년 독립운동을 이르키고 난 지 三년 후 되던 해다. 이때 우리의 독립운동은 비록 성공하지 못했으나 전 조선에 불길처럼 이러난 운동은 첫재 우리도 남과 같이 배워야 한다는 것이요 그다음으로는 우리는 五百년 동안의 오래 묵고 썩어 온 생각과 제도와 풍습(風習)에서 완전히 해방되어야 하겠다는 것이었다. 그래서 어른들은 상투를 잘너 바리고 새로운 학문을 배우러 수만의 젊은이들이 서울로 물미듯 올라오는 한편 지방마다 청년회(靑年會) 부인회(婦人會)가 생겨 가지고 새로운 문화(文化)를 건설하는 터를 닦어 이에 모든 정성과 힘과 땀을 받쳐 왔든 것이다. 이런 중에서 어른들만이 새로운 시대를 위하야 용감히 싸우고 일할 뿐 아니라 우리의 五百萬 어린이들도 새로운 세상을 마지하도록 해야 되겠다는 생각을 이르킨 운동이 즉 "어린이날"이라는 것이다.

이 "어린이날"을 이르키기에 제일 애 많이 쓰고 일 많이 하신 이는 소파 방정환(小波 方定煥) 선생이였다. 소파 선생은 일본 동경(東京)에 게실 때부터 항상 어떠케 해야 조선의 어린이들도 남의 나라 어린이들처럼 행복스럽게 살 수 있나 하는 생각을 가지고 오래오래 연구하든 끝에 지금부터 二十五년 전 三월 달에 『어린이』라는 어린이들의 잡지책을 발행했고 이해 五월에는 "어린이날" 운동을 시작했든 것이다.

이때까지 우리 어린이들은 어른들의 무수한 업수임을 받어 어린이는 어른들 노리개처럼도 생각되엿고 또 어린이는 아모 것도 모르는 철닥산이 없는 것으로만 생각해 왔든 것이다. 그러니까 "어린이날" 운동은 몬저 어린이들을 어른의 생각과 어른의 사회에서 해방시켜 어린이는 어린이대로 가지고 있는 좋은 생각과 착한 마음을 북돋아 키우자. 그러자면 첫재 "애야", "이놈아", "이

녀석" 하고 함부로 불르고 업수히 역이는 어른들의 생각을 깨트려 바리는 동시에 어른들이 이때까지 "이 녀석", "이놈" 하고 불르는 것부터 철저히 고쳐서 "어린이"라고 불르도록 하자는 것이었다. 이때부터 조선의 어린이들은 어른들의 존경을 받게 되였고 어린이는 어린이대로의 세상이 있으며 그만큼 주의하고 위해 주어야 하겠다는 생각을 모든 어른들이 새로히 깨닷게 되였든 것이다.

이리하야 二十五년을 지내 오는 동안 전국적으로 이르켰든 어린이운동도 일본 놈들의 탄압을 받게 되엿스며 十五년 전부터는 아조 "어린이날"이라는 것을 업새 버리고 말었섰다.

이러케 된 후부터 우리 어린이들은 어떠케 되엿든가. 우리 조선말은 학교에서나 집에서나 쓰지 못하게 하는 일본 놈의 총독정치(總督政治)로 하야 만일 잘못해서 우리 조선말을 썼다가는 벌쓰고 매 맞고 했으며 차차 일본글을 잘 쓰는 사람 일본 역사(歷史)를 잘 아는 사람만이 가장 똑똑하고 영리하고 재조 있는 어린이라고 했든 것은 아마 지금 열 살쯤 되는 이 땅의 어린이들까지도 아직 잊어버리지 않고 있을 것이다.

그러나 우리는 해방이 되였다. 인제부터는 정말 우리말을 마음대로 해도 좋고 우리의 글과 우리의 역사를 우리 힘껏 정성껏 배우고 깨닷고 우리 마음 깊이 색여 둘 뿐만 아니라 왼 세상 사람에게 우리의 글과 우리의 역사와 또 우리의 아름다운 三千리강산을 자랑하여도 좋게 되엿다.

이제부터 어린이들의 새로운 세상이 온 것이다. 여러 어린 동무들은 이 땅을 아름다운 동산으로 꾸밀 꽃이요 맑은 시내요 노래요 또 주인이 된 것이다.

그러나 五百萬 어린이여 다시 한 번 우리 주위를 살펴보자. 여러 아기들의 지금 뛰놀고 있는 동산에는 아직도 독한 풀이 있고 못된 가시가 있고 또 잘못하면 풍당 빠저 버릴 구렁텅이도 있는 것이니 여러 어린이들은 다시 한 번 정신을 차리고 마음을 단단히 먹어야 되는 것이다. 여러 어린 동무들이 지금 즐겁게 놀고 있는 빛나고 아름다운 동산을 짓밟브려는 무서운 늑대들이었다는 것을 알아야 한다는 것이다. 이것은 무엇 때문이냐 하면 우리나라가 아직도 완전히 독립되지 못했기 때문에 땅은 우리 땅이면서도 딴 사람들이 이 땅에다가 우리가 원하지 않는 씨를 뿌리려 들고 손으로 허위적거려 보자고 덤비고 있는 것이니 우리는 힘을 다하야 공부하고 놀나운 재주를 발명하고 남들의 본보기 될 만한 훌륭한 행실을 하되 우리 三千里강산을 우리들의 손으로 단단히 지키고 막아야만 우리들은 잘살 수 있다는 생각을 "어린이날"을 당하야 五百萬 이 땅의 어린이들은 마음 깊이 새겨 두기를 진심으로 바라고 부탁하는 바이다.

南基薰, "커 가는 어린이들", 『민중일보』, 1947.5.4.

오월 오일은 우리들의 명절 "어린이날"입니다. "어린이날"은 설날보다도 단오보다 더 좋은 여러분들의 명절입니다. 이날은 비단 우리 어린이들만이 기쁘게 맞이해야 할 날이 아니라 아버지나 어머니나 옵바나 누나도 다 같이 기쁘게 마지하는 우리나라의 명절인 때문입니다.

우리는 새 조선의 임자입니다. 진정한 새 조선 건설은 어린이에게 있읍니다. 해방 전까지는 우리가 조선 사람이면서도 참말 조선 사람인지 조선의 어린이라면 어떻게 해야 할 것인지 도모지 모르고 지내 왔읍니다. 그러나 일본글을 배우고 일본말을 하고 일본 성은 썼을망정 그래도 나는 조선의 어린이인 것을 잊지 않고 지내온 의지 굳은 동무도 있었을 것입니다. 그 얼마나 훌융한 동무입니까. 어린이날은 一九二二년에 시작되여 우리는 조선의 어린이인 것을 잊지 않겠다고 맹서한 날입니다. 그러나 도리켜 보십시요. 우리는 그 맹서를 잊지 않았읍니다. 그것은 지금의 어린이가 아니요 지금의 어른들이 잊었든 것입니다.

십년이나 끈치였다 다시 나서 열일곱 살을 먹는 금년 어린이날은 우리의 나라와 우리의 자유를 또 다시 잃지 않도록 굳게 기약하는 명절로 직히자고 아래 몇 가지를 부탁해 둡이다.[56]

건강하자! 우리는 먼저 몸을 튼튼히 가저야겠읍니다. 건강한 몸을 갖인 사람은 정신도 건전한 것입니다. 그러닛가 우리는 일즉 자고 일즉 일어나며 좋은 운동을 많이 하여 매양 튼튼한 몸을 가저야겠읍니다. 씩씩하게 뻐더나며 무럭무럭 자라서 다시는 남에게 눌리지 않는 사람이 되여야겠읍니다.

배우자! 우리는 너무도 배움에 주렸읍니다. 왜? 우리는 그동안 원수와 같이 차 버려야 할 글과 말을 배윗기 때문입니다.

그래서 인제 겨우 이학년이 되였읍니다. 그동안 지낸 것이 아깝기는 하지만 지낸 일을 생각하면 무었하겠읍닙가. 니까도 늦지는 않았습니다.[57] 전심을

---

56 "둡니다"의 오식이다.

다하여 남보다 한 자라도 더 배워야겠읍니다. 다른 나라 어린이는 한 자를 배우면 우리는 열 자 스무 자 배워야겠읍니다. 그리애 우리는 다른 나라보다 앞서가는 나라가 될 수 있다는 것을 잊어는 안 되겠읍니다.

뭉치자! 우리는 너무도 헤여저서 서로 다투는 것을 좋아합니다. 왜? 싸호는 것을 많이 보고 배웠기 때문인가 합니다. 나는 어느 날 이런 것을 보았읍니다. 어느 국민학교 어린이들이 학교끼리 편이 되여 이 학교 어린이는 저 학교 어린이를 때리고 저 학교 어린이는 이 학교 어린이를 때리다가 이것이 편쌈이 되여 한길 돌길을 하며[58] 큰 쌈이 버러진 것을 보았읍니다.

싸홈이란 누가 하는 것인 줄 아십니까. 닭이나 즘생들이 하는 것입니다. 우리는 서로서로 동무를 사랑하고 힘 있는 동무는 약한 동무를 도와주워야겠읍니다. 동무들과 어깨를 겨누고 사이조케 지내야겠습니다. 싸움하는 것보다는 서로서로 손에 손을 잡고 집으로 도라간다면 아모가 보드라도 부러워할 것입니다. 우리는 남을 때리고 욕하지 말고 사이조케 한 덩어리가 되어야겠읍니다.

여러분의 어깨에는 너무도 무거운 짐이 실렸읍니다. 조선의 앞날은 단지 여러분만을 바라고 있읍니다. 건강한 몸으로 배우고 뭉처서 이 짐을 푸를 때까지 조선을 바로잡을 훌륭한 앞재비가 되여지기를 바랍니다.

---

57 '무엇하겠읍니까. 아직도 늦지는 않았습니다.'의 오식으로 보인다.
58 '한길 돌길을 하며'는 편집상 잘못 들어간 것으로 보인다.

정홍교 선생, "'어린이날'의 내력—열여덜 번째의 돌을 마지하며", 『中央新聞』, 1947.5.4.

어린이날! 이날은 조선에서 뒤를 밀고 자라고 잇는 六百萬 어린이들의 가장 질거운 날입니다. 이날을 마지하는 조선의 소년소녀는 전부 하고 잇는 모든 권리를 부형사회에 웨치는 날이며 따라서 스스로가 중대한 책임을 지는 날입니다. 이날에 잇서서 조선의 어린 동모들은 새로운 커다란 생각을 가저야 하겟습니다. 지금 우리의 가정과 우리의 나라 조선은 말할 수 업시 어즈러운 상태에 빠져 잇습니다. 나무는 해마다 새싹으로 새 마듸를 내어서 바르게 자라는 것과 가치 六百만 어린 동모들은 그 가정 가정의 대를 니으며 나라의 새로운 력사를 창조하는 위대한 힘을 지니고 잇습니다. 한 나무 마듸가 잘되고 못되는 데 따라 바르고 조은 나무가 되며 구불고 조치 못한 나무가 되는 것과 가치 우리 어린이들이 우리 가정이 왜 곤궁에 빠져 잇으며 우리 조선이 왜 혼수상태에 빠저 앗나[59] 모든 것을 깁히 생각하야 나라에 새로운 힘을 심을 창조력을 배양하지 아느면 안 되겟다는 굿센 결심을 가져야 하겟음니다.

어린이날은 어린 동무들의 질거운 명절인 동시에 일반사회에 우리들을 바르고 굿세게 키워 달나고 요구하며 어린 동무 자신들은 우리 사회에 압으로 엇더케 하겟다고 굿세게 맹서하며 가정의 보배요 나라의 보배가 되겟다고 새로운 결심을 갓게 되는 이날… 우리 어린 동무들의 명절인 어린이날은 어느 해부터 조선서 처음으로 실시하게 되엿나 그 력사를 간단히 적어 보겟습니다. 어린이날은 一九二二년부터[60] 거행케 되엿는데 처음에는 五월 一일

---

59 '잇나'(있나)의 오식이다.
60 제1회 어린이날은 1923년 5월 1일에 거행되었다. 이하 신문 기사를 통해 확인된다.
"一. 매년 "오월 일일"을 조선의 "어린이날"로 명하고 위선 오월 일일에 뎨일회 션면을 하되"(「五月 一日로 『少年日』—그날 오후 세시, 전조선에 대선면」, 『동아일보』, 23.4.20), "一. "오월 일々"을 됴선의 "어린이날"로 명하야 미년에 이날로써 쇼년에 대한 여러 가지일을 흔 터인대 위선 금년 오월 일々에는 데일회로 쇼년문뎨의 션전을 시작하야 그날 오후 세 시에 전 됴션 각디에 션전지 이십만 장을 비포코자 하는 일"(「五月 一日은 '少年日'—어린이의 날이 처음으로 싱겨」, 『매일신보』, 23.4.30), ""어린이의 날"— 오월 일일이 왓다. 조선에서 처음으

로 정하게 되엿습니다. 五월 一일로 어린이날을 정하게 된 것은 五월은 일 년 가운데에서 모든 만물이 새로 색트는 달이므로 이달 초하로로 정하게 된 것입니다.

만물이 새로 소생하는 五월의 기상과 가치 여러분은 압으로 새 조선을 건설할 책임을 지니고 잇는 어린이들임으로 이러한 의미에서 이달 이날을 택하게 된 것입니다. 이와 가치 거행되기 멧 해 一九二七년 十월 十六일에 전 조선에 흐터저 잇는 三백여 곳의 소년소녀회가 한 뭉치가 되여 〈조선소년총련합회(朝鮮少年總聯合會)〉[61]가 창립이 되자 이 자리에서 여러 가지로 우리 소년들에게 대하야 지도방침을 의론하는 중 五월 一일로 거행되든 어린이날은 이날이 노동자의 명절인 '메-데'와 똑같은 날임으로 이날이 노동자의 날인지 어린이의 날인지 일반이 서로 석갈니게 됨으로 이날을 피하기 위해서 그다음부터는 五월 첫재 공일로 정하고 一九二八년부터 총련맹 기빨 아래에서 전 조선의 어린이 단체가 일제히 五월 첫 공일애 거행하게 되엿습니다. 이와 가치 十六회의 어린이날을 거행하여 왓든데 一九三七년에 간악한 일본 경찰이 어린이날에조차 몹시 간섭을 하게 되여 마침내 어린이날의 거행은 중지하고 마럿습니다. 이와 가티 됨을 따라서 조선의 소년운동도 자연히 침체상태에 빠지고 마러습니다. 소년운동뿐만 아니라 조선의 모든 사회운동은 전체적으로 지하운동으로 되며 외부적으로는 여러 가지로 기이한 현상을 연출하고 잇섯습니다.

이러케 지나든 멧 해 후인 재작년 八월 十五日에 일본이 망하게 되어 작년에는 十七회의 어린이날을 거행하게 되엿습니다. 작년부터의 어린이날은 다시금 일자를 변경하야 五월 五일인 단오(端午節)에 거행하게 되엿는데 압프로는 영원히 이날을 조선의 어린이날로 해마다 성대하게 거행하게 되엿습니다. 그리하야 우리나라 정부가 수립되면 국경일(國慶日)로 정하야 더욱 힘찬 운동을 전개식키려고 합니다.

로 어린이에게도 사람의 권리를 주는 동시에 사람의 대우를 하자고 써드는 날이 도라왓다." (「오늘 어린이날」, 『동아일보』, 23.5.1)

61 정확한 명칭은 '조선소년연합회(朝鮮少年聯合會)'이다.

양미림 선생, "어린이날을 마지하며 어린동무들에게", 『중앙신문』, 1947.5.4.

해방 후 두 번째 마지하는 여러분의 명절 "어린날"이 쏘 다시 도라왓습니다. 그러나 변변히 대접할 만한 잔치도 베풀지 못한 것이 죄스럽습니다. 우리나라는 오늘 이러케도 가난하고 괴로움을 알아야 합니다.

굼주리고 헐벗은 이가 (한 줄 가량 해독불가) 겨레 여러분을 참으로 불상히 생각합니다. 그나마 가난한 살림대로라도 독립이나 되엿으면 오죽이나 조켓습니까?

오랫동안 일본 나라에게 짓눌리고 업신여김을 바더 오든 구박의 생활에서 피여나 이제부터는 우리 겨레끼리 서로 사랑하며 (한 줄 가량 해독불가) 수 잇게 되엿건만 뜻하지 안은 어려움이 뒤이여 닥처왓습니다.

그 첫째는 여러분도 다 잘 아시다십이 三八線이란 눈에 보이지 안는 악마의 금줄입니다. 어린이 여러분은 물론 어른들도 해방 전까지는 지도 우의 이 북위 三八度線을 무심코 보아 왓으나 이제는 다른 나라끼리의 국경선 갓튼 무서운 느낌을 주게 되엿으니 이 일을 어찌합니까?

우리나라는 지금 남북으로 두 토막이 낫습니다. (한줄 가량 해독불가) 이올시다. 여러분의 외가가 잇어도 누나가 시집을 갓어도 친한 동무네가 살어도 서로 쩟쩟하게 내왕할 수 업습니다. 쏘 갓흔 한 나라 땅에서 나는 물건이라도 서로 쩟쩟시 바꾸어 쓰지 못하고 잇습니다.

우리나라는 지금 이런 크나른 병신이 되엿습니다. 업친 데 덥치기로 전쟁 뒤의 가진 어려운 일과 시쯔러운 일이 휩쓰러 밀려들어 여러분이 요지음 보시고 격그시는 바 괴롭고 불안한 (한 줄 가량 해독불가) 우리가 서로 사랑하고 서로 도우며 부지런히 공부하고 힘써 일하면 멀지 안흔 장내에 우리나라는 남북이 통일되고 독립 국가가 되여 세게 어느 나라만 못지 안케 잘살 수 잇게 되리라고 나는 꼭 밋습니다. 어린 겨레 여러분! 비옵고 바라노니 여러분의 아버지나 어머니나 언니나 누나들이 못한 일이라도 부디 여러분의 손으로 꼭 좀 일우어 주소서.

◇ 첫째 (한 줄 가량 해독불가) 히생할 수 잇는 애국 국민이 됩시다.

◇ 둘째 참을성 잇고 책임감 잇는 진실한 백성이 됩시다.

◇ 셋째 외국 것을 공으로 바라거나 탐내지 말고 우리 손으로 부지런히 벌고 만들어서 빗지지 안코 살아 갈 수 잇는 굿건한 백성이 됩시다.

◇ 넷째 우리나라 말과 "글"을 애끼고 사랑함으로써 애국심을 나타냅시다.

◇ 다섯째 편 지어 다투며 쌈하지 말고 서로 (한 줄 가량 해독불가)

馬海松, "가난한 조선 어린이", 『자유신문』, 1947.5.5.

大體 "어린이날"을 制定한 意義는 어린이의 人格을 認定하자는 것과 어린이의 個性을 尊重하여 自由로운 發展을 圖謀하자는 것과 어린이를 虐待 말고 解放하자는 것이엇는데 解放 後 어린이는 가장 虐待를 當하고 잇다. 먼저 나온 敎科書 『초등 국어교본』을 보라. "연필 벼루 비녀 연꽃 여우 병아리"[62] 等 音感에 □絡이 잇는 것도 아니요 物件에 關聯이 잇는 것도 아니요 어린이의 生活感情에 接觸이 잇는 것도 아니요 다만 □字□字를 배우기 爲하여 아무 關係 업는 名詞 글字 一百九十五個를 羅列해 노앗스니 編纂者의 意圖如何는 問題가 아니다. 敎員은 本意에 업는 막대기를 들고 "외라!"고 외치지 안흘 수 업게 되엇고 어린애들은 또 自己의 日常生活에 아무 關係도 업고 興味도 업는 말을 외노라고 꿈결에도 "벼루, 비녀, 연꽃"의 막대기가 얼른거리게 되엇든 것이다. 이러케 名詞 一百九十五個를 외는 동안에 一學年을 보내게 되는 敎科書란 적어도 三十年來의 世界에 업는 異例의 敎科書일 것이다. 三十年 前에는 英語도 日語도 그러한 讀本이 或여 잇섯다.

우리나라에 人材가 이다지도 가난하지는 안으련만 『초등 국어교본』을 첫 손가락으로 市場에 汎濫한 어린이책의 가난함은 "가엽슨 조선의 어린이"를 생각하게 한다.

國民學校 夂庭에 騎馬 巡査가 들어와서 한 學童은 損傷을 當하엿다. 그 現狀을 目擊한 어린이들의 平生 잇지 못할 놀나움은 이 亦 조선의 어린이에게만 잇슬 수 잇는 事實이다. 國民學校에 무슨 大 事件이 잇든 間에 어린이가 모여 잇는 곳에 말을 달린다는 것보다 더 큰 大 事件은 어느 나라에서도 차저볼 수 업슬 것이다. 上學時間 下學時間에는 老警官들이 나와서 어린이들을 保護하기 爲하여 一切의 交通을 ― 軍車 自轉車 高官의 自動車건 消防 自動車까지도 停止시키는 일은 世界의 大部分의 나라의 事實인 것이다.

---

62 조선어학회 지음, 『초등 국어교본(상)』, 군정청학무국, 1945.12.30. 발행, 7쪽.

아홉 살 □□들 여러 동무의 新聞紙를 찌저서 마짱을 만들어 가지고 마루에서 마짱치기를 하기에 아버지는 "先生님이 마짱치기 해도 좃타시드냐?"

아들은 正直하게 對答하엿다.

"아니야요. 하지 말라구 하섯서요."

그리고는 슬슬 조금 박그로 다 나가버렷다. 박게 나간 아들은 門 압헤서 "자치기"를 시작하엿다.

이것이 大體 어듸서부터 언제부터 시작된 작난인지 大端히 危險한 작난이다. 눈에 마진 아이도 본 일이 잇다.

"야— 자치기하지 마라. 그게 다 무슨 작난이야—"

떠들석하던 아이들은 조용해젓다. 아들은 큰 소리를 질럿다. 참다못해서 나온 抗議다.

"그럼 난 무얼 가지고 논단 말야요?" 우름 半이다.

아버지는 "음!" 하고 말이 막혓다.

童話會를 한다기에 반가운 마음으로 求景 가서 놀란 일이 잇섯다.

한 時間쯤 느저서 老 司會者가 登場하는데 어린이 키만한 □판 한 개를 들고 나오더니 □불을 철석 세 번 치고 "자— 只今부터 ……" 또 두 번 치고 "떠들지 마라."고 서너 번 치는데는 놀라지 안흘 수 업섯다. 웃지 못할 事實이다. 웃지 안흘 수 업섯다. 여럿이 우섯다. 그러니 靜肅할 理가 업섯다. 그러나 司會者가 멧 마듸 하고 물러서고 十三四歲 되는 少女가 登場하여 童話를 시작하니 갑작이 場內는 씨슨 듯이 조용하여젓다.

◇

疾風에 知勁草.

바람이 불 때 굿센 풀을 알 수가 잇다.

가난한 조선의 어린이 — 그러나 그 가운데서 오히려 씩씩하고 굿세게 자라나는 우리 어린이! 가장 뒤떠러진 우리들로 하여금 하루 速히 압서게 하노라고 이러한 不遇와 困境이 잇는 줄로 우리들은 생각하자 —

씩씩하고 참된 少年이 됩시다. 그리고 서로 도웁고 사랑하는 少年이 됩시다.

朴太甫, "어린이날은 언제 생겼나", 『예술신문』, 제42호, 1947.5.5.

少年運動 特히 朝鮮에 있어서의 少年運動의 烽火인 '어린이날'의 由來를 찾으며 이날을 回顧하련다.

封建의 因襲과 아울러 日帝의 惡行으로 말미암아 家庭에 있어서나 社會에 있어서나 어린이는 自由를 빼앗겼으며 아무런 地位도 認定되지 못하였다.

따라서 誠實과 純潔은 枯渴하였고 健康은 矛盾되어 衰弱의 極度에 達하였다. 한편으로는 文盲의 數字 또한 莫大하였다.

이러한 境地를 깨닫고 "어린이는 朝鮮의 싹이다."라는 標語를 내세워 過去 □□□□ 또 빚어나온 □□□을 打破 改善하기 위해 自然發生했다고 말할 수 있는 것이 "어린이날"이다.

卽 어린이날이 朝鮮에 있어서의 少年運動의 烽火라는 것이다.

이리하여 지금으로부터 二十四年 前 五月 一日을 期하여 數千年間 눌리고 짓밟혀만 있던 朝鮮의 어린이들은 우렁차고 씩씩하게 社會에 외치기 始作하였다.

                    ×

一九二〇年 겨울 慶尙南道 晋州에서 姜敏鎭 金敬浩 氏 以外 몇 분의 發起로 〈晋州少年會〉가 組織되어 少年의 地位를 社會的으로 부르짖었다. 朝鮮少年運動의 첫 烽火인 만큼 처음으로 少年會라는 것이 世上에 알려지게 되었다. 그러나 이 會員 多數가 日帝의 壓迫政治로 말미암아 犧牲됨과 더부러 會 自體도 얼마 안 되어 中切되고 말았다.

一九二一年 四月 〈天道敎少年會〉가 組織되었다. 이 會는 十三道 天道敎의 少年少女들이 各己 少年會를 組織하게 되니 全鮮的으로 靑少年을 自覺시킴이 컸다.

이 會가 組織된 後로는 各處各處에 雨後竹筍같이 少年團體가 組織되었다.

一九二二年 〈少年斥候隊〉 또 〈少年軍〉(영미式 Boy Scout)이 組織되어 活動을 展開하였다.

또한 이해 봄 〈天道敎少年會〉는 東京에 있는 〈색동會〉(이 會는 東京에 留

學하시고 계시던 故 方定煥(小波), 曺在浩, 鄭寅燮 氏 外 四 五人으로 成立된 것)와 其他 在京少年團體 關係者와 協議한 後 每年 五月 一日을 "어린이날"로 정하게 되었다.

이해의 "어린이날" 運動은 첫해인 만큼 一般에게 對한 宣傳이 未及한 關係로 이에 對한 認識이 明確하게는 서지 못했다.

一九二三年 全朝鮮少年運動을 統一하여 좀 더 强力한 運動을 展開하고저 〈색동會〉가 母體가 되어 組織된 〈朝鮮少年運動協會〉가 어린이날을 맞이하였다. 첫해에 比해서 커다란 進展이 있었다.

一九二五年 少年運動者들의 指導者聯合機關인 〈五月會〉가 組織되었다.

一九二六年 어린이날 記念行事를 〈朝鮮少年運動協會〉와 〈五月會〉가 意識의 不合으로 因하여 兩方에서 分立 競爭的으로 이날의 行事를 擧行하였다.

一九二七年 分立하여 어린이날을 經過한 後 十月 十六日 四個 聯盟과 六十四個의 세포團體가 參加하여서 統一的 聯合機關인 〈朝鮮少年聯合會〉를 創立하였다.

一九二八年 四月에 〈朝鮮少年聯合會〉第一回 定期總會에서 聯盟體이던 組織을 同盟體로 變更하였다. 오래동안 五月 一日에 擧行하던 "어린이날"을 '메-데-'와 混同하지 않기 爲하여 五月 첫 日曜日로 고치었다.

〈朝鮮少年聯合會〉는 從來의 自由聯合制이던 組織을 民主主義的 中央集權制로 하여 굳세게 運動을 시작하려 할 때 倭政은 同盟制를 聯盟制로 하라고 하여 〈朝鮮少年總聯盟〉으로 變更되었다.

一九三〇年 臨時組織體인 어린이날聯合準備會를 結成하여 어린이날 記念行事를 擧行하여 一九三六年까지 繼續되었으나 一九三七年부터는 日本의 中國 侵略戰으로 因하여 中止되었다.

一九四六年 解放 後 다시 五月 五日 "어린이날"로 作定하여 이날을 國慶日로 하고 여러 記念行事가 擧行되었으며 오늘에 이르런 것이다.

(筆者는 國立圖書館 司書)

社說, "어린이날을 마지하여", 『조선일보』, 1947.5.6.

一

저 왜 사람들의 혹독한 압박 밑에 우리 조선 민족이 참을 수 없는 고통을 무수히 겪으며 지나는 중에 무엇보다도 애처럽고 가슴이 앞은 것은 이 땅의 어린이들의 정경이었다. 어머님 배 속에서부터 타고난 자기 말도 못하게 하고 자기 글도 못 배우게 하여 저들에게 종사리할 것만이 가장 착하고 훌륭한 것인 것같이 인도에 버서나는 거즛 교육을 억지로 밧고 있든 그것은 단순히 애처러웠을 뿐만이 아니라 나라와 민족과 아울러 어린이들의 전도를 생각할 때 원통하기 끝이 없었든 것이다. 때는 바야흐로 신록이 씩씩하게 무성하고 있는 첫여름 오월 초순의 어린이날을 마지하여 이 땅의 어린이들이 조선의 아들이요 조선의 딸이라는 거룩한 정신에 돌아가 지금 다시 서랴는 새 나라의 억센 주인공이 될 굳센 지개를 가지고 천진란만하게 웨치는 만세 소리가 이 강산에 진동하는 것을 들을 때 우리는 다시없는 감격에 잠기게 되는 것이다.

二

이 나라 이 백성의 전도를 축복하며 조선의 일흠을 세계에 빛나도록 하려 함에 먼저 어린이들의 장래를 축복치 안을 이 있으랴. 그러나 아직도 우리 조선의 형편은 어린이들을 귀히 역이고 이를 자연스럽고 또 자유스럽게 길러내기에는 가정교육으로나 학교교육으로나 또 사회의 일반 시설로나 부족한 것이 많은 것은 물론 그중에서도 우리가 철저히 빨리 고처야 할 것은 모든 살림에 어른만을 표준으로 하고 어린이들을 마치 군더덕이나 같이 역이는 구습이 아직도 많이 남어 있다는 것이다. 우리는 이날 어린이날을 마지하야 우리 민족의 역사와 더부러 국가의 전도를 빛내일 자가 오직 이 땅의 어린이 밖에 없다는 것을 다시금 깨달어야 하며 모든 방면으로 어린이들을 위하야 큰 연구와 노력이 있어야 할 것이다.

三

다시 우리는 어린이날을 당하야 이 땅의 모든 어린이들의 건강과 그 건전한 발육을 축복하면서 이 땅의 모든 여성에게 무한한 치하를 드리고저 하는 바이다. 조선의 운명을 좌우할 위대한 힘과 책임의 대부분이 전혀 조선의 어머니이신 이 땅의 모든 여성이 차지하고 있고 또 그들이 이를 위하야 끈힘없는 노력을 계속하고 있기 때문이다. 생각하면 조선 같이 불행하고 가난한 나라가 또 어데 있으랴. 그러나 그 가운데서 건강한 애기네들을 나혀 가진 고생을 달게 역이며 씩씩하게 길러 내고 있는 것이다. 믿거니와 조선의 어머니인 조선의 여성들은 더욱 나라와 민족의 원대한 전도에 뜻을 더 깊이 하고 어린이들을 더 많이 더 씩씩하게 길러 내기에 많은 깨다름과 노력이 있기를 바라는 바이다.

朝鮮少年中央協議會 어린이날準備委員會, "五月 五日은 '어린이날' -'어린이날'의 意義와 그 由來", 『婦人新報』, 1948.5.4.

봉건사회(封建社會)의 악폐(惡弊) 중에서도 그중 제일 낫뿐 악폐가 하나 있으니 그것은 곧 "발전할 것을 모르는 것이며 또 발전하여 가는 것을 방해하는" 언습이였다.

하로(一日)만 만족하게 할 줄 알앗지 내일을 행복하게 만들고저 준비하는 일은 없섯다.

다음 세대(世代)에 대한 인식이 없는 까닭으로 다음 세기(世紀)의 일꾼인 어린이를 인격적으로 대우하지 않이하고 일종의 "노리개"와 같이 역여 왔다. "在下者는 有口無言"이라 하여 어린사람은 정당한 일을 할내야 할 수 없게 되였다.

그 부모가 죽으랴면 무조건하고 죽어야만 한다. 이 얼마나 비과학적 태도 였으며 어린이에 대한 비인격적 대우였으며 노예적 학대이였드냐. 이러던 가운데서 그늘에 피는 한 송이 꽃처럼 힘없이 자라 나온 것이 과거의 우리 어린이들이였다. 이것뿐만이 아니였다.

과거 三十여년 간의 일제의 폭정은 장차 이 나라의 굿센 일꾼이 될 어린 이의 교육을 전제적 교육제도 밑에 두고 여러 면으로 어린이를 고달프게 하였다.

소위 황민화 교육이란 명목 밑에서 구속하였고 계급적으로 압박하였고 인 격적으로 학대하여 왔다. 우리 어린이는 그야말로 암흑(暗黑) 속에서 수 세기를 허덕여 왔다. 그러나 앞으로 앞으로 발전하여 가는 역사는 우리 어린이들이 맨 쇠사실을 그대로 두려고 하지 않었다. 우리가 자주적인 민족으로 살려고 하면 무엇보다도 다음 세대의 주인공인 어린이를 잘 키워야 하고 잘 키우랴면은 똑바른 인도를 하며 인격적 대우를 하여야만 한다.

"어린이의 가혹한 노동을 폐지하라."

"어린이를 씩씩하고 건전하게 길느자!"

이러한 스로-간을 걸고 봉건 전제의 "노리개"로부터 어린이를 구출하고저 신록 무르녹아 만물이 활기를 띈 오월을 기하여 "어린이"날을 작정하고 일대 운동을 전개하였다. 이때가 一九二二年 五月 一日이였다.

故 小波 方定煥 先生을 선두로 하여 〈天道教少年會〉, 서울에 산재한 사립 소학교, 사립 학원, 유치원, 사범과 학생들의 호응(呼應)을 바더 목청을 높여 노래를 부르고 만세를 부르며 거리를 행진하고 각 극장은 어린이를 위하여 무료 제공을 하고 축하의 깃빨 나붓기는 가운데 여기저기서 어린이, 어린이 하고 새로운 발전을 기대하는 소리가 높았다.

그다음으로 一九二三年에는 〈천도교소년회〉의 유도로 그 안에 있는 〈색동 회〉가 주동이 되여 각층각계의 어린이를 동원하여 이날을 지켜왔고 一九二 四, 一九二五, 一九二六年 이렇게 수년은 〈少年運動協會〉가 그 후엔 〈五月 會〉〈少年總同盟〉[63]이 두 번 기념행사를 준비 거행하여 왔다. 이렁함으로[64] 인하여 "어린이"에 대한 인식도 달너젓고 당시 심혹한 倭政의 감시하에서도 구피지 않고 순수한 어린이운동은 민족적 감정이 흐르는 민족적 색채까지 가미하여 조선 민족사상 없지 못할 운동의 하나로 되여 왔엇다. 그러나 왜정 은 갈수록 심하여 긋기야는 어린이의 지도자이든 소년운동자의 금속으로 전 게되여 한때 소년 시위운동으로써 다채를 이루든 "어린이날"은 점점 쇠퇴의 일로로 드러가고 있었다. 一九四〇年경부터 倭政의 가혹한 학대 밑에서 한때 는 고식(姑息) 상태에 있든 五月 첫재 공일 질거운 어린이의 명절 "어린이날" 은 一九四五年 해방의 서광을 어듬으로붙어 다시 활기를 띄웠다. 倭政 미테 서 그늘에 잠겨 기형적 행사를 하던 이날은 건설적인 활기 띄운 운동으로 변하여젓다.

과거의 기형적 체제를 버서나서 전폭적으로 일변하여 〈조선소년운동중앙 협의회〉가 발기되여 五月 一日을 五月 五日로 제정하고 이날을 국경일로 삼 어 어린이의 명절로 하였다. 어린이날은 어린이의 명절이다.

우리 민족의 새싹이요 다음 세대의 일꾼인 어린이를 씩씩하고 굿게 기르 자. 어린이날은 어린이의 명절이다.

---

63 〈朝鮮少年運動協會〉, 〈朝鮮少年總同盟〉이 온전한 명칭이다.
64 '이러함으로'의 오식이다.

이날은 우리 민족 전체가 앞으로 우리 국가의 운명을 쌍견에 질머질 중대한 어린이를 육성함에 없지 못할 중대한 날이다. 이날 뜻깁은 날을 마지하야 어린이에 대한 인식을 고치고 씩씩하고 굿센 어린이를 위하야 이날을 의의 있게 마지하기를 바란다.

<朝鮮少年運動中央協議會> 어린이날準備會 提供 K 記者 述

馬海松, "'어린이날'을 爲하야", 『자유신문』, 1948.5.5.

第二十六年 "어린이날"을 마지하고 解放 後도 세 번째를 마지하게 되엇다. 一九二三年 어린이날의 口號는 훌륭한 것이엇다.

"씩씩하고 참된 少年이 됩시다. 그리고 서로 도읍고 사랑하는 少年이 됩시다." 또 어른들에게는 어린이를 解放할 것과 그 個性의 發展을 圖謀할 것과 어린들에게[65] 敬語를 쓸 것을 慫慂햇섯다. 그 效果는 決코 업지는 안엇다.

解放 後 세 번째 마지하는 今年의 어린이날은 그날을 마지하는 意義도 다른 것이 잇다.

"모든 國民은 어린들의 心身을 올바르게 育成하도록 努力하지 안흐면 안된다. 모든 어린이는 한결가치 그 生活이 保 되어야[66] 하고 愛護를 바다야 할 것이다."

그러나 이 나라에서는 敬語를 밧고 愛護를 바다야 할 어린들이 빈 깡통을 들고 라이타 돌을 들고 파리 떼가치 길거리를 차지하고 잇는 것이 事實이다.

子息을 잡아서 먹어버리는 짐승은 잇고 調練하기 爲하여 바위에서 子息을 떠러트리는 짐승은 잇스나 버릇을 가르친다고 해서 辱하고 때리는 짐승은 업다. 人間만이 내 子息 남의 子息을 辱하고 때리는 것이다.

버릇을 가르친다 해서 辱하고 때리는 것은 意思의 自由를 抑制하며 個性의 發展을 阻害하는 것뿐이요 또 그 어린이가 동무를 辱하고 때릴 수 잇게 가르치는 것이 된다. 그것은 決코 第二國民의 心身을 올바르게 育成하는 길은 아니다.

三十三人 中의 한 사람인 某 中學校長은 己未年 三月 一日을 압두고 最後의 朝會時間에 "올치 안흔 일을 볼 때에는 돌맹이 하나라도 집어던질 수 잇는 사람이 되라–"고 過去 數年 間의 敎壇에서의 敎育을 뒤집어어퍼 버리는 한마듸를 외쳐서 學生들로 하여금 소름이 끼치게 하고 그 한마디만이 一生 잇

---

65 '어린이들에게'의 오식이다.
66 '保護되어야'에서 '護'가 탈락한 오식이다.

지 못할 敎育이 되엇다고 한다.

移舍 온 지 여러 달이 떠건만 길이 멀어서 한 번도 차저보지 못한 조카의 집을 차저갓다.

門박께서 여러 아이들과 놀고 잇던 五歲의 어린이가 暫間 치어다보더니 별안간 돌아가서 大門을 가로막고

"우리 아버지 업서요?"

그 얼골은 놀나움과 무서움이 맛고 벌린 두 손은 떨리는 것 가텃다.

"아니다. 나는 네 하라비야!"

얼싸안흐려 하엿스나 어린이는 손을 뿌리칠 뿐이엇다.

"업서요. 울 아버지 업서요- 가요-"

그 소리에 놀내서 아이 어미가 뛰어나오고 아버지가 뛰어나와서 반기어 마즈니 그때야 어린이는 安心한 듯이 놀던 데로 다름질 뛰어갓다.

敗戰 直前의 日帝가 學兵과 徵用을 避한 同胞를 搜索하라 단일 때에 이런 恐怖에 떨은 어린이들이 만엇다. 그들은 只今은 小學生이 되엇고 그다음 아우들은 새로운 別다른 恐怖에 작은 가슴을 이처럼 조아리게 될 줄 누가 생각이나 하엿스랴!

어린이에게 罪는 업다. "어린이날" 업는 나라는 업다.

어린이날에는 어린이들을 爲하야 떡도 하고 놀이도 하고 왼 나라가 떠든다.

그러나 우리는 먼저 지난 一年 동안 우리나라 어린이들을 爲하야 그의 幸福을 戰取해 주기 爲하야 얼마나 努力을 햇나? 얼마나 생각한 일이나?를 反省하고 批判해 보는 嚴肅한 날로 지내는 어른이 만키를 바라고 십다.

그리고 二十六년 前보다 進步가 업슬는지 모르나 오늘 現狀으로 보아서 우리들이 어린이들에게 해 줄 수 잇는 最小限度의 한 口號를 내 걸고 시푸니 共感하고 스스로 約束하는 어른이 만키를 바란다.

"辱하지 말고 때리지 말고 부리지 말자?"

丁洪教, "어린이날의 由來－十九回 어린이날을 맞이하야",
『民主日報』, 1948.5.5.

씩씩한 어린이는
빛나는 새 조선!
자라는 어린이는
민족의 후계자!
어린이는 가정의 꽃
국가의 보배

×   ×

지금 자라고 있는 한 살로부터 十七세의 소년 애까지 조선의 어린이는 가정의 꽃이며 국가의 보배입니다. 장차 민족의 뒤를 이을 사람은 어린이이며 새 조선을 빛나게 할 사람도 어린이입니다. 봄날에 솟아오르는 싹이 바람과 비에 시달리며 사람들이 짓밟게 된다면 그 싹이 잘 자란다 하드라도 풀과 나무는 완전한 것이 되지 못하는 것과 같이 자라는 어린이를 잘 키우지 못하게 되면 그 가정과 그 사회는 여지없이 망치고 말 것입니다. 한 나무가 봄과 여름에 한 마듸 한 마듸 마듸를 이어서 그 나무를 잘 자라게 할 때에 수분(水分)을 잘 흡수하게 되면 그 나무는 잘 마듸를 이여 가게 될 것이며 그렇지 못하게 되면 썩고 마르든지 자라지 못하고 꼽으라지든지 하는 것과 같이 우리 민족의 후계자인 어린이를 정신적으로 육체적으로 잘 지도를 못하게 되면 발전성이 없는 민족 그대로 계승될 뿐이라고 하겠읍니다.

조선의 어린이는 정신적으로 가난하며 육체적으로 빈약합니다. 과거나 해방이 되었다는 현제나 변함이 없읍니다. 조선의 가정이나 사회에서는 그들을 위하여 정진적으로[67] 풍부한 것을 주지 못하고 있읍니다. 가정에서는 귀여워한다고 해서 그저 막연히 귀여워할 뿐이며 十의 九는 쌍스러운 말과 입에 담지 못할 욕으로 그들을 지배하며 욱박질렀읍니다. 따라서 정신의 재료가

---

67 '정신적으로'의 오식이다.

될 만한 책을 그들에게 구하여 줄 생각을 하지 않았으며 사회에서도 가정에 제공치를 못하고 있는 것입니다. 그리고 자라는 어린이들을 위하여 영양분 있는 음식들을 제공하는 일이 별로 없으며 여기 대한 연구도 그리 많치 못하니 얼마나 한심한 노릇입니까. 오직 오늘만을 생각하고 형락[68] 모리 명예욕 정치욕에 날뛰고 있을 뿐입니다. 그리고 어느 교육자는 어린이날이 무엇인지 알지도 못할 뿐이 아니라 어린이들이 즐겁게 모여 노는 기념식에 참석치 못하게 하여 별별 수단을 쓰는 사람이 있으니 이러한 교육자를 사용하는 우리 사회가 얼마나 발전이 될 것입니까. 어서 하루속히 완전한 독립이 되여서 새 정신과 새 정치로 썩은 물건들을 물리처야만 하겠읍니다.

이와 같이 어린이들의 가정적 지위 사회적 지위를 몰각한 우리들임으로 이러한 폐단을 없새고 앞날의 (7자 가량 해독 불가)세우기 위하여 "어린이날"을 설정하고 소년운동을 이르키게 된 것입니다. "어린이날"을 서기 一九二二년 봄에 몇몇 문화단체와 사회단체가 회합하여 설정하게 되였읍니다. 그래서 그해부터 五月 一日을 "어린이날"로 정하여 제일회를 천도교 광장에서 거행하게 되였읍니다. "어린이날"을 五月 一日로 정한 것은 다름 아니라 五월 달은 만물이 소생하는 달임으로 이날을 택하게 되였으며 그리고 이달 중에 초하로를 택하게 된 것입니다. 이렇게 지나기 몇 해 一九二七년 十월 十六일에 조선에 소년단체가 통일이 되여 〈조선소년연합회(朝鮮少年聯合會)〉가 창립되게 되였는데 이 자리에서 "어린이날" 일자를 고치게 되였읍니다. 그 이유는 다름이 아니라 五월 一일은 만국 노동제인 '메-데-'임으로 이날과 가치 "어린이날"을 거행하게 되면 서로 상충이 됨으로 오월 중에도 첫째 공일을 택하자 하여 五月 第一 日曜日로 정하게 되였읍니다. 그래서 一九二八년부터 이 날자로 시행하여 一九三七년까지 十六회 "어린이날"을 거행하고 폭학한 일정(日政)의 간섭으로 자진하여 중지하고 말었읍니다.

그 후 八 · 一五로 일본의 철쇄가 풀리자 一九四六년에 十七회 "어린이날"을 거행하게 되였는데 전국준비위원회(全國準備委員會) 석상에서 五월달에도 五일 더욱이나 "단오"절인 이날로 택하자 하여 五月 五日을 "어린이날"로

---

68 '향락'(享樂)의 오식이다.

정하여 거행한 후 금년까지 十九회의 "어린이날"을 맞이하여 거행하게 되었읍니다.

끝으로 한 말슴 할 것은 이날은 가정으로부터 일반적으로 어린이들을 위하여 축복하여 주어야 하겠으며 앞으로 완전한 정부가 수립되면 정부와 민간이 합동하여 이날의 행사를 거행하도록 되여야 할 것이라 생각합니다.

(五月 四日)

南基薰, "어린이날을 맞이하야 소년지도자에게(一)", 『婦人新報』, 제296호, 1948.5.6.[69]

우리는 조선 사람이다. 조선 소년의 지도자다. 우리는 지금 잠자고 있는가 전진하고 있는가 낙망하고 있는가 혹은 투쟁하는가. 우리가 가는 곳에 소년도 간다. 우리가 있는 곳에 소년도 있다.

우리의 것는 걸음거리가 소년의 장내를 이리로 기우러지게 할 수도 있고 저리로 둥그러지게 할 수도 있다.

그러면 과연 우리는 어떤 걸음을 거러야겟는가. 우리는 조선을 사랑한다. 그러나 막연히 조선을 사랑하는 것이 아니다.

조선 사람이래서 각층 각색의 생활 상태와 주의 주장을 가진 사람들을 一율적으로 무차별하게 사랑하는 것이 아니고 다음 세대의 새 무대에 등장하려는 소년을 사랑하는 것이며 무의식적으로 사랑하는 것이 아니고 앞으로 새것을 창조하기 위하여 싸워 나갈 양양한 국민인 고로 사랑하는 것이다.

우리는 과거 어떤 부면을 사랑할 줄 모르지 아니하였다.

그러나 과거보다도 더욱 미래를 사랑한다. 모든 나라의 소년들과 함께 약속하는 역사적 명일은 과거보다 크고 현재보다 혁혁한 까닭이다. 우리는 제 민족 간의 싸홈을 사랑하지 아니하는 대신 진취를 열열히 사랑하는 까닭이다.

잘 살기 위해서는 소년을 위하여야 한다.

그러나 잘 살기 위하여 소년을 위한다는 일이 모도 다 정당한 행위라고는 볼 수 없다. 문제는 잘 살기 위해서는 소년을 잘 키우자는 것이며 잘 키우되 어떻게 키우는 것이 잘 키우는 것이냐 하는 곳에 있다.

조선 사람은 지금을 가르쳐 누구나 다— 과도기라고 한다.

사실로 현하 정세는 극심한 난국에 처하였음에 틀림없다. 과도기는 혼난을 의미한다. 난국은 전도를 의미한다.

---

69 원문에 '少協 南基薰'이라 되어 있다.

어떠한 각도에서 보든지 과도기는 "위기"의 개념이다. 현재의 조선에는 위기가 왔다는 것이다. 한 사람이 진실한 모양으로 떠든다. 모도들 파리처럼 그리로 모혀 든다. 또 한 사람이 새로운 곡조로 피리를 분다. 그러면 또 모도들 몽유병자와 같이 그 곡조에 맛처 춤을 춘다.

南基薰, "어린이날을 맞이하야 소년지도자에게(끝)", 『婦人新報』, 제297호, 1948.5.7.

커다란 붓에 먹물을 찍어 갖이고 조선을 새까마케 해 노을려고 한 사람이 서드려면 아니다. 하얀 칠을 해야 한다고 다른 사람이 제 붓을 가지고 등장한다. 또 한 사람은 말하되 그래서는 못 쓴다. 다 각각 빛갈 길대로 재 색을[70] 칠해야 한다고 꽉 마구리를 뚜드리면서 고함을 친다. 푸렁이 누렁이 검은 것 힌 것이 서로 뒤석겨서 란무하고 소음과 소음을 일우어 놓는다.

이것이 과도기 조선의 현장이다.

어제까지 위대하다는 것이 금일에는 비열해지고 히생적 열정은 주구적 이욕으로 전신하고 미웁든 것이 고와지고 곱든 것이 미워지고 곱든 것이 미워지고[71] 정의는 반동이 되고 반동은 정의인 것같이 좁은 내를 흐른다.

고 미웁든 것이 고와지고 곱든 것이 미워지고 정의는 반동이 되고 반동은 정의인 것같이 좁은 내를 흐른다.[72]

이러면서도 그들은 모도들 조선을 말한다. 다른 민족 다른 사람을 말하는 것이 아니고 정히 이 땅 이 민족을 말하는 것이다. 이것이 저들의 공통적 경향이다. 해방은 된 듯 만 듯하고 자주독립은 원된하고 이래도 된다는 그들이 조선을 고맙지도 않게 이리로 저리로 끌고 단이려는 것은 무슨 까닭이냐.

---

70 '제 색을'(제 색깔을)의 오식으로 보인다.
71 '곱든 것이 미워지고'가 한 번 더 들어간 오식이다.
72 이 단락은 편집의 착오로 중복된 것이다.

그들뿐만이 조선 사람인가. 그들만 조선을 안다는 말인가. 그들만이 朝鮮의 장래를 두 억개에 질머젓단 말인가. 미래가 없이는 현재를 해결할 수 없는 것이니 현실을 가지고 싸호는 사람에게 전도가 있을 것인가.

지도자란 선두를 의미한다.

先頭는 引率할 만은 技能이 必要하다. 技能은 科學的 研究를 蓄積하고 獲得한다는 意味이다. 指導者는 科學的 研究를 被指導者를 위하여 실천하는 사람이다.

指導者는 그 自身이 있기 爲해서 있는 것이 아니고 被指導者의 指導上 必要 때문에 있는 것이다.

그러면 우리 少年 指導者는 무었을 했는가. 無爲와 逃避만 하였는가. 아니다. 自重하였다.

이 混亂한 거리로 少年을 지도하고 십지 않았기 때문이다. 少年이란 遠大한 未來를 가진 사람이다. "未來는 어린이의 것이다." 어린이야말로 새 朝鮮을 건설할 役軍이다. 새로운 조선을 두 억개에 지고 돌진하여야 한다. 모든 사람이 락망하고 도라설지라도 一步 退却하는 대신에 二步 前進하여야 한다.

未來를 設計하는 것이 少年의 義務인 줄을 아러야 한다.

正義의 天使를 死守하는 일은 少年 指導者의 義務요, 名譽 아니면 안 된다.

少年 指導者여— 어린이날은 박두하였다. 逃避에 封鎖된 듯이 自重해서 敢然히 이러날 때 다 쓰러지려는 어린 나무를 똑바로 심어야 할 때다.

나가자 침착히! 물리치자 용감히! 우리의 있는 곳에 朝鮮이 있다.

우리의 가는 곳을 朝鮮이 당따른다.[73]

---

73 '당따른다'는 "의당 따른다" 혹은 "응당 따른다"의 오식으로 보인다.

丁洪教, "어린이運動 小史", 『연합신문』, 1949.5.5.

<table>
<tr><td>第一期</td><td>二十回 "어린이날"을 마지하여 간단한 大韓少年運動의 略史를 期別로 하여 적어 보려 한다. 朝鮮의 少年運動이 일어나기는 西紀 一九一九年度에 다른 부문의 운동과 같이 발생되</td></tr>
</table>

게 되었다. 처음으로 少年會가 조직되기는 光州, 晋州, 安邊 등지에서 조직이 되어 점차로 조선 각지에 少年會가 組織됨에 따라 중앙에는 一九二二年 四月에 天道敎에서 金起田, 車相찬, 朴達成 諸氏의 發起로 〈天道敎少年會〉를 조직하게 되었으며[74] 그 이듬해인 一九二三年 三月에는 朝鮮에 처음으로 無産少年運動을 目標로 〈半島少年會〉가 조직되게 되었었다. 이러케 두 단체가 거듭 창립하게 되자 서울 시내에도 이곳저곳에 少年少女會가 설치되고 一九二三年 十月에 筆者 外 數人 發起로 〈서울소년단〉을 조직하려다가 日警에게 集會가 禁止되었는데 이것은 少年運動史에 있어서 朝鮮서는 처음의 禁止令이었다.

<table>
<tr><td>第二期</td><td>이와 같이 少年會가 봉기하게 되자 一九二三年 봄에 方定煥, 趙喆鎬 等 數氏의 發起로 少年運動의 連絡 事務를 取하기 위하여 非常設 기관으로 〈朝鮮少年運動協會〉를 조직하</td></tr>
</table>

는 한편 文化團體와 新聞人들과 少年團體가 合同케 하여 少年日을 定하기로 하고 "어린이날"을 五月에도 첫째날인 五月 一日로 定하여 少年問題에 대한 꿈속인 朝鮮 社會에 少年愛護運動의 기세를 올니였다. 그 後 다시 筆者 外 數氏의 發起로 聯盟體로 〈京城少年聯盟〉을 조직하였으나 日警의 再次 禁止로 組織치 못하고 있든 中 一九二五年 五月에 〈半島少年會〉, 〈天道敎少年會〉, 〈佛敎少年會〉, 〈새벗會〉, 〈明進少年會〉, 〈鮮明少年會〉, 〈中央基

---

74 〈천도교소년회〉는 1921년 4월 5일에 조직되었다. 정홍교 자신이 "京城에서는 一九二一年 四月, 車相瓚, 朴達成 氏 外 몇 분의 發起로 〈天道敎少年會〉를 組織(丁洪教, 「少年運動 略史－十八回 어린이날을 맞이하여」, 『경향신문』, 47.5.1)하였다고 한 것과도 상충된다.

　社說, 「少年運動의 第一聲－天道敎少年會의 組織과 啓明俱樂部의 活動」(『매일신보』, 21.6.2)과 묘향산인(妙香山人, 김기전의 필명)의 「天道敎少年會의 設立과 其 波紋」(『天道敎會月報』, 제131호, 1921년 7월호) 등을 보아도 1921년에 조직된 것이 분명하다.

督少年部〉等 諸 團體의 發起로 京城少年團體의 聯盟으로 常設機關인 〈五月會〉를 조직하였다. 이와 같이 全國的 統一機關에 앞서 朝鮮서 처음으로 統一기관인 〈五月會〉가 조직됨에 따라 한거름 더 나아가 全國少年團體와 連絡을 取하기 위하여 〈五月會〉에서는 朝鮮 처음으로 全國 巡廻童話를 떠났었다.

第三期 非常設 기관 〈少年運動協會〉와 聯盟體인 〈五月會〉가 設置되게 되자 兩 團體는 漸次로 理論이 對立되게 되었다. 卽 方定煥 氏의 理論인 어린이는 羊과 같으므로 白紙主義로 指導하여야만 된다는 것을 〈五月會〉에서 이것을 배격하는 동시 少年運動方向轉換論(筆者)을 中央紙에 發表함에 따라 自然的으로 두 단체의 連絡 단체로 갈리게 되었다. 그 後 方定煥 氏는 〈少年運動協會〉의 幹部로만 있는 동시에 幹部陣도 갈리게 되어 一九二六 七 兩年은 두 團體에서 달리 어린이날의 紀念式을 擧行하게 되었다. 이렇게 지난 지 二年, 〈五月會〉에서는 全國少年團體의 統一을 切實히 느끼고 一九二七年 五月에 〈朝鮮少年聯合會〉의 發起를 〈少年運動協會〉에 提議하여 十月 十六一1 五十二 團體의 參加下 創立大會를 開催하게 되어 〈五月會〉와 〈少年運動協會〉의 傘下에 든 團體는 統一이 되었으며 委員長에는 方定煥 氏가 當選되였다.

이 創立大會 席上에서 在來 五月 一日에 擧行되든 "어린이날"은 '메-데-'와 같은 날임으로 이것을 피하기 위하여 五月 第一 日曜日로 定하게 되었다. 그리고 이듬해인 一九二八年 三月에 〈少年聯合會〉의 第一回 定期總會에서 從來의 自由聯合制로부터 民主中央集權制로 組織을 變更하고 〈朝鮮少年總同盟〉으로 改稱하는 동시에 委員長에는 筆者가 當選되고 견고한 조직을 보게 되자 〈五月會〉와 〈少年運動協會〉는 解體되고 一九二八年의 어린이날인 五月 第一 日曜日은 總同盟의 統一 旗빨 아래에서 全國 三千五十餘 곳에서 擧行하게 되었다.

第四期 그 後 日警은 總同盟의 名稱을 쓰지 못하게 함으로 이름만 그대로 總聯盟이라 하고 總聯盟에서 一面一少年制를 採擇키 爲하여 各道에 道聯盟 조직을 着手하였다. 그리하여 첫번으로 〈京畿道少年聯盟〉 두 번째로 〈慶南少年聯盟〉을 組織하고 一九二八

年에 〈全南少年聯盟〉을 조직하게 되였다. 이때 日警은 全南少年大會를 禁止하게 되자 各地에서 參席하였던 道 代表들은 光州 澄心寺에서 懇親會를 開催하게 되자 日警隊는 澄心寺를 包圍하고 蹶起하였던 四十餘 名을 全部 檢擧하게 되였다. 그 後 대체로 釋放이 되고 金泰午, 柳赫, 姜子洙, 曺秉哲, 李鉉, 高長煥, 筆者만 禁錮刑을 받게 되였다. 이것은 朝鮮에서는 처음으로 받은 少年運動者들의 刑이었다. 이리하여 組織은 中斷이 되고 오로지 少年敎養運動에 힘을 置重하게 되였다.

第五期   그 後 總聯盟은 翌年 十二月에 定期大會를 開催하게 되였는데 出席人員 不足과 地方團體의 問題가 있어 大會가 流會됨을 따라 간판만 유지하면서 오직 "어린이날"만을 거행하는한편 一九二九年 十二月에는 少年愛護思想을 넓이 宣傳하였으며 一九三七年 四月에는 〈朝鮮少年總聯盟〉을 비롯하여 京城, 〈京畿少年聯盟〉을 解體하고 兒童愛護聯盟을 組織하고자 하였지마는 日警의 탄압은 더욱 甚하여 이해 十六回의 "어린이날"을 擧行한 後 日警의 指示를 받으면서 少年運動을 할必要가 업음으로 스스로 모든 것을 中止하는 동시에 조직하려든 新 團體도조직을 中止하게 되였다.

×   ×

그 後 一九四五年 八・一五 解放이 되자 鄭成昊, 南基薰, 朴興民 等 諸氏의 發起로 少年問題硏究團體로 〈朝鮮少年運動中央協議會〉를 組織한 後 기관지로 少年運動을 發刊하는 한편 十七回 "어린이날"의 準備에 着手하였으나 한거름 더 나아가 解放 後 처음 마지하는 "어린이날"인 만큼 各界를 망羅할必要를 느끼고 〈어린이날 全國準備委員會〉를 組織한 後 記念式을 徽文中學運動場에서 擧行하게 되였다. 그 後 一九四七年의 "어린이날"은 南基薰, 崔靑谷, 梁在應, 筆者 等 發起로 二月 中旬에 〈어린이날 全國準備委員會〉를 조직하고 昌慶苑에서 擧行하였으며 一九四八 年度의 "어린이날"은 이해 三月에조직된 〈朝鮮少年運動者聯盟〉 主催로 德壽宮에서 紀念式을 擧行하였으며今年 二十回 "어린이날"의 紀念行事도 同 聯盟에서 準備하여 德壽宮에서 履行키로 하고 少年運動을 推進하는 中에 있다.

社說, "'어린이날'의 맞음 — 至純한 世界에 反省 自愧하라",
『경향신문』, 1949.5.5.

오늘이 "어린이날"이다.

新綠 五月의 惠澤만은 自然도 蒼然하거니와 大韓民國이 처음으로 마지하는 이날 우리는 次世의 繼承者를 爲하여 全幅 滿腔의 祝賀를 올려야 할 날인 것이다.

모름지기 天眞과 爛漫과 그리고 無垢純眞한 어린이는 그대로 國家의 將來요 民族의 象徵이어서 그 一切의 生命이 明日에 持續하고 그 一切의 發育이 將來에 連結하여 보다 더 健實하고 보다 더 强靭한 어린이의 養育이 國家 乃至 民族的으로 要請되고 있는 오늘 — 世界思潮의 過激한 震搖와 國內事情의 多端性에 비추어 一層 더 深奧한 關心을 어린이의 世界로 보태야 할 것은 至當至然한 時代的 要求이매 여기 贅論할 바이 없다.

絕對한 關心은 곧 至高한 施策과 至大한 擁護로 實踐되어야 하고 이 實踐性의 强弱은 곧 國家大業의 將來에 直結된다는 것을 또한 再認識하여 마땅한 것이다.

◇

도리켜보건대 이 땅의 "어린이"는 果然 幸福스러이 成長하고 있는가? 正當한 環境과 正當한 保健과 正當한 教育을 享受하고 있는가. 참으로 寒心한 現象에 痛嘆치 않을 수가 없다. 어떠한 施設이 그들을 爲하여 베풀어졌으며 어떠한 施策이 그들을 爲하여 있어 왔는가? 疏開地가 人糞塵垢 속에 파묻혀도 遊戲場 하나를 꾸며 줄 誠意가 없어 길에서 놀다 事故에 犧牲當하는 그들이다. 缺食兒童의 蒼白한 얼굴을 보면서도 專用車로 点心에 舌鼓를 치러 다니는 무리가 있다. 그야말로 近視眼的 自己滿足에 汲汲하여 棄擲當한 어린이의 世界 그대로 慘狀이다. 어찌 識者의 眼目에 充血없이 볼 수 있으며 느낄 수 있는가.

往往이 祭日主義의 高喊에만 속아 왔고 그것이 眞正한 愛民愛土에서가 아니라 誇張된 形式에 依據하여 그날 하루만의 盛事로 自悅하는 弊習을 버리고 언제나 어느 때나 恒常 愛育 保育 敎育의 眞髓를 바쳐 이 따의 어린이를 보다 더 幸福케 할 것이다.

— 보다 더 重大한 使命이 이에서 달리 또 있으랴.

三十年 前부터 結集된 어린이의 부르짖음은 "우리는 조선의 어린이임을 잊지 말자!"라는 것이었다. 爾來 許多한 干涉과 迫害와 彈壓과 그리고 無數한 犧牲者를 내어서 피를 이으고 살을 넘어 꾸준히 싸워 왔고, 그리하여 解放과 더불어 太極旗를 높이 들고 愛國歌, 어린이날 노래를 부르며 거리로 行進하는 그들에게서 우리는 또 한 번 "民族"을 느껴야 한다. 이 "民族"은 곧 至純한 "民族"인 것이며 또한 將來의 "民族"임으로서다.

艱難과 逆境에서 悲憤嗚咽로 逼塞한 歷史를 그들도 함께 걸어왔다고 하는 이 嚴然한 事實 앞에 우리는 다시 正襟하고 地下의 先導者에 悼心哀切하는 바를 느끼는 同時 眞正한 어린이의 指導의 繼承者 될 것을 自誓함이 鐵石같아야 할 것이다.

自然도 人生도 함께 明朗할 수 있는 五月의 蒼空을 向하여 希望의 노래를 民族이 合唱할 수 있는 "어린이날"이어야 할 것을 再三絶叫하는 것이다.

社說, "어린이날", 『연합신문』, 1949.5.5.

一

오늘은 우리 대한민국 정부가 수립되어 처음으로 맞이하는 어린이날이다. 어린이 단체와 기관이 있는 곳에서는 전국의 방방곡곡에서 이날을 기념하는 식과 행사가 거행될 것이다. 어린이날을 우리가 기념하기 시작하기는 지금으로부터 二十년 전 일인데 여태까지는 강도와 같은 일본 제국주의자의 압박 밑에서 우리 어린이날 기념도 몇々이 마음 놓고 거행할 수 없었던 것은 모든 사람이 다 아는 사실이다.

깨끗하고 천진란만한 우리 어린이들이 세계의 어린이들과 어깨를 겨누고 손을 맞잡고서 이날을 기념하려고 하는 것까지 막고 핍박하던 일본 제국주의자들의 못생긴 수작을 생각할 때 이제 우리들은 당당한 독립국가의 국기 밑에서 우슴과 기쁨 속에서 이날을 맞이할 때에 진실로 감개무량한 느낌이 있으며 우리나라 독립의 고마움을 뼈속 깊이 느낄 수 있는 것이다.

二

어린이는 가정의 꽃이요 국가의 줄거리 될 새쌌이다. 민족의 융성도 국가의 부강도 세대의 문화도 모다 이 새쌌이요 꽂인 어린이의 조고만한 가슴속에서 움트고 있는 것이다.

어찌하여 이 귀중한 움을 복되게 강하게 자라기를 축복하고 노력하지 아니할 것이겟느뇨.

우리나라가 모든 것을 재건하는 이날에 무엇보담도 크다란 민족적 과제는 이 새싹을 건전히 가꾸어 훌륭하게 자라게 하는 곳에 있는 것이다. 방실방실 웃는 우리의 어린이에게 씩씩하게 자라는 우리의 천진란만한 소년소녀들에게 대하여 아버지 되는 분 어머니 되는 분 형과 누이와 아저씨 되는 분은 이날 무엇을 그들에게 말할 것인가.

"진실로 너히들은 민족의 히망이요 국가의 기둥이다. 깨끗히 씩씩하게 자라서 너히 국가와 민족을 위하여 훌륭한 사람이 되어야 할 것이다. 부디 남의 나라와 다른 민족에 예속이 되어서 지난날의 가슴 앞은[75] 경험을 되푸리하지 말라."

이 말은 우리 정부가 세워진 지 처음을 맞이하는 어린이날을 당하여서 한국의 귀여운 어린이들의 가슴에 보내는 우리들의 간절한 축복으로써 보내는 선물이다.

三

한국의 어린 새싹들이여! 여러분은 먼저 이웃에 있는 동무끼리 뻗어 나가서 전 한국의 어린이끼리 손에 손길을 잡고 용감하게 나아가리. 그대들의 이웃에는 얼마나 가난하고 불상한 동무들이 있는가. 삼팔 이북의 우리 어린이를 우리의 태극기를 아직도 찾지 못하고 무서운 압박 속에서 민족과 국가를 말살당하면서 얼마나 남한의 어린이 여러분을 동경하면서 가슴 아퍼 하고 애달퍼 하는가를 생각해 보라.

이웃의 가난한 한 동무가 다 같이 걱정 없이 자라게 하고 북쪽의 우리 어린이 동무들이 우리 국기 밑에서 함께 이날을 축복하게 될 날이 멀지 않을 것을 우리는 믿고 노력하자!

어린이날 만세!

대한민국 어린이 만세!

---

75 '가슴 앞은'은 '가슴 아픈'이란 뜻이다.

늘봄, "어린이날의 由來—小波 方定煥 先生을 追慕함", 『東光新聞』, 1949.5.5.[76]

오늘은 "어린이날"입니다. 자라나는 대한의 새싹 어린이들의 명절날입니다. 이날이 창정(創定)되기는 기원 四二五五년의 일이었으니 햇수로는 二十七년째이나 그간 왜놈들의 모진 챗죽으로 말미암아 동 四二七〇년 五월 제十六회를 마지막으로 멎었다가 해방 되자 부활케 되었으니 회수로 따지면 이번이 二十회째입니다.

이날의 내력을 적어보면 그 당시 우리 사회에선(지금도 그렇지만) 장래할 이 나라의 주인공들을 "어린애"니 "애새끼"니 "머심애"니 "가신애"니 하여 가진 멸시와 천대를 하였고 움트는 새싹들을 여지없이 짓밟었든 것입니다.

이에 느낀 바 있어 당년 二十三세의 청년 소파 방정환(小波 方定煥) 선생은 四二五四년 가을 왜경 동경(東京)서 수학하는 몇몇 동지와 더부러 아동문제의 연구를 목적으로 〈색동회〉(색동저고리의 색동을 뜻한 것입니다.)를 조직하고 먼저 어린애들의 사회적 인격을 존중하기로 하여 "어린이"라는 존대말을 쓰게 하는 한편 그 개성의 발전을 위하여 우리나라의 아동잡지의 맨 처음인 『어린이』를 발행하였든 것입니다.

四二五五년 소파 방정환 선생이 귀국하자 더욱 『어린이』 잡지 일에 힘씀과 함께 "씩씩하고 참된 소년이 됩시다. 그리고 늘 서로 사랑하며 도와 갑시다." 하는 웨침을 내걸고 그해 五월 一일을 "어린이날"로 정하여 사회적으로 이날을 기념하기 시작하였읍니다. 그리하여 그 이듬해인 四二五六년에는 〈조선소년운동협회(朝鮮少年運動協會)〉라는 전국적인 조직체계를 갖후고 해마다 이날을 전국적으로 성대히 기념하여 왔읍니다. 그러나 강도 왜놈들이 우리들의 하는 일에 어찌 그대로 보고만 있었겠습니까?

五월 一일은 '메이데이'와 합치된다 하여 五월 첫 공일인 즉 왜놈들의 "母子愛護日" 행사와 합류시켜 왔던 것입니다. 그 후도 놈들의 포악무도한 상투적

---

76 '늘봄'은 전영택(田榮澤)의 필명이다.

인 압박은 날로 심하여 四二七〇년에는 기여코 중지되고 말았던 것입니다. 그러나 정의는 이기고 말았읍니다. 역사적인 八 · 一五 해방과 함께 이날을 다시 기념하게 됨에 더욱 편리하게 하기 위하여 五월 五일을 "어린이날"로 정하여 이날을 다 같이 기념하여 오는 것입니다.

오! 오늘 우리는 독립국의 자유민으로 활개 펴고 버젓이 이날을 기념하게 되었건만 이날의 창시자인 소파 방정환 선생은 뵈올 길조차 없읍니다그려!

社說, "어린이 指導理念의 確立 – 어린이날 20周年에 際하여",
『湖南新聞』, 1949.5.5.

오늘은 스므 해 돐맞이 어린이의 명절이다. 부드러운 5월의 훈풍이 이 땅의
새싹 800만 어린이들의 건강한 양 뺨에 스미어 건실한 열매를 재촉 받는
가운데 독립 이후 환희와 감격 속에 처음으로 이날을 맞이하였다.

도리켜 회고하면 저 – 서기 1922年 5월 소년운동의 선구 고 방정환(方定
煥) 씨의 "1. 어린이를 애호합시다. 2. 어린이를 학대하지 맙시다. 3. 어린이
의 인격을 존중합시다."의 제창으로부터 시작되어 이래 27년 어린이 명절로
제정하여 20년 풍상 풍우 거치러운 세파의 역경과 돌보지 않는 냉대 속에서
도 이 땅의 새싹들은 굳게 자라 왔고 힘차게 뻗어 나왔던 것이다.

당시 방정환 씨의 제창은 곧 어린이들의 심금에 통하였고 국내 방방곡곡에
는 요원의 불꽃같이 어린이운동이 전개되었으나 폭악한 일제는 온갖 수단을
다하여 이를 탄합하기[77] 시작하여 자주적인 입장에서의 어린이날 기념행사는
단 2회가 있었을 뿐이었고 왜정의 감시 아래 중앙준비위원회의 명칭으로 간
신히 어린이날을 지켜 왔다. 이러는 동안 왜제는 소위 "아동애호주간"이라는
것을 만들어 거기에 합류할 것을 강요하였고 급기야는 우리들의 성(姓)까지
없애려던 저 모의의 전형적인 악귀 남차랑(南次郎)[78]이 1937년에 이르러 이
땅에서 어린이날을 완전히 빼앗아 가고 말았다. 여기에는 어린이 운동자들의
피어린 투쟁사가 점철되어 있음은 말할 것도 없거니와 우리는 독립 후 처음
맞는 이날을 기하여 과거 걸어 온 어린이운동의 자취들[79] 회고 반성함으로써
어린이 지도이념의 확립을 기해야 할 것이다.

○

---

77 '탄압하기'의 오식이다.
78 미나미 지로(南次郎, 1874~1955)를 가리킨다. 일본의 군인, 정치가로 1936년에 조선 총독이
   되어 일본 말 상용(常用), 일본식 성명 강요, 지원병 제도 따위의 한민족 문화 말살 정책을
   수행하였다. 전범(戰犯)으로 종신 금고형 복역 중 병사하였다.
79 '자취를'의 오식이다.

우리나라의 어린이운동은 20여년이라는 짧지 않은 역사를 갖았음에도 불구하고 시간적으로 보아 다른 부면에 비기면 그 성과가 몹씨 미약함을 지적치 않을 수 없다. 그 원인으로는 왜정하의 탄압을 비롯하여 사회적 환경이 최대한으로 불리한 입장에 있기 때문이라고도 하겠지만 이 운동에 대하여 성의 있는 이해와 원조가 없었던 것과 사회적으로 민족적 국가적 운동화 하지 못한 것에 보다 더 큰 주요 원인이 있었던 것이며 나아가 일정한 지도원리가 없었던 것과 더불어 운동에 당하고 있는 지도자들의 진지한 연구와 성실한 열정이 계속되지 못한 것이기 때문이라고 할 것이다.

그러면 앞으로의 어린이운동은 어떠한 방향으로써 전개되어야 할 것인가? 그는 먼저 아직도 이 땅에 젖어 있는 봉건적인 관념의 타파에서부터 재출발을 기해야 할 것이다. 다음 세기의 주인공이 될 어린이에게 대하여 인격적으로 대우하지 않을 뿐더러 마치 사유 재물의 한 류(類)로 취삽하여[80] 심지어는 "재하자 유구무언(在下者 有口無言)"이라 하여 어린이는 그 부모가 여하한 말을 하든 입을 열어 말할 수 없게 마련이고 소금 섬을 지고 물에 들어가라는 모순된 명령에도 무조건 복종치 않으면 안 되는 이조(李朝) 5백년 인습의 악폐를 이 땅의 어버이들은 아직도 해탈하지 못하고 있는 것이다.

어린이를 일카라 다음 세대의 주인공이라고 한다. 주인공이란 곧 그 나라의 새싹이란 말일찌니 싹은 성장하는 물체이다. 물체는 가꿈을 요하고 가꿈 여하에서 싹의 성장은 자우되며[81] 또한 성장 여하로 열매는 자우되는 것이니 좋은 열매를 바라건대 잘 가꾸어야 한다는 정의(定義)가 서고 다시 그 열매의 결과도 자명하여지는 것이다. 잘 가꾼다는 것은 인간에 비길 때 결국 잘 기른다는 것이니 한국의 유구한 발전에의 기둥이 될 어린이의 지도원리를 오늘을 기해 재확립할 것은 긴급을 요하는 문제가 아닐 수 없다. 잘 기른다는 것은 적어도 상술한 바와 같은 봉건적 윤리의 압박과 학대에서 완전히 해방하고 그 개성을 최고도로 살리는 교육방침과 더불어 품위와 기상을 가지고 자립 자율의 정신을 함양시키는 사회생활에의 훈련이 필요한 것이다. 이러한 지도

---

80 '취급하여'의 오식으로 보인다.
81 '좌우되며'의 오식으로 보인다. 아래도 같다.

원리에 입각하고 사회적 환경의 시정을 기하여써 거국 거족적인 운동이 활발히 추진되어야 할 것이다. 현하 초급을 요하는 상술의 사회적 환경은 그야말로 동심을 좀먹는 독소가 되어 있는 것이다. 경향을 막론하고 성인들이 빚어내는 사회악과 함께 동족살륙의 비극을 이 땅 어린이들에게 어떻게 반영되고 있을 것인가? 지난날의 이조 5백년 역사가 오점으로써 사겨진 노론 소론 동인 서인의 당파싸움이 그대로 이어내려 오늘의 그릇된 사조로 말미암은 살륙의 비극이 되풀이되고 있다 할찌니 앞날에 다시 오늘의 전철을 밟지 않게 하기 위에[82] 이러한 사회 환경의 급속한 시정이 있어야 할 것이며 이 땅의 어버이 옵바 누나 언니는 모두가 다 어린이의 지도자가 되어 진실로 어린이를 위한 일이라면 도산검수(刀山劍水)를 넘고 걷는 각오가 있어야만 국가 민족의 대계는 학립될[83] 것이다.

---

82 '위해'의 오식으로 보인다.
83 '확립될'의 오식이다.

S 記者, "어린이날의 由來", 『湖南新聞』, 1949.5.5.

뜻깊은 "어린이날"을 처음으로 가지게 된 것은 지금으로부터 27년 전인 1922년이었습니다. 그때에 우리나라 우리 겨레의 다음 시대를 맡을 사람들인 어린이들을 위하여 많은 글을 쓰고 눈부신 활동을 하던 젊고 힘찬 청년한 분이 있었습니다. 그는 소파(小波) 방정환(方定煥) 선생으로 열렬한 소년운동자이었습니다. 선생은 그때 우리나라의 많은 어린이들이 "애새끼"니 "어린애"니 또 시골서는 "머스매"니 "가시내"니 심지어는 "이 자식", "저 자식"이라고까지 불려지면서 너무나 많은 학대를 받고 걸핏하면 어른들에게 회초리로 매를 맞고 눈물을 흘리면서 슬퍼하는 안타까운 자태에 크게 의분을 느꼈습니다. 천진하고 난만한 어린이에게 잘못이 있다면 그는 어른들의 잘못이라 하고 어른들의 주관 그대로를 어린이들에게 요구하는 커-다란 모순을 없애며 따라서 어린이들에게 무자비하게 가행한 박해를 물리치는 반면으로 자유롭고 씩씩하고 올바르게 어린이들이 자라나도록 다 같이 명렴하자고 5월 1일을 "어린이날"로 지정한 다음 전 조선 방방곡곡에 대하여 어린이들을 자유롭게 해방하라고 선포하였던 것입니다. 그리하여 우리나라의 새싹인 어린이를 사랑하는 소년운동은 방정환 선생의 힘으로 물밀듯이 마당에서 성대히 퍼졌던 것이고 이를 계기로 하여 1927년에는 〈조선소년총연맹〉이 결성되어서 본격적인 소년운동은 바야흐로 전국적으로 전개되었습니다. 그런데 또 이날은 우연히도 노동자의 명절인 '메-데-'이기 때문에 그해에 5월 5일로 날을 바꾸어서 어린이들을 위한 모든 행사가 눈부시게 퍼져 나왔던 것입니다. 그러나 왜정의 식민지 정책은 우리들의 어린이날에도 일본 국가를 부르게 하는 착취수단을 썼으나 그에 반항하였던 까닭으로 1937년 5월, 16회를 마지막으로 귀여운 어린이날은 중단되었던 것입니다. 그러다가 역사적인 8·15해방과 더불어서 또 다시 "어린이날"은 부흥되고 이 세상에서 으뜸가는 훌륭한 사람이 되기 위한 우리나라의 어린이 애호운동이 해마다 벌어지게 되어서 방정환 선생의 노력은 우리 역사상에 길이 빛나게 된 것입니다.

5월의 새싹과 같이 부드러운 듯하면서도 꿋꿋하게 약한 듯하면서도 씩씩하고 줄기차게 우리나라의 어린이들은 자라 나가야 합니다. 그리고 우리 어린이들로 하여금 5월의 하늘과도 같이 넓고 맑으며 아무런 거짓 없이 기운을 펴도록 어른들은 어린이들을 사랑하고 마음의 약식을 주어야 할 것입니다. (S 記者)

김원룡, "어린이날의 내력", 『어린이나라』, 제1권 제5호, 동지사아동원, 1949년 5월호.

이 땅에 소년운동이 시작된 것은 서기 1919년이다.

일찌기 강도 일본이 조선을 침략하고 조선 민족을 말살(抹殺)시키려고 이 땅의 소위 동화책(同化策)과 황민교육을 실시하여 그 독소를 마신 아동들과 함께 이 땅의 운명도 영원히 암흑 속으로만 들어가던 그때 고(故) 소파 방정환 선생은 불굴의 지조를 가진 많은 소년운동 지도자들과 함께 갈수록 암담한 조선의 장래와 풀죽은 어린이들의 슬픈 정경에 의분을 참지 못하여 굴레 안 교육의 배격과 민족 반항의 거탄으로서 1922년에 어린이날을 창시(創始)하였던 것이다. 그리하여 3·1운동 직후 전 조선 각지에 조직된 소년 단체와 보조를 같이 하여 매년 이날에 기념행사를 같이 하여 왔던 것이다.

이렇게 거행되기 몇 해 조선 소년운동의 힘찬 발전과 아울러 중앙과 지방의 긴밀한 연락 밑에서 1927년 〈조선소년총련맹〉이 결성되고[84] 그해부터는 5월 1일 어린이날은 세계 노동제인 '메이데이'와 일자와 같으므로 이것을 피하기 위하여 5월 첫 공일로 변경하였던 것이다. 이러는 동안에 항상 어린이를 욕하고 때리고 멸시하던 어른 사회에서까지 이 어린이들의 위대한 사회적 존재를 인식하고 이날에 가담하게 되지 오천년 역사의 전통에 피는 이 모임에서까지 배일(排日)운동이 전개되었던 것이다. 여기에 등골이 서늘해진 왜적은 갖은 수단과 감언(甘言)으로 이날에 우량 아동 표창식과 운동회 등을 개최하여 합류(合流)시키려고 애써 왔으나 우리는 그 취지와 성격이 전연 다르므로 백 번 넘어지면 천 번 일어났어도 한사하고 거절하고 말았던 것이다. 그러나 그들은 언제까지나 우리들을 그냥 두지 않고 많은 희생자를 내게 하는 동시 최후에는 어린이날에 일국가(日國歌)를 합창하라, 일기(日旗)를 수기로 사용하라는 등, 가지가지 간섭과 과중한 탄압으로 1837년[85] 5월에는 16회를

---

[84] 1927년 10월 16일에 〈조선소년연합회〉가 창립되었고, 이어 1928년 3월 〈조선소년총동맹〉이 결성되었으나 일제 당국의 반대로 〈조선소년총연맹〉으로 이름을 바꾸었다.

마지막으로 어린이날을 빼앗어 가고 말았던 것이다. 이렇게 잔인한 그들의 총칼과 고문에 대항하면서도 16년 동안이나 싸워 온 자랑할 수 있는 과거를 가진 이 어린이날을 우리는 해방 후 어떻게 맞이하고 있는가. 1946년 해방되던 다음해 전 민족의 감격 속에서 어린이날전국준비의원회[86] 주최로 어린이날을 5월 5일로 정하고 서울과 지방에서 성대한 기념행사를 보았으나 어른들의 사회가 차차 분렬되고 부패해짐을 따라 매년 이날도 병들고 시들게 되어 네 번째 맞이하는 금년에도 거족적으로 행사를 할 수 있는 이렇다 할 아무런 단체가 없다는 것은 천만유감이 아닐 수 없다. 이렇게 즐거운 명절날에도 가난한 어린이들이, 파리 떼처럼 모아 다니면서 라이타 돌을 팔고 혹은 구두를 닦고 담배를 판다는 것은 국가의 장래를 생각하여 크게 슬픈 일이 아닐 수 없다.

(사진은 1946년 5월 어린이날 기념 대회 광경) (이상 17쪽)

---

85 '1937년'의 오식이다.
86 '어린이날전국준비위원회'의 오식이다.

박철, "어린이날의 由來와 意義", 『婦人新聞』, 1950.5.3.

우리 정부 수립 후 두 번째 어린이날을 맞이하여 우리는 새로운 각오와 단결로서 미래의 대한의 주인공들을 위한 어린이날을 뜻 깊이 축하하여야 할 것이다. 이날은 어린이들의 명절인 동시에 전 민족적인 명절로서 기념하고 인식을 새로히 갖어야 할 것이다.

"어린이는 나라의 보배"라고 할 만치 어린이들에 대한 기대는 크며 어린이는 미래의 이 나라 주인이며 우리 민족의 새로운 삭인 것이다. 이와 동시에 어린이는 결코 어른들의 마음대로 만들 수 있는 것이 아니며 그들의 생각과 히망을 함부로 무시하고 어른들의 위력으로 끄러가려는 부모는 없는지 그리고 어린이를 이해하지 못하고 건강을 무시하며 공부만을 강요하는 선생들은 없으며 어린이들의 보호자는 봉건사상에서 벗어나지 못하고 있는 사람은 없는지 우리들 자신은 이날을 기하여 반성하여야 할 것이다.

우리의 선배들은 어린이들이 단결하는데서 우리 민족의 행복을 초래하며 어린이의 장래는 빛날 것이라고 인정하고 처음으로 단결의 위엄을 보인 것인데 이날이 즉 지금으로부터 二十七년 전인 단기 四천 二백 五十五년인 이날이엿든 것이다. 그리고 이 운동의 선봉자는 고 소파(小波) 방정환(方定煥) 선생인데 이 소파 선생은 어린이를 학대하지 말라 어린이의 인격을 존중하라는 슬로간을 나타내고 주장한 것이며 그 시초가 이날인 것이다. 그후 이날을 매년 어린이를 위하여 힘껏 노래하고 즐기는 동시에 어린이의 단결력을 강화시키며 새로운 지침을 보여주고 있었던 것이다. 그러나 일제의 폭악한 탄압은 여기에까지 뻐처서 결국은 四천 二백 七십년까지 지내오던 어린이날의 다사로운 행사는 이들로 인하여 중지하지 않을 수 없게 되엿든 것이다. 그 후 해방으로 인하여 우리는 잃었던 국토를 찾고 또 다시 이날을 마지하게 된 것이며 특히 올해는 우리 정부가 수립된 지 두 번째 마지하여 어린이를 위한 여러 가지 행사를 베풀기 위하여 아동애호주간(兒童愛護週間)까지 제정하여 다채로운 행사를 하게 된 것은 어린이와 같이 전 민족이 즐겨야 할 것이다. 특히 미래의 대한은 이들의 것이며 우리 민족이 잘살고 못사는 것은 이들의 손에 달려 있다는 것을 재인식하고 새로운 교육방침과 문명적인 지도를 이들에게 실시하고 고귀한 민족의 자랑을 이들에게 알려 주는 것이 전 민족에게 부과된 책무인 것을 잇어서는[87] 안 될 것이며 이들의 거짓 없는 순진성과 정의감을 본받아야 할 것이다.

---

[87] '잊어서는'의 오식이다.

社說, "어린이날", 『자유신문』, 1950.5.5.

제 二十八년 어린이날이 왔습니다. 우리나라 명절이요 어린이의 명절 "어린날"은 다시 왔건만 세계는 소란하고 우리의 살림사리는 가난하고 어린이는 기운 없이 이날을 마지하게 되어서 저윽이 섭섭하게 생각됩니다.

二十八년 전 五月 一日 첫째 번 어린이날만 하여도 왼 장안 소학생들은 기를 흔들고 노래 소리 높이 부르며 씩씩하게 행진도 하고 여기저기서 어린이들을 즐겁게 해 주는 모임이 있어서 어린이들은 하루 종일을 흥겨웁게 놀았던 것입니다.

그러면 무슨 까닭으로 어린이날을 정했느냐는 것을 생각해 본다면 다음의 두어 가지를 들어서 말할 수 있읍니다.

첫재 어린이는 새 사람입니다. 어느 나라 어느 민족이건 어린이는 그의 새싹인 새 사람입니다.

오랜 옛날부터 살아 내려온 역사의 북도듬을 받아서 새로 싹튼 새 사람입니다.

본보기를 하나 들어보면 우리나라 "역사"는 읽기 쉬웁게 역근 것이 없었고 더욱이 일제가 많이 불질러서 없새 버렸은 고로 여러 학자들은 일제의 눈을 피해 가면서 올코 바른 우리 역사를 역거 놓으려고 한평생을 바쳤읍니다.

여러 사람이 일생을 바처서 역거 놓은 "국사"는 시방은 한 권 책이 되어서 새 사람인 소학생들은 단 一년 동안에 배울 수 있고 그 위에서 옳고 바르게 살아 나가는 길을 생각할 수 있게 되는 것입니다. 그것은 과학이나 예술도 마찬가지입니다. 수천 년 걸려서 이루어진 그런 것을 가장 짧은 시간으로 몸에 지닌 수 있고 그 위에 더욱 진보시킬 수 있는 사람들이니 새 사람이란 언제나 어른보다 새롭고 진보 되고 앞선 바탕을 가지고 있는 것입니다.

그러기 때문에 어린이가 훌륭한 나라는 흥하고 어린이가 못생긴 나라는 망하는 것입니다.

그러나 三十년 전 우리나라에서는 어린이란 어룬들의 노리개나 작난깜으로 귀여움을 받거나 그러지 않으면 욕먹고 매 맞고 구박 받는 사람들이 있기 때문에 "어린이는 새 사람"이니 사람대접을 하고 잘 배우고 잘 놀아서 씩씩하고 훌륭한 사람이 되도록 할 것과 그 어린이의 뛰어난 장기를 무럭무럭 자라게 키워주도록 하자는 것이었읍니다.

둘째로 어린이들에게 부탁하는 마음이 있었던 것입니다.

일본 제국주의가 우리나라를 뭇질르고 우리의 역사의 문화와 예술까지도 뿌리를 뽑아버리려고 하였고 우리들은 절대로 자유가 없었던 것입니다.

바다를 건너서 다른 나라에 나가서는 독립운동도 할 수 있었지만 나라 안에서는 도저히 할 수 없엇읍니다. 더욱이 어린이들은 일본 사람 선생들이 일본말을 가리키고 그 정신을 넣어 주려고 힘썼기 때문에 "아아 이래서는 안 되겠다. 우리 민족의 아들딸이요 우리의 다음 대를 질머진 사람"이란 것을 알도록 해 주어야 하겠다. 그리고 우리 민족은 훌륭한 민족이란 것과 우리들은 일본 제국주의를 물리치고 나라와 땅을 찾아서 독립해야겠다는 것과 그러케 하기 위해서는 시방 우리들만의 힘으로는 도저히 어려운 일이니 우리들의 힘으로 이루지 못한다면 너희들이 계속해서 잊지 말고 힘써야 하겠다는 생각으로 "씩씩하고 참된 소년이 됩시다. 그리고 서로 도웁고 사랑하는 소년이 됩시다."라는 구호를 외처서 우리 민족은 서로 사랑하고 도웁고 한데 뭉처서 더욱 훌륭한 민족이 되고 나라를 찾아야 할 것이라는 부탁을 전하려 했던 것입니다.

오늘은 "어린이날"을 정한 지 二十八년째 되는 어린이날을 마지하는 것입니다.

우리들은 해방이 되어 독립국가가 되었읍니다. 그러나 서로 도웁고 사랑하며 한데 뭉처야 할 민족은 남북으로 갈려 있고 살림사리는 대단히 가난합니다. 거리로 밥을 얻으러 댕기는 어린이 구두 닥는 어린이 신문 파는 어린이가 얼마나 많습니까? 나라와 민족이 흥하고 망하는 것이 다음 대 곧 새 사람인 어린이에게 달려 있다고 하는데 이렇게 가난해서야 어찌하겠읍니까. 그러나 낙심하여서는 아니 됩니다. 어른은 낙심하는 대도[88] 있지만 어린이는 절대로 낙심하는 일이 없는 것입니다.

---

88 '때도'의 오식이다.

보스돈 마라손 대회에서 우승해서 세계에 이름을 날린 함기용 선수 송길윤 선수 최윤칠 선수[89] 또 서윤복 손기정 여러분도 한결같이 가난하지 않은 사람이 없읍니다. 모두 가난한 집에서 자라난 이 사람들이 민족의 이름을 높이 떨치게 한 것입니다. 우리들의 시방 살림사리가 가난하다고 지처서 너머져서는 아니 됩니다. 지처서 너머지고 낙심하는 어른이 있다면 오히려 어린이들이 힘을 도다 주도록 해야 할 것입니다. 히망을 가지고 꿋꿋하게 씩씩하게 살아나가고 나라를 위하여 민족을 위하여 인류를 위하여 훌륭한 세상을 만드는 일꾼이 되기를 맹세하는 마음으로 이번 어린이날을 마지한다면 크고 뜻깊은 일인 것입니다.

---

89 1950년 4월 19일 미국 보스톤 마라톤 대회에서 함기용(咸基鎔)이 1위, 송길윤(宋吉允)이 2위, 최윤칠(崔崙七)이 3위를 차지하였다.

社說, "어린이날", 『한성일보』, 1950.5.5.

오늘은 어린이날이다. 어린이날을 창정(創定)하여 행사를 지내온 지 스물한 번째로 오늘도 어린이날의 행사가 있어, 즐거움이 그리 많지 못한 이 땅의 어린이들을 즐겁게 하기로 되어 있다. 그리하여 우리는 귀애야 하고 씩씩하게 자라게 하여야 할 어린이들의 존재를 새삼스레 느낄 기회를 가지게 되는 것이다.

눈을 돌이켜 우리의 가정을 잠시 보기로 하자. 아버지는 하루 일에 지쳐 피곤한 집에 돌아온다. 어머니는 집안일에 쪼들려 미처 어린이들을 돌볼 사이가 없다. 저녁을 나눌 때에 어린 것들을 대하면 애들을 좀 더 행복 되게 하여 주어야겠다고 생각은 하나, 부모에게는 시간과 돈의 여유가 없는 것이 현실이다. 해결해 주어야 할 어린이들의 문제는 많으나, 미처 보모의[90] 손이 미치지 못하는 것이다. 그렇다고 그대로 내버려 둘 수 없는 것이 또 어린이들의 문제가 아닌가. 참으로 우리 민족 전체의 장래 그것인 어린이들이라는 것을 생각할 때, 어린이를 위하여 생각하여야 하는 날은 오늘뿐이 아니라 매일 매일을 어린이날로 여겨야 할 것이다.

우선 교육문제를 생각하여 보자 —— 올해부터 의무교육이 실시되는데, 이 국가적으로 경하스러운 실시로 어린이들의 전 취학(全就學)을 기대할 수 있을 것인가? 거리에는 생활 — 아니 그날그날의 생존을 위하여 담배와 신문 파는 어린이가 너무나 많이 눈에 뜨이는 것을 어찌하리오. 이들을 학교로 돌려보내는 운동을 하여야 할 것이다. 물론 이 문제를 해결하는 데에는 사회의 다른 모든 문제와 관련이 있는 만큼 그것들을 해결해야만 할 것임은 말할 것도 없으나, 그렇다고 다른 문제의 해결만을 기다릴 수도 없는 것이다.

비록 취학을 지켰더라도 우리 들러리에는 그들의 끊임없는 지적욕구(知的欲求)를 채워 줄 만한 양식이 너무나 적지 않은가. 거리에 범람하는 그들을 위한 책자 중에는 너무나 저속한 것이 많다. 때로는 八 · 一五 이전의 군국주

---

90 '부모의'의 오식이다.

의 일본의 찌꺽지를 그대로 옮긴 것까지 종종 보게 되는 정도이다.

또 우리는 어린이에게 신체를 발육시킬 수 있을 만한 유희장 하나 변변히 작만하지 못하고 있다. 또한 어린이들의 감수성이 날카로운 마음속에 덕성(德性)을 기르게 할 만큼 사회의 풍조가 좋다고 볼 수 없다.

여기까지 생각이 이르매, 어린이날을 맞이함에 도리어 어른들은 부끄러움을 면치 못할 상태라. "어린이를 사랑하자!" "어린이를 보호하자!"는 구호를 외치기 전에, 우리는 어떻게 하여야 참말로 어린이들을 행복 되게 할 수 있는가를 처음부터 생각하여야 할 것이다. 어린이날의 구호보다 하나의 실천을! 이것이 오늘의 과제이다.

金貞允, "兒童運動의 再出發", 『한성일보』, 1950.5.5.

밤거리에 아이들은 새로운 生活을 發見했다.

長安, 그리고 坊坊曲曲, 流布되고 있는 마라돈 熱은 우리들에게 複雜한 感情을 일으킨다. 우리들이 아이들 世界에 바라는 强烈한 自發性의 發動을 그들이 마라돈 生活에 들어간 契機와 關聯시켜 생각해 볼 때 룻소—를 생각하게 된다.

만약 아이들을 引導하려면 어떻게 그들을 움직이게 하나 하는 데서부터 시작해야 한다. 그것은 規則이나 知的인 敎示에 依할 게 아니라 우직 아이들을 自由롭게 놀리고 必要할 때는 揶揄도 하고 성도 내고 그리고 그들의 生活을 즐겁게 營爲하게 끔 해야 한다. 그것은 自發的 運動의 滿足感을 充足시켜야 한다.

아이들은 달라졌다. 우리가 保護해야 하고 달콤한 愛情을 베풀어 주어야 하였을 어린이 運動 初期時代의 아이들로 停滯하고 있지는 않다. 이즈음 一部 識者들의 異常한 注目을 끌고 있는 아이들 自身의 詩作 運動(그것을 우리는 兒童自由詩라고 부른다)에서도 그러한 一端을 엿볼 수 있지만 센시블한 童謠 테두리에서 벗어나 그들 自身의 生活 呼吸을 自由로 담을 수 있는 兒童 自由詩에 放出된 健康과 淸純한 感覺은 刮目할 바 있다.

그들은 本質的으로 프리미티브한 族屬이다. 野蠻人에 있어서와 마찬가지로 좋은 意味에서거나 나쁜 意味에서거나 푸리미티브한 것이다. 天眞과 함께 邪氣가 있다. 우리가 아무리 그들을 어여쁘게 그려 낼지라도 그들의 邪氣는 天眞性과 함께 가시지 않는다.

지금 流布되고 있는 마라돈 熱에도 이 푸리미티브한 두 가지 特性의 發露가 있다.

마라톤 流行의 本質을 解明함으로써 우리는 兒童運動의 性格을 새로 構想해야 할 것이다. 때리고 달래지 않아도 自己를 스스로 즐기고 營爲하는 善의 世界를 어떻게 誘導하는가 하는 問題다. 보스톤의 勝利者에서 英雄을 發見

하고 링컨, 컬롬부스, 아문젠, 파스터-르, 미켈란젤로, 큐리-와 같은 偉人을 發見케 할 것이다. 苦楚를 克服하고 名利를 超越하고 人類의 文化를 樹立하는 自發的인 意慾의 生活을 營爲하게 하는 契機의 發見이 있어야 할 것이다.

오늘의 兒童運動은 保護運動이나 啓蒙運動이어서는 안 된다. 그들은 우리가 생각하는 그렇게 柔弱하고 愚鈍한 動物이 아니다. 이제부터의 兒童運動은 廣汎한 意味의 兒童文化運動이어야 한다. 兒童世界의 獨自性(過去에 그릇 생각해 온 童心)을 民族的인 課題와의 結付에 基礎를 두어야 한다.

또 어린이날이다. 이젠 어린이날도 止揚해야 될 時期가 온 것이 아닐까? 一時的인 興奮 속에서, 音樂會니 童話會니 野遊會니 사탕봉지가 生長한 그들에게 무에 그리 큰 營養이 될 것인가?

아이들을 다시 보자. 아이들의 앞날을 생각해 보자. 그리고 놀고 싶거든 놀게 두고 공부시킬 必要가 있으면 그 環境을 만들어 주고 잘하면 칭찬하고 잘못하면 때려 주자.　　兒童文學研究家

草綠童, "어린이'運動 小史", 『聯合新聞』, 1950.5.5.

일찌기 이 땅에 어린이 운동이 시작되기는 서기 一九一九년대부터였다. 먼저 광주(光州) 진주(晋州) 안변(安邊) 등지에 최초로 소년회(少年會)가 조직되었고 이에 따라 점차(漸次)로 타처(他處)에도 파급(波及)되었다.

중앙 에는 一九二二년경 四월에 천도교 교회당(天道敎敎會堂)에서 金起田 車相瓚 朴達成 등 제씨가 발기하여 〈천도교소년회〉를 조직하였고[91] 그 이듬해(一九二三년)에는 무산(無産)소년운동을 목표로 하는 〈반도소년회(半島少年會)〉가 조직되었다.

이렇게 중앙에서 두 단체가 해를 거듭하여 조직되자 수많은 소년운동 독지가(篤志家)들은 각기 곳을 달리하여 四백여 단체의 소년소녀회(少年少女會)를 다투어 조직하였다. 일편 方定煥 趙喆鎬 등 제씨는 어린이운동의 통일적(統一的) 전개(展開)를 꾀하고자 〈조선소년운동협회(少年運動協會)〉를 조직하고 연락 사무를 취급하였다. 뿐만 아니라 문화단체 및 언론기관과

협동 하여 이 땅 최초로 "어린이날(少年日)"을 五월 一일로 제정하고 소년문제에 대하여서는 독안이 같은 조선 사회를 환기(喚起)시키며 어린이 애호(愛護)운동에 기세를 올리게쯤 되었다.

그러나 일제(日帝)의 탄압(彈壓)은 심상치 않아 한창 피어오르던 어린이운동에 잠시 암(암)이[92] 되었다. 이리하여 한창 피어오르던 어린이운동은 一시 침체(沈滯)된 역경(逆境) 속에 일월을 바꾸어 오던 중 一九二五년 五월 〈半島少年會〉〈天道敎少年會〉〈佛敎少年會〉〈새벗會〉〈明進少年會〉〈鮮明少年會〉〈中央基督少年部〉 및 제 단체가 솔선 합동하여 〈五월회(五月會)〉를 조직하고 전국소년단체(全國少年團體)와 연락차로 순회동화(巡廻童話)를 떠났다.

이것이 이 땅 최초의 순회 동화로 다대한 성과를 거두고 돌아온 것은 물론

---

91 〈천도교소년회〉는 1921년 4월 5일 조직되었으므로 '一九二二년경 四월'이라 한 것은 잘못이다.
92 '암(暗)이'의 오식이다.

이다.

뿐만 아니라 이로써 전국 어린이 단체에 통일을 절실(切實)하게 하였다.

그리하여 순회 동화에서 돌아온 지 얼마 않 된 즉 〈五月會〉의 창립(創立)을 본 지 二년 후인 一九二七년 一월 六일에는 五십二 단체의 참집으로 〈조선소년연합회(朝鮮少年聯合會)〉를 결성하고 위원장(委員長)에는 方定煥 씨가 피선되었고 그 一편 아직까지 五월 一일에 거행하던

어린이날 을 '메-데'일과 피하 위하여 五원 五일로[93] 개정하였다. 그리고 이듬해인 一九二八년 三원[94] 동 연합회 제一회 정기총회에서는 동 연합회의 조직을 자유연합제(自由聯合制)로부터 민주중앙전권제(民主中央專權制)로 변경하여 조직을 강화시키고 한편 명칭을 〈조선소년총연맹(朝鮮少年總聯盟)〉이라고 개칭하였다. 이리하여 동년 어린이날에는 전국 三천五십여 곳에서 어린이날 행사를 성대히 하였고 조직을 확대(擴大)하여 一도 一연맹(一道 一聯盟)제를 채택하여 각도 연맹 조직에 착수하였다.

첫째로 〈경기도소년연맹(京畿道少年聯盟)〉을 결성하고 둘째 번으로 〈경남도소년연맹〉을 결성하고 세 번째 〈전남도연맹〉을 결성코자 각 군 대표를 소집하였던 바 일제의 탄압으로 하여금 중지되었다.

이때 동 결성대회에 참석코자 각 군에서 참집하였던 각 군 대표들은 별 수 없이 광주 澄心寺에서 간담회(懇談會) 정도로서 다음 일을

토의 하고자 하였으나 역시 일군(日軍)의 급습으로 참석인(參席人) 四십여 명이 총 검거(總檢擧)를 당하고 그중 金泰午 柳赫 姜子洙 曹秉哲 李鉉 高長煥 등 제하는[95] 금고형(禁錮刑)을 받았다. 이리하여 조직은 중단되고 어린이운동은 주로 어린이 교양 운동에 치중하는 정도에 불과하게 되었다.

이렇게 어린이운동에 수난기(受難期)가 오자 대부분의 운동자들은 지하(地下)로 숨었고 이로 말미암아 익년(翌年) 십二월 정기대회(定期大會) 때는 성원(成員) 부족과 지방 사정으로 유회되고 마랐고 그 후로 겨우 간판만을

---

93 '피하기 위하여 五월 五일로'의 오식이다.

94 '三월'의 오식이다.

95 '제씨는'의 오식이다.

유지하는 정도에서 "어린이날" 행사를 빈약하게 성겨올 뿐이었다.

이러는 중에도 일제의 탄압은 날로 혹심(酷甚)하여서 〈조선소년총연맹〉
및 〈경기도소년연맹〉을 비롯한 각 도 연맹을 해체케 하고 일제의 지시(指示)
밑에 의의 없는 일월(日月)을 보내오다가 김빠지게 제십六회의 "어린이날"을
마치고 해방(解放)이 되었다.

×　　　　　　　×

__해방__　이 되자 지하로 숨었던 소년운동 독지가(篤志家) 및 소년운동자
제씨는 다투어 나타나 제십七회 "어린이날"을 준비하는 여러 단체가 봉기하
듯 나타났다.

먼저 南基薰 鄭成호 朴興민 제씨 등의 발기로 소년문제협의회로 〈조선소
년운동중앙협의회(朝鮮少年運動協議會)〉를 조직하고 동 협의회에서 기관지
『소년운동』(少年運動)을 발간하였다.

한편 "어린이날"을 준비하기 위하여 각계를 막라한[96] 〈어린이날전국준비위
원회(全國準備委員會)〉를 결성하고 그 기념식을 徽文中學 운동장에서 거행
하였다.

그 후 一九四七년의 "어린이날"을 역시 南基薰 씨 등 발기로 〈전국어린이날
준비위원회〉를 二월 중순경 결성하여 "어린이 기념" 행사를 창경원에서 하였
고 一九四八년도 "어린이날"에는 이해 三월에 결성된 〈조선소년운동자연맹〉
주최(朝鮮少年運動者聯盟主催)로 덕수궁(德壽宮)에서 개최되었다. 지난 二
십회 "어린이날"은 역시 동 〈대한소년운동자연맹(大韓少年運動者聯盟)〉(註
大韓은 朝鮮의 改稱) 주최로 덕수궁에서

__거행__　되었다. 이로써 어린이운동에 본격 면이 나타난 것으로 어린이운
동은 각처 각계(各處各界)에서 우렁차게 전개되어 국가 법률로서도 어린이
의 의무교육(義務敎育) 및 소년 노동법들의 어린이 애호에 박차를 가하고
있는 중 오늘의 제二십一회의 어린이날을 맞이하게 되었다.

(草緣童)

---

96 '망라한'의 오식이다.

社說, "어린이날에 題함", 『연합신문』, 1950.5.6.

어제는 이 땅에 "어린이날"이 定해진 後 第二十一回를 맞이하여 피여오르는 꽃을 聯想시키는 아름답고 明朗한 날이다. 家庭에서 學校에서 씩씩하게 무럭무럭 자라나는 내 子女 내 愛弟子의 머리를 無限大의 愛情으로 다시한 번 쓰다듬어 보고 거리를 지내는 少年少女에게 어른들의 사랑의 視線이 微笑와 더부러 저절로 던저지는가 하면 全國各地에서는 多彩로운 記念行事가 展開되여 이 民族의 限없는 앞날의 隆盛을 象徵하고 있는 것이다.

도리켜 보건대 日帝下 우리의 어린이運動이 걸어온 길은 文字 그대로 형棘의 重疊이였었다. 即 四二五〇年 〈光州少年會〉가 고々의 聲을 외치자 이것이 各 地方 少年會 組織에 刺戟을 주었고 五三年에 中央에서 〈天道敎少年會〉가 組織되었는가 하면 翌五四年에는 階級鬪爭 色彩를 띈 〈半島少年會〉가 組織되었던 것이다. 그 後 四百餘 少年少女 團體를 傘下에 包攝한 〈少年運動協會〉 結成 天道敎 佛敎 基督敎 等 宗敎 系統 少年會를 中樞으로 하는 合同體 〈五月會〉의 組織 等도 이날 回想의 하나이거니와 五九年 五十二 團體가 〈朝鮮少年聯合會〉로 合流 誕生 하였다가 後年[97] 自由聯合主義를 一擲하고 中央 集權制下에서 〈朝鮮少年總聯盟〉에로 改編한 것은 여러 가지의 意味에서 우리에게 준 이날 한 個의 거울이 아닐까 한다.

그리고 同 總聯 道單位 組織體로 全南聯盟 結成大會가 澄心寺 懇談會로 變貌되고 그나마 日帝의 急襲을 받아 各郡 代表 四十名의 總檢擧를 當한 나머지 그 大部分이 禁錮刑을 받게 된 것은 日帝의 少年運動에 對한 彈壓相을 말하는 一端으로서 우리는 이날을 맞이하여 少年運動에 身命을 바친 數많은 先輩의 靈前에 삼가 慰辭를 드리는 同時에 生存鬪士의 勞苦에 深甚한 謝意를 表하여 마지않는 바이다.

---

97 '後年'은 문맥상 단기(檀君紀元) '四二六〇'년을 가리키는데 서기(西紀)로 환산하면 1927년이 된다. 이 글에서 언급된 조직(창립) 연도가 조금씩 다르다. 〈천도교소년회〉는 1921년, 〈조선소년연합회〉는 1927년, 〈조선소년총연맹〉은 1928년이어야 맞다.

二

어린이날을 맞이하여 어른으로의 反省할 것이 너무나 많음을 느끼는 바이며 國家社會的으로도 어린이에 對한 物的 心的에 걸쳐 許多한 施策과 待遇改善의 要를 남기고 있어 여기에 이를 枚擧할 길조차 없거니와 이러한 因襲과 環境에서 이 나라의 明日을 雙肩에 負荷하고 나갈 훌륭한 어린이의 生成을 要求하는 것은 어린이에게 對한 너무나 無理한 强要임을 무릇 어른 된 者 自省하고 自愧하는 바 있어야 할 것이다.

어린이를 蔑視하는 어른의 因襲은 아직도 그 뿌리가 빠지지 않고 있다. 榮養을 攝取하라고 가르치는 學校의 生理 先生이 "점심"도 가져오지 못한 兒童에게 後援會費를 가져오라고 집으로 도루 가져 일은 없는가? 自己의 모든 不合理한 言行은 別問題란 듯이 어린이에게만 훌륭한 사람이 되기를 强要하는 것이 學父兄의 거의 全部가 아닐까?

三

現在까지의 어른들은 兒童을 어른 社會에 끄러오려고 하였으며 現在까지의 兒童教育은 注入式인 것이다. 그러나 어린이는 어린이에게 어린이의 社會를 달라고 말없는 要求를 하고 있는 것이다. 注入式 教育을 一擲하여 어린이 스스로가 自進하여 "배움"에 接近하고 "배움"에 熱中하게 하여야 할 것이다.

어린이는 家庭에서 學校에서 거리에서 어른의 社會를 監視하고 있는 것이다. 그리고 批判하고 있는 것이다. 그러나 이를 表示치 않고 있으며 또 못하고 있으니 이는 "건방진 어린 놈"의 烙印을 두려워하는 까닭이며 어른 社會에 對한 批判은 어린이에게 許與되어 있지 않은 까닭이다. 여기에 더 큰 矛盾이 그 무엇이랴.

어른의 社會 日常生活 環境은 兒童의 教室이다. 純眞한 어린이의 批判的이 痲痺되는 곳에 感染과 同化가 始作된다. 謀利輩가 滿醉의 惡臭와 함께 自動車로 밤중의 歸家를 誇示하고 國民學校 卒業 紀念宴에 油頭粉面의 妓生이 亂舞하고 貧寒한 家庭에서 道義를 無視하고 小利를 꾀하는 主婦의 謀議가 어린이의 귀를 뚫고 거리에서 各種各色의 어른들의 醜態가 빠짐없이 演出되고 있는 가운데서도 어린이에게만 健全한 精神의 所有者 되기를 强要할 수 있을까? 하루 세 끼의 죽飯이 없어도 健全한 身體의 所有者가 될 수 있는 것이다.

거듭 强調하거니와 어른의 社會 日常生活의 環境은 어린이의 教室이다. 이 教室의 淨化를 어른 된 者는 이날의 盟誓로 삼어야 할 것이다.

한국
아동문학비평사
참고자료

※ 『한국 아동문학비평사 자료집』은 자료 수록의 하한선을 육이오 전쟁(六二五戰爭) 이전까지
   로 한정하였다. 이하의 비평문 자료는 육이오 전쟁 이후에 발표된 것이지만, 한국 아동문학
   비평사와 관련하여 쟁점이 되었던 것이거나 아동문학의 사적(史的)인 이해에 도움이 될 만
   한 글들이다. 이 글들을 통해 앞의 비평 자료들에서 더러 발견되는 사실 관계의 오류나 불명
   확한 기술로 인해 다소 혼란스러웠던 내용들을 바로잡을 수 있을 것으로 기대한다.

馬海松, "(特輯 新文化의 濫觴期)나와 〈색동會〉時代", 『신천지』, 제9권 제2호, 통권60호, 1954년 2월호.

一九一九 年 三月 一日에 歷史的인 獨立運動을 일으켜서 全國 坊坊谷谷에서 獨立萬歲를 부른 것은 世上이 다 아는 일이다.

이것은 第一次世界大戰이 끝나자 當時의 美國 大統領 '윌손' 氏가 講和會議의 基本 原則으로 提案한 十四 個 條의 主要한 骨子가 된 "民族自決主義" 卽 "强國에게 侵略이나 壓制를 받고 있는 弱少 民族은 그 民族이 決定하는 대로 하여야 한다."는 主義에 따라서 우리 民族도

韓·日合邦은 결코 우리 民族의 意思가 아니요 强國 日本의 侵略에 依해서 壓制를 받고 있는 것이니 우리는 마땅히 獨立國家가 되어야 한다는 正當한 意思를 世界에 表示한 것이었다.

이 獨立運動으로 해서 七,五〇〇餘 名이나 虐殺 當하고 一五,九〇〇餘 名이나 負傷을 當하고 四六,九〇〇餘 名이나 投獄되었다.

그러나 佛蘭西 巴里에서 열린 第二次大戰 講和會議에서는 우리의 獨立이 承認되지 않았다.

그것은 日本이 大戰을 勝利한 聯合軍 側에 加擔하였던 것과 또 歐羅巴의 여러 大國들이 東洋에 있는 조그마한(이상 154쪽) 우리나라쯤은 문제로 생각하지 않았던 까닭이다.

이렇게 되니 日本의 壓制는 날로 심해 갔다.

學校에는 日本人 敎員이 많아지고 日本語 時間이 많아지고 日本語로 가르치게 되고 훌륭한 우리 先生들은 無資格者라고 罷免을 當하게 되고 日本 國民 精神을 머리에 넣으려고 애를 썼다.

또 훌륭한 指導者는 온갖 트집을 잡아서 죽이거나 投獄을 시키니 國外로 亡命하는 수밖에 없었다.

世界의 强國도 믿을 수 없고 우리는 우리 民族만을 믿고 살 수밖에 없게 되었다.

우리의 民族 精神과 獨立精神을 잃지 않고 길이길이 이어 나가도록 해야

하게 되었다.

이미 어른이 된 사람이나 높은 學校에 다니는 사람은 그런 精神을 잊을 理 없지만 겨우 小學校에 들었거나 들기도 前 어린 사람들은 아주 그런 精神을 이어받지도 못하고 日本人의 植民地 百姓이 되기에 좋도록 가르치는 敎育을 받아서 그들의 비위에 알맞는 사람이 되어 버리기 쉽게 되었다.

이때에 이런 일을 걱정하는 사람들이 모였다.

一九二二年 日本 東京에서 공부하던 사람들이다.

方定煥, 孫晉泰, 曺在浩, 尹克榮, 鄭淳哲, 丁炳基, 秦長燮, 高漢承, 馬海松.

아홉 사람이었다.

民族의 次代는 어린 사람들이다.

어린 사람들이 잘되고 못되는 데에 民族이 興하고 亡하는 것이 달려 있으니 그들을 잘 指導하기 위해서 硏究도 하고 일도 해 보자는 모임이었다.

모임의 이름을 〈색동會〉라고 했다.

색동 꽃동 색동저고리의 색동이다.

事實 그때의 우리나라 어린이들은 집에서나 밖에서나 귀찮은 存在로만 대접 받고 있었다.

여덟 살이 되면 마지못해서 보통 學校에 보내는 家庭은 많았지만 집에서 볼 冊 한 卷 그림冊 한 卷 장난깜 하나 사 주는 사람도 없었고 사 줄 것도 없었다.

어린이에게는 보는 것 듣는 것이나 장난하는 것이 모두 生活이다. 곧 知識이 되고 마음의 살이 되고 뼈가 되어서 一平生 사람됨을 자리 잡게 하는 것이다.

그러나 그때의 우리 兒童들은 우리(이상 155쪽)의 훌륭한 民族 精神을 이어받을 만한 環境도 갖추지 못했고 앞서 나아가는 世界 여러 나라의 이야기나 事情을 엿볼 수도 없는 處地에 있었다.

그러니 장난은 더욱 지저분해지고 귀찮은 새끼가 되어 버리는 것이었다.

이 귀찮은 장난꾸레기가 民族의 次代를 질머진 새 사람이란 것을 생각하는 사람은 대단히 드물었다.

〈색동會〉의 마아크를 曺在浩 氏가 만들었다.

사랑을 意味하는 하아트 속에 太極을 그렸다.

太極이 뚜렷이 보이면 日帝가 그대로 둘 理가 없다.

太極 한 끝에 뾰족이 새 잎을 그렸다.

새 모양이 되었다. 병아리 비둘기가 되었다.

하아트 속에 병아리 비둘기─이것이 〈색동會〉의 마아크이자 후에 "어린이날" 어린이들이 휘날리고 旗行列한 깃발이었다.

東京에서 자주 모여서 研究한 것을 發表하고 討論하고 지내었다.

그 결과 첫째로 어린이들에게 읽힐 雜誌를 發行해 보자고 의논이 되었다.

兒童이 읽을 冊이라고는 없고 雜誌는 물론 없었다.

雜誌 이름을 "어린이"라고 했다.

그때까지 "어린이"라는 말은 없었다.

"아이" "새끼" "가시내" "머시매"라고 불러 왔다.

그보다 앞서 崔南善 氏가 『아이들보이』라는 兒童雜誌를 발행한 일이 있었다.

民族의 希望이요 다음 代를 질머진 그들의 人格을 認定하고 個性의 發展을 尊重하여야만 하리라는 생각으로 "늙은이" "젊은이"와 같이 "어린이"란 말을 새로 지어서 썼다.

"어린이"가 무엇이냐고 묻는 사람이 많았다.

『어린이』雜誌을 만들기 위하여, 小波 方定煥은 歸國하여 서울서 그 일을 했다.

方定煥은 많은 童話와 童謠를 썼다.

外國 名作 童話를 많이 抄譯해서 發表하는 대로 讀者의 絶讚을 받았다.

그런 것은 後에 한 卷으로 모아서 『사랑의 선물』이란 冊으로 발행하여 數十版을 거듭하였다.

外國 이야기라기보다도 兒童들의 메마른 情緖를 찾고 돋우는데 큰 힘이 되었다.(이상 156쪽)

童話로 「형제별」「가을밤」 등 아직도 坊坊谷谷에서 學唱되고 있는 것은 세상이 다 아는 바이다.

尹克榮, 鄭淳哲은 童謠 作曲을 擔當했다.

尹克榮의 「반달」 鄭淳哲의 「까막잡기」는 너무나 유명하고 그 밖에 數十曲이 모두 數十年을 學唱되어 왔다.

高漢承, 秦長燮은 童話를 쓰고 孫晉泰, 曹在浩는 歷史童話를 썼다.

當時로서는 乙支文德이니 李舜臣이니 姜邯贊의 이야기란 學校에서는 물론 어데서도 들을 수 없던 것인 만큼 兒童들에게 주는 感銘이 컸었다.

「바위나리와 아기별」「어머님의 선물」은 그때에 지은 것이고 「토끼와 원숭이」는 一九二七 年의 作이다.

그 後에 同人이 된 鄭寅燮 氏는 童劇을 많이 썼고 李軒求 氏는 세계 各國의 兒童 藝術 作品을 많이 蒐集해서 세계兒童藝術展覽會를 開催하였다.

崔泳柱 氏 崔瑨淳 氏 尹石重 氏도 後에 同人으로 推薦되었다.

『어린이』 雜誌를 어린이들은 참 좋아했다.

『어린이』에 發表된 童話는 곧 全(이상 157쪽)國에서 公演되었고 童謠는 全國을 風靡하였다.

그러나 五錢짜리 雜誌 한 卷으로 넉넉한 어린이運動이라고 할 수는 없었다.

一九二三 年에는 五月 一日을 "어린이날"이라고 定하고 어린이들이 활짝 활개치고 한바탕 즐겁게 놀게 해주는 同時에 어른들에게도 우리의 생각을 傳하기로 하였다.

各 學校 學生과 幼稚園 아이들까지 〈색동會〉 마아크를 印刷한 旗를 휘날리며 장안을 旗行列도 하고 童話會 童劇會 音樂會를 하고 講演會를 하였다.

그리고 이런 口號를 외쳤다.

"씩씩하고 참된 少年이 됩시다. 그리고 서로 도웁고 사랑하는 少年이 됩시다."

또 어른들에게는 이렇게 외쳤다.

"어린이는 우리 民族의 다음 代를 질머진 사람이요 우리 民族이 잘되고 못되고가 오로지 어린이들에게 달려 있소!

어린이를 어른의 노리개로부터 解放하고 그의 人格을 尊重하고 그 個性의 發展을 圖謀합시다."

또

"어린이는 새 사람! 民族의 새싹! 어린이에게 尊對를 씁시다!"

第一年은 서울을 비롯하여 『어린이』 雜誌가 많이 나가는 몇 군데서만 어린이날을 지내었지만 第二年부터는 全國的으로 이 運動이 展開되었다.

一九二四年 八月에는 서울에 全國 少年指導者大會를 召集하여 硏究 發表와 協議 懇談하는 機會를 가젔으니 數十 都市의 少年會 少年團 代表가 모였었다.

그러나 이런 운동이 日帝下에서 오래 계속될 理가 없었다.

日帝의 行事에 휩쓸리기도 하다가 一九三八 年부터는 아주 "어린이날"을 못하게 되었다.

마음 있는 家庭에서 이 날을 지켰고 마음 있는 敎員이 學生에게 이야기해 주었고 〈색동會〉 同人이 있는 日本, 中國 여러 곳에서 더욱 意義 깊게 이 날을 지켜 왔다.

이미 三十三 年

그동안에 故人된 同人이 많으니 夭逝한 方定煥, 崔泳植[1], 丁炳基, 六·二五에 虐殺 當했다고 傳해지는 孫晉泰, 鄭淳哲, 昨年에 釜山에 難中에 卒逝한 高漢承.

過去를 抄錄하매 故舊를 追憶하는 情이 새롭다. (이상 158쪽)

---

1 '崔泳柱'의 오식으로 보인다.

동아일보사, "어린이날 역사", 『동아일보』, 1954.5.2.

우리나라에 어린이운동이 시작되기는 일찍이 1919년 때부터였다. 먼저 광주, 진주, 안변 등지에서 소년회가 조직되자 전국적으로 퍼졌고 중앙에는 1922년경 천도교교회당에서 〈천도교소년회〉가 조직되었고[2] 그 밖에도 몇 군데서 이러한 소년회가 조직되었다.

이렇게 몇 해를 거듭하는 동안에 수많은 소년운동 독지가(독志家)가 많이 새겨[3] 무려 400여 단체가 조직되자 방정환 조철호 제씨가 주동이 되어 어린이운동의 통일적인 운동 전개를 꾀하여 〈소년운동협회〉를 조직하게 이르렀다.

이리하여 이 땅에서 처음으로 어린이날을 5월 1일로 정하고 어린이애호 운동에 기세를 올리게 되었다. 그러나 일제의 탄압으로 한창 피어오르던 어린이운동이 일시 침체되었으나 1925년 5월 몇몇 소년단체가 솔선 합동하여 〈5월회〉를 조직하고 전국소년단체와 연락차로 순회동화를 떠났다. 이것이 이 땅 최초의 순회동화로 많은 성과를 거두고 돌아왔는데 이로써 전국어린이단체의 통일을 절실히 느끼게 되어 〈5월회〉가 조직된 지 2년 후인 1927년 1월 6일에는 52 단체의 참집하에 〈조선소년연합회〉를 결성하고 위원장에 방정환 씨가 피선되고 한편 아직까지 5월 1일에 거행하던 어린이날을 5월 5일로 개정하였다.

그 후 여러 가지 개칭 재조직 등을 거쳐 활발하게 어린이운동을 전개하였으나 일제의 탄압은 점점 심하여 어린이운동에 수난기(受難期)가 오자 대부분의 운동자들은 지하로 숨었고 아무런 활동을 하지 못하는 가운데 8·15해방을 맞이하였던 것이다.

해방이 되자 지하로 숨었던 소년운동 독지가 및 소년운동자 제위들이 다투어 나타나 그 후 매년 어린이날 기념행사를 거행하였다.

---

2 〈천도교소년회〉는 1921년 4월 5일 조직되었으므로 '1922년경'이라 한 것은 잘못이다.
3 '생겨'의 오식이다.

이로써 어린이운동은 본격적으로 각계각처에서 우렁차게 전개되어 국가 법률로서도 어린이의 의무교육 및 소년 노동법들의 어린이애호에 박차를 가하고 있는데 금년이 바로 제25회의 어린이날을 맞이하게 된 것이다.

尹石重, "(作家의 幼年期)『新少年』誌에 '봄'을……", 『자유문학』, 1959년 5월호.

나는 세 살 먹어서 어머님이 돌아가셨읍니다. 그래서 나는 혼자 사시는 외할머니 댁에서 컸읍니다. 우리 외할머니께서는, 자녀라고는 따님 한 분을 두셨다가 그 따님이 나를 나시고는 내 나이 세 살 때 이 세상을 떠나신 것입니다. 그러니 핏줄이라고는 나 하나여서 여간 위해 키워 주시지 않았읍니다. 어머니께서는 나 말고도 여럿 남매를 두셨는데 누나 한 분만 겨우 열세 살까지 살고 그리고 나 하나만 제대로 큰 셈입니다. 외할머니께서는 걱정이 돼서 나를 통 밖엘 내보내지 않으셨읍니다. 얼마나 위해 키우셨나 하면, 국민학교, 그러니까 그때는 보통학교였지요. 일곱 살에도 들어갈 수 있는 보통학교엘 열한 살이 돼서야 겨우 들여보내 주셨읍니다. 담임 선생님을 잘 만나서 보통학교 三학년에서 五학년으로, 五학년에서 고등보통학교 一학년으로 두 번씩이나 껑충껑충 건너뛰어서, 결국 사년에 맞춘 셈입니다마는, 소학교를 四년 다니는 동안, 벌써 "나의 길"은 결정되었던 것입니다. 열세 살 때, 글동무들을 모아『꽃밭』이라는 묵사지⁴ 잡지를 만들어서 돌려 본 것이 시초로 아동문학의 길로 잡아들었읍니다.

열네 살 때 봄에,『신소년』(신명균 주간)이라는 잡지에「봄」⁵이라는 동요가 뽑혔는데 이것이 동요 짓기의 첫걸음이었읍니다. 그해에『신소년』과『어린이』잡지 독자란에 뽑힌 어린이들을 모아서 〈기쁨사〉라는 단체를 만들고『기쁨』이라는 등사판 잡지를 내가 시작했읍니다. 그러는 한편, 부지런히 동요를 짓기 시작했읍니다. 요새도 부르는「오뚝이」⁶(박태준 곡)라는 노래도 그 시절에 지은 작품인데 열다섯 먹었을 때, 소파 방정환 선생 손을 거쳐『어린이』잡지에 뽑혔던 노랩니다. 〈기쁨사〉라는 어린이 단체는 비록 소학

---

4 '墨寫紙'는 탄산지(炭酸紙) 곧 복사지(複寫紙)를 말한다.

5 윤석중의 동요「봄」(『新少年』, 1924년 5월호, 55쪽)을 가리킨다. 이 작품은 '讀者文壇'에 실렸는데, 작자의 신원을 "京城校洞公立普通學校 尹石重 十四才"라 밝히고 있다.

6 윤석중의「옷둑이」(『어린이』, 1925년 4월호, 35쪽)를 가리킨다.

생들의 문학단체였읍니다만은, 해마다 어린이날만 되면, "어린이는 겨레의 희망"이니 "다(이상 201쪽)음 대를 이을 새 나라의 새 얼굴"이니 하는 깃발을 휘날리면서 일본 순경들이 목목이 지켜 서 있는 서울거리를 쏘다녔읍니다. 그 시절에 일으킨 모든 운동은, 그것이 곧, 나라를 도로 찾자는 부르짖음이요, 몸부림이었기 때문에 두서너 살밖에 안 된, 세상 영문 모르는 우리들도 주먹이 불끈 쥐어지고, 저절로 기운이 솟고 했던 것입니다.

우리 〈기쁨사〉 동인 가운데에는, 경상남도 울산 땅에 "서덕출"이라는 꼽추 소년이 있었읍니다. 그의 대표작인 「봄 편지」,[7]라는 동요가 『어린이』 잡지에 뽑힌 것은 서기로 一千九百二十五년, 그러니까 벌써 三十四년 전 일이올시다. 三十四년 전에 『어린이』 잡지에 뽑힌 이 노래를 보고 누구나 다 가슴이 뭉클했읍니다. 노래 내용이 비록 우리나라를 빼앗기기는 했을망정 봄이 되면 제비가 찾아든다는 희망의 노래여서 그런 것뿐만 아니라, 이 동요의 작자가, 몸을 자유로 놀리지 못하는 꼽추소년이었기 때문이었읍니다.

연못 가에 새로 핀
버들잎을 따서요
우표 한 장 붙여서
강남으로 보내면
작년에 간 제비가
푸른 편지 보고요
조선 봄이 그리워
다시 찾아옵니다.

그 시절엔 우리 땅을 다들 아시다싶이 "조선"이라고 불렀읍니다. 이 「봄 편지」 노래에는, 「푸른 하늘」을 지으신 "윤극영" 선생의 곡이 붙어서 서울 시골 할 것 없이 우리나라에 쫙 퍼졌읍니다. 지금 눈을 감고, 나의 어렸을 적을 돌아볼 때, 군것질할 돈을 모아 찻삯을 마련해 가지고 여름방학에 꼽추 동무를 찾아 먼 길을 떠났던 것이, 三十여년의 세월이 흘러간 오늘날까지

---

7 서덕출의 「봄 편지」(『어린이』, 1925년 4월호, 34쪽)를 가리킨다.

가장 뚜렷이 머리에 남아 있읍니다.

어린 동무 넷이 서로 짜고서, 여름방학에 경상도 울산 땅 그를 찾으려니, 그는 다리조차 마음대로 못 놀려 늘 방안에서만 살았읍니다. 조그마한 방, 미닫이에 붙어 있는 손바닥만한 유릿조각 —— 들어누운 채, 이 손바닥만한 유리창 밖으로 내다보이는 푸른 하늘만이 그의 희망이요 위로였읍니다. 그를 찾은 날은 비가 억수로 퍼부었읍니다. 밤새도록 퍼붓는 빗소리를 들으면서 「슬픈 밤」이라는 노래를 넷이서 같이 지었읍니다.

> 오동나무 비 바람에 잎 떠는 이 밤,
> 그리웁던 네 동무가 모였읍니다.
> 이 비가 개이고 날이 밝으면
> 네 동무도 흩어져 떠나갑니다. (이상 202쪽)
> 오늘밤엔 귀뜨라미 우는 소리도
> 마디 마디 비에 젖어 눈물납니다.
> 문풍지 비 바람에 스치는 이 밤,
> 그리웁던 네 동무가 모였읍니다.

—— 눈물도 같이 흘리면서 위안이 되어서 이 슬픈 노래를 짓고 나서야 마음들이 후련하여 잠들을 이루었던 것입니다.

때마침, 일본 동경에서 방학이 되어 고향에 다니려 오셨던 정인섭 선생이 우리가 울산에 모였다는 소식을 언양에서 들으시고 울산까지 오시었으나 그 집을 못 찾아 「봄 편지」 노래를 부르며 이집 저집 기웃거리다가 마침내 찾아낸 극적상봉도 그 시절 이야깁니다. 「봄편지」의 주인공 서덕출 씨는 해방 바로 전에 이 세상을 떠났읍니다.

내가 어렸을 적에는, 집에 들어 있으면, 어머니 없이 형제 없이, 외갓집에 얹혀 크노라고 쓸쓸했고, 나라꼴은 나날이 뒤틀려 들어가서 신문 잡지에 나는 시나, 소설이나, 강연회의 연설이나, 토론이나, 그 모두가 가슴을 치고 울어도 시언치 않다는 한탄뿐이었읍니다. 그런데 이상한 일로는, 이처럼 쓸쓸하고 답답하고 측은한 가운데에서 오직 마음을 붙여 골똘히 지어 온 어렸을 적의 내 노래들이 슬프고 청승맞고 쓸쓸한 노래가 별로 없었던 사실입니다.

내 노래 가운데에는 "어머니"를 읊은 것도 꽤 않았읍니다.[8] 세살 때 어머니를 여위어 어머니 모습조차 모르고 목소리조차 들어보지 못한 내가, 어머니 노래를 어떻게 지어냈겠읍니까? 마치 장님이, 눈 뜬 사람 이상으로 모든 사물을 빨리 눈치 채듯 어머니 없이 자란 나는 어머니 무릎 위에서 자라나는 어린이보다도 어머니의 사랑을 맘속으로 더욱 간절히 느끼고, 짐작하고, 감사했던 것입니다. 내 동요에 이런 것이 있읍니다.

밤에 자다 이불을 거더차며는
깜짝 놀라 도로 잘 덮어 주세요.
어머니는 단잠이 드신 뒤에도
어머니는 우리를 생각하세요.

이런 노래도 있읍니다.

엄마가 부러 성을 내셔도
나는 나는 다 알아요.
　먹기 싫다고 나를 주셔도
　나는 나는 다 알아요.
춥지 않다고 웃목에 누우셔도
나는 나는 다 알아요.

이 밖에도, 어머니를 노래한 것이, 어머니의 사랑을 노래한 것이 수두룩합니다.(이상 203쪽)

어머니 없이 자란 내가 어머니를 가장 사모하고, 감사하고, 그리워하여 누구보다도 어머니 노래를 많이 지은 것처럼, 슬프고 외롭게 자라났을망정, 즐거운 세상 아기자기 재미있는 세상을 누구보다도 더 기다리고 부러워했기 때문에, 어렸을 적에 내가 지은 노래들은 어느 거나 다 즐겁고 명랑하고 희망에 찼던 것입니다.

---

8 '꽤 많았읍니다.'(꽤 많았습니다.)의 오식이다.

「키대보기」란 동요도 어려서 지은 노랩니다.

　　　누구 키가 더 큰가
　　　어디 한 번 대보자.
　　　　올라서면 안 된다.
　　　　발을 들면 안된다.
　　　똑같구나 똑같애,
　　　내일 다시 대보자.

「낮에 나온 반달」맨 끝절은 이렇습니다.

　　　낮에 나온 반달은 하얀 반달은
　　　해님이 쓰다버린 면빗인가요.
　　　우리 누나 방아 찧고 아픈 팔 쉴 때
　　　흩은 머리 곱게 곱게 빗겨 줬으면.

　……참으로 어렸을 적의 허전한 내 마음을 든든히 바쳐 주고 어루만져 준 것은, 부드러운 어머니의 손길도 아니요 누님의 손길도 아니요 나 자신이 지은 이 노래들이었읍니다.
　그런데 끝으로 한 말씀 드리고 싶은 것은, 내 노래나 내 마음은 三十년 전 어렸을 적이나 지금이나 매일반이라는 것입니다.
　나는 늙지 않는 방법을 하나 발견해 냈읍니다.
　"오래오래 살 수 있는 길은, 나이를 많이 먹는 것이 아니고, 언제까지든지 어린 맘을 잃지 않는 것이다."

　　　　　　　　　　　　　　　　〈筆者・兒童文學家〉(이상 204쪽)

丁洪敎, "少年運動과 兒童文學", 『자유문학』, 1959년 5월호.

—— 今年으로 "어린이 날"도 三十八回를 맞이하게 되었다.

우리나라에 少年運動이 일어난 것은 一九一九年 우리 民族이 總蹶起한 三一運動을 契機로 安邊, 光州 等地에서 發生하여 全國的으로 일어나게 된 것이다.

이것은 그 當時의 政治的 社會的 現實을 背景으로서 自然發生的인 것으로 被壓迫, 被搾取의 구렁이에서 벗어날려는 民族運動과 함께 일어난 現象이라 하겠다.

이러한 少年運動을 土臺로서 우리나라가 解放되는 날까지의 온갖 社會運動을 通한 民族解放과 함께 發展한 것이라 하겠다.

少年運動은 꾸준이 少年運動으로서 繼續되는 一方 그 少年運動을 통하여 成育한 人物들을 指導者로 하는 全民族 各分野에 걸친 民族解放 鬪爭이 發展되여 드디어는 民族解放의 偉大한 歷史的 成果를 걷우었다 하겠다.

이러한 面에서 少年運動은 그대로 우리나라 民族解放運動의 縮圖라 하겠고 少年運動이 하나의 社會運動 形態로서 일어난 代表的 現象으로서 우리는 少年運動을 드를 수 있는 것이다. 또한 文化的 領域에서는 少年雜誌로『어린이』『少年世界』『新少年』『새벗』『별나라』等을 通한 文學的인 活動 面을 드를 수 있을 것이다.

이러한 社會的 活動과 文化的 活動이 相互 有機的인 關係를 맺어 나아가는 곳에 스스로 民族解放運動의 進路에 크나큰 役割을 하였다 하겠다.

少年들에게 꾸준히 民族意識을 부어 넣고 情緖 面에 있어서 兒童文學이 차지하였던 位置를 높이 評價치 않을 수 없는 것이다.

童話, 少年小說, 童謠, 童詩 等을 通하여 提唱될 民族意識이 그대로 少年運動과 步調를 같이하여 活潑히 民族運動 發育에 이바지한 功勞는 크다 하겠다. (이상 210쪽)

兒童文學과 民族運動史의 關係는 이러한 點에서 評價되어야 하고 眞實로 그 兒童文學은 少年運動의 發生과 아울러 큰 意義를 갖게 된 것이다.

少年小女들로 하여금 抵抗精神을 昂揚시키고 人間의 年齡의 成長과 더부러 民族運動의 年輪의 成長이 되고 그 鬪爭의 進度가 보다 높이 成育되었다 하겠다.

그 當時 日本帝國主義 統治下에 있어서 直接 政治的으로 指道할 수 없던 民族意識을 자라나는 少年少女들에게 敎養 注入시킬 수 있는 깊은 오직 兒童文學을 通한 少年運動이 있을 뿐이었다.

兒童文學은 初期 우리나라 文藝運動史上에 있어서의 文學的 位置로서도 絶對的인 것으로 우리나라 純粹文學 發展에 寄與한 바 큰 것이었다. 兒童文學은 우리나라의 '루네쌍스'에 있어서의 史的 價値로 또한 높이 評價되어야 하겠다.

그리고 이 兒童文學에 身命을 이바지한 사람들이 곧 우리나라 少年運動의 指導者들이고 이 少年運動의 指導者들의 손을 거쳐서 우리나라의 兒童文學은 자라고 커졌다는 點은 다른 나라의 文學史上에 位置하고 있는 兒童文學과 다른 點이라 하겠다.

그러므로 過去 우리나라의 兒童文學은 文學 그 自體로서의 任務를 다하여야 하는 一方 그것이 民族解放이란 政治的, 民族的 使命과의 關係를 맺어 온 것이다.

이러한 關係는 一九四五年 八月 十五日까지 繼續되어 왔다.

그러면 兒童文學이 解放과 더부러 그 純粹文學 領野에서만 그 任務를 다하게 되었는가. 우리는 이 反問에 對하여 다시 거센 政治的 現實에 부닥친 우리의 現實을 듣지 않을 수 없다.

두 쪽으로 나누어진 民族的 悲劇이 비저낸 이 政治的 現象 속에서 自主獨立과 反共統一이란 絶對的인 民族 希求의 實現을 爲한 文學的 活動이 兒童文學에도 지워진 使命이라 하겠다.

苦難과 試練의 도가니 속에 잠기게 된 우리 兒童文學은 또다시 廣汎한 少年少女들의 治發한 少年運動과 떠나서는 있을 수도 없고 생각도 할 수 없게 되었다.

兒童文學과 政治와의 關係는 反共運動이 있는 곳에 兒童文學의 意味가 있게 되었고 兒童文學이 있는 곳에 少年少女들로 하여금 反共運動에 가담하

게 하고 兒童文學이 또한 우리의 至上理念인 反共統一의 政治活動과의 關係
를 떠나서는 안 되는 것이다.

自然發生的으로 일어난 少年運動이 그 成育過程을 通하여 兒童文學과 깊
은 關係에 놓이듯이 오늘날 反共統一의 政治的 現實 속에서 움직이고 있는
兒童文學도 民族的인(이상 211쪽) 目的을 이탈해서는 안 될 것이다.

反共은 即 우리의 生活이고 政治이고 또 文化이고 藝術이다. 이 길을 떠나
서는 오늘날 우리의 實存理念은 없다 하겠다. 少年運動 亦是 이러한 理念에
忠實하여야 하고 兒童文學도 언제나 우리가 主張하듯이 純粹文學으로서 作
品精神을 발휘해야 할 것이다.

少年運動이 있는 곳에 그에 相符되는 兒童文學이 있어야 한다는 것은 少年
運動이 政治的, 文化的, 啓蒙과 指導와 行動을 前提로 하는 이상 避치 못할
것이다.

兒童文學이 곧 少年運動을 背景으로 하고 또 그 土臺가 되고 있는 以上
少年運動과 兒童文學은 그 役割을 같이 해야 하겠다.

六堂 崔南善 氏의『붉은저고리』라는 新文館 時代의 兒童文學時代를 지나
小波 方定煥 氏의 어린이運動은 곧 그의 創作이 核心理念이 되었고 그의
文學的 活動이 그대로 그가 指導하던 少年運動의 하나의 指針이 되었다. 少
年運動의 方向轉換을 提唱한〈五月會〉를 中心으로 한 筆者, 崔青谷, 高長煥,
李元珪 等의 兒童文學 活動이〈五月會〉以後〈朝鮮少年總聯盟〉(全國 三百五
十餘 團體 結合)에 이르기까지 少年運動의 指針이 된 것이다.

反共 兒童文學이 反共 少年運動과 그 步調를 같이 해야 될 歷史的인 根據
도 이 點에 있는 것이다.

그러나 兒童文學과 少年運動이 政治性에만 拘碍되고 制約당함으로써 그
文學으로의 正常的인 正當한 發展에 支障을 가져와서는 안 될 것이다. 兒童
文學은 그 本然의 길에서 떠나지 말고 兒童을 위한 文學活動이 없이는 兒童
文學의 正常的인 發育을 期待할 수는 없을 것이다.

少年運動도 이제는 반듯이 兒童文學이나 그 領域을 通한 理念이나 教示로
서 活動하지 않아도 그 自體가 國家的 民族的 支援 아래 그 理念을 살려
나갈 수 있게 되었다.

그러나 少年運動과 兒童文學과의 有機性은 오늘날에 다시금 强調하는 바는 그것의 政治性에서 뿐만 아니라 純粹性에서도 論할 수 있다.

少年運動이 어디까지나 少年少女들을 中心한 運動이고 兒童文學이 또한 少年少女들을 爲한 文學運動이라면 少年少女들의 情緒運動으로서도 그것은 서로 通하고 提携되어 나가야 하겠다.

少年運動이 오늘날 다시금 一步 나가서 政治的인 面 以外에 社會的인 道義運動에 重大한 關心과 그 運動의 核心을 두어야 한다는 것이 一致된 見解라면 兒童文學이 反共理念 아래 純粹文學으로서 길을 잡아 나가는 이상 이 少年運動이 指向하는 바 社會的 道義活動과의 關係를 再考하여야 하겠다.

오늘날 當面하고 있는 少年運動의 社會的 道義性 提唱은 少年 自身의 福利增進을 爲한 目的實現에 對한 活動이라 하겠다. (이상 212쪽)

이것은 우리가 그 個人에 있어서 人權 主張과 아울러 생각할 수 있는 重大한 問題로서 너무나 無視되어 있는 兒童의 社會的 福利의 享有와 그 施設에 對한 運動이다.

少年運動의 重要 活動이 앞으로 이 福利運動에 있다면 兒童文學도 우리나라 兒童이 現實的으로 當하고 있는 生活에서 希求되는 兒童의 福利를 爲한 理念을 創作을 通하여 實現시키는 方向으로 나아가야만 될 것이다.

이 點에 있어서도 少年運動과 兒童文學의 같은 關係는 다시금 强調되는 바이다. 그러면 實際的으로 그러한 少年運動의 成果가 兒童文學과의 關係에 있어서 미치는 바 影響을 밝히기로 하자. 우리는 여러 가지로 文化的 面에 있어서 그 實現을 기대하는 바 兒童圖書出版社와 兒童館 設置 問題이다.

이 兒童圖書出版社와 兒童館 設置는 少年運動의 搖籃이 될 것이고 따라서 兒童文化 向上을 爲한 策源이 될 것이며 따라서 兒童文學의 發展 向上도 同時에 期待할 수 있을 것이다.

오늘날 少年運動을 어떻게 끌고 나갈 것인가에 對한 課題는 同時에 兒童文學의 指導問題와도 關聯되는 만치 少年運動의 指導理念과 兒童文學의 創作性과의 關係는 다시금 이러한 面에서 檢討되어야 한다.

兒童의 福利問題와 社會的 道義問題가 少年運動의 核心의 重要한 斷面이라면 兒童文學의 課業도 그러한 面에 있을 것이고 實際的으로 兒童의 福

利를 爲한 兒童圖書出版社와 兒童館의 實現이 至速한 時日 內에 있어야만
되겠다.

少年運動이 形而上學的인 또는 精神的 面에서 實際的으로 그 方向이 轉換
되었다면 따라서 兒童文學도 그 創作의 構想이 生活을 爲主한 利害를 떠나서
생각할 수 없고 이 利害가 어디까지나 兒童의 福利爲主의 것임은 더 말할
必要도 없을 것이다.

少年運動이 새로운 段階로 들어간 것과 마찬가지로 兒童文學도 그 任務
와 使命이 새로운 段階로 들어가서 이 두 關係가 끝까지 兒童의 福利를 前
提로 한 것이고 社會的 道義面에 이바지하는 文化運動的인 뜻을 가쳐야 할
것이다.

過去 自然發生的인 社會運動에서 目的意識的인 政治運動의 段階로 飛躍
하였던 少年運動과 兒童文學은 이제 反共의 大 理念 아래서 兒童 自體의
福利와 또 社會的 道義運動으로서 그 文化的 使命을 띄고 그 本來의 使命과
任務를 다하여야 될 것이다.

兒童의 福利는 오늘날 全혀 돌보혀지지 않는 것이 우리나라의 現實이라면
少年運動의 目標도 兒童文學의 核心도 이 點의 重點에 놓여질 것임을 期待
하고 强調하는 바이다.

(필자·소년운동자연맹 회장) (이상 213쪽)

朴木月, "童謠 童詩의 指導와 鑑賞", 『兒童文學의 指導와 鑑賞』, 대한교육연합회, 1962.1.[9]

童詩와 童謠의 區別

하늘은 하늘은
　　　푸른 도화지
흰구름 검은 구름
　　　그림 그리고
붉은 노을 곱게 곱게
　　　색칠을 하지
　　　　〈5-2 성 구〉

어느 국민학교 어린이가 지은 작품입니다. "하늘은 푸른 도화지"라는 기발고도[10] 재미있는 착상입니다. 그러나, 왜, "하늘은 푸른 도화지"라고 하지 않하고[11], "하늘은"이 되풀이되었을까. 혹은 작품 전체가 "三·三·五 四·四五 四·四·五"[12]라는, 일정한 拍子를 갖추어 있을까 하는 의문을 가질 수 있읍니다. 그것은 하늘에서 느낀 감탄을 마음속으로 먹음지 않고 목청을 가다듬어 노래한 탓입니다. 만일, 하늘에서 느낀 감탄을 노래하지 않고, 그 감탄을 감탄으로 마음속으로 모았다면 전혀 다른 작품이 되었읍니다.(이상 36쪽)

　아

9　"童謠와 童詩의 區分"이 일제강점기부터 주요한 논점이어서 「童謠 童詩의 指導와 鑑賞」(『兒童文學의 指導와 鑑賞』)의 한 부분인 "童詩와 童謠의 區別"을 여기에 옮긴다. 본문에 불필요한 가운뎃점(·)과 쉼표(,)가 많이 있지만, 의미 분간에 지장이 없는 경우 모두 제거하였다.
10　'기발하고도'의 오식이다.
11　'않고'에 '하'가 불필요하게 들어간 오식이다.
12　'三·三·五, 三·四·五, 四·四·五'의 오식이다.

하늘은
푸른 도화지
그림을 그려 봤으면.

흰구름과
푸른 구름이
그림을 그리고 있군,
뭣을 그리려고, 저러고 있을까.

노을이 붉게
색칠을 하는구나.
아름다운 노을.
아름다운 빛깔.

만일 이런 투로 표현하였다면, 어떻게 다를까. 원시(原詩)는 자기의 감탄을 노래하는 것이기 때문에 자기의 감탄을 조용히 생각할 겨를이 없었을 것입니다. 그러나 뒷 것은, "아 하늘은" 하고, 感嘆辭가 붙기는 했지만, 그것은 어디까지나 마음속에서 부르짖는 감탄에 不過한 것입니다.

童詩와 童謠가 다른 점은 첫째 여기에 있읍니다. 童詩는 감동을 안으로 모아 와서, 꿈꾸는 세계, 생각하는 세계, 속삭이는 세계입니다. 그러나 동요는 감동을 밖으로 구을리며, 노래하는 세계입니다. 童謠와 童詩의 區別을 가장 빨리 알 수 있는 방법은, 詩와 歌謠를 생각하면 됩니다. 歌謠는 原則的으로 노래 부르기 위하여 짓게 되는 것이나, 詩는 설사 나중에 作曲家가 曲을 부쳐 노래로 불리워지는 경우가 있더라도, 그것은 原則的으로 읽기 위하여, 읊기 위하여 쓰여지는 것입니다. 童謠나 童詩의 區分도 마찬가지라 할 수 있읍니다. 童謠는 노래 부르기 위한 것이기 때문에 詩의 內容도 중요하지만, 그만큼 노래하기 좋도록 가락을 다듬고, 말을 맞추게 되는 것입니다. "하늘은 푸른 도화지"라면, 다음 절과의 均衡과 가락의 調節이 어울리지 않기 때문에 "하늘은 하늘은" 하고 反覆되는 것이며, 또한 이 反覆 속에 충분히 "노래하는 감정"이 움직이고 있는 것입니다. 그러나 童詩에서는 "노래하는 감정"보다는, 보다 더 자기의 內面的인 感情의 흐름이나, 節奏感에 기우러지게 됩니다.

그러므로 童詩에서는 "노래하기 위하여 가락을 調節"하기보다, 자기(이상 37쪽)의 內的 感情의 起伏을 살리기 위하여, 가락이 곧 感情의 起伏이 되는 것입니다. 그러므로, 童詩는 原則으로 反覆되는 가락보다는 말의 울림 하나하나가 重視되며, 그 말 하나하나에 작자의 미묘한 정서의 움직임이 깃들어 있는 것입니다.

환언하면 동시에 작자의 생각(詩心)에 이끌리면서, 말의 울림이나 가락이 감정을 살리고 정서를 표현하게 되지만, 동요는, 가락에 이끌려 생각이 펼쳐진다고 할 수 있읍니다. 이것은, 우리가 노래를 불러 보면 알 수 있읍니다. 노래를 부르기에 흥이 나면 날수록 歌詞가 지니는 內容(意味性)은 물러가고 다만 가락이 더욱 세력을 가지고 우리의 感情에 나오게 되는 것입니다. 이것은 童謠에서도 마찬가지입니다. 동요는, 그 作品의 內容性보다도 가락이 더욱 중요합니다. 그러므로 동요는 우리의 感動을 "노래하는 것"으로, 그것으로서 우리의 감정을 풀어 나가는 일입니다.

그러나, 童詩는 전혀 다릅니다. 자기의 內的인 感情世界를, 안으로 모아, 그것이 떠올리는 映像을 文字로서 定着시키거나, 혹은 뜻을 생각하며, 자기의 감정을 읊어 나가는 일입니다.

우리의 감정(감동)을 안으로 모으느냐, 밖으로 굴리느냐 하는 것이 童詩와 童謠의 本質的인 差異가 되는 것입니다.

허지만, 필자는 어린 兒童이 童謠를 創作한다는 것은 어려운 일이라고 믿고 있읍니다. 왜냐하면, 한마디로 童謠는 노래하는 것, 감동을 밖으로 구을리는 것이라지만, 그것이 노래가 되기 위해서는, 形式的인 制約이 너무나 強한 것입니다. 이 문제에 대하여 여러분 중에서는 筆者와 意見을 달리 할 분이 있을지 모릅니다. 글자를 맞추고, 一定한 가락에 그들이 자기의 감정을 담는 일이 어째서 전혀 새로운 形式을 빚는 것보다 어려울 수가 있을 것인가 하는 意見일 것입니다.

바꿔 말하면, 이미 만들어져 있는 그릇에 자기의 감정을 담는 것이, 새로 그릇을 빚어, 감정을 담는 것보다 쉬운 일이 아닌가 하는 것입니다. 勿論, 이렇게 譬喩한다면 확실히 이미 만들어져 있는 그릇에 감정을 담는 것이 쉬운 노릇입니다. 그러나 그릇 — 詩의 形式이 문제입니다. 우리가 흔히 形式

과 內容을 별개의 것으로 區分하는 버릇을 가졌지만, 그것은 便宜上 觀念上의 區分이고, 實質上, 內容과 形式은 區分이 되는 것이 아닙니다. 藝術作品은, 그 內容이 그 形式을 마련하게 됩니다. 그러므로 만일 우리가 旣히 存在하는 一定한 形式에 자기의 참된 感情을 담는다는 것이 自由롭게 形式을 빚는 것보다 實質上 여간 어려운 일이 아니라는 것입니다. 一定한 形式의 機能(이상 38쪽)을 通達하게 活用할 수 있는 者라야 비로소 旣定된 形式(五·七調, 四·四調 등) 속에 자기의 참된 感情을 담을 수 있는 可能性이 있게 됩니다. 그러지 않고는 다만 一定한 形式을 갖춘 作品을 빚기 위해서는 自由롭게 闊達한 詩想을 무리하게 形式에 사로잡혀 죽여 버리거나, 혹은 참된 자기 感情이라기보다, 그 形式에 갖다 맞춘 것에 不過합니다. 참으로 어진[13] 그들이 타오르는 감정 − 노래하고 싶은 감정을 충분히 살린 "노래하는 形式"을 마련한다는 것은 거의 不可能한 일입니다. 그들이 자기가 외우는 童謠의 어느 形式을 빌어, 빚은 作品은 대개가 참된 자기의 감정을 率直하고 自然스럽게 表現한 것이기보다, 그 形式에 갖다 맞춘, 一種의 模倣的인 것에 지나지 않습니다. 만일 어린 그들이 童謠를 쓰는 것이 詩를 쓰기보다 쉽다면은, 그것은 模倣이 쉽다는 사실을 意味할 뿐입니다.

또한 童謠는 우리가 詩的 文章 表現을 指導하는 根本 意義를 저바리게 합니다. 우리가 詩를 指導하는 까닭은

① 兒童들이 자기의 感情을 自由스럽게 表現할 수 있는 힘을 기르는 것
② 兒童들의 感情世界를 豊富히 하는 것
③ 事物에 대하여 올바르고 날카로운 直觀力을 기르는 것
④ 銳利한 批判力을 기르는 것
⑤ 言語의 神秘스러운 機能을 體得시키는 일
⑥ 旺盛한 生命力을 賦與하는 것

등, 헤아릴 수 없을 만큼 豊富한 意義를 띠우는 것입니다. 그러므로 그 意義를 어느 一面에 局限시키는 것은 그만큼 完全한 것이 아닙니다. 그러나, 이 모든 意義가 自己 世界에 沈澱하여, 깊이 생각할 수 있는 면을 가지지 않는

---

13 '어린'의 오식으로 보인다.

한 그것은 可能한 世界가 아닙니다. 換言하면, 타오르는 感情을 밖으로 풀어 버리면, 생각하는 힘도 풀어 버리게 된다는 뜻입니다. 詩가 노래하는 精神에서 피어나는 것이면서, 그것을 눌려, 가슴에 모우므로 奧妙한 世界를 마련할 수 있읍니다. 노래로 풀어 버리는 것 즉 童謠의 世界입니다. 그러므로 우리가 어린이들에게 詩를 指導하는 경우, 아동들로 하여금 自然스럽고 自由스러운 表現의 길로 이끄는 것이 그들이 자기의 참된 感情世界를 發見하게 하는 길이며, 또한 그것을 통하여 보다 넉넉한 정서를 生活 속에 具現할 수 있을 것입니다.

① 허술하게 노래로 뽑아 버리지 말자.

② 책상머리에 한 포기의 꽃을 꽂아 두는 의의를 곰곰히 생각하도록 하자.

③ 싱싱하고 풍부한 상상력을 기르자.

④ 가슴에 설레는 감정의 섬세한 마디를 조용한 마음으로 풀어 그것을 속 (이상 39쪽)삭이게 하자. (이상 40쪽)

尹石重, "韓國 兒童文學 小史", 『兒童文學의 指導와 鑑賞』,
대한교육연합회, 1962.1.

六堂 崔南善 주재의 월간잡지 『소년 =小年』[14]이 창간된 것은, 1908년 10월로, 그 당시 육당은 19세였다. 『소년』잡지 창간 취지를 보면,
— 우리 대한으로 하여금 소년의 나라로 하라. 그리하여 능히 이 책임을 감당하도록 그를 교도하여라. —
하였다.

『소년』창간호에 실린 신시(新詩)에 「신조선 소년」과 「海에게서 소년에게」가 있고, 『소년』후신인 『샛별』과 1913년에 9월에 창간된 『아이들보이』와 그보다 한 해 먼저 나온 『붉은저고리』에, 시가(詩歌)라 하여 「은진미륵」, 「첫봄」, 「나비놀이」가 실려 있으며, 동화라 하여 「남잡이와 저잡이」, 「센둥이 검둥이」들이 작자 이름 없이 실렸는데, 이는 육당 자신의 작품들이었다. 春園 李光洙는 "외배"란 이름으로, 『별나라』잡지(1913년)에 동화를 썼으며,[15] 그의 초기 작품에는 제목·주제·인물 등에 항용 소년이 등장하였으니 「어린 벗에게」, 「소년의 비애」 등이 그것이다. 그러나 그 시절의 "소년"이란 아이가 아니고 어른인 것이다. 춘원이 「소년에게」라는 논문에서

소년 여러분! 지금 이십 세 내외 되시는 여러 아우님들과 누이들이여……
라 한 것만 보더라도, 상투 틀고 쪽찐 청춘남녀를 일컬은 것이 뻔하다.
그러나 『아이들 보이』 제12호(1914년 8월 간행)에 실린 『붉은저고리』광고 기사를 보면,
……『붉은저고리』는 우리 아동교육에 적당한 보조기관이 없음을 개탄하여 신문관으로써 발행하다가 제12호에 이르러 官令으로 停廢된 것이니, 우

---

14 『소년=少年』의 오식이다.

15 1913년에 『별나라』란 잡지가 발간된 사실이 없고, 따라서 춘원 이광수가 이 잡지에 동화를 발표한 바 없다. 1913년 이광수는 스토(Stowe) 부인의 『Uncle Tom's Cabin』을 번안한 『검둥의 설음』(신문관)을 발간한 것 이외에 다른 글을 쓴 적이 없다.(김윤식, 「연보」, 『이광수와 그의 시대 3』, 한길사, 1986, 1150~1151쪽)

리 아동문학의 선구로 취미와 실익이 무진장이라 하여 환호의 성이 강호에 (이상 9쪽) 편만하던 자…… 라 하였으니, "수염 난 아이" 격이나 현대문학으로 서의 아동문학이 1913년부터 싹트기 시작하였다고 봄이 타당할 것이다.

우리나라 최초의 아동잡지였던 『붉은저고리』와 『아이들 보이』의 애독자 요 투고자였던 小波 方定煥은, 1921년 겨울에, 일본 도오꾜에 유학하면서, 세계 명작 동화들을 번안하여 책을 한 권 엮었으니 그 이듬해 서울에서 발간 된 『사랑의 선물』이 바로 그것이다.

이보다 한 해 앞서서 1921년 8월에 天園 吳天錫 손으로 엮어진 동화집 『금방울』이 "광익서관"에서 나오기는 했으나, 어린이의 마음을 사로잡아 날 개 돋힌 듯 팔린 어린이 책으로는 『사랑의 선물』만한 것이 없었으며, 1919 년 3·1운동 뒤를 이어 1921년 가을에 〈천도교소년회〉가 우리나라 소년운 동의 첫 횃불을 들었고, 義庵[16] 孫秉熙 선생의 셋째 사위인 소파 방정환은, 『개벽(開闢)』 주간이던 천도교인 小春 金起田과 손을 맞잡고 소년 운동에 발 벗고 나섰었는데, 『사랑의 선물』 머리말에서 소춘 김 기전은 다음과 같 이 말하고 있다.

　…소파 형. 이제 형님이 저 가여운 소년들이 웃음으로 읽을 좋은 책을 지어 간행 하시니, 이 책을 읽고, 소년들의 다행은 말도 말고, 위선 제가 기꺼워 날뛰고 싶사 외다.
　이렇게 이렇게 하여 하나씩 둘씩 소년의 심정을 풍성하게 하여 주는 글이 생 기고 또 다른 무엇무엇이 생기며, 이리 됨에 따라 사회의 사람사람이 다 같이 이 소년문제의 해결에 뜻을 두는 사람이 되게 되면, 조선의 소년남녀도 남의 나라의 소년들과 같이 퍽 다행한 사람들이 되겠지요. 형님이시여, 감사 감사합니다. 모 든 일이 아직 아직이오니 조선의 가여운 동무들을 위하여 더욱더욱 써 주시 오……[17]

---

16 '義菴'의 오식이다.

17 金起田, 「머리말」, 方定煥 編, 『(世界名作童話集)사랑의 선물』, 개벽사, 1922, 2~3쪽. 인용된 부분의 원문은 다음과 같다. "小波 兄. (12줄 생략) 이제 兄님이 그 問題에 애가 타시어 그 배우고 思究하는 바쁜 살림임도 돌보지 아니하고 저— 가여운 少年들이 웃음으로 닑을 (하략)"이다. 원문에 「머리말」이란 제목이 없으나 글의 성격을 고려하여 붙였다.

1923년이야말로 우리나라 어린이운동과 아동문학에 있어서 첫닭이 운 해였으니, 도오꾜 유학생인 방정환은, 유학생 가운데서 뜻을 같이하는 이들을 모아 아동문제 연구단체인 〈색동회〉를 발기하였고, 그해 3월 1일에는, 타브로이드 4 페이지짜리로 『어린이』 창간호를 도오꾜에서 편집하여 서울에서 발간하였다. 천도교와 개벽사가 뒷받침이 되어 나온 가장 어린이 식성에 맞는 잡지로 그 후부터는 4 · 6판으로 모양을 바꾸어 내었다.(10년 동안 내는 동안 나중에는 국판으로 다시 바뀜.)

　그해 5월 1일에 도오꾜에서는 〈색동회〉가 탄생하였고, 서울에서는 첫 어린이날 기념식이 천도교당에서 성대히 거행되었다.

　이때까지의 우리나라 가요(歌謠)는 일본 물이 든 7 · 5조 창가(唱歌)였다. "육당"이 지어 낸 「세계일주가」, 「조선철도가」를 비롯하여, 「학도야 학도야 청(이상 10쪽)년 학도야」라든가, 그밖에 「산곡간에 흐르는 맑은 물가에」라든가, 「둥근 달 밝은 밤에 바닷가에는」이라든가, 「노래를 잊어버린 가나리아」들은 창가에서 예술동요로 넘어서는 노래다리를 놓아 주었었으니, 1924년 22세의 젊은 작곡가요 성악가였던 尹克榮 〈색동회〉 동인은, 〈다리아회〉라는 우리나라 최초의 어린이 동요단체를 만들었고, 그해 봄에 누이의 부고를 손에 들고, 문득 저녁 하늘에 걸린 반달을 멀거니 쳐다보면서 즉흥적으로 노래한 "푸른 하늘 은하수 하얀 쪽배엔…"이라는 윤극영 작사 · 작곡의 「반달」은, 마침내 나라 잃은 흰 겨레의 한숨마저 겯들여 삼천리강산에 쫙 퍼져 버렸다. 「까치 까치 설날」이며, 「뒷동산에 할미꽃」이며, 「꼬부랑깡깡이 할머니」며, 「보일 듯이 보일 듯이 보이지 않는 두루미」며, 「귀뚜라미 귀뚜르르 가느단 소리」며, 「창포밭 못 가운데 소금쟁이」 같은 명곡이 연달아 나와서 1924년을 전후하여 우리나라 동요 예술은 황금시대를 이루었다.

　방정환 주간의 『어린이』 잡지를 무대로, 동화에 방정환, 高漢承, 馬海松, 秦長燮, 鄭寅燮, 李定鎬 들이 부지런히 붓을 들었고, 동요에 韓晶東, 劉道順, 잔물(方定煥) 들이 신작을 발표했으며, 윤극영, 鄭淳哲이 동요에 작곡을 붙여 퍼뜨렸다. 朴泰俊, 洪蘭坡도 동요 작곡에 적극적으로 나서서, 박태준의 「고추 먹고 맴맴」, 「오뚜기」, 「슬픈 밤」, 「오빠 생각」이며, 홍난파의 「고향의 봄」, 「낮에 나온 반달」, 「달마중」, 「퐁당 퐁당」 들이 어린이들에게 애창

되었다.

『어린이』와 맞선 잡지로 신명균(申明均)(한글학자·동덕여학교 조선어교사·조선인서관[18] 주재자)이 주재하던 『신소년』(新少年) 잡지가 있었다. 이 잡지는 어린이 윗길 되는 소년들을 대상으로 삼았으며 李浩盛의 「꾀주머니」 얘기와 鄭烈模의 동요가 이채를 띠웠었다.

1926년에 〈조선야소교서회〉에서 주일학교를 배경으로 내기 시작한 『아이생활』과 安俊植이 무산아동을 위하여 내기 시작한 『별나라』는 말하자면 양극의 아동잡지였으니, 하나는 천국을 찬미함에 반하여, 하나는 계급의식을 아동들에게 심어 주려고 애를 썼던 것이다.

丁洪教의 『소년조선』(少年朝鮮), 高長煥의 『반도소년』(半島少年) 외에도 『소년시대』『어린이 동무』『새동무』들이 있었으나 한편 나오고 한편 없어지고 한 형편이었다. 이 시절에 붓을 든 작가로는 金泰午, 崔秉和, 梁在應, 金東吉, 崔青谷, 李周洪, 朱耀燮, 崔仁化, 盧良根, 李龜祚 들이다.

『어린이』 잡지가 한창 인기가 높았을 때 『어린 벗』이라는 잡지가 다달이 나온 적이 있는데 이는 구차한 어린이들의 배움집이었던 배영학원(培英學院=지금의 창경국민학교 터)을 경영하던 동화가 延星欽 주간이었는데 그가 손수 등(이상 11쪽)사판으로 다달이 박아낸 잡지였고, 그 이웃에 판잣집으로 명진소년회관(明進小年會館)을 세워 어린이 운동에 헌신한 張茂釗의 『종달새』 잡지도 역시 등사였으며 평론가요 역사소설가인 홍효민(洪曉民=洪淳俊)도 洪銀星이라는 필명으로 많은 동화를 써내었다.

『어린이』『신소년』『아이생활』의 애독자이며 투고자로서 울산(蔚山)의 꼽추 시인 徐德出은 「봄편지」로, 서울의 尹石重은 「오뚜기」로, 마산(馬山)의 李元壽는 「고향의 봄」으로 두각을 내밀기 시작하였는데 이 동요들은 1925년을 전후하여 『어린이』 잡지 독자란의 입선작품들이었다.

1919년 일본 제국주의에 항거하여 맨주먹으로 일어난 3·1항쟁을 계기로 일제의 탄압은 날로 극심하여져서 나라 없는 설음은 아동문학에도 스며들어 초창기의 우리나라 동요나 동화나 노래 곡조는, 대개가 애상적이요, 비분강

---

18 '중앙인서관(中央印書館)'의 잘못이다.

갯조였다. "육당" "춘원"의 입김을 쏘이고, "소파"에게로 옮아온 우리나라 아동
문학은, 봉건적인 낡은 생각과 버릇에서 용감히 뛰쳐나오기는 했으나, 자전
거를 피하다가 자동차에 치는 격으로, 일제의 손아귀로 들어가 버려서, 암담
한 가운데 오직 모든 희망을 다음 세대에 두고서, 그들을 대접해서 "어린이"라
는 말을 새로 만들고, 어린이날을 창설하고, 동요를 지어 퍼뜨리고, 동화를
쓰고, 동화대회를 여는 것이었다. 일종의 민족운동이요, 사회운동이었다. 그
런지라, 그 정신만은 높이 평가할 수 있으나, 문학적, 예술적으로는 빠지는
작품이 허다했으니, 작가 아닌 소년운동가나 잡지 편집자들이 매양 붓을 든
때문이었다.

초창기의 우리나라 아동문학은 신화(神話), 전설(傳說), 고담(古談)동화
(童話), 우화(寓話) 따위 전래 설화나 미담, 전기들을 적당히 요리한 재탕
이야기가 태반이었으며, 동요 역시 기름기 없는 창가 따위가 판을 쳤던 것
이다.

기를 못 펴고 자라는 우리나라 어린이들에게 있어서, 아동해방이라느니보
다 감각해방에 지대한 공헌을, 한 소파문학을 동심주의, 천사주의로 몰아
꿈속 인간으로 돌린 축이 있었으니, 주로 그들은, 1924~5년부터 고개를 든
'프로레타리아' 문학운동에 호응하여서 1926년에 창간된 아동잡지 『별나
라』에 집결된 '프로' 아동작가들이었다. 후기의 『신소년』과 "소파"가 돌아간
직후의 『어린이』도 한때 쇠망치를 손에 든 노동 소년을 곁딱지로 하여 살기
등등한 편집을 한 적이 있었으나 읽어 주는 사람이 없어서 나날이 붓수가
떨어져 들어갔었다.

그러나 일본 식민지 노릇을 한 그 당시의 아동문학은 성인문학과 마찬가
지로, 우익과 좌익으로 갈려 서로 으르렁거리기는 하였으나, 공동의 적인
일본(이상 12쪽)을 때려눕히기 위한 민족주의 공동전선을 펴자는 데에는 생각
이 같은 적이 있어서 한때는 〈신간회〉라는 대동단결체를 결성한 적도 있었
고, 작품에 나타나는 정신에 있어서도 힘센 자에 대한 적개심과, 약한 자에
대한 동정심을 바탕으로 그린 작품이 많았다.

소파 동화가 감각 해방에 공이 컸다고 말했는데, 『사랑의 선물』 자서(自
序)에 있듯이

학대 받고, 짓밟히고, 차고, 어두운 속에서 우리처럼 또 자라는 불쌍한 어린 영들을 위하여, 그윽히 동정하고 아끼는 사랑의 첫 선물로 나는 이 책을 짰습니다.
－1921년 연말에－

그래서 소파는, 코피를 쏟아 가며, 입으로 붓으로, "어린이의 행복"을 옹호하고 "동심에의 복귀"를 부르짖었던 것이다. 그러나 웃을 줄 알고, 울 줄 아는 어린이를 만들려고 너무 초조하게 서두른 나머지, 안 울려도 좋을 일을 일부러 울린 적도 많았으니, 아무리 시대적 배경이 음산하고 비애에 젖었었더라도 일부러 울릴 필요까지야 없지 않았던가 싶다. 그렇다고 해서 소파와 그 위치를 달리한 일부 과격파의 "때려라. 부셔라."식 작품도 어린이와 그 보호자들에게 도리어 반감을 샀던 것이다.

그러나 1937년 7월 7일에 터진 이른바 "일지사변"(日支事變)[19] 통에 징병·징용과 더불어 창씨개명 강행, 조선말 사용 엄금 등 민족 말살의 암흑기에 들어서자 아동문학가로 행세하던 이들은, 성인 작가나 마찬가지로 먹기 위해서 그리고 살기 위해서 뿔뿔이 흩어져 버렸는데, 그 직업도 형형색색이었으니, 머리 깎고 중이 된 사람, 양조장을 하는 사람, 일본 사람 시중드는 사람, 약 장수를 하는 사람… 이래서 우리나라 아동문학은 불 없는 화로나 매한가지였다.

그러나, 불 없는 화로 잿더미 속에는 깜박이는 불씨가 묻혀 있었다. 모든 어린이 잡지가 독자난으로, 재정난으로, 집필난으로 뒤를 이어 문을 닫는 속에서 『동아일보』 『조선일보』 『조선중앙일보』 그리고 조선총독부 기관지이던 『매일신보』까지도 자라나는 어린이들을 위하여서 신춘문예도 현상 모집하였고, 어린이 특집도 시시로 베풀어 주었고, 조선중앙일보사에서는 미쪄 가면서 『소년중앙』 잡지도 내주었고(1935년), 1937년에는 조선일보사에서 『소년』과 『유년』도 발간하였다. 『신아동』 『아동세계』 『목마』 같은 잡지도 오래 부지를 못했지마는 저마다 우리말로 된 작품의 맥을 이어 준 갸륵한 구실들을 했던 것이다.

---

19 중일전쟁(中日戰爭)을 가리킨다.

일제 최후의 발악으로 『동아일보』와 『조선일보』가 거기 딸린 출판사업과 아(이상 13쪽)울러 문을 닫게 되니 이 땅의 어린이들은 졸지에 눈 뜬 장님이 되었고, 말하는 벙어리가 되어 버렸다. 읽어 주는 이 없고, 불러 주는 이 없고, 알아주는 이 없고, 생기는 것 없는 동화와 동요를 그 당시에 꾸준히 발표한 분으로는, 동요에 睦一信, 朴泳鍾＝木月, 南宮琅, 徐德出, 李元壽 그리고 尹石重 들이 있고 동화에 金永壽, 李龜祚, 金福鎭, 趙豊衍, 崔泳柱 외 몇몇을 손꼽을 수 있었다.

조선말이나 글을 쓰면, 보통학교(지금의 국민학교)에서 벌을 씌우고, 뒤간 소제를 시키고 하던 그 시절에, 외국의 아동문학을 우리말로 옮겨 소개하는 세월없는(?) 일을 한 해외문학가로는, 朴龍喆, 鄭寅燮, 異河潤, 李軒求, 皮千得, 徐恒錫, 朱耀燮, 吳天錫, 田榮澤 외 여러분과 그때만 해도 아동문학이라면 시시하게 여기던 터에 선선히 붓을 든 李光洙, 金東仁, 李無影, 白信愛, 蔡萬植, 金裕貞 외 여러 작가의 공적도 지나쳐 버릴 수 없을 것이니, 아동문학의 문학적 수준을 높이는 데 기여한 바가 크기 때문이다. 또한 구전동요대집성(口傳童謠大集成)을 일본 도오꾜 제일서방(第一書房) 판으로 낸 金素雲의 노고 역시 크다.[20] 동요에 있어서는, 나를 내가 설명할 길이 없어 『현대동요선』(現代童謠選)(1949년 간행)에 실린 목월 박영종 발문[21]에서 한 대목 따오기로 한다.

…재래 구전동요에서 예술적 새 동요로 옮아오는 동안 가장 큰 사람을 尹石重 씨로 잡고 보면, 씨는 앞 뒤 하는 한 개의 부감도(俯瞰圖)를 가질 수 있을 것이다. 그러나 씨 이전에 속하는 여러분은 구전에서 새 동요로 오는 길에 돌다리 노릇을 하였을 뿐, 작품으로서는 세월에 씻기고, 깎기고도 남을 만한 것이 드물었다. 한데 씨의 동요집 『초생달』 뒷장에 붙은 작은 자서(自叙)에 따른다면, 처음으로 씨가 동요를 쓴 것이 1924년이다. 그때는 우리나라 동요의 황금시대였다. 그러나 한글 계몽운동의 한낱 방편으로 그처럼 흥분하였던 동요 왕성기는 그 자체가 양으로 흥했을 뿐 질적으로 동요로서는 먼 거리에서 유치한 시의 초보를 걷다가 쓰러진

---

20 김소운의 『(諺文)朝鮮口傳民謠集』(第一書房, 1933)을 가리킨다.
21 박영종의 「跋文－指導하시는 분에게」(『現代童謠選』, 한길사, 1949, 94쪽)를 가리킨다.

것이다. 우리나라 동요가 어느 정도의 수준에 오른 것은 1933년 씨의 『잃어버린 댕기』(童詩集)가 나왔을 무렵이다.……

만일 그것을 출발점으로 잡는다면, 그 후 8·15해방까지는 겨우 15년 미만의 동요 역사를 가질 뿐이다.

8·15와 더불어 38선이 생기고, 좌익과 우익이 서로 으르렁거리는 가운데 몇 가지 아동잡지가 나왔다. 『어린이신문』『주간 소학생』(나중에 월간으로) 『아동구락부』(나중에 『진달래』로 이름 고침)[22] 『어린이 나라』『어린이』『새동무』 같은 정기간행물에 새로 등장하는 분으로는, 동화에 金耀燮, 方基煥, 洪銀順 외 여러분, 동요에 朴銀種=和穆, 權泰應, 韓寅鉉, 金元龍 외 여러분이다.

그러나 일제가 물러간 8·15해방 날부터 ㄱㄴㄷㄹ을 깨치기 시작한 청소년(이상 14쪽) 들을 상대로 새로이 힘찬 첫걸음을 내어 디딘 아동문학도 사회적 혼란과 사상적 대립으로 갈피를 못 잡았다. "민족문학"을 좌우가 똑같이 부르짖었지마는, 진짜와 가짜가 있었다. 8·15 전에 우수한 소년소설과 동화를 많이 생산한 玄德 같은 사람은 그가 좌익 진영에 투신하면서부터 단 한 편의 작품도 못 써낸 것은 흥미 있는 일이었다.

아동문학이 제자리가 잡히기 전에 난데없는 6·25 동란이 터졌다. 몇 안 되는 아동문학가들이 비명횡사를 하기도 하고, 이북으로 끌려가기도 하고, 자진해서 달려가기도 하고, 영문 모르고 따라 나서기도 하였다. 과거에 순문학에 속하였고, 좋은 동화, 동요를 써 준 작가들을 잃은 것은 우리로서는 이중으로 손실이라 할 것이다. 한편, 姜小泉, 張壽哲, 朴京鍾, 朴洪根, 韓晶

---

22 『주간소학생』(주간)은 1946년 2월 11일 조선아동문화협회에서 창간하여 통권 45호(1947.4.21)까지 발간되었고, 통권 46호(1947년 5월호)부터 『소학생』(월간)으로 바꾸어 통권 79호(1950년 6월호)까지 발행되었다. 통권 46호의 겉표지에는 제호가 '주간 소학생'이라 되어 있지만, 속표지나 판권지에는 '소학생'이라 되어 있고, 분량 또한 48쪽(주간일 때 10쪽 남짓)으로 불어난 것으로 보아 통권 46호부터 월간 『소학생』으로 보는 것이 맞다.
1947년 『진달래』(진달래사)란 제호로 창간되어 1949년 12월호까지 발간하다가, 1950년 1월호부터 제호를 『아동구락부』(진달래 개제)'로 개제하였고, 1950년 6월호까지 발간된 것으로 보인다. 따라서 『아동구락부』가 『진달래』로 제호를 고쳤다는 것은 잘못이다.

東 같은 분은 1 · 4후퇴 때 남하하여 활약하고 있다.

하다 만 전쟁 뒤의 허망과, 고슴도치 같은 인심과, 되는 일도 없고 안 되는 일도 없던 부정과 부패 속에서 아동과 아동문학만이 건전할 수는 없었다. 죽이고, 죽고, 훔치고, 내빼고 하는 악성 만화가 범람하는 한편에는 탐정소설, 모험소설의 탈을 쓴 저속한 아동 통속소설이 상업적인 아동잡지를 독차지한 적도 있었다. 이러한 가운데에서 『학원』 『새벗』 『학생계』 주간 『소년서울』 『파랑새』 주간 『소년 태양』 『모범생』 『소년신보』(나중에 『소년시보』로 고침) 주간 『소년조선일보』 『소년세계』 『만세』 주간 『소년연합』 『소년계』 『소년생활』 소년소녀 『자유신문』 『소년동아』 주간 『소년한국일보』 주간 『어린이 신문』 『국민학교 어린이』 『국민학교 학생』 『가톨릭소년』 『나날이 소년』 등 월간잡지와 신문사 어린이 차지 등에서 우리나라 아동문학은 풍성풍성한 작품행동을 전개하게 되었다. 1960년 7월 17일에 창간된 일간 『소년한국일보』와 그해 9월 20일에 창간된 일간 『새나라신문』(1961년 1월 1일에 폐간)은 우리나라 신문계에서 뿐 아니라 아동문화계에 특기할 만한 경사로 아동문학의 교두보 구실을 톡톡히 하고 있는 것이다.

1953년 7 · 27 휴전과 더불어 환도한 뒤, 신문 잡지를 통하여, 또는 단행본을 내어, 창작활동을 한 분 중 중요한 작가들은 다음과 같다.

姜小泉, 李元壽, 金英一, 張壽哲, 馬海松, 尹石重, 朴木月, 安成鎭, 朴聖河, 朱耀燮, 金耀燮, 林仁洙, 李桂訓, 鄭飛石, 崔台鎬, 張萬榮, 李周洪, 朴京鍾, 朴和穆, 朴洪根, 金相沃, 方基煥, 任晳宰, 朴榮濬, 趙豊衍, 崔仁旭, 桂鎔默, 李鍾桓, 金松, 安壽吉, 崔承烈, 李璇求, 林玉仁, 尹永春, 金聖道, 李鍾澤, 朱萍, 李鍾琦, 魚孝善, 李寧熙, 孫東仁, 崔啓洛, 申智植, 朴興珉, 崔要安, 趙欣坡, 兪湖, 金永壽, 吳永壽, 楊明文, 金利錫, 黃順元, 金東里,(이상 15쪽) 朴南秀, 趙芝薰, 李相魯, 朴斗鎭, 柳致環, 睦海均, 朴敬用, 李興雨, 劉庚煥, 孫福遠, 徐晳圭, 李俊球 외 여러분이다.(無順)

'마라톤'에는 公認 기록이 없다 한다. 입지적 조건이 곳에 따라 다르므로, 먼 코오스를 뛰는 마라톤에는 公認 기록이라는 것이 허용되지 않는 모양이다.

그런데 우리 문단에서 따로 도는 아동문학은 마라톤과 같아서, 문학적 수준과 예술적 가치를 일률적으로 따지기가 매우 난처하다. 왜 그런고 하면

문학에 대한 선천적 재질과 후천적 노력이 부치는 사람들도 연조가 오래거나 많이 쓰기만 하면, 어느 틈에 대가가 되어 버리는 수가 있기 때문이다.

우리 아동문학이 자리가 잡히려면 하루바삐 그 평가 기준이 서야 된다. 작가나 시인이 동화나 동시만 쓸 수는 있지마는, 동화나 동시만 쓰는 사람이 모조리 다 작가나 시인은 아닌 것이다. 소앗과 전문의사가 따로 있지마는 의사 아닌 사람은 없는데 아동문학 전문가 중에는 문인 아닌 사람이 섞여 있는 것이다. 그들에 대한 작가적인 역량 평가는 독자에 한발 앞서서 평론가의 힘을 빌 수밖에 없는데, 우리나라에는, 8·15 이전에 宋 아무개, 申 아무개, 尹 아무개[23](모조리 월북)들이 아동문학에 관한 평필을 든 이후 이렇다 할 평문을 본 일이 없다. 이럭저럭 50년 역사를 지닌 우리나라 아동문학이 자기비판을 거친 총정리를 서둘러야 할 때는 왔다.

우리말과 우리글을 도로 찾은 지도 어느덧 햇수로 열일곱 해다. 앞서 지적한 바와 같이, 일제 식민지 시절에는 문학운동도 일종의 한글운동이요, 한글운동이 곧 민족운동이었기 때문에, 작품평가에 있어서도 일종의 핸디캡이었던 것이다. 그러나 이제부터는, 성인문학가들의 아동문학에 대한 적극적인 관심과 물 위의 기름처럼 따로 돌던 아동문학 전문가들의 끊임없는 문학적 수업과 자기반성만이 우리나라 아동문학의 질적 향상을 가져오리라 믿는다.

끝으로 밝혀야 할 것은, 좌우 대립과 남북 절단으로 수많은 아동 문학가들이 우리 앞에서 사라진 사실이니, 8·15 이전 이후의 좌익아동문학가와 6·25 이후에 월북한 이들을 합해 약 스무 명은 굳이 여기서 그 이름을 들추지 않은 것이다.(이상 16쪽)

---

23 宋完淳, 申孤松, 尹福鎭을 가리키는 것으로 보인다.

尹石重, "韓國 兒童文學 書誌", 『兒童文學의 指導와 鑑賞』,
대한교육연합회, 1962.1.

개척기의 문학이란 순 창작은 드문 것이니 고전에서 취재한 것이 많기 때문이다. 어린이를 위한 문학 역시 마찬가지다. 희랍의 '이솝' 우화는 기원전 500년부터 떠돌아다니던 이야기들을 재생시킨 것이며, 독일의 '그림' 형제 동화도 예전부터 전해 내려오는 옛날얘기들을 '그림' 형제가 정리한 것이며, '러시아'의 '톨스토이'나, 일본의 岩谷小波(이와야사자나미), 우리나라의 小波 方定煥 동화 역시 흩어져 있는 옛날얘기들을 자기 나라 사람 식성에 맞도록 새로 다룬 것들이어서 순 창작이 아닌 것이다.

세계 각국의 옛날얘기들을 보면, 그 줄거리가 어슷비슷한 것이 많다. '프랑스'의 「산드룡의 유리구두」와 우리나라의 「콩쥐 팥쥐」는, 계모의 학대와 착한 언니, 독한 아우의 행실이 너무도 흡사하다. 뿐만 아니라, 이러한 줄거리의 이야기를 영국의 「신데렐라」 연구가인 '콕크스' 여사는 그가 낸 책에서 비슷한 이야기 345가지가 세계에 널려 있음을 지적하고 있다.

우리나라의 「토끼와 거북」 이야기는 일본서 50년 전에 건너 온 것인데 알고 보면 이것 역시 2500년 전 "희랍"의 '이솝' 우화에 등장하고 있는 것이다.

우리나라 전래동요라는 것은 어떤가. 「새야 새야 파랑새야」의 "파랑새"란 팔왕새(八王새) 즉 全 씨를 두고 한 말로, 고종 31년(1894)에 터진 동학란 때, 全녹두(몸집이 너무 작아 녹두라고 불렀다.)의 비운을 노래로 지어 미리 퍼뜨린 것이며, 「장다리는 한철이요, 미나리는 사철이라」는 동요 역시 이조 19대 왕 숙종 때, 인현왕후 閔 씨를 미나리에 비기고, 대빈 張 씨를 장다리에 비겨 그네들의 앞날을 아이들 입을 빌려서 전국에 퍼뜨린 동요 (이런 것(이상 173쪽)을 참요=讖謠라고 한다.)인 것이다. 이처럼 역사를 더듬어 올라갈수록 창작과 차작의 구별이 잘 안 서게 마련이어서 어디까지가 남의 것이고, 어디서부터가 자기 것인지 그 구별이 모호한 수가 많다.

小波 方定煥 주재로 일본 도오꾜에서 꾸며 서울 개벽사와 〈천도교소년회〉

를 배경으로 발간된 『어린이』가 1923년 3월 1일에 창간되기 전에, 六堂 崔南善 손으로 『少年』(1908년), 『붉은저고리』(1912년), 『아이들 보이』(1913년) 같은 잡지들이 나왔었지마는, 「한국 아동문학 소사」에서도 지적한 바와 같이, 비록 "소년남녀"를 표방하기는 하였지마는 상투 틀고 쪽찐 청춘 남녀를 대상으로 한 것이어서 진정으로 어린이를 상대로 한 근대적인 잡지로는 역시 『어린이』가 그 첫아들이라고 보는 것이 타당할 것이다.

또한 "어린이"라는 말조차도 1923년 3월에 창간된 『어린이』 잡지 표제로 비로소 보편화되었다고 할 것이니 『동아일보』 축쇄판을 보면, 1921년 9월 25일 치 사설에서, 학생끼리 서로 존댓말을 쓰자는 〈계명구락부〉(한글학자 朴勝彬 주재)의 뜻을 받아들인 글이 실리기는 실렸었으나, "애놈", "애새끼", "자식 놈"에서 승격을 시켜 "젊은이"와 마찬가지로 "어린이"라고 실지로 대접해 부르기 시작한 것은 『어린이』 주간 방정환과 『개벽』 주간 小春 金起田이라 할 것이다.

그러면 모든 조건을 갖춘 잡지다운 잡지로서의 『어린이』는 어떤 모습으로 등장하였던가. 『아이들 보이』가 국판으로 4호 활자를 써서 우리나라와 다른 나라의 옛날얘기며, 웃음거리며, 전설이며, 역사 이야기를 딱딱한 글투로 실었음에 반하여, 『어린이』에는 아주 쉬운 말과 귀여운 어린이들의 모습을 찍은 사진들로 아기자기하게 만들어져 나왔으니 우선 '타브로이드' 판으로 나왔던 『어린이』 창간호에는 어린이(서양 어린이었다.)가 혼자 앉아 웃는 모습을 첫 면 한가운데 넣고는 아무런 설명이 없이 "아 하하하하"라고 한 줄 적어 넣었을 뿐이었다.

창간호의 내용은,

ㅇ우리는 이렇게 지내 왔읍니다(조선소년 운동의 기록) ㅇ덴마아크 동화 「성냥팔이 소년」, ㅇ제비 같은 러시아 소년 ㅇ「노래 주머니」(조선 동화극) ㅇ파랑새(남도 동요) ㅇ3월의 꽃 전설 「하신트 이야기」, ㅇ프랑스 동화 「장난 즐기는 귀신」

이 밖에 '이솝' 우화, 토끼의 귀, 세계 소식, 지방소년회 소식, 상 타기(이상 174쪽)들이 있는데 편집은 〈천도교소년회〉, 발행은 개벽사로 되어 있고, 값은 그때 돈으로 5전이었다. 그리고 광고문의 구호는,

"우리는 이렇게 새 씨를 뿌립시다."였다.

그때만 해도 읽을거리가 없어 쩔쩔매던 우리에게 『어린이』 잡지는 손을 꼽아 가며 그다음 달 치를 기다리게 하였으니, 지금 40대 이상 되는 어른들은 아직껏 『어린이』 잡지의 고소한 맛을 잊지들 못하고 있거니와, 이 잡지의 붙임성은 그 부피에 있지 아니하고, 정이 폭폭 들게 하는 글에 있었던 것은 말할 것도 없다.

이 잡지는 10년 남짓한 역사를 엮어 오는 동안 방정환에서 李定鎬, 申瑩澈, 崔泳柱＝信福, 尹石重(1933 년)으로, 그리고 8·15해방 뒤에는 동화 작가 高漢承에게로 편집일이 옮겨졌는데, 역대 주간 여섯 사람 가운데 다섯 분은 이미 고인이 되었고 나 하나가 남아 있을 따름이다.

〈색동회〉는 1923년 5월 1일에 일본 도오교에서 方定煥, 曺在浩, 秦長燮, 孫晉泰, 尹克榮, 鄭淳哲, 高漢承, 丁炳基 이상 여덟 분이 발기하여 우리나라 최초의 아동문제 연구단체로 크로즈·업 되었으니 창립 날 "색동회·회록"에는 다음과 같이 적혀 있다.

發會式
西紀 1923年 5月1日 午後 3時에 萬世橋驛에서 集合하여 가지고 駿河台 三輪 寫眞舘에서 記念撮影하니 出席하신 會員이 如下하다.
孫晉泰 尹克榮 鄭淳哲 方定煥 高漢承 秦長燮 曺在浩 丁炳基
同日 午後 4時 錦町 長勢軒에서 祝宴을 開한 우리 一同은 將來를 堅固하게 盟誓하고 閉會하니 午後 6時半 7時에 一同이 秦長燮 氏에게로 가서 氏의 盛大한 酒餐으로 9時까지 재미가 津津하게 놀다가 各各 歸去하다.
西歷 1923年 5月 1日
委員 丁炳基

그 뒤 馬海松, 鄭寅燮, 최 모[24](월북), 李軒求 ― 그리고 꼬래비로 崔泳柱, 尹石重이 동인으로 추천되어 "소파 묘" 건립과 『소파전집』 내는데 힘썼고,

---

24 최진순(崔瑨淳)을 가리킨다.

8·15 직전 망우리 소파 묘로, 조재호, 손진태, 정순철, 마해송과 함께 참묘한 것이 마지막으로 손진태는 6·25 때 납치당해 이북으로 끌려갔고, 정순철은 직장이던 성신여고 교문 밖에서 9·28 수복 직전에 붙잡혀 가더니 그만이고, 고한승은 6·25 때 병으로 돌아갔다.

이들 〈색동회〉 동인들은, 『어린이』 잡지를 무대로, 동화, 동요, 작곡, 역(이상 175쪽)사, 훈화 등 다채로운 활동을 하였으며, 「봄 편지」의 徐德出, 「고향의 봄」의 李元壽, 「오빠 생각」의 崔順愛(이원수 씨 부인으로 당선 동요로 맺어진 인연이다.)는 다 1925년을 전후하여 『어린이』 독자란에서 두각을 내민 동요작가들이며, 1933년, 내가 『어린이』를 물려 맡았을 때 朴泳鍾 지금의 木月은 「통딱딱·통짝짝」이 특선되므로 본격적으로 동요 짓기를 시작한 것이다.[25]

『어린이』와 맞서는 잡지로 『新少年』 잡지가 있었다. 국판 크기로, 『어린이』보다는 윗길인 잡지였다. 한글 학자인 申明均 주간으로 겉딱지는 경성사범학교 다니던 孫一峰이 도맡아 그렸었고, 교육계로 진출한 李浩盛, 孟柱天, 金錫振 이런 분들이 열심히 붓을 들었는데, 1926년에 나온 『별나라』는 좌익 잡지였고, 같은 해에 창간된 『아이생활』은 종교잡지로 4대 잡지가 소반다리 모양으로 네 군데에서 버티었으나 사회 풍조는 좌익으로 쏠려서 『별나라』 외에는 맥을 못 썼었고, 『아이생활』 이외의 두 잡지는 한때 좌익 경향을 띠었었으나 일본 제국주의의 조선어 말살 정책에 걸려 뒤를 이어 거꾸러지고만 같은 신세가 되어 버렸다. 『신소년』이 나올 무렵, 수학가 白南奎 주간으로 『수리계(數理界)』 잡지가 나와 이채를 띠었었다.

1936년에 조선중앙일보사에서 『소년중앙』을 내었고, 1937년에는 조선일보사에서 『소년』을 내기 시작하였고, 『유년』도 시작하였으나 안 팔려 곧 없어졌으며, 金素雲 손으로 『신아동』『아동세계』『목마＝木馬』 등 문예에 치중한 잡지들이 나왔던 것은 특기할 만하다.

이 밖에도 『어린 벗』(延星欽), 『童話』(崔仁化), 『少年朝鮮』(丁洪敎), 『半

---

25 1933년이 아니라 「통·딱딱·통·짝짝(특선동요)」은 『어린이』(제12권 제6호, 1934년 6월호)에 발표되었다. 지은이는 '彰童'이라 되어 있는데 '影童'의 오식으로 보이고, 影童은 박영종(朴泳鍾)의 필명이다.

島少年』(高長煥), 『종달새』(張茂釗), 『고향집』(金英一) 등이 나왔으나, 아무런 재정적 뒷받침이 없이 열(熱)과 성(誠)으로만 대든 노릇이어서 나오다가는 말고, 나오다가는 말고 한 점에서는 매일반이었으며, 게다가, 일제의 민족정신 말살 정책의 거센 파도에 휩쓸려 우리나라 문화는 질식 상태에 빠져 버렸으니, 아동 잡지야 더 말할 나위가 있었겠는가.

일제 때의 어린이를 위한 아동잡지들은 『조선일보』 『동아일보』 『시대일보』 『중외일보』 『중앙일보』 『조선중앙일보』 그리고 조선총독부 기관지였던 『매일신보』의 어린이차지 들과 아울러 우리나라 아동문화의 유일한 발표 무대였고 특히 『조선일보』 일요 부록으로 매주 나오던 『소년조선일보』 4면인 문예난에는 좋은 작품들이 많이 게재되었었다.

그 다음 8 · 15 이전의 우리나라 아동 서적은 어떠하였던가.

1922년 6월 치 『개벽＝開闢』 잡지에 난 세계 명작 동화 『사랑의 선물』 신간 발매 광고를 보면, 소파 방정환 역이라 밝힌 다음, "저무는 청춘을(이상 176쪽) 아끼는 동무여! 이 책을 접하여 그립던 어린 때의 정서에 도취하라!" 해 놓고, "깊어가는 여름 · 뚝뚝 떳는 녹음에 학창 · 차창 또 병창의 호반려"라 하여 어린이뿐만 아니라 장성한 이들에게까지 어린 시절을 회상시켜 가면서 일독을 권하였다. 국반판 220면에 그때 돈으로 50전.

『사랑의 선물』이 나오기 전 해인 1921년 "광익서관"에서 천원(天園) 吳天錫(전 문교부장관)이 꾸민 『금방울』이라는 동화집이 있었고, 『사랑의 선물』을 흉내 내어 1925년에 "청조사"에서 春城 盧子泳이 동화집 『천사의 선물』이 나오기는 나왔으나, 그 부수와 그 인기에 있어서 『사랑의 선물』을 당해 낼 수는 없었던 것이다. 우리나라의 전래동화를 모은 책으로는 1924년에 조선총독부에서 낸 『조선동화집』과 1926년 한성도서주식회사에서 낸 심의린(沈宜麟＝경성여자 사범학교 선생으로 한글 연구가) 『조선동화대집성』이 두드러졌고, 다른 나라 동화책으로는 위에 적은 세 가지 외에 이정호 엮은 『세계 일주 동화집』(1926년 · 이문당＝以文堂)과 『쿠오레＝사랑의학교』, 『세계 걸작 동화 선집』(1935년 · 조선일보사 출판부) 들이 많은 부수가 나갔고,[26]

---

26 『조선동화대집성』은 沈宜麟(심의린)의 『朝鮮童話大集(조선동화대집)』의 오식이고, 『세계걸

창작동화집으로는, 고한승의 『무지개』(1927년·이문당), 노량근의 『날아다니는 사람』(1938년·조선기념도서출판관), 이구조(李龜祚)의 『까치집』, 마해송의 『海松童話集』(1940년·한성도서) 노량근의 장편 동화 『열세동무』(1942년·한성도서)들이 있고, 동요작곡집으로는, 1926년에 〈다리아회〉에서 낸 윤극영의 『반달』과 1918년 대구에서 나온 박태준의 『양양범버궁』, 『중중때때중』[27], 홍난파의 『조선동요 100곡집』(1928년·연악회=研樂會) 그리고 1929년에 나온 정순철의 『갈잎피리』가 유명했다.

창작동요집으로는 1932년 신구서림(新舊書林)에서 나온 『윤석중 동요집』 그 이듬해 〈계수나무회〉에서 나온 윤석중 동시집 『잃어버린 댕기』와, 김태오(金泰午)의 『설강(雪崗) 동요집』(한성도서), 1939년 박문서관에서 나온 『윤석중 동요선』, 1940년 일본 도오꾜에서 박아 낸 윤석중 동요집 『어깨동무』, 1941년에 나온 강소천의 『호박꽃 초롱』이 있을 뿐이었으며, 여러 사람 치를 모은 책으로는, 외국 치로 '부라운' 지은 『어린이 낙원』[28](1934년·이화보육학교)이 있고, 우리나라 치로는, 임홍은 엮은 『아기네 동산』(1934년·조선야소교서회), 조선일보사출판부 엮은 『조선아동문학집』(1938년), 1940년 박문서관에서 나온 한정판 『소파전집』이 값나가는 책이었다.

金素雲이 엮어 일본 도오꾜 第一書房에서 낸 『조선구전민요집』 한글판은 우리나라 구전동요도 들어 있는 귀중한 문헌으로, 1961년 동국문화사에서 任東權이 엮어낸 『한국민요집』의 든든한 주춧돌이 되어 있음을 알 수가 있다.(이상 177쪽)

1945년 8·15해방과 더불어 맨 먼저·도로 찾은 것은 우리말과 우리글이었다. "국어상용=國語常用"이란 물론 "일본말만 쓰자."는 주의로, 아침저녁 인

작동화선집』은 朝鮮日報社出版部(조선일보사출판부)의 『世界傑作童話集(세계걸작동화집)』의 오식이다.

27 『중중때때중』과 『양양범버궁』은 둘 다 윤복진(尹福鎭)의 동요에다 박태준(朴泰俊)이 곡을 붙여 발간한 동요곡보집이다. 대구의 조선인 백화점이었던 무영당백화점(茂英堂百貨店) 내의 무영당서점(茂英堂書店)에서 등사판으로 발간하였다. 『중중때때중』은 1931년에 발간되었고, 신문자료 등을 종합해 볼 때, 『양양범버궁』은 1932년에 발간된 것으로 보인다.

28 『어린이동산』의 오식이다. 1934년 부래운(富來雲=Charlotte Brownlee)이 28편의 외국동화를 번역하여 이화보육학교에서 발행한 동화집이다.

사말도 '오하요' '곰방와'라야 통했던 것이다. 그러다가 8·15해방이 되자 거리거리에는 "한글 대번 깨치기"가 커단 종이에 박혀져 나왔고, 『어린이 한글책』, 『한글 맞춤법 통일안』이 날개 돋힌 듯 나갔었다. 해방되던 해 12월에는 고려문화사에서 『어린이신문』이 주간으로 나왔으며, 그 이듬해 2월에는 아협(兒協)에서 『주간소학생(週刊 小學生)』이 나왔고, 월간잡지로는 『새동무』, 『어린이』(1948년·통권123호), 『진달래』(나중에 『아동구락부』로), 『어린이나라』, 『소년』 들이 『어린이신문』과 『소학생』과 더불어 꾸준히 나왔으며 7만부라는 우리나라 최고 부수를 낸 『학원』과 『아이생활』 후신인 『새벗』 창간과 『가톨릭소년』의 복간은 경사스러운 일이었으나 『학원』은 또다시 쉬게 되었고, 두 종교 잡지는 독자가 국한되어 활기를 못 띄고 있으며, 학습잡지들이 서너 가지 나오다 말다 하였으나, 60만 아동이 자라나고 있는 우리나라에 단 한 개의 거족적인 아동잡지가 없음은 허전하기 짝이 없는 노릇이 아닐 수 없으며 아동 문학 작품들은 신문의 어린이 차지 같은 데에서 간신히 연명해 가고 있는 상태이다.

우리나라의 "아동문학사"와 "아동문학 서지"에 관해서는 붓을 다시 들어 책으로 자세히 엮어 내려 하거니와 여기에는 8·15 이후에 나온 아동문학에 관한 책을 지은이 별로 그 중요한 것만을 추려 적어 볼까 한다.

☆ 윤석중 = ○동요집 『초생달』(1946년·박문서관) ○동요선집 『굴렁쇠』(1948년·수선사=首善社·재판은 백영사) ○동요집 『아침까치』(1950년·산아방=山雅房·재판은 광문사) ○이솝 노래 애기책 『사자와 쥐』(1956년 학급문고간행회) ○동요집 『노래동산』(1956년·학문사) ○『노래선물』(1957년·학문사) ○동요집 『엄마손』, 『어린이를 위한 동시집』(1960년·학급문고간행회) ○어린이를 위한 『우리 민요』(1961년·학급문고간행회)

☆ 강소천 = ○동화집 『조그만 사진첩』(1952년·다이제스트사) ○동화집 『꽃신』(1953년·한국교육문화협회) ○동화집 『진달래와 철쭉』(1953년·다이제스트사) ○동화집 『꿈을 찍는 사진관』(1954년·홍익사) ○『소년문학선』(1954년·경진사=耕眞社) ○동화집 『종소리』(1956

년·대한기독교서회) ○소년소녀소설『해바라기 피는 마을』(1956년·
대동당) ○동화집『무지개』(1957년·대한기독교교육협회〉 ○동화집
『인형의 꿈』(1958년(이상 178쪽)·새글집) ○동화선집『꾸러기와 몽당연
필』(1959년·새글사) ○장편동화『대답 없는 메아리』(1960년·대한
기독교서회) ○강소천 엮은『한국 동화집』(1961년·문호사) ○김광배
그린 그림 동화집『토기 삼형제』(1961년·배영사=培英社)

☆ 이원수 = ○그림애기『어린이 나라』 ○『봄잔치』(1950년·박문출판
사) ○동요시집『종달새』(1947년·새동무사) ○장편소설『숲속 나
라』(1954년·신구문화사=新丘文化社) ○『동키호테』(1954년·동명
사) ○소년소설『5월의 노래』(1955년·신구문화사) ○쥬울·베르느
원작의『아버지를 찾으러』(1955년·신구문화사) ○소년소설『참새 잡
던 시절』○『안델센 동화집』(1959년·계몽사) ○아동명작문고『손오공
의 모험여행』(1959년·신구문화사) ○아동명작문고『인어 아가씨』
(1959년·신구문화사) ○동화집『파란 구슬』(1960년·인문각)

☆ 이주홍 = ○소년소설『아름다운 고향』(1954년·고려서적) ○소년소
설『이순신 장군』(1954년·남향문화사) ○소년소설『아름다운 고
향』(1954년·남향문화사) ○동화 동극 소설『비 오는 들창』(1955년·
현대사) ○동화『후라이 대감의 모험』(1958년·정음사) ○소설『피리
부는 소년』(1959년·재판·세기문화사) ○동화집『외로운 짬보』(1959
년·세기문화사) ○동화집『톡톡 할아버지』(1961년·세기문화사)

☆ 방기환 = ○소년소녀소설『누나를 찾아서』(1948년) ○아동극집『손목
잡고』(1940년·문화당)[29] ○소설『꽃필 때까지』(1949년·문화당) ○
소설『언덕 길 좋은 길』(1954년·상문사=尙文社)

☆ 마해송 = ○동화집『떡배·단배』(1953년·대양출판사) ○동화『모래
알 고금』(1958년·경향잡지사) ○동화『앙그리께』(1961년·경향잡지
사)

☆ 박목월 = ○동요집 『초록별』(1946년·아협=兒協) ○『현대동요선』

---

29 방기환의 아동극집『손목 잡고』는 1948년에 간행되었으므로 '1940'은 오식이다.

(1949년 · 한길사) ㅇ『동시 교실』(1956년 · 아데네사)

☆ 정비석 = ㅇ『인도동화집』(1951년 · 향학사) ㅇ소설 『마음의 꽃다발』
(1949년 · 수문각)

☆ 김상옥 = ㅇ동시집 『석류꽃』(1952년 · 현대사) ㅇ동요집 『꽃 속에 묻힌
집』(1958년 · 청우출판사)

☆ 김영일 = ㅇ아동 자유 시집 『다람쥐』(1950년 · 고려서적)

☆ 최병화 = ㅇ소년소설 『희망의 꽃다발』(1949년 · 민교사)

☆ 이영철 = ㅇ아미치쓰의 『사랑의 학교』(1948년 · 아협) ㅇ『표준소년문
학독본』(1955년 · 글벗집) ㅇ한국 동화집 『이상한 절구』(1961년 · 글
벗집)(이상 179쪽)

☆ 김상덕 = ㅇ동화집 『파리의 인형』(1958년 · 인문각) ㅇ『한국 동화집』
(1959년 · 숭문사) ㅇ『재미있는 세계 동화』(1960년 · 계문출판사) 여
섯권 ㅇ『즐거운 세계 동화 교실』(1961년 · 홍자출판사)

☆ 김성도 = ㅇ번역 『날아다니는 트렁크』(안델센)(1958년 · 동서문화사)

☆ 최태호 = ㅇ동화집 『리터엉 할아버지』(1955년 · 정민문화사) ㅇ독일
동화 『황새 된 임금』(1958년 · 동서문화사)

☆ 최병칠 = ㅇ동화집 『헨젤과 그레텔』(1959년 · 홍지사)

☆ 이종환 = ㅇ소설 『갈매기의 노래』(1952년 · 새벗사)

☆ 김일로 = ㅇ동요집 『꽃씨』(1953년 · 항도출판사)

☆ 김요섭 = ㅇ그림애기책 『이상한 람프』(1952년 · 창조사) ㅇ소설 『따뜻
한 밤』(1956년 · 고려출판사) ㅇ동화집 『깊은 밤 별들이 울리는 종』
(1959년 · 백영사) ㅇ동화집 『오, 멀고 먼 나라여』(1959년 · 청록문화
사)

☆ 조풍연 = ㅇ번안 『모구리의 모험』(1950년 · 북성당) ㅇ번역 『프란더스
의 개』(1948년 · 성문사=誠文社) ㅇ『정의는 이긴다』(1961년 · 남향문
화사)

☆ 전영택 = ㅇ동화 『평화의 왕』(1952년 · 숭문사) ㅇ소설 『어머니가 그리
워서』(1952년 · 숭문사)

☆ 이종택 = ㅇ동시집 『새싹의 노래』(1956년 · 연합출판사) ㅇ동시와 소

년시집『바다와 어머니』(1959년・어린이나라사)

☆ 주요섭 = ㅇ장편동화『웅철이의 모험』(1945년・아협) ㅇ『안델센 동화집』,『어머니의 사랑』(1948년・수선사) ㅇ번역『미운 오리 새끼』(1952년・다이제스트사)

☆ 김내성 = ㅇ소설『쌍무지개 뜨는 언덕』(1952년・청운사)

☆ 김송 = ㅇ소설『방랑하는 소년』(1952년・동아출판사)

☆ 서덕출 = ㅇ동요집『봄편지』(1951년・자유민보사)

☆ 박영준 = ㅇ번역『바보 이반』(1954년・인희출판사)

☆ 안수길 = ㅇ『소년 수호지』(1955년・글벗집)

☆ 홍은표 = ㅇ학생극집『찢어진 우산』(1954년・행인서원)

☆ 방정환 = ㅇ동화집『사랑의 선물』(1947년・박문출판사, 1956년・학급문고간행회) ㅇ『소파동화독본』 다섯권(1947년・아협)

☆ 박경종 = ㅇ동요집『꽃밭』(1954년・중앙문화사) ㅇ동화집『노래하는 꽃』(1958년・소년화보사) ㅇ동요집『초록 바다』(1961년・성문학)

☆ 장수철 = ㅇ소설『아름다운 약속』(1961년・성문각)(이상 180쪽)

☆ 최계락 = ㅇ『어린이 세계 문학』(1・2학년용)(1958년・해동문화사)

☆ 최승렬 = ㅇ동시집『무지개』(1955년・항도출판사)

☆ 한정동 = ㅇ동화・동요집『갈잎 피리』(1958년・청우출판사)

☆ 신지식 = ㅇ소설집『하얀 길』(1956년・산호사) ㅇ소설집『감이 익을 무렵』(1958년)

☆ 이영희 = ㅇ동화집『책이 산으로 된 이야기』(1958년・신교출판사) ㅇ『동물회의와 동물농장』(1961년・남향문화사)

☆ 어효선・주평・홍문구 3인 공저 = ㅇ『학교극 사전』(1961년・교학사) ㅇ동요시집『봄 오는 소리』(1961년・교학사) ㅇ『글짓기 교실』(1961년・인문각)

☆ 주평 = ㅇ동극집『파랑새의 죽음』(1958년・성문각) ㅇ동극집『숲속의 꽃신』(1959년・수문각)

☆ 권태응 = ㅇ동요집『감자꽃』(1948년)

☆ 임인수 = ㅇ유년동화동시집『어디만큼 왔냐』(1948년・동지사 아동원)

○동화집『봄이 오는 날』(1949년·조선기독교서회) ○동화집『이상한 풍금』(레안더 작)(1956년·기독교 아동문화사) ○동화집『눈이 큰 아이』(1960년·종로서관)

☆ 박은종(화목=和穆) = ○소설『밤을 걸어가는 아이』(1954년·정음사) ○동요집『초롱불』(1958년·인간사)

☆ 손동인 = ○동화·소설『병아리 삼형제』(1956년·부산한글문예사)

☆ 박홍근 = ○동시집『날아간 빨간 풍선』(1960년·신교출판사)

☆ 윤사섭 = ○동화집『전봇대가 본 별들』(1961년·창성출판사)

☆ 양인자 = ○소설『돌아온 미소』(1961년·문호사)

이 밖에 1957년부터 나온 학원사의 『세계명작문고』 50권과 1958년부터 나온 신태양사의 『세계소년소녀문학선집』(마해송 엮은 여섯 권)과 〈한국아동문학회〉에서 엮은 『한국아동문학선집』(1955년)과 〈대구아동문학회〉에서 낸 동화집『달뜨는 마을』(1958년·문예사)과 녹양사에서 낸『세계동화선집』(1959년) 열 권과 계몽사에서 낸『세계소년소녀문학전집』50권을 비롯하여 『한국아동문학독본』(1961년·을유문화사) 10권과 『한국아동문학전집』(1961년·민중서관) 12권이 먼저 치는 작가 중심으로, 나중 치는 지나간 40년 동안의 100 작가 작품을 총망라하여 1961년 동짓달부터 풀려나오기 시작하고 있다. (1961년 11월 30일) (이상 181쪽)

尹石重, "童心으로 向했던 獨立魂 – 韓國어린이運動略史",
『사상계』, 1962년 5월호.

우리나라 어린이운동은 一九二三년 五월 一일 첫 어린이날, 서울 天道教堂
에서 외친 "소년운동의 첫 선언"에서 힘찬 첫발을 내디디었다.
그날 式場에서 읽은 선언문은 다음과 같다.

　본 〈少年運動協會〉는 이 어린이날의 첫 기념되는 五월 一일인 오늘에 있어 고요
히 생각하고 굳이 결심한 나머에 감히 아래와 같은 세 조건의 표방을 소리쳐 전하며
이에 대한 천하 형제의 심심한 주의와 共鳴과 또는 協同이 있기를 바라는 바이다.
　　一. 어린이를 재래의 倫理的 壓迫으로부터 해방하여 그들에 대한 완전한 人格的
　　　禮遇를 許하게 하라.
　　二. 어린이를 재래의 經濟的 壓迫으로부터 해방하여 滿 十四세 이하의 그들에게
　　　대한 無償 또는 有償의 勞働을 廢하게 하라.
　　三. 어린이 그들이 고요히 배우고 즐거이 놀기에 足할 各樣의 가정 또는 社會的
　　　施設을 行하게 하라.
　　　　　　　　　癸亥 五月 一日
　　　　　　　　　　　　　　　少年運動協會

그러면 〈소년운동협회〉란 어떤 모임이었던가. 그해 四월 二十일자『동아
일보』묵은 신문을 뒤져 보면 사회면에「少年運動의 新旗幟」[30]라 하여 다음
과 같은 기사가 실려 있다. 그 당시의 우리나라 형편이며 자녀를 둔 어른들의
심정을 代辯한 기사였다.

　압박에 지지눌리어 말 한마디, 소리 한번 자유로 하여 보지 못하던 어린이(少年)
도 이제는 무서운 철사를 벗어날 때가 왔다.
　종래 우리 사회는 모든 일에 어른을 위주하는 동시에 가정에서도 자녀 되는

30　「少年運動의 新旗幟 – 소년관계자가 모혀 협회 조직, 오월 일々을 긔약하야 대선뎐」(『동아일
　　보』, 1923.4.20)을 가리킨다.

사람은 절대의 구속을 받아 왔고, 좀 더 심하게 말하면 "어른은 아이를 압박하지 아니하면 어른의 도리가 아니라"는 듯이 지내 왔지마는 이제 문화가 날로 발달됨에 따라서 사회의 장래 주인이 될 어린이를 위하여 어른의 모든 것을 희생까지라도 하지 아니하면 아니 되게 되었다. 이에 비로소 수년 전부터 각처에 소년회와 또는 그와 비슷한 모임이 생기기 시작하였으나 아직까지 소년 문제를 성심으로 연구하는 사람도 없었고 일반 식자 간에도 이 문제를 그다지 중대하게 보지 아니하였는데 최근에 이르러 경성 시내에 있는 각 소년단(이상 261쪽)체의 관계자 간에는 어떠한 방법으로든지 좀 더 소년문제를 세상에 널리 선전하는 동시에 이 문제를 성심으로 연구하여 보자는 의사가 있어서 수차 협의한 결과 지난 십칠일(一九二三年 四月) 오후 네 시에 〈天道敎少年會〉 안에 각 관계자가 모여 〈少年運動協會〉라는 것을 조직하였더라.

이 운동의 主動者는 小波 方定煥이었다. 그는 天道敎 第三世 敎祖요, 三·一運動의 先導者인 義庵 孫秉熙의 세째 사위였고, 三·一運動 때 자기 집에서 獨立宣言文을 등사판으로 밀어 돌리다가 붙잡혀 간 靑年愛國者였으니 우리나라 어린이운동은 民族運動의 法統을 이어받았다고 할 만하다.
一九二三년 이전에도 소년단체는 있었다. 一九二一년 七월에 창립된[31] 〈天道敎少年會〉는 小波 方定煥과 小春 金起田을 지도자로 하여 一九一九년에 터진 三·一 독립운동의 방향을 돌려 자라나는 다음 세대 어린이들에게 민족정신을 뿌리박아 주자는 데 목적을 두었던 것이다. 〈천도교소년회〉가 생기기 전에 경상도 晉州, 평안도 安邊, 전라도 光州에도 소년회가 생겼었으나 一九二三년 五월 一일에 열린 첫 어린이날을 계기로 소년운동에 대한 일반의 관심이 드높게 되었으니 그해 五월 一일치 『동아일보』를 보면, 「오늘은 어린이날 — 어린이를 위하여 처음 축복」[32]이라는 제목으로 다음과 같은 기사가 나 있다.

어린이날 — 五월 一일이 왔다. 조선에서 처음으로 어린이에게도 사람의 권리를 주는 동시에 사람의 대우를 하자고 외치는 날이 돌아왔다. 몇몇 대 조상 적부터

---

31 〈천도교소년회〉는 1921년 4월 5일 창립되었다.
32 「오늘, 어린이날―어린이를 위하야 처음 축복, 오후 세 시에 전국에서 선면」(『동아일보』, 23.5.1)을 가리킨다.

아이나 어른이나 사람의 허울을 쓰고 사람으로 살지 못한 것은 우리의 골수에 박힌 원한이다. 지금에 우리 조선 사람은 어른이나 아이가 누가 사람의 권리가 있으며 누가 사람의 대우를 받는가 생각하면 실로 기가 막히는 일이다. 첫째 먹을 것, 입을 것이 없고 편안히 쉴 집이 없는 터이라 사람 노릇을 하려 할지라도 할 수가 없는 것은 자연한 형세라. 이에 뜻있는 몇 사람의 발기로 일어나게 된 〈소년운동협회〉라는 곳에서 ─ "젊은이나 늙은이는 이미 희망이 없다. 우리는 오직 나머지 힘을 다하여 가련한 우리 後生 되는 어린이에게 희망을 주고 생명의 길을 열어 주자."는 취지로 오늘 ─ 五月 一일을 어린이의 날로 작정하여 가지고 어린이를 위하여 일을 하자고 선전하는 동시에 다만 하루의 짧은 시간이라도 그들에게 기쁨이 있게 하고 복이 있게 하자는 오늘이라 한다. 조선의 어린이여! 그들에게 복이 있으라. 조선의 부형이여! 그대들에게 정성이 있으라.

一九二三년은 피어린 三·一 독립만세 소리가 ─ 흰겨레의 귀에 쟁쟁히 남아 있었던 터이라 신문기사는 그대로가 나라 잃은 백성의 한숨이요, 하소연이요, 통곡이었으니 "조선의 어린이여!" 하고 부르짖을 때 그 소리를 곧 "나라를 도로 찾을 사람은 바로 그대들이다."라는 격려의 말로 통하였기 때문에 설명도 필요 없고 긴 사설도 소용없었으니 웅변대회나 강연회에서 연사가 "여러분!" 하면서 책상을 주먹으로 냅다 치기만 해도 청중은 발을 구르고 손벽을 쳤으며 壇 위에 도사리고 앉아 있던 臨席警官은 "쥬이!(注意)" 하면서 노려 보았던 것이다.

日帝의 속박 속에서는 한글 運動이 곧 愛國運動이요, 民族運動이요, 救國運動이요, 更生運動이어서 온갖 迫害를 받았던 것과 매일반으로 자라나는 第二世를 위한 어린이운동 역시 爲政者에게는 植民地 同化政策의 암이요, 가시였던 것이다. 그래서 그 시절엔 普通學校(지금의 國民學校)에 다니는 어린 그들의 머리가 말랑말랑할 적(이상 262쪽)에 "皇國臣民"으로 洗腦工作을 시키기 위하여 "고꾸고 죠오요오"(國語常用)라 하여 일본말만 쓰게 하였고, 학교에서 혀가 삐끗 잘못 돌아가 우리말이 튀어나왔다가는 대뜸 벌을 씌우고 뒷간 소제를 시키고 하였던 것이다.

첫 어린이날 어린이들의 旗行列을 日警이 금지를 한 것도 어린 사람들의 기를 꺾어 주기 위해서였다. 그러나 매양 逆效果가 나서 日帝가 武斷政治로

기를 쓰면 쓸수록 우리 겨레의 決心은 굳어지고 각오는 새로웠으니 一九二三
년 三月 一일에 창간된[33] 『어린이』雜誌는 不遇한 어린이의 代辯誌요, 붓을
통한 활동무대였다. 四·六판짜리 납작한 잡지를 전국의 어린이들이 그처럼
따른 것은 그 얇은 책 속에 민족정신이 배어 있었고 애국정신이 불타오른
때문이었다. 그래서 總督府 圖書 檢閱에 툭하면 걸려들어 押收와 削除를 밥
먹듯 당했던 것이다.

이런 현상은 비단 『어린이』 잡지에 한한 것이 아니었으니 『新少年』(一九
二三年 創刊)이라든가 『별나라』(一九二六年 創刊)라든가 『아이생활』(一九
二六年 創刊)이라든가가 다 비록 貧弱하기 짝이 없는 體裁로 나왔지마는 깜
박거리는 民族魂을 이어 주는 바람 속의 등불 구실을 하였다.

그러면 우리나라 어린이운동이 궤도에 오른 一九二三년을 전후한 우리나
라 사회 풍조는 어떠하였던가. 一九一九년의 三·一 운동 때 독립 시위 철시
군중대회에 한몫 긴 사람 수가 百三十六萬 三千九百명이요, 죽은 이가 六千
六百七十명이요, 다친 이가 一萬 四千六百명이요, 獄에 갇힌 이가 五萬 二
千七百七十명인 抗日鬪爭으로 정신이 번쩍 든 民族陣營은 左翼思想의 擡頭
로 차차 분열, 대립을 보게 되었으니 一九二三년에 〈朝鮮靑年總同盟〉이 결
성됨으로써 더욱 격화되었던 것이다. 어린이운동에 있어서도 공공연히 무산
소년운동을 표방하게 되다가 一九二五년에 이르러서는 〈경성소년연맹〉이
생겼고 그 상설기관으로 〈五月會〉가 등장하여 方定煥 주재의 〈조선소년운
동협회〉와 맞서게 되었다. 그러다가 一九二七년 十월 十六일에 두 연합단체
가 모여 〈朝鮮少年聯合會〉를 만들었고 그 이듬해인 一九二八년 三월 二十
二일에는 三百이 넘는 전국 어린이 단체 대표가 천도교기념관에 모여 〈조선
소년연합회〉를 다시금 〈朝鮮少年總同盟〉(동맹이라는 말이 불온하다 하여
日警이 허가를 아니 해서 聯盟으로 고침)으로 재출발하였는데 이때부터 民
族陣營의 方定煥은 一線에서 물러서게 되었으니 생각이 서로 어긋난 때문
이었다.

그러면 어찌하여 어린이를 위하는 운동에 대립과 반목이 생겼으며 무엇

---

[33] 『어린이』 창간은 1923년 3월 20일이다.

때문에 어린이날도 따로따로 식을 올리고 따로따로 행사를 하였던가. 우리 나라 구식 자물쇠로 말하면 밑으로 열쇠를 넣어서 자물쇠 속이 위로 솟아 나와야 자물쇠가 열리게 마련이어서 "손님이 주인 내쫓는 것이 무엇이냐?" 수수께끼까지 생겨났는데 우리나라 어린이운동이야말로 一九二八년에 이 르러서는 어린이날을 만든 이는 밀려나고 당치도 않은 자가 앞장을 서게 되었으니 배 주고 뱃속 빌어먹는 격이었다. 민족 분열의 씨를 지각없는 일부 소년운동자들의 손으로 뿌린 셈이 되었으니 우리가 八·一五 해방 뒤에 동 족끼리의 대립·반복·중상·모략을 목격할 때마다 "그때 뿌린 씨나 아닌 가." 하고 자문자답한 적조차 있었거니와 이데올로기의 대립도 아무것도 아 닌 대립을 위한 대립으로 한때 순진한 어린이들을 불순한 어른들의 세력다 툼의 이끼로 삼은 적이 있었음은 지금 생각해도 통탄할 일이 아닐 수 없는 것이다.

八·一五 직후 좌우대립이 극심하였을 때(이상 263쪽)에는 "서울 운동장으로!" 하면 우익 집회요, "남산공원으로!" 하면 좌익집회였었고, "三·一운동" 하면 좌익 행사요, "己未운동" 하면 우익행사인 적이 있었으며 "협회" 하면 우익단 체요, "동맹" 하면 좌익단체로 따진 적조차 있었는데 이런 습성이 초창기의 소년운동계에도 있었던 것이다.

"우리 겨레의 共同의 敵은 日本帝國主義가 아니겠느냐. 다 같은 被壓迫民 族으로서 잘살면 얼마나 잘살겠으며 못살면 얼마나 못살겠느냐. 合心해서 우선 日本의 손아귀에서 벗어나자!" 이러한 절규로 大同團結을 본 것이 一九 二七년 一월 二十일에 결성된 〈新幹會〉(회장에 月南 李商在)였었는데 이 단 체는 수박 모양으로 껍질은 퍼렇고 속은 벌건 데다가 日帝의 탄압으로 얼마 못 가서 부서지고 말았으니 어린이운동만이 따로 나서 한데 뭉칠 수는 도저히 없었다.

一九二五년에 결성된 〈조선프롤레타리아예술연맹〉(가프)에 집결된 프로 문인들은 一九二六년 十二월에 창간된[34] 『별나라』 잡지에 집결되어 계급의 식 강조에 전력을 기울였고 무슨 동맹에 딸린 少年部 역시 거기 보조를 맞추

---

34 『별나라』는 1926년 6월 1일 자로 창간되었다.

었었다. 그러나 一九二五년 五월 十二일에 우리 겨레의 팔다리를 꽁꽁 묶어 버린 포승法인 저 유명한 治安維持法이 公布됨으로써 모든 運動은 地下로 기어들어 가기 시작하였고 一九三七년에 이르러서는 "어린이날" 하룻만의 행사도 집회금지를 당하고 말았으며 日帝의 迫害는 날로 심하여져서 우리 겨레가 살아날 길은 內鮮一體의 길밖에 없다 하여 皇民化 운동에 발 벗고 나서든가, 술장사나 藥장사로 延命을 하든가, 日本 사람 끄나풀 노릇을 하든 가, 횟술이나 마시며 자포자기에 빠지든가 하는 꼴을 어린이운동이나 어린 이문학에 손을 댔던 사람 중에서도 얼마든지 볼 수 있었으니 一九四○년에 이르러 日本式 創氏改名 强要, 特別志願兵 名目의 韓國人 强制募兵, 『東亞 日報』『朝鮮日報』폐간……이리하여 半島山河는 암흑세계가 되어 버린 것 이다.

一九四五년 八월 十五일 日本이 聯合國에 항복을 하자 '아사히' 新聞 베르 린 모리야마 특파원은 "마침내 奇蹟은 없었노라."는 通信을 발표한 적이 있거 니와 우리에게는 그와 반대로 마침내 奇蹟은 오고야 말았으니 떼죽음 직전에 八・一五 벼락해방을 맞게 된 것이다.

그러면 八・一五 해방에 이르기까지 질식상태에 빠졌던 우리나라 어린이 운동은 어떻게 그 맥을 이어 왔던가. 어린이를 모아 놓고 주먹을 내두르며 울부짖는 대신에 글을 통하여 그들을 위로하고 격려하고 분발시켰고, 거리로 끌고 다니며 시위를 하는 대신에 노래와 이야기로 그들의 마음을 착하고 아름 답고 올바르게 이끌어 나왔으니 한글 깨치기 운동이 곧 그것이요, 동요운동 이 곧 그것이요, 우리말 운동이 곧 그것이었다. 민족의 암흑기에 읽어 주는 이 없고 불러 주는 이 없고 알아주는 이 없고 생기는 것 없는 아동문학을 죽음으로써 지켜 나오므로 대가 끊어질 번했던 민족혼・독립혼을 잿더미 속 의 불씨처럼 지켜 나왔으니 설사 예술적 가치나 문학적 수준은 떨어지는 수가 있었더라도 아동문학으로서 민족정기를 이어 온 공로는 높게 평가할 수 있을 것이니 민족수난기에 있어서의 작가란 애국자요, 운동자요, 순교자이기도 한 것이다.

그러나 八・一五 벼락해방은 우리 어린이들에게 얼마만한 자유와 행복을 가져다주었는가? 우리말과 우리글을 도로 찾았고, 해방 이듬해부터는 어린이날도 도로 찾았고, 日本 治下에서 그처럼 서먹서먹하던 "어린이"라는 말도 사람들 입에(이상 264쪽) 아침저녁으로 오르내려 귀에 아주 익어 버렸지마는 어른들의 政爭과 戰爭과 굶주림 속에서 어린 그들 역시 시달릴 대로 시달리게 되었으니 구슬이 서 말이라도 꿰야 구슬이겠는데 해방 후의 어린이운동이란 알알이 흩어진 구슬 꼴이 되어서 그 빛을 볼 수가 없었다. 뿐만 아니라 해방이 되자 어린이 지도자로 자처하는 이 가운데에는 "어린이날 運動者"와 "孤兒園 뿌러커"가 섞여 있었다. "어린이날 運動者"란 무엇인가. 일 년 내내 잠잠히 있다가 어린이날만 나타나 판을 치는 사람을 일컫는 말이다. 어린이날 만이 라도 어른들이 어린이들을 즐겁게 해 주어야 하겠는데 반대로 어린이들이 죽을 고생을 하여 마스·게임 따위를 익혀 가지고 꼭두새벽에 동원이 되어 윗어른을 위하여 고생을 해 온 것이다. 어린이날마저 어른들에게 점령당하고 만 셈이었다. 孤兒院 뿌러커란 또 무엇인가. 고아원을 합네 하고 원조물자를 가로채 먹는 자들을 일컫는 말이다.

해방 뒤 오래간만에 친구 하나를 길에서 만나 요즘 어떻게 지내느냐고 물으니 그는 매우 만족스러운 듯이 한 밑천 잡았노라고 대답을 하더란다. 그래 그는 속으로 생각하기를, 무역을 크게 했거나 광산을 해서 노다지가 터진 줄만 알고 반가워하였는데 알고 보니 고아원을 경영하면서 收支를 맞추는 것이었다. 病菌이 약한 피부를 노리듯 解放 前이나 解放 後나 만만한 것은 아이들이어서 걸핏하면 그들을 미끼로 어른들이 脫線하기가 일쑤였다.

人間改造는 혁명 정부의 주요한 목표로 되어 있다. 인간 개조를 내세우면서 停年退職을 서두르는 것은 얼른 생각하면 서로 모순인 듯싶으면서도 당연한 처사가 아닐 수 없으니 육신이나 정신이 굳어 버린 나이백이들에게 새 정신을 불어넣는다는 것은 약대가 바늘구멍으로 나가기보다 힘이 드는 노릇이므로 나라 일군을 젊은 사람들로 바꿔치는 것이 十年大計로 보아 현명한 처사라 아니 할 수 없다. 한걸음 더 나아가 우리가 우리 겨레의 百年大計를 세우려면 人間改造를 하되 생각이나 뼈가 굳지 아니하고 때가 끼지 아니한 다음 세대 어린이들의 올바른 지도와 육성에 눈을 떠야 할 것이다. 돌이켜보건대, 旣成世代의 그 일그러진 생각과 흘겨보는 눈과 빗죽거리는 입과 동쪽으로 가라면 서쪽으로 가고, 서쪽으로 가라면 동쪽으로 가려 드는 청개구리

식 개고기 심사는 이조 오백년과 일제 사십년이 물려준 달갑지 않은 유전인 것이니 대대로 기를 펴지 못하고 어른들의 눈치를 살피며 어린 시절을 이붓 자식처럼 자라났기 때문인 것이다. 기구한 나라에 태어난 우리나라 어린이들은, 一九一九년에 三·一운동 때에도, 一九二六年 六·十만세 때에도, 一九二九년 광주학생사건 때에도, 그리고 一九六〇년 四·一九학생 의거 때에도 언제나 나어린 학생들이 앞장을 서서, 때로는 "旣成世代 물러가라!"고 외치기도 하였고, "우리 언니들에게 拳銃을 겨눈 자는 누구냐?"고 대들기도 하다가 그들마저 銃彈에 맞아 쓰러지기도 하였다. 노래나 부르고 뛰어놀아야 할 어린 그들이 어른들 틈에 끼어 새우등이 터진 셈이었다.

　학대 받고, 짓밟히고, 차고, 어두운 속에서 우리처럼 또 자라는 불쌍한 어린 영들을 위하여, 그윽히 동정하고 아끼는 사랑의 첫 선물로 나는 이 책을 짰읍니다.

이것은 三·一운동 다음 다음 해인 一九二一년 섣달에 小波가 日本 도꾜에서 엮은 세계동화집 『사랑의 선물』自序다. 〈天道敎少年會〉의 지도자 小春은 그 책 첫머리에서 다음과 같이 말하고 있다.

　……이렇게 이렇게 하여 하나씩 둘씩 소년의 심정을 풍성하게 하여 주는 글(이상 265쪽)이 생기고 또 다른 무엇무엇이 생기며, 이리 됨에 따라 사회의 사람사람이 다 같이 이 소년문제의 해결에 뜻을 두는 사람이 되게 되면, 조선의 소년 남녀도 남의 나라의 소년들과 같이 퍽 다행한 사람이 되겠지요. 형님이시여, 감사합니다. 모든 일이 아직 이르니 조선의 가여운 동무들을 위하여 더욱더욱 써 주시요…….

이러한 운동이 있은 지 어느덧 四十년이 넘었다. 一九五七년 어린이날에는 우리나라에도 "어린이憲章"이라는 것이 생겼다.

　어린이는 나라와 겨레의 앞날을 이어나갈 사람이므로 그들의 몸과 마음을 귀히 여겨, 옳고, 아름답고, 씩씩하게 자라도록 힘써야 한다.

이것은 우리나라 "어린이憲章"의 前文이다. 그런데 "제네바宣言"이라고도 불리우는 "兒童權利宣言"이 "憲章"으로 채택 선포된 것은 一九二四년이요, 우리나라의 "少年運動宣言"은 그보다 한해 앞선 一九二三년이니 어린이운동을 먼저 일으킨 점에서는 우리네가 世界를 향하여 큰 소리를 칠 수 있지마는 우리들의 四十년 전 宣言에 明示된 어린이 解放을 위한 세 가지 條件은 얼마만한 改善을 보았는가.

一. 倫理的 壓迫으로부터의 解放

二. 經濟的 壓迫으로부터의 解放

三. 어린이를 위한 家庭 또는 社會的 施設 마련

四十년의 세월이 흘렀고 어린이 解放을 憲章으로 내걸고서 다시 한번 다짐했지마는 우리나랑 어린이운동은 뻐스, 乘合 신세가 되어 버렸다. 부르짖기는 世界 어느 나라보다도 먼저이되 實踐은 뒤졌으니, 뻐스에 먼저 오른 사람이 더디 내리게 되는 거나 마찬가지가 아닌가.

三·一運動과 더불어 가시덤불을 헤치며 자라난 우리나라 어린이운동이 昨今의 示威的이요, 形式的이요, 公文的인 方法을 버리고 실속을 차리어 어린이들을 보다 더 幸福하게 해 주어야 할 때는 왔다. 어른들이 차지했던 "어린이날"을 어린이에게 도로 돌려주고, 어린이들이 외우던 "어린이憲章"을 어른들에게 도로 바칠 때는 왔다. 人間改造의 지름길은 어린이부터 올바르게 키우는 데 있고 民族復興의 新作路 역시 어린이를 제대로 잘 기르는 데 있음을 自覺할 때는 왔다.

여러 해 동안 꿍꿍대기만 하다가 一九六一년 十二월 三十일에 革命政府에서 "法律 九一二號"로 公布한 "兒童福利法"은 "어린이憲章"을 法的으로 뒷받침하는 것으로서 全文 二十九條 附則 三條로 되어 있다. 그중 第十五條(禁止行爲)를 들추어 보면,

누구든지 다음 各號의 一에 該當하는 行爲를 하여서는 아니 된다.

一. 不具 畸形의 兒童을 公衆에 觀覽시키는 行爲

二. 兒童에게 乞食을 시키거나 또는 兒童을 利用하여 乞食하는 行爲

三. 公衆의 娛樂 또는 興行을 目的으로 十四歲 未滿의 兒童에게 曲藝를 시키는 行爲

四. 十四歲 未滿의 兒童에게 酒店 其他 接客營業에 從事시키는 行爲

五. 兒童에게 淫行을 시키는 行爲

六. 淫行을 媒介시키는 行爲

七. 正當한 職業紹介機關 以外의 者가 兒童의 養育을 幹旋하고 金品을 取得하는 行爲

八. 兒童에게 有害한 興行, 映畵 其他 이에 準하는 興行을 觀察시키는 行爲

九. 兒童에게 有害한 遊技를 시키거나 또는 有害한 遊技를 行하는 場所에 出入 시키는 行爲

十. 自己의 保護 또는 監督을 받는 兒(이상 266쪽)童을 虐待하는 行爲

十一. 兒童을 위하여 贈與 또는 給與된 金品을 그 目的 以外의 用途에 使用하는 行爲

그다음 第二十七條(罰則)를 보면 第十五條의 規定에 違反한 者는 다음 各號에 의하여 處罰한다.

一. 第一號 乃至 第四號 또는 第七號에 該當하는 행위를 한 者는 二十萬圜 이하 의 罰金 또는 拘留에 처한다.

二. 第五號 또는 第六號에 該當하는 행위를 한 者는 五年 以下의 懲役 또는 五萬圜 理想 五十萬圜 이하의 罰金에 處한다.

三. 第八號 또는 第九號에 該當하는 行爲를 하게 한 業者는 三月 以下의 懲役 五萬圜 以下의 罰金, 拘留 또는 科料에 處한다.

四. 第十號에 해당하는 행위를 한 者는 三十萬圜 이하의 罰金 또는 拘留에 處 한다.

五. 第十一號에 該當하는 行爲를 한 者는 一年 以上 三年 이하의 懲役에 處한다.

어린이를 붓이나 입만 놀려 위하자는 것이 아니다. 그들의 福利를 法으로 보장하기 위해서 생긴 것이 "兒童福利法"이다. 그런 點에서 이 法이 施行된 一九六二년 一월 一일은 우리나라 어린이운동에 特記할 만한 新正이라 할 것이다.

「八・一五로 돌아가자」는 詩가 있었다. 同族끼리 南北과 左右로 갈려 서로 잡아먹으려고 으르렁거리는 꼴을 보다 못해서 어느 詩人이 부르짖은 詩 였다. 그러나 눈구덩이에서 발버둥을 치면 칠수록 더 깊이 빠져 버리는 모양으로 不正과 腐敗 속에는 아무리 허위적거렸자 먼지만 나고 똥물만 튈

뿐이었다. 舊惡을 一掃하려고 革命政府가 발 벗고 나선 오늘날 우리는 보다 더 잘사는 나라를 이룩하기 위하여 온갖 精誠과 愛情을 어린이 福利運動에 쏟아 놓아야 할 때는 왔다. 그러기 위하여 童心으로 돌아가자!

第三共和國의 第一 課業은 어린이를 위한 보다 더 果敢한 시책을 펴는 일이다. 이런 일은 시들어 가는 나무에 거름을 주는 노릇이어서 눈에 당장 뜨이지를 않아 헛애를 쓰는 일처럼 생각이 들기 쉽지마는 메마른 가지에 싹이 트고 꽃이 피고 열매가 열려 풍성한 거둠이 있을 날이 올 것이다. 그런데 바로 눈 위에 난 눈썹이나 바로 발 뒤에 내민 발뒤꿈치가 자기 눈에 안 띄는 모양으로 우리는 民族的으로나 家庭的으로나 "학대받고, 짓밟히고, 차고, 어두운 속"에서 어린 시절을 보낸 쓰라린 過去를 지녔건마는 눈앞에 얼씬거리는 모든 不幸한 어린이들을 무심히 보아 넘기고 있는 것이다.

되풀이 말하거니와 民政復歸가 되더라도 끝끝내 남을 軍事政府의 業蹟은 "어린이를 위해 해 놓은 일이 무엇이든가."로 판가름이 될 것이다. 그것은 곧 三·一運動으로 蘇生시킨 民族魂을 대를 물려주기 위하여 끊어진 다리를 새로 놓고 막힌 길을 다시 내는 民族魂의 復舊工事이기도 하다. (筆者〈새싹會〉會長 兒童文學家) (이상 267쪽)

尹皷鍾, "아동잡지 소사(兒童雜誌小史)", 『아동문학』, 제2집,
1962년 12월호.[35]

머릿말

우리나라 아동잡지의 역사는 어느덧 50년을 넘었다. 육당 최남선(六堂 崔
南善)의 『소년』(少年)이라는 아동잡지가 나온 것이 1908년이니까 햇수로
따지면 55년이나 되는 셈이다. 이처럼 긴 역사를 가진 점으로 보아 사람들은
아동잡지는 상당히 발전하였으리라고 생각할는지 모르나 다른 문화기관이
그러하듯이 아동잡지 역시 우리 민족의 기구한 운명과 더불어 가시밭길을
더듬어 시원한 발전상을 나타내이지 못하였다. 외적에게 언어와 문자를 말살
당할 판국에 어린이 잡지만이 고스란히 잘 자라날 리가 없었던 것이다.

언어와 문자에 대한 일본 제국의 야만적인 압박은 문자를 나타내는 일체의
출판물에 대하여 가장 거세게 다가쳤다.

그중에도 자라나는 장래의 이 나라 주인공이 읽을 아동잡지에 대하여서는
특히 가혹하였다. 발간 허가(發刊許可)로부터 검열(檢閱)에 이르는 사이에
겪어야 하는 수많은 시끄러운 수속절차는 말하기까지 없고 실린 기사(記事)
하나하나 어귀(語句) 하나하나에 대하여 그들은 항상 으르렁대었다. 그리다
가는 자기네 비위에 맞지 않으면 폐간(廢刊)시키고 그러할 때에 편집자(編輯
者)가 끌려가는 일 따위는 아침 전에 죽 먹기보담 흔한 일이었다. 이와 같이
일본 제국의 압박이 심한 관계로 아동잡지는 그야말로 풍전등화(風前燈火)
같이 가냘픈 운명을 지니고 있었다. 언제 어느 때에 없어질는지 모르는 연약
한 존재로서 대부분이 창간호(創刊號)이자 종간호(終刊號)의 명맥을 지니고
있었던 것이었다. 해방 후에는 양상(樣相)이 달라졌지만 해방 전 날까지 이러
한 기구하고도 겉잡을[36] 수 없는 가엾은 운명은 우리나라 아동잡지의 등에서
떠나지를 않았다. 그런 관계로 우리나라 아동잡지의 역사를 더듬으려면 잡지

---

35 이 글은 아동문학 잡지에 대한 개략적인 이해를 위해 실었다. 하지만 구체적인 사실 관계에
   오류가 많다. 주요한 오류의 경우 각주로 바로잡았다.
36 '걷잡을'의 오식이다.

하나하나의 성쇠(盛衰)보다는 시대를(이상 53쪽) 나누어 살펴보지 않을 수 없다.

초창기(草創期)

우리나라 아동잡지의 효시(嚆矢)는 육당 최남선의 『少年』(소년)이다. 1908년 최남선은 일본 유학 당시 동경(東京)에서 본 일본 박문관(博文館)의 『소년세계』[37]라는 잡지가 일본의 어린이에게 지대한 영향을 주고 있던 것에 비추어 『소년』을 발간하였는데 이 『소년』은 아동잡지의 효시이자 우리나라 최초의 신문화 잡지이기도 하다. 최남선은 『소년』뿐 아니라 『샛별』, 『청춘』[38] 등 계몽 잡지를 발간하여 일본에게 국권(國權)을 빼앗긴 우리 민족의 재생 계몽운동에 커다란 공적을 남겼다. 그는 일본 유학 당시(1904~1906), 이광수(李光洙) 외 몇 사람과 함께 서양의 문학사조와 작품을 탐독하다가 아일(俄日)전쟁[39] 후 일본이 우리의 국권을 빼앗은 것을 보고 학업을 중단하고 1906년에 귀국하여 『소년』을 발간하였던 것이다.

『소년』은 아동잡지이기는 하였으나 정치, 경제, 문화, 예술 전반에 걸친 소개를 통하여 국민 대중을 계몽한 종합 잡지의 성격을 갖춘 것이었다. 지금 국정교과서에 들어있는 「바다」라는 시는 『소년』 창간호에 실린 최남선의 작품[40]인데 오늘 우리나라에서 시(詩)로 불리우는 문학 쟝르(樣式)의 최초의 작품이다.

이 『소년』은 발간 후 5년이 되는 1910년 경술합병(庚戌合倂) 직후 일본 당국의 탄압으로 폐간되고 말았다.[41] 『소년』이 폐간당한 후 15년간 우리나라에는 아동잡지는 나오지를 않았다. 경술합병 뒤의 일본의 무단정치(武斷政治) 밑에서는 아동잡지는 물론이고 일반 계몽 잡지도 발간하기가 극히 곤란

---

37 『少年世界』(쇼넨세카이)는 이와야 사자나미(巖谷小波)가 주필로서 1895년 1월에 창간하여 1933년경까지 하쿠분칸(博文館)에서 출판한 소년을 위한 종합잡지이다.

38 『샛별』은 『少年』이 폐간된 이후 1913년 최남선(崔南善)이 창간한 어린이 잡지이고, 『靑春』은 최남선이 주재하여 1914년 10월 창간 1918년 9월 통권 15호로 종간된 대중적 계몽잡지이다.

39 러일전쟁을 가리킨다.

40 『少年』 창간호에 실린 최남선의 작품은 「海에게서 少年에게」(2쪽)이다.

41 '경술합병'은 1910년 8월 29일 일제가 강제적으로 우리나라의 통치권을 빼앗고 식민지로 삼은 일로 국권피탈을 이른다. 이전에 경술국치(庚戌國恥)라고도 하였다. 『소년』은 1911년 5월 통권 23호를 마지막으로 종간되었다.

하였다. 발간 허가를 총독부 당국으로 받았어도 그 운영은 극히 어려운 형편이었다. 그러나 도도히 흘러 들어오는 태서문화(泰西文化)의 조류는 총독부 당국자의 방해에도 불구하고 우리나라에도 스며들어 와 뜻있는 사람들로 하여금 여러 가지 악조건(惡條件)을 무릅쓰고 각종 잡지를 간행케 만들었다.

아동잡지의 역사를 더듬는 데 있어 사족(蛇足) 같지만 간단히 그 걸어온 자취를 더듬어 보면 다음과 같다. 1910년『소년』을 폐간당한 최남선은 1914년에 이르러『청춘』(靑春)을 간행하였다. 이 잡지는 도산 안창호(島山 安昌浩)의 주장인 민족의 실력배양(實力培養)을 목표로 한 것이었다.『청춘』이 나온 뒤 동경 유학생들이 동경에서『배움의 빛』이란 계몽잡지를 간행하고 1918년에는 동경에 있는 여자 유학생들이『여자계』(女子界)[42]를 간행하였다. 이『여자계』는 계간(季刊)이었는데, 우리나라 최초의(이상 54쪽) 쿼어털리이다.[43]

이해에 국내에서 장두철(張斗徹)에 의하여 우리나라 최초의 문예잡지『태서문예신보』(泰西文藝新報)[44]가 창간되었다.

『태서문예신보』에 이어 기미(己未)독립만세 소리가 터져 나올 직전인 1919년 2월에 김동인, 전영택, 주요한(金東仁, 田榮澤, 朱耀翰) 등 제씨가 『창조』(創造)라는 문학동인 잡지(文學同人雜誌)를 발간하였다. 기미독립운동 다음해 1920년 6월 천도교(天道敎)에서 우리나라 최초의 현대적인 종합잡지『개벽』(開闢)을 소년운동의 창도자(創導者)인 소파 방정환(小波 方定煥) 주간으로 발행하였는데 필자가 생각하기에는 우리나라 잡지의 초창기는 이『개벽』의 발간까지로 보는 것이 타당할 것 같다.

발흥기(勃興期)

우리나라에서 처음으로 현대적인 종합 잡지『개벽』을 발간한 소파 방정환은 1925년에 이르러 우리나라 아동잡지사상에 길이 그 업적을 빛내는『어린

---

42 1917년 12월 22일 자로 창간된 재일(在日) 동경여자유학생진목회의 기관지 성격으로 발간되었다. 연4회 발행을 계획하였으나 1920년 6월 통권 5호로 종간되었다.

43 1년에 4번 발간되는 계간지라는 뜻의 'Quarterly'를 이른다.

44 1918년 9월 26일 자로 창간되어 1919년 2월 17일까지 통권 16호로 종간된 주간 문예잡지이다. 발행인은 윤치호(尹致昊)였고 주간 겸 편집인은 장두철이었다.

이』를 창간하였다.[45] 46판에 백 '페이지' 정도인 이『어린이』는 그 내용의 엄
선(嚴選)과 편집체재(體裁)의 세련에 있어 그 당시의 어느 나라 아동잡지에
도 뒤지지 않을 잡지였다. 표지(表紙)는 횡(橫)으로 해서(楷書)체로 쓴 제호
(題號) 아래에 어린이들의 여러 가지 모습을 찍은 사진을 실은 것이었는데
보기에도 아담한 것이었다. 이 잡지를 그 당시 소학교에 다니던 필자가 처음
으로 알게 된 것은 1926년 병인(丙寅)년 정월이었는데 책사에 들어서자 어린
나의 시선(視線)이 그 표지에 끌렸던 일이 아직도 머리에서 떠나지 않는다.

이『어린이』와 거의 때를 같이 하여 나온 것이 신명균(申明均) 씨 주간의
『신소년』(新少年)이다. 『신소년』은 『어린이』와는 달리 국판(菊版) 잡지였
는데『어린이』표지에 사진이 실린 것과는 달리 보진재(寶晉齋)의 삼색판(三
色版)으로 인쇄한 소녀 소녀의 그림이 실려 있었다.

첫 인상으로 볼 때 그 당시 일본에서 나오고 있던 강담사(講談社)의『소년
구락부』(少年俱樂部)[46]나 실업지일본사(實業之日本社)에서 나오는『일본소
년』(日本少年)[47] 비슷한 편집 체재를 가진 잡지였다.

이에 반하여『어린이』는 위에서 말한 바 있는 박문관의『소년세계』를 연상
케 하는 것이었는데 이 두 잡지는 모두 그 편집체재가 일본의 그것을 연상케
할 뿐이고 내용은 어디까지나 독특한 그것이었던 것은 두말하기까지가 없다.
일본의 소년 잡지들이 그들의 충군애국(忠君愛國) 관념을 고취 강조(鼓吹强
調)한 것과는 반대로 이 두(이상 55쪽) 잡지는 어디까지나 우리의 민족 사상을
교묘하게 고취하는 가지가지의 기사를 빈틈없이 싣고 있었던 것이다. 그것은
총독부 당국의 눈을 어떻게든 벗어나려는 고심(苦心)이 엿보이는 기사들이
었다.

그 한 예를『신소년』의 1926년 정월호에 실린 소화(小話) 한 토막에서
엿볼 수 있다. 필자의 기억에 아직 남아 있는 것 중의 하나인데 그 내용은

---

45 『어린이』는 1923년 3월 20일에 창간되었다. 창간호는 12쪽, 이후에도 40여 쪽이었고, 많아도
   90쪽 안팎이었다.
46 대일본웅변회강담사(大日本雄辯會講談社)에서 1914년 11월에 창간한 잡지로 1946년 3월에
   종간되었다.
47 실업지일본사에서 1906년에 창간한 잡지로 1938년 10월에 종간되었다.

다음과 같다.

　개성의 옛 이름은 송도(松都)인데 송도의 어린이들은 한 가지 자랑을 가지고 있다. 그것은 물건을 살 때에는 절대로 외국사람 가게에서는 사지 않는 일이다. 같은 값이 아닌 비싼 값으로도 우리나라 가게에서 사야 속이 후련하다.

　이것은 말하기까지 없이 일본인 상점에서는 물건 값이 싸더라도 사지를 않았다는 것이다. 지금 생각하여 보아도 얼마나 깊은 감명을 줄 수 있는 이야기인지 모르겠다.

　『신소년』뿐 아니라 『어린이』 역시 그에 못지않았다. 『어린이』에는 1927년부터 소파(小波)가 「어린이독본」 난을 마련하였는데 이 「어린이독본」에는 교과서와 같은 제재로 꾸민 난이었다. 그 당시의 교과서는 지금과는 달리 종서(縱書)로 인쇄되어 있었는데 「어린이독본」에는 소파가 쓴 글을 실었다. 이 「어린이독본」에 실린 글 중에서 잊혀지지 않는 것은 기차 안에서 벌어진 사건 이야기다. 그 내용은 기차 안에서 일본 사람이 먹다가 버린 대패밥 도시락갑을 주어 밥알을 뜯어 먹는 누추한 우리나라 사람의 창피로운 꼬락서니로부터 시작하여 다른 기차 안에서 벌어진 통쾌한 사건으로 결말을 지은 것이다. 그 통쾌한 사건이란 일본 사람이 도시락에 젓가락을 대었으나 식었기 때문에 식욕을 끌지 않아 버릴 수가 없어 건너편에 앉아 있는 우리나라 노인에게 내어줌으로써 벌어졌다. 일본 사람으로부터 도시락을 받아든 그 노인은 도시락을 높이 쳐들고 "이 자식아, 사람을 어떻게 보는 거냐?" 하고는 그것으로 일본인 얼굴을 보기 좋게 후려갈겨 그의 얼굴에 밥알 여럿을 붙여주었다는 것이다.

　「어린이독본」의 기사는 거의 전부가 이런 식의 것이었는데 일본인들의 지나친 우월감과 그들의 행패에 울적한 불만을 참을 수 없었던 우리들을 얼마나 통쾌하게 하였는지 모를 기사들이었다.

　이처럼 민족정신과 반일사상(反日思想)을 은연히 고취하는 한편 새로운 아동문학의 육성(育成)에 이바지한 이 두 잡지의 공헌은 그야말로 이루 말할 수 없을 정도이었다. 이 두 잡지는 매호에 소년소설과 동화, 동시, 동요를 실었는데 『어린이』에는 동경 유학생과 국내에 돌아온 유학생들로 조직된(이상56쪽) 〈색동회〉 회원들의 작품이 많이 실렸다. 〈색동회〉 회원은 지금 수필(隨

筆)을 비롯하여 동화(童話) 등으로 알려진 마해송(馬海松)을 포함한 고한승, 진장섭, 조재호, 최진순(高漢承, 秦長燮, 曺在浩, 崔瑨淳) 등인데 그중 고한 승은 해방 전에 작고하였다.[48] 그 외의 분 중에 교육계에 활약 중인 조재호를 제외하고는 한때 희곡(戱曲)에까지 손을 뻗친 진장섭과 1930년대 이화여전 (梨花女專)의 교편을 잡은 바 있는 최진순의 소식은 들리지 않는다.[49]

이들 〈색동회〉 회원들은 우리나라에 외국의 아동문학 작품을 소개하는 한 편 창작동화를 발표하여 『어린이』독자의 문학적 정조(情操)를 키워 주었다. 『신소년』에는 뒤에 좌경(左傾)하여 권환(權煥)이라는 펜네임으로 알려진 권 경환(權景煥)[50]과 해방 전에 세상을 떠난 연성흠, 고장환(延星欽, 高長煥) 등이 집필하여 독자인 소년 소녀의 문학에 대한 눈을 깨우쳐 주었다. 매호의 표지는 그 당시 경성사범학교 학생이던 손일봉(孫一峰)이 그리고 있었는데 손일봉은 그 당시 선전(鮮展)이라고 불리우던 총독부 주최 조선미술전람회 에 연거퍼 입선하는 수재였다.

이처럼 이 두 잡지가 청순한 문학적 정조를 키워 준 결실은 1926년 봄부 터 나타나기 시작하였다. 이해 5월호 『어린이』의 권두(卷頭)의 개비(開扉) '페이지'에 널리 불러지고 있는 울산(蔚山)의 서덕출(徐德出)의 「봄편지」[51] 가 나타나고 가을 10월호는 찬란한 어린 재사들의 꽃밭을 이루었다. 그것은 이 10월호의 어린이 문단에 오늘 우리나라 아동문학계와 문단에서 활약하 는 사람들이 배출한 일이다. 오늘 어린이들이 즐겨 부르는 이원수(李元壽) 의 「고향의 봄」을 비롯하여 윤복진(尹福鎭)의 「쪼각빗」, 박영호(朴英鎬)의 「명사십리」 등이 발표되고[52] 이와는 따로이 같은 『어린이』 10월호에 현상에

---

48 고한승은 1902년 8월 27일에 경기도 개성(開城)에서 출생하였다. 1950년(尹石重) 또는 1951 년(秦長燮) 한국전쟁 도중 사망하였다는 설도 있으나, 제적등본에 따르면 1949년 10월 29일 에 사망한 것으로 확인된다. 따라서 해방 전에 작고하였다는 말은 잘못이다.

49 진장섭은 1961년 한국외국어대학 일어과(日語科) 신설에 참여하여 이후 7년간 재직하였고 1968년 서울북공업고등학교 영어교사로 정년퇴직하였으며 1972년부터 대한삼락회(大韓三 樂會) 부회장을 지냈다.

50 권환(權煥)의 본명은 권경완(權景完)이므로 오식이다. 다른 필명으로 권윤환(權允煥)이 있 다. 1903년 경상남도 창원(昌原)에서 출생하였고, 1927년 교토제국대학(京都帝國大學) 독문 학과를 졸업하였다. 1954년 마산(馬山)에서 사망하였다.

51 「봄편지」(『어린이』, 제3권 제4호, 1925년 4월호, 34쪽)의 수록 호수와 쪽이 모두 잘못되었다.

당선한 윤석중(尹石重)의 「불산장여가」[53]가 그의 인물 소개와 함께 실렸다. 이들과 더불어 안심전(安心田)의 손자인 천재 소년 '바이올리니스트' 안병소(安炳琋)가 소개되었던 것도 기억에 새로운 바 있다. 이때를 계기로 우리나라 소년소녀들의 문학적 조숙성(早熟性)과 그 다채성(多彩性)은 달을 거듭함에 따라 활발히 그 기족(驥足)[54]을 펴기 시작하였다. 뒤에 '오케 레코오트'의 문예부장으로 김능인(金陵人)이라는 펜네임을 가지고 「고향 떠나 몇 해런가 손꼽아 헤여 보니」[55]를 작사한 승응순(昇應順)을 포함한 이정구, 김영일, 허수만, 이영수, 남응손, 신고송, 하도윤(李貞求, 金永一, 許水萬, 李影水, 南應孫, 申孤松, 河圖允)(이상 57쪽) 등이 『어린이』『신소년』에 그 재치 있는 글을 발표하였다.

이들이 잡지에 글을 뽑힐 무렵인 1926년대는 비록 총독부 당사자들의 감시와 압박이 심하기는 하였으나 우리나라 아동잡지의 발흥기(勃興期)였던 것을 부정할 수 없다. 그것은 이해 여름에 기독교 계통의 『아이생활』이 나오고 이해 가을에는 『별나라』와 『새벗』이 나온데 이어 연말 가까워서는 『소년계』(少年界)가 발간되었다.[56] 『아이생활』의 창간호에는 김태오(金泰午)가 참획하여 일본 강담사의 『소년구락부』의 기사를 많이 역재(譯載)하였다. 체재는 국판이었는데 그 편집 솜씨가 조잡하고 서툴렀던 것은 아직도 잊혀지지

---

52 이원수의 「고향의 봄」(『어린이』, 제4권 제4호, 1926년 4월호, 62쪽), 박영호는 『어린이』에 입선동요 「곱등이」(제4권 제4호, 1926년 4월호, 62쪽) 1편이 수록되어 있을 뿐이다. 「쪼각빗」(『어린이』, 제4권 제10호, 1926년 11월호, 8쪽)은 지은이가 밝혀져 있지 않고, 말미에 "―大邱 南城町 등대社 ―"라 되어 있다. 「쪼각빗」은 윤복진의 작품이 아니라 신고송(申孤松)의 작품이다. 홍난파(洪蘭坡)의 『朝鮮童謠百曲集(上編)』(연악회, 1930, 13쪽)에 「쪼각빗」의 지은이를 신고송으로 밝혀 놓았다.

53 '물산장려가'의 오식이다. 그런데 「물산장려가」는 『어린이』의 현상 당선이 아니고 중앙번영회(中央繁榮會) 주최로 현상 모집한 바, 윤석중의 「朝鮮物産獎勵歌」가 당선되었다.(『조선일보』, 26.8.30)

54 기족(驥足)은 "발이 빠른 훌륭한 말", "재주가 뛰어난 사람을 비유적으로 이르는 말"이란 뜻이다.

55 1934년 승응순이 작사하고 손목인(孫牧人)이 작곡하여 널리 불려진 「타향」(뒤에 「타향살이」로 개칭)을 가리킨다.

56 약간의 착오가 있다. 『아이생활』은 1926년 3월 10일 자로 창간되었고, 『별나라』는 1926년 6월에 창간되었으며, 『새벗』은 1925년 11월 1일 자로 창간되었다. 『소년계』는 최호동(崔湖東)이 주재하여 1926년 12월호를 창간호로 발간되었다.

않는다.

『별나라』와 『새벗』 『소년계』는 모두 46판이었는데 『어린이』에 비하면 편집이 짜히지 않은 잡지였다. 이 새로이 나온 세 잡지에는 대개 연성흠, 고장환, 염근수(廉根守), 이정호(李貞鎬),[57] 이분은 『어린이』의 편집을 돌보고 『어린이』에 동화를 많이 발표하였으나 해방되기 훨씬 전에 세상을 떠났다. 정홍교(丁洪敎)와 박×영(朴×永)[58] 등이 동화, 동시, 소년소설을 집필하였다. 『소년계』는 최호동(崔湖東)이 발간한 잡지인데 그 내용이 『별나라』 『새벗』에 따르지 못하였다. 『별나라』는 창간 후 3년이 지난 1929년에 이르러 총독부로부터 폐간되고 『새벗』은 『어린이』나 『아이생활』이 10전(十錢) 하던 것과는 달리 5전이라는 싼 값으로 내어놓아 1929년 봄에 이르러 그 당시까지의 우리나라 잡지사상 없는 3만부 발행의 기록을 이루었다. 이와 같이 잡지의 발행 부수가 기록적인 숫자에 달함에 따라 그 내용도 쇄신되고 페이지 수도 늘어 120 페이지로까지 늘었으나 이 잡지 역시 총독부의 방해와 탄압에 의해 점차 그 힘을 잃어 1932년에 이르러 폐간하고 말았다. 『신소년』은 1930년에, 『어린이』는 1932년에 『소년계』는 그보담 앞서 1929년에 자본 관계로 자진 폐간하고 말았다.[59]

수난기(受難期)

이와 같이 아동잡지들이 총독부의 탄압과 방해로 강제 폐간과 자진 폐간의 비운에 부딪칠 때 아세아뿐 아니라 세계 역사에 큰 파문을 던지는 일본제국주의자들의 불장난이 만주(滿洲) 봉천(奉天) 교외 유조구(柳條溝)에서 벌어졌다. 1931년 9월 18일 만주 강점(强占)의 야망에 사로잡힌 일본의 관동군(關東軍)은 장학량(張學良)의 본거지인 유조구 부근의 북대영(北大營)을 불법

---

57 '이정호(李定鎬)'의 오식이다.

58 '박세영(朴世永)'을 가리킨다.

59 사실관계의 오류가 많다. 『별나라』는 1935년 1-2월 합호 통권 80호를 마지막으로, 『신소년』은 1934년 5월호를 마지막으로 폐간되었다. 『새벗』은 1933년 3월에 종간된 것으로 알려져 있다. 『어린이』는 1935년 3월호 통권122호를 마지막으로 폐간되었다가, 해방 후 1948년 5월호로 복간되어 1949년 12월호까지 15호를 더 발행하였다. 『아이생활』은 1944년 1월호 통권 218호를 마지막으로 폐간되었다. 『새벗』은 창간호부터 '10전'이었으므로 『별나라』가 '5전'이었던 것의 착오로 보인다.

공격함으로써 소위 만주사변(滿洲事變)[60]의 실마리를 터뜨렸다.(이상 58쪽)

이 만주사변을 계기로 일본제국주의의 대륙 침략의 마수는 한결 날카로이 나타나고 그와 동시에 그들의 대륙침략 교량인 한반도에 대한 단속과 감시는 한층 심하여졌다. 이를 기회로 그들은 한국의 민족적 특질을 부인하는 소위 황민화(皇民化) 정책과 한국민의 말과 글에 대한 말살정책을 강행(强行)하였다.

이 때문에 우리나라 문화계는 전면적인 타격을 받아 1935년대에는 학교와 관청을 비롯한 공적 장소에서는 우리말과 글의 사용이 거의 금지되기까지에 이르렀다. 특히 만주사변이 만주에만 그치지 않고 1937년 7월 7일의 마르코 포로 교반(橋畔 = 所謂 盧溝橋) 사건[61]으로 번진 뒤에는 우리말과 글에 대한 금압이 극도에 달하여 1940년 8월에 이르러서는 겨우 명맥만 유지하는 우리말 신문『동아일보』와『조선일보』를 강제 폐간하기까지 되었다.

이런 판국에 있어 우리말 잡지는 그들의 강압으로 일본말 글을 혼재(混載)하지 않을 수 없게 되었는데 특히 1941년 12월 태평양전쟁[62]이 발발한 뒤에는 그러한 일본말 글을 혼재하는 잡지마저 자취를 감추게 되어졌다. 이때 홍원(洪原)경찰서에서는 한글학회 회원을 모조리 잡아가고 십여 년을 두고 모은 "한글사전" 원고까지 압수하고 말았다. 이와 같이 필설(筆舌)로 이루 말할 수 없는 고난 속에 다량 생산방식으로 인쇄 발행하는 일본의 각종 간행물이 밀려 들어와 우리말 출판물은 자취를 감추어 버리지 않을 수 없게 만들었다.

이러한 비참한 실정 밑에 우리나라 아동잡지는 다시 머리를 추켜들 수 없었다. 그것은 우리 민족의 암흑의 계절이었음과 같이 아동잡지의 사멸의 시기였다. 1945년 8월 15일 해방의 종소리가 날 때까지 이러한 사멸의 시기는 계속되었던 것이다.(이상 59쪽)

---

60 1931년 9월 18일 류타오거우(柳條溝) 사건을 계기로 일본 관동군이 중국 동북주를 무력으로 점거하여 만주국을 건설한 사건을 말한다.

61 1937년 7월 7일 일본과 중국의 양국 군대가 루거우차오(盧溝橋)에서 충돌하여 중일전쟁의 발단이 되었다.

62 1941년 12월 8일 일본이 미국 하와이의 진주만(眞珠灣)을 기습함으로써 발발하여 1945년 9월 2일까지 계속된 일본과 미국, 영국, 중국의 연합군이 벌인 전쟁이다. 일본은 이를 대동아전쟁(大東亞戰爭)이라고 한다.

朴木月, "(특집 심포지움)동요와 동시의 구분", 『아동문학』, 제3집, 배영사, 1963.1.[63]

> 동요와 동시는 흔히 혼동하여 쓰는 경우가 많다. 적어도 아동문학을 지향하는 사람에게는 이는 용납되지 않으리라. 이번의 특집으로 엮어지는 "동요와 동시의 구분"은 이런 혼란을 가려 주고, 양자의 참 모습이 척결되리라 믿는다. (편자 주)

예부터 하나 들자.

눈
눈
눈
받아 먹자. 입으로.

아
아
아
코로 자꾸 떨어진다.

호
호
호
이게 코지 입이냐. (이상 8쪽)

윤석중 씨 작품이다. 이 작품이 동요냐, 동시냐. 이 문제에 대하여 작자 자신도 명확한 태도를 밝히지 않았다. 그러나 작자는 이 작품은 동요집(『尹石重 童謠選』)[64]에 넣었고, 또한 이것을 "노래"라고 부른 것으로 보아, 동요로

---

63 원문에 '제안 朴木月'이라고 되어 있다.

취급하는 모양이다.

동요에 대해서, 윤석중 씨의 말을 그대로 빌리며는 "어디까지나 어린이들이 부를 것을 전제로 한 것이다. 동요란 어린이들이 부르는 노래라고 함이 타당하다."는 것이다.

만일 동요를 윤석중 씨 말대로 "어린이들이 부르는 노래"라며는, 동시와의 구분은 자명(自明)한 것이다. 왜냐하며는, 동요는 "부르는 노래"이기 때문에 "부른다."거나 "노래한다."는 것이 보다 위주(爲主)가 되는 것이다.

방구탕탕 구린내장
오줌찔금 지린내장
코푸렀다 흔내장

같은 재래동요(在來童謠)는 완전히 말을 맞추는 재미에 시종한 것이며 혹은 "새야 새야 파랑새야" 같은 것은 그 단조로운 4·4조의 반복으로서 다만 구송적(口誦的)인 형식에 시종한 것이다.

그러므로 이런 것들은 목청을 돋구어 부르거나, 혹은 구송함으로 보다 그 감정이 살아나게 되고 또한 그러기 위해서 이루어진 것이다. — 혹은 서로 어울려 노래 부르는 동안에 이룩된 것이라고도 할 수 있다.

그러나 동시는 노래 부르기 위하여 빚어진 작품이 아니다. 윤석중 씨는 "동요는 어린이들이 부르는 노래라고 함이 타당한 것이다. 읊기 위한 것 읽기 위한 것은 동시라고 해야 마땅할 것이다. 동요와 동시의 경계선은 모호하다. 왜 그런고 하면 읊기 위하여 지은 동시일지라도 곡조를 붙여 놓으면 곧 동요이기 때문이다."라고 말하지만, 그것은 오해(誤解)이다. 곡조를 붙여 놓으면 독요라는[65] 말은 억설이기 때문이다. 어린이들의 짤막한 작문(산문)도 곡조를 붙여놓으면 부를 수 있으며, 그것은 "어디까지나 어린이들이 부를 것을 전제로 한" 작품이라는 것과는 본질적으로 다를 것이기 때문이다.

---

64 윤석중의 『尹石重 童謠選』(박문서관, 1939)을 가리킨다. 인용한 작품은 「눈 받아먹기」(87쪽)다.

65 '동요라는'의 오식이다.

또한 동시를 "읊기 위한 것, 읽기 위한 것"이라지만, 동시는 읊기 위해서 혹은 읽기 위해서 빚어지는 것이 아니다. 읊기 위하거나 읽기 위한(이상 9쪽)다는 그런 타율적인 목적을 가지기보다는 작자의 내적 정서의 필연적인 표현의 결과로 그것은 읊기에 혹은 읽기에 적합이 작품이 빚어지게 된 것뿐이다.

위에서 예로 든 윤석중 씨의 「눈」이라는 작품도 만일 "어디까지나 어린이들이 부를 것을 전제"로 한 것이라며는,

    눈
    눈
    눈

하고 삼행(三行)으로 나누어서 배열(配列)할 하등의 이유가 없다. 부르기 위한 것이라며는 "눈·눈·눈"을 한 줄로 배치해도 무방하다. 혹은 "눈" "눈" "눈" 하고 한 자씩 띄어서 부르기를 바란다며는 "눈, 눈, 눈" 하고 눈 자 밑에 '컴마'를 찍어 두는 것이 더욱 정확하리라. (컴마를 찍어 천천히 띄어 읽게 하는 것도 문제가 된다. 그것을 부르는 것과는 다르게 작자의 내적 정서의 굴절을 의미하기 때문에)

그러나 원시(原詩)에서 표현된 것처럼,

    눈
    눈
    눈

하고 삼행으로 나누게 되면, 그것은 눈 오는 아득한 공간(空間)을 우리들(독자)의 시각(視覺)에 호소하게 된다. 실로 이런 경우에 이 작품은 가로 조판(組版)하느냐, 세로 조판하느냐 등이 이 시의 생명을 좌우하게 될 만큼 문제를 안고 있는 것이다. 횡(橫)으로 조판하게 되면 "눈"이 깔고 앉은 공간이 옆으로 뻗어, 우리들의 시각에 주는 인상이 다르기 때문이다. "아, 아, 아"도 그렇다. 만일 한 줄로 "아아아"를 내리 썼다며는 이것은 한 사람의 웃음소리가 되지만, 옆으로 "아아아" 하고 벌려 놓았기 때문에 우리(독자)는 눈을 입으로

받아먹으려고 달려가는 아이를 적어도 세 사람 이상의 떼서리를 상상할 수 있는 것이다.

이런 시에 있어서 공간성이나 시각적인 의식이나 감각은 "보는 것" 혹은 "읽는 것"으로만 가능한 것으로 "부르는 노래"로서는 이미 그(이상 10쪽) 생명이 말살되는 것이다.

> 건너갑니다 외나무다리
> 달밤에 다람쥐가 밤 한톨 물고
>
> 건너갑니다 외나무다리
> 달밤에 아가씨가 물동이 이고
>
> 건너갑니다 외나무다리
> 달밤에 도련님이 천자책 끼고

라는 작품(동시)도 그것은 "5·5조와 7·5조를 잇대어 놓는 것"이 문제가 되는 아니다. 5·5조와 7·5조를 잇대어 놓은 것이라며는, 이 작품은 "어디까지나 어린이들이 부르는 것을 전제로 한 것" — 즉 보다 가락이나 부르는 것이 충실한 동요라는 뜻이 되지만, 기실은 이 작품이 우연하게 5·5조나 7·5조를 잇대어 놓은 것처럼 단정하게 짜여진 것은 작자의 내적인 절실감이 마련한 것이며, 결코 "가락"에 충실하기 위한 것은 아닐 것이다. 또한 이 작품에서 첫 줄이 그대로 반복되기는 하지만 이것은 그야말로 동요에서 일 절과 이 절이 반복되는 것과는 다르게, 시의 조형상(造形上) 필연적인 결과일 것이다.

위에서 말한 것을 간추려 보며는,

동요 (어린이들이 부르기를 전제한 노래)	동시 (부르는 것을 전제로 하지 않는 시)
① 노래하는 것, 부르는 것이 위주가 된다.	① 작자의 내적 정서의 표백에 보다 충실하다.
② 가락이 위주가 된다. 그러므로 절로 외재율(外在律)을 갖추게 된다.	② 작자의 내적 절주감(節奏感)이나 내재적(內在的) 리듬이 중시된다.(그러므로 내재율이 중시된다.)
③ 노래 부를 수 있는 일정한 정식을 (이상 11쪽) 구하게 된다.	③ 일정 형식의 구속에서 해방되고, 특 (이상 11쪽) 수한 형식의 창조가 그 시의 생명을 그것으로 살리며, 시의 음악성뿐만 아니라, 공간성 및 시의 조형성을 함께 중시된다.
④ 시의 모든 정서가 밖으로 흐르게 된다.	④ 안으로 거두어들여서, 생각하게 하고, 꿈꾸게 한다.(시의 영상이 생기를 가진다.)
⑤ 부름으로 시가 살아난다.	⑤ 읽거나, 소리 없이 울음으로 시가 살아난다.
⑥ 가사적 가요적인 요소가 농후하다.	⑥ 어린이들의 자유시 산문시라 할 수 있다.

한마디로 말해서 동요는 어린이들의 노래에 봉사하는 것이며 동시는 어린이들이 특수한 내재적인 정서나 특수한 시적 감동에 봉사하는 것이다.

그렇다며는 외재율(外在律)을 위주로 한 일종의 어린이들이 정형시(定型詩)는 다 동요이냐. 문제는 이것이다. 참으로 동요와 동시의 한계선이 명백하지 못한 것은 부르는 것을 전제로 한 것과 자유롭게 쓴 것과의 혼란에서 빚어지는 것이 아니다. 부르는 것을 전제로 하고 쓴 것과 자기의 내재적인 정서에 충실한 — 자유시적 내지 산문시적과의 한계는 자명(自明)한 것이다.

그렇다며는 혼란은 어디서 오는 것일까. "어린이들이 부르는 것을 전제로 하고 쓴 것" 안에서 빚어지는 것이다.

다시 예를 하나 들자.

나리나리 개나리
입에따다 물고요
병아리떼 종종종
봄나들이 갑니다.

이것도 윤석중 씨의 작품이다. 이 작품은 4·3조의 율조를 밟고 있(이상 12
쪽)다. 단정한 전형적인 어린이들의 정형시의 하나라고 할 수 있다. 그렇다
해서, 이 시가 "어린이들이 부르는 것을 전제로 하고만" 씌어진 것이라고 단
정할 수 없다. 환언하며는 소월(素月)의 작품이 거개가 7·5조의 단정한 정
형적 형식을 구비했음에도 그것을 아무도 가사나 가요라고 부르지 않는다.
그런 뜻에서 이 작품을 동요라 하기에는 주저스러운 일면을 가지고 있는 것
이다.

따지고 보면, "어디까지나 어린이들이 부르는 것을 전제로 하고 쓴 작품"일
지라도 "부르는 것을 전제로 한다."는 것에 두 가지 뜻이 있는 것 같다.

첫째는, 작곡(作曲)을 위한, 혹은 곡(曲)이 붙을 것을 전제로 한 작품이라
는 뜻과, 둘째 그것 자체 단독적으로 충분히 노래로서의 구실을 다하는 것
등이다.

첫째의 경우에는 완전히 가사나 가요적인 구실만 하게 되는 "부르는 것을
전제로 한 작품"이다. 가사나 가요에서는 엄밀한 뜻에서 언어는 음악적 가락
의 보조적인 구실만 하게 되는 것이며, 작곡하기에 편리하도록 "일부러" 자수
율을 갖추게 된다.

그러나 둘째의 경우에는, 곡을 붙이지 않더라도, 그것 자체 "음악적인 것"
이다.

물론 이것의 구분은 미묘하고도 어려운 것이다. 그러나 위에서 예를 든
윤석중 씨의 작품에서,

병아리떼 종종종

같은 귀절을 결코 곡이 붙음으로 시적 효과가 빛나는 것이 아니다. "언어"
가 제대로 음악적인 구실을 하게 되고, 또한 이 작품의 경쾌한 율조는 다른

것(음악)에 종속될 성질의 것이 아니다. 그것은 이 작품의 본질적인 세계와 밀접한 관계를 가지는 것이다. 그러므로 이런 작품은 그것이 설사 "어디까지나 어린이들이 부르는 것을 전제한 것"일지라도 가사나 가요와는 판이하게 이 작품이 지닌 가락이나 말의 울림은 그 작품으로서 절대적인 것이다.

다시 말하면 소월의 작품이 아무리 7·5조로써 다스린 것일지라도 소월의 작품에서 7·5조는 소월의 시적 세계와 분리할 수 없는, 그 본질적인 것에서 빚어진 것이다. 그러므로 소월의 단정한 서정시가 가사나 가요적(이상 13쪽)인 것일 수 없다.

동요도 크게,

동요 ┌ ① 가요적 가사적인 요소.(음악에 대한 보조적인 구실이 중시되는 것)
     └ ② 부르는 것으로서 절대적 본질적인 관련을 가지는 것

등으로 나눌 수 있다.

그러므로 동요와 동시의 구분이 불분명한 것은 동요에 있어서 후자에 속하는 작품이 시냐 "부르는 것이 위주인 것"이냐의 문제다.

결국

동요는 "노래하는 것·부르는 것이 위주가 되는 것"이다.

동시는 어린이들이나 어린이다운 사람들이 내부에 빚어지는 시적 감동이나 정서를 더욱 중시한 한결 자유스러운 시를 의미한다.

그러나 동요 중에서도 요적(謠的) 가락이 시적 절실한 감정이나 정서로 말미암아 그 작품의 본질적인 세계와 밀접한 생명적인 관련을 맺었을 때, 그것은 동요라 해도 무방하고 동시라 해도 무방하다.

위에서 그림으로 나타낸 것 중에서 동시와 동요가 겹먹는(二重的) 부분은,

① 동시적 처지에서 어린이들의 순수한 정형적인 시의 세계며

② 동요의 처지에서는 전혀 다른 것(音樂)의 보조적인 것이 아닌, 언어의 순수한 노래 부르는 세계이다.(이상 14쪽)

姜小泉, "(의견 ①)같은 나무에 달리는 과일", 『아동문학』, 제3집, 배영사, 1963.1.

전래동요(傳來童謠)가 창작(創作)동요로 옮아옴에 따라 거기에(이상 14쪽) 문학성(文學性)이 따르게 되었다.

그리해서 동요는 차츰 그 내용과 형식이 성인들의 시를 닮아 가기 시작했다.

본시 전래동요는, 옛날이야기, 수수께끼, 그리고 여러 가지 놀이(遊戲)를 거리로, 재미있게 "노래"로 만든 것이다.

그러나 그것이 "노래"라고는 하여도 모두가 반드시 시(詩)와 가까운 것은 아니었다. 위에서 말한 그런 것을 재미있게, 재치 있게 우스운 노래 형식으로 만들면 되었던 것이다.

그러나 그 뒤 사람들은 그런 동요의 형식에 동심(童心)과 시심(詩心)을 담으려 했다. 그게 곧 새로운 동요라고 할 수 있다.

따라서 동요가 짙은 예술성(藝術性)을 지니게 됨에 따라, "동요는 시(詩)다."라는 주장으로들 동요를 쓰기 시작했다.

그러나 동요는 그 발상으로 보아 "시"라기보다는 "가요"적인 것이다. 그래서 요(謠) 자에 시(詩) 자를 바꿔 동요를 동시(童詩)라 했다. 그렇다고 동요는 아주 없애 버린 게 아니라, 본래의 목적에 맞도록 씌어지게 되면, 또는 그대로 언제나 필요한 것이다.

그러나 한편 동요가, 동요에서 동시를 닮아 가기도 하고, 옮아가는 동안 동요와 동시의 구별이 차차 어렵게 되어 버렸다.

우리는 그 한 작품 한 작품을 들어 말하기는 어렵다 해도, 예를 들면, 윤석중(尹石重) 씨 같은 분은 동시 작가라기보다는 "동요" 작가요, 동요도 많이 쓰기는 했지만, 박목월(朴木月) 씨 같은 분은 동요 작가라기보다는 "동시" 작가라고 할 수 있다.

이렇게 막연히 대별할 수는 있어도 꼬집어 양자(兩者)를 구별한다든가, 꼭 구별해야 한다는 일은 어렵기도 하고, 그렇게 필요한 일 같지도 않다.

광의로서 둘 다 동요라 불러도 좋고, 또 동시라 불러도 좋을 것이고 그렇지 않으면 작자의 뜻에 맡겨 버리는 수밖에 없을 것이다.

그러므로 "동요와 동시는 같은 이름의 나무에 달리는 과일이라"고 말하고 싶다. 그것이 "국광"이냐 "홍옥"이냐 하는 다소의 차이는 있을는지 모르지만, "시는 '냉면'이요, 산문은 '떡'이다." 같이 구별할 수는 없을 것 같다.

양자(동요와 동시)를 구별하기 위하여 내용과 형식으로 따질 때, 그것이 시적(詩的)인 내용을 가졌다 해도, 동요적인 형식을 가졌을 때, 또는 그와 반대로 시적인 내용은 아니지만, 자유로운 리듬을 가졌을 때, 그 어느 쪽을 표준하느냐 하는 어려운 문제에 부딪힐 것이기(이상 15쪽) 때문이다.

같은 정형률(定型律)이라 하여도 그것을 형식적인 음절(音節)로만 따지는 것이 아니라, 운(韻)과 함께, 그 율(律)을 따져야 할 것이다.

> 아침에 일어나서 조반을 먹고
> 책가방을 들고서 학교로 가요

이렇게 행(行)을 바꿔 써 놓으면 틀림없는 7 · 5조이긴 하지만, 산문이나 별로 다를 게 없다.

> 새야 새야 파랑 새야
>
> 달아 달아 밝은 달아
>
> 새는 새는 낡에 자고
> 쥐는 쥐는 굶에 자고

이런 4 · 4조와

> 물 한 모금 입에 물고
> 하늘 한 번 쳐다보고
> 또 한 모금 입에 물고
> 구름 한 번 쳐다보고

가 서로 같을 리 없고,

나의 살던 고향은 꽃피는 산골

푸른 하늘 은하수 하얀 쪽배엔

뜸북뜸북 뜸북새 논에서 울고

새해다 설날이다 기쁜 날이다

흰떡먹고 찰떡먹고 떡국도 먹고

그립다 말을 할까 하니 그리워

이런 7·5조가 서로 판이한 것을 쉽게 알 수 있다.

연못가에 새로 핀 버들잎을 따서요

나는 나는 갈 테야 연못으로 갈 테야

병아리떼 종종종 봄나들이 갑니다.

아침에도 통통통 저녁에도 통통통

달─달─(다알 다알)무스달[66]
쟁반 같이 둥근달
어디어디 떳─나(떠었나)
남산 위에 떳─지(떠었지)

알밤인가 하─고(하아고)
솔방울도 줍─고(주웁고)
알밤인가 하─고(하아고)
조약돌도 줍─고(주웁고)

4·3조도 이렇게 각가지다.
그러므로 그것이 동요냐 동시냐 하는 것은 작자에게 일임하는 수밖에 없다

---

66 '무슨달'의 오식으로 보인다.

는 것과, 또는 대별하기 위하여 편의상 동요다 동시다 구별하는 수밖에 없을 줄 안다.

그러나 국민학교 어린이들에게 "글짓기" 지도를 할 때엔 동요와 동시의 지도 방법엔 엄격한 구별을 갖도록 해야겠다고 생각한다. 그리고 되도록이면 저학년에선 동요 지도보다 동시 지도가 한층 더 좋을 것 같다.(이상 16쪽)

趙芝薰, "(의견 ②)노래와 시의 관계–동요와 동시의 구별을 위하여", 『아동문학』, 제3집, 배영사, 1963.1.

동요와 동시의 관계 또는 그 구별은 가요(歌謠)와 시의 관계 내지 그 발달 과정에서 찾아야 할 것이다.

시는 노래(歌謠)에서 비롯되어 노래와 나누어진 자(者)이다. 그러므로 시는 넓은 의미의 노래요, 노래는 넓은 의미의 시라는 관계에 놓여 있다. 이 때문에 시는 아무리 자유시가 되어도 얘기보다는 노래하는 정신의 소산(所産)이요, 노래는 아무리 음악과 결부되는 것이라 할지라도 기악(器樂)보다는 구체적인 생각의 표현일 수밖에 없는 것이다.

원시시대에는 춤과 음악과 노래가 따로 나누어지지 않은 일체(一體)의 것이었다. 원시인들은 흥겨울 때 몸짓 곧 춤으로 이를 표현하였고 거기에 외마디 규성(叫聲)이라든가 탄성(嘆聲)이 따랐다. 이 규성과 탄성이 노래의 원초적 형태(原初的形態)였다. 다시 말하면 노래의 기원(起源)은 언어의 기원과 일치한다는 말이다. 이 경우의 규성이나 탄성은 곧 언어요, 그것은 감탄사(感歎詞)인 것이다. 발레리가 서정시를 감탄시의 전개(展開)라고 말한 뜻을 파헤쳐 보면 결국 시가 곧 노래에서 발단된 것임을 시사(示唆)하는 것인 줄 알 것이다. 뿐만 아니라 동양에서도 시는 영언(永言) 영가(永歌)라 하며 시가 노래에서 비롯된 것임을 오랜 옛날에 밝혀 놓았다. 주자(朱子)도 『시경집전(詩經集傳)』 서(序)에서 시의 발생을 논하여 "말이 능히 다하지 못하는 바가 자차(咨嗟)하며 영탄(吟嘆)하는 나머지에 발(發)하는 것이 반드시 자연한 음향(音響)과 절주(節奏)가 있어 능히 말지 못하는 것이 시의 써 지은 바라."
하였다.

춤과 노래와 음악은 율동(律動)하는 예술이요, 소설과 미술은 묘사하고 아로새기고 깎아 세우는 정지태(靜止態)의 예술이며, 연극과 영화는 이 두 가지를 종합한 중간에 위치한다. 그러므로 시와 소설은 같은 문학이면서도 그 정신 면에서나 표현 각도의 면에서 본다면 시는 소설보다 음악 쪽에 가깝고 소설은 시보다 미술 쪽에 더 가까운 것을 알 수 있을 것이다. 현대시가(이상 17쪽) 자꾸 산문화(散文化)하는 경향에 있고 소설에도 시적 정취(詩的情趣)를 띠우는 것이 있다 할지라도 이는 그 본래의 바탕은 아닌 것이다.

원시인들은 처음 연장(道具)을 발명할 때 자기네 경험에서 얻은 육체의 기능(機能)을 모방하여 만들었다. 망치는 주먹을, 갈퀴는 손가락을 모방하여 만든 것이다. 원시인이 악기(樂器) 제조의 방법을 발명한 것도 이와 마찬가지로 경험에서 얻은 바 물체의 기능을 모방한 것이다. 활에서 마현(摩絃) 또는 탄현(彈絃)악기를, 풀잎이나 나무껍질에서 취주(吹奏)악기를, 물체를 두드리는 데에서 타악기(打樂器)를 발견하였던 것이다. 이러한 악기는 곧 춤과 노래의 반주악기로서 원시 가무악(歌舞樂)의 한 부분을 이루었던 것이다.

이와 같이 원시의 민요 무용―"가무악"은 춤과 노래와 음악이 혼성됨으로써 이들 삼자는 상생(相生)·보조(補助)·종속(從屬) 관계에 있었다. 춤은 노래와 음악을 위하여, 노래는 춤과 음악을 위하여, 음악은 춤과 노래를 위하여 존재하였던 것이다. 그러던 것이 이 민요무용―가무악은 차츰 분화(分化)하여 독립된 분과예술(分科藝術)을 이루기에 이르렀다. 춤은 노래를 탈락(脫落)시키고 음악을 종속(從屬)시켜 오늘의 무용(舞踊)이 되었고, 노래는 춤을 탈락시키고 음악을 종속시켜 오늘의 시(詩)가 되었으며, 음악은 춤을 탈락시키고 노래를 종속시켜 오늘의 음악이 되었다. 그러나 이 세 가지가 각기 탈락시킨 부분은 어느 것이나 다 완전 탈락으로 절연(絶緣)된 것이 아니고 말없는 노래, 춤추는 언어(言語) 율동하는 선률(旋律)은 무용과 시와 음악 속에 민요무용의 원형질(原型質)로 잠재하게 되었다.

이와 같은 노래의 원초적(原初的) 바탕인 율동예술의 형태적 발전과정 위에서 문학 내지 노래와 시와 시의 전개과정(展開過程)을 살펴보기로 하자.

원시의 민요 무용에서 노래는 세 가지 면을 지니고 있었다.

첫째 음악적인 노래다. 음악과 결부되어 음악의 보조적 작용을 하는 노래 단순한 몇 마디 가사와 반복과 중창귀(衆唱句)인 후렴을 가지는 것이 이의 일반적 형식이었다. 이러한 노래를 음악과 붙어서 살고 음악을 떼 버리면 그 가사 자체만으로 독립할 때는 문학적 정서가 약화되는 것이 보통이다. 우리의 전래민요나 쾌지나칭칭나네라든가 강강술레가 이의 잔형(殘形)이다.

두째 사설조(辭說調)의 노래다. 단조로운 음악을 반주로 하는 서사가(敍事歌). 소설적인 얘기를 대행(代行)하는 노래로 같은 율조를 반(이상 18쪽)복하는 긴 사설의 연귀(連句)를 그 일반 형식으로 한다. 지루한 것을 피하기 위하여 음악의 반주와 중창(衆唱)의 후렴을 넣지만 이것을 빼면 역시 지루한 얘기만이 남는다. 우리의 무가(巫歌) 이조의 가사가 이에 연결된다.

세째 연주적 노래다. 무용과 결부되어 노래하면서 몸짓을 하거나 노래를 주고받거나 혼자서 다른 목청으로 주고받는 연극의 변형적인 노래다. 우리나라 판소리 같은 것이 이의 발전한 형태이다. 창(唱)의 극적 변화와 내용의 기발한 풍자 때문에 흥미가 있지만 문학으로서의 노래로는 가치가 적은 것이 사실이다.

첫째의 음악적인 노래가 발달된 것이 서정시→시요, 두째의 사설조 노래가 발달된 것이 서사시→소설이요, 세째의 연극적 노래가 발달된 것이 극시→희곡임을 알 것이다.

문학의 기본 형태는 시요, 시는 노래에서 비롯되었다. 그러나 노래가 민요 무용 속에서 춤과 음악과 결부되어 있는 동안에는 문학은 아직 독립된 예술 분과로서의 문학일 수 없었다. 그 노래는 가악(歌樂)이요, 선문학(先文學)이었다. 그 노래가 춤과 음악을 탈락시키고도 자립할 수 있는 것을 가요(歌謠)라 하여 이로부터 문학의 논의 대상으로 삼는다. 그러나 가요에도 세 가지가 있다.

첫째 입에서 입으로 전하는 자연발생적인 구전가요(口傳歌謠)다. 이것도 구비문학(口碑文學) 또는 구송문학(口誦文學)이라 하여 선문학(先文學)에 넣는다.

두째 지은 이를 모르는 구전가요 또는 지은이는 알려져 있어도 떠돌이 가요를 문자(文字)로 기재(記載)한 가요, 이것을 기재가요 또는 정착가요(定着歌謠)라 부른다. 이 기재와 정착은 문학의 근본 조건이다. 그러므로 기재 정착된 것부터 문학의 영역에 든다.

세째 창작가요다. 구전가요도 아니요 전대의 것을 기재정착한 것도 아닌 작가가 새로 창작한 가요, 이것이 비로소 참의 문학에 들어간다.

시의 형태적 발달을 살펴보면 그것이 가요→시가→시의 순서로 전개된 것을 이상의 고찰로서 알 수 있을 것이다. 다시 말하면 시는 노래에서 출발하여 차츰 노래의 요소를 벗어나 얘기 쪽으로 음악적인 데서 시작되어 미술적인 방향으로 접근하고 있다. 그러므로 시가 발달해 온 역사적 공식은 가요→정형시(定型詩)→자유시(自由詩)→산문시(散文詩)라는 선(線)인 것이다.

이상의 고찰로서 동요와 동시의 관계는 설명을 되풀이하지 않아도 자명(自明)한 바 있다. 동요는 동심의 가요와 정형시를 포함하고 동시(이상 19쪽)는 동심의 정형시와 자유시를 뜻한다. 그러므로 시가 정형시로 씌어지는 나라에서는 동요와 동시의 구별이 따로 있을 까닭이 없다. 그대로 동시라 부르면 족한 것이다. 다시 말하면 동요와 동시라는 구별이 필요하게 된 것은 시가 자유시로 씌어지면서부터의 일이다. 동시라는 개념이 동요와 대립된 듯한 느낌을 주게 된 것 자체지 동시라는 형식과 말이 따로 생긴 것부터가 종래의 동요형식인 정형동시와는 다른 자유시가 나오면서부터의 일이다.

이렇게 형태가 노나지지 않았으면 모르거니와 엄연히 노나진 이상은 그것을 구별하는 기준이 없을 수 없는 것이다.

그러면 동요와 동시가 구별되는 또는 구별할 수 있는 표준 한계를 어디에 둘 것인가. 시가 정형(定型)으로 씌어질 때는 그 정형의 변화 곧 외형률(外形律) 여하(如何)로서 이를 다룰 수 있었다. 그러나 시가 자유율로 씌어지는 오늘에 있어서는 시형식의 정형과 정형 아닌 것은 이 문제의 기준이 되지 못한다. 왜 그러냐 하면 정형시로 쓴 동시도 있을 수 있고 자유율로 쓴 동요도 있을 수 있기 때문이다. 그러므로 동요와 동시의 한계는 그것이 음악적 율조에 치중되어 노래함으로써 동심의 꿈이 더 살아나도록 지어졌느냐(동요) 아니면 이에 지적 부조(浮彫)에 치중되어 읽고 생각함으로써 동심의 꿈이 더

깊어지도록 지어졌느냐(동시) 하는 식으로 내재율(內在律)과 내적심상(內的
心像)의 강약과 심천(深淺)에서 찾을 수밖에 다른 길이 없는 것이다.

동요에는 노래적인 동요와 시적인 동요의 두 가지가 있고 동시에도 노래적
인 동시와 시적인 동시의 두 가지가 있다.

노래적인 동요를 가창동요(歌唱童謠), 시적인 동요를 형상동요(形象童
謠), 노래적인 동시를 정형동시(定型童詩), 시적인 동시를 자유동시(自由童
詩)라고 편의상 이름을 붙여 둔다.

이제 이들 동요와 동시의 위치와 관계를 그림으로 보이면 다음과 같은 것
이다.

동요 { (1) 노래적인 동요(歌唱童謠)
　　　　(2) 시적인 동요(形象童謠)
동요시 {
　　　　(3) 노래적인 동시(定型童詩)
동시 { (4) 시적인 동시(自由童詩)

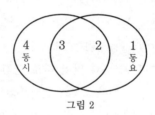

그림 2

동요의 정통은 (1)의 "노래적인(이상 20쪽) 동요"에 있지만 (2)와 (3)에도 요
적 형식(謠的形式)과 요적수사(謠的修辭)는 깃들어 있다. 동시의 정통은
(4)의 "시적 동시"에 있지만 (3)과 (2)에도 시적구성(詩的構成) 시적발상(詩
的發想)이 깔려 있다. 그러나 (1)과 (2)를 동요, (3)과 (4)를 동시라고 나누
어 보는 것이 보통이다. (2)와 (3)은 주종관계(主從關係)가 뒤집어 있다뿐이
지 동요와 동시의 중간인 점에서는 마찬가지다. (2)는 노래적인 것이 겉으로
나서고 시가 바닥에 깔렸기 때문에 동요로 불리우고, (3)은 시가 겉으로 앞
서고 노래적인 것이 바닥에 깔렸기 때문에 동시로 불려지는 차이가 있을 따
름이다.

이제 이와 같은 동요와 동시의 한계와 분류를 좀 더 구체적으로 살펴보기 위하여 박목월 씨의 「작품으로 본 아동문학사 (동요편)」(『아동문학』 제2집) 속에 수록된 작품들을 이 도표로써 각기 분류 배치한다면 대략 다음과 같은 것이다.

(1) 노래적인 동요

윤극영(尹克榮) 「반달」, 유지영(柳志永) 「고드름」, 이원수(李元壽) 「고향의 봄」, 최옥란(崔玉蘭) 「햇빛은 쨍쨍」, 목일신(睦一信) 「누가 누가 잠자나」, 김영일(金英一) 「방울새」

(2) 시적인 동요

방정환(方定煥) 「늙은 잠자리」, 서덕출(徐德出) 「봄편지」, 윤석중(尹石重) 「키대보기」, 천정철(千正鐵) 「시골길」

(3) 노래적인 동시

윤석중 「외나무다리」, 한정동(韓晶東) 「소금쟁이」, 이원수 「빨강열매」, 최순애(崔順愛) 「가을」, 강소천(姜小泉) 「닭」, 박목월(朴木月) 「흥부와 제비」

(4) 시적인 동시

윤석중 「잠 깰 때」, 강소천 「조그만 하늘」, 박목월 「여우비」, 박노춘(朴魯春) 「고까신」, 임춘길(林春吉) 「장명등」 (이상 21쪽)

金東里, "(의견 ③)동요와 동시는 형식적인 면에서밖에 구분되지 않는다", 『아동문학』, 제3집, 배영사, 1963.1.

동시(童詩)니 동요(童謠)니 하는 문학양식(文學樣式)이 본래부터 있었던 것은 아니다. 이것은 흡사 "아동문학"이란 말이 본래부터 있던 것(이상 21쪽)이 아닌 것과 마찬가지다. "아동문학"이란 특수문학이 사회적으로 성립됨에 따라 "동시"니 "동요"니 하는 말들이 새로운 문학양식의 명칭으로서 쓰어지게 된 것이다. 다시 말하자면 동시니 동요니 하는 것은 다 같이 아동문학에 속하는 시가 문학(詩歌文學)의 명칭들이다.

이것을 일반문학에서 본다면 그냥 시(詩)와 요(謠)에 그친다. "아동문학"이기 때문에 "동"(童)이란 글자가 그 위에 하나씩 붙은 것뿐이다.

그러면 먼저 "시"와 "요"의 구별을 살펴보아야겠다.

"시"는 본래 "요"에서 발생했다. 이것은 오늘날 예술의 기원(起源)을 민요무용(民謠舞踊)이라고 보는 학자들의 거의 일치된 학설(學說)로 보아서도 그렇거니와 동양시(東洋詩)의 최대 최고(最大最高)의 고전(古典)인 시경(詩經)만 해도 그렇다. 주(周)나라 시대의 "요"를 채록(採錄)하여 집대성(集大成)해 놓은 것이 곧 『시경』이지만, 동시에 그것은 한족(漢族)에 있어 "시"의 원천(源泉)이기도 했다.

이것을 구별 지어 본다면, "요"는 누가 지은 지도 모르게 민중(民衆) 속에서 자연발생적(自然發生的)으로 — 구송(口誦)을 통하여 — 생겨난 노래를 말하는 것이요, "시"는 어떤 작자가 있어, 글자를 사용하여, 의식적으로 지어낸 노래를 가리키는 것이다. "요"나 "시"나 그것이 생겨나기 시작할 무렵엔 모다 "노래"임엔 다름이 없다. 그 때문에 "시"와 시가(詩歌)는 완전히 동일한 개념(槪念)이며, 모든 창작문학(創作文學)이 그 매재형식(媒材形式)을 산문(散文)에 의존하는 현대에 와서까지 이 "시"라는 문학만은 "노래"의 요소인 운율(韻律)에의 얽매임을 완전히 벗어나지 못하는 것이다.

이와 같이 "시"와 "요"는 그 뿌리에 있어서부터 얽혀 있으며, "요"보다 "시"가 우위(優位)를 차지하게 된 후대(後代)에 와서까지 특히 "요"에 닮은 "시"를 쓰는 이가 있어, 중국으로 말하면 이백(李白)의 시가 대충 그러했고, 우리나라로 말하면 김소월(金素月)의 시가 대부분 그것인데 이러한 "시"를 특별히 이름 붙여 민요시(民謠詩)라고도 한다.

지금까지 우리는 "시"와 "요"의 관계를 대강 살펴보았다. 그리고 그보다 먼저 나는 아동문학으로서의 "시"와 "요"를 "동시" "동요"라고 한다고 말했다.

그러면 "시"와 "요"는 이미 개념이 정리되어 있는데 "동요"와 "동시"는 왜 혼선을 일으키고 있는가 하는데 문제가 남는 것이다.(이상 22쪽)

이에 대한 해답을 먼저 내리면 다음과 같다.

㉮ 아동문학에서 말하는 "동요"는 보통 창작동요(創作童謠)를 가리키므로

이것은 "시"에 있어 "민요시"와도 비슷한 동요시(童謠詩)를 의미하는 것이다. 따라서 "민요시"가 "요"가 아니요 "시"인 것처럼 "창작동요"(일반적으로 그냥 "동요"라고 하는 아동문학)도 진정한 "요"{전래적(傳來的)인 민요나 동요}가 아니고 "시"에 속하는 까닭이다.

㉯ "동시"는 아동문학으로서의 "시"를 가리키는 말이기 때문에, "시"에 "아동다움"이 붙는다. "시"는 본질적으로 "노래"에 가깝지만 "아동다움"이 붙으면 더욱 "노래"에 가깝고, 또한 알기 쉬워야 한다. "시"에 "노래에 가까움"과 "알기 쉬움"을 붙이면 "요"에 가까워진다. 따라서 "동시"는 "요"에 가깝고, "창작동요"인 "동요"와는 거의 분별할 수 없는 것이 되어 버린다.

아동문학에서 "동시"와 대비(對比)되는 "동요"가 어디까지나 "창작동요"를 가리키는 것이라면 이 양자(兩者)는 본질적으로 구분될 아무런 조건도 없는 것이다.

☆   ☆

박목월(朴木月) 씨는 "동요"와 "동시"를 "어린이들이 부르는 노래"와 "읊기 위한 것, 읽기 위한 것"으로 일단 구분해 놓고 나서 다시 "동요" 속에서도 "읊기 위한 것 읽기 위한 것"의 요소가 얼마든지 있고 이와 동시에 "동시" 속에서도 "어린이들이 부르는 노래"의 요소가 얼마든지 있다고 말했는데 당연히 그럴 수밖에 없는 일이다. 본질적으로 같은 것이기 때문이다.

따라서 나는 "동요"라고 할 때 전래동요를 가리키는 말이라면 모르거니와 창작동요를 구태여 "동시"와 구별하여 그냥 "동요"라고 부를 필요는 없다고 본다.

그러나 이렇게 이미 구별 지어 쓰는 것이 기정사실(旣定事實) 같이 되어 있고, 말이란 잘잘못간에 관습(慣習)으로 이루어지는 것이 상례(常例)며 지금 새삼스레 뜯어고칠 수도 없는 노릇이라면 그것은 지극히 형식적인 면에서 다음과 같이 구분할 수밖에 없다.

(가) "동요"는 아동문학의 정형시(定型詩)다.

(나) "동시"는 아동문학의 자유시(自由詩)다. (이상 23쪽)

최태호, "(의견 ④)동시와 동요의 바탕", 『아동문학』, 제3집, 배영사, 1963. 1.

동시(童詩)라는 말이 왜 생겼는가, 동시가 왜 동요와 구별되어야 마음이 놓이는가 생각해 보면 어렴풋이나마 동시와 동요의 구분이 될 줄로 안다.

동요는 그 뿌리를 민요와 같이 하고 있다. 어린이들이 부르는 노래가 아니라 어린이들도 함께 부르는 서민의 노래 — 그것은 옛날의 피지배자(被支配者)들의 하나의 오락이요, 유행가요, 기쁨과 설움과 안타까움을 푸는 푸념이기도 했다. 삼국시대의 전설적인 동요 「서동가(薯童歌)」로 예를 삼지 않더라도 가까이,

> 새야 새야 파랑새야
> 녹두밭에 앉지 마라
> 녹두꽃이 떨어지면
> 청포 장수 울고 간다.

이런 노래의 녹두가 녹두장군 전봉준을 지칭하는 것이라는 말은 역시 옛날의 동요 관념에 말미암은 것이 아닌가 한다. 나는 이 동요에 있어서 녹두꽃, 그 작고 아련한 꽃이 떨어지면 청포 장수가 운다는 데에 어린이다운 상상과 민족의 애수가 깃들어 있는 것이지만 이러한 데서 동요는 민중과 더불어 자라 온 듯하다.

이렇듯 동요는 소박한 민족 감정을 동심에서 읊었지마는 이 밖에도,

> 가자 가자 갓나무
> 오자 오자 옷나무

이러한 가락을 중심으로 놀이의 노래로도 발달하였다. 이러한 전통이 창가(唱歌)라는 새 형식이 수입 되자,

여보 여보 거북님 내 말 들어 보오
　천지간 만물 중에 네 발 가지고

　형식의 노래로 가지를 쳤다. 재래의 동요가 말을 맞춰서 가락의 재미를
붙인데 대하여 창가는 가곡에 가사를 붙이는 대신 시(詩)를 잃고 말았다.
　여기에 새로운 동요 운동이 일어났고 거기에는 가락이라는 외재율을 따랐
고 그것도 재래의 4·4조에서 새로이 7·5조를 수입하여 채택했지만 아무래
도 노래로서의 가락(이상 24쪽)에 의존함이 지나쳐서 본래의 동심을 담는 그릇으
로는 부적당한 굴레를 느낀 것이다.
　원래 시(詩) 특히 동시는 어떤 가락의 의식보다도 감동 놀라움에 대한 부르
짖음이 원시적 형태라고 한다.

　엄마 엄마 이리 와

　어머니
　어머니
　우리 어머니

　건너갑니다 외나무다리

　이러한 부르짖음의 형태가 밖에 나타나는 가락에 맞고 안 맞고는 불구하고
거기에는 심적 내재율(內在律)이 물결치는 것을 우리는 자연히 느낄 수 있다.
여기에 동요가 아니라 동시(童詩)라는 새로운 그릇이 필요했던 것이다.
　이러한 과정은 동시뿐 아니라 자유시(自由詩)라는 발전 과정도 역시 동일
하다.
　요는 어린이의 부르짖음 — 그것은 입 밖에 내는 소리도 있겠고 안으로
파고드는 감정의 리듬도 있다. 이것을 본 제의에 있어서 박목월 씨는 내적
절주감(內的 節奏感)이라고 했다.
　그러니까 동시는 생각해서 맛볼 수 있고 노래가 아니라도 읊어서 꿈꿀 수
있고 시의 생명을 위주로 써서 노래의 형식에 매이지 않는 새로운 경지가
된 것이다.

그러면 동요는 외재율(外在律)에 구속되었다고 해서 시심(詩心)이 없어야 할 것인가, 동요는 가곡을 붙이지 않으면 생명이 없는 것이 당연한가? 가요적인 요소가 있어서 그 속에 시심이 담길 수 없다고는 할 수 없다.

> 나리 나리 개나리
> 입에 따다 물고요
> 병아리 떼 뿅뿅뿅
> 봄나들이 갑니다.

이 노래에 대해서 박목월 씨는 견해를 밝혔는데 외형적인 율조를 가지고 있으면서 동시와 동요의 양면을 품고 있는 그런 것을 동요는 목표하고 있는 것이다.

동요와 동시의 같은 밑바닥을 우리는 발견해야겠다. 동시가 재래동요의 낡은 껍질을 벗기는데 급한 나머지 동요의 본디를 부인할 아무 권한도 없다.

다만 여기서 말하고 싶은 것은 어린이들이 과연 동요를 쓸 수 있을 것인가 의심 없이 지도하는 분에게 하나의 의문을 던져 준다.(이상 25쪽)

박목월 외, "동요와 동시는 어떻게 다른가", 『京鄕新聞』, 1963.1.25.

같은 나무에 달린 두 열매
여러 선생님들이 말하는 "차이"

◇ 동요와 동시는 어떻게 다를까요? 여러분들은 생각해 보신 적이 있으셔요? 같은 것도 같고 다른 것도 같고 ──. 다르다면 어떻게 다른지. 이 같은 까다로운 문제에 대하여 며칠 전에 나온 『아동문학』 제3집(서울, 배영사 발행)에 특집을 했읍니다. "동요와 동시의 구분"이라고 해서 박목월 선생님이 얘기를 꺼내고 강소천, 조지훈, 김동리 그리고 최태호의 네 선생님들이 의견을 말하고 있읍니다. 다음에 그것을 간추려 알기 쉽게 풀어 소개하기로 하겠읍니다. 좀 어렵습니다만 잘 들어 보셔요. ◇

박목월 선생님의 말씀

동요는 노래하는 것, 부르는 것이 앞서는 것이다. 동시는 어린이들이나 어린이다운 사람들이 마음속에 빚어지는 시적 느낌이나 정서를 더욱 중요하게 여긴 한결 자유스러운 시를 뜻한다. 그러나 동요 가운데서도 노래조의 가락이 시적 감정이나 정서로 작품의 본 세계를 이루는 것이 있다.

이런 때에는 동요라 해도 좋고 동시라 해도 무방하다. 그림 ①로 나타낸 것 중에서 겹친 부분은 ──

① 동시로 볼 때에 어린이들의 순수한 시의 세계이며

② 동요로 볼 때에는 전혀 다른 것(음악)의 곁들임이 아닌 언어의 순수한
   노래의 세계다.

강소천 선생님의 말씀

옛적부터의 동요는 옛날이야기 수수께끼, 그리고 여러 가지 놀이를 거리로 해서 재미있게 "노래"로 만든 것이다. 그렇다고 모두가 반드시 시와 가까운 것은 아니었다.

뒤의 사람들은 그런 동요의 형식에다가 동심(어린이의 마음)과 시심(시적인 마음)을 담으려 했다. 그것이 곧 오늘의 동요다.

그러나 동요를 동시와 구별한다는 일은 어렵기도 하고 그렇게 필요한 일 같지도 않다. 동요가 동시를 닮아가고 옮아가는 동안 동요와 동시의 구별이 차차 어렵게 되어 버렸다.

그러므로 "동요와 동시는 같은 이름의 나무에 달리는 과일"이라고 말하고 싶다.

가령 그것이 시적인 내용을 가졌다고 해도 동요 같을 때가 있다. 혹은 반대로 시적인 내용은 아니지만 자유로운 '리듬'을 가졌을 때가 있다. 이때에 표준을 어느 쪽에 두어야 하느냐는 매우 어렵다.

동요나 동시냐 하는 것은 그것을 쓴 사람에게 맡길 수밖에 없다.

그러나 국민학교 어린이들에게 "글짓기" 지도를 할 때는 동요와 동시의 지도 방법을 엄격하게 해야 한다고 생각한다. 그리고 저학년(1, 2, 3학년)에서는 동요보다 동시를 쓰게 하는 것이 한층 더 좋을 것이다.

조지훈 선생님의 말씀

동요와 동시라는 구별이 필요하게 된 것은 시가 모두 자유시로 쓰이면서부터의 일이다.

그러면 동요와 동시의 구별은 어디에 있을까. 그 구별은 음악의 가락에 중점을 두고, 노래로 동심의 꿈이 더 깊어지도록 지었느냐(동시)에서 찾을 수밖에 없다. 동요에도 노래 같은 동요와 시 같은 동요의 두 가지가 있다. 그리고 동시에도 노래 같은 것과 시 같은 것이 있다. 그것을 그림으로 표시하면 그림 (2)와 같다.

```
동요     ┌ 1. 노래 같은 동요
동요시  ┤ 2. 시 같은 동요
동시     ┤ 3. 노래 같은 동시
          └ 4. 시 같은 동시
```

김동리 선생님의 말씀

동시니 동요니 하는 구별이 처음부터 있은 것은 아니다. 이것은 새로운 이름으로 쓰이고 있는 말들이다.

동요라는 것은 "민요시"와 같은 "동요시"를 뜻한다. 동시란 시라는 말이기 때문에 "시"에 "아름다움"이 붙는다. 시는 본래 노래에 가깝다.

그리고 "아름다움"이 붙으면 더욱 노래에 가깝다. 거기에 알기 쉬워야 하는데 그렇게 되면 "요"(가락)에 가까와진다.

동시는 아동문학의 "자유시"다.

최태호 선생님의 말씀

동요는 뿌리를 민요와 같이하고 있다. 어른들도 함께 부른 노래다. 옛날의 유행가였고 기쁨과 설움 혹은 안타까움의 푸념이기도 했다. 동요는 놀이의 노래로도 발달하였다. "여보 여보 거북님 내말 들어 보오" 같은 노래다.

동요는 노래로서 가락에 맞추어 부르는 시다. 그러나 너무 가락에만 치우쳐 감동과 놀라움에 대한 부르짖음이 죽어드는 때문에 다시 동시라는 것이 나타났다.

가락에 맞건 안 맞건 마음속에 물결치고 느껴지는 것을 그대로 읊는 시다.

그러니까 동시는 생각해서 맛볼 수 있고 노래가 아니라도 읊어서 꿈꿀 수 있는 것이다. 형식에 매이지 않는 것이다.

韓晶東, "내가 걸어온 아동문학 50년", 『아동문학』, 제7집, 1963년 12월호.

1914년이니까 내가 스물한 살이었다.

그때서야 비로소 공부를 하기 위하여 평양고등보통학교 이학년 편입 시험에 응시하여 요행 합격은 되었지만 일본말을 잘 못하여 수업에 지장이 많았다. 그런데 일본에 유학 가 있는 친구가 일본에서 새로 발행되는 잡지 한 책을 보내 주었다. 그것이 바로 『도오와(童話)』[67]라는 아동잡지이었음을 지금까지도 잊지 않고 있다. 그것은 쉬운 말로 씌어져 있기 때문에 일본말을 익히는데 퍽 도움이 될 뿐 아니요, 재미도 있어서 하나도 빼놓지 않고 다 읽었으니까 말이다. 더구나, 그 후 학교를 졸업하고 소학교 교원이 되고 보니 그 잡지가 필요해져서 매달 주문해 본 것이 자그만치 60여 권이 되었으니 잊혀질 리가 없다.

그러니까 스물한 살 때부터 동요, 동화를 써 보려 하였지만 번번히 실패만 하다가 스물세 살에 처음으로 한 작품을 얻었다.

그해 삼월이었다. 졸업반에 올라가는 학년말 시험을 마치고는 방학도 기다리지 않고 나는 곧 고향으로 돌아가 일주일 남짓이 놀다가 삼십일 일은 아침 일찌기 평양을 향해 길을 떠났는데 그날 나는 웬일인지 7년 전에 돌아가신 어머님 생각이 간절하여 겨우 동리 앞 넓은 잔디밭까지 이르러서는 더 갈 힘을 잃고 그 잔디밭에 주저앉아 울다울다 지쳐 잠이 들었다. 그날 따라 그곳을 지나는 사람이 없었던지 아니면 잔디에 잠겨 잘 보이지가 않았든지 누구 하나도 깨와 주는 이가 없어 내 스스로 깨났을 때는 해가 거의 서산마루에 걸리게끔 되어 있었다. 집으로 되들어 가자니 아버님 보일 낯이 없고 앞으로

---

67 일본의 아동문학가인 지바 쇼조(千葉省三, 1892.11.27∼1975.10.13)가 1920년에 창간하고 편집 책임을 맡았던 잡지로 1926년에 폐간되었다. 지바 쇼조가 편집을 맡고 있던 시기에 사이조 야소(西條八十), 가네코 미스즈(金子 みすゞ) 등을 발탁한 것으로 알려졌다. 『赤い鳥』, 『金の船』와 더불어 다이쇼(大正) 시기 3대 아동 잡지라고 평가된다. 동화는 오가와 미메이(小川未明)와 하마다 히로스케(浜田廣介), 동요는 사이조 야소(西條八十)와 시마키 아카히코(島木赤彦) 등이 활약하였다.

나가자니 날이 저물어 가고 있었다. 부득이 학교를 졸업하기 전에는 타지 않기로 생각하고 있던 기차라도 타야겠다고 이십 리나 되는 대평 정거장으로 달려갔다. 그러나 기차는 방금 떠나고 두 시간 반이나 기다려야 다음 차를 탈 수 있게 되었다. 나는 다시 생각에 젖었다. 앞으로 사십 리밖에 안 되기도 하지만 길은 일등 국도라 두 시간 반이면 능히 평양까지 갈 것이라고 굳이 결심하고 길을 다시 걷기 시작하였다.

이렇게 밤길까지 걷게 되니 다시금 어머님 생각을 하면서 걸었다.(이상 72쪽)

그런 까닭인지 그날 밤에 나는 어머님 꿈을 꾸었다.

이튿날 씌어진 것이 바로 「두루미」(일명 「따오기」)[68]였던 것이다.

다음해 여름에 역시 고향을 찾았다가 쓴 것으로 「갈잎피리」[69]와 「소금쟁이」[70]가 있고 그해 가을에 쓴 것으로 「달」과 「낙엽」이 있고 역시 그해 겨울에 쓴 것으로 「초사흘 달」(일명 「초생달」) 등이 있고 이 밖에도 여러 편이 있지만 지면 관계도 있고 또 별로 필요함을 느끼지 않기에 이만 그치기로 하거니와 이상의 「두루미」 외 네 편을 1923년(?) 『조선일보』 신춘현상 모집에 응모하였다가 낙선이 되고 말았다.

그러나 나는 그 동요 작품들이 그리 초라하다고는 생각지 않았기 때문에 1925년 1월 『동아일보』 신춘문예 모집에 그것들을 그대로 다시금 응모하였더니 요행으로 그 다섯 편이 일등에 뽑혔다는 3월 2일 발표한 것을 보게 되었다.[71]

그때, 나의 기쁨은 말로는 형용할 수 없을 정도였지만 그 반면 나는 두려워지기도 하였다. 그것은 두말할 것도 없이 앞으로는 당선작보다 더 훌륭한 작품을 내놓지 않으면 안 되겠다는 미묘한 책임감에서였다. 그리하여 나는

---

68 「두룸이」(당옥이)(『어린이』, 1925년 5월호)

69 「갈닙피리」(『동아일보』, 25.4.8)

70 「소곰쟁이」(『동아일보』, 25.3.9) 이 작품은 『동아일보』 신춘문예 1등 당선 동요이다.

71 1925년 『동아일보』 신춘현상문예 발표를 보면, 동요에 "一等 소곰쟁이 外 四篇 鎭南浦 碑石里 韓晶東"이라 되어 있어, 위에 말한 4편의 작품을 말하는 것으로 보인다. 4편의 동요 작품 이름은 다음에서 찾아볼 수 있다. "韓 君의 그 밧게 童謠의 「초사흘달」, 「달」, 「갈닙배」, 「落葉」의 四 篇도 「소곰쟁이」에 比하야는 얼마만큼한 遜色은 잇스나 또한 三讀三嘆할 貴한 作品임을 斷言합니다."(選者, 「童謠選後感」, 『동아일보』, 25.3.9)

수많은 동요를 써서 각 잡지와 신문에 고료 없이 게재하게 되었는데 특히 『별나라』에는 매달 한두 편씩 책임을 지고 보냈던 것이다. 나는 이렇게 발표된 것과 발표되지 않은 작품들을 합쳐 무려 3백여 편이나 모아 두었는데 1·4후퇴 때 쉬 돌아올 것이라는 예측도 가졌지만 너무 총망하여 묶어 놓았던 짐짝을 가지고 올 힘이 없어서 그냥 왔으니 그 물건들이 남아 있을 리가 없을 것이다. 참으로 애석하기 이를 데 없다.

그렇다고 나는 내 일생의 사업으로 알고 있는 아동문학을 잊기에는 양심이 허락지 않아서 부산과 서울을 가릴 것 없이 극도의 생활난에도 지지 않고 역작에 역작을 거듭한 결과 단행본으로 『갈잎피리』[72](총 250페이지) 한 권을 발행하였으며 앞으로 출판에 부치려고 정리해 둔 것이 『갈잎피리』와 비슷한 것 두 책은 될 것이다.

그렇다고 나는 이것을 자랑으로 여기기보다도 내가 걸어온 50년 동안의 아동문학이 겨우 요것에 지나지 못함이 심히 부끄럽다. 하기야 잃어버린 것도 많으니까 하고 자위가 되기도 하지만 어쨌든 장하다고 자랑할 아무 것이 없음을 유감으로 생각한다.

그러나저러나 아동문학을 쓰게 된 동기를 묻는 이가 있다면 위에서 대강 이야기한 것과 같다고 하겠거니와 그 밖에 또 한 가지 중요한 것이 있다고 하겠다. 그것은 그때가 바로 일제(日帝)의 압박이 날로 심해 가고 있었는지라 내가 생각하는 심정을 조금이나마 나타내기 위하여는 동화나 동요의 세계가 아니면 도저히 불가능했기 때문이었다.

이제 그중의 하나를 소개하면,

동요 **산 넘어 저편**

산 너머 저편에는
누가 살길래
뻐꾹새 아침 저녁
게서만 울까!

---

[72] 한정동, 『갈닙피리』, 청우출판사, 1958.

산 너머 저편에는
누가 살길래(이상 73쪽)
해님도 매일 매일
게서만 뜰까!

이 동요는 보는 사람에 따라 제각기 느낌이 다를 것이지만 나는 어린이의
심정을 빌어가지고 무엇을 호소했을까? 그것은 다름 아닌 자유(自由, 즉 자
주 독립)였다. 그러나 왜정은 아무런 간섭을 할 수가 없었으니 미상불 피난처
라고 해도 지나친 말은 아닐 것이다.

그러나 이처럼 피난처로서의 아동문학의 길도 언제나 평탄하기만 하지는
않았다. 이제 그 순탄하지 못한 두 가지 예를 적어보기로 한다.

내가 스물아홉 살 때, 아동문학을 빙자하여 뜻 같은 문학인 십여 명이 의론
하고 원고 몇 편씩을 모아 그것을 그냥 꿰매 가지고 서로 돌려보기로 하였다.
그 책임을 내가 맡았는데 원고지가 각양각색이라서 체재가 보기 싫었기 때문
에 나는 학교 등사판을 빌어 그것을 등사해 돌려주었다.

그러나 이것으로 말미암아 나는 뜻하지 않은 봉변을 당하게 되었다.

그 변변치 않은 아동문학집이랄가 한 조그만 팜플레트가 출판 위반이라는
명목으로 고등계의 호출을 당하여 까다로운 취조를 받았다.

이때 나는 내 작품 내용이 보는 사람에 따라서는 이상하게 해석이 될 수
가 있는지라 좀 마음에 걸리기도 하였지만 그러니만큼 나는 작품으로 말이
번지지 않게 하기 위하여 "그런 것이 법에 저촉된다는 것은 꿈에도 몰랐다."
고 되풀이하고 있었고 밖에서는 우리 학교 교장이 고등계 주임과 극친한 사
람에게 부탁하여 "무슨 딴생각에서가 아니요, 법을 모른 까닭이니 한번은
용서해 주라."고 자꾸 졸라서 겨우 무사할 수는 있었지만 그 대신 나는 내
이름 위에 빨간 동그라미 수효가 늘어나서 가끔 감시를 받게 되었다.

다음은 해방 후의 일이다. 평양서 발간되는 아동잡지사에서 동요 한 편을
보내달라고 이기영(李箕永, 서울에서 월북하여 그때 문학동맹[73] 위원인가 위

---

[73] 해방직후 남한에서 임화(林和), 김남천(金南天) 등이 주도한 〈조선문학건설본부〉(1945.8.16),
〈조선문화건설중앙협의회〉(1945.8.18)에 대응해, 이기영(李箕永), 송영(宋影) 등이 〈조선프

원장인가 하는 직분에 있었는데 나는 그 전부터 잘 아는 사이였다.) 군의 소개 편지를 가지고 왔다. 처음에 나는 거절할까 하다가 친구의 첫 번 부탁이기도 하고 십여 년 전, 왜정 때 생각이 머리에 떠오르기에 그때 써서 발표되었던 「산 너머 저편」(위에 든 것)이란 동요를 주어 보냈다.

얼마 뒤에 잡지와 함께 고료도 받았다. 그런데 그 후 어느 날은 내가 사는 〈진남포문학동맹〉으로부터 회원도 아닌 나에게 문학비평회가 있으니 와 달라고 초청장이 왔다. 나는 직각적으로 얼른 내 작품이 대상에 들어 있음을 알았으며 그자들이 무슨 수작을 할 것까지도 짐작이 갔다. 그래서 나는 전부터 스크랩해 두었던 책을 옆에 끼고 그 비평회에 참석하였다.

아닌 게 아니라 그자들은 여러 작품을 하나하나 분명하게 읽어가며 돼먹지도 않은 평을 함부로 퍼붓고 있었다. 그렇다고 회원이 아닌 나이기도 하고 또 본래부터 "오불관언"한 태도라서 그자들의 말이 내 귀에 들어올 리가 없었다. 그러나 맨 나중에는 그 독설(독한 혀)이 내게로 향하였다. (이상 74쪽)

그런데 그들은 신중을 기하는 뜻인지 혹은 선배를 대접하는 뜻에선지 위원장 자신이 들고 나와 죽! 한번 읽고 나더니 다짜고짜로 "'산 너머 저편'이란 말이 불순하다. 이것은 이남(以南, 즉 남한)을 노골적으로 토로한 것이나 다름이 없으니 유감천만이다. 선생님의 자아비판이 있기를 바란다." 하고 그들이 가지고 있는 무자비한 표정을 지었다.

나는 서슴치 않고 연단으로 천천히 걸어 올라가서,

— "위원장은 어쩌면 그렇게 내 속에서 나온 듯이 잘 알고 말을 해 주어서 내 마음까지 시원해지오. 그러면 나로서는 무엇이라 더 말할 수가 없어서 한 십여 년 전에 발표가 되어 스크랩해 둔 동요 하나를 소개할 터이니 자세 들어주기를 바란다." —

하고 「산 너머 저편」을 읽었다. 만당한 사람들은 물론이요, 위원장까지 모두 눈이 둥그렇게 되는 것을 나는 확실히 볼 수가 있었다.

나는 말을 이어,

롤레타리아문학동맹)(1945.9.17)을 결성하였다. 그러나 〈조선프롤레타리아문학동맹〉이 주도권을 상실하자 평양에서 새로 조직한 단체가 〈북조선문학예술총동맹〉(1946. 3.25)이다. 이기영이 위원장이었고 부위원장에 안막(安漠), 서기장에 이찬(李燦)이 임명되었다.

— "그러면 이 동요의 '산 너머 저편'은 무엇을 토로한 것인지 위원장에게 묻는 바이다. 남한을 제 마음대로 다닐 때였으니까 설마 남한을 동경하였다고는 못할 일이 아닌가! 그러면 '산 너머 저편'은 과연 무엇을 상징한 것일까? 작자인 나도 망서리지 않을 수가 없다. 그러나 일부러 그것을 말하라고 하면 그때는 일제 압박이 심하였으니 '자유'가 그리웠다고 말해두기로 한다." —

하고 북한에서는 아직도 '자유'가 그립다는 뜻을 은연중에 슬쩍 나타내고 나는 히죽히죽 웃으며 연단으로부터 내려왔다.(이상 75쪽)

尹石重, "(暗黑期의 兒童文學姿勢)雜誌 『어린이』와 그 時節", 『사상계』, 제165호, 1967년 1월호.[74]

暗黑期의 우리나라 兒童文學 가운데 『어린이』 잡지를 내던 시절 이야기를 들려 달라는 것이 『思想界』 편집자의 부탁이었다. 어둠을 잘못 파헤치면 생사람을 잡는 수도 있겠고, 일제 때 덧난 상처가 간신히 아물락말락한 이제 와서 떳떳치 못한 그 시절의 變心・變節을 캐낸다는 것은 송구스러운 일이나, 국제정세로 보아 앞으로 다시금 들이닥칠지도 모를 조국의 暗黑化를 미리 막자는 것이 편집자의 의도일 것이니, 에누리 없는 사실을 들춰 봄으로써 "어제의 거울"에 묻은 때를 닦아 내일의 맑은 거울을 삼고자 한다.

크게 따지면, 太祖 建國에서부터 二七代 五一九年만에 近世 朝鮮이 숨을 거두고 日帝의 손아귀가 덮친 韓日合邦 三六년 동안을 우리나라의 暗黑期로 볼 수도 있겠으나, 비록 온 겨레가 "돛대도 아니 달고 삿대도 없이"(一九二五년에 지어진 尹克榮의 「반달」의 한 귀절) 정처 없이 떠돌아다니던 白衣民族이기는 했지마는, "샛별 등대"에 한 가닥 희망을 걸고 살아온 것이 一九一九년에 터진 三・一 獨立運動 덕에 되찾은 民族正氣로 연명해 온 것이 사실이었다.

一九〇四년에 처음으로 놓인 京釜線철도가 대견해서 "우렁차게 통하는 汽笛 소리에"로 시작된 唱歌란 것이 六堂 崔南善 솜씨로 처음으로 사람 입에 오르내렸고, 『少年』 잡지 一九〇八년의 뒤를 이어 『붉은저고리』(一九一二년), 『아이들보이』(一九一三년), 『샛별』(一九一四년)들이 六堂과 春園의 주선으로 나오기는 나왔으나 春園이 쓴 「少年에게」[75]라는 글에서 "少年(이상

---

74 특집 '暗黑期의 兒童文學 姿勢'는 윤석중, 어효선(魚孝善), 임인수(林仁洙), 이석현(李錫鉉), 윤극영(尹克榮)의 글을 싣고 있다. 앞머리에 다음과 같은 글이 있다. "母國語를 잃어버리던 暗黑時節, 그때 이 民族의 슬픔이 스며든 곳은, 입에서 입으로 전해지는 동요와 노래였다. 차라리 민족의 얼을 다음 世代인 어린이들에게 심고자, 아니 마지막 희망을 어린이에게 걸고자 새로운 각오의 兒童文學이 일어났음을 그때의 兒童雜誌를 통해 되새겨 본다."

75 노아자(魯啞子)라는 필명으로 쓴 「少年에게(전5회)」(『開闢』, 1921년 11월호~1922년 3월호)를 가리킨다.

190쪽) 여러분! 지금 二○歲 內外 되시는 여러 아우님들과 누이들이여……."
한 것만 보더라도 아들딸 주렁주렁 달린 어른들을 대상으로 나온 雜誌임을
알 수 있으니, 一九二二年에 나온 小波 方定煥의 『사랑의 선물』 머릿말에서
도 "학대받고, 짓밟히고, 차고 어두운 속에서 우리처럼 또 자라는 불쌍한 어
린 영들을 위하여" 내놓았다고 한 世界名作童話책과 그 이듬해 三月에 창간
된 『어린이』(小波 主幹) 잡지가 어린이들의 생리와 食性에 맞는 첫 出版이
라고 하겠다.

韓國文學의 개척자 春園 李光洙는 걸핏하면 "문학을 하려고 해서 한 것이
아니라 餘技로……." 이런 말을 입버릇처럼 했는데 이는 文學을 過少評價한
것이 아니라 그보다 더 무거운 민족적 사명을 깨달아서였다. 이러한 思考方
式은 우리나라 草創期의 兒童文學界에도 넘나들었으니, 동요나 동화를 지
어 퍼뜨린 이들은 시인이나 작가가 아니고 어린이 잡지 편집자나 少年運動
家들이 태반이었다. 小波 方定煥이 그러했고, 微笑 李定鎬가 그러했다. 「반
달」「설날」을 지을 당시의 尹克榮은 聲樂 공부를 혼자 하던 때였고, 「고드
름」作詞者인 버들쇠 柳志永은 『동아일보』 사회부 기자였다. 손수 등사판
을 밀어 『어린 벗』『종달새』 잡지를 내던 延星欽, 張茂釗는 문학청년이 아
닌 培英學院(지금의 서울 창경국민학교 자리)이라는 고학생들의 야간학교
運營者였으며 〈明進少年會〉라는 少年團體에서 蓮建洞 빈터에 판잣집 어린
이會館을 손수 지은 청년 목수였다. 『어린이』와 맞섰던 『新少年』(一九二六
년 創刊)은 일본인 모 교장의 눈을 피해 가며 孟柱天, 金錫振, 李浩盛, 鄭烈
模 이런 교육자들이 앞을 다투어 붓을 들었었는데 한글학자 申明均이 主幹
이었다.

一九二六년에 『별나라』『아이생활』이 등장하여 『新少年』『어린이』와 더
불어 소반의 네 다리 구실을 하였으나, 『별나라』는 無産少年文學을 표방하였
었고 『아이생활』은 어려서부터 천당길을 닦아야 한다는 어린이 傳道 雜誌였
다. 계급투쟁의 앞잡이로 『별나라』와 후반기의 『新少年』을 동원한 그들은
三・一精神을 이어받은 〈天道敎少年會〉에서 창간호를 낸 『어린이』와 그 집
필진을 "天使主義"니 "童心主義"니 하여 끈덕지게 中傷謀略을 꾀하였으나 보
행자들이 뻐스나 기차를 타고 가는 사람들을 "뻐스主義"니 "기차主義"니 하고

비웃는 거나 마찬가지였다. 심지어 一九二六년에 이르러서는 "어린이날" 기념식까지 두 파로 갈려 따로따로 擧行하였으니 "남산공원으로!" 하면 좌익집회였고 "서울운동장으로!" 하면 우익집회였으며, "三·一運動" 하면 좌익진영이었고, "己未運動" 하면 우익진영이었던 八·一五 해방 직후의 우리나라 사회풍조와 비슷한 넌센스였다.

貧益貧 富益富를 붓대로 막아 보자는 것이 '카프'의 指令이었고 日帝의 더러운 발굽에 童心만은 짓밟히지 않도록 하자는 것이 민족주의자들의 아동문학을 하는 태도였으나 一九二七년에 이르러 뒤늦게나마 "共同의 敵"이 日帝임을 발견하여 민족의 大同團結을 부르짖으면서 〈新幹會〉〈槿友會〉로 청년남녀들이 집결하여 공동운명체임을 확인하였으나 "말"과 "글"뿐 아니라 "옷"과 "이름"까지 빼앗아 간 日帝 最後의 발악에 투옥, 망명, 지하공작과 변절, 致富, 끄나풀, 皇民化가 맞서서 으르렁거리는 동안에 民族 分裂症은 마침내 韓民族의 고질병이 되어 가고 있었던 것이다.(이상 191쪽)

이러한 가운데 우리말과 우리글을 지탱해 나가기 위하여 그리고 너절한 어른들을 닮지 않게 하기 위하여 끊임없이 붓을 들어 노래를 짓고 이야기를 엮어 온 것이 아동문학을 하는 이들의 역사적 사명이었다. 『어린이』 잡지의 폐간의 뒤를 이어 『少年中央』(一九三六년), 『少年』(一九三七년)들이 나와 기성작가들까지 動員하여 붓을 들렸으나 原稿料도 별로 없고 讀者層이 거덜난 잡지가 영양실조에 아니 걸릴 수 없었다.

『어린이』와 더불어 탄생한 〈색동회〉는 동화에 方定煥, 高漢承, 秦長燮, 馬海松, 동요작곡에 尹克榮, 鄭淳哲 몇 해 뒤에 해외문학파의 鄭寅燮, 李軒求도 가담하였으나 어디까지나 개인플레이였다. 一九三一년 七月, 小波가 『開闢』社의 운영난으로 勞心焦思 끝에 뇌일혈로 쓰러진 뒤 一九三三年 봄에 『어린이』 잡지를 내가 물려 맡기는 하였으나 "國語常用"(물론 '고구고 죠오요우'인 일본말만 쓰기였다.)인 식민지정책에 걸려 잡지가 통 나가지를 않아 불 꺼진 화롯가에 둘러앉아 한숨들만 쉬었다. 三十원짜리 월급장이었던 내가 月給을 一년 동안에 한 달 치밖에 못 탔으니 얼마나 가난뱅이 出版社였던가를 알 수가 있다.

비록 〈색동회〉 同人들은 일본, 북간도, 天津, 北京 等地로 뿔뿔이 흩어져 한국 어린이들을 까맣게 잊어버리고 딴 일들을 하고 있었고, 나라 안에 남은 이들도 민족과 등진 일에 몰두한 분이 있는 가운데, 〈색동회〉 재건을 위하여 발 벗고 나선 것이 京城保育 再建派 鄭淳哲, 崔泳柱였다. 崔와 더불어 나도 〈색동회〉 새 同人으로 小波 墓碑 세우는 일과 『小波全集』(一九四〇년 五百部 한정판) 내는 일에 한몫 들었으나 〈색동회〉를 등진 一部 同人들은 알 턱도 없었고 알릴 필요도 없었던 것이다.

一九四〇년을 전후한 민족의 암흑기에 이르러서는 어린이를 위한 모든 잡지가 우리나라의 二大 民族紙였던 『東亞』, 『朝鮮』 두 신문과 더불어 非命橫死를 했으나 우리들은 붓을 놓지 않았다. 불러 줄 아이 없고 들어줄 사람 없는 동요와 동화에서 손을 떼지 않았던 것이다.

"헛애를 쓰는 건지도 모르지……."

내가 太平洋戰爭 中에 慶州에 들러 木月의 乾川 집에서 하루 묵으면서 童謠타령을 하여 땅이 꺼지게 한숨을 쉬었을 때 木月은 나를 慰勞하기를

"발표할 데가 없으면 땅을 파고 묻어 두면 되지 않겠어요."

言中有言은 일본이 손을 들면 다시금 햇빛을 볼 수 있으리라는 것이었다.

절벽에서 떨어져도
폭포물은 다시 살고
서로 갈린 시냇물은
바다에서 만난다네

── 이것은 그 시절에 지은 노래였다.

가만히 귀대고 들어보면
얼음장 밑으로 흐르는 물.
봄이 온다네, 봄이 와요,
얼음장 밑으로 봄이 와요.

── 이것도 그때 心境을 읊은 노래로 국민학교 노래책에 실려 모든 어린이의 마음속에 지금도 살아 있는 것이다.

八·一五 해방을 치룬 지도 어느덧 二三年에 접어들었다. 그러나 "해방"이 물구나무를 서서 "방해"가 날뛰고 있으니 國土統一을 방해하고 民族統一을 방해하는 무리들이 나라 밖에서 보다 나라 안에서 더(이상 192쪽) 들끓고 있음을 우리는 똑똑히 바라보아야 한다. 또한 다음 代를 이을 어린이들에게 흘겨보는 눈과 일그러진 마음을 물려주지 않기 위하여 日帝의 暗黑期에서 아동문학의 횃불로 그들의 앞길을 밝혀 주던 그 姿勢, 그 覇氣, 그 氣槪를 되살려야 할 때는 온 것이다.(이상 193쪽)

魚孝善, "(暗黑期의 兒童文學姿勢)雜誌『붉은져고리』와 六堂",
『사상계』, 제165호, 1967년 1월호.

우리나라 최초의 근대적인 월간 종합지는 一九〇八년 十一월, 六堂 崔南善
에 의해 창간된 『少年』(菊版)이다.

이보다 꼭 二년 전인 一九〇六년 十一월에 『少年韓半島』가 梁在謇에 의해
창간되어, 一九〇七년 四월까지 통권 六호를 냈지만 그 문체가 한문에 토를
단 國漢文體였던 것이었다.

『少年』은 一九一一년 五월까지 통권 二三호를 냈는데, 그 성격은 題號와
는 달리 일반계몽지로 신문화개척, 신문학운동에 기여했다.

『少年』이 폐간되자, 六堂은 다시 소년 교양을 목적으로 一九一二년 十一
월에 잡지 『붉은져고리』(타브로이드 版)를 창간하여 一九一三년 五월까지
통권十二호(월 二회 발간)를 내었고, 이것이 폐간되자 그해 九월에 다시 소
년계몽을 목적으로 잡지 『아이들보이』(菊版)를, 十一월에 『새별』을 각각 창
간하여, 『아이들보이』는 一九一四년 八월까지 통권十二호를 내었고, 『새
별』은 一九一五년 一월까지 통권十六호를 내었다.

앞에 든 『少年韓半島』, 『소년』, 『붉은져고리』, 『새별』이 모두 十一월에
창간된 것은 우연한 일치일까?

『소년한반도』와 『소년』을 말고는 모두가 庚戌國恥 뒤 일제의 압정이 뿌리
를 내리던 민족의 암흑기에 燈불 구실을 했던 것이다.

六堂은 이 잡지들의 성격을 다음과 같이 밝혔다.

① 『소년』은 문학 또는 학술잡지도 아니었으며 바로 민족운동, 청년운동의
일념 아래 이루어졌던 것이다. 『소년』에서 『靑春』이 나오기까지 아동잡지로
『새별』, ② 『붉은져고리』 등이 나왔고(이하 생략)라고 했다. 이것으로 보아,
『붉은져고리』는 우리나라 최초의 아동잡지이다. 그 뒤를 이어 『아이들보이』
『새별』이 차례로 나온 것이다. 이것들이 모두 六堂의 주재한 바였으니, 그분
의 아동에의 관심이 얼마나 컸던가를 짐작할 수 있다.

③ 『붉은져고리』 第壹年(卷) 第貳號 겉장을 보면 전 지면의 三분의 一이

題號인데, 더벅머리 소년이 두 팔을 벌리어 호랑이 두 마리의 앞발을 잡고, 아래는 두 호랑이의 꼬리로 이어진 테두리 안에 제자를 썼다. 제자 위에 "공부거리와 놀이감의 화수분"이라는 캐치프레이즈를 넣었(이상 193쪽)다. 이와 같이 『붉은져고리』는 학습(교양) 오락지를 표방하고 그 寶庫라 했다.

제호 아래의 三분의 二面을 罫로 싸고 縱組三段으로 글을 실었는데, 맨 윗단을 「엿줍는 말솜」이 차지했다. 그 전문을 原文대로 옮긴다.

엿줍는 말솜

여러분이 드시면 사랑으로 길러주시는 부모께서 계시고 나시면 애로 영글어 주시는 선생님이 잇스매 우로는 고맙게 구시는 어른을 뫼시고 알에로는 재밋게 노리는 동무를 가졌스니 보고 듯고 배호고 노님에 거의 모자라는 것이 업스섯거니와 그러나 여러분이 느긋ᄒ신 가운대도 늘 낫브신 생각이 업지 못ᄒ심을 짐작ᄒ일이 잇스외다. 무엇이냐 ᄒ면 우리『붉은져고리』가 한번 나매 여러분이 우리 헤아리심이 보다 더 만히 깃브게 마즈시고 귀염으로 돌보심을 보오니 여러분이 은연ᄒ 가운데 엇더케 우리 가튼 글동무가 잇기를 퍽 간절히 기다리셨던 것을 알겟스오며 달은 것은 다 넉넉ᄒ신 여러분도 이 한가지는 밧지 못ᄒ심을 알앗스외다.

우리는 먹은 마음과 잇는 힘을 다ᄒ야 언제까지든지 여러분의 귀염밧는 동무가 되려 ᄒ오니 여러분께서도 실치 못ᄒ 것은 널리 용서ᄒ시면서 늘 귀여ᄒ야 주십소서

휴지부와 종지부를 안 쓰고, "가튼"과 "것"을 윗말에 붙였을 뿐, 現行 띄어쓰기 원칙에 맞는 글이다.

내용인즉『붉은져고리』의 창간 動機랄까 취지를 밝힌 독자에게 보내는 인사와 부탁의 말인 것이다.

「엿줍는 말솜」아래 두 단에는 「바둑이」라는 노래를 실었다. 앞에 조금 작은 활자로 해설이 있고 아래로 처뜨려 복판에 학생 모자를 쓴 소년이 바둑이를 희롱하는 장면의 그림이 실렸다.

모두 四절로 된 이 노래의 첫 절을 原文대로 옮긴다.

우리집바둑이는 어엿브지요
아츰마다학교에 가는때되면

문밧게대령했다 앞장나서서
경둥둥동구까지 뛰어나와요

이 노래 끝에 (　) 안에 한자 두 字가 보이나 희미해서 알 수가 없다.
이 노래는 七・五調의 동요인 것이다. 六堂은 이미 一九〇四년에 七・五調
로 된 「京釜線鐵道歌」를 비롯하여 「世界一周」, 「漢陽歌」 등을 지어, 一八九
六년대의 창가 형식인 四・四調를 六・五調, 七・五調, 八・五調 등으로 변
형시켰던 것이다.

이 잡지의 내용은 알 수 없으나, 『아이들보이』 第十二號에 실린 『붉은져고
리』의 광고로, 『붉은져고리』가 무엇을 게재했는가를 알 수 있다.

『붉은져고리』는 우리 兒童教育에 適當혼 補助機關이 無흠함을[76] 慨ᄒ야 新文舘
으로서 發行ᄒ다가 第拾貳號에 至ᄒ야 官令으로 停廢된 것이니 우리 兒童文學의
先驅로 趣味와 實益의 無盡藏이라 ᄒ야 歡呼의 聲이 江湖에 遍滿ᄒ던 者―라 今에
餘存혼 幾百部를 一冊에 合裝ᄒ야 廉價로 提供ᄒ오니 伊時에 미쳐 相對치 못ᄒ신
父兄이며 弟子는 速히 購覽ᄒ시오.
(大大板九十頁 無割引 定價 拾貳錢 郵稅六錢)
【揭載要目】
【詩歌】 은진미륵, 첫봄, 나비놀이 外 八篇
【古談】 溫達 率居 外 數篇(이상 194쪽)
【童話】 님의 갓곳,[77] 네 동생, 밧고아패 外 八篇
【寓話】 數十篇
【訓話】 버릇, 고지식, 힘을 오로지홈 外 七篇
【史談】 鄭夢周, 金時習, 늬유톤, 나폴레온, 쉐익쓰피어, 린컨, 와싱톤,
　　　　프랭클린 等
【學藝】 룡 올라감, 飛行船과 飛行機 等 數篇
【의사보기】 問解 并二十餘種
【物類畫說】 낙타, 쌸소, 코코아 外 十餘目
【笑話】 數十題 【戲畫】 十餘 【挿畫】 無數　其他　(原文대로)

---

76 『아이들보이』(제12호)의 원문을 확인해 보니, '無흠을'이다.
77 『아이들보이』(제12호)의 원문을 확인해 보니, '짜님의 갓곳'이다.

이것으로『붉은져고리』가 우리나라 아동문학의 선구임과, 詩歌라 한 것은, 앞에 든 노래 「바둑이」로 미루어 보아 오늘날의 동요임을 알 수 있고, 동화라는 문자를 볼 수 있다.

그러나 이 일련의 잡지들은 필자를 밝히지 않고 있다. 그 까닭은 모두를 六堂 자신이 쓰다시피 했기 때문이다.

六堂은 그 당시의 筆陣을 다음과 같이 말했다.

④ "내가 日本서 留學生으로 二年 있다가 歸國한 게 一七歲였고 그해에 雜誌『少年』이란 것이 비로소 내 손으로 나왔다. 傀儡 洪 某는[78] 나보다 두 살 우이니까 十九歲였을 거고 두 살 아래인 春園은 十五歲였을 거고 우리는 아직 弱冠을 지나지 못한 새파란 靑年들이었으며 나와 春園과 洪 某가 主로 『少年』誌에다 글을 쓴 셈이다."라고 했다.

『붉은져고리』가 官命에 의하여 폐간된 지 넉 달만에 六堂은 다시『아이들보이』를 창간했다. 그 第十二號 에는 「남잡이가 저잡이」라는 노래가 실렸다. 七·五調 十四節 五六行으로 된 이 노래의 앞의 두 절만을 原文대로 옮긴다.

　　구차코어진형이　아우잇스되
　　형세는부자언만　마음이도척
　　지내다못ㅎ야서　아우에게로
　　도아달라갓다가　괄시만담쏙

　　긔막혀오는길에　발에걸니어
　　보자한아집으니　금덩어리라
　　뉘것인지모르되　일흔사람야
　　오즉애쓰랴ㅎ고　기다리더니

이것은 노래이야기다. 오늘날의 童話詩라 할 수 있을 것이다.

또 「센둥이 검둥이」라는 이야기가 실렸다. 그 첫머리를 옮긴다.

---

78 '洪 某'는 홍명희(洪命熹)를 가리킨다. '괴뢰(傀儡)'라 한 것은 해방 직후 월북해 북한의 부수상 (副首相)을 지냈기 때문인 것으로 보인다.

캄캄한 땅 밋헤서 나온 검둥이와 환훈 달 누리에서 나려온 셴둥이가 어느 숩 속에서 맛낫습니다.

　　검둥이허고 셴둥이허고 벌써부터 이약이를 흐는대 환훈 달누리에서 이리 캄캄훈 숩 속에 온 지라 셴둥이 눈에는 검둥이가 분명히 보이지 아니 니다.[79](後略. 原文대로)

　　이것은, "옛날옛적에"로 시작되는 옛날이야기가 아니고, 그 形式으로 보아 어엿한 童話이다. 이와 같은 詩歌와 童話가 모두 六堂 자신의 작품들이었다.

　　『아이들보이』를 내면서 창간한 『새별』은 "읽어지"欄을 마련하여 신문장 건립운동에 힘썼다. 春園은 一九一三년에 여기에 외배(孤舟)라는 이름으로 글을 썼다. 이때 비로소 필자를 밝힌 것이 아닌가 한다.

　　⑤ 春園은 一九一三년에 역시 "외배"라는 이름으로 『별나라』에 동화를 써서 아동에게 자연과학의 지식을 넣어 주었다.[80]

　　그러니까, 春園이 처음 쓴 동화는 예술동화가 아니고 과학동화였던 것이다. 이것으로 예술보다도 계몽의식이 앞섰던 것(이상 195쪽)을 알 수 있다. 그런데 筆者는 一九二六년에 安俊植에 의하여 창간된 兒童雜誌 『별나라』를 알 뿐이다.

　　어쨌든 ⑥ 『소년』 창간 이후 『새별』 폐간까지의 七년 동안에, 이 잡지들은 春園을 비롯하여 碧初, 玄相允, 李相協, 秦學文, 閔泰瑗 등 新人을 배출했다.

　　⑦ 한편 一八九九년생인 小波 方定煥이 이 잡지들의 애독자요 투고자였다는 事實은 주목할 만하다.

　　一九一二년 十一월부터 一九一五년 一월까지의 三년 동안은 우리나라 아동문학의 搖籃期였던 것이다.

註 ① ④ 崔南善, 「韓國文學의 草創期를 말함」, 『現代文學』, 創刊號, 一九五

---

79 「셴둥이 검둥이」(『아이들보이』, 제12호, 27쪽)의 원문을 확인해 보니 '아니흡니다.'다.

80 이 글 말미의 주(註)를 보면, 백철(白鐵)의 『朝鮮新文學思潮史』(首善社, 1948)를 참조한 것으로 되어 있다. 『조선신문학사조사』(107쪽)에는 "一九一三年 『새별』 九月號에 '외배'라는 이름으로 「말 듣거라」라는 比喩詩에서"란 구절이 있을 뿐이다. 윤석중이 "春園 李光洙는 '외배'란 이름으로, 『별나라』 잡지(1913년)에 동화를 썼으며"(尹石重, 「韓國 兒童文學 小史」, 『兒童文學의 指導와 鑑賞』, 대한교육연합회, 1962, 9쪽)라 한 것을 따른 것이 아닌가 싶다.

五.一.

② 六堂이 주재한 일반계몽지 一九一四.一〇～一九一八.五, 통권十五호.

③ 大韓民國 國會圖書館 發行,『韓國 新聞・雜誌總目錄 一八八三～一九四五』, 一九六六.四.三〇.

⑤ 白鐵,『朝鮮新文學思潮史』, 首善社.

⑥ 金鍾武,「文化救國의 先覺」,『思想界』, 통권一六三號.

⑦ 尹石重,「韓國兒童文學小史」(이상 196쪽)

林仁洙, "(暗黑期의 兒童文學姿勢)雜誌 『아이생활』과 그 時代", 『사상계』, 제165호, 1967년 1월호.

어느 해(一九三二~三三?) 초겨울이었다. 그때 나의 先親은 서울을 다녀오시는 길에 『아이생활』이라는 어린이 잡지 한 책을 사가지고 와서 내 앞에 내놓으시던 것을 어렴풋이 기억한다.

글공부라야 書堂(글방)에 가서 한문을 주로 배우고 있던 때라, 중학교 들 나이에 소학교(보통학교)를 다니던 참인 나는 어찌나 기쁘던지 그 자리에서 단숨에 다 읽어치우고 말았던 듯싶다.

표지는 四色으로 곡식단이 즐비한 늦가을 풍경을 곱게 찍은 것이었으며, 그 내용은 동화, 동요, 역사, 세상구경 등이 그림과 함께 담뿍 실려 있었던 것 같다.

앞뒤가 꽉 막혀 버린 산골동네, 陸路로 사뭇 二十里 산길을 걸어서야 학교에 다닐 수 있던 내 고향은 金浦라고는 하지만, 뒷동산에서 바로 눈앞에 보이는 것이 江華 섬이었으며, 開城의 송악산이 三, 四十里 밖으로 멀리 바라보였다.

그러니까 나는 이런 산두메에서 글방을 소학교 삼아 다니었던 것이고, 보통학교를 중학교 삼아 다닌 셈이 된다.

이때부터 『아이생활』은 거의 말을 할 줄 모르는 나의 둘도 없는 글동무가 되어 주었다.

그 당시 보통학교 교장은 일본인이 하게 마련이었고, 내가 다니던 읍내(通津)학교는 四년제로 되어 있었기 때문에 한국인 교사라고는 처음 한 분밖에 없었다. 물론 국어시간이 일본어를 배우는 시간이고, 지금 우리의 국어(한글)를 조선어 시(이상 196쪽)간이라 불렀다.

그런데 나는 보통학교에 입학하기 전에 벌써 그 당시의 국어니, 조선어니, 산술이니를 어느 정도 다 배우고 있었기 때문에, 같은 반 아이들과 상대가 되지를 않아 별로 말벗도 없이 어른스레 구경만 하고 있었던 듯싶다.

이런 때, 가장 즐겨 읽을 수 있던 잡지가 『아이생활』이었다. 先親이 때때로

들려주시는 성경이야기나 성경책을 읽는 외에는, 달마다 우편으로 보내오는 이 잡지 외에는 아무런 새 책도 구경할 수가 없었다.

태극기도 모르고, 명절 때마다 문설주에 일본 국기를 내걸던 그 시절, 달마다 그림을 바꾸어 가며 우리의 그리운 風土와 전설, 착한 마음(童心)과 아기자기 아름다운 노래로서 장식해 주는 『아이생활』이 얼마나 알뜰하고, 정다운 친구였다는 것은 직접 겪어 본 우리가 아니고서는 누구도 감히 짐작하지 못하리라.

이 잡지는 一九二六년 三월 十일(一九三七년 三월호 p. 二六) 창간호를 내었다 한다. 그러나 내가 읽게 된 것이 一九三二년 크리스마스 무렵이었으며, 그 후 줄곧 빼놓지 않고 愛讀하다가 마침내 一九四四년 一월호로 廢刊하기에 이르렀던 것이다.

日政 彈壓의 暗黑期를 자그만치 만 十八년 동안이나 견디어 낸 것이다.

소파 방정환 선생이 꾸미시던 『어린이』가 자취를 감춘 지 오래되었고, 그 후 『별나라』『新少年』 등 그 밖에 여러 어린이 잡지가 모진 서리 바람에 쓰러져 갔건만 홀로 『아이생활』만이 그 명맥을 오래 유지했다고 볼 수 있다.

그러니까 약 一〇여 년 간 이 잡지를 읽는 동안에 우리는 많이 자랐다.

어쩌다가 읽게 된 잡지이기는 하지만, 이로부터 나의 옛 고향은 굳은 터전을 이룩하게 되었다고 할 수가 있다.

내가 우리말로 동요를 쓰고, 詩와 童話와 소설을 쓰게 된 것도, 모두 『아이생활』 덕분이라고 할 수 있다.

동무라야 그 후 『아이생활』誌의 면회실(독자란)을 통해서 사귀게 된 文友들이 그 전부였음을 알게 되었을 때, 祖國이란 필경 우리의 人情이나 글월(文學)을 떠나서 따로 있을 수 없다는 사실을 너무나 뼈저리게 느낄 수 있었다.

생전 만나 보지 못하는 동무들,

다만 紙上을 통해서나 만나 볼 수 있는 얼굴과 이름 석 자.

그것이 그런대로, 이런 작은 어린이 잡지를 통하여 그 당시 유명한 어른들과 그런 선배를 따르려는 동지(文友)들의 그리운 호흡과 음성을 片貌나마 엿볼 수 있다는데, 말로 다할 수 없는 기쁨을 맛보게 하여 주었던 것이다.

어두운 하늘에 반짝이는 별들!

슬픔과 외로움과 아쉬움을 달래 주는 선배와 同時代의 글벗들의 無限純粹하던 음성.

여기서 처음 독자문예를 고선(考選)하던 분이 尹石重 씨. 이분을 통해 박영종(木月 또는 影童), 김옥분(英一), 임원호(鈴蘭), 강소천, 강승한 등 일련의 童詩人들이 데뷔하던 것으로 알 수 있다. 그다음 계속하여 朴龍喆(龍兒), 李軒求, 尹福鎭 諸氏가 차례로 考選을 담당해 왔는데, 李湖影(옥섬), 尹童向, 張鳳顔, 李允善, 李世保, 裵豊, 李泰善, 禹曉鍾, 朴京鍾, 朴銀鍾(和穆), 林仁洙, 한광규, 李仁洙 등이 한 그룹을 이루며 나타나기 시작하였다.(이상 197쪽)

물론 그 밖에도 많은 이름이 있다. 그러나 여기서는 지금 잊혀진 이름들과 북쪽에 남아 있는 同時代 文友들의 실정을 도저히 살필 길이 없으니 이만 省略하기로 하겠다.

童詩뿐 아니라 창작동화가 가장 활발하게 개척되기 시작한 것도 내가 알기로는 확실히 『아이생활』時代라고 생각한다.

盧良根(主著 『날아다니는 사람』, 『열세동무』), 宋昌一(『참새학교』), 李龜祚(『까치집』)와 같은 創作童話集 외에 김복진, 崔仁化, 김동길, 丁友海, 金起八, 丁明南, 都貞淑, 金觀浩, 李奎燁, 尹鍾厚, 李允善 제씨들의 작품 활동은 결코 가볍게 넘겨 버릴 수 없는 스페이스를 남기고 있다 하겠다. 이와 같은 창작 작업이 그 시대에 있어 얼마나 뼈아프게 절박한 현실에서 이루어졌다는 사실을 상기할 때, 그것이야말로 한국의 어린 영들을 위한 純粹無垢한 사랑에 불탄 無償의 행위라 불려 마땅하지 않을까 나는 생각한다.

그나마도 日帝의 우리 언어 말살정책에 의한 탄압이 극심했던 태평양전쟁 끝 무렵에 가서는 국판 三〇 페지의 잡지를 절반 이상 日語로 메꾸고 말았으니, 우리의 아동문학이란 그 발붙일 곳을 영영 잃어버리게끔 되었던 것이다.

원고료 같은 건 전혀 생각지도 못하고, 다만 작가의 양심이 명하는 데 따라 쓰지 않고는 못 견디어 썼다고 하겠으나, 그 각박한 시절에 아무 미련 없이 담담한 자세로서 이런 정열을 퍼부을 수 있었다는 사실은 成人文學者에게보다도 오히려 이런 어린이문학의 開拓者에게서 민족적인 긍지를 맛볼 수 있었던 것이다.

왜냐하면, 그때나 지금이나, 現時的으로는 도저히 구제받을 수 없도록 피폐하고 퇴락한 오늘의 民族像을 장내할 우리 어린이들의 건전한 育成에서 기대하는 때문인지도 모른다.

母國語의 抹殺 그것은 死刑宣告나 다름없다. 너무나 무참하고 가혹한 형벌이 아닐 수 없었다.

그때 나는 기특하게도 지금은 당장 活字化되지 않아도 좋으니, 우리말을 우리의 글로써 마음껏 써 놓고 죽자는 생각이었다.

소위 『아이생활』 독자란을 통하여 文通을 하게 된 글동무들이 모여 同人 回覽誌를 만들어 가지고 東으로 西로 南北을 去來하기 시작한 것은 전술한 바 상황에서 필연적으로 빚어진 것임은 물론이다.

어느 곳이고 이 땅의 어린 벗들의 아름다운 마음 동산을 찾아, 이야기하고, 노래하고 싶은 정열과 友意를 저바릴 수 없는 사람이라면, 새로 지어 낸 작품을 한데 뭉쳐 가지고, 편지처럼 돌려 보자는 것이었다.

나는 즐겨 그 主謀者가 되기로 하였다. 그것은 황해도 長淵에 있는 李允善과의 單獨謀議로 決行되어 당시 내가 가르치고 있던 京城 楊坪町 彰信學院으로 혹은 영등포 四七九번지로 날마다 원고뭉치가 날아 들어왔다. 그 범위는 만주 안동을 비롯하여 全國 各地에 이르렀다.

첫 편집은 거의 생생하게 쓰인 原稿紙에다 표지를 해 붙인 것뿐이었다.

다시 二部는 自筆 自作製本하여 三部를 일제히 發送하였다.

關西, 關北, 그리고 中央 以南이 그 三部의 廻覽 地方이었다.

二輯은 윤선과 分擔編輯, 三輯이 윤선.(이상 198쪽) 四輯이 홍남으로 간 채 行方을 감추고 말았다.

하기는 벌써 三輯 때 平北에서 경찰의 손에 걸리고 말았다는 소식을 후에 童向한테서 들었다.

눈물겹던 시절.

너무나도 소박한 정열에 불타던 시절.

만나면 서로 떠나기를 서운해 하고, 가고 오는 物情을 조금치도 계산할 줄 모르던 시절.

그때, 우리는 우리의 말(言語)과 인정이 한줄기 맑은 피어린 가슴에서 영영 그칠 줄을 몰랐다.

이런 마음과 정신을 되살리는 기쁨과 열정이 오늘 더욱 요구되는 것 아닐까?(이상 199쪽)

李錫鉉, "(暗黑期의 兒童文學姿勢)『가톨릭소년』과『빛』의 두 雜誌", 『사상계』, 제165호, 1967년 1월호.

일찌기 諺文이라 하여 우리글을 천대하던 시대에 이미 성서, 교리서, 기도서를 한글로 내어 이 땅의 한글문화에 先覺的 이바지를 해 온 가톨릭교회는 一九三〇년대부터 각종의 정기간행물로 겨레를 계몽하고 이끌어 왔으니 신문에 『경향신문』『천주교회보』(現 『가톨릭시보』), 잡지에 『가톨릭소년』 『빛』『星』『가톨릭청년』『가톨릭연구』(후에『가톨릭 朝鮮』)『寶鑑』(現『경향잡지』)이 각 敎區에서 나오고 있었다.

한 민족의 말과 얼과 역사를 송두리 앗아 가려 狂奔한 日帝의 발악이 頂點으로 치닫던 암흑시대에 있어, 빛 부신 앞날을 향하여 무심히 자라는 동심들을(권력의 횡포와 눈총질을 무릅쓰고) 성심껏 가꾸어 길잡이가 되어 준 가톨릭界 발행의 두 아동잡지가 있다. 滿洲 땅 龍井에서 낸『가톨릭소년』과 敵都 東京에서 낸『빛』이 그것이다.

이 두 잡지의 특색은, 둘 다 해외에서 우리글로 발행되어 그곳의 한국인 아동과 국내의 어린이들에게 널리 애독되어, 우리의 말과 글과 얼을 올바로 깨치게 하고 나아갈 바 길을 오롯하게 걸어, 주어진 바 인생의 목적을 이루게 하고자, 아울러 푸진 정서와 드높은 꿈을 안겨 주고 키워 준 점을 들 수 있겠다.

월간 『가톨릭소년』誌

一九三六년 二월에 창간되어 三년간 나오다가 一九三八년 九월호(?)로서[81] 폐간된 『가톨릭소년』은 제법 오늘의 아동잡지에 견줄 만한 具色을 갖추었다 하겠으니, 내용을 훑어보면 동시, 동요, 동화, 소년소설, 史話, 동극, 위인전, 화보, 아동문학강좌, 독자문예 등을 실은 국판 약 一〇〇면으로서

---

81 『가톨릭少年』은 1936년 3월호를 시작으로 하여 1938년 8월호를 마지막으로 폐간되었다. 가톨릭少年社 사장 배광피(裵光被)가 1938년 8월 19일 자에 발표한 「本誌 廢刊辭」(『가톨릭少年』, 1938년 8월호)에 의하면, "이번 八月號로써 本誌 가톨릭少年은 끝을 매잣습니다."라 하였다. 배광피는 본명 P. Balduinus Appelmann으로 선교 파견일은 1929년 5월 9일이며, 독일 상트 오틸리엔 연합회(St. Ottilien Congregation of Missionary Benedictines) 연길수도원 선교사였다.

主幹은 黃德泳으로 되어 있다.

집필진에는 安壽吉, 윤동주, 姜小泉, 韓晶東, 金英一, 朴京鍾, 睦一信, 盧良根 등 文學家도 끼어 있고, 表紙는 張勃 畵伯이 주로 맡아 그렸다.

이 잡지의 발행부수는 뚜렷이는 알 수(이상 199쪽) 없으나, 間島 일대와 三천리 전역에 널리 보급되었음을 뒷받침해 주는 考證을 引用해 보자.

금년 三월부터 연길 교구가 책임적으로 발간하는 소년소녀 월간잡지 『가톨릭소년』은 전조선 가톨릭 三대 기관지의 하나로서 발행부수 많기로는 전조선 잡지 중에도 첫손가락 꼽기에 이른 것이다. 계속해서 다달이 정기에 발행 되는 바 간도에는 물론, 전조선에 유수한 소년잡지로서 날로 일반사회의 기대와 환영이 높아가고 있다.(一九三六년 十월호, 『가톨릭청년』, 一九면, 延吉 敎區 천주교회 略史(韓興烈) 參照)

간도 용정교회에서는 〈탈시시오소년회연합회〉 회보가 월간으로 발행되어 금일까지 四년간을 계속하여 오다가, 이제는 『가톨릭소년』이란 잡지로 간행되리라는데, 교회나 사회의 장래를 위한 유일한 소년들을 위하야 동 교구에서는 그와 같은 노력을 회생할 터이며, 동 잡지의 내용으로 말하면, 삽화, 만화, 사진, 과학, 우화, 동화 등의 재미있는 기사가 많이 기재(記載)되리라는데, 정가는 八전이요, 송료는 一전이라 한다.(一九三六년 二월 二九일 字 『경향잡지』 二四호 一二八면 「용정 가톨릭소년지 발간」 記事 參照)

一九六〇년 一월호부터 창간하여 오늘까지 계속되고 있는 筆者 主幹의 『가톨릭소년』은 경영체는 서울 敎區로 바뀌어졌지만, 三〇여 년 전 간도에서 나오던 同名誌의 後身이라 할 수 있으리라.

隔月刊 『빛』誌

일본 東京에서 一九三七년 二월에 창간을 본 한글 아동잡지 『빛』은 벨기이 사람 라파엘 꼴랄 神父(韓國名 葛聖烈)의 피땀 어린 盡力으로 四六배판, 모조지 五〇면 갑 四전으로 나오다가 운영난에 빠져, 一九三九년, 한번은 詩人 崔玫順 神父의 손으로 大田에서 낸 일이 있고(그때 發行人은 데기일 神父), 그 후에는 이탈리아 사람 바오로 마르첼리노 신부가 맡아서 내다가 一九四〇년 九월에 『聖家庭』으로 改題하여 계속 발행되어 왔다.

체제는 三度色 아아트紙 표지에 原色만화가 四면씩 끼어 있고, 삽화도 많으며, 내용은 종교물을 비롯하여, 동화, 동요, 동시, 위인전, 훈화, 만화, 그 밖에 취미기사들로 메워져 있는데, 筆陣에는 尹亨重, 崔玟順, 尹乙洙, 吳基完, 鄭芝溶, 尹石重, 李東九 등이 끼어 있다.(上智大學 在學時節에 尹石重 선생이 한때 『빛』誌 편집을 맡은 일이 있었음도 附記해 둔다.)

아무튼 외국인 신부가 心血을 기울인 結晶인 『빛』 잡지가 敵都에서 재일한국인 아동과 韓半島 내의 어린이들을 위하여 창간호 五만부를 내었고, 매달 二만 五천부씩 발행되었다는 것은 그저 넘길 수 없는 심금을 울리는 사실인 바, 이제 혼자의 힘으로 그 같은 大役을 맡아 낸 産婆役 꼴랄 신부의 逆苦를 살펴보자.

本誌 『빛』이 벨기이 人 宣敎師 라파엘 꼴랄(葛聖烈) 신부의 손으로 창간된 이래 수년간 그가 病魔와 빈곤 중에서 모든 곤란과 싸워 오며, 헌신적 노력과 熱愛로써 續刊하였던 各號는 반드시 독자에게 진리에의 지시와 깊은 감명을 주었으리라고 나는 믿어 의심치 않는 바다……나는 이 기회에 그의 순교자적 활동의 한 끝을 전함으로써 지금 중한 병환으로 일시 일본을 안 떠나지 못할 그의 비통한 심경을 제씨와 함께 추억하려 한다……그는 불타는 열애로(이상 200쪽)서 조선의 가톨릭 傳道를 위해 헌신적 노력을 거듭하여……침대 없이 자고 깨며, 미사도 드리고, 二만 五천부의 『빛』 잡지를 발행하고 있다.……그는 잡지 발행을 위하여 침식을 잊고 광분하는 한편, 그를 경모하고 따르는 五백여명의 조선인 신자를 돌보고, 격려하고, 혹은 그들의 告解를 듣고, 혹은 가여운 병자들을 위문하고 東京 在住의 조선인들의 문을 두드리며 뛰어다녔다……本誌 『빛』이 一五만 半島 信徒의 지도자로서 오늘의 지위를 쌓아 올린 것도, 또 그가 동경의 조선인들 사이에 '慈父 꼴랄'의 이름으로 불리워 경모를 받는 것도 너무나 당연한 일이며 自我를 잊고 困苦와 병마와 싸워 온 司祭의 이 순교자적 행위야말로 出版 布敎의 중대 意義를 늘 염려하시는 교황의 뜻을 따른 것임을 굳이 믿어 의심치 않는다.(一九二九년 八-九월 合刊號, 『빛』 誌, 卷頭 「新編輯者의 말」, 「바오로 마르첼리노記」 參照)

이같이 암흑기의 횃불로 드솟은 아동잡지들이 작은 하나의 밀 씨가 되어, 훗날 조국광복과 민족번영에 無形의 原動力이 되어 준 것이라 확신하며, 그 盡力者를 위에 上天으로부터의 많은 降福이 갚음으로 주어지기를 축원한다. (이상 201쪽)

尹克榮, "(暗黑期의 兒童文學姿勢)〈색동회〉와 그 運動", 『사상계』, 제165호, 1967년 1월호.

"마해송"마저 돌아갔다. 아울러 "방 소파"를 되새기며 남아있는 우리들은 정 박사[82] 집으로 모여들었다. 자리에 앉다 보니 조재호, 진장섭, 정인섭, 이헌구, 윤극영의 회귀적 동그라미를 튼 소학생 분위기의 둘렛상 같았다. 지금 우리들은 六○이 넘었겠다. 동심에 살아온 온갖 모습을 그리워하며 우리들은 다 같이 술잔을 높였다. 술빛에 어른대는 "해송"과 "소파"! 잃어버린 동지들! 우리는 말을 끊고 무거운 상념에 잠겼다.

오늘날 〈색동회〉는 어렴풋 반세기의 나이를 지니고 있다. 그동안 무엇을 하고 있었던가. 조직체로서는 줄 대어 해 온 것이 없었더니 만큼 그 존재는 희박하다. 그러나 개별적으로(나는 빼놓고) 모두 교육자로서 어린이 양성에 관심이 짙어 온 사람들이다. 소학교 선생님이나 패차고 나선 소년운동가만이 아동문화에 이바지한다는 법은 없다. 멀고 가까운 차는 있을망정 대학교수라 하여 그 면에 이방인일 수는 없다. 오히려 더 깊고 넓은 영향을 그들에게 기울일 수도 있는 것. 하물며 색동회원인 고등교육자들에 있어서랴. 더우기 엊그제까지 "해송"은 동화 작가로 일관 동심 발양에 그 심혈을 다했던 것이다.

그러나 우리들의 〈색동회〉가 오늘까지 험난한 생활 계곡에 부딪치며 만들어진 아이들의 습성을 무슨 거울에다 비쳐 보았을까. 혹은 폐스러운 것들을 바로잡기에 소홀하지나 않았을까. 〈색동회〉는 그 이름(이상 201쪽)이 무색해짐을 한탄도 했다.

四○년 전 우리들은 활발했다. 고등보통학교를 갓 나온 우리들의 "동경" 생활은 二○대의 정열 이상이었다. 일본 사람들에게 배우면서도 그들을 능가하겠다는 간곡하고도 씩씩한 청년이었다. 겁낼 것도 구길 것도 없이 우리는 서로 각각 전공과목에 분발했다.

사람들은 배워 알아지는 대로 그 요량의 발표를 좋아도 하는 것이지만 이

---

[82] '정 박사'는 정인섭(鄭寅燮)을 가리킨다.

시대의 우리들은 민족적 계몽운동의 시급을 알아 선구적 역할을 이행해야 했다. 우리네의 향학열은 백도를 넘어도 좋을 만큼 모든 지식을 받아들여 모르는 사람들을 하루바삐 일깨워 주어야 했다. 학생 신분으로 민족적 문화 운동에 참여하도록 역사는 우리를 등 밀었던 것이다.

三·一운동을 치루고 난 이때 한국 사람들은 등치고 배 어루만지는 조선총독부 정치 아래서 울며 겨자 먹고 있었던 형편. 저네들은 책략적 수법을 기울여 교육이라는 미명에서 우리 아이들을 주체 망실의 허수아비로 길들여 가고 있었다.

이 무렵이었다. 동경 일각에서 목쉰 소리 하나가 들려 왔다. 이것이 바로 "방 소파"의 "아동 본연의 자세를 되찾자."는 호소였다. 우리들은 몰려들어 그와 손을 잡았다. 〈색동회〉를 세웠다. 이 배후에는 당시 언론의 왕자 『개벽』(開闢)지의 기구와 조직이 버티고 있었다. 또 그 뒤에서는 천도교의 알뜰한 성미(誠米) 자원이 기름을 그치지 않았다. 성스럽게 돌아가는 민족 기축이 역설적으로 이 나라 아이들을 지키며 보살폈던 것이다.

정신무장의 횃불을 들고 〈색동회〉는 나섰다. 어린이날의 창제, 어린이 잡지의 육성, 전국에 걸친 어린이지도자대회 등 사회적 역군으로 돛을 달았다. 우리는 행동을 강화했던 것이다.

"착하게 씩씩하게 아름답게"는 이때의 우리들의 구호였거니와 단지 구호만은 아니었다.

〈색동회〉에는 투철한 목표가 세워져 있었다. 먼저 우리들의 마아크는 말한다. 그것은 붉고 푸른 태극바탕을 탈피나 하려는 듯 병아리의 예각적 망설임이 민족 수난을 벗고자 새 뜻을 알리는 도형이었다. 이것은 회원 조재호의 작품으로 〈색동회〉의 운동 목표를 은유(隱喩)한 것이다.(아마 지금쯤 조 학장더러[83] 이대로 다시 만들어 보란다면 두 손 들고 물러설 것 같다.)

그때라면 우리들의 학식은 빈약했다. 그러나 넘치는 정성과 열중된 행동

---

[83] '조 학장'은 조재호(曺在浩)를 가리킨다. 1926년 도쿄고등사범학교(東京高等師範學校)를 졸업하고, 이후 경성사범학교, 총독부 시학관, 경복중학교 교장, 문교부 수석 장학관, 부산사범학교 교장, 경기고등학교 교장, 서울고등학교 교장, 서울사범학교 교장을 거쳐 1962년 서울교육대학 초대 학장이 되었다.

성이 그 나마의 지식일망정 너끈히 활용하여 창의창달의 완벽을 노린 것이었다.

동화 동요는 물론 그림이나 춤 —— 아동문화에 대한 창작 의욕은 높았다. 그러나 구슬도 꿰어야 보배란다. 〈색동회〉는 일관하여 아이들의 "품성도야"를 사슬로 했다. "교육"을 유일한 밑천으로 작품들의 뜻을 드높이며 그것들의 화사로운 회귀로를 열었다.

식민지 교육에서 교육본질을 되찾아 이 나라의 어린이를 구출하자는 것이 당면한 우리들의 문제점이었다. 제 나라 말도 쓰지 못하게 된 감옥살이에서 혈연지연의 아이들을 껴안고 눈치껏 우리말을 퍼부으며 우리들은 울고불고 하지 않았던가. 우리말 노래나 이야기들이 너무나 슬펐던(이상 202쪽) 것을 어떻게 몇 천년래의 유풍으로 산수탈만 잡으랴. 〈색동회〉는 다시 발분했다.

시대를 만들 수 있는 시대의 총아들을 우리들의 솜씨로 태생시키자는 〈색동회〉의 자부나 희망이 어마어마도 했다. 정열은 공상을 빚어내기 쉬운 것. 현실은 좀처럼 꿈에 끄들려 가지 않는다. 그렇지만 도박 같기도 하나 우리들의 미래상은 강인했다. 이것이 청춘의 자랑이었을까. 그러면서 우리들은 저돌을 피했다.

의젓한 아이들을 만들고 싶었다. 똑똑하고도 늠름한 습성을 길러 주고 싶었다. 잘 참아 나아가는 끈덕진 기질도 필요했다. 날카롭고 민첩하고 용감하게 날을 수도 있는 틀거지가 그리웠다. 그리고 만 사람을 안아 들일 수 있는 덕량(德量)이라면 제一급의 인물이 아닐까. 〈색동회〉는 스스로 자기를 반성 훈도하며 그보다 높게 장래적 아이들을 길들이려 하였다. 오직 인간 서로의 품성 높이기가 있었을 뿐이다.

우리는 어린이를 앞에 놓고 박사가 되라는 둥, 땅 많고 돈 많은 부자가 되라는 둥, 대통령이 되라는 둥, 달음박질이나 레슬링으로 세계 第一이 되라거나, 춤이나 노래의 현상금을 타 오라거나 하는 등의 기대를 강요하지 않았다. 계를 타면은 옷을 사 주마는 소리도, 정식 입학이 안 되어 뒷문 교섭만이 남았다는 소리도 듣지 못했다. 개새끼 도투새끼 죽인다 없애 버린다 공갈이다 답신다 심지어는 어른들의 사추리 이름까지 공공연히 불러대는 유회반의 욕설을 강행하는 따위의 일이라곤 있을 수 없었다. 설사 그런 기미가 있었다

하더라도 그 당장에 제거되었다. 유행될 수는 없었다.

나는 가리기 어려운 암흑세계에서 두리번거리고 있다. 시대는 반드시 좋아지는 것만도 아니었다. 쇠고랑에서 풀려나온 사람이 다시 색다른 고랑에 묶인 것 같기도 하다. 문명의 발전이 곧 문화의 그것일까. 어느 한쪽으로 치우치는 것을 나무라기보다 그것들의 일치를 노리는 기동적 노력이 부치는 것 같다.

어린이의 교육은 가정이나 소학교에 국한하라. 광막한 세계관이나 인생관으로 다룰 것은 못 된다고 한다면 거시(巨視)와 미시(微時)의 관련을 모르고 있는 그야말로 치우친 외고집에 사로잡혔다 하겠다. 개천에서 "용"도 난다지만 실뱀이 바다물을 흐리게도 한다. 악화가 양화를 물리치지 않을까의 현실적 문제가 눈앞에 있다.

요즘 와서 껍데기밖에 아니 남은 〈색동회〉가 무엇을 찾으며 누구를 부르나? 여러분이 귀담아 들어준다면 그 소리가 무심치 않을 것이다.

정신과 육체의 관련적 기동력을 갖추어 이 나라 역사 풍토를 새롭게 세계화할 수 있는 어린이와 그의 지도자는 누구일까.

〈색동회〉가 부르는 것은 바로 그 사람이다. 예술가나 문학인 과학자만은 아니다.(이상 203쪽)

韓晶東·李元壽, "韓國의 兒童文學", 『사상계』, 제181호, 1968년 5월호.

對	韓晶東
談	李元壽 　(代表執筆)

때: 1968년 4월 13일
곳: 思想界社 會議室

이 글은 『思想界』社가 마련해 준 首題의 對談을 韓晶東 씨와 筆者가 가진 지난 四月 一三일의 두 사람의 이야기의 요점을 적은 것이다.

思想界社 側의 韓國 兒童文學에 대한 지대한 관심과, 우리나라 兒童들이 현재 처해 있는 현실적 환경에서 아동문학이 끼쳐 주어야 할 영향을 바라는 뜻의 발언이 있은 다음, 현재 가장 年老 아동문학가요 또 한국 아동문학 초창기의 童謠詩人이며 七五세의 老齡에도 여전히 作品을 쓰고 계시는 韓晶東 선생과 같이 주고받은 이야기는 상당한 분량의 기사가 되겠으나 그날의 녹음테이프를 들으며 주요한 이야기들만 추려 고쳐 쓴 것이 이 글이다.

이 글에 나온 여러 가지 문제에 대해서는 일방적인 論斷을 섞지 않으려고 했으나, 어떤 부분에서는 필자의 소신이 피력되기도 했을 것이다. 그러나 이런 점도 韓晶東 선생의 이해 수긍하는 바였음을 믿고 이로서 速記錄을 대신하는 바이다. (李元壽)

一. 韓國 兒童文學의 開花期

우리나라의 兒童文學은 언제부터 있었는가?

아동들이 즐겨 듣고 즐겨 노래 부르던 童話나 童謠는 口傳으로 오랜 옛날부터 생겨나 있었을 것이요, 文獻으로서 『三國史記』, 『三國遺事』 등에 흔히 보이고 있으므로 그 발생은 고대에까지도 미칠 것이겠지만, 문학으로서의

童話, 童謠를 말하려면 甲午更張 이후로 내려와야 할 것이다.(이상 242쪽)

少年文學으로 자처하며 나온 六堂의 新體詩들이 처음 발표된 것이 一九〇八년이요, 그것은 엄밀히 말해서 청소년을 위한 目的意識이 뚜렷한 開化思想 新文化運動의 부르짖음과도 같은 것으로, 우리나라 新詩 六〇년의 역사적 작품들이기는 하나, 순수한 의미의 兒童文學(童詩)으로서는 내세우기 어렵다.

이를테면 六堂의 詩가 우리나라 兒童文學의 싹이라고 볼 수 있는 것으로, 그것이 자라 꽃이 핀 것은 一九二三년 方定煥의 『어린이』誌의 탄생과 더불어 갑자기 왕성해진 童謠에서 보아야 할 것이다.

그런데 六堂의 『少年』과 方定煥의 『어린이』는 확실히 달랐다. 六堂의 『少年』이 다난한 국운에서 시대적인 깨달음과 큰 포부를 가지고 나아가는 젊은이라 한다면, 方定煥을 위시한 여러 童謠詩人들의 『어린이』는 日帝의 압박과, 봉건사상에서 완전히 벗어나지 못한 사회에서의 억눌림을 받고 있는 아동의 인간으로서의 인격과 인권을 주장하는 兒童愛護思想에서 생겨난, 다분히 서정적이요 순정적인 성격을 띤 소년소녀들로 볼 수 있다.

이러한 차이는 곧 一九〇八년과 一九二三년의 소년문학의 차이로도 보여진다.

아뭏든 한국 아동문학은 詩에서부터 꽃핀 것이요, 그 詩는 定型律의 童謠로서 나타났다. 그것은 무미건조한 唱歌나 부르며 자라던 그 당시 아동들에게 예술적인 노래를 주는 푸짐한 운동이 되기도 했다.

그러나 그 시대의 定型 童詩들이 대체로 哀傷的인 내용, 感傷的인 경향을 가진 것을 말할 수 있는데, 이것은 첫째로 나라를 잃은 민족의 비감과, 거기서 자라는 아동들의 생활의 비참에 연유한 것이라고 하겠고, 또 교훈적인 唱歌에서 맛본 딱딱함에서, 부드럽고 달콤한 詩의 세계를 바라는 마음도 그 이유의 하나가 아니었을까 한다.

이런 定型詩에서 自由詩로 옮아온 것은 一九三〇년을 전후하여 사회현실과 兒童生活을 직시하는 사회의식에서 兒童에게 곱고 아름다운, 혹은 감미로운 것을 주기보다, 현실적인 아동 자체를 노래하고 울고 웃는, 본격적인 문학으로의 전환이 아니었던가 싶다.

이와 함께 童話에 있어서도 단순한 勸善懲惡의 傳來童話的 요소를 버리고 新文學의 한 쟝르로서 예술성을 지니려 애쓰게 되었다.

즉 종래 동화들의 줄거리 중심, 사건중심에서 인물의 성격묘사, 情景묘사를 하게 된 것이니, 童話의 문학으로의 전환이 시작된 것이었다.

그러나 現代童話의 초창기의 기념할 작품들로서 들(이상 243쪽) 수 있는 馬海松의 「바위나리와 아기별」을 가지고 보더라도, 종래의 童話들과는 달리 文學 童話로서 가질 여러 가지 점을 지니기는 했지만, 역시 슬픈 이야기의 하나로, 童謠의 感傷性과 통하는 바 없지 않았다. 이런 점으로 보아도 우리나라의 초기 아동문학은 슬픔과 눈물의 문학이었다는 인상을 갖게 해 주는 것이었다.

한 나라, 한 문학의 첫출발이 이렇게 섬약하고 감상적인 작품들로 시작되었다는 것은 문학 자체의 약점이라기보다 국내에서 전투적인 민족운동을 일으킬 수 없었던 객관적 현실에서 온 결과였을 것이다.

二. 韓國 兒童文學의 現況

앞에서 말한 開化期 이래의 양상이 우리나라 아동문학의 변천까지도 약간 이야기한 셈이지만, 사실상 아동문학이 世間에서 그것대로의 인정과 옳은 평가를 받지 못하고 있는 실정을 말하는 것은 兒童文學에 대한 이해와 眞價를 엿보게 할 수 있는 길이 되기도 할 것 같다.

우선 이 문학이 문학으로서의 수준이나 가치에 세인의 회의를 품게 해 온 것이 사실이며, 심지어는 무시하는 태도를 가지는 오만한 문학인조차 있었던 것 같다.

그것은 무엇보다도 어린 사람 — 兒童에게 주어지는(이상 244쪽) 문학인 관계로 단순하고 소박하며 內包하는 思想이 가벼운 점 등을 들 수 있고, 심각한 내용이나 오묘한 표현에 약하다는 결점이 있은 탓이라 생각된다.

그러나 단순 소박한 것에 심오한 진리를 담을 수 없다는 생각은 옳지 않으며 심각한 내용이란 성인의 눈과 마음에서 규정된 것이며, 한 인간인 兒童에게 심각함을 느낄 수 있는 반드시 성인의 눈과 마음에도 그래야 한다는 법은 없을 것이다.

그런데도 童詩나 童話가 다루는 세계가 成人文學과 같지 않고 소박 단순하다 해서 그것이 지닌 진실이나 美가 가볍다고 단정하는 것은 옳지 않다고 생각한다.

이러한 기본적인 면에서 아동문학은 다시 평가되어야 하겠지만, 한편 한국의 아동문학 자체가 가진 약점이 더욱 그것을 어떤 수준에서 落下시키는 결과를 가져왔음을 인정한다.

그것은 兒童文學의 특징이요, 또 아동문학의 특수성인 단순·소박의 울타리에 의지하여 사이비 作家의 출몰이 심했다는 사실이다. 즉, 단순·소박에 빙자하여 文學이 되지 않은 작품으로 兒童文學界에 나서는 사람 내지 맹렬히 활약하는 사람들이 있었고, 그러한 유의 작품이 세인의 눈에 잘 띄이므로 해서 兒童文學의 진가를 의심하지 않을 수 없게 해 주었던 것도 사실이다.

童心至上主義에서 씌어진 詩·童話들이 노래하고 얘기해 준 것은 무엇이었던가. 그것들은 귀엽고 사랑스런 어린이를 글로서 나타내어 즐기고, 혹은 어른(作家)의 幼少年 時節을 回顧하며 그리운 옛날을 더듬는 어른 취미에서 씌어진, 이를테면 兒童에게 준다는 의미로서의 단순 소박의 문장에 불과한 것이 많지 않았던가.

또 그러한 생각에서 씌어진 소위 아동문학의 대부분이 아동들에게 즐거움을 주는 오락적인 문학이었다고 스스로 비판해 봄직한 일이 아니었을까.

아동에게도 오락이 필요하고, 더구나 즐겁게 해 주는 일은 크게 중요한 일이지만, 그것은 문학이 할 즐거움이 아니고 문학이 줄 오락이 아니었다. 진정 文學 — 藝術을 통해서 享受할 즐거움은 역시 바른 文學을 거쳐서 얻어지는 것이어야 한다.

여기서 휴머니티와 리얼리티를 가진 少年小說이나 진실을 — 그것은 사실 심각한 내용이라고 해도 마땅한 진실을 이야기하기 위한 한 편의 幻想童話나, 詩가 마치 兒童의 천진난만한 童心의 세계와는 다른 非兒童用의 문학처럼 오인되어 자칫하면 敎訓主義 作家들이, 그것을 위험한 것, 부당한 것으로 생각하는 폐단이 나타나는 것이다.

이 두 가지 대립되는 사조가 오랫동안 한국 아동문학(이상 245쪽)에 얼켜 있었다고 생각된다.

그리고 이 兩者는 흔히, 하나는 童心主義 아동문학으로 ─ 그리고 그것은 본격적이요, 교육적이라는 이름까지 가지고 있었으며, 다른 하나는 현실주의로 몰리어 童心을 잃은 兒童文學인 듯이, 혹은 現實 參與文學으로까지 불리울 때가 있었다.

어느 편이건 그것이 부당하다거나 非文學的인 것이라고 생각하거나 할 것은 아니다. 作家의 역량에서 각기 좋은 작품을 제작하면 그만이다.

그러나 작품으로 나타난 兩者의 성과에서 바라볼 때 童心主義는 오락과 유희를 兒童에게 주지 않았는가 하는 생각을 갖게 한다. 또 현실주의는 오히려 그 이름이 주는 인상과는 반대로 理想을 위한 것이 아니었던가 하는 것이다. 왜냐하면 그것은 현실에 만족할 수 없는 마음의 發作에서 어린이들에게는 진정 참되고 아름다운 세계를 이룩하게 하고자 애쓰는, 즉 이상을 위해 몸부림치는 정신에서 씌어지기 때문이다.

이러한 상황 아래서 오늘의 한국 아동문학은 자라고 있다 하겠다. 이 자라고 있는 아동문학의 실제 상태를 살펴보기로 하면,

散文文學・童話・少年小說에서는 우선 兒童의 遊戲的인 생활면보다 당면하고 있는 엄연한 實生活 面이 그려지고 있는 것이다.

또 韻文文學인 童詩에 있어서는, 歌唱을 위한 童謠의 후퇴와, 절실한 감정을 표현하려는 自由詩의 현저한 활동을 볼 수 있다.

散文이나 韻文을 막론하고 또 하나 뚜렷한 현상은 이를테면 문학으로의 전진을 방해하던 소위 敎訓性의 제거다. 과거 흔히 학교에서 들려주던 口演 童話에서나 쓰이던 敎訓性은 문학에 끼어들어서는 안 된다는 것이 兒童文學家들에게 절실히 느껴진 것이 아닌가 한다.

그러나 그 대신 童話 小說의 테마가 심오한 것으로 바뀐 것은 아닌 것 같다. 그것은 효도나 박애정신의 시골 신파調의 표현을 버리고 자유로운 애정(友情・異(이상 246쪽)性 兒童間의 友情) 따위로 된 것이 있는가 하면 사회적 고난에 시달리는 兒童의 생활들이 대부분이다.

詩에 있어서의 변화는 그래도 크다고 할 수 있겠다.

童詩는 오랜 동안 童謠의 非詩的인 과거와 自由詩로서도 無內容에 가까운 사소한 느낌의 표현에서 맴돌던 것이 詩로서의 정상적인 방향으로 옮아온

느낌을 준다.

그것은 첫째로 사색적인 童詩가 많아진 것에서도 볼 수 있고, 그렇지 않은 작품에서도 깊이 있는 관찰과 예리한 감각이 번뜩이게 된 데서도 볼 수 있다.

특히 젊은 童詩人들의 작품 태도가 이러한 데에서 돋보이게 된 것은 반가운 일이다.

그러나 여기서 요즈음의 詩의 난해성 문제가 童詩에서도 말이 되고 있는 것은 사실이다. 그것은 童謠의 非詩的 歌詞化의 한탄스런 굴레에서 벗어나야 한다는 옳은 의지에서 더욱 이 難解性은 가중된 듯하다. 이를테면 하나의 반발적인 감정도 첨가되어 있는 듯한 것이다. 즉 동요의 詩에로의 복귀가 크게 요망되는 한편, 동요에의 불신이 나타나고, 自由律의 詩, 그중에서도 童謠가 다루지 못한 사색과 人生的인 것에의 열이 더욱 불붙은 탓이 아닐까.

이와 함께 童詩의 또 하나의 현상은 지나친 無技巧라고 하겠다. 無技巧의 技巧는 고등한 것이라 하겠지만, 무기교 그것으로 끝나는 無技巧는 아무리 어린이를 위한 詩라 할지라도 詩로서의 특징을 잃는 것이 되지 않을까 생각된다.

여기서 幼年文學에 관해서도 이야기할 필요를 느낀다.

幼年을 위한 文學은 주로 童謠와 童話라 하겠는데 앞에서도 말한 바와 같이 童謠는 크게 詩性을 잃고 있는 터이요, 더구나 幼年을 위한 동요에 있어서는 詩로서의 성공이 극난한 상태다. 幼年동요야말로 유희적인 것, 일상생활을 익히는 敎育的 所任에 기울어져 있음을 알게 된다.

또 동화에 있어서도, 幻想童話, 超自然的 童話의 성공이 어렵다는 데서 흔히 씌어지는 것이 소위 生活童話라는 꽁트的인 이야기다. 이것은 문학으로서 성공한 것이 극히 적고, 대개가 作文에 가까운 것이었다. 즉 성인(作家)이 아동의 귀여움이나 사랑에 빠져 그들의 생활의 모습을 나타내어 스스로 즐거워하는, 이를테면 자기도취에 빠지게 되는 하나의 덫과 같은 것이 되기 쉽다고 생각된다.

幼年童話·幼年童謠의 성공을 위해 작가들은 특별한(이상 247쪽) 노력을 기울여야 하리라 믿으며, 서빨리[84] 유년을 소재로 하여 수필이나 다름없는 글을 쓰는 것은 위험하기 그지없는 일이라 생각하게 되는 것이다.

이러한 兒童文學의 현재 상황을 볼 때 詩人·作家를 들고 이야기한다면 초창기부터의 사람은 몇 되지 않고 대부분 해방을 전후하여 나온 작가들과 해방 이후의 작가들이 文壇을 형성하고 있는 셈이다.

文壇은 젊은 詩人·作家에게 가장 큰 기대를 걸고 있고 그들이야말로 한국 아동문학의 융성을 기해야 한다.

그러나 냉정히 말해서 믿음직한 젊은이는 이 또한 소수에 지나지 않는 것이 사실인 것 같다. 그것은 作家精神의 미약함과 特異性 있는 자기를 보이려는 것보다도, 오히려 대단치 않은 선배들을 빙자하고 스스로를 과시하기보다는 안이하게 作品하고[85] 태연한 후배들이 많은 것 같다.

이러한 작가들의 작품이 대개 아동의 身邊雜事를 그린 신변소설, 신통치 않은 — 소위 奇技하다고[86] 생각하는 사소한 일을 主題로 해서 쓴 詩 등으로, 兒童文學의 체면을 손상시키고 있는 상태를 부인하기 어렵다. 이렇게 말하면 모든 책임은 아동문학가 자신에게 있는 것으로 되지만, 사실 요즈음의 저널 리즘의 책임도 없지 않다.

저널리즘, 出版業者의 손재주에 넘어가는 文學人들이 얼마나 많았던가. 특히 六·二五動亂 後 팽배하게 일어난 상업적 兒童雜誌, 兒童圖書에 의하여 少年小說의 가탄할 만한 통속화가 이루어졌던 일을 우리는 아픈 마음으로 보아 왔다.

그러한 사태는 드디어 兒童들을 문학에서 떠나게 하였고, 惡質 만화로 몰아가게 하였던 것이다.

그러나 지금은 그러한 만화의 영향뿐 아니라 학교교육의 이상으로 中學 入試 준비로 인한 兒童의 공부 지옥을 이루어 文學과의 접촉을 막고 있는 상태이다.

여기서 아동문학은 정상적인 교육에로의 개선을 위한 사회적 운동을 일으켜야 하겠거니와, 한편 兒童이 愛讀할 좋은 작품들을 내어 그들로 하여금

---

84 '섣불리'의 오식이다.
85 문맥에 맞추어 보면, "作品을 창작하고 있는" 또는 "作品 활동을 하고 있는"의 오식으로 보인다.
86 '奇拔하다고'의 오식이다.

沒理解한 교사나 부모의 눈을 피해서라도 탐독할 경지에까지 이끌어가야 할 것이 아닐까!

三. 앞으로의 展望

한국 아동문학의 앞으로의 전망은 어떠한가?

그것을 말하기에 앞서 우리 아동문학의 사회적 特性을 들어 보는 것이 좋을 것 같다. 비단 아동문학에 국한해서 말할 것이 아니지만, 특히 아동문학은 日帝의(이상 248쪽) 압제 아래서도 그러했거니와 현재에 있어서도 사회적 위치에서 항상 當時的 倫理(?)나 어떤 지배력하의 敎育的 意義가 강요되어 왔다.

초연해야 할 것에 구애되고 타기할 것에도 눈치를 보는 이런 정신으로 문학이 이루어질 수는 없다. 그럼에도 불구하고 兒童文學이 어떤 세력 아래서 행해지는 교육시책에 따라 자기의 주장을 내세우지 못한다면 슬픈 일이다.

그러나 文學인 이상, 그것은 저항의식으로서 씌어지는 것인데, 이러한 작품에 대해서 白眼視하는 사람들이 있다 하더라도, 거기 두려움을 느낄 필요는 없는 것이다. 그럼에도 불구하고 文學이 어른에게는 바른 말을 하고 어린이들에게는 거짓말을 하는 것이 童心文學이요, 아동을 위하는 것이라는 엉뚱한 생각으로 씌어지는 것은 가탄할 일이다.

그것은 교육을 항상 좁은 테두리 안에서만 생각하고 小乘的인 것으로만 보아 오는 사람들에게 있는 그릇된 생각이 아니겠는가.

과거 一九三〇년을 전후하여, 어떤 사상적 배경에서 제작되었던 프롤레타리아 兒童文學의 예를 들어 보더라도, 또 해방 후 北韓에서 이루어진 兒童文學에서 듣는 바에 의해서라도 진정 깊고 무거운 文學은 보기 어렵다는 것을 아는 사람은 많다.

이른바 우리는 自由民主主義의 사회에 있다. 自由를 누릴 수 있는 사회에서는 문학은 自由로이 꽃피어야 한다. 그러나 이러한 自由를 享受하면서도 자유로운 작품활동을 못하는 일이 있다면 웃으운 일이요, 세력에 아부하는 作家가 있다면 경멸해서 마땅하다.

만인이 저주하고 진절머리 내는 대상자였던 한 정치인의 생일을 축하하고 萬壽無疆을 노래하는 동요를 쓰는 일이 詩人으로서의 옳은 태도가 아니었다는 것은 그 사람이 쫓겨가고 난 후에 그 詩, 그 노래가 자취를 감춘 것으로 보아도 알 수 있다. 우리들은 이러한 일을 되풀이하지 않아야 할 것이다. 그리고 文學은 그것이 비(이상 249쪽)록 어린 兒童들의 것이라 할지라도 학교의 교사의 非行을 옹호할 필요가 없으며 점잖아 보이는 어른의 惡德을 지지하는 그릇된 정신으로서 해서는 안 된다.

成人文學보다 아동문학이 이 점에 있어 확실히 약자였다는 것을 깨닫고 나서서 비로소 우리도 바른 길을 갈 수 있을 것이다.

이러한 思想的 面의 자세를 바로 하여 그다음에 文學 自體의 발달이 기해지게 되리라 믿으며, 우선 뚜렷이 나타나리라 생각되는 것을 들면 대략 다음 몇 가지가 아닐까 한다.

① 童詩의 格 동요, 自由形 동시, 童話詩 등으로 형식을 달리하는 여러 가지 동시가 있으나, 그것들이 지닌 내용이나 표현에 너무나 심한 격차가 있어 왔다. 그것은 童詩에 대한 인식이 너무나 다른 사람들의 소산이기 때문이라고도 하겠는데, 이제 童詩의 文學으로서의 위치나 거기 대한 인식이 바로잡혀 이제야말로 詩로서의 동시의 格은 어느 높이에 이르게 되었다고 생각된다.

따라서 아동의 作文으로 보이는 詩, 어린 말씨와 생각으로 만족하는 詩人은 없게 될 것이요, 어디까지나 詩人의 자기를 대신하는 作品으로서 씌어질 것이다. 여기서 童詩는 제대로의 格을 갖추지 않을까 한다.

② 童話의 濃厚한 文學性 획득 현대동화로서의 제 요소를 갖추게 된 한국의 童話이기는 하지만 아직도 文學性이 박약한 作品이 많은 것이 사실이다.

이것은 동화의 口傳동화와의 관련을 너무 생각하여 줄거리의 재미에 치중하는 일과, 또 하나 다른 면에서는 스케치文的인 안이한 동화가 生活童話라는 이름으로 兒童의 作文的인 위치에서 安住하고 있는 일에서, 文學으로의 길에 오르게 되리라는 것이다.

이미 개척된 바도 많은 동화의 길이므로 이러한 일은 바야흐로 이루어질 것이 확신된다.

③ 教訓主義 文學의 消滅 이상 詩와 동화의 변화는, 곧 兒童文學의 역

사적 사실이면서 동시에 功過 함께 가지는 敎訓主義의 일소로서 이루어질 것이다.

여태까지의 兒童文學家들이 곧잘 빠져 들어가던 그릇된 兒童觀이 시정됨으로서 이 일은 성취되는 것이다.

兒童의 재인식, 이것이야말로 급선무이다. 兒童은 장님이요, 귀머거리요, 앉은뱅이가 아니며, 비록 자기의 느낌이나 생각을 성인들처럼 잘 나타내지 못하는 바가 있다 해도 그들은 直感으로 느끼는 우수한 힘을 가지고 있다는 것을 알아야 하겠다. 그리고 그들을 울타리 안에 두고, 喜樂만을 맛보이는 일이 장래의 정신적 약자를 만들게 되고 혹은 비뚤어진 난폭자를 만들게 되기 쉽다는 위험성을 깨달아야 하겠다.(이상 250쪽)

四. 新人들에게 하고 싶은 말

우리 아동문학의 始初 時期의 형편이 그러했고, 현재 역시 그러한 점이 많은 하나의 특징은, "兒童文學家는 바로 아동을 위하려는 열성적인 아동애호가, 혹은 아동교육가들이었다."는 점이다.

초창기의 小波 方定煥이 그러했고, 〈색동회〉同人들 가운데 대부분의 인사가 역시 그러한 심정으로 兒童文學에 힘썼던 것이요, 현재도 교사로서의 作家 詩人이 많은 것도 그러한 의미에서 말할 수 있을 것이다.

그들은 자발적이요 열의적인 임무의 하나로 兒童文學을 들고 그것에 헌신적 노력을 기울여 오는 것이다.

그러나 그러한 아동애호, 아동교육의 정열에서 곧 文學藝術이 꽃필 수 있는 것이라고 잘라 말할 수는 없다. 뿐만 아니라 그러한 사정이 도리어 우리나라 아동문학을 俗된 것으로 만든 사실도 찾아볼 수 있는 정도이다.

아동과 文學의 관계를 좀 더 깊이 생각하며, 아동에게서 文學으로 달려올 것이 아니라, 비록 자신이 아동과 같이 있다 하드라도 정신적 수련의 과정에서는 "文學"에서 "兒童"에게로 와야 할 것이다.

이 말은 다시 각도를 조금 달리하여 말한다면 文學 공부를 쌓아 가지고 "兒童文學"을 해야겠다는 말도 된다. 아동문학은 쉬운 말, 소박한 표현으로 되는 것이니 아동문학을 하면 그만이라는 불손한 생각을 가진 사람도 많았다. 이러한 생각으로 兒童文學을 하려 든다면 성공하기도 어려우려니와 아동문학에 해를 끼치는 결과도 나타나게 되리라 믿어진다.

兒童文學의 꽃밭을 한층 아름답게 하기 위해 많은 동지들이 "성인"에서 "아동"으로 와 주기를 바라는 바다.

이 아동문학은 아직도 세상의 화려한 무대는 결코 아니다. 이곳은 어른들이 잘 알아주지 않는 곳이요(알지 못하기 때문이다) 어린이들이 순전히 작품만을 즐길 뿐 사람을 잘 알아주려 하지 않는 곳이다.

그러나 어린이들은 영원한 어린이가 아니요, 그들은 장차 兒童文學을 떠나 成人文學으로 간다. 그러나 섭섭할 것은 없다. 그들의 앞날에 오늘 심어 준 아동문학의 영향이 좋은 거름이 되고 좋은 인간의 심정을 키워 주는 소임을 할 수 있었다면 무엇이 더 필요하겠는가!

아동문학은 이러한 숨은 주춧돌다운 마음으로 해야 하는 文學이다. 다만 그런 文學이 어린이들의 한때의 즐거움을 주는데 그치고 오랜 앞날에 미치는 별 영향이 전혀 없는 것일 때, 그 作家 그 詩人은 가엾은 신세일 수밖에 없을 것이다.

우리들은 그러한 하루살이 같은 詩人 작가가 아닌 生命 있는 詩人이 되고 作家가 되기 위해 노력해야겠다. (이상 251쪽)

朴錫興, "(우리 文化, 36)開化期서 現在까지 座標 삼을 百年의 발자취-어린이와 문학 1", 『경향신문』, 1973.5.1.[87]

開化期서 現在까지 座標 삼을 百年의 발자취

나라를 빼앗긴 민족의 비운 속에서 본격적인 어린이운동이 횃불을 든 지 올해로 50돌이 된다. 1923년 5월 1일 한국 어린이운동의 선구자 小波 方定煥(1899~1931년)을 중심으로 東京에서 최초의 아동문제연구단체인 〈색동회〉가 조직되었고 서울에서는 〈朝鮮少年운동협회〉가 주최한 다채로운 행사가 베풀어졌다.

삼일운동으로 불붙은 민족자각 운동의 일환으로 다음 세대를 짊어질 어린이를 올바르게 키우기 위한 어린이운동이 이날부터 본격화된 것이다.

"젊은이나 늙은이는 이미 희망이 없다. 우리는 오직 나머지 힘을 다하여 가련한 우리 후생되는 어린이에게 희망을 주고 생명의 길을 열어 주자."는 취지로 열린 제1회 어린이날 행사는 〈천도교소년회〉, 〈불교소년회〉, 〈조선소년군〉 등 서울의 소년지도자를 총망라한 〈조선소년운동협회〉가 이끌었다. 23년 5월 1일 제1회 어린이날 행사가 국민운동으로 불붙기까지에는 小波 方定煥과 小春 金起田(『開闢』誌 주간)의 끈질긴 노력이 있었다. 23년 3월 20일 〈天道教少年會〉에서 창간호를 낸 『어린이』잡지에 기고한 동화작가 李定鎬(1906~1938)의 「『어린이』를 발행하는 오늘까지 우리는 이렇게 지냈읍니다」란 글에 의하면 글방이나 강습소나 교회 主日학교가 아닌 사회적 성격을 띤 少年會가 처음 조직된 것은 서울보다 조금 앞선 〈晋州천도교少年

---

87 이 글은 「우리 文化-開化期서 現在까지 座標 삼을 百年의 발자취」란 이름으로 『경향신문』에 연재된 것이다. 그 가운데 "어린이와 문학"은 총9회(36회~44회: 1973.5.1~6.5) 연재되었다. "어린이와 문학" 편의 연재 말미에 "어린이와 文學 篇═朴錫興 기자"라 하여 필자가 박석홍(朴錫興)임을 밝혔다. 이 글은 아동문학에 대한 개괄적 흐름을 짚어보는 데 도움이 된다. 그러나 아동문학 연구자가 아닌 기자가 쓴 글이라 객관적 사실에 오류가 많다. 주요한 오류는 각주로 바로잡았다.

會)였다.[88] 중앙에서는 1921년 5월 方定煥과 金起田이 주동이 되어 〈天道教少年會〉를 창립한 것이 그 효시가 된다. 이 〈천도교소년회〉는 약 2년의 준비 끝에 1923년 3월 20일 우리나라 최초의 본격적인 어린이를 상대로 한 근대적인 잡지 『어린이』를 내놓아 아동문학의 새 이정표를 세운 셈이다. 『어린이』 잡지 창간 이전에도 少年 잡지로는 1906년 창간된 『少年韓半島』(국판 통권 6호)를 비롯해 『少年』(국판 통권 23호) 등이 선보였고, 최초의 아동잡지였던 『붉은저고리』(타블로이드판, 통권 12호) 『아이들보이』(국판 통권 12호)[89]가 있었으나 본격적인 아동문학 정립과는 거리가 있었던 것으로 보고 있다. 아동문학가 尹石重은 六堂의 『아이들보이』가 딱딱한 글투였는데 반하여 "어린이』는 쉬운 말로 아기자기하게 만들어져 그때만 해도 읽을거리가 없어 쩔쩔 매던 우리에게 『어린이』 잡지는 손을 꼽아가며 그다음 달 치를 기다리게 했다."고 선풍적인 인기를 모았던 『어린이』 잡지 시대를 증언한다. 이 『어린이』 잡지의 등장으로 "수염 난 어린이"를 위한 『少年』지 시대가 가고 순수 아동지 시대를 맞은 것이다. 『어린이』 잡지를 3월 20일 내놓은 〈천도교소년회〉는 4월 17일 하오 4시 범국민적인 〈조선소년운동협회〉를 조직하고 여기서 5월 1일을 어린이날(1927년부터 5월 첫째 주일, 45년 이후 5월 5일)로 정했다.

"조선에서 처음으로 어린이에게도 사람의 권리를 주는 동시에 사람의 대우를 하자는 날이 돌아왔다."는 감격적인 기사(『동아일보』)가 실린 1923년 5월 1일 하오 3시 京城 경운동 천도교강당에서 각 소년단체 회원과 소학생(국민교생) 1천여 명이 모여 축하식을 했으며 하오 4시부터는 2백 명의 소년이 어린이운동에 관한 선전지 12만장을 뿌렸다.

첫 近代的 잡지 『어린이』
方定煥·金起田이 先驅… 新少年도 발간
쉬운 말로 아기자기하게

---

88 1920년 겨울 강민호(姜敏鎬), 김경호(金敬浩) 등 십수 인의 발기로 창립된 〈진주소년회(晋州少年會)〉가 올바른 이름이다.

89 『아이들보이』는 통권 13호(1914년 10월 5일 발행)를 마지막으로 종간되었다.

특기할 일은 제1회 어린이날 행사에 발표된 金起田이 기초한 「세 가지 소년운동」 선언문이다.

"① 어린이를 종래의 윤리적 압박으로부터 해방하여 그들에게 대한 완전한 인격적 예우를 더하게 하라. ② 어린이를 재래의 경제적 압박으로부터 해방하여 만14세 이하의 그들에게 대한 무상 또는 유상의 노동을 폐하게 하라. ③ 어린이 그들이 고요히 배우고 즐거이 놀기에 족할 각양의 가정 또는 사회적 시설을 행하게 하라."는 선언은 1923년으로서는 깜짝 놀랄 주장이었다.

이 선언은 '저네브' 선언이라고 불리는 "국제아동권리선언"보다 1년 앞서 우리나라에서 채택되었다는데 더 큰 의의가 있다. 한국 어린이운동의 신기원을 그은 1923년 5월 1일 〈천도교소년회〉 두 지도위원 중 한 분이었던 小波 方定煥은 東京에 있었다. 〈색동회〉 발기동인이었던 丁炳基가 간직하고 있는 「색동회 회의록」을 보면 서울 천도교당에서 성대한 기념행사가 열리는 같은 시각에 東京에서는 〈색동회〉 발회식이 있었다.

자라는 世代에 民族意識 심게

이곳에 참석한 발기회원은 孫晉泰 尹克榮 鄭順哲 方定煥 高漢承 秦長燮 曺在浩 丁炳基 등이며 뒤에 馬海松 鄭寅燮 李軒求 崔瑨淳 등이 추가 되고 다시 崔泳柱 尹石重 등이 추천 입회되어 그 이후 우리나라 어린이운동과 어린이문학운동의 중추적 역할을 해왔다.

〈색동회〉가 조직되고 범국민적인 어린이운동이 시작된 1923년 후반에는 아동문학을 위한 본격적인 잡지 『어린이』에 이어 10월에 『新少年』이 창간되어 어린이운동이 훨훨 타올랐다. 불같이 일어난 1923년의 어린이운동은 어린이문학운동과 함께 자라는 세대에게 민족의식을 각성시키는 민족운동이기도 했다.

朴錫興, "(우리 文化, 37)開化期서 現在까지 座標 삼을 百年의 발자취 - 어린이와 문학 2", 『경향신문』, 1973.5.2.

小波 方定煥

"날 저무는 하늘에/별이 삼형제/반짝반짝 정답게/지내더니/웬일인지 별하나 보이지 않고/남은 별이 둘이서/눈물 흘린다"

이 노래를 안 부르고 자란 어른은 없을 정도로 널리 애창된 小波 方定煥의 동요다. 32세의 젊은 나이로 요절하긴 했지만 한국아동문학의 선구자 方定煥이 어린이운동에 남긴 자취는 너무나 크다. 그의 등장으로 六堂 崔南善에 의해 명맥을 이어오던 초창기 애매몽롱했던 아동문학이 제자리를 찾은 것이다. 어린이문학의 기념비적인 잡지 『어린이』를 창간한 것도, "어린이"란 낱말을 최초로 쓴 사람도 小波 方定煥이었다.

1920년 8월 25일에 나온 『開闢』 13호에 게재된 「어린이노래 불 켜는 아이」라는 번역시에서 小波가 어린이란 단어를 처음 썼는데,[90] 3년이 지난 1923년의 신문기사(『동아일보』)에도 『어린이』라는 낱말 아래 少年이란 註를 달아 넣을 정도로 획기적인 호칭이었다.[91] "애놈", "자식 놈", "애새끼", "씨받을 놈"이란 낮춤말밖에 못 듣던 어린아이들에게 젊은이 늙은이와 같은 하나의 인격으로 높임말을 만들어 준 사실은 당시로서는 놀라운 일이었다. 小波는 天道敎를 바탕으로 한 『어린이』 잡지를 창간하기 1년 전 독자적으로 어린이를 위한 번안 동화집을 내놓았다.

손바닥만한 크기의 세계명작 번안 동화집 『사랑의 선물』이 바로 그것이다. 〈천도교소년연합회〉를 결성한 1921년 겨울 東京 하숙방에서 엮은 이 책의

---

90 「어린이 노래 불 켜는 이」(『개벽』 제3호, 1920년 8월호)를 가리킨다. 제목과 『개벽』의 발행 호수에 잘못이 있다. 스티븐슨(Robert Louis Balfour Stevenson)의 「The Lamplighter」의 번안작이다.

91 「소년운동의 신기치(新旗幟)」(『동아일보』, 1923.4.20)에 "압박에 지지눌니어 말 한마듸 소리 한 번 자유로 하여 보지 못하던 어린이(少年)도 이제는 그 무서운 털사를 버서날 째가 되얏다. (하략)"(밑줄 친 부분)를 가리킨다.

책머리에 小波는 이 땅의 불우한 어린이에 대한 연민의 정을 다음과 같이 적고 있다.

"학대받고 짓밟히고, 차고 어두운 속에서 우리처럼 또 자라는 불쌍한 어린 영들을 위하여 그윽히 동정하고 아끼는 사랑의 첫 선물로 나는 이 책을 짰읍니다."

小波의 나이 스물두 살 때로 학생의 신분으로 어린이운동의 일선에 나선 것이다.

그가 어린이운동에 열을 올린 것은 다음 대를 이을 새 세대에게 삼일정신을 계승하려는 충정에서였다. 小波에게 지상 과제는 민족운동이었고 그것의 가장 의의 있는 활동무대를 어린이에게서 찾으려 한 것이다.

"우리들의 희망은 오직 한 가지 어린이를 잘 키우는 데 있을 뿐입니다. 어린이는 어른보다 더 새로운 사람입니다. 내 아들놈, 내 딸년 하고 자기의 물건같이 알지 말고 자기보다 한결 더 새로운 시대의 새 인물인 것을 알아야 합니다. 자기마음대로 굴리려 하지 말고 반드시 어린이의 뜻을 존중하도록 하여야 합니다."

1923년 5월 1일 제1회 어린이날에 살포된 方定煥이 기초한 「어린이날의 약속」의 일부분이다. 어린이의 영원한 벗 小波 方定煥은 1899년 11월 4일 서울 야주개(지금의 서울 종로구 唐珠洞)에서 米穀商과 어물전을 경영하던 方慶洙 씨의 맏아들로 태어났다. 9세까지는 유복한 가정에서 개구장이로 자랐으나 할아버지의 사업 실패로 破産을 하게 되자 불우한 소년 시절이 시작되었다.

어머니가 몸져누워 이웃이나 친척집으로 쌀을 꾸러 다니는 일을 어린 小波가 맡았다. 빈 자루를 들고 집으로 돌아올 때면 눈이 퉁퉁 붓도록 울기도 했다. 이러한 불우했던 소년시절의 기억이 小波의 어린이운동 밑거름이 되었는지도 모른다. 19세에 삼일운동의 민족대표 孫秉熙의 셋째사위(부인 孫溶嬅)가 된 것은 그의 일생을 결정짓는 동기가 됐다. 삼일운동의 진원지였던 천도교의 정신적·재정적 지원이 그를 민족운동자로 만든 것이다.

약관 22세에 어린이운동에 나서

兒童文學 발전의 터전 마련

"어린이"란 말 처음 사용 …『사랑의 선물』등 번안물도

「형제별」이란 方定煥의 주옥같은 동요는 좀 뒤에 나온 尹克榮의 「반달」과 함께 나라 빼앗긴 백성들의 설움과 하소연을 싣고 빛을 잃은 삼천리강산에 퍼졌었다.

그러나 小波는 순수 창작물을 많이 남기지 못했다. 그것은 그의 요절에도 원인이 있지만 아동문학을 순수문학보다 민족운동의 일환으로 전개했기 때문이다.

"선생이 쓰신 글은 엄청나게 많다. 글에 따라서 이름도 가지각색이었으니 몽견초, 몽견인, 삼산인, 소파, 잔물, 북극성, 쌍S … 이 밖에도 수두룩하다. 뿐만 아니라 1923년 3월 20일에 첫 호를 낸『어린이』는 다달이 첫 장에서 끝장에 이르기까지 선생의 글로 메워져 있었고, 독자 작품난에 좋은 글이 안 들어왔을 때는 선생 자신이 본보기로 동요나 글을 지어서 서삼득, 허삼봉 따위 이름으로 낸 일도 있었읍니다."[92]

尹石重 씨의 이 증언으로 알 수 있는 것처럼 小波는 초창기 아동문학 보급에 분주해 창작에 전념할 시간이 없었다. 그가 남긴 작품은 번안물이 대부분이었다. 그의 번안동화집『사람의 선물』은 吳天錫의『금방울』(1921년 廣益書店 刊)보다 늦게 출간되었으나 지금까지 줄곧 읽히고 있다.

朴錫興, "(우리 文化, 38)開化期서 現在까지 座標 삼을 百年의 발자취 - 어린이와 문학 3",『경향신문』, 1973.5.3.

口演童話와 색동회

小波의 어린이운동은 신앙과 같은 지순(至純)한 것이 있다. 그는 피를 토

---

92 '허삼봉(許三峰)'은 허문일(許文日)의 필명이라 방정환과는 무관하다.

하면서도 어린이들에게 동화를 들려주는 것을 멈추지 않았다.

"小波는 우리나라에 아직까지 따를 사람이 없는 동화 口演家였읍니다. 그 뚱뚱한 몸집으로 말라깽이 흉내도 잘 냈고 그 무거운 음성으로 어린아기 흉내도 잘 냈읍니다."

尹石重은 小波가 천재적인 재담가였다고 증언한다. 方定煥이 즐겨 한 동화는 「산드룡의 유리구두」와 「白雪公主」였다. 〈색동회〉 동인이었던 鄭寅燮은 小波는 비극적인 동화를 잘도 회고한다. "울 줄 알아야 웃을 줄 안다."고 말하던 소파는 "생활에 지친 국민들이 나라 잃은 슬픔도 망각하고 있다."고 하며 메마른 어린 가슴에 슬픔을 아는 순수한 감정을 일깨우려 했다는 것. 〈少年立志會〉(1908), 〈靑年俱樂部〉(1917, 靑年 地下운동 조직체), 〈천도교청년회〉(1919), 〈천도교소년회〉(1921), 〈색동회〉(1923), 〈소년운동협의회〉(1925), 〈少年연합회〉(1926)[93] 등의 창립에 참여했던 小波는 서울과 지방의 소년운동 단체를 찾아다니며 강연회 구연동화대회를 베풀었다.

小波의 장남(方云容, 55, 경기도 고양군 신도면 화전리 山 51)은 "동화대회에 다녀오면 피에 젖은 손수건을 몇 개씩 꺼내 놓는 것을 보았다."고 회고한다.

그의 구연동화는 불쌍한 어린이들에게 유일한 즐거움이었다. 천도교기념관에서 주로 있었던 그의 구연동화대회에는 항상 어린이들이 무대 위까지 들어찼으며, 한번은 동화대회 중 한 어린이가 고무신을 벗어 오줌을 눈 일도 있다는 에피소드를 尹石重은 귀띔한다. 잡지를 통한 어린이운동의 한계를 극복하기 위해 小波와 함께 口演童話에 나선 사람으로는 李定鎬, 高漢承, 延星欽 등이다.

尹克榮은 小波가 겸허한 인품의 사람으로 일을 이루기 위한 설득력과 끈기가 대단했다고 증언한다. 초창기 어린이운동을 범국민운동으로 확대시키는 역할을 한 〈색동회〉 조직은 小波의 호소로 이루어진 것이다.

尹克榮의 증언에 따르면 첫모임은 3월 16일 東京 方定煥 하숙에서 가졌

---

93 〈조선소년운동협회〉(소년운동협회)는 1923년에 창립되었다. '소년운동협의회'란 단체는 없다. '소년연합회'는 〈조선소년연합회〉를 가리키는데 1927년에 창립되었다.

으며, 여기서 5月 1日 어린이날 행사 계획과 少年을 어린이라는 낱말로 할 것을 합의했다. "처음에는 小波가 내놓은 어린이와 내가 내놓은 작은이로 주장이 엇갈리었으나, 어린이로 결정되었지요." 그러나 〈색동회〉란 명칭은 尹克榮이 제안했다. 무지개처럼 개성을 살리며 조화를 찾자는 의미를 강조했으며, 한국 어린이가 입는 색동옷을 연상해서 회의 명칭을 〈색동회〉로 했다는 것. 마크는 당시 東京高師 학생이었던 曺在浩가 도안했다. 빨간 심장 위에 병아리로 카무플라즈 된 太極이 그려졌다. 小波는 〈天道敎少年會〉가 이미 내놓은 『어린이』 잡지를 기관지로 활용하자고 제안했으며, 3호부터 색동회원의 투고로 『어린이』 잡지가 본 궤도에 올랐다. 〈색동회〉 첫 사업은 1923년 7月 여름방학에 가진 아동문제 및 아동예술강연회 개최였다.

천도교대강당에 전국 어린이 지도자 60명을 모아 1주일 간 강습회를 베풀었다. 曺在浩(씩씩한 훈화), 孫晉泰(역사 이야기), 馬海松(동화), 鄭淳哲(동요) 등이 연사로 나섰다. 日本 유학생들로 구성된 〈색동회〉는 日本에 사는 한국 어린이를 위한 동화대회를 자주 베풀었다. 이헌구 씨는 東京 深川의 빈민가에 살고 있는 한국 어린이를 위해 가진 1926년 정초의 동화대회를 들려준다. 上野공원에서 가진 이 동화대회에서는 馬海松이 동화를 했고 회원들의 성금으로 마련된 과자와 풍선 등이 어린이들을 기쁘게 했다. 1928년 7月에는 이헌구, 정인섭 등이 일본에서 모아 온 장난감 명화 동화책 어린이작품을 가지고 34일간 한국 최초의 세계아동예술전람회를 지방에서 가졌다. 이어서 8월에는 한국 최초의 어린이 공모전을 가져 10월 2일부터 1주일간 한국 어린이 작품도 끼인 세계아동전람회를 천도교기념관에서 가졌다.

피를 吐하며 즐거움 들려 줘
小波의 特異한 才能·열성으로 어린이들 열광
색동회 결성 어린이운동을 組織化

〈색동회〉 회원들은 1931년 고국에 돌아와 경성보육학교에서 교편을 잡고 교육을 통한 어린이운동에 정진했다.(曺在浩, 鄭淳哲, 鄭寅燮, 崔진순) 이때 한국 최초의 유아작품 공모 전시회를 〈색동회〉는 주최했다. 1957년 공포된 어린이헌장은 〈색동회〉 회원 馬海松이 기초한 것으로 〈색동회〉의 어린이운동은 동인들의 작고, 拉北에도 불구하고 꾸준하게 이어진다. 1959년 李軒求, 鄭寅燮, 尹克榮, 秦長燮, 曺在浩 등 생존한 회원을 중심으로 李元壽, 이석현, 손대업, 조풍연, 방운용 등 40여명의 동인을 추가시켜 〈색동회〉를 재발족시켰다. 지난 1일 천도교강당에서 가진 50주년 기념식에서 70을 다 넘긴 창립 회원들은 남은 생애도 어린이운동에 바칠 것을 다짐했다.

朴錫興, "(우리 文化, 39)開化期서 現在까지 座標 삼을 百年의 발자취 ─ 어린이와 문학 4", 『경향신문』, 1973.5.4.

『어린이』·『新少年』에 데뷔한 어린 天才들

"나의살던 고향은/꽃피는 산골/복숭아꽃 살구꽃/아기진달래/울긋불긋 꽃대궐/차리인 동네/그속에서 놀던때가/그립습니다"

한국 아동문학의 고전이 돼 버린 李元壽의 「고향의 봄」이 발표된 것은 1925년 『어린이』 잡지 10월호이다.[94]

洪蘭坡가 곡을 붙여 日帝下의 나라 빼앗긴 민족의 고향을 그리는 노래로 전국에 번진 「고향의 봄」은 15세 소년이 내놓은 주옥같은 작품이었다. 1923년 3월에 창간된 『어린이』 10월에 창간된 『新少年』 두 잡지는 25년에 들어서면서 기존 작가의 확보와 함께 신인 아동문학가를 발굴, 한국 아동문학의 터전을 다진다. 15세 소년 李元壽의 「고향의 봄」이 『어린이』 독자난에 선보인 것을 전후해서 14~19세의 천재소년 尹石重(「오뚜기」), 尹福鎭(「쪼각빗」),[95] 徐德出(「봄편지」), 朴英鎬(「명사십리」), 崔順愛(「오빠생각」)가 『어린이』, 『新少年』에 추천되어 아동문단에 데뷔함으로써 10대가 대거 진출하고 있다.

---

94 이원수의 「고향의 봄」은 『어린이』 1926년 4월호(통권 39호)에 수록되었다.
95 「쪼각빗」은 윤복진이 아니라 신고송(申孤松)의 작품이다.

1924년『新少年』에「봄」이란 동요를 발표하고 1925년 10월호에「오뚜기」로『어린이』의 추천을 받은 尹石重은[96] 校洞보통학교 3학년(13세) 때 같은 반 친구 沈載英(沈薰[97]의 조카), 薛貞植(薛義植의 아우)과 한국 최초의 어린이 동인지를 만들어 작품 활동을 하기도 했다.「흐르는 시내」는 이때 다듬어진 작품이다.『어린이』,『新少年』이 가끔 제공하는 지면에 만족하지 못한 이들은 서울의 尹石重을 중심으로 水原의 崔順愛, 馬山의 李元壽, 彦陽의 申孤松(「골목대장」), 대구의 尹福鎭, 晋州의 소용수 등이 〈기쁨사〉를 만들어『굴렁쇠』란 회람잡지를 발간했다.

이것이 인연이 되어「오빠생각」을 발표한 崔順愛는 李元壽와 결혼하여 아동문학가 가정을 이룬다.

"뜸북 뜸북 뜸북새/논에서 울고/ 뻐국뻐국 뻐국새/숲에서 울때/우리오빠 말타고/서울 가시면/비단구두 사가지고/오신다더니"(「오빠생각」)

이때 발표된 천재 동요 시인들의 작품이 높이 평가되는 것은 천진한 동요 속에도 민족의 비애와 염원을 은연중에 노래했기 때문이다.「반달」작가 尹克榮의 곡으로 애창된 徐德出의「봄편지」도 그런 것이었다.

"연못가에 새로핀/버들잎을 따서요/우표한장 붙여서/강남으로 보내면/작년에간 제비가/푸른편지 보고요/대한봄이 그리워/다시찾아 옵니다"

尹石重은「봄편지」가 어둡고 답답하고 원통한 나날을 보내는 겨레에게 희망을 은연중에 안겨 준 노래였다고 말한다.

"기쁨사 동인 중 大邱의 尹福鎭, 彦陽의 申고송과 내가 1927년 여름 蔚山의 徐德出 집에 갔더니 그는 뜻밖에도 컴컴한 방구석에서 여자처럼 바느질을 하고 있는 앉은뱅이 꼽추 소년이었읍니다."

尹石重은 하룻밤을 지내고 네 소년이 만났다 헤어지는 게 아쉬워「슬픈 밤」이라는 합작시를 남겼다고 회고한다.

"오동나무 비바람에 잎떠는이밤/그립던 네동무가 모였읍니다/이비가 개고

---

96 윤석중의 동요「봄」은『신소년』1924년 5월호에 발표되었고,「옷둑이」(오뚜기)는『어린이』 1925년 4월호(통권 27호)에 입선되었다.

97 '沈薰'의 오식이다.

날이 맑으면/네동무도 흩어져 떠나갑니다/오늘밤엔 귀뚜라미 우는소리로/
마디마디 비에젖어 눈물납니다/문풍지 비바람에 스치는이밤/그립던 네 동무
가 모였읍니다"

어린 소년들에게서 이런 세련된 동요가 나올 수 있었던 것은 짧은 기간에
『어린이』와『新少年』의 아동문학 지도와 보급이 주효한 결실임을 입증하는
셈이다.

25년을 전후한『어린이』와『新少年』에 눈부시게 활동한 작가는 아직 때
묻지 않은 쟁쟁한 제일급 작가들이었다. 동화에는 方定煥, 高漢承, 馬海松
(1923년에 최초의 창작동화「바위나리와 애기별」,『새별』발표), 秦長燮,
鄭寅燮, 李定鎬가, 동요에는 方定煥, 韓晶東, 劉道順, 동요작곡에 尹克榮,
鄭順哲, 朴泰俊, 洪蘭坡를 비롯해 權景煥, 延星欽, 高長煥, 李貞求, 車相瓚,
金奎澤이다. 小波의 분신과 같은『어린이』는 12년 동안(1923~1934) 타블
로이드(4면), 4·6판(52면), 국판으로 바뀌고, 편집인도 方定煥(1929년 7
권 8호까지), 李定鎬, 申瑩澈, 尹石重으로 바뀌지만 편집태도는 창간 때와
조금도 변함이 없었다.

尹石重·李元壽 등 모두 10代 진출
珠玉같은 作品 내놔
李元壽의「故鄕의 봄」全國에 번지고
尹石重은 보통학교 때 同人誌 만들어

『어린이』전질을 소장하고 있는 車雄烈(46·옥정국교 교감,『開闢』주간
車相瓚의 장남)의 증언에 따르면 최초의 잡지 삽화(金奎澤)가『어린이』에서
비로소 등장한다. 독자투고난 독자사진 부록신문 어린이상 등 기획도 다채로
왔다는 것이다.

"아버지가 잡지 편집 때문에 고민하는 것을 보고 저런 직업을 갖지 않을
것이다."고 생각했다는 方云容(小波 장남)은 총독부 간행물만 찍어내던 조선
인쇄주식회사에서『어린이』를 인쇄하기까지에는 羽田이란 지배인을 2년간
구워삶아서 이루어졌다고 증언한다.『어린이』와 경쟁하던『新少年』은 한글

학자 申明均이 낸 잡지로 독자층이 『어린이』보다 좀 높았고 李浩盛의 「꾀주머니」이야기, 鄭烈模의 동요가 이채를 띠었다. 孟柱天, 金錫振 등이 고정 필자로 활약했다. 잡지 창간 1년 뒤 이 두 잡지는 우리말 동요와 국민가요 보급에 큰 구실을 하게 된다.

朴錫興, "(우리 文化, 40)開化期서 現在까지 座標 삼을 百年의 발자취-어린이와 문학 5", 『경향신문』, 1973.5.8.

童謠의 黃金시대

小波의 『어린이』 잡지가 천재 소년 동요 작가를 배출하던 1924년~25년은 신문도 아동문학에 눈을 돌리고 동요 작곡과 가창 운동으로 동요 보급의 피크를 이룬 시기였다. 1924년 〈색동회〉 회원 尹克榮이 귀국하여 서울 昭格洞 자기 집에 一聲堂이란 개인 음악연구소를 차리고 작곡한 동요곡들이 모두 불멸의 애창곡이 되었다. 딱딱한 창가나 일본 동요를 부를 수밖에 없던 어린이들에게 尹克榮의 동요는 신나는 노래였다.

한국 최초의 소녀 합창단이 尹克榮의 一聲堂에서 〈다리아회〉란 이름으로 발족되었다. 처음 7명으로 시작된 〈다리아회〉는 50명으로 확대되고 한국 최초의 동요합창단이 된 셈이다.

"까치까치 설날은 어저께고요/우리우리 설날은 오늘이래요"

오늘날까지 널리 불리는 설날노래는 이해 음력 섣달그믐께 발표되었다. 이어서 「할미꽃」, 「까막잡기」, 「두루미」, 「고드름」, 「반달」 등이 작곡되었다. 尹克榮은 〈다리아회〉 회원들에게 신곡을 가르쳐 우리 동요 보급에 열을 올리는 한편 등사판으로 만든 동요 작곡집을 전국 소학교에 뿌렸다.

"다리아회를 처음 만들었을 때는 사회 비난이 심했읍니다. 다리아회인지 준치회인지 계집애들을 회로 먹자는 것 아니냐고 조롱하는 사람도 있었고 학교에서는 다리아회 출입금지령을 내리기도 했읍니다."

이런 역경 속에서도 〈다리아회〉는 모여든 소녀들로 꽉 차고 매스컴의 관심으로 尹克榮은 일약 빛을 보기 시작했고 처음엔 작사 작곡 반주를 혼자 하다가 뒤에 소학교 3학년 학생이던 尹亨模가 피아노 반주를 맡고 다시 吳仁卿(현재 부인)이 반주를 했다. 尹克榮의 〈다리아회〉를 통해 보급한 동요 중 가장 유명한 것은 「반달」이었다.

"푸른하늘 은하수 하얀쪽배엔/계수나무 한나무 토끼 한 마리/돛대도 아니 달고 삿대도 없이/가기도 잘도간다 서쪽나라로/은하수를 건너서 구름나라로/구름바다 건너서 어디로가니/멀리서 반짝반짝 비치는건/샛별의 등대란다 길을 찾아라"

尹克榮 작사·작곡의 이 동요는 당시 목표도 없이 유랑하는 나라 잃은 한 국민의 슬픈 마음을 달래고 갈 길을 찾자는 노래로 민요처럼 누구에게나 애창되었다. 이 노래는 나오자마자 국내는 물론 만주 중국에까지 번져나갔다.

尹克榮의 활약 국민운동으로
不滅의 愛唱曲들 내놔
동요곡집도… 「반달」은 滿洲·中國까지 번져

尹克榮은 이때 동요곡이 무서운 속도로 국민 속에 파고든 것은 우리말 되찾기 운동의 하나였는지도 모른다고 증언한다. 尹克榮은 이때 동요만 있으면 닥치는 대로 가락을 붙였다. 13세 소년이던 尹石重이 지은 동요 「흐르는 시내」를 비롯해 불과 1년의 짧은 기간에 모두 50곡을 작곡했고 『동아일보』에 발표된 韓晶東의 「따오기」, 「소금쟁이」 등이 작곡된 것도 이때다.[98] 동요 작곡에 재미를 본 그는 「파랑새를 찾아서」라는 동극을 만들어 서울과 지방 공연에 나서기도 했다. 「반달」이 공전의 히트를 하자 '빅터'레코드가 「반달」 등 10곡을 묶어 한국 최초의 동요곡집을 판으로 내놓기도 했다. 尹克榮의 동요 보급 운동은 국민운동으로 번져 큰 세력이 형성되었다. 그러나 좋은 동요곡이 샘솟듯 나오던 尹克榮이 1년만인 25년 돌연 서울에서 자취를 감추었다.

---

98 「소금쟁이」는 『동아일보』(1925.3.9)에 발표된 것이 맞지만, 「따오기」는 『어린이』 1925년 5월 호에 발표되었다. 발표 당시 동요의 제목도 「두룸이(당옥이)」였다.

〈다리아회〉반주자 吳仁卿과의 사랑으로 만주로 갔기 때문이다. 尹克榮의
동요 작곡은 해방 후 다시 활발해져 1백여 곡을 넘기고 있는데 尹克榮이 滿洲
로 가 버린 뒤 28년까지는 동요 작곡은 朴泰俊, 洪蘭坡에게 바통이 넘겨져
동요보급운동은 활발해졌다.

朴泰俊은「고추먹고 맴맴」,「오뚜기」,「슬픈 밤」,「오빠 생각」등을, 洪蘭
坡는「고향의 봄」,「낮에 나온 반달」,「달마중」,「퐁당퐁당」등을 작곡해서
어린이는 물론 어른들까지 동요를 애창했다.

이 시기에 특기할 일은 尹克榮 같은 작곡가를 만나 동요가 겨레의 가슴
속에 뿌리박아 급속히 번진 것과 함께 신문들도 아동문학에 깊은 관심을 갖고
신춘문예 모집에 아동문학을 추가하고 발표할 수 있는 지면을 많이 제공했다
는 사실이다.

朴錫興, "(우리 文化, 41)開化期서 現在까지 座標 삼을 百年의
발자취-어린이와 문학 6",『경향신문』, 1973.5.15.

갈라진 少年운동과 잡지 洪水

어린이운동과 아동문학은 1925년부터 사회의 깊은 관심을 불러 일으켜
어린이잡지가 쏟아져 나오는 한편 가열된 어린이운동은 둘로 갈라지는 사태
까지 몰고 왔다.『어린이』(1923~1934),『新少年』(1923~1933) 두 아동
잡지는 착실히 아동문학 붐을 조성했는데 20년대 말까지 꾸준히 나온 잡지는
13종이 넘는다.

등사잡지였던『어린 벗』(月刊, 국판, 24년 6월 창간, 주간 延星欽)을 선두
로『半島少年』(月刊, 高長煥, 24~25년),『새벗』(月刊, 46판, 高丙敦, 25년
5월),『少年時代』(격월간, 국판, 金鎭泰, 25년 8월),『鮮明』(25년),『아이생
활』(月刊, 46판, 국판, 韓錫源, 朝鮮야소교서회 刊, 26년 3월),『소년계』(崔
湖東),『영데이』(月刊, 46판, 崔相鉉, 26년 6월),『별나라』(月刊, 46판, 安俊
植, 26년 11월),『少年朝鮮』(月刊, 국배판, 崔貞順, 28년 1~29년 1월),『少

年世界』(月刊, 46판, 李元珪, 29년 1월), 『朝鮮兒童新報』(국판, 타블로이드 판, 白大鎭, 29년 6월), 『별』(가톨릭 서울교구, 28년 9~33년 5월) 등이 나와 아동잡지의 홍수시대였다.

이런 아동잡지 붐 속에 나오자마자 사라지는 부실한 잡지도 많았지만 일제 말기 한글 출판이 완전히 봉쇄될 때까지 계속된 아동문학운동도 있었다. 延星欽이 주간이었던 『어린 벗』은 가난한 어린이를 위한 私設교육기관이었던 培英學院에서 내놓은 것이며, 張茂釗의 『종달새』 잡지도 『어린 벗』과 같은 등사잡지로 明進少年會舘에서 발간한 것이다. 이때 나온 잡지 중 3만부까지 찍은 『새벗』(25~33년)을 비롯해 『소년계』(26~29년), 『아이생활』(26~44년), 『별나라』(26~29년) 등은 『어린이』, 『新少年』과 더불어 초창기 한국 아동문학에 빛나는 자취를 남겼다.[99]

長老敎總會 宗敎교육부가 낸 『아이생활』은 기독교 선교사업의 일환으로 어린이운동을 폈는데 이 무렵 사회주의 경향문학을 아동문학에 끌어들인 『별나라』의 영향은 『어린이』, 『新少年』에까지 미치기도 했지만 『아이생활』만은 기본자세를 끝내 흐트리지 않은 유일한 잡지였다. 이 시기의 어린이운동과 아동문학은 20년대 초에 바람을 일으킨 日帝 식민지 수탈정책에 대한 사회경제적인 의식의 확대로 인한 영향을 받아 홍역을 치르고 있었다.

잘못 인식한 "無産少年운동"이란 것이 전부인 것처럼 착각을 일으킨 탓으로 小波가 편 어린이운동은 소극적이고 한계가 있는 운동이라고 비난을 받아야 하는 실정이었다. 어린이 잡지에도 쇠망치를 든 소년의 그림이 등장했던 1926년부터는 어린이날 행사까지 두 곳에서 열리기도 했다. 점진적이고 순수한 어린이운동을 주창해 온 小波는 천도교대강당에서, 또 다른 소년운동을

---

99 주요 잡지의 발간 내역에 오류가 있다. 『어린이』(1923.3.20~1935.3), 『신소년』(1923.10~1934.2), 『별나라』(1926.6~1935.2), 『아이생활』(1926.3~1944.1)은 창간과 종간이 밝혀져 있다. 『소년조선』(1928.1~?)은 제19호(1929년 8월호)까지, 『소년세계』(1929.10~?)는 제3권 제12호(1932년 12월호)까지 확인하였다. 『두산백과』는 『소년조선』의 종간을 통권 19호(1929년 8월호)라 하였고, 최덕교의 『한국 잡지 백년 2』(현암사, 2004)에 『소년세계』의 창간을 1929년 12월 1일이라 하였는데 이는 제1권 제3호(1929년 12월 1일 발행)의 발간일이다. 『새벗』(1925.11~?), 『소년계』(1926.12~?)도 종간이 불분명하다. 『새벗』은 제6권 제1호(1930년 5월호)까지, 『소년계』는 제3권 제4호(1928년 4월호)까지 확인하였다.

주창하고 나선 〈5月會〉는 보성보통학교에서 별도의 행사를 벌였던 것이다.

27년에도 천도교와 수송보통학교 두 곳에서 어린이날 행사가 열린 뒤 10월 16일 견지동 시천교당에서 小波가 이끄는 〈朝鮮少年운동협회〉와 丁洪教가 이끄는 〈5月會〉가 〈조선소년연합회〉를 결성, 분열되었던 어린이운동 합작을 결의했다. 그러나 여기까지 소년운동을 이끈 小波는 28년 3월 22일 전국 3백 50 어린이운동 단체가 천도교기념관에 모여 〈조선소년총동맹〉(회장 丁洪教)을 결성하고 어린이운동 방향을 다시 돌리자 조용히 잠적, 『어린이』 잡지와 구연(口演) 동화, 강연회에만 관계했다.

20년대까지 꾸준히 나온 잡지 13 種이나
日帝末까지 계속된 것도
一部서 小波의 이념에 反旗

결국 小波 없는 어린이운동은 두 방향으로 양분되어 둘 다 자멸해 버렸다. 『별나라』의 흐름이 어린이 잡지계를 휩쓸었던 이 시기에 아동문학은 순수문학보다 웅변조의 설교가 지배적이었던 것도 특기할 일이다.

때문에 아동잡지에 글을 발표한 문인들도 각양각색이었는데 이름 있는 작가를 보면 金泰午, 洪曉民, 柳光烈, 丁洪教, 申明均, 李軒求, 李周洪, 朱耀燮, 盧良根, 李龜祚, 崔秉和 등이었다.

朴錫興, "(우리 文化, 42)開化期서 現在까지 座標 삼을 百年의 발자취－어린이와 문학 7", 『경향신문』, 1973.5.22.

黃金期 이룬 30年代

1930년대 어린이운동은 개척자 小波를 잃고 일시 위축되지만 아동문학은 다양한 작품 경향과 역량 있는 신인들의 진출로 새로운 세계를 연다. "정성스러워라, 오직 정성스러워라." 하며 어린이들에게 당부하던 小波는 1931년

7월 23일 33세의 젊은 나이로 힘겨운 어린이운동을 그가 키운 후배들에게 맡기고 세상을 떠났다. 7월 25일 천도교강당에서 가진 小波의 장례식은 사랑이 담긴 조촐한 의식이었다.

"웃으며 가신대도 서러울 것을 말없이 괴롭게 가시다니요…" 尹石重의 「못 가세요 선생님」이란 弔詩와 李元壽의 "나의 살던 고향은 꽃피는 산골…"(「고향의 봄」)이 식장을 울음바다로 만들었다.

小波의 유골이 忘憂里에 안장된 것은 5년 동안 서울 홍제동 화장터에 안치된 뒤였다. "童心如仙 小波 方定煥之墓"란 묘비가 세워진 小波의 묘 곁에는 평생 그를 따르던 水原〈화성소년회〉최영주가 그의 아버지 묘를 쓰고 뒷날 자기도 그 옆에 나란히 누웠다. 小波 간 뒤 아동문학은 小波가 키운 尹石重, 李元壽, 尹福鎭, 徐德出을 비롯해 1925년 『新少年』이 발굴한 李周洪(동화 「뱀새끼의 무도」로 데뷔) 등이 기성 작가로 아동문학의 일선에 나선다. 尹石重은 1932년 그림과 곡조가 곁들인 한국 최초의 단행본 동요곡집 『尹石重동요집』과 1933년에는 한국 최초의 동시집 『잃어버린 댕기』를 出刊, 20년대 한국 아동문학의 습작기를 결산하고 있다.

「짝자꿍」, 「고추 먹고 맴맴」, 「꿀돼지」, 「우산」, 「퐁당퐁당」, 「제비남매」, 「밤 한 톨이 떽데굴」, 「낮에 나온 반달」, 「달 따러 가자」, 「산바람 강바람」 등이 모두 이때 내놓은 작품들이다. 1932년 최초의 동요집에 수록된 尹石重의 「휘파람」은 日帝下 착취당하는 우리 사회의 단면을 증언하는 동요 작품으로 유명하다.

"팔월에도 보름날엔/달이 밝건만,/우리 누나 공장에선/밤일을 하네./공장 누나 저녁밥을/날라다 두고,/휘파람 불며불며 돌아오누나"

60대 사람들에게는 당시의 곤욕을 생각나게 하는 동요다.

『어린이』잡지를 통해 등장한 李元壽도 같은 차원의 수준 높은 작품을 이 시기에 발표했다.

"누나를 바래주러/뱃머리에 나왔더니/흐렸던 하늘이/그만 비를 뿌리시네 /두달만에 한번 겨우 다니러 왔건마는/단이틀을 못쉬고 가야만 하는건가. /…옷보퉁이 옆에끼고/비오는 갑판 위에 우두커니 선누나/그 눈에도 그눈에 도/필시 비는 오시리라/바다에 비는 부슬부슬/빗속에 배도 멀어져 안뵈건만

/나는 부두에 혼자서서/비오는 바다만 보고 있다"

「가시는 누나」란 동요다.

월사금을 못내 퇴학당한 친구를 생각하는 「헌 모자」를 비롯해 「기차」, 「산너머 하늘」 등 주옥같은 작품을 李元壽도 발표한다.

"다글 다글 다글다글…/언니가 등불들고, 나는 뒤에서밀고,/이밤에 우리는 이사를 간다/가는집이 어딘지 그건몰라도/언니만따라서 낯선 골목을/구루마 다글다글 이사를 간다./어머니는 셋방살이 설어하시고/언니는 집임자와 쌈을 하고/나는 구루마에 이삿짐만 실었다./우리도 좋은 집 살 때 있겠지./(한 련 생략) '우리도 언제나, 언제나…' 하며/주먹을 쥐어보고 또 쥐어보고/부랴부랴/싣고가는 우리 이삿짐./다글다글 구루마/바퀴돌아가듯이/어려운 세상 어서어서 지나가거라/지나가거라./누이야, 꺼진등불 그만두어라./다글다글 끌고가는 낯선 골목에/달이,/스므날의 달이 솟는다"

『新少年』에 발표된 「이삿길」이란 李元壽의 동요는 작가 자신도 아끼는 빼어난 작품이었다.

尹石重 · 李元壽 · 徐德出 · 李周洪 등 활약

力量 있는 新人 많이 輩出
雜誌 통해 珠玉 같은 作品들 내놔

문학사에 남을 우수한 작품들이 샘솟던 이 시기에 尹石重과 李周洪은 그들이 데뷔한 잡지의 편집자가 되어 아동문학 육성에 헌신한다. 木月이란 필명으로 청록파 시인으로 더 많이 알려진, 朴泳鍾이 朴彰龍[100]이란 동시 작가로

---

100 '朴泳鍾'의 필명인 '朴影童'의 오식이다. 「통 · 딱딱 · 통 · 짝짝」은 『어린이』(제12권 제6호, 통권121호, 1934년 6월호)에 '朴彰童'이란 이름으로 수록되어 있으나 '彰'은 '影'의 오식이었다. 그런데 '朴彰龍'은 어디에 근거한 것인지 궁금하다. 윤석중의 『어린이와 한평생』(범양사출판부, 1985)에 다음과 같이 말한 사실로 미루어보아 '彰童'은 '影童'의 오식이 분명하다. "나의 첫솜씨로 꾸며져 나온 『어린이』의 독자 투고에서 동요 '통딱딱 · 통짝짝'을 특선으로 뽑아 잡지 첫머리에 4호 활자로 2쪽에 벌려 실었으니, 독자들도 눈이 휘둥그래졌으려니와 투고한 경상도 건촌 사는 무명의 '영동(影童)' 또한 얼마나 놀랐겠는가. 영동은 본명이 박영종(朴泳鍾)이었고 그는 바로 시인 박목월로 17세 때 일이었다."(150쪽) (밑줄 필자)

데뷔한 것은 尹石重이 주간으로 있었던 『어린이』 잡지로 「통짝짝 통딱딱」이란 동시였다. 朴泳鍾 외에도 姜小泉이 尹石重이 주간하던 잡지에서 작가로 성장했다.

"『아이생활』과 『어린이』 잡지 주간을 할 때 함경도 고원에서 姜龍律이란 이름으로 무지무지하게 동요를 지어 보내는 독자가 있었읍니다. 이 독자가 뒷날 아동문학에 큰 공을 세운 姜小泉이었읍니다."

尹石重은 木月이 6세 아래, 小泉은 불과 4세 아래였지만 시골에 있기 때문에 독자투고 형식으로 작품을 발표했다고 회고한다. 小泉, 木月과 함께 金英一(『매일신보』, 34년, 「반딧불」), 朴京鍾(『조선중앙일보』, 33년, 「왜가리」),[101] 睦一信(『동아일보』, 「참새」, 『조선일보』, 「시골」, 30년)이 신문 문예난을 통해 등장하여 아동문학의 폭을 넓혀 준다.

朴錫興, "(우리 文化, 43)開化期서 現在까지 座標 삼을 百年의 발자취—어린이와 문학 8", 『경향신문』, 1973.5.31.

童詩·童謠

30년대 초에 등단하는 아동문학가들은 각기 개성 있는 작품 세계로 우리 아동문학의 토양을 비옥케 했다. 「통짝짝 통딱딱」이란 재미있는 동시로 첫선을 보인 朴彰龍(본명 泳鍾)은 38년 『文章』誌 추천으로 후일 朴木月이 되기까지 「얼룩송아지」, 「이야깃길」, 「누구하고 노나」 등 아기자기한 童詩를 내놓아 아동문단의 주목받는 작가로 활약했다. 약관 16세에 「민들레와 울아기」로 데뷔한 小泉은(본명 姜龍律, 1915~1963)은 『아이생활』, 『新少年』 등에 작품을 기고해 왕성한 창작활동을 했다. 小波처럼 어린이를 위해 헌신한 小泉은 48세의 한창 나이에 세상을 떠났지만 그가 남긴 동시는 우리나라 아동문학에 금자탑을 세웠다.

---

101 박경종의 「왜가리」는 『조선중앙일보』 1935년 5월 3일 자에 발표되었다.

"물한모금 입에 물고/하늘한번 쳐다보고/또한모금 입에물고/구름한번 쳐다보고/하늘은 푸른하늘"

1937년 『少年』 잡지 창간호에 실린 동시 「닭」은 小泉이 北間島에서 고국 하늘을 생각하며 지어 보낸 것이라고 尹石重(당시 『少年』 주간)은 말한다. "하늘은 푸른 하늘" 다음에도 장황하게 나가는 것을 편집자가 잘라 버리고 실은 것이 오히려 작품을 빛나게 했다는 에피소드도 있다. 北間島에서 고국 하늘을 그리워했던 작가는 6·25 때 越南하여 또다시 함경도 고원에 두고 온 식구를 생각하며 하늘 한번 쳐다보고 구름 한번 쳐다보는 슬픔을 되씹기도 했다.

雜誌들도 運營難에
초기에 姜小泉·金英一·朴彰龍 등 크게 활약
30年代 末 日帝 탄압으로 危機

木月과 小泉은 초기 동요의 창가 형태를 詩的인 세계로 끌어올리는 데 큰 공을 세웠다. 「반딧불」이란 짧은 동시를 갖고 나온 金英一도 애상적인 아동 문학의 주제를 명랑한 것으로 바꾸는데 선구적인 역할을 한 것이다.

"방울새야 방울새야/쪼로롱 방울새야/간밤에 고방울/어디서 사왔니"

「반딧불」에 이어 35년 『아이생활』에 당선된 金英一의 초기 작품 「방울새」다.[102] 그러나 그의 동요 중 가장 유명한 동요는 역시 「다람쥐」를 꼽을 수밖에 없다.

"산골짝에 애기다람쥐/도토리 점심갖고/소풍을 간다/다람쥐야/재주나 한번 넘으렴/날도 좋다"

이 「다람쥐」란 동요는 작곡 과정에서 다소 윤색되어 어린이들이 오늘까지 애창한다.

1930년 『東亞』, 『朝鮮』 두 신문에 동시에 당선작을 낸 睦一信도 「물레방아」, 「누가누가 잠자나」, 「자전거」, 「비누방울」 등 좋은 동요를 내놓아 아동

---

102 김영일(金英一)의 「방울새」는 『아이생활』 1941년 7-8월 합호(제16권 제7호)에 발표되었다.

문학을 풍성케 했다.

그러나 이같이 참신하고 재능 있는 작가의 등단에도 불구하고 30년 후반부터 죄어 오기 시작하는 日帝의 우리 민족문화 말살정책으로 아동문학은 일대 위기를 맞았다.

심한 검열과 재정난, 독자의 감소 등으로 아동문학지가 차례로 쓰러지는 가운데 신문과 종교기관만이 아동문학의 명맥을 유지했다.

1936년 朝鮮中央日報社는『少年中央』(주간 尹石重)을, 1937년 朝鮮日報社가『少年』, 『幼年』잡지를 발간하는 한편 신문의 토요일 부록판으로『소년조선일보』를 냈다.

기독교에서 낸『아이생활』잡지만이 아동문학을 대표하고 있을 때 가톨릭은 만주와 일본에서 아동잡지를 만들어 국내에 배포했다. 間島 龍井에서 독일 신부 白化東 주교는『가톨릭少年』(菊版 1백面 36.6~38.9)[103]이란 어린이 종합지를 냈고 '벨기에' '콜란' 신부는 東京에서『빛』(46배판, 60면, 격월간, 37~40) 잡지를 5만부씩 찍어 국내에 뿌렸다. 고급 아트지에 원색만화 4페이지를 실었던『빛』잡지는 日帝가 극성을 부려 모든 잡지가 日語를 병용할 때 유일하게 한글을 전용한 아동잡지였다. 1938년에는 신문화운동 이후 38년까지의 아동문학을 1차 정리한『朝鮮兒童文學集』이 나왔다. 1940년에는 우리나라 최초 장편 소년소설『열세동무』(盧良根 著)가 발간되고 朴京鍾이 동요「둥글다」로『동아일보』에 입선, 金耀燮이 동화「고개 너머 先生」으로 1941년『每日申報』에 당선, 林仁洙가 동시「봄바람」으로『아이생활』을 통해 아동문단에 나왔다.[104] 그러나 1940년 신문들이 폐간될 정도로 조선총

---

103 『가톨릭少年』은 1936년 3월호를 시작으로 하여 1938년 8월호를 마지막으로 폐간되었다. 가톨릭少年社 사장 배광피(裵光被)가 1938년 8월 19일 자에 발표한「本誌 廢刊辭」(『가톨릭少年』, 1938년 8월호)에 의하면, "이번 八月號로써 本誌 가톨릭少年은 끝을 매잣습니다."라 하였다.

104 김요섭(金耀燮)의「고개 넘어 선생」은『매일신보』1942년 신춘현상 문예의 동화 부문 2등 당선작이다. 임인수(林仁洙)는「봄바람」(『아이생활』, 1940년 4월호) 이전에 동요「까치와 참새」(『동화』, 1936년 3월호), 동요「비행기」(『아이생활』, 1939년 8월호), 동요「소꿉노리」(『소년』, 1940년 2월호), 동요「수남이 집」(『소년』, 1940년 3월호) 등을 발표하고 있어「봄바람」으로 문단에 나왔다는 말은 사실과 다르다. 1940년『동아일보』신춘현상 당선자 중에 박경종(朴京鍾)은 없다.

독부 탄압이 심해지면서 아동문학도 완전한 암흑기에 들어갔다. 尹石重은 이 시기에 아동문학가 들이 "먹기 위해서 살기 위해서 머리 깎고 중이 된 사람, 일본 사람 시중드는 사람, 양조장 하는 사람, 약장수 하는 사람 등으로 살길을 찾아 나섰고 아동문학은 발표무대를 잃은 불 없는 화로였다."고 증언하고 있다. 1943년까지 버티던 『아이생활』도 1944년 1월호를 내고 자진 폐간하자 아동문학은 地下로 들어가 연명했다. 등사해서 30부를 만들어 돌린 回覽 잡지가 여기저기서 나타난 것이다. 林仁洙와 李允善이 함께 낸 『童園』(3집), 禹曉鐘이 낸 『초가집』, 李鍾星의 『파랑새』(6집)가 가장 대표적인 것이었다. 그러나 이것은 마지막 안간힘이었지 이것으로 아동문학이 유지될 형편은 못 되었다.

朴錫興, "(우리 文化. 44)開化期서 現在까지 座標 삼을 百年의 발자취 – 어린이와 문학 完", 『경향신문』, 1973.6.5.

解放 이후

1945년 8·15해방으로 아동문학도 다시 생기를 되찾는 듯했으나, 식민지 시대의 곤욕을 하루아침에 털어버리기에는 너무 벅찬 과제였다. "거딜 난 朝鮮에 태어난 어린이야말로 어버이 없는 상제 아이보다도 가엾지 아니한가. 서리 맞은 풀밭에 안 되는 우리는 朝鮮의 새싹인 우리 어린이를 위하여 스스로 썩어 한 줌 거름이 되려 한다." 8·15 직후의 〈朝鮮兒童文化協會〉 발기 취지문에는 어린이운동의 새로운 각오가 엿보이나, 左右翼의 대립은 아동문학도 혼란으로 몰았다. 그러나 이런 혼란 가운데도 『소학생』, 『少年』, 『兒童文化』, 『兒童文學』 등의 10여종 잡지와 단행본이 쏟아져 나왔다.

朱耀燮의 장편동화 『웅철이의 모험』, 尹石重의 童詩集 『초생달』, 『굴렁쇠』, 朴泳鍾의 동시집 『초록별』, 李周洪의 동화집 『못난 돼지』, 李元壽의 동시집 『종달새』 등 日帝下에 써 두었던 작품들이 단행본으로 출간된 것이다. 1947년 尹克榮, 鄭淳哲, 尹石重은 〈노래동무회〉를 만들어 동요 창작 보급에 열을 올렸다. 「나란히나란히」, 「길조심」, 「기찻길 옆」, 「동대문놀이」 등이 이때 작곡되어 어린이들에게 보급된 것이다. 魚孝善, 張壽哲, 朴和穆 등 신인작가들의 등장과 함께 비교적 활발한 작품 활동을 한 것도 이 시기였다. 해방 뒤의 격동 속에서도 안정을 찾던 아동문학은 6·25로 또 한차례 홍역을 치렀다.

해방 후부터 머리 들기 시작한 어린이잡지의 상업주의 경향이 6·25로 노골화되기도 했다. 만화가 큰 비중을 차지하기 시작하고 흥미소설이 아동잡지를 메우기 시작한 것이다. 그러나 유엔군의 북진으로 北에 있던 姜小泉, 韓晶東, 張壽哲, 朴京鍾 등 작가들이 월남할 계기를 만들어 빈곤한 아동문단에 보탬이 되었다. 피난지 釜山에서 姜小泉은 『어린이 다이제스트』를 발간, 기독교 기관에서 낸 『새벗』과 李元壽가 大邱에서 낸 『소년세계』와 더불어 전쟁 중 어린이들에게 마음의 길잡이가 되었다.

환도한 尹石重은 1956년 1월 〈새싹회〉를 만들어 지리멸렬해진 어린이운동을 재정비했다. 〈새싹회〉는 해마다 ① 小波賞, ② 장한 어머니상, ③ 대통령상타기 글짓기내기, ④ 세종상타기 한글날 글잔치를 베풀었고 이름난 동요를 대상으로 전국에 노래비를 세웠다.

日帝 후유증 · 動亂으로 한때 혼란
잡지의 商業主義 傾向도
70년대부터 차분히 基盤 다져

1957년에는 〈한국동화작가협회〉가 기초한 대한민국어린이헌장이 마련되어 이해 5월 5일 35회 어린이날에 어린이헌장이 선포되었다. 馬海松, 姜小泉, 林仁洙, 金耀燮, 崔台鎬, 方基煥, 李鍾桓 등의 중지를 모은 어린이헌장은 어린이 자신의 다짐이 아니고 사회가 어린이를 보호해야겠다는 결의였다. 상업 잡지와 만화가 어린이 정서를 좀먹는 상황에서 순수 아동문학은 설 자리를 잃고 동요는 CM송에 밀려난 아동문학의 위기에서 70년대 어린이문학은 재정비를 서두르고 있다.

입시준비용 어린이신문들이 아동의 정서 순화를 위해 성실한 편집체제를 모색하고 있으며, 상업 잡지의 범람 속에서도 『소년』지 등은 순수 아동잡지로 버티고 있다. "어린이회관", "어린이대공원" 등이 마련되는 사회적인 관심 속에 아동문학가 들도 아동문학을 검토하는 기운이 높아지고 있다.

성인문학에 비해서 아동문학을 유치한 것으로 생각해 온 것을 털어 버리고 아동문학의 대가가 동시에 성인문학의 대가로 대접받아야 한다는 반성의 소리가 아동문단에 퍼져 『兒童文學思想』 등 차원 높은 전문지가 등장한 것은 반가운 일이다.

70년대 아동문학은 주위의 열띤 어린이 관심과는 상반된 차분한 반성의 계기를 마련, 아동문학의 기초부터 다시 다지고 있는 셈이다.

【어린이와 文學 篇 = 朴錫興 기자】

尹石重[105], "韓國童謠文學小史", 『예술논문집』, 제29집, 대한민국예술원, 1990.

차 례

1. 글머리에

70여 년 전 우리가 어려서는 노래와 춤과 그림이 천대 받는 터여서, 여자아이가 노래를 하면, 어른들은 "저 애가 기생이 되고 싶어서 저러나?" 하면서 못마땅해했고, 춤을 추다가 들키면 "너, 무당이 되고 싶어 그러니?" 하면서 나무랐으며, 그림 그리는 것을 보고는 "환쟁이가 되려나 보다."고 입맛을 다시는 부모가 허다했다.

흔히들 입에 올리는 욕에 "시졸할 놈"(이상 5쪽)이 있었는데, "시졸"은 "시조를"을 줄인 말로, 시조나 읊는 선비들을 할 일이 없어 그러는 것이라고 멸시해서 하는 말이었다.

이처럼 어른들이 예능을 천대하는 속에 자라나는 어린이들은 무미건조한 나날을 보낼 따름이었다. 말해 무엇하랴, 어린 사람들을 대접해서 "어린이"란 새말을 만들어 내고, "어린이의 날"이라 하여 어린 그들의 인권을 존중하자는 운동이 일어난 것이 1922년 무렵이었으니 1923년에 이르러 5월 1일을 〈조선

---

105 원문에 '尹石重(藝術院 會員)'이라 되어 있다.

소년운동협회〉가 제정하여 "어린이 사랑" 운동을 펴기 전에는 어린 사람을 업신여겨 "애놈", "애 녀석", "애새끼" 따위 말이 예사로 어른들 입에 오르내렸던 것이다.

1924년 가을에, 일본 유학생 윤극영(스물한 살 때)이 작사·작곡한 "푸른 하늘 은하물"의 「반달」 노래가 우리들 입에 오르기 전에는, 어른들이 훈계조로 지어낸 일본 투의 "창가(唱歌)"밖에 없었는데, "청산 속에 묻힌 옥도 갈아야만 빛이 나네"라든가, "우렁차게 토하는 기적 소리에"라든가, "산곡간에 흐르는 맑은 물가에" 같은 딱딱한 창가들이 아이들을 괴롭혔다.

그러다가 곡 딸린 동요가 어린이 세계를 파고들었는데, 일본 식민지였던 우리 겨레의 한이 동요에도 깔려 있어서, 아이들이 뛰어놀다가도 발을 멈추거나, 대문간 문지방에 턱을 괴고 앉아서 시름에 잠겨 구성지게 불러야 했다. "남은 별이 둘이서 눈물 흘린다"거나 "돛대도 아니 달고 삿대도 없이"라든가, "내 어머니 가신 나라 해 돋는 나라"라든가, "나뭇잎만 우수수 떨어집니다"라든가, 아이들이 눈물을 글썽거리며 부르던 「형제별」, 「반달」, 「따오기」, 「오빠생각」은 한결같이 어른들의 가슴에 맺힌 한을 아무 죄 없는 아이들에게 물려주는 슬픈 노래들이었다.

그런 노래에 물린 아이들이 어른들의 노래를 어깨너머로 얻어들은 것들은, "술이란 눈물인가, 한숨이런가"[106]란 일본에서 흘러들어온 유행가가 아니면,

---

106 "酒わ涙か ため息か: さけは なみだか ためいきが"(술은 눈물인가 한숨인가)로 이어지는 일제 강점기에 유행했던 노래다. 고가 마사오(古賀政男, 1904~1978)가 1931년 9월에 발표한 노래다. 이광수(李光洙)의 『흙』(1932), 염상섭(廉想涉)의 『무화과』(1932), 이태준(李泰俊)의 「달밤」(1933), 방인근(方仁根)의 『魔都의 香불』(『동아일보』, 1932~33), 현진건(玄鎭健)의 『적도』(1939)에도 당시 유행했던 이 노래가 언급되고 있다.
전문은 다음과 같다.

酒は涙か溜息か	술은 눈물인가 한숨인가
心の憂きの捨て所	마음의 근심을 버리는 곳
遠い縁の彼の人に	먼 인연의 그 사람을
夜毎の夢の切なさよ	밤마다 꿈꾸는 애달픔이여.
酒は涙か溜息か	술은 눈물인가 한숨인가
悲しい戀の捨て所	슬픈 사랑을 버리는 곳
忘れた筈の彼の人に	잊어야 할 그 사람에게
殘る心を何としよう	남은 이 마음을 어이 하리오

「목포의 눈물」 따위였다. 1941년 태평양전쟁이 터지자, 학교 창가시간에 얻어 배운 노래는 전쟁을 찬양하는 일본 군가였으니, 동심에 멍이 들 수밖에 없었다.

그러다가 뜻밖에 8 · 15해방을 맞았으나, 나라 땅이 남북으로, 품은 생각이 좌우로 갈리는 통에, 남북, 좌우의 틈바구니에 끼여 어른 눈치나 보는 아이들이 되어서 노래도 제대로 부르지 못하고 자랐던 것이다.

해방 이듬해에 어린이 입을 통해 전국(38선 이북까지)에 퍼진 「우리의 소원」(이상 6쪽) 노래는 해방 3년 만에 남쪽에 대한민국이, 북쪽에 조선민주주의인민공화국이 생기고 1950년에 6 · 25전쟁이 터지자, "독립"을 "통일"로 고쳐 부르게 되었던 것이다.

그러면 오늘날 우리 어린이는 어떤 노래를 즐겨 부르는가? 라디오나 텔레비전에서 흘러나오는 유행가가 귀에 젖고 마음에 배어서 동요 따위는 유치하고 싱거워서 안 부르는 아이가 수두룩하다. 동심을 잃어버린 애늙은이가 날로 늘어 가고 있는 것이다. 아이들 입에 오르내리는 노래로 그 시대의 흐름을 알 수 있는데, 우리가 어려서 부르던 노래에 이런 것이 있었다.

　　새야 새야 파랑새야
　　녹두밭에 앉지 마라
　　녹두꽃이 떨어지면
　　청포장수 울고 간다.

이 노래는 고종 31년인 1894년에 일어났던 동학혁명 때, 비운에 잠긴 백성들이 터놓고 슬퍼하지 못하면서 부르던 것인데, "파랑새"는 팔왕(八王)새로, 두 글자를 한데 붙이면 전(全) 씨가 되었고, "녹두"란 키가 작아 "녹두장군"이라 불리던 전봉준을 두고 한 말이었다.

　　장다리는 한철이요
　　미나리는 사철이라

이 노래는 조선조 19대 왕인 숙종 때 인현왕후 민 씨를 "미나리"에 비기고, 대빈 장 씨를 "장다리"에 비긴 것으로 아이들 입을 빌어 퍼뜨린 참요(讖謠

: 민요의 한 가지, 주로 예언이나 은어의 형식으로 나타낸 노래로, 흔히 정치적 변동을 암시)였다.

"새야 새야"같은 곡으로 아이들이 늘 부르던 노래는 "달아 달아"였다. 이 노래에 나오는 이태백(李太白)은 중국 당(唐)나라 시인으로 1천2백여 년 전 사람이 아닌가, 달과 술을 벗 삼아 떠돌아다니던 남의 나라 시객이 즐기던 달을 우러러보고, 부러워하면서, 이 땅의 어린이가 자란 것이다.

　　초가 삼간 집을 짓고
　　양친 부모 모셔다가
　　천년 만년 살고지고

한 것을 보면, 난리 났을 때, 이산가족이 목메어 부른 노랜가 보다.(이상 7쪽)

　　달아 달아 밝은 달아
　　이태백이 노던 달아
　　이태백이 죽은 담엔
　　누구하고 놀려느냐

이런 노래가 있었던 것을 보면, 모화(慕華)사상을 못마땅하게 여기는 생각이 그 시절 어린 가슴에도 싹텄음을 알 수 있다.

　　노래를 잊어버린 카나리아는
　　뒷동산 언덕 위에 내다버릴까.
　　아니아니 그것은 안될 말예요.

　　노래를 잊어버린 카나리아를
　　뒷문 밖 풀숲에다 묻어 버릴까.
　　아니아니 그것은 안될 말예요.

　　노래를 잊어버린 카나리아를
　　버드나무 회초리로 매를 때릴까.
　　아니아니 그러면 가엾어요.

　　노래를 잊어버린 카나리아를

상아로 만든 배에 은 노를 저어
달 밝은 바다 위에 띄워놓으면
잊어버린 노래가 떠오른다네.

이 노래가 일본에서 우리나라에 들어와서 한창 불리던 것이 1925년 무렵이었으니 「반달」 시절과 같은 때였다.

말과 글을 빼앗긴 그 당시의 우리 어린이들은 노래를 잊어버린 카나리아와 같은 신세였기 때문에 이 노래가 마음에 들어 일본말로 학교에서 배운 노래를 우리말로 옮겨 보았던 것이다(이 동요를 지은이는 '사이죠 야소'(西條八十)라는 일본의 유명한 시인이었다.)

노래를 잊어버린 카나리아 새를 야단치거나, 윽박지르거나 해서는 더욱더 입을 꼭 다물고 노래를 하지 않을 것이다. 노래 부를 생각이 났다가도 설움이 복받쳐 입 밖으로 흘러나오지 못할 것이다. 이 노래는 세상 일이 우격다짐으로 되는 것이 아님을 일깨워 주는 것이어서, 어른에게 눌려 지내던 그 당시 어린이들을 위로해 주는 구실을 했다.

어른들의 하소연이 담긴 "새야 새야"나 "달아 달아", 일본 창가를 본받은 노래들, 간신히 거기서 벗어난 「반달」(1924년), 「고향의 봄」(1926년), 「따오기」(1924년)를 거쳐, 어른들의 유행가에 물들었다가 해방과 더불어 봇물처럼 터져 나왔던 우리 동요들이 또다시 길을 잃고 헤매는 동안, 라디오나 텔레비전을 통한 유행가 등쌀에 어린이들은 동심을 잃어 가고 있으며, 요즘의 일본의 '가라오께'(이상 8쪽)('가라'는 "비었다"는 일본말이고 '오께'는 '오케스트라'를 줄인 말인데, '테레비'니 '데모'니 하는 반동강 말들도 다 일본에 잘못 들어온 말들이다.)가 밤거리를 어지럽히고 '포르노' 영화가 비디오에 실려 가정집을 함부로 드나들고 있다.

어린이들의 마음을 좀먹는 것이 어찌 그뿐이랴. 어른들이 과소비 또한 부잣집 아이들에게는 짜증과 투정과 허영을, 가난한 집 아이들에게는 부러움과 새암이 지나쳐서 질투와 증오를 길러 주고 있다. 그래서 어른 모르는 사이 동심(童心)이 한눈파는 동심(動心)과 얼어붙은 동심(冬心)이 되어 가고 있다.

"어린이는 어린이답게" — 해마다 어린이날이면 내거는 말이다. "동심을 어린이에게 돌려주자!" 이런 소리도 한다. 1945년 8·15해방이 우리에게 안겨 준 선물이 무엇이었던가? 나라 땅 허리를 잘라 두 동강 낸 "삼팔선"이 아니었던가! 그 당시 아이들 입에서 흘러나온 노래는 동요 아닌 동요였다.

소련에 속지 말고
미국사람 믿지 마라.
일본놈 일어선다
조선사람 조심해라

네 나라 이름을 가지고 노래처럼 지은 말인데, 불행하게도 우리 어린이들은 도로 찾은 동요를 익히기도 전에, 이러한 노래를 부르며 놀았던 것이다. 어른이 지어 아이들 입을 빌어 퍼뜨린 노래에는 이런 것이 있었다.

이리조리 가지 말고
신장로로 바로 가자

자유당 때, 길에서 줄넘기를 하며 노는 아이들 입에서 흘러나온 노래였다. 대통령 선거 때인데, 이(이승만), 조(조봉암) 찍지 말고, 신(신익희), 장(장면)을 정·부통령으로 뽑자는 동요였던 것이다. 민의원 선거 때는 "주요한" 후보를 두고 동요처럼 지은 노래가 서울에 퍼졌는데, 물론 아이들은 아무 영문도 모르고 뛰어놀며 불렀던 것이다.

내가 가진 한 표도 주요한 한 표
네가 가진 한 표도 주요한 한 표
지금이 어느 때냐 주요한 때다.
너도 나도 던지자 주요한 한 표

별 효과는 없었지만, "새야 새야 파랑새"나, "미나리는 사철"(사철 미나리란 말은 여기서 비롯됨) 못지않은, 빗대(이상 9쪽) 지은 노래들이었다. 그렇다면 우리나라 동요는 노상 어른들에게 이용만 당했던가? 아니다! 옛날부터 전해 내려온 전래동요, 입에서 입으로 전해졌다고 해서 구전(口傳)동요라고도 부르는 노래가 있다. 지은이도 알 길이 없고, 곡조도 따로 없어, 그때그때 즉흥적으로 자유롭게 가락을 붙여 불러 내려온 동요이다.

김소운, 방종현, 김사엽, 최상수, 고정옥, 임동권 이분들이 낸 우리나라 민요책을 참고해서 신경림이 엮어낸 『한국전래동요집』 두 권에 별러 실린 우리나라 전래동요를 살펴보면, 부모 형제와 동무 노래 30편, 해와 달과 별과 바람 노래 63편, 새 노래 117편, 짐승과 물고기 노래 56편, 벌레 노래 70편, 일노래 19편, 나무와 풀과 꽃과 나물 노래 7편, 놀이 노래 115편, 놀림과 익살 노래 94편, 자장노래와 아이 달래는 노래 50편, 모두 705편에 이른다.

언제 누가 지었는지도 모를 구전동요들을 우리 어릴 적만 해도 어머니나 할머니가 불러 주시는 것을 들으며 외우며 자랐던 것이다. 그 노래들로 부모님 은혜를 깨닫고, 언니 아우가 사이좋게 지내고, 친구들을 잘 사귀고, 짐승과 꽃과 나무를 위해 주고, 어머니의 자장노래로 잠들며 마음 놓고 컸던 것이다.

말과 글이 생기기 전부터 노래는 있었을 것이다. 신이 나며, 저절로 어깨춤이 추어지고, 노래도 부를 줄 모르면서 발장단이 추어지는 것만 보아도 사람은 아득한 옛날부터 노래와 춤을 간직하고 태어났음을 알 수 있지 않은가. 겨레 사랑, 나라 사랑이 배어 있고, 겨레의 얼이 깔려 있고, 조상의 넋이 깃들여 있는 것이 대대로 물려 내려온 구전동요였다.

그러나 입에서 입으로 전해 내려온 것을 우리가 입을 다물고 있으면 대가 끊기고 말 것이 아닌가.

옛것을 팽개치기는 쉽다. 그러나 어제 없는 오늘이 없고, 부모 없이 우리가 없으며, 겨레 없는 나라가 있을 수 없다. 그러므로 땅에 묻혀 있는 옛 노래를 캐내어 다시 살려야 한다. 시대와 환경과 풍습이 달라졌으니, 버릴 것은 버리고, 고칠 것은 고치고, 전해 줄 것은 전해 주어 우리 어린이들의 마음 밭(心田)을 착하고 아름답게 가꾸어 나가야 할 것이다.

조상이 물려준 노래라고 다 좋은 것은 아니다.

　우리 아기 꽃밭에 재우고
　남의 아기 고추밭에 뉘어 재우자

이런 자장가라든가 고추짱아를 잡으려고(이상 10쪽) 뛰어다니면서 저리 가면 죽느니라.
이리 오면 사느니라.

이렇게 속임수를 쓰는 노래를 대를 물려서는 안 될 것이다. 그런데 다음
노래 같은 것은 얼마나 밝고 싱싱한가.

해야 해야 나오너라
김칫국에 밥 말아 먹고
장구 치고 나오너라
　　　　(함북 성진 지방 전래동요)

구전(口傳)동요에서 창가(唱歌)시대를 거쳐 현대 동요에 이르기까지 우리
나라 동요의 역사를 엮은 이 글은 우리나라 동요의 변천사(變遷史)요 발전사
(發展史)이다.

2. 입으로 전해 내려온 옛 동요

우리 조상들이 대대로 물려 가며 곡조 없이 입으로 불러 온 구전동요(口傳
童謠)에는 어떤 것들이 있었던가. 글머리에 705가지를 열 대목에 별러 그
수를 적어 놓았는데, 가지고 놀 장난감도 별로 없고, 밑천 안 드는 놀이로는
입으로 목청 높여 부르는 곡조 없는 노래밖에 없었던 것이다.

우리 오마이 들어온다.
널대문 찍꾹 열어 노라
금 방석을 내 놓아라.

이웃 오마이 들어온다.
개구녕을 터 놓아라
바늘 방석 내 놓아라
　　　　(황해도 황주 지방)

"이웃사촌"이란 말이 무색할 정도로 악의에 찬 동요였다. 이웃과 오죽들
못 사귀었으면 이런 노래가 퍼졌을까.

우리 오마이 산소에 가니
함박꽃이 피었어두
눈물겨워 못 꺾어왔네.

이웃 오마니 산수에 가니끼니
찔렁꽃이 피었어두
찔러서야 못 꺾어 왔네.
　　　*산수 : 산소, 찔렁꽃 : 찔레꽃

　역시 황해도 황주지방 전래동요라는데, 오죽 못되게 굴었으면 죽어서도 찔레꽃으로 앙갚음하려고 했을까.(이상 11쪽)

언니 언니 우리 언니
시집 갈 제 얼골에는
붉은 앵두 세 개드니
언니 언니 우리 언니
집에 올 때 얼골에는
은구슬이 방울방울
　　　(경기도 개성 지방)

　힘든 시집살이를 얼굴에 맺힌 눈물방울로 알려 준 노래였다.

동무 동무 씨동무
보리가 나도록 씨동무
　　　(경남 남해 지방)

　친한 친구끼리 어깨동무를 하고 다니며 부른 노래인데, 싹이 나고 열매 맺는 씨처럼 소중한 동무라는 뜻이다.

솔개미 떴다.
병아리 숨어라.
에미 날개 밑에
꼭꼭 숨어라.
나래미가 나왔다.

(강원도 홍천 지방)
    *나래미 : 날개

숨바꼭질할 때 부르는 노래였다.
우리 어려서는 이빨을 갈 때, 헌 이빨을 지붕에 던지면서 이런 노래를 불렀다.

까치야 까치야
헌 이 줄게
새 이 다고.

서울 지방에서는 부엉이 울음을 흉내 내며 이런 노래도 불렀다.

떡해 먹자 부엉
양식 없다 부엉
걱정마라 부엉
꿔다 먹지 부엉
언제 갚게 부엉
갈에 갚지 부엉

모래로 집을 지으며 놀 때, 충북 충주지방에서는 이런 노래를 불렀다.

두껍아 두껍아
네 집 지어 주께
내 집 지어 다오

충북 음성 지방에서는 어린 나무꾼들이 무거운 나뭇짐을 지고 일어설 때 이런 노래를 힘주어 불렀었다.

앞산아 땡겨라. (이상 12쪽)
뒷산아 밀어라.
오금아 심써라.
응애
    *심 : 힘

이런 동요도 돌아다닌 적이 있었다고 한다.

가보세 가보세.
을미적 을미적.
병신 되면 못간다.
　　　　(경기도 수원지방)

갑오(甲午), 을미(乙未), 병신(丙申) 해를 곁들인 말로, 동학혁명을 부추긴 동요라고 하는데, 친구들이 많이 모인 데를 찾아가 불렀다고 한다.

「나무타령」은 지방마다 엇비슷한데 황해도 평산 지방에는 이런 노래가 돌아다녔었다.

칼로 찔러 피나무
가다 보니 가닥나무
오다 보니 오동나무
십리 절반 오리나무
방귀 꼈다 뽕나무
입맞췄다 쪽나무

혼자 집을 보다 심심하면 뺑뺑 맴을 돌기도 했는데, 경북 영주지방에는 이런 노래가 있었다.

고초 먹고 뺑뺑
찔레 먹고 뺑뺑
뒷집도 돈다.
앞집도 돈다.

내가 지은 동요인 「집 보는 아기 노래」(1982년)에서는 "고추 먹고 맴맴, 담배 먹고 맴맴" 했다가, 어린애가 담배를 맛봄은 좋지 않다 해서 "담배"를 "달래"로 고쳐 불렀다.

「숨바꼭질」 노래도 지방마다 다른데, 충남 연기 지방에는 이런 것이 있었다. 자연보호를 겸한 놀이였다.[107]

꼭꼭 숨어라.
꼭꼭 숨어라.

텃밭에도 안된다
상추씨앗 밟는다.

꽃밭에도 안된다.
꽃모종을 밟는다.

울타리도 안된다. (이상 13쪽)
호박순을 밟는다.

꼭꼭 숨어라.
꼭꼭 숨어라.

종종머리 찾았네.
장독대에 숨었네.

까까머리 찾았네.
방앗간에 숨었네.

빨강 댕기 찾았네
기둥 뒤에 숨었네.

평남 강서지방에서는 이런 노래가 있었다.

깍깍 숨어라
네 뒤 범 간다.
깍깍 숨어라
머리카락 뵌다,

옛날에 숨바꼭질과 술래잡기가 가장 즐거운 아이들 놀이였다. 경남 거제지방에선 아이들이 줄넘기를 하면서 이런 노래를 불렀다.

---

107 아래의 동요는 윤복진의 「숨박꼭질」(『소년』, 제3권 제9호, 1939년 9월호, 7쪽)이다. 윤석중의 착오로 보인다.

할머니 들어왔다.
두부장수 들어왔다.
색시 들어왔다.
모두 들어왔다.
할머니 나가라.
두부장수 나가라.
색시 나가라.
모두 나가라.

줄넘기를 할 때 부른 노래에는 이런 것도 있었다.

검은 것은 기차.
기차는 빨라.
빠르면 비행기.
비행기는 높아.
높으면 부사산.
부사산은 멀어.
멀으면 동경.
동경은 위대해.
위대한건 천황.
천황은 인간.
인간은 나.

우리나라가 일본의 손아귀에 들어 숨도 크게 못 쉬고 살았을 때, 어린이들 입에서는 이처럼 일본 천황을 아무것도 아닌 것으로 여겨서 자기나 다름없는 사람이라고 하면서 놀았으니, 日人이 알(이상 14쪽)았다가는 당장 잡아갈 판이었다.
애들이 천대 받던 시절엔 이런 동요도 돌아다녔다.

양반은 가죽신
쌍놈은 메투리
어른은 짚신
아들은 맨발.
    (경남지방)

학교가 생기기 전엔 서당(글방)에서 한문을 배웠는데, 글자를 익히면서도 장난들을 했다. 충북 충주지방에서는 이런 노래가 돌아다녔다.

하늘천 따지
가마솥에 누렁지
벅벅 긁어서
선생님은 한 그릇
나는 두 그릇

부산 지방에서는 다음 노래가 있었는데, "섬"은 절영도를 가리키고, "마포"는 "마산"의 옛 이름이다.

부산 가서 붓 사고
초량 가서 초 사고
섬에 가서 섬 사고
통영 가서 통 사고
마포 가서 말 사고
밀양 가서 밀 사고.

전북 전주지방에는 다음 노래가 돌아다녔다.

깎고 깎고 머리 깎고
쓰고 쓰고 송낙 쓰고
차고 차고 배낭 차고
짚고 짚고 지팡이 짚고
가자 가자 중노릇 가자.
　　　*송낙: 여자 중이 쓰는 모자

이토 히로부미(伊藤博文)는 일본 명치 때의 정치가로 우리나라 침략에 앞장섰다가 1909년, 하얼빈 역에서 안중근 의사에게 사살되었는데, 그 뒤 경기도 지방에는 이런 숫자풀이 노래가 퍼졌었다.

1. 일본놈의

2. 이등박문이가
3. 삼천리 강산에서
4. 사주(四柱)가 나빠
5. 오대산을 넘다가
6. 육철포(권총)를 맞고
7. 칠십 먹은 늙은이가
8. 팔자가 사나워
9. 구두 발길에 채여 (이상 15쪽)
10. 십리 밖에 나가 떨어졌다.

나라를 빼앗기고 오죽했으면 아이들 입에서 이런 노래가 나왔겠는가.
성을 가지고 지은 재미있는 노래도 여러 편 있는데 황해 지방의 "성 풀이"를
보자.

이서방 일하러 가세.
김서방 김매러 가세.
조서방 조베러 가세.
신서방 신이나 삼세.
배서방 배사러 가세.
방서방 방석이나 틀세.
오서방 오이 따러 가세.
우서방 우물이나 파주게.

충북 단양지방에는 다음과 같은 "한글풀이"가 있었다.

가갸 가다가
거겨 거렁에
고교 고기 잡아
구규 국 끓여서
나냐 나하고
너녀 너하고
노뇨 노나 먹자.

남을 웃기며 즐거워하는 노래에 충북지방의 "떡 노래"가 있다.

하얀 인절미가
시집 간다고
콩 고물에 팥 고물에
분을 바르고
빨간 쟁반에 올라앉아서
어여차 어서 가자
목구멍으로.

아기를 재우면서 부르는 노래는 너무나 많다. 신세타령을 곁들인 자장가도 있어서 아기를 잠재우기는커녕 정신이 번쩍 들어 보채는 수도 있었다. 돌아간 엄마를 노래에 담아 눈물을 글썽거리며 부르는 자장가도 있었다.

우스개 소리를 하나 하자. 어느 독창회에서 여자 성악가가 자장가를 불렀는데 청중이 스르르 다들 잠이 들었다고 하니, 잘 부른 거냐, 잘못 부른 거냐 묻는 것이었다. 물론 꾸며낸 이야기지마는, 아기 재우는 노래에 너무 벅찬 내용을 담으면 도리어 잠이 깰 것이 아닌가. 열 편이 넘는 옛날 자장가를 두어 편 보자. 경남 함양지방에는 이런 자장가가 돌았다.

뒤뜰에 우는 송아지 (이상 16쪽)
뜰 앞에 우는 비둘기
언니 등에 우는 애기
숨소리 곱게 잘도 자지
앞산 수풀 도깨비
방망이 들고 온다지
덧문 닫고 기다리지
건너 동네 다리 아래
항수 물이 벌겄네.
앞산 밑에 큰아기네
심은 호박이 꽃피었네.
김매는 형님 아니오네
고은 졸음만 혼자오네
우리 애기 잘도 잔다.
뒷집 개도 잘도 잔다.

앞집 개도 잘도 잔다.
오동나무 가지 우에
봉황새의 잠일런가.
수명장수할 잠자고
만석거부될 잠자자.

"항수"는 "홍수"의 사투리요, 만석거부는 "萬石巨富"이니 큰 부자를 말함일
것이다. 어른도 알아들을 수 없는 이러한 자장가를 부르다가 엄마가 먼저
잠드는 수도 있었으리라.
한 편 더 보자

자장자장 우리 아기
눈이 커서 잃어버린 것 잘 찾고
코가 커서 냄새를 잘 맡고
귀가 커서 도둑을 잘 지키고
입이 커서 상치쌈을 잘 먹고
자장자장 우리 아기
은자동아 금자동아
은을 사서 너를 사량.
금을 사서 너를 사량.

충남 예산지방 자장가였는데, "사량"이란 "살 수 있으랴."는 사투리였다.
이 또한 자다가도 눈을 뜰 이야기가 담겨져 있으니 아기 마음을 몰라주는
자장가였다. 엄마 돌아간 아기를 재우는 노래에 이르러서는 어른들의 한탄과
아쉬움으로 엮어진 노래조차 있었으니 동심을 등진 자장가가 아닐 수 없었다.
1931년에 수필가 김소운(金素雲)은 일본 도쿄 제일서방(第一書房)이라는
큰 출판사에서 방대한 『조선구전 동요 민요집』[108]을 냈는데, 우리말 책을 일본
책방이 내준 것도 고맙거니와 그 책 머리글에서 한 말은 더욱 뜻이 깊었다.

시대의 바퀴는 쉬지 않고 굴러간다. 오늘은 이미 어제가 아니요, 내일이 또한

---

108 김소운의 『(諺文)朝鮮口傳民謠集』(東京: 第一書房, 1933)을 가리킨다.

오늘의 내일이 아니리라. 그러나 한마디 말을 더 기억하자. 비록 어떠한 세상이 올지라도 우리는 우리의 사랑을 잊(이상 17쪽)을 날이 없다는 것을. 푸른 하늘 흙냄새를 저버릴 수 없다는 것을. 시대의 일전회(一戰回), 역사의 일추이(一推移)가 민족의 시심(詩心)을 앗아가지 못하니 조선의 어린이가 "새야 새야 파랑새야"를 잊은 지 오래라고 그것을 슬퍼할 이유는 조금도 없다. 잃은 것은 그 형태요, 소심(素心)이 아닐지니 "저건너 갈미봉에 비가 묻어 들어온다"고 한가로운 목청을 빼던 육자배기 대신 "낙동강 칠백리 공굴 놓고, 하이칼라 잡놈이 손짓한다"고 아리랑이 외치더라도, 그것이 오늘 우리의 이마에 흐르는 땀, 오늘 우리의 입으로 토한 "입김"이라면. 또한 무엇을 한탄할 바이리오. 민족시의 개발, 민족정서의 의식적 배양은 우선 우리 자체를 찾은 뒤에 차차로 논의할 문제이다.

김소운은 『조선전래동요집』, 『조선전래민요집』을 냈고 그것을 일본말로 번역하여 도쿄 일본책사에서도 냈다. 그가 1930년대에 한국에 돌아와서 『신아동』, 『아동세계』, 『목마:木馬』 등 아동잡지를 낼 때, 일본말 글을 반쯤 싣도록 조선총독부에서 명령이 내렸는데, 그는 고심 끝에 수학이나 지리 같은 것은 일본말로 하고, 우리나라 동화나 동요는 한글로 했었는데, 마음속에 길이 간직할 우리 얼을 소중히 여긴 때문이었다. 그의 일본말 실력은, "일본 사람보다도 일본말을 잘한다."는 소리를 들었으니, 우리나라 동요, 동화, 민요와 현대시가 그의 솜씨로 일본말로 옮겨져 일본 땅에 널리 퍼졌던 것이다. 그가 태평양전쟁 중에 낸 『조선시집』[109] 일역판은 "철심평(鐵甚平)"이란 이름으로 냈었는데, 왜 그런 까다로운 이름을 지었느냐고 물으니, "돈(金)이 없더라도(失), 아주(甚), 태평(太平)이어서 이런 이름을 지어 쓰노라."고 하면서 껄껄 웃는 것이었다.[110] 책 뒤 판권에는 역저자가 "데쓰진뻬이(鐵甚平)"요, "학력 없노라."는 지은이 소개가 외마디로 적혀 있었다.

3. 전래동요에서 창가로

1908년 나온 우리나라 최초의 소년 잡지였던 『少年』 그 이듬해 치엔, 최남

---

109 鐵甚平의 『朝鮮詩集』(興風館, 1943)을 가리킨다.
110 '鐵'은 약자로 '鉄'로도 쓰는데 이로 보면 위의 설명이 이해된다.

선이 지은 동요 한 편이 실려 있다. 그 당시 맞춤법 그대로 옮겨 보면,

밤이나 낮이나 조리졸졸
한時도 한刻도 쉬지안코
限업난 바다가 가기짜지
困한줄 모르고 흘러가네

한문 투로, 일본말 투로, 서양말 투로,(이상 18쪽) 갈팡질팡하던 우리말 동요
는 작곡자가 없어 곡조차도 남의 나라 치를 들여다가 그 곡에 맞춰 노래말을
달아 오다가, 1909년에 이르러 이런 노래가 등장하였는데, 교훈 담긴 어른
창가에 지나지 않았지마는 비로소 동요에 가까운 창가를 얻은 이었다. 육당
최남선은 이미 1905년에 일본의 철도가를 본떠 「경부철도가」(京釜鐵道歌)
를 지었는데, 이 노래를 세상에 내놓으면서 그는 이런 글을 썼다.

…광무8년 1905년 초에 경부철도가 개통되었는데, 이것을 보고 「경부철도가」
를 짓고 싶었다. 그것은 내가 일본 유학 시 일본서 기차 개통에 대한 노래가 많이
유행되고 있음을 보았기 때문이다. 그래서 첫 구절이 "우렁차게 토하난 기적 소리
에"라고 되어 있는 약 67절에 달하는 「경부철도가」를 지어 이것을 출판하여 전국에
폈다. 이 창가는 7·5조로 된 최초의 창가인데, 이후부터 4·4조의 창가는 점점
그 자취를 감추고 7·5조 내지 8·5조의 창가가 그것을 대신하게 되었다.

그가 지어 편 「경부철도가」를 요즘 맞춤법대로 적어 서너 편만 보자

우렁차게 토하는 기적 소리에
남대문을 등지고 떠나 나가서
빨리 부는 바람의 형세 같으니
날개 가진 새라도 못 따르겠네.

늙은이와 젊은이 섞여 앉았고
우리네와 외국인 같이 탔으나
내외 친소 다같이 익히 지내니
조그마한 딴세상 절로 이뤘네.

광왕묘와 연화봉 돌려보는중
어느덧에 용산역 다다랐도다.
새로 이룬 집들은 모두 일본집
이천여명 일인이 여기 산다네.

예서부터 인천이 오십여리니
오류 소사 부웅역 떠나간다네.
이 다음에 틈을 타 다시 갈 차로
이번에는 직로로 부산 간다네.

창가의 때를 벗고 차차 어린이를 염두에 둔 동요로 들어선 것은 이보다도 십여 년 뒤 일이다. 어른들이 나라 잃은 설움을 「망국가」(亡國歌 - 전미보 작사)니, 「거국가」(去國歌 - 도산 안창호 작사)니, 「소년남자가」(少年男子 歌 - 윤치호 작사)니. 「한양가」(漢陽歌)를 연달아 지어 폈지마는 백의민족의 마음을 달랠 수는 없었다.

"간다 간다 나는 간다. 너를 두고 나는 간다. 내가 간들 아주 가며 아주 간들 널 잊을소냐." — 이것은 도산 안창호가 (이상 19쪽) 미국으로 망명의 길에 오를 때 부른 노래였고, "학도야 학도야 청년 학도야, 벽상의 괘종을 들어 보시오"로 시작되는 「학도가」는 비록 외국 곡에 맞춰 지은 노래지마는 많이들 불렀다. "기쁘고나 오늘날 어린이날은"으로 시작되는 1923년 어린이날 노래 조차 노래말은 소춘(小春) 김기전이 지었지마는 마땅한 곡이 없어 스코틀랜 드의 민요곡에 맞춰 신이 나서 부르며 아이들이 시가행진을 했던 것이다.

인류가 지구상에 태어났을 때부터 춤과 노래는 있어 왔을지 모른다. 노래 를 들으면 저절로 어깨춤이 추어지고, 발장단을 맞추고 하는 걸 보아도 알 수 있다. 사람은 어려서나 늙어서나, 무식하거나 유식하거나, 여자거나 남자 거나, 신이나면 춤과 노래가 따르는 법이다. 갓난아기가 잠이 들 때 홍얼홍얼 노래처럼 울음처럼 소리를 내다가 잠이 드는 것을 보면, 꿈속에서도 노래를 즐기는지 모른다.

우리나라 어린이들은 자라면서 점점 노래와 멀어져 갔다. 놀이도 단순하기 짝이 없어서 우리 어려서는 구슬치기, 사방치기, 동대문 놀이가 고작이었고,

팽이치기, 연날리기, 그네뛰기, 얼음지치기 따위뿐이었다. 어른들의 윷놀이에 가까이 가면 아이들은 가라고 쫓아 버리곤 했다. 이처럼 무미건조한 어린이날을 보내면서 옛날부터 전해 내려오는 구전 동요를 입에 담으며 심심풀이 삼았던 것이다.

그러다가 창가(唱歌)라는 것을 입에 올린 것은 1910년 5월에 나온 학부 편찬 『보통교육 창가집』(제1집)으로 한국 정부 인쇄국에서 박아 낸 교과서판 60쪽자리였다.[111] 그래 8월 29일 우리나라가 일본에 먹혀 버려 국권을 강탈당하기 석 달 전에 나온 책이었다. 그 뒤, 조선총독부 발행으로 같은 내용을 박아 보통학교에서 시간에 배우게 되었으니, 식민지 교육이 창가에서도 스며들기 시작한 것이다.

그러면 우리나라에서 처음 나온 그 창가 책에는 어떤 것들이 실려 있었던가? 한자투성이로 되어 있는 것을 우리말로 풀지 아니하고 그때 책에 난 그대로 옮겨 보자.

○雁 ○달 ○紙鳶과 팽이 ○時計 ○兎와 龜 ○蝶 ○移秧 ○工夫 ○나아가자 ○學問歌 ○四節歌 ○漂衣 ○갈지라도 ○親의 恩 ○師의 恩 ○善友 ○學徒歌 ○植松 ○四時景 ○春朝 ○勸學歌 ○農夫歌 ○修學旅行 ○公德歌 ○運動會歌 ○卒業式歌

기러기, 연, 토끼와 거북, 나비, 모내기,(이상 20쪽) 부모의 은혜, 스승의 은혜, 봄, 아침… 하면 될 것을 이처럼 알아듣기 힘든 제목을 내걸고 창가를 배웠으니 얼마나 답답했겠는가, 「兎와 龜」는 「토끼와 거북」으로 일본말로 "모시 모시 가메요 가메상요"로 시작된 노래를 우리말로 "여보 여보 거북님 내 말 들어 보"로 직역을 해서 우리가 어려서 창가 시간에 배웠는데, 일본에서 들어온 이 노래가 알고 보면 「토끼와 거북」을 다룬 이솝이야기에서 온 것이었으니, 이솝은 2천5백여 년 전 그리스 나라에 태어난 우화 작가가 아닌가. 그가 남긴 3백여 가지 우화에서 222편을 골라 노래로 엮어서 1982년에 『사람나라 짐승나라』[112]라는 책이름으로 내가 낸 적이 있는데, 거기 실린 「토끼와 거북」은

---

111 '60쪽짜리였다.'의 오식이다.
112 이솝, 윤석중의 『사람나라 짐승나라』(일지사, 1982)를 가리킨다.

이렇다.

> 걸음이 잰 토끼하고 느린 거북이
> 하루는 달음박질 내기를 했네.
>
> 느릿느릿 기어가는 거북 앞으로
> 토끼는 깡충깡충 뛰어가면서
> "해해해 인제 겨우 고만큼 왔어 ?
> 이따 또 만나자, 이 느림보야."
>
> 토끼는 장난하며 뛰어가다가
> 길옆에 드러누워 쉬고 있었네.
>
> 잠이 깜빡 들다가 눈을 떠보니
> 거북이 까맣게 앞장서 갔네.
>
> 깜짝 놀라 헐레벌떡 뛰어 갔지만
> 토끼는 꼴찌를 하고 말았네.
> 느릿느릿 느림보 거북님한테
> 토끼는 까불다가 지고 말았네.

이것만 보아도, 옛날 것은 우리 건 줄 알았더니 일본 치요, 일본 친 줄 알았더니 멀고 먼 나라 2천 년 전 예날이야기가[113] 아닌가, 우화뿐 아니라 우리나라 전래동화들도 자꾸 거슬러 올라가면, 인도에서 들어온 것이 많다고, 역사학자 육당 최남선이 말한 적이 있는데, 1900년에 들어서 우리나라 창가는 일본에서 물 건너온 것이 태반이었으니, 1912년 봄 김인식(金仁湜)이 엮어내『보통 창가집』(46판, 80쪽) 30편의 창가를 그 제목만 훑어보면, 소川, 明月, 歸雁, 太平洋行, 惜別 따위였으니 그 내용은 보나마나였다.『최신 창가집』을 낸 이상준(李尙俊)은 외국곡을 악보로 그려 책으로 엮어낸 공이 컸으며, 홍난파가 어려서 엮어낸『통속 창가집』은 서양에서 들여온 곡들로 이루어졌는데, 영국민요「한 떨기 장미꽃」이「思故友」로 미국민요「기러기」가「첫서리」로, 영국민요「나아가자(이상 21쪽) 동무들아」가「月夜」로, 일본

---

113 '옛날이야기가'의 오식이다.

군가 「露營」이 「나와 함께 가자」로 스코틀랜드 민요 「이별의 노래」가 「어머님 뵙겠네」로 이름을 달리해 나왔고, 우리나라 전래민요와 잡가를 서양식 악보로 채보한 이상준의 『조선 소곡집』이 나온 것은 1914년이었으니 그들 나이 이십 전이었다. 이상준이 1918년에 난 『최신 창가집』 또한 남의 나라 곡에 말만 우리말을 지어 단 것이었는데, 교과서판 50쪽에 별러 실은 노래들의 곡명을 훑어보면 일본의 儀式歌, 靑山, 星, 蝶, 雁, 鶯, 行船, 秋 따위였으니, 우리말을 두고도 어려운 한자말로 된 일본말을 그대로 옮겨 왔음을 알 수 있다.

1927년에 유석조(庾錫祚)가 낸 『소년소녀 교육 유행창가집』에는 미국 민요 「기러기」, 브람스의 「자장가」, 일본 창가들과 윤극영의 「반달」이 실려 있는데, 일본 창가곡에 맞춰 지은 우리말 노래를 보면,

건넛집 일남이는 가난하여서
하루에 죽 한끼도 어렵습니다.
어머니 아버지는 속이 상해서
하루는 마주앉아 슬피 웁니다.
　　　　　「효순이」 첫 연

산곡간에 흐르는 맑은 물가에
저기 앉은 저 표모 방망이 들고
이웃 저웃 빨적에 하도 바쁘다.
해는 어이 짧아서 서산을 넘네.
　　　　　「표모」 첫 연

착한 아기 잠 잘자는 베개 머리에
어머니는 홀로 앉아 꿰매는 바지
꿰매도 꿰매도 밤은 안깊어
　　　　　「가을밤」 첫 연

「가을밤」은 그 당시 일본의 유명한 시인 사이죠 야소(西條八十) 작품인데 "잔물"이란 별호로 우리말로 옮겨 『어린이』 잡지에 실렸었다.

"잔물"이란, "작은 물결"을 줄인 말로, "작은 물결"을 한문으로 적은 "小波"가

되는데, "소파"는 곧 방정환의 별호였다. 『어린이』에 난 방정환의 「여름비」 (정순철 곡) 또한 일본의 사이조 야소의 동요였고, 「물새」란 동요가 『어린이』 잡지 독자난에 허삼봉(許三峰)이 지은 것으로 실린 적이 있었다. 몇 해 뒤에 이 작품이 정순철 곡으로 발표 됐을 때, 방정환 동요로 실려 『동아일보』 "자유종"이란 독자난에 방정환을 어린 사람 작품 표절한 자로 폭로한 문병찬(방정환의 반대파 소년 단체 간부)의 글이 나서, 원 그럴 수가 (이상 22쪽) 있느냐고 방정환을 비난하는 소리가 높았다. 뒤미처 소파 방정환의 점잖게 쓴 글이 났는데, 사실은 『어린이』 독자난에 마땅한 어린이 작품이 없어서, 소파가 동요를 자기가 한편 지어 가짜 이름 "허삼봉"으로 발표한 것이었다.[114] 동요의 수준을 높이려는 생각에서였다. 소파는 잔물이니, 북극성이니, 몽견초니, 물망초니, 삼산인(三山人)이니, 서삼득이니, 쌍생이니, 은파리니, 금파리니, 월견초니, ㅅㅈ생이니, 별에별 이름을 지어 동요 말고도 여러 가지 글을 『어린이』 잡지에 실었는데, 원고료가 없던 때라 글 모으기도 힘들고, 마음에 드는 글을 만나기도 어려워서 그처럼 갖가지 이름으로 혼자 써댔던 것이다.

소파 방정환(1899~1931)은 서른두 살에 고혈압으로 세상을 떠났는데, 그보다 열두 살 아래인 나는 그를 스승으로 섬기는 『어린이』 잡지의 애독자였는데, 그분 추도호에 「못가세요 선생님」이라는 애도하는 동요를 내어 어린이 독자와 함께 슬퍼했었다.

젖없이 자라나는 저흴 버리고
어떻게 가십니까, 네? 선생님
옷자락에 매달린 저흴 버리고
어디로 가십니까, 네? 선생님.
어디로 가십니까, 네? 선생님.[115]

---

114 「물새」, '허삼봉' 모두 윤석중의 착오다. 「허잽이」를 '徐三得'이란 이름으로 발표하였다. 이에 대해, 문병찬(文秉讚)이 「소금쟁이를 論함―虹波 君에게」(『동아일보』, 26.10.2)에서 「허잽이」를 윤극영의 동요곡집 『반달』에 실려 있다고 하였다. 이에 대해 방정환이 「'허잽이'에 關하야(上,下)」(『동아일보』, 26.10.5~6)를 통해 사실을 바로잡고 해명한 것을 가리킨다.

115 「못 가세요 선생님」(『어린이』, 제9권 제7호, 1931년 8월호, 1쪽)에는 '어디로 가십니까, 네? 선생님'이 반복되지 않고 한 번만 쓰였다.

선생님이 가시다니, 방선생님이
안돼요, 못가세요, 어딜 가세요.

천년을 사신대도 안놓을 것을
사십도 채 못넘겨 가시다니요.
웃으며 가신대도 서러울 것을
말없이 괴롭게 가시다니요.
선생님이 가시다니, 방선생님이
안돼요, 못가세요, 어딜 가세요.

추도시라는 것은 더러 있지마는 추도 동요는 처음 보는 것이었다. 그를
따르던 모든 어린이를 대표해서 어린 마음으로 돌아가 지어 본 동요였다.

4. 유치원 창가의 등장

곡조 없는 구전동요가 어린이 놀이에 도움이 되었을 뿐, 부를 노래가 없던
차에 일본서 들어온 "창가(唱歌)"라는 이름의 어린이 노래가 판을 치다가 그
나마도 아이들이 입에 올리기를 꺼려 점점 뒷걸음질을 치게 되었는데, 대가
끊길 뻔한 우리말 노래들을 신이 나서 부르는 곳이 있었다. 교회 주일학교와
유치원이 바로 그런 곳이었다. 교회에서는 찬송가만으로는 아이들을 이끌어
나갈 수 없어(이상 23쪽)서 간간이 동요를 가르쳐 주었고, 유치원에서는 이야기
와 율동만으로는 즐거운 시간을 보낼 수 없어 창가라는 이름으로 동요를 가르
쳐 주었던 것이다.

그런데 유치원에는 노래가 직접 들어간 것이 아니고 그들을 가르치는 보모
(유치원 교사)를 길러내는 보육학교에서 배운 창가를 유치원 원아들에게 가
르쳐 주었으니, 우리나라 동요의 보급과 발전에는 보육학교의 공로가 컸다.
그러면 우리나라 유치원과 보육학교의 실태를 알아보자.

이화여자대학교 교육대학원을 나온 최숙희가 1988년에 낸 「우리나라 유
치원 노래 및 율동에 비친 일본의 영향」 논문은 1920년에서 1930년대에 이
르는 유희 및 창가를 중심으로 엮은 글인데, 그보다 앞서 나온 그의 지도교
수 이상금이 엮어낸 『한국 근대 유치원 교육사』(이화여대출판부 발간)에 실

린 1945년 이전의 「한국 유치원 교육년표」를 보면, 우리나라에 맨 먼저 등장한 유치원은 1897년에 세워진 사립 부산유치원과 1890년에 인천에 세워진 유치원이 있었는데, 두 군데 다 한국 땅을 점령한 일본인 자녀만 받는 곳이었고, 같은 해에 서울에 세워진 "경자 기념 경성 공립 유치원"을 비롯하여 진남포유치원(1904년), 대구유치원(1907년), 원산유치원(1907년), 경성고녀(高女)부속유치원(1908년), 함북 나남유치원, 군산심상소학교 부속유치원(1909년), 사립경성유치원(1910년), 해주유치원(1911년)도 다 우리나라에 몰려온 일인들의 유치원들이었다. 그랬다가 1913년에 이르러 조중응(趙重應)을 대표로 하는 사립 경성유치원이 문을 열었으며, 1914년에 이화유치원(Brownlee 설립, 원아 16명, 서울 정동 손택호텔에 방 한 개 빌어), 1915년에 정신유치원(최초의 교사 유각경), 1916년에 서울 중앙교회 안에 중앙유치원이 세워졌는데, 설립자는 박희도(朴熙道)요, 원장 Frey의 대리로 Brownlee가 일을 보았는데, 비로소 우리말 이야기와 우리말 창가를 어린 그들이 익히게 되었다.

그 뒤 경향 각지에 수많은 유치원이 생겨났으며, 1927년에 갑자유치원의 후신인 경성보육학교가 생겼는데 친일 교회를 이끌고 있던 유일선(柳一宣)이 해 나가고 있었다.

1928년에 이화학당 유치원 사범과가 이화보육학교로 이름을 바꿔 해 나가다가, 1941년에 이르러, 일본이 미국 진주만을 기습하여 태평양전쟁을 일으키기 몇 달 전인 4월에 이화보육학교를 없애고 이화전문학교 보육과에서 학생을 모아들(이상 24쪽)였고, 3년 뒤 전쟁이 점점 크게 번져 독이 오른 일본이 이화여전, 숙명여전을 여자청년연성소(鍊成所) 지도자 양성과로 만들어 버렸고(보성전문은 경성척식 경제신문, 연희전문은 공업경제전문으로 학교 이름을 고침).[116] 1944년에 들어서서 중앙보육학교가 신입생을 모집 중지하고 휴교해 버린 뒤, 졸업생 40명을 몰아내고 철도학교에 교사를 빌려주기에 이르렀다. 1945년 4월 이화여전 이름을 경성여자전문학교로 바꿔서 후생과,

---

116 1944년 보성전문은 경성척식경제전문학교로, 연희전문은 경성공업경영전문학교로 교명이 바뀌었다.

육아고, 보육전수과, 교육전수과를 두었다가 그해 8월 15일 일본이 무조건 항복을 하자, 10월에 이화여자대학교로 탈바꿈하게 되었다.

그해 7월 선포된 "포츠담 선언"으로 한국 독립이 공약되었으나 느닷없이 38도선이 그어져 북한에 소련군이, 남한에 미군이 진주해 군정을 편 뒤, 1948년에 남북이 제각기 나라를 세웠다가 겨레끼리 총질을 한 6 · 25 남북전쟁이 터져서 나라 땅이 두 동강 난 채 오늘에 이른 것이다.

기구한 우리나라 동요 역사를 엮으면서 보육학교까지 들춘 것은 우리나라 동요가 죽지 아니하고 명맥을 유지하다가 광복의 8 · 15를 맞이한 데는 유치원과 유치원 아기들을 기른 보모(일본에서 들어온 말로 한자로는 保姆, 유치원 교사를 말함)에게 우리말 동요를 가르쳐 준 곳이 보육학교였기 때문이다.

그러므로 경성보육학교(1927), 이화보육학교(1928), 중앙보육학교(1928), 그리고 평양숭의여학교에 병설 보모과가 생기지 않았던들 우리나라 동요는 아무리 열심히 지어냈더라도 곡을 붙여 펼 데를 찾지 못했을 것이다.

1914년에 이화유치원을 세운 서양 부라운(富來雲, Brownlee)이 낸 『유희창가집』 첫 장에는 "드리는 말씀"에 이렇게 적혀 있다. "노래와 유희로 기쁨을 얻으려고 조선의 어린이들에게 이 책을 드립니다." 그리고 머리말을 써준 김창제 글에는 이런 대목이 들어있다.(한자투성인 원문을 내가 쉬운 우리글로 풀어썼다.)

서양 격언에 "요람을 흔드는 손은 장차 세계를 흔든다." 하며 "어린이는 왕국이다."라는 말이 과연 우연히 나온 말이 아니라 하겠다. 오늘날 태서 문화는 저렇듯 왕성하고, 동양 문화는 이렇듯 참쇠한 것은, 그 원인이 어디 있느냐 하면, 첫째 교육이요, 둘째도 교육이라 하겠다. 그런데 교육의 근본은 소아교육에 있음에도 긴 말을 할 필요가 없다. 소아교육의 기초인 유치원의 탄생이 1849년 독일 프레벨 선생 손에 이루어진 것은 다들 잘 아(이상 25쪽)는 사실이거니와 영국과 미국에서도 이미 칠팔십년 전에 세워졌고 동양에서는 맨 처음 일본에서 1876년에 세워졌다. 그런데 보라 동양의 군자국으로 자처하는 조선 반도에서는 어떠하였는가. 반도 유치원의 효시로는 실로 이화학당 유치사범 부설 이화유치원인 것이다. 이는 '브라운' 양이 조선에 건너온 이듬해이다. 그는 중대한 사명을 띠고 당시 유치원 교육에는 미처 꿈도 못 꾸던 반도에서 어려움을 무릅쓰고 불굴의 정신으로 16년이라는 기나긴 세월을 분투노력한 끝에, 오늘날 하나의 보육학교와 유치원을 세운 것이 어찌 우연다 하랴. 그는 바쁜 교무 틈틈이 책을 한권 엮어 냈으니 그것이 바로 이 『창가 유희집』이다. 그를 도와 큰일을 이룬 김애마 양의 수고도 아울러 감사한다.(1930.8.30)

그가 낸 『유희 창가집』에는 영국의 유명한 「마더 구우스」 동요로 엮은 이야기에서 따온 것도 있고, 그가 새로 지은 것도 들어 있다. 우선 「인사 노래」를 보자. 스웨덴 곡에 맞춰서 지은 노래다. 외국 곡 가운데 우리 아기네에게 벅차지 않은 쉬운 곡을 골라 노래말을 우리말로 옮기기도 하고 곡에 맞게 새로 지어 넣기도 했다.

잘 왔니? 반갑다.
재미있게 놀아보자.
잘 왔니? 반갑다.
참 좋은 날일세.
우리 서로 만날 때
허리 굽혀 절하고
우리 서로 만날 때
손을 잡고 인사해.

인사할 줄 모르는 우리 어린이에게 '굿 모닝' 대신 이렇게 노래로 인사하는 법을 가르쳐 주었다.
「복동이」 노래를 보자.

복동이가 나간다.
비단 조끼를 입고
분홍 다님 쳤구나.
보기 참 좋구나

복동이가 나갔다.
온 세상 다녀
다시 돌아올 때
나하고 놀겠다.

「못난이」한 편 더 보자. 역시 서양곡에 맞춰 지은 우리말 노래였다.

　못난이가 낚시질하러 간다더니
　부엌에 있는 물통을 찾아 갔다지 (이상 26쪽)
　못난이가 길 가다 떡장수 만나
　못난이가 떡장수 보고
　"한 개 줍시오"

　떡장수 말이
　"못난아 돈 먼저 내라.
　돈 먼저 내라."
　못난이가 말하기를
　"한 푼도 없어요."

비록 창가라 불렀지만 이쯤 되면 동요라고 할 만하다. 곡조에 맞춰 노래를 부르며 선생 따라 유희를 하는 모습을 박은 사진을 보면 남자 아이는 두루마기를 입은 아이가 섞여 있고, 여자 아이는 모두 치마저고리 바람이었다. 『유희 창가집』에 실린 창가는 모두 63편인데, 노래 제목만 보아도 노래로 다룬 내용을 짐작 할 수 있다. 몇 가지 적어 보자.

　ㅇ열적은 아이 ㅇ곱단이 ㅇ깜돌이 ㅇ엿세가락 ㅇ알록 고양이 ㅇ꼬부랑 영감
　ㅇ나무 위에서 자는 아기…

5. 새로 싹튼 새 동요

우리나라 동요와 동시를 문학작품으로서 그 수준을 올려놓은 선구자가 누구일까? 1902년에 태어난 정지용 시인 바로 그분이다. 1925년 무렵부터 그분은 "동요"라고 박아서 여러 편의 동요를 발표하였다.

　어저께도 홍시 하나
　오늘에도 홍시 하나

　까마귀야 까마귀야

우리 낡에 왜 앉았나.

우리 오빠 오시걸랑
맛 뵐라고 남겨 뒀다.

후닥 딱 닥
휘이 휘이
「홍시」

산 너머 저쪽에는
누가 사나?

뻐꾸기 영 우에서
한나절 울음 운다.

산 너머 저쪽에는
누가 사나?

철나무 치는 소리만
서로 맞아 쩌르렁!

산 너머 저쪽에는
누가 사나?

늘 오던 바늘 장수도
이 봄 들며 아니뵈네
「산 너머 저쪽」

할아버지가
담뱃대를 들고
들에 나가시니

궂은 날도
곱게 개이고

할아버지가
도롱이를 입고

들에 나가시니
가문 날도
비가 오시네.
　　　　　「할아버지」

　그의 동요는 파격적이면서도 저절로 노래가 된다. 뭐니 뭐니 해도 우리나라 예술 동요의 선구자는 정지용 시인이 아닌가 싶다. 그는 아동문학가로 행세한 적은 없으나 일찍이 우리나라 동요를 개척한 숨은 공로자다.
　(6·25 전쟁 때 이북으로 끌려갔다가 그곳에서 돌아가심)
　1926년, 우리나라에서 일본의 〈나프〉를 본떠 〈카프〉라는 프로레타리아 문학운동이 크게 일었을 때, 기독교 잡지 『아이생활』, 민족주의 잡지 『어린이』와 『新少年』 외에 『별나라』란 어린이 잡지가 있었는데 가난한 어린이를 대상으로 삼은 무산계급 잡지였다. 정청산이 지은 동요 「나왔다」의 첫 대목은 이러했다.

　　　이 공장 꼬마가 주먹 쥐고 나왔다.
　　　저 공장 꼬마가 망치 들고 나왔다.
　　　이 학생 꼬마학생 광고 들고 나왔다.
　　　저 집 머슴이 작대 들고 나왔다.
　　　우리집 누나도 악을 쓰고 나왔다.
　　　우리 동무 편 동무 오늘이야 나왔다.
　　　　　　　　　　　　　　　(줄임)

　이러한 동요가 연달아 실렸는데 그들의 앞장을 섰던 경상도 언양 신고송은, 어린이 입에 오르내릴 동요임을 생각했(이상 28쪽)음인지 반항적 내용이지마는 훨씬 부드러운 내용을 담았었다. 홍난파 곡으로 널리 퍼진 그의 동요에는 「골목대장」이 있다. 『어린이』 잡지도 한때 "낫과 망치"를 든 소년을 겉장에 실은 적이 있었다.

　　　어머니 날 보고 꾸지람 마소.
　　　옷고름 뗀 것이 그리 죄 되오.
　　　이래뵈도 골목에선 힘이 세다고

골목대장 골목대장 불러 줍니다.

1926년 「오빠생각」을 작곡한 대구의 박태준은, 음악사에서 낸 그의 동요 작곡집에 다음 동요들이 실려 있다.

ㅇ「어린이 노래」(박영종) ㅇ「굴대」[117](윤복진) ㅇ「오뚝이」(윤석중) ㅇ「가을바 람이지」(윤복진) ㅇ「우리 대장 들어온다」(윤복진) ㅇ「돌아오는 배」 ㅇ「중중 때때 중」(윤복진) ㅇ「오빠생각」 ㅇ「고향하늘」(윤복진) ㅇ「밤 한 톨이 떽떼굴」(윤석중) ㅇ「쪼각빗」(신고송) ㅇ「방울」(김계담) ㅇ「깜박깜박」(윤복진) ㅇ「우리 아기 빨 래」 ㅇ「기러기」(윤복진) ㅇ「아침」(신고송) ㅇ「양양범버궁」 ㅇ「엄마 한번 먹고」 ㅇ「햇빛은 쨍쨍」(최옥란) ㅇ「누나야 보슬보슬 봄비 내린다」(윤복진) ㅇ「겨울밤」 (윤복진) ㅇ「다람 다람 다람쥐」(박영종) ㅇ「우리집 콩나물 죽」(윤석중)

윤복진과 박태준은 대구에서 짝지어 많은 동요를 지어 냈다. 향토적인 순 수한 동심으로 엮어진 윤복진 동요는 작곡가를 따라 대구에서 평양으로 옮겨 다니며 그 지방 아이들이 즐겨 부르는 노래가 되었다.

서울에서는 정순철과 홍난파가, 대구와 평양에서는 박태준이, 만주 땅 간 도에서는 윤극영이 일본 동요 등쌀에 불러 줄 아이 없는 동요를 부지런히 지어냈던 것이다. 그 당시 가장 많은 동요의 노랫말을 지은 윤복진은 1948년 에 이북으로 가 버려[118] 박태준 곡이 죽어 있었는데, 그가 평양에서도 동심을 서정적으로 엮은 동요를 지어낼 수는 없었을 것이다. 1930년 무렵의 그의 동요를 몇 편 보자.

시드는 호박잎 잡고
바수수 여는게 갈바람이지.

봉숭아 꽃씨를 몰래 까보고
강가에 달려 간 갈바람이지.

---

117 「갈대」의 오기이다.
118 윤복진(尹福鎭)은 6·25전쟁 중에 월북하였다.

옥수수 마른 잎 잡고
우수수 울린 게 갈바람이지.

새빨간 풋고추 흔들어 보고
산밑에 달려 간 갈바람이지
　　　　　「갈바람이지」(이상 29쪽)

푸른 산저 너머로 멀리 보이는
새파란 고향 하늘 그리운 하늘.
언제나 고향집이 그리울 제면
저 산 너머 하늘만 바라봅니다.
　　　　　「고향하늘」

외양간 송아지 잔디밭 바라고
이른 봄 아침에 엄마 엄마 운다.
가모를 하늘엔 봄 맞는 종달새
한종일 봄노래 조잘거리고
새파란 잔디엔 한가히 누웠는
철없는 목동이 피리만 부는데
외양간 송아지 잔디밭 바라고
엄마 소 생각에 엄마 엄마 운다.
　　　　　「송아지」

창가를 벗어난 동요는 언제부터 시작되었나?

홍난파의 『조선동요백곡집』도 그가 중앙보육에 몸담아 있을 때 지은 곡들이고, 정순철의 동요 작곡집 『갈잎피리』도 동덕여학교 음악선생 시절에 지은 것들이었는데 경성보육을 〈색동회〉에서 맡아 운영했을 때 동요극을 비롯한 많은 동요를 작곡해 냈고, 작곡가 이흥렬 또한 경성보육시절에 동요 작곡에 열중하였다. 이화보육에서는 서양인 Brownlee 양이 부래운(富來雲)이라는 우리식 이름을 지어 『유희 창가집』을 이화유치원에서 폈다. 노래말에는 곡이 따르게 마련이고, 곡에는 춤이나 유희가 따르게 마련이다.

그러면 유치원 아기네를 상대로 한 『유희 창가집』에는 이화의 부라운 양이 낸 책 말고 어떤 것들이 있었는지 알아보자.

○ 차사백(車士百) 지은 『율동 유희곡집』(1929)
○ 차사백(車士百) · 백정진(白貞鎭)이 함께 엮은 『율동 유희곡집』(제2 집)(1931)
○ 박봉애(朴奉愛) 지은 『유희 창가집』(1933)
○ 차사백 · 이영보(李榮甫)가 함께 지은 『표정 유희 창가집』 제1집, 제2집 (1936) 제3집(1937)

1929년부터 해마다 5월에 열린 유치원 대원유회(조선일보사 주최)와 1932년부터 해마다 여름에 〈조선보육협회〉가 가진 율동 유희 강습회(동아일보사 후원)는 1년 동안 배운 동요와 춤과 유희를 부모님 앞에 자랑하는 큰 잔치였고 해마다 열린 세 보육학교의 음악 발표회에는 새 동요가 등장하였다.

그러나 1942년에 이르러 태평양전쟁이 점점 더 치열해지자 당황한 일제는 애꿎은 우리만 들볶았으니, 성균관대학은 명륜전문학교로, 세브란스 의학전문학교(이상 30쪽)는 아사히(旭) 의학전문학교로 이름을 고치게 했고, 조선총독부에서는 연희전문학교를 적산으로 몰아 접수한 뒤 '다까하시'(高橋)라는 일인이 교장 자리에 버티고 앉았었다. 그뿐인가. 조선어의 교수와 사용을 금지하고, 보도연맹이란 감시 단체가 학교를 망보고 있었다. 그 이듬해 봄에 징병제가 공포되어 젊은이들을 전쟁 대포밥이 되게 하였고, 중앙교육학교에서는 2월에 "음악과 율동의 밤"을 마지막 선물로 동요와 춤을 선사한 뒤, 이듬해 봄에 문을 닫았으며, 경성보육학교는 한 해 먼저 폐교하게 되었던 것이다.

그러나 어찌 공든 탑이 무너지랴! 노래 없이 자라던 우리 어린이들에게 값진 노래선물을 한 윤극영, 박태준, 정순철, 홍난파 네 분이 낸 동요 작곡집을 들추어 보아 동요 노래말을 지은 이들의 작품을 그 이름만이라도 알아보자.

○ 윤극영 동요작곡집 제1집 『반달』(1926), 서울 〈따리아회〉(〈따리아회〉

란, 서울 소격동 42번지 윤극영 살던 집 사랑채였고, 총판매는 공평동에 있던 글벗집, 책값은 50전, 송료는 2전 했다.)

겉장 그림은 미술가 안석주(安碩柱). 이분은 아들 안병원(캐나다 이민)이 곡을 붙인 「우리의 소원은 통일」의 노래말을 지은 분이다.

이 작곡집에 실린 동요를 차례차례 적어 보면 다음과 같다.

ㅇ「꾀꼬리」(윤극영 요) ㅇ「흐르는 시내」(윤석중 요) ㅇ「두루미(따오기)」(한정동 요) ㅇ「꼬부랑 할머니」(최영애 요) ㅇ「소금쟁이」(한정동 요) ㅇ「가을서곡」(김여수 : 박팔양 요) ㅇ「귀뚜라미」(방정환 요) ㅇ「고드름」(버들쇠 : 유지영 요) ㅇ「설날」(윤극영 요) ㅇ「반달」(윤극영 요)

이렇게 10곡이 실렸는데, 이 중에서 두 편의 노래말을 여기 옮겨 싣고자 한다. 「흐르는 시내」는 1924년 내 나이 열세 살 때 지은 동요로 작곡이 붙은 첫 작품이었고, 유지영(柳志永 : 버들쇠)은 그 당시 동아일보사 사회부 젊은 기자로 경찰서를 드나들었는데 그 당시 『동아일보』에 낸 몇 편 안 되는 그의 동요 가운데, 아니 우리나라 동요 가운데, 가장 널리 퍼진 그리고 오래 두고 불러온 명편으로 손꼽히는 「고드름」을 지은 분이다.

졸졸졸 흐르는 작은 시내는
떼다밀며 쫓으며 발길로 차며
작은 파고 일으켜 옛얘기 하며
어제같이 오늘도 흘러갑니다.

남실남실 흐르는 작은 시내는 (이상 31쪽)
진주 구슬 머리에 남치마 입고
솔솔바람 곡조 맞춰 어깨춤 추며
이리 비틀 저리 비틀 흘러갑니다.
　　　　　「흐르는 시내」

고드름 고드름 수정 고드름
고드름 따다가 발을 엮어서
각시방 영창에 달아 놓아요.

각시님 각시님 안녕하십쇼.
낮에는 해님이 문안 오시고
밤에는 달님이 놀러 오시네.

고드름 고드름 녹질 말아요.
각시님 방안에 바람 들면은
손 시려 발 시려 감기 드실라.
「고드름」

(이 노래에 나오는 "발"을 짧게 소리를 내면 발(足)이 되므로, 길게 내야
"창문에 발을 드리우다." 할 때의 가늘게 쪼갠 대오리나 갈대 같은 것을 엮어
만든 물건을 생각하게 되는데, 짧게 "발" 했다가는 엉뚱한 딴 게 되어 버린다.)

그다음 『홍난파 동요 백곡집』을 보자.[119] 그가 이끌어 나가던 〈연악회(研樂
會)〉에서 1929년 가을에 등사판으로 밀어 우선 상권 50편을 엮어 냈었다.
중앙보육학교에서 음악을 담당했는데 가르칠 동요가 마땅치 않아 급한 대로
50곡을 묶어 부랴부랴 낸 것이었다. 잡지나 신문에 난 동요를 보아 이모저모
로 따져본 뒤, 곡을 붙여 가르쳐 보고 나서, 책을 엮어 낸 것이었는데, 나는
그때 양정고등학교 5년제 졸업반에 다니고 있었다.

하루는 학교로 엽서 한 장이 날아들었는데 동요 백곡집을 내려는데 노래
말이 모자라니 지은 게 있거든 가지고 오라는 사연이었다. 나는 그 길로 종
로 파고다공원 건너편에 있던 덕원빌딩 2층 그의 음악실을 찾아갔다. 그는
나보다 열세 살 위였는데, 발을 탕탕 굴러 장단을 맞춰 가며, 한 학생에게
바이올린을 가르치다가 책보 낀 내가 들어서니, 고학생인 줄 알았던지 "어서
왔니?" 하면서 음악 가르치는 데 방해가 되는 듯 못마땅한 얼굴로 쳐다보았
다. "부탁하신 동요를 가지고"라고 한즉 그는 깜짝 놀라, 미안하다고 하면서
반색을 하며 손을 내미는 것이었다. 공책장을 찢어 몇 편 연필로 적은 것을
내놓으니, 그는 입속으로 중얼중얼하더니 「휘파람」 동요곡이 즉석에서 되어

---

119 홍난파(洪蘭坡)의 『조선동요백곡집』의 잘못이다.

나오는 게 아닌가. 집에 돌아와 곰곰이 생각해 보니, 7·5조는 동요의 한 줄 글자 수가 "4·3·5"나 "3·4·5"가 아니면(이상 32쪽) "4·4·5"이고, 1절이 4줄이어서, 이런 식 곡조를 미리 만들어 놓은 다음, 곡에 맞는 노래말을 맞추기도 하는 모양이었다. 마치 구둣방에 가서 발에 맞는 구두를 골라 신는 식으로 그 자리에서 맞춘 「휘파람」 노래는 중앙보육학생들의 입을 통해, 그리고 그 당시 문을 연 지 3년밖에 안 된 JODK(경성방송국) 전파를 타고 그리고 콜럼비아레코오드사의 음반으로 전국에 퍼졌다. 음력으로 8월 15일이 추석인데 그때도 추석이나 정월 대보름을 음력으로 따졌으나, 양력으로 치면 보름달 구경을 못하는 수가 많기 때문이다. 「휘파람」에 나오는 "팔월에도 보름달"도 음력으로 따진 달 밝은 추석을 두고 지은 것이었다.

> 팔월에도 보름에는 달이 밝건만
> 우리 누나 공장에선 밤일 하네.
> 공장 누나 저녁밥을 날라다 두고
> 휘파람 불며불며 돌아오누나.

그러면 『조선동요백곡집』 상권에는 어떤 노래들이 들어 있었던가?

　ㅇ「속임」(유지영)　ㅇ「도레미파」(홍난파)　ㅇ「할미꽃」(윤극영)　ㅇ「휘파람」(윤석중)　ㅇ「해바라기」(홍난파)　ㅇ「달맞이 가자」(윤석중)　ㅇ「쪼각빗」(신고송)　ㅇ「모래성」(윤석중)[120]　ㅇ「봄편지」(서덕출)　ㅇ「엄마생각」(윤석중)　ㅇ「두루마기」(선우만년)　ㅇ「오빠생각」(최순애)　ㅇ「수레」(최경화)　ㅇ「고향의 봄」(이원수)　ㅇ「아가야 자장자장」(윤석중)　ㅇ「하모니카」(윤복진)　ㅇ「은행나무 아래서」(김수향)　ㅇ「시골길」(석홍)　ㅇ「감둥병아리」(백하)　ㅇ「나뭇잎」(천정철)　ㅇ「뱃사공」(송무익)　ㅇ「짚신짝」(김청엽)　ㅇ「빨간 가랑잎」(정상규)　ㅇ「초생달」(박애순)　ㅇ「낮에 나온 반달」(윤석중)　ㅇ「돌다리」(신고송)　ㅇ「가을 바람」(박노춘)　ㅇ「고향하늘」(윤복진)　ㅇ「퐁당퐁당」(윤석중)　ㅇ「병정나팔」(홍난파)　ㅇ「달」(최인준)　ㅇ「무명초」(윤복진)　ㅇ「어머니 가슴」(박을송)　ㅇ「동리 의원」(윤복진)　ㅇ「작은별」(홍난파)　ㅇ「박꽃아

---

[120] 『조선동요백곡집(상)』에는 윤석중의 「모래성」이 아니라 김광윤(金光允)의 「조희배」가 들어 있다.

가씨」(오영수) ○「골목대장」(신고송) ○「바닷가에서」(윤복진) ○「어머니」(박영호) ○「장미꽃」(홍난파) ○「봉사꽃」(윤석중) ○「옥토끼」(선우만년) ○「푸른언덕」(윤복진) ○「쫓겨난 동생」(윤석중) ○「꿀돼지」(윤석중) ○「노래를 불러다오」(홍난파) ○「가을밤」(이정구) ○「기러기」(홍난파) ○「참새」(김수향) ○「밤 세톨을 굽다가」(윤석중)

이상 50편이 책이 되어 나왔지마는 시작이 반인 셈으로, 나머지 반을 채우고 말았다. 홍난파가 중앙보육을 나와 미국 유학의 길에 올라 호텔에서 접시를 닦으며 고학을 했는데, 귀국해서 완성한 나머지 50곡은 다음과 같다. (이상 33쪽)

○「소금쟁이」(한정동) ○「꽃밭」(이정구) ○「나팔꽃」(곽노엽) ○「봄소식」(선우만년) ○「댕댕이」(염근수) ○「웃음」(이원수) ○「봄이 오면」(곽복산) ○「피리」(서덕출) ○「개구리」(이동찬) ○「제비꽃」(장효순) ○「봄바람」(석순봉) ○「무지개」(박희락) ○「봄비」(박노아) ○「진달래」(신고송) ○「꽃밭」(주요한) ○「갈잎배」(한정동) ○「여름」(김영수) ○「구름」(박을송) ○「콩칠 팔새 삼륙」(홍옥희) ○「가을」(김사엽) ○「까막잡기」(박팔양) ○「밤 한톨이 떽떼굴」(윤석중) ○「형제별」(방정환) ○「햇빛은 쨍쨍」(최옥란) ○「꼬부랑할머니」(최영애) ○「누나와 동생」(서금영) ○「이쁜 달」(김태오) ○「귀뚜라미」(방정환) ○「형제」(김상호) ○「가을」(장영실) ○「바람」(박팔양) ○「돌멩이」(윤복진) ○「전화」(김영희) ○「들국화」(곽노엽) ○「시냇물」(김성칠) ○「허제비」(방정환) ○「해지는 저녁」(이정구) ○「자장노래」(이명식) ○「할머니 편지」(염근수) ○「도는 것」(윤복진) ○「잠자는 방아」(신고송) ○「도적 쥐」(전봉제) ○「눈·꽃·새」(모기윤) ○「까치야」(김기진) ○「비누 풍선」(이원수) ○「가을」(김적수)[121] ○「영감님」(남궁랑) ○「시집간 누나」(유도순) ○「장군석」(이원규) ○「고드름」(유지영)

홍난파의 『동요 백곡집』에 실린 노래말을 살펴보면, 「고드름」, 「귀뚜라미」, 「소금쟁이」, 「할미꽃」, 「오빠생각」, 「형제별」 등은 이미 다른 분의 곡으로 널리 퍼져 있었는데, 홍난파는 왜 그것들을 다시 작곡해 백곡집에 담았을까? 나도 한번 곡을 붙여 보겠다는 의욕과 백곡을 채우려는데 동요말이 모자

---

121 「가을」은 김여수(金麗水=朴八陽)의 작품이다. '김적수'는 오식이다.

라서 그랬을 것이고, 그래도 백곡이 차지 않으니 자기도 몇 편 말을 지어 붙였음을 알 수 있다. 그러나 모로 가도 서울만 가면 되었으니, 동요에 주린 우리 어린이들에게 다시없는 고마운 노래 선물이었던 것이다. 그래도 문제는 있었다. 보육학교란 유치원 교사를 길러 내는 기관이었는데, 다 자란 그들에게는 재미있는 동요가 되어 어린 시절을 회상하는 즐거운 시간을 마련해 주었지마는, 그들이 학교를 나와 유치원에 종사할 때는 곡이 너무 어렵거나 노래말이 너무 점잖아서 유치원 아기네에게는 벅찼던 것이다. 그러나 유치원을 떠나서 국민학교 어린이와 어머니에게는 오늘날에 이르기까지 두고두고 아껴 부르는 동요곡이 많으니, 비록 곡을 지은 이는 일찍 세상을 떠났지만 (1941년 8월 30일에 43세로) 그가 남긴 동요곡은 대를 이어 자라는 어린이 입에도 오르내리고 있는 것이다. 그의 곡이 유치원 원아 또래의 아기네에게는 말과 곡이 어려울지 모르지마는 동요란 어른이 부르는 것을 듣는 재미도 큰 것이니(자장가를 비롯하여) 홍난과 동요 백곡은 사라지지 않는 마음의 선물이라 하겠다.

1938년 10월에 숨은 작곡가의 작품집이 세상에 나왔다. 마산 사는 이일래(李一來)의 『조선동요작곡집』이 나왔는데, 27곡에 이르는 조그만 책자이다. 같은 고향 사람인 시인 노산 이은상이 쓴 머리글에는 이런 대목이 있다.

동화는, 아동생활에 있어서 밥과 같이 필요하고, 동요는 물과 같이 불가결한 자이며, 그림과 완구도 다 그들의 친절한 동반자인 것이다. 그러나 나는 그중에서도 아동생활에 가장 필요한 자는 동요라고 본다. 왜 그러냐하면, 동화 같은 것은 일정한 시간을 요구하고, 또 일정한 장소를 택하지 아니하면 안 되지마는 동요는 일정한 시간도 장소도 제약하는 것이 없는 만큼 아무 때나 부를 수 있고, 어디서나 노래할 수 있기 때문이다. 그러므로 아동생활에 가장 친근할 수 있는 것이 동요일 수밖에 없다.

이러한 의미에서 동요의 가사와 곡조가 질적으로 우수한 동시에 양적으로 풍부한 생산을 보았으면 하는 것이 언제나 우리가 바라는 바이다.

이번 마산의 숨은 관심자 이일래 군이 오랜 시일이 걸려 연구해 오던 동요 작곡집을 간행하게 된 것을 나는 박수하는 자다.

이 작곡집엔 마산 이원수, 원산 이정구, 서울 이은상의 동요가 곡과 함께 실려 있다.

6. 우리나라 동요집 · 동시집

연못 가에 새로 핀
버들잎을 따서요
우표 한 장 붙여서
강남으로 보내면
작년에 간 제비가
푸른 편지 보고요
조선 봄이 그리워
다시 찾아옵니다.

1925년 봄, 『어린이』 5월호에 뽑힌 울산 서덕출의 동요였다. 메마른 우리 가슴에 생기가 돌게 해 주는 노래였다. 이 「봄 편지」 동요는, 윤극영 곡으로 온 나라에 널리 퍼졌다.

1927년 내 나이 열여섯 살 때, 여름방학에 울산으로 그를 찾았다. 찾아가 보니 뜻밖에도 그는 앉은뱅이 곱추 소년이었다. 내가 울산에 왔다는 소리를 듣고 언양에서 신고송이, 대구에서 윤복진이 나타났다. 마산에 사는 이원수에게도 연락했으나, 여비가 없어 못 간다고 했다.

밤새 비가 퍼부었다. 우리 넷은 머리를 맞대고 앉아 네 사람 합작으로 동요 한 편을 지었다. 「슬픔 밤」[122]이었다.

오동나무 비바람에 잎 떠는 이 밤
그립던 네 동무가 모였습니다.
이 비가 개이고 날이 밝으면
네 동무도 흩어져 떠나갑니다.
오늘밤에 귀뚜라미 우는 소리도
마디마디 비에 젖어 눈물납니다.

---

122 「슬픈 밤」의 오식이다.

문풍지 비바람에 스치는 이 밤
그립던 네 동무가 모였습니다.

1940년 1월 12일, 서덕출은 34세로 한 많은 세상을 웃음 속에 떠났고 신고송, 윤복진은 일제 때 좌익, 우익으로 갈려 으르렁거리더니 해방이 되자 평양으로 가서 연극계와 문학계에서 부지런히 일한 모양인데 죽었는지 살았는지, 나보다 나이가 많으니 저 세상으로 갔을는지도 모르겠다.

『꽃밭』이라는 묵사지 잡지를 내다가 1924년에 〈기쁨사〉라는 독서회를 짜서, 등사판 잡지 『기쁨』과 회람잡지 『굴렁쇠』를 만들어 돌렸는데, 원산의 이정구, 안주의 최경화, 진주의 소용수, 마산의 이원수, 부산의 이성홍(작가 이주홍의 아우), 서울의 이용규, 김병보, 김수경, 전정철이 동인이었다. 이원수, 최순애는 회람잡지 『굴렁쇠』로 정이 들어 결혼했고, 우리나라 현대 동요는 이 『굴렁쇠』 동인들이 큰 몫을 맡아 했다. 우리가 지은 동요에 정순철, 박태준, 윤극영, 홍난파가 곡을 붙여 유치원 선생 길러 내는 중앙, 경성보육학교와 간도의 광명여학교 학생을 통해서 짓기가 무섭게 널리 퍼졌다. 1927년에 생긴 경성방송국에서도 새 곡을 기다렸고, 콜럼비아, 빅타 레코드회사에서도 서로 다투어 음반을 만들어 보급했다.

동요 짓는 이가 드물었던 그 시절에, 여러 사람 치를 몇 편 모아 『조선동요집』이 나온 적은 있으나,[123] 개인의 창작 동요집으로는 1932년에 나온 『윤석중 동요집』이 우리나라 첫 창작동요집이었다. 노래를 지었자 발표할 데도 만만치 않고, 알아주는 이도 없고, 원고료가 생기지도 않아서 탐내는 사람조차 그다지 없는 세월없는 짓이었다. 그러나 한 권의 책이 되어 세상에 나오니, 나로서는 친자식처럼 밤새 안고 잤던 것이다. 춘원 이광수의 머리글 「아기네 노래」는 소파 방정환의 「어린이 예찬」,[124]에 못지않은 명문으로 평가받고 있다. 그 전문을 여기 옮겨 보자.

---

123 〈조선동요연구협회(朝鮮童謠研究協會)〉의 『조선동요선집(朝鮮童謠選集)(제1집)』((박문서관, 1929.1.31 발행)을 가리킨다. 『조선동요집』은 『조선동요선집』의 잘못이다.
124 「어린이 찬미」의 오식이다.

1

세상에 아름다운 것이 가기네밖에 또 있는가. 아기네는 인생을 꽃일뿐더러, 지구의 꽃일뿐더러, 실로 우주의 꽃이다.[125] 꽃이 아무리 아름답기로, 자연이 아무리 아름답기로, 별이 아무리 아름답기로, 생각과 소리가 아무리 아름답기로, 아기네의 아름다움에는 비길 수 없는 것이다. 어린 아기네의 눈, 뺨, 입술, 볼기짝, 손, 발, 웃음, 울음, 말, 앉았는 것, 뛰는 것, 자는 것, 어리광부리는 것, 떼쓰는 것, 노는 것, 장난하는 것, 그들의 생각과 감정들 중에는 인생과 우주의 모든 아름다움이 풍겨 있는 것이다. 아무리 경탄하여도 다 경탄할 수 없고, 아무리 찬미하여도 다 찬미할 수 없는 그 아름다움은 진실로 인생의 자랑이요 복이요 기쁨이요, 우주의 자랑이요 복이요 기쁨이다.

이 아름다움을 그림으로 그릴 빛은 없다. 글로 쓸 붓은 없다. 소리로 표할 음악도 없다. 움직임으로 표할 춤도 없다. 오직 그것을 보고 경탄하고 기뻐할 맘을 우리는 가졌을 뿐이다.

오직 그림하나 노래로 그 한 귀퉁이, 한 부스러기를 흉내 내어 본다.[126] 이는 그 아름다움이 가장 높고 가장 큰 것이기 때문에 그 한 부스러기의 흉내조차도 우리에게 한없는 기쁨을 주는 것이다.

아기네 노래 동요는 이 흉내 중에 하나다. 어른으로서 아기네의 맘의 움직임, 뜻의 흐름을 흉내 내어서 말과 소리로 표현해 보자는 것이 동요다. 아기네 자신은 결코 동요를 짓지 아니한다. 그들에게 지을 능력이 없는 것이 아니라, 지을 필요가 없는 것이다. 왜 그런고 하면, 그들에게는 하는 모든 말이 노래요, 하는 모든 행동이 춤이다. 그들의 눈과 귀와 맘에는 인생과 우주는 온통 한 덩어리 보표요, 그들의 사지백체는 곧 건반이기 때문이다. 줄이기 때문이다. 그러나 그들은 사람이 지은 노래도 즐겨할 줄을 안다. 자기네의 예술 안에 그럴 듯한 것이면 그들은 기뻐서 불러 준다. 어른의 노력에 대한 아프루발이다.

2

석동(石童) 윤석중 군은 조선 아기 노래 시인의 거벽이다. 그의 노래 중에는 전 조선 아기네의 입에 오른 것이 여러 편이다. 그는 지금 이십이 넘은 청년이지마는, 그의 속에는 사오 세로부터, 십이삼 세에 이르는 아기네의 맘과 뜻을 겸하여

---

125 이 문장의 '가기네밖에'와 '인생을'은 각각 '아기네밖에'와 '인생의'의 오식이다.
126 원문은 '오직 그림이나 음악이나 노래로 그 한 귀퉁이, 한 부스러기를 숭내 내어 본다.'이다.(이광수, 「아기네 노래」, 『尹石重童謠集』, 新舊書林, 1932, 7쪽)

가졌다. 또한 원컨대는, 그는 일생에 그에게 백발이 오고 이가 다 빠져 오므람이 늙은이가 다 될 때까지 이 어린 맘을 잃어버리지 아니할 것이다.

윤석중 군의 노래는 이미 조선 동요 운동에 한 시기를 그을 만큼 중요한 것이 되어 있어 나의 비평이나 칭찬을 기다릴 것이 아니거어니와 나는 군과 친근한 인연이 있는 관계로, 그가 얼마나 동요라는 사업을 천직으로 삼는지, 얼마나 동요 한 편을 짓기에 고심참담하는지, 그리고 자기가 지은 동요에는 반드시 작곡을 구하여 자기 손으로 그려서 얼마나 그것을 존중하는지, 얼마나 끊임없는 노력을 하는지를 목격하였거니와 그의 뛰어난 작품이 결코 뛰어난 천품만의 소산이 아니요, 각고면려 신고경영의 피땀의 소산인 것을 나는 목도하였다.

한 천재를 낳기는 한 민족으로 보아도 극히 어려운 일이다. 우리는 어린 맘을 가진, 아기네 노래의 찬탄할 천재로, 조선에 석동 윤석중 군을 가진 것을 감사하고 자랑으로 알지 아니 할 수 없다. 군은 아직 장래의 사람이다. 군의 천재의 발전은 장래에 있을 것이다.

이 시집에 담은 아기네 노래가 아무리 명편이라 하더라도 그것은 장래에 올 것의 선구요 지표에 지나지 아니하기를 바라는 마음이 간절하다.

윤 군의 건강과 노력을 빈다.

(1932.4.4)

그 책에는 또 한 분의 글이 실렸는데, 1924년에 시집 『아름다운 새벽』을 낸 주요한으로 우리나라 시단의 선구자이다. 그분의 머리글 「동심의 창작성」은, 창작 동요의 방향을 제시한 무게 있는 글이었다.

동요가 민오의[127] 일종인 이상 창작동요란 극히 곤란한 것이다. 전래동요란 일종 민중적 공동체작품으로, 그 음률(音律)과 그 상(想)에 있어서 전매권을 을[128] 가지고 있는 것이다. 그 율, 그 상이 개인적 천재의 소창(所創)이라기보다도, 군중적 내지 민족적 공동소산이라고 할 수 있다. 한 마디의 경구(警句), 한 구절의 노래는 장구한 역사의 과정에서 도태되고 연마된 결과로 적존(適存)한 것이니, 대중적이면서도 세련된 수법을 가진 것이 곧 그 까닭이다.

가장 민중적, 또 민족적인 까닭에 그 상과 법이 그 민족성을 가장 보편적으로 구현하고 있는 것도 사실이다. 가장 보편성을 가지니 만큼 가장 평이한 것이다.

---

127 '민요의'의 오식이다.
128 '전매권을'에 '을'이 한 번 더 들어간 오식이다.

그것이 민족 내에 포함된 개별적 천재성의 발휘라고는 볼 수 없다. 그러므로 민요와 동요는 그 자체에 있어서 독창적이면서 만일 후인이 이와 같은 수준을 그 창작에서 나타낸다 하면, 이는 가석한 평범에 빠지고 마는 것이다.

창작동요의 고민은 여기 있다. 고답적 예술 형식에 있어서는 형(型)을 깨뜨리기가 비교적 용이하다. 그러나 동요의 창작에 있어서는 형을 깨뜨리려다가는 교각살우(矯角殺牛)의 결과를 짓기가 십상팔구다. 금일 동요작가의 대부분이 저조(低條)인 전래조의 졸렬한 반복에서 저미(低迷)하거나 그렇지 아니하면 동요 아닌 동요를 쓰고 있게 되는 까닭이 여기 있다.

창작동요가 이같이 어려운 조건하에서 생장할 것이니만큼 거기 대한 우리의 기대가 크다. 적어도 다음 같은 몇 가지 조건은 구비해야 된다고 생각한다.

첫째, 동심을 포착해야 할 것.
둘째, 조선적이어야 할 것.
셋째, 새로운 사상을 새로운 수법에 담아야 할 것.

이 세 가지를 원비한 작품을 요구한다는 것은 곧 조선족 천재를 요구한다는 것과 같은 말이다.[129] 적어도 백년 이백년을 두고 이러한 천재를 대망해야 할 것이다.

윤석중 군의 작품은 이상에 세 가지 조건에 대하여 적지 않은 노력의 자취를 볼 수가 있고, 또는 장래를 촉할 만한 재능의 섬광이 있다고 생각한다. 군은 역사의 한순간에 동심에 떠오르는 한 낱 한 낱의 첩구를 교묘히 포착하여 이를 전개시키고 소화했다. 군은 또 이 시대적 생활상과 반영을 그 동요의 선 뒤에 그려내는 데 성공했다. 그리고 군의 수법은 비상한 독창성을 보여주고 있다.

윤 군의 작품에서 우리들이 가졌던 조선의 동요는 이래야 될 것이라 하는 희미한 생각에 대하여 계발 받는 바가 적지 않다. 이 작품들은 창작 동요운동에 있어서 한 이정표가 될 것을 의심치 않는다.

(1932.5.11)

30편의 동요와 10편의 동시가 담긴 첫 동요집에는 동시 10편 가운데 5편

---

129 "이 세 가지를 完備한 作品을 要求한다는 것은 곧 朝鮮的 天才를 要求한다는 것과 같은 말이다."(朱耀翰, 「童心과 創作性」, 『尹石重童謠集』, 新舊書林, 1932, 11쪽)가 원문이다. '원비한'과 '조선족'은 각각 '완비한'과 '조선적'의 오식이다.

이 조선총독부 검열에 걸려 "삭제" 도장이 찍혀 실리지 못했다. 검열에 안 걸린 5편 가운데에는 이러한 동시가 실려 있다.(이상 39쪽)

> 허수아비야
> 허수아비야
> 여기 쌓였던 곡식을 누가 다 날라 가디?
> 순이아버지, 순이아저씨, 순이오빠들이
> 여름내 그 애를 써서 만든 곡식을
> 가져 간다는 말 한 마디 없이
> 누가 다 날라 가디?
> 그러고 순이네 식구들이
> 간 밤에 울며 어떤 길로 가디?
>
> — 이 길은 간도 가는 길.
> — 이 길은 대판 가는 길.
>
> 허수아비야
> 허수아비야
> 넌 다 알텐데 왜 말이 없니?
> 넌 다 알텐데 왜 말이 없니?
>
> (1931)

식민지에서 갖은 행패를 다 부린 일인들의 약탈을 허수아비에게 물어보는 동시였다.

우리나라에서 나온 첫 창작동요집에 조선총독부 검열에 걸려 5편만 남았는데, "동시"란 말을 처음 써 본 것이다. 그때만 해도 소녀시니, 아동시니 하는 말은 있어도 동시란 말은 보기 드물었다. 나는 그 당시, 글자 수 맞추노라고 부질없이 애쓰는 것에 싫증을 느껴 자유롭게 써 버릇했다. 동요도 시로, 글잣수 맞춰 지은 정형시이며 동시는 글잣수에 신경 쓰지 않고 자유롭게 지은 시로 생각했던 것이다. 김소월 시에도 글잣수 맞춰 지은 정형시가 많다.

나는 글잣수 맞추는 데에서 벗어난 동시의 새길을 열어나갔다. 첫 동요집을 낸 이듬해인 1933년에 낸 윤석중 동시집 『잃어버린 댕기』는 곧 우리날[130]

최초의 동시집이 된다.

눈
눈
눈
받아 먹자 입으로.

아
아
아
코로 자꾸 떨어진다.

호
호
호
이게 코지 입이냐.
　　　　　「눈 받아먹기」 (이상 40쪽)

학교에서 그려 오라는 세계 지도
어제 밤새도록 그렸는데
여태 반도 안 됐어요.

네 땅 내 땅도 없고
네 나라 내 나라라도 없고
이 세계가 온통 한 나라라면
지도 그리기가 얼마나 쉬울까요?
　　　　　「세계 지도」

　동시집 『잃어버린 댕기』가 나온 뒤 동요에서 해방되어, 너도 나도 동시에
손을 댔다. 그러나 훗날 난해시(難解詩)로 골머리를 앓은 모양으로, 동시에
도 난해 동시가 유행되어 어른도 알아듣기 힘든 동시가 돌아다녔다. 동요든

---

130 '우리나라'의 오식이다.

동시든, 만만히 보았다가 큰코다친 셈이었다.

우리나라 현대 동요는, 입에서 전해 내려온 전해동요에서[131] 일본에서 들어온 창가를 거쳐 동심을 담은 어린이 노래로 자리를 굳힌 것은 1924년 윤극영의 「반달」에서부터였는데, 발 벗고 나선 소년운동가들이 문인도 아니면서 아쉰 대로 동요를 지어 퍼뜨렸다. 1925년 『어린이』 잡지에 뽑힌 「오뚜기」(윤석중), 그 이듬해 봄에 역시 『어린이』 잡지에 뽑힌 「고향의 봄」(이원수)과 「봄 편지」(서덕출)로 우리나라 동요는 밝은 미래를 약속했었다. 어른들이 심심풀이로 짓거나, 애들 노래를 만만히 보고 아무나 덤벼들어 지은 동요가 아니었기 때문이다. 우리나라 현대동요는 어른이 지어 준 것이 아니라 스스로 앞장서서 개척해 나간 거나 다름없었다.

더구나 성인문단에서는 발붙일 데가 없었다. 아동문학이라는 말조차도 입에 올리지 않았고, 신문사에 지어 보낸 동요는 휴지통으로 들어가기가 일쑤였다. 푸대접을 받으면서 그래도 열심히 지어 신문사에 보낸 이들이 있었으니 문학 지망생인 청소년들이었다. 몇 사람 이름을 들추어 보자.

- 1923년   유도순 「별」(『동아일보』) 甲
  이헌구 「봄」(『동아일보』) 甲
- 1924년   윤석중 「봄」(『신소년』)
- 1925년   한정동 「소금쟁이」(『동아일보』) 1등
  윤석중 「오뚜기」(『어린이』)
- 1926년   이원수 「고향의 봄」(『어린이』)
- 1930년   윤복진 「동리 의원」(『동아일보』) 1등(김귀한[132] 이름으로 뽑힘)
  박고경 「편지」(『동아일보』)
  윤복진 「스무하룻밤」(『조선일보』)
  목일신 「시골」(『조선일보』)
- 1931년   목일신 「물레방아」(『조선일보』)
- 1932년   공일동 「별」(『동아일보』) 가작
- 1933년   김성도 「강아지래요」(『신가정』)[133]

---

131 '전래동요에서'의 오식이다.
132 '김귀환'의 오식이다. 윤복진의 필명 중에 '金貴環'이 있다.

박영종(木月)「통딱딱 통짝짝」(『어린이』)[134]

박경종「왜가리」(『조선중앙일보』)

○1934년   김영일「반딧불」(『매일신보』)

○1936년   신석희「달쪼각」(『동아일보』) 甲

("甲"이 딸린 것은 신춘문예 입선된 성적이었다.)

7. 동요문학 개척자들

1983년![135] 이 해는 우리나라 아동문학이 문학으로서 크게 대접 받은 해였다. 조선일보사 출판부(부장 노산 이은상)에서 신선문학전집(新選文學全集)을 엮어냈는데, 제4권(3회 배본)에 『조선아동문학집』을 엮어낸 것이다. 아동문학이 처음으로 문학대열에 한몫 든 첫 경사였다. 이 책 머리글에서 조선일보사 주필 이훈구 박사는 이런 말을 했다.

이 『조선아동문학집』은, 7백만 아동들의 반려가 되고, 보물이 될 것을 자신해 의심치 않는다. 그것은 누구나 다 아는 바와 같이 수많은 어린이들에게 읽어야 될 또는 읽을 만한 언문서적이 종래에 매우 보잘것없었던 것이다. 그래서 제2세 국민에게 정서교육 또는 문학적 교양이 너무도 망각되어 있었다. 이와 같은 결함의 만분의 일이라도 보족시키고, 따라서 조선 문운에 다소라도 공친하는 바가 될까 하는 것이다.[136]

그러므로 아동은 물론, 아동을 가진 가정에서도 불가결의 전적(典籍)이다.

내용을 잠깐 소개하면, 현대 조선 아동문학의 대표작이라 할 만한 90여 편을 수집한 것이요, 글의 종류는 동요, 동화, 동극, 소년소설 등이 전부 망라되었다. 실로 아동문학의 집대성이다.(글 줄임)

---

133 '아동문예 현상당선 작품발표'에 가작(佳作)으로 당선된 김성도의 작품명은 「강아지」(『新家庭』, 제2권 제6호, 1934년 6월호, 205쪽)이다.

134 '彰童'의 「통·딱딱·통·짝짝(特選童謠)」은 『어린이』(제12권 제6호, 통권121호, 1934년 6월호, 24~25쪽)에 발표되었다. '彰童'은 박영종의 필명인 '影童'의 오식이다.

135 '1938년!'의 오식이다.

136 이훈구(李勳求)의 「서(序)」 원문에 "이와 같은 缺陷의 萬分之一이라도 補足시키고, 따라서 朝鮮 文運에 多少라도 貢獻하는 바가 될가 하는 까닭이다."라 하였다. 따라서 '공친하는'은 '공헌하는'의 오식이다.

나는 이 책을 엮으면서 작가가 쓴 동화, 극작가가 지은 동극, 시인이 지은 동요에 먼저 눈을 돌렸다. 작가 아저 눈을 돌렸다. 작가 아닌 사람이 쓴 닌 사람이 쓴 동요나 동시는 바탕이 허술하고, 구상이 엉성하고, 표현이 서툴기가 쉬운 것이다.[137]

내 손으로 추려 모아 엮은 작품 가운데 동요는 57편이었다. 시인이 지은 동요를 찾는데 김소월 시인의 『진달래꽃』 시집에서는 간신히 「엄마야 누나야」 한 편을 골라냈고, 주요한 시인 작품에서는 「꽃밭」과 「잊는다면」 박팔양 시인의 작품에서는 「까막잡기」와 「가을」을, 지용 시인 작품에서는 「말」과 「지는 해」「홍시」를 골라 실었다.

시인 아닌 분의 작품과 어린이 자신들의 작품에도 오래 남을 것이 많았다. 비록 문단에서는 대접을 받지 못했지마는, 작품으로서는 떳떳한 것이 많았다. 『신소년』 잡지에 열심히 동요를 발표한 시골 학교 정열모 교사의 동요 「개나리」를 보자

언니는 개나리
연옥색 저고리
남 끝동 물려서
곱기도 하오.

나 입은 저고리
송화색 저고리
개나리 꽃하고
어느게 골까.

랄랄랄 홀도기
청성도 굿소.
개나리 노른 꽃
웃는 듯 한결.

---

137 '작가 아저 눈을 돌렸다. 작가 아닌 사람이 쓴 닌 사람이 쓴 동요나 동시는 바탕이 허술하고, 구상이 엉성하고, 표현이 서툴기가 쉬운 것이다.'는 문장의 일부가 겹쳐진 오류다. "작가마저 눈을 돌렸다. 작가 아닌 사람이 쓴 동요나 동시는 바탕이 허술하고, 구상이 엉성하고, 표현이 서툴기가 쉬운 것이다."가 옳은 것으로 보인다.

따뜻한 봄철에
꽃가지 잡고
언니는 우시니
왜 봄을 우오.

곽노엽의 「나팔꽃」을 보자. 이런 동요는 50여년이 지난 오늘날에도 어린
이에게 귀여운 웃음을 머금게 해 준다.

우물가의 나팔꽃 곱기도 하지.
아침마다 첫 인사 방긋 웃어요.
점심 때 우물가에 다시 와 보면
방긋방긋 반가와 놀다 가래요.

동무하고 놀다가 늦게 와 보니
노여워 입 다물고 말도 말재요.

강소천의 「닭」도 내가 주관한 『소년』 잡지에 실었다가 아동문학집에 옮겨
실었다.

물 한 모금 입에 물고
하늘 한 번 쳐다보고
또 한 모금 입에 물고
구름 한 번 쳐다보고.

강소천이 만주 땅 간도에 가 있던 때인데, 아침에 일찍 일어나 고국 하늘을
멍하니 바라보며 세수를 하다 말고 지었다고 한다. "하늘은 푸른 하늘…"로
길게 이어지는 것을 다 잘라 버리고 넉 줄만 살렸다.
우리나라 첫 아동문학집에 실린 작품 가운데 동요편 31명의 작품 이름은
다음(이상 43쪽)과 같다.

○「꽃밭」 외 1편(주요한) ○「까막잡기」 외 1편(박팔양) ○「고드름」(유지영) ○
「외나무다리」 외 2편(윤석중) ○「참새」 외 1편(정인섭) ○「옛날 옛날 한 영감」
외 2편(이헌구) ○「엄마야 누나야」(김소월) ○「말」 외 2편(정지용) ○「날 대가리」

외 1편(윤극영)[138] ○「헌 모자」(황세관) ○「빨래」외 2편(한정동) ○「가을」(최순애) ○「시골 밤」외 1편(이정구) ○「시골길」외 1편(천정철) ○「진달래」외 1편(신고송) ○「동리 의원」외 2편(윤복진) ○「봄 편지」외 1편(서덕출) ○「아침 노래」외 1편(이원수) ○「비야 비야 오너라」(김태오) ○「꼬부랑 할머니」(최영애) ○「물살」외 2편(박영종) ○「햇빛은 쨍쨍」(최옥란) ○「닭」외 1편(강소천) ○「누가 누가 잠자나」(목일신) ○「장명등」외 1편(임춘길) ○「물새」(허삼봉) ○「눈물」(강승한) ○「댕댕이」(염근수) ○「나팔꽃」(곽노엽)

이 책이 나온 뒤, 우리나라 동요 창작계에도 찬바람이 불기 시작했으니, 1938년에 들어서자 조선총독부에서 전 국민에게 일본말 강습을 시키기로 했고, 조선육군특별지원병을 제정했으며, 방공훈련을 시키기 시작했고, 국가총동원법을 조선에도 폈으며, 총독부에서 전국 교육 관공리의 제복 착용을 강제로 실시했던 것이다. 이듬해엔 영국과 프랑스가 독일에 대고 선전포고를 하여, 세계 제2차대전이 터지고 말았다.

1940년엔, 우리 이름을 일본식으로 뜯어고치는 창시개명이[139] 강행되었고, 8월 10일엔 『조선일보』와 『동아일보』가 한날한시에 폐간을 당하고 말았다.[140] 『소년』 잡지엔 일본말이 먹어 들어왔고, 우리말 동요는 자취를 감추게 되었다. 그런 가운데에서도 1939년에 박문서관에서 『윤석중동요선』을 문고판으로 내 주었고, 1940년 봄에는 사회생활 10년 만에 일본 유학을 간 내가 도쿄에서 네 번째 신작동요집 『어깨동무』를 자비로 내어 고국의 어린이들에게 선사했다. 1941년 12월, 태평양전쟁이 터지니, 한국 사람에게도 징용장이 날아들어 나도 홋카이도(北海道) 탄광으로 끌려가기 직전 도쿄를 탈출해서 한국으로 피해 왔던 것이다. 뒤숭숭한 중에도 1941년엔 강소천의 동요집 『호박꽃 초롱』이 박문서관에서 나왔고, 1944년에는 최상수 엮은 『현대 동

---

138 「날대가리 무첨지」, 「개나리」 2편은 윤극영이 아니라 정열모(鄭烈模)의 작품이다.

139 '창씨개명이'의 오식이다.

140 『조선일보』와 『동아일보』는 조선총독부의 강압에 의해 1940년 8월 11일 자(각각 6923호, 6819호)를 마지막으로 발간하고 폐간되었다. 『조선일보』는 '廢刊辭'라는 사설로 『동아일보』는 '社告'를 통해 폐간을 알렸다. 폐간일자를 8월 10일이라 한 것은 잘못이다. 『두산백과』, 『한국민족문화대백과사전』 등도 8월 10일 폐간이라 하여 오류를 범하고 있다.

요·민요선』이 대동인서관에서 나왔으며, 정태병이 일본말로 옮긴 『오히사마』(햇님)가 『조선동요집』(제1집)으로 나왔다.

1945년 8·15! 우리말 동요에 주려 있던 어린이들이 터놓고 우리 동요를 부를 수 있는 때가 왔다. 일본말로 공부를 하고, 운동장에서 우리말을 썼다가 선생한테 들키면, 벌을 세우거나 화장실 청소를 시키곤 했는데, 어느 날 갑자기 태극기가 거리에 출렁거리고, "대한독립만세!"를 목이 터지도록 부르게 되었으니, 어른이고 아이고 얼떨떨할 수밖에! 어느 학교에서는 이런 웃지 못할 일이 벌어졌다.

해방 직후, 국민학교 교실에서 선생님이 무엇을 물으니까 아이들이 손을 번쩍번쩍 들면서 제가 대답하겠다고 "센세이! 센세이!"(선생님, 선생님) 하였다. 그러자 선생이 눈을 부라리며 "센세이가 뭐얏!" 하면서 호통을 치니, 눈치 빠른 아이가 얼른 "선생님, 선생님"하니까 선생이 성난 것이 풀려 "요오시!"("됐어"란 일본말) 하더란다. 일본말이 말이 입에 배게 한 것이 선생이겠는데 애꿎은 아이들만 억울하게 야단을 맞은 것이다.

해방의 날 지은 나의 동시를 한 편 보자.

해방의 날
서울 장안에
태극기가 물결쳤다.

옥에 갇혔던 이들이
인력거로 트럭으로 풀려 나올 제

종로 인경은 목이 메어
울지를 못하였다.

아이들은
설에 입을 때때옷을 꺼내 입고
어른들은
아무나 보고 인사를 하였다.

서울 장안을 뒤덮은

태극기, 우리 기,
소경들이 구경을 나왔다가
서로 얼싸안고 울었다.

　해방 전의 우리나라 현대 동요를, 어린 사람들이 앞장서서 이끌고 나갔음
은 지나간 날의 동요 역사를 더듬어 보면 알 수 있다. 입에서 입으로 전해
내려온 전래동요 또한 아이들이 놀면서, 뛰면서, 또는 혼자 턱을 괴고 앉아서
중얼거린 것이 지은이 모르는 동요로 살아남은 것이었다. 어른들의 자장노래
말고는, 해방이 되자마자 그동안 묻혀 있던 동요들이 때를 만나 터져 나왔지
만, 새 동요는 역시 어린 사람 손에서 먼저 이루어졌다.
　1946년 5월, 『주간 소학생』 제15호에 실린 〈아협〉(〈조선아동문화협회〉를
줄인 말) 마련 제1회 현상 동요에 1등을(이상 45쪽) 차지한 그 당시 서울사범부
속국민학교 4년생 황원성 소년의 작품을 보자.

구름이 하늘에서
재주를 부립니다.
"어머니 저것 좀 보
구름이 흰 곰 같애."

바람이 가만가만
구름을 떼밉니다.
"어머니 저것 좀 보
구름이 강물 같애."

햇볕은 따스하게
마루를 비칩니다.
일하는 엄마 손을
아가는 흔듭니다.

　서울 사범부속국민학교 6년생으로 제3회 글짓기에 특등 당선한 「타버린
집터」를 보자.

산 밑 외따로운 오막살이 집
지난 해 겨울에 불타버리고
주춧돌만 소롯이 남았습니다.

아무도 오지 않는 고요한 산 밑
오막살이 재가 되어 검은 집터엔
찔레꽃이 곱게 곱게 피었습니다.

1947년 10월, 제2회 경기도교육전람회에서 1등에 뽑힌 그 당시 국민학교 2년생 정찬규가 지은 「햇님」을 보자.

예쁜 햇님
떴다 동쪽
밝았다 땅이

좋은 햇님
진다 서쪽
어둡다 땅이

〈아협〉에서 해마다 모은 "전국 어린이글짓기 내기"에는 참으로 좋은 동요가 많이 들어왔다. "하늘만 처다뵈는 이 산골에, 어떻게 왔는지 봄이 왔어요." 이런 대목이 들어 있기도 하고, "어머니 하고 술래잡기하면 안 돼. 내 손만 만져 보시고도 난 줄 대번 알아내시니." 이렇게 시작된 동요도 있었다. "떠들며 웃으며 닦아 놓은 유리창, 유리창이 없어졌나 깜짝 놀랐죠." 잘 닦은 유리창을 이렇게 노래한 어린이도 있었다.

8·15해방 전부터 동요를 지어 온 이들도 어린 그들에게 뒤지지 않으려고 부지런히 작품을 썼다. 1946년, 해방 이듬해(이상 46쪽)에는 박영종 동시집 『초록별』(〈아협〉 발행), 윤석중 동요집 『초생달』(박문출판사), 한인현 동요집 『민들레』(제일출판사)가 나왔고 해방 기념으로 윤석중 지은 『어린이 한글책』이 〈아협〉에서 나왔다. 이듬해엔 김원용 동요집 『내 고향』과 이원수 동요집 『종달새』가 나왔다.

1948년에 나온 동요집 『감자꽃』을 지은 권태응은 해방 뒤에 나타난 가장 주목을 끄는 동요시인이었다. 나는 그의 동요집 머리글에서 이런 말을 했다.

나라를 사랑하는 이를 애국자라 합니다. 그러면 어떻게 하는 것이 나라를 사랑하는 것이겠습니까. 삼팔선 때문에 금이 간 저 푸른 하늘을 모른 체하고도, 소잔등이처럼 뼈가 불거진 저 싯뻘건 산들을 모른 체하고도, 거리거리에 날마다 늘어가는 저 담배 피는 아이들과 신문팔이 아이들의 목쉰 목소리를 못 들은 체하고도, 애국자란 말을 들을 수 있을까요? 안 될 말입니다. 해방 통에 그처럼 많은 애국자가 생겼으면서도, 독립이 지체가 되고, 살기가 점점 더 어렵게 된 것은, 숨은 애국자가 많지 못한 때문이었습니다. 나선 애국자, 한몫 보려는 애국자들이 너무나 많이 들끓기 때문이었읍니다. 서로 물고 뜯고 하는 애국자 등살에 죄 없는 백성만 들볶이었던 것입니다.

여러분 우리는 시방부터 참 애국자, 숨은 애국자가 될 공부를 하십시다. 그러려면, 우선 여러분 이웃과 마을을, 그리고 여러분 눈에 띄는 어른과 아이와 밭과 논과 산과 나무와 강과 물과 하늘과 별, 이 모든 것을 아끼고 사랑하고 위하는 공부부터 시작해야 합니다. 권태응 님의 첫 동요집 『감자꽃』은 조그만 애국자 여러분에게 바치는 따뜻한 선물입니다.(1948.1.1 첫 겨울 윤석중)[141]

그는 6·25전쟁 때 아픈 몸(폐결핵)을 이끌고 충주를 떠나서 피란을 갔다가, 1951년 3월 28일, 서른세 살로 이 세상을 떠났으니 나라와 어린이만을 생각하다가 간 애국시인이었다. 서울 제일고보(지금의 경기고)를 나온 뒤 일본으로 가서 와세다대학에 다니던 권태응은 1939년에 일본 사람에게 대들었다가 잡혀가서 1년 동안 징역을 살다가 걸린 폐병이 전쟁 때 도져 피란지에서 목숨을 잃은 것이다.

양지를 오려 접어서 친히 적은 미발표 원고 36편이 누렇게 종이 빛을 바랜 채 〈새싹회〉 사무실에 고이 간직되어 있는데 그 동요 뭉치를 뒤져서 햇빛 못 본 동요를 서너 편 보자.(이상 47쪽)

---

141 윤석중의 '머리말' 말미에 "1948.11. 첫겨울 尹石重 적음"이라 하였으므로, "1948.1.1"은 잘못이다. 『감자꽃』은 "4281.12.12 냄"이라 하여 1948년 12월 12일에 발행하였다. 따라서 "1948.1.1"에 윤석중이 '머리말'을 쓸 수는 없다.

다시 또 올찌 말찌
산골 마을.
길이 두고 생각나게
단장 하나

짚었다가 휘두르다
정든 고개
되돌아서 가는 길에
뻐꾹 소리.
「산골 마을」

바람 바람 무슨 바람
빨강 바람.
꽃밭을 찾아오는
예쁜 바람.

바람 바람 무슨 바람
파랑 바람.
풀밭을 찾아오는
귀여운 바람.
「바람」

멀리 떠나 보고야 알았습니다.
어머니 품 가슴이 그리운 것을.

멀리 떠나 보고야 알았습니다.
오막살이 내 집이 그리운 것을.

멀리 떠나 보고야 알았습니다.
내 고향 옛동무 그리운 것을.
「떠나 보고야」

산속으로 산속으로
찾아드는 길.

어린 아기 데리고
짐을 지고….

어딘지도 모르고
따라가는 길.
「파란 길」

산 샘물이 넘쳐 흘러
산 또랑물.
산 또랑물 모여 흘러
산 개울물.
산 개울물 내리 흘러
들판 강물.
들판 강물 굽이 흘러
넓은 바다.
「산 샘물」

그의 동요집 『감자꽃』에 실린 30편에서도 두어 편 옮겨 와, 그의 자연 사랑
이 어린이 사랑과 나라사랑에 이어져 있음을 알아보자. (이상 48쪽)

자주 꽃 핀 건, 자주 감자.
파 보나 마나 자주 감자.

하얀 꽃 핀 건, 하얀 감자.
파 보나 마나 하얀 감자.
「감자꽃」

키가 너무 높으면
까마귀떼 날아 와 따 먹을까 봐
키 작은 땅감나무 되었답니다.

키가 너무 놓으면
아기들 올라가다 떨어질까 봐
키 작은 땅감나무 되었답니다.
「땅감나무」

8·15해방 3년 뒤인 1948년에 지은 「북쪽 동무들」한 편을 더 보자.

북쪽 동무들아 어찌 지내니?
겨울도 한 발 먼저 찾아왔겠지.

먹고 입는 걱정들은 하지 않니?
즐겁게 공부하고 잘들 노니?

너희들도 우리가 궁금할테지.
삼팔선 그놈 땜에 가깝하구나.
　　　　　　　　　　「북쪽 동무들」

　권태응의 마지막 동요이다. 그는 병석에서 북쪽을 향해 누워 북쪽 어린이들을 그리워하며 마지막으로 이 한 편을 남기고 눈을 감았으리라. 그를 생각할 때마다 또 한 사람의 동요 작가 얼굴이 떠오른다. 윤동주(1917~1945)다. 너무도 일찍 스물여덟 살에 세상을 떠난 시인이다. 북간도에서 태어나 그곳 명동소학교와 평양 숭실중학교를 나와서 1938년 연희전문학교(지금의 연세대)에 다니다가 일본 유학 시절 독립운동을 하다 잡혀가 감옥에서 돌아갔다. "하늘을 우러러 한 점 부끄럼 없기를 바라며" 독립운동을 한 윤동주의 동요를 보자.

내일 내일 하기에
물었더니
밤을 자고 동틀 때
내일이라고.

새 날을 찾던 나는
잠을 자고 돌보니
그때는 내일이 아니라
오늘이더라.

동무여 동무여

내일은 없다.
....
　　　　　「내일은 없다」 (이상 49쪽)

까치가 울어서
산울림.
아무도 못 들은
산울림.
까치가 들었다.
산울림.
저 혼자 들었다.
산울림.
　　　　「산울림」

누나의 얼굴은
해바라기 얼굴.
해가 금방 뜨자
일터에 간다.

해바라기 얼굴은
누나의 얼굴.
얼굴이 숙어들어
집으로 온다.
　　　　「해바라기」

　8・15해방 서너 해 전에 일본 유학생이던 내가 그의 삼촌인 윤영춘(영문학
자) 소개로 그들[142] 도쿄 YMCA 기숙사에서 잠깐 만난 적이 있는데, 그의
아우 윤일주(尹一柱) 시인 말을 들으면, 북간도 시절 그의 방에는 한용운의
시집 『님의 침묵』과 김소월 시집 『진달래꽃』, 그리고 나의 동시집 『잃어버린
댕기』를 책꽂이에 나란히 꽂아 놓고 지냈다고 한다.

────────────
142 '그를'의 오식이다.

우리나라 창작 동요계에 윤동주, 권태응 같은 애국시인을 가졌다는 것은 그들의 작품과 함께 큰 자랑거리가 아닐 수 없다.

　　8·15해방 뒤, 첫 초등 노래책에는 어떤 동요들이 실렸는가? 1946년 8월 15일에 나온 군정청 문교부에서 엮어 낸 첫 노래책에 실린 동요는 다음과 같다.

　　학교, 봄나들이, 물방울, 나팔꽃, 까막잡기, 똑닥배, 맹꽁이, 산토끼, 둥근달, 설날, 눈오신 아침, 시계, 애기별, 키대보기, 안녕하세요, 바이올린 (모두16편)

1948년, "대한민국 정부 문교부"가 엮은 국민학교 1학년용 『초등 노래책』에는 이런 노래들이 실려 있다.

　　애국가, 새나라의 어린이, 학교종, 산토끼, 강아지, 조선의 별, 무엇 배우나, 눈 오신 아침, 줄넘기, 뱅글뱅글돌아라, 참새, 고양이, 기차놀이, 얼룩송아지, 나는 알아요, 애기별, 바위와 샘물, 봄바람, 비눗방울, 병아리, 어린음악대 (모두 21곡)

　　우리 모임은 항상 새로운 노래를 지어 바르게 불러 널리 퍼뜨림으로써 우리나(이상 50쪽)라를 깨끗하고 환하게 만들겠습니다.

　　이것은 1947년 12월 14일, 서울 명륜동 4가 우리 집 조그만 사랑방에서 시작한 어린이들의 노래모임 〈노래동무회〉가 품은 뜻이었다.

　　새 노래말은 내가 댔고 작곡은 윤극영, 정순철이 맡았다. 노래 지도는 한인현(은석국민학교 교장), 피아노 반주는 김천(창경국민학교 음악교사)가 맡았다.

　　해방 되던 해 동짓달에, 명륜동 2가 숭의예배당(예수교 장로회 동소문 교회) 권영식 목사의 둘째 아들인 「과꽃」, 「꽃밭에서」 작곡자 권길상(미국 이민)과 「우리의 소원」 작곡자 안병원(캐나다 이민) — 이 그 교회에서 〈봉선화동로회〉[143](2년 뒤 YMCA 어린이 음악원으로 새로 출발)을 시작했는데, 뒤미

---

143 〈봉선화동요회〉의 오식이다.

쳐 생긴 것이 〈노래동무회〉였다. 1950년 6·25가 터지던 날 마지막 모임으로 끝이 났는데, 그때까지 가르친 동요는 175곡에 이르렀다.

〈노래동무회〉 어린이들이 회가처럼 부른 노래는 해방 전에 지은 나의 동요 「노래가 없고 보면」이었다.(윤극영 곡)

노래가 없고 보면 무슨 재미로
냇물이 돌 틈으로 굴러다니며
노래가 없고 보면 무슨 맛으로
바람이 숲 사이로 지나다니랴.

노래가 없고 보면 귀뚜라미가
기나긴 가을밤을 어이 새우며
노래가 없고 보면 기러기들이
머나먼 하늘길을 어이 날으랴.

노래가 없고 보면 무슨 흥으로
달밤에 고깃배를 물에 띄우며
노래가 없고 보면 무슨 재주로
여럿의[144] 힘을 모아 터를 다지랴.

우리나라 동요가 아이들 손과 소년운동가 손에서 노는 동안 우리 문단에서는 문학으로 쳐 주지 않았다. 성인 문학가를 가리키는 문학자나 문학가란 말은 있어도, 아동문학가란 말은 일찌기 들어보지 못했다. 시를 쓰면 시인이요, 소설을 쓰면 소설가요, 작가이듯, 동요를 쓰면 동요작가요, 동화를 쓰면 동화작가였다. 그러던 것이 8·15해방 뒤, 아동문학가란 말이 유행되어 1989년에 나온 『세계 아동문학 사전』(계몽사 판)을 보면, 우리나라 아동문학가의 수가 자그마치 789명에 이른다. 거기서 빠진 사람과 그 뒤에 나온 이들을 합치면 1천 명에 가까운 아동문학가가 있는 셈이다. 많을수록 좋겠지마는 작품의 질이 작가 수에 정비례하지 않으니 답답하다. 아동문학가란 이

---

144 '여럿의'의 오식이다.

름(이상 51쪽) 아래 이것저것 자신 없이 손을 대지 말고, 아동문학에 있어서도 성인문학처럼 분명히 갈라서 정진할 것이요, 성인문단의 시인과 작가들도 어린이에게 눈을 돌려 그들이 부를 동요와 동시, 그리고 소년소설에도 정성을 쏟아야만 우리나라 아동문학이 눈부신 발전을 볼 것이다.

1946년에 동요집 『민들레』를 낸 한인현(1921~1969)은 『어린이』, 『아이생활』에 지어 보낸 동요를 내가 가려 뽑아 실을 때부터 사귄 나보다 열 살 아래 친구로, 박영종(木月), 강용율(小泉)과 함께 동요를 열심히 지어 보냈다.

한인현은, 은석국민학교 교장 노릇을 끝으로, 마흔여덟에 세상을 떠났는데, 『민들레』 동요집 그가 쓴 머리글에는 이런 대목이 들어 있다.

… 사랑하는 어린이 여러분! 저 돌밭이나, 논둑길이나, 밭머리에서 눌리고, 밟히고, 뜯겨도 해마다 봄이 오면 다시 피는 민들레와 같이 오늘 보다도 내일은 더 씩씩하게 굳세게 자라주십시오.…

그의 동요를 몇 편 보자.

엄마가 섬 그늘에 굴 따러 가면
아기가 혼자 남아 집을 보다가
바다가 불러 주는 자장 노래에
팔 베고 스르르르 잠이 듭니다.
아기는 잠을 곤히 자고 있지만
갈매기 울음 소리 맘이 설레어
다 못 찬 굴 바구니 머리에 이고
엄마는 모랫길을 달려 옵니다.
　　　　　　　　「섬집 아기」

"할아버지 할아버지 어디 가셔요?"
"오오냐, 순이 집에 있나 보더라."
"아아뇨, 어디 가시느냐구요?"
"글세, 가 보아라. 공부하나 보더라."
　　　　　　　　「귀머거리 할아버지」

전라도 광주로 글짓기 강습회에 강의하러 갔다가 여관방에서 과로로 쓰러져 소생하지 못한 그의 장례식에서 나는 「한 교장님 가셨네」란 동요로 마음을 달랬다.

  1) 거미줄 거둬 내고 마룻장을 다시 괴어
     낡은 집에 새 학교를 세워 주신 여섯해 전
     그때 그 신입생을 고이 고이 기르시어
     첫 졸업 시키신 날 한 교장님 가셨네.

  〈후렴〉 한번만 더 뵈었으면 인자하신 그 모습 (이상 52쪽)
       한번만 더 들었으면 부드러운 그 목소리

  2) 춘천서 얼음탈 땐 여러 날을 떠시었고
     광주에 선생 모아 글짓기를 의논한다
     지쳐서 쓰러진 채 일어나지 못하시고
     눈보라 치는 속에 한 교장님 가셨네.

  3) 졸업자 얼룩질까 알리지도 않으시고
     낯선 땅 찬 방에서 고이 잠든 한 교장님
     몸은 비록 가셨어도 그 뜻 길이 남아서
     은혜로운 돌이 되어 우리 은석 빛나리.

                         (김달성 곡)

황 베드로 수녀. 그는 타고난 동요시인이다. 1970년에 첫 책 『조약돌 마을』을 낸 뒤

  제 2 동요집 『동그란 마을』, 1976년
  제 3 동요집 『도토리 마을』, 1980년
  제 4 동요집 『별 뜨는 마을』, 1985년
  제 5 동요집 『해 돋는 마을』, 1986년
  제 6 동요집 『꽃 피는 마을』, 1987년
  제 7 동요집 『무지개 마을』, 1989년

그리고 1990년이 넘기 전에 제8동요집 『치악산 마을』이 나온다. 첫 동요
집에 실린 75편 가운데에서 한두 편 보자.

시가 눈 되어
하얀 산 이루고.

시가 봄비 되어
파란 싹 기르고

시가 해 되어
산머루 익히면

나는 갈 테야
시 동산으로.
　　　　「시 동산」

십리 밖 치악산이 어째 푸를까?
푸른 하늘 닿아서 물들었나 봐.

십리 밖 치악산이 어째 하얄까?
흰 구름 길가다가 쉬어 가나 봐.

십리 밖 치악산이 어째 뿌열까? (이상 53쪽)
안개 이불 덮고서 늦잠 자나 봐.
　　　　「치악산」

퐁퐁퐁 옹달샘에
빠진 조각 달
산 노루가 지나다
건지려고 하지요.

소나무 가지 위로
솟은 조각 달
부엉이가 울다가

따 오려고 하지요.
「조각달」

「조약돌 마을」 머리글에서 나는 이런 말을 했었다.

비가
연잎을 적시려고 애를 쓰지요.
연잎은 연잎은 젖지 않고
구슬을 만들어 대굴대굴 굴리지요.
「연잎」

이 노래는, 사회에 나가 일을 보다가 10년 만에 다시 일본 유학의 길에 들어섰던 내가 도쿄 소피아(上智) 대학에 다니던 시절에 지은 것으로, 그럭저럭 서른 해가 되는 묵은 작품입니다.

내가 다니던 소피아 대학은 신부님들이 해 나가는 학교여서, 마당 한복판에 수도관이 있었고, 학생아빠가 아내와 아들딸을 거느리고 살던 세든 집 이웃엔 작은 데레사를 기념해서 조그만 성당이 한 채 있어서 나는 오나가나 카톨릭의 은총에 젖어 지냈습니다. 별점나라 고라르 신부님이 한국에서 일본으로 우리 활자를 날리다가 우리말로 박아내시던 『빛』(나중에 『성가정』이라 고침) 잡지 일을 도와 드린 것도 그 무렵이었습니다.

그 뒤 나는 시 몇 편을 지어 작은 데레사에게 바쳤는데 「연잎」도 그 중 한편이었습니다.

그런데 30년이 지난 오늘날, 이 짤막한 시 한 편을 우리나라 황 베드로 수녀님에게 선사하고 싶어진 것은 무슨 때문이겠습니까? 연잎을 적시려고 지근덕거리는 심술궂은 빗방울을 눈을 흘기며 떨어버리기는커녕, 맑고 귀엽고 빛나는 구슬을 만들어 대굴대굴 굴리며 재미나게 놀고 있는 연잎을 닮은 분이 바로 우리 황 베드로 수녀님이 아니겠습니까?

하늘과 땅 사이에 있는 모든 것들이, 아니 흐린 하늘과 비탈진 땅일지라도, 맑고 밝고 바른 마음으로 한번 길러 내면 아름다운 시가 되어 나옴을 우리는 이 『조약돌 마을』 동요집으로 속속들이 알(이상 54쪽)게 되었습니다. 우리 어린이들을 한 사람이라도 더 "조약돌 마을"에 받아들여서 착하고 아름답고 슬기롭게 키워 주어야겠습니다.(1970.1.19. 겨울 어린이 마을을 여는 날 〈새싹회〉 윤석중)

새싹문학상에서 동요 부문에 상을 탄 이 가운데 몇 분 꼽는다면, 1978년 『조선일보』 신춘문예에 뽑힌 이동운을 들 수 있다.
그의 당선작 「고니」(백조)를 보자.

흰 구름 건져 먹고
별 건져 먹고
새하얀 꽃이 된다
연꽃이 된다.

갈대 숲에도 한 송이
조는 듯 둥둥
바위 그늘에도 한 송이
꿈꾸는 듯 둥둥.

흰 구름 건져 먹고
떠다니는 꽃이 된다.
연꽃이 된다.[145]

이 작품을 『새싹문학』 겨울 치 첫머리에 실으며 그 잡지 『겨울 수첩』에서 나는 이런 말을 했다.

동요 「고니」를 지으신 이동운 님은 본 이름이 아닙니다. 어디 사시는 누구임을 알려 드려도 좋으나, 이력서도 사진도 안 보내시면서 굳이 사양하고 계신, 작품으로만 친할 수밖에 없게 되었습니다. 작년에 회갑을 지내셨고, 다시 일어날 수 없는 병으로 쓰러지신 지 30년, 거의 눈을 못 보게 되신 지도 20년이 넘으셨다고 합니다. 어둠 속에서 가난과 싸우면서도 이런 밝고 곱고 깨끗한 시를 써 주셨으니 얼마나

---

145 마지막 연은 한 행이 빠졌다. "흰구름 건져 먹고/달 건져 먹고/떠다니는 꽃이 된다/연꽃이 된다.//"

장하십니까. 우리들 눈이 성한 사람들은 고마움과 겸손한 마음으로 더욱 부지런히 마음을 닦고 아름다운 글을 지어내도록 힘써야겠습니다. 그리고 비록 몸은 불편하지만, 더욱 좋은 시를 많이 써 주시도록 사진조차 뵈올 길 없는 이동운 님에게 마음으로 빌고 부탁드립니다.

8. 해방 뒤에 나온 동요·동시집

1945년 8·15해방 뒤, 누구누구의 동요·동시집이 나왔나 보자.(이재철 박사 지은 『세계 아동문학 사전』(계몽사 판) 참조해 정리함)

(1946)	윤석중『초생달』(박문석관)	
	『박영종 동시집』(조선아동회)	
	박영종『초록별』(아동문화협회)	
	한인현『민들레』(제일출판사)	
(1947)	김원용『내 고향』(새동무사)	
	이원수『종달새』(새동무사)	
(1948)	권태응『감자꽃』(글벗집)	
	윤석중『굴렁쇠』(수선사)	
(1949)	박영종 엮은『현대 동요선』(한길사)	
	모범 동요집『은방울』(선문사)	
	윤복진『꽃초롱 별초롱』(아동예술단)	
	이종택『사과장수와 어머니』(계몽사)	
(1950)	김영일『다람쥐』(고려서적회사)	
	박목월『세계명작동요선』	
	윤석중『아침까치』(산아방)	
(1951)	김영일『소년 기마대』(고려서적회사)	
	서덕출『봄편지』(자유민보사)	
(1952)	김상옥『석류꽃』(현대사)	
	김장수『파랑새』(삼성출판사)	
	이종택『새싹의 노래』(현대사)	
	서정봉『반딧불』(동국문화사)	
(1953)	김일로『꽃씨』(향도출판사)	
(1954)	강정안『샘물』(교육도서보급사)	

윤석중 『윤석중 동요 100곡집』(학문사)

박경종 『꽃밭』(중앙문화사)

(1955) 임석재 『날이 샜다』(풍국학원)

최승렬 『무지개』(향토출판사)

(1956) 여운교 『그리운 노래』(향문사)

유대건 『통통배』(새로이출판사)

이종택 『새싹의 노래』(연합출판사)

윤석중 『노래 동산』(학문사)

(1957) 김신철 『은하수』(향문사)

윤석중 『노래 선물』(학문사)

(1958) 김상옥 『꽃 속에 묻힌 집』(청우출판사)

박화목 『초롱불』(인간사)

이석현 『어머니』(카톨릭출판사)

한정동 『갈잎피리』(청우출판사)

(1959) 이종택 『바다와 어머니』(어린이나라사)

최계락 『꽃씨』(해동문화사)

(1960) 박영종 『세계 동시집』(계몽사)

윤석중 『어린이를 위한 윤석중 시집』(학급문고간행회)

윤석중 『엄마 손』(학급문고간행회)

(1961) 김신철 『꽃 구슬』(향문사)

석용원 · 박송 『불어라 은피리』(일지사) (이상 56쪽)

조유로 『하이얀 칠판』(청우출판사)

신현득 『아기 눈』(형설출판사)

어효선 『봄 오는 소리』(교학사)

(1962) 박경종 『초록바다』(인문각)

박목월 『산새알 물새알』(문원사)

박홍근 『날아간 빨간 풍선』(인문각)

(1963) 김준식 『그리운 동무』(무하출판사)

대구아동문예연구회 엮은 『아카시아와 벌꿀』(형설출판사)

박목월 『동시의 세계』(배영사)

윤석중 『윤석중 동요집』(민중서관)

조유로 『산 넘어 온 편지』(향문사)

(1964) 경북아동문예연구회 엮은 『조약돌』(형설출판사)

김종상 『흙손 엄마』(형설출판사)

김한용『순이야 노마야』(형설출판사)

박홍근·임인수·정상묵 함께 지은『종아 다시 울려라』(교학사)

신현득『고구려의 아이』(형설출판사)

윤석중『한국 동요 동시집』(삼성출판사)

이원수『빨간 열매』(아인각)

조유로『제목이 없는 동시』(향문사)

(1965) 박송·석용원『산골 아이』(협성문화사)

박인술『계절의 선물』(신아문화사)

박종현『빨간 자동차』(향문사)

박홍근『눈 뜨고 꿈꾼 아이』(인문각)

이준범『팔려 가는 송아지』

정진채『꽃밭』(중외출판사)

조유로『씨씨한 시집』(향문사)

(1966) 박화목『초롱불』(인간사)

엄기원『나뭇잎 하나』(문왕출판사)

유경환『꽃사슴』(숭문사)

윤석중『바람과 연』(배영사)

이오덕『별들의 합창』(아인각)

조유로『노래가 실린 화물선』(향문사)

최계락『철뚝길의 들꽃』(청운출판사)

(1967) 김정일『수수깡 안경』(그루)

문삼석『산골물』(배영사) (이상 57쪽)

박경종『고요한 한낮』(배영사)

박승일『꾀병』(현대사)

윤석중『작은 일꾼』(세계 동요집)(아인각)

이종기『하늘과 땅의 사랑』(아인각)

최춘해『시계가 셈을 세면』(한글문학사)

(1968) 신현득『바다는 한 숟가락』(배영사)

윤부현『바닷가 게들』(배영사)

윤혜승『갈잎의 노래』(배영사)

이응창『고추잠자리』(배영사)

조유로『고만큼 조만큼』(향문사)

(1969) 김종상『소라 피리』(보성문화사)

박경용『어른에겐 어려운 시』(대한기독교서회)

　　　　　유성윤『은방울 금방울』(예문관)

　　　　　이오덕『탱자나무 울타리』(보성출판사)

(1970)　　유성윤『은피리 금피리』(예문관)

(1971)　　유성윤『은붕어 금붕어』(현대문학사)

　　　　　유성윤『은구슬 금구슬』(현대문학사)

(1972)　　김사림『잎을 모아서』(현대문학사)

　　　　　박화목『꽃 이파리가 된 나비』(아중문화사)

　　　　　이진호『꽃 잔치』(동민문화사)

　　　　　장수복・이희철 함께 지은『초록 피리』(미문사)

　　　　　조유로『부산 부두에 오면』(친학사)

(1973)　　권태문・김재수・조영일 함께 지은『햇살을 뽑는 누에』(신태양사)

　　　　　김신철・송진석 함께 지은『새동네 꽃동산』(국제문화사)

　　　　　박용열『엄마』(세종문화사)

　　　　　석용원『한 작은 별나라』(관도출판사)

　　　　　신현득『엄마라는 나무』(일심사)

　　　　　유성윤『옥 항아리』(창진사)

　　　　　유성윤『꽃 항아리』(창진사)

　　　　　이준구『동그라미 편지』(월간문학사)

　　　　　최일환『꽃씨 봉투』(한일문고)

(1974)　　김구연『꽃불』(한진문화사)

　　　　　김녹촌『쌍안경 속의 수평선』(한빛사)

　　　　　김원석『꽃밭에 서면』(광문출판사)

　　　　　김종상『어머니, 그 이름은』(세종문화사)

　　　　　박경종『조그마한 호수』(세종문화사)

　　　　　신현득『박꽃 피는 시간에』(대학출판사)

　　　　　엄기원『아기 크는 집』(세종문화사)

　　　　　유경환『아기 사슴』(일지사)

　　　　　이상현『스케치』(현대아동문학사)

　　　　　이오덕『까만 새』(세종문화사)

　　　　　이진호『날줄과 씨줄』(세종문화사)

　　　　　하청호『둥지 속 아기새』(중외출판사)

(1975)　　김동극『고 또래 그만큼』(세종문화사)

　　　　　김완기『하늘이 단지 속에』(현대아동문학사)

　　　　　박경용『그날 그 아침』(세종문화사)

신현득 『옥중이』(세종문화사)

유경환 『겨울 과수원』(세종문화사)

이무일 『참새네 칠판』(세종문화사)

이석현 『가을 산마을』(세종문화사)

이희철 『바람개비』(세종문화사)

(1976) 김정일 『공양미 삼백석』(세종문화사)

엄기원 『어린이 만세』(시문학사)

윤수천 『아기 덩굴』(아동문예사)

조유로 『그래요 그래서』(시문화사)

하청호 『빛과 잠』(학사원)

황베드로 『동그란 마을』(카톨릭출판사)

(1977) 김신철 『가을이 오는 소리』(미래산업사)

박종현 『손자들의 숨바꼭질』(아동문예사)

유경환 『은모래』(유진기념관)

유경환 『겨울 들새』(일지사)

이진호 『생각 속에서』(월간문학사)

이진호 『새마음』(대일출판사)

최춘해 『생각이 열리는 나무』(시문학사)

(1978) 권오훈 『해 뜨는 집』(월간문학사)

김구연 『빨간 댕기 산새』(강경문화사) (이상 59쪽)

김녹촌·신현득 함께 지은 『동시 선집』(교학사)

김완기 『너희들도 하늘만큼』(을지출판사)

김완성 『탄광촌 아이들』(도문사)

김요섭 『바이킹 155호를 쏘라』(문천사)

문삼석 『가을 엽서』(아동문예사)

박화목 『아이들의 행진』(홍신문화사)

윤수천 『가을 숲』(월간문학사)

이상현 『생각하는 소년』(일지사)

이오덕 엮은 『일하는 아이들』(청년사)

최일환 『남쪽 섬들』(시문학사)

(1979) 공재동 『꽃밭에는 꽃구름 꽃비가 내리고』(새로출판사)

김삼진 『오월의 바람』(아동문예사)

김영일 『봄동산에 오르면』(서문당)

김종상 『우리 땅 우리 하늘』(서문당)

노원호『바다에 피는 꽃』(일지사)

박경종『우리 모두 나비 되어』(서문당)

어효선『고 조고만 꽃씨 속에』(일지사)

유경환『노래를 쏘는 총』(배영사)

유경환『호수에 돌 던지기』(서문당)

윤석중『엄마하고 나하고』(서문당)

이오덕·이종옥 엮은『꽃 속에 묻힌 집』(창작과비평사)

이원수『너를 부른다』(창작과비평사)

정완영『꽃가지를 흔들 듯이』(가람출판사)

최춘해『젖줄을 물린 흙』(월간문학사)

하청호『하늘과 땅의 잠』(흐름사)

한정동『따오기』(서문당)

(1980) 김완기『하늘을 달리는 새떼』(을지출판사)

김원석·윤수천·김기현 함께 지은『밤에 오는 비』(교학사)

박경용『별 총총 초가집 총총』(서문당) (이상 60쪽)

박두순『풀잎과 이슬의 노래』(흐름사)

박종현『구름 위에 지은 집』(청목사)

박화목『봄을 피는 꽃가게』(보이스사)

엄기원『꽃이 피는 까닭』(서문당)

최춘해·박두순·김재수 함께 지은『마을 이야기』(교학사)

황베드로『도토리 마을』(카톨릭출판사)

(1981) 권오훈『아기가 만든 해』(월간문학사)

김정일『바다로 떠나는 교실』(흐름사)

신현득『아가 손에, 아가 발에』(명성사)

유경환『풀꽃 편지』(견지사)

윤석중『사진 동요집, 노래가 하나 가득』(일지사)

이오덕『개구리 울던 마을』(창작과비평사)

(1982) 김구연『분홍 단추』(미문출판사)

김녹촌『언덕배기 마을 아이들』(방이서관)

김사림·유경환·이상현 함께 지은『무지개』(교학사)

김종상『해님은 멀리 있어도』(문화교육사)

선 용『새싹들의 합창』(부산 문화방송)

신현득『참새네 말 참새네 글』(창작과비평사)

제해만『바람의 집』(월간문학사)

최일환 『시골 하늘에』 (새로출판사)

(1983) 권오삼 『강아지풀』 (교음사)

권오순 『구슬비』 (교육개발공사)

김구연 『가을 눈동자』 (미문출판사)

문삼석 『이슬』 (아동문예사)

박경종 『억새꽃 웃음』 (백록출판사)

유경환 『한살부터 열다섯살까지』 (계몽사)

이희철 『가을 산바람』 (우석출판사)

정원석 『자작나무 숲길』 (교학사)

정원석 『귓속말』 (교학사)

최춘해 『흙처럼 나무처럼』 (월간문학사) (이상 61쪽)

최향숙 『집 보는 햇살』 (교음사)

김종상 『산이 어깨동무를 하고』 (꿈나무)

(1984) 공재동 『별을 찾습니다』 (인간사)

권오순 『새벽 숲 멧새 소리』 (아동문예사)

김녹촌 『산마을의 봄』 (인간사)

김종상 『하늘빛이 쌓여서』 (가리온 출판사)

노원호 『고향, 그 고향에』 (열화당)

박경용 『귤 한 개』 (아동문예사)

박경종 『병아리 모이』 (백록출판사)

박두순 『마른 나무 잎새에 흐르는 노래』 (은행나무)

박용열 『고요』 (아동문예사)

송명호 『다섯 계절 노래』 (백록출판사)

신현득 『해바라기 씨 하나』 (진영출판사)

최춘해 『나무가 되고 싶은 아이들』 (인간사)

(1985) 김구연 『사랑의 나무』 (동아사)

김녹촌 『태백산 품속에서』 (웅진출판)

김종상 『어머니 무명 치마』 (창작과비평사)

박경종 『하얀 풀꽃』 (보림)

박화목 『봄 그림자』 (꿈동산)

석용원 『어린이 공화국』 (보림)

석용원 『하나님 보시기에 좋아라』 (보림)

선 용 『진달래는 피는데』 (부산문화방송)

신현득 『아가 것은 예뻐요』 (동요문학동인회)

어효선 『파란 마음 하얀 마음』(동요문학동인회)

유경환 『싸리꽃』(웅진출판)

장수철 『엄마가 그리울 때』(맥밀란)

정두리 『꽃다발』(아동문예사)

(1986) 김정일 『바람과 풀잎』(그루)

김종상 『하늘 첫 동네』(웅진출판)

노원호 『아이가 그린 그림』(견지사)

박경종 『팔지 않는 기차표』(보림)

선 용 『은빛 노래』(부산문화방송)

엄기원 『동시집을 펼치면』(우성문화사)

이진호 『지구를 돌리는 아이』(꿈동산) (이상 62쪽)

이희철 『산돌 강돌』(미리내)

정용채 『까치 소리』(삼남교육출판사)

하청호 『어머니의 등』(견지사)

(1987) 권오순 『무지개 꿈밭』(아동문예사)

권오훈 『해와 함께 달과 함께』(웅성출판사)

김구연 『고추씨의 여행』(대교문화사)

김녹촌 『진달래 마음』(대교문화사)

김사림 『하얀 새』(우암사)

김삼진 『나무의 일기』(태양사)

김원석 『아이야 울려거들랑』(카톨릭출판사)

김종상 『땅덩이 무게』(대교문화사)

도리천 『초록빛 풍선』(아동문예사)

도리천 『치자꽃 한 송이』(아동문예사)

박경용 『새끼손가락』(가나출판사)

박경용 『우리만은』(대교문화사)

박경종 『철새들도 돌아가는데』(써레)

박종현 『아침을 위하여』(아동문예사)

서정슬 『꽃 달력』(분도출판사)

선 용 『등꽃』(대교문화사)

신현득 『아버지 젖꼭지』(대교문화사)

어효선 『소나기 그치고』(대교문화사)

엄기원 『산을 오르는 마음』(대교문화사)

유경환 『작은 새』(대교문화사)

윤삼현『유채꽃 풍경』(아동문예사)

윤석중『아기 꿈』(대교문화사)

이오덕『언젠가 한번은』(대교문화사)

이종기『희말리아 앵무새』(청산학원)

이준관『씀바귀 꽃』(아동문예사)

하청호『별과 선생님』(대교문화사)

(1988)   공재동『단풍잎 갈채』(대교문화사)

김구연『아이와 별』(동화사)

김녹촌『꽃을 먹는 토끼』(창작과비평사) (이상 63쪽)

김동극『외가집 가는 길』(대교문화사)

노원호『울릉도 사람들』(대교문화사)

문삼석『별』(대교문화사)

박경종『문 없는 까치집』(동화문학사)

박두순『말하는 비와 산과 하늘』(대교출판)

박종현『아침에 피는 꽃』(대교출판)

선 용『어둠을 지우는 아이』(글숲)

이문구『개구장이 산복이』(창작과 비평사)

정두리『어머니의 눈물』(아동문예사)

정두리『혼자 있는 날』(대교출판)

정용채『저렇게 푸른 하늘』(대교출판)

정원석『북두칠성』(삼남교육문화사)

최일환『자운영 꽃밭』(세종출판사)

최일환『그립다 고향 친구』(믄학세계사)

최춘해『운동선수가 된 동원이』(대교문화사)

1988년 5월에 나온『새싹의 벗 윤석중전집』(웅진출판)은 1924년부터 지어 온 창작동요를 중심으로 엮어졌으며 곡 붙은 5백여 곡 가운데 195곡을 추려 카세트에 담아『일자취 발자취』앨범과 함께 출판되었으니 우리나라 동요의 흐름과 발전상을 돌이켜보는 데 큰 도움이 되어줄 것이다.

위에 밝힌 동요·동시집 외에도 전국 각처의 아동문학 동인들의 작품집과 아동문학 단체의 연간집에 수록된 것을 모두 합치면, 단행본으로 나온 것 한 권에 평균 30편 잡더라도, 1990년까지 350권 나온 것으로 치면, 연 1만 편이 넘으며 그 밖의 동인지들과 경향 각지 일간 신문의 신춘문예 당선 동요와 8·15해방 뒤에 나온『주간 소학생』월간『소학생』,『가톨릭소년』,『어린이』,『진달래』,『어린이 나라』그리고『소년』,『소년중앙』,『어린이 문예』,『아동문예』,『아동문학』,『소년문학』그리고『소년한국일보』,『소년조선일보』,『소년동아일보』, 그리고『나이테』,『굴렁쇠』등 새로 나온 어린이 잡지에 실린 동요·동시를 합치면, 8·15해방과 함께 도로 찾은 우리말과 우리글로 엮어낸 동요·동시가 1만 2천 편에 이를 것이다. 그러나 어떤 해에는 양에 있어서는 풍작이었지마는 질에 있어서 흉작(이상 64쪽)을 면치 못한 해도 있었다. 국민학교 선생들의 아동문학 진출도 눈부셨지마는, 동요 짓는 법을 잘 가르치는 것과 스스로 창작하는 것은 달라서, 선수 출신이 아닌 운동 심판이 심판은 잘 보지만 선수로 뛰면 뒤로 쳐지는 경우가 있는 것과 마찬가지라고 하겠다. 그러나 아이들과 더불어 생활하는 교육자들은 보다 생생하고 거짓 없는 소재를 구할 수 있어서 서재에 눈 감고 들어앉아 동심을 꿈꾸는 이들이 미처 느끼지 못한 것을 작품에 살릴 수가 있다. 다만, 창작에 손대기 전에 시인으로서의 소질과 역량, 그리고 끊임없는 수업이 뒤따라 비록 아이들 대상의 문학이지마는 문학적 수준을 높이고 예술적으로 승화시키는데 혼신의 힘을 기울여야 함은 말할 나위도 없다.

9. 국정 노래책·민요 속의 동요

우리가 동요 발전을 말할 때 놓쳐선 안 될 것이 있다. 국민학교 들어가서 배우는 동요들이다. 8·15해방과 더불어 어린이 입에 제일 먼저 올랐던 것은 동요 부르기였다. 하도 오래 못 부르던 서먹서먹한 우리말 노래들이 되어서 틀리게 부르는 아이도 많았지마는, 우리 노래이기 때문에 틀리게 불러도 좋게 들렸다.「낮에 나온 반달」에서 "치마 끈"을 "치마 끝"으로들 불러도 그냥 넘어갔고,「반달」에서 "돛대도 아니 달고 삿대도 없이" 해도 그대로들 불러 이제는 아주 굳어져 버렸다.("돛대도 안 세우고…" 하거나, "돛도 달지 않고…" 해야 맞을 것이다.) "학교 종이 땡땡친다"에서 "학교 종을" 하거나, "친다"를 "울린다"로 해야겠는데, 휴전이 되어 환도한 다음 다시 심의할 때 "학교 종이 땡땡땡"으로 고쳐 주었고, 서독 동요「뻐꾹새」노래에 "뻐꾹뻐꾹 봄이 오네"

한 것을 우리나라에서는 뻐꾹새가 첫여름에 울므로 봄이 "오네"를 "가네"로
고쳐 부르게 하였다.

1952년 6월 전쟁 중에 "문교부 인정"으로 나온『음악 공부』1의 차례를
훑어보자.

ㅇ「애국가」, ㅇ「일학년」, ㅇ「우리 학교」, ㅇ「태극기」, ㅇ「나팔꽃」, ㅇ「시냇물」, ㅇ「허
수아비」, ㅇ「고추짱아」, ㅇ「산토끼」, ㅇ「바다」, ㅇ「단풍잎」, ㅇ「병정놀이」, ㅇ「달팽이」,
ㅇ「새나라의 어린이」, ㅇ「기차놀이」, ㅇ「비누 풍선」, ㅇ「달」, ㅇ「시골길」, ㅇ「가게놀이」,
ㅇ「집보기」, ㅇ「대장쟁이」, ㅇ「제비손님」, ㅇ「봄바람」, ㅇ「강아지」, ㅇ「저녁」, ㅇ「나
비」(모두 26편)

그때만 해도 1학년 어린이에게는 알기 힘든 노래말이 많았고, 곡조 또한
벅차(이상 65쪽)서 아이들이 음악 시간을 귀찮은 시간으로 알았다. 곡이 좋은
것은 노래말이 시원치 않았고, 노래말이 좋은 곳은 곡이 싱거운 짝짝이 동요
가 많아서, 시험 때 말고는 아이들 입에 잘 오르지를 않았다.

1967년에 나온 국민학교『음악』책에는 곡이나 노래말이 그 학년에 맞는
것을 골라내기가 힘이 들었고, 그렇다고 갑자기 부탁하면 날림 작품이 나올
수도 있어서 이미 되어 있는 것을 고른 모양인데, 교사용에는 작자 이름을
밝혔지만 음악책에는 작사자와 작곡자 이름이 없어 누가 지었는지 알 수 없었
다. 그해에 나온 국민학교『음악책』에는 내 노래말이 41편이나 들어 있어서
책을 구해다 보고 나도 놀랐다.

『음악 1』　「짝자꿍」, 「봄나들이」, 「똑같아요」, 「새신」, 「새나라의 어린이」,
　　　　　「개나리」
『음악 2』　「우리 산 우리 강」, 「뻐꾸기」, 「달맞이」, 「동무들아」, 「모두 모두」,
　　　　　「해와 비」, 「맴맴」, 「너도 나도 척척」, 「돌다리」, 「강강」, 「강아지」
『음악 3』　「고마운 책」, 「퐁당퐁당」, 「옥수수 하모니카」, 「퐁퐁퐁」, 「우산」,
　　　　　「소리개」, 「고드름」
『음악 4』　「옥수수나무」, 「풀피리」, 「기찻길 옆」
『음악 5』　「동네 한바퀴」, 「고향 땅」, 「나란이 나란이」, 「산바람 강바람」, 「기
　　　　　러기」, 「이기러 간다」, 「술래잡기」

『음악 6』 「옹달샘」, 「길조심」, 「자장가」, 「돌다리」, 「둥근 달」, 「아침」, 「졸업식 노래」(모두 41편)

곡을 잘 만나 이처럼 각 학년에 골고루 내 노래말이 별러 들어갔는데 그중에는 외국곡에 맞춰 지은 것도 아홉 편이나 되었다. 외국곡에 맞춰 「봄이 오네」를 「봄이 가네」로 새로 지어 준 동요 한 편을 보자.

뻐꾹 뻐꾹 봄이 가네
뻐꾸기 소리 잘 가란 인사
복사꽃이 떨어지네

뻐꾹 뻐꾹 봄이 가네
뻐꾸기 소리 첫여름 인사
잎이 새로 돋아나네.

1990년에 나온 국민학교 음악책『즐거운 생활』은 새로 엮어져 나온 새 노래책이다. 많은 작사자와 작곡자가 새로 등장하여 좋은 말 좋은 곡이 널려 있는데, 내가 지은 동요도 여러 편 눈에 띄었다. 그전 것과 비교해 보면 시대의 흐름과 노래의 변천을 짐작할 수 있다. 1990년에 새로 나온『음악책』은 그림을 보며 노래말과 곡조를 익히도록 되어서 그야말로 음악 생활에 보탬이 되어 있다.

『즐거운 생활』(1-2) 「새신」, 「똑같아요」, 「새나라의 어린이」
『즐거운 생활』(2-1) 「우리 길」, 「동무들아」, 「뻐꾸기」
『즐거운 생활』(2-2) 「달맞이」, 「오뚝이」
『음악 3』 「퐁당퐁당」, 「릿자로 끝나는 말은」, 「옥수수 하모니카」, 「달밤」, 「소리개」
『음악 4』 「종달새의 하루」, 「산바람 강바람」, 「고향 땅」, 「어린이날 노래」, 「고마운 책」
『음악 5』 「무궁화 행진곡」, 「옹달샘」, 「기러기」, 「닐리리아」, 「동네 한바퀴」
『음악 6』 「앞으로」, 「졸업식 노래」

새로 나온 음악책엔 내 동요가 25편 들어 있는데, 「동무들아」, 「뻐꾸기」, 「릿자로 끝나는 말」, 이 네 편은 외국곡에 맞춰 지은 것이고, 5학년에 들어 있는 또 한 편의 「뻐꾸기」(돌림노래)는 내가 지은 것이 아니다. 5학년 음악책의 「닐리리아」는 우리나라 민요곡에 맞춰 새로 지은 것인데 노래말을 잘라 내지 않고 전부 실으면 이렇다.

닐리리아 닐리리야
목동이 소 몰고 밭둑길로 온다.
닐리리아 닐리리야
해가 지는 서쪽 하늘
저녁놀 비끼어 황금 소가 됐네
닐리리아 닐리리야

닐리리아 닐리리야
물 긷는 아가씨 논둑길로 온다
닐리리아 닐리리야
해가 지는 서쪽 하늘
저녁놀 비끼어 금동이가 됐네
닐리리아 닐리리야

닐리리아 닐리리야
새들이 떼지어 깃을 찾아든다
닐리리아 닐리리야
해가 지는 서쪽 하늘
저녁놀 비끼어 황금새가 됐네
닐리리아 닐리리야

우리나라 아리랑 타령은 지방마다 다르게 불러 왔다. 그 지방사람 마음속에서 우러난 자기네 나름의 「아리랑」인 것이다.

"밤 보찜 싼다"는 「신고산 타령」이나, "총각 낭군 무덤에 삼우제 지내러 간다"는 「도라지 타령」 따위를 아이들에게까지 부르라고 권할 수는 없지 않은가.(이상 67쪽)

1961년 11월, 나는 우리 민요 33곡에 새로 노래말을 짓고 남정 박노수 화백의 동양화를 곁들여, 손대업 편곡으로 어린이 『우리 민요』 책을 냈다. 간단한 설명을 영어로 달아 외국에도 펼 작정이었다. 그 책 머리글에서 나는 이런 말을 했다.

제 나라 민요를 부를 수가 없다면 그 얼마나 서글픈 일입니까. 그런데 대대로 푸대접을 받아온 우리나라 민요는, 술자리로 떠돌아다니는 동안, 어느 것은 가락이 어지럽고, 또 어느 것은 말이 상스러워서, 차마 입에 담을 수가 없었던 것입니다.
이제 우리는, 어린이들까지도 즐겨 부를 수 있도록, 노래말을 새로 붙이고, 가락을 다시 가다듬어, 서른세 편으로 노래 꽃다발을 엮어서, 민요 재건에 이바지하고자 합니다.
이 노래들이 집안끼리, 이웃끼리, 동네끼리, 마을끼리, 서로 단란하게 지내고, 나라사랑, 겨레사랑에 조금이라도 도움이 된다면 다시없는 영광이겠습니다.
(1961년 11월 11일 새싹의 방에서 노래말 지은이 윤석중)

어린이도 부를 수 있게 지은 새 민요 노래말을 한두 편 보자. 민요곡에 맞춰 불러 보기 바란다. 첫 번째 노래말은 「몽금포 타령」이고, 두 번째 것은 「매화 타령」이다.

구름을 따라서 저 달이 가느냐
저 달을 따라서 구름이 가느냐
에헤이야 에헤이야

물결을 따라서 세월이 가느냐
세월을 따라서 물결이 가느냐
에헤이야 에헤이야

몽금포 앞바다 뛰노는 고기들
그물을 던져서 달빛만 낚누나
에헤이야 에헤이야
　　　　　　「몽금포타령」

눈이 오네, 눈이 오네
추운 겨울날 홀로 핀 매화를
만나고 싶어서 내려오네
송이 송이 눈송이
마른 가지에 피어서
우리집 매화를 바라보네

꽃이 폈네, 꽃이 폈네
눈이 내리는 구경을 하려고
매화가 겨울에 피어 있네
송이 송이 꽃송이
매화 가지에 피어서 (이상 68쪽)
앞마당 눈꽃을 바라보네

　　　　　　　「매화 타령」

　북한에서는 주체사상을 담은 것으로 옛날 민요를 개량했다는 말이 있다.
우리는 우리 얼이 담긴 옛 민요를 어린 시절부터 익히며 크도록 하자. 어린이
우리 민요가 삼천리강산에 퍼질 때, 한국 동요는 민요 속의 귀염둥이가 되어
우리나라 동요에 큰 발전과 영광을 안겨 줄 것이다.

　　　　　　　　　　　　　　　　　　　　　　(1990.10.31) (이상 69쪽)

한국
아동문학비평사
보유자료

번역한 사람, "서문", 崔南善 譯, 『불상한 동무』, 신문관, 1912.6.[1]

나는 이 책을 이 세상 젊은 친구, 우리와 가튼 이게 드리노이다.

이것은 한 짜른 이악이에 지나지 못하오나, 느낌으로는 반편인 우리 짜위에게는, 또한 적지 아니한 씨름이 될 듯하오니, 이는 여러분께 한번 보십소사 하는 짜닭이요, 외로움과 괴로움은 몃 해부터 내 살림의 왼통이라, 울기도 하고 웃기도 하는 중, 그래도 마음 부티는 곳은 책이라, 점쟌은 옛글도 만히 보고, 빗 진한 새 생각도 적지 아니 맛나 보아, 다 얼마콤씩 맛을 아는 가운대서도, 그리 길지도 아니하고 어수선하지도 아니한 이것에서, 그러토록 깁흔 느낌과 굿센 박힘을 어덧슴은 아모 때 생각하야도 이상스러운 일이요, 더욱 갑갑한 때마다 다서여섯 번이나 쓸쓸함으로서 나를 쓰을어내어 줌은, 이즐 수 업는 신세라. 이 책을 보아 줄 이는 잇고 업고, 나 되어서는 이 책 하나를 우리말로 옴겨노치 아니 못할지라, 이는 내가 이 책을 이런 대로나마 뭉둥그려내는 짜닭이외다.

지금까지 지내 본 가운대 가장 깁흔 굴헝을 겨우 벗어나서.

번역한 사람 (이상 1쪽)

---

1 '번역한 사람'은 최남선(崔南善)이다. 원작은 Marie Louise De La Ramée의 『A Dog of Flanders』이다. 원문에 글의 제목이 없어 '서문'이라 하였다.

崔昌善, "머리말", 엣디워어쓰 부인 저, 『만인계』, 新文舘, 1912.9.[2]

이 칙은 영국 엣디워어쓰 부인의 지은 거슬 번역훈 거시니 그 부인의 지은 바 허다훈 이약이칙은 오로지 아일난드 디방 사람의 긔질과 셩벽을 그려닉기에 힘쓴 것들이라. 유명훈 디문학가 스코트 씨가 이를 본써서 '웨베리'란 쇼셜을 지여 스코틀난드 사람을 그렷다 ᄒᄂ니라.

계란 거슨 죠션에셔 만드러 닛 바 특별훈 풍속 가운디 가장 아름다운 거시오 ᄯᅩ 우리 조샹이 우리에게 물녀쥰 규모 가운디 가장 조흔 거시언마는 불쵸ᄒ다 요즈음에 와셔는 이를 못되게 쓰기로만 이를 써서 필경 오늘날쳐럼 심ᄒ게 허욕과 ᄯᆫ 마음만 가지는 죠션 사람을 만드러ᄂᆞᄂ디 가장 큰 죠력ᄭᅮᆫ이 되얏스니 참아 이다로운 일이 아닌가(이상 1쪽)

총망히 번역ᄒ노라고 글은 몹시 무미ᄒ나 그러나 뜻잇게 디훌진딘 이만치 아니훈 이약이 한편도 우리를 쪠우쳐 쥼이 큰 거시 잇ᄂ지라. 원ᄒ노니 이 셰샹 만흔 사람이 져 로빈손의 손에 든 거울에 ᄌᆞ긔 그림ᄌᆞ를 보고 에렌이 후리는 치쑥에 어린 꿈을 쐴진딘 이 칙이 ᄯᅩ한 영화로다.(이상 2쪽)

---

2 번역자가 밝혀져 있지 않다. 원작은 마리아 에지워스(Maria Edgeworth, 1767~1849)의 『제비뽑기』(1799)이다.

"셔문", 『자랑의 단추』, 新文舘, 1912.10.[3]

사람은 세 가지 직분이 잇스니,

첫지, 됴흔 혼자 사람 되는 것,

둘지, 됴흔 셰샹 사람 되는 것,

셋지, 됴흔 하늘 빅셩 되는 것

이라. 이는 누구든지 됴흔 사람으로 셰샹에 서고져 ᄒ면 완전ᄒ게 다ᄒ지 아니치 못홀 것이외다.

이 칙은 곳 가장 잘 그 직분을 다ᄒ는 방법으로 온전히 몸과 마음을 하ᄂᆞ님게 올녀셔 그의 잇그시고 부리시는 디로 마음을 쓰고 몸을 가질 것을 가르침이니, 만치 아니훈 일이 우리를 여러 줌은 큰가 보외다.(이상 1쪽)

---

3 번역자가 밝혀져 있지 않다. 원작은 에이미 르 페브르(Amy Le Feuvre=Amelia Sophia Le Feuvre, 1861~1929)의 『테디의 단추(Teddy's Button)』(1890)이다.

裵緯良, "이솝우언 셔", 『이솝우언』, 조선야소교셔회, 1921.5.[4]

이 이솝 우언은 근디의 져작이 아니오 고시디브터 젼ᄒ야 ᄂ려오는 것인디 헬나[5] 빅셩들 즁에셔 난 슉젼이니 이쳔여 년 간을 이런 유익ᄒ 리언(理言)으로 ᄋ희들과 쳥년들을 ᄀᄅ칠시 즘싱들이 셔로 니야기ᄒᄂ 모양으로 여러 가지 슬긔 잇ᄂ 리치를 말ᄒ엿스며 ᄯᄒ 기간에 여러 문학쟈들이 이 리치를 가지고 문쟝을 더욱 아름답게 슈식ᄒ야 보ᄂ 사롭들노 늙고 보기에 더욱 ᄌ미 잇게 ᄒ엿ᄂ니라. 이 칙이 젼ᄒ야 ᄂ려온 지가 오랜 고로 원문은 업셔졋스나 그 원문의 ᄯᆺ을 가지고 번역ᄒ 톄격은 여러 모양이니 엇던 ᄯᅢ에ᄂ 시톄(詩體)로 번역도 ᄒ고 길게도 번역ᄒ고 ᄶᆞ르게도 번역ᄒ야 다 우언의 원문과 ᄀᆺ치 되ᄂ니라. 이 칙을 여러 나라 말노 번역ᄒ엿ᄂ디 이제 죠션 국문으로 번역ᄒ시 여러 칙 즁에 뎨일 됴흔 본을 틱ᄒ야 번역ᄒ 고로 이 칙 즁에 요긴ᄒ 뎨목은 다 번역이 된지라. 이 칙은 우언ᄲᅵ나 그러나 됴흔 리치를 ᄀᄅ칠 ᄯᅢ에 요긴히 참고ᄒ기를 ᄀᆫ졀히 ᄇ라노라.

평양부 신양리　　　비 위 양　ᄌ셔 (이상 1쪽)

裵緯良, "우언쟈(寓言者)의 조상 이솝의 ᄉ젹이라", 『이솝우언』, 조선야소교셔회, 1921.5.

이솝의 력ᄉᄂ 헬나의 유명ᄒ 시인(詩人) 호멀과 ᄀᆺ치 분명ᄒ 유젼(遺傳)이 업ᄂ디 리디아의 슈부(首府) 살듸스셩과 사모스라 칭ᄒᄂ 헬나 ᄒ 셤과

4　빅위양(裵緯良)은 베어드(William M. Baird, 1862~1931)의 한국식 이름이다. 베어드는 미국 북장로교의 선교사로 1891년 한국에 와서 선교활동을 시작하였다. 1897년 평양에 이주하여 숭실학당을 개설하고, 1906년에 한국 최초의 근대 대학으로 발전시켰다.

5　헬라(Hellas)로, '그리스(Greece)'를 성경에서 부르는 이름이다.

트레이스에 잇는 녯적 식민디(植民地) 메셈브리아와 쏘 프리지아의 감영 코티엄과 이 여러 셤 즁에 어나 셩에셔 츌싱ᄒ엿다 ᄒ는 의론이 분〻ᄒ야 분명히 작뎡홀 수는 업스나 여러 명〻의 연구와 참작을 인ᄒ야 그가 츌싱홀 ᄯᅢ와 〻망에 샹관된 일은 알게 되엿ᄂ니라. 일반의 싱각ᄒ는 바 이솝이 쥬젼 륙빅 이십년에 츌싱ᄒ엿스며 쏘ᄒᆫ 죵으로 츌싱이 되여 두 샹젼을 셤겻스니 일홈은 엑스 안더스와 얏몬이라. 이 두 사롬은 다 사모셤의 거민이라. 얏몬이 이솝의 박학ᄒ고 쏘 현명(賢明)홈을 인ᄒ야 그를 노하 ᄌ유케 ᄒ엿ᄂ니 대개 헬나 샹고(上古)의 졍톄(政體)의 ᄌ유민(自由民) 특권(特權) 즁에 ᄒ나는 공공(公共)〻업을 위ᄒ야 활동ᄒ기를 허락홈이오. 이솝이 ᄌ긔를 비쳔ᄒᆫ 죵 가온디로 좃차 니르켜 놉흔 명셩(名聲)을(이상 1쪽) 엇엇ᄂ니라.

더는 ᄀᄅ치기도 ᄒ고 쏘 ᄀᄅ침을 밧기 위ᄒ야 여러 나라로 려힝ᄒ는 즁에 ᄆᆺ침리 살듸스셩에 니르럿스니 이는 리디아의 유명ᄒᆫ 님군 크리스어스의 슈부이니 그ᄯᅢ에 이 크리어스가 학문을 슝샹ᄒ고 쏘 박학ᄒᆫ 쟈들을 크게 디졉ᄒ는 쟈니라.

크리어스의 죠뎡에셔 이솝이 소론과 타레스와 쏘 다른 쳘인(哲人)들을 샹죵ᄒ엿고 쏘 이 쳘학쟈들노 더브러 ᄒᆫ 슈쟉이 그 님군을 이러틋이 즐겁게 홈으로 그리스어스 왕이 그를 칭찬ᄒ야 쳘인 즁에 말을 뎨일 잘ᄒ는 쟈라 ᄒ엿ᄂ니라.

크리스어스 왕의 쳥홈을 밧아 쥬소를 살듸셩에 뎡ᄒ고 나라의 여러 가지 재판ᄒ기 어려온 일을 ᄒ게 ᄒ엿ᄂ니라. 그가 취임ᄒᆫ 직무는 헬나의 적은 공화국들 즁에 돈녓스니 ᄒᆫ번은 고린도에 잇섯고 쏘 다른 ᄯᅢ는 아뎬스에 잇셔 그의 슬긔 잇는 우언으로 관민간 합치ᄒ기를 힘쓰더니 크리스어스의 명령을 밧아 이와 ᄀᆺᄒᆫ 일을 ᄒ던 차에 죽엇스니 그 원인은 그 님군의 보냄을 밧드러 만흔 금젼을 가지고(이상 2쪽) 델피셩에 가셔 그 시민(市民)의게 ᄂ호아 주고져 ᄒᆞᆨ즉 뎌들이 만히 엇고져ᄒ야 탐심으로 구홈을 셩내여 ᄂ호아 주지 아니ᄒ고 금젼을 도로 님군의게 돌녀보내니 델피셩 빅셩들이 이 일을 셩내여 뎌가 신을 공경치 아니ᄒᆫ다고 허물ᄒ고 신령ᄒᆫ 공〻의 〻명을 범ᄒ야 뎌를 나라에 범죄ᄒᆫ 쟈라 ᄒ야 죽엿ᄂ니라.

그러나 이 유명ᄒᆫ 리언쟈(諿言者)의 일홈은 썩지 아니ᄒ엿ᄂ니 대개 헬나

에 유명훈 됴각사(彫刻師) 중에 ᄒ나인 리습퍼스가 쟉인 그의 긔념(紀念)
됴각이 아덴스에 잇섯ᄂ니 이숩의 출싱과 힝젹과 스망에 샹관된 력스가 이
멋 가지밧긔 업ᄂ니라.(이상 3쪽)

小春, "五月 一日은 엇더한 날인가", 『개벽』, 1923년 5월호.

□ 節候로 본 五月 一日

엇썬 詩人이 일즉히 道破한 바와도 가티 一年 四季의 中에 五月의 아참쳐럼 마음성이 됴흔 째는 업다. 볏의 짜수한 것 해의 젊은 것(歲의 暮에 對한 말) 바로 求하면 엇더한 歡喜라도 엇을 수 잇고 甚히 차즈면 엇더한 正統까지라도 發見할 수 잇는 實로 大宇宙의 懷春期로서 이 世上의 절반은 시집가는 색시이오 남아지 절반은 쟝가드는 새셔방이라 할 수 잇는 째이다.

보라. 우리의 아버지 되는 太陽은 우리의 어머니 되는 大地와 더브러 戀愛하야 뎌 大地의 고요코 도타운 가슴은 짜숩고 强한 神의 알음에 抱擁되야 그 成婚의 깁븜으로브터 生育되는 森羅의 萬生은 다— 가티 生의 歡喜를 노래하며 잇나니 五月의 달 中에도 이달의 첫 誕生인 五月의 一日은 眞實로 天然的의 生의 日 歡喜의 日이라 할 수 잇는 것이다. 짜라서 우리 人間을 爲始한 이 天地 우의 萬生은 다— 가티 五月 一日의 그날노써 제各히 自己의 生日을 삼아도 可하며 生의 偉大와 歡喜를 노래하는 合唱의 群이 되거나 그러치 아느면 自己의 現下의 存在와 生命에 對한 一大의 疑問을 喚起하야 그 疑問이 풀녀지기가 업서지기까지 奮鬪努力할 바를 討究 紀念하여도 可할 것이다.

어린이여. 젊은이여. 쏘 큰 이여. 女子여. 男子여. 쏘 一切의 生이여. 그져 暫間만이라도 됴흐니 五月 一日의 이날 中에는 다— 가티 당신들의 곰팡 씬 門 창을 열치고 廣濶한 쓸노 들노 씨원히 뛰여나 뎌— 타는 듯하는 五月의 陽光을 우러르고— 김 오르는 듯한 生育의 現象을 바라보며 그리하야 그의 本源인 해의 아버지와 짱의 어머니인 그 품 안이 짜수하고 넓음과 그 품 안에 쌔인 兄弟의 얼골과 얼골이 엇더케 브드러움을 聯想함이 잇스며 一轉하야 그 兄弟와 兄弟가 그릇된 思念과 制度와 慣習에 醉하고 억매이여써 얼마나 苦痛 苦痛으로(이상 32쪽) 지내는 것을 默想하고 그 苦痛을 除祛할 오즉 하나인 길이 엇더한 것인가를 窮思覓得함이 잇스라.

생각컨대 우리 朝鮮의 사람도 衣足食足의 그 어느 째에는 活生命의 衝動

그대로에 依하야 萬物生光의 五月 그 節을 남부럽지 아니케 즐기기도 하엿스며 紀念도 하엿다. 家族一同이 扶老携幼하야 들과 쏘 山으로 踏靑의 노름을 行한 것도 大槪 이째이며 고기를 잡고 꼿을 쓰더 江의 邊 岩의 上에 花煎노리를 버픈 것도 亦是 이째이엿다.

그러나 우리의 今日 現況을 도라보면 엇더한가. 政權을 벌셔 十年 前의 넷적에 일허버리고 그것의 喪失에 짜르는 經濟의 壓迫은 우리의 床을 剝하고 쏘다시 膚에 切하야 五月의 陽光에도 우리의 몸은 오히려 추움을 부르짓게 되엿나니 嗟乎悲夫라 命運의 慘이 엇지면 이러케도 甚한고. 否 - 極하면 泰來하는 것이 이 理法의 必然이라 하면 運命大革 天開地闢의 하루가 우리의 압헤 展開될 날이 그 머지 아니한 것도 斟酌할지니. 오늘의 우리가 五月의 하루를 즐겁게 지나냐 함도 微意가 實로 여긔에 잇슬 것인가 한다.

□ 歐洲의 五月 一日

歐羅巴의 여러 나라에서는 넷적브터 五月 一日을 祝하는 五月祭가 流行되엿다. 그날에는 各 敎區가 祭祀를 行하되 樺와 가튼 크고 놉다라한 나무를 草綠빗 일너진 들에 세우고 그것을 여러 가지 彩色으로써 螺旋形으로 물드려 노코 거긔에 꼿을 꼿고 젊은 男女들이 춤추고 쒸면서 그 周圍를 휘둘되 그 나무를 일홈하야 '메이포-ㄹ'[6]이라 하엿다.

五月은 英語로 메이(May)이다. 메이라는 말은 本來 希臘神話에 잇는 메이아라는 어여쑨 女神의 일홈에서 語原을 發하엿난대 佛語에는 메- 獨語에는 마이라 한다. 如何間 이 五月은 歐洲에 잇서는 그 일홈브터 어엽버스며 메이 데-(五月 一日)에는 마음쩟 노는 날이여섯다. 그러나 그 風習도 이제는 거히 다 업서지고 妙하게도 生의 王國을 찻는 勞働運動의 紀念日로 되고 마럿다.

□ 勞働運動과 五月 一日

메- 데-(May, day)가 勞働者의 示威運動의 날노 된 最初의 動機는 米國 勞働者의 八時間 運動에 잇다. 一八八○年代의 米國의 勞働運動은 八時間

---

6 메이폴(Maypole)을 가리킨다. 서양에서, 메이데이에 광장에 세워 꽃·리본 따위로 장식하는 기둥이다. 그 주위에서 춤을 추며 즐긴다.

勞働을 標榜하야써 猛烈히 運動 되여섯다. 全國 到處에 罷業이(이상 33쪽) 續發
하야 資本家와 政府는 警察과 無賴漢의 團體를 引用하야 각갓으로 그 運動
을 粉碎하고 또는 有賂로써 그들을 買收하려 하엿스나 조곰도 效果가 업섯
다. 一八八六年 五月 一日을 期하야써 米國 全土의 勞働者는 一際히 雇主에
게 向하야 八時間制를 要求하되 그 要求가 만일 聽許되지 아니하면 斷然히
罷業을 決行하야 그 要求가 貫徹되기까지는 就業하지 안키로 全國 勞働團體
의 議論이 一致하엿다. 이 合議는 二年前브터 成立되엿난데 前年 卽 一八八
五年의 十一月 以降 그 合議에 基한 八時間制 要求의 運動은 熾烈을 極하야
翌年 五月까지 繼續하얏다. 이와 가튼 團結의 威力은 문득 當時의 全社會에
認定한 바 되야 五月 一日을 기다리지 안코 降服한 八時間制를 認한 雇主가
적지 아니하엿다.

　　五月 一日 當日이 된즉 全米國의 勞働者는 一際히 하던 일을 中止하고
아레와 가티 合唱하면셔 示威行列을 하엿다.

　　　　오늘브터 한사람의 勞働者일지라도
　　　　八時間以上은일지말나
　　　　八時間의 勞働! 八時間의 休息! 八時間의 敎育!

　　이 宏壯한 結束의 德으로 五月 一日 以後 僅僅 數日 동안에 十二萬 五千人
의 勞働者가 八時間 勞働을 護得하고[7] 다시 一個月을 나지 못하야 二十萬人
의 勞働者가 쪽 가튼 成功을 博得하엿다. 이와 가티 最初의 '메―데―'는 勞働
者의 大勝利로써 날이 져무럿다. 그 後 一八八九年 巴里에 생긴 第二回 國際
社會黨은 그 翌年(一八九〇年)으로브터 '메―데―'로써 萬國勞働者의 國際
的 團結을 圖하고 全世界의 資本家 階級에 反抗하는 意思를 表示하는 世界
的 大示威運動의 날로 定하엿다.[8]

7　'獲得하고'의 오식으로 보인다.
8　제2인터내셔널(The Second International)은 프랑스혁명 100주년을 기념하여 1889년 7월 14
　일 프랑스 파리(Paris)에서 열렸다. 여기에서 미국에서 벌어진 노동자들의 8시간 노동을 위한
　투쟁 상황을 보고 받고, 1890년 5월 1일을 '노동자 단결의 날'로 정하여 세계적인 시위를 결의하
　였다. 메이 데이(May day)는 이렇게 시작되어, 세계 여러 나라에서 노동자의 연대와 단결을

一八九〇年의 最初의 國際的 '메-데-'는 "八時間 勞働", "常備軍 廢止", "戰爭에 反對하는 戰爭"이라는 標語 밋헤서 歐美 兩大陸을 通하야 大小無數의 工業都市의 幾百萬의 勞働者에 依하야 祝福되엿다. 倫敦의 一隅에서 行한 大示威運動만으로도 參加者 二十五萬에 達하고 演壇이 十六處에 버푸러진 盛況이여섯다.

그 後의 '메-데-'는 解放運動에 汲汲하는 萬國 無産者의 氣勢를 旺盛케 하는 機會로 年年히 또 盛大히 世界 到處에서 紀念되얏다.

그런대 一九一四年 歐洲의 大戰이 니러나며 各國 無産者의 大部는 從來의 愛國歌的 觀念에 拘囚되며(이상 34쪽) 世界的 團結을 標榜하던 그들이 제각히 銃을 메고 侵畧主義의 戰線에 나셔게 되매 여태까지의 國際的 團結 階級的 鬪爭은 一旦에 其迹을 消失하다십히 되며 五月 一日의 示威運動도 그만 간곳이 업섯다.

이 大戰이 끗나쟈마쟈 露西亞에는 勞農共和國이 建設되고 獨逸의 玉座도 墺洪國의 帝位도 空席이 되고 革命의 形勢가 全世界를 支配하게 되매 無産階級의 運動은 다시금 復活하야 '메-데-'의 勞働紀念祭도 亦是 復活되엿다.

이 '메-데-'의 勞働 紀念은 一九一九年 五月 一日브터 日本의 無産階級 間에도 行하야 昨年 第三回 '메-데-'에는 東京에서 參加者 五千 大阪에서 一萬五千 其他의 神戶, 福岡 等 都市에서 相當한 參加者가 잇서 어지간한 氣勢를 날니여섯다. 第四回 되는 今年의 '메-데-'에 對한 紀念은 엇더할넌지 모르나 日本의 社會主義的 運動이 今年에 드러 더한層 一般的이오 具體的인 氣勢를 보히는 것은 속일 수 업는 事實인즉 例年보다 一層의 盛況을 드릴 것으로 보아도 可할 것이다.

□ 朝鮮과 五月 一日

朝鮮에 잇서는 아직까지 이 '메-데-'에 對한 아모러한 소래가 업섯다. 今年의 五月 一日에는 社會運動을 標榜하는 某某 團體에서 그날노써 示威運動을 行하리라는 말은 傳하엿스나 이 글을 草하는 오늘까지에는 이에 對한

─────────────

과시하는 국제적 기념일이 되었다.

何等의 具體的 論議가 업섯다. 最後에 一言할 것은 今日에 朝鮮에서 이날에 對한 示威運動이 잇던지 업던지 엇지햇던 우리는 五月 一日의 이날이 全世界의 無産大衆을 通하야 얼마나 意義 잇게 紀念되는 날인가를 생각하며 이에 따라서 우리의 處地가 富裕한 者의 處地이냐 쏘는 貧寒한 者의 處地이냐. 再思할 必要가 잇스며 그래서 만일 우리 自身이 할 수 업는 貧寒者인 것을 認하거든 다시 한거름을 나위여 우리의 取할 바 唯一의 事業은 무엇이며 그 事業을 實現할 唯一의 方策은 무엇이 되겟는가를 熟考 斷行할 必要는 잇슬 것인가 한다. 이것이 업스면 오늘날 우리들의 무엇무엇이니 하고 써드는 것은 모다 단 쇠에 물방울 써러치기가 아니면 普通으로 말하는 自暴棄에 지나지 안는 것이다.

그런대 今年의 五月 一日에 잇서 우리 朝鮮에서 니러나는 現像으로 한가지 됴코 아름다운 일은 "어린이날"의 設定과 따라 생기는 少年運動 그것이라 하겟다.

本號 中 다른 問題에도 記錄된 바와 가티 이번 서울 안(이상 35쪽)에 잇는 여러 少年 團體에 屬한 關係者로써 組織된 〈少年運動協會〉에서는 五月 一日 午後 三時로써 少年問題에 關한 約 二十萬枚의 宣傳紙를 撒布하고 밤 七時브터는 少年問題에 關한 演說會와 演藝會를 열기로 하엿다는대 이제 그 宣傳文을 紹介하면 이러하다.

一. 어룬에게 傳하는 부탁

1. 어린이를 내려다보지 마시고 반다시 쳐다보아 주시오.
2. 어린이를 늘 갓가히 하사 자조 이야기하여 주시오.
3. 어린이에게 敬語를 쓰시되 늘 보드럽게 하여 주시오.
4. 理髮이나 沐浴 쏘는 옷 가라입는 것 가튼 일을 쌔맛쳐 하도록 하여 주시오.
5. 散步와 遠足 가튼 것을 각금각금 식히사 自然을 親愛하는 버릇을 지여 주시오.
6. 어린이를 외다 하실 째에는 쉽게 성만 내지 마시고 平和롭게 하여 주시오.

7. 어린이를 爲하야 즐겁게 놀을 機關을 맨그러 주시오.
8. 이 大宇宙의 腦神經의 末梢는 늙은이에게도 잇지 아니하고 젊은이에게
   도 잇지 아니하고 오즉 어린이 그들에게 잇는 것을 늘 생각하여 주시오.

二. 어린이에게 傳하는 부탁
1. 돗는 해와 지난 해를 반다시 보기로 합시다.
2. 뒷간이나 담벽에 글씨를 쓰거나 그림 가튼 것을 그리지 말기로 맙시
   다.[9]
3. 도로에서 쎄를 지여 놀거나 류리 가튼 것을 버리지 말기로 합시다.
4. 꽃이나 풀은 썩지 말고 동물을 사랑하기로 합시다.
5. 電車나 汽車에서는 어룬에게 자리를 辭讓하기로 합시다.
6. 입은 다물고 몸은 바르게 가지기로 합시다.
7. 어룬에게는 勿論이고 당신들끼리도 尊敬하기로 합시다.(이상 36쪽)

---

9 '말기로 합시다.'의 오식이다.

李定鎬, "民族的으로 紀念할 '五月 一日'", 『동아일보』, 1924. 4. 28.[10]

五月초하로는
　어린이의날임니다
해마다이날은
　어린이의날임니다
집안이잘살라도
　어린이가잘커야하고
나라가잘되랴도
　어린이가잘커야함니다
동포가한마음으로
　이날을축복하십시다

"어린이의 날"? 어린이의 압길에 대한 짓업는 광영(光榮)을 뜻하며 민족(民族)의 압길에 대한 짓업는 꼿다운 행복(幸福)을 누리기 위하야 가장 깨끗하고 가장 아름다운 동긔(動機)에서 이루어진 이날을 다 가치 나서서 맘과 힘을 다-하야 긔렴(紀念)합니다.

부흥민족(復興民族)의 모-든 새 건설 로력(建設努力) 중에 잇는 우리 조선에 잇서서는 아모것보다도 긴절(緊切)한 일로 아버지나 어머니나 누구를 물론(勿論)하고 다- 가치 나서서 이날을 긔렴하십시다.

더할 수 업는 곤경(困境)에 처하야 가진 박해(迫害)와 신고(辛苦)를 격그면서도 그래도 우리가 안탑갑게 무엇을 구하기에 로력(努力)하는 것은 오즉 "來日을 爲하야" 한 가지 희망이 남어 잇는 까닭임니다. 그런데 만일 이 한 가지 희망(希望)이 마저 사러진다면 우리는 죽고 말 것임니다. 오늘의 처디는 이러하여도 래일의 생활(生活)은 잘될 수 잇슬 것임니다. 그러면 오늘부터 래일의 조선의 영예(榮譽)로운 일군 어린 少年少女를 잘 키우고 잘 지도하여야 될 것임니다.

---

10 원문에 '天道敎少年會員 李定鎬'라 되어 있다.

한 가명을 살리는데도 그럿코 조선 전톄를 살리는데도 그럿코 이것뿐 만은 조선 민족 전부(朝鮮民族全部)가 이것을 깨닷고 이 "어린이날"에 온― 정성을 다―하야 주력(注力)한다면 우리는 부활하는 사람입니다. 부활뿐 아니라 남보다 더― 잘살 수가 잇슬 것입니다.

한 가명으로나 전 민족(民族)으로나 영원(永遠)히 잘살 터를 닥자면 "어린이"를 잘 키워야 할 것입니다.

현대(現代) 우리 조선이 지금은 모든 것이 구차(苟且)해서 온갖 것이 보잘 것업는 가난방이로 잇스나 새로 자라는 "어린이"만 잘 키운다면

동산에 아름다운 어엽분 꼿나무가 치운 바람과 찬 눈 속에 파뭇치여 그 아름다운 고흔 빗을 죽음도 볼 수 업다가 다시 보드럽은 봄의 텬사(天使)가 따뜻한 바람과 가느른 비를 안고 달려들 째에 울긋불긋한 어여쁜 색 꼿이 곱게 피이며 행긔(香氣)를 내이여 곱고 고흔 그 형용을 이 세상에 자랑할 째가 반듯이 잇는 거와 가치 우리 조선에도 새롭은 평화(平和)와 안락(安樂)을 엇을 수가 잇슬 것입니다. 짜라서 여러분 여긔 꼿나무 하나를 기르는데 그 꼿나무를 어렷슬 째부터 잘 갓구어 주어야 장래(將來)에 여엽분 꼿을 피일 수 잇슴과 가치 어느 사회(社會)에 어느 민족을 물론(勿論)하고 평화(平和)와 안락(安樂)의 생활(生活)을 하려면 그 사회에 씨가 되고 쑤리가 되는 어린이를 잘 키우는 것밧게는 다시 업슬 것입니다.

우리 조선 사람들 가온데 아즉까지도 이것을 확실히 깨닷지 못한 이가 잇다면 이 즉시로 째다르십시오. 그리고 우리 어린사람들을 위하여 열성(熱誠)을 앗기지 말어 주십시오.

근래(近來)에 항용(恒用) 부르짓는 개혁(改革)이니 무어니 하고 귀가 압흐고 눈이 휘둥그럿케 쩌듭니다. 그러나 그 개혁이 어린이에게 대한 것은 별로히 업섯습니다. 아니 하나토 업섯습니다. 우리 조선에서는 어린이를 뜻 잇게 키우기 위하야 알으키기 위하야 하는 사업(事業)이 그 무엇임니까. 하는 일이라고는 학교에 보내여 공부만 시키고 그 학교도 졸업하기 전에 열 살만 넘으면 장가 듸리고 시집보내 주지 못하여 애를 쓰는 것밧게는 업고 항용 조흔 사람 만들기보다도 조흔 며나리 엇기와 조흔 사위 엇기만 힘씁니다.

그런고로 장성하여도 쾌활(快活)치 못하며 말에 씩씩지 못하며 일에 참되

지 못하는 병신을 만들어 바림니다.

이 五月 초하로 "어린이의 날"을 뜻잇게 긔렴함을 짜러 이 아레의 몃 가지를 꼭 실행(實行)하여 주신다면 우리 조선의 장래를 위하야 큰 행복(幸福)일 것임니다.

一. 어린 사람을 헛말로 속히지 말어 주십시요.

二. 어린사람을 늘 갓가히 하시고 자조 올흔 이약이를 하여 주십시요.

三. 어린사람에게 항상 경어(敬語)를 쓰되 되도록 브드럽게 하여 주십 시요.

四. 어린 사람에게 목욕(沐浴)과 리발(理髮)을 째맛추어 시켜 주십시요.

五. 어린사람에게 잠자는 것과 운동(運動)을 충분히 하게 하여 주십시요.

六. 낫븐 구경을 식히시지 마시고 동물원(動物園)이나 식물원(植物園)에 자조 보내 주십시요.

七. 장가나 싀집보낼 생각 마시고 사람답게만 하여 주십시요.

—— 쯧 ——

附記 이 일곱 가지 조목은 어린이運動이 처음으로 일어낫슬 째 〈天道敎少 年會〉에서 뿌린 宣傳紙의 한 장임니다.

"어린이날 運動 – 가뎡에서도 이날을 직히자", 『동아일보』, 1924.4.29.

◇ 조선의 어린이도 남과 가치 귀여웁고 남과 가치 희망이 잇는 어린이일진 대 남과 가튼 귀염도 바더야 할 것이오 남과 가치 사랑도 바더야 할 것이다. 그들에게도 밥을 먹이는 동시에 질거움을 주어야 할 것이오, 지혜를 가르치 는 동시 텬성을 고대로 자라도록 하여 주어야 할 것이다.

◇ 그러나 사대사상(事大思想)에 중독된 우리의 사회는, 조선(祖先)과 부로(父老)를 위하야는 (이도 무슨 자각으로 하엿다고 단언할 수는 업스나) 여러 가지의 례의와 도덕을 구비하엿스나, 우리의 후계자가 될 어린이를 위 하야는, 손톱만치도 생각함이 업섯다. 우리의 어린이는 밥이나 썩이나 고흔 옷은 바더 보앗스나 참으로 짜뜻한 사랑과 공경을 바든 적은 업섯다.

◇ 이와 가튼 줄을 깨다른 몃몃 유지는 작년부터 오월 일일을 "어린이날"로 명하야 가지고, 여러 가지로 어린이를 위하야 로력하게 된 것은 임의 세상이 다 아는 바어니와, 금년에도 전조선 백여 곳의 소년회에서 이 오월 일일을 긔약하야, 일제히 그날을 긔념하는 동시에, 그날 하루만이라도 어린이를 위 하야 질거움이 잇도록 하랴 한다고 한다.

◇ 이와 가튼 운동에 대하야는 여러 말로써 치하하는 것보다, 차라리 일부 유지의 운동자는 물론, 그날에는 일반 사회에서나, 가뎡에서나, 길에서, 집에 서, 모든 일을 할 째에, 어린이를 생각하고, 어린이를 위해하고, 어린이를 도웁자는 의미로 지내기를 바라는 바이다. 인류의 장래를 위하야 조선의 장 래를 위하야, 귀여운 어린이를 귀여웁게 길으자.

"五月 一日-'오월제'와 '어린이날'", 『동아일보』, 1924.5.1.

◇ 꼿은 임의 젓슴니다. 무르녹은 록음은 사람의 마음속에 잇는 생명의 싹을 불러이르킴니다. 지금은 오월의 첫 아츰, 아름다운 하늘, 기름진 땅에는, 모든 것이 오즉 사름을 노래할 �뿐임니다. 다 가치 살랴 하며, 다 가치 살기를 노래함니다. 아! 지금은 거륵한 오월의 첫 아츰!

◇ 오늘은, 세계각국에서 "다 가치 살자."고, 일제히 부르짓는 날이올시다. 가난한 사람은, 가난한 사람끼리 약한 사람은, 약한 사람끼리, "우리도 사람이니 사람답게 살자."고, 일제히 부르짓는, 오월제(五月祭)는, 오늘 세계의 구석구석에서, 일제히 거행된다 함니다. 그러나 여러분! 조선에서는, 이 조흔 날에 사람도 모히지 못하고, 말도 함부로 못하고, 노래도 맘 놋코 부르지 못한다 함니다. 아! 명절을 당하야, 우는 이의 심사여!

◇ 어른의 이야기는 그만둡시다. 오늘은 조선의 어린이도, 남과 가치 복스러운 어린이를 만들기 위하야, 싸로히 작명한 "어린이날"이올시다. 어린이 여러분! 오늘 하루 동안에, 만흔 복과 깃붐을 바다, 이슬 아츰에 물외 붓드시, 초생ㅅ달이 차 가드시, 성하게 굿세게 무럭무럭 자라소서.

◇ 아버지 어머니 되는 여러분이여. 당신네의 귀여운 아들딸을 위하야, 오늘 하루를 밧치소서. 어린이야말로, 우리 사회의 장래 주인이오, 인류문화(文化)의 새 역ㅅ사군이 아님닛가. 우리는, 여러분 부모네의 넘치는 사랑을 헤아림으로, 여러 말슴을 올니리고자 하지는 안슴니다.

洪淳俊(寄), "將次 잘살랴면 어린이를 잘 교육", 『매일신보』, 1924.8.31.[11]

오날날섇지의 우리 朝鮮의 家族制度와 社會制度는 尊上을 爲하는 것이엇습으로 그 反面에 아리 잇는 어린이들은 세음에도 치지 안엇셧습니다. 그러나 世上은 固着的이 아니며 結晶的이 안인 以上에야 늘 그러케 되겟습닛섇? 다시 말하면 이 世上은 어대섇지든지 無限이며

섇한 짜라 流動임니다. 그러면 無限한 流動인 그것으로써 固着的이며 結晶的으로 그 瞬間 그것으로 살랴하면 되겟습닛섇. 그러함으로 國家로는 社會 革命이 일어나며 家族으로 個人 解放의 絶叫가 이러는 것임니다. 다시 말하면 國家로는 그 國家 그대로의 支撑치 못하며, 家庭으론 그 家庭 그대로 因續치 못한다 함니다. 由來의 制度와 儀式이 國家론 專制君主 政治이엇스며

家庭으론 尊上至尊主義엇셧나니, 彼 歐米各國의 勃興됨이야 焉敢에, 何暇에, 窺知힛겟습닛가? 이럼으로 第四階級 — 어린이級은 莫論 — 에셔는 "在下者는 有口無言이라."는 固定的, 陋醜한 鄙說섇지 世間에 恒常 語套로 쓰게 된 것임니다. 그러함으로 어느 결을에 어린이階級의 意識이 存在힛겟습닛섇? 짜라 무슨 對外的 思想이야 더 말이 안이엇슬 것임니다. 여기에 쓰고자 하는 것이 "未來의 잘살랴면" 하는 問題로써

過去狀態만 이약이하야 말이 만히 枝葉으로 나간 듯홉니다만은 自然히 未來의 잘살랴 함으로써 안이 말하지 못할 過去의 잘못임이올시다. 다시 말하면 過去의 잘못에 鑑하야 未來의 잘살자 함이외다. 우리의 過去는 그러힛지만 다시 한번 局面을 돌나셔 未來에는 잘살랴 함이다. 勿論 過去의 國家론 專制이엇스며, 過去의 家庭으론 因襲이엇지만 그쌔에도 未來에 잘살랴고 하든 것은 어데든지 潛在하얏셧슬 것임니다. 이제 우리가 잘살면

무엇보담도 다시 말하면 衣, 食, 住 以上으로 欲求하고 希望하는 것은

---

11 홍순준(洪淳俊)은 홍은성(洪銀星=洪曉民)의 본명이다.

精神的의 安樂이며 歸着的의 榮光입니다. 그러면 무엇으로 精神의 安樂을 圖하며 歸着의 榮光을 得홀 것인가? 그것은 곳 本論의 主題인 어린이며, 第四階級입니다. 엇더한 나라이든지 또는 엇더한 家庭이든지 일하는 사람과 비호는 사람으로가 充滿치 안으면 그 國家, 그 家庭은 退步며, 萎縮일 것임니다. 짜라셔 우리의 現狀도 그러홉니다. 朝鮮이란 그 個體가 完全히, 充實히 되랴면

一年 먹는 穀物이며 十年의 쓰는 材木 以上으로 百年의 쓰는 사람이 잇셔야 할 것입니다. 簡單하게 다시 말하면 어린이들을 繁榮케 하고 잘 敎導하며 잘 成就식히는 것이 未來의 잘사는 方便이며, 우리의 恒常 企待홀 바라고 나는 斷言하고자 합니다. 또한 第四階級의 對한 것도 짜라셔 歸結될 것이라고 말해 두고자 합니다.

밴댈리스트, "에취·지·웰스", 『동아일보』, 1924.12.29.

웰스[12]의 作品에는 언제나 科學的 方面에 붓을 잡지 아니한 것이란 업다. 여러 가지 社會 問題를 가저다가는 새롭은 맛을 붓처 놋는 것은 '버나드, 쏘우'[13]의 演劇을 小說로 읽은 듯한 感이 잇다. 그러고 單純히 科學的 智識를 줄 쑨만 아니고 무슨 敎訓을 주랴는 傾向이 보인다. '무어'와 '그라함'[14]의 作品과 가치 藝術的은 아니라 웰스에게는 恒常 社會的 生活의 새 方式을 主題 삼는 것이 特色이다. 웰스의 短篇 「盲人의 나라」[15]는 諷刺 만흔 興味 잇고 무엇을 생각케 하는 것이다. 눈쁜 이가 눈먼 이만 사는 곳에 가서 여러 가지 不便과 困難을 밧으며 도로혀 눈먼 이의 甚한 壓迫에 참을 수가 업서 도망하야 놉흔 山 우로 올나갓는데 비록 해는 지고 밤은 어둡어 오나 대단한 깃분 微笑를 씌운 얼골에는 차고 맑은 별 아레서 滿足한 빗이 보엿다는 것이 이 短篇의 줄기이다. 그러고 「아름답은 옷」이라는 短篇에는 어린아희가 父母가 입지 말나는 옷을 입고 넘우 깃버서 쒸여 돌아단니다가 石抗[16] 속에 쌔저 들어 죽엇스나 죽을 째의 얼골에는 깃분 微笑가 쩌돌앗다는 것으로 엇재든지 그의 作品은 자미잇는 것이 만타. 敎訓을 하는 듯도 하고 暗示를 주는 듯도 한 녯말 가튼 것이 만타. 웰스의 本領은 短篇에 잇지 아니하고 몟 十卷의 長編小說은 科學的 探究的 豫言과 暗示를 준 것으로 프랑스의 '줄, 번'[17]을 생각케 하며 社會의 制度 組織을 改善키 爲하야 解決方法을 보인 것으로

---

12 웰스(Herbert George Wells, 1866~1946)는 영국의 문명 비평가이자 작가이다. 작품으로『타임머신(The Time Machine)』(1895), 『모로 박사의 섬(The Island of Doctor Moreau)』(1896), 『투명인간(The Invisible Man)』(1897), 『우주 전쟁(The War of the Worlds)』(1898) 등이 있다.

13 영국의 극작가, 소설가, 비평가인 쇼(George Bernard Shaw, 1856~1950)를 가리킨다.

14 아일랜드의 시인이자 소설가인 무어(George Augustus Moore, 1852~1933)와, 영국의 아동문학가 그레이엄(Kenneth Grahame, 1859~1932)을 가리키는 것으로 보인다.

15 웰스의 단편소설 「The Country of the Blind」(1904)를 가리킨다.

16 '석갱(石坑)'의 오식이다.

17 프랑스의 소설가로 근대 과학소설의 선구자로 인정받는 베른(Jules Verne, 1828~1905)을 가리킨다.

는 '쏘우'와 '쌀스워디'[18]의 劇과 小說과 갓고 寫實的 戀愛이야기를 쓰는 點은 '끼싱'[19]과 갓다. 이 웰스야말로 多方面을 兼한 無可不能의 才士이다. 資本家과 勞働階級의 生活에 對하야 社會的 改造를 圖謀하는 것이라든가 政治問題와 結婚問題에 對한 意見이라든가는 讀者의 머리에 무엇을 늣기게 하지 안코는 말지 아니한다. 웰스가 中流家庭에서 자라서 化學에 만흔 興味을 가저 倫敦大學에서 科學을 硏究하야 學位도 엇고 生理學 敎授가 되엿슴이만큼[20] 그의 近代科學의 豊富한 智識을 쓰는 것은 科學의 普及이 아닌가까지 疑心할 만하다. 異常하게도 웰스의 비슷한 豫言이 각금 맛기도 하야 米國서는 웰스의 小說이 대단한 歡迎을 밧는다 한다. 엇지하엿든지 웰스의 作品에 對하야는 文學的 價値가 잇고 업슴에는 여러 말이 잇다만은 五十餘 歲의 年齡으로 二十餘 篇의 作品을 發表한 것으로 보면 아즉 그의 方向은 알 수가 업서 한마듸로 말하면 그의 價値는 現在에 잇지 아니하고 '버나드, 쏘우'와 함께 오랴는 未來에 잇는 未知數의 天才이다. 만흔 期待는 이에서 始作되게 될 것이다.

---

18 영국의 소설가이자 극작가인 골즈워디(John Galsworthy, 1867~1933)를 가리키는 것으로 보인다.
19 영국의 작가 기싱(George Robert Gissing, 1857~1903)을 가리킨다.
20 웰스의 연보를 보면, 그가 런던대학을 졸업한 것은 맞지만 그 대학의 생리학 교수가 되었다는 것은 틀린 사실이다.

秦長燮, "(童話의 아버지)가난한 집 아들로 世界學者가 된 '안더-센' 선생", 『어린이』, 제31호, 1925년 8월호.[21]

八月 四日! 이날은 이 세상 어린이들을 위하야 한업시 곱고 더할 수 업시 아름다운 童話의 꼿을 픠워 논 有名한 '안더-슨' 선생이 지금으로브터 五十연 젼에 이 세상을 쩌난 긔렴의 날인 고로 세계각국에서 모다 이날 긔렴뎨(祭)를 지냄니다. 쌔는 八月 선생의 뎨일을 마지하는 쌔 우리는 특별히 선생을 생각하는 마음으로 여러분에게 선생의 소개를 간단히 하기로 하엿슴니다. (記者)

예전브터 어린이들을 위하야 童話를 쓴 사람은 세계 각국에 퍽 만을 것임 니다. 그러나 그중에 제일 훌륭한 이야기를 써서 어린이들의 마음을 즐겁게 해 주고 곱게 해 주어 가장 존경을 밧고 층송을 드러 오기로 유명한 사람은 내가 지금 이야기하랴는 '안더-센'이란 先生님입니다.

그분의 "이야기"는 구슬과 갓치 아람다웁고 진주와 갓치 빗나고 맛치 새로 픠이는 꼿송이갓치 향긔롭기까지 합니다. 우리 『어린이』 잡지에도 창간호에 그의 이약이 「석냥파리 少女」가 실녓든 일이 잇스며 方 先生님의 『사랑의 선물』 가운데 잇는 「꼿 속의 작은이」도 그의 이야기이닛가 여러분(이상 6쪽)은 임의 읽으셔서 잘 아실 줄 미듭니다. 그러나 여러분은 그 어룬의 이야기는 읽으셔셔 알지마는 그 어룬이 언제 엇던 곳에서 나와서 엇더케 자라 엇더케 그런 조흔 이야기를 만히 쓰고 엇더케 살다가 죽엇나 하는 것은 아즉 모르실 것입니다. 그래 나는 지금 그 유명한 '안더-센' 先生님의 내력을 간단하게 여분께 알려드리겟슴니다.

지금브터 백이십년 전 싸스한 봄날인 四月 三日에 덴마-크(丁抹)란 나라 후넨이란 섬 속에 잇는 오텐스라고 하는 조고만 마을에서 그는 나엇슴니다.

아버지는 신을 곳치는 사람이요 어머니도 한때는 길에서 비럭질까지 하든 사람이라니 물론 그는 학교에도 못 다니고 배곱하 우는 가난한 신세엿슴니

---

21 원문에 '색동會 秦長燮'이라 되어 있다.

다. 더구나 그가 열네 살 되는 해에 아버지가 도라갓슴으로 그와 그의 어머니
는 더욱 어려워저서 제대로 끼니를 채우기도 어려웟슴으로 할 수 업시 주린
배를 부둥켜 쥐고 재봉(裁縫)일하는 집에 심브림꾼 겸 견습(見習)으로 가
잇섯습니다.

그러나 어려서브터 아버에게서 여러 가지 이상하고 자미잇는 이야기를 만
히 드러서 그는 부지중에 문학(文學)에 마암이 몹시 쓸리엿습니다. 그래서
그곳에서도 얼마 못 잇고 나와 어렵게 지내이면서도 늘 冊 읽기를 제일 조와
햇습니다. 고향에서 즉업을 구하려고 애를 써스나 틀니고 오즉 예술(藝術)을
사모하는 마암에 조고만 가삼을 조이고 잇섯습니다. 그래 맛참내 그가 열여
덜 살 되는 해에 겨오 어머니에 허락을 으더 그 나라의 서울을 차저갓슴니다.
그러나 옛적이나 이제나 세상은 그리 정답지 못하엿습니다. 그(이상 7쪽)는 엇던
무곡가(舞曲歌)에게 배호기를 청햇스나 드러주지 안코 연극쟝에 배우가 되
려 햇스나 그것도 틀넛습니다. 그러는 동안에 얼마 안 되는 노비는 다 썰어지
고 아조 그는 엇더케 할 수 업시 객지에서 울게 되엿습니다.

그러나 그는 어려서브터 목소리가 조왓슴으로 겨오 엇던 음악가(聲樂家)
와 작고가(作曲家)에게 구조(救助)를 바더 엇던 연극쟝에서 노래를 해 주면
서 겨오 지내엿습니다. 그러나 얼마 못 가서 그의 목소리는 아조 낫버젓슴으
로 거기서도 나오게 되자 하는 수 업시 다시 초초하게 고향으로 도라왓슴니
다. 고향에 도라와 퍽 어렵게 지내면서도 그는 열심으로 각본을 쓰고 잇섯슴
니다. 그래 맛참내 그가 二十四세 째에 그의 열심에 감동된 선배의 주선으로
나라에서 돈을 대여 주는 류학생(國費留學生)이 되여 工夫를 하게 되엿습니
다. 工夫를 맛친 뒤에 그는 독일 불란서 이태리 등지로 려행(旅行)을 하야
여러 나라의 경치도 보고 풍속도 연구햇습니다. 그가 그 유명한 이야기책(童
話冊) 첫 권을 세상에 내여놋키는 三十一세 적임니다. 정말이지 그가 그전에
쓴 아모것보다 이 이약이책이 그의 일흠을 영원히 놉게 한 것임니다.

그가 六十二세가 되엿슬 째에 그는 크게 성공한 몸이 되여 다시 짜뜻한
고향에 도라왓습니다. 그째에 고향 사람들은 그의 도라옴을 밋칠 듯이 깃버
하며 마젓습니다. 어린이 나라의 텬사(天使)가 온다고! 童話의 아버지가 온
다고! 그 나라 임군이 축면을 치며 그 마을은 맛치 경절날(祝日)갓치 번화하

게 장식하며 학교는 공부를 수이고 그의 것는 곳마다 학생들로 하야(이상 8쪽)금 고흔 꽃을 뿌리게 햇습니다.

그 뒤에도 그는 편안하게 지내이다가 그가 七十一세 되든 해 八月 四日에 그 나라 서울 코펭하-겐에서 편안히 시 세상을 쩌낫습니다.

'안더-센' 先生님이 이 세상을 쩌나신 지 올해가 五十年 되는 해임니다. 그래 世界 各國에서 이 거륵한 童話의 아버지의 五十年 祭日을 다 갓치 긔렴 합니다. 됴선에서는 우리 〈색동회〉 주최로 이날에 서울서 종용한 긔렴을 하기 로 하엿습니다.(이상 9쪽)

長沙洞 一讀者, "方定煥 氏 尾行記", 『어린이』, 제3권 제11호, 1925년 11월호.

　어적게(金曜日) 學校에서 여섯 시간을 맛친 우에 쏘 소제까지 하고 늦게 도라가는 길에서 協成學校 압(校洞) 길거리에서 다른 아해들이 손가락질을 하면서 소근소근하기에 보닛가 거긔 小波 方定煥 先生님이 거러가시는 고로 "이제 어린이社에서 宅으로 가시나 보다." 하고 無心코 뒤에 쌀어가다가 언은듯 나갈 길을 니저버리고 당치도 안은 탑골公園 뒤골목까지 짜러갓섯다. 그래 거긔서 얼른 도라서서 오랴다가 긔왕이니 先生님 宅이 어대인지 짜러가 보리라 하고 넌즛이 실례하면서 뒤를 니어 짜러갓섯다. (午后 다섯 時)

　색쌈안 양복에 빗 낡은 중절모자에 부유스럼하고 푸른 빗 약간 석근 외투를 닙으시고 한 손에는 언제던지 무슨 冊을 들고 반듯이 대물쑤리에 담배를 피우면서 쑹쑹한 몸으로 천천히 가시는 것을 보면 경성의 어린 학생들은 方 선생님인 줄 모르는 사람이 거의 업는대 지금은 전에 업던 집행이 하나를 무슨 나무인지 모르겟스나 쏭그랏코 쌘짝쌘짝하는 샛쌁안 집행이를 집고 가신다.

　아모 말 업시 담배만 퍽퍽 피우시면서 속으로 무슨 생각을 하면서 지금 어대로 가시는 모양인고…… 하고 생각하면서 묵묵한 거름을 쌀아가노라니 선생님께 관한 여러 가지 일이 생각난다.

　텬도교긔렴관에 치운 날에도 동화회가 잇슬 쩨마다 수千 명 어린사람이 귀가 압흐게 들끌어도 정성스런 이약이로 그 만흔 사람(이상 42쪽)을 울리고 웃키고 하시는 재조와 힘, 싀골 어린사람들을 위하야 동화 하시다가도 바로 정거장으로 쒸여나가시고 싀골 가섯다가도 동화회 시간을 대여 바로 정거장에서 달겨드시는 렬성과 노력, 어린이날에는 하도 피곤하여서 연단에서 코피를 흘리면서 우리들께 연설해 주시든 일, 『어린이』 잡지를 정성으로 쑴여 十萬 명이나 되는 사람에게 넑히시는 성력과 활동! 모도가 오즉 우리들 됴선 소년을 위하야 애쓰시는 일인 것을 생각하매 지금 길을 거러가시면서도 속으로는 반듯이 소년들을 위하야 무슨 일을 계획하고 생각하시는 것 갓고 그 한 거름 한 거름도 소년운동을 위하야 것는 것 갓다.

아아 저편에서 섀이스카웃 少年軍 복장을 닙은 얼골 엽븐 어른이 선생님을 보고 인사하엿다. 저이는 분명히 종로청년회관 소년척후대의 대장이다. 성함은 몰라도…… 방 선생님도 인사를 하시고 그이와 이약이를 하고 스섯는대 그 뒤로 수송동학교 학생 두 사람이 방 선생님을 작고 처다보면서 속살속살하고 지나가면서 "저이가 方 선생님이다.", "이약이를 퍽 잘해!" 한다. 나는 혼자 서서 우수엇다.

이약이가 끗나고 족곰 거러가시더니 경성도서관으로 드러가섯다. 거긔까지는 쌀어 드러가지 못하고 뒤에 떨어저 서서 보닛가 〈현대소년구락부〉(現代)엔지 아동도서실엔지 좌우간 아동실로 쑥 들어가섯다.

길거리에 그냥 섯기가 싱거워서 나는 됴선극장 압헤 그림을 보면서 암만 기다렷스나 나오시지 안는 고로 다시 슬금슬금 가서 그 문 압헤 직히고 잇섯다.

그런지도 한참 후에야 아동실 안 문이 열리고 선생님이 우스시면서 나오시고 거긔서 녀자 한 분과 남학생 두 분이 마당에써(이상 43쪽) 쌀아 나와 인사를 하고 들어갓다. 무슨 이약이를 하고 나오섯는지 퍽 궁금하엿다.

선생님은 거긔서 나오실 째에도 담배는 여전히 파란 연긔를 쏨고 잇섯다. 아마 선생님의 입에 담배가 끈칠 새가 별로 업는 것 갓다.

담배 연긔를 쏨으면서 천천한 거름으로 사동 동아부인상회 압흘 지나 종로 큰길로 나스시는데 부인상회 건너편 포목상뎜 압해서 군밤 파는 아해와 그냥 안저 잇는 아해 세 사람이 선생님을 보고 벙글벙글 웃더니 다 지나가신 후에 놀리듯키 몹시 큰소리로

"방 선생님. 군밤 사 가지고 가십시요—"

그 소리에 방 선생님 쌈짝 놀라신 것처럼 휙 도라다보신다. 저놈들을을[22] 혼내시나 보다 하엿더니 그냥 싱끗 웃고 그냥 거러가신다. 그러닛가 그 세 아해는 소리 놉혀 쌀쌀쌀쌀 웃고 밤 굿는 아해가 앗가보다도 더 큰소리로 연설하듯키

"불상한 산드룡의 어머니는 계모입니다. 그런대 그 계모는 코가 쐈죽햇슴

---

22 '저놈들을'에 '을'이 한 번 더 들어간 오식이다.

니다."

분명히 방 선생님쩨 산드롱의 이약이 드른 것을 흥내 내는 것이엿다. 방 선생님은 쏘 한번 도라다보고 우수섯다.

큰길에서 종로 쪽으로 가시다가 우미관[23] 압흐로 쩍기시기에 "어대로 가시는 모양인가." 하고 나는 의심하엿다. 우미관 광고 그림을 한참 처다보시더니 쏘 천천히 걸어서 멧 거름 가시다가 됴선사진관 좁은 문으로 쑥 드러가섯다. 사진을 박히시나 브다 한참 될 모양이니 그만 도로 갈가 브다 하고 망설거리는데 왼일인지 이번에는 금방 도로 나오신다. 아마 『어린이』 표지 사진을 구하러 오신 모양이다. 사진관 주인인지 얼굴 쌈안 어른이 쏘처 나와 인사하고 드러갓다.

선생님은 거긔서 쏘 남쪽으로 걸어(이상 44쪽)가시면서 물쑤리에 다 타고 남은 담배 쩍격지를 쏨어 버리고 새 담배를 곳 니어 쏘자서 불도 안 븟치고 그냥 물고 가신다.

"분명히 석냥이 업스신 모양이엿다."

개천 가에 나와 장교(長橋)를 지날 째 저편에서 오는 녀학생(트레머리) 두 분 그중의 한 분이 붓그러운 듯이 얼른 선생님쩨 인사를 하고 지나스더니 뒤에 가는 내 엽흘 지나갈 째 인사하든 이가 동행에게 "그이가 방뎡환 씨야!" 하는 것이 들럿다.

구리개 큰길을 지나 곡마단 자조 노는 동양텩식회사 엽길로 드러스시는 고로 "오-오 진고개로구나." 하고 짐작하엿다.

명치뎡 네거리에서 진고개길로서 휘적휘적 거러오는 됴선옷 닙고 키 큰 어른을 맛나 손을 흔들고 서서 한참 이약이하시더니 "『어린이』 十月호에 너을 그림을 골느려고…….", "골나 가지고 새문 밧그로 가실 터이지요? 그럼 갓치 가십시다." 하고 그 어른도 다시 도라서서 두 분이 동행하신다. 저 어른이 누구일가 하고 궁금하엿스나 알 수 업섯다. 한참 가시더니 방 선생님이 좌우편 골목을 자조 기웃기웃하시면서 황급한 모양으로(이상 45쪽)

---

23 우미관(優美舘)은 1912년 12월에 일본인 하야시다 긴지로(林田金次郞)가 설립한 영화관이다. 1959년 화재로 재개봉극장으로 명맥을 잇다가 적자운영으로 1982년 문을 닫았다. 해방 때까지 단성사(團成社), 조선극장(朝鮮劇場)과 더불어 우리나라 초창기 영화관 중 하나이다.

"나는 여긔 오기만 하면 소변 볼 곳이 업서 고생을 하는구면……." 하심니다. 올치 오좀이 매우 마려우신 모양이엿다.

"그까짓 것 아모 데나 누시구려." "글세…… 점 안 되엿지……."

"안 되긴 무에 안 돼요. 진고개에 와서야 례사이지…… 싸는 것보다야 낫지요."

점점 급해지시는 방 선생님, 자조 이 골목 저 골목을 기웃기웃하시나 모다 조용치 안은 모양이엿다. 方 선생님 주변에 오좀 주체를 엇지하시나 하고 자미잇서 햇더니

"올치…… 얼른 갑시다. 조흔 곳이 잇소." 하고 거름을 급히 거르신다. 조흔 곳이 어대인고 하고 급히 가시는 두 분을 쌀아 급히 쏫차가닛가 그 골목 맨끗 모통이집 그림과 그림엽서 파는 집으로 쑥 들어가신다.

엇저나 보고 섯스닛가 일본 옷 닙은 점원이 선생님을 보고 "어서 오십시요. 안령하섯슴닛가." 하고 친절히 인사하는데

"나. 소변 점 봅시다." 하고 상뎜 한구석 저ㅡ 속으로 아는 집가티 쑥 드러가 버리섯다.

잠간 후 싀원한 얼골로 나오시면서 빙글빙글 우스시니 뎜원도 웃고 동행하신 이도 우섯다.

사진을 이것저것 골르시다가 『어린이』에 낼 만한 것이 업던지 뎜원을 식이여 괴짝 속에 잇는 것까지 삿삿히 골르시더니 그래도 업서서 입맛을 쩍쩍 다시고 미안한 갑으로인지 엽서(분명히 秋의 七草[24]라는 것이엿다.) 한 봉투를 사 가지고 나오섯다.

거긔서 대판옥(大坂屋) 책사로 가시더니 여러 사람 일본 사람들 틈에 끼여 스서서 다리도 아니 압흐신지 잡지라는 잡지는 거의 모다 한 번씩 들어서 내용을 홀터보시고야 만다.

— 이 끗은 五十七頁에 잇슴니다 — (이상 46쪽)

— 四十六頁의 끗 —

---

24 아키노나나쿠사(秋の七草)로 "가을에 꽃이 피는 대표적인 일곱 가지 풀, 곧 싸리, 억새, 칡, 패랭이꽃, 마타리, 등골나무, 도라지"를 이른다. 여기서는 이 일곱 가지 풀을 주제로 한 엽서를 말한다.

여긔서 『科學世界』라는 잡지와 『金의 星』[25]이라는 잡지 두 권을 사 가지고 나오시더니 이번에는 다른 것은 거들쎠보시지도 안코 동행의 어른과 함께 경성우편국 압호로 나와 면차를 기다리고 스섯더니 무슨 이약이가 생겻던지 다시 도라서서 압서서 가는 동행 어른의 뒤에 끌려 우편국 아랫 골목으로 가시기에 "어대를 쏘 가시나." 하고 짜러가려 하닛가 四海樓라는 집으로 쑥 드러가섯다. 보니 거긔는 커-드란 중국료리집! 나는 주춤하고 도라서서 집으로 도라오면서 방 선생님도 술을 잡숫년지 안 잡숫년지 그것이 몹시 궁금하엿다. (쯧) (이상 57쪽)

<hr />

25 일본의 아동 잡지 『金の星』를 가리킨다. 『긴노후네(金の船)』는 1919년 11월부터 1929년 7월 까지(전116권) 긴노쓰노샤(キンノツノ社)에서 발행한 아동 잡지이다. 뒤에 "긴노쓰노샤에 맏 겨서는 도저히 안심하고 잡지를 발행할 수 없는 사정"을 들어 1922년 6월호부터 『긴노호시(金の星)』로 개제(改題)하였다. 발행소도 긴노호시샤(金の星社)로 바꾸었다. 1929년 7월 종간되었다.

방정환, "래일을 위하야－오월 일일을 당해서 전조선 어린이들쎄", 『시대일보』, 1926.5.2.[26]

예전 회랍에 '스파르타'라는 강용하기로 유명한 나라가 잇서 이웃 나라와 전쟁하다가 불행히 젓습니다. 그째 싸움에 이긴 이웃 나라에서는 '스파르타' 의 남아 잇는 백성들에게

"너의는 젓스니 너의 나라의 어린사람 오백명을 우리나라에 바처라." 하얏습니다.

그째에 '스파르타' 사람들은 "어린사람 대신으로 우리들 큰사람 오백명이 가겟소." 하고 지옥살이보다 더 괴로운 원수의 나라에 어른들 오백명이 자진하야 갓습니다.

'스파르타' 사람들은 령리한 사람들이엇습니다.

"우리는 불행히 너의에게 젓다! 그러나 오늘 젓다고 래일도 반듯이 쏘 지라는 법이 잇겟느냐. 오늘은 우리가 젓스나 래일 새로운 '스파르타' 사람이 나아가 싸울 째에는 반듯이 반듯이 이길 수 잇는 것이다.

그런데 어린사람 오백명을 남의 나라에 바치는 것은 래일의 일쑨을 쌔앗기는 것이니 그것은 '스파르타'를 영구히 멸망케 하는 것이다. 차라리 싸움에 지고 돌아온 우리가 갈망정 '스파르타'의 어린이는 단 한 사람이라도 남의 나라에 바칠 수 업다!"고 생각한 것이엇습니다.

"어린이를 뱃기는 것은 '스파르타' 쑤리째 망하는 것이다!"라고 생각한 것입니다.

(此間 八行 省略)

그런데 우리의 모든 희망은 뒤에서 오는 것이 아니고 압헤서 올 것입니

---

26 원문에 '소년운동협회 방정환'이라 되어 있다.

다. 그리고 우리보다 한 겹 압서 나아가는 일군은 어린 사람입니다. 이러니 저러니 하야도 어른은 어린 사람보다 이십년 삼사십년 뒤로 썰어지는 사람입니다. 어른의 속에서 나와서 어른의 품에서 커 가도 그래도 어린사람은 어른보다 이십년 삼사십년 새 시대를 타고 나온 사람입니다. 그러니 어린사람은 결코 이삼십년 낡은 사람의 뒤를 쌀하갈 사람이 아니요 이째까지의 어른이 가지 못한 곳 가다가 못 간 곳에 새길을 열고 새 거름을 걸어 나갈 사람입니다.

그런데 오늘날까지의 조선은 삼십 사십년 뒤지고 낡마저서 무덤으로 무덤으로만 갓가이 가는 피 말른 이가 삼십년 사십년 새로운 시대를 타고난 사람을 "나만 쌀하오라. 나만 쌀하오라." 하고 끌고 가고 잇섯습니다. 그리고 지금은 짜로이 다른 사람이 쏘 나서서 "날 닮아라. 날 닮아라." 하는 데에 맛겨두고 무심히 잇습니다. 무덤으로 가는 이에게 한 손을 끌리우고 다른 사람에게 쏘 한 손을 끌리우고만 잇는 것이 지금의 조선 어린사람입니다.

이 쏠이 계속되는 째까지 우리는 구원 되지 못하는 사람일 것입니다. 새로운 생명이 헐고 낡은 쑤리 미테 덥혀 눌려만 잇는 째에는 어느 째까지 가도 우리의 세상은 바로잡힐 날이 업고 새로워질 희망이 업슬 것입니다.

새싹을 위하자! 어린이를 위하자! 쑤리가 중한 짜닭은 새싹을 잘 키워주는 데 잇습니다. "쑤리 업는 싹이 어대 잇스랴.", "아비 업는 자식이 어대 잇데.", "근본을 위해야지. 쑤리를 위해야지." 하고 싹을 쌍에 나리박고 우에 올라와 잇든 쑤리가 쌍으로 돌아가야 합니다. 새로 탄생하려는 새 조선의 새싹을 잘 키우기 위하야 조선의 어른이 조흔 쑤리가 되자! 이 일을 생각하고 쏘 맹서함으로써 오늘의 어린이날의 긔념이 되게 하여야겟습니다.

朴埈杓, "(講話)童謠 짓는 법", 『新進少年』, 제2권 제3호, 1926년 6월호.

남을 울니랴고 하면 반듯시 자긔부터 울어야 합니다. 동요은 "어린이의 령(靈)"을 미화(美化)케 하는 동시에 "어린이"의 령도 미히화식혀야 합니다. 동요에 대한 내용과 형식은 이곳에 잇슴니다. 아름다운 령을 순진(純眞)한 미화로 인도함에는 그러한 내용과 형식의 것이 아니여서는 아니 될 것임니다. 취악(醜惡)한 동요는 "어린인"의 령을 헐어낼 뿐임니다. 동요의 목덕은 어린이의 정조(情操)의 훈련(訓練)과 상상(想像)의 해방(解放)이 잇기 째문임니다. 이 점에서 동요의 가치(價値)는(이상 6쪽) 시가(詩歌)의 가치와 가티 동요를 존중하는 마음은 시가의 예술을 존숭하는 마음임니다.

동요는 예술덕 가치를 가진 것으로 말할 것도 업시 문예(文藝)의 한 부분(部分)임니다. 그러기에 동요라는 것은 시를 짓는 자의 심심파적의 일이 아니고 순정(純正)한 시가를 지을 째와 꼭 가튼 상태(狀態)로 동요를 짓지 안아서는 아니 됩니다. 진정한 시가의 가치는 "시를 짓겟다." 하는 의지(意志)에서 생기지 아니하는 것과 갓티 동요도 쏘한 "동요를 짓겟다" 하는 특별한 상태로는 피지 못합니다. 어룬이 일부러 "어린이다운 심정"을 가지랴고 로력함은 도로혀 불순성(不純性)을 거듭하게 됩니다. 대개 동요의 감흥은 의지덕(意志的) 상태를 쩌나 무심히 자연만상(自然萬象)을 대할 째에 니러나서 "어린이다운 심정"을 가지게 되는 것임니다. "어린이"를 위하야 동요를 지으랴는 것보다도 "어린이가 되야서"의 견지(見地)에서 동요를 써야 할 줄 암니다. 이 덤에서 동요는 어린이의게 엇더한 지혜를 주는 방법이나 공리(功利)를 암시(暗示)하는 것이 아니고 어데까지던지 이러한 것을 쩌나 예술덕(藝術的)이라야만 합니다. 새로운 동요는 재래의 학교의 창가와는 달나 지식과 공리의 슈단이 아닙니다. 알기 쉽게 말하면 예술덕 창가가 즉 동요임니다.

예술감각(藝術感覺)의 즐거움이 자아발견(自我發見)의 즐거움이라고 하면 예술덕 창가 ─ 동요에서도 자아를 발견할 것임니다. 동요를 읽고 날마다 멀어가는 지내간 꿈과 가튼 아름다운 세계를 생각할 째에 맘에는 반듯이 시세

와 가티 맘의 고향인 곳으로 돌아가고 십흔 생각이 간절해짐니다.(이상 7쪽)

　그리고 언제 한번 일허바린 자긔 모양을 도라보며 더러워진 마음을 깨끗하게 할 수 잇는 것임니다.　(끗)　(이상 8쪽)

哲魂, "選者의 말삼", 『新進少年』, 제2권 제3호, 1926년 6월호.[27]

여러분 讀者의 熱心 投稿로써 多幸히 二十餘 篇의 고은 글을 考選하게 되엿습니다. 그러나 一般을 通하야 별로히 優秀한 것을 보지 못하엿슴은 選者의 심히 유감으로 생각하는 바올시다. 全般을 通하야 統括的으로 排評하면 여러분은 아즉도 文藝의 섯투른 點이 만습니다. 늣긴 바 본 바를 조곰이라도 가리우지 말고 至純正直의 태도로써 그것을 그리고 쓰면 充分하외다. 그런데 공연히 本意 안인 말. 늣기지 아니한 것. 억지로의 비인 소래. 여러분은 이러한 것을 썻습니다. 더구나 投書된 여러분 中에는 重言復言한 것이 만코 쏘는 버려만 노코 거두지를 아니 하엿스며 그리고 엇더한 本標가 업시 그저 五里霧中에 매암 글 듯! 注意 업시 쓴 것이 만습니다. 그러나 여러분은 조곰도 落心치 말고 熱心 努力하시와 작구 투고하시면 榮光의 月桂冠을 쓸 째가 잇습니다. 投稿하신 여러분의 健康을 빌면서 以後의 더욱더욱 만히 투고하여 주시기를 기다립니다.(이상 36쪽)

---

27 원문에 '哲魂 考選'이라 되어 있다. '哲魂'은 박준표(朴埈杓)의 필명이다.

申佶求, "셔", 申佶求 編纂, 『世界名作教育童話集』, 永昌書舘, 1926.11.

본셔는 이솝의 명작인 교훈동화를 역출하야 편찬한 것인 바 원래 이솝은 셔력 긔원젼 류백이십년에 출생한 사람으로 그의 출생디는 리데야의 슈부 사아데이스 또는 희랍(希臘)의 한 섬(島)인 셰모스라고 하야 그 어느 디방에서 출생하엿는지 정학치 못하나 그러나 그의 타고난 달변과 학식이 리데야의 크리사스 왕에 알게 되야 국사을 앙쟝하고 정무을 참여하게[28] 되고 이로 말미암아 그는 각국의 학사와 현인들과 왕래하야 더욱 문견을 넓히고 학예를 닥가서 점차로 일대에 유명한 인물이 되엿는데 소위 이솝의 셜화는 그 자신이 편찬한 것은 안일지라도 풍자(諷刺)가 종횡(縱橫)하고 해학(諧謔)이 백출(百出)하야 그 우언(寓言)의 완미(玩味)할 것이 만흘 뿐 아니라 절々히 사람을 경계하야 이쳔 년 후인 오늘날 이것을 읽는 즁에 그 우언을 권々복응(拳々服膺)[29]할 것이 만흔지라 그럼으로 오인은 이것을 번역하야 텬진란만한 귀한 도령님과 아가씨에게 선물로 보내어 가정교육의 일죠가 되기를 간절히 바라는 바올시다. 목하 어린이의 독물(讀物)이 점차로 출판되여 잡지로 륙칠 종이 넘고 단행본으로도 역시 오륙 종이 되는 바 일시 연애소설의 류행이 긎나고 이와 가튼 셔책이 발행되는 것은 크게 축하할 배라. 그러나 왕々히 어린이의 호긔심을 끌도록 하야 재료의 취사선택을 등한히 하는 페단이 잇슨 즉 이것은 도리혀 어린이에게 해독을 끼치는 것이올시다.(이상 1쪽)

이 교육동화집 가튼 것은 어린이의 독물이 될 뿐 아니라 진실로 학교 가정의 독물로도 가장 젹당하고 선량한 것이 될 쥴을 밋습니다. 더욱이 현시 각 소즁학교 교과셔에 이솝의 셜화를 채용하지 안은 것이 거의 드믄 것을 보아도 알 것이외다.

---

28 나라의 일을 맡아 분주하고 정치나 국가 행정 사무에 참여하였다는 뜻으로 보인다. '앙쟝(鞅掌) 하다'는 "일이 바빠서 의용을 가다듬을 겨를이 없다는 뜻으로, 직무에 분주함을 이르는 말"이다.
29 권권복응(拳拳服膺)은 "마음에 깊이 새겨 잊지 않고 간직함"이란 뜻이다.

죠션의 소년소녀여! 당신들이 이 책을 말미암아 다소의 도움이 되는 바가 잇다 하면 역자의 다행이 이에 더할 것이 업슴니다.

　　　　　병인 팔월 중완
　　　　　　　가을이 바야흐로 새롭은 돈게(敦溪)에서
　　　　　　　　　　　역자 (이상 2쪽)

半月城人, "(家庭婦人)어린이날을 압두고 가정부인에게 부탁한다",
『매일신보』, 1927.4.26.

◇

오월 초하로날 전선을 통하야 소년소녀의 옹호운동을 이르키는 "어린이날"
도 불과 몇 날이 남지 아니하엿습니다.

그리하야 경성에서는 〈소년운동협회〉와 〈오월회〉에서 각기 준비에 분망
중이고 각 지방에서도 손을 모흐고 마암을 함하야 이날을 축복하고자 하는
것임니다.

◇

일년의 열두 달 삼빅륙십여일 중에 하필 오월의 초하로날을 틱하야 어린이
날이라고 할 것은 여러 가지 뜻이 만흘 것임니다.

오월은 무셩하는 쳘임니다. 성장하는 절임니다. 쌧처 가는 철임니다.

곳이 지고 푸른 닙이 돗기 시작하는 째이요 나무와 풀과 오곡과 동물이
오월부터는 문척문척 눈에 보히도록 자라나기를 시작하는 째임니다.

◇

녀름이 오는 첫 '씨-슨' 무셩과 싱쟝을 의미하는 이날을 틱하야 이날 하로만
이라도 어른이나 늙은이나 남자나 녀자나 어린이를 위하야 살고 싱각하고
쏘 축복하자는 것임니다.

어린사람은 어린사람끼리 싱쟝을 시작하는 이날에 온- 텬지만물과 한가
지도[30] 씩씩한 긔운을 내고 착한 마음을 기르자는 것임니다.

◇

여러 말할 것도 업시 조선의 가졍과 조선의 부모들은 어린이를 너모 소홀이
보고 어린이를 너모 박대하엿습니다.

그럼으로 이날 하로만은 어른들을 위하야 싱각하던 모-든 마암을 즁지하고
오즉 쟝리의 쥬인공 국민의 새싹인 어린이만을 위하야 깁부게 하여 주자는

---

30 '한가지로'의 오식으로 보인다.

것입니다.

엇던 나라 엇던 민족을 물론하고 그때의 사회나 국가가 쇠약하고 가난하다 할지라도 그때의 어린이를 잘 키우고 잘 지도한다 하는 것은 십년 후의 민족과 국가를 싱각하는 마암일 것입니다. 어린이는 항상 우리보다 젊은 사람임니다. 짜라서 우리가 잘못하는 것은 그리 크지 안타 하지만은 어린이가 잘못하는 것은 젹어도 십년 이후 이십년 이후짜지 — 우리보다 그만큼 더 만히 더 오리 잘못될 것입니다.

그럼으로 어느 나라를 물론하고 어린이를 보호하고 어린이를 잘– 가라치고자 힘을 쓰는 것입니다.

우리는 불힝한 과거나 현재를 싱각할 것이 안임니다.

우리는 장리에 희망과 깁븜을 오즉 어린이에게서 찻고자 어린이를 옹호할 필요가 잇슴니다.

쯧잇는 이날 오월의 졔 일일을 맞는 이째에 각 가정의 어머니와 아바지는 깁히 싱각하는 바이 잇기를 바람니다.

社說, "어린이들의 旗行列", 『동아일보』, 1927.5.5.

一

"어린이날"을 權威 附한 어린이들의 旗行列은 雨天으로 因하야 五月 一日 그날에 하지 못하고 五月 三日에 擧行되엿다. 〈少年運動協會〉側의 어린이 旗行列에 參加한 兒童들의 數가 三千에 達하엿고 〈五月會〉側의 參加者가 二千에 達하엿다 하니 再昨日 行列에만 參加한 어린이 數가 五千에 이르럿다. 그뿐 아니라 그날 밤 中央基督敎靑年會舘 內에서 열닌 本社 主催의 少年少女의 演藝大會는 稀有한 大盛況을 이루엇나니 去 五月 三日은 晝夜를 通하야 "어린이"의 京城인 感이 잇섯다. 그 數爻로만 보아서 그러하엿슬 뿐 아니라 그 모임모임에 나타난 어린이들의 態度와 興味와 氣像을 綜合하야 보면 보는 者로 하야곰 깁붐에 넘치는 强烈한 感激을 禁하지 못하게 하엿나니 이와 가티 天眞爛漫한 어린이들에게 對하야 오던 우리 社會의 在來 風習을 다시 回顧하고 새로운 刺戟을 밧게 하엿다.

二

어린이를 잘못 가라치는 것은 그 將來를 썩는 일이니 一家庭에 잇서서 어린이를 잘 가르치는 것이 그 家門의 將來 幸福을 爲하야 積極的 行動이 되는 것과 가치 民族으로 어린이들을 連續하야 잘 가라치는 것은 亦然 民族의 未來를 層一層 旺盛케 하는 일이 될 것이다. 어린이들의 心理와 體質에 適合한 敎育과 待遇를 主張하고 이에 關한 一般社會의 覺醒과 民族의 注意를 喚起하는 것이 어린이날의 紀念이오 어린이의 旗行列이다. 엇지 意味 잇는 敎育運動이 아니며 倫理運動이 아니냐. 어린이라고 하면 殆히 그 獨立한 心志를 認定하지 아니하고 그 父母나 尊丈들이 自己네의 心理와 便宜에 立脚한 意見으로써 支配를 하야 왓슴으로 어린이의 生活은 그 全部가 被動的이오 動作이 機械化하기를 强制한 便이 만하엿다. 그럼으로 가장 旺盛하게 發動하던 兒童時代의 創造力은 減殺을 當하고 直射되는 模倣性은 그 길을 잘못 들게 되고 만다. 그리하야 未來의 主人이 되는 어린이들은 現在의 主人인 어른 以上의 發達을 이루지 못하게 된 것이니 그 結果가 社會的으로 또는

民族的으로 큰 損失을 지을 것은 더 다시 말할 것도 업다.

三

우리 社會에 잇서서 "어린이날"을 定하고 이 運動을 이르킨 것은 비록 歷
史가 짤불지라도 今日에 이만한 成績을 이룬 것은 그 運動에 盡力하고 貢獻
하야 온 人士들의 큰 功勞라고 할 것이다. 그러나 다시 살피여보면 이것은
初步의 成功에 不過하니 아즉까지도 크게 一般社會나 家庭의 注意를 喚起
식히지 아니하면 아니 될 形便에 잇는 것은 더 다시 말할 必要도 업다. 그럼
으로 이 運動을 더욱 助長식히는 同時에 어린이의 心理와 그 心理에 適合한
教育의 理解力이 普及되기를 希望하야 마지아니한다. 이 機會에 吾人은 이
"어린이날"의 거룩한 使命을 爲하야 盡力하는 人士間에 一致協力을 缺한 일
이 잇다는 것은 大端히 遺憾이라는 것을 一言하지 아니할 수 업다. 吾人이
들은 바에 依하면 同一한 京城市에 잇서 더욱히 純潔한 어린이들을 모이여
가지고 다른 雜界와는 全然 關連이 업는 어린이들의 運動을 周旋하는 사람
들이 自己네끼리의 엇더한 事情으로 協同一致하지 못하고 〈少年協會〉³¹와
〈五月會〉라는 다른 團體로 달니 分立하야 그날의 旗行列을 한 것은 一般社
會에 對하야 不快한 感을 이르키는 것은 勿論이오 그 天眞하고 單純한 어린
이들에게 주는 影響이 젹지 아니할지니 今後에는 다시 그 純潔한 運動에 이
와 갓흔 不美한 바가 업게 하기를 바란다.

---

31 〈朝鮮少年運動協會〉를 가리킨다.

方定煥 氏 談, "(一人一話)내가 본 바의 어린이 문뎨", 『동아일보』, 1927.7.8.

◇ 어린이가 사회의 장래에 대해서 얼마나 귀중한 의의(意義)를 가지고 잇는가는 말할 필요도 업습니다.

그런데 세상 사람들은 어린이 문뎨에 대해서 너무 범연합니다. 일반사회에서 그러할 뿐 아니라 어린이를 직접으로 길으고 잇는 가뎡에서도 그럿습니다. 조선 현재의 가뎡을 보면 어린이들은 너무나 억울한 디위에 잇습니다. 그들을 직접으로 양육하여 지도하는 가뎡부인들은 그들을 지도함에 필요한 지식을 조곰도 가지지 아니한 것이 일반 현상입니다. 그들은 어린이들에게 유익한 이야기 재료도 가지지 못햇습니다.

◇ 그런데 어린이를 지도함에는 그 어머니 되는 이들이 하여 주는 이야기가 큰 힘을 가지고 잇습니다. 그럼으로 조선 가뎡부인들로 하여금 어린이들에게 유익한 이야기를 하여 줄 수 잇도록 상식을 보급식이는 것이 우리의 급무 중의 하나이라고 생각합니다. 그것을 위하야 사회운동자들이 만히 로력하여 야 할 줄 압니다. 그러나 그 일을 가가호호히 방문하려면 한이 업슬 것이오 짜라서 효과를 엇지 못할 것입니다. 그 사업을 위한 기관이 잇서야 할 줄 압니다.

◇ 최근에 와서는 벌서 어린이 지도에 관한 상식을 보급식혀 보려는 노력이 잇기는 잇게 되엇습니다. 그것에 관한 잡지도 잇고 쏘 신문에서도 그것에 관한 기사를 취급합니다. 그러나 그것은 아즉 다 불충분하니 가뎡부인들과는 밀접한 관게가 업는 것이 그 결뎜입니다. 그럼으로 가뎡부인들은 그 기사를 오즉 잡지의 기사 신문의 기사로서 불[32] 뿐이오 그것이 자기의 일이라고 생각하지 못하게 됩니다. 그것은 나의 가뎡에서도 항상 경험하는 바입니다. 그럼으로 이와 가튼 방법으로써 온 가뎡부인으로 하여금 어린이 지도에 대한 지식을 보급식힐 수 업습니다.

---

32 '볼'의 오식이다.

◇ 그럼으로 나는 어린이문제연구회 가튼 것이 조직되어서 그 안에는 직접으로 가명부인들을 너어서 선구자와 가명부인이 한덩어리가 되어서 자조 회합을 열고 그 회합에서 어머니들에게 어린이에게 해 줄 이야기 재료를 공급하는 것이 조흘 줄 압니다. 그리고 쏘 어린이 문제에 대한 상담소(相談所)를 만들어서 모든 방면의 상담을 하여 주는 것이 조흘 줄 압니다. 그와 가튼 사업을을[33] 할 유지만 잇스면 나는 자원해서라도 나서서 가치 일하겟습니다.

---

33 '사업을'에 '을'이 한 번 더 들어간 오식이다.

白樺, "'하우프' 童話家 – 百年祭를 마지하며", 『동아일보』, 1927.11.22.[34]

십일월 십팔일은 독일(獨逸)이 나은 텬재 동화가(天才童話家) 윌헤름 하우프(Wilhehm Hauff)가 이 세상을 써난 후 백회제 돌아오는 백년제(百年祭)일이올시다. 이날을 마지하야 우리 조선 어린동무들에게 하우프 선생을 소개(紹介)하겟습니다. 하우프는 일천팔백이년 십일월 이십구일의 임금님의 비서관(祕書官)의 아들노 나서 일곱살 째 아버지를 일코 하라버지 손에 잘아 소학교(小學校)를 졸업(卒業)하고 신학교(神學校)에 입학(入學)하야 신학(新學)과 철학(哲學)을 배왓습니다.

그래서 스물두 살 째(二十二歲) 그 학교를 졸업하고 일천팔백이십사년부터 이십륙년까지 군사 참의관(軍事參議官)의 아이들을 가르키엿습니다. 이 아이들은 하우프에게 이야기(童話) 듯는 것을 무엇보다 뎨일 조와하여서 날마다 하우프에게 이야기(童話)를 들엇답니다. 그러는 동안에 하우프는 자미잇는 이야기를 자긔가 짓기 시작하엿습니다. 그째가 스물세살 째인데 스물여섯 살에 이 세상을 써나기까지 열다섯 가지의 동화를 지엿습니다. 그리고 이 외에 몃 가지의 시(詩)와 소설(小說)을 썻습니다.

그래서 최후의 해인 이십칠년(一八二七年)에는 불란서(佛蘭西)와 화란(和蘭)에 려행(旅行)을 하엿고 긔자(記者)가 될 일도 잇섯는대 그해 십일월 십팔일(十一月 十八日) 겨우 이십륙세(二十六歲)를 일생(一生)으로 영원(永遠)의 나라로 길을 써낫습니다. 단 세 해 동안의 안델센이나 쓰림 형뎨에게도 써러지지 안흘 만한 「가리후의 학」, 「유령선(幽靈船)」, 「작은이의 코」[35] 등(等) 열다섯 가지 동화(童話)를 써스니 만약에 안델센과 가치 장생(長生)하얏드면 얼마나 자미잇는 이야기를 만히 써 온 세상의 어린이들을 더 깁보게 하엿슬는지요?

---

34 원문에 '京城明進少年會 白樺'이라 되어 있다.

35 「가리후의 학(Kalif Storch: Caliph Stork)」, 「유령선(Die Geschichte von dem Gespensterschiff: The Tale of the Ghost Ship)」, 「작은이의 코(Der Zwerg Nase: Little Longnose)」를 가리킨다.

洪銀星, "「少年雜誌送年號」總評(五)", 『조선일보』, 1927.12.23.[36]

少年界

◀ 馬春曙 氏의 「鈴蘭花」는 얌전히 된 童謠이다. 더욱이 그 끗 節이 妙하다.

> 곱다란 밤바람이
> 정담게 불어오면
> 조그만 은방울을
> 일제히 흔듭니다

얼마나 깨끗하냐. 또 同氏의 童謠 「별 아씨」는 좀 덜 되엇다. 童謠되기 어렵다. 七五節로 써 보앗스나 詩想이 덜 되고 句節이 억으러진 곳이 만타.

◀ 김려순 氏의 探偵小說 「무서운 밤의 墓地」는 아즉 第一回임으로 엇쩌케 發展될 것인지 미리 斷言할 수는 업스나 이 第一回만 놋코 보드래도 戀愛物語이다. 김 氏여! 당신은 지난 달 『少女界』에도 「白骨의 무덤」이라는 戀愛小說을 쓰고 이번도 戀愛로 먼저 展開를 시키니 무슨 心事인지 알고 십다. 넘우 販賣政策만 쓰지 말고 좀 더 考慮할 必要가 잇지 안흔가. 글세 "何必 鰒 생선이 맛이냐."는 말과도 가티 당신은 戀愛小說 아니면 쓸 것이 업소. 그러케 『少年界』를 놋 보는지. 그들이 靑年에도 不良靑年에게 조흔 글이라고 나는 評합니다. 내내 이러한 것을 쓰기를 主張한다면 우리는 嚴酷한 筆誅를 使用할 것이다. 반드시 謹愼이 잇기를 바란다. 우리가 그런 것을 筆誅를 못 한다면 評할 價値도 업는 것이다. 後日로 보기로 하고 이곳은 이만한다.

◀ 崔相鉉 氏의 말삼 「少年의 立志」는 그 思想은 조타. 그러나 넘우 平凡하고 俗學的이다. 이러한 問題를 取扱할 째에는 좀 더 考慮해 쓸 必要가 잇다. 다시 쉬운 例를 하나 든다면 '오케스트라' ― 管絃樂 ― 를 演奏할 째에 萬一 남의 命令을 服從하기가 실타고 指揮하는 사람의 命令을 듯지 안허

---

36 『한국 아동문학비평사 자료집 2』의 각주 83번에 "조선일보사에 문의해 본 바 5회분이 수록되엇을 것으로 보이는 3면과 4면이 부재함을 확인하였다."라고 하였으나, 원문을 확인할 수 있었다.

보고 십지요. 그 管絃樂은 演奏를 할 수가 잇겟는지!

이와 마찬가지 理由로 한 個의 兒童劇을 演出하게 될 째에도 萬一 出演하는 사람이 다 各其 이러한 생각을 갓는다면 이 兒童劇을 엇더케 演出하겟습니까? 그런 까닭에 이 兒童劇을 演出하는 中에 各自가 스사로 主務者의 命令을 듯는다던지 劇中 主要人物의 命令을 잘 듯는 習慣과 規律을 自然히 重하게 알게 되는 것입니다.

그래서 그들은 비로소 한 가지 일을 할 때 반드시 그 일을 서로 도웁고 서로 分擔하야 努力할 줄 아는 조흔 習慣 한 가지를 겹처 배호게 되는 것입니다. 이 말을 좀 더 자서하게 말하면 즉 自己 스사로 배홀 自己 스사로 다스릴 (治)고 自己 스사로 努力한다는 자랑 必要한 德性을 기르게 되는 것입니다.

◀ 琴徹 氏의 童話 「福得이와 피리」는 滋味잇는 이야기이다. 그러나 끗이 조금 싱겁다. 大體로 童話로는 過히 險 잡을 것은 아니다.

◀ 金泰午 氏의 傳說 「寶玉世界」는 傳說 되기에는 너무 根據가 업다. 傳說은 꼭 어느 地方에 局限되엇든지 그러치 안흐면 어느 나라에서 나왓든 것이 잇서야 할 것이다. 이것은 童話라고 하는 편이 낫겟다. 그저 平凡한 勸善懲惡的의 것이다. 過히 남으랠 곳도 업고 稱讚할 것도 못 된다. 그러나 文章의 洗練과 伏線의 調密은 氏 一流의 手法인가 한다.

金在殷(寄), "『少年朝鮮』의 創刊을 祝함", 『소년조선』, 제2호, 1928년 2월호.[37]

째가 오면 닭이 울고 닭이 울면은 날이 밝읍니다. 하날에는 계명성(啓明星)이 멀리 디평선(地平線) 우으로 떠오르고 너른 벌판에는 차ᄼ로 고동(鼓動)되는 대긔(大氣)가 기-ㄴ 밤의 고요하며 적ᄼ함을 속은대기 비롯합니다. 닭은 련하야 꼬요 꼬々々々 웁니다. 동편 하날에는 맑고도 긔운 죠흔 새벽빗이 벌서 녀명(黎明)의 긔세(氣勢)를 휘날닌 지 임의 오래엿고 우쥬(宇宙)의 삼라만상(森羅萬象)은 모도 다 무거운 어두움의 속에서 벗어나서 컹충々々 졈々 그의 제탈(本態)를 나타내임니다. 죽은 듯이 잠々코 잇든 사람들은 모도 다 한갈갓치 그 깁혼 꿈속에서 부수々— 째여나 새롭고 거룩한 정신으로써 그날의 활동을 쥰비할 것이웨다. 또 그의 뒤를 짜라 두렷한 태양(太陽)은 우려—ㅅ이 솟아 만도홍광(萬道紅光)을 빗취임니다. 우쥬(宇宙)의 만물은 그 진상(眞狀)과 본톄(本體)를 낫타내서 큰 놈은 큰 대로 젹은 놈은 젹은 대로 간한 놈은 간한 대로 추한 놈은 추한 대로 죠금도 숨김업시 낫타나고, 온갖 마귀(魔鬼)와 독갑이는 여디업시 소멸이 될 것이웨다. 암흑(이상 62쪽)(暗黑)은 다시는 그 긔염(氣焰)을 잘 보이지 못할 것이웨다.

닭은 쉬지 안코 련하야 꼬요꼬 울어요! 닭은 련하야 웁니다. 닭은 밝아오는 째의 표상(表象)이요 또한 압잡이웨다. 닭의 소래는 곳 밝음의 깃발(旗幟)임니다. 아니 닭의 소래는 곳 밝음의 소래이웨다. 그러나 닭은 누구가 가르쳐서 우는 것이 아니라 째가 오면은 자긔(自己)가 스々로서 알고 울읍니다. 그는 곳 째를 아는 새(鳥)이웨다. 아니 째가 오고 긔(氣)가 발(發)하면은 아니 울을나야 아니 울 수 업는 것입니다.

즉 텬긔(天機)가 고공(鼓動) 되는 곳에 생명의 힘(生命力)이 약동(躍動)되는 판에 그는 자연대로 그 우렁찬 소래를 내이는 것이웨다. 그는 기-ㄴ 밤(長夜)의 침묵(沈默) 가운데 쉬이고 잇는 생명의 힘이 새벽의 밝음의 긔세

---

37 원문에 '京城女商 金在殷'이라 되어 있다.

가 발동(發動)함과 함께 그 우쥬(宇宙)의 맑고 맑은 긔운과 함께 우렁찬 소래를 지를 것이웨다.

닭과 우리 죠선은 녯으로부터 가쟝 인연(因緣)이 깁슴니다. 그래서 녯사람은 죠선을 가르쳐서 계림(鷄林)이라고 불엇슴니다. (14자가량 검열로 지워짐)한 기ㅡㄴ 밤의 ᄭᅳ테『소년됴선』(少年朝鮮)이 창간(創刊)의 첫소래를 내이는 것은 우리 됴선 사람의 밝음의 우렁찬 우름소래라고 하겟슴니다.

(12자가량 검열로 지워짐) 밝음의 소래라고 하겟슴니다. 아! 밝음의 쌔를 아는 새야 네의 이름이 『少年朝鮮』이냐! 팀ㄆ칠야의 암흑한 우리 됴선 소년계를! 아니 우리의 젼됴선, 아니 이ㅡ 세계를 가쟝 광명한 턴디로 쟝차 뎨개(展開)식힐 책임과 사명이 네에게 잇지 아니하면 아니 될 것을 스ᄯ로 깁히 쌔다를지어다.

(一九二八. 一月 二日 黑橋 一隅에서) (이상 63쪽)

社說, "어린이날", 『동아일보』, 1928.5.6.

一

오늘날 朝鮮 사람이 가진 힘 中에 가장 큰 것은 二千三百萬이라 하는 "頭數"
의 힘이다. 아즉까지도 民族的으로 個人의 人格에 對한 民族의 民格을 充分
히 길르지 못하얏고 짤하서 그것의 總力量을 正當히 實形 우에 表現시킬 底
力 잇는 굿건한 힘이 不足하지마는 적어도 現在 二千三百萬 同胞의 頭數와
그것의 前途에 永遠히 늘어 노힌 無窮한 血緣의 흐름은 우리의 意識을 超越
하야 儼然히 存在하는 朝鮮 民族의 偉大한 힘의 源泉이다.

二

그런데 現在에 잇서서 우리 個人의 生活에 希望의 꼿을 피게 하며 民族
의 永遠한 血緣을 이끌고 勇猛스럽게 나아가 朝鮮人의 存在를 時間的으로
空間的으로 더욱 明白히 할 者는 "어린이"들이다. 二千三百萬 同胞의 "頭
數"가 朝鮮人에게 偉大한 힘이 되는 所以는 이 "어린이"라는 "永遠에의 連
繫"가 存在하는 까닭이다. 어린이는 우리의 民族的 生存의 柱石이다. 永遠
히 커지며 永遠히 퍼지며 永遠히 힘 지는 柱石이다. 이제 한번 우리의 생각
을 돌이켜서 우리의 過去 生活이 얼마나 이 民族的 生存의 柱石인 "어린이"
를 疏忽히 하야 왓는가를 볼 째에 쏘한 이것으로 말미암아 얼마나 回復할
수 업는 文化的 致命傷을 바닷는가를 돌아볼 째에 그곳에 한갓 廢墟 맨든
뉘우침을 禁치 못할 쑨이다.

三

今日은 卽 어린이날이다. 무엇보다도 먼저 民族的 過失을 省察하는 날이
어야 할 것이다. 그리하야 새로운 決意와 새로운 意氣의 表現 우에 나타난
感激으로 어린이를 尊敬하여야 될 것이다. 어린이를 尊敬한다는 것은 첫재
우리의 家庭生活에 잇서서 우리의 生活 土臺가 "어린이 中心" 우에 노히게
되어야 한다는 말이다. 다시 말하면 한편으로 어린이의 地位를 確保하는 同
時에 쏘 한편으로 어린이에게 對하야 生活意識에 對한 內在的 權威를 가지
게 할 生活을 우리 自身이 하여야 한다는 것이다. 家庭으로나 社會로나 어

린이를 어린이답게 하자면 먼저 우리 自身이 허물을 뉘우치는 同時에 참 生에의 躍進을 追求할 責任 觀念에 불타야 할 것이다. 이러한 然後에야 비롯오 우리 民族的 生存의 柱石인 어린이는 朝鮮을 위하야 世界를 위하야 正義人道의 戰士들이 될 것이다. 이날을 새로 마지하야 참 뜻으로 어린이를 尊敬하자.

金石淵, "童話의 起原과 心理學的 研究(一)", 『조선일보』, 1929. 2. 13.[38]

童話는 어린이들에게 하로라도 업새지 못할 마음의 糧食인 同時에 全人類에게도 업서서는 안 될 것이다.

우리는 童話를 研究하며 創作하려면 무엇보다도 먼저 그 發生起源을 알어야 될 것이며 그에 對한 徹底한 研究를 하지 안흐면 안 될 것이다.

우리 童話界에 잇서서는 最近 數年間 童話의 創作과 飜譯이 盛行하야진 것은 깃분 現象이라 아니 할 수가 업다. 그러나 한갓 遺憾을 禁치 못하게 하는 것은 童話에 對한 研究가 넘우나 等閑視되어 잇다는 것이다. 數年間 創作童話는 만히 읽엇스나 童話의 本質이라든가 童話創作은 如何히 하여야겟는가? 하는 이러한 問題의 論文 가튼 것은 하나도 보지 못하얏다.

그래서 나는 적은 힘이나마 우리 童話界에 한 가지 貢獻이나 될가 하는 생각으로 膽大하게 이 붓을 들게 된 것을 깃버하는 同時에 童話作家 諸氏들에게 이보다 더 徹底한 研究를 發表하야 우리 童話界를 爲한 만흔 努力을 하야 주기를 바라며 筆者에게 만흔 敎示를 주기를 바란다.

童話의 起原에 關한 學術的 見解는 十八世紀까지는 아즉 나타나지 안헛다. 十九世紀에 이르러 비로소 學術的 見解라고 할 만한 것이 나타낫다. 그것은 여러 가지로 說明할 수 잇스나 大體로 보아 다음의 四個說로 大別할 수 잇다.

卽 第一 印度起源說, 第二 神話渣滓說, 第三 自然現象記述說, 第四 興味欲求說 네 가지인데 第一로부터 한 條項씩을 들어 研究해 보려 한다.

第一 印度起源說

第一說은 童話란 童話는 모다 印度에서 發生되어 四方으로 傳播되엇다는

---

38 『한국 아동문학비평사 자료집 2』 각주 234번에 "조선일보사에 문의해 본 바, 1, 3, 6회는 원문이 부재함을 확인하였다."라고 하였다. 최근 다시 확인하게 되어 보유(補遺)하게 되었다.

學說이다. 이 學說이 생긴 心理的 原因에는 두 가지가 잇다.

第一 넓은 意味下에 잇는 童話의 一種인 神話가 印度의 梵語文學의『吠陀(Vedas)』中에 만히 보이며 이『吠陀』中에 보이는 印度神話가 歐羅巴 古曲的[39] 神話와 적지 안케 비슷(類似)한 點이 만타는 것입니다. 그 까닭에 印度神話와 歐洲神話 사이에 親族的 關係가 잇다고 認定한다. 이 神話에 對한 親族的 關係를 童話의 世界까지 豫想하야 왓다는 것이 한 가지의 原因이다. 더 쉽게 말하면 印度神話와 歐洲神話는 親戚關係가 잇서 印度로부터 歐洲神話가 되엇다 하는 것인대 童話도 印度로부터 歐洲童話가 되엇겟지? 하는 推想을 한 것이 이 學說이 일어나게 된 原因이다. 그러나 神話가 어느 나라와 어느 나라가 비슷하다고 반드시 한편에서 일어나 한편으로 傳播되엇다고 말할 수는 업다. 왜 그러냐 하면 神話란 것은 一個 或 數個의 神格을 心으로 自然界 中에 이러나는 現象 쏘는 人生에게 일어나는 現象을 解釋하려는 叙述的 이야기다. 그런데 自然現象과 人生의 現象이란 民族이 다르고 國土가 다르더라도 가튼 點이 만타. 어대를 가도 太陽은 낮에 쓰고 달은 밤에 솟는다. 그리고 쏘 어대를 가서 보더라도 달은 커젓다 적어젓다 한다.

이러한 現象을 說話的으로 解釋하는 것이 神話인 짜닭 神話란 것은 여러 民族 或은 國土에서 따로따로 獨立으로 發生되어도 그 內容이 同一 或은 비슷하게 되는 것이다. 그럼으로 印度神話가 歐洲 古典神話와 갓다고 印度神話가 歐洲神話의 先祖라고 할 수는 업다. 뿐만 아니라 이러한 事實 卽 神話의 비슷(類似)함을 가지고 童話의 印度 起原說을 말하는 것이 妥當치 안타는 것은 重言復言할 것이 업다.

다음의 原因은 印度 古童話集 一例를 들면 紀元 一世紀頃에 낫타난『판차탄트라』(panchatantra), 二世紀에 낫타난『히토파대자』(hitopadesa), 그리고 佛敎 勃興時代의 産物인『자 - 타카(Jataka)』漢譯이 되어 所謂 佛本生譚이 되어 잇다. 이러한 印度의 오래된 넷날 冊에 蒐載된 童話의 大部分이 그와 쏙 가튼 形式 內容으로 世界 諸地에서 차저볼 수 잇다는 것입니다.

---

39 '古典的'의 오식이다.

金石淵, "童話의 起原과 心理學的 研究(三)", 『조선일보』, 1929.2.15.

第一 印度와 아모 交通 接觸을 한 形跡이 업는 野蠻人들 사이에 만흔 童話를 차저볼 수 잇는 것이다. 이것은 童話가 모다 印度에서 發生되어 印度로부터 傳播되엇다는 解釋으로는 到底히 說明할 수 업는 事實 文化 現象이다.

第二는 印度에 잇는 童話와 同一한 童話가 印度보다 훨신 오래 전에 文明된 國土에서 차저볼 수 잇는 事實이다. 卽 埃及 等地에는 印度에 잇는 童話와 갓흔 童話로서 印度의 『판차탄트라』, 『히토파쩨싸』等이 낫타난 時代보다 훨신 오랜 紀元前 二千年頃에 파피라스에 낫타난 이야기(童話)가 잇다는 事實이다.

이러함으로 萬若 이러한 童話의 本源地를 긔어코 차저내지 안흐면 아니 된다면 그것은 印度라기보다 埃及이 本源地라고 하지 안흘 수 업스며 쌀아서 埃及에서 印度로 傳播되엇다고 하지 안흘 수 업게 된다.

이러한 事實로부터 推斷해 보면 印度를 童話의 根源地라고 하는 印度起原說이란 學說은 그 基礎가 非常히 薄弱해지지 안흐면 아니 된다. 그럼으로 야곱스라는 이는 말하얏다.

> 歐羅巴 諸國에 잇는 童話의 三分之一은 印度에서 發生한 것일 것이다. 이야기에 抱含된 事件이 驚異인 以上에는 印度가 大槪 그 根源일 것이다. 왜? 그러냐 하면 生氣說 及 變形의 信仰은 印度에 잇서서 第一 注力이 잇섯든 까닭에…… 쏘 一個의 民族으로써 볼 째에 印度人은 이야기의 構圖를 發明하는 文學的 訓練과 心的 要素를 第一 多量히 所有함으로써다.

라고.

이 말은 조금은 妥當하다고 할 수 잇스나 童話가 全部 印度에서 發生되엇다는 見解는 學術的으로 보아 決코 妥當하다고 할 수는 업다.

가령 조금 讓步的 立場에 서서 印度를 모든 童話를 印度에서만 專賣的으로 産出케 하얏다 하는 그 心理的 原因이 어대 잇느냐 하는 說明이 아니 되는 以上 印度 起原說은 充分히 成立되지 안흘 것이다.

延星欽, "永遠의 어린이 안더-슨 先生 - 그의 少年時代", 『어린이』, 제8권 제4호, 1930년 4-5월 합호.

四月 五日! 이날은 童話作家로 유명한 丁抹 안더-슨 선생의 만 一百二十五년 째 되는 탄생 긔렴날임니다. 지금은 선생이 도라가시고 안 게시다고 하드라도 선생의 童話만은 이후 몃 百년 몃 千년을 지날지라도 결코 업서지지 안코 전해 나려갈 것임니다. 이날을 당하야 우리는 더욱이 이 거룩한 선생을 생각하고 긔렴하는 의미에서 이분의 어렷슬 째 이약이와 이분의 지은 童話 중에서 제일 짧고 자미잇는 이야기 하나를 소개함니다.

서력(西曆) 一千八百五年 四月 五日!

덴마-크(丁抹) 나라 큰 섬(島) 중에 하나인 퓌-엔의 한 구퉁이 오-덴세라는 동리 구차한 구두방 집 엽방에서 동화의 하라버지요 영원의 어린이인 안더-슨 선생이 탄생하엿슴니다.[40]

선생의 어렷슬 째부터 그 여생(餘生)을 맛출 째까지의 사적(事蹟)을 다- 쓰자면 책 한 권을 가지고도 부족할 것이닛가 특히 선생의 소년시대(少年時代)에 잇섯든 일을 대강대강 써 보고자 함니다.

안더-슨 선생의 아버지는 남하고 교제하기를 실혀하는 사람이엿기 째문에 틈이 잇슬 째면 늘 집(이상 32쪽) 안에 드러안저서 그째 시인(詩人)으로 유명하든 홀베르그[41]의 희극(喜劇)과 그째 정말 국어(丁抹國語)로 번력된 『아라쎄아야화』(千一夜話)[42] 가튼 것을 열심으로 넑엇슴니다. 그 후에 안더-슨 선생

---

40 퓐(Fyn)섬은 발트해 유틀란트반도 동쪽에 있는 섬이다. 덴마크령으로 목축, 낙농과 화초, 과실 나무 재배가 활발하다. 오덴세(Odense)는 덴마크의 퓐섬 북부에 있는 공업 도시다. 기계, 조선 업이 발달하였고 역사적 건물이 많다. 동화 작가인 안데르센이 태어난 곳으로 유명하다.

41 홀베르그(Ludvig Holberg, 1684~1754)는 덴마크의 철학자이자 극작가이다.

42 『아라비아 야화』는 아랍어로 쓰인 설화집(說話集)이다. 아라비아의 민화를 중심으로 페르시아, 인도, 이란, 이집트 등지의 설화까지 포함되어 있다. 약 250편으로 이루어져 있으며 에로티시즘에 바탕을 둔 이야기가 많다. 작자는 알 수 없다. 『아라비안나이트(Arabian Nights)』,

이 문학 방면(文學方面)으로 발을 내여드듸게 된 것도 그 아버지의 유전(遺傳)을 바든 것임이 틀님업습니다. 집안 살림사리가 넉넉지는 못하나마 할머니의 사랑과 아버지 어머니의 사랑을 독차지한 안더-슨 선생은 열 살이 되엿슬 째 시(詩)에 대한 재조가 싹트기 시작하엿습니다.

열 살 째 그 아버지가 이 세상을 써나자 오-덴세에서 목사(牧師) 노릇을 하면서 시인(詩人)으로 이름이 난 쁜게프로드라는 이를 알게 되여 그 집에 드나들며 그 집안사람과도 친숙해지게 되엿고 목사가 이 세상을 써난 뒤에도 그 집에 늘 출입을 하면서 목사의 부인과 그 누이 압헤서 목사의 지은 시를 랑독(朗讀)하게 된 것이 인연이 되야 시 짓는 법도 배우게 되고 자긔도 자라면 이 집주인과 가티 시인이 되리라고 생각을 먹엇습니다.

그래서 안더-슨 선생은 별느고 별너서 비극(悲劇) 하나를 썻습니다. 이것 하나를 쓰기 째문에 적은 시인 안더-슨의 일홈이 동리 안에 퍼지게 되엿는데 여긔에 긔운을 어든 선생은 희극(喜劇)도 계속해 썻습니다. 그러나 선생을 칭찬하는 사람은 퍽 적엇고 놀니며 비웃고 욕하는 사람이 도로혀 만헛습니다만은 도모지 그것은 상관하지 안코 자긔 할 일에만 꾸준히 정성을 드렷습니다.

선생이 공부하러 단이는 소학교 교장 선생님 생진(生辰)날 선생은 고흔 꼿다발 하나를 맨들고 쏘 교장 선생님의 생진날을 축하하는 노래 한 편을 지여 가지고 틀님업시 선생님께 칭찬을 드르려니 생각하면서 교장 선생님 댁으로 간 일이 잇섯습니다. 그러닛가 교장 선생님은 그 노래 보시더니

"어린놈이 갓지안은 것을 하는구나."

하고 쯧밧게 호령호령하엿습니다. 그째에 무안하고 분하게 넉엿든 선생의 마음은 이로 이 붓으로 쓰기도 어렵습니다.

집안 식구를 먹여 살녀 나가든 선생의 아버지가 이 세상을 써나신 뒤 집안은 가난에 몹시 쪼들니게 되(이상 33쪽)여 선생은 학교에도 가지 못하게 되고 공장에 몸을 붓치게 되엿습니다. 그러나 그 공장 주인이 넘어 몹시 일하는

『천일야화』라고도 한다. 정말(丁抹)은 '덴마크(Denmark)'의 음역어이다.

사람을 부리기 째문에 어린 안더-슨도 얼마 못 단이고 공장에서 나와 버렷슴
니다.

그 아들을 몹시 귀애하는 어머니는 어린 아들을 그 가튼 공장에 집어너어
고생을 식히는 것이 넘우 애처러우신 생각이 드시여 늙어서 허리가 꼬부라진
싀어머니와 어린 아들을 위하야 당신이 손수 나가서 남의 집 품파리를 하게
되엿습니다.

극(劇)에 큰 홍미(興味)를 가진 안더-슨 선생은 자긔가 사는 동리 근처에
연극단(演劇團) 가튼 것이 도러오면 엇더케 하든지 그여히 구경을 하엿습니
다. 그리고 어느 째는 어린 배우(俳優)로 연극단에 드러가 품파리까지 하엿슴
니다.

그래서 안-더슨을 보는 사람마다

"저 애는 나종에 광대가 되고 말ㅅ걸!"

하고 말하엿습니다. 어머니쎄서 품파리하러 나가신 동안 안더-슨 선생은
아버지가 남겨 노코 가신 여러 가지 책을 펴 노코 넑기도 하며 영국(英國)의
문호(文豪) 쉑스피어의 작품(作品)을 번역(飜譯)해 노은 책을 열심으로 넑
으면서 조희로 인형(人形)을 맨들어 가지고 「리-아王」「예니스의 商人」 가튼
자미잇는 연극을 하면서 자긔 홀노 깃버하엿습니다.

이가치 연극에 취미를 붓치고 지내는 동안에 안-더슨 선생의 가슴에는 "고
펜하-겐으로 가서 배우가 되여 보겟다."는 생각이 드리 차 잇섯습니다만은
그 어머니는 배우를 즘생만큼도 못 넉이든 양반이기 째문에 한낫 귀여운 아들
을 연극하는 배우로 내세울 생각은 꿈에도 업섯고 재봉사(裁縫師)의 제자(弟
子)를 맨들 생각을 가지고 게섯습니다.

목청 좃케 노래 잘 부르고 무어시나 랑독(朗讀)을 잘할 뿐 아니라 별노히
공부한 것도 넉넉지 못한데 여러 가지 책을 잘 넑고 시(詩)까지 쓸 줄 아는
싸닭에 이상한 아해 재조 잇는 아해라고 동니 안에 평판(評判)이 자자하엿습
니다.

이가친 의지가 남다르고 재조가 쒸여난 안더-슨 선생이 그 어머니의 바람
과 가티 재봉사의(이상 34쪽) 제자로 가 잇게 되엿던들 이 세상에서는 최대 작가

(最大作家)를 일헛슬는지도 모를 것이오 정말(丁抹)은 세계의 자랑ㅅ거리를 닐헛슬는지도 모를 것입니다. 그리고 그 아름다운 「천국(天國)의 동산」이나 「적은 人魚」 가튼 훌륭한 이야기가 오늘날까지 전해 나려오지 못하엿슬 것임니다. 그러나 안더-슨 선생은 재봉사의 제자 되기를 죽기보다도 더 실혀하야 완강이 거절하는 한편에 고펜하-겐으로 보내여 배우가 되게 해 달나고 정성스레 애원(哀願)하엿습니다.

그래서 결국에는 그 어머니도 엇저는 수 업시 귀여운 아들 안더-슨을 고펜하-겐에 보내기로 허락을 하엿습니다.

겨우 열다섯 살밧게 되지 안은 안더-슨은 세계에 이름이 들날닐 만치 유명한 연극배우가 되고자 하는 원대한 희망을 품ㅅ고 단지 홀몸으로 고펜하-겐을 향하야 길을 써낫습니다. 수중에 려비(旅費)라고는 톡톡 터러야 二十六원 밧게 되지 안는 것을 가지고 길을 써난 안더-슨은 긔선은 엇지엇지해서 돈을 내지 안코 탓(이상 35쪽)지만은 어린 몸이 홀노 얼마나 고생이 되엿겟슴닛가? 그리고 그 당시에 유명하다는 배우는 거의 다 차저단이면서 애걸하엿것만은 마음먹은 대로 일이 잘되지 아니할 쌔 선생은 얼마나 낙망을 하엿겟슴닛가. 그래서 다시 어머님에게로 도라가거나 버리 자리를 엇지 못하면 구걸하는 외에는 아모 도리도 업게 되엿습니다. 그래서 목수의 제자로 드러가서 얼마 동안을 잇섯스나 함께 일하는 사람 중에 못된 인물 하나가 잇서서 안-더슨을 모함하엿기 쌔문에 억울한 누명을 쓰고 그곳에서 쮜여나와 버렷습니다.

그쌔 안-더슨은 자긔의 목청이 남달니 조흔 것을 새삼스레 쌔닷고 국립음악학교(國立音樂學校) 선생님으로 유명한 시쑤니라는 이의 집을 차저 드러가 그의 첫눈에 들게 되엿습니다. 그래서 그곳에서 음악을 공부하게 되엿스나 선생의 압길에는 그래도 행복의 서광(曙光)이 보히지 아니하엿습니다. 그리자 갑작이 안-더슨 선생은 말정하든 목이 병이 나서 전과 가치 고흔 목소리가 나지 못하게 되엿습니다. 그래서 그를 가르치든 음악 선생은 몹시 실망이 되여 다시 고향으로 도라가서 다시 버리나 하라고 권고하엿습니다.

희망의 빗치 조꼼이나마 빗최려 할 쌔 일이 이가치 공교롭게 되니 안더-슨 선생은 자긔 불운(不運)을 탄식하든 쯧혜 고향에서 친숙하든 엇던 시인이 고펜하-겐에 와 잇다는 말을 듯고 갓가스로 그 시인을 차자간 결과 그 시인의 친절한 지도를 바드면서 규측 잇게 정말(丁抹) 국어와 독일어(獨逸語) 공부를 하엿습니다.

이 가튼 은인을 맛난 안더-슨 선생은 이 외에도 여러 사람들의 도음을 바다 정측(正則)으로 공부를 하게 되고 시를 쓰기 시작하야 선생의 시에 대한 재조가 세상에 드러나자 그 당시 유명하든 시인들의 칭찬이 비발치 듯하엿습니다. 오늘날까지 전해 나려오는 자미잇고 고웁기 그지업는 수업는 동화(童話)도 이 가튼 든든한 토대(土臺) 우에서 싹트기 시작한 것입니다. (끗)

(이상 36쪽)

"우화로 유명한 '이소푸'-신분은 미천하엿스나 지혜는 실로 놀라웟다(一)", 『매일신보』, 1930.12.18.

우화(寓話)로써 몰으는 사람이 업슬 만한 '이소푸'는 지금으로부터 일천삼백 년 이전의 사람입니다. 그가 난 고든 '푸러기아'라고도 하고 '트라키아'라고도 하며 '아테네'라고도 하야 분명치 안습니다. '이소푸'는 그 문벌이 낫고 키의 사람입니다. 그가 난 고든 '푸리기아'라고도 하고 '트라키아'라고도 하며 '아테네'라고도 하야 분명치 안습니다.[43] 그는 비천한 사람이엇습니다. 그러고 형용도 못생겻습니다. 키가 적고 등이 휘이엇스며 목아지가 빗두름하며 머리가 쎗죽한 데다가 방벙어리엇습니다. 그러나 그는 비상한 지혜를 가지엇습니다. 그리고 어진 사람이엇습니다. 어쩐 째 어쩐 농부가 '이소푸'의 주인에게 훌륭한 감을 보내엇습니다. 수종 하인은 주인이 목욕탕으로 들어간 사이에 그것을 다 집어먹엇습니다. 그리고 그 죄는 '이소푸'에게로 돌리엇습니다. 주인은 이소푸를 불러내여서 책망하엿습니다. 그러니까 '이소푸'는 미지근한 소곰물을 가지고 와서 자긔가 몬저 마시고 그다음에 수종 하인에게 주엇습니다. 그러니까 수종 하인은 조곰 잇다가 먹은 것을 토하엿습니다. 그는 감 먹은 것을 토하엿습니다. 그리하야 아모 말도 업시 변명이 되엿습니다. 쏘 어쩐 째 주인은 '이소푸'를 불러서 "세상에서 제일 조흔 것을 사오니라." 하엿습니다. '이소푸'는 주인이 주는 돈을 바더 가지고 나가서 즘생의 혀(舌)를 만이 사왓습니다. 그것을 본 주인은 대로하야 "이것은 즘생의 혀가 아니냐? 이것이 무엇으로 천하제일이라는 말이냐?" 하고 책망하엿습니다. 그러나 '이소푸'는 꼴도 쎙기지 안코 "세상이 잘되는 것이라든지 나라가 흥하 것은[44] 모

---

43 "키의 사람입니다. 그가 난 고든 '푸리기아'라고도 하고 '트라키아'라고도 하며 '아테네'라고도 하야 분명치 안습니다."가 한 번 더 들어간 오식이다. '프리기아(Phrygia)'는 소아시아 중서부에 있던 고대의 나라다. 기원전 13세기경에 트라키아인이 세운 것으로 추정되며 에게해와 흑해 연안의 땅을 영토로 하였다. '트라키아(Thracia)'는 발칸반도 동남부에 있는 지방이다. 시대에 따라 지역의 범위가 다르며 지금은 에게해 동북쪽 기슭을 가리킨다. 터키와 그리스 사이의 영토 분쟁지이며 발칸 전쟁이 일어난 곳이다.

44 '흥하는 것은'의 '는'이 탈락한 오식이다.

다 혀에 달리엇습니다. 그러니 천하에 제일 조흔 것은 혀가 아닙니까?" 하니 주인은 크게 만족하야 "그러면 이번에는 천하에서 제일 나쁜 것을 사 오나라." 하고 돈을 내여 주엇습니다.

"우화로 유명한 '이소푸'—신분은 미천하엿스나 지혜는 실로 놀라웠다(二)", 『매일신보』, 1930.12.19.

'이소푸'는 이번에도 악가와 가티 즘생의 혀를 사 가저왓습니다. 그러니까 주인은 대로하여서 "그것은 악가 네가 말하기를 제일 조흔 것이라고 하지 안엇늬?" 하니까 '이소푸'는 웃으면서 "혀는 재화의 문입니다. 세상에서 이것처럼 나쁜 것은 업습니다." 하고 대답하엿습니다. 주인은 '이소푸'의 지혜에 깁히 감동하엿습니다. '이소푸'는 이러케 지혜가 만흔 사람임으로 여러 나라로 돌아다니면서 사람이 마쌍이 행하여야 할 바른길을 가르처 주엇습니다. 그째 '비비로늬아'의 '리세로'라는 임금께서 '이소푸'의 지혜에 감심하야 자긔의 겨테 두고 총애를 하엿습니다. 어쩐 째 '에집트'의 '네테나보'라는 왕이 '바비로늬아'에 사신을 보내여서 "하늘에도 쌍에도 붓지 안은 궁전을 건축코저 하니 그런 목수를 보내라."고 하엿습니다. 주문을 바든 '비ㅅ로늬아'의 임금은 어쩔 줄 몰으고 걱정을 하는데 '이소푸'가 조곰도 걱정될 것 업습니다 하고 큰 새 네 마리를 산 채로 잡어서 그 발에 광주리를 달고 광주리에 어린애를 담어 가지고 '에집트'로 갓습니다. '에집트'에서는 임금이며 신하며 모든 백성들이 '이소푸'를 가운데 노코 둘러서서 구경을 하엿습니다. '이소푸'는 새를 날렷습니다. 새가 놉히 날러 올으니까 광주리ㅅ 속 어린애가 "어느쯤에 궁전 터를 잡으오리까?" 하고 '이소푸'가 미리 가르처 준 대로 말하엿습니다. 그리러니 '에집트'의 임금은 "그쯤이 조타."고 대답하엿습니다. 그리고 임금은 생각하기를 인제는 '이소푸'도 할 말이 업스리라고 득의만면으로 잇스려니까 그 광주리 속 어린애가 "그러면 공사에 착수하겟사오니 심부름쑨에 이곳까지 흙과 나무와 돌을 운반식혀 주십시요." 하엿습니다. '에집트' 임금은 다시 할 말이 업섯습니다. 모든 사람들은 '이소푸'의 지혜를 감탄하엿습니다. 그리하야 그들은 "이런 어룬을 선생으로 모시엇스면 참말 훌륭한 재조를 배호켓다."고 하엿습니다. (쯧)

南夕鍾, "(兒童文學講座, 3)兒童自由詩란 무엇인가", 『아이생활』, 1935년 1월호.

"아동자유시"라는 것은 항상 우리가 지상에서 보는 "동시"라는 것과 마찬가지입니다. "아동자유시"라는 것은 다른 것이 아니라 간단이 말하자면 아동시(兒童詩) 가운대 "동요"라는 것이 글자를 마쳐서 운률화(韻律化)한 것인 반면 글자를 마치지 않고 자유로히 적은 노래를 일카르는 것입니다. 다시 말하면 "동요"는 운률적 기술(韻律的 技術)을 필요로 하는 것이요 "아동자유시"는 아모 기술도 필요치 안습니다. 그러므로 동요는 운률적 기술을 요하기 때문에 생생한 의사, 감정을 표현하는대 얼마쯤 붓에 구속(拘束)을 받게 되여 자유로히 감정을 전부 (한 줄 탈락) 있어선 그런 결함이 없고 얼마든지 자유로히 자기의 의사, 감정을 그려 낼 수 있는 것입니다. 그러므로 여러분들이 보고 듣고 느낀 것을 자기 마음대로 자유로히 적은 것이면 전부 "자유시"입니다.

따라서 여러분 중 어떤 동무가 남선 지방 수재(南鮮地方水災)에 동정금을 보냈다 합시다. 그러면 그 동정금을 보내고 난 감상을 노래로 적어보는 것인대 같은 제목(題目)을 가지고서라도 "동요"로도 쓸 수 있고 "자유시"로도 쓸 수 있읍니다. 여러분에게 있어선 "동요"보다 "자유시"가 쓰기에 퍽 수월하고 글이 잘될 것입니다. (7~8자가량 탈락) 여러분들에게 "자유시"를 그리 장려 안 하고 있읍니다. 그러나 나는 철저히 여러분에게 권하고 싶습니다. 또 따라서 나 자신도 이 "아동자유시" 운동에 앞잡이가 되여 나그려[45] 합니다. 여러분들은 대개 동요만을 지으려는 경향이 만습니다. 언제고 남의 모방만 할여고 생각 말고 독창적으로 아직 조선에 드믄 "아동자유시"를 짓기에 노락해 보십시요.

노래를 짓는다는 것은 장래 어른이 되여 꼭 시인(詩人)이 되겠다는 뜻보다 아름다운 노래를 지으면 자연히 자기 자신의 현재의 생활 혹은 미래의 생활도 아름다워저 가는 것입니다.

---

[45] '나가려'의 오식이다.

이곳에 "아동자유시"를 몇 편 소개하겠읍니다. 가령 「한울」이란 제목으로 "자유시"를 하나 적어본다면

　　　■ 한울
한울엔
까-마케 높은 한울엔
바다같이 깊고푸른 한울엔 (이상 40쪽)
누구가 살가
늘 가보고 싶은나라 저한울
날개가 있다면 훨 나라 가보고 싶고나.

다음에 적는 것은 『동아일보』에 발표된 윤태웅(尹泰雄) 군의 "자유시"입니다. 퍽 자미있게 되였읍니다.

　　　■ 엄마눈?　　(尹泰雄 作)
맑엏고 깜아스런
우리엄마 눈은요
볼수록 볼수록
련못같은 눈이죠.

가운데는 깜안섬이 있고요
가새에는 물결이 잔잔하지요
련못가에 솔나무가 나란이서서
참으로 엄마눈은 련못같은눈이죠.
　　　　　　　(以下 三節 略)[46]

이 "자유시" 「엄마눈」은 어디인지 동요 티가 있어 보여 좀 더 고쳐 볼 여지

---

46 尹泰雄, 童詩 「엄마눈」(『동아일보』, 1934.2.17)의 전문은 아래와 같다.
　　童詩 엄마눈
　　맑엇고 깜아스런/우리엄마 눈은요/볼스록 볼스록/련못같은 눈이죠//가운데는 깜언섬이 잇고요/가새에는 물결이 잔잔하지요/련못가엔 솔나무가 나란이서서/참으로 엄마눈은 련못같은눈이죠//련못같은 엄마눈을 바고잇으면/무더운 여름날 시원한련못까/실버들 그늘아래 노닐던 생각/시원한 그마음 찾어옵니다//

가 있지만 차차 발전될 것으로 앎니다.

다음에 여러분들 작품에서 또 한 편 소개해 보겠읍니다.

■ 가을바람 (大邱 孔聖文 作)

조놈
심술쟁이 가을바람이
하필 뒷뜰에서 붑니다.

막을래야 막을수도 없이
자꾸 부는 저 바람
무엇땜에 심술이 그렇게도 났는지요
누나가 정성껏 각구어 놓은꽃
모조리 다 떼여 버립니다.

잡을나니 잡을수도 없는
얄미운 저 바람
담너어를 살짝넘어 다라납니다.

이 「가을바람」은 『아이생활』 十월호에 발표된 글입니다. 대단히 잘되였다고 생각합니다. 여러분들도 다 함께 "자유시"를 적어보도록 힘씁시다.

그러면 곧 훌융한 걸작품이 나올 것입니다. 이제로부터 여러분들이 우에 적은 「한울」이라든가 「엄마 눈」이라든가 「가을바람」과 같은 글을 "동시(童詩)"라 부르지 말고 "자유시"라 부르십시요. "동시"라면 뜻이 대단히 막연한 감상이 있읍니다. 따라서 "동요"도 "아동자유시"도 모-다 여러분들의 시이니까 통틀어 "동시"라 불러도 무방하게 되니까 "동요"와 "자유시"를 확연히 아동문학상에서 구별하기 위하야 이후로부터는 "동시"라는 말을 없애고 우리들의 "자유시"라 부릅시다. 어른들이 여러분을 위하야 "자유시"를 적을 때 그 글은 "아동자유시"란 명목하에 적게 되지만 여러분들 입장에선 그저 "자유시"라 하고 적어도 좋습니다.

이러하고 보면 "동요"와 "자유시"의 구별을 여러분은 할 수 있겠지요.

"아동자유시"에 대하야서는 특별이 하고 싶은 말이 많았었지만 편즙기일과 나의 바쁘므로 인하야 순서 없이 생각나는 대로 잠간 이야기해 보고 맙니다.

그러면 다음 달 또 만나기로 하고 이만 붓을 놓습니다. 이달 새해에 여러분들 부디 새 복을 많이 받으십시요.　　－(於 東京)－

南夕鍾, "(兒童文學講座, 5)童話란 무엇인가", 『아이생활』, 1935년 7월호.

여러분

동화란 것을 항상 듣고 계시지요. 어린이날이라든가 혹은 동화대회(童話大會)라든가 아니면 이야기대회라든가에 참석하야 많이 듣고 계심으로 동화란 것은 무엇인지는 대강 짐작하실 줄 압니다.

나는 일전 어느 댁에 놀러 가서 보통학교 오학년 다니는 어린 동무에게 동화란 무엇을 의미(意味)하는 것이냐고 물은 적이 있읍니다. 그 대답은 퍽으나 간단했읍니다. 물론 그 대답은 여러분들이 생각하고 있는 것이나 다름없을 것입니다. 그러나 여러분들 중에서 특별히 달리 생각하는 분이 있을른지도 모르는 일이지만 그 동무의 대답은 "동화란 것은 이야기지요 무엇이애요." 하였읍니다. 여러분 생각해 보십시요.

물론 동화란 것은 이야기입니다. 그런데 구체적(具體的)으로 동화란 것의 의의(意義)를 따저본다면 동화란 것은 여러분들을 위하야 이야기를 하든가 이야기를 글로 적어서 여러분에게 드리는 말입니다. 즉 『아이생활』六월호의 「열두 형제」 같은 것은(이상 26쪽) 글로 적어서 여러분에게 드리는 말슴입니다. 「열두 형제」는 곧 내가 아직 이야기해 온 동화인 것은 말할 필요도 없구요.

그리고 동화대회라든가 "어린이날 기념의 밤" 같은데 일정한 장소에 모여서 하는 것은 이야기로써 여러분에게 드리는 동화입니다.

그러면 대체 이 동화란 것은 무슨 이유(理由)로써 필요한 것이냐 다시 말하면 무슨 일노써 여러분들에게 이야기가 필요한 것이냐를 생각해 보기로 하십시다.

동화에는 글로써 여러분에게 읽히는 것이라든가 혹은 말로서 여러분에게 들리우는 것이라도 그 어느 것을 막론(莫論)하고 전내동화(傳來童話)와, 창작동화(創作童話)로 난홀 수가 있는데 전래동화에는 주로 옛날에 생긴 이야기라든가 신화(神話) 같은 것이 속되고 창작동화에는 주로 현제(現在) 세상에서 일어나는 것을 이야기로 만든 것입니다.

조선에서는 조선뿐만 아니라 세계 각국이 몇 년 전까지라도 동화란 것을 일종의 어른(大人)들의 이야기로 생각해 왔읍니다. 물론 이것은 동화란 것을 역사적(歷史的)으로 생각(考察)해 보와 당연(當然)한 견해(見解)라고 볼 수밖에 없었읍니다. 그러므로 금일에 일르러 비로소 우리가 동화(이상 27쪽)의 참뜻을 찾아내게 된 것이라고 생각할 수 있으며 동화의 존재(存在)의 목적과 동화의 사용처(使用處)를 우리는 절실히 찾아내고 느낀 셈입니다.

그리고 다음에는 동화의 효과성(效果性)을 이야기해 보겠읍니다. 즉 동화라는 것이 여러분에게 어떤 힘을 주는가를 생각해 봅시다. 다시 말하면 동화란 것이 여러분에게 어떠한 유익(有益)을 주는가를 적어보기로 합시다.

동화란 것은 어른들이 여러분들에게 드리는 유익한 말슴인 것은 말할 필요도 없읍니다. 그러면 무엇으로 유익한가? 여러분들도 생각해 보고 싶을 것입니다. 동화란 것은 여러분들의 일상생활(日常生活)을 아름답게 하기 위하야 또는 장내에 훌융한 사람이 되기를 위하야 나쁜 마음을 곧게 해 준다든가 좋은 일 한 아이를 칭찬해 준다든가 혹은 효행(孝行)을 가르킨다든가 일상행동(行動)이나 버릇(習慣)을 가르켜준다든가 어려운 아이를 도워주라든가 공부를 열심히 하라든가 용기(勇氣)를 갖어야 한다든가 의협심(義俠心)을 길러야 한다든가 모험성(冒險性)을 길러야 한다든가 선배(先輩)를 위하여야 한다든가 등등의 것을 여러분들 마음속에 은은히 집어넣는 것입니다. 그로 말미암아 여러분들의 생활(이상 28쪽)을 미화(美化)시키며 인격(人格)의 완성(完成)을 도모(圖謀)하는 것이 동화인 것입니다.

여러분들이 크시면 클수록 좋은 이야기를 많이 들어 두었다가 누나라든가 동생에게 또는 동무들에게 이야기하십시요. 자기에게 좋은 말이라고 믿거든 혼자만 알고 있지 말고 여러 사람들에게 이야기를 전해주도록 하십시요.

여하간 노래와 이야기는 여러분들의 생명일 것입니다. 유쾌하게 노래를 부르시고 좋은 이야기를 많이 들으시고 좋은 이야기를 많이 하시도록 하십시요.

아동문학 부문에 있어서 동화는 제일 큰 역활(役割)를 갖고 있읍니다. (계속) (이상 29쪽)

南夕鍾, "(兒童文學講座, 7)小說이란 무엇인가?", 『아이생활』, 1935년 10월호.

소설이란 무엇인가.

간단이 이야기하여 본다면 소설이란 동요나 시와 같이 형식상에 있어서 아무 구속도 받지 않고 자유로운 형식으로 쓴 문학 즉 산문(散文)의 예술(藝術)을 가르쳐 소설이라 부를 수 있읍니다.

아동문학상에 있어서는 동화(童話)와 소설(小說)을 혼동(混同)하야 생각하게 되는 경향(傾向)이 많으므로 특별히 조심하야 읽어주시기를 바랍니다.

서양에서는 소설이란 것을 두 종류(二種類)로 분류하야 로-맨쓰(Romance)와 노-벨(Novel)이라고 해석해 왔읍니다. 그 의의(意義)와 견해(見解)에 대하여서는 여러 가지 설(說)이 있어서 일정치 않습니다. 원래 노-벨이란 문자는 이태리(伊太利)어로써 "적은 이야기"란 뜻인데 현재 우리가 부르고 있는 소설이라는 것과 성질(性質)이 다른 것입니다.

현재 우리가 부르는 소설이라는 것은 제십구 세기 이후부터인데 서양의 아베·우엘이라든가 죤슨이라든가 여러 사람들이 제각기 논(論)을 세워서 소설의 정의(定義)를 내려 왔읍니다만 한입으로 말하면 우리들 일상생활에서 취제하야 어떠한 사건(事件)을 전개(展開)시켜서 어느 인물(人物)이라든가 어느 사회라든가를 묘사(描寫)한 산문예술(散文藝術)인 것입니다. 우리는 구태여 문자를 부쳐서 소설이란 무엇인가를 학구적(學究的)으로 어렵게 생각할 필요가 없는 줄로 생각합니다. 그저 소설이란 어드런 것이다라는 것만을 알어 두기로 하십시다. 나도 이곳에 여러분들에게 문학에 대한 한 가지

상식으로 이야기하려는 것이 목적이므로 되도록 학구적 태도(學究的態度)는 피하려고 합니다.

소설이란 형식을 자유로히 가질 수 있으며 범위(範圍)가 또한 한정(限定) 되어 있지 안는(이상 22쪽) 것입니다. 인물 성격묘사(人物性格描寫)라든가 집단 사회 생활상(集團社會生活相)이라든가를 소설로 쓸 때 우리는 단편(短篇)으로도 쓸 수 있고 중편(中篇)으로도 쓸 수 있고 장편(長篇)으로도 쓸 수 있는 것입니다. 이러하므로 소년소설이나 소녀소설이나 그 어느 것이라도 짧게 쓰려면 짧게 쓰고 길게 쓰려면 길게 쓸 수 있는 것입니다. 그리고 소년소설이니 소녀소설이니 구별(區別)을 부치는 것은 소설에 나오는 주인공이 소년일 적엔 소년소설이라고 이름을 부치고 소녀가 주인공이 되는 소설이면 소녀소설이라고 부칠 수 있습니다. 『아이생활』에 매월 연재하는 방인근 선생의 소설은 소년소녀 장편소설이라고 이름을 부칠 수 있습니다. 그 이름 부친 이유는 여러분들이 내가 우에서 이야기한 바에 의하야 잘 아시겠지요.

아동문학상에 있어서 동화는 이야기함에 그 주요한 목적이 있고 소설은 읽이는 대 크다란 뜻을 갖는다고 봅니다. 그러므로 동화나 소설이나 처음에 창작하는 동기부터 크게 그 출발이 다른 것입니다. 그리고 우리는 흦이 동화란 짧막한 것이라는 인상(印象)을 갖게 되고 소설이라면 길단 것이라고 생각케 되는 거와 마찬가지로 소설은 동화보다 긴 것이 보통일 것입니다. 그렇지 않은 때도 있겠읍니다만 동화와 소년이나 소녀소설의 경계선(境界線)을 이야기하기에는 퍽으나 길게 설명을 요하게 되므로 개요(槪要)만을 적어놓기로 했읍니다. 이것은 여러분들이 작품을 읽을 적에 조심하시여서 생각해 보시도록 해 주십시요.

이곳에 참고적으로 소설의 기원(起源)은 언제부터이고 어드런 작품이 소설의 원조(元祖)로 우리 세계문학상(世界文學上)에 적혀 있나 이야기해 보기로 합니다.

소설의 기원은 제십칠 세기 초두(初頭)부터 신작되었읍니다.[47] 영국(英國)에 있어서의 스위후트의 「깨리마 旅行記」데퓌-의 「로빈손 漂流記」 등이 그

---

47 '시작되었읍니다.'의 오식이다.

것이지만 문학사상(文學史上)에는 리챠-드슨의 「빠미라」 일명, 선행의 보수 (善行의 報酬)를 소설의 원조로 하고 있습니다.[48] 그리하야 아까도 이야기했지만 소설이란 이름을 쓰게 된 지는 제십구 세기 이후이었읍니다.

조선문단에 소설이란 것이 씨여지게 된 것은 언제부터인가 그것은 너무나 근래에 속하는 현상이었고 다 알고 있는 바이므로 적지 않습니다. 고대소설과 신소설과의 두 가지를 가지고 그것이 조선에 언제부터 수립되었는지를 생각해 볼 수 있는 것이지만 그만둡니다.

이곳에 대인문학상에 있어서 어드런 종류의 소설이 있는가 잠간 참고적으로 적어보면 다음과 같습니다. 테-마소설, 고백(告白)소설, 자전(自傳)소설, 심경(心境)소설, 대중(大衆)소설, 전기(傳記)소설, 통속(通俗)소설, 신문소설, 관념(觀念)소설 등인 것입니다.(이상 23쪽)

독서 시기에 좋은 시절이 돌아왔읍니다. 뜰에 떠러지는 오동잎을 보고 아! 가을은 설고나 애수(哀愁)의 한탄을 입 밖에 내지 말고 인생도 저같이 생명이 짧은 것이다. 다시 한번 인식(認識)하고 긴긴밤은 짧다 하게 공부하시기를 권합니다. (社稷골서) (이상 24쪽)

南夕鍾, "(兒童文學講座, 完)朝鮮의 文士와 文學 雜誌 이야기", 『아이생활』, 1935년 11월호.

一

대체로 전달 「소설이란 무엇인가」로서 일반 아동문학 부분은 대략 이야기를 끝맺인 줄로 생각합니다. 물론 각기 그 부분에 대하야 불충분한 점이 많었지만 다시 기회를 보아 이야기해 드릴 셈 잡고 이번 달은 조선의 글 쓰시는

---

48 스위프트(Swift, Jonathan: 1667~1745)의 『걸리버여행기(Gulliver's Travels)』(1726), 디포 (Defoe, Daniel: 1660~1731)의 『로빈슨표류기(Robinson Crusoe)』(1719), 리처드슨 (Richardson, Samuel: 1689~1761)의 『파멜라(Pamela)』(1740)를 가리킨다. 『파멜라』의 부 제가 '정숙(貞淑)의 보수(Virtue Rewarded)'인데, 남석종은 '선행의 보수'라 하였다.

선생님들 이야기와 문학 잡지(文學雜誌) 이야기를 해 드리고저 합니다.

二

먼저 조선 안에 글 쓰시는 선생님은 어떠한 분들이 계신가 이것을 소개해 보고저 합니다. 조선 안에서 글 쓰시는 선생님들을 이야기하려면 위선 우리는 기성문인(旣成文人)과 중견작가(中堅作家), 신인(新人) 세 가지로 나누어 생각할 수 있읍니다. 기성문인엔 어떤 선생님들이 계신가 알어보기로 하십시다.

첫재 소설가(小說家)

이광수(李光洙), 염상섭(廉想涉), 김동인(金東仁), 이태준(李泰俊), 방인근(方仁根), 최상덕(崔象德), 이종명(李鍾鳴), 현진건(玄鎭建),[49] 채만식(蔡萬植), 이기영(李箕永), 김운정(金雲汀)

둘재 시인(詩人)

주요한(朱耀翰), 김동환(金東煥), 박팔양(朴八陽), 변영로(卞榮魯), 유도순(劉道順), 황석우(黃錫禹), 한용운(韓龍雲), 이은상(李殷相)

셋재 평론가(評論家)

김기진(金基鎭), 박영희(朴英熙), 정로풍(鄭盧風)[50]

다음 중견문인에는 어떠한 선생들이 계신가. 소설가, 시인, 평론가를 구별 안 하고 적기로 합니다.

서항석(徐恒錫), 이헌구(李軒求), 임화(林和), 정인섭(鄭寅燮), 백철(白鐵),(이상 40쪽) 김광섭(金珖燮), 홍효민(洪曉民), 박승극(朴勝極), 박용철(朴龍喆), 조용만(趙容萬), 김소운(金素雲), 김해강(金海剛), 엄흥섭(嚴興燮), 이학인(李學仁), 안함광(安含光), 최재서(崔載瑞), 박화성(朴花城), 이석훈(李石薰), 김환태(金煥泰), 모윤숙(毛允淑), 그리고 다음 신진문인 선생들엔 어떠한 분들이 계신가.(소설가, 시인, 평론가를 구별치 않습니다.)

이파촌(李巴村), 박영준(朴榮濬), 최인준(崔仁俊), 현동렴(玄東炎), 김우철(金友哲), 이원조(李源朝), 김광균(金光均), 장덕조(張德祚), 강경애(姜

---

49 현진건(玄鎭健)의 오식이다.
50 정로풍(鄭蘆風)의 오식이다.

敬愛), 최정희(崔貞熙), 노천명(盧天命), 박세영(朴世永)

다음은 조선에 아동문학 연구가에는 어떠한 선생님들이 계신가 알어보기로 합니다.

一. 동요시인(童謠詩人)

한정동(韓晶東), 윤석중(尹石重), 윤복진(尹福鎭), 김태오(金泰午), 목일신(睦一信)

二. 동화작가(童話作家)

최병화(崔秉和), 이정호(李定鎬), 모기윤(毛麒允)

三. 아동문학 연구가

송창일(宋昌一), 원유각(元裕珏), 고장환(高長煥), 연성흠(延星欽), 이원규(李元珪), 안준식(安俊植), 박인범(朴仁範), 최봉측(崔鳳則)

대략 앞에 적은 바와 같으나 빠지신 선생님들이 많으실 줄로 아오나 그것은 하량하야 주십시요. 그리고 조선 안에 글 쓰시는 선생님들 중에 근자에 세상을 떠나신 분을 적어보면 여러분들이 잘 아실 방정환(方定煥) 선생, 그리고 소설가 최서해(崔曙海) 선생, 시인 김소월(金素月) 선생 등입니다. 참으로 우리는 조선문단을 위하야 애석의 뜻을 표하지 않을 수 없읍니다.

三

다음으로 여러분들에게 소개해 드리고 싶은 것은 조선 안에 문학 잡지가 얼마나 되나입니다. 여러 가지로 타격이 많은 우리 조선 사회이므로 여러 가지 방면이 모-다 쇠약하므로 우리 문단의 잡지도 자연 그 수가 적습니다.

첫재로 이학인(李學仁) 씨 주간인『조선문단(朝鮮文壇)』, 둘재로 노자영(盧子泳) 씨 주간인『신인문학(新人文學)』, 셋재로 박송(朴松) 씨 주간인『예술(藝術)』, 넷재로 오희동(吳熙東) 씨 주간인『시원(詩苑)』, 다섯재 박용철(朴龍喆) 씨 주간인『문학(文學)』, 이 외에 극예술(劇藝術) (이상 41쪽) 동인 잡지『삼사문학(三四文學)』 등이 있고

아동잡지로서는『아이생활』,『아이동무』,『소년중앙(少年中央)』,『별나라』,『신소년(新少年)』,『고향집』,『아동세계(兒童世界)』,『신아동(新兒童)』 등이 있는데,『별나라』,『신소년(新少年)』,『아동세계(兒童世界)』,『소년중앙(少年中央)』은 당분간 휴간(休刊)된 모양입니다.

조선에는 문학을 위한다는 잡지가 이상과 같이 몇 가지가 있기는 있으나 대개가 다달이 발행이 못 되고 그 활동이 크지 못하야 일반 대중잡지『신동아 (新東亞)』,『삼철리(三千里)』,『사해공론(四海公論)』등이 일부에 문예란을 두고 활동하며 조선의 삼대 신문『동아일보(東亞日報)』,『조선일보(朝鮮日 報)』,『중앙일보(中央日報)』학예면이 남 나라에 비해서는 대대적으로 활동 하는 모양입니다.

四

조선 안에 글 쓰시는 선생님 중에서는 누가 제일 잘 쓰시며 사상(思想)이 훌융한가 이것은 내가 이곳에서는 말할 수 없는 문제입니다. 이것은 여러분 들이 늘 뜻 깊이 글을 읽는 동안 어느 선생님을 동경(憧憬)하고 경모(敬慕)하 게 될 것입니다.

그리고 잡지 중엔 어느 잡지가 편즙(編輯)이나 내용(內容)에 있어서 제일 인가 이것도 말할 수 없는 것입니다.

이것도 여러분들이 독서(讀書)를 계속하는 중에 자연이 알어질 것입니다. 이번 달에 여러 가지로 하고 싶은 이야기가 많었지만 나의 바쁜 시간 관계로 이만 미비하나마 이야기를 끝냅니다.

― (一〇. 一七. 於 社稷洞) ― (이상 42쪽)

金相德, "머리말", 金相德 編, 『朝鮮遊戲童謠曲集(第一輯)』, 京城 두루미會, 1937.9.

　세상에 제일 귀여운 것이 아기네입니다. 평화스럽고 자유로운 죄 없고 허물없는 나라 그것은 아기네의 나라입니다.

　아기네에게는 좋은 음식도 주어야겠지만은 재미있고 유익한 노리도 주어야 합니다. 더욱이 유희는 아기네에게 없어서는 안 될 큰 힘을 가졌읍니다. 아기네는 노래 부르고 춤을 추어야 몸이 자라고 마음이 자라게 됩니다. 언제던지 쉬지 않고 뛰고 노래 부르게 해야 하겠읍니다.

　아기네에게도 좋은 양식을 주어야 하지만 그보다 먼저 아기네를 지도하고 키우는 지도자에게도 좋은 양식을 주어야 그들 아기네가 잘 자라게 됩니다. 이런 뜻에서 이들을 기르고 지도하는 분에게 참고서가 적음을 유감으로 생각하고 그 요구에 만분의 일이라도 충용케 할가 하야 『조선유희동요곡집』이란 조고마한 책을 맨들게 되었읍니다.

　처음 솜씨이라 모든 편즙이 부족한 곳이 많음을 용서하시고 다음 이즙에나 보충하려고 합니다. 이 적은 책을 쌓어 '幼稚園 創始 百年祭' 기렴으로 삼가 아기네 지도자와 이에 뜻 둔 여러분에게 드리는 바입니다.

幼稚園 創始 百年祭를 맞으며
두루미會에게
金相德

찾아보기

엮은이

류덕제 柳德濟, Ryu Duckjee

경북대학교 대학원 문학박사(1995)
대구교육대학교 국어교육과 교수(1995~현재)
The State University of New Jersey(2004),
University of Virginia(2012) 방문교수
대구교육대학교 교육대학원장(2014~2015)
한국아동청소년문학학회 회장(2015~2017)
국어교육학회 회장(2018~2020)

논문

「『별나라』와 계급주의 아동문학의 의미」(2010)
「일제강점기 계급주의 아동문학의 방향전환론과 작품적 대응양상 연구」(2014)
「윤복진의 아동문학과 월북」(2015)
「송완순의 아동문학론 연구」(2016)
「일제강점기 아동문학가의 필명 고찰」(2016)
「김기주의 『조선신동요선집』 연구」(2018) 외 다수.

저서

『한국 아동청소년문학연구』(공저, 2009)
『학습자중심 문학교육의 이해』(2010)
『권태문 동화선집』(2013)
『현실인식과 비평정신』(2014)
『한국아동문학사의 재발견』(공저, 2015)
『한국현실주의 아동문학연구』(2017) 외 다수.

E-mail : ryudj@dnue.ac.kr

1945년 이후
한국 아동문학비평사 자료집 7

2020년 12월 10일 초판 1쇄 펴냄

엮은이 류덕제
발행인 김흥국
발행처 보고사

책임편집 황효은
표지디자인 손정자

등록 1990년 12월 13일 제6-0429호
주소 경기도 파주시 회동길 337-15 보고사
전화 031-955-9797(대표), 02-922-5120~1(편집), 02-922-2246(영업)
팩스 02-922-6990
메일 kanapub3@naver.com / bogosabooks@naver.com
http://www.bogosabooks.co.kr

ISBN 979-11-6587-113-0 94810
       979-11-5516-863-9 (세트)
ⓒ류덕제, 2020

정가 60,000원